HEYNE BÜCHER

W0465749

Fantasy

Herausgegeben von Friedel Wahren

Von **Paula Volsky** erschienen in der Reihe
HEYNE SCIENCE FICTION & FANTASY:

DER ZAUBERER-ZYKLUS:

Die Lady des Zauberers · 06/4735
Das Vermächtnis des Zauberers · 06/4736
Der Fluch des Zauberers · 06/4938

Das Glück des Relian Kru · 06/4939
Im Bann der Hexenkönigin · 06/5159
Thron der Wölfe · 06/5379
Trugbilder · 06/5632

PAULA VOLSKY

TRUGBILDER

Roman

Deutsche Erstausgabe

Aus dem Amerikanischen übersetzt
von
NORBERT STÖBE

WILHELM HEYNE VERLAG
MÜNCHEN

HEYNE SCIENCE FICTION & FANTASY
Band 06/5632

Titel der Originalausgabe
ILLUSION
Übersetzung aus dem Amerikanischen von
Norbert Stöbe
Das Umschlagbild malte
Michael Whelan

Redaktion: Joern Rauser

Erstausgabe bei Bantam Books, a division of
Bantam Doubleday Dell Publishing Group, Inc., New York

Printed in Germany 1997
Umschlaggestaltung: Atelier Ingrid Schütz, München
Technische Betreuung: M. Spinola
Satz: Schaber Satz- und Datentechnik, Wels
Druck und Bindung: Elsnerdruck, Berlin

ISBN 3-453-11942-8

Gewidmet meinem
anregenden Agenten Donald Maass,
in Dankbarkeit

1

Als einer der Leibeigenen mit einem Bündel aufrührerischer Streitschriften in der Tasche erwischt wurde, war der Marquis vo Derrivalle verständlicherweise aufgebracht. Schlimm genug, daß ein Leibeigener überhaupt lesen konnte, denn Bildung überforderte den Dienstbotengeist und schadete dem Verstand und der Moral. Daß es sich beim Verfasser ausgerechnet um den verabscheuungswürdigen Republikaner Shorvi Nirienne handelte, dessen Schriften der Marquis mit einem strengen Verbot belegt hatte, war besonders empörend; außerdem stand völlig außer Frage, daß der Missetäter, ein leichtsinniger junger Träumer namens Zhen Suboson, in ernsthaften Schwierigkeiten steckte. Im Augenblick war Zhen gerade im Stall eingesperrt und erwartete seine Befragung und die unvermeidliche Bestrafung. Wenn er mit weniger als einem Dutzend Hiebe davonkam, konnte er noch von Glück reden. Noch vor Sonnenuntergang würde über das Schicksal des jungen Mannes entschieden werden. Bis dahin schlugen die Gerüchte unter den Feldarbeitern und dem Hausgesinde hohe Wogen.

Eliste, die Tochter des Marquis vo Derrivalle, hätte sich über diese Angelegenheit vielleicht niemals den Kopf zerbrochen, wäre ihr nicht das ungewöhnliche Gebaren ihrer Dienstmagd Stelli Zeenosa aufgefallen. Mürrisch und lustlos, von einer gleichgültigen Überheblichkeit, die bisweilen an Aufsässigkeit grenzte, war Stelli auch zu ihren besten Zeiten alles andere als ein Schatz; jetzt aber, da die Nachricht von Zhens Festnahme das Herrenhaus erreicht hatte, war sie vollkommen unbrauchbar geworden. Innerhalb von zwei Stunden hatte sie einen Pudertopf auf dem Toilettentisch zerbrochen, die Spitze am Morgenmantel zerrissen und das Haar ihrer Herrin so abscheulich hergerichtet, daß Eliste in ihrer Verzweiflung gezwungen gewesen war, den Wust blonder Locken zu lösen, so daß ihr das Haar nun lose herabhing – wie einem Kind. Das war wirklich ärgerlich. Aber dennoch, als Eliste sich in dem goldgerahmten Frisierspiegel betrachtete, mußte sie sich eingestehen, daß ihr dieser jugendliche Stil ausgezeichnet stand. Das Haar gehörte sicherlich zu ihren größten Vorzügen, und wie hätte sie seinen unbestreitbaren Glanz und seine außergewöhnliche Länge besser zur Schau stellen können? Außerdem betonten die lockigen Strähnen, die über eine klare, weiße Stirn fielen, irgendwie den veränderlichen Glanz des größten Paars schwerwimpriger grauer Augen in der ganzen Provinz, wenn nicht gar im ganzen Land Vonahr. Mit ihren siebzehn Jahren war es ihr zutiefst zuwider, die Naive zu spielen, sie sehnte sich doch nach einer gewissen Verfeinerung: Und es ließ sich nicht abstreiten – die Wirkung der vollen, honigfarbenen Wolke, die ihr herzförmiges Gesicht einrahmte, war wunderbar. Sie würde ihr Haar so lassen, zumindest für den Rest des Tages. Vielleicht hatte ihr das mürrische Weibsbild Stelli sogar unabsichtlich einen Gefallen getan.

Im Spiegel übersah man den größten Teil des sonnenerhellten Schlafgemachs in all seiner Unordnung. Auf dem Boden standen offene Kästen und Truhen herum. Auf den Stühlen und Fenstersitzen lagen hohe Stapel von Kleidern, Unterröcken, Schultertüchern, Schals und Überwürfen, Halstüchern, Federn und Seidenbändern. An einer Wand waren Hutschachteln gestapelt, aus der offenen Schublade der Kommode hingen seidene und wollene Strümpfe hervor, Fächer und Handschuhe bedeckten das Schreibpult, auf dem Boden lagen Schuhe, Stiefel und Pantoffeln, in den Ecken türmten sich Schneewehen aus zerknülltem Seidenpapier. In einer Woche sollte Eliste in die Hauptstadt Sherreen reisen, um ihren Platz als Ehrenjungfer der Königin einzunehmen, aber Packen war eine leidige Tätigkeit – bei der Stelli, wie gewöhnlich, weder Eifer noch Begeisterung zeigte. Obwohl sie von Eliste beobachtet wurde, knüllte die Magd ein Nachtgewand aus feinem Musselin zu einem kleinen Bällchen zusammen, das sie mit aller Kraft in eine bereits vollgestopfte Truhe schleuderte.

Eliste versteifte sich; ihr Zorn stand in keinem Verhältnis zu diesem Anlaß. Wäre sie sich nicht so sicher gewesen, daß die Zofe, die nur ein paar Jahre älter war als sie, sich absichtlich so boshaft verhielt, hätte sie anders gehandelt. Aber es zu wissen war eine Sache, es zu beweisen eine ganz andere. Darauf angesprochen, hätte Stelli sich zweifellos darauf berufen, lediglich unachtsam gewesen zu sein, in jener einsilbigen, ausweichend impertinenten Art, die ihr zu eigen war. So war ihr jedenfalls nichts nachzuweisen. Die Tochter des Marquis atmete tief durch und wandte sich mit mühsamer Beherrschung an ihre Magd. »Nicht dorthin, Mädchen. Nimm es heraus, falte es und lege es in eine andere Kiste.«

Stelli gehorchte mit kaum merklichem Achselzucken. Jede Bewegung eine wortlose Beleidigung, schlenderte sie durchs Zimmer, wobei sie auf die verstreuten Kleidungsstücke trat. Ein Fächer aus Elfenbein zerbrach unter ihrer Ferse.

»Paß doch auf, du Tolpatsch!« Augenblicklich bedauerte Eliste ihren Ausruf, denn wie viele der fortschrittlicheren Angehörigen des Adels hielt sie es für ungerecht, Untergebenen wegen ihres beschränkten Verstandes und ihrer naturgegebenen Veranlagungen Vorhaltungen zu machen.

Stelli wirkte jedoch ungerührt. Ihre dickhäutige,

dumpfe Empfindungslosigkeit wappnete sie gegen Beleidigungen von außen, oder zumindest schien es so. Aber welchen Grund mochte die Dienstmagd wohl für ihre dauerhaft schlechte Laune haben? Eigentlich hätte das Mädchen, das seine gegenwärtige angenehme Stellung einzig und allein der Wertschätzung verdankte, die sein Bruder Dref bei der Familie Derrivalle genoß, dies einzigartige Glück doch wertschätzen müssen. Wie konnte sie nur so dumm sein, sich als undankbar zu erweisen? Das fragte Eliste sich hin und wieder.

Stelli schlurfte zur Spiegelkommode und wühlte mit geringster Wirkung und größter Geräuschentwicklung in dem Durcheinander von Haarnadeln und Schmuckstücken. Auf einmal ließ sie die Lockenschere fallen – vielleicht war es Zufall, vielleicht auch nicht –, und das Gerät fiel mit lautem Klirren zu Boden.

Eliste schreckte auf und biß die Zähne zusammen. Willentlich entspannte sie sich wieder, darum bemüht, ihrer Verärgerung Herr zu werden. In diesem Augenblick wurde ihr klar, daß sie nicht nur Verärgerung, sondern regelrechte Abneigung verspürte, was offensichtlich übertrieben war. Man durfte eine ungeschickte oder unfähige Bedienstete tadeln – man durfte seinem Mißfallen oder seiner Unzufriedenheit Ausdruck verleihen –, aber man ließ sich nicht zu persönlicher Feindseligkeit herab. Umgekehrt galt dies seltsamerweise nicht. Ungezwungene, freundliche Herablassung galt als Zeichen guter Erziehung. Viele von Elistes Freundinnen und Familienangehörigen mochten bestimmte Leibeigene oder Bedienstete und behandelten sie manchmal mit einer Wärme, die wahrer Zuneigung recht nahekam. Sie selbst mochte vor allem Stellis Bruder Dref, hatte ihn immer schon gemocht. Sie hatte ihn sogar so gern, daß es ihr leid tun würde – ja, aufrichtig leid tun würde –, ihn in einer Woche zu verlassen. Er würde ihr vielleicht sogar ein wenig fehlen. Hieß das, wie sie manchmal vermutete, die Neigung zu weit zu treiben, vielleicht sogar bis zur Übertriebenheit? Nein, gewiß nicht. Dref gefiel ihr, aber Hussy, die seidig-rote Stute, die sie fast jeden Morgen ritt, mochte sie ebensosehr. Die hübsche Hussy würde ihr fehlen. Außerdem mochte sie noch Prinz vo Plume, den modisch winzigen Schoßhund, den sie nach Sherreen mitzunehmen gedachte. Diese Vorlieben hatten nichts Lächerliches an sich – vielmehr waren sie Ausdruck der zarten, wenn auch vollkommen künstlichen Empfindsamkeit, wie sie höheren Töchtern im heiratsfähigen Alter angemessen war. Der Schwall verfeinerter Empfindungen blieb jedoch stets gebändigt und wurde gegebenenfalls von Verhaltensregeln unterdrückt, die es unmöglich machten, die gewaltige Kluft zwischen dem Adel und all den anderen Sterblichen auch nur einen Augenblick lang zu vergessen. Doch ungeachtet ihrer aristokratischen Erziehung hegte Eliste eine persönliche Abneigung gegen ihre Magd. Nachdem ihr dies klargeworden war, erfolgte sogleich die stille Antwort im Geist:

Ich werde diese mürrische Schlampe nicht nach Sherreen mitnehmen, dachte sie. *Ich werde mir eine andere Magd aussuchen und sie anlernen. Dieses kleine Frauenzimmer aus der Milchwirtschaft – das macht einen aufgeweckten und angenehmen Eindruck und wäre bestimmt gut geeignet. Dref wird hoffentlich nicht enttäuscht darüber sein, daß ich seine Schwester nicht weiter nehmen will. Das wäre schade. Aber das Biest hatte eine gerechte Chance.* Einmal zu dieser Entscheidung gelangt, hellte sich ihre Stimmung augenblicklich auf.

Stelli klimperte immer noch mit den Broschen und Halsketten herum. Sie hatte sich nicht die Mühe gemacht, die heruntergefallene Lockenschere aufzuheben. Das Wissen, daß Stellis Anwesenheit nur vorübergehend war, erlaubte es Eliste, gelassen zu bleiben. »Leg das jetzt mal weg, Mädchen. Komm her und bürste mir das Haar.«

Stelli ließ eine Handvoll Schmuck fallen. Eine der Halsketten rollte von der Kommode herunter und fiel auf den Boden. Sie beachtete sie nicht. Schweigend trat sie an den Toilettentisch, nahm die Bürste und machte sich über das Haar ihrer Herrin her, als wäre es der verwichtelte Schweif eines Ackergauls.

Diesmal ertrug Eliste wortlos die Bestrafung. Schließlich aber riß ihr eine besonders boshafte Attacke den Kopf so heftig nach hinten, daß ihr ein Schmerzensschrei entfuhr.

»Du dumme, ungeschickte Schlampe, mach, daß du hier rauskommst, bevor ich dich schlage!« Eliste errötete auf der Stelle bis zum Haaransatz. Noch niemals hatte sie so zu einer Untergebenen gesprochen. Sie war immer freundlich zu Tieren und Leibeigenen, und sie hegte große Verachtung für die Frauen, die ihre Bediensteten grundlos schlugen. Indem sie schrie und drohte, verstieß sie gegen ihren eigenen Verhaltenskodex und schämte sich entsprechend.

Stelli schien weder eingeschüchtert noch verletzt. Vielmehr hob sie die schwarzen Brauen ein wenig und verzog vor Genugtuung die Lippen. Sie legte die Bürste mit äußerster Sorgfalt auf den Frisiertisch.

Es war lächerlich, dumm und erniedrigend, sich mit einer aufmüpfigen Bediensteten auf ein Kräftemessen einzulassen, als wären sie einander ebenbürtig. Die Liberalität der sogenannten aufgeklärten Philosophen wie Rees-Raas Zhumeau und Stai vo Jouvelle, die von Gleichheit und allgemeiner Erziehung schwafelten, bezog sich doch gewiß nicht auf widerspenstige Mägde? Die kindischen Bekundungen verräterischer Rechtsanwälte und Journalisten wie Karri Del oder der gefährliche Shorvi Nirienne, der sich öffentlich für die Beschneidung der Adelsprivilegien einsetzten – dergleichen belebte in der ruhigen Stunde vor dem Essen zweifellos ein unterhaltsames Gespräch mit Hausgästen. Aber das waren anregende Übungen des Kopfes, nichts weiter, und was hatten die schon mit der Wirklichkeit zu tun? In ihr war kein Platz für solche Theorien.

Stelli war immer noch nicht hinausgegangen. Sie stand immer noch da, die Füße fest auf den Boden gepflanzt und die Arme in die Hüften gestemmt, eine Haltung, die hartnäckige Entschlossenheit ausdrückte. War sie etwa nicht nur aufmüpfig, sondern auch taub?

»Hast du nicht gehört, Mädchen?« Eliste vermochte sich kaum noch zu überwinden, die andere anzusprechen. »Geh raus. Such dir anderswo eine Beschäftigung. Sag der Haushälterin, sie soll dir eine Arbeit zuweisen.« Das war eine vorsätzliche Beleidigung. Von der Zofe einer Dame wurde im allgemeinen nicht erwartet, daß sie sich auf das Niveau des gewöhnlichen Gesindes begab. Eine zornige Tirade hätte Elistes Mißfallen kaum besser zum Ausdruck bringen können, doch Stelli wirkte so ungerührt wie eh und je. Sie rührte sich nicht einmal. Sie stand immer noch da und schaute das Gesicht ihrer Herrin im Spiegel an. Elistes Brauen waren drohend zusammengezogen, ihre Wangen gerötet. Angesichts der Herausforderung hatte sie sich als geduldig erwiesen; an diesem Punkt konnte jede weitere Nachsicht ihrerseits allerdings bloß als Schwäche ausgelegt werden, die man sich niemals anmerken lassen durfte. Leibeigene waren bekanntermaßen äußerst geschickt darin, die Schwächen ihrer Herren auszunutzen, aber sie waren ruhiger und im Grunde auch glücklicher, wenn sie mit fester Hand regiert wurden. Eliste atmete tief durch, doch der Tadel erstarb ihr unausgesprochen auf den Lippen, als sie im Spiegel das Gesicht ihrer Bediensteten sah. In Stellis Augen – die so dunkel wie Obsidiane waren und meistens auch ebenso ausdrucksvoll – funkelte nun eine seltsame Mischung aus Trotz und fast so etwas wie Angst. Ihr Gesichtsausdruck war so verblüffend, daß Eliste ihren Ärger vergaß. »Was hast du?« fragte sie leidlich freundlich.

Stelli, die mittlerweile ganz darauf eingestellt war, einer wortreichen Attacke zu widerstehen, wurde von Elistes ungewöhnlicher Milde überrumpelt. Mit finsterem Blick verschränkte sie unsicher die Arme vor der Brust.

»Sag schon, was hast du?« drängte Eliste, deren Neugier geweckt war.

Stelli zögerte. Ihr olivhäutiges Gesicht unter dem Rüschenhäubchen, das meistens so teilnahmslos blickte, spiegelte nun widerstreitende Gefühle. Eliste wartete gespannt, und schließlich antwortete die Magd mühsam: »Es geht um Zhen… Herrin.« Wie üblich sprach sie die Anrede mit merklichem Widerwillen aus.

»Um wen?«

»Um Zhen Suboson. Mein Herr, der Marquis, hat Zhen im Stall eingesperrt. Was wird jetzt aus ihm werden?«

»Ach, meinst du etwa den Jungen, den man mit Hetzschriften erwischt hat?«

Stelli nickte.

»Nun…« Eliste hob die Schultern, »man wird ihn zweifellos bestrafen. Das hat er ja wohl auch verdient.«

»Verdient?«

»Er hat gegen die Anweisungen meines Vaters verstoßen. Zudem noch mit voller Absicht. Der Marquis kann das doch wohl kaum durchgehen lassen, oder?«

»Was wird mit Zhen geschehen?«

»O…« Angesichts der Sorge ihrer Magd antwortete Eliste mit leichtem Mitgefühl. »Nichts allzu Schlimmes. Vielleicht bekommt er ein paar Hiebe, mehr gewiß nicht. Mein Vater ist kein Barbar. Der Junge braucht kaum um seine Gliedmaßen zu fürchten.« Ihre Versicherung war mehr als bloßes Gerede. In früheren, gewalttätigeren Zeiten hatte man ungehorsame Leibeigene für gewöhnlich verstümmelt und ihnen Gliedmaßen genommen. Die Zeiten hatten sich jedoch gewandelt, und die heutige aufgeklärte Generation der Adligen beschränkte die körperliche Züchtigung, von besonderen Fällen einmal abgesehen, auf Verprügeln, Treten und An-den-Pranger-Stellen.

Stelli schien Mühe zu haben, ihre Besorgnis in Worte zu fassen. Schließlich entgegnete sie mit merklicher Anstrengung: »Zhen darf nicht ausgepeitscht werden.«

»So schlimm wird es schon nicht werden. Das geht rasch vorbei, und dann hat er wieder eine weiße Weste.«

»Nein. Man darf ihn nicht schlagen.«

»Was, willst du damit sagen, er sei unschuldig?«

»Ja. Unschuldig. Das stimmt.«

»Unfug. Er hatte Niriennes Schriften bei sich. Wie erklärst du das?«

»Das ist doch bloß Papier und Tinte. Für eine solche Kleinigkeit sollte man ihn nicht schlagen.«

»Begreifst du denn nicht, um welches Prinzip es dabei geht? Mein Vater hat Niriennes Schriften von seiner Besitzung verbannt. Dein Freund Zhen hat vorsätzlich dagegen verstoßen, und deshalb muß er bestraft werden. Man wird ihm nicht ernsthaft weh tun, und wenn ihm dies eine Lehre ist, dann wird man ihm auch wieder verzeihen. Begreifst du das nicht?«

»Zhen hat doch gar nichts Schlimmes getan.« Stelli schien nur eine ungenaue Vorstellung davon zu haben, was ein Prinzip eigentlich darstellte. »Er darf nicht geschlagen werden. Das hält er nicht aus.«

»Also, ich fürchte, das wird er schon müssen. Wenn er klug ist, dann wird er sich das eine Lehre sein lassen, und damit ist die Angelegenheit erledigt. Niemand wird einen Groll gegen ihn hegen.«

»Das versteht Ihr nicht.«

»Was hast du da gesagt?« Abermals überwog Elistes Erstaunen ihre Verärgerung über die bemerkenswerte Unverschämtheit der Magd.

»Das versteht Ihr nicht. Zhen darf nicht geschlagen werden, er erträgt es nicht. Er ist nicht stark. Er ist anders als die meisten, er erträgt es nicht, wenn man sich an ihm vergeht.«

»Vergeht? Du weißt ja nicht, was du da redest. Du bist wirklich dumm.«

»Zweifellos. Ihr seid doch die Kluge von uns beiden ... Herrin.«

Ein Anflug von Hohn? Sollte sie es tatsächlich gewagt haben? Das war zweifelhaft, und außerdem war es zu unerheblich, um sich deswegen den Kopf zu zerbrechen.

»Ich will damit sagen, daß Zhen immer ein wenig schwächlich war«, fuhr Stelli ungewohnt mitteilsam fort. »Er ist hager, er hat einen schwachen Magen, er erträgt die Hitze auf den Feldern nicht und leidet unter Schwindelanfällen.«

»Die Einzelheiten sind unnötig.«

»Er ist sehr schwach und nicht geschaffen für Prügel. Und ich habe nachgedacht ...« Ganz offensichtlich fiel es Stelli schwer, um etwas zu bitten, aber die Angelegenheit war ihr doch so wichtig, daß sie ihren Widerwillen überwand und hartnäckig fortfuhr. »Ich habe mir überlegt, daß Ihr Euren Vater bitten könntet, mit Zhen ein Nachsehen zu haben. Werdet Ihr das tun, Herrin?«

»Ich weiß nicht recht. Ganz so einfach wäre das wohl nicht.« Beeindruckt von der neuen Seite, von der sich ihre Zofe auf einmal zeigte, drehte Eliste sich auf dem Stuhl zu ihr herum. »Zunächst einmal ist mein Vater zornig und wäre wohl kaum geneigt, einem solchen Ansinnen Gehör zu schenken. Außerdem bin ich mir gar nicht so sicher, ob das richtig wäre. Auf lange Sicht wäre es vielleicht am besten, wenn der Junge jetzt seine Lehre ein für allemal ...«

»Das hat er schon, Herrin. Er hat es gelernt, das könnt Ihr mir glauben.«

»Du wirkst so entschlossen. Kennst du ihn denn so gut?«

»Er ist mein Zukünftiger.«

»Ach?« Eliste betrachtete ihre Magd voller Neugier. Also war die mürrische Stelli doch ein Mensch. Die freudige Überraschung über diese neue Erkenntnis drohte über die alte Feindseligkeit die Oberhand zu gewinnen.

»Zhen und ich haben uns vor acht Wochen verlobt, Herrin. Vergangene Woche überbrachte uns der Haushofmeister die Einwilligung seiner Lordschaft, und ich dachte schon, jetzt wäre alles klar. Und nun dies.« Stellis gewohnte Unverschämtheit hatte sich vollständig verflüchtigt. Zumindest für den Augenblick wirkte sie beinahe einnehmend. »Zhen ist nicht schlecht, er ist bloß ein Träumer. Er braucht jemanden, der sich um ihn kümmert.«

»So. Das habe ich nicht gewußt.« Elistes Mitgefühl war nun voll entflammt. »Wir müssen schauen, was wir da tun können.«

»Werdet Ihr Euch für Zhen einsetzen, Herrin?«

»Mit Freuden.« Ein Lächeln breitete sich über die Züge der Magd – wenn sie lächelte, wirkte sie um Jahre verjüngt –, und Eliste setzte hinzu: »Du solltest dich nicht zu früh freuen, Stelli. Mein Vater ist erzürnt, und vielleicht hört er ja auch gar nicht auf mich. Aber ich werde mein Bestes tun – das verspreche ich dir.«

»Mehr konnte ich mir auch gar nicht erhoffen, Herrin. Das ist sehr freundlich von Euch.« Stelli war sichtlich überrascht. »Wirklich sehr freundlich. Wenn Ihr und mein Bruder Euch beide für ihn einsetzt, dann wird Zhen gewiß unbeschadet aus dieser Sache herauskommen.«

»Dein Bruder? Was hat denn Dref damit zu tun?«

»Er hat mir versprochen, mit dem Marquis zu sprechen.«

»Oh, das ist aber keine gute Idee. Das sollte er besser bleibenlassen.«

»Warum? Dref ist ein gewandter Redner.«

»Ja, das ist er – es gibt nur wenige, die darin besser sind als er –, aber der Zeitpunkt ist schlecht gewählt. Weißt du, das ist so ...« Es war ungewöhnlich, einer Bediensteten Erklärungen zu geben, schien in diesem Falle aber angebracht. »Mein Vater ist der Ansicht, daß man Leute wie euch nicht zum Lesen- und Schreibenlernen ermutigen oder daß man beides vielleicht sogar ganz verbieten sollte. In Drefs Fall ist es natürlich schon zu spät. Dref kann beinahe schon so lange lesen wie ich ...«

»Länger.« Fast unabsichtlich formte Stelli das Wort lautlos mit den Lippen.

»Aber es führt zu nichts, dies dem Marquis gerade jetzt in Erinnerung zu rufen – das würde alles nur noch schlimmer machen. Am besten hält man Dref einstweilen aus dieser Sache heraus. Hast du mich verstanden?«

»Vollkommen, Herrin, aber ich fürchte, es ist schon zu spät.« Als Eliste die Stirn in Falten legte, setzte Elli hinzu: »Dref ist entschlossen, beim Marquis vorzusprechen. Er ist schon unterwegs. Er wird jeden Augenblick hier eintreffen.«

Eliste erhob sich unwillkürlich und trat ans Fenster, dann sah sie ihren Irrtum ein und hielt inne. Das Schlafzimmer ging nach vorne hinaus, und die Fenster boten Ausblick auf den gepflegten Rasen und die lange Allee, die zum großen Vordereingang führte, der allein Familienangehörigen und Besuchern von Rang vorbehalten war. Dref würde natürlich den Hintereingang benutzen, und den konnte sie von hier aus nicht einsehen. Sie drehte sich um und blickte zu Stelli auf. Eliste war von gewöhnlicher Größe, dennoch überragte das andere Mädchen sie um einen halben Kopf, was in einem Land, in dem körperliche Größe zumeist mit hoher Geburt einherging, ungewöhnlich war. Zudem war Stelli drall und wirkte fast majestätisch: sie hatte eine aufrechte Haltung, breite Schultern, war kräftig und besaß eine üppige Figur, so daß die schlanke Eliste neben ihr beinahe verschwand. Es galt als ein wenig anstößig, wenn eine Magd auf ihre Herrin aus solch königlicher Höhe herunterblicken mußte. Es war mehr als vermessen, es war irgendwie bedrohlich, zumindest in Stellis Fall. Doch daran dachte Eliste jetzt nicht. »Lauf hinunter zur Küchentür«, befahl sie. »Wenn du Dref siehst, sag ihm, er soll wieder gehen. Nein, warte.« Ehe Stelli auch nur einen Schritt machen konnte, hatte Eliste es sich schon wieder anders überlegt. »Du bleibst hier und besserst das zerrissene Nachtgewand aus. Ich werde selbst mit ihm reden.« Darauf wandte sie sich um und eilte aus dem Zimmer. Nach einer Weile folgte ihr Stelli.

Eliste rannte durch das unaufgeräumte Wohnzimmer, ohne auf das Jaulen Prinz vo Plumes zu achten; hinaus auf den Gang, auf dessen alten Wandbehängen, Überbleibsel der mittelalterlichen Vergangenheit, die kriegerischen Heldentaten der gepanzerten Vorfahren der vo Derrivalles dargestellt waren; die Absätze der Treppe mit ihrem dunklen, knolligen, mit Schnitzereien und Riffeln im Stil des vergangenen Jahrhunderts verzierten Geländer hinunter; durch die verschlissene Pracht der übergroßen Gemächer hindurch; über den teppichlosen Durchgang zur großen, seit Jahrhunderten unveränderten Küche, ohne die verwunderten Blicke der herumlümmelnden Küchenjungen zu beachten; und dann über den nackten Erdboden durch die kleine Speisekammer hindurch und hinaus auf die alte steinerne Rampe, auf der die Bediensteten zu promenieren pflegten, wenn sich Straße und Weg zur Regenzeit in Schlammbäche verwandelten. Jetzt war keine Regenzeit. Es war Anfang Sommer, und die warme, staubige Luft hüllte die Felder, Weiden und

Weingärten der Derrivalles in einen Dunstschleier. Das gute Wetter hielt schon seit Wochen an. Die Straßen zwischen dem Gut und der Stadt Sherreen waren gegenwärtig trocken und somit in bestem Zustand für Elistes bevorstehende Reise mit der Kutsche. Und so sollte es auch sein. War es schließlich nicht recht und billig, daß sich die Natur nach den Wünschen der Adligen, ihrer begünstigten Kinder, richtete?

Eliste blickte über den von widerspenstigen Buchsbaumhecken umsäumten Rasen nach Süden. Hinter der Hecke lagen die Blumengärten, und dahinter begannen die Felder, die sich so weit erstreckten wie das Auge reichte. Im Südosten verdeckte eine Pflanzung hoher Nutzrosen den grünbraunen Fischteich. Auf der anderen Seite des Teichs, vom Haus aus nicht zu sehen, lag eine Ansammlung von Leibeigenen-Hütten; und dann kamen die dichtbewaldeten Hügel, ein pittoreskes und geheimnisvolles Reich, angeblich ein beliebter Aufenthaltsort von Räubern, Ghulen und abtrünnigen Magiern – und jedenfalls die Heimstatt von Onkel Quinz' Einsiedelei. Der beliebte Philosoph Rees-Raas Zhumeau behauptete, in einer natürlichen Umgebung kämen die besten Eigenschaften des Menschen zum Vorschein. Derlei Gedanken schienen durch Quinz vo Derrivalle, den nettesten und weltfremdesten aller adligen Einsiedler, bestätigt zu werden. Es hieß, Quinz sei in den üblichen Spielarten der Hohen Magie besonders bewandert und nahezu unerreicht. Eliste konnte dazu nichts sagen, denn sie hatte noch nie darüber nachgedacht. Sie wußte bloß, daß er liebevoll und liebenswert war, freundlich, naiv wie ein Kind und manchmal wirklich unterhaltsam mit seinen magischen Kunststücken.

Der Ausblick nach Südwesten schien weniger anregend. Dort lagen schmucke, schwere Vorgebäude – die Stallungen, das Kutschhaus, das Quellhaus, die Räucherkammer, das Hühnerhaus, die Milchwirtschaft und so weiter –, dann kamen die Weingärten und die Weinkellerei und schließlich die lange, ausgefahrene Straße, die über den Hang in das triste kleine Dorf hinunterführte, wo die Bauern wohnten, die dem Marquis vo Derrivalle den Pachtzins zahlten.

Ein stehendes Bild, abgesehen von den in der Luft schwebenden Vögeln und den winzigen, puppenhaften Gestalten der Leibeigenen, die in der Ferne auf den Kornfeldern arbeiteten. Und dann trat aus einer Lücke in der Hecke eine hochgewachsene, schlanke Gestalt hervor, und Elistes Blut kreiste schneller vor freudiger Erwartung. Eine dumme Regung – andererseits hatte Dref Zeenoson schon immer diese Wirkung auf sie gehabt, so lächerlich das auch war. Aber vielleicht war es ja auch gar nicht so lächerlich. Dref war zweifellos amüsant. Ein Leibeigener von solch hinreißender Schlagfertigkeit und Klugheit hatte sicherlich besondere Aufmerksamkeit verdient. Aufgrund seiner geistigen Beweglichkeit war er seit frühester Kindheit ihr Gefährte gewesen – oder umgekehrt, denn er war älter als sie.

Vor etwa vierzehn Jahren, zu der Zeit, als Elistes Erziehung begonnen hatte, war der Marquis vo Derrivalle auf die bemerkenswerten Fähigkeiten des zehnjährigen Dref Zeenoson aufmerksam geworden. Schon damals konnte Dref addieren, subtrahieren, dividieren, endlos lange Zahlenreihen im Kopf multiplizieren und blitzschnell das richtige Ergebnis nennen. Ungeachtet der Tatsache, daß Leibeigene über keine mathematische Begabung verfügten – er vermochte es trotzdem. Zeigte man ihm ein Landschaftsbild oder eine Reihe unterschiedlicher Gegenstände, so verstand er sie später mit einer Genauigkeit zu beschreiben, die keinen Zweifel daran ließ, daß er in seinem Kopf deutliche Bilder speicherte. Er war noch keine drei Jahre alt, da kannte er bereits die Buchstaben seines Namens und, was noch wichtiger war, er wußte um deren Bedeutung. Lesen lernte er fast von selbst, wie es schien, und er erinnerte sich an alles, was er einmal gelesen hatte. Mit sieben verschaffte er sich ein Federmesser, mit dem er aus Holz die Einzelteile kleiner wind- und wasserbetriebener Maschinen schnitzte. Er spielte Flöte, Mundharmonika, Ocarina, Fuga und Glasorgel wie ein Sohn der Edlen. Er komponierte Melodien und schrieb sie in seinen eigenen Noten nieder, dann spielte er sie auf verschiedenen Instrumenten. Er bildete Skulpturen aus Ton und aus Gips, bemalte sie mit Wasser- und Temperafarben, ritt und beschlug Pferde, dichtete, flickte Schuhe, fing Fische und nahm sie aus, legte Schlingen, konnte Fasan köstlich zubereiten und baute Modelle von Phantasiebauten und Burgen. Kurz gesagt, es gab fast nichts, was dieser bemerkenswerte Junge nicht vermochte, und man munkelte, in seinen Adern fließe adliges Blut, denn eine andere Erklärung für seine bei einem Leibeigenen so ungewöhnlichen Begabungen gab es anscheinend nicht.

Der Marquis wurde auf ihn aufmerksam. Seine Lordschaft fand, die Fähigkeiten dieses jungen Wunderkindes – die ihm möglicherweise einmal von großem Nutzen sein würden – sollten gefördert werden. Daher hatte er Dref Zeenoson das geradezu unglaubliche Vorrecht einer Hohen Erziehung gewährt. Dref war zusammen mit des Marquis eigener Tochter unterrichtet worden, er hatte ihre Lehrer ausgefragt, den Bestand der Hausbibliothek verschlungen und war dann dazu übergegangen, sich weitere Bücher zu besorgen, indem er mit den vorbeikommenden Hausierern Tauschhandel trieb. Er war sogar so weit gegangen, der aufgeweckten, aber unaufmerksamen Eliste bei den Hausaufgaben zu helfen.

Er war sieben Jahre älter und unbestreitbar gescheiter als sie. In den ersten Jahren ihrer Erziehung hatte Eliste ihn geliebt und bewundert, geradezu vergöttert. Sie war ihm überallhin nachgelaufen, hatte seine

Sprüche zitiert und ihm ständig zugesetzt, Blaue Katze mit ihr zu spielen. Später war sie sich natürlich seiner untergeordneten Stellung bewußt geworden, und ihre Bewunderung hatte unweigerlich nachgelassen. Der Tadel und Spott ihrer Familie machten sie empfänglich dafür, wie unangemessen ihre Zuneigung war. Sie werde allmählich erwachsen, so sagte man ihr; und eine junge Dame, eine geborene Derrivalle, wähle ihre Freunde unter Ebenbürtigen aus, verhielte sich würdevoll und vergäße vor allem nie ihre Stellung. Es sei denn, natürlich, sie *zöge es vor*, unter Leibeigenen zu leben. Wenn ihr dies lieber sei, stünde es Eliste frei, das Schloß zu verlassen und zu den mit Rauch und Schweißgestank gefüllten Hütten zu gehen, in denen die Leibeigenen inmitten von Fliegen lebten, und dort könne sie es sich ja unter einem verschimmelten Dach gemütlich machen. Mit ihrer Vorliebe für die Gemeinen werde es ihr dort schon gefallen. Man werde ihr beibringen, den Acker zu bestellen, Dung zu schaufeln, den Boden zu schrubben, Abfall zu essen und Läuse zu picken. Sie könne ihre Tasse und ihren Teller mitnehmen, nicht jedoch den Silberlöffel mit ihrem eingravierten Namen und dem Familienwappen, denn dabei müsse es sich offenbar um einen Irrtum gehandelt haben. Sie könne unmöglich Eliste vo Derrivalle sein, die Tochter seiner Lordschaft. Vielmehr sei sie wohl eine Betrügerin von niedriger Herkunft, ein Bauernbalg, das man bei der Geburt mit dem Kind des Marquis vertauscht habe. Dies sei in einem solchen Fall die einzig mögliche Erklärung für ihr Betragen.

Schließlich hatte man dem kleinen Mädchen die schlimmsten Flausen ausgetrieben. Das neugewonnene Verständnis ihrer eigenen Stellung machte sie auch selbstbewußter. Der vertraute Umgang mit Untergebenen wurde nicht mehr geduldet. Im Alter von acht Jahren war aus Eliste vo Derrivalle tatsächlich eine sehr hochmütige junge Dame geworden – mit einer ausgeprägten Neigung, Bedienstete zu tadeln und zu züchtigen. Diese Neigung war allerdings nur von kurzer Dauer. Nach einiger Zeit entwickelte sie ein unbefangenes Selbstvertrauen, das heitere Gefühl naturgegebener Überlegenheit, wie es ihrer Klasse zu eigen war. Von Selbstzweifeln geplagte Anmaßung machte einer entspannteren Selbstsicherheit Platz, und Eliste eignete sich die nachlässig-herrische Freundlichkeit an, auf die die meisten Untergebenen so gut ansprachen. Die meisten, jedoch nicht alle – und keinesfalls Dref. Es war schwer, ihm gegenüber nachlässige Überlegenheit zur Schau zu stellen – jedesmal, wenn sie es versuchte, vermittelte er ihr das Gefühl, sich lächerlich zu machen. Ihre Versuche, würdevoll zu erscheinen, weckten seinen Spott, den sie ihm, wie er sehr wohl wußte, nicht übelnehmen konnte. Alte Bindungen sind zäh, und Eliste vermochte ihre Zuneigung zu Dref nicht zu überwinden; allerdings war es ein Fehler, ihn das merken zu lassen – er neigte dazu, ihre Schwäche auszunutzen. Überhaupt war er viel zu frei in seinem Benehmen und ließ es ihr gegenüber an jeglicher Ehrerbietung fehlen, ganz so, als betrachtete er sich als ihr gleichgestellt oder sogar geistig überlegen – erfahrener und gebildeter als sie es war. Dies hätte sie keinesfalls dulden dürfen. Ihre Nachsicht ermutigte ihn nur in seiner Überheblichkeit.

Und da tauchte die erwähnte Überheblichkeit gerade in der Ferne auf, mit ihrer aufrechten Haltung, dem unbekümmert schwingenden, ausgreifenden Schritt und dem unpassend stolz gereckten dunkelbehaarten Kopf. Es war schwer in Worte zu fassen, doch irgend etwas an Dref Zeenosons Erscheinung verletzte hochwohlgeborene Empfindsamkeiten auf hintergründige Weise. Wie seine Schwester war auch Dref größer, als einem Leibeigenen anstand. Seine Beine schienen zu lang; seine Gestalt zu schlank, eher behende als kräftig; seine Gesichtszüge zu fein; das hagere Gesicht mit dem starken Kinn so beweglich und ausdrucksvoll, daß es einen manchmal sogar erschreckte; die Hände zu schmal und geschickt und zu gepflegt; keine schwarzen Halbmonde unter den kurzen Nägeln, kein verkrusteter Dreck. Im Gegensatz zum gewöhnlichen Leibeigenen badete Dref Zeenoson gern. Wenn das Wetter danach war, sprang er in den Teich und verstand es, sich darin zu säubern, was den Gebrauch von teurem Parfüm, zu dem er sowieso keinen Zugang hatte, überflüssig machte. (Wenn Dref nur gewollt hätte, würde er sich bestimmt auch Parfüm verschafft haben können. Hätte er es nicht von einem Hausierer bekommen, dann hätte er es sich selber aus Blumen, Kräutern, Ölen und Extrakten gebraut, aus allem, was sich gerade anbot. So war Dref eben.) Daß ihm nicht der gewöhnliche Bauerngeruch anhaftete, war erfrischend, wirkte aber auch ein wenig überheblich. Ein Kutschpferd sollte nicht einem Rennpferd gleichen, und ein Leibeigener sollte nicht seine Herren nachäffen.

Ihr fiel auf, daß er seine besten Kleider trug. Den geflickten, gelb-grauen Kittel hatte er gegen ein zwar grobes, aber sauberes und schmuckes Leinenhemd eingetauscht. Darüber trug er eine kurze Jacke und ein Halstuch. Anstatt der gewohnten weiten Pantalons war er mit Kniehosen und fadenscheinigen weißen Strümpfen bekleidet. Die gräßlichen Holzschuhe hatten abgenutzten Lederschuhen Platz gemacht, deren Metallknöpfe sorgfältig von Rost gereinigt schienen. Die mit Bedacht gewählte Kleidung, gemeint als Zeichen des Respekts, war höchst unpassend für den Anlaß. Er wirkte zu geschniegelt, zu unabhängig, auf schwer erklärbare Weise zu … hochmütig. Im Augenblick würde der Marquis vo Derrivalle nur ablehnend auf diese Anmaßung antworten.

Er blickte auf, sah sie am Kücheneingang warten und winkte. Sie winkte lächelnd zurück und beobachtete regungslos, wie er den Rasen überquerte und die alte Steintreppe hochgestiegen kam. Im nächsten Augenblick verneigte er sich vor ihr – durchaus untadelig, jedenfalls in der Absicht, aber irgendwie kam es falsch heraus, wie so viele seiner vorgeblich unterwürfigen Gesten. Leibeigene und Bauern sollten sich ruckartig auf und ab bewegen wie arthritische Trunkenbolde, mit hochgezogenen Schultern und durchgedrückten Knien, die Arme entweder vor der Brust verschränkt oder schlaff herabhängend. Dref jedoch – mit seiner hageren, beweglichen Figur – konnte einen Kratzfuß machen, der eines Tanzmeisters würdig gewesen wäre. Manchmal wirkten seine tadellosen Höflichkeitsbekundungen nahezu burlesk und unverschämt in ihrer fließenden Anmut – wenigstens kam es Eliste, die ihn schließlich kannte, so vor. Jemand anderem wäre vielleicht gar nichts aufgefallen. Und jetzt tat er es wieder, verbeugte sich wie die Karikatur des Bediensteten noch tiefer, als der Anstand es erforderte. Er richtete sich wieder auf, und sie sagte ohne nachzudenken: »Warum läßt du dir nicht einfach eine Stirnlocke wachsen und zupfst daran? Das würde reichen, und du bräuchtest dich nicht zu verneigen.«

»Aber ich verneige mich lieber. Das ist eine höchst ausdrucksstarke Geste.« Seine Stimme war angenehm leise und seine Ausdrucksweise einzigartig. Die ausgezeichnete Grammatik und die belesene Flüssigkeit standen allerdings in krassem Gegensatz zum Dialekt eines Bauern der Nordprovinz.

»Ich weiß. Zu ausdrucksstark. Ich an deiner Stelle würde mir das mal durch den Kopf gehen lassen.«

»Gewiß doch. Aber wie soll ich mir die vollkommene Zurückhaltung aneignen?«

»Vollkommene Impertinenz ist eher dein Stil, aber die wirst du nie erreichen, da du gänzlich unvollkommen bist.«

»Dann bewirkt meine Unvollkommenheit also vollkommene Konsistenz.«

»Und zerstört so ihre eigene Konstanz.«

»Und bewahrt so ihre vollständige Unvollkommenheit.«

»Leibeigene sollten nicht nach Paradoxen streben.«

»Und wonach sollen wir sonst streben, außer nach Unterwürfigkeit?«

»Oh ...« Sie überlegte einen Augenblick. »Nach Loyalität. Pflichtgefühl. Verläßlichkeit.«

»Dies verlangt ihr auch von euren Pferden und Hunden. Sonst nichts?«

»Aufrichtigkeit. Stete Liebenswürdigkeit.«

»Das ist ein fades Süppchen, das du mir da einbrocken möchtest.«

»So kann nur ein Unzufriedener denken. Aber einfache Speise ist höchst nahrhaft, das mußt du zugeben.«

»Ach komm, deine Vorstellungskraft läßt zu wünschen übrig. Was noch?«

»Demut«, schlug sie vor. »Achtung vor den Höhergestellten.«

»Wie soll ich sie erkennen? Die Urteile von Natur und Gesellschaft stimmen selten überein.«

»Es steht dir wohl kaum an, diese Unterscheidung zu treffen.«

»Da ich nun mal mit Augen und Verstand geschlagen bin, wie soll ich das vermeiden?«

»Sei nicht unverschämt.«

»Ich habe dich doch nicht etwa verletzt?« fragte er mit unerträglicher Besorgtheit.

»Oh, verletzen kannst du mich gar nicht – so ernst nehme ich dich nämlich nicht. Aber wage es bloß nicht, diesen Unsinn bei jemand anderem anzubringen, das wirkte nämlich, als würdest du Ärger suchen.«

»Ärger braucht man nicht erst zu suchen. Er kommt ebenso ungerufen wie der Steuereintreiber deines Vaters im Herbst.«

»Und wie der Steuereintreiber meines Vaters ist er klebrig wie Teer, der im Schamott hängenbleibt.«

»Um im Bilde zu bleiben – am häufigsten werden jene mißbraucht, die sich nicht wehren können.«

»Die Unschuldigen brauchen Mißbrauch wohl kaum zu fürchten.«

»Darin zeigt sich deine naive Unwissenheit, Kind.«

»Naiv! Unwissenheit! Kind! Wie kannst du es nur wagen? Nimm das zurück, Dref!« Sie stampfte auf den Boden. »Nimm das sofort zurück!«

»Das tue ich. Wie konnte ich nur? Ich bedaure meine Bemerkung aufrichtig. Ich werde dich nie wieder naiv nennen. Trotzdem muß ich gewisse Ausnahmen von den von dir genannten ehernen Prinzipien geltend machen. Denk zum Beispiel mal an Zhen Suboson.«

»Der Zukünftige deiner Schwester, dieser junge Aufwiegler.«

»Wohl kaum eine solch tragische Figur. Bloß ein harmloser Träumer mit einer kindlichen Vorliebe für verbotene politische Traktate. Deines Vaters Aufmerksamkeit unwürdig.«

»Ich bin geneigt, dir zuzustimmen. Wie ich höre, bist du gekommen, um dich für Zhen einzusetzen.«

Er nickte.

»Tu's nicht.« Als er die Brauen hob, fügte sie hinzu: »Das ist der falsche Zeitpunkt. Wie ich eben schon zu deiner Schwester sagte, hat sich mein Vater wegen dieser dummen, kleinen Affäre in eine prächtige Wut hineingesteigert. Es tut ihm bereits leid, zugelassen zu haben, daß einige Leibeigene Lesen und Schreiben lernen. Wenn gerade du ungerufen bei ihm erscheinst, nachdem du dich ohne Erlaubnis von deiner Arbeit entfernt hast, noch dazu auf eine Weise herausputzt, die deiner Stellung nicht entspricht, und mit gewichtiger Miene, wie es deine Art ist, dann würdest du nur Öl ins Feuer gießen. Am besten hältst du dich da raus, Dref.«

»Nichts wäre mir lieber. Der arme Zhen ist aber ein besonders guter Freund von mir und noch dazu der

Zukünftige meiner Schwester, und er braucht Beistand. Sich selbst verteidigen kann er bestimmt nicht.«

»Nun, ich habe versprochen, bei meinem Vater ein gutes Wort für ihn einzulegen.«

»Wirklich? Da bin ich ja erleichtert.« Diesmal hatte er den Spott ganz beiseite gelassen. In seinen Augen – die ebenso groß, strahlend und schwarz wie Stellis Augen waren – spiegelte sich eine ungewohnte Besorgnis wider. »Einen besseren Fürsprecher könnte sich Zhen gar nicht wünschen.«

In den letzten Jahren hatte er sich ihr gegenüber eine spöttisch übersteigerte Ehrerbietung zugelegt, und Eliste hatte sich daran gewöhnt. Nun, da sie sich angesichts des unerwarteten Ernstes in seinem Gesicht auf einmal wieder an den Dref aus ihrer Kindheit erinnerte, fühlte sie sich unbehaglich, sogar verlegen, und erwiderte daher hastig: »Ich habe deine Schwester bereits gewarnt – ich kann nicht versprechen, daß ich Erfolg haben werde.«

»Ich flehe dich an, tu, was du kannst, sonst muß der junge Zhen leiden, und stark ist er nicht.«

Er war immer noch beunruhigend ernst, und sie verspürte einen jähen Stich, so etwas wie Schuld oder Scham, das jedoch rasch Verärgerung Platz machte. Sie war wohl ein wenig gelangweilt, sagte sie sich, und bedauerte es schon, daß sie sich dazu herabgelassen hatte, auf die unbedeutenden Belange Untergebener einzugehen. Nun zuckte sie die Achseln und antwortete kühl: »Eigentlich begreife ich nicht, warum du und deine Schwester diesen Vorfall so aufbauscht. Was ist denn so schrecklich daran, wenn Zhen Suboson – oder wie der Name dieses Flegels auch lauten mag – ausgepeitscht wird? Bestimmt hat er ein dickes Fell; er würde kaum etwas spüren. Auf jeden Fall hat er eine Strafe verdient. Er war vorsätzlich ungehorsam, und die Bestrafung wird ihm vielleicht dabei helfen, seine Fehler zu überwinden.«

»Aha. Dann frage ich mich, ob sie dir vielleicht ebenso helfen würde?« Über zu großen Ernst von seiner Seite brauchte sie sich nicht mehr zu beklagen. Die Zähne blitzten weiß in seinem braungebrannten Gesicht; sein Lächeln war ihr irgendwie unheimlich.

»Meine Fehler? Was meinst du damit?«

»Vielleicht hast du ja gar keine Fehler? Aber nehmen wir einmal an, die Tochter seiner Lordschaft sei nicht fehlerlos. Würde eine ordentliche Tracht Prügel, öffentlich verabreicht und gefolgt von einem gesunden Aufenthalt am Pranger, ihren Charakter vielleicht verbessern?«

»Sehr gut, du Narr!«

»Vielleicht hast du dich ja erdreistet, das falsche Buch zu lesen; oder du hast zu freimütig gesprochen oder deine Steuern nicht rechtzeitig bezahlt; oder du hast ohne Erlaubnis die Besitzungen deines Herrn verlassen. Schließlich wäre es zu deinem eigenen Nutzen.«

»Wie lächerlich du daherredest – wirklich spaßig. Aber was für eine verrückte Idee, die Einschränkungen, die das gemeine Volk betreffen, sollten auch auf mich oder auf irgendeinen anderen Angehörigen des Adels zutreffen! Wir sind wohl kaum aus demselben Stoff gemacht.«

»Bist du dir da so sicher? Sind die Unterschiede zwischen den Menschen wirklich so groß? Nach Ansicht gewisser Naturphilosophen sind die sogenannten magischen Kräfte der Edelleute, die zu fürchten man uns gelehrt hat, erloschen, haben sich erschöpft oder stellen allenfalls eine Ausnahme von der Regel dar.«

»Dann sind diese Naturphilosophen von Natur aus Narren. Was ist mit meinem Onkel Quinz? Besitzt er etwa keine magischen Fähigkeiten?«

»Das steht außer Frage«, räumte Dref ein. »Aber ist er nicht ein wenig außergewöhnlich, geradezu einzigartig?«

»Ach, da bin ich mir nicht so sicher«, gab sie leichtfertig zurück. »Aber nehmen wir mal dich. Du bist der lebende Beweis für die angeborene Verschiedenartigkeit der Edelleute und des gemeinen Volks. Wenn für beide die gleichen Gesetze gelten sollen, könntest du ebensogut gleiche Rechte für Schaf und Schäfer fordern.«

»Nun, kleine Schäferin, du würdest zweifellos gut für deine Herde sorgen, zur Freude all derer, die gerne Hammelkeule speisen.«

»Komödiant!« rief sie leicht verärgert aus. Dann blickte sie in die schwarzen Augen, deren Ausdruck sie nicht lesen konnte, und ihr kam der Gedanke, der Vergleich, auch wenn er als nüchterne Feststellung einer allgemeinen Tatsache gemeint gewesen war, könnte ihn gekränkt, vielleicht sogar verletzt haben. Zerknirscht versuchte sie sogleich, ihren Fehler wiedergutzumachen. »Du darfst aber nicht glauben, das träfe auch auf *dich* zu, Dref. Du bist anders, höchst außergewöhnlich, und jeder weiß das. Du bist so klug, so genial, du stehst weit über deinesgleichen. Jedermann glaubt, in deinen Adern flösse adliges Blut. Abgesehen von deiner zufälligen Geburt könntest du beinahe einer von uns sein.« So: damit müßte alles wieder gut sein. Das höchste Lob, und jedes Wort davon wahr.

Er schien trotzdem nicht besänftigt. Zwar lächelte er, das ja, aber sie kannte diesen Ausdruck – er bedeutete, daß er verstimmt war.

»Ich muß mich einer solchen Ehre als unwürdig bekennen. Mein Blut ist sicherlich nicht adlig, wie du es sagst.« Er sprach langsam, zog die Vokale in die Länge und sprach das ›R‹ undeutlich aus, um die schleppende Ausdrucksweise der Bauern zu betonen, was sie ärgerte. »Ich bin nicht mehr, als ich erscheine, und daher ebenso verachtens-, unterdrückens- und ausbeutungswürdig wie jeder andere Angehörige meiner Klasse.«

»Armer Dref. Weißt du, was dein Problem ist?« Sie ließ ihm keine Zeit für eine Antwort. Diesmal würde er sie nicht ausstechen. »Du kannst dich nicht mit der Wirklichkeit abfinden. Nichts ist dir jemals gut genug. Ständig haderst du mit der Menschheit, der Gesellschaft, der Welt und allem, was dazugehört. Sonne, Mond und Sterne können deinen Ansprüchen gewiß auch nicht genügen. Und daher grummelst du von Tyrannei, Grausamkeit, Unterdrückung und Ausbeutung. Es mag ja sein, daß einige Adlige ihre Vorrechte hin und wieder mißbrauchen. Schließlich sind wir nicht vollkommen. Aber was kann man dagegen tun? Der Adel, mit besonderen Fähigkeiten ausgestattet, von Natur aus dazu bestimmt, zu herrschen und zu führen, erfüllt lediglich seine naturgegebene Aufgabe in der Welt. Willst du die herrschende Klasse stürzen, willst du die Regierung abschaffen? Willst du die Bevölkerung befreien, auf die Gefahr hin, daß die Zivilisation zerstört wird? Schätzt du Ungezügeltheit höher ein als Frieden und Ordnung, als das Leben selbst? Es muß Führung geben, Recht und Ordnung, zu allgemeinem Nutzen; sonst bricht das Chaos über uns herein. Ist es etwa das, was du willst?« Mit funkelnden Augen schloß sie ihre Rede. Jetzt hatte sie es ihm aber gegeben, da war sie sich sicher.

»Ich bewundere die Leichtigkeit, mit der du die hohlen Phrasen nachplapperst, die am Tisch deines Vaters fallen. Ein gutes Gedächtnis ist allerdings noch kein Ersatz für gute Gründe.« Ohne sich an ihrer finsteren Miene zu stören, fuhr er fort: »Ist dir noch nie der Gedanke gekommen, daß eine tragfähige Regierung und adlige Abstammung zwei verschiedene Dinge sein könnten? Oder daß das fragwürdige Vorhandensein gewisser besonderer Fähigkeiten nicht notwendigerweise zum Regieren ausreicht? Oder daß Einschränkungen der Vorrechte nicht unbedingt in Anarchie münden müssen?«

»Nun« – sie hob die Schultern –, »ich muß dich leider enttäuschen, aber die Geschichte lehrt uns etwas anderes.«

»Geschichte war noch nie deine Stärke, kleine Elli«, bemerkte er, und sie sah ihn überrascht an, denn so hatte er sie schon seit Jahren nicht mehr anzureden gewagt. Offenbar war er doch erregter, als sie gemeint hatte. »Du hast vergessen, daß das Land Vonahr nicht immer die uneingeschränkte Monarchie war, die es heute ist. In der Vergangenheit war die Macht des Königs beschränkt, und die Unterjochung der Bauern war dementsprechend lückenhaft. Der gewöhnliche Arbeiter erfreute sich einer persönlichen Freiheit, wie sie heute unbekannt ist. Erst mit der Großen Plage – das heißt, vor kaum zweihundert Jahren – wurden Gesetze erlassen, die den Bauern an seine Scholle banden, womit die heutige Form der Leibeigenschaft entstand. Ich brauche wohl nicht noch zu betonen, daß die Entwicklung damit längst nicht abgeschlossen war, und daß es heute, in einer Zeit, die sich soviel auf ihre Aufgeklärtheit zugute hält, dem adligen Grundherrn freisteht, seine Leibeigenen einzukerkern, auszupeitschen, zu verstümmeln und sogar hinzurichten, ohne daß er eine äußere Einmischung zu fürchten bräuchte.«

»Den meisten Leibeigenen geht es gar nicht so schlecht. Die Faulen beklagen sich halt gerne, so ist das eben.« Eliste fühlte sich zunehmend unbehaglich in ihrer Haut, und sie begann sich zu langweilen. Warum bloß hatte er sich nicht auf das übliche Geplänkel beschränkt? Das war viel unterhaltsamer.

»Hier sehen wir die verderblichen Folgen, die Bildung für den unreifen Verstand hat.

Dann laß mich rasch fortfahren. Es versteht sich von selbst, daß der adlige Grundherr sämtliche Lebensumstände seines Menschenviehs bestimmt – angefangen mit der Geburt, bei der der leibeigene Säugling das Brandmal erhält, das ihn als Gutsbesitz ausweist;

in der Kindheit, wenn die Kleinen in Demut unterwiesen werden, während man ihnen den Zugang zu jeglicher Bildung üblicherweise verwehrt; in der Jugend, in der ihnen nach Gutdünken ihres Grundherrn entweder eine Rolle als ungelernter Arbeiter oder Handwerker zugeteilt wird; im Erwachsenenalter, wo sie die Erlaubnis ihres Grundherrn benötigen, um zu heiraten, sich eine Hütte zu bauen, einen Brunnen zu graben oder sich einen privaten Gemüsegarten anzulegen; im hohen Alter, das im allgemeinen durch Bedürftigkeit, Not und Hoffnungslosigkeit verkürzt wird; und schließlich sogar noch im Tod, wo das unsägliche Leichenprivileg dem Grundherrn das Recht gibt, über die sterblichen Überreste des Leibeigenen nach Belieben zu verfügen – sie notfalls zu Hundefutter zu verarbeiten, sollte er das für zweckmäßig erachten.«

»Das ist kränkend und abscheulich! Niemand käme je auf einen solchen Gedanken, das weißt du genau!«

»Ach, wirklich? Man kann nicht notwendigerweise voraussetzen«, fuhr Dref trocken fort, »daß sich die herrschaftliche Autorität auf das wenige beschränkt, das ich bislang kennengelernt habe. Im Laufe eines armen und zumeist auch armseligen Lebens rackert sich der Leibeigene – wie auch der angeblich freie Bauer – ständig ab, bloß damit die besten Früchte seiner Mühen vom Grundherrn eingeheimst werden. Das Instrument der Beraubung sind die Steuern, von denen es eine erkleckliche Anzahl gibt. Da haben wir die Brunnensteuer, die Herdsteuer, die Mühlensteuer, die Flaschensteuer, die Wegerechtsteuer, die Saatsteuer, die Feldsteuer, die Weinsteuer, die Obststeuer. Das Alter mündet in Ungewißheit und bringt die Arbeitsverluststeuer. Ich könnte die Aufzählung noch fortsetzen, aber es ist zwecklos, alle Steuern zu benennen. Es genügt wohl, wenn ich sage, daß sämtliche Zeiten im Leben eines Bauern von der Raffgier seines Unterdrückers durchdrungen und verdorben werden. Seine

Jugend und seine Kraft sind Waren, die dem Herrn gehören. Er arbeitet von früh bis spät, um den Luxus der Adligen zu bezahlen, während seine eigenen Kinder Not und Hunger leiden. Er besitzt keine Stimme beim Erlaß der Gesetze, die ihn fesseln, obwohl sie von der Geburt bis zum Tod jeden seiner Atemzüge kontrollieren. Für das Gesetz ist er kaum mehr als ein Arbeitstier. Aber wehe dem Leibeigenen, der sein Los dadurch zu verbessern trachtet, daß er von der Besitzung seines Herrn flieht. Ausgestoßen und geächtet, gejagt und verachtet, ohne Freunde und den Hungertod vor Augen, kommt der arme Kerl meistens schon nach Tagen zu seiner Hundehütte zurückgekrochen. Im unwahrscheinlichen Fall, daß er dies nicht tut, ändert sich auch nichts; das Zeichen, das er am Leibe trägt, wird ihn verraten und dafür sorgen, daß er bald wieder eingefangen wird.« Mit einem dünnen Lächeln schaute er auf seine rechte Hand hinunter, auf deren Rücken der Buchstabe D schwarz eintätowiert war, der ihn als Leibeigenen der Derrivalles auswies.

Elistes Wangen waren flammendrot. Einen Augenblick lang hielten Verwirrung und ein merkwürdiges Gefühl der Demütigung ihre Zunge im Zaum. Beinahe hätte sie die gebrandmarkte Hand ergriffen, und dieses törichte Verlangen verstärkte noch ihr Unbehagen. Sie fühlte sich seltsam schuldig, und dieses Gefühl war so unangenehm, daß sie im Zorn Zuflucht suchte. Wie konnte er es wagen, sie zu tadeln, wie konnte er es *wagen*? Seine Klagen grenzten eigentlich schon an Vorwürfe. Unglaublich, daß ein Leibeigener so zu ihr sprach – empörend und unerträglich. Sie reckte das Kinn und entgegnete mit der Gereiztheit kühler Langeweile: »Ich nehme an, dein überlanger, ermüdender Vortrag läuft auf eine Schlußfolgerung hinaus.«

»Die Schlußfolgerung ist die: Die Herrschaft eines Königs und seiner Gefolgsleute ist weder ein Naturgesetz noch eine historische Notwendigkeit. Wandel ist durchaus möglich. Und wenn dies stimmt, stellt die jahrhundertelange planmäßige Schikanierung der Bevölkerung eine Blutschuld dar, die eines Tages mit Zins und Zinseszins getilgt werden mag.«

»Und was soll *das* nun wieder heißen?«

»Ausreichend aufgestachelt, sind selbst die elendsten Sklaven fähig, sich gegen ihre Herren zu wenden – und dann werden die Rufe nach Gerechtigkeit und nach Rache ununterscheidbar. Und das solltet ihr, du und deinesgleichen, bedenken.«

Einen Augenblick lang starrte sie ihn verblüfft an; dann stieß sie ein gekünsteltes kleines Lachen aus. »Mein Gott, wie ernst du dreinschaust – wie grimmig und wie komisch. Das ist doch sonst gar nicht deine Art. Jetzt begreife ich, warum mein Vater die Schriften solch selbsternannter Weiser vom Schlage eines Shorvi Nirienne verboten hat. Er hatte recht damit, denn diese Unruhestifter machen einen langweiligen Kleinigkeitskrämer aus dir.«

»So etwas kann Bildung bewirken. Soll ich dir sagen, was sie bei dir auslöst?«

»Das reicht!« Ihre mühsam bewahrte Gelassenheit zerstob. »Du gehst zu weit, ich will nichts mehr hören! Das ist dumm und langweilig, und wenn du so zu jemand anderem aus meiner Familie gesprochen hättest, dann hätte man dich auspeitschen lassen!«

»Ah, das große Allheilmittel. Seine wohltuende Wirkung werden wir wohl bald bei Zhen Suboson beobachten können.«

»Der schon wieder – der kümmert mich nicht! Meinetwegen soll er bluten! Nein, ich hab's nicht so gemeint, ich nehme es zurück!« Sie hielt inne und faßte sich wieder. Aus irgendeinem Grund schien es ihm heute Freude zu machen, sie zu reizen – offenbar war er in einer eigenartigen Stimmung –, aber daß sie die Fassung vor ihm verlor, diese Genugtuung sollte er nicht haben. Als sie weitersprach, klang sie betont lässig. »Ich werde mit meinem Vater über deinen Freund reden, wie ich es versprochen habe. Da du meine Zusicherung hast, wegen der du ja gekommen bist, darfst du dich mit meiner Erlaubnis nun entfernen. Du bist heute nicht sehr unterhaltsam, und ich habe wirklich keine Lust, eine so ermüdende Unterhaltung fortzuführen.« Geringschätzig die Röcke schwingend, stürmte Eliste ins Haus.

Dref sah ihr nach, bis ihm eine Bewegung ins Auge fiel und er sich zu dem großen Holzstapel umdrehte, der sich neben dem Eingang befand. Eine Gestalt erhob sich dahinter aus der Hocke, dann trat seine Schwester aus ihrem Versteck hinter den gestapelten Holzscheiten hervor.

»Guck nicht so überrascht«, meinte Stelli. »Ich wollte schon immer mal hören, was zwischen dir und Prinzessin Naseweis vorgeht.«

»Sei still, Stelli – du machst alles nur noch schlimmer.«

»Verbiete mir nicht den Mund, du bist auch nicht besser als ich. Aber ich würde gern wissen, was du wegen Zhen zu unternehmen gedenkst.«

»Wenn du gelauscht hast, dann weißt du es ja bereits. Eliste hat eingewilligt, sich bei ihrem Vater für Zhen einzusetzen.«

»Und das glaubst du ihr? Diese hochmütige kleine Schlampe wird dir zuliebe keine Unannehmlichkeiten auf sich nehmen, das kannst du mir glauben. Ich möchte, daß du mit dem Marquis redest. Du verstehst dich aufs Reden, und du hast es mir versprochen.«

»Das habe ich, aber so ist es besser. Eliste kann weit mehr ausrichten, als ich es jemals könnte. Vertrau ihr, sie wird ihr Bestes tun.«

»Ihr Bestes reicht nicht aus, denn bei ihr dreht sich alles immer nur um sie selbst. Wenn du glaubst, sie wäre *deine* Freundin, dann bist du trotz deiner ganzen kostbaren Bildung ein Idiot. Ich vertraue ihr jedenfalls nicht, und dir vertraue ich auch nicht mehr, wenn du dein Versprechen nicht hältst. Zhen ist dein Freund, und du bist ihm etwas schuldig. Also?« Sie verschränkte die Arme. »Wirst du es tun?«

»Zhens Chancen stehen am besten, wenn ich mich da raushalte.«

»Dich raushalten! Soll das heißen, du willst nicht einmal versuchen, ihm zu helfen? Was für ein Dreckschwein bist du eigentlich?« rief Stelli vorwurfsvoll. Ihre schwarzen Augen schienen so heiß wie geschmolzenes Pech, als sie sich ihrem unbeeindruckten Bruder in sichtlich drohender Haltung näherte. »Das bist du ihm schuldig! Schließlich steckt er wegen dir in dieser Klemme. Du bist daran schuld!«

»Ich?«

»Ja, du, das weißt du genau!« Sie funkelte ihn aus nächster Nähe an. »Wer hat denn Zhen Lesen gelehrt? Du! Wer hat dir erlaubt, ihn zu unterrichten? Niemand! Und wer hat ihm verrückte Ideen über Politik und Gesetze und alle möglichen Dinge, die wir nicht zu wissen brauchen, in den Kopf gesetzt? Und wer hat ihn dazu gebracht, diesen ganzen Mist zu lesen, der uns alle nichts angeht? Du warst das – du allein! Du hast ihm eingeredet, alles, was du selber tätest oder sagtest, sei richtig. Du beschäftigst dich schon seit Jahren mit diesen Pamphleten – oho, glaub bloß nicht, ich hätte das nicht gewußt –, und man hat dich nie dabei erwischt. Dann versucht es der arme Zhen, und schon schlägt der Blitz ein. Jetzt steckt er in der Klemme, bloß weil du ihn dazu verleitet hast, und du willst ihm nicht beistehen! Ein feiner Freund! Pah – du Schwein, von dir wird mir übel!«

Trotz all seiner Schlagfertigkeit hatte es Dref für den Augenblick die Sprache verschlagen. Sein Schweigen wirkte wie ein Eingeständnis seiner tatsächlichen oder vermeintlichen Schuld.

»Hast du deine Zunge verschluckt? Das ist seltsam,

bei Prinzessin Naseweis bist du nämlich gar nicht auf den Mund gefallen. Vielleicht bist du dir ja jetzt zu fein dafür, mit jedem zu reden, du bist ja so gescheit, etwas ganz Besonderes, wie sie gesagt hat, und deine Hände sind so sauber!«

»So ist es für Zhen am besten«, erwiderte er schließlich.

»Das ist wirklich komisch, gleich muß ich lachen.« Belustigt wirkte sie allerdings nicht. »Du weißt ja, was jeder anständige Mensch von dir denken wird. Aber eins laß dir noch gesagt sein. Wenn Zhen auch nur ein Haar gekrümmt wird, dann wird dir das noch leid tun. Das werde ich dir niemals verzeihen, und ich werde dafür sorgen, daß es dir auch leid tun wird.«

Ohne eine Antwort abzuwarten, stürmte Stelli ihrer verachteten Herrin nach und überließ Dref seinen trostlosen Gedanken.

2

Eliste gab sich wirklich alle Mühe. Unmittelbar nach der Unterredung mit Dref Zeenoson suchte sie ihren Vater und fand ihn schließlich in seinem Arbeitszimmer – ein beliebter Aufenthaltsort des Marquis vo Derrivalle, an dem er seiner einzigen Liebhaberei nachging; der Konservierung und dem Studium medizinischer Kuriositäten. Dort saß er häufig, umgeben von mißgestalteten menschlichen Knochen und Schädeln, von zweiköpfigen Embryos und dreiarmigen Föten, von mumifizierten Zwergen und Buckligen, Schrumpfköpfen, abnormen Organen, Augen und Gehirnen, die in chemischen Lösungen aufbewahrt wurden. Häufig brachte er am Schreibtisch Stunden damit zu, eine sorgfältige Beschreibung des neuesten Wunders der Natur aufzusetzen und daran zu feilen, und dann war er fast glücklich. Heute jedoch nicht. Ein Blick in das Gesicht ihres Vaters genügte Eliste, um zu erkennen, daß es aussichtslos war. Schlecht gelaunt und ohne jeden Schwung, hatte der Marquis schon Stunden früher als gewöhnlich zu trinken begonnen. Obwohl es gerade erst Mittag war, wirkten seine Wangen eindrucksvoll gerötet, seine Augen blutunterlaufen und seine Lider geschwollen. Ein schweigsamer, stattlicher Mann in der Blüte seines Lebens, mit einer großen Ähnlichkeit zu seiner Tochter, den gleichen feingeschnittenen Gesichtszügen und der gleichen hellen Haut, wenn auch von etwas blasierter Erscheinung, legte der Marquis für gewöhnlich großen Wert auf sein Äußeres. Doch nun war ihm die Perücke verrutscht, die Krawatte saß schief, und die Rüschen vom gestrigen Tag hingen ihm schlaff über den Handgelenken. Seine in Falten gelegte Stirn und die zusammengekniffenen Lippen ließen schon auf üble Laune schließen. Eliste betrachtete ihn ohne große Zuversicht und mit noch weniger Zuneigung. Im Stil der Zeit von Bediensteten und Privatlehrern erzogen, hatte sie ihr Leben lang wenig Berührung mit ihren Eltern gehabt. Sie sah sie bei den Mahlzeiten, bei Familienzusammenkünften und an Festtagen, meistens inmitten von Verwandten und Bediensteten. Der Umgang mit ihrem grämlichen, lakonischen Vater war unbequem und zum Glück zeitlich sehr beschränkt. Sie wußte kaum, wie sie sich in diesem Fall an ihn wenden sollte. Daher kam sie mit erheblichem Widerwillen auf Zhen Suboson zu sprechen.

»Aufsässig. Ungehorsam. Ein Unruhestifter«, erklärte der Marquis.

»Ach, bestimmt nicht, Vater. Ein gedankenloser Halbwüchsiger, mehr nicht.«

»Nicht gedankenlos genug. Wenn wir ihm die aufrührerischen Gedanken alle ausgetrieben haben, wird ihm das nur zum Vorteil gereichen.«

»Aber warum gerade mit Auspeitschen?« Elistes Nasenflügel blähten sich vor Abscheu. »Das ist so abstoßend. Dieser Suboson ist der Verlobte meiner Magd. Wenn man ihn auspeitscht, wird sie tagelang schmollen, und ich muß dann ihre schlechte Laune über mich ergehen lassen, vergiß das nicht. Gibt es denn kein anderes Mittel der Besserung?«

»Keines, das so wirksam wäre. Wir dürfen die geistigen und moralischen Beschränkungen des Missetäters nicht außer acht lassen. Dieser Leibeigene wird eine ordentliche Tracht Prügel ganz verständlich finden.«

»Das glaube ich gern. Aber die Vorstellung ist wirklich unangenehm. Ich finde, du könntest ihm die Strafe ohne weiteres erlassen. Was könnte ein wenig Milde schon für einen Schaden anrichten, bloß dieses eine Mal?«

»Einen großen Schaden. Du mußt den Umgang mit Untergebenen erst noch lernen, das ist gewiß. Die Leibeigenen unseres verkommenen Zeitalters sind unerträglich anmaßend und aufsässig. Es wäre unklug, ihnen gegenüber Nachsicht zu üben.«

»Dann vielleicht ein, zwei Stunden am Pranger – ohne Auspeitschen ...«

»Das reicht nicht. Dieser Kerl hat vorsätzlich gegen den Willen seines Herrn gehandelt, und dafür muß er büßen. Es gibt kein anderes Mittel, um die Disziplin aufrechtzuerhalten. Wahrscheinlich wird der Anblick von Subosons Blut allen, die Ähnliches im Schilde führen, eine Lehre sein.«

»Aber sein Vergehen war nicht schwer, kaum ernsthafter Aufmerksamkeit wert. Bedenke doch bloß, Vater ...« Eliste mühte sich jedoch vergeblich; ihre Begründungen, ihr Flehen und ihr Schmeicheln bestärkten den Marquis bloß in seiner unnachgiebigen Haltung. Seine Miene verhärtete sich zusehends; die blutunterlaufenen Augen wurden kalt, der vom vielen Trinken erschlaffte Mund spannte sich an. Widerstand war vollkommen zwecklos und gab dem stillen Zorn des Marquis wahrscheinlich nur neue Nahrung – und außerdem war Eliste nicht mit dem Herzen bei der Sache. Jedes Wort, das sie äußerte, verschlimmerte nur die Lage des bedauernswerten Opfers, und schon bald gab sie auf. Jedes weitere Beharren hätte Zhens Strafe, die bereits zwölf Peitschenhiebe umfaßte sowie anschließend ein Am-Pranger-Stehen bis Sonnenuntergang, nur noch schlimmer gemacht.

Auch so schon hatte ihre Einmischung unerwünschte Folgen. Eifrig darauf bedacht, seine bedrohte Würde zu wahren, faßte der Marquis nun den Plan, das Spektakel von Zhens Bestrafung mit einem längst überfälligen Purring zu verbinden, einer Aufführung der rituellen Gesten und Freudenrufe, mit denen Leibeigene nach längerer Abwesenheit ihres

Herrn der Überlieferung gemäß dessen Rückkehr begrüßten. Der Marquis vo Derrivalle hatte mehrere freudlose Monate in Sherreen verbracht, wo er geschäftlich zu tun gehabt und seine Bekanntschaften bei Hofe erneuert hatte – dort betrachtete man ihn mit elitärer Herablassung als Provinztrottel. Diese Erfahrung hatte ihn geschmerzt, und nun verlangte es ihn nach dem Balsam der Lobhudelei, erfolge sie nun plötzlich oder geplant.

Eliste sah mit stummem Abscheu zu, wie der Haushofmeister die entsprechenden Anweisungen entgegennahm. Sobald der Bedienstete den Raum verlassen hatte, tat sie ihre Gefühle kund. »Eine Auspeitschung in Verbindung mit einem Purring ist grotesk«, bemerkte sie. »Das ist nicht nur grotesk, das ist regelrecht geschmacklos.«

»Ich bin anderer Meinung«, entgegnete gleichgültig der Marquis.

»Das kann doch unmöglich dein Ernst sein. Das ist empörend. Ruf den Haushofmeister zurück und sag ihm, du hättest es dir anders überlegt. Oder laß mich es ihm sagen.« Sie griff nach dem Klingelzug.

»Untersteh dich. Du bist ein wenig zu freimütig. Du solltest erst einmal lernen, daß ich Respektlosigkeit weder bei meinen Leibeigenen noch in meiner Familie dulde.«

»Es war nicht meine Absicht, respektlos zu sein. Ich wollte bloß …«

»Dein Widerspruch bestätigt nur, daß ich recht habe. Ich war nachlässig. Es wird allmählich Zeit, daß du dich wieder erinnerst, wer hier der Herr im Hause ist. Das zweifache Spektakel der Auspeitschung und des Purrings mag deinem Gedächtnis wieder auf die Sprünge helfen, und daher wirst du dir beides anschauen.«

»Das möchte ich lieber nicht.«

»Einerlei.«

»Ich habe zu tun, ich habe bereits andere Verpflichtungen.«

»Sage sie ab.«

»Nein!«

»Notfalls werde ich dich von den Lakaien mit Gewalt aus deinem Zimmer zerren lassen. Du wirst sehen, das ist unangenehm und nicht sehr würdevoll.«

Ihre Klagen waren heftig, blieben aber fruchtlos. Der Marquis war nicht in der Stimmung, Widerstand zu dulden; und so kam es, daß Eliste sich Stunden später, am frühen Abend, als die Leibeigenen ihre Arbeit für heute beendet hatten, bei den Stallungen wiederfand, wo der Pranger und der Prügelpfahl standen.

Der Marquis und seine Tochter saßen in einer einspännigen Kutsche, deren Zügel der Marquis persönlich hielt. Eliste hätte sie lieber selbst gehalten, denn ob ihr Vater noch eine sichere Hand hatte, war fraglich. Der Marquis hatte den ganzen Tag über getrunken. Er vertrug den Alkohol gut; bloß der glasige Glanz seiner grauen Augen und das Zittern seiner Hand, mit der er die Gerte umklammerte, verrieten, daß er nur noch eingeschränkte Gewalt über sich hatte. Im Westen brannte trotz der späten Stunde heftig die Sonne. Die Tage waren jetzt lang, und es würde noch mindestens zwei Stunden hell bleiben. Ein breiter Strohhut mit einem Schleier aus rosa Gaze und der geneigte Sonnenschirm, den sie in der mit einem Spitzenhandschuh bekleideten Hand hielt, schützten Elistes weiße Haut vor dem sengenden Sonnenschein, ohne allerdings etwas gegen die drückende Hitze ausrichten zu können. Unter dem Schleier war ihre Stirn schweißnaß, und das leichte Kleid aus himbeerrotem Voile mit den Ballonärmeln klebte ihr bereits am Leib. Unauffällig zupfte sie daran, zog an ihrem Korsett und wünschte sich, tausend Meilen weit weg oder zumindest wieder in ihrem Zimmer zu sein, mit einem weiten, luftigen Kleid am Leib, einem gekühlten Verbenentrank, einem guten Gedicht oder Theaterstück zur Lektüre und einer geschickten Magd, die ihr mit einem Federnfächer Kühlung zufächelte. Dem Schauspiel, das hier geboten wurde, mangelte es an Reiz. Noch nie im Leben hatte sie einem Purring beigewohnt, das so possenhaft gewesen wäre.

Sämtliche Leibeigenen der Derrivalles, Hausbedienstete wie Feldarbeiter gleichermaßen, hatten sich versammelt und in Reih und Glied aufgestellt. Daß sie gegen ihren Willen hier waren, sah man an den mißmutig herabhängenden Schultern, den schlurfenden Schritten, den niedergeschlagenen, vorwurfsvollen Augen – vorwurfsvoll wie noch nie, dachte Eliste; aber das bildete sie sich vielleicht auch bloß ein. Eliste kannte die meisten, doch ein paar Gesichter zogen ihre Blicke unwiderstehlich an. Da war einmal Stelli, mit verkniffenem Mund, die schwarzen Brauen finster zusammengezogen, die vorwurfsvollen schwarzen Augen funkelnd vor Verachtung. Neben ihr stand ihr Vater Zeeno, den geneigten Kopf in Gegenwart des Grundherrn entblößt, die Augen demütig niedergeschlagen – alles wie es sein sollte, aber wirkte es nicht ein bißchen zu gelungen? Woher rührte eigentlich die Aufsässigkeit seiner Nachkommen? Doch das waren lächerliche Phantasien, die sie sogleich unterdrückte. Ihr Blick sprang zu der kleinen Milchmagd Kairthe, deren große, runde Augen in dem kleinen, runden Gesicht auf ein fügsames, gutmütiges Wesen schließen ließen. *Die muß es sein*, dachte Eliste. *Die wird Stelli ersetzen, je eher, desto besser.*

Ihrem Bemühen, an eine angenehme zukünftige Erwerbung zu denken, war allerdings kein Erfolg beschieden, und ihr Blick schweifte gegen ihren Willen zu Dref Zeenoson. Seit jeher war es ihr ärgerlich, Dref an einem Purring teilnehmen zu sehen, ja, es tat ihr sogar weh. Auf eine schwer bestimmbare Weise fühlte sie sich beschämt, um seinetwillen gedemütigt, und das war offensichtlich sonderbar. Dref Zeenoson, von Geburt und Herkommen ein Leibeigener, erfüllte lediglich die naturgegebenen Pflichten von seinesgleichen. Das war richtig, angemessen und eben auch unvermeidlich. Wahrscheinlich bedeutete das Ritual für ihn gar keine besondere Härte – trotz seiner außergewöhnlichen Klugheit verfügte er wohl kaum über die Empfindsamkeit seiner Herren, und es war ein Fehler, sich vorzustellen, er empfinde die gleichen Qualen, die sie empfunden hätte, wenn sie einer ähnlichen Erniedrigung unterzogen worden wäre. Trotzdem sah sie ihn hier nicht gerne – und konnte es doch nicht unterlassen, nach ihm Ausschau zu halten. Und da stand er, bloß ein paar Meter von ihr entfernt, wieder mit seiner gewöhnlichen Arbeitskleidung angetan – ein kluger Schachzug in Anbetracht der gegenwärtigen Laune des Marquis. Sein braungebranntes Gesicht wirkte erstarrt und vollkommen ausdruckslos, die Augen verrieten nichts über seine Gefühle. So sah er bei jedem Purring aus, das war ihr schon häufig aufgefallen. Heute jedoch wirkte seine völlige Regungslosigkeit irgendwie fehl am Platz, sogar bedrohlich. Eliste war aus unerfindlichen Gründen unbehaglich zumute.

Auf ein Kommando des Hofmeisters hin begann das Purring, und die Leibeigenen schleppten sich durch die altehrwürdigen Figuren. Zunächst kamen die einträchtigen Ausrufe der Dankbarkeit über die wohlbehaltene Rückkehr ihres Herrn. Dann die üblichen Verbeugungen: das Verneigen, die Kratzfüße und das Auf-die-Erde-Stampfen als Ausdruck der Verehrung wie auch der Angst. Dann die Kniende Parade, die den Alten mit den steifen Gelenken so schwerfiel; gefolgt von der höflichen Bitte um Nachsicht, von allen Anwesenden im dröhnenden Chor vorgebracht. Mit einer Handbewegung tat der Marquis vo Derrivalle seine Zustimmung kund, worauf die versammelten Leibeigenen es wagten, die Augen, die sie bislang niedergeschlagen hatten, zu heben. Man erzählte sich, der magische Blick eines Edlen habe die Kraft zu töten. Daher mußte diese Kraft ausdrücklich beschwichtigt werden, bevor der Gemeine gefahrlos dem Blick der Oberen begegnen konnte. In den letzten Jahren war diese Legende häufig angezweifelt worden; trotzdem wagten es nur wenige, sie ganz und gar zu mißachten. Dref aber traute sich, und seine Schwester desgleichen. Beide hatten sie den Marquis die ganze Zeit über unverwandt angeschaut.

Das Purring ging weiter, und Eliste rutschte vor Unbehagen und Ungeduld unruhig auf dem Sitz herum. Die Sonne stand bereits tief am Himmel, und die Schatten wurden lang, ohne daß die höllische Hitze nachgelassen hätte. Ihre Handflächen waren verschwitzt und juckten, die Rüschenhandschuhe waren unerträglich feucht. Sie legte den Sonnenschirm für einen Augenblick beiseite, um sich die Handschuhe auszuziehen. Sollte jemand daran Anstoß nehmen, so war es ihr einerlei.

Niemand bemerkte es. Der Marquis sah nicht einmal zu ihr hin. Er beobachtete seine Leibeigenen, die nun matte, zeremonielle Freudensprünge machten. Unwillig drehten sie sich im Kreis, sprangen in die Luft und hüpften umher. Ihre Bewegungen waren nachlässig, man sah ihnen die Lustlosigkeit an. Der Marquis bemerkte es und runzelte die Stirn. Er beugte sich auf dem Sitz vor, fing den Blick des Haushofmeisters auf und tippte mit dem Peitschenstiel auf den Boden der Kutsche. Sogleich klatschte der Hofmeister in die Hände, worauf die Freudensprünge der Leibeigenen munterer wurden. Ihre erzwungene Begeisterung war allerdings nur von kurzer Dauer – und das Stirnrunzeln des Marquis vertiefte sich.

Eliste sah wieder zu Dref hinüber, dessen steifes Umherschlurfen eine Gleichgültigkeit verriet, die fast schon beleidigend war. Dann, als fühlte er den Druck ihrer Augen, wandte er sich auf einmal um und begegnete ihrem Blick. Seine Miene war vollkommen ausdruckslos; aus irgendeinem Grund verspürte Eliste jedoch einen schmerzhaften Stich und wurde von solcher Scham überwältigt, daß ihr Tränen in die Augen traten. Den Grund dafür wußte sie nicht – vielleicht ein Anfall von Schwermut? –, und zum Glück dauerte es auch nicht lang. Dref wandte sich ab. Ihre – ihr selbst unerklärlichen – Tränen trockneten, und der Gazeschleier verbarg ihre kurze Entgleisung.

Die Freudensprünge endeten, und nun kam der Große Jubel, dem es allerdings an Elan mangelte. Schließlich verklang der letzte Ruf, der Marquis nickte knapp zur Bestätigung, und die knienden Leibeigenen erhoben sich, die meisten durchgeschwitzt von der erzwungenen Anstrengung, alle aber völlig verdreckt. Seine Lordschaft schaute immer noch mürrisch drein. Das Spektakel hatte seine Erwartungen nicht erfüllt. Der um seinetwillen vergossene Schweiß reichte nicht aus, der Tribut war widerwillig erfolgt, sein Groll war nicht besänftigt worden. Es erforderte größere Leiden, seine Stimmung wieder zu heben. Der Marquis holte ein spitzenverziertes Taschentuch hervor, tupfte sich die feuchte Stirn ab und winkte gereizt. Dies war das Zeichen für Borlo Bunison, den Hufschmied und Vollstrecker, den zweiten Teil der Veranstaltung einzuleiten, indem er Zhen Suboson aus seinem Stallgefängnis holte. Borlo hatte sich noch gar nicht in Bewegung gesetzt, da trat Dref Zeenoson aus der Reihe vor. Der Hofmeister klatschte heftig, aber vergeblich in die Hände. Dref näherte sich ein paar Schritte weit der Kutsche, dann blieb er stehen. Der überraschte Marquis zog mißbilligend die Brauen hoch.

»Herr, darf ich sprechen?« fragte Dref mit weit tragender, wenn auch leiser Stimme. Er stand hochaufgeschossen und aufrecht da und schaffte es, sich trotz seiner schäbigen Kleidung ein entschlossenes Aussehen zu geben.

Sein unbewußter Stolz reizte den Marquis, dessen gegenwärtige Stimmung nach Unterwerfung verlangte. Ohne sich der Mühe einer Antwort zu unterziehen, wandte er sich dem Haushofmeister zu und schnippte mit den Fingern. Der verwirrte Hofmeister stürzte vor und legte Dref die Hand auf die Schulter. Der junge Mann schüttelte ihn mühelos ab.

»Bloß auf ein Wort, Herr«, beharrte Dref. »Ich flehe Euch an.«

Das Wort ›flehen‹ übte eine besänftigende Wirkung auf den Marquis aus, und er zögerte.

»Warum nicht?« murmelte Eliste, ihre düsteren Vorahnungen mit Nachlässigkeit kaschierend.

»Also gut«, willigte der Marquis ein. »Aber fasse dich kurz.«

Die Zuschauer taten mit halblauten Bemerkungen ihr Erstaunen kund. Der tadelnde Blick des Haushofmeisters schüchterte sie zwar wieder ein, vermochte das Gemurmel in ihren Reihen aber nicht ganz zu unterbinden.

»Herr, ich bitte Euch um Erlaubnis, für den Leibeigenen Zhen Fürbitte einlegen zu dürfen.« Dref sprach schnell, denn er war sich des begrenzten Geduldsvorrats seines Herrn deutlich bewußt. »Ich appelliere an Eure Großzügigkeit und bitte Euch, die Prügelstrafe dieses Leibeigenen aus folgenden Gründen abzumildern. Zum einen ist Suboson jung, ungestüm, überaus empfänglich und fragwürdigem Einfluß ausgesetzt. Habt Nachsicht mit ihm, Herr – er hat seinen Fehler bereits eingesehen, und das fortschreitende Alter wird ihm größere Weisheit schenken. Der zweite Grund ist der, daß der Leibeigene Suboson recht schwächlich ist. Seit frühester Kindheit leidet dieser loyale Gefolgsmann seiner Lordschaft unter Schwindelanfällen, Krämpfen, Atemnot und allen möglichen Krankheiten.

Aufgrund seiner Kraftlosigkeit ist er unfähig, körperliche Entbehrungen zu ertragen. Daher bitte ich Euer Lordschaft, mit ihm die Nachsicht zu üben, welche den Adelsstand auszeichnet, ihm das Auspeitschen zu ersparen und die Reue Eures fehlgeleiteten, aber wahrhaft bußfertigen Dieners entgegenzunehmen.«

Das war nicht schlecht gesprochen, bloß fiel die Antwort des Marquis ungünstig aus. Für Eliste lag der Grund auf der Hand – Dref hatte einfach zu gut gesprochen; besser sogar, als der Marquis selbst es vermocht hätte. Diese gewandten, wohldurchdachten Sätze wirkten unpassend aus dem Mund eines Leibeigenen. Mit seiner Zungenfertigkeit schien er sich über seinen Herrn lustig zu machen. Und obwohl Dref sorgfältig alle erforderlichen Demutsformen beachtet hatte – obwohl er voller Achtung den Kopf entblößt und die Augen niedergeschlagen hatte –, wirkte er in seiner Ehrerbietung gleichwohl nicht überzeugend. Der junge Mann hatte die feineren Demutsformen noch nicht gemeistert und würde es wahrscheinlich auch nie tun. Seine Sprache, sein Auftreten, sein Gebaren waren störend, und dem Marquis sträubten sich die Nackenhaare. Seine blutunterlaufenen Augen funkelten, dennoch entgegnete er äußerlich ruhig: »Zurück auf deinen Platz.«

Dref rührte sich nicht. »Herr, hört mich an«, beharrte er, und hinter ihm erhob sich abermals erstauntes Gemurmel. »Ihr seid bedeutend, groß und vom Glück begünstigt. Ihr besitzt Reichtum, eine hohe Stellung und Einfluß. Viel hat Euch das Schicksal geschenkt – eigentlich fast alles, was auf Erden von Wert ist. Eine solche Fülle muß doch gewiß Großzügigkeit gegenüber den weniger Begünstigten zeitigen. Ich bitte Euch, diese Großzügigkeit nun zu zeigen, indem Ihr Milde gegenüber Zhen Suboson und all denen walten laßt, deren Leben das Schicksal unter Eure Macht gestellt hat.«

Das wurde ja immer schlimmer. Er hätte die Macht der Edelleute niemals mit den Zufallsgaben des Schicksals gleichstellen dürfen, denn damit deutete er an, diese könnten nur von kurzer Dauer sein, eine Vorstellung, die seiner Lordschaft widerwärtig sein mußte. Und dann war da noch diese verwerfliche Zungenfertigkeit.

Mit zornrotem Gesicht fauchte der Marquis einen einzigen Befehl: »Zurück.«

Dref errötete ebenfalls, rührte sich aber noch immer nicht von der Stelle. »Herr, ein Gnadenakt kostet Euch nichts, erkauft Euch aber die Dankbarkeit und Loyalität Eurer Untergebenen …«

»Erkauft? Die gehören mir von Rechts wegen«, bemerkte der Marquis. Er wandte sich an Borlo Bunison und befahl: »Hol ihn.« Borlo ging zu den Stallungen hinüber.

»Herr, wenn Ihr doch bedenken möget …«, setzte Dref an, doch diesmal war er über das Ziel hinausgeschossen.

»Genug.« Die Hand des Marquis schloß sich um den Peitschengriff. »Zurück, oder wir werden ein zweifaches Auspeitschen erleben.« Er hatte die Stimme nicht erhoben, dafür aber hatte sich sein schweißglänzendes Gesicht bedrohlich verfinstert. Eliste betrachtete ihn mit einer Mischung aus Beunruhigung und Abscheu.

Einen gefährlichen Augenblick lang zögerte Dref. Die Leibeigenen schauten in atemlosem Schweigen zu. Abermals näherte sich der Haushofmeister und legte Dref die Hand auf den Arm, und diesmal ließ Dref sich hinwegführen. Eliste atmete erleichtert auf, dann wurde sie zornig. Wie kam er eigentlich dazu, Schwierigkeiten zu machen und sie so zu erschrecken? Wäre es übel ausgegangen, hätte er selbst die Schuld daran getragen.

Eine Pferdepeitsche unter den Arm geklemmt, trat Borlo Bunison aus dem Stall. Ihn begleitete der bedauernswerte Zhen Suboson, gefaßt zwar, aber kreidebleich im Gesicht. Eliste erkannte ihn sofort. Sie hatte ihn schon häufig auf der Besitzung gesehen, ohne allerdings den Namen dieses etwa neunzehnjährigen stillen, zarten, großäugigen Jungen mit der staubfarbenen Mähne und dem großen Kopf zu kennen, der sich von der breiten Stirn bis zum spitzen Kinn, dem langen Hals und dem übergroßen Adamsapfel verjüngte und auf einem kurzen und hageren Körper saß. Den Kittel hatte man ihm im Stall ausgezogen, und nun sah man seine schmächtige, unbehaarte Brust und die schmalen, knochigen Schultern. Es war schwer zu sagen, was die dralle Stelli an einem so schmächtigen Kerlchen fand. Zhens bleiches Gesicht wirkte allerdings klug und empfindsam; vielleicht war das die Erklärung.

Borlo führte seinen Gefangenen zu dem Pfosten, den Zhen umarmen mußte. Der Hufschmied legte die Peitsche für einen Augenblick beiseite, holte einen Strick aus der Tasche, wickelte ihn um die Handgelenke des Opfers und befestigte den Strick dann an einem Eisenring, der in Kopfhöhe in den Eichenpfahl eingelassen war. Zhen leistete keinen Widerstand. Schon in frühester Kindheit hatte er zu gehorchen gelernt. Außerdem hätte ihm der große, muskelbepackte Schmied auch mühelos das Rückgrat brechen können. Die Stirn an den Pfosten gelehnt, erwartete Zhen jetzt still das Schlimmste.

Borlo trat zurück, hob die Peitsche auf und blickte fragend zu seinem Herrn. Der Marquis neigte den Kopf. Borlo drehte sich halb um, hob den Arm und ließ die Peitsche durch die Luft sausen. Mit einem übelkeiterregenden Klatschen traf sie auf den entblößten Rücken des Leibeigenen. Eliste zuckte von dem Geräusch zusammen. Zhen versteifte sich, ballte die Fäuste und preßte das Gesicht gegen den Pfosten. Er gab keinen Laut von sich. In regelmäßigen Abständen folgten drei weitere Hiebe, und immer noch blieb Zhen stumm. Feuerrote Striemen überzogen seinen Rücken, aber die dünne Haut war noch nicht geplatzt. Es war klar, daß Borlo sich zurückhielt. Dies wäre nicht weiter schlimm gewesen, hätte Zhen gestöhnt, gewimmert und sich gewunden, wie die Stimmung des Marquis es verlangte; diesen Gefallen aber tat ihm das Opfer nicht. Zwei weitere klatschende Schläge, während Zhen nach wie vor hartnäckig schwieg. Die Augen hatte er zusammengekniffen, seine Lippen waren schmerzverzerrt, und er zitterte am ganzen Leib, doch schrie er nicht. Sein Widerstand grenzte an offene Auflehnung, und als diese faßte sein Herr ihn auch auf. Der Marquis bemerkte den Blick des Hufschmieds und krümmte einen Finger. Borlos massige Schultern hoben sich andeutungsweise, und die Wucht seiner Hiebe nahm zu. Die Peitsche klatschte mit einem garstigen Knall auf Zhens Schultern, und diesmal quoll Blut aus dem Striemen. Eliste blickte schaudernd weg. Die Szenerie – in Verbindung mit der drückenden Hitze und der Enge ihres Korsetts – tat allmählich ihre Wirkung, und ihr wurde schwindelig. Doch das war nicht der richtige Zeitpunkt, zu einer damenhaften Ohnmacht Zuflucht zu nehmen. Sie hob den Schleier und atmete tief durch; die heiße, drückende Luft verschaffte ihr jedoch keine Erleichterung. Noch dreimal vernahm sie das Klatschen der Peitsche auf nacktem Fleisch, jedoch von Zhen keinen Laut. Dann erhob sich unter den versammelten Leibeigenen ein aufgeregtes Gemurmel, und Eliste sah wieder hin.

Ihr Blick fiel auf Borlo Bunison, der reglos dastand, den Kopf ein wenig schiefgelegt, die Pferdepeitsche gesenkt; dann wanderte er zu Zhen Suboson, auf dessen Rücken sich nun ein Zickzackmuster von vier langen blutigen Schnitten zeigte. Doch das war noch nicht alles. Irgend etwas stimmte nicht mit Zhen, das über die vorhersehbare Haltung eines gewöhnlichen Ausgepeitschten hinausging. Das schweißnasse Gesicht des Jungen hatte eine schreckliche Graufärbung angenommen. Den Kopf hatte er zurückgeworfen, sein Mund stand weit offen. Es sah so aus, als würde er an der Luft ertrinken. Seine Brust wogte, er schnappte verzweifelt nach Luft und seine magere Gestalt wurde von unerklärlichen Krämpfen geschüttelt. Nach einer Weile gaben seine Knie nach, und er sackte zusammen, bis ihn nur noch die Fesseln aufrecht hielten.

Borlo sah zu seinem Herrn. Der Marquis krümmte einen Finger. Der Hufschmied zuckte die Achseln und hob den Arm.

»Aufhören!« rief Eliste zu ihrer eigenen Überraschung. Mehrere Leibeigene schauten zu ihr hin, der Marquis aber stellte sich taub. »Vater, der Junge ist krank.«

»Der tut bloß so«, erwiderte seine Lordschaft, ohne den Kopf zu wenden.

»Bestimmt nicht. Brich das Auspeitschen ab, Vater. Bitte.«

»Du läßt dich allzu leicht hinters Licht führen.« Der Marquis schnippte mit den Fingern und befahl: »Weitermachen.«

Die Peitsche sauste durch die Luft, aus einem frischen Striemen quoll Blut. Es war schwer zu sagen, ob Zhen Suboson überhaupt noch etwas spürte. Noch ein Streich, der zwölfte und letzte. Dieser Hieb schnitt tief ins Fleisch, doch diesmal erfolgte keine Regung mehr. Zhen, der die Bestrafung ohne einen Mucks über sich hatte ergehen lassen, hing schlaff und empfindungslos am Pfosten.

Borlo warf die Peitsche weg, stapfte zum Pfosten und band die Handgelenke des Jungen los. Zhen fiel der Länge nach auf den Boden. Abermals zögerte der Schmied.

»Weitermachen«, wiederholte der Marquis.

Borlo packte das Opfer unter den Armen und

schleppte den liegenden Körper zum Pranger. Eliste beobachtete voller Abscheu, wie Zhens Körper über Grasnarben und Steine polterte. Sie hatte das Gefühl, sie müsse etwas sagen, wußte aber nicht, was. Wie hätte sie auch die deutlichen Anweisungen seiner Lordschaft in Frage stellen können?

Allerdings war das auch gar nicht nötig. Noch ehe Borlo sein Ziel erreicht hatte, trat der persönliche Friseur und Arzt des Marquis, Guielle Ezoir, aus den Reihen der Zuschauer und näherte sich seinem liegenden Standesgenossen. Guielle kniete nieder, horchte auf den Herzschlag, suchte an Hals und Handgelenk nach dem Puls. Als er keinen feststellte, hob er den Kopf und verkündete: »Herr, er ist tot.«

Seine Bemerkung löste tiefes Schweigen aus. Die versammelten Leibeigenen glotzten bloß. Nach einer Weile blickte Eliste unwillkürlich zu Stelli Zeenosa, die wie erstarrt wirkte und vielleicht noch gar nicht begriff, was eigentlich vorgefallen war; dann schaute sie wieder den Marquis an, dessen Miene sich nicht im mindesten verändert hatte.

»Was ist die Todesursache?« fragte seine Lordschaft ruhig.

»Herr, das ist schwer zu sagen«, erwiderte Guielle Ezoir.

»Ich nehme an, er ist nicht verblutet?«

»Nein, Herr. Der arme Zhen war aber seit jeher krank.«

»Ah. Er war von Geburt an leidend«, bemerkte der Marquis, dessen Neugier allmählich erwachte.

»So könnte man es ausdrücken, Herr. Zhen litt von Kindheit an unter Anfällen.«

»Anfälle welcher Art?«

»Das kann ich nicht genau sagen, Herr. Vielleicht litt er an übermäßiger Melancholie, gegen die sein Körper sich auflehnte.«

»Ich verstehe. Ein Geburtsfehler, wahrscheinlich absonderlicher Natur. Wenn das so ist, werdet Ihr den Leichnam sezieren und genau feststellen, woran dieser Kerl eigentlich litt. Wenn Euch das gelingt, werde ich die abnormen Organe untersuchen und gegebenenfalls einen Bericht für die Königliche Akademie verfassen.«

Ein allgemeines Atemholen lief durch die Reihen der verblüfften und erschrockenen Bauern. Guielle Ezoir wirkte wie vom Donner gerührt. Zunächst schien er widersprechen zu wollen, dann besann er sich eines Besseren und senkte in stillem Einverständnis den Kopf.

»Da der Leichnam bei diesem Wetter rasch in Verwesung übergehen wird, kann ich keinen weiteren Aufschub dulden. Ihr werdet Euch noch heute abend an die Arbeit machen«, sagte der Marquis zu seinem Leibarzt.

Merklich verstört verneigte sich Guielle, bewahrte aber wie alle anderen Schweigen – das nur einer brach. Zum zweitenmal an diesem Abend wagte es Dref Zeenoson, unaufgefordert das Wort an seinen Herrn zu richten. Dref wirkte bleich unter seiner Sonnenbräune, und sein Gesicht war so starr wie eine Totenmaske. Sein Gesichtsausdruck hatte etwas Besonderes, sogar Beunruhigendes; er ließ auf heftige Regungen schließen, die unter der eiskalten Oberfläche brodelten. Dref stellte sich vor den Leichnam, als wollte er ihn beschützen, und sagte in fast schon zu ruhigem Ton: »Die Entscheidung Eurer Lordschaft bedeutet für die Angehörigen und Freunde Zhen Subosons unweigerlich ein zusätzliches Leid. Ich baue darauf, daß dies nicht im Sinne Eurer Lordschaft ist, und bitte Euch, Eurem Sklaven ein ordentliches Begräbnis zu gewähren.«

Der Marquis schien abzuwägen, ob er darauf antworten sollte. Schließlich entschloß er sich zu einer Entgegnung. »Im Anschluß an die chirurgische Untersuchung können die Überreste – die, welche nicht zur Präparation und für zukünftige Untersuchungen beiseitegelegt wurden – abgeholt, wieder zusammengefügt, begraben oder anderweitig bestattet werden, je früher, desto besser. Dazu erkläre ich mich bereit.«

»Herr« – Dref hatte die Hände hinter dem Rücken ineinandergekrampft, und er sprach noch immer mit unbeugsamer Selbstbeherrschung –, »Zhen Suboson ist weder ein Laborpräparat noch ein zum Zwecke der Nahrungsgewinnung gezüchtetes Haustier. Er ist ein Mensch wie Ihr und verdient im Leben wie im Tod ein gewisses Mindestmaß an Würde. Niemand hat das Recht, seine sterblichen Überreste zu schänden.«

»Das ist falsch. Ich schreibe deine unverschämten Äußerungen den besonderen Umständen zu, die ganz offenbar dein Urteil trüben, und darum lasse ich mich dazu herab, dich daran zu erinnern, daß das Leichenprivileg zu den ererbten Rechten des Grundherrn zählt.«

»Das ist kein Recht, sondern vielmehr eine Macht«, wandte Dref besonnen ein. »Und der Tyrann, der diese Macht ausübt, ist vollkommen verabscheuenswert.«

Eliste hielt den Atem an und riß ungläubig die Augen auf. Er war verrückt geworden; eine andere Erklärung gab es nicht. Der Kummer oder ein Sonnenstich hatten ihm den Verstand verwirrt, und jetzt war er wahnsinnig geworden. Mehrere Leibeigene schnappten hörbar nach Luft.

»Was hast du da gesagt?« fragte ungläubig der Marquis.

»Ich sagte, das Leichenprivileg ist eine Schändlichkeit unter den zahllosen Ungerechtigkeiten, die der Bevölkerung von einer bevorrechteten und nutzlosen Minderheit auferlegt werden, eine der schlimmsten. Habt Ihr mich diesmal verstanden? Ich möchte sicher sein, daß Ihr mich gehört habt.«

Keine Antwort seitens des verdutzten Marquis. Ohne Dref aus den Augen zu lassen, schüttelte Eliste flehentlich den Kopf.

Dref indes beachtete sie nicht, sondern fuhr fort: »Die Ungerechtigkeit Eurer Gesetze ist unmoralisch, und die sich daraus ergebende Skrupellosigkeit der Edlen ist dämonisch. Nichts könnte dies besser belegen als die heutigen Vorfälle, angefangen mit der Entdeckung des Vergehens eines jungen Leibeigenen. Worum ging es eigentlich? Zhen Suboson wurde dabei ertappt, daß er die verbotenen Schriften Shorvi Niriennes las. Und warum hat der Herr es überhaupt für notwendig erachtet, Niriennes Werke zu verbieten? Offenbar doch deshalb, weil seine Lordschaft dessen Ideen fürchten – weil Ihr seine Vorstellungen als eine Bedrohung Eures parasitären Lebenswandels begreift. Weil es bequemer für Euch ist, solche Ideen zu unterdrücken, als sich mit ihnen auseinanderzusetzen, habt Ihr das Verbot erlassen, das Zhen Suboson, geschlagen mit einem regen und wißbegierigen Verstand, mißachtete. Kaum hat man seinen Ungehorsam entdeckt, sperrt man den Jungen stundenlang ohne Wasser im Stall ein, an einem der heißesten Tage des Jahres – eine Behandlung, wie man sie den Pferden, für die der Stall erbaut wurde, keinesfalls zuteil werden lassen würde. Am Ende des Tages holt man ihn aus dem Stall, bindet ihn an einen Pfosten und peitscht ihn öffentlich zu Tode; worauf Eure Lordschaft, zweifellos darauf bedacht, den ihm entstandenen Schaden zu mildern, den Leichnam für den Seziertisch bestimmt. Und so gibt der Verlauf eines einzigen Tages einen kurzen Abriß der Beziehung des Grundherrn zum Sklaven, des Unterdrückers zum Opfer, des Raubtiers zur Beute. In seiner Feigheit, Tyrannei, Grausamkeit und Menschenverachtung erweist sich der Marquis vo Derrivalle als mustergültiger Vertreter seiner Klasse; als einer derer, deren Taten einen Abscheu hervorrufen, der letztlich nur eines bewirkt – nämlich Verachtung.« Dref hatte nicht einmal die Stimme erhoben. Seine Zurückhaltung aber hatte die Wirkung seiner Anklage noch verstärkt.

Ehrfürchtige Stille. Die Zuschauer wirkten wie gelähmt. Puterrot im Gesicht, suchte der Marquis nach einer Antwort, war jedoch zu erzürnt, um sie in Worte fassen zu können; außerdem war er seinem Leibeigenen auf diesem Feld hoffnungslos unterlegen. Da ihm die Worte vorübergehend ausgegangen waren, nahm er Zuflucht zur Tat. Er kletterte aus der Kutsche, trat schwankend ein paar Schritte vor, blieb mehrere Meter vor seinem regungslosen Ankläger stehen und schlug mit der Peitsche zu. Die Hiebe prasselten auf Drefs Schultern, seine Flanken und seinen erhobenen Arm nieder. Der junge Mann verhielt sich rein instinktiv. Er duckte sich unter der vorschnellenden Peitschenschnur hindurch, sprang vor, riß dem Marquis die Peitsche aus der Hand und schleuderte sie weg. Der Marquis schlug dem Leibeigenen so fest ins Gesicht, daß es knallte wie bei einem Pistolenschuß. Ohne zu überlegen oder zu zögern, ballte Dref die Hand zur Faust und schlug zurück, worauf sein Herr der Länge nach auf den Boden schlug.

Einen Augenblick lang blieb der Marquis dort liegen, dann setzte er sich langsam auf, die eine Hand aufs Gesicht gepreßt. Er blutete aus der Nase. Ein dünnes rotes Rinnsal rann über sein Gesicht und tropfte ihm seitlich vom Kinn. Der Anblick war eigentlich komisch, gleichwohl machte niemand Anstalten zu lachen. Die Bauern waren begeistert, aber auch völlig verängstigt; und Eliste, die schon ahnte, wie die Erwiderung ihres Vaters ausfallen würde, war entsetzt. Dref wußte offenbar nicht, wie er sich verhalten sollte. Er massierte sich geistesabwesend die Knöchel, in seinem Gesicht spiegelte sich Belustigung wider.

Der Marquis stand auf. Seine Miene war undurchdringlich. Hätte er Gefühle gezeigt, würde er sich noch weiter erniedrigt haben. Daher wandte er sich an Borlo Bunison und kommandierte: »Ergreifen.«

Borlo wirkte zwar bedrückt, gehorchte aber. Er trat

vor und wollte den jungen und leichteren Mann packen, der ihm jedoch mühelos auswich. Borlo schlug mit der Faust nach ihm, aber Dref duckte sich. Auch ein zweiter Schlag verfehlte sein Ziel. Diesmal sprang Dref vor, trieb dem Schmied die Faust in den Bauch und wich gleich wieder zurück. Borlo schien von der Wucht des Schlages nichts gespürt zu haben. Sein Gegner hätte ebensogut gegen eine Backsteinmauer schlagen können – gegen eine immer zorniger werdende Mauer. Beim nächstenmal schlug Borlo so kräftig zu, daß er einen Bullen hätte niederstrecken können, wäre der Hieb nicht wieder danebengegangen. Abermals duckte sich Dref und tänzelte außer Reichweite. Als seine Faust traf, entfuhr dem Schmied ein leises Brummen; ansonsten wirkte er unbeeindruckt.

Der Marquis fing den Blick des Haushofmeisters auf und hielt zwei Finger in die Höhe; worauf der Hofmeister den beiden größten und kräftigsten Pflügern in seiner unmittelbaren Umgebung ein Zeichen gab. Die Pflüger stürzten sich ins Getümmel. Dref wirbelte zu spät herum. Ein Faustschlag traf ihn mitten ins Gesicht und streckte ihn zu Boden. Ehe er sich wieder aufrichten konnte, warfen sich die beiden Feldarbeiter auf ihn und drückten ihn mit ihrem Gewicht zu Boden. Borlo Bunison näherte sich ihnen ohne Eile, blickte seinem Gegner teilnahmslos in die Augen, dann holte er mit dem Fuß aus und trat mit aller Kraft zu. Drefs Gesicht verzerrte sich, als die Kappe von Borlos Nagelschuh ihn in die Rippen traf. Borlo trat noch mehrmals in rascher Folge zu. Schließlich verlor sich der Reiz des Tretens, worauf die Pflüger Dref auf die Beine stellten und ihn aufrecht hielten. Borlo besann sich kurz, dann attackierte er Gesicht und Körper des Gefangenen mit mehreren kräftigen Haken und endete schließlich mit einer Geraden unmittelbar auf Drefs Kinnspitze. Drefs Kopf flog zurück. Im nächsten Augenblick sackte er bewußtlos zwischen den beiden

Männern zusammen. Die ließen ihn los, und er fiel auf den Boden.

Eliste stand kurz vor einer Ohnmacht. In ihrem ganzen Leben hatte sie noch keine solche Brutalität erlebt und hätte sich auch nicht träumen lassen, daß so etwas auf dem Besitz der Derrivalles möglich sei. Daß das Opfer Dref war, ausgerechnet *ihr* Dref, verwandelte das Ganze vollends in einen Alptraum. Nun rang sie nach Atem, und ihr Blick wanderte von Zhen Suboson zu Dref Zeenosons regloser Gestalt und wieder zurück. Dem armen Zhen war nicht mehr zu helfen. Aber wenigstens Dref lebte noch, wenn er sich auch den besonderen Haß seines Herrn zugezogen hatte und ihm, wie sie ihren Vater kannte, eine äußerst harte Bestrafung bevorstand. Eliste blickte den Marquis von der Seite an. Er stand ein paar Schritte von ihr entfernt und drückte sich noch immer das blutbefleckte Taschentuch ans Gesicht, obwohl er längst aufgehört hatte zu bluten. Mit vollkommen ausdrucksloser Miene betrachtete er die Kämpfer. Jetzt war der Augenblick gekommen, ihn anzusprechen, um das Schlimmste von Dref abzuwenden. Es gelang ihr leidlich gut, ihrer Stimme einen unbekümmerten Klang zu verleihen. »Entweder dieser Kerl war im Delirium, oder er ist vollkommen wahnsinnig. Bestimmt hatte er nicht die leiseste Ahnung, was er da gesagt oder getan hat, und war überhaupt nicht zurechnungsfähig.«

»Wahnsinnig«, wiederholte nachdenklich der Marquis. »Welche regelhaften Absonderlichkeiten wohl das Gehirn eines Wahnsinnigen aufweist? Eine Untersuchung wäre bestimmt lohnend.«

Eliste erstarrte augenblicklich, sich ihres Fehlers nur allzu deutlich bewußt, dann entgegnete sie in gleichgültigem Ton: »Bestimmt ist er bloß betrunken. Wahrscheinlich ist das die Erklärung. Jedenfalls finde ich diese ganze Aufregung wegen eines einzelnen aufsässigen Leibeigenen langweilig und lächerlich. Ich glaube, die ganze Angelegenheit ist eigentlich unter deiner Würde – oder ist die Beschäftigung mit Untergebenen in Sherreen gerade in Mode?«

Der Marquis wandte sich heftig zu ihr um und begegnete einem schwachen, ganz leicht herablassenden Lächeln. Er runzelte die Stirn. Wie sie es beabsichtigt hatte, weckte die Erwähnung der Hauptstadt unangenehme Erinnerungen an seinen letzten Aufenthalt dort, als man ihm mehrfach das Gefühl vermittelt hatte, er sei ein ungehobelter Provinzler. Obwohl er es nie zugegeben hätte, hatte er eine Heidenangst vor dem Spott des Adels. Vielleicht demütigte er sich ja wirklich, vielleicht hatte er sich hinreißen lassen, doch nun war es zu spät, seine bedrohte Würde zu retten. »Eine Beschäftigung wohl kaum« erwiderte seine Lordschaft kühl. »Aber über diese Beleidigung kann ich wohl auch nicht hinwegsehen. Zu den Pflichten des Adligen gehört wörtlich die Wahrnehmung der obrigkeitlichen Aufgaben.«

»Nun« – Eliste richtete sorgfältig die Krempe ihres Huts –, »dieser Kerl wurde schon bestraft. Die Hitze ist drückend, das Spektakel unappetitlich, und das wird mir alles zuviel. Ich möchte auf der Stelle auf mein Zimmer zurückkehren.«

»Bestraft? Nein«, widersprach der Marquis seiner Tochter. »Ein wenig Prügel ist keine ausreichende Sühne für solch ein schweres Vergehen. Dazu braucht es mehr, doch das kann warten. Es ist schon spät, wir sind alle erschöpft, und der Missetäter scheint bewußtlos. Bunison soll ihn bis morgen einsperren. Wenn er wach und wieder fähig ist, etwas zu lernen, soll er angemessen für sein Vergehen bestraft werden.«

Eliste beobachtete mit wohlverborgenem Entsetzen, wie der Marquis einen Finger krümmte. Der Haushofmeister trat herbei und nahm die leisen Anweisungen seines Herrn entgegen, die von ihm an Borlo Bunison und eine Handvoll seiner Männer weitergeleitet wurden. Zwei der Pflüger hoben Dref vom Boden hoch und schleppten ihn zum Stall, während Zhen Subosons Leichnam zum Kühlhaus getragen wurde. Der Grundherr ging zur Kutsche zurück, kletterte hinein und nahm die Zügel in die Hand. Das Blut hatte er sich vom Gesicht abgewischt; seine Bewegungen wirkten ruhig und entschlossen. Seine Nase war jedoch noch rot und geschwollen, sein bleiches Gesicht mit roten Flecken übersät, und die flammenden, blutunterlaufenen Augen straften sein äußerlich gefaßt wirkendes Gebaren Lügen.

»Entsprechend seines Vergehens?« gab Eliste ihm das Stichwort.

»Genau.« Der Marquis hob die Stimme, damit die versammelten Leibeigenen ihn hören konnten. »Die Zunge, mit der er seinen Herrn geschmäht hat, soll herausgeschnitten werden. Die Hand, die er gegen seinen Herrn erhoben hat, soll abgehauen werden. Nicht mehr und nicht weniger. Das ist die vollkommene und unbestreitbare Gerechtigkeit.«

Eliste blickte ihn sprachlos an. Auch die Leibeigenen blieben stumm. Zum Glück hatte der Marquis vo Derrivalle eine Entgegnung weder erwartet noch gewünscht. Er schüttelte die Zügel, schnalzte mit der Zunge, und die Kutsche rumpelte zum großen Haus davon. Eliste konnte es nicht unterlassen, einen Blick zurück zu werfen, was sie augenblicklich bedauerte; denn das letzte Bild, das sie von diesem Ort mit sich nahm, war das Gesicht von Stelli Zeenosa, das zur Grimasse erstarrt war – vor lauter Entsetzen und Haß.

3

Nach ihrer Rückkehr von Zhen Subosons ›versehentlicher‹ Hinrichtung suchte Eliste ihr Zimmer auf, um in ihrem Jammer allein zu sein. Und dort blieb sie auch und wanderte rastlos auf und ab, mit raschen Schritten, die der Geschwindigkeit ihrer geistigen Regsamkeit entsprachen, während der heiße Abend in eine nicht minder drückende Nacht überging, im ganzen Haus Lampen und Kerzen angezündet wurden und ein verschleierter oranger Mond am sternenlosen Himmel emporstieg. Die Zeit verstrich. Ihre Gedanken rasten noch immer, doch ihre Stimmung veränderte sich allmählich, die anfängliche Verzweiflung machte trübsinnigen Mutmaßungen Platz, die in der verblüffenden Erkenntnis mündeten, daß Dref Zeenosons Lage vielleicht nicht völlig hoffnungslos war. Die Macht des Marquis vo Derrivalle, die bei weitem nicht so umfassend war, ließe sich vielleicht umgehen. Mit entsprechender Unterstützung könnte Dref seinem Schicksal, das auf die Vernichtung seiner Person hinauslief, womöglich entkommen. Leicht wäre es keineswegs, und sie selbst konnte ihn nicht retten, doch gab es jemanden, der dazu in der Lage wäre; jemanden, den sie noch in dieser Nacht würde aufsuchen müssen, sobald sie sich unbemerkt davonmachen konnte.

Dies überlegte Eliste, während sie im Zimmer umherging. Nur einmal wurde ihre Einsamkeit durchbrochen, als sie es einer Magd gestattete, ihr eine kalte Mahlzeit auf einem abgedeckten Tablett zu bringen. Stunden waren seitdem vergangen, doch das Tablett stand noch immer unberührt auf dem Tisch, wo die Magd es abgestellt hatte. Angesichts der entsetzlichen Vorstellung, Dref könnte verstümmelt werden, hätte Eliste um ihr Leben keinen Bissen hinuntergebracht. Dref wiederum, der im Stall eingesperrt war und nichts von dem Schicksal wußte, das ihn erwartete, wäre die Mahlzeit wohl eher willkommen gewesen. Angenommen, er war mittlerweile wieder bei Bewußtsein, dann würde er wahrscheinlich umkommen vor Durst und außer sich sein vor Zorn. Eliste unterbrach ihr Umherwandern, ging zum Tisch und hob die Abdeckung vom Tablett. Darunter befand sich ein Teller mit kaltem Braten, Käse, Obst, Gebäck und frischer Butter. Daneben stand eine mit einem Stopfen verschlossene Karaffe mit kaltem Pfefferminztee. Wein wäre besser gewesen, aber Dref würde es schon recht sein, wenn er überhaupt etwas bekam. Daß ihn die Mahlzeit überhaupt erreichen würde, bezweifelte sie keinen Augenblick, denn sie hatte sich ihren Plan sorgfältig zurechtgelegt. Stundenlang hatte sie darüber gebrütet, und nun, mitten in der Nacht, da der ganze Haushalt schlief, war es an der Zeit, ihn in die Tat umzusetzen.

Ihr Atem ging rascher, als sie zum großen, alten Kleiderschrank eilte, die Tür aufriß, davor niederkniete, darin wühlte und schließlich eine verstaubte Truhe hervorzog. Sie steckte die Hand in den Schrank und tastete blind über den Boden, bis sie den Schlüssel gefunden hatte. Die Truhe ließ sich nicht leicht öffnen. Das seit mehreren Jahren nicht mehr benutzte Schloß war schwergängig und ein wenig eingerostet. Elistes fiebrige Entschlossenheit gewann jedoch die Oberhand – schließlich drehte sich widerwillig der Schlüssel, und knarrend öffnete sich der Deckel. In der Truhe lagen ihre geheimen Besitztümer – Kleidungsstücke und allerlei Gerätschaften –, alles noch so, wie sie es vor Jahren hineingelegt hatte; lange Zeit vergessen, aber alles noch wohlvertraut. Die letzten Überbleibsel einer unbeschwerten Kindheit, an die zu denken ihr ein wenig peinlich war, so daß es ihr nie in den Sinn gekommen war, die Truhe wieder hervorzuholen. Andererseits hatte sie es auch nicht fertiggebracht, dies alles fortzuwerfen, und die verbotene Erregung, die sie beim Anblick ihrer ehemaligen Schätze verspürte, ließ sich nicht leugnen. Alte Erinnerungen wurden wach, und die Vergangenheit war auf einmal wieder gegenwärtig.

Eliste schaute nur einen Augenblick lang in die Truhe hinein, dann stand sie auf und begann sich auszukleiden. Zuerst kam das Kleid aus Schleierstoff an die Reihe, dann die verschiedenen Unterröcke, die Pantoffeln, Strümpfe und der Strumpfhalter. Sie legte Ringe und Halskette ab. Das Korsett mit der engen Schnürung bereitete ihr zunächst einige Schwierigkeiten, doch schließlich hatte sie sich befreit, und ihr Brustkasten dehnte sich dankbar aus. Als sie nur noch mit einem kurzen Batisthemd bekleidet war, bückte sie sich, holte die Kleidungsstücke aus der Truhe und zog sie rasch an, ein Uniformhemd aus Leinen, weite Kniehosen, Strickstrümpfe und flache, robuste Wanderschuhe; alles Dinge, die das abenteuerlustige Kind, das sie einmal gewesen war, unauffällig auf Märkten oder von Hausierern erworben hatte. Nach all der Zeit paßten die Schuhe noch immer. Die engen, spitzen kleinen Schuhe, die sie in den letzten Jahren trug, hatten offenbar verhindert, daß ihre Füße allzusehr gewachsen waren. Unbewußt vor sich hin lächelnd, ging Eliste versuchsweise ein paar Schritte darin. Sie hatte beinahe vergessen, wie bequem eine solche Kleidung war. Ihre Hand senkte sich wie aus eigenem Antrieb in die Hosentaschen und holte ein schmales, grob geripptes Band hervor, mit dem sie sich das Haar im Nacken zusammenband. Auf dem Boden der Truhe lagen noch die gegürtete Jacke, ein gefütterter Mantel von männlichem Schnitt, Handschuhe, Hut und Stiefel. Aufgrund des schwülen Wetters konnte sie heute darauf verzichten. Die Laterne und der Baumwolltornister aber waren nötig. Beide Gegenstände nahm sie heraus. Nach kurzem Zögern ergriff sie auch das alte Taschenmesser und tat es in den Tornister. Die Klinge war kurz und stumpf, aber vielleicht konnte Dref es ja trotzdem gebrauchen.

Eliste ging zum Tisch und legte die kalten Speisen vom Tablett auf die Serviette, band die Ecken zusammen und steckte das Bündel in den Tornister. Außer den Speisen packte sie auch noch die Karaffe mit Tee ein. Sie wollte den Tornister gerade schließen, als ihr ein Gedanke kam. Geld. Dref würde bestimmt Geld brauchen, und davon hatte sie genug. Ihre Maschenbörse aus Seide lag in der obersten Schublade der Kommode. Rasch nahm sie die Börse heraus, warf sie in den Tornister, verschloß diesen und legte sich den Tragriemen über die Schulter. Die Laterne stand noch auf dem Tisch. Die darin befindliche Kerze schien so gut wie unbenutzt. Mit einer dünnen Wachskerze von einem der Wandhalter zündete sie die Laterne an, stellte die Wachskerze zurück, und nun war sie bereit zum Aufbruch.

Eliste ging vom Schlafgemach ins Wohnzimmer und hielt vor der Tür, die auf den Korridor hinausführte, zu ihrer Überraschung inne. Sie hatte offenbar ganz vergessen, daß sie dort jedesmal gewartet und auf ein Geräusch von Schritten auf dem Gang gehorcht hatte – nicht aber ihre Füße. Jetzt war draußen alles still. Leise öffnete sie einen Spalt weit die Tür und spähte hinaus, sah nichts und öffnete die Tür noch weiter, dann streckte sie den Kopf hinaus und sah rasch nach rechts und nach links. Der Gang war dunkel und leer. Leise schlüpfte sie aus dem Wohnzimmer, schloß hinter sich die Tür und schlich wie ein Wildkatzenjunges den Korridor entlang, bis zu der steilen und schmalen Dienstbotentreppe, die sie mit großer Behutsamkeit hinunterstieg. Auf halber Höhe zögerte sie einen Augenblick, dann drückte sie sich mit dem Rücken an die Wand und überwand in dieser Haltung mehrere Stufen. Abermals hatten sich ihre Füße erinnert – dieser Teil der Treppe knarrte.

Dann erreichte sie die Küche, wo eine Vorratsglut im Herd die bereits stickige Luft noch weiter aufheizte. Ein paar Küchenmägde schlummerten auf Strohsäcken in der Ecke nahe dem offenen Fenster. Vielleicht störte sie das Licht der Laterne, denn eine warf sich unruhig umher und murmelte halblaut etwas im Schlaf. Eliste erstarrte. Erst als die Magd wieder verstummt war, schlich sie auf Zehenspitzen weiter. Sie kroch durch die Vorratskammer hinaus auf die Rampe, wo sie zum erstenmal vergleichsweise frische Nachtluft einatmete. Ihr Herzschlag beschleunigte sich, und als sie den verhangenen Mond betrachtete, den dunklen Himmel, den nur undeutlich erkennbaren Rasen und den Garten, verspürte sie auf einmal wieder die alte, fast vergessene Lust, etwas Verbotenes zu tun. Gut, daß sie die Laterne mitgenommen hatte. Heute würde sie sie brauchen.

Ohne sich die Mühe zu machen, die Treppe zu benutzen, sprang sie von der Rampe hinunter, setzte sanft auf den Fußballen auf und trottete über den Rasen davon. Mit einem gemächlicheren Tempo hätte sie ihre Kräfte geschont, aber vor ihr lag eine beträchtliche Strecke, und die Zeit war gefährlich knapp. Sie zwängte sich durch eine Lücke in der Hecke, trabte durch den nach Rosen duftenden Blumengarten, den Laubengang und hinaus auf die Felder. Bloß einmal blickte sie nach Südwesten zum Stall, in dem Dref eingesperrt war, dann wandte sie den Blick entschlossen nach Südosten, auf die bewaldeten Hügel, deren dunkle Umrisse sie im Mondschein gerade so eben ausmachen konnte.

Etwa zwanzig Minuten brauchte sie bis zum Hochwald der Derrivalles. Obwohl ihre letzten nächtlichen Ausflüge schon lange zurücklagen, war Eliste kaum außer Atem, als sie dort anlangte. Die häufigen Ausritte hatten offenbar ihre Ausdauer bewahren helfen. Um sie herum ragten hohe, gerade Baumstämme empor. Über ihr breitete sich ein Blätterdach aus, das den Mond verdeckte. Allein die schwankende Laterne spendete ein wenig Licht. Trotzdem wurde Eliste nicht langsamer, und bald trat sie aus dem Dunkel der Bäume und stand am Rande des Fischteichs, hinter dem die Hütten der Leibeigenen lagen. Für gewöhnlich waren die Unterkünfte von Sonnenuntergang bis zum ersten Hahnenschrei verdunkelt, doch nun brannte in den Fenstern zweier Hütten Licht; es war nicht schwer zu erraten, welche es waren.

Eliste schlug einen Bogen um Teich und Hütten und trabte weiter. Schon bald begann der Weg steil anzusteigen, und es fiel ihr erheblich schwerer, das rasche Tempo beizubehalten. Sie hatte den ersten Hügel erreicht und war wieder umgeben von Bäumen. Sie folgte einem schmalen, aber wohlbekannten Pfad, der nun mit Gebüsch und Unkraut überwuchert war, die sie im Vorwärtskommen behinderten. Als sie zu einer Wegbiegung gelangte, an der ihr ein bemooster Felsen so oft als Rastplatz gedient hatte, hätte sie beinahe angehalten, widerstand dann aber doch dem Wunsch. Statt dessen kletterte sie weiter den immer steiler werdenden Weg hinauf und verlangsamte bis auf Schritttempo. Hinter der Kuppe der ersten steilen Erhebung folgte die willkommene Erleichterung des abschüssigen Hangs, dann ging es wieder bergauf und anschließend einen mit Steinen übersäten ausgetrockneten Wasserlauf entlang, bis zu einer kleinen, ebenen Lichtung, wo ihr das Weiterkommen scheinbar von einer Steilwand aus nacktem, glattem Fels, die etwa dreißig Meter in die Höhe ragte, verwehrt wurde. Aber nur scheinbar. Eliste wußte es besser. Zuversichtlich bewegte sie sich am Fuß der Steilwand entlang, bis sie zu einem von Pilzen überwucherten Baumstumpf kam, zwischen dessen offenliegenden Wurzeln ein flacher Stein lag. Als Eliste den Stein beiseite schob, wurde darunter eine ausgekachelte Vertiefung mit einem Bronzegriff darin sichtbar. Sie zog einmal beinahe grob am Griff; dann schob sie ihn wieder ganz sachte zurück; jetzt ging es noch zweimal rasch hin und her. Nun legte sie den Stein wieder zurück, setzte sich auf den Erdboden und wartete.

Sie brauchte nicht lange zu warten. Kaum zehn Minuten waren vergangen, als eine Stelle in etwa fünf Metern Höhe so schwach zu phosphoreszieren begann, daß man es bei Tag kaum bemerkt hätte. Während Eliste die Stelle unverwandt beobachtete, sank das Leuchten langsam zu Boden, und das Felsgestein begann wie Lava zu schimmern. Das Schimmern wurde zu einem Brodeln, das Leuchten schien stärker zu werden, und dann trat aus dem Stein eine Gestalt hervor; damit verschwand das unheimliche Leuchten.

Eliste begrüßte die Erscheinung mit einem Lächeln. »Onkel Quinz«, sagte sie.

»Mein liebes kleines Mädchen.« Sein Gesicht strahlte vor aufrichtiger Zuneigung. »Es ist schon viel zu lange her.« Er sah aus wie ein Gespenst oder wie ein Dämon der Nacht, doch war es undenkbar, sich vor ihm zu fürchten. Quinz vo Derrivalle wirkte schlank, zart gebaut und klein – ein wenig kleiner noch als Eliste. Er hatte bleiche Haut und die großen, hervorquellenden und farblosen Augen eines Geschöpfs der Nacht, das er ja auch war. Im schwachen Schein der Laterne wirkte er so blaß und zart wie eine Motte. Der Eindruck von Farblosigkeit wurde noch verstärkt durch das lose herabhängende nachtgraue Gewand und den langen, seidigen, dabei wolkenweißen Haarkranz, der sein schmales Gesicht einrahmte. Er hatte eine hohe, gewölbte, nahezu faltenlose Stirn; die Nase war lang und drollig nach oben gerichtet; das bartlose Kinn spitz und anmutig geformt; die großen Augen wurden von einer Brille mit Drahtgestell und dicken Gläsern noch weiter vergrößert. Seine riesigen Ohren standen scharf nach oben und ragten aus dem hauchzarten weißen Haargespinst hervor, außerdem verfügte er über die wunderbare Gabe, sie einzeln oder beide gleichzeitig nach Belieben bewegen zu können. Seine Hände waren kräftig und wohlgebildet, dennoch wirkten seine Gebärden zögernd, wenn nicht sogar schüchtern. Er blickte milde, freundlich, häufig auch ein wenig verwirrt drein. Sein Alter ließ sich unmöglich schätzen, doch eines war sicher – er war älter, als er wirkte. ›Onkel‹ Quinz war eigentlich ein jüngerer Bruder von Elistes längst verstorbenem Urgroßvater väterlicherseits.

Eliste breitete die Arme aus, umarmte ihren Verwandten und küßte ihn so heftig, daß Quinz unter ihrem Ansturm zurücktaumelte. Als er das Gleichgewicht wiedergefunden hatte, erwiderte er ihre Umarmung mit erfreuter, wenn auch verwirrter Miene, dann nahm er ihre Hand und geleitete sie unmittelbar zur Felswand.

»Komm, mein Kind«, lud Quinz sie ein. »Laß uns zu meiner Hütte gehen, da ist es kühl und behaglich. Wir trinken süßen Apfelwein, schütten unser Herz aus, und vielleicht kannst du mich ja zu einer Partie Blauer Katze überreden.«

»Onkel Quinz, ich habe seit Jahren nicht mehr Blaue Katze gespielt!« Eliste schüttelte heftig den Kopf. »Ich bin doch kein *Kind* mehr!«

»Was, keine Blaue Katze spielen? Schade, das ist eins meiner Lieblingsspiele. Wie wäre es dann mit Fang den Greebie? Das ist fast so lustig wie Blaue Katze.«

»Bestimmt nicht!«

»Versteck die Eule? Blinder Bootsmann? Gavoozio?«

»Onkel, ich bin *siebzehn Jahre alt!*«

»Schön für dich, meine Liebe, aber was hat das mit Blauer Katze zu tun?«

»Ich kann keine Kinderspiele mehr spielen. Ich bin jetzt erwachsen.«

»Ach, bist du das? Bist du das wirklich?« Onkel Quinz blieb unmittelbar am Fuß der Felswand stehen und musterte Eliste eingehend. »Wann ist das geschehen? Auf mich wirkst du ziemlich unverändert.«

»Das kommt bloß daher, daß ich nicht meine guten Kleider trage. Wenn du mich in dem aquamarinblauen Sarsenett sehen könntest, dann würdest du schon merken, daß ich erwachsen geworden bin.«

»Und deshalb kannst du nicht mehr spielen? Das ist aber traurig. Das tut mir leid.« Onkel Quinz kam ein beunruhigender Gedanke. »Heißt das, auch ich darf keine Blaue Katze mehr spielen? Ich finde das ganz und gar ungerecht.«

»Aber nein, Onkel. Du kannst natürlich tun, was du willst.«

»Ah, da bin ich aber erleichtert. Laß uns in diesem Falle zu mir gehen, meine Liebe, und du lehrst mich die Feinheiten des Spiels. Lehren ist nicht dasselbe wie spielen, und daher brauchst du deswegen auch kein schlechtes Gewissen zu haben…« Onkel Quinz hatte unterdessen den linken Arm ausgestreckt, der bis zur Schulter in der granitenen Felswand verschwunden war.

Eliste zuckte leicht zusammen. »Daran werde ich mich nie gewöhnen, wie oft ich dir dabei auch zusehe.« Sie drückte ihrerseits eine Hand auf den Stein, betastete dessen rauhe, unnachgiebige Oberfläche. »Ich könnte schwören, das ist wirklich, es wirkt so massiv. Wie schaffst du es nur, daß es sich so fest anfühlt?«

»Täuschung, mein Kind, pure Täuschung, dazu gedacht, mein Privatleben zu schützen. Ich freue mich, daß du meine armseligen Schattengebilde unterhaltsam findest. Aber komm jetzt, mach die Augen zu, dann wird dich dein Onkel Quinz unbeschadet hindurchführen.«

»Nein, Onkel, heute nicht. Ich wollte dich nicht besuchen. Ich bin hergekommen, weil ich deine Hilfe brauche.«

»Mein liebes kleines Mädchen, du wirkst so unglücklich. Was kann ich tun, damit sich dein hübsches Lächeln wieder zeigt?«

»Onkel Quinz, ein Freund von mir – nein, eigentlich kein Freund, bloß einer der Leibeigenen – ist in Schwierigkeiten. Nicht nur in Schwierigkeiten – in großer Gefahr. Erinnerst du dich noch an Dref Zeenoson?«

»Dieser aufgeweckte, begabte Bursche? Ja, in der Tat. Ein bemerkenswerter Junge, wirklich erstaunlich. Ist er krank?«

»Schlimmer, viel schlimmer. Ach, Onkel, Dref hat ein solches Unheil angerichtet, daß es aus mit ihm ist, wenn du ihm nicht hilfst. Ich meine, sonst ist es wirklich aus; dann wird er für immer ruiniert sein. Er hat meinen Vater geschlagen – er muß wahnsinnig gewesen sein, daß er sich dazu hat hinreißen lassen –, er hat seinen Herrn niedergeschlagen und ihm eine blutige Nase verpaßt. Ich dachte schon, mein Vater würde Dref deswegen zu Tode prügeln lassen. Aber das hat er nicht getan, weil ihm nämlich etwas noch Schlimmeres eingefallen ist. Dref soll seine ... seine Zunge und seine rechte Hand verlieren.«

Quinz' große Augen weiteten sich noch mehr, und er machte eine Bewegung, als wollte er eine allzu furchtbare Vorstellung abwehren. »Das kann nicht sein. Das ist doch unmöglich. War das vielleicht bloß eine leere Drohung, um dem Burschen eine Lehre zu erteilen?«

»Nein, war es nicht. Morgen früh soll es geschehen. Vater meint es wirklich ernst. Das ist ungerecht, entsetzlich und so furchtbar« – sie suchte nach dem passenden Wort, entschied sich dann aber doch für das naheliegende – »grausam.«

»O je. Das macht mich ganz traurig.« Onkel Quinz schüttelte den Kopf, und sein weißes Haar geriet in wogende Bewegung. »Der Sohn meines Enkels Ubair – das heißt, dein Vater – hat das harte Herz seines Großvaters geerbt. Als er in seiner Jugend mißgestaltete Mäuse züchtete, um eine Rasse zweiköpfiger Monster zu erschaffen, mußte ich es ihm ausreden. Ich hatte gehofft, sein Wesen würde mit den Jahren sanfter werden, aber wie es aussieht – o weh …«

»Onkel Quinz, ich bin hergekommen in der Hoffnung, du könntest Dref zur Flucht verhelfen. Er ist jetzt im Stall eingesperrt, und die Tür bewacht ein Klotz von einem Schmied. Allein kann ich nichts für ihn tun. Aber du würdest mit deiner Magie sicher einen Weg finden, wenn du nur wolltest. Bitte, Onkel, sag, daß du willst! Sonst verliert Dref morgen seine Zunge … und … seine Hand, seine *rechte* Hand …« Sie bemühte sich sehr, nicht die Fassung zu verlieren, doch sie verlor diesen Kampf. Ihr Hals hatte sich geschlossen wie ein verstopftes Regenrohr, und sie brachte kaum noch etwas heraus. Ihr Gesicht zerknitterte, ihre Augen brannten und füllten sich mit Tränen.

»Aber, aber, nicht weinen, mein Kind«, flehte Onkel Quinz. Er tätschelte ihr die Schulter, streichelte ihr unbeholfen über das Haar und zappelte unruhig herum. »Bitte nicht. Wir werden dem Jungen helfen, wir beide. Es wird ihm kein Leid geschehen, das verspreche ich dir. Ich werde mich um den Schmied kümmern, und dann holen wir deinen jungen Freund noch heute nacht aus dem Stall. Bitte glaub mir, mein armer, kleiner Schatz, und sei nicht mehr traurig, sonst muß ich auch noch weinen.« Die großen Augen hinter den dicken Brillengläsern wurden tatsächlich feucht.

Ihr ersticktes Schluchzen wurde von einem Schniefen abgelöst. Sie wischte sich die Tränen mit dem

Hemdsärmel ab, schluckte hart und schaffte es, zu flüstern: »Ich danke dir. Du bist sehr lieb, Onkel Quinz.«

Er errötete und entgegnete hastig: »Puh, mein Kind, du brauchst mir nicht zu danken, da ich doch noch gar nichts getan habe. Und wenn wir heute noch etwas zuwege bringen wollen, dann sollten wir allmählich damit anfangen, meinst du nicht? Es ist ein langer Weg bis zum Stall, und ich bin nicht mehr so flink auf den Beinen wie früher. Komm, meine Liebe, wir dürfen keine Zeit verlieren. Machen wir uns auf den Weg. Und bitte versuch doch mal zu lächeln – es wird alles wieder gut, und uns steht ein Abenteuer bevor!« Sie konnte sich gerade noch die Laterne schnappen, da faßte er sie auch schon bei der Hand und eilte mit ihr los.

»Kannst du nicht deine Magie einsetzen und uns durch die Luft ans Ziel bringen?« fragte Eliste, während sie den steilen, steinigen Weg hinunterstolperten.

»Ja, das wäre ein Spaß! Aber leider muß ich gestehen, daß die Klugheit deines Onkels dazu bei weitem nicht ausreicht. Ich vermag bloß Trugbilder zu erzeugen – und bisweilen, falls vorhanden, auch das verborgene Bewußtsein von Lebewesen und Gegenständen wahrzunehmen und zu fördern. Niemand aber vermag das Naturgesetz zu überwinden, das den Menschen am Fliegen hindert.«

»Wenn das ein Gesetz ist, wie steht es dann mit diesen neuen Ballons?«

»Den was?«

»Ballons, Onkel Quinz. Große, bunte Ballons mit heißer Luft darin. Wenn der Ballon groß genug ist, vermag er einen Korb mit Menschen darin aufsteigen zu lassen, und dann – fliegt er.«

»Was du nicht sagst!« Er schaute sie verzückt an. »Also, *das* ist wahre Magie! Ich bin sprachlos! Aber wie aufregend, wie wundervoll, wie außerordentlich!

Meine Liebe, das ist schwer zu glauben. Ballons! Bist du dir da ganz sicher?«

»Ja, ich habe mit Leuten gesprochen, die sie schon gesehen haben.«

»Ach, wie gerne würde ich auch mal einen sehen! Bunt, sagst du? Wie hübsch. Was für ein erhebender Anblick das sein muß! Und daß ich gar nichts davon wußte! Ach, in meiner Abgeschiedenheit entgeht mir so vieles. Wahrlich, der Wandel in der Welt geht an mir vorüber.«

»Aber, Onkel, wenn du das meinst, warum besuchst du uns dann nicht häufiger? Oder noch besser, warum kommst du nicht nach Derrivalle und wohnst bei uns? Wir wären alle froh, dich bei uns zu haben.«

Lächelnd schüttelte er den Kopf. »Liebes, kleines Mädchen, das kann ich nicht tun. Wie sollte ich dort studieren, wie sollte ich in Derrivalle meine Kunst ausüben? Die Zerstreuungen würden mich bei meiner Arbeit stören. Der Lärm, das Getriebe, das ständige Kommen und Gehen – nein, ich könnte dort nichts tun. Nur in der Abgeschiedenheit, an einem stillen, ländlichen Ort, wo ich ungestört allein sein kann, finde ich die nötige Gelassenheit für meine Arbeit. Ich brauche die Einsamkeit und meinen Frieden.«

»Das klingt nicht besonders aufregend. Ist dir denn nicht einsam?«

»Manchmal schon«, räumte er ein. »Manchmal schon. Aber anders geht es nicht.«

»Lebst du schon immer so?«

»Aber nein, mein Kind. Vor langer Zeit, als ich noch ein junger Bursche war, lebte ich im Gutshaus der Derrivalles, wie du weißt. Damals genoß ich Kameradschaft, Zuneigung, Annehmlichkeiten und Luxus – ich erinnere mich noch gut daran. Aber schon in jungem Alter fand ich heraus, daß ich über geistige Fähigkeiten verfüge, die wenigen Adligen vorbehalten sind. Außerdem entdeckte ich, daß mir die Entfaltung dieser

Fähigkeiten mehr bedeutete als alles andere auf der Welt. Und ich lernte, daß es ständige Übung und Selbstverleugnung erfordert, um sie weiterzuentwickeln. Daher schickte man mich im Alter von sieben Jahren zur Bozhenille-Gemeinde in der Provinz Aussadie, wo eine Gruppe adliger Herren in den Hügeln eine Siedlung gegründet hatte. Dort versammelten sie sich, um zu üben, zu lernen und ihr Wissen an besonders begabte Kinder weiterzugeben. Das Leben dort fiel nicht leicht«, erinnerte sich Onkel Quinz. »Die Arbeit war anstrengend, und die Lehrer – oh, einige von ihnen waren schon recht furchterregend. Ich mußte auf dem Boden schlafen, da ich doch ein Federbett gewohnt war, und zum Essen gab es nur Schwarzbrot und Gemüse, da es mich doch nach Hühnerfleisch und Sahnetorte gelüstete. Die Schlafsäle waren unbeheizt, und es gab kein warmes Wasser. Um vier Uhr in der Früh mußte ich aufstehen, bis um zehn in der Küche oder im Garten arbeiten, dann gab es Frühstück und anschließend Unterricht bis zum Mittagsmahl. Am Abend waren ein paar Stunden fürs Lernen freigehalten, und dann kam die Schlafenszeit. Wer während der Studienzeit beim Sprechen ertappt wurde, mußte die Nacht in einem Holzschuppen verbringen, und wer nach dem Abendläuten Licht anmachte, wurde ausgepeitscht. Mir ist das einmal passiert, als man mich um Mitternacht auf dem Abort beim Lesen ertappte, und dieses eine Mal war mir eine Lehre. Meister vo Nilaiste hat mich dermaßen verdroschen, daß ich eine Woche lang nicht sitzen konnte. Anschließend habe ich es nie wieder gewagt, gegen die Regeln zu verstoßen.«

»Onkel Quinz, das klingt wirklich ekelhaft! War dir der Aufenthalt dort nicht verhaßt? Hattest du kein Heimweh?«

»Zu Anfang sogar sehr. In den ersten vier Monaten habe ich mich jeden Abend in den Schlaf geweint.«

»Ach, und da warst du doch noch so jung! Wie kann

man kleine Kinder nur so behandeln? Warum haben die Eltern das zugelassen?«

»Die Eltern haben den Lehrern freie Hand gelassen. Jedenfalls dienten diese strengen Regel dazu, uns Disziplin und Selbstverleugnung zu lehren, ohne die es in dieser Kunst nicht geht. Tatsächlich waren die Lektionen mit Absicht so streng, damit alle bis auf die eifrigsten Schüler ausgesiebt wurden, und darin waren sie auch erfolgreich. Ein volles Drittel der Schüler kehrte noch vor Ablauf des ersten Quartals nach Hause zurück.«

»Das kann ich mir denken. *Ich* hätte mich bestimmt nicht schlagen lassen – niemals. Vorher hätte ich das Haus angezündet. Und wenn man versucht hätte, mich einzusperren, wäre ich weggelaufen.«

»Ich habe häufig ans Weglaufen gedacht. Einmal war ich so weit, meine Habseligkeiten in einen Sack zu packen. Aber jedesmal, wenn ich in Versuchung kam, dachte ich an die Kunst, die ich erlernte – an die Fähigkeiten, die ich im Begriff war zu entwickeln, an die Trugbilder und die klugen Unbelebten und den ganzen Rest – an das Wissen, auf das ich verzichtet hätte, wenn ich fortgelaufen wäre. Du mußt bedenken, daß ich nirgendwo sonst soviel hätte lernen können. Wenn ich daran dachte, hatte ich keine Lust mehr wegzulaufen. Am Ende entschied ich mich zum Bleiben. Und als ich diesen Entschluß erst einmal gefaßt hatte, waren die Entbehrungen viel leichter zu ertragen, weißt du. Ich blieb fünfzehn Jahre in Bozhenille.«

»Und in der ganzen Zeit warst du kein einziges Mal zu Hause?«

»Doch, einmal im Jahr für zwei Wochen. Aber nach ein paar Jahren machten mir die Besuche keine Freude mehr. Ich hatte keine Gemeinsamkeiten mit meinen Eltern und Geschwistern, bei denen ich aus Gründen, die mir bis heute unklar sind, als verschroben galt. Es fiel mir schwer, mit ihnen zu reden, und ich hatte nicht mehr das Gefühl, daß Derrivalle mein wahres Zuhause sei. Jedesmal kehrte ich betrübt und zugleich erleichtert zur Gemeinde zurück. Mit Abschluß meines fünfzehnten Lebensjahres«, fuhr Onkel Quinz fort, »hatte ich alles gelernt, was die Meister von Bozhenille zu lehren wußten. Damals hätte ich als Lehrer in der Gemeinde bleiben können; oder ich hätte als ein vo Derrivalle meinen Platz in der Welt einnehmen können. Statt dessen entschloß ich mich, der Gesellschaft der Menschen um meiner Kunst willen zu entsagen. Vielleicht war das ein selbstsüchtiger Akt, vielleicht aber auch nicht. Es gibt heute so wenige, die bereit sind, die Entbehrungen auf sich zu nehmen, die unser Handwerk verlangt – so wenige, die das überkommene Wissen behüten und darauf aufbauen. Ich würde gern glauben, daß meine Entdeckungen von Wert sind. Aber ob es nun selbstsüchtig war oder nicht, jedenfalls habe ich meine Entscheidung nie bereut.«

»Also, ich finde, das war eine noble Entscheidung, Onkel«, sagte Eliste.

»Glaubst du das wirklich, meine Liebe?« Er schien darüber beruhigt.

»Natürlich. Aber wie kommt es, daß du mir diese fesselnde Geschichte noch nie erzählt hast, und warum erzählst du sie mir jetzt? Oh, jetzt verstehe ich, worauf du hinauswillst. Du versuchst, mich von meinen Sorgen abzulenken.«

»Kluges Kind, du bist viel zu gescheit für deinen Onkel.«

»Damit wäre der Tag für mich gerettet. Ich freue mich, daß du mit mir zufrieden bist, Onkel Quinz. Jedenfalls«, meinte Eliste entschieden, »finde ich das gar nicht so lustig, und ich bin froh, daß ich keine magischen Fähigkeiten habe.«

»Eigentlich kannst du dir da gar nicht so sicher sein. Das liegt in der Familie, und es könnte sein, daß du irgendwann ein verborgenes Talent entdeckst, solltest du jemals danach forschen. Du mußt dir das wie eine Schatzsuche vorstellen, meine Liebe! Ich würde dir mit Freuden dabei zur Seite stehen.«

»Ach, nein! Nein, danke, lieber nicht. Ich habe genug vom Lernen und Studieren und von dieser ganzen Plackerei. Ich will Aufregung, ich will etwas Neues, ich will Spaß haben.«

»Ah, mir macht jedenfalls Blaue Katze Spaß. Und was macht dir Spaß?«

»Sherreen wird mir gefallen, ganz bestimmt! Nächste Woche reise ich dorthin, wie du weißt. Ich werde Ehrenjungfer bei der Königin. Stell dir vor – nur noch ein paar Tage, dann werde ich bei Hofe sein.«

»Ich habe den Hof nie kennengelernt«, bemerkte Onkel Quinz milde. »Was hoffst du dort zu finden, meine Liebe?«

»Alles, was man sich nur denken kann, Onkel. Dort gibt es berühmte Menschen, Musik und Tanz, Theateraufführungen und Puppenspiele, Gesellschaftsspiele und Jagdveranstaltungen, Feste und Picknicks, Festessen, Maskeraden, die schönsten Kleider und kostbaren Schmuck, unendlich viel zu sehen und zu tun. Jeder, der einen Funken Leben in sich spürt, möchte dort sein.«

»Jeder?«

»Na ja, jeder, der dorthin kommen kann. Jeder möchte doch im Mittelpunkt des Geschehens sein.«

»Welchen Geschehens?«

»Wo neue Dinge passieren, aufregende Dinge, das Beste, was das Leben zu bieten hat.«

»Aus deinem Munde klingt das wundervoll, meine Liebe. Ich hoffe, deine Erwartungen werden sich erfüllen. Aber du wirst mir fehlen.«

»Du mir auch, Onkel. Aber sei nicht traurig – es ist ja nicht so, als ginge ich für fünfzehn Jahre zur Bozhenille-Gemeinde. Bei gutem Wetter sind es mit der Kutsche nur sechs Tage nach Sherreen. Ich werde mehrmals im Jahr nach Derrivalle zurückkommen, und ich werde dich oft besuchen.«

»Dann muß ich mich also damit trösten. In der Zwischenzeit kannst du mir noch mehr über deine bevorstehende Reise erzählen, meine Liebe.«

Eliste tat ihm den Gefallen und schilderte ihrem Verwandten ausführlich ihre Pläne, Hoffnungen, Zweifel und die Garderobe, die sie nach Sherreen mitzunehmen gedachte. Das Gespräch fesselte sie, und sie sprach ausführlich und mit Begeisterung, so daß sie die Angst um Dref Zeenoson vorübergehend vergaß. Was Eliste betraf, so war Drefs Flucht bereits in dem Augenblick bewerkstelligt und für seine Sicherheit gesorgt, als Onkel Quinz eingewilligt hatte, ihr zu helfen. So unschuldig und zerstreut er auch wirkte, waren seine Bemühungen doch stets erfolgreich. In ihrem ganzen Leben hatte sie noch nie erlebt, daß Quinz vo Derrivalle ein Versprechen eingegangen wäre, das er nicht hatte halten können; und er hatte ihr versprochen, Dref zu retten. Daher plapperte sie immer noch über Sherreen daher, als sie aus der Deckung des Waldes auf ebenen Boden traten; und sie erzählte noch immer, als sie unter den Bäumen her einen Bogen um den Fischteich schlugen und über die Felder westwärts zu den Weingärten und Vorgebäuden gingen. Onkel Quinz hörte ihr mit allen Anzeichen von Verwunderung zu. Erst als sie sich dem Kutschhaus näherten, hinter dem die Stallungen lagen, legte er warnend einen Finger an die Lippen. Ihre Unterhaltung brach jäh ab. Schweigend bewegten sie sich an der Südseite des Gebäudes entlang, hielten an dessen Ende an und spähten vorsichtig um die Ecke.

Der Mond stand mittlerweile tief am Himmel, doch der Nebelschleier davor hatte sich ausgedünnt. Einen Steinwurf entfernt ragte dunkel das rechteckige Stallgebäude auf. Borlo Bunison saß dort auf dem Boden, mit dem Rücken an die geschlossene Tür gelehnt, einen schweren Stock quer über den Knien, der Kopf war ihm auf die Brust gesunken. Er schlief, und sein massiger Körper versperrte den einzigen Eingang.

»Der Schmied«, flüsterte Onkel Quinz kaum hörbar. »Ein kräftiger Bursche. Was für ein bewundernswerter Körperbau.«

»Der Kerl ist riesig. Wie sollen wir nur an ihm vorbeikommen?«

»Ich werde ein bißchen zaubern. Du darfst dich nicht erschrecken, versprichst du mir das?« Eliste nickte, und Onkel Quinz berührte sie anerkennend an der Wange. »Mein tapferes Kind.« Er verschränkte die Arme, senkte den Kopf und verharrte regungslos.

Eliste schaute neugierig zu. Onkel Quinz' Zauberkunststücke waren höchst unterhaltsam. Was würde es diesmal sein? Eine singende Wolke wie bei ihrem letzten Geburtstag? Feuerblumen? Die Phantomgiraffe? Ihre Neugier verwandelte sich in Unbehagen, als die Sekunden verstrichen und er sich nicht regte. Für gewöhnlich ging es bei ihm immer ganz schnell. Hatte Onkel Quinz vielleicht Schwierigkeiten – versagte etwa seine Gabe gerade in dem Augenblick, da sie gebraucht wurde? Sie wollte schon eine Bemerkung machen, als er zu sprechen begann: ein leiser, monotoner Singsang, alles unverständliches Zeug, soweit sie es hören konnte. Seine Stimme klang sonderbar – tiefer und herrischer, als sie es von ihm gewohnt war. Sein Atem war tief und beherrscht, sein Gesichtsausdruck so abweisend und für ihn ungewöhnlich, daß sie einen Augenblick lang meinte, ein streng blickender Fremder stünde neben ihr. Eliste sah ihn verblüfft an; und dann begann er sich vor ihren Augen zu verändern. Vielleicht war es aber auch bloß die Luft um ihn herum, die sich veränderte, die sich verdickte, Wirbel bildete und Elistes Augen Streiche spielte. Blinzelnd rieb sie sich die Augen, ohne daß es geholfen hätte. Sie sah immer noch nicht klarer, oder vielleicht konnte sie auch nicht mehr klar denken; sie war sich nämlich undeutlich bewußt, daß Onkel Quinz' Magie etwas mit ihren Wahrnehmungen und ihrem Denkvermögen angestellt hatte. Auf ihre Augen kam es gar nicht mehr an; er war irgendwie in ihr Bewußtsein eingedrungen. So sehr sie ihn auch liebte und ihm vertraute, leistete sie ihm doch unwillkürlich Widerstand; ungeachtet ihres Instinkts hatte sie von geistigem Widerstand allerdings keine Ahnung. Und da verschwand auf einmal die vertraute kleine Gestalt ihres Verwandten. Eliste schnappte nach Luft und ließ die Laterne fallen. Ihr Onkel war verschwunden, und an seiner Stelle stand da ein riesiger Wolf, weit größer als jeder natürliche Wolf. Das prachtvolle Fell des Tieres war dunkelgrau, die langen Haare an Hals und Brust hatten weiße Spitzen, Schnauze und Ohren waren dunkler gezeichnet. Die blassen, großen Augen phosphoreszierten grünlich.

Das ist Onkel Quinz, versuchte Eliste sich einzureden. Sie atmete schwer, das Herz klopfte ihr in der Brust, und jeder einzelne Muskel spannte sich fluchtbereit an. *Das ist bloß Onkel Quinz. Er hat mir gesagt, ich soll keine Angst haben, und ich habe es ihm versprochen.* Mit ein wenig Bedenkzeit hätte sie sich wieder gefaßt. Doch diese Zeit hatte sie nicht, denn es gingen noch weit alarmierendere Dinge vor. Eliste fühlte, wie sie sich verwandelte. Ihr Körper krümmte sich, ihre Beine bogen sich in einem unmöglichen Winkel, ihre Arme streckten sich, der Kiefer wölbte sich vor, Zähne und Fingernägel wurden länger. Für einen Augenblick krampfte sich ihr Inneres zusammen. Sie fühlte, wie Knochen, Gelenke und Muskeln sich schmerzlos verrenkten; wie sich ihre Umrisse veränderten, wie sich Ohren und Steißbein ausdehnten und sich ihr Körper wellenförmig mit Fell überzog. Und dann sackte ihr Blickwinkel ein, und der Boden war auf einmal ganz nah. Die Krallen ihrer vier Füße gruben sich in den Erdboden, und sie spürte das ausbalancierte Gewicht eines langen pelzigen Schwanzes, das Beben ihrer empfindlichen Nüstern, die kühlend über ihre heraushängende lange Zunge streichende Luft. Entsetzt fühlte sie, wie sich ihre Ohren anlegten, ihre Lippen zurückzogen, ihr Rücken krümmte und wie sich ihr entlang des Rückgrats die Haare sträubten. Ihr Entsetzensschrei wurde in ein wehklagendes wölfisches Winseln übersetzt.

»Beruhige dich, mein armes, kleines Mädchen.« Der graue Wolf sprach erstaunlicherweise mit Onkel Quinz' Stimme. »Du brauchst dich nicht zu fürchten.«

»*Was ist mit mir geschehen?*« Sie vernahm gleichzeitig ein wölfisches Winseln und ihre eigene Stimme. Das klang ebenso verwirrend wie erschreckend, und ihr Schwanz schlug zwischen den Hinterbeinen hart auf dem Boden auf.

»Nichts, meine Liebe. Du bist vollkommen unverändert, und das gilt auch für mich. Das ist alles nur Einbildung.«

»Das stimmt nicht! Verwandele mich zurück!«

»Kind, es gibt nichts zu verwandeln. Vertrau deinem Onkel und hab keine Angst vor Trugbildern. Und jetzt komm, nimm die Laterne und laß uns weitergehen.«

Seine Zuversicht besänftigte ihren aufsteigenden Schrecken. Unwillkürlich bewegte sie sich auf die ruhige Entschiedenheit in seiner Stimme und streckte sofort die rechte Vorderpfote aus, als wäre diese immer noch eine Hand, mit der sie die heruntergefallene Laterne aufheben könnte. Ihre Verwirrung steigerte sich noch, als sie spürte, wie sich ihre Finger um den stoffumwickelten Ring schlossen. Im Augenblick der Berührung trat ihr das geisterhafte Bild ihrer eigenen Hand vor Augen, das von dem der Wolfspfote überlagert war. Das Bild verblaßte, nur die Pfote blieb übrig. Völlig verwirrt streckte sie die Schnauze vor und nahm den Ring in den Mund.

Der graue Wolf stieß ein gedämpftes Jaulen aus.

»Verzeih mir, daß ich lache, Kind, aber du siehst schon recht komisch aus«, sagte Onkel Quinz. »Möchtest du die Laterne nicht vielleicht lieber in der Hand tragen, meine Liebe?«

Ihre Schnauze wurde heiß, anscheinend errötete sie auch. Hastig verfrachtete sie die Last wieder in ihre rechte Vorderpfote.

»So ist es besser, nicht wahr? Und nun komm, folge mir und mach mir alles nach, dann werden wir den Schmied bald los sein. Ist das nicht aufregend? Was für ein spannender Ausflug!«

Die Lippen zu einem wölfischen Grinsen in die Breite gezogen und mit leicht heraushängender Zunge trottete Onkel Quinz mit Eliste hinüber zum Stallhof. Borlo Bunison hatte ihr Näherkommen nicht bemerkt und schlief weiter. Eine Weile betrachteten sie ihn, mit grünlich funkelnden Augen, die Köpfe in gleichem Winkel schiefgelegt, die Ohren nach vorne gespitzt. Dann sagte Onkel Quinz in scharfem Befehlston: »Aufgewacht, Bursche! Borlo Bunison, aus dem Weg mit dir!« Eliste vermochte die Worte trotz des darübergelegten wölfischen Knurrens mühelos zu unterscheiden.

Borlo Bunison hob die Lider. Er gewahrte zwei riesige Wölfe, und unvermittelt war er hellwach. Die Augen quollen ihm hervor, und er umklammerte seine einzige Waffe, den Stock. Einen Augenblick lang saß er wie gelähmt da und stierte die Erscheinungen an. Dann erhob er sich ganz langsam und machte sich, ohne den Kopf zu verdrehen, hinter seinem Rücken am Eisenriegel der Tür zu schaffen.

»Nichts da«, kommandierte Onkel Quinz. *»Laß die Tür in Ruhe!«*

Borlo vernahm ein Knurren, das ihm das Blut in den Adern gerinnen ließ, und er erstarrte mitten in der Bewegung. Onkel Quinz hatte den Kopf gesenkt, seine Nackenhaare waren gesträubt. Er bleckte die gelben Zähne. Eine Weile standen sich Mensch und Trugbild regungslos gegenüber. Dann näherten sich Borlos Finger abermals unauffällig dem Riegel.

»Rühr ihn nicht an!« rief Eliste. »Sonst beiß ich dich, Borlo!« Die Wildheit ihres Knurrens erstaunte und erschreckte sie. »Geh weg – mach, daß du wegkommst, du unsägliches Schwein! VERSCHWINDE!« Das letzte Wort heulte sie, und von ihrer verzerrten Schnauze spritzte Schaum.

»Brav, mein Kind!« murmelte Onkel Quinz. »Ausgezeichnet!«

Borlo hatte gewiß nichts verstanden, doch die Haltung der beiden Wölfe sprach für sich. Als er seine zitternde Hand vom Riegel sinken ließ, hörten die Wölfe augenblicklich zu knurren auf. Sie ließen sich auf die Hinterbeine nieder und schauten ihn erwartungsvoll an. Eine Weile hielt Borlo mit abwehrend erhobenem Stock die Stellung. Als nichts geschah, rückte er ganz allmählich seitwärts. Die Wölfe beobachteten ihn. Borlo wurde schneller. Als er die Ecke des Gebäudes erreicht hatte, duckte er sich, machte kehrt und rannte um sein Leben.

»Ha!« jubelte Eliste. »Sieh nur, wie er rennt!«

»Ein erfreulicher Anblick, meine Liebe, aber wahrscheinlich wird er bald mit Verstärkung wiederkommen. Wir müssen uns beeilen.«

»Oh – du hast recht, beeilen wir uns.« Eliste stürmte vor, kratzte und scharrte an der Stalltür, jedoch ohne Erfolg. Sie beschnüffelte den Riegel, dann nagte sie vergeblich daran, winselnd vor Enttäuschung.

»Kind, du scheinst mir ein wenig verwirrt zu sein.« Onkel Quinz streckte die rechte Pfote vor, entriegelte mühelos die große Tür und zog sie auf. Abermals meinte Eliste, kurzzeitig eine schattenhaft durchsichtige, menschliche Gestalt wahrzunehmen, die dem wölfischen Beiwerk überlagert war. »Rein mit dir.«

»Warte.« Sie wandte sich ihm zu. »Verwandele uns

zurück, Onkel Quinz. Sonst erschreckt Dref sich zu Tode, von den Pferden ganz zu schweigen.«

»Ah, sehr umsichtig. Aber die Pferde hätten sich bestimmt nicht täuschen lassen.« Die Augen des grauen Wolfs verengten sich zu Schlitzen, so daß er beinahe schläfrig wirkte. Die langen Nackenhaare glätteten sich, die Ohren zuckten, und das dunkelgraue Fell schien sich in Nebel zu verwandeln, worauf das Tier gänzlich verschwand. Und dann stand auf einmal wieder Onkel Quinz vor ihr, so milde und liebenswert wie eh und je. Gleichzeitig fühlte Eliste, daß auch sie sich innerlich wie äußerlich veränderte. Ihre wahre Gestalt stellte sich wieder her, während Luft in eine Leere strömte, und sie stellte fest, daß sie wieder ein Mensch war, wohlbehalten und gesund, die leichte Laterne immer noch mit der Hand umklammernd.

»Oh«, machte Eliste. »Oh.«

»Komm, Kind, wir dürfen keine Zeit verlieren.«

Sie schlüpften in den Stall, schlossen hinter sich die Tür, und augenblicklich wurde Eliste eingehüllt von dem Geruch nach Pferd, Heu, Schweiß, Dung, Leder und Sattelseife, der diesem Ort zu eigen war. Vor ihr erstreckte sich der lange, gepflasterte Gang, von dem rechts und links die Boxen abgingen, in denen die preisgekrönten Pferde des Marquis vo Derrivalle untergebracht waren. Einige Tiere waren durch das Öffnen der Tür aufgewacht und streckten nun die wohlgestalteten Köpfe neugierig auf den Gang. Elistes Blick wanderte zu der Box, in der ihre Lieblingsstute Hussy untergebracht war, doch deren braunes Gesicht mit dem weißen Stirnfleck war nicht zu sehen. Hussy schlief noch, nur ihr schnaufender Atem verriet ihre Anwesenheit. Eliste war noch nie bei Nacht im Stall gewesen. Die Stille, die Schatten und der schwach orangefarbene Laternenschein, der sich in den geweiteten Pferdeaugen widerspiegelte, gaben der wohlvertrauten Szenerie einen unheimlichen Anstrich. Selbst

Onkel Quinz schien davon ein wenig betroffen, denn seine Stimme klang belegt, als er fragte: »Und wo haben sie den Burschen nun versteckt, meine Liebe?«

»Leise«, mahnte ihn Eliste im Flüsterton. »Oben auf dem Heuboden schlafen ein paar Stallburschen. Hier entlang, glaube ich.« Unnötigerweise auf Zehenspitzen schleichend, führte sie ihren Onkel zur gegenüberliegenden Seite des Gebäudes, wo Vorratsbehälter und Regale standen und wo es eine fensterlose, verschlossene Kammer für das Zaumzeug gab. Eliste zog den schweren Riegel zurück, öffnete die Tür und leuchtete den liegenden Insassen an. Vor Entsetzen schrie sie leise auf.

Dref sah entsetzlich aus. Sein Gesicht, eine furchtbar anzusehende Masse aus Schnitten und purpurfarbenen Quetschungen, war verschmiert von Schweiß und getrocknetem Blut. Er hatte zwei blaue Augen, von denen eines fast zugeschwollen war. Auch seine Lippen waren geschwollen – dick, gesprungen und mit dunklem Blut überkrustet. Seine Nase war nicht gebrochen, doch es schien unwahrscheinlich, daß seine Knochen ebensolches Glück gehabt hatten. Als er sich in eine sitzende Haltung aufrichtete, bereiteten ihm die Bewegungen sichtlich Schmerzen. Er lehnte sich an die Wand und preßte die eine Hand auf seine Seite. Mit der anderen beschirmte er die Augen vor dem orangegrellen Schein der Laterne.

»Jetzt schon?« murmelte er.

»Dref, erkennst du uns denn nicht?« flüsterte Eliste entsetzt.

»Eliste?« Er blinzelte ins Licht. »Meister Quinz?«

»Richtig, mein Junge«, antwortete Onkel Quinz. »Wir sind gekommen, um dich zu befreien. Was für ein Abenteuer!«

»Der Herr …?«

»Dref, du solltest lieber nicht sprechen«, empfahl ihm Eliste und atmete insgeheim auf. Also war er weder blind noch von Sinnen, wie sie zunächst befürchtet hatte.

»Hier, trink das.« Sie reichte ihm die Karaffe mit Tee, den er gierig hinunterstürzte. Als das Gefäß leer war, teilte sie ihm die schlimme Neuigkeit mit. »Mein Vater hat angeordnet, dich am Morgen zu verstümmeln.«

»Ich habe es mir denken können.«

»Sei still. Wir bringen dich hier raus, aber wir müssen uns beeilen. Der Schmied und seine Männer können jeden Augenblick zurückkommen. Kannst du aufstehen? Irgendwas gebrochen?«

»Ich glaube, Borlo hat mir eine Rippe gebrochen.«

»Stütz dich bei mir auf.« Er gehorchte, und sie half ihm auf die Beine. Beim Aufstehen atmete er scharf ein, dann stand er schwankend und benommen da. Onkel Quinz bot ihm an, sich auf seine Schulter zu stützen, und dann schritten sie, aufmerksam beobachtet von den Pferden, zu dritt langsam über den Mittelgang zum Ausgang, traten hinaus und verriegelten hinter sich die Tür.

Draußen wurde Dref allmählich wieder klar im Kopf. Er atmete die frische Nachtluft tief ein, und sein Schritt wurde sicherer. Daraufhin erhöhten sie das Tempo und hatten den Gefangenen im Nu um das Kutschhaus herum und auf die Felder geschleppt. Eliste warf rasch einen Blick zurück. Sie sah noch keine Lichter und hörte noch keine Stimmen, aber Drefs Flucht würde bestimmt in Kürze bemerkt werden. Und was dann? Der in seiner Würde verletzte Marquis würde zweifellos anordnen, den genarrten Borlo Bunison auszupeitschen. Um so besser. Zum erstenmal fragte sie sich, was wohl geschehen würde, wenn die Mittäterschaft der einzigen Tochter des Marquis ans Licht käme. Natürlich würde man sie schützen; ihr unwürdiger, unverantwortlicher Ungehorsam würde sorgsam vertuscht werden, um ihren Wert auf dem Heiratsmarkt zu erhalten. Der Marquis würde jedoch toben, und sie würde seinen Zorn mit Sicherheit zu spüren bekommen. Ob er so weit ginge, die bevorstehende Reise nach Sherreen abzusagen, auch wenn sich dies zu seinem Nachteil auswirken sollte? Das war ihm durchaus zuzutrauen. Und zweifellos würde sie der Marquis vo Derrivalle streng bestrafen, wenn er dahinterkam. Er durfte es einfach nicht. Am liebsten wäre sie gerannt, aber sie beherrschte sich.

Eliste blickte rasch ihre Gefährten an. Onkel Quinz war ein wenig außer Puste und atmete schwer; seiner heiteren Miene nach zu schließen, war wohl eher die Erregung der Grund. Dref ging stolpernd und machte nur kleine Schritte. Er humpelte leicht, und mit einer Hand hielt er sich die Seite. Die Schrammen und Schwellungen an seinem Kopf ließen keinerlei Gefühlsregung nach außen dringen.

Um sie herum erstreckten sich die Felder mit ihrer weichen, gepflügten Erde und dem niedrigen, ordentlich in Reihen angeordneten Bewuchs – eine weite, mondbeschienene Fläche, auf der sie weithin sichtbar waren. Unmittelbar vor ihnen aber lag das Gehölz, dessen dichter Schatten ihnen vorübergehend Deckung verschaffen würde. Die letzten paar Meter legten sie fast im Laufschritt zurück. Erst als sie sich im allerdings unzureichenden Schutz der Bäume befanden, wagten sie es, eine kurze Rast einzulegen.

»Was sollen wir mit ihm machen, Onkel Quinz?« fragte Eliste, als hätten sie über das Schicksal eines herumstreunenden Hundes zu entscheiden. »Zu dir? Wenigstens für diese eine Nacht?«

»Natürlich ist mir der Bursche willkommen«, antwortete Onkel Quinz. »Er kann so lange bleiben, wie er mag.«

»Oh, das ist wundervoll. Bei dir wird man ihn nicht finden, selbst wenn die Suche Monate andauern sollte.« Sie wandte sich an den Flüchtling. »Hast du das gehört, Dref? Wir bringen dich jetzt zu ...«

»Nein«, sagte Dref. »Ich werde Derrivalle noch heute nacht verlassen.«

»Sei nicht kindisch. Du kannst jetzt nicht fortgehen, du kannst ja kaum laufen. Jetzt gehst du zu Onkel Quinz' Hütte, bleibst erst mal da und erholst dich. Während du dich auskurierst, werde ich meinen Vater überreden, dich zu begnadigen oder zumindest deine Strafe abzumildern, dann kannst du zurückkommen. Sollte mir das nicht gelingen, wird uns schon etwas einfallen. Keine Angst, ich habe Geld für dich in der Tasche, für den Fall, daß du tatsächlich fortgehen mußt. Es ist auch etwas zu essen darin. Aber heute nacht solltest du erst einmal …«

»Eliste. Sei still«, sagte Dref. Mit seinen geschwollenen Lippen hatte er Mühe, die Worte auszusprechen. Es bereitete ihm offenbar Schmerzen, dennoch wirkte er gelassen, sogar ein wenig belustigt. »Zunächst einmal kann ich durchaus gehen oder notfalls auch laufen. Zweitens ist es so gut wie ausgeschlossen, daß du seine Lordschaft dazu überreden kannst, meine Strafe abzumildern. Wenn ich unverstümmelt überleben will, muß ich jetzt gleich aufbrechen. Ich weiß das, und du weißt es auch. Warum hättest du sonst das Essen und das Geld mitgebracht? Wofür ich dir übrigens danke.« Dref nahm widerwillig die Hand von den Rippen, zog Eliste den Tragriemen von der Schulter und nahm den Tornister aus Segeltuch in Besitz.

»Ich habe dir nicht erlaubt, dir das zu nehmen!«

»Ich bitte um Verzeihung, junges Fräulein. Ich dachte, Ihr hättet ihn für mich mitgebracht. Wollt Ihr ihn wiederhaben?«

»Mit solchen unverschämten Reden hast du dir dies ganze Elend eingebrockt. Wenn du nur um ein Zehntel so klug wärst, wie du immer meinst, dann hättest du schon gelernt, beizeiten den Mund zu halten. Du Irrer, was hat dich nur veranlaßt, so mit meinem Vater zu sprechen?«

Dref überlegte. »Purer Übermut«, meinte er schließlich.

»Idiot! Sei endlich einmal ernst. Du kannst nicht fortgehen. Das ist ein närrischer Gedanke, unmöglich und … und ungesetzlich. Du bist ein Leibeigener, von Rechts wegen an die Scholle von Derrivalle gebunden. So lautet das Gesetz, und es gibt vernünftige Gründe dafür.«

»Vernünftig vom Standpunkt des Adels aus, aber laß uns darüber lieber einmal unter entspannteren Bedingungen streiten«, schlug Dref vor. »Am Morgen wird der Herr die ganze Gegend in Bewegung setzen. Mein Steckbrief wird an jeder Taverne und auf jedem Marktplatz der Gegend angeschlagen werden, und dann kann ich es nicht mehr wagen, mein Gesicht zu zeigen. Aber wenn ich mich jetzt gleich aufmache – heute nacht noch –, dann bleiben mir wenigstens ein paar Stunden Zeit. So stehen meine Chancen am besten. Und da ich mir aus einer Verfolgung nichts mache, habe ich vor, sie beim Schopf zu ergreifen.«

»Aber wo willst du hin, und was willst du dann tun?«

»Wohin? Dorthin, wo es mir gefällt. Eine ganze Welt wartet auf mich«, erwiderte Dref, und nun bemerkten seine Zuhörer auch die gebändigte Erregung, die unter seinem beherrschten Äußeren brodelte. »Und was ich tun werde? Auch wieder das, was mir gefällt. Ich bin nicht unbegabt, und ich werde schon herausfinden, wie ich meine Talente nutzen kann. Es heißt, das Neue Denken habe Sherreen bis zum Siedepunkt erhitzt. Vielleicht werde ich mich mit eigenen Augen vergewissern, wie es darum steht. Wenn ich schnurstracks über die Hügel gehe und die ganze Nacht durchmarschiere, erwische ich vielleicht noch die morgendliche Postkutsche.«

»Wahnsinn!« meinte Eliste. Hätte sich ein Falke mit gebrochenem Flügel vor ihren Augen in die Luft erhoben, hätte ihre Verblüffung nicht größer sein können. »Und was ist mit deiner gebrochenen Rippe?«

»Wenn sich eine Gelegenheit findet, lasse ich sie mir verbinden.«

»Das genügt nicht! Du wirst hierbleiben, und zwar weil … weil …«

»Weil …?«

»Weil *ich es so wünsche!*«

»Kleine Elli.« Sein schmerzliches Lächeln drückte belustigte Zuneigung aus. »Du wirst mir fehlen.«

»Dir fehlen?« Jetzt erst wurde ihr klar, daß er wirklich fortgehen und daß sie ihn dann niemals wiedersehen würde. Diese Vorstellung war höchst beunruhigend, fast ein Schock. Am liebsten hätte sie ihn beim Arm gefaßt. »Nein, warte. Das ist unmöglich. Ich befehle dir hierzubleiben. Meine Entscheidung mag dir mißfallen, aber sie ist nur zu deinem Besten.«

Er wollte herauslachen, zuckte aber zusammen, brach jäh ab und preßte sich die Hand auf die Rippen. »Vielleicht hättest du die Stalltür besser nicht entriegeln sollen. Aber diesmal hat dein angeborener Sinn für Anstand die Oberhand behalten.«

»›Diesmal‹? Was soll *das* denn nun wieder heißen?«

»Ich danke dir für das, was du heute für mich getan hast.« Dref wandte sich an Onkel Quinz. »Und Euch danke ich auch, Herr. Ihr beide habt mir wahrlich das Leben gerettet.«

»Ach, es war ein wundervoller Ausflug, junger Mann. Möchtet Ihr die Laterne mitnehmen?«

»Nein, Herr, ohne komme ich besser voran. Und nun breche ich auf. Eliste, lebe wohl. Ich werde dich nie vergessen. Komm, mach nicht so ein finsteres Gesicht. Möchtest du mir zum Abschied die Hand geben?«

Einem Leibeigenen die Hand schütteln? Sie war dermaßen überrumpelt, daß diese unglaubliche Anmaßung ungetadelt blieb. Ohne zu überlegen reichte sie ihm ihre Hand, die er einmal drückte.

»Danke, kleine Elli. Lebe wohl.« Er ließ ihre Hand los, die sie daraufhin mit gelindem Erstaunen betrachtete. Dann machte er auf dem Absatz kehrt und eilte davon, ohne sich noch einmal umzuschauen.

»Viel Glück, Dref!« rief sie ihm hinterher. Ob er sie gehört hatte, konnte sie nicht erkennen. Eine Weile schaute sie ihm nach, wie er um den mondbeschienenen Fischteich herumging und einen weiten Bogen um die dahinterliegenden Hütten schlug. In der Dunkelheit ließ sich nur schwer ausmachen, daß seine Schritte unregelmäßig, aber rasch waren und daß er nur ganz leicht humpelte. Kurz darauf verschwand seine lang aufgeschossene Gestalt hinter der ersten Hütte. Eliste wandte sich ihrem Onkel zu. »Er ist … weg«, bemerkte sie überflüssigerweise.

»Das ist er, liebes Kind, unsere Aufgabe ist vollendet! Freust du dich denn nicht?«

»Doch, schon.« In Wahrheit fühlte sie sich fürchterlich niedergeschlagen, beinahe verzweifelt. Als sie vor Stunden Pläne geschmiedet hatte, hatte sie sich vorgestellt, welchen Triumph es bedeuten würde, Dref aus dem Stall zu befreien. Ihre Vorstellung hatte jedoch vor den unweigerlichen Folgen haltgemacht – die darin bestanden, daß er auf Dauer vom Besitz der Derrivalles und aus ihrem Leben verschwinden würde. »Glaubst du, er wird es schaffen?«

»Er ist ein begabter junger Mann. Hoffen wir für ihn das Beste.«

»Ja. Nun. Ich glaube … das war's dann.«

»Ausgezeichnet. Dann möchte ich dir vorschlagen, mich auf ein Glas Apfelwein und eine Partie Blaue Katze zu meiner Hütte zu begleiten, um unseren Erfolg zu feiern.«

»Heute nicht, Onkel Quinz. Es ist schon spät, ich bin schrecklich müde, und ich sollte besser zurückkehren, bevor man mich vermißt. Ein andermal, ich versprech's dir.«

»Wie du meinst, meine Liebe. Du siehst wirklich müde aus und auch ziemlich traurig. Du bist doch nicht etwa krank?«

»Nein. Es geht schon. Onkel, ich möchte dir dafür danken, daß du mir heute geholfen hast. Du warst wundervoll.«

»Es war mir wirklich ein Vergnügen, mein Kind. Es war ja so aufregend! Solltest du bei deinen zukünftigen verbotenen Abenteuern wieder Hilfe brauchen, zögere nicht, dich an deinen Onkel Quinz zu wenden!«

4

Drefs Verschwinden erregte großes Aufsehen. Noch nie war einem Leibeigenen die Flucht von der Besitzung Derrivalle gelungen. Kein Flüchtling hatte jemals länger als eine Woche in Freiheit ausgeharrt. Für gewöhnlich kehrten sie von selbst zurück – geschlagen, gedemütigt und in gerechter Furcht vor dem Zorn ihres Herrn. Die hartnäckigeren Fälle wurden wie verschnürte Pakete mit dem Wagen angeliefert – dann hatten sie noch Glück gehabt. Die weniger glücklichen Missetäter liefen hinter den Pferden ihrer Häscher her oder wurden nachgeschleppt. Vor vier Jahren hatte der Marquis eine Hundemeute erworben, die mit ihrer ans Übernatürliche grenzenden Fähigkeit, Flüchtlinge aufzuspüren, heillosen Schrecken verbreitete. Seitdem hatte es niemand mehr gewagt wegzulaufen – bis jetzt. Dref Zeenosons Mut war bekannt und sein Einfallsreichtum sprichwörtlich; zweifellos würde er es den Hunden nicht leicht machen. Die wagemutigeren unter den Hausbediensteten schlossen bereits Wetten über die Dauer der Flucht ab. Drefs hoffnungsvollste Parteigänger gaben ihm eine ganze Woche in Freiheit; die Wertschätzung, die er allgemein genoß, war immerhin so groß, daß die Mindestwette bei drei Tagen lag.

Die Einschätzungen änderten sich schlagartig, als bekannt wurde, daß die Hunde einer kalten Fährte bis zur Hauptstraße des Königs gefolgt waren, wo sie die Witterung ein für allemal verloren hatten. Die einleuchtendste Erklärung lautete, der Flüchtling habe sich von dort an eines Gefährts bedient; woher er dieses jedoch hätte nehmen sollen, blieb rätselhaft. Kein Bauernwagen hätte ihn mitgenommen; keine private Kutsche hätte wegen eines schäbigen Fußgängers angehalten; und die Postkutsche nach Sherreen hätte ihn nur gegen Bezahlung mitgenommen. Soeben aus dem Stallgefängnis entwischt, hatte Dref bestimmt kein Geld bei sich gehabt und hatte sich wohl auch keines verschaffen können; somit erschien sein Verschwinden am Straßenrand wie ein Wunder. Die Hochachtung der Leibeigenen nahm entsprechend zu. Als die Tage verstrichen und der Flüchtling weiterhin verschwunden blieb, wurde eine neue Hoffnung geboren, und halblaute Unterhaltungen kreisten um das bislang Undenkbare: daß nämlich Dref Zeenoson seiner Ergreifung tatsächlich entgehen könnte – daß Dref Zeenoson frei war. Das war der Stoff, aus dem die Legenden waren.

Der Marquis vo Derrivalle stimmte aus verständlichen Gründen in die allgemeine Begeisterung nicht ein. Genarrt und verspottet, wandte der Marquis seinen Zorn gegen den Schuldigen, der eben zur Hand war – gegen Borlo Bunison, dessen Aufgabe es gewesen war, den eingesperrten Zeenoson die Nacht über zu bewachen. Er ließ Borlo holen und befragte ihn, worauf der unglückselige Schmied eine haarsträubende Geschichte auftischte. Er behauptete, riesige Wölfe mit flammenden Augen hätten ihn von seinem Wachposten verscheucht. Er habe gerade noch sein Leben retten können. Obwohl Wölfe bekanntlich höheres Gelände bevorzugten und nur in harten Wintern, wenn der Hunger sie dazu zwang, von den Hügeln herunterkamen. Obwohl man schon seit Jahren keinen Wolf mehr, ob riesig oder nicht, auf der Besitzung der Derrivalles gesehen hatte, und obwohl Wölfe im Grunde schreckhafte Tiere waren, die dem Menschen für gewöhnlich aus dem Weg gingen. Gleichwohl beharrte Borlo stur auf seiner Geschichte, was Zweifel an seiner Aufrichtigkeit, Nüchternheit und schließlich sogar Zurechnungsfähigkeit aufkommen ließ. Denn im Verlauf der strengen Befragung wurde klar, daß er tatsächlich an diese Geschichte glaubte. Nachdem er vom Stall geflohen war, hatte er den Kutscher geweckt, der im Kutschhaus schlief, und ihn um Unterstützung gebeten. Der willfährige Kutscher hatte natürlich nichts gesehen; der Vorfall war jedoch zumindest ein Beleg für die Aufrichtigkeit des Schmieds. Eine rasch eingeleitete Suche im näheren Umkreis hatte keinerlei Hinweise auf Wölfe erbracht, und daraufhin war Borlo, bewaffnet mit einer vom Kutscher entliehenden Pistole, auf seinen Posten zurückgekehrt. Da der Schmied von Natur aus nicht besonders helle war, hatte er nicht daran gedacht, nach dem Gefangenen zu sehen, so daß Dref Zeenosons Flucht erst am Morgen bemerkt worden war.

Ob nun ein Lügner, Verrückter oder nur ein Säufer, der Stümper sollte dafür bezahlen. Die Bestrafung wurde auf der Stelle vom Marquis persönlich verabreicht, und diesmal stand Borlo Bunison am falschen Ende der Peitsche. Der Schmied bekam ein halbes Dutzend Schläge mit einer handlichen Reitpeitsche verabreicht, dann wurde er in Ungnade entlassen. Borlos Schuld war gesühnt, doch der Marquis war bei weitem noch nicht besänftigt. Tagelang durchkämmten seine Suchtrupps die Gegend. Meilenweit im Umkreis wurden in den Dörfern Beschreibungen des Flüchtigen angeschlagen, auf dessen Ergreifung eine kleine Belohnung ausgesetzt wurde. Alles vergeblich. Niemand hatte den Flüchtigen auch nur durchkommen sehen. Dref Zeenoson hatte sich in Luft ausgelöst.

Zusammen mit Dref war auch seine Schwester verschwunden, zumindest hatte es zunächst den Anschein. Am Morgen nach Zhen Subosons Tod und Drefs Flucht stellte Eliste beim Aufwachen fest, daß ihre Gemächer nicht aufgeräumt waren. Die Spieluhr, deren Klänge sie für gewöhnlich aus dem Schlummer weckten, war nicht aufgezogen. Der kostbare Kelch mit gekühltem Fruchtsaft stand nicht an seinem üblichen Platz neben dem Bett. Ihre Kleider waren nicht bereitgelegt, und Prinz vo Plume war nicht gefüttert worden. Es war alles nicht so, wie es sein sollte. Verstimmt stand Eliste auf, marschierte zu der Kammer, in der Stellis Strohsack lag, und klopfte gebieterisch an der Tür. Als sie keine Antwort bekam, trat sie die Tür auf. Die Kammer war leer. Stellis kümmerliche Habseligkeiten waren verschwunden. Mittlerweile ernstlich verärgert, zerrte Eliste heftig am Glockenzug. Kurz darauf erschien eine der Hausmägde und half ihrer jungen Herrin beim Ankleiden. Eliste erkundigte sich nach Stelli und erfuhr, daß sie dabei gesehen worden sei, wie sie mit geschultertem Sack das Gutshaus im Morgengrauen verlassen habe.

War das Mädchen etwa Dref gefolgt? Da sie die Angelegenheit nicht dem Marquis zu Gehör bringen wollte, stellte Eliste heimlich Nachforschungen beim Hausgesinde an. Stunden später fand sie heraus, daß Stelli Zeenosa früh am Morgen beim Betreten der Hütte ihres Vaters Zeeno gesehen worden war. Demnach hatte sich diese dumme, unzuverlässige Schlampe einfach davongemacht, ohne jemandem etwas zu sagen, ohne um Erlaubnis zu bitten und ohne jede Rücksicht auf die Bedürfnisse ihrer Herrin. Also schmollte sie lieber in einer Hütte, als daß sie im Herrenhaus als Dienstmagd arbeitete? Dann war Eliste sie wenigstens los. Es wäre ein Leichtes gewesen, sie wieder zurückzuholen, doch am besten ließ man sie in Ruhe. Sollte sie doch auf den Feldern Unkraut jäten, bis sie wunde Hände hatte und ihr das steife Kreuz zerbrach, das geschähe ihr nur recht. Sie merkte es nicht, wenn man es gut mit ihr meinte, sie war eine undankbare Närrin, und sie war schon immer aufsässig gewesen. Außerdem vereinfachte ihr freiwilliger Weggang die Dinge – es würde keine Mühe bereiten, einen Ersatz für sie zu finden.

Eliste hatte schon eine Weile ein Auge auf die kleine Kairthe, die Melkerin, geworfen, und nun ließ sie das Kind zu sich rufen, um sich kurz mit ihm zu unterhalten. Nun, sie war nicht mehr unbedingt ein Kind – Kairthe zählte volle fünfzehn Jahre, schien gesund und gutgewachsen –, doch ihr rundliches, sommersprossiges Gesicht, die kleine Stupsnase und die großen, blauen Augen verliehen ihr ein noch immer kindliches Aussehen. Sie war mittelgroß und schlank – so daß sie bei den Anproben ihre Herrin jederzeit würde vertreten können –, und ihr geflochtenes Haar, das sie zu einem hübschen Zopfkranz hochgesteckt hatte, besaß eine ganz ähnliche Honigfärbung wie das von Eliste. Vor allem aber unterschied sie sich sehr von Stelli. Ihr Benehmen war respektvoll und dennoch lebhaft. Sie bewegte sich anmutig, ihre Stimme klang sanft, und ihre blauen Augen ruhten mit einem Ausdruck unverhohlener, schlichter Bewunderung auf der Tochter des Marquis. Das alles war so trefflich, daß Eliste sie auf der Stelle einstellte.

Schon bald merkte sie, daß sie da auf einen wahren Schatz gestoßen war. Angesichts ihres schwindelerregenden Aufstiegs vom Kuhstall zum Herrenhaus schien sich Kairthe insgeheim geschworen zu haben, die beste Dienstmagd zu werden, die es je gegeben hatte – und es war abzusehen, daß ihr dies über kurz oder lang auch gelingen würde. Gewiß, sie war unerfahren und den Umgang mit den feinen Krausen und Rüschen nicht gewohnt, sie verstand sich nicht aufs Ausbessern von Spitze und verwechselte bisweilen Morgen- und Abendkleidung. Aber sie arbeitete hart, war gutmütig, von rascher Auffassungsgabe und, was noch wichtiger war, wißbegierig. Sie hatte ein Gespür für Farbe und Form und besaß die magische Fähigkeit, die lange Lockenpracht ihrer neuen Herrin auf höchst schmeichelhafte Weise zu frisieren; und sie verstand es, den launischen Prinz vo Plume zu betören.

Es mußte immer noch eine Menge eingepackt werden, und es blieb nicht mehr viel Zeit. Kairthe stürzte sich auf die Aufgabe und bewerkstelligte in drei Tagen mehr als Stelli in den vorausgegangenen drei Wochen. Noch nie war so betriebsam gepackt worden. Kairthe behandelte Elistes Besitztümer mit einer Behutsamkeit, die Verehrung gleichkam, und wickelte jeden einzelnen Gegenstand in Seidenpapier ein, bevor sie ihn sorgfältig verstaute. Ehe die Woche um war, waren die Kleiderstapel von Sesseln und Fensterbrett verschwunden. Alle Ausbesserungs- und Reinigungsarbeiten waren abgeschlossen. Die im Schlafzimmer verteilten Kisten und Truhen waren mit sorgfältig eingepackten Paketen gefüllt, ein jedes nach Kairthes Idee mit einer farbigen Kordel markiert, und zwischen den einzelnen Schichten lagen Duftkissen. Der Schmuck war poliert, in Satin eingeschlagen und verschnürt. Die Parfümfläschchen, mit Stopfen verschlossenen Kristallgefäße, die Puderdöschen, Handspiegel und anderen zerbrechlichen Gegenstände waren sicher in einer mit Stroh gepolsterten Kiste untergebracht. Alles war aufs Beste geregelt, und Kairthe wurde trotzdem noch vor der Zeit damit fertig. Sie stellte sich so geschickt an, und ihre Gesellschaft war so angenehm, daß Eliste bald vergaß, daß eine feindselige, aufsässige Person namens Stelli Zeenosa ihr jemals Ärger bereitet hatte.

Die ganze Zeit über horchte Eliste jedesmal auf, wenn Dref Zeenosons Name fiel. Zunächst erwartete sie, von seiner Gefangennahme zu hören; doch die Stunden und dann die Tage verstrichen, und nichts dergleichen wurde vermeldet. Allmählich ließ ihr Unbehagen nach. Zum Glück kam niemand auf den Gedanken, Borlo Bunisons verrückte Geschichte von den Wölfen mit den magischen Trugbildern in Verbindung zu bringen, die Onkel Quinz so meisterlich beherrschte. Quinz vo Derrivalle schien so unauffällig, sein Betragen so unschuldig und seine Besuche im Herrenhaus so selten, daß selbst die Familienangehörigen dazu neigten, zu vergessen, daß es ihn überhaupt gab. Welchen Grund hätte Quinz vo Derrivalle auch haben sollen, sich der Rechtsprechung des Marquis zu widersetzen? Glücklicherweise blieb auch Elistes Beteiligung an dem Vorfall unbewiesen, falls überhaupt ein Verdacht auf sie fiel. Ihr Vater befragte sie ein einziges Mal, bei dieser Gelegenheit aber ausführlich. Endlose anderthalb Stunden lang saß sie wie festgenagelt auf einem Stuhl in seinem Arbeitszimmer, während er sie mit Fragen bestürmte. Sie antwortete freimütig und ohne zu stocken, insgeheim darauf hoffend, mit ihrer gefaßten Haltung das Unbehagen verbergen zu können, das in ihrer Magengrube rumorte. Sie spürte, daß er ihr nicht ganz glaubte; es gelang ihm jedoch nicht, ihr ein Geständnis zu entlocken, und Beweise, die sie belastet hätten, gab es nicht. Schließlich gab er sich grummelnd zufrieden, und Eliste durfte sich entfernen. Erleichtert flüchtete sie aus dem Arbeitszimmer. Sie war gerettet.

Die Woche verging wie im Flug, und dann war die Zeit zum Aufbruch gekommen. Elistes Abreise war ein recht bedeutsames Ereignis, und ihre Eltern, auf Besuch weilende Cousinen und Tanten sowie allerlei Bedienstete versammelten sich des Morgens vor dem großen Vordereingang, um ihrem Abschied beizuwohnen. Auf der mit weißem Kies bestreuten Zufahrt, welche die breite Steintreppe halbkreisförmig umschloß, wartete die zweitbeste Kutsche; sie sollte Eliste nach Sherreen bringen. Auch wenn es nur die zweitbeste war, so bot die große Reisekutsche mit den frisch lackierten Seiten, den scharlachroten Verzierungen, den polierten Messingbeschlägen und dem auf der Tür prunkenden Wappen der Derrivalles doch einen beeindruckenden Anblick. Das Dachgestell war hoch bepackt mit Elistes sorgfältig verschnürtem und festgeschnalltem Gepäck. Die scharlachroten Zügel und die Peitsche in der Hand, saß der Kutscher auf dem Bock, der Platz für zwei Personen bot. Die vier zueinander passenden Grauschimmel stampften unruhig auf den Boden und zerrten an den Zügeln. Ihr Eifer würde nachlassen, lange bevor sie ihr Ziel erreicht hätten. Neben dem Kutscher saß einer der kräftigsten Lakaien, angetan mit der dunkelgrünen Livree der Derrivalles und auffallend schwer bewaffnet.

Der Abschied war unerheblich und ging kaum jemandem zu Herzen. Eliste machte sich wenig aus ihrer schwermütigen, verschlossenen Mutter, und diese machte sich nichts aus ihr. Die Tanten und Cousinen waren ihr nahezu Fremde. Die Bediensteten spielten vor allem angenehme, zurückhaltende Nullen – mehr zu sein war ihnen nicht gestattet. Von dem einzigen Familienmitglied, das sie wirklich mochte, nämlich Onkel Quinz, hatte sie sich bereits verabschiedet, und der andere Mensch, der ihr etwas bedeutete, war für immer verschwunden. Somit blieb noch ihr Vater, dessen Anstandsgefühl von ihm verlangte, gemäßigte väterliche Zuneigung zur Schau zu stellen. Im Anschluß an einen langweiligen, jedoch gnädigerweise kurzen Schwall von Ermahnungen und Ratschlägen geleitete der Marquis seine Tochter die breite Steintreppe hinunter, führte sie zur Kutsche und küßte sie kurz auf beide Wangen. Die unwillkommene Berührung jagte ihr einen Schauer über den Rücken. Völlig unerwartet blitzte in ihrem Geist die Vorstellung auf, wie sie dem Marquis mit ihren sorgfältig polierten Fingernägeln das makellose, teilnahmslose Gesicht blutig kratzte. Wie kam sie nur darauf? Ihr Widerwille schien überwältigend. Um nichts in der Welt hätte sie diese nichtssagenden Küsse erwidert. Sie setzte ein pflichtbewußtes Lächeln auf, machte einen knappen Knicks und kletterte rasch in die Kutsche. Ihr folgte Kairthe, die

Prinz vo Plume auf den Arm genommen hatte. In der freien Hand hatte sie einen Korb mit Proviant, Getränken, Spielen, Rätseln, einer Schreibunterlage samt Schreib- und Malgeräten, Stickrahmen und Seide, Büchern, Gedichten und allem, was nötig war, um während einer langen Reise die Langeweile zu verscheuchen.

Einer der Lakaien klappte das Trittbrett ein und schloß hinter Kairthe die Tür, die mit einem endgültig klingenden Geräusch ins Schloß fiel. Ein letzter Chor von Abschiedsrufen, flatternde Taschentücher, mit denen bei diesem Anlaß stets gewunken wurde, das Knallen der Peitsche, Knarren und Ächzen, und sie trabten davon. Aufgeregt kläffend sprang Prinz vo Plume von Kairthes Schoß und warf sich, so schnell und unvorhersehbar wie ein bepelztes Schrapnell, wie außer sich von Sitz zu Sitz, und dann, als sich die erste Aufregung allmählich legte, sprang er seiner Herrin auf den Schoß, richtete sich auf den Hinterbeinen auf und streckte seinen seidigen, weißen Kopf aus dem Fenster. Eliste tat es ihm sogleich nach. Hinter ihr standen winkende Verwandte und Dienstboten. Sie bemerkte, daß ihre Eltern bereits wieder hineingegangen waren. Sie winkte einmal, dann zog sie den Kopf zurück und blickte sich nicht wieder um.

Zunächst schien es ihr eine große Sache zu sein, wie eine Erwachsene und ganz auf sich allein gestellt nach Sherreen zu reisen. Für die Dauer der Reise konnte sie über das zweitbeste Gefährt der Familie verfügen, sie hatte eigenes Geld, das sie nach Belieben ausgeben konnte, eine Magd anstelle einer Gouvernante, die ihr zu Diensten war, und weit und breit gab es niemanden, der ihr hätte vorschreiben können, was sie zu tun und zu lassen hatte. Die ungewohnte Freiheit war erregend, und Eliste nutzte sie sofort, indem sie etwas tat, das sie sich in Gegenwart ihrer Eltern niemals getraut haben würde: sie machte es sich bequem. Es würde wieder ein heißer Tag werden. Trotz der frühen Stunde war die Luft bereits warm und drückend. Die Kutsche hatte noch nicht einmal die großen, löwenköpfigen Steinsäulen am Ende der Zufahrt erreicht, da hatte Eliste sich bereits die weißen Spitzenhandschuhe abgestreift und den pfirsichfarbenen Hut abgenommen. Dann folgten die engsitzende Wolljacke ihres blaugrauen Reisekostüms, das weiße Schultertuch aus Batist, das sie sich um den Hals geschlungen hatte, und die spitzen, grauen Schuhe. Viele Stunden lang, nämlich bis sie zur Mittagszeit bei einem Gasthof einkehrten, wahrscheinlich in dem Städtchen Grammantes, würde sie außer Kairthe niemanden zu Gesicht bekommen, und bei dieser würde sie kaum Mißfallen erregen. Kairthe selbst bot in ihrer weiten Bluse, dem Schnürrock und den Sandalen ein Bild des Wohlbehagens.

Die Kutsche rumpelte die steile, unbefestigte Straße entlang, die zum Dorf Derrivalle hinunterführte. Der Weg war Eliste vertraut und die Aussicht öde; doch nun, da sie von hier fortging, betrachtete sie die Umgebung mit neuerwachtem Gefühl und konnte daher nicht umhin zu bemerken, wie trist und verwahrlost die Besitzung ihres Vaters wirkte. Die erbärmlichen kleinen Hütten waren wackelig und baufällig, die Zäune brüchig, das Dachstroh schwarz vermodert. Überall lag stinkender Abfall herum, Ratten wuselten umher, und mehrere schmutzige Kleinkinder, die bereits am Straßenrand spielten, hatten vor Hunger große Augen und abgehärmte Gesichter. *Können diese Tiere nicht mal ihren eigenen Dreck vergraben?* dachte sie, doch sogleich stellte sich ungerufen der Gedanke ein: *Was hätten sie in einem solchen Schweinestall schon davon? Ein anständiger Grundherr würde ihnen die Erneuerungen bezahlen.* Doch das war ein langweiliges Thema, mit dem sie sich nicht befassen wollte; außerdem ging es sie sowieso nichts an.

Derrivalle schien so klein, die Kutsche war im Nu hindurch und rumpelte weiter die schmale Nebenstraße entlang, die nach einer Weile auf die Hauptstraße des Königs münden würde. Eliste betrachtete aufmerksam die vorbeiziehende wogende Hügellandschaft, für die die Provinz Fabeque berühmt war. Die Hügel waren steil, aber abgerundet und trotz des heißen Wetters noch immer grün. In ganz Vonahr gab es keine andere Gegend mit solch satten grünen Weiden oder einer so tiefschwarzen Erde; und nirgendwo sonst gab es so große und wohlriechende Obstgärten. Diese Obstgärten, aus deren herben Früchten der berühmte Fabequer Apfelwein und der noch berühmtere Fabequer Apfelbranntwein hergestellt wurden, erstreckten sich meilenweit. Eliste schaute rasch zu Kairthe hinüber, die hingerissen aus dem Fenster blickte. Die Gegend war wunderschön, aber *so* außergewöhnlich wiederum auch nicht. Doch dann fiel Eliste ein, daß Kairthe noch nie über das Dorf Derrivalle hinausgekommen war, und sie mußte lächeln. Wenn die Kleine das hier schon bemerkenswert fand, was würde sie dann erst in Sherreen sagen!

In Stundenfrist hatten sie die Hauptstraße des Königs erreicht, eine breite, mit Schlaglöchern übersäte, vielbefahrene Straße, die sich wie ein träger, staubiger Fluß durch Dörfer, Weiler und alte verschlafene Städtchen wie Grammantes, Fleuvine und Berronde wand, bis sie die Niay-Anhöhe überquerte und in die Provinz Sevagne gelangte, eine ausgedehnte Fläche üppiger, von Seen durchsetzter Felder, an deren südlichstem Punkt die Hauptstadt Sherreen wie ein Koloß am Ufer des Vir-Flusses lag. Und ein Koloß war sie in der Tat – die größte, lebendigste, aufregendste Stadt in ganz Vonahr, vielleicht sogar in der ganzen Welt – Ursprung und Gegenstand kostbarer Träume.

Die Stunden verstrichen, und der Reiz des Neuen verblaßte allmählich. Prinz vo Plume verlor rasch die

Neugier auf die große grüne Welt, die er so selten erblickt hatte, rollte sich auf dem Ledersitz zusammen und schlief ein. Eliste nahm sich einen Gedichtband vor und begann zu lesen, ohne sich vom Schwanken der Kutsche beirren zu lassen. Kairthe jedoch schaute noch als einzige gebannt aus dem Fenster, begeistert von dem sich ständig verändernden Panorama der Hügel, Wiesen, Felder und Dörfer. Zweimal hielten sie im Verlauf des Vormittags an und tränkten die Pferde, beim zweitenmal in einem kleinen Dorf, dessen Name, falls es überhaupt einen hatte, Eliste unbekannt war. Kairthe stieg aus, führte Prinz vo Plume ein bißchen spazieren, kehrte bald darauf zurück und berichtete aufgeregt von einem Dorfbrunnen, der ganz anders gebaut sei als der Brunnen von Derrivalle. Eliste machte sich nicht die Mühe auszusteigen. Sie kam zu dem Schluß, daß ihr allmählich langweilig wurde.

Ihre Langeweile legte sich am frühen Nachmittag, als sie in das Städtchen Grammantes mit seiner erhaltenen mittelalterlichen Stadtmauer, seinen gepflasterten Straßen, malerischen Giebelhäusern und alten Gildenhallen aus rosa gesprenkeltem Fabequer Granit einfuhren. Kairthe war ganz überwältigt von dem Anblick, und selbst Eliste merkte auf. Entlang der Durchgangsstraße gab es mehrere Läden, und auf dem Marktplatz stand ein bemooster Springbrunnen, der von alten Steinbänken flankiert wurde. Am Rande des Platzes lag der ›Lächelnde Feldwebel‹, ein Gasthof mit gutem Ruf. Die Kutsche rumpelte durchs Tor auf den Hof. Vor dem Eingang hielt sie an, und Eliste richtete hastig ihre Kleidung; dann stieg sie aus, um zu Mittag zu speisen.

Sie war sich des Aufsehens, das sie mit der vornehmen Kutsche und den Pferden, ihrer hübschen Kleidung und ihrem aus Dienstmagd, Schoßhund, Kutscher und Lakai bestehenden kleinen Gefolge erregte, wohl bewußt. Als sie den ›Lächelnden Feldwebel‹

betrat, waren die Blicke sämtlicher Anwesenden auf sie gerichtet. Noch nie zuvor hatte sie sich so erwachsen gefühlt; mehr als erwachsen, geradezu welterfahren. Das großäugige Staunen der kleinen Kairthe steigerte ihr Gefühl von Kultiviertheit in erheblichem Maße. Eliste genoß jede einzelne Bewegung.

Ihr Vergnügen daran hatte ein ausgedehntes Mahl zur Folge. Anschließend verweilte sie träge am Tisch, während Kutscher und Lakai draußen die Pferde versorgten. Mehrere Stunden waren verstrichen, als sie schließlich die Rechnung beglich und aufbrach.

Weiter ging es, und nun verstrich die Zeit nur noch langsam. Kairthe war immer noch gefesselt von der abwechslungsreichen Landschaft, doch Eliste langweilte sich und wurde der Sitzerei allmählich überdrüssig. Auch das Geschaukel, das ihre Zähne trotz des Sitzpolsters zum Klappern brachte, hatte sie satt. Vor allem aber fand sie den Staub unerträglich: Schwaden feinen, dunklen Drecks von der Straße, der ihr in den Augen brannte, von dem sie eine wunde Nase bekam und der sich an ihre Haut, ihr Haar und ihre Kleider heftete.

Nach weiteren sechs Stunden staubiger Kutschfahrt gelangten sie zum Gasthof ›Zum Schwarzen Schaf‹ am Rande von Fleuvine, wo die neue Umgebung Elistes erlahmende Aufmerksamkeit wiederbelebte. Zum allerersten Mal würde sie in einem öffentlichen Gasthof selbständig ein Zimmer nehmen. Sie entschied sich für das beste und teuerste, welches das ›Schwarze Schaf‹ zu bieten hatte: ein großes Zimmer voller altmodischer Möbel aus massiver Eiche, mit einer abgetrennten Schlafkammer für Kairthe und einem mit einem Samtvorhang versehenen Alkoven, in dem reiche, zurückhaltende Gäste ungestört speisen konnten, falls sie es wünschten. Alle Abgeschiedenheit, aller Komfort und alle solide Ehrbarkeit der Welt hätten an Elistes Gefühl, ein einfaches Abenteuer zu erleben, allerdings nichts zu ändern vermocht. Das Zimmer, in dem sie die

Nacht zubringen würde, war schließlich *öffentlich*. Unmöglich zu sagen, wer es vor ihr benutzt hatte, doch allein die Möglichkeiten waren erregend. Das Bett, in dem sie schlafen würde, war von Fremden benutzt worden, von denen einige nicht einmal dem Adel angehört haben mochten. Die nach Lavendel duftenden Laken, die tatsächlich ihren Körper berühren würden, waren beim Waschen mit Unbekannten in Berührung gekommen, die wahrscheinlich dem gemeinen Volk angehört hatten. Das Gefühl dieser Nähe zu dem gesichtslosen gemeinen Volk war pikant und amüsant.

An diesem Abend speiste sie unten im Lokal und genoß die Neugier der Stammgäste des ›Schwarzen Schafs‹, die Betriebsamkeit und Kairthes schlichte Erregung. Diese stand die ganze Zeit über hinter Elistes Stuhl und bediente sie. Anschließend wußte Eliste nicht recht, was sie nun anfangen sollte. Sie konnte schließlich nicht gut bis spät in die Nacht aufbleiben und in der Wirtschaft Bier trinken. Denn sonst gab es nichts zu tun. Ein wenig enttäuscht begab sie sich wieder aufs Zimmer und sah sich dieses eine Mal genötigt, sich die Zeit mit Lesen zu vertreiben. Kairthe, die nicht lesen konnte, wählte ein Buch mit einem schmucken schwarz-roten Einband für sie aus. Wie sich herausstellte, handelte es sich um *Heute und morgen*, Shorvi Niriennes berüchtigten Angriff auf die überkommene Bevorteilung des Adels. Eliste schickte sich seufzend in Kairthes Wahl, denn sie war weder geschichtsbewußt noch politisch gebildet. Das Buch hatte sie sich heimlich verschafft, vor allem, um ihren Vater zu ärgern. Für sie waren die Dinge des Regierens eine trockene Angelegenheit, kaum wert, daß man sie zur Kenntnis nahm, geschweige denn, daß man sich eingehendere Gedanken darüber machte. Trotz ihrer Abneigung begann sie zu lesen und stellte bald zu ihrer Überraschung fest, daß Niriennes Beredsamkeit und Idealismus sie in ihren Bann zogen.

Es soll angemerkt werden, daß das sogenannte Goldene Zeitalter für das gemeine Volk zur Zeit der Kriege von Jurlian und Zenki endete, als der Angriff eines Bündnisses unserer auswärtigen Gegner eine Zentralisierung der Macht erforderlich machte und darum die Ernennung Dunulas des Großen zum absoluten Herrscher als gerechtfertigt erscheinen ließ. In dieser Ära ereignete sich der eigentliche Aufstieg der Edlen, deren ungewöhnliche Fähigkeit, Trugbilder zu erzeugen, sie in Kriegszeiten unentbehrlich machte. Nachdem die Unterstützung dieser begabten Edlen für die Sicherheit der Monarchen von Vonahr unverzichtbar geworden war, buhlten Dunulas und seine Nachfolger um die Gunst ihrer wertvollsten Untertanen. Darum wurden den Edelleuten außergewöhnliche Vorrechte zugestanden, zu denen nicht zuletzt die Befreiung von allen Personensteuern gehörte. Diese Steuerbefreiung verlagerte das Gewicht der nationalen Ausgaben von den Edlen, in deren Händen sich bereits der größte Anteil des Vermögens sammelte, vollständig auf die Schultern derer, die am wenigsten dazu taugten, diese Last zu tragen – auf die Bauern, deren Wohlstand dementsprechend abnahm. Einmal begonnen, ging der Abstieg der Bauernklasse, begünstigt durch eine Reihe von Kriegen, Dürreperioden, Hungersnöten, Epidemien und mißlungenen Aufständen, rasch vonstatten.

So beschrieb er die Entstehung der gegenwärtigen ›Ungleichheit‹, wie er sich ausdrückte, und machte sich dann daran darzulegen, wie man Abhilfe schaffen könnte …

Der Mann war geistesgestört, keine Frage. Sein Traum von Gleichheit und Gerechtigkeit erforderte nicht weniger als die Umgestaltung des gesamten Gesellschaftsaufbaus – eine verrückte, nicht umsetzbare und weltfremde Vorstellung, aber gleichwohl weckte Niriennes hitzige Rhetorik machtvolle Gefühle. Kein

Wunder, daß die Schriften dieses abtrünnigen Rechtsanwalts als aufrührerisch angesehen wurden, kein Wunder, daß seine Feinde danach trachteten, seine Bücher zu verbieten und ihn um jeden Preis zum Schweigen zu bringen. Shorvi Nirienne war ein Träumer der gefährlichsten Sorte.

Eliste las zwei Stunden lang, was bei ihr nur höchst selten vorkam, dann klappte sie das Buch zu. »Der wird einmal am Galgen enden«, murmelte sie und legte *Heute und morgen* beiseite. Niriennes Theorien ließen sich jedoch nicht so leicht abtun, und ein wenig später in der Nacht, als sie in ihrem dunklen Zimmer im Bett lag, hallten seine Worte immer noch in ihr nach.

Im Morgengrauen brachen sie wieder auf, und der zweite Reisetag verlief fast genauso wie der erste, eine unaufhörliche Schüttelei, unterbrochen von den Erholungspausen für die Pferde und dem Mittagsmahl, das sie in einem gewöhnlichen Dorfgasthof einnahmen. Dann folgte der lange, öde Abschnitt, bis sie zu Abend aßen und in dem Mühlenstädtchen Beronde einkehrten. Die Aussicht aus dem Fenster der Kutsche verlor schließlich sogar für Kairthe an Reiz. Eliste und ihre Zofe spielten stundenlang Karten und würfelten um Spielmarken aus Holz, spielten Ratespiele, Reimspiele und überhaupt alle Spiele, an die sie sich erinnerten oder die ihnen einfallen wollten, während Prinz vo Plume es sich zwischen ihnen auf einem Seidenkissen gemütlich gemacht hatte.

Am späten Vormittag des dritten Tages gelangten sie von Fabeque in die Sevagne hinein, doch der Unterschied fiel kaum auf, zumindest zu Anfang noch nicht. Als sie am Mittag des vierten Tages jedoch in der ›Grünen Kokarde‹ in Penaude einkehrten, wurde Eliste ein ausgesprochen exotisches Mahl vorgesetzt, darunter Besonderheiten wie Ente mit Frollobeersoße, Boulencer Wurst, Rübensalat und gefüllte Birnen. Der Küchengehilfe, der bei Tisch auftrug, sprach mit dem schnellen, Silben verschluckenden Dialekt der Sevagne und trug einen Ohrring aus geschnitztem Knochen, wie es nördlich von Beronde kein Mann gewagt haben würde. Für Kairthe bedeutete dies eine Offenbarung. Sie staunte den Küchengehilfen an, dessen stürmische Unterhaltung ihr kaum verständlich war. Ihre runden Augen wurden noch größer, als sie vom Ohrring zu den ungewohnten Speisen und zu der Flasche Wein auf dem Tisch wanderten, die doch tatsächlich einen krummen Hals hatte. Eliste war gleichermaßen beeindruckt, ließ sich aber nichts anmerken. Vor allem wegen Kairthe gab sie sich den Anschein unbekümmerter Lässigkeit, vermochte sich jedoch ein überraschtes Lächeln nicht zu verkneifen, als sie zum erstenmal von der Panaude-Torte mit den glasierten Aprikosen und Kirschen, den gerösteten Mandeln und der Eiercreme mit Likör-aroma kostete.

Die Landschaft wandelte sich allmählich. Die steilen Hügel von Fabeque hatten einer sanfteren Umgebung Platz gemacht, die Straßen waren besser, die Felder flacher, auf den Weiden stand kastanienbraunes Vieh, das sogenannte Rotrind der Sevagne. Die Dörfer lagen dichter beieinander, und die unbebauten Flächen nahmen ab. Ein breiter, silberner Fluß tauchte links der Straße auf. Das war der Vir, und die Hauptstraße des Königs folgte von nun an dem gewundenen Wasserlauf. Am Flußufer war eine Abfolge zwiegesichtiger Dörfer entstanden – das eine Gesicht, gesprenkelt mit Gasthöfen und Tavernen, war der Straße zugewandt; das andere wies mit seinen Lagerhäusern und Kais zum Fluß, der als zweite Straße diente. Die Kutsche der Derrivalles hatte die Straße nicht mehr für sich allein. Es waren andere, große und kleine Fahrzeuge zu sehen, viele einzelne Reiter und zahlreiche Fußgänger. Nach einer Weile tauchte am Horizont ein schwacher Dunstschleier auf, der ihr

Ziel ankündigte. Sherreen war berüchtigt für seine qualmverschmutzte Luft.

Bis dorthin war es jedoch noch weiter, als es zunächst ausgesehen hatte. Die fünfte Nacht verbrachten sie wiederum in einem Gasthof. Sie standen im Morgengrauen auf, brachen früh auf und fuhren in der angenehm kühlen Morgenluft weiter am Fluß entlang. Als die Sonne höher stieg, nahm der Verkehr zu Lande wie zu Wasser zu. Boote und Lastkähne verkehrten auf dem Vir, während für Derrivaller Verhältnisse außergewöhnlich viele Fahrzeuge auf der Hauptstraße des Königs Staub aufwirbelten. Am frühen Vormittag erreichten sie Trouniere, wo sie eine kurze Rast einlegten. Einst ein abgelegenes ländliches Dorf, das von der sich ausbreitenden Stadt Sherreen zunehmend bedrängt und schließlich nahezu verschlungen worden war, galt Trouniere nun insgeheim als äußerster Teil der Hauptstadt. Als Eliste auf den belebten Marktplatz hinausschaute, spürte sie, daß eine neue Lebendigkeit in der Luft lag. Die Menschen bewegten sich eilig und zielstrebig umher. Ihre Gebärden waren ungestüm und lebhaft bis zur Übertreibung. Ihre Gesichter wirkten erstaunlich beweglich – die Kiefer wackelten, die Münder zuckten und spitzten sich, die Brauen hüpften auf und ab, die Augen huschten umher; im Vergleich zu den recht schwerblütigen Fabequern erinnerten sie an Mimen. Und ihre Unterhaltung – so schnell, so laut, so unentwegt daherplappernd! Während sie aus der Sicherheit der Kutsche auf das Gelächter und das Schnattern lauschte, spürte Eliste, wie ihre Erregung wuchs.

Weiter rollte die Kutsche, und die Hauptstraße des Königs verengte sich bis auf die Breite einer Stadtstraße, während die Häuser größer wurden und enger zusammenrückten. Der Verkehr, die Fußgängerscharen und der Lärm – alles nahm zu. Noch nie zuvor hatte Eliste einen solchen Krach vernommen oder solche

Scharen lärmender, zudringlicher, geschäftiger Menschen gesehen. Die Kutschen, Wagen, Karren, Sänften und Fußgänger verstopften buchstäblich die Straße, und sie kamen nur noch im Schrittempo voran. Bettler und Straßenhändler wimmelten umher und buhlten laut schreiend um Aufmerksamkeit. Einige besonders zudringliche und abscheuliche Bettler grabschten sogar nach der Tür der Kutsche. Kairthe zuckte vom Fenster zurück. Die Peitsche des Kutschers knallte bösartig und verscheuchte die Bettler. Im nächsten Augenblick waren sie schon wieder da. Eliste warf erschreckt eine Handvoll Kupfermünzen auf die Straße, worauf der Abschaum aus allen Himmelsrichtungen herbeigeströmt kam. Dann verschwand das unsichtbare Hindernis, sie bewegten sich weiter und erreichten einen Platz, in den fünf verschiedene Straßen mündeten – und nun waren sie endgültig in Sherreen angekommen.

Das Rumpeln der Kutsche wurde auf einmal lauter. Die große, polierte Karosse schüttelte sich, knarrte und ächzte gequält. Sie hatten die erste Pflasterstraße erreicht, und der Lärm der über die unregelmäßig gebildeten Granitbuckel ratternden Räder war ohrenbetäubend. Vor ihnen ragte die alte Stadtmauer auf, deren Nordtor weit offenstand. Als die Kutsche hindurchfuhr, erblickte Eliste zum erstenmal etwas, wovon sie zwar häufig gehört, das sie aber noch nicht mit eigenen Augen gesehen hatte – ein Mirakel, eine der gewaltigen, geheimnisvollen mechanischen Gerätschaften, welche die Magie der frühen Edlen hervorgebracht hatte. Mit schwachem Bewußtsein ausgestattet und in der Lage, eine Vielzahl von Aufgaben zu erfüllen, waren diese Geräte von ihren genialen Erfindern als Empfindsame bezeichnet worden. Als die Kunstfertigkeit der Edlen allerdings nachgelassen hatte, waren die Empfindsamen nicht länger verwendet worden. Die Beschäftigungslosigkeit hatte Langeweile zur Folge gehabt, gefolgt von Abneigung, Schwermut und letztlich sogar dem Verlust des Bewußtseins. Vielleicht waren die Empfindsamen wirklich gestorben; viele aber glaubten, sie schlummerten bloß und warteten auf den Ruf eines Edlen, der sie aus ihrem langen Schlaf erwecken würde. Der moderne Ausdruck ›Mirakel‹ bezog sich gleichermaßen auf die Arbeitsweise der Maschinen wie auch auf ihr erstaunliches Äußeres. Ein solches Mirakel stand immer noch am Nordtor. Dazu erschaffen, als Aufpasser zu dienen und die Stadt vor einem Angriff zu schützen, ähnelte das Mirakel tatsächlich ein wenig einem plumpen mechanischen Wachhund mit einem gewaltigen Stahlfaß als Körper, das auf vier säulenartigen Beinen ruhte, einem langen, segmentierten Hals, der einmal beweglich gewesen sein mußte, einem übergroßen Kopf mit an Scharnieren befestigten Kiefern, riesigen, hervorquellenden Augen, die hinter stählernen Lidern verborgen waren, und runden, konkav gewölbten Ohren aus stählernem Gitterwerk.

Eliste bestaunte den bizarren Apparat, bis er außer Sicht verschwand. Anschließend vermochte sie den Anschein welterfahrener Gelassenheit nicht mehr aufrechtzuerhalten und versuchte es auch gar nicht erst. Schamlos begaffte sie die Läden, Häuser, Tavernen und Cafés, die Statuen, Monumente, Springbrunnen und Fußgänger – wobei letztere den bei weitem reizvollsten Anblick boten. Die Spannbreite unter den Passanten war erstaunlich. Innerhalb weniger Minuten sah sie Bettler, Landarbeiter, Händler und Ladenbesitzer, Marktweiber und Arbeitermädchen, Studenten, livrierte Dienstboten und Lakaien, allerlei unauffällig gekleidete Bürgersleute, Seemänner, uniformierte Gendarmen, Mitglieder der Königsgarde und geschmacklos herausgeputzte Frauen, wahrscheinlich Dirnen, die sich auf den Straßen bunt miteinander mischten. Die vornehmen Herrschaften – die Edlen – traten natürlich weniger in Erscheinung, denn diese Leute bevorzugten zur Fortbewegung Kutschen und mit Vorhängen verhängte Sänften. Daß überall in der Stadt auch Edelleute zugegen waren, stand jedoch außer Zweifel, denn auf einmal kam ein Lakai in einer schwarzen und zitronengelben Livree angelaufen und rief: »Macht Platz!«, und hinter ihm rollte eine funkelnde, nagelneue gelbe Kutsche mit schwarzen Zierleisten, die von vier schwarzen Pferden gezogen wurde. Die gelbe Kutsche funkelte so sehr, und ihre Linien waren so schlank und anmutig, daß die schwere Equipage der Derrivalles im Vergleich dazu plump wirkte. Als die Kutsche vorbeifuhr, versuchte Eliste, den Passagier zu erkennen, und erhaschte tatsächlich einen Blick auf eine korpulente Gestalt mit einem bleichen Vollmondgesicht.

»Wer war das, Fräulein Eliste?« Von Staunen überwältigt, hatte Kairthe dieses eine Mal vergessen, solange Schweigen zu bewahren, bis sie angesprochen wurde. Ihre Begeisterung gewann bisweilen über ihre Erziehung die Oberhand, doch zum Glück nahm ihre neue Herrin ihr das nicht übel – im Grunde fand sie diese Offenheit sogar gewinnend. »Wer war das?«

Eliste hatte das Wappen auf der gelben Kutsche gesehen, und nun zermarterte sie sich den Kopf. »Vo Lieux-v'Olliard, glaube ich«, meinte sie schließlich. »Ein sehr alter Name, berühmt im Osten, mit einem großen Vermögen.«

»Wirklich beeindruckend, Herrin! Werdet Ihr ihn bei Hofe sehen?«

»Gut möglich«, antwortete Eliste mit bemühter Unbekümmertheit, vermochte sich jedoch nicht zu enthalten, der Wirkung halber hinzuzusetzen: »Ich werde sie alle sehen, selbst den König. Und du, mein Kind, wirst sie ebenfalls sehen.«

»Da fall ich doch glatt tot um! Fahren wir gleich hin, Herrin? Zum Königspalast?«

»Jetzt gleich? Natürlich nicht.«

»Aber werdet Ihr nicht der Königin als Ehrenjungfer dienen?«

»Schon, aber heute noch nicht.«

»Oh. Also gut. Vielleicht könntet Ihr mir dann sagen, Fräulein Eliste – was *ist* eigentlich die Ehrenjungfer?«

»Also, zunächst einmal solltest du nicht ›die‹ Ehrenjungfer sagen, als wäre ich die einzige. Es gibt zwölf Ehrenjungfern, junge Frauen aus gutem Hause, die ausgewählt wurden, der Königin aufzuwarten.«

»Ihr in welcher Weise aufzuwarten, Herrin?«

»Indem sie sie ständig bedienen, ihr Gesellschaft leisten, ihr beim Ankleiden helfen, sie wieder auskleiden, baden, ihre Botschaften überbringen, Besorgungen tätigen, ihre Befehle ausführen, ihr den Weg ebnen …«

»Oh, Ihr meint, Ihr werdet die Dienstmagd der Königin sein, so wie ich Eure Dienstmagd bin, Herrin?«

»Eine Dienstmagd?« Verärgert ruckte Eliste mit dem Kopf. »Gewiß nicht! Wir sprechen hier von der Königin, vergiß das nicht. Ihr zu dienen, bedeutet eine große Ehre, ein *Vorrecht*, das nur wenigen vorbehalten ist. Mit Knechtschaft hat das nichts zu tun.«

»Aber Ihr werdet die gleichen Dinge für sie tun, die ich für Euch tue, Herrin.«

»So mag es vielleicht klingen, aber ich versichere dir, das ist ganz etwas anderes. Sei kein solches Kind, Kairthe.«

»Jawohl, Herrin.«

Die Kutsche rollte über eine schmale, verdreckte Straße, die dennoch von florierenden Weinläden, Speiselokalen, Pfandleihen und Wohnhäusern gesäumt war. Unvermittelt gelangte sie aus dem Schatten auf einen sonnenüberströmten Kreis stattlicher alter Häuser, in deren Mitte sich ein eingezäunter Park befand, in dem Kinder unter der Aufsicht ihrer steifen, herausgeputzten Kindermädchen spielten. Der Gegensatz war so verblüffend, daß Eliste herausplatzte: »Ich liebe Sherreen!«

»Ich auch, Herrin«, sagte Kairthe. »Werden wir am Königspalast vorbeikommen, was meint Ihr?«

»Ich weiß es nicht. Gut, daß sich der Kutscher hier auskennt, denn für mich ist es ein einziges großes Labyrinth. Ich fürchte, ich werde mich hier wohl nie zurechtfinden.«

»Warum solltet Ihr auch, Herrin, da es doch überall Kutschen gibt, die Euch dort hinbringen, wo Ihr hinwollt?«

»Ja, das stimmt.«

Die Kutsche klapperte an dem kreisförmigen Park vorbei, die Straße entlang und über ein gewaltiges freies Gelände, dessen weiße Marmorgebäude und Säulen von Adlern gekrönt waren, welche ihn als den berühmten Dunulas-Platz auswiesen; dann gelangte sie in eine Gegend mit großen Stadthäusern von klassischer Schönheit, die aus cremefarbenem Stein erbaut waren. Wieder verstieß Kairthe gegen die Anstandsregeln, indem sie abermals ein Gespräch begann. »Wenn wir heute nicht zum Königspalast fahren, Herrin, wo fahren wir dann hin?«

»Zu meiner Großmutter Zeralenn – zur Mutter meiner Mutter. Wir werden einstweilen bei ihr bleiben.«

»Eure Oma – also, das ist nett, Herrin, das ist sehr nett. Ihr habt sie doch bestimmt sehr lieb?«

»Ich habe sie nie kennengelernt, sie hat Derrivalle nie besucht. Ich hoffe, wir kommen gut miteinander aus.«

»Oh, das werdet Ihr schon, Herrin. Großmütter sind meistens nette Menschen. Ich erinnere mich an meine eigene Oma – sie hatte keine Zähne mehr, und sie war so häßlich, daß man hätte meinen mögen, eine Kuh sei auf sie draufgetreten, und sie rauchte und saugte immer an einer alten Tonpfeife, so daß sie einen etwas strengen Mundgeruch hatte, aber nach einer netteren alten Dame hätte man lange suchen können ...«

»Nun, ich glaube nicht, daß *meine* Großmutter

irgendwelche Ähnlichkeiten mit ihr aufweisen wird«, warf Eliste ein. »Sie ist eine große Dame, eine ehemals berühmte Gräfin aus eigenem Recht, und galt früher einmal als die größte Schönheit ihrer Zeit. Und das wird sie wohl auch gewesen sein, denn sie war die Geliebte des Vaters des Königs und davor die seines Großvaters. Die offizielle Mätresse zweier Könige! Allerdings nicht gleichzeitig, glaube ich.«

»Die was, Herrin?«

»Die offizielle Mätresse, die anerkannte Geliebte.« Da sich in Kairthes Augen immer noch kein Begreifen zeigte, setzte Eliste hinzu: »Das bedeutet, sie war mehr oder weniger die Gemahlin des Königs, bloß dem Namen nach nicht. Sie war nicht die Königin, aber sie genoß des Königs höchste Wertschätzung, teilte sein Leben mit ihm, soweit die Umstände dies zuließen, gewann großen Einfluß auf ihn und wurde dadurch selbst zu einer bedeutenden Person ...«

»Die Geliebte des Königsvaters und davor die seines Großvaters, Herrin?« Kairthe schien immer noch verwirrt.

»Ja, und vor mehr als fünfzig Jahren gebar sie Dunulas XI. einen Sohn, der jetzt Herzog wäre, hätte er denn überlebt.«

Allmählich dämmerte es Kairthe. »Wollt Ihr damit sagen«, stammelte sie mit gerötetem Gesicht, »daß Eure Großmutter eine *Hure* ist?«

»Nein, natürlich nicht! Hüte deine Zunge!« Auch Elistes Gesicht hatte sich gerötet. »Sie hat dem König gedient, und das ist eine große Ehre – und bedeutet auch eine Verpflichtung, begreifst du das nicht? Mit Hurerei hat das nichts zu tun – ich versichere dir, das ist etwas vollkommen anderes. Also wirklich, was bist du nur für ein Kind!«

»Ich glaube, ich verstehe das wirklich nicht, Herrin, aber ich bemühe mich. Vielleicht leuchtet mir ja alles ein, wenn ich Eure Großmutter sehe.«

»Das wird nicht mehr lange dauern. Ich glaube, wir sind da.«

Die Kutsche hatte in einer gepflegten Allee vor einem großen Gebäude aus cremefarbenem Stein und mit derart vollkommen scheinenden Maßen gehalten, daß es geradezu einschüchterte. Eliste fragte sich, ob dessen Besitzerin sich als ebenso einschüchternd und vollkommen erweisen würde.

5

»Steh auf. Entferne dich, dreh dich um und komm langsam wieder zurück. Nein, laß das Gebäck stehen. Und geh nicht so rasch. Ich möchte dich nicht in Eile sehen.« Zeralenn vo Rouvignacs Auftreten legte nahe, ihr widerspruchslos zu gehorchen.

»Ja, Großmutter.« Eliste stellte das Tablett ab und erhob sich gehorsam. So anmutig, wie sie es vermochte, schritt sie durchs private Wohnzimmer, wirbelte gekonnt herum, daß ihre bauschigen Röcke flogen, und ging zum Tisch zurück. Beim Gehen beobachtete sie verstohlen ihre Großmutter, die ihrerseits Eliste unverhohlen musterte. Zeralenn war wenigstens Mitte siebzig, hatte ihrem Alter jedoch irgendwie ein Schnippchen geschlagen. Zumindest aus einiger Entfernung wirkte sie nahezu faltenlos; und schön war ihr Gesicht mit seiner makellos ovalen Form, den klassischen, regelmäßigen Zügen und den länglichen, haselnußbraunen Augen noch immer. Elistes Ansicht nach wurde seine Schönheit durch eine unnötige Schicht Schminke sowie mehrere schwarze herzförmige Taftpflaster allerdings ein wenig beeinträchtigt. Zeralenns mit Pomade und grauem Puder verkleistertes Haar war nach altem Stil zu einer Hochfrisur aufgetürmt. Wenn sie sein Gewicht überhaupt spürte, so ließ sie es sich nicht anmerken, sondern saß gerade aufgerichtet in ihrem großen Sessel da, ohne daß ihr Rücken jemals die Kissen berührt hätte. Vielleicht beruhte ihre vollkommene Haltung zum Teil auf alter Gewohnheit, und gewiß hatte ihre Unterwäsche etwas damit zu tun, denn sie war von der Brust bis zur Hüfte von einem altmodischen, knochenverstärkten Korsett umschlossen. So unzeitgemäß dies auch war, stand es ihr gleichwohl; ihre Hüfte war immer noch schmal, und das Fleisch, das über dem tiefen, rechteckigen Ausschnitt ihres altertümlichen Reifrocks schwoll, schien noch immer so weiß und glatt wie das eines Mädchens. Ihr Alter zeigte sich jedoch an ihren Händen, die voller Adern und leicht fleckig waren, obwohl sie zu zahllosen Cremes und nach Limonen duftenden Reinigungswässern Zuflucht nahm. In einer Hand hielt sie einen mit Schnitzereien verzierten und mit Bändern geschmückten Elfenbeinstock.

Zeralenns Persönlichkeit hatte sich auch ihrer Umgebung aufgeprägt. Eliste war die Verbindung von herkömmlicher Eleganz, Luxus und Originalität gleich aufgefallen, als sie das Haus betreten hatte. Auch in dem zwar wie üblich eingerichteten, aber behaglichen Schlafzimmer, in das man sie und Kairthe bei ihrer Ankunft geleitet hatte, war die Anwesenheit ihrer Großmutter zu spüren gewesen; und dann wieder im Speisezimmer, wo sie mit auf Besuch weilenden Verwandten und einer Anzahl ausnahmslos ungebärdiger Kinder zu Tisch gesessen hatte. Zeralenn vo Rouvignac selbst war allerdings nicht erschienen. Erst nach der Mahlzeit hatte Eliste eine Notiz mit der Bitte erhalten, sie möge die Hausherrin auf ihrem Zimmer aufsuchen. Dort begegnete sie endlich ihrer sagenumwobenen Großmutter und wurde sogleich einer so strengen Musterung unterzogen wie noch nie in ihrem Leben.

»Knicksen«, kommandierte Zeralenn. »Noch einmal und tiefer. Richte dich auf und breite deinen Fächer aus. Jetzt laß ihn mit abschließender Entschiedenheit zuschnappen. So, das reicht. Du darfst dich wieder setzen.«

Eliste gehorchte.

In nachdenklichem Schweigen prüfte Zeralenn eine

Weile ihre Enkelin. Eliste wurde unter ihrem forschenden Blick unbehaglich zumute, und sie begann sich zu ärgern. Sie fühlte, wie ihr die Zornesröte zu Kopfe stieg. Die Etikette verbot es, ihre Verstimmung mit Worten zu äußern, doch gab es noch andere Möglichkeiten, ihr Mißfallen kundzutun. Mit hochgerecktem Kinn erwiderte sie den Blick ihrer Großmutter mit einer kühlen Gefaßtheit, die schon an Frechheit grenzte. Diesen Trick hatte sie von Stelli Zeenosa, einer anerkannten Fachkundigen auf diesem Gebiet.

Zeralenn aber lächelte nur, wobei sie es verstand, die Lippen zu verziehen, ohne daß sich die Haut um ihre Augen, die so gut wie faltenlos waren, gekräuselt hätte. »Gut«, sagte sie. »Du verfügst über eine gewisse Portion Unverschämtheit, eine Spur von Geist. Du bist anders als deine Mutter, wofür wir dankbar sein müssen. Du hast viel von deinem Vater geerbt, daran läßt sich nichts ändern – aber wenn wir Glück haben, stellt sich heraus, daß diese Ähnlichkeit nur oberflächlich ist. In gewissen Gesten und Haltungen erkenne ich auch etwas von mir wieder – was höchst vielversprechend ist. Alles in allem glaube ich, daß für dich Hoffnung besteht.«

»Hoffnung, Großmutter?«

»Nenne mich nicht Großmutter. Das finde ich ernüchternd, wie auch du eines Tages noch feststellen wirst. Wenn dieser schicksalhafte Tag einmal gekommen ist, denke an mich, denn ich werde dann nicht mehr zugegen sein, so daß ich auch nicht Zeugin deines tiefen Unbehagens werde sein können. Wenn ›Großmutter‹ schon beleidigend ist, dann muß dies um so mehr für die scheußliche Anrede ›Urgroßmutter‹ gelten. Nein, das möchte ich nie erleben. In der Zwischenzeit kannst du mich mit ›Madame‹ ansprechen. Das ist angenehmer.«

»Hoffnung worauf, Madame?« Eliste unterdrückte ein Kichern.

»Auf Erfolg, Beifall, Macht und Vermögen. Hast du daran noch nie gedacht, Mädchen? Weshalb bist du eigentlich nach Sherreen gekommen?«

»Weil es hier aufregend, lustig und wundervoll ist.«

»Durchaus zutreffend. Es *gibt* keinen vergleichbaren Ort. Kannst du dir vorstellen, daß dein langweiliger Tölpel von einem Vater mit seinen mumifizierten Zwergen und seinen eingelegten Gallenblasen – kannst du dir vorstellen, daß ein solcher Mann deine Einführung bei Hofe aus bloßer väterlicher Großzügigkeit bezahlen würde? Das ist ein kostspieliges Unterfangen, weißt du – man braucht Kleider, Schmuck, alle möglichen Kinkerlitzchen. Meinst du, er hat all diese Ausgaben getätigt, bloß um deine jugendliche Gier nach Aufregung und Neuheit zu befriedigen?«

»Nun, bestimmt hofft er darauf, daß ich mich gut verheirate. Das versteht sich von selbst.« Eliste zuckte mit den Schultern.

»Diese Geste mußt du dir abgewöhnen. Das gilt als unfein.«

»Aber sie ist natürlich, und ich wüßte nicht, was falsch daran wäre.«

»Was natürlich ist, dagegen läßt sich also nichts einwenden? Laß dir eines gesagt sein, Enkelin…« Zeralenn klopfte zum Nachdruck einmal mit dem Elfenbeinstock auf den Boden. »Die Natur ist eine launenhafte Macht, deren feindseligen Erscheinung wir mit aller Entschiedenheit und aller Kraft, die uns zu Gebote steht, entgegentreten müssen. Komm mir bloß nicht mit diesen winselnden selbsternannten Philosophen, diesem Rees-Raas Zhumeau und Konsorten, die sich ständig in rührseligen ländlichen Idyllen ergehen. Die fabulieren von einer Welt, die niemals bestand und die es auch nie geben wird, eine armselige Übung für kindische Geister. In Wirklichkeit ist die Natur viel häufiger gräßlich und brutal als das Gegenteil. Kunst und Wille vermögen im Verbund die Natur allerdings bisweilen zu überwinden oder sie zumindest vorteilhaft zu kleiden. Unter meiner Anleitung, Enkelin, wirst du diese Kunst erlernen.«

»Glaubt Ihr denn nicht, daß ich mich zu meinem Vorteil kleide?« fragte Eliste, womit sie zum Kern der Sache vordrang.

»Gewiß nicht, aber du zeigst Anzeichen eines sicheren Instinkts. Sei versichert, daß ich dir deine Schwächen nicht zum Vorwurf mache. Ein Leben lang gefangen in der Wildnis von Fabeque und von allen Annehmlichkeiten der Zivilisation ausgeschlossen, wie hättest du dir da Eleganz aneignen sollen? Es ist ein Wunder, daß du es irgendwie geschafft hast, wenigstens dem allerschlimmsten Provinzialismus zu entgehen. Um die Wahrheit zu sagen, sieht man von ein paar kleinen Fehlern ab, bist du durchaus nicht auf Anhieb als Provinzlerin zu erkennen. Diese ungeübte Grazie geht in der Hauptsache auf einen gewissen Vorrat an Fähigkeiten zurück, die du zweifellos von mir geerbt hast. In der Zeit, die uns bis zu deiner bereits anberaumten Einführung bei Hofe noch verbleibt, werden wir diese Fähigkeiten weiterentwickeln, deine Schwächen verbergen und deine Vorteile betonen, unterstützen und verfeinern, bis du es mit deinen Mitstreiterinnen aufnehmen kannst.«

»Mitstreiterinnen, Madame?«

»Hoffst du nicht auf eine hervorragende Ehe oder Liaison? Sehnst du dich nicht nach Wohlstand, Luxus, Ansehen, Unabhängigkeit – nach all den unschätzbaren Annehmlichkeiten, die mit einer solchen Verbindung einhergehen?«

»Doch schon, aber …«

»Der ältesten Sprößlinge aus bestem Hause sind nur wenige«, erklärte Zeralenn. »Und nur der älteste kommt in Betracht, vergiß das nicht; denn dieser wird einmal das Vermögen erben. Die Töchter der Edlen wiederum sind zahlreich, und ihre Ansprüche sind beständig bis zum Erbrechen. Eine jede von ihnen hält sich, ungeachtet ihres Alters, ihrer Stellung, ihrer Schönheit oder deren Mangel für die geeignete Gemahlin eines zukünftigen Barons und wählt ihr Opfer dementsprechend aus. Ich habe die Mathematik seit jeher für eine verabscheuungswürdige und auch angemessene Disziplin gehalten, doch hin und wieder hat sie ihren Nutzen. Hast du mich verstanden, Enkelin?«

»Durchaus, Madame.« Eliste unterdrückte ein Kichern.

»Du scheinst nicht sonderlich besorgt zu sein.«

»Das mag sein.« Eliste schaffte es gerade noch, sich eines Achselzuckens zu enthalten. Abgesehen von ihrer Bekanntschaft mit Dref Zeenoson, der nicht zählte, hatte sie bislang kaum Erfahrungen mit jungen Männern gesammelt. Trotzdem hatte sie Söhne der Edlen auf Jahrmärkten, auf Gesellschaften und Bällen in der Gegend und im Hause ihres Vaters kennengelernt. Meistens waren es jämmerliche Gestalten gewesen – schlaksig, linkisch, unsicher. Sie hatte keinen einzigen getroffen, der auch nur ein Zehntel von Dref Zeenosons Verstand und Lebendigkeit besessen hätte. Die Erben der Edlen – alle miteinander von einem Leibeigenen ausgestochen. Das war wirklich sonderbar gewesen. Ihre Beobachtungen hatten Elistes Selbstvertrauen gehoben, mit absehbarem Erfolg; die jungen Männer hatten sich in den vergangenen zwei Jahren bei jedem gesellschaftlichen Anlaß um sie gedrängt, so daß sie kaum Zweifel an ihrer Ausstrahlung hatte. Natürlich waren das *provinzielle* junge Männer gewesen. Würde es in Sherreen anders sein?

»Du darfst nicht glauben, der junge Kavalier in Sherreen wiese allzu viele Ähnlichkeiten mit den Fabequer Rüpeln auf, wie sie dir bereits begegnet sein mögen«, bemerkte Zeralenn, als hätte sie ihre Gedanken erraten. »Du wirst feststellen, daß sie ein ganz anderer Schlag sind – recht gebildet, scharfsichtig, erfahren, vielleicht sogar abgestumpft. Es ist nicht leicht, die Aufmerksamkeit der in Frage kommenden Kandidaten zu wecken, von ihren Gefühlen ganz zu schweigen.«

»Vielleicht sollten sie sich überlegen, wie sie *meine* Aufmerksamkeit erregen können.« Eliste warf den Kopf zurück.

»Ah, nicht übel.« Zeralenn lachte laut heraus, allerdings wiederum ohne daß sich um die Augen herum Lachfältchen gebildet hätten. »Gar nicht so übel. Häufig triumphiert gerade eine solch kühle Unverschämtheit. Diese Haltung könntest du dir durchaus angewöhnen, sobald sie dir angemessen ist. Im Augenblick würdest du dich damit nur zum Gespött anderer Leute machen.«

»Zum Gespött?« Eliste reckte das Kinn.

»Laß dein Kinn unten, Enkelin.« Zeralenn pochte heftig mit dem Stock auf den Boden. »Und kein Schulterzucken; das habe ich dir bereits verboten. Ich hoffe doch, du leidest nicht an Gedächtnisstörungen.«

»Ich habe ein ausgezeichnetes Gedächtnis.« Eliste machte ein finsteres Gesicht. »Und ich möchte nicht, daß Ihr weiterhin so mit mir redet. Von nun an werde ich so oft das Kinn recken und mit den Schultern zucken, wie es mir paßt.«

»Ah, mit deinem aufbrausenden Temperament erweist du dich als meine wahre Enkelin, und in dieser Eigenschaft wirst du sicherlich tun, was dir beliebt. Wenn du unbedingt das verzogene Mäuschen vom Lande spielen willst, das es zum Hof verschlagen hat, dann werde ich dich nicht daran hindern.«

Angesichts des beißenden Spotts ihrer Großmutter schwand ihr Unmut. Eliste zögerte und biß sich auf die Lippen, dann fragte sie grollend: »Also gut, Madame. Worin bestehen nun meine so hervorstechenden Fehler, auf die Ihr unbedingt das Augenmerk lenken wollt?«

»Sie fallen von selbst ins Auge, Enkelin. In dieser

Hinsicht brauche ich mich gar nicht zu bemühen. Ich spreche dir jedoch eine drängende Wißbegier nicht ab, und darum will ich dir sagen, was mich an dir stört. In der Freizügigkeit deiner Bewegungen, in deinen Gesten, in deinem einfältigen Gebrauch des Fächers; in deiner Frisur, deinem Mangel an Schminke, deiner Sprechweise – wenngleich der Fabequer Dialekt deine Zunge zum Glück kaum besudelt – und in der Durchsichtigkeit deiner Gefühle – in all diesen Dingen zeigt sich, daß du vom Sherreener Stil nichts verstehst.«

»Dann bin ich also ein hoffnungsloser Fall – zumindest *Eurer* Ansicht nach.«

»Du bist auf Komplimente aus. Nun, dann sollst du sie hören, soweit es den Tatsächlichkeiten entspricht. Du besitzt gewisse natürliche Vorzüge. Dir mangelt es keineswegs an Anmut. Du bist gut gebaut, wenn auch ein wenig mager. Hände, Arme, Hals und Füße sind mehr als zufriedenstellend. Du bist hübsch. Deine Lippen sind nicht so winzig, wie es der Mode entspricht, und aufgrund einer kleinen Aufwärtsneigung kann deine Nase nicht als vollkommen gelten. Deine Augen und dein Teint könnten allerdings nicht besser sein. Dein Haar ist üppig, besitzt die richtige Länge und den nötigen Glanz, aber eine unvorteilhafte Farbe. Blond ist passé, hat man mir gesagt. Dieses Jahr gerät man bei Hofe über die rabenschwarzen Locken von Madame v'Auclus in Verzückung. Vielleicht werden wir deine Haarfarbe ändern.«

»Nein!«

»Ganz wie du meinst. Kurz gesagt, du bietest eine hübsche Sammlung von Rohmaterial, das allerdings noch verfeinert werden muß, bevor du dich in der Öffentlichkeit zeigen kannst. Diese Verfeinerung werde ich selbst vornehmen.«

»Weshalb, Madame?« Eliste war hin und her gerissen zwischen Zustimmung und Verärgerung. Sie war noch nicht ganz überzeugt davon, daß sie einer Verfeinerung bedurfte. »Weshalb solltet Ihr Euch der Mühe unterziehen?«

»So wie ich mich vor vielen Jahren modelliert habe, werde ich diese Aufgabe nun bei dir übernehmen. An dem Tag, da du dir den begehrenswertesten männlichen Preis bei Hofe sicherst und dir dadurch eigene Größe verschaffst, werde ich wissen, daß ich meinen damaligen Triumph wiederholt habe. Dies wird mir sowohl Genugtuung als auch Zerstreuung verschaffen, woraus du ebenfalls deinen Nutzen ziehen magst. Nun, Enkelin – nimmst du meine Hilfe nun an und wirst du dich mir voll und ganz unterwerfen? Du solltest wissen, daß dies ein bedenkenswertes Angebot ist und daß du schlichtweg verrückt wärst, es auszuschlagen. Nun?«

Eliste zögerte.

»Entscheide dich, Mädchen!«

»Ich nehme Euer Angebot dankbar an, Madame. Aber ich verspreche nicht, mich Euch oder jemand anderem vollständig zu unterwerfen.« Das schlüpfte ihr so heraus, ohne daß sie vorher gewußt hatte, was sie eigentlich sagen würde.

»Frecher kleiner Fratz. Du bist fraglos meine Enkelin. Das wird mir mit jedem Augenblick klarer. Wir werden schon miteinander auskommen, gar kein Zweifel. Beginnen laß uns mit einer Durchsicht deiner Garderobe, von der sich gewiß nur sehr wenig wird verwenden lassen.«

»Aber da irrt Ihr Euch, Madame!« versicherte ihr Eliste. »Die Kleider, die ich mitbrachte, sind neu und fast alle nur für diese Reise angefertigt worden.«

»So neu wie unmöglich, keine Frage. Dein Kostüm ist zwar entzückend, aber auffallend ländlich. Wir wollen doch nicht, daß man dich mit einer entlaufenen Schäferin verwechselt.«

»Frau Zoliay war die beste Näherin in ganz Grammantes!«

»Grammantes – pah!« meinte Zeralenn und klopfte verächtlich mit dem Stock auf den Boden. »Glaube mir, Enkelin, ich habe ein untrügliches Urteil in diesen Dingen.«

Unwillkürlich wanderte Elistes Blick zu den Schleifen und Volants am altmodischen Kleid ihrer Großmutter.

Zeralenn bemerkte den Blick und lächelte trocken. »Laß dich durch meine veraltete Kleidung nicht täuschen. Glaube bloß nicht, ich hätte sie aus Unwissenheit, Sentimentalität oder Senilität ausgewählt. Ich bin hervorragend bewandert in der neuesten Mode, hänge jedoch an dem Kostüm aus meiner Jugend, weil es mir steht, weil es mir gefällt und weil ich mich darin wohl fühle. Meinem Alter und meiner Stellung entsprechend werde ich als eine vornehme Besonderheit verehrt – dies ist einer der wenigen Vorzüge des Alters. Dir würde kaum die gleiche Nachsicht zuteil werden, solltest du in deinem jetzigen Aufzug bei Hof erscheinen. Du sollst neue Kleider bekommen, ich werde dafür aufkommen, und damit ist das Thema abgeschlossen.«

»Madame, Eure Großzügigkeit ...«

»Liegt in meinem ureigensten Bedürfnis. Daß du ja nichts anderes denkst. Das Vorhaben weckt meine Neugier, und ich bin bereit, für meine Zerstreuungen zu bezahlen. Was deinen bukolischen Plunder angeht, den wirfst du weg. Oder besser noch, schenk ihn deiner Zofe.«

»Ich soll all meine neuen Kleider Kairthe schenken? Sie ist eine *Leibeigene!*«

»Ich habe sie unten gesehen, als ihr mit der Kutsche vorgefahren seid. Sie erinnert an eine Melkerin.«

»Das war sie auch.«

»Wir werden versuchen, ihre Herkunft geheimzuhalten. Deine Zofe muß sich hübsch herausputzen, sonst gereicht sie dir nicht zum Vorteil. Bald wirst du merken… Ah, sieh doch mal, hier hast du schon ein Beispiel.« Zeralenn erhob sich aus dem Sessel und richtete sich kerzengerade auf. Sie war mindestens zwei Fingerbreit kleiner als ihre Enkelin, schaffte es jedoch irgendwie, den Anschein zu wecken, sie sei größer. Gerade aufgerichtet, als habe sie einen Stock verschluckt, trat sie ans nächste Fenster. Sie humpelte nicht beim Gehen; der Elfenbeinstock war reine Zierde. Eliste folgte ihr.

»Da.« Zeralenn zeigte zur anderen Straßenseite. »Das ist Madame vo Bellesandre, die ihre Tante besuchen will. Hinter ihr geht ihre Zofe. Siehst du, was ich meine, Enkelin?«

Eliste erblickte eine hochgewachsene, breitschultrige, ausnehmend hübsche Brünette, die soeben, angetan mit einem weißen Sommerkleid aus Batist, aus einer Kutsche stieg. Die Magd in ihrer Begleitung war elegant, pummelig und wirkte selbstzufrieden in ihrem grünen Schärpenkleid von leicht erkennbarem Wert.

»Da, Enkelin. So sollte deine Zofe aussehen. Und was die andere angeht, so solltest *du* aussehen. Bemerkst du die fließende Schlichtheit ihrer Kleidung? Ihr Schneider hat ganz auf den Schnitt vertraut, um diese Wirkung zu erzielen. Allerdings war noch ein wenig Verzierung nötig.«

»Ich verstehe. Ja, ich sehe es.« Eliste drückte sich die Nase an der Fensterscheibe platt. Auf einmal fand sie ihr eigenes rüschenbesetztes Nachmittagskleid plump, kindisch und peinlich. Sie spürte, wie ihr die sprichwörtliche Schamesröte in die Wangen schoß, und um ihre Verlegenheit zu bemänteln, meinte sie zusammenhanglos: »Sie ist sehr hübsch, findet Ihr nicht – die dunkle Dame?«

»Mag sein, wenn einem der amazonenhafte Typ gefällt. Mir scheint da ein Mangel an Taktgefühl vorzuliegen. Zum Glück für die Bellesandre ist Feronte da anderer Meinung.«

»Feronte?« Eliste machte große Augen. Der Herzog von Feronte war König Dunulas' jüngerer Bruder.

»Madame vo Bellesandre ist die gegenwärtige Mätresse seiner Hoheit.«

»Seine Mätresse!« Eliste blickte der Favoritin des Herzogs, die gerade das Haus ihrer Tante betrat, gefesselt nach. Die Mätresse einer fürstlichen Persönlichkeit zu sein, war zwar ehrenhaft und beneidenswert, gleichzeitig aber auch ein wenig mit dem Ruch des Skandalösen behaftet. »Oh, sie muß eine außergewöhnliche Frau sein!«

»In Wirklichkeit ist sie höchst fade. Ihre Schönheit ist nachgerade männlich, ihr Gespräch geistlos, ihr Verstand zweitklassig, und wie es heißt, hat sie den Herzog einzig und allein durch ihre Fähigkeit gewonnen, lüsterne Knittelverse aufzusagen, während sie akrobatische Übungen vollführt. Ich muß gestehen, das ist beeindruckend, aber wohl kaum ausreichend, Feronte auf lange Sicht zu halten. Dauerhafter Erfolg erfordert breiter gefächerte Fähigkeiten. Nein, die Tage der Bellesandre sind gezählt, und der Herzog wird sich in Kürze einen Ersatz suchen. Eine Neulingin bei Hofe könnte, vorausgesetzt, sie ist klug und kühn und genießt Protektion, an einem so kritischen Wendepunkt den Reiz des Neuen zu ihrem Vorteil geltend machen.«

Eliste wandte sich rasch zu ihrer Großmutter um. »Madame, wollt Ihr etwa vorschlagen, daß *ich* …«

»Ich schlage vor, daß du sämtliche Möglichkeiten sorgfältig gegeneinander abwägst.«

»Aber ich habe nicht einmal im Traum daran gedacht …«

»Dann tu es jetzt. Aber ruhig Blut, Enkelin – niemand verlangt von dir, daß du dich gleich entscheidest.« Zeralenn erlaubte sich abermals ein faltenloses Lächeln. »Einstweilen besteht ja die erwähnte Möglichkeit für dich noch nicht – und das wird auch so lange so bleiben, bis wir dir den erforderlichen Schliff verpaßt haben. Wir werden morgen damit beginnen, dann wirst du nämlich Frau Nimais aufsuchen, eine der wenigen Modistinnen, die heute noch etwas von ihrem Beruf verstehen. Man wird Maß von dir nehmen, und du wirst neue Kleider anprobieren. Man wird Entwürfe anfertigen, Stoffe auswählen und sie an eine fähige Schneiderin weiterleiten – Frau Zelure wäre wohl am besten für dich geeignet. Sollte uns noch ausreichend Zeit bleiben, werden wir auch den Läden in der Neuen Arkade einen Besuch abstatten, wo du dir passende Fächer, Handschuhe, Seidenbänder, Spitzen und was sonst noch alles fehlt aussuchen kannst. Nach unserer Rückkehr wird dein Benimmunterricht beginnen. Es wird ein langer und anstrengender Tag werden; allerdings nicht über Gebühr beschwerlich, wie ich glaube. Bis dahin steht es dir frei, dich nach Belieben zu amüsieren. Einen guten Tag, Enkelin. Wir sehen uns morgen wieder.«

Am nächsten Morgen erwachte Eliste früh in dem ungewohnten Schlafzimmer. Kairthe war bereits auf den Beinen. Neben dem Bett standen ein Kelch mit Fruchtsaft und süße Brötchen bereit. Eliste frühstückte eilig, stand auf und legte mit der Unterstützung ihrer Zofe ein weißes Musselinkleid an, dessen Rüschen aus violetter Spitze ihr mittlerweile hoffnungslos kleinbürgerlich vorkamen. Das Haar wurde ihr zu einem nachlässigen, fast zerzaust wirkenden Knoten hochgebunden – eine Frisur, die Kairthe bereits auf mehreren erlauchten Sherreener Köpfen ausgemacht hatte und die sie mit erstaunlicher Leichtigkeit nachzuahmen verstand. Als sich die beiden Mädchen nach unten begaben, trafen sie Madame vo Rouvignac im Foyer an. Kairthe beäugte Zeralenn ehrfürchtig. Es war das erste Mal, daß sie der Großmutter ihrer Herrin von Angesicht zu Angesicht gegenüberstand, und sogleich wurde sie verlegen und zappelig. Zeralenn bedachte die rotgesichtige Magd mit einem mitleidigen Blick. Gnädigerweise enthielt sie sich eines Wortes. Alle drei traten sie auf die Straße hinaus.

Draußen erwartete sie der Landauer der Rouvignac, eine wolkengraue Karosse mit silbernen Beschlägen und auffällig feuerroten Zügeln, und der Kutscher in einer schwarz-silbernen Livree. Ein ebenfalls schwarz-silbern gekleideter Lakai war ihnen beim Einsteigen behilflich, wobei sie feststellten, daß bereits jemand in der Kutsche saß. Ein etwa vierzehnjähriges Mädchen hatte sie erwartet. Es schien so drall und duftig wie ein mit Lavendel gefülltes Duftkissen, hatte porenlos rosige Haut, lebhafte, kleine braune Augen, eine Stupsnase und ein rundes Kinn, einen Zopfkranz aus aschbraunem Haar, zweifarbig lackierte Fingernägel und einen frühreif fülligen Busen, der von einem ungünstig dekolletierten Sommerkleid zur Schau gestellt wurde. Eine der jungen Verwandten, die sich am Vorabend um den Essenstisch versammelt hatten, eine der Cousinen der vo Rouvignac. Eliste erinnerte sich noch an das Gesicht, aber nicht mehr an den Namen.

»Guten Morgen, Großtante. Ich bin soweit«, sagte das Mädchen. Ohne eine Antwort abzuwarten, wandte es sich an Eliste. »Guten Morgen, Cousine. Ist dies deine Zofe? Wie heißt sie? Sie wirkt sehr bäurisch, aber das macht nichts. Wenn du ihr ein neues Kleid gibst und ihr aufträgst, das Haar anders zu tragen, dann würde es mich gar nicht wundern, wenn der neue Lakai meiner Großtante ein Auge auf sie werfen würde, ein ausgesprochen hübscher Kerl, das kannst du mir glauben. Der Unterkoch ist auch hübsch, aber ich finde ihn ein wenig ungehobelt. Aber da sie ja vom Lande kommt, ist deine Zofe vielleicht nicht so wählerisch. Ich habe noch keine eigene Zofe, angeblich bin ich noch zu jung dafür. Aber in ein paar Monaten habe ich Geburtstag, und die Zeit vergeht ja wie im Flug. Ich finde nämlich, ich bin übermäßig beansprucht. Könntest du mir deine Zofe vielleicht einmal leihen, wenn ich ausgehe, Cousine?«

Kairthes runde Augen wurden noch runder. Bevor Eliste darauf etwas entgegnen konnte, ergriff Zeralenn das Wort. »Aurelie, mein Kind, du bist nicht eingeladen, und deine Anwesenheit ist auch nicht erwünscht. Woher wußtest du überhaupt, daß wir ausfahren wollen? Haben die Bediensteten geschwatzt, oder hast du am Schlüsselloch gelauscht?«

»Aber Tantchen!« protestierte das Mädchen.

»Ich habe dir doch untersagt, diese abscheuliche Anrede zu gebrauchen.«

»Aber Ihr seid nun mal meine Großtante, und mir scheint...«

»Aurelie, mein Kind, du bist vorwitzig, vorlaut und anmaßend. Steig aus und geh auf dein Zimmer.«

»Aber Madame, fahrt Ihr nicht zur Modistin und zur Schneiderin? Ich möchte mir diese Leute einmal ansehen. Vielleicht werde ich ihre Dienste ja in Anspruch nehmen, wenn ich in ein paar Monaten bei Hofe eingeführt werde...«

»In ein paar Jahren, Kind.«

»Pah, ich bin schon jetzt soweit. Soll ich vielleicht so lange warten, bis ich verblüht bin?«

»Was deinen Verstand angeht, hast du noch nicht einmal Knospen getrieben.«

»Außerdem muß ich heute die Neue Arkade aufsuchen, wegen altgoldener Borte und Bandschleifen im Farbton Liebesleid...«

»Es reicht.« Zeralenn wandte sich zu Eliste um. »Wir werden über die empörenden Ungebührlichkeiten dieser jungen Halbwilden hinwegsehen, deren Verhalten offenbar der Unwissenheit der Jugend zuzuschreiben ist. Verzeih ihr, wenn du kannst.«

»Aber *Madame*! Das ist ungerecht! Das ist...«

»Ach, laßt sie doch mitkommen«, meinte Eliste. »Ich

würde mich über ihre Gesellschaft freuen, und was ist denn schon dabei?«

Zeralenn schwankte, der Elfenbeinstock verharrte unentschlossen in der Schwebe.

»Bitte, Tant-, Madame. *Bitte!*« Aurelie bot ein Bild des Jammers.

Zeralenn klopfte einmal scharf mit dem Stock gegen das Kutschdach. Der Kutscher ließ die Peitsche knallen, und das Gefährt setzte sich in Bewegung. Aurelie lehnte sich zufrieden seufzend zurück. Der Landauer rumpelte die von Bäumen gesäumte Straße entlang, vorbei an makellos cremefarbenen Wohnhäusern, Gärten und Springbrunnen und schließlich unter dem marmornen Torbogen hindurch, welcher die Grenze des Wohnbezirks der Edlen bedeutete, der Parabeau genannt wurde und in dem auch Zeralenn residierte. Jenseits des Parabeau war die Straße zwar weniger elegant, dafür jedoch reizvoller. Sie durchquerten eine wohlhabende Wohngegend, wo die neureichen Händler ihre Häuser mit verschnörkelten und vergoldeten Kuppeln, mit versilbertem Schmiedeeisen und abscheulich bemalten Statuen herausgeputzt hatten. Dann, hinter einem grünen Park, wurden die Straßen schmaler, die Häuser waren alt und baufällig, die Fußgänger wirkten schäbig und abgehärmt. Johlende Bengel bewarfen die Kutsche mit Dreckklumpen und riefen ihr Beschimpfungen nach, obwohl der Kutscher hurtig die Peitsche spielen ließ. In den Eingängen hockten Vagabunden, und der Gestank ungewaschener Menschen lag in der Luft. Und dann hatten sie den alten Boulevard des Kronprinzen erreicht und rumpelten vorbei am Havillac-Park, Schauplatz zahlreicher Duelle; dann weiter durch das Künstlerviertel, die Rattenstadt, mit seinen berühmten Weinläden, Kaffeehäusern, Cafés und Straßenmusikanten. Jenseits der Rattenstadt drängten sich die heruntergekommenen Wohnviertel des Achten Distrikts, die an das alte Gefängnis grenzten, welches ›das Grab‹ genannt wurde und in dem die bei Hofe oder bei den Edlen in Ungnade Gefallenen zusammen mit den schlimmsten Kriminellen eingepfercht waren.

Eliste betrachtete das Grab mit morbider Neugier. Das Gebäude war ein historisches Höllenloch, berühmt für sein ehrwürdiges Alter und seine verrufenen Insassen; berüchtigt wegen seiner feuchten, stinkenden Zellen, der ungesunden Luft und der regelmäßig ausbrechenden Seuchen. Das, was man darüber wußte, wurde noch übertroffen von den Gerüchten über Folter und andere Grausamkeiten, die die politischen Gefangenen zu erdulden hatten. Der Glaube, die Gegner der Monarchie von Vonahr würden den scheußlichsten aller magischen Torturen unterworfen, war weit verbreitet. Daß diese Gerüchte nicht zu beweisen waren, tat weder der davon ausgehenden Begeisterung noch deren allgemeiner Bejahung irgendwelchen Abbruch; und mit den Jahren erstrahlte das alte Gefängnis in um so düstererem Glanz. Ursprünglich als mittelalterliche Festung erbaut, die eine schmale Biegung des Vir bewachen sollte, besaß das Grab einen quadratischen Grundriß, mit je einem hohen, mit Zinnen versehenen Turm an jeder Ecke, massiven inneren und äußeren Schutzmauern und einem massigen Bergfried mit schmalen, abweisenden Fenstern; das Ganze erweckte den Eindruck von überwältigendem Gewicht und Uneinnehmbarkeit. Später, als die Festung zum Gefängnis geworden war und zusätzlicher Platz benötigt wurde, hatte man ein Labyrinth unterirdischer Gänge und Verliese gegraben. Und dort unter der Erde, in diesen berüchtigten Folterkammern, war die Legende des Grabes in Blut geboren worden.

Der Landauer ließ das Grab hinter sich und rollte auf die alte Vinculum-Brücke, die den Vir überspannte; mitten durch den dschungelartig betriebsamen Ufermarkt hindurch; unter den vorspringenden Giebeln der alten Fachwerkhäuser einher, in denen Juweliere, Goldschmiede und Geldverleiher wohnten; dann über den würdigen Platz des Großen Monarchen und hinaus auf die Riquenoir-Straße, wo die größten Modisten die Mode erdachten und bestimmten.

Die ganze Fahrt über hatte Aurelie unverdrossen weitergeplappert. Hauptsächlich drehte sich der Monolog um den Wunsch, auch ihrerseits Ehrenjungfer zu werden. Die Stellung der Ehrenjungfer erfreute sich offenbar großer Beliebtheit und war hervorragend dazu geeignet, die Aufmerksamkeit der großen Kavaliere bei Hofe zu erlangen. Des weiteren stellten die begehrten Mädchen die prachtvollsten Kleider zur Schau, was ihnen sehr zum Vorteil gereichte, wenn sie in vornehmen, kleinen offenen Phaetons über die Ringstraße am Havillac-Park fuhren. Ein besseres Leben konnte es wirklich kaum geben! Und Eliste, die tatsächlich die begehrte Stellung erlangt hatte, war zweifellos die glücklichste aller Frauen.

»Du hast wirklich ein bemerkenswertes Glück, Cousine«, bemerkte Aurelie. »Denn das ist eine ungeheure Ehre, die Konkurrenz ist hart, und man darf ja auch nicht vergessen, daß der Landadel – aus Fabeque, Vaurve, Jerunde und so weiter – nur geringes Ansehen genießt. Wohlgemerkt, *ich* habe keine solchen Vorurteile. *Ich* halte unsere Verwandten vom Lande nicht für ungehobelte Flegel, Bauerntrampel, Tölpel und Langeweiler, zumindest nicht alle. Ich bezweifle nicht, daß es Ausnahmen gibt, und um es ganz klar zu sagen, auf *dich*, Cousine, setze ich große Hoffnungen. Mit deinen großen Augen und mit *solchen* Wimpern ist dein Charme über alle Zweifel erhaben. Dieses zarte Aussehen kommt eigentlich nie außer Mode, und du wirst bestimmt deine Bewunderer finden, unter denen du eine kluge Wahl treffen mußt. Ich habe gehört, der stattlichste Kavalier bei Hofe sei der Graf Rouveel-Nezoir vo Lillevant, der Gedichte verfaßt und äußerst gutaussehend sein soll. Der berühmte Duellist, der Cavalier vo Furnaux, scheint auch recht stattlich und angeblich Amouren gegenüber aufgeschlossen, man sagt, er habe schon zahllose Frauen erobert…«

»Aurelie, mein Kind, hör sofort auf mit diesem geistlosen Geplapper«, befahl Zeralenn zu Elistes großer Enttäuschung.

»Aber Tantchen…«

»Sei still«, beharrte Zeralenn, »denn ich dulde es nicht, daß du dich weiterhin so närrisch aufführst. Außerdem sind wir bereits da.«

Die Kutsche hielt vor einer makellosen Ladenfront. Einem kleinen Messingschild war zu entnehmen, daß der Laden Frau Nimais gehörte. Die Fahrgäste stiegen aus, betraten das Haus und gelangten in ein Foyer, das an den Salon eines gut ausgestatteten Stadthauses erinnerte. Die Einrichtung war von unaufdringlicher Eleganz, die Atmosphäre gediegen. Allein das Glöckchen über der Tür, das bei ihrem Eintreten bimmelte, deutete darauf hin, daß das Etablissement offenbar kommerziellen Zwecken diente. Eine graugekleidete Verkäuferin begrüßte sie, bat die drei Damen, Platz zu nehmen, und bot ihnen Gebäck und Fruchtlikör an. Kairthe nahm hinter Elistes Stuhl Aufstellung. Als Eliste ihrer Zofe eine Handvoll Plätzchen reichte, hob Zeralenn mißbilligend die Brauen, und Aurelie machte große Augen.

Kurz darauf erschien Frau Nimais persönlich. Die Modistin war eine schlanke, aber ausgetrocknete Person unbestimmbaren Alters. Sie trug ein schlichtes schwarzes Kleid mit einem weißen Kragen, eine weiße Kappe mit Zipfeln, die ihr Haar vollständig verdeckte, und keinen Schmuck. Ihre hohen Besucherinnen begrüßte sie ehrerbietig, aber ohne Unterwürfigkeit, beinahe von gleich zu gleich. Frau Nimais war die bevorzugte Schneiderin der Königin. Im Lichte der königlichen Patronage hatte sie einen ungehörigen

Größenwahn entwickelt, den man ihr aufgrund ihres Talents im allgemeinen aber nachsah. Ihre Preise waren unverschämt und ihr Gebaren allzu überheblich, aber ihre Kreationen schienen jeden Preis wert und ihre Dienste äußerst gesucht. Wahrscheinlich lag es nur an Zeralenn vo Rouvignacs berühmtem Namen, daß sie so schnell einen Termin bekommen hatten.

Frau Nimais geleitete sie vom Foyer nach hinten in den großen Werkraum, wo zwei Dutzend junge Näherinnen in hingebungsvollem Schweigen tätig waren. Verstörende Ankleidepuppen aus Holz und Gips – lebensecht bis zum letzten anatomischen Detail – waren wahllos im Raum verteilt. An den Wänden standen Regale voller Ballen der entzückendsten Stoffe, die Eliste je gesehen hatte – leuchtende Seide, mit Gold- und Silberfäden durchwirkter strahlender Brokat, ein so fülliger Samt, daß man darin hätte versinken können, hauchdünne Gaze, mit Pailletten aus Gagat und Kristall besetzte schwarze Spitze, schillernde Stickereien, die das Ergebnis lebenslanger Arbeit darstellten. Auf Boden und Tischen standen Pappkartons herum, von denen einige geöffnet waren. Eliste erspähte darin Seidenblumen, Rosetten und Kokarden, Spitze, Borten mit wellenförmigen Rändern, juwelenbesetzte Schnallen und Knöpfe, Fransen und Seidenquasten, Federn und Federbüsche in jeglicher Farbe. Das war allerdings ganz etwas anderes als Frau Zoliays Laden in Grammantes. Zum Staunen blieb ihr jedoch kaum Zeit, denn die Näherinnen, bewehrt mit Kreide und Maßbändern, stürzten sich bereits auf sie wie Haie. Sie führten sie zu einem mit einem Vorhang abgetrennten und innen mit Spiegeln ausgestatteten Alkoven, wo sie Eliste rasch entkleideten und peinlich genau vermaßen. Dann machten sie sich daran, ein Musselinschnittmuster zuzuschneiden, mit Nadeln zusammenzustecken und ihr anzupassen. Das alles schien eine Ewigkeit zu dauern. In Wirklichkeit aber waren sie im Nu fertig, dann kleideten sie Eliste wieder an. Als sie aus dem Alkoven trat, waren Zeralenn und Frau Nimais in eine Unterhaltung vertieft. Die Modistin hatte einen Skizzenblock und einen Kohlestift in der Hand. Eliste ging zu ihnen. Die älteren Frauen beachteten sie nicht.

»Elfenbein für das Vorstellungskleid«, verkündete Frau Nimais. »Im Farbton Morgengeflüster. Eine Spur, aber wirklich nur eine Spur Goldbesatz an Saum und Schleppe. Sonst keine weitere Farbe, um eine ungewöhnlich schlichte und reizende Wirkung zu erzielen. Eng geschnitten, schlanke Linien, mit einem Anflug von Offenherzigkeit. So.« Der Kohlestift flog über das Papier – und eine Gestalt nahm Form an. Eliste schaute gebannt zu, während Aurelie und Kairthe näher rückten und ihr über die Schulter blickten. »Sie besitzt die erforderliche Größe und Erscheinung für diesen Stil. Ein tiefer Ausschnitt. Kein Schmuck. Das Haar zurückgekämmt, im Nacken eine Kaskade von Locken; kaum Kopfschmuck und keine Juwelen, bloß ein elfenbeinfarbener Federbusch, voll, aber nicht lang. So wirken alle Teile des Ensembles zusammen und lenken den Blick des Betrachters zu der Stelle, die wir vor allem hervorzuheben trachten – in diesem Fall auf das Gesicht.«

»Das Kleid ist ja recht hübsch, aber fürchterlich schlicht«, bemerkte Aurelie. »Würden ein paar Bänder und eine Doppelreihe Turnüren am Saum den Eindruck nicht verbessern? Die Farbe Betrogene Unschuld ist im Augenblick groß in Mode und würde meiner Cousine bestimmt stehen. Eine Halskette mit dazu passenden Ohrringen wäre auch sehr hübsch. Ich finde …«

Eliste waren die gleichen Zweifel gekommen, allerdings hätte sie es niemals gewagt, sie der Hohepriesterin dieses Modetempels gegenüber zu äußern. Jetzt war sie froh, daß sie den Mund gehalten hatte, denn Zeralenn und Frau Nimais bedachten das junge

Mädchen mit einem gleichermaßen eisigen und erstaunten Blick.

»Aurelie, mein Kind, du stellst dich bloß«, meinte Zeralenn. »Frau Nimais komponiert ihre Ensembles mit dem Auge der Künstlerin. Wenn du keinen Sinn für ihre Raffinesse und Kunstfertigkeit hast, so ist das dein persönliches Mißgeschick, das du nicht auch noch hinausposaunen mußt.«

»Aber Tantchen! Ich protestiere, ich habe es nicht bös gemeint; ich schwöre, das Kleid ist wunderschön. Wenn ich soweit bin, mein Vorstellungskleid anzuprobieren, dann hoffe ich bloß, daß Frau Nimais meine Persönlichkeit mit lebhafteren Farben, funkelnden Juwelen und dramatischem Charme zum Ausdruck bringen wird …«

»Das reicht.« Zeralenns Stock pochte auf den Boden. »Törichtes Kind, über die Kinderstube bist du noch nicht hinaus.«

»Ich – ein Kind! Ein Kind – oh!« Aurelie verstummte wütend. Zeralenn und Frau Nimais nahmen ihre unterbrochene Unterhaltung wieder auf und neigten die Köpfe über Skizzen und Stoffmuster. Eliste verweilte neugierig, aber überflüssig in ihrer Nähe, während die Entwürfe für den Morgen, Nachmittag und Abend sowie mehrere Tanzkleider angefertigt wurden. Nach ihrer Meinung wurde sie nicht gefragt, und eingeschüchtert von der Atmosphäre verzichtete sie darauf, sich von selbst zu Wort zu melden. Frau Nimais' Weitblick und Instinkt hatten etwas geradezu Magisches an sich. So unerfahren sie auch war, spürte Eliste dennoch, daß hier zu ihrem Nutzen ein Genie am Werk war. Ebenso passiv wie die Ankleidepuppen der Nimais ließ sie alles über sich ergehen, ohne sich einzumischen.

Endlich waren sie fertig. Vor Frau Nimais lagen ein Stapel Skizzen und etliche Stoffmuster in zarten Elfenbein-, Aprikosen-, Rosa-, Amethyst- und Himbeertönen. Die Termine für die Anproben, eine Vorführung und eine abschließende Anprobe wurden abgesprochen. Die Gräfin vo Rouvignac und Frau Nimais neigten zum Zeichen gegenseitigen Einverständnisses und wechselseitiger Achtung die Köpfe, was sie einander sogar ähnlich aussehen ließ. Die Stoffmuster wurden eingesammelt, der Besatz abgeschnitten, mit Etiketten versehen und für die vorgesehene Schneiderin gebündelt; worauf Frau Nimais sie alle überraschte: Von der Unternehmung und der Schönheit ihrer Kundin gefangen, erklärte die Modistin, sie sei nicht bereit, die künstlerische Leitung an jemand anders abzutreten. Keine fremde Hand solle die Hüte zur Vervollständigung der Garderobe entwerfen – sie selbst werde sich der Aufgabe annehmen.

Das war sicherlich eine Ehre; außerdem ersparte es ihnen Stunden, wenn nicht gar Tage. Und dies wog schwer, denn Eliste war müde und seltsam verdrossen. Sie hatte bereits festgestellt, daß Bestellungen und Anproben – zwei wichtige Beschäftigungen der modischen Frau – rasch an Reiz verloren. Als junges, unverheiratetes Mädchen mangelte es ihr natürlich an Würde. Man behandelte sie fast wie ein Kind oder sogar wie eine Puppe, ihr eigener Geschmack blieb unbefragt, und das war unsagbar ärgerlich. Fast fühlte sie sich versucht aufzubegehren. Es lag jedoch in ihrem eigenen Sinn, unterwürfig zu sein, und außerdem hatte sie wirklich keinen Grund, sich zu beklagen; ganz im Gegenteil – sie würde eine prachtvolle neue Garderobe bekommen. Daher schien es ihr geraten, zu lächeln, zu nicken und den Mund zu halten. Noch mehr Skizzen, noch mehr Besatz, diesmal in Form von Seidenblumen, Federn und pastellfarbenen Tüllschleiern, die so auffällig waren, daß Eliste eine Zeitlang alles um sich herum vergaß und nur noch Kairthes hungriges Magenknurren sie daran erinnerte, wie die Zeit verstrich.

Es war bereits spät am Nachmittag, als sie Frau Nimais' Laden verließen. Zeralenn schlug vor, in einem berühmten Café zu speisen – auch wieder eine neue Erfahrung, denn Eliste hatte noch nie ein Café besucht –, worauf der Landauer über die Riquenoir-Straße zur Neuen Arkade rumpelte. Die gewaltige Arkade, in der auf zwei Stockwerken eine Vielzahl von Geschäften unter einem großen verglasten Dach untergebracht waren, galt als ein sehr beliebter Aufenthaltsort der Adligen von Sherreen, wo Damen von vornehmem Stand sich trafen, um sich exquisite Nichtigkeiten zu betrachten und zu kaufen, um miteinander zu tratschen, während sie in den kleinen Cafés Liköre schlürften, um die neueste Mode spazierenzuführen, kurz, um zu sehen und gesehen zu werden. Wohl wahr, der Ort war sehenswert, und die Läden waren ständig mit allen möglichen Einfaltspinseln aus der Provinz vollgestopft. Doch tat dies dem Ruf der Arkade keinen Abbruch, und Eliste war ebenso gespannt wie jeder andere Besucher, der die Arkade zum erstenmal sah. Als die Kutsche sich dem Ende der Riquenoir-Straße näherte, empfand sie eine angenehm prickelnde Erwartung.

Zwischen der Riquenoir-Straße und der Neuen Arkade lag das Theater des Königs, inmitten eines Gewirrs von Gassen voller Kaffeehäuser, Weinläden, Tavernen und Garküchen. Hier lauerten Bettler, die ebenso unersättlich wie Ratten schienen, den wohlhabenden Theaterbesuchern auf. Hier versammelten sich häufig die politisch Kundigen, um die neuesten Katastrophen zu erörtern. Und heute war hier aus irgendeinem Grund der Verkehr zum Erliegen gekommen. Die Kutschen standen still, während ihnen Scharen erboster Fußgänger den Weg versperrten. Der Landauer hielt an. Vorne ging es nicht mehr weiter, und zum Wenden fehlte der Platz. Zeralenns Elfenbeinstock hämmerte vergeblich gegen das Dach der Kutsche.

Eliste streckte den Kopf aus dem einen Fenster,

Aurelie und Kairthe aus dem anderen, während Zeralenn stocksteif sitzenblieb und eisig ins Leere starrte. Der Landauer steckte auf der Beinbruchgasse fest, nur wenige Dutzend Meter vom Theater entfernt. Mehrere Einspänner und Kutschen ragten wie Inseln aus der wogenden Menschenmenge hervor. Hunderte von Bürgern, die meisten von ihnen schäbig gekleidet, wimmelten auf der Straße. Eliste blickte gefesselt, aber auch ein wenig ungeduldig um sich, denn sie hätte gern etwas gegessen. Viele Fußgänger hielten eine Flugschrift oder eine billige Zeitung aus gelblichem Papier in der Hand. In Anbetracht ihrer Größe blieb die Menge erstaunlich ruhig. Das übliche Geplapper der Sherreener war fast gänzlich zum Erliegen gekommen. Dann hörte Eliste die Stimme eines einzelnen Sprechers heraus, und sie folgte den Blicken der Menge bis zur grünspanüberzogenen Bronzestatue des legendären Viomente, des größten aller Schauspieler, der für alle Zeiten in der Pose des Deklamierens erstarrt war. Viomente gestikulierte auf einem hohen Podest aus Granit; und dort oben sprach nun an seiner Seite ein abgerissener Jüngling, angetan mit weiten Pantalons, offenem Hemd und der Mütze eines Studenten. Der Jüngling hatte schmuddelige Blätter in der Hand, deren gedruckten Inhalt er der überwiegend analphabetischen Zuhörerschaft vorlas. Eliste brauchte eine Weile, bis sie begriff, worum es eigentlich ging. Dann aber stockte ihr der Atem.

Es war eine Attacke gegen die Königin Lallazay. Abgefaßt in den häßlichsten Worten, beschuldigte die Schrift die aus dem Ausland stammende Königin der Hurerei, der Käuflichkeit sowie verschiedener Verbrechen gegen das Volk von Vonahr. Trotz all ihrer Brutalität oder gerade deswegen besaß die Sprache eine mächtige, rohe Kraft, welche die Aufmerksamkeit der Zuhörer fesselte. Auch Eliste war angezogen und abgestoßen zugleich. Sie glaubte nicht einen Augenblick, daß Königin Lallazay mit jedem Offizier der Königsgarde ins Bett gegangen sei; ebensowenig schenkte sie der Behauptung Glauben, im Palast gäbe es eine berüchtigte Purpurkammer mit einer Sammlung von Peitschen, Stachelstöcken, Kitzlern, Ketten und Handschellen aus purem Gold, reich verziert mit Diamanten und Smaragden. Sie glaubte nicht, daß Königin Lallazay sich des Inzests oder irgendwelcher Greueltaten schuldig gemacht habe; und falls es tatsächlich einen Geliebten wie den Hengst der Königin gab, so war es durchaus zweifelhaft, daß der Beiname wörtlich zu verstehen war. Sie glaubte nicht, daß die Königin an Orgien teilnahm, daß sie des Nachmittags mit ihrer Freundin, der jungen Prinzessin v'Arian, im Bett schäkerte oder sich daran ergötzte, die Moral halbwüchsiger Knaben zu untergraben. Eliste glaubte nichts von alledem, mußte aber dennoch hinhören. Kairthe und Aurelie waren nicht minder gefesselt. Kairthe stand der Mund offen, und Aurelie lehnte sich tatsächlich aus dem Fenster und spitzte die Ohren, um auch ja kein Wort zu überhören. Nur Zeralenn saß in unbeugsam starrer Haltung da, regungslos und offenbar auch taub.

Der Student auf dem Podest las weiter, und nun regte sich in der Menge bitterer Groll. Der Abscheu nahm zu, als der Sprecher dazu überging, die schändlichen Ausschweifungen der Königin zu brandmarken, wobei er seine Schmähreden mit phantasiereichen Schilderungen ihres Schmucks, ihrer Pelze und Roben spickte, die sie mit den Tränen und dem Blut des gemeinen Volkes bezahlt habe. Diese Anklagen fielen weniger farbig aus als die Schilderungen von Lallazays angeblichen Ausschweifungen, hatten aber einen unmittelbareren Bezug zu den tatsächlichen Sorgen des Bauernstandes und erzielten auch eine sofortige Wirkung. Wütendes Geschrei unterbrach die Rede des Studenten.

»Wer *ist* dieser unflätige Wahnsinnige?« wunderte Eliste sich laut. »Warum erlaubt man es ihm, seinen Unflat in aller Öffentlichkeit zu verbreiten?«

Niemand antwortete ihr.

Der Student las weiter. Nun wandte er sich dem König zu und schilderte den stillen Dunulas XIII. als einen schwafelnden, willensschwachen Versager, der von seiner habgierigen Huren-Gemahlin beherrscht werde; als einen unsteten, schlurfenden, verlogenen Narren, der geradewegs aus einem alten Lustspiel hätte stammen können. Die Schmährede war von kindischer Einfalt und kam daher beim städtischen Mob gut an. Dessen aufrichtige Empörung machte sich in lauten Rufen Luft, und Eliste rümpfte mißbilligend die Nase. »Puh, die stinken und bellen ja wie die Hunde«, bemerkte sie mit wohleingesetztem Abscheu, der ihr eigenes Unbehagen verbergen sollte. Bis jetzt hatte sie geglaubt, die Feindseligkeit gegen Krone und Adel sei auf eine Gruppe von Unzufriedenen und Fanatikern beschränkt. Die Antwort der Sherreener Bürger belehrte sie jedoch eines Besseren, und die Folgen, die sich daraus ergaben, waren unangenehm.

Der Vorleser näherte sich dem Ende der Schrift, deren Duktus immer schneller wurde. Wer der Verfasser auch sein mochte, er verstand sich auf ein so schlichtes wie wirkungsvolles Finale. Die Sätze wurden kürzer, einfacher, schärfer; die einzelnen Worte klangen scharf und schneidend, die meisten waren einsilbig und wurden vom Sprecher mit der Geschwindigkeit einer Gewehrsalve heruntergerattert. Im Einklang mit dem Geist der Tirade beschleunigte der Student den Leserhythmus. Seine Brust wogte, er schüttelte die geballte Faust, und seine Stimme schwang sich in aufrichtigem Zorn empor, als er einen letzten Schwall von Beschuldigungen hervorbrachte, einschließlich der Forderung, König Dunulas und Königin Lallazay einzusperren und ihnen wegen ›schändlicher

Verbrechen gegen das Volk von Vonahr‹ den Prozeß zu machen. Eine unheilvolle Stille folgte, bis schließlich ein vereinzeltes, verwegenes Hurra den Bann des Schweigens brach. Die Menge stimmte ein tosendes Jubelgeschrei an.

»Das ist Verrat.« Eliste war verblüfft. »Das ist eindeutig *Landesverrat*. Man sollte ihn einsperren. Warum bringt ihn nicht jemand zum Schweigen?« Das Gebrüll der Menge übertönte ihre Worte. Es war zwecklos, sich unterhalten zu wollen. Die Ellbogen auf den Fensterrahmen gestützt, legte sie das Kinn auf die Hand und schaute zu. Draußen wogte die brüllende Menge sich ereifernder Sherreener. Gedruckte Ausgaben der Schmähschrift gingen von Hand zu Hand. Der aufwieglerische Student stand noch immer auf Viomentes Podest. Mehrere athletische Bürger kletterten zu ihm hinauf und schüttelten dem jungen Mann die Hand, klopften ihm auf die Schulter und tätschelten ihm den Rücken. Eliste schüttelte verwundert und angewidert den Kopf. Ihre ablehnende Haltung blieb nicht unbemerkt. Ein höhnisch grinsendes, bärtiges Gesicht tauchte vor dem Fenster der Kutsche auf. Eine Faust stieß vor, die ein zerknülltes Blatt Papier umklammerte. Das Papier fiel auf ihren Schoß. Gesicht und Faust verschwanden.

Eliste erstarrte, entsetzt über die Aufdringlichkeit des Fremden. Langsam senkte sie den Blick auf das Papier auf ihrem Schoß. Nach einer Weile nahm sie es mit spitzen Fingern hoch, als habe sie Angst, es könnte sie vergiften oder explodieren. Als nichts geschah, entfaltete sie das grobe Papier, bis sie die billig gedruckte Zeitung mit dem Titel *Nachbar Jumalles Beschwerden* vor sich sah. Eilig überflog sie die Seite. Den Leitartikel mit der Überschrift ›Hurenplunder‹ hatte sie soeben gehört. Weitere kürzere, wenn auch nicht minder bissige Beiträge prangerten die Mißstände von Dunulas' Herrschaft an. Alle waren eindringlich, gerissen und ordinär, unverhohlen aufwieglerisch und offenbar auch wirksam. Alle entstammten der Feder und dem Geist eines einzigen Mannes. Der Schreiber hatte die nörgelnde, streitlustige, auf grobe Weise spaßige Figur eines Bauern erfunden, der ›Nachbar Jumalle‹ genannt wurde. Wahrscheinlich verbarg sich hinter dem ›Nachbarn‹ der Herausgeber, ein gewisser ›Whiss v'Aleur‹, dessen Name oben auf der ersten Seite und unten auf der letzten auftauchte.

Eliste schürzte die Lippen, als sie die gespielt adlige Form des Namens ›v'Aleur‹ auf sich wirken ließ. Kein Angehöriger ihrer Klasse hätte sich zu einer solchen Schändlichkeit hergegeben. Die Anmaßung des niederträchtigen Journalisten war empörend. Am liebsten wäre es ihr gewesen, man hätte ihn nicht nur wegen der aufwieglerischen Schmähschrift, sondern auch wegen seiner Bosheit ins Gefängnis gesteckt. Das finsterste Verlies des Grabes war gerade gut genug für ihn.

Als Eliste eine Berührung an ihrem Rücken spürte, wandte sie sich um. Aurelie sah ihr über die Schulter und las *Nachbar Jumalles Beschwerden*.

»Schmutzig! Ekelhaft! Unerträglich!« rief Aurelie.

»Meinst du den Verfasser oder den Vorleser? Ob sie wohl dieselben sind? Hat der magere Kerl das verfaßt? Ist er Whiss v'Aleur?«

»Nein, das glaube ich nicht«, entgegnete Aurelie. »Der ist zu jung, zu gefühlvoll, zu hübsch. Sein Haar ist gewellt, seine Miene lebhaft, er ist gut gebaut und stark. Seine Zähne stehen etwas vor, aber häßlich ist er durchaus nicht. Alles in allem scheint mir klar, daß seine Absichten edel sind.«

»Also, mir ist das gar nicht so klar«, erwiderte Eliste. »Niemandem sollte es gestattet werden, in der Öffentlichkeit einen solchen Schmutz zu verbreiten. Wir hätten es nicht anhören dürfen. Ich finde, er gehört eingesperrt.«

»Damit beweist du eine ungewöhnliche Vernunft, Enkelin«, bemerkte Zeralenn. Der Lärm draußen flaute allmählich ab, und sie konnte sich jetzt mühelos verständlich machen. Sie ließ sich nicht dazu herab, auch nur einen Blick aus dem Fenster zu werfen. »Diese Leute blockieren die Durchgangsstraßen, hindern uns am Weiterkommen, beleidigen unsere Augen mit ihrer Häßlichkeit, unsere Nasen mit ihrem Gestank und vor allem unsere Ohren mit ihren Derbheiten. Ihr sprachlicher Ausfluß verpestet die Luft der Stadt, es ist einfach unerträglich. Wo steckt eigentlich die Polizei, die uns schützen soll?«

Wie als Antwort auf ihre Frage bogen ein halbes Dutzend Gendarmen um die Ecke des Theaters des Königs und näherten sich der Statue Viomentes. Die Gendarmen schritten geradewegs durch die Menge und stießen diejenigen Bürger, die ihnen nicht schnell genug Platz machten, grob beiseite. Der Jüngling auf dem Podest sah sie kommen. Nach einem Augenblick des Zögerns wandte er sich um und sprang in die Tiefe, mitten in den Mob hinein. Dutzende von Händen streckten sich ihm entgegen, um ihn aufzufangen. Dann stellte man ihn sanft auf die Füße. Vor ihm öffnete sich auf wunderbare Weise ein Pfad, der junge Mann begann zu laufen und hatte in Sekundenschnelle den Rand des Menschenauflaufs erreicht. Unter dem Beifallsgejohle seiner Bewunderer verschwand er in einer nahegelegenen Straße, während sich die Gasse hinter ihm wieder schloß. Die Gendarmen drängten ihm vergeblich nach. Mit verschränkten Armen hinderte sie eine Horde grölender, johlender Wilder am Weiterkommen. Der befehlshabende Offizier brüllte einen Befehl. Die Gendarmen drehten die Waffen um und stießen die zurückweichenden Bürger mit den Schäften ihrer Musketen. Das Gejohle machte Wut- und Schmerzensschreien Platz. Während die Gendarmen mühsam vorrückten, warf jemand einen Stein. Das Geschoß beschrieb einen

Bogen und traf einen Gendarmen zwischen den Schulterblättern. Als dem Opfer ein Schrei entfuhr, heulte der Mob auf. Ein Steinhagel schloß sich an, und einer der Polizisten stürzte mit blutüberströmtem Gesicht zu Boden. Die Gendarmen legten die Musketen an. Ein einzelner Warnschuß wurde über die Köpfe der Menge hinweg abgefeuert, die ihn jedoch nicht zu hören schien. Steine prasselten auf die Gendarmen herab, die ihrerseits mit einer Musketensalve antworteten. Fünf Schüsse peitschten, die wie einer klangen, und fünf Sherreener brachen zusammen, von denen zwei auf der Stelle tot waren. Einen Augenblick lang herrschte angespannte Stille, und das Stöhnen der Verwundeten war deutlich zu vernehmen. Die Gendarmen machten sich sogleich ans Nachladen, und die Menge fauchte wie ein bösartiges tausendköpfiges Tier.

Der befehlshabende Offizier zeigte Geistesgegenwart. Seine Stimme hallte durch die Beinbruchgasse: »Der Schlichter! Der Schlichter kommt!«

Eliste warf ihrer Cousine einen fragenden Blick zu.

»Ein geheimer Angestellter bei Hofe«, erklärte Aurelie in aufgeregtem Flüsterton. »Der Schlichter seiner Majestät ist ein adliger Würdenträger, dessen Magie die aufrührerischen Massen gefügig macht.«

»Und was stellt er mit ihnen an?«

»Das weiß niemand, denn er bietet seine ganze Macht niemals auf, aber es heißt, seine Anweisungen seien gefürchtet. Vielleicht werden wir es ja gleich mit eigenen Augen sehen!« Aurelie schien nicht glücklich über diese Aussicht.

Die Drohung mit dem Schlichter war außerordentlich wirksam. Die wachsende Spannung verschwand aus der Atmosphäre wie ein erlöschender Blitz. Es erhob sich ein Gemurmel, und die Menge wogte unruhig hin und her. Währenddessen schlossen die Gendarmen das Nachladen ab und legten die Musketen wieder an.

»Geht jetzt nach Hause«, befahl der Offizier in selbstsicherem Ton. »Im Namen des Königs.«

Die Menge murrte. Ein paar unsichere Buhrufe, ein paar derbe Flüche. Einige Bürger entschwanden in die umliegenden Gassen.

»Zerstreut euch, oder wir eröffnen das Feuer.«

Aus den vereinzelt zurückweichenden Bürgern wurde ein steter Strom, der größere Teil der Menge harrte jedoch unentschlossen aus. Dann ertönte auf einmal Hufgetrappel, und eine Gruppe bewaffneter und maskierter Reiter kam die Beinbruchgasse entlanggeprescht. Angeführt wurden sie von einem Mann, dessen schwarzgewandete Gestalt vollständig unter einem weiten schwarzen Umhang verborgen war, den die königlichen Insignien von Vonahr zierten. Eine schwarze Spitzhaube mit Sehschlitzen bedeckte seinen Kopf, und seine Hände steckten in krallenbewehrten Panzerhandschuhen, die dem Alptraum eines mittelalterlichen Künstlers hätten entsprungen sein können. Die Männer ritten mitten durch die Menge bis zur Statue des Viomente und hielten dort an. Die düstere Erscheinung übte eine sofortige Wirkung aus. Man vernahm Schreckensrufe, die nächststehenden Bürger wichen zurück, und viele wandten sich zur Flucht. Die maskierten Reiter saßen da wie gesichtslose Götzenbilder, gänzlich ungerührt, wie es schien. Der schwarzgekleidete Schlichter ließ den Blick in unheimlichem Schweigen über die Menge schweifen und schwenkte den Kopf langsam von links nach rechts. Er holte ein langes, schmales Gerät unter seinem weiten Umhang hervor, etwa so lang und breit wie eine Muskete. Im Gegensatz zu einer Muskete glänzte dieser Apparat allerdings silbrig und wies blitzende Glaslinsen und funkelnde Metallspiralen auf.

»Was ist das für ein Ding?« erkundigte Eliste sich verwundert. Irgendwie erinnerte sie das Gerät mit seinem fremdländischen Aussehen an das von den Edlen erschaffene Mirakel am Stadttor.

Aurelie bekundete mit einem Achselzucken ihre Unwissenheit.

Der Schlichter legte einen Hebel um, zog einen Bolzen heraus, berührte eine Spirale, und die Linsen am Ende des Geräts glühten giftfarben auf. Der Anblick löste spitze Entsetzensschreie aus, und die Menge zerstreute sich rasch. Eine erkleckliche Anzahl von Bürgern harrte allerdings weiterhin aus; und an diese dickköpfigen Unzufriedenen wandte sich nun einer der Gefolgsleute des Schlichters mit schallend metallischer Stimme, denn der Schlichter selbst verharrte in unergründlichem Schweigen. »Aufrührer und Gewalttäter, ich befehle euch im Namen des Königs, euch zu zerstreuen. Verlaßt diesen Ort, sonst vertreibt euch die Magie der Edlen. Der Schlichter seiner Majestät hält ein magisches Gerät bereit, dessen Licht Blindheit, Taubheit und die vollständige Lähmung aller Gliedmaßen zur Folge hat. Diejenigen, auf welche seine Strahlen fallen, werden auf Dauer verkrüppelt bleiben, was schlimmer ist als der Tod. Hunde, ihr habt nichts anderes verdient, dennoch ist der König in seiner Milde bereit, Nachsicht zu üben. Geht wieder nach Hause, dann wird euch nichts geschehen. Widersetzt euch, und ihr seid verloren. Nun geht.«

Viele glaubten ihm. Die meisten Bürger flohen aus der Beinbruchgasse. Ihre Enttäuschung aber zeigten sie dadurch, daß sie gegen die auf der Straße eingekeilten Kutschen schlugen und traten; auch die Kutsche der Rouvignac geriet unter dem Ansturm ins Schaukeln. Der ganze Rahmen erbebte, und Eliste, die durchgeschüttelt wurde wie ein Würfel in einem Becher, klammerte sich verbissen am Fensterrahmen fest. Ihre Lage wurde noch prekärer, als Leute von der Straße aus Dreckklumpen, Steine und Stöcke durchs offene Fenster hereinschleuderten. Die Peitsche des Kutschers vermochte eine hohlwangige Schlampe nicht daran zu hindern, sich durchs Fenster zu beugen und Aurelie ins Gesicht zu spucken. Das Mädchen schrie auf vor Angst und Abscheu, wich in die Ecke zurück und rieb sich die Wange, als ob der Speichel brannte. Mit weit aufgerissenen Augen glitt Kairthe vom Sitz und kauerte sich auf den schwankenden Boden. Allein Zeralenn schien unbeeindruckt, blieb mit gerecktem Kinn und undurchdringlicher Miene stocksteif sitzen und starrte vor sich hin, als gingen sie die Frechheiten des Pöbels nichts an.

Allerdings kuschten nicht alle vor der Drohung des Schlichters. Nicht weit von der Kutsche der Rouvignac entfernt stemmte sich ein schlaksiger, mit Arbeitskittel und Halstuch bekleideter Mann der zurückweichenden Menge entgegen. Mit hocherhobenen Armen schrie der Mann, das magische Gerät des Schlichters sei ein Schwindel, eine Täuschung, ein nutzloses Spielzeug der Edlen. Man dürfe davor nicht klein beigeben. Die wahre Macht gehe vom Volke aus, und nun sei der Augenblick gekommen, dies zu beweisen. Es blieb ihm jedoch keine Zeit mehr, die Menge umzustimmen. Kaum daß der Arbeiter ausgeredet hatte, zog einer der Reiter eine Pistole, zielte sorgfältig und feuerte. Der Getroffene fiel zu Boden. Der Schlichter hatte seine Einstellungen beendet, hob das funkelnde Gerät in Schulterhöhe und zielte entlang des Laufes. Der Rückzug der Bürger verwandelte sich in eine wilde Flucht; in heller Panik stoben sie auseinander. Im Nu war die Beinbruchgasse nahezu menschenleer. Zurück blieben eine Handvoll Kutschen und ein paar blutige Leichen. Der Schlichter und seine Mannen wendeten unverzüglich die Pferde, trabten davon und überließen es den zuschauenden Gendarmen, sich um die Verwundeten und Toten zu kümmern.

Eliste blickte in ungläubigem Entsetzen aus dem Fenster. Ihr funkelndes Sherreen hatte nicht gezögert, ihr seine dunklere Seite zu enthüllen. Aurelie saß mit verquollenen Augen neben ihr und preßte sich beide

Hände aufs Gesicht. Kairthe hockte zitternd auf dem Boden. Allein Zeralenn hatte sich nicht beirren lassen und Haltung bewahrt. »Großmutter … Madame …«

»Einen Augenblick.« Zeralenns Stock polterte gegen das Dach. Gleich darauf setzte sich der Landauer in Bewegung. Der Weg war frei, und Viomentes Statue verschwand alsbald in der Ferne. »So, das wäre geschafft, ein wirklich ärgerlicher Zwischenfall, der uns aufgehalten und eine Menge Zeit gekostet hat, so daß wir das Essen wohl leider werden verschieben müssen, wenn wir noch die Läden in der Neuen Arkade besuchen wollen.«

»Madame, wir werden heute doch nicht mehr einkaufen wollen!« rief Eliste aus.

Zeralenn zog die Brauen hoch. »Das war ursprünglich unsere Absicht. Ich sehe keinen Grund, warum sich daran etwas geändert haben sollte.«

»Aber wir haben gerade mitangesehen, wie auf den Straßen gekämpft wurde und wie dort Menschen gestorben sind! Wie könnt Ihr danach auch nur daran denken … irgendwelchen Tand zu kaufen?«

»Der Aufruhr und der Tand sind zwei völlig verschiedene Dinge. Daß wir das eine mitangesehen haben, berührt nicht den Wunsch nach dem anderen. Deine Logik erscheint mir ebenso fehlerhaft wie dein Gedächtnis.«

»Mein Gedächtnis?«

»Ja, denn du vergißt, wer du bist. Enkelin, du bist eine vo Derrivalle und gehörst dem Adel an. Und in dieser Eigenschaft bleiben deine Handlungen von den Beschwerden der Kanaille gänzlich unberührt. Derlei Ungebührlichkeiten sind vollkommen unter deiner Würde, und du solltest deine Klasse dadurch beweisen, daß du darüber hinwegsiehst.«

»Das mag schon sein, aber ich bin nicht in der Stimmung, heute noch einzukaufen.« Eliste reckte das Kinn.

»Du läßt dich leicht von deinen Vorhaben abbringen. Du mußt mehr Charakterstärke, mehr Unerschrockenheit und eine größere Entschlossenheit zeigen, wenn du bei Hofe Erfolg haben willst.«

»Und Ihr größere Empfindsamkeit, wenn Ihr daran teilhaben wollt«, erdreistete sich Eliste.

»Ah, unverschämtes Geschöpf, du bist meine wahre Enkelin, daran gibt es keinen Zweifel.« Zeralenn wandte sich an ihre zweite Schutzbefohlene. »Und du, Aurelie, mein Kind? Möchtest du vielleicht die Neue Arkade besuchen?«

Aurelie schüttelte heftig den Kopf, ohne aufzusehen.

Kairthe schluchzte erstickt auf. Da sie kein Taschentuch hatte, trocknete sie sich die Tränen mit dem Ärmel.

»Ich bin enttäuscht.« Zeralenn musterte streng die niedergeschlagenen Mädchen. »Sehr enttäuscht. Aber gut, ganz wie ihr wollt. Wir werden nach Hause fahren und Elistes Unterweisung in Angriff nehmen. Und ich hoffe, Enkelin, daß du keine Gedanken mehr an die zwecklose Auflehnung eines geistlosen, ungewaschenen Pöbels verschwenden wirst, wenn es um solch bedeutsame Dinge geht.«

6

Eliste blieb keine Zeit, sich über die Vorfälle in der Beinbruchgasse Gedanken zu machen. Die folgenden Tage nahmen sie zu sehr in Anspruch; sie waren angefüllt mit Kleideranproben, Einkaufsausflügen und Unterweisungen in guten Manieren. Bis jetzt war ihr gar nicht klar gewesen, wie verwirrend die Anforderungen höfischer Etikette waren. Es gab Hunderte von Regeln, die alle denkbaren Begegnungen betrafen, und man erwartete von Eliste, daß sie sie alle kannte. Viele davon hatte sie wie jedes andere Kind ihres Standes bereits in der Kinderstube kennengelernt. Die Besonderheiten, die ausschließlich für den Palast galten, kannte sie allerdings nicht und war auch nicht sonderlich erpicht darauf, sie zu erlernen. Diese vertiefende Beschäftigung mit Äußerlichkeiten, mit den Einzelheiten der Rituale, die wie langsame Ballette aufgeführt wurden, erschien ihr lächerlich. Zeralenn allerdings erklärte ihr das so: »In unseren äußeren Handlungen und Gesten, Enkelin, bringen wir unsere Hingabe an den König, unsere Traditionen und unsere Lebensweise zum Ausdruck. Die altehrwürdigen Rituale bestätigen die Heiligkeit der Person seiner Majestät und die unerschütterliche und uralte Hierarchie des königlichen Hofes, sie bedeuten den andauernden Bestand der Gesellschaft als Ganzes.«

Das waren nicht die Worte, die eine frischernannte Ehrenjungfer unterhaltsam gefunden hätte, doch Zeralenn duldete keine Widerborstigkeit, und Eliste stellte fest, daß sie in der Falle saß, verdammt zu stundenlangem, endlosem Üben, und daß ihr einziger Gefährte der verknöcherte alte *Spiegel der höfischen Anstandsregeln* des Grafen vo Bourray war. Da sie nichts anderes zu tun hatte, las sie darin; und ganz allmählich sickerten die Regeln, Maximen und Gebote in ihren widerstrebenden Kopf. Sie lernte, daß eine Marquise beim Begräbnis eines Angehörigen der Königsfamilie einer tiefergestellten Vicomtesse den Vorrang einräumen mußte, vorausgesetzt, deren Gemahl gehörte zu den Sargträgern und der der Marquise nicht; sie lernte, daß ein Baron, dessen Gemahlin einen Großvater hatte, der dem Bürgertum entstammte, die Berechtigung verlor, beim Geburtstag einer königlichen Prinzessin den Zeremonienmeister zu spielen; und andere Dinge von vergleichbarer Bedeutung mehr.

Weitaus kurzweiliger waren die Unterweisungen im richtigen Umgang mit Fächer und Schleppe. Zeralenn, deren Fähigkeiten ohne Beispiel waren, zeigte ihr jeweils, wie es vorgeschrieben war, und bald schon fand Eliste heraus, daß der kluge Umgang mit einer Schleppe die Anmut ihrer Bewegungen unendlich zu steigern vermochte, während Neigung, Flattern und Schwenken eines Fächers eine Sprache für sich waren. Zeralenn bestellte einen Tanzlehrer ins Haus, und Eliste, die bislang nur die altmodischen Gavotten und Quadrillen gekannt hatte, die in Fabeque beliebt waren, erlernte die neuesten Schritte und die modernste Musik. Sie lernte die Namen der gerade in Mode befindlichen Komponisten, Dichter, Stückeschreiber, Romanciers und Philosophen, wenngleich sie nicht so weit ging, die Werke letzterer auch zu lesen. Sie lernte, daß gekochtes Rindfleisch mit Karotten provinziell war, Gartenammer mit Champagnersoße hingegen nicht. Sie lernte Folly, Risiko, Kalique und andere modische Glücksspiele. Sie lernte, sich das Gesicht zu schminken, und das war eine Offenbarung für sie.

Da Eliste sich mit ihrem jugendlich-frischen Alabasterteint sicher fühlte, hatte sie alles Künstliche stets abgelehnt. Ihre Großmutter bestand jedoch darauf, daß ihr nacktes Gesicht sie bei Hofe als provinziell, wenn nicht gar als zurückgeblieben brandmarken werde. Wie gewöhnlich setzte Zeralenn ihren Willen durch, und bald darauf kam eine Angestellte von Frau Zelure ins Haus und brachte ihre in modernen, gedämpften Farben gehaltenen Schminktöpfe mit. Eliste unterwarf sich der Prozedur nur widerstrebend. Mit finsterer Miene ließ sie sich ein Tuch um die Schultern und ein weiteres über das Haar legen. Ihr Schmollen legte sich, als sie gewahr wurde, daß da eine hintergründige Verwandlung stattfand. Die Kosmetikerin besaß eine leichte, sichere Hand, und das Ergebnis hatte aber auch gar nichts mit Zeralenns altmodischer Maske aus Rouge und Weiß zu tun. Bei schwacher Beleuchtung bemerkte man die neuen Kosmetika kaum. Trotzdem wirkten Elistes Augen jetzt zweimal so groß wie zuvor, und ihre Lippen waren so einladend wie noch nie. Ein einzelnes sternförmiges Schönheitspflaster zierte ihre Wange und betonte die Reinheit ihrer Haut. Eliste schaute verzaubert in den Spiegel. Zeralenn, die hinter ihr stand, lächelte, und Aurelie klatschte vor Begeisterung in die Hände.

Aurelie hatte von Anfang an lebhafte Neugier im Hinblick auf Elistes Ausbildung gezeigt, die sie als Muster ihrer eigenen betrachtete. Mit Ausnahme der erforderlichen Lektüre reizte sie jede einzelne Facette von Elistes Erziehung. Angefangen von der Auswahl parfümierter Handschuhe und spitzenverzierter Seidenstrümpfe bis zur Festlegung des richtigen Nagellacks gab es kein noch so winziges Detail, das ihre Aufmerksamkeit nicht gefesselt hätte. Unerbittlich in ihrer Begeisterung folgte sie ihrer Cousine auf Schritt und Tritt, vom Kaufmann zur Modistin und von dort zum Schuster, ohne sich durch die Verärgerung ihrer Großtante auch nur im mindesten stören zu lassen.

Eliste fand das amüsant und fühlte sich geschmeichelt, daher erhob sie keine Einwände dagegen, und schließlich gab Zeralenn auf und fand sich mit der Anwesenheit des halbwüchsigen Quälgeists ab. Von da an wurde Aurelie zusammen mit Eliste unterwiesen, was ähnliche Wirkungen zeitigte. Das jüngere Mädchen begann, sich die Wangen zu pudern, und entwickelte gleichzeitig eine Vorliebe für das Spiel Risiko, dessen achteckige Würfel sie mitsamt der Spielmarken aus Holz ständig mit sich herumschleppte.

Nicht nur Eliste und Aurelie veränderten sich allmählich, sondern auch Kairthe. Nachdem sie mehrere der abgelegten, in Grammantes gefertigten Kleider ihrer Herrin geschenkt bekommen hatte, die ihr übrigens ausgezeichnet standen, paßte Kairthe sich zusehends ihrer neuen Kleidung an. Der ländliche Zopfkranz verschwand und machte einem glatten Nackenknoten und einem Spitzenhäubchen Platz. Sie gewöhnte sich an, sich regelmäßig Gesicht und Hände zu waschen. Sie hielt ihre Fingernägel sauber. Sie gaffte nicht mehr mit offenem Mund, zappelte nicht mehr, zeigte nicht mehr mit dem Finger, kicherte nicht mehr, spuckte nicht mehr aus und stocherte auch nicht mehr vor anderen Leuten in den Zähnen herum. Sogar Zeralenn mußte zugeben, daß die ehemalige Melkerin fast schon so würdig war, einer Dame aufzuwarten.

Zeralenn hielt sich zwar zurück, doch war ihr die Freude über Elistes Fortschritte deutlich anzumerken. »Du bist leidlich kultiviert geworden, Enkelin«, räumte sie zum Ende eines arbeitsreichen Monats ein. »Es gibt noch vieles zu verbessern, doch ich glaube, wir können davon ausgehen, daß du dir bei Hofe keine Schande bereiten wirst. Noch ein wenig Anstrengung deinerseits, um sämtliche Feinheiten der höfischen Etikette zu meistern, und du bist soweit.«

Es blieb nicht mehr viel Zeit, um die Feinheiten zu meistern. Bis zu Elistes Vorstellung war es nur noch eine Woche. Eine einzige Woche für den letzten Schliff, dann würde sie von den anspruchsvollsten, unerbittlichsten Kritikern der Welt beurteilt werden – von den Höflingen, die nur allzu begierig sein würden, an ihrem Gesicht und ihrer Figur, ihren Kleidern, ihrem Verstand und ihren Manieren herumzumäkeln. Anschließend würde sie als Ehrenjungfer im Beviaire, dem gewaltigen Palast ihrer Majestäten, ständig neugierigen, neidischen und boshaften Blicken ausgesetzt sein. Bestenfalls würde man hinter ihrem Rücken lästern und tratschen. Im schlimmsten Fall – sollte sie sich vor dem adligen Publikum als ungeeignet, reizlos und plump erweisen – konnte sie ihre Stellung sogar verlieren, denn häßliche Ehrenjungfern gab es nicht. Dann müßte sie ihre Sachen packen und wieder nach Fabeque zurückkehren! Eliste schauderte bei dem Gedanken und strengte sich um so mehr an, ihre Manieren zu vervollkommnen.

Die Tage vergingen wie im Flug. Von nie gekannten Selbstzweifeln gequält, hätte Eliste den Uhrzeiger am liebsten angehalten. Das hübsche Gesicht und der wache Verstand, auf die sie sich immer soviel eingebildet hatte, mochten für die Provinz ja genügen, aber taugten sie auch für Sherreen? Würde sie womöglich trotz Zeralenns Unterweisungen bei Hofe linkisch erscheinen und sich lächerlich machen? Was wäre, wenn man sie nun töricht, mager und langweilig fand? Oder wenn man sie *auslachte* – die spitze Bemerkung ihrer Großmutter über das ›verzogene Mäuschen vom Lande, das es zum Hof verschlagen hat‹ gärte noch in ihr. Manchmal meinte sie, Zeralenns Stimme hören zu können – die kühle Belustigung, den unverhohlenen Spott.

Am liebsten würde ich mich in ein Mauseloch verkriechen und sterben, dachte sie.

Mit ihrer Großmutter konnte sie über ihre Ängste nicht reden. Zeralenn hätte sie wegen ihres Kleinmuts nur getadelt. Kairthe hätte sie nicht verstanden, und Aurelie war zu flatterhaft, um ihr als Vertraute zu dienen. Und so behielt Eliste alles für sich und machte ein tapferes Gesicht, während die Uhrzeiger auf dem Zifferblatt kreisten.

Allzubald war der vorbestimmte Tag gekommen – ein warmer, schöner Tag, der nur Gutes verhieß. Immun gegen die Verlockungen des Sonnenscheins, blieb Eliste auf dem Zimmer und wanderte dort stundenlang auf und ab. Erschöpft und mit zerrütteten Nerven legte sie sich am Nachmittag auf ein Nickerchen zu Bett, und die Stunden flogen nur so dahin, während sie schlief. Als sie erwachte, fielen die Sonnenstrahlen bereits schräg durchs Fenster, und es war an der Zeit, sich für die bevorstehende schwere Prüfung zu rüsten. Kairthe half ihr beim Ankleiden, band ihr seidene Strumpfbänder um, schnürte das Korsett, legte ihr Korsettabdeckung und Unterröcke an und half ihr schließlich in einen leichten, weiten Morgenmantel. Dann kam die Kosmetikerin von Frau Zelure, um Elistes Gesicht mit der Hand einer Künstlerin zu schminken, und ihr folgte Meister Divou mit seinen Kämmen und Bürsten, den Töpfen voller Pomade und metallischer Puder, den Nadeln, Klammern und Lockenscheren. Als er nach fast zwei Stunden fertig war, stellte Eliste fest, daß sie sich geradezu verwandelt hatte. Ihr mit funkelndem Goldpuder bestäubtes Haar war streng aus dem Gesicht zurückgekämmt und zu einer kunstvollen Lockenmasse geformt, aus der sich lange Strähnen den Rücken hinab ergossen; das Ganze wurde gekrönt von einem zarten, blassen Federschmuck. Der Abgang des Friseurs war von Ausrufen der Bewunderung begleitet. Eliste erhob sich, warf den Morgenmantel ab, und Kairthe kleidete sie ehrerbietig in Madame Nimais' enges, unvergleichlich anmutiges elfenbeinfarbenes Kleid. Als der letzte der verdeckt angebrachten Knöpfe verschlossen war, drehte sie sich um und betrachtete sich im Drehspiegel.

»Herrin«, hauchte Kairthe. »Ich glaub, ich fall tot um!«

Eliste betrachte lächelnd ihr äußerst elegantes und anziehendes Spiegelbild. Sie rückte etwas näher an den Spiegel heran, hielt inne und machte einen Knicks, wobei sich ihre Röcke wie windüberhauchtes Wasser kräuselten und Wirbel bildeten.

»Mich laust der Affe!« rief Kairthe hingerissen aus.

Elistes Selbstvertrauen war augenblicklich wiederhergestellt. Kunstfertigkeit und Raffinesse hatten sie verwandelt, und darauf würde sie ihr Vertrauen setzen. Sie würde Erfolg haben, ganz bestimmt.

Draußen ging die Sonne unter. Im Hochsommer dämmerte es spät, doch bis sie sich zum Beviaire aufmachen würde, blieb noch eine Stunde Zeit. Eliste nahm ihr unstetes Umherwandern wieder auf und suchte sich einen Weg zwischen den im Raum verstreuten Kartons und Koffern. Ihre Besitztümer – einschließlich Kairthe – würden in Kürze in das Quartier der Ehrenjungfern im Palast überführt werden, wo die auserwählten Bediensteten in Rufweite der Königin nächtigten. Wenn Eliste sehr viel später am Abend ihr Quartier aufsuchen würde, mochten Zofe und Garderobe dort bereits auf sie warten. Kairthe sah dem Umzug mit einer naiven, von keinerlei Bedenken getrübten Zuversicht entgegen, um den ihre Herrin sie beneidete.

Die vergoldete Uhr auf dem Kaminsims schlug acht. Eliste warf einen letzten Blick in den Spiegel, der ihr Selbstvertrauen wieder ein wenig hob.

Niemand wird mich *ein Mäuschen vom Lande schimpfen.*

Gefolgt von Kairthe trat sie auf den Flur und ging zum Foyer hinunter, wo ihre Anstandsdame Zeralenn sie mit einer Gruppe neugieriger junger Verwandter, die ihnen zum Abschied winken wollten, bereits erwartete. Die Kinder pfiffen und klatschten, als sie die Treppe herunterkam, doch Eliste, die einzig und allein für ihre Großmutter Augen hatte, bemerkte es kaum. Zeralenn war bereits für den Hof ausstaffiert. Die über ein ausladendes Reifrockgestell gebreiteten nachschleifenden Röcke ihres mitternachtsblauen Kleids waren umflort mit schwarzer Spitze. Ihr mit einem Drahtgestell verstärktes, gepudertes Haar türmte sich in eine unglaubliche Höhe. Schwarze Federn nisteten inmitten der steifen Locken. An Hals, Ohren und Handgelenken schimmerten Saphire und schwarze Perlen. Den Elfenbeinstock hatte sie gegen einen Stock aus Ebenholz und schwarzem Bernstein ausgetauscht. Mit ihrer Maske aus Schminke und Schönheitspflastern erinnerte sie daran, wie sie vor vierzig Jahren ausgesehen haben mußte, als sie die Favoritin Dunulas XII. gewesen war.

»Ihr seht wunderschön aus, Madame«, bemerkte Eliste beinahe ehrfürchtig.

»Freundliche Worte für das Überbleibsel eines verschwundenen Zeitalters, Enkelin. Zum Glück für alle Beteiligten bleibt mein Aussehen folgenlos. Von dir kann man das nicht behaupten. Dreh dich langsam um, damit ich dich anschauen kann.«

Eliste gehorchte und schwenkte die goldbestickte Schleppe mit wohlberechneter Grazie herum. Als sie die Umdrehung beendet hatte, suchte ihr fragender Blick den ihrer Großmutter.

Zeralenn musterte sie eingehend aus allen möglichen Blickwinkeln. Ihr unerbittlicher Blick prüfte, wog ab und urteilte. Nach scheinbar endlos langem Schweigen erklärte sie: »Enkelin, ich glaube, du wirst es schaffen.« Für Zeralenn war dies an und für sich schon bemerkenswert. Sie ging aber noch weiter: »Ich muß gestehen – dein Auftreten ist wirklich sehr würdevoll. Ich bin stolz auf dich, sehr stolz.«

Eliste brannten die Augen. Sie glaubte schon, sie werde in Tränen ausbrechen, in verhängnisvolle Tränen, die ihr wunderschönes Rouge ruinieren würden. »Danke, Großmutter«, sagte sie leise.

»Du sollst mich nicht so anreden«, befahl Zeralenn, lächelte aber dabei.

Als sie durchs Foyer schritten, plapperten Elistes Verwandte Komplimente und warfen ihr Kußhände zu. Abgesehen von Aurelie wagte es aber niemand, sie zu berühren. Aurelie allerdings umarmte sie und gab ihr einen leidenschaftlichen, wenn auch vorsichtigen Kuß. »Das ist die Nacht deines Triumphs, Cousine«, meinte das Mädchen. »Du siehst unfaßbar elegant aus, und deine Frisur ist wirklich umwerfend. Die Herzen der Kavaliere werden dir nur so zufliegen, und die Frauen werden krank vor Eifersucht sein, was auch für mich gelten wird, wenn ich dich in den Jungfernquartieren besuchen werde. Ich darf dich doch besuchen, oder? Und du wirst mich im Beviaire herumführen und den wichtigen Personen vorstellen, nicht wahr?«

»Aurelie, mein Kind ...«, meinte Zeralenn tadelnd.

»Ich wünsche mir über alle Maßen, ihrer Majestät Lallazay meine Aufwartung zu machen ...«

»Dummes Kind, es reicht!«

»Aber *Tantchen* ...«

Sich ein Lächeln verkneifend, zwinkerte Eliste ihrer Cousine zu.

Der Landauer der Rouvignac – frisch geputzt, poliert und flankiert von vier Lakaien – wartete vor der Tür. Die Passagiere stiegen ein, und schon ging es in munterem Trab die Avenue Parabeau entlang, vorbei an den cremefarbenen Wohnhäusern, die nun von Laternen erhellt waren. Kurz darauf fuhren sie unter dem marmornen Torbogen hindurch, dann kamen Pflastersteine, und sie hatten den Dunulas-Platz erreicht, an dessen anderer Seite hinter einer mit Speerspitzen versehenen fahlen Mauer das Beviaire mit seinen Gartenanlagen lag. Sie rollten am Dunulas-Monument und den von Adlern gekrönten Säulen vorbei bis zur Ostseite des Platzes, wo die Mauer von einem anmutigen schmiedeeisernen Tor durchbrochen war, das von zwei uniformierten Pikenieren bewacht wurde. Als diese das Wappen der Rouvignac auf dem Landauer erkannten, traten die Wachposten beiseite, und die Kutsche fuhr ungehindert in die königliche Enklave ein. Eliste schaute gespannt aus dem Fenster. Im Licht der Kutschlaternen und der Fackeln der Lakaien erblickte sie eine weitläufige Rasenfläche mit Bäumen und Büschen, denen man eine geometrisch strenge Kugel- und Kegelform aufgezwungen hatte. Und unmittelbar vor ihnen lag auf einer kleinen Anhöhe das Beviaire selbst – ein beeindruckendes Bauwerk, dessen Mittelteil aus der Zeit Dunulas IX. stammte; ein langgestrecktes, strenges, einschüchterndes Bauwerk aus Sandstein und Marmor, das hell erleuchtet war. Vor dem großen Eingang fuhren ständig Kutschen vor und blieben gerade so lange stehen, um ihre prachtvoll gekleideten Gäste freizugeben. Auf einmal hatte Eliste einen trockenen Mund. Sie spielte unruhig mit dem goldglitzernden Fächer und schaute verstohlen zu ihrer Großmutter, die ihr das Profil zuwandte.

Zeralenn saß aufrecht und vollkommen gelassen da. Wie sollte es auch anders sein. *Sie* hatte ja schließlich nichts zu befürchten. Es sei denn… Eliste erinnerte sich auf einmal daran, daß Zeralenn vo Rouvignac sich nach dem Tod Dunulas XII. zurückgezogen hatte, seitdem in einiger Abgeschiedenheit lebte und sich seit – ja, seit wieviel Jahren eigentlich nicht mehr bei Hofe gezeigt hatte? Seit achtzehn Jahren. Aus Gründen, die sie selbst am besten kannte, die aber zweifellos etwas mit Stolz und Anstand zu tun hatten, war sie seit achtzehn Jahren nicht mehr hier gewesen. Und nun, als alte, wenn auch immer noch bemerkenswert stattliche Frau, kehrte sie als Förderin ihrer Enkelin zurück. Wie mußte sie sich fühlen – sie, die einstmals gefeierte Schönheit –, jetzt, da sie sich nach all den Jahren wieder zeigte? Es war ihr nicht die leiseste Unruhe anzumerken – dennoch konnte es nicht leicht für sie sein. Eliste war mit ihren Sorgen nicht allein.

Die geschwungene Auffahrt hinauf, dann hielt die Kutsche vor dem Eingang. Trockener Mund und feuchte, kalte Hände.

»Nur Mut, mein Kind«, half Zeralenn. »Dann ist dir dein Triumph so gut wie sicher.«

»Das wünsche ich Euch auch, Madame.«

»Ah, deine großen Augen haben einen scharfen Blick. Ganz meine Enkelin.«

Und dann ging alles ganz schnell, als Lakaien ihnen unter die Arme griffen, ihnen aus der Kutsche halfen und sie zur Tür geleiteten, wo vier weitere Lakaien mit weißen Perücken, gekleidet in die purpurfarbene und goldene Livree des Königspalastes, sich verneigten und wie steifgelenkige Marionetten einen Kratzfuß machten. Die Lakaien der Rouvignac zogen sich zurück, allerdings bemerkte Eliste ihr Verschwinden kaum, denn schon geleitete ihre Großmutter sie durch den großen Eingang, dann durch das höhlenartige Foyer und auf einen Korridor aus poliertem Marmor, funkelnd vor lauter Gold, Kristall und Kerzenleuchtern, auf dem es von in Seide und Satin gekleideten Höflingen, von deren Schmuck ein verwirrender Glanz auszugehen schien, nur so wimmelte. Tatsächlich verschwamm Eliste für einen Augenblick die Sicht, die Farben verliefen und wirbelten durcheinander, stachen mit tausend Feuerklingen auf sie ein. Sie blickte sich leicht benommen um; stehenbleiben aber tat sie nicht, denn ihre Großmutter hatte ihr die Hand auf den Arm gelegt und lenkte sie mit Nachdruck durch das vergoldete Labyrinth. Für Zeralenn war dies alles altvertraut, nur von geringem Reiz und gewiß kein Anlaß zum Staunen. Sie verschwendete kaum einen Blick auf ihre

Umgebung. Nur einmal blieb sie kurz stehen, um ein paar huldvolle Bemerkungen mit einem alten Lakaien zu wechseln, einem verschrumpelten Überbleibsel aus der Zeit des vorigen Regenten, der als einziger die einstmals berühmte Zeralenn vo Rouvignac erkannt hatte und sie mit einer so tiefen Verneigung begrüßte, daß seine alten Knochen knackten.

Kerzenflammen wurden in riesigen Spiegeln vervielfältigt; schimmernde Seide, Brokat, Federschmuck und Juwelen; überall Gold und spiegelglatter, glänzender Marmorboden; und dann der große Audienzsaal der Königin mit einem Boden aus polierten Fliesen, die ein verschlungenes Rosettenmuster zeigten, den riesigen Kerzenleuchtern mit den sternförmig facettierten Prismen und der hohen, im dunkelsten Blau emaillierten und mit goldenen Sternbildern geschmückten gewölbten Decke. Der Audienzsaal war voller Höflinge, und die warme Sommerluft war schwer vom Moschusduft der Parfüms, vom Geruch brennenden Wachses und zu warm bekleideter, zu eng geschnürter und überhitzter Körper. Bevor die Nacht vorüber wäre, würden sich die unvermeidlichen Gerüche von Wein und Tabak, Qualm, Schweiß, Haarpomade und welkenden Blumen hinzugesellen, und die Luft würde noch stickiger werden; einstweilen aber konnte man noch atmen. Am anderen Ende des Raums stimmten Musikanten in gleichartigen purpurfarbenen und schwarzen Anzügen ihre Instrumente. Etwa in der Mitte beschirmte ein blauer, mit goldenen Tressen geschmückter Baldachin ein Podium mit zwei großen vergoldeten Sesseln darauf, in denen sich Dunulas XIII. und Königin Lallazay niedergelassen hatten. Eliste schaute mit brennender Neugier hinüber. König Dunulas war klein und stämmig und hatte ein so leeres wie unschuldiges Gesicht. Seine Perücke schien makellos gelockt, und sein mit Stickereien verzierter Anzug aus lachsfarbenem Brokat saß tadellos; trotzdem vermittelte er den Eindruck von

Verlegenheit, Unbehagen und Unsicherheit. Seine Haltung war schlecht, seine Gesten wirkten eigentümlich kraftlos. Er machte einen gutmütigen und unbedeutenden Eindruck. Wahrscheinlich war er ein treuergebener Gemahl. Hin und wieder wanderte sein Blick zu seiner Gattin, als suchte er in ihrem Gesicht Orientierung und Bestätigung.

Und Königin Lallazay? Wo war die habgierige, dumme, durchtriebene Hure, die man ihr andichten wollte? Sie wirkte hübsch, sanft und lebhaft. Ihr meergrün-goldenes Kleid betonte ihre wohlgeformte, zierliche, mit Smaragden geschmückte Figur. Ein kleines Gesicht, üppiges, naturblondes Haar, blasser Teint, eine lebendige, theatralische Mimik. Halblaute Zwiesprache mit ihrem Arzt und Mentor, dem Doktor Zirque, unterbrach immer wieder das lebhafte Schauspiel. Dr. Zirque – blasse Augen, blasses Haar und blasse Haut – war der anerkannte Herrscher über die Launen der Königin. Er hatte Lallazay vor zwei Jahren dazu veranlaßt, den Marquis vo Lavaire zu Fall zu bringen; desgleichen hatte er sie bewegt, den König dazu zu überreden, den Herzog vo Sobrinne vom Hof zu verbannen. Einige Leute behaupteten, der Einfluß des Arztes beruhe auf der Königin Abhängigkeit von Beruhigungspillen und Arzneitränken; von Gebräuen, die so trostvoll für ihre angespannten Nerven waren, daß sie häufig schwor, ohne sie den Tag nicht überstehen zu können. Andere hielten ihn für ihren Liebhaber, ihren Schoßhund, ihren bösen Genius. Höflinge wie Gemeine haßten ihn gleichermaßen.

Ein Zögern an der Tür, ein kurzes Zwiegespräch mit einem livrierten Diener, dann ertönte die Stimme des Zeremonienmeisters:

»Ihre Ladyschaft, die Gräfin vo Rouvignac. Die edle Eliste vo Derrivalle.«

Alle Augen wandten sich zur Tür, denn der Name vo Rouvignac besaß noch immer Gewicht. Die Frau, der es gelungen war, zwei Könige in ihren Bann zu schlagen, bot trotz ihres hohen Alters noch immer einen lohnenden Anblick. Selbst König Dunulas sah auf, um einen Blick auf ›Madame Zera‹ zu werfen, die ihm in seiner Jugend wie eine juwelengeschmückte und höchst beeindruckende Tante erschienen war.

Eliste beobachtete ihre Großmutter, die so unerschütterlich gelassen wirkte wie eh und je. Ohne eine Miene zu verziehen, näherte Zeralenn sich dem Thron. Eliste hielt Schritt mit ihr und achtete darauf, sich der gleitenden Bewegungen zu bedienen, die sie so ausgiebig geübt hatte. Als sie durch einen Korridor von Höflingen zum Podium schritten, fühlte Eliste, daß alle Blicke auf sie gerichtet waren. Die allgemeine Aufmerksamkeit, die zunächst der legendären alten Schönheit gegolten hatte, richtete sich nun auf deren junge Begleiterin. Eliste spürte Neugier, Rätseln und unerbittliches Prüfen. Sie hörte, wie sich zu beiden Seiten Gemurmel erhob. Sie wußte, daß man über sie redete und wahrscheinlich irgendwelche Fehler entdeckt hatte – und das Blut schoß ihr in die Wangen. Das hätte nicht sein dürfen; sie konnte es sich nicht leisten, zu erröten und zu zaudern wie eine dumme Halbwüchsige. Sie richtete ihren Geist auf ihre Bewegungen – die so gekünstelt und tänzerisch waren, wie ihre überstrenge Lehrerin es sich nur wünschen konnte –, und sie hatte Erfolg mit ihrer List. Sie nahm das Geflüster nicht mehr wahr, und ihr Gesicht kühlte sich ab. Als sie am Podium angelangt waren, machten beide Frauen einen tiefen Knicks. Eliste blieb knien, während sich ihre Gönnerin wieder aufrichtete und sie mit den vorgeschriebenen Formeln vorstellte. Der König streckte die Hand aus, die Eliste küßte, ohne die Augen zu heben. Als sie Lallazay die Hand küßte, riskierte sie allerdings einen raschen Blick nach oben und sah, wie die bekanntermaßen modebewußte Königin ihr Kleid und ihre Frisur mit unverhohlener weiblicher

Neugier musterte. Aus irgendeinem Grund beruhigte sie diese Beobachtung.

Als Eliste sich aufrichtete, drückte der König ihrer Großmutter gerade herzlich die Hand. Ohne sich umzuschauen traten sie und Zeralenn gekonnt vom Podium zurück und nahmen ihren Platz unter den anderen Höflingen ein, und dort blieben sie für die Dauer der Vorstellung. Eine Zeitlang nahm Eliste nur König und Königin wahr; das Königspaar füllte ihr ganzes Gesichtsfeld aus. Ehrfürchtig schaute sie zu, wie diese eine schier endlose Abfolge von Handküssen entgegennahmen. Ihr Herzschlag beruhigte sich jedoch alsbald, das Gefühl atemloser Verzauberung schwand, und die Welt machte sich wieder geltend. Eliste ließ den Blick im Raum umherschweifen, von einer funkelnden Gestalt zur nächsten wandern und bemerkte sogar hier und da ein bekanntes Gesicht. Nicht weit von ihr stand der wohlbeleibte, mondgesichtige vo Lieux-v'Olliard, dessen gelbschwarze Kutsche die vornehmste in ganz Sherreen und dessen Familienvermögen ebenfalls über alle Zweifel erhaben war. Unmittelbar zur Linken des königlichen Podiums stand Madame vo Bellesandre, die in ihrem limonenfarbenen Brokatkleid bezaubernd aussah. Neben der Bellesandre, die eine Hand auf ihre Hüfte gelegt, stand ein Mann mit dem kräftigen Körperbau eines Ringkämpfers, der um die Mitte herum allerdings anfing, etwas füllig zu werden; er hatte ein breites, tiefgebräuntes Gesicht mit einer kühngeschwungenen Nase, volle Lippen und ein energisches Kinn, das wie die feuergehärtete Abwandlung des Gesichts des Königs wirkte – das mußte der Herzog von Feronte sein, der ausschweifende jüngere Bruder des Königs. Feronte war berühmt für seine Leidenschaft, der angeblich nur noch seine Ausdauer vergleichbar war. So entschlossen und selbstbewußt, wie sein Bruder Dunulas schwankend und nachgiebig war, glaubten viele, er sei im

Grunde der bessere Mann für das Amt des Königs. Er genoß einen solchen Ruf, daß ein weniger vertrauensvoller Monarch, als Dunulas XIII. es war, womöglich erwogen haben würde, ihn als möglichen Rivalen in aller Stille zu beseitigen. Der gutmütige Dunulas jedoch, der in seiner Unschuld von jedermanns Wohlwollen überzeugt war, freute sich sogar noch über die Beliebtheit seines Bruders, und daher blieb dieser bei Hofe und sorgte weiter für Skandale. Eliste bemerkte nun, daß Ferontes dunkle Augen mit unverhohlener Bewunderung auf ihr ruhten. Eine Reihe von Männern taten es ihm gleich, doch war keiner darin so unverfroren wie er. Als er sah, daß sie ihn bemerkt hatte, ließ Feronte kurz sein wölfisches Grinsen aufblitzen. Mochte er auch dem Königshaus angehören, seine Unverschämtheit war unerträglich. Eliste zog die Brauen zusammen. Sie reckte das Kinn und schaute in eine andere Richtung, jedoch nicht ohne Madame vo Bellesandres schmerzlich-erstaunten Blick bemerkt zu haben.

Jetzt wird mich diese Dame also hassen. Verflixt.

Endlich ging die Vorstellung zu Ende. König Dunulas gab ein Zeichen, worauf die Musik einsetzte; eine Vijouille, einer der modernen neuen Tänze. Die schwungvolle, anmutige Musik fuhr einem sogleich in die Beine, die Etikette erforderte es jedoch, daß das Königspaar die Festlichkeiten einleitete. Widerwillig, wenn auch pflichtbewußt geleitete König Dunulas seine Gemahlin vom Podium hinunter. Bei keiner Gelegenheit wirkte er unbeholfener und verlegener, als wenn er tanzte. Bei keiner anderen Gelegenheit kam seine kleine, plumpe Gestalt unvorteilhafter zur Geltung, und das wußte er auch. Lallazay an seiner Seite bewegte sich so anmutig wie eine Meerjungfrau in ihrem Element; der König hingegen vollführte schlurfend die ihn verwirrenden Tanzschritte, er blinzelte vor Anstrengung und bewegte die Lippen, als zählte er den Takt der Musik mit. Es war seine Pflicht als König und Gemahl, sich einer solchen Übung der Selbsterniedrigung zu unterziehen. Anschließend stünde es ihm frei, sich einen stillen Winkel zu suchen und sich dort mit seinen Freunden vo Lieux-v'Olliard und vo Branojard über die Jagd, Hunde und Pferderennen zu unterhalten. Dunulas' Miene hellte sich merklich auf, als sich der Tanz dem Ende näherte. Bald darauf verklang die Musik, und es wurde geklatscht. Der König geleitete seine Gemahlin zurück zum Thron, verneigte sich linkisch und zog sich zurück. Die Musik setzte wieder ein, diesmal ein schneller, munterer lanthianischer Drinnado. Sogleich war die Königin von einer Menschentraube umringt, denn nun gestatteten es ihr Etikette und Anstand, sich solche Tanzpartner auszuwählen, die sie der Ehre für würdig erachtete.

Nach Ansicht der konservativeren Geister mißbrauchte Lallazay ihre Freiheit. Schlimm genug, wenn eine Ehefrau und Königin mit wechselnden Partnern tanzte, wenngleich man dies noch mit den königlichen Verpflichtungen hätte entschuldigen können, hätte sie sich dabei auf ergrauende Tattergreise von untadeligem Charakter und ohne Ausstrahlung beschränkt. Doch das tat sie nicht, sondern wählte vielmehr die flottesten und galantesten Kavaliere aus – stattliche, aber freche junge Männer, die ihr schmeichelten, die mit ihr flirteten und scherzten und sie eher wie eine Schauspielerin denn wie eine Königin behandelten. Nun stand Lallazay inmitten einer solchen plappernden, anhimmelnden Gruppe. Ihre Augen funkelten, ihr Gesicht war gerötet; sie fächelte sich Kühlung zu, warf den Kopf in den Nacken und lachte hell auf. Auf ihre Kritiker mochte ihr Verhalten bestenfalls würdelos, womöglich sogar unschicklich wirken. Und tatsächlich beeinträchtigte diese vermeintliche Lockerheit der Sitten, auch wenn sie sich nichts dabei dachte, den Ruf der Königin; zumal in der Bürger- und Bauernschaft, deren Argwohn seitens verschiedener Staatsfeinde, angefangen von den Agenten im Dienste ausländischer Mächte über unzufriedenes Gesinde und ausgebildete Aufwiegler bis zu solchem Abschaum wie dem fanatischen Journalisten Whiss v'Aleur, liebevoll gehätschelt wurde.

Eliste beobachtete mit gespannter Aufmerksamkeit, wie die Königin einem Mann mit dem Fächer neckisch über die Schulter strich. Der erwählte Kavalier verneigte sich knapp und bot ihr seinen Arm, worauf sich das Paar der Menge anschloß, die sich bereits zu den Klängen des Drinnado bewegte. Lallazays Bittsteller rührten sich nicht vom Fleck. Die Nacht war noch lang, die hübsche Königin eine unverbesserliche Kokette, und über kurz oder lang würde jeder seine Chance bekommen.

Eliste beobachtete das Schauspiel nicht ohne Neid. Sicherlich keine schlechte Sache, einen solchen Schwarm von Bewunderern anzuziehen! Allerdings blieb Lallazay die Königin, auch wenn sie sich nicht dementsprechend verhielt, und ihr Rang verschaffte ihr einen ungerechten Vorteil. Ob sie auch ohne ihre königliche Aura, als ganz gewöhnliche Hofdame, einen solchen Erfolg gehabt hätte? Anders ausgedrückt, wie würde es der frischgebackenen Ehrenjungfer ergehen? In Fabeque galt Eliste vo Derrivalle als Schönheit, doch was zählte das hier bei Hofe, bei den *wirklichen* Kavalieren, den welterfahrenen Galanen, bei den Leuten, auf deren Meinung es ankam?

Und wenn mich nun niemand zum Tanz auffordert?

Die Tanzfläche hatte sich bereits gefüllt, und sie stand immer noch unbemerkt und unaufgefordert herum.

War es vielleicht ein Fehler gewesen, hierherzukommen? Ist es jetzt zu spät, wieder nach Hause zu fahren? Was würden die Leute dann von mir denken? Vielleicht sollte ich Übelkeit vorschützen? Oder lieber in Ohnmacht fallen?

Nein, Madame würde sich davon nicht täuschen lassen. Ich werde meine Chance schon noch bekommen – verständlicherweise findet sie immer noch allseits Bewunderung, und bestimmt wird man sie vor mir auffordern.

In dem Augenblick, als sie dies dachte, neigte sich ein Mann über die Hand ihrer Großmutter. Eliste erhaschte einen kurzen Blick auf eine silbrige Perücke und einen Mantel aus purpurrot schimmerndem Brokat, und dann richtete der Mann sich auf, und Eliste hob die Brauen, denn sie erblickte den stattlichsten alten Herrn, den sie je gesehen hatte. Er war groß – so groß wie Dref Zeenoson –, schlank und langbeinig und hatte die geschmeidige, militärisch-aufrechte Haltung eines Kavalleristen. Er mußte zwischen fünfundsechzig und siebzig sein – sein Alter zeigte sich in dem Netzwerk feiner Falten um die Augen, in den Furchen um seinen Mund, den dicken Adern auf seinen Händen und der ein wenig welken Haut über dem makellos weißen Halstuch. Die von grauen Brauen überwölbten Augen zeigten ein noch immer leuchtendes Blau, das von der gesunden, braungebrannten Gesichtshaut abstach. Sein Gesicht wirkte offen und scharf gemeißelt, und was Eliste für eine Silberperücke gehalten hatte, war in Wirklichkeit sein eigenes dichtes, ungepudertes Haar, das er lang trug und im Nacken zusammengebunden hatte.

Eliste vergaß ihre Sorgen, denn der alte Herr war sicherlich ihre Aufmerksamkeit wert. Er schaute ihrer Großmutter mit dem ruhigen Blick des erfolgreichen Spielers gerade ins Gesicht. Zeralenns Miene blieb unter einer Schicht Schminke verborgen. Ihre haselnußbraunen Augen waren ein wenig größer als gewöhnlich und vielleicht auch ein wenig heller; das war alles.

»Gräfin, Ihr stellt meinen schwindenden Glauben an die Magie der Edlen wieder her. Ihr Sieg über die Zeit beschwichtigt alle Zweifel«, bemerkte der Fremde.

»Die Zeit, mein Herr, läßt sich vorübergehend täuschen, doch besiegen läßt sie sich nicht. Der große Feind der Schönheit ist bisweilen unachtsam, bisweilen abgelenkt, am Ende aber doch unbesiegbar. Gegen diese zerstörerische Macht vermögen weder Schönheit noch Magie etwas auszurichten«, entgegnete Zeralenn.

»Ein Blick in den Spiegel würde Eure Ansicht widerlegen.«

»Was für ein galanter Lügner Ihr doch immer noch seid, Meureille. Ihr habt Euch um keinen Deut verändert. Wie lange ist es eigentlich her?«

»Acht Jahre diesmal – vier auf dem Feldzug in Gidunne verbracht, dann war ich in Niederkrenetz. Nachdem ich anschließend jenes Stadium körperlicher Hinfälligkeit erreicht hatte, das man fälschlicherweise für das äußere Anzeichen innerer Weisheit hält, wurde ich als Botschafter seiner Majestät nach Strell beordert.«

»Ah, selbst ich in meiner Abgeschiedenheit habe von Euren Heldentaten bei der Pilarischen Meuterei gehört.«

»Heldentaten wohl kaum, Madame. Verzweiflung im Verein mit unverdientem Glück wäre wohl zutreffender.«

»Dennoch nennt man Euch den ›Retter von Jerencia‹, hörte ich.«

»Solch klingende Beinamen sind wie falsche Juwelen; sie kosten wenig, werden kurz getragen, bis ihr falscher Glanz verblaßt, dann entledigt man sich ihrer und streicht sie aus dem Gedächtnis.«

»Ihr tut Euch unrecht, wie immer. Eure gegenwärtige Berühmtheit ist lediglich eine passende Dreingabe zu den von Euch vollbrachten Leistungen; vielleicht weniger, als Ihr verdient, aber sehr viel mehr, als Ihr wahrhaben wollt. Zum Glück für ganz Vonahr macht Eure Bescheidenheit den König nicht blind für Eure Verdienste. Es heißt, seine Majestät habe Euch nach

Hause beordert, um Euch den Marschallsstab zu überreichen. Gehe ich recht in der Annahme, daß die Ehre mit einem hohen Amt in Sherreen einhergeht?«

»Sollte es so sein, so wäre ich gezwungen, es abzulehnen. Den Marschallsstab nähme ich mit Freuden an, jedoch keinen Posten in Sherreen. Aus Gründen, die Ihr nur zu gut kennt, ziehe ich es vor, auswärts zu leben.«

»Nach so vielen Jahren immer noch halsstarrig?«

»Gewiß.«

»Wie lange werdet Ihr dann unter uns weilen?«

»Vielleicht für zwei oder drei Monate. Ein Grund für meine Rückkehr hat sich bereits erledigt. Und Ihr, Gräfin? Seid Ihr Eurer Abgeschiedenheit nun doch so überdrüssig geworden, daß Ihr dem Hof heute die Ehre Eurer Anwesenheit gebt?«

»Die Abgeschiedenheit, mein Herr, paßt zu meinem Alter und kommt neuerdings auch meinem Charakter entgegen. Mein heutiges Erscheinen ist nur eine einmalige Ausnahme von der Regel. Ich bin hierher gekommen in meiner Eigenschaft als Schirmherrin meiner jungen Enkelin, die nun ihren Platz als Ehrenjungfer einnimmt. Ich halte das Kind für vielversprechend. Doch erlaubt, daß ich sie Euch vorstelle, und dann urteilt selbst.« Zeralenn wandte sich ihrem Schützling zu. »Edle Eliste vo Derrivalle, darf ich dir seine Exzellenz, den Cavalier Faquenz vo Meureille vorstellen, Botschafter seiner Majestät zu Strell. Mein Herr, Fräulein vo Derrivalle.«

»Exzellenz.« Eliste machte einen Knicks.

»Edles Fräulein.« Er neigte sich über ihre Hand. »In Euren Augen liegt der Nebel des Frühlingsanfangs. Eure Jugend und Anmut sind eine Freude für jeden Betrachter.«

»Euer Exzellenz sind zu großzügig. Aber Jugend und Anmut müssen ihre Blüten zu Füßen des Helden von Jerencia ausstreuen. Sein Ruhm, der bis in die

Wildnis meiner Heimatprovinz Fabeque reicht, läßt sich der Mittagssonne vergleichen, welche die neblige Feuchte des Frühlings zerstreut.«

Der Cavalier vo Meureille lachte daraufhin laut auf. »Edles Fräulein, ich glaube, Ihr eifert Eurer Großmutter nach und laßt mir größere Ehre zuteil werden, als ich verdient habe. Gestattet mir, als Erster der neuesten Schönheit bei Hofe meine Reverenz zu erweisen.« Er hätte kaum charmanter sein können, dennoch hatte Eliste den Eindruck, er bedauere jeden Augenblick, da er von ihrer Großmutter abgelenkt wurde. Wie zur Bestätigung zeigte er erneut eine tadellose Verbeugung und wandte sich dann wieder an Zeralenn. »Madame, man spielt gerade den Drinnado – manche Leute behaupten, er sei von Galaziel erfunden worden, als er Euch zum erstenmal erblickte und Euch im Morgengrauen in den Palastgärten von Meleche lustwandeln sah. Die Geschichte ist so schön, daß sie einfach wahr sein muß. Möchtet Ihr mit mir tanzen?« Er reichte ihr den Arm.

»Cavalier, ich danke Euch, aber es ist fünfzig Jahre her, seit ich in den Gärten von Meleche gelustwandelt bin, und jetzt fühle ich mich zu alt für den Drinnado.«

Ganz offenbar log sie. In Wirklichkeit wollte sie ihre Enkelin nicht allein und unbeachtet in einem Raum voller Fremder stehenlassen. Elistes Miene spannte sich an. Zeralenn bedauerte sie, die graue Maus vom Lande! Mehr denn je wünschte sie sich nach Fabeque zurück, wo andere Leute zu ihr aufsahen. Als sie gerade im Begriff war, einen Schwermutsanfall vorzutäuschen, der ihr einen ausreichenden Anlaß geboten hätte, sich zurückzuziehen, tauchte eine kräftige, dunkle Gestalt vor ihr auf, verneigte sich nachlässig und richtete sich wieder auf.

»Edles Fräulein, darf ich bitten?« bat sie kein geringerer als der Herzog von Feronte.

Die Art, wie er sie eben noch angeschaut hatte, war

unverschämt gewesen, und sie hatte keinen Grund, jetzt ihre Meinung zu ändern. Seine Miene war voller Hochmut, sogar frech; sein Tonfall geradezu herrisch. Ihre erste Regung war, ihn zurückzuweisen, sei er nun Angehöriger des Königshauses oder nicht; dann besann sie sich rasch eines Besseren. Nach kurzem Zögern nahm sie seinen Arm, und er geleitete sie auf die Tanzfläche. Als ihr klar wurde, daß die Hälfte aller Anwesenden sie anschauten, wünschte sie sich nichts sehnlicher, als ein ebenso undurchdringliches Gebaren wie Zeralenn an den Tag zu legen. Als sie ihren Partner rasch von der Seite ansah, bemerkte sie, daß er ihr Gesicht und ihre Figur mit der gleichen Unverfrorenheit prüfte, die zuvor schon ein Gefühl der Feindseligkeit, Verlegenheit und Genugtuung bei ihr ausgelöst hatte. Sie sah rasch wieder fort, jedoch nicht für lange, denn er wirbelte sie brüsk zu sich herum, so daß ihr auf einmal ein starker, allerdings nicht unangenehmer Geruch aus einer Mischung von Kognak und Tabak in die Nase stieg.

Feronte erwies sich als unerwartet tüchtiger Tänzer und bewegte sich mit einer Lebhaftigkeit, die bei einem so kräftig gebauten Mann erstaunlich war. Er führte sie mühelos durch die Tanzschritte, und Eliste stellte fest, daß es ihr gefiel. Trotz ihrer Abneigung gegenüber dem Herzog empfand sie beinahe Bedauern, als der Drinnado zu Ende ging. Als die Musik verstummt war, machte sie einen Knicks und erwartete, daß er sie zu ihrer Großmutter zurückgeleiten werde. Feronte aber packte sie fest beim Handgelenk, und dann rührte er sich nicht mehr. Sie schaute ihn verwirrt an, und er erwiderte kühl ihren Blick.

»Euer Gnaden …?«

»Edles Fräulein, ich fordere den nächsten Tanz«, verkündete der Herzog.

»Der ist schon jemand anderem versprochen«, log sie.

»Dann muß Euer versprochener Partner eben hinter mir zurückstehen.«

»Ausgeschlossen. Wenn Ihr mich bitte zu meiner Begleitung zurückgeleiten würdet.«

»Noch nicht.«

»Ich wünsche es aber. Oder muß ich darauf bestehen?«

»Keineswegs. Geht, wenn Ihr wollt.«

Er verneigte sich, hielt ihr Handgelenk aber nach wie vor fest. Sie ruckte mit dem Arm, doch er ließ sie nicht los. Ohne Aufsehen zu erregen, konnte sie sich nicht befreien. War er vielleicht verrückt oder betrunken? Den Eindruck machte er eigentlich nicht. Trotz seines alkoholischen Atems stand er sicher auf den Beinen, seine Bewegungen wirkten bestimmt und kontrolliert. Eliste blickte sich hilfeheischend nach Zeralenn um, die in ein Gespräch mit dem Cavalier vo Meureille vertieft war und nichts von der Bedrängnis, in der sie sich befand, bemerkt hatte. Im Gegensatz zu den anderen Höflingen, deren amüsierten und wissenden Blicken sie überall begegnete. Bei sich zu Hause in Fabeque hätte sie ihrem allzu hartnäckigen Kavalier in aller Stille mit dem spitzen Absatz ihres Schuhs auf den Spann getreten; hier in Sherreen allerdings war eine solche Taktik beim Bruder seiner Majestät wohl kaum angebracht.

Eliste wurde ihres Dilemmas enthoben, als die Musik wieder einsetzte, diesmal ein altmodischer, langsamer Trierge. Feronte nahm ihre andere Hand. Sie spürte die Hitze seines Körpers durch den Handschuh hindurch. Einen Augenblick lang widersetzte sie sich und funkelte ihn an, dann entspannte sie sich und überließ sich widerwillig seiner Führung.

»So ist es besser, findet Ihr nicht?«

»Besser für wen, Euer Gnaden?« Sie hatte ihr Gesicht wieder in der Gewalt und schaute leicht ungehalten drein. »Euer kleiner Scherz behagt mir nicht.«

»Ich scherze nur selten.«

»Das ist Euer Pech, mit dem ich mich jedoch nicht zu befassen gedenke.«

»Ihr werdet Eure Ansichten ändern, wenn Ihr mich erst einmal besser kennt.«

»Ich bin nicht sonderlich erpicht auf Eure nähere Bekanntschaft.«

»Um so besser. Die meisten Frauen trachten in ihrem Bedürfnis, sich unentbehrlich zu machen, danach, die Charaktertiefen eines Mannes zu ergründen. Anschließend sind sie in ihrer Eigenliebe verletzt, wenn er das Kompliment nicht erwidert. Es ist erfrischend, jemanden zu treffen, der bereit ist, auf diese Vorspiele zu verzichten.«

»Ich verstehe nicht, was Euer Gnaden meinen.«

»Ich hatte geglaubt, Ihr wärt von rascherer Auffassungsgabe, aber mit solch einem Gesicht kommt es wohl kaum darauf an.«

»Euer Gnaden versuchen anscheinend, galant zu sein?« fragte sie mit einem Anflug von Spott.

»Mit hübschen Reden kann ich mich nicht aufhalten. Das werdet Ihr mir nachsehen müssen.«

»Vielleicht besitzt Ihr ja andere Vorzüge.«

»Ihr werdet nicht danach suchen.«

»Euer Gnaden scheinen zuversichtlich.«

»Nicht ohne Grund. Letztlich läuft es doch darauf hinaus, daß Ihr eine Unbekannte seid, eine Anfängerin mit mittelmäßigen Beziehungen und von recht zweifelhafter provinzieller Herkunft, während ich – Feronte bin. Ihr seid jung, wahrscheinlich aber doch ehrgeizig, sonst wärt Ihr nicht hier; somit ist der Ausgang nicht schwer vorherzusagen.« Er zuckte andeutungsweise mit den Schultern. »Das entspricht nun einmal der Wirklichkeit.«

»Die Wirklichkeit sieht so aus, daß der ermüdende Zynismus des Herzogs nur noch von seiner groben Anmaßung übertroffen wird.« Diese Äußerung hätte ihre Großmutter mit Schaudern erfüllt, doch sie war Eliste einfach so herausgeplatzt.

Der Herzog schien jedoch ungerührt und bemerkte bloß: »Meine offenen Worte kränken Euch, aber Ihr müßt Euch daran gewöhnen.«

»Ich *muß*? Habe ich Euch richtig verstanden?«

»Wahrscheinlich nicht, bei dem Lärm, den diese plappernden Affen machen. Am Ende der Galerie befindet sich ein ruhiges Zimmer, wo wir ungestört sein dürften. Wir werden jetzt dorthin gehen, und dann werdet Ihr mich ganz deutlich verstehen. Kommt.«

Sie blickte ihm erstaunt ins Gesicht.

»Wenn Ihr wollt, können wir auch erst den Trierge beenden«, erbot er sich, ihren Blick offenbar mißverstehend.

»Euer Gnaden können ihn allein beenden.« Mit einem scharfen Ruck machte Eliste ihr Handgelenk los, drehte sich um und stolzierte davon, ohne die neugierigen Blicke der Umstehenden zu beachten. Sollte er sie noch einmal aufzuhalten versuchen – sollte er es wagen, Hand an sie zu legen –, dann würde sie ihm tatsächlich auf den Fuß treten, ganz gleich, wessen Bruder er war. Feronte machte jedoch keine Anstalten, sie aufzuhalten. Hätte sie sich umgeschaut, hätte sie gesehen, wie er ihr nachschaute und wie sich in seinen dunklen Augen eine ungewohnte Neugier regte.

Es schien so, als sei sie dadurch, daß sie die Beachtung des Herzogs gefunden hatte, annehmbar geworden, denn auf einmal wollten alle mit ihr tanzen. Sie war kein Mauerblümchen mehr, das auf die Gesellschaft seiner Anstandsdame angewiesen war; tatsächlich herrschte um sie herum ein solches Gedränge, daß sie Zeralenn ganz aus den Augen verlor. Anschließend tanzte sie jeden Tanz, von der Gavotte bis zum Drinnado, mit einer Reihe von Partnern, die selbst mit denen Lallazays wetteifern konnten. Sämtliche jungen Kavaliere – und auch einige weniger junge – waren entschlossen, die neue Ehrenjungfer aus der Nähe in Augenschein zu nehmen. So viele und unterschiedliche waren es, daß Eliste sich unmöglich sämtliche Namen und Gesichter merken konnte, wenn auch einige von ihnen einen bleibenden Eindruck bei ihr hinterließen.

Der Marquis vo Lieux-v'Olliard – der mit dem Mondgesicht und dem astronomischen Vermögen – war sanftmütig, langweilig und plapperte in einem fort von seinem Landgut, seinem neuen prachtvollen Stadthaus, seinen Kutschen und Pferden, seinem Segelschiff und seiner Münzsammlung daher. Aber er wirkte freundlich und harmlos, und als er ihr anbot, sie in seinem Juwel von einem offenen Zweispänner auf der Ringstraße am Havillac-Park spazierenzufahren, schlug sie das Angebot jedenfalls nicht gleich aus.

Der Herzog Rouveel-Nezoir vo Lillevant, der wegen seines schwarzen Haars, seiner hellblauen Augen und seines makellosen Profils im Ruf stand, der stattlichste Mann bei Hofe zu sein, war ebenso verwegen und ungestüm, wie vo Lieux-v'Olliard gelassen und weltläufig war. Ein anerkanntermaßen talentierter Poet, Autor zahlloser sehnsuchtsvoller Sonette, ergreifender Schäfergedichte und schmachtender Dichtungen, schien er der ideale Mann für eine Romanze zu sein und litt dennoch an einem schwerwiegenden Makel. Trotz seines bedeutenden Titels war vo Lillevant so gut wie mittellos, und sein elegantes Auftreten bei Hofe verdankte er allein der Gefälligkeit der Geldverleiher. Seine Schulden beliefen sich mittlerweile auf Tausende von Rekkos, mehr als er ohne die Mitgift einer vermögenden Braut je würde zurückzahlen können.

Der erlauchte Vequi v'Isseroi, der dritte Sohn des Herzogs von Lesigne, war geschwätzig, überschwenglich und voll selbstgefälliger Schwärmerei. Er war klein, hager, unglaublich lebhaft, hatte kleine schwarze Äuglein, einen breiten Mund und eine Stupsnase, und seine angeborene Häßlichkeit wurde noch betont von seinen modisch juwelengeschmückten Zähnen. In zwei Schneidezähne waren Diamantsplitter eingelassen, und beide Eckzähne waren mit winzigen Smaragden verziert, die eingeschlossener Wasserkresse ähnelten. Eliste fand die Zähne störend, doch nichts vermochte den Charme von Vequis Gespräch zu beeinträchtigen, das in schwindelerregendem Tempo von Gegenstand zu Gegenstand sprang und jedesmal wie ein gut abgerichteter Falke zum Gegenstand der Magie zurückkehrte. Vequi betrachtete sich als Erben der Magie seiner Vorfahren. Wieviel Wahrheit darin lag, war schwer zu beurteilen; als Höfling und Amateurjockey konnte der junge Mann, anders als ihr Onkel Quinz, diese Kunst kaum mit der Hingabe eines wahren Meisters gelernt haben. Als er ihre Skepsis bemerkte, versprach er, ihre Zweifel zu zerstreuen, bevor die Nacht um sei. Nachdem er sie teuflischerweise zu fieberhafter Neugier angestachelt hatte, verneigte er sich und ging davon.

Der edle Stazzi vo Crev, ein schlanker, vornehmer junger Mann, war der beste aller Tänzer. Der geistreiche Vicomte vo Renache, der fast so klug war wie Dref Zeenoson, machte ihr außerordentliche Komplimente. Cavalier vo Furnaux, ein berüchtigter Raufbold und Duellant, hatte das zarte, glatte Gesicht eines Mädchens und stotterte beim Sprechen. Der rothaarige, sommersprossige Baron vo Pleniere-v'Orenne bombardierte sie mit schlüpfrigen Witzen und ergötzte sich wie ein ungezogener Bengel an ihren Erwiderungen.

Alle waren zu ihrer Zufriedenheit aufmerksam. Vielleicht hatte das mehr mit ihren jeweiligen privaten Rivalitäten zu tun als mit den Reizen der neuen Ehrenjungfer, so anziehend diese auch sein mochte; Eliste verspürte allerdings keinerlei Neigung, ihren Erfolg zu untersuchen. Als sich die Gesellschaft vom Empfangssaal auf die Balkone ausbreitete, über die Galerien und bis ins Schwanenzimmer, wo das Buffet wartete, bewegte sie sich in einer Traube von Kavalieren. Sie trank Champagner mit vo Lillevant, knabberte mit Pleniere-v'Orenne an Ammernflügeln und flirtete schamlos mit vo Renache.

Dann wieder zurück in den Audienzsaal, wo die Tänze mit einer erklecklichen Anzahl von Partnern ihren Fortgang nahmen. Als erstes fiel ihr dort Zeralenn vo Rouvignac ins Auge, die zusammen mit dem Cavalier vo Meureille anmutig die Schritte der Gavotte setzte. Aus der Entfernung wirkte Zeralenn wie ein Mädchen in einem antiquierten Kostüm, während vo Meureille so elegant und vollkommen wirkte wie eine Gestalt aus einer Legende. Es war hübsch, ihnen zuzuschauen, doch Eliste blieb keine Zeit, sie zu bewundern. Vo Crev, vo Furnaux und vo Lieux-v'Olliard beanspruchten ihre Aufmerksamkeit, jedoch nicht so sehr, daß sie nicht bemerkt hätte, daß sich der Herzog von Feronte stets am Rande ihres Gesichtsfelds aufhielt. Er blieb ständig in der Nähe und beobachtete sie mit seinen begehrlichen dunklen Augen. Zweimal hatte er noch versucht, sich ihr zu nähern, und jedesmal hatte sie bei einem anderen Partner Zuflucht gesucht. Nach dem zweiten Versuch hatte er sich zurückgezogen, um sie aus der Ferne zu beobachten, und sie hatte es geschafft, ihn aus ihren Gedanken zu verdrängen, bis sie dem ätzenden Blick von Madame vo Bellesandre begegnete, deren unverhohlene Feindseligkeit sie daran erinnerte, daß, abgesehen von der Königin, bislang keine Dame von Rang ihre Anwesenheit mit Worten oder Gesten zur Kenntnis genommen hatte. Sie wurde geflissentlich übersehen.

Das war seltsam, doch Eliste machte sich deswegen keine Sorgen. Sie konnte kaum etwas dagegen tun; außerdem hatten die Lehren ihrer Großmutter sie gegen Selbstzweifel abgehärtet. Sie tanzte gelassen weiter, wohl wissend, daß die Augen des ganzen

Hofes auf ihr ruhten, zumindest für diese eine Nacht. Sie tauschte anmutig antiquierte Artigkeiten mit ihren Partnern aus, und die Zeit verging wie im Flug. Kurz nach Mitternacht gab es eine kurze Pause, in der verkündet wurde, Vequi v'Isseroi habe sich bereit erklärt, die Gesellschaft im Schwanenzimmer mit einer magischen Vorführung zu erfreuen. Eingedenk ihrer vorausgegangenen Unterhaltung lächelte Eliste still in sich hinein.

Zu denen, die sich die Zaubervorführung nicht entgehen lassen wollten, gehörten König und Königin, der Herzog von Feronte und eine Anzahl der bedeutendsten Höflinge, die alle vom Reiz des Neuen angelockt wurden. Im Schwanenzimmer stand Vequi v'Isseroi neben dem Buffettisch. Als sich die Zuschauer versammelt hatten – und als er Eliste unter ihnen ausgemacht hatte –, hob der junge Mann zu sprechen an. Als geborener Darsteller mit einer angeborenen Begabung für Dramatik verschwendete Vequi wenig Zeit auf die Vorrede. Seine kurzen einführenden Bemerkungen, dazu gedacht, die Zuhörerschaft einzustimmen, wurden gefolgt von einer halben Minute brütenden Schweigens. Schließlich ließ er ein unzusammenhängendes Gemurmel vernehmen. Die Augen hatte Vequi geschlossen, seine Lippen bebten vor Anspannung, und mit den Händen beschrieb er wellenförmige Bewegungen. Während sein Gemurmel immer lauter wurde, trat ihm der Schweiß auf die Stirn. Seine Bewegungen wurden schneller, er atmete keuchend, und ihm entrang sich ein Stöhnen geheimnisvoller Ergriffenheit. In diesem Augenblick wurde das Licht der Kerzenleuchter schwächer. In Sekundenschnelle schrumpften fünfhundert Kerzenflammen zu winzigen Punkten, die nicht heller waren als die fernen Sterne. Nur die Kerzen der beiden Wandleuchten brannten noch hell, ein eindrucksvoller Hintergrund für Vequis Silhouette. Es erhob sich aufgeregtes, bewunderndes

Gemurmel, an dem Eliste sich nicht beteiligte. Sie wäre stärker beeindruckt gewesen, hätte sie nicht so häufig dabei zugeschaut, wie Onkel Quinz ähnliche Kunststücke ganz ohne alle Theatralik bewerkstelligt hatte. Im Vergleich zu ihm wirkte Vequi v'Isseroi ein wenig wie ein Quacksalber.

Unverwandt den Tisch betrachtend, murmelte Vequi einen unverständlichen Befehl. Eine Zeitlang geschah nichts, dann erwachten, begleitet von munterem Glas- und Silberklirren, eine Vielzahl kunstvoll hergerichteter Speisen zum Leben. Zwei goldfarbene Ferkel, in Honigglasur gehüllt und von Efeu umkränzt, richteten sich auf dem Tablett auf und spuckten die Äpfel aus, die man ihnen in die Schnauzen gesteckt hatte. Ein in ein vollständiges Federkleid gehüllter gebratener Pfau schlug ein Rad und richtete sich auf. Ein Schwarm unterschiedlicher kopfloser Wildvögel stellte sich auf die Beine und flatterte mit den nackten knusprigen Flügeln, während sich die Backkruste einer großen Pastete teilte und eine Horde gebratener Wachteln heraussprang. Aale in Gelee begannen zu zappeln, der pochierte Lachs stellte sich auf den Schwanz, und ein großer gekochter Hummer klapperte mit den scharlachroten Scheren. Unterschiedlich gefärbte Früchte und Gemüse sprangen mit äußerster Spannkraft wie Tennisbälle umher. Sie alle überragend, schlug eine große, wie eine Sphinx geformte Eisskulptur auf einem blumengeschmückten Podest ihre wunderschönen Raubtieraugen auf und breitete die frostigen Schwingen aus. Die Speisen verneigten sich ernst vor König Dunulas, der, zufrieden mit dem Spektakel, huldvoll lächelte. Königin Lallazay klatschte, offenbar verzaubert, in die Hände, und die Höflinge bekundeten mit vielen Ahs und Ohs ihr Entzücken.

Eine Weile verharrten die Speisen noch in ihrer lebensvollen Pose, dann war der Bann gebrochen. Die Luft flirrte, die festen Formen flackerten, veränderten sich und verschwammen, und die Speisen nahmen wieder ihre Ausgangsstellung ein. Das Licht wurde wieder hell, und alles war wie zuvor. Die Vorstellung war vorbei, und die Höflinge applaudierten begeistert. Man vernahm Beifallsrufe, und der König spendete dem Magier ein paar anerkennende Worte. Vequi nahm die Dankesbezeigungen in scheinbarer Demut entgegen, die von seinen triumphierenden Augen allerdings Lügen gestraft wurde.

Eliste lächelte und klatschte höflich mit, während sie sich insgeheim fragte: *War das alles?* Das Spektakel war zweifellos reizend gewesen, aber doch eine Bagatelle; und das jähe, nüchterne Ende war ausgesprochen unbeholfen gewesen. Verglichen mit der Magie eines Quinz vo Derrivalle waren Vequi v'Isserois Mätzchen geradezu anfängerhaft. Allerdings schien das niemandem aufgefallen zu sein. Auf den Gesichtern um sie herum spiegelte sich aufrichtige Bewunderung wider. Waren sie bloß höflich, oder kannten sie wirklich nicht den Unterschied zwischen belangloser Unterhaltung und wahrer Magie? Seit frühester Kindheit mit der Arbeit eines Meisters vertraut, hatte Eliste die Fähigkeiten ihres Onkels immer als selbstverständlich betrachtet. Er war eben Onkel Quinz, ergötzlich und eine Ausnahmeerscheinung; seine Kunststücke waren die selbstverständliche Offenbarung der natürlichen Gaben der Edlen, nichts weiter. Dref Zeenosons Befreiung hatte ihr vielleicht zum erstenmal zur Gänze die Augen für das Wunderbare an den Fähigkeiten ihres Verwandten geöffnet. Und nun sah sie, daß die Höflinge des Königs unterschiedslos hingerissen von einem kleinen Schauspiel waren, das Onkel Quinz vo Derrivalle nur ein Gähnen entlockt hätte.

Zweifellos war Vequi sich seines Erfolges auf schlichte Weise sicher. Da kam er nun und bahnte sich einen Weg durch die Menge bis zu Eliste; sein selbstzufriedenes Strahlen wirkte geradezu unschicklich.

Sie riß bewundernd die Augen auf, was er wohl von ihr erwartete; eine vorgetäuschte Bewunderung, was Vequi jedoch nicht zu bemerken schien – kaum jemand bemerkte es jemals. Das hatte die Erfahrung, bekräftigt durch Zeralenns Unterweisungen, sie bereits gelehrt.

Wohl in der Annahme, er habe sie erobert, folgte Vequi ihr nun auf Schritt und Tritt. Mehrere andere Höflinge taten es ihm nach, die meisten, mit Ausnahme allerdings von Feronte, geschickt von ihr ermutigt. Die Unterhaltung deckte ein weites Feld ab und sprang von der Politik über die Kunst und den Sport zum neuesten Klatsch in den Salons – das alles in so rascher, verwirrender Folge, daß Eliste bisweilen zu ihren Augen und ihrem Lächeln Zuflucht nahm, was meistens auch völlig ausreichte. Die besten Unterhaltungen waren die, bei denen sie hinterher nicht mehr sagen konnte, worum es dabei überhaupt gegangen war. Eine Mitteilung blieb ihr allerdings im Gedächtnis haften. Woher sie stammte, wußte sie später nicht mehr zu sagen. Doch als die gepuderten Lakaien sie nach dem Ball durch die verspiegelten Gänge des Beviaire zu den Jungferngemächern geleiteten, kam ihr eine Mitteilung in den Sinn, die sich ihr eingeprägt hatte. Aus unbestimmten Gründen schien es wichtig, daß Shorvi Niriennes neuestes Buch *Das Versprechen* verboten und sein Autor geächtet werden sollte. Nirienne hatte es sich mit seiner Forderung nach Abschaffung der Adelsprivilegien, einer Reform der Rechtsprechung, einer Charta der Menschenrechte und der Wiedereinsetzung eines altmodischen, gewählten Hundertenrats zur Beschränkung der Rechte des Königs natürlich selbst zuzuschreiben. Selbstverständlich ging es dabei um mehr als um das bloße Verbot der Tiraden eines aufrührerischen Rechtsanwalts. Nirienne hatte bereits eine ansehnliche Gefolgschaft um sich versammelt, die selbsternannten Niriennisten, deren Beschwerden großen Einfluß auf die öffentliche Meinung nehmen mochten. Es war geraten, diese allzu geübte Stimme zum Schweigen zu bringen, und daher schien es nur vernünftig, Niriennes Verhaftung anzuordnen. Eliste verspürte deswegen Bedauern, denn die Bestrafung erschien ihr hart. Nicht einmal ihrem schlimmsten Feind hätte sie gewünscht, im Grab eingesperrt zu werden, doch daran ließ sich offenbar nichts ändern – zum Wohle des Staates mußte Shorvi Nirienne von der Bildfläche verschwinden. So grausam das war, die öffentliche Sicherheit machte bisweilen strenge Maßnahmen erforderlich.

In einer bescheidenen Wohnung mit Ausblick auf den Universitätsplatz im Studentenviertel von Sherreen, das Rattenstadt genannt wurde, arbeitete ein Mann mit fiebriger Hast. Er warf Kleidungsstücke, Memorabilien, Bücher und Papiere in eine kleine Truhe, die im Wohnraum aufgeklappt auf dem Boden stand. Schon bald war die Truhe übervoll und ließ sich nicht mehr schließen, worauf ihr Besitzer sich bleich, aber entschlossen daran machte, einzelne Kleidungsstücke wieder herauszunehmen und fortzuschleudern, um mehr Platz für die wertvollen Bücher zu schaffen. Als es plötzlich klopfte, erstarrte er, nur seine gehetzten Augen huschten noch umher.

»Shorvi, ich bin's – Daquel.« Ein hastiges Flüstern, eine vertraute Stimme.

Shorvi Nirienne öffnete die Tür und ließ einen großgewachsenen, stämmigen jungen Mann mit einem rundlich zarten Gesicht ein, der die Knabenhaftigkeit seiner Züge offenbar mit einem struppigen, rötlichbraunen Schnurrbart auszugleichen trachtete. Nirienne war ganz anders. Er war in mittleren Jahren, mittelgroß, schmalschultrig, schmächtig, hatte braunes Haar, das allmählich grau wurde, und ein veränderliches, asketisches, aber nichtssagendes Gesicht, und nur sein außergewöhnlicher Verstand und die Tiefe seiner klugen, braunen Augen retteten ihn vor der Unauffälligkeit.

»Jetzt ist es offiziell«, erklärte Daquel. »Sie kommen Euch holen. Das heißt, sie sind schon unterwegs.«

»So. Fast möchte ich hierbleiben und sie willkommen heißen.«

»Wenn Ihr das tut, macht Ihr die Arbeit all Eurer Freunde zunichte, deren Mühen Besseres verdient haben. Kommt, Herr. Auf der Straße warten ein Karren und ein Kutscher, die Euch zu einem sicheren Haus im Achten Distrikt bringen werden. Ich werde die Truhe nehmen, keine Sorge, aber Ihr müßt jetzt wirklich aufbrechen.«

»Wem gehört dieses sichere Haus?« Nirienne rührte sich nicht vom Fleck.

»Einer Cousine von Oef Fuvay. Einer Madame Hiroux oder so ähnlich.«

»Und weiß diese Madame Hiroux, welches Risiko sie eingeht, wenn sie einen Flüchtigen versteckt?«

»Aber doch nur, wenn sie erwischt wird, nicht wahr?«

»Tapfer gesprochen, mein Freund.«

»Kommt, es besteht kein Grund zur Sorge. Diese Cousine glaubt offenbar, es sei das Risiko wert, und das tun wir alle. Aber Ihr solltet wissen, daß Ihr sie durch Euer Zaudern in zusätzliche Gefahr bringt.«

»Diese ständige Heimlichtuerei ist mir zuwider. Nein, sagt nichts, Daquel. Ich komme mit. Wartet, ich helfe Euch.«

Gemeinsam schafften sie es, den Deckel der Truhe zu schließen, dann schulterte der junge Daquel die schwere Last mit überraschender Mühelosigkeit. Shorvi Nirienne faßte sich an die Tasche seines weiten Sommermantels und vergewisserte sich zum hundertsten Mal, daß ein zusammengerollter Stapel Blätter darin war – das unvollendete Manuskript seiner neuesten Abhandlung. Er nickte zufrieden, dann verließen die beiden Männer die Wohnung, stiegen die knarrende Treppe hinunter, gingen vorbei an der dösenden Concierge und traten hinaus auf die Straße, wo der Karren wartend bereitstand.

Beim Anblick des ihm unbekannten Kutschers blieb Nirienne sofort stehen. Der Mann hatte lange Gliedmaßen und ein jugendliches Gesicht.

»Das ist Beq, der neue Mann«, erklärte Daquel. »Der behält einen kühlen Kopf, das könnt Ihr mir glauben.«

Nirienne nickte schwach, als enthielte er sich eines Urteils. Daquel stellte die Truhe nach hinten, und sie kletterten auf den Bock. Beq ließ die Peitsche knallen, dann rollte der Karren die Mostgasse entlang. Nirienne blickte sich gerade in dem Augenblick besorgt um, als ein Trupp Gendarmen um die Ecke am Ende der Straße bog. Als sie den Karren erblickten, begannen sie zu laufen. Nirienne stieß seinen Gefährten in die Seite, worauf Daquel zwei Finger in den Mund steckte und einen schrillen Pfiff ausstieß. Im nächsten Augenblick wimmelte es auf der Mostgasse von johlenden Universitätsstudenten, ausnahmslos Niriennisten. Der Lärm, das Gedränge und die allgemeine Verwirrung waren beträchtlich, doch unter der Leitung eines jungen Generalobersten mit falschem weißen Haar und Schurrbart kehrte rasch wieder Ordnung ein. Die Studenten hakten sich unter und nahmen quer zur Gasse Aufstellung. Die Gendarmen rückten vor, und das Schreien schwoll zu einem Gebrüll an, doch die Menschenkette hielt stand.

Beq trieb das Pferd zu einem kurzen Galopp an. Der Karren rumpelte über die Pflastersteine der Mostgasse und bog dann auf die breite Universitätsstraße ein, die an zwei Akademien vorbeiführte, dann hatte er auch schon die heruntergekommenen Wohnviertel des Achten Distrikts erreicht. Zahlreiche Bürger gafften dem vorbeiflitzenden Gefährt nach, doch weder stellte man sich ihm in den Weg, noch erkannte jemand den berühmten Fahrgast.

Hinter ihnen hallte die Mostgasse wider von Schreien, Drohungen und Beschimpfungen, während unterschiedliche Einwohner der Rattenstadt aus Tavernen und Wohnhäusern geeilt kamen und sich ins Getümmel stürzten. Kaum einer wußte, worum es eigentlich ging, doch das tat nichts zur Sache – es reichte schon, daß die Studenten der verhaßten Gendarmerie die Stirn boten. Die glücklosen Soldaten wurden von der überwältigenden Übermacht rasch aus dem Viertel vertrieben, trugen allerdings nur leichte Verletzungen davon. Die Niederlage der Gendarmen hatte die Menge, deren seit Generationen schlummernden Gefühle auf einmal nach einem Ausbruch verlangten, allerdings nicht besänftigen können. Zur gleichen Zeit, als Shorvi Nirienne in sein neues Domizil im Dachgeschoß der Pension von Madame Hiroux geleitet wurde – die, Ironie des Schicksals, ganz in der Nähe des Grabes lag –, wütete der Mob in den Straßen der Rattenstadt und zertrümmerte und plünderte, was sich gerade anbot. Jede einzelne Weinhandlung in der Mostgasse wurde leergeräumt, Garküchen wurden geplündert, Fenster und Glaslaternen wurden zerschlagen, und überall loderten Freudenfeuer wie orangefarbene Blumen empor. Bald darauf strömte die Menge von der Gasse auf den Universitätsplatz, wo sich hinter den Zehn Monarchen – lebensgroße marmorne Standbilder der bedeutendsten Vorgänger des amtierenden Königs Dunulas – der alte Königsturm erhob. Aus irgendeinem Grund versetzte der Anblick der Monarchen die Menge in Raserei. Verwünschungen brüllend stürzte der Mob vor und kippte die berühmten Statuen von den Sockeln. Die Monarchen stürzten in rascher Folge und zerschellten auf den Pflastersteinen; doch auch dieses unpersönliche Zerstörungswerk brachte noch keine Erleichterung. In den Händen der Aufrührer tauchten plötzlich Steine auf, und mit diesen groben Werkzeugen wurden die marmornen

Bruchstücke rasch in weißen Kies verwandelt und von plebejischen Füßen über den ganzen Platz verteilt. Anschließend wogte der Mob auf der Suche nach frischer Beute weiter, und es war abzusehen, daß die alten Vorlesungssäle der Universität dem allgemeinen Wüten zum Opfer gefallen wären, hätte sich nicht rechtzeitig der Schlichter von Sherreen in Begleitung seiner Lakaien am Ort des Geschehens blicken lassen.

Es ging bereits auf den Abend zu. Die Aufrührer wurden allmählich müde. Die jungen Niriennisten hatten ihr Ziel erreicht und sich längst zurückgezogen. Ohne eine starke Führung brach sich die tiefverwurzelte Angst vor dem Schlichter wieder Bahn, und einzelne Gruppen spalteten sich von der Menschenmenge ab und verschwanden in den dunklen Nebenstraßen. Denjenigen, welche ausharrten, fiel es schwer, sich mit einer Niederlage abzufinden. Die maskierten Gefolgsleute des Schlichters mußten vier Salven abschießen, bevor sich die Menge bereitwillig zerstreute. Die Verletzten und Toten wurden weggetragen, und bald darauf verschwand auch der Schlichter mit seinen Leuten. Zurück blieb der menschenleere Universitätsplatz, übersät mit Glassplittern und weißen Marmorbrocken, den Überresten der Zehn Monarchen.

7

Die Quartiere der Ehrenjungfern wirkten erstaunlich beengt und schäbig. Eliste, die königliche Pracht erwartet hatte, mußte sich zu ihrem Entsetzen eine schlichte, zugige Kammer mit drei anderen Mädchen ihres Alters teilen. In dem Raum gab es vier schmale Betten, einen Waschtisch, zwei Kommoden und einen einzigen Drehspiegel. In einer kleinen angrenzenden Kammer waren vier große Kleiderschränke und vier Strohsäcke für die Dienstmägde untergebracht. Von einem muffigen, gewöhnlichen Wohnzimmer gingen zwei weitere gleichartige Gemächer ab. Eine vierte und weitaus luxuriösere Wohnung gehörte der betagten Marquise vo Quivesse, die immer noch stechende Augen besaß und die offizielle Vorgesetzte der Ehrenjungfern war. Ein kurzer, kaum erhellter Gang verband den Wohnraum mit den weitläufigen Gemächern der Königin Lallazay.

Das Durcheinander von Kartons, Schachteln, Wäschekörben und allerlei Krimskrams legte Zeugnis ab von den Mängeln der Ausstattung. Das ganze Ausmaß dieser Mängel zeigte sich jedoch erst am nächsten Morgen, als vier Mädchen sich gegenseitig Waschtisch und Spiegel streitig machten. Das Gerangel begann im Morgengrauen, als Quivesse auf knarrenden Bodenbrettern ins Zimmer kam, um ihre Schützlinge aus dem Bett zu scheuchen. Eliste schlug nur widerwillig die Augen auf. Es war kaum zwei Stunden her, daß sie vom Audienzsaal der Königin zurückgekommen war, beschwingt vom Champagner, von der Erregung und einem Gefühl verruchter Weltläufigkeit. Jetzt mußte sie dafür bezahlen. Die anderen Mädchen waren bereits aufgestanden. Mit wirrem Haar, wedelnden Armen und aufgeregt plappernd rangelten sie um einen Platz am Waschtisch. Eliste bemerkte, daß sie weder verquollene Augen hatten noch bläßlich wirkten. Ihre Mitbewohnerinnen waren frisch und ausgeruht oder wirkten zumindest so. Das Mädchen beispielsweise, das gerade im Waschbecken herumplanschte – die Kleine mit den schwarzen Locken, dem treuen Hundeblick und der goldfarbenen Haut – sprühte geradezu vor einigermaßen unstandesgemäßer Lebendigkeit. Einen angenehmen Gegensatz bildete die in vornehmer Zurückhaltung neben ihr stehende schlanke menschliche Lilie, deren blasses, ovales Gesicht und die zarten Gesichtszüge auf eine überirdische Unschuld hindeuteten. Beide wurden überragt von einem sehr großen Mädchen, dessen stupsnasiges, freundliches, aber durchschnittliches Gesicht in scharfem Gegensatz zu seiner fast schon peinlich wirkenden üppigen Figur stand, die in dem hauchzarten, durchscheinend seidenen Umhang aufs Vorteilhafteste zur Geltung kam. Alle waren sie hübsch, apart und wirkten beunruhigend selbstsicher.

»Getrödelt wird nicht, Mädchen.« Die Stimme der alten Marquise unterbrach Elistes Gedankengang. »Du bist hier, um ihrer Majestät zu dienen.« Ohne auf eine Erwiderung zu warten, beugte sie sich vor und beförderte die Schlafdecke mit einem Ruck ans Fußende des Betts.

Eliste setzte sich auf und glättete hastig ihr Nachtgewand. Es wurde im Chor gekichert, worauf sie tief errötete. Der vo Quivesse einen empörten Blick zuwerfend, sprang sie aus dem Bett. Kairthe hüllte sie in einen leichten Morgenmantel, dann wandte Eliste sich zum Waschtisch um.

»Einen Augenblick.«

Eliste hielt inne und machte ein finsteres Gesicht. Das war ein Fehler.

»Vielleicht glaubt Ihr ja, Ihr wärt zu Eurem Vergnügen hier, edles Fräulein.« Quivesse verschränkte die Arme vor der Brust. »Vielleicht haltet Ihr Euch ja für eine große Schloßherrin, oder Ihr meint, Ihr wärt eine Königin. Dann erlaubt mir, Euch eines Besseren zu belehren. Eure neue Stellung als Ehrenjungfer bedeutet keine Sorglosigkeit, sondern bringt zahlreiche Pflichten mit sich. Es steht zu hoffen, daß Euch Euer Pflichtgefühl zu Fleiß, Bescheidenheit, Anstand und verantwortungsbewußtem Verhalten anhalten wird. Sollte dies nicht der Fall sein, dann ist es meine Aufgabe, die Ansprüche Ihrer Majestät wahrzunehmen. Glaubt bloß nicht, Ihr könntet meiner Wachsamkeit entgehen, edles Fräulein. Ich bin schon viele Jahre hier, und ich habe mit zahllosen *unedlen* Damen zu tun gehabt! Es gibt keine List, die ich nicht schon vereitelt hätte, keine Rankünе, die ich nicht durchschauen würde. Was Euch auch einfallen mag, ich habe es schon gesehen und bezwungen, als Ihr noch gar nicht geboren wart. Glaubt bloß nicht, Ihr könntet hier bummeln und Euch drücken. Ihr werdet Euer Teil beitragen, Ihr werdet folgsam Eure Pflicht tun, und Ihr werdet Euch würdevoll und gesittet aufführen, sonst müßt Ihr mir Rede und Antwort stehen. Habe ich mich verständlich ausgedrückt?«

Da Eliste sich nicht zu antworten traute, wandte sie sich ab.

»Das bedeutet einen schwarzen Strich auf Eurer Liste. Mindestens einen. Ihr habt Euren Anfang auf dem falschen Fuß gemacht, edles Fräulein. Ich rate Euch, nehmt Euch in acht.« Mit diesen Worten entfernte sich Quivesse.

Mit finsterem Blick stapfte Eliste zum Waschtisch und spritzte sich lauwarmes Wasser ins flammendrote Gesicht. Ihre Mitbewohnerinnen musterten sie mit unverhohlenem Nachdruck. Eliste, der ihr Unbehagen deutlich anzumerken war, weckte offenbar ihr Mitgefühl, denn die kleine Brünette sagte tröstend zu ihr: »Mach dir nichts aus dem Wachhund. So springt sie mit jedem um.«

»Wachhund?«

»Das ist unser Spitzname für die Quivesse, und so wie sie schnappt und knurrt, hat sie den auch verdient.«

»Sie ist sehr jähzornig«, bemerkte die Statuenhafte. »Und mürrisch. Außerdem hat sie Blähungen …«

»An Körper und Geist«, warf die Brünette ein.

»Ich glaube, das kommt von ihrer Leber«, fuhr die Statue fort. »Oder sie ist hypochondrisch. Oder vielleicht leidet sie auch bloß darunter, daß keiner sie ausstehen kann.«

»Aus gutem Grund«, säuselte die Lilie, deren unerwartet tiefe, rauchige Stimme in scharfem Gegensatz zu ihrer ätherischen Erscheinung stand. »Ein richtiger Wachhund! Dieses lästige graue Biest kommt um vor Neid.«

»Das stimmt. Sie erträgt es nicht, daß wir jung sind, und es macht sie wahnsinnig, mitanzusehen, wie wir uns amüsieren. Sie bemüht sich nach Kräften, uns den Spaß zu verderben.«

»Aber was nützt es der vertrockneten alten Vettel. Konnte sie Putsie vo Crev etwa verbieten, mit vo Furnaux auf seinem Zimmer zu speisen? Konnte sie Frisse v'Enjois vielleicht daran hindern, sich wegen diesem Soundso mit der gestreiften Weste zum Gespött der Leute zu machen? Oder Derinne vo Doliet, für eine Woche mit Rouveel-Nezoir vo Lillevant wegzulaufen? Es gibt immer Mittel und Wege, dem Wachhund ein Schnippchen zu schlagen.«

»Trotzdem hätte jemand Derinne damals Einhalt gebieten sollen. Schließlich hat Lillevant ihr ein Kind gemacht. Zumindest hat sie *behauptet*, es wäre von ihm.«

»Ich mache ihr deswegen keine Vorwürfe. Er ist ja so hübsch! Also, ich an ihrer Stelle …«

»Wunderbar. Das werde ich ihm sagen.«

»Untersteh dich! Sonst kriegst du es mit mir zu tun!«

»Ist es eigentlich erwiesen, daß Lillevant der Vater ist?«

»Da kommen viele in Frage«, meinte die Lilie. »Derinnes Ruf war mindestens so beschmutzt wie ein Bauer auf dem Feld, wenn du dich noch erinnerst. Lillevant hatte nicht vor, sie zu heiraten, und nach dieser kleinen Eskapade hatte auch sonst keiner mehr Lust dazu.«

»Ach, ist sie *deshalb* so plötzlich wieder aufs Land verschwunden?«

»Kluges Mädchen. Was man von der bedauernswerten Derinne nicht gerade behaupten kann. Wenn die arme kleine Schlampe auch nur einen Funken gesunden Menschenverstand gehabt hätte, dann hätte sie sich eine von Dr. Zirques widerlichen Mixturen verschafft und sich den Balg unbemerkt vom Hals geschafft.«

»Du mußt es ja wissen!«

»Tja – nun!« Die Lilie lächelte und zuckte die Achseln. »Aber die sentimentale Derinne war in diesen Dingen nun mal unentschlossen und mußte halt solange zaudern, bis ihr Zustand nicht mehr zu übersehen war. Worauf der Wachhund außer sich gerät, mit Schaum vor dem Mund hin und her läuft und schreit, die Vergehen des edlen Fräuleins vo Doliet seien noch nie dagewesen und daher werde sie ein für allemal von der *Liste* gestrichen, sie werde verbannt und verstoßen und ihr schändlicher Name endgültig und unwiderruflich *ausgelöscht* – es war richtig lustig.«

»Um was für eine Liste geht es da eigentlich?« warf Eliste ein. »Sie hat gemeint, ich hätte jetzt einen schwarzen Strich.«

»Wir haben alle schwarze Striche.«

»Ich habe fünf.«

»Und ich sechs.«

»Ich hab's bisher auf dreiundfünfzig gebracht«, verkündete die Lilie, »und ich hoffe, bis Jahresende werden's noch hundert.«

»Aber was genau steht nun auf der Liste?«

»Das weiß niemand.«

»Eines Tages werden wir es bestimmt erfahren.«

»In atemloser Spannung warten wir auf den Augenblick der Offenbarung.«

Lachend stellten sie sich vor. Die kleine Brünette war Gizine vo Chaumelle, der Sproß einer Familie reicher Grundbesitzer aus Jerunde. Die halbbekleidete Statue war Neanne vo Zeurlot-v'Innique aus der Sevagne, die Tochter des Finanzministers seiner Majestät. Die Lilie mit dem trügerisch unschuldigen Gesicht war Merranotte v'Estais, die Enkelin keines Geringeren als des Herzogs von Rivennier. In den angrenzenden Räumen, die Rosenheim und Schneeweißchen genannt wurden, wohnten noch acht weitere Mädchen gleichen Alters und ähnlicher Herkunft. Mit Elistes Ankunft, welche die nach der jähen Abreise der glücklosen Derinne vo Doliet freigewordene Stelle einnehmen sollte, war das Dutzend Ehrenjungfern wieder voll.

Ohne daß das muntere Geplauder verstummt wäre, machten sich die Dienstmägde daran, die Ehrenjungfern anzukleiden. Während Kairthe ihr Madame Nimais' federleichtes, pfirsichfarbenes Morgengewand aus Seidengaze anlegte, sammelte Eliste weitere Kenntnisse. Sie erfuhr, daß die Ehrenjungfern durchschnittlich mit vier Stunden Schlaf auskommen mußten. Sie erfuhr weiterhin, daß man sich durch die unermüdliche Einnahme von Abführmitteln eine schlanke Taille bewahrte. Sie vernahm, daß die Zuwendungen knauseriger Väter aus der Provinz von den Geschenken reicher Gönner aufgebessert wurden. Man erzählte ihr, daß die Absonderungen der Moschusdrüsen der Vebarinen, gemischt mit Olivenöl, Bodennessumut und Speichel, ein unfehlbares Mittel gegen Empfängnis seien. Sie hörte, daß der Cavalier vo Furnaux, ein Mann von katholischem Geschmack, sehr blonde Knaben gleichermaßen blonden Mädchen vorzog. Sie vernahm, daß sich hinter dem unablässigen Kokettieren der Königin eine wesensmäßige Kälte verberge oder möglicherweise auch eine unbewußte Wärme, die der König mit seinen plumpen Annäherungen bloß nie habe erwecken können. Man erzählte ihr, daß König Dunulas die Gemächer der Königin höchstens einmal im Monat aufsuche und niemals länger als eine halbe Stunde bleibe.

Die erbauliche Unterhaltung fand mit der Rückkehr der Marquise vo Quivesse, die verkündete, die Herzogin von Feronte, die Erste Ehrendame des Schlafgemachs der Königin, benötige drei oder vier Jungfern, die ihr bei der Durchsicht der königlichen Garderobe helfen sollten, ein jähes Ende. Die Wahl war auf die Mädchen in Elistes Zimmer, dem Malvenheim, gefallen. Sie sollten sich sogleich bei der Herzogin melden und ihr zu Diensten sein, anschließend stünde es ihnen frei, sich bis zum Morgenempfang der Königin, der für den frühen Vormittag angesetzt war, zu vergnügen. Zum Frühstücken blieb keine Zeit mehr. Für die Ehrenjungfern galt offenbar das gleiche wie für viele andere Treibhausgewächse; man erwartete von ihnen, daß sie sich mit Kerzenlicht und Komplimenten begnügten. In Wirklichkeit mußten sie selbst sehen, wie sie zurechtkamen.

Die Mädchen marschierten im Gänsemarsch aus dem Zimmer. Mit einem scharfen Zungenschnalzen hielt die Marquise Eliste zurück.

»Einen Augenblick. Das wurde vor einer Viertelstunde für Euch abgegeben. Zunächst war ich geneigt, es einzubehalten, doch in Anbetracht des hohen Ranges des Absenders hielt ich es für geraten, wenn schon nicht Eurer Klugheit, so doch seiner Ritterlichkeit zu vertrauen. Da.« Quivesse reichte ihr ein kleines, in dunkelroten Samt eingeschlagenes und mit einem schwarzen Seidenband verschnürtes Paket. Ihm beigefügt war eine rechteckige Karte mit eingeprägtem Familienwappen, das Eliste einen Augenblick lang verständnislos betrachtete.

»Feronte!« jauchzte ihr jemand ins Ohr. Als Eliste herumfuhr, stand unmittelbar hinter ihr Meranotte v'Estais. Die menschliche Lilie schien sich aus unerfindlichen Gründen köstlich zu amüsieren. »Das sind seine Waffen, in jeder Beziehung! Feronte beginnt einen neuen Eroberungsfeldzug. Eine neue Festung, ein neuer Feldzug! Aber feuert seine alte Kanone noch, oder haben Alter und Rost bereits ihr Werk vollendet? Das frage ich mich. Meine Damen – seht nur! Seht!«

Während Eliste errötete, kamen ihre Mitbewohnerinnen wieder zurückmarschiert. Als Merranotte ihre Verlegenheit bemerkte, zuckte sie die Achseln. »Komm, Kind, du brauchst doch nicht rot zu werden. Du hast jetzt ein paar neue Schwestern bekommen, in jeder Hinsicht so lästig und aufdringlich, wie leibliche Schwestern nur sein können. Etwas verschweigen zu wollen, ist zwecklos – sie werden dir sowieso ihre Meinung sagen, ob du willst oder nicht. Also, was hat er dir geschickt? Zeig her!«

Hin und her gerissen zwischen Neugier und Verlegenheit, löste Eliste die Seidenbänder und entfernte die Verpackung, dann öffnete sie eine brokatgepolsterte Schachtel, in der eine Kette aus feinen, durchscheinenden Jadegliedern lag, versehen mit einer mit funkelnden Smaragden besetzten goldenen Schließe. Nachdem der Versuch, sich das Schmuckstück ums Handgelenk zu legen, unbefriedigend ausgefallen war, meinte Eliste stirnrunzelnd: »Das muß wohl für eine Riesin sein.«

»Du kleine Wilde, das ist eine Fußkette! Probier sie an!«

»Am *Bein?*«

»Na los, mach schon!«

Eliste gehorchte. Sie reichte das Schmuckstück Kairthe, hob die pfirsichfarbenen, hauchdünnen Röcke und entblößte eine seidenumhüllte, mit einem Strumpfband aus Spitze versehene Wade. Kairthe legte ihr die Kette um, und Eliste verdrehte zur Probe den Fuß. Die wundervoll kühlen Jadeglieder leuchteten wie tiefes Meereswasser.

»Ah, die steht ihr aber!«

»Die Farbe ist hübsch!«

»Sie sollte kurze Röcke tragen, damit man die auch sieht!«

»Ja, das sollte sie wirklich tun und damit einen neuen Modetrend kreieren! Vorne kurz, mit einer kurzen, gerafften Schleppe, die über Zugbänder geführt wird.«

»Wir sollten die neue Mode ›Erstürmte Zitadelle‹ nennen«, schlug Merranotte hilfsbereit vor. »Oder vielleicht lieber ›Herontes Eroberung‹?«

»›Herontes Torheit‹ wäre passender«, gab Eliste zurück. »Aber sehen wir mal, was er schreibt.« Ihre flammendroten Wangen straften ihre gekünstelte Gefaßtheit Lügen. Sie klappte die Karte auf und las: »›Edles Fräulein – ich lade Euch ein, heute mit mir zu Abend zu speisen. Ein Lakai wird Euch um zehn Uhr zu meinen Gemächern geleiten. Es wäre mir lieber, wenn Ihr ohne Parfüm erscheint. – Feronte.‹« Sie sah auf. »Unverschämt, findet ihr nicht?«

»Seine Gnaden machen nicht viele Worte«, pflichtete Neanne ihr bei. »Aber warum sollte er auch?«

»Was wirst du sagen, wenn du dich mit ihm triffst?« wollte Gizine wissen. »Wirst du ihn anschmachten, oder wirst du kühl und geheimnisvoll tun?«

»Was wirst du anziehen?«

»Wirst du aufgeregt sein? Also, *ich* wäre wie gelähmt!«

»Ich habe keinen Grund, mich aufzuregen«, meinte

Eliste, »und zwar aus dem einfachen Grund, weil ich gar nicht hingehen werde.«

»Ist das wirklich dein Ernst?« Gizine bekam ganz runde Augen.

»Wir sprechen hier vom leiblichen *Bruder* seiner Majestät«, erklärte Neanne. »Dessen Einladung kannst du doch nicht ablehnen!«

»Sein Stammbaum reizt mich nicht, und wenn ich nicht will, dann will ich eben nicht.«

»Du bist neu, du kennst dich noch nicht aus – damit ist es einfach nicht getan.«

»Doch, das ist es. Ich gehe nicht.« Eliste biß die Zähne zusammen.

»Aber warum denn nicht?«

»Weil ... weil ... ich ihn einfach nicht mag, deshalb. Er ist zu eingebildet und zu herrisch, geradezu beleidigend. Ich finde ihn ... unverschämt.«

»Du Dummchen, du verbaust dir deine Chancen. Weißt du denn nicht, daß ein Herzog gar nicht unverschämt sein *kann*?«

»Dieser schon. Und was seine Vorladung angeht, würde ich ihm mit Freuden sagen, was er damit tun soll.« Eliste riß die Karte des Herzogs mitten entzwei und warf die beiden Hälften weg.

Merranotte v'Estais brach in Gelächter aus. »Oh, die Zitadelle ist gut bewacht, das Tor fest verrammelt. Feronte weiß, was ihn erwartet. Das verspricht gute Unterhaltung. Eigentlich finde ich dein Vorgehen gar nicht so unklug – seine Hoheit wird die Herausforderung pikant finden, und dein Widerstand wird seine Leidenschaft gewiß beflügeln.«

»Das ist nicht der Grund, weshalb ich ablehne«, entgegnete Eliste. »Ich will weder seine Leidenschaft noch sonst etwas bei ihm wecken. Kairthe ...« Sie schnippte mit den Fingern. »Nimm mir die Kette ab, lege sie in die Schachtel und bringe sie dem Herzog von Feronte. Danke seiner Gnaden in meinem Namen und richte ihm mein Bedauern darüber aus, daß ich seine Einladung nicht annehmen kann.«

»Ihr wollt, daß *ich* mit dem Herzog spreche, Herrin? Mit dem Herzog persönlich?« Kairthe war bereits damit beschäftigt, das Schmuckstück von der Fessel ihrer Herrin zu entfernen.

»Oder mit einem seiner Lakaien. Darauf kommt es nicht an.«

»Da fall ich doch sofort tot um!« rief Kairthe, worauf die übrigen Bediensteten erstaunte Blicke wechselten. »Wie soll ich ihn in diesem Ameisenhaufen von einem Palast überhaupt finden, Herrin? Da kann man doch *meilenweit* laufen, nicht wahr?«

Die Ehrenjungfern ließen ein gedämpftes Kichern vernehmen. Die Marquise vo Quivesse preßte die Lippen zusammen.

»Erkundige dich bei einem Lakaien«, riet ihr Eliste.

»Kann ich mir den Rückweg mit Zeichen markieren?«

»Nein! Erkundige dich einfach!«

»Kann ich vorher noch auf die Toilette gehen? Ich bin ja so kribbelig!«

»Ich will nichts mehr hören! Was bist du nur für ein Kind!«

Neanne erstickte fast vor Lachen und mußte sich bei Gizine festhalten. Quivesse wippte unruhig mit dem Fuß.

»Kein Grund zur Aufregung, Herrin! Ich bin schon unterwegs!« Mit der Schachtel in der Hand eilte Kairthe von dannen.

»Das ist schon ein Unikum«, bemerkte lächelnd Merranotte. »Aber im Ernst, meine Liebe, ich glaube, du hast dir da einen schlechten Dienst erwiesen.Arontes Geschenk war hübsch und stand dir gut. Warum hast du es abgelehnt?«

»Ich wollte keine falschen Hoffnungen bei ihm wecken.«

»Warum nicht? Das gehört mit zum Spiel, und unterhaltsam ist es obendrein.«

»Ich spiele nicht mit dem Herzog.«

»Aber er spielt mit dir, und du könntest das Kompliment zumindest erwidern.«

»Von *ihm* brauche ich mir keine Vorschriften machen zu lassen.«

»Bei Gott, welch unerbittliche Rechtschaffenheit, welch kleinliche Redlichkeit, welch griesgrämige Tugendhaftigkeit! Oder anders ausgedrückt, welcher Hochmut!«

»Ich möchte Feronte gegenüber keine Verpflichtungen eingehen.«

»Da siehst du die Sache falsch. Dadurch, daß du das Geschenk eines Verehrers annimmst, gehst du keinerlei Verpflichtungen ein. Hier in Sherreen würde der Kavalier, der so weit ginge, eine Dame in seiner Schuld zu sehen, als ungehobelter Tölpel gelten. Seine Geschenke sind vielmehr der rechtmäßige Tribut an deine Reize und sollten ermutigt, sogar eingefordert werden. Auch das gehört mit zum Spiel.«

»Da hat sie wirklich recht, weißt du!« pflichtete Gizine vo Chaumelle ihr bei. »Du hättest niemals auf die wunderschöne Fußkette verzichten sollen! *Ich* hätte das bestimmt nicht getan!«

»Wie hast du es nur über dich gebracht, darauf zu verzichten?« wollte Neanne wissen. »Sie war fast so hübsch wie Lillevant persönlich, und außerdem ja *so* modisch!«

»Beim nächsten Mal weiß unser verpflanztes Buschröschen Bescheid«, bemerkte Merranotte. »Und daß es ein nächstes Mal geben wird, das bezweifle ich keinen Augenblick.«

»Das reicht jetzt, Ihr leichtsinnigen Dinger!« Die Marquise vo Quivesse klatschte einmal scharf in die Hände. »Schluß damit! Es wird Zeit, daß Ihr Euren Unterhalt verdient. Die Herzogin wartet auf Euch – nun geht.«

»Die Herzogin von Feronte – ich sterbe!« rief Gizine.

»Was für eine Farce – ich halt's nicht aus!« meinte Neanne.

Eliste wandte sich mit fragend hochgezogenen Brauen an Merranotte.

»Das stimmt«, beantwortete Merranotte ihre unausgesprochene Frage. »Die Herzogin von Feronte, die Erste Ehrendame des Schlafgemachs der Königin, der wir nun zur Hand gehen sollen, ist die häufig betrogene Gemahlin deines königlichen Schmusekaters.«

»Seine Gemahlin. Einfach köstlich. Es hätte gar nicht besser kommen können. Es besteht wohl keine große Hoffnung, daß sie noch nicht im Bilde ist?«

»Ich fürchte, nein, mein Kind. Zu viele Zeugen. Ihre Gnaden werden es in Kürze erfahren, wenn sie es nicht schon weiß. Aber was soll's? Mittlerweile müßte sie solche Neuigkeiten eigentlich gewöhnt sein, außerdem taugen die Klagen einer alternden, eifersüchtigen Ehefrau sowieso nur als Stoff für Komödien. Sie könnte vielleicht ein wenig eklig werden, aber man darf es sich erlauben zu lachen.«

»Aber das ist ein so schmutziger, unangenehmer Anfang.«

»Das habt Ihr Euch selbst zuzuschreiben«, meinte Quivesse. »Ihr Mädchen von heute habt keinen Anstand und keinen Stolz mehr. Wenn ein bedeutender Mann wie seine Gnaden ein Auge auf Euch wirft, dann nur deshalb, weil Ihr seine Aufmerksamkeit gesucht habt. Wenn die Herzogin Euch tadelt und verabscheut, dann deshalb, weil Ihr ihr Anlaß dazu gegeben habt. Darum Schluß mit den Klagen. Wie immer die Schelte ausfallen mag, Ihr habt sie verdient. Und nun geht.«

Die Begegnung mit der Herzogin von Feronte verlief nicht annähernd so unerfreulich, wie Eliste befürchtet hatte. Die Herzogin – eine gleichmütige Frau mit einem Pferdegesicht und großen Händen, die stolze

Tochter einer der ältesten Adelsfamilien und um einige Jahre älter als ihr untreuer Gemahl – begrüßte die neue Ehrenjungfer mit zurückhaltender Höflichkeit und trug ihr auf, Lallazays zahllose Handschuhe aufzulisten. Falls sie vom Interesse des Herzogs an dem edlen Fräulein vo Derrivalle wußte, so war sie zu wohlerzogen, es sich anmerken zu lassen, und ging statt dessen in würdevoller Haltung ihrer Arbeit nach. In Abwesenheit offener Feindseligkeit entspannte sich Eliste allmählich. Ihre drei Stubengenossinnen, allesamt schadenfrohe Lästermäuler, waren zweifellos enttäuscht. Eliste hingegen konnte endlich die Umgebung in sich aufnehmen und sich über das Ausmaß der Zimmerflucht wundern, in der die prachtvolle Garderobe der Königin untergebracht war. In einem der Räume gab es einen begehbaren Schrank, der einzig und allein der Aufbewahrung von Handschuhen vorbehalten war, die in zahllosen Holzkästen ruhten und auf schmalen, eigens dafür angefertigten Regalen gestapelt waren. In diesem Schrank saß nun Eliste, öffnete nacheinander die Kästen und trug eine kurze Beschreibung des jeweiligen Inhalts in ein großes Hauptbuch ein: »1 Pr. Hands. mittellng., lavendelfarb. Veloursleder, weiße Seidenstickereien, Streller Durchbrucharbeit. 1 Pr. Hands., ¾-lng., dkl.-bl. Glacé, Silberknöpfe, Kristall- und Silberperlen.« Und so unablässig weiter. Der Zweck der Bestandsaufnahme war nicht ersichtlich, doch die Arbeit fiel leicht, der Reiz, die persönlichen Besitztümer der Königin von Vonahr durchzusehen, noch neu, und die Zeit verging wie im Flug. In den angrenzenden Räumen waren Gizine, Neanne und Merranotte mit ähnlich nichtigen Tätigkeiten beschäftigt.

Die Ehrenjungfern hatten ihre Arbeit bei weitem noch nicht beendet, als sie entlassen wurden. Die Vorbereitungen für den Morgenempfang der Königin hatten begonnen. Die vier Mädchen begaben sich zu ihrem Wohnraum, wo Eliste zum erstenmal ihren Kameradinnen aus Schneeweißchen und Rosenheim begegnete – einer schnatternden Schar hübscher, lauter, frivoler junger Adliger, die in ihren pastellfarbenen Seidenkleidern wie Puppen wirkten und in ihrer Art Elistes Mitbewohnerinnen aus dem Malvenheim glichen. Wie es alter Brauch zu sein schien, tauchte auf dem Teetischchen in der Mitte des Raums allerlei Eßbares auf. Jemand hatte dem Chefkonditor des Palasts eine Tüte mit cremegefülltem Blätterteiggebäck abgeschwatzt. Außerdem gab es einen Korb mit frischen Erdbeeren, etliche Petits fours von gestern und einen Haufen Bonbons, und Merranotte v'Estais stellte unter den begeisterten Ausrufen der anderen noch ein Dutzend gekühlter Flaschen Champagner dazu. Niemand erkundigte sich, woher sie den Champagner hatte. Merranottes unorthodoxes Vorgehen bei der Beschaffung war sprichwörtlich, und am besten stellte man ihr keine Fragen.

Korken knallten, Gläser tauchten auf, der Champagner strömte, und die Blasen tanzten. Eliste betrachtete zweifelnd ihr Glas. Champagner zum Frühstück, das erschien ihr so unglaublich luxuriös, daß sie sich kaum traute einzugestehen, daß ihr zu dieser frühen Stunde Fruchtsaft eigentlich lieber gewesen wäre. Aber im Grunde war es ja Fruchtsaft, rief sie sich in Erinnerung – und zwar einer von der besten Sorte. Außerdem würde sie nur puritanisch gewirkt haben, wenn sie sich gesträubt hätte, davon zu trinken. Nicht ohne inneren Widerwillen probierte sie ihn. Der Champagner war süß und paßte wunderbar zu dem Kuchenfrühstück; er wirkte leicht und harmlos. Ihre Bedenken hintan stellend, sprach sie dem Champagner fortan freimütig zu, und nur ihre beschwingte Laune und das warme Gefühl von Wohlbehagen und Selbstsicherheit, das ihre Adern durchströmte, mochten sie noch daran erinnern, daß sie da etwas Kräftigeres als Ingwerpunsch trank. Die Jungfern um sie herum kicherten, aßen, tranken und tratschten wie mit menschlichen Gelüsten ausgestattete Blumen. Sie unterhielten sich über Mode, Speisen und Romanzen; und als Gizine vo Chaumelle verkündete, der neueste Zuwachs ihrer Schwesternschaft sei Gegenstand der herrischen Aufmerksamkeiten Ferontes, wurde die auch zuvor schon ausgelassene Stimmung geradezu übermütig. Frisse v'Enjois schlug vor, auf das ›Unternehmen Feronte‹ zu trinken. Aus vollem Halse lachend, stießen sie miteinander an, und Eliste fühlte sich in den Kreis der Ehrenjungfern aufgenommen.

Die muntere Zecherei ging weiter, und der Champagner zeigte allmählich Wirkung. Die Unterhaltung wurde pikanter und die Anekdoten frivoler. Zunächst hörte Eliste lediglich zu, schockiert und amüsiert zugleich. Doch bald schon faßte sie, beschwingt vom Alkohol, Mut und plapperte und kicherte genau wie die anderen. Sämtliche Vorräte wurden verzehrt, bis zum letzten Krümel der mit Mandelcreme gefüllten Petit fours. Die letzte Flasche wurde leergetrunken, und dann war es Zeit, daß sie sich zum Morgenempfang der Königin begaben. Eliste erhob sich ein wenig unsicher. Ihre Gelenke wirkten steif, als wäre sie von einer leichten Lähmung erfaßt, und sie sah den Raum und alle Dinge darin wie durch einen Schleier. Soviel Champagner am Morgen; ihren Kameradinnen schien er allerdings nichts auszumachen, wie sie undeutlich bemerkte. Auf einmal schwankte sie und wäre gefallen, hätte sie nicht eine schlanke, weiße Hand gestützt.

»Paß auf, Kind«, riet ihr Merranotte v'Estais. »Da – kau eine davon.« Sie bot Eliste eine kleine weiße Pastille an.

»Was ist das?« fragte Eliste mit schwerer Zunge.

»Das sind ausgezeichnete Tabletten des genialen Dr. Zirque. Eine reicht aus, um stundenlang hellwach zu bleiben. Somit kann man nach Herzenslust Champagner trinken, bis zum Morgengrauen tanzen oder sich vergnügen, die öden Ruhepausen verkürzen oder auch ganz auf den Schlaf verzichten, wenn man möchte; und bleibt trotzdem so frisch wie Frühlingsregen oder wirkt zumindest so.«

»Wirklich? Wie ist das möglich?«

»Das kann ich dir nicht sagen. Dr. Zirque ist zwar bloß ein Plebejer und kaum mehr als ein besserer Handwerker, aber er versteht wohl mehr davon als ich. Es reicht zu wissen, daß sie wirken, stets nützlich und häufig geradezu unentbehrlich sind. Kau sie langsam, meine Liebe, sonst flatterst du gleich wie ein großer, pfirsichfarbener Vogel durchs Schlafgemach der Königin.«

Eliste kaute und schluckte folgsam. Im nächsten Augenblick machte ihre Mattheit einer neuen Frische Platz. Auf einmal war sie hellwach und hatte soviel Kraft, daß diese für Tage, Wochen, Jahre auszureichen schien; sie war zuversichtlich, sogar glücklich, und außerdem fühlte sie sich so lebendig wie noch nie. Vor lauter Lebenslust lachte sie laut heraus.

»Pst, ein bißchen mehr Vorsicht«, riet ihr Merranotte.

»Ich fühle mich wunderbar!«

»Hab ich's dir nicht gesagt?«

»Einfach wunderbar! Kann ich ein paar davon haben?«

»Sicher. Verschaffen kannst du sie dir ohne Mühe, und brauchen tust du sie fast ständig. Noch ein paar Tage, und du kannst dir gar nicht mehr vorstellen, wie du einmal ohne sie ausgekommen bist.«

In ihrem Schwung mehr als wiederhergestellt, folgte Eliste ihren Kameradinnen über den kurzen Gang zu den Gemächern Königin Lallazays und betrat gleich darauf das maßlos feminine Schlafgemach ihrer Majestät. Mitten im Raum erhob sich ein großes Himmelbett mit reichverzierten, vergoldeten Pfosten und Vorhängen aus rosafarbener geblümter Seide; die Wände bedeckten ebenfalls rosafarbene, aber goldgeränderte Seidentapeten, und auf dem Bett, das mit einer Tagesdecke aus kostbarer Spitze bedeckt war, türmten sich rüschenverzierte, bestickte weiße Kissen. Im Bett saß die Königin, als wäre sie eben erst erwacht – das Gesicht war frisch geschminkt, das Haar glänzte von Pomade und war zu kunstvollen Locken geformt, jede einzelne Rüsche und jedes Bändchen an ihrer Bettjacke war tadellos gebügelt. Wie es ihre Gewohnheit war, hatte sich Ihre Majestät zwei volle Stunden lang von Zofen und Friseur zurechtmachen lassen und sich dann wieder ins Bett begeben, um ihre Besucher zu empfangen. Im durch die rosa Fensterscheiben fallenden gedämpften, schmeichelhaften Morgenlicht wirkte Lallazay ebenso jung wie ihre Ehrenjungfern. Sie nippte gerade an einer Tasse Schokolade und flüsterte mit Dr. Zirque, der sich aufmerksam zu ihr herunterbeugte. Bisweilen deutete sie mit dramatischer Gebärde auf Stirn, Hals oder Herz, während der Arzt dazu voll ernsten Mitgefühls nickte. Im Raum hatten die engsten persönlichen Bediensteten der Königin Aufstellung genommen, angefangen von der von Lallazay persönlich ausgewählten jungen und reizenden Prinzessin v'Arian bis zu einer grimmig dreinschauenden Gruppe eingebildeter Herzoginnen, deren Rang ihnen Zugang zur Königin verschaffte.

Die Ehrenjungfern traten nacheinander vor und küßten ihrer Herrin die Hand. Lallazay begrüßte sie freundlich, wenn auch in unterschiedlicher Weise; während sie ihre besonderen Favoritinnen anstrahlte, schenkte sie denen, an deren Namen sie sich nicht mehr erinnerte, lediglich ein unsicheres, verwirrtes Lächeln. Die Schlange rückte rasch vor, und dann drückte Eliste ihre Lippen auf die nach Neroliöl duftende, unruhige kleine Hand, deren Nägel, wie ihr jetzt erst auffiel, bis zum Ansatz abgebissen waren. Lallazay setzte das übliche Lächeln auf. Aufmerksam betrachtete sie Madame Nimais' hervorragend gelungene Kreation; die Trägerin des Kleides schien sie kaum wahrzunehmen. Eliste richtete sich wieder auf, nickte mit zurückhaltender Höflichkeit Dr. Zirque zu, dessen gesellschaftliche Stellung ihr noch unklar war, und trat rückwärts vom Bett zurück. Jetzt, da sie alles aus der Nähe sah, schwand ihre Ehrfurcht rasch dahin. Um sie herum kicherten die unverbesserlich leichtfertigen Jungfern. Frisse v'Enjois rammte ihr den Ellbogen in die Rippen und zeigte auf Neanne vo Zeurot-v'Innique – angetan mit einem dermaßen tief ausgeschnittenen Hauskleid, daß nicht nur ihre natürlichen Reize angemessen zur Geltung kamen, sondern daß es schon die Grenzen des Anstands erreichte oder gar überschritt –, wie sie sich soeben über die Hand der Königin beugte. Dr. Zirques wäßrige Augen fixierten Neannes Dekolleté. Sein schmales Gesicht war merklich gerötet und feucht von Schweiß. Elistes Heiterkeit schwoll beinahe unkontrollierbar an. Sie schlug sich die Hand vor den Mund und studierte den Teppich. Ihr entfuhren ein paar Lacher, und sie biß sich auf die Knöchel. Sie mußte kühl, gefaßt und erhaben wirken. Ja, unbedingt. Puterrot im Gesicht warf sie bebend Frisse einen verstohlenen Blick zu. Ohne sich ihrer Zudringlichkeit bewußt zu sein, sprang ihr Blick sogleich wieder zu Neanne zurück; ihre Selbstbeherrschung schwand immer mehr, und das Kichern ließ sich fast nicht mehr unterdrücken. Am liebsten wäre sie aus dem Raum gestürzt. Vielleicht hätte sie es auch getan, wären nicht in diesem Augenblick die ersten Besucher der Königin eingetroffen. Angeführt wurden sie vom Herzog und der Herzogin von Feronte. Die Herzogin wirkte kühl, vornehm und unnahbar; Feronte desgleichen.

Eliste schien er nicht zu bemerken. Als er für seine Frau Schokolade und Plätzchen von der Anrichte nahm, übersah er sie vollständig. Hätte sie sein Geschenk nicht zurückgewiesen, hätte er es wohl für angebracht gehalten, ihre Anwesenheit zur Kenntnis zu nehmen. So wie die Dinge standen, war sie Luft für ihn. Nur die Herzogin von Feronte blickte der neuen Jungfer abschätzend ins Gesicht, und in diesem kurzen Augenblick wurde deutlich, daß sie Bescheid wußte. Elistes Heiterkeit verflüchtigte sich jäh. Auf einmal wurde ihr ganz kalt, und sie fühlte sich schäbig, schuldlos zwar, aber nichtsdestotrotz beschämt.

Sie brauchte die Musterung durch die Herzogin nicht lange über sich ergehen lassen. Nachdem sie der Königin Respekt erwiesen hatten, traten die Ehrenjungfern an den Rand, um dort wie gewohnt als schmückendes Beiwerk zu dienen. Die vier Stubengenossinnen vom Malvenheim nahmen in einer Ecke auf einem rosafarbenen Brokatsofa und zwei vergoldeten Stühlen Platz. Sie legten anmutig ihre weiten Röcke aus, dann schauten sie zu und tuschelten hinter ihren Fächern, während die erlauchtesten Besucher in das Schlafgemach der Königin gerauscht, geschritten, marschiert oder getrippelt kamen. Im Nu war der Raum angefüllt mit gepuderten und mit Schönheitspflästerchen geschmückten Höflingen – ein farbenprächtiger Schwarm, der sich vor allem um die Königin drängte. Lallazay saß noch immer im Bett und plauderte und gestikulierte mit mädchenhaft übertriebener Lebhaftigkeit. Sie scherzte, warf mutwillig den Kopf zurück und lachte ständig in den höchsten Tönen, die das respektvolle Stimmengemurmel mühelos durchdrangen. Während die Begrüßungen ihren Fortgang nahmen, verteilten sich die Besucher im ganzen Raum. Stühle, Sofas, Fensterbänke und selbst Fußschemel wurden rasch in Beschlag genommen. Hier und da, vor allem aber bei der Anrichte mit den Schalen voller Schokolade und den Tabletts mit dem Gebäck, bildeten sich Gesprächsgrüppchen. Die Prinzessin v'Arian setzte sich an das kleine weiße und goldfarbene

Cembalo und klimperte eine Melodie, deren süßlichen Klänge das gedämpfte Geplauder der versammelten Adligen leise untermalten.

Eliste erblickte viele ihr bekannte Gesichter, darunter mehrere Tanzpartner vom Vorabend. Und da erschien soeben der erlauchte Vequi v'Isseroi an der Schwelle – ein wenig mitgenommen, merklich außer Atem und mit beschämender Verspätung. Erheitertes Gemurmel begleitete sein verstohlenes Eintreten. Vequi eilte an die Seite der Königin, neigte sich vor, um ihr die Hand zu küssen, und murmelte zerknirscht eine Entschuldigung. Lallazay, die ihm offenbar nicht böse war, versetzte ihm lächelnd einen Klaps aufs Handgelenk, worauf die kleine Szene an Reiz verlor und sich Eliste wieder dem Studium ihrer möglichen Verehrer zuwandte. Als Merranotte ihre Versunkenheit bemerkte, sagte sie: »Sie werden so rasch hier erscheinen, wie die Etikette es erlaubt.«

»Wer?«

»Die Herren.«

»Was für Herren? Ist mir noch gar nicht aufgefallen, daß welche zugegen wären«, log Eliste.

»Ach, wirklich nicht?« Merranottes Lachen war so ansteckend, daß Eliste darin einstimmen mußte. »Sie werden sich wie hungrige Wölfe auf uns stürzen, es muß jeden Augenblick soweit sein.«

»Hoffentlich«, warf Gizine ein. »Sonst würden sich Putsie vo Crev und ihre Schneeweißchen-Bande diebisch freuen.«

»*Mir* würde es nichts ausmachen, übersehen zu werden!« meinte Neanne.

»Bei deinem Dekolleté steht das kaum zu befürchten, meine Liebe.«

»*Ich* fände es schrecklich, allein hier rumzusitzen, ausgestoßen, vergessen und *übersehen*! Abscheulich wäre das! Wenn das geschieht, dann sterbe ich auf der Stelle!«

»Kopf hoch, du bist gerettet. Da kommt Furnaux.«

»Aha! Da wäre Putsie also ausgestochen, und wie!«

Bewaffnet mit einem Tablett Walnußplätzchen, einem Mund voller Komplimente und einem trügerisch harmlosen Lächeln, näherte sich ihnen der Cavalier vo Furnaux. Plätzchen und Komplimente wurden mit der gleichen Begeisterung entgegengenommen. Bald darauf schloß sich ihnen noch Putsies eleganter Bruder Stazzi vo Crev an, dann stießen in rascher Folge Vequi v'Isseroi, Gizines wohlhabender Verehrer Nelille vo Denz und schließlich noch der Marquis vo Lieux-v'Olliard dazu, der in dieser übermütigen Runde ein wenig alt und gesetzt wirkte, jedoch zum Bleiben still entschlossen schien. Man tauschte Galanterien aus und scherzte; das Geplauder war munter und häufig von bissigen Bemerkungen durchsetzt. Eliste, die es gewohnt war, sich mit Dref Zeenoson zu messen, konnte sich mühelos behaupten. Ihr schien sogar, Merranottes Pastille habe ihr nahezu übernatürliche Geisteskräfte verliehen, und das gab ihr Selbstvertrauen. Vequi kokett zublinzelnd, fragte sie herausfordernd: »Müssen wir eigentlich annehmen, daß die magischen Bemühungen von gestern abend die Kräfte des erlauchten Vequi über Gebühr beansprucht haben? Oder gibt es einen anderen Grund für Eure dramatische Verspätung?«

Vequis juwelengeschmückte Zähne funkelten vielfarben auf. »Glücklich der Mann, dessen Schwächen ihm den Tadel des strahlenden Fräuleins vo Derrivalle einbringen. Noch ihr Mißfallen bedeutet eine Auszeichnung, und ihr Lob verleiht nichts geringeres als Unsterblichkeit.«

»Hübsch gesagt, mein Herr, doch Ihr weicht mir aus.«

»Übt Nachsicht mit Eurem demütigen Diener, edles Fräulein. Ich weiche Euch nicht aus, ich kreise das Thema bloß allmählich ein, wie jeder gute Jäger. Ganz langsam und mit unendlicher Behutsamkeit und Diskretion schleiche ich mich näher. Ich halte inne, ich warte, wäge ab. Und wenn der Ausgangspunkt des Gesprächs bereits vergessen ist, dann stürze ich mich darauf.«

»Vequi, hört Ihr denn gar niemals mit dem Unsinn auf?« fragte Gizine ernst.

»Niemals, edles Fräulein, was meinen größten gesellschaftlichen Vorzug darstellt.«

»Euer größter gesellschaftlicher Vorzug besteht in Eurer Abwesenheit, wenn Ihr unsere Wißbegier nicht stillen wollt«, drohte ihm Merranotte.

»Ah, die giftige Lilie! Nun denn, edles Fräulein, *Euch* zu verstimmen liegt mir fern. Seid versichert, verehrte Damen, daß die Bemühungen von gestern abend meine Kräfte keineswegs erschöpft haben. Meine Lebenskraft ist bei allen Anlässen gleich, und ich verlange nicht mehr vom Leben als die Erlaubnis der reizenden vo Derrivalle, dies unter Beweis stellen zu dürfen. Doch ach, leider fließt kein vergleichbar feuriges Blut in den Adern meines Kutschers – ein armer Schlingel, wie er im Buche steht, dessen schwaches Herz Ursache meiner heutigen Verspätung war. Wenn er auf Schwierigkeiten stößt, meint Ihr, dies weckte seine Tapferkeit, seinen kriegerischen Geist? Weit gefehlt. Nein, schon der kleinste Rückschlag läßt ihn vollkommen mutlos werden. Ein geringes Hindernis reicht schon, und er ist besiegt, und ich mit ihm. Da möchte man doch fast zum Fußgänger werden. Ich habe die Angelegenheit allerdings einer nüchternen Betrachtung unterzogen …«

»Nüchtern – wohl kaum!« Neanne warf mutwillig den Kopf zurück.

»Und ich glaube, ich habe die einzig kluge und vernünftige Lösung gefunden. Ich bin zu dem Schluß gekommen, daß wir anfangen müssen, Kutscher zu züchten«, erklärte Vequi. »Wir züchten Pferde auf ihre

Schnelligkeit, Hunde auf ihre Klugheit und Rinder auf ihre Größe hin, und dies durchaus mit Erfolg. Daher liegt der Schluß nahe, die gleichen Prinzipien, umsichtig auf unsere Leibeigenen angewandt, könnten irgendwann den geeigneten Kutscher hervorbringen – scharfäugig, mit ruhiger Hand, resolut und couragiert, unempfindlich gegenüber der Witterung, mit einem ausgezeichneten Orientierungssinn und einem angeborenen Verständnis für Pferde. Angenommen, die Züchtung hat Erfolg und es gelingt uns Kutschzüchtern, wie man uns dann nennen wird, den Typus zu vervollkommnen, dann können wir die Monarchen und Adligen aller zivilisierten Völker mit reinrassigen Kutschern versorgen. Anschließend können wir uns der Erschaffung des vollkommenen, reinrassigen Kammerdieners zuwenden, dann der des vollkommenen Gärtners und vor allem der des vollkommenen Kochs. Aber eins nach dem anderen. Zunächst einmal benötigen wir einen unvergleichlichen Kutscher und ein fruchtbares Weib mit gleichermaßen pferdehaftem Betragen. Vielleicht möchte sich die Herzogin von Feronte ja freiwillig melden?«

Sein Geistesblitz rief stürmisches Hohngelächter hervor, und die puterrot angelaufene Gizine brachte unter Keuchen hervor: »Vequi, was seid Ihr doch für ein Kasper!«

Vequi verneigte sich, und Eliste fragte ihn immer noch lachend: »Und wie sah nun dieses schreckliche Hindernis aus, das sich Eurem Kutscher in den Weg stellte?«

»Mit aufwieglerischen Bauern verstopfte Straßen, das war der Grund. Zwischen dem Beviaire und dem Havillac-Park war fast kein Durchkommen mehr. Überall schwärmen Bettler, Arbeiter, kleine Ladenbesitzer und ähnlicher Abschaum aus, schreien herum, klatschen in die Hände, werfen Steine und Dreckklumpen. Was sie damit erreichen wollen, kann ich mir beim besten Willen nicht vorstellen. Das alles ist sehr lästig, sehr dumm und sehr ärgerlich. Sie verstopfen die Straßen, hindern einen am Durchkommen und, was noch schlimmer ist, sie machen die Pferde scheu.«

»Das stimmt.« Der weißhaarige Marquis vo Lieux-v'Olliard nickte ernst. »Auf dem Weg von der Neuen Arkade bis hierher hat der Aufruhr in den Straßen meine Rappen scheu gemacht, und irgendein Hohlkopf hat mir das Kabriolett verkratzt. Eine schlimme Sache, das. Eine Schande.«

»Aber worum geht es eigentlich?« wollte Eliste wissen. »Was ist geschehen?«

»Ihr seid nicht auf der Höhe der Ereignisse, edles Fräulein. Ihr habt noch nicht die neuesten Nachrichten gehört«, antwortete Vequi. »Ihr müßtet eigentlich wissen, daß der Phrasendrescher Nirienne für das Grab bestimmt war und wegen Landesverrats, Volksverhetzung, des Verfassens schlechter Verse oder weswegen auch immer angeklagt werden sollte.«

»Davon habe ich gehört.«

»Nun, als ihn die Gendarmen gestern abend aus seiner Wohnung holen wollten, stellten sie fest, daß der Vogel ausgeflogen war. Nirienne war umsichtigerweise geflohen, das armselige Wohnviertel wurde daraufhin allerdings von seinen lächerlichen Partisanen heimgesucht, welche die Gelegenheit wahrnahmen, in der Rattenstadt zu wüten. Wie drittklassige Komödianten auf der Suche nach Publikum hüpften sie auf den Straßen herum. Dann strömten sie auf den Universitätsplatz, wo sie sich eine Weile mit der Zerstörung der Zehn Monarchen vergnügten. Die eine Hälfte von ihnen forderte Freiheit, die andere forderte Blut, und alle miteinander stanken sie nach Knoblauch. Irgendein Einfaltspinsel von einem selbsternannten Demagogen schwang flammende Reden, worauf die Menge mit tiefempfundenen Seufzern und Gejohle antwortete, mit Haßausbrüchen, mit einem Übermaß an Knoblauch gewürzt…«

»Wie habt Ihr das alles erfahren, Vequi?« erkundigte sich Merranotte.

»Vielleicht durch meine magische Kunst.« Vequi war offensichtlich ganz in seinem Element. »Habe ich meine Macht nicht unter Beweis gestellt? Ihr müßt Vertrauen haben, meine Lilie, Vertrauen! Jedenfalls dürft Ihr versichert sein, daß die Zerstörung des ganzen Universitätsplatzes allein durch das Eintreffen des Schlichters und seiner Männer verhindert wurde, welche die Menschenmenge rechtzeitig in die Flucht schlugen und so die Vortragssäle vor der Zerstörung bewahrten. Der Friede oder das, was man darunter versteht, war somit wiederhergestellt…«

»Für den Augenblick«, meinte Nelille vo Denz.

»So ist es. Der Aufruhr flammte gegen Morgen wieder auf, währte lang genug, um mein Erscheinen bei Ihrer Majestät hinauszuzögern, und dauert wahrscheinlich noch immer an.«

»Von mir aus«, sagte Furnaux, »sollen sie nach Herzenslust brüllen, Grimassen schneiden, einherstolzieren und Weinläden plündern, solange sich ihre hirnlosen Aktivitäten auf die Rattenstadt, den Achten Distrikt und andere gleichgültige Pestherde beschränken. Inmitten eines solchen Schmutzes muß man die verzehrende Flamme als reinigendes Mittel betrachten.«

»Allerdings haben sie ihr hirnloses Tun nicht beschränkt«, entgegnete Vequi. »Genau das ist das Problem. Sie wüten in ganz Sherreen.«

»Aber warum?« wollte Eliste wissen. »Wo Nirienne doch entkommen ist – weswegen ich übrigens kein sonderliches Bedauern verspüre…«

»Ah, die Sentimentale – die junge Romantikerin!« spottete Stazzi.

»Er ist immerhin nicht ganz so schlimm wie Meister

Whiss v'Aleur, daß muß man ihm zugestehen«, meinte Merranotte.

»V'Aleur – aber ich bitte Euch, ist es ein kläffender Köter etwa wert, daß man ihm Beachtung schenkt?«

»Wenn Nirienne doch entkommen ist«, beharrte Eliste, »was soll dann das ganze Geschrei? Was wollen sie? Was könnte sie dazu veranlassen, aufzugeben und wieder nach Hause zu gehen?«

»Der Schlichter könnte sie dazu veranlassen, und wir können nur hoffen, daß der König es bald für angebracht halten wird, ihn einzusetzen«, sagte Vequi.

»Eine andere Lösung gibt es nicht«, pflichtete Furnaux ihm bei. »Man sagte mir, sie fordern Brot und Gerechtigkeit. Aber es gibt nun einmal nicht ausreichend Brot für alle, und das wird auch immer so bleiben – es ist ein Naturgesetz. Und was die Gerechtigkeit angeht, so mangelt es ihnen am nötigen Verstand. Derlei Überlegungen überläßt man besser denen, die etwas davon verstehen.«

Eliste nickte widerstrebend.

»Nicht mehr lange«, bemerkte vo Crev, »dann hören sie wieder auf zu schreien. Was bleibt ihnen auch schon anderes übrig? Letztlich wissen sie doch gar nicht, was sie wollen, und bedürfen wie die Kinder der Führung.«

Eliste konnte nicht umhin, an Dref Zeenoson zu denken. Trotz seiner Jugend war er alles andere als ein Kind gewesen, doch das konnte sie jetzt schlecht sagen. Ihre Verwirrung steigerte sich noch, als neben ihr ein livrierter Lakai auftauchte und ihr einen Zettel reichte. Einen Augenblick lang schaute sie die Notiz verständnislos an und fragte sich, wer wohl der Absender sein mochte. Aufgrund einer Ahnung sah sie auf und begegnete dem Blick des Herzogs von Feronte, der ganz für sich allein auf der anderen Seite des Raumes stand. Die Herzogin war nirgends zu sehen. Wahrscheinlich hatte sie sich irgendwann entfernt, wobei ihr Weggang allein von ihrem darauf nur wartenden Gemahl bemerkt worden war.

Die Jungfern waren dem Blick ihrer Stubengenossin gefolgt und sahen sich vielsagend an.

Eliste überlegte, ob sie den Zettel ungelesen zurückschicken sollte, doch dann gewann ihre Neugier die Oberhand. Sie faltete ihn auseinander und las:

Edles Fräulein –
Insofern als mein Geschenk bei Euch nicht auf Gegenliebe gestoßen ist, möchte ich Euch anbieten, Euch ein passenderes auszuwählen. Bitte teilt mir Eure Entscheidung bei nächster Gelegenheit mit, desgleichen Zeit und Ort unserer baldigen Begegnung.

– Feronte

Dieser ungehobelte Flegel!

Vor Wut brannten ihr die Wangen. Die unverhohlene Belustigung der anderen Jungfern goß zusätzlich Öl ins Feuer. Fast fühlte sie sich geneigt, die Notiz zur allgemeinen Belustigung im Raum herumreichen zu lassen, sagte sich jedoch, daß sie damit in einem ungünstigeren Licht erscheinen würde als der Herzog selbst. Da gab es bessere Mittel. Sie riß den Zettel in kleine Fetzen und warf diese, Feronte unverwandt in die Augen blickend, in die Luft, was ein kleines, kurzes Schneegestöber zur Folge hatte.

Die verstohlen kichernden Jungfern brachen in schallendes Gelächter aus. Gizine und Neanne hielten sich aneinander fest. Merranottes Mundwinkel sanken herab. Selbst Lallazay blickte erstaunt herüber, wenig erfreut darüber, wie ihre neue Ehrenjungfer sich in Szene setzte. Feronte hingegen verzog keine Miene. Er schaute Eliste mit seinen dunklen Augen unverwandt an. Den Umstehenden zum Abschied brüsk zunickend, machte er dann auf dem Absatz kehrt und wandte sich zum Ausgang, wo das Erscheinen mehrerer Lakaien in strammer Haltung diskret darauf aufmerksam machte, daß der Morgenempfang der Königin beendet sei.

Was anschließend geschah, nahm Eliste kaum noch wahr. Auf einmal befand sie sich wieder in den Unterkünften der Ehrenjungfern. Die Königin würde ihre Dienste erst morgen wieder in Anspruch nehmen. Die anderen Mädchen verschwanden, denn es wurde nach ihnen verlangt. Auch Eliste erinnerte sich undeutlich, mehrere Verabredungen getroffen zu haben: mit Stazzi vo Crev zum Mittagessen, mit vo Lieux-v'Olliard zu einem Spaziergang im Park des Beviaire, mit Vequi v'Isseroi zu einer Partie Antislez und mit vo Renache zu einem Glas Punsch bei Madame vo Feuraillons Abendfest. Getragen von einer Woge der Kraft, die Dr. Zirques weißer Pastille entsprang, leistete sie all diesen Einladungen peinlich genau, wenn auch ohne große Begeisterung, Folge. Die Wirkung der Pastille hielt stundenlang vor, bis tief in die Nacht. Später, sehr viel später kehrte sie todmüde und gleichzeitig hellwach, niedergeschlagen und mit einem trockenen Mund, dunklen Ringen unter den Augen, zittrig, beunruhigt und von Muskelkrämpfen geschüttelt zum Malvenheim zurück. Sie wußte nicht, woran es lag; doch als jemand ihr eine weitere, diesmal schweinchenrosa gefärbte Pastille anbot, von der sie angeblich auf der Stelle einschlafen würde, lehnte sie ab.

An Schlaf war nicht zu denken. Zum Wachsein verdammt, beschäftigte sie sich so gut es ging mit der neuesten Ausgabe von *Nachbar Jumalles Beschwerden*, die Merranotte sich verbotenerweise wer weiß woher verschafft hatte. Der hohlköpfige Herausgeber, der sogenannte ›Whiss v'Aleur‹, war so unflätig und ausfallend wie eh und je. In dieser Ausgabe beschuldigte er die junge, verwitwete Prinzessin v'Arian, ihren Gemahl vergiftet zu haben, um auch noch das letzte Hindernis aus dem Weg zu räumen, das zwischen ihr und ihrer widernatürlichen Geliebten, der Königin Lallazay stand. Während die Kerzen allmählich herunterbrannten, las Eliste immer weiter – halb erheitert, halb entsetzt, von Grund auf abgestoßen. In ihrem Abscheu entging ihr dabei, welch bedeutende Rolle der Skandalschreiber in der Öffentlichkeit spielte. Er schien wahnsinnig. Wer außer den Insassen einer Irrenanstalt würde sich schon dazu verleiten lassen, einem Whiss v'Aleur Glauben zu schenken?

8

Die Versammlung war zwar bloß durch Flüsterpropaganda angekündigt worden, dennoch aber gut besucht. Im alten, leerstehenden Lagerhaus Nummer siebzehn in der Pumpengasse im Achten Distrikt drängten sich die Mitglieder und Möchtegernmitglieder der Reparationspartei, wie sich die Anhänger Whiss v'Aleurs neuerdings nannten. Angelockt von der Aussicht, ihren öffentlichkeitsscheuen Anführer einmal leibhaftig vor sich zu sehen, waren die Gutgläubigen wie die bloß Neugierigen in Scharen herbeigeströmt. Die Menge war von uneinheitlicher Zusammensetzung und unterschied sich nach Alter, Beruf und Stellung; Arbeiter mit kräftigen Händen waren vertreten, Marktweiber mit glattem Haar, Ladenbesitzer, Studenten, Müßiggänger, allerlei Unzufriedene. Hier und da rutschte auch ein livrierter Bediensteter des Königshofes aus Angst, von irgend jemandem erkannt zu werden, unruhig auf seinem Platz herum. Weitaus zahlreicher aber waren die Bettler, deren lautstarken Forderungen auf eine kluge Planung schließen ließen. Die aus Dutzenden von Kehlen vorgebrachten Klagen, Bitten und verdeckten Anschuldigungen taten unweigerlich ihre Wirkung und weckten gleichermaßen Schuldgefühle wie Abscheu, Mitleid und Verachtung, was eine widerstrebende Mildtätigkeit zur Folge hatte, die bis zum äußersten ausgenutzt wurde. Ein widerwilliger Regen von Geldmünzen ergoß sich in zahlreiche ausgestreckte, ungewaschene Hände. Nachdem sie ihr schlechtes Gewissen erfolgreich beschwichtigt hatten, konnten die Versammelten ihren berechtigten Zorn endlich gegen den wahren Ursprung allen Übels, nämlich die privilegierte Klasse wenden. Die Verpflichtung dieser Klasse, sämtliche sozialen und wirtschaftlichen Ungerechtigkeiten wiedergutzumachen, wurde von den Anhängern der Reparationspartei keinen Augenblick in Frage gestellt. Im übrigen stand diese Verpflichtung ja auch im Einklang mit dem Namen, den sie sich gegeben hatten.

Die Erregung unter den Zuhörern schlug hohe Wogen. Ausnahmslos alle waren sie mit Stil und Inhalt von v'Aleurs beißendem *Nachbar Jumalles Beschwerden* vertraut. Alle bewunderten und verehrten sie die griesgrämige Frechheit von ›Nachbar J.‹, wie sie den Herausgeber liebevoll nannten, doch nur wenige waren ihm schon einmal begegnet. Whiss v'Aleur, der Schwarz auf Weiß kein Blatt vor den Mund nahm, hatte sich bislang als äußerst scheu erwiesen. In der Öffentlichkeit zeigte er sich aus gutem Grund nur selten und ohne große vorherige Ankündigung. Rücksichtslos aufwieglerisch in seiner Haltung, unbedingt und schleichend in seinen Zielen, war Whiss v'Aleur zweifellos für den Galgen bestimmt, sollte er jemals der Gendarmerie in die Hände fallen. Seine Gefangennahme würde alsbald eine Verabredung mit Meister Sherreen zur Folge haben, wie der Henker der Stadt allgemein genannt wurde; und diese Aussichten hatten ihn bislang bewogen, in der Öffentlichkeit eine gewisse Zurückhaltung zu üben. Wer das Glück gehabt hatte, ihn schon einmal in einer Taverne oder in einem der Hinterzimmer gehört zu haben, in denen er sich bisweilen zeigte, bezeichneten ihn als heftigen Mann, als fesselnden Redner, der auf magische Weise zu überzeugen wisse, und als begeisterten und begeisternden Tribun; derlei Augenzeugen waren allerdings rar. Nun hatte sich ›Nachbar J.‹ zum erstenmal bereit erklärt, vor einer größeren Versammlung aufzutreten – eine Entscheidung, die wahrscheinlich den zunehmenden

Einfluß der Reparationspartei und das wachsende Selbstvertrauen ihres Anführers widerspiegelte. Es handelte sich um ein bedeutendes, vielleicht sogar historisches Ereignis. Alle Anwesenden spürten das. Unruhig, gespannt und begierig nach Führung warteten die Reparationisten auf die Offenbarungen ihres Meisters.

Die Unruhe beschränkte sich nicht aufs Publikum allein. In einem kleinen Eckbüro, in dem einmal ein Buchhalter seiner Arbeit nachgegangen war und das durch eine dünne Trennwand vom Rest des Lagerhauses abgeteilt war, warteten drei Männer. Der eine, der am Schreibtisch saß, war schon recht alt, hatte graues Haar, war unauffällig gekleidet, wirkte matt, gebrechlich, unentschlossen und auf schwer bestimmbare Weise weltfremd. Der Zweite – um Jahrzehnte jünger, kräftig gebaut, ungeschlacht und linkisch, mit einem flachen, breiten, ausdruckslosen Gesicht – saß auf einem weiteren Stuhl. Seine außergewöhnlich großen, grobknochigen, dick mit Fett ummantelten Hände kamen nicht einen Augenblick zur Ruhe, da er unablässig mit einer Vielzahl von Zahnrädern, Metallfedern und Schräubchen herumspielte. Der dritte Mann war um die vierzig, etwas kleiner als der Durchschnitt, schlank, hager und schlicht, aber ordentlich gekleidet. Das sich lichtende schwarze Haar hatte er sich streng aus der hohen Stirn zurückgekämmt; er besaß ein spitzes Kinn und ein schmales, dünnlippiges und bläßliches Gesicht, das von Pockennarben verunstaltet war und von auffallend grünen Augen beherrscht wurde, die so blaß waren, daß sie bei schwacher Beleuchtung farblos wirkten. Offenbar mit einem Übermaß an Unruhe ausgestattet, die sich in ständiger Tätigkeit ein Ventil suchte, schritt er unermüdlich im Büro auf und ab und blieb alle zwei, drei Minuten stehen, um auf seine Taschenuhr zu schauen.

Obwohl die drei Männer sehr unterschiedlich wirkten, wiesen sie doch unterschwellig auch eine Ähnlichkeit auf. Vielleicht lag es am Schnitt der Augenlider, an der Schädelform oder den knochigen Handgelenken; wahrscheinlich aber an der Verbindung der zahllosen, kaum wahrnehmbaren Charakteristika, die sie als Verwandte kenntlich machten.

Der grünäugige Mann sah zum hundertsten Mal auf die Uhr. Das Stimmengemurmel hinter der Trennwand schwoll an, und dann ertönte ein halb bittender, halb fordernder Ruf: »Whiss!« Das Publikum stimmte darin ein; ein erregter, monotoner Singsang, wie das Fauchen eines gewaltigen Blasebalgs.

Whiss v'Aleur zuckte von dem Geräusch zusammen. Er fuhr zu dem alten Mann am Schreibtisch herum. »Kommt, Vater – es ist soweit«, drängte er. Seine Stimme klang ziemlich hoch; sie schlug einen sofort in den Bann.

»Ich weiß nicht.« Der alte Mann schüttelte den Kopf. »Ich weiß nicht, ob das notwendig ist – oder klug – oder sicher.«

»Wir haben das doch alles schon mehr als einmal durchgesprochen, und für Auseinandersetzungen bleibt jetzt keine Zeit mehr. Die Sache ist entschieden. Und das wißt Ihr. Außerdem hättet Ihr nicht die beschwerliche Reise von Neuss bis hierher gemacht, wenn Ihr mir nicht beistehen wolltet.«

»Aber brauchst du meinen Beistand überhaupt? Es ist niemals klug, unnötigerweise geheime Kräfte in Anspruch zu nehmen, und diese Notwendigkeit stelle ich eben in Frage. Whiss, du bist äußerst redegewandt, das warst du schon immer, auch ohne daß du zu magischen Einbildungen Zuflucht genommen hättest. Das macht ja gerade deine größte Stärke aus. Weshalb solltest du nicht auf deine natürlichen Begabungen vertrauen?«

»Ach, die Natur.« Whiss zuckte mit dem Mund. »Ihren bevorzugten Söhnen fällt es leicht, ihre Fülle zu preisen. Ihre Großzügigkeit ist allerdings wohl kaum gerecht verteilt, und wir sind nicht alle gleichermaßen gesegnet.«

Ein Anflug von Vorwurf verlieh seiner Stimme einen scharfen Klang. Man hätte meinen können, Whiss beziehe sich auf die Ungleichheit zwischen Adel und Bauernschaft, doch sein Vater wußte es besser. Whiss, der ohne jede magische Begabung in eine Bürgersfamilie hineingeboren worden war, bei deren Angehörigen derlei Fähigkeiten häufig vorkamen, hatte sich von Anfang an benachteiligt, ausgestoßen und verachtet gefühlt. Seine körperlichen Unzulänglichkeiten – seine kleine magere Gestalt, die ihm athletische Heldentaten, wie sie notwendig waren, um sich als Jugendlicher beliebt zu machen, verbot, das pockennarbige Gesicht und die gelblichen Zähne, die ihn noch weiter ausgrenzten, die quietschende Stimme, die auf ein weibisches Wesen schließen ließ – dies alles hatte sich zum quälenden Gefühl von Bedeutungslosigkeit verdichtet. Seine tatsächlich vorhandenen Vorzüge wie Tatkraft, Ausdauer, eiserne Entschlossenheit und Beredsamkeit hatte er stets als unzureichenden Ersatz empfunden.

Nachforschungen bezüglich der in der Bürgersfamilie Valeur bisweilen auftretenden magischen Begabung hatten ergeben, daß diese auf den Fehltritt eines adligen Ahnen zurückzuführen war. Derartige Mesalliancen waren zwar verboten, aber natürlich unvermeidlich; allerdings hatte der junge Whiss diese Entdeckung nicht mit philosophisch-gelassener Enttäuschung aufgenommen. Da er die läßlichen Sünden seiner Vorfahren als Frevel, die Fähigkeiten seiner nächsten Angehörigen als Affront und seine eigenen Unzulänglichkeiten als klare Offenbarung kosmischer Ungerechtigkeit betrachtete, hatte er Erfolg, Bewunderung und Selbstbestätigung auf dem Gebiet der Bildung gesucht.

Er verfügte über einen scharfen, jedoch nicht außergewöhnlichen Verstand. Seine Willenskraft und Hartnäckigkeit gingen allerdings weit über das übliche Maß hinaus. Mittels breitgestreuter Lektüre, umfangreichen Auswendiglernens und unermüdlicher Übung gelang es ihm, eine solche Menge an Wissen anzuhäufen, daß es viele, auch Whiss selbst, mit Brillanz verwechselten. Die Nutzbarmachung seines Verstandes brachte ihn darauf, auch seine anderen Talente, vor allem aber seine Überredungskunst weiterzuentwickeln. Und darin zeigte er sich als außerordentlich fähig.

Kaum von der Schule abgegangen, veröffentlichte er bereits zahllose Aufsätze, Traktate und Pamphlete und fand Gefallen an schöpferischen Verunglimpfungen, die ihm Ruhm, Kritik und vor allem Anerkennung einbrachten. Insgeheim übte und vervollkommnete er seine Rednergabe und verwandelte seine klägliche Stimme in ein machtvolles, weit tragendes, ausdrucksstarkes Instrument. Sein Auftreten bei Debatten wurde selbstsicher, herausfordernd und einschüchternd. Häufig würzte er seine Beiträge mit scheinbar plötzlichen Wutausbrüchen, die das Publikum aufstachelten und seine Gegner irritierten. Und allmählich wurde er wahrgenommen und machte sich in Neuss, der verschlafenen Hauptstadt der Provinz Vaurve, einen Namen; seine Pamphlete wurden zitiert; sein aggressiver, einschüchternder Stil nachgeahmt.

Sein Erfolg in den politischen Vereinigungen und Debattierclubs von Neuss verleitete ihn zu der trügerischen Annahme, er sei ein origineller Sozialphilosoph. In Wahrheit enthielten seine Vorstellungen kaum mehr als einen leidenschaftlichen Haß auf die absolute Monarchie, eine Sehnsucht nach Umsturz und die darauffolgende Schaffung einer gerechten, durch und durch moralischen Gesellschaft. Nichts Neues; doch die Art und Weise, wie der junge ›v'Aleur‹ (zu dem Chorl Valeurs Sohn sich nun stilisierte) seine Ansichten vorbrachte, wirkte begeisternd, und das Publikum in der Provinz war nicht sonderlich wählerisch. Whiss v'Aleur sorgte für erheblichen Wirbel, und als sein Tun dem Leutnant seiner Majestät von Vaurve zu Ohren kam, hielt er sich für eine Persönlichkeit von einigem Einfluß. Doch nicht einmal die hochgeschätzten magischen Fähigkeiten Chorl Valeurs hätten seinen Sohn vor dem Galgen bewahren können, hätte Whiss es nicht für ratsam gehalten, rechtzeitig aus Neuss zu verschwinden. Im Schutz der Dunkelheit war er geflohen und hatte sich etwa ein Jahr lang in der Provinz herumgetrieben, bis er schließlich nach Sherreen gekommen war, wo er sich zunächst nur mit Mühe über Wasser halten konnte.

Dem Aufwiegler aus der Provinz fiel es nicht leicht, in der Hauptstadt Beachtung zu finden. Seine Rhetorik, die in Neuss für Aufsehen gesorgt hatte, blieb in Sherreen nahezu unbemerkt. Jahrelang schlug Whiss v'Aleur sich mühsam durch und fristete ein kärgliches Dasein – bisweilen für einen Hungerlohn als Schriftsteller, manchmal auch als Journalist, Herausgeber, Druckgehilfe, Lehrer, sogar Schreiber – stets um sein Auskommen kämpfend und ohne Beachtung zu finden.

In den politischen Clubs aber kannten ihn alle – er hatte sich monatelang bei der Liga Grüner Stern umgetan, bis man seine extremistischen Ansichten kritisiert hatte und er angewidert ausgetreten war, nicht ohne die gesamte Mitgliederschaft zuvor als Dummköpfe und Schwächlinge beschimpft zu haben. Eine Zeitlang war es ihm mit dem Debattierclub besser ergangen, allerdings nur bis zu seiner Kandidatur für das Amt des Schatzmeisters. Nach verlorener Wahl hatte er dem Wahlkomitee aufgebracht Korruption vorgeworfen und sich ein für allemal aus dem Club zurückgezogen. Ähnlich herausragende Vorfälle – und herausragend waren sie in der Tat, denn der wütende Whiss gebärdete sich wie ein außer sich geratener Dämon – hatten seinen Austritt aus mehreren kleineren Clubs begleitet, doch hatte man ihn nie ganz aus den Augen verloren. Bisweilen ließ er sich noch in den politisch betriebsameren der billigen Tavernen blicken, wo er stundenlang genügsam an einem Glas Wein nippte und bis spät in die Nacht stritt und flammende Reden schwang. Häufig tauchte er bei Versammlungen und Kundgebungen auf, stets mit demselben abgetragenen, aber peinlich sauberen schwarzen Anzug bekleidet – und immer allein, denn seine Rednergabe brachte ihm zwar Bewunderer und Anhänger ein, jedoch niemals persönliche Freunde, und noch nie war er in Gesellschaft einer Frau gesehen worden. Bisweilen stand er an einer Straßenecke und verteilte sein neuestes Traktat an die vorüberkommenden Passanten – eine sonderbare, ein wenig lachhafte, von verborgenem Ehrgeiz getriebene Gestalt, einer der Spinner, wie sie in der Rattenstadt häufig anzutreffen waren.

Und so hätte es endlos weitergehen können, hätten nicht eine verwirrende Vielzahl sozialer, politischer und wirtschaftlicher Umstände zusammengewirkt und sich gegenseitig unverhältnismäßig verstärkt, so daß das alte Klassengefüge von Vonahr bis in die Grundfesten erschüttert wurde. Diese Umstände – darunter das aufgrund der Kriege des vorigen Königs so gut wie leere Staatssäckel und die darauffolgende drückende Steuererhöhung; die restriktiven Handelsvorschriften, die die Gewinne des Adels auf Kosten der kleinen Bürgerschaft sichern sollten; die dreijährige Dürre, die zu Mißernten und Hungersnöten führte; die erstaunliche Erfindung des Griffe-Webstuhls sowie fast zeitgleich damit die des Caux-Ofens, die den Bau neuer Mühlen und Fabriken im Umkreis der größeren Städte zur Folge hatten und zu einer Landflucht vieler freier Bauern und der Entstehung stark wuchernder Elendsviertel führten; die wachsende Zahl derer, die des Lesens und Schreibens mächtig waren, was der Verbreitung der neuen und vergleichsweise liberalen Vorstellungen förderlich war, die innerhalb wie außerhalb des Landes aufkamen, das Werk vieler Geister, angefangen von Rion Vassarion aus Lanthia bis zum einheimischen Shorvi Nirienne, und die grob unter der Bezeichnung ›Neues Denken‹ zusammengefaßt wurden; die schwächliche, wohlmeinende Unentschlossenheit des gegenwärtigen Königs und die Unbeliebtheit der Königin; der weitverbreitete Glaube an den Niedergang der alten Magie der Edlen, seit jeher die Grundlage ihrer Adelsprivilegien – all diese Kräfte und noch weitaus mehr wirkten auf unerklärliche Weise zusammen, verwandelten die Bevölkerung von Vonahr und brachten ein zorniges, aufgewühltes Publikum hervor, das einen ›Nachbar Jumalle‹ mit offenen Armen aufnahm.

Endlich war Whiss v'Aleurs Zeit gekommen. Die allerersten Ausgabe von *Nachbar Jumalles Beschwerden* fand aufgrund ihrer Neuheit begeisterte Aufnahme. Schon seit Jahren überschwemmten aufwieglerische Pamphlete, Flugschriften, Traktate und Journale die Stadt, doch noch nie hatte es jemanden gegeben, der geeigneter gewesen wäre, der vorherrschenden Stimmung Ausdruck zu verleihen, als dieser streitbare, unerschrockene, unflätige ›Nachbar J.‹. Ein großer Teil der Bevölkerung hatte den Nachbarn auf der Stelle ins Herz geschlossen. Aufgrund seines Instinkts und seines Scharfblicks erkannte Whiss v'Aleur den zweifachen Ursprung für die Anziehungskraft, die seine Schöpfung auf die Massen ausübte und die in deren Phantasien und ihrer bloßen Gier wurzelte. Die ungezügelte Bösartigkeit, mit der der Nachbar den Adel verspottete und beschuldigte, ohne dafür zur Rechenschaft gezogen zu werden, drückte die tiefsten Sehnsüchte eines jeden armseligen, zornigen Bauern aus, der in den Elendsvierteln von Sherreen sein Dasein fristete. Insgeheim fühlten sie sich selbst in Jumalle getroffen, sonnten sich in der Aura seiner Macht, seiner Kühnheit und Unabhängigkeit. Er sprach für sie in ihrer eigenen rohen Sprache, jedoch mit einer herausfordernden Beredsamkeit, die ihnen niemals zu Gebote stehen würde. Seine häufig wiederholte Forderung, die Krone und der Adel schuldeten dem Volk die Wiedergutmachung für das jahrhundertelange Unrecht – eine Wiedergutmachung in Form von Geld, Vermögen, Leibeigenen oder sogar Blut – fand bei der zu selbstgerechter Habsucht neigenden Menge begeisterten Anklang.

Im Wissen um seine größten Stärken hatte Whiss sich bemüht, diese Regungen noch zu verstärken. Die folgenden Ausgaben von *Nachbar Jumalles Beschwerden* enthielten noch mehr Skurrilitäten, Derbheiten und verbale Ausfälle, was die Beliebtheit des Journals weiter steigerte. Der Herausgeber sammelte eine Gruppe von hingebungsvollen Anhängern um sich, und geboren war die Reparationspartei, deren stetig wachsende Kraft schließlich in der ersten größeren öffentlichen Versammlung dieses Abends ihren Niederschlag fand. ›Nachbar J.‹ würde ins Rampenlicht treten – zumindest in das gedämpfte Licht der Laternen, aber immerhin war es ein Anfang.

Doch würde er das Publikum fesseln können? Würde seine Beredsamkeit die Zuhörer bewegen und beherrschen, was zu seinem Erfolg doch unbedingt notwendig war? Es war eine Sache, in den Tavernen und an Straßenecken zu geifern, wo sein sprachliches Feuerwerk als kostenlose Unterhaltung angesehen wurde. Doch wie würde er von einem *richtigen* Publikum aufgenommen werden, das ihm zwar wohlgesonnen, gleichwohl aber auch fordernd, kritisch und lebhaft war? Sollte er es unabsichtlich gegen sich aufbringen, verwirren oder auch nur langweilen, so würde es ihn womöglich am Rednerpult niederschreien. Ein falsches Wort in einem solch kritischen Augenblick, und er würde alles verlieren, wofür er so hart gearbeitet hatte und was ihm rechtmäßig zustand – Anerkennung, Ruhm, Einfluß, Ansehen, Bedeutung – alles.

Whiss v'Aleur, dessen Selbstvertrauen die beschwerlichen Jahre in der Unbekanntheit untergraben hatten, stand die Selbstsicherheit der frühen Jahre in der Provinz nicht mehr zu Gebote. Während die Zeit wie im Flug verging und der Abend der Versammlung näherrückte, summten die Zweifel und Fragen unablässig in seinem Kopf, verschlissen seine Nerven und verfolgten ihn bis in den Schlaf. Wenige Tage vor dem Ereignis hatte er sich schließlich mit einer dringenden Bitte an seinen Vater gewandt – seine erste Berührung mit Chorl Valeur seit seinem Weggang aus Neuss. Und Chorl, der sich über seinen wenig liebenswerten und stets unzufriedenen Sohn nie irgendwelche Illusionen gemacht hatte, war dem Ruf gefolgt und von der Provinz Vaurve bis nach Sherreen gereist, in dessen Achtem Bezirk er erst zwei Tage vor dem Auftritt von Nachbar J. eingetroffen war. Als Gepäckträger und Leibwächter hatte er seinen so riesenhaften wie verschlossenen jungen Enkel Bierce Valeur mitgebracht, der die Szene schweigsam beobachtete, wie es seine Art war. Whiss wollte, daß Chorl seine magischen – denen mancher Edler nahezu ebenbürtigen – Kräfte einsetzte, um die Zuhörer in den Bann zu schlagen und ihre Wahrnehmung so vorzubereiten, daß sie dem Redner gegenüber empfänglicher würden und leichter zu beeinflussen und zu begeistern wären. Damit wäre sein Erfolg so gut wie gesichert gewesen; dennoch blieb es ärgerlich, sich nach jahrelanger Arbeit abermals auf die magischen Fähigkeiten seines Vaters zu verlassen, der seine Gabe einer Tochter und den jüngeren Söhnen, nicht jedoch dem ältesten Sohn Whiss vererbt hatte, der rechtmäßig Anspruch darauf gehabt hätte und dessen Genie und Ehrgeiz den größten Nutzen daraus hätten ziehen können. Und nun zeigte

Chorl sich im letzten Augenblick zu allem Überdruß auch noch widerspenstig. Chorl Valeur, der seinem benachteiligten Sohn Wiedergutmachung schuldete, so wie die Krone und der Adel den benachteiligten Bürgern Wiedergutmachung schuldeten – Chorl, so knauserig wie eh und je, erhob Einwände und zögerte, seine magischen Fähigkeiten einzusetzen.

Whiss, dessen Nerven zum Zerreißen gespannt waren und der seiner Enttäuschug nur mit Mühe Herr zu werden wußte, unterbrach sein Umherwandern, trommelte mit den Fingern auf den Schreibtisch und sagte in scharfem Ton: »Ich erbitte Euren Beistand weniger um meinetwillen, viel eher im Namen derer, die dort draußen darauf warten, mich zu hören – im Namen der Elenden und Unterdrückten.«

Hinter der Trennwand gingen die Sprechchöre weiter:

Whiss. Whiss. Whiss.

»Wollt Ihr uns alle im Stich lassen? Schuldet Ihr mir denn gar nichts?« fragte er so vorwurfsvoll wie noch nie. Chorl rutschte unbehaglich auf dem Stuhl herum.

»Schuldet Ihr mir gar nichts?« wiederholte Whiss, der sich im Vorteil wähnte. »Weder mir noch diesen Menschen dort draußen, denen ich helfen möchte? Kümmert Ihr Euch allein um Eure Studien? Wollt Ihr denn immer nur bekommen und niemals geben?«

Mit sicherem Instinkt hatte er einen wunden Nerv getroffen. Chorl, der um seiner persönlichen Entwicklung willen seine Familie vernachlässigt und sich kaum um sie gekümmert hatte, war anfällig für Schuldgefühle und entsprechend leicht zu beeinflussen. Der alte Mann schaute betrübt zu Boden.

»Kommt, seht mich an.« Whiss' geübte Stimme wurde übergangslos schneidend, und sein Vater hob überrascht den Kopf. »Ihr habt Verpflichtungen anderen gegenüber – macht Euch das einmal klar. Ihr unterstützt doch die Sache, für die ich eintrete – Freiheit und Gerechtigkeit für Vonahr –, oder etwa nicht?«

Chorl nickte unsicher.

»Dann müßt Ihr das jetzt beweisen. Gewährt mir die Unterstützung, die ich von Euch erwarten durfte. Das verlange ich.«

»Das stimmt, Onkel Chorl. Du hast es Whiss so gut wie versprochen.« Der dritte Mann, der ungeschlachte Bierce, hatte zum erstenmal das Wort ergriffen. Zwar hatte er zu seinem Onkel gesprochen, seine kleinen Augen aber richteten sich hingebungsvoll auf das Gesicht seines Cousins. Geblendet von dessen Ruhm und starker Persönlichkeit und begeistert von der Beredsamkeit des ›Nachbar J.‹ – bezaubert von der seltsamen Anziehungskraft seines Verwandten, der all die Eigenschaften besaß, die ihm abgingen –, war Bierce auf der Stelle in den Bann seines Cousins geraten. In den achtundvierzig Stunden, die seit seiner Ankunft verstrichen waren, hatte er sich loyal gebunden, und sein Streben hatte ein festes Ziel gefunden. Er wünschte sich nichts sehnlicher, als daß Whiss ihn loben und schätzen und daß ein wenig von seinem Ruhm auf ihn abfallen möge.

»Mein Sohn Whiss, mein Enkel Bierce«, entgegnete Chorl mit ernsthafter Unschuld, »ich bin mir nicht sicher, ob ihr die Folgen bedacht habt, die sich ergeben könnten, wenn ich eurer Bitte nachkomme. Wenn man die Wahrnehmung anderer Menschen mit künstlichen Mitteln beeinflußt, wirft das zahlreiche moralische Fragen auf. Die Edlen jedenfalls machen seit jeher auf unverantwortliche Weise und aus eigensüchtigen Motiven von ihrer Macht Gebrauch. Deswegen muß man sie gewiß tadeln. Aber wenn diejenigen, die zwar nicht über ihre Rechte, wohl aber über die gleiche Gabe verfügen, diesen Frevel wiederholen, dann sind sie auch nicht besser als ...«

»Ihr habt versprochen, Whiss zu helfen«, wiederholte Bierce, als habe er Chorls Einwand gar nicht gehört. »Und jetzt müßt Ihr Euer Versprechen einlösen.« Er legte die Zahnrädchen beiseite, erhob sich, ging um den Schreibtisch herum und blieb vor seinem Onkel stehen. »Whiss braucht Euch.«

Chorl Valeur schaute in das ausdruckslose Gesicht seines Enkels auf. Sein Blick wanderte über dessen beeindruckende Gestalt bis zu den dicht vor ihm befindlichen großen Händen, die zu lockeren Fäusten geballt waren. Chorls Augen weiteten sich leicht, und er erblaßte.

Whiss v'Aleur hatte diese Regung wahrgenommen und prägte sie sich ein für spätere Gelegenheiten, ohne sich allerdings etwas anmerken zu lassen. Nach außen hin ebenso ernsthaft und aufrichtig wirkend wie Chorl, bemerkte er mit sanfter, ruhiger Stimme: »Es geht um eine wirklich gute Sache, Vater, warum habt Ihr denn ein Leben lang Eure magische Kunst vervollkommnet, wenn Ihr sie jetzt nicht für diese große Unternehmung einsetzen wollt – für die Befreiung Eurer Nächsten? Als ein Mann des Volkes, der über die magischen Kräfte eines Edlen verfügt, ist Eure Haltung ungewöhnlich und Euer möglicher Wert kaum hoch genug zu veranschlagen. Es liegt in Eurer Macht, dem Recht und der Gerechtigkeit zum Triumph zu verhelfen. Wollt Ihr diese Macht nicht einsetzen? Ihr werdet als ein Held und Patriot in die Geschichte eingehen. Gebt Euch einen Ruck, Vater – wollt Ihr Euch nicht unserem Kampf anschließen?«

Er hatte dem alten Mann die Möglichkeit geboten, ohne Gesichtsverlust nachzugeben, und Chorl zauderte nicht lange. »Also gut«, sagte er. »Ich werde mein Bestes tun.« Nur an seiner mehlweißen Gesichtsfarbe und den ineinander verkrampften Händen merkte man, daß ihm das Ganze immer noch widerstrebte. Bierce kehrte zu seinen Zahnrädern zurück. Chorl atmete leise seufzend aus, während Whiss sich ein

Lächeln gestattete, das die zufriedengestellten Forderungen bestätigte.

Die Sprechchöre draußen wurden lauter:

Whiss. Whiss. Whiss.

»Dann also los.« Auf einmal schien die ganze Angst von Whiss auf Chorl übergegangen zu sein, der nun bleich, angespannt und mit wahnsinniger Entschlossenheit dastand. Für einen Augenblick sprang die Zeit zurück, und Chorl Valeur befand sich dreißig Jahre in der Vergangenheit und blickte auf einen schwächlichen, angespannten und reizlosen Jungen hinunter, der entschlossen war, sich auszuzeichnen; und von dieser Erinnerung wurde ihm unbehaglich zumute.

Mit einer solchen Überzeugung, daß man meinen mochte, er habe aus freien Stücken nachgegeben, sagte Chorl zu seinem Sohn: »Du irrst dich, wenn du glaubst, du bräuchtest magische Unterstützung. Mit deiner angeborenen Beredsamkeit kannst du viel erreichen. Aber da du darauf nicht vertraust, werde ich tun, was ich kann, und du kannst dich darauf verlassen, daß dich das Publikum als seine Hoffnung und seinen Retter wahrnehmen wird.«

Whiss schaute ihn halb erstaunt, halb zweifelnd an. Dann reckte er mit zusammengekniffenen Lippen und glasigem Blick die Schultern und trat unvermittelt durch eine Lücke in der Trennwand. Das Publikum rief seinen Namen. Als er sich zeigte, schwollen die Sprechchöre zu einem Brüllen an. Nach ein paar raschen Schritten hatte er das notdürftig bereitete Podium erreicht. Er stieg hinauf und wandte sich einem Meer von Gesichtern zu. Einen Augenblick lang verschwammen sie miteinander. Whiss blickte sich nicht um und sah daher auch nicht seinen Vater, der mit gesenktem Kopf und vor der Brust verschränkten Armen unablässig vor sich hin murmelte. Whiss zögerte kurz, dann breitete er überschwenglich die Arme aus, um die Menge zu begrüßen und sich für den Empfang zu bedanken. Das Gebrüll der Menge schwoll immer weiter an und senkte sich dann, als er vollkommen regungslos dastand, zu einem erwartungsvollen Gemurmel. Als es still war im Raum, ließ Whiss die Arme seitlich herabsinken und begann endlich zu sprechen, in einem gewöhnlichen, fast beiläufigen Ton, der in krassem Gegensatz zu seiner pompösen Begrüßungsgeste stand, der aber dem Geschmack der Bewunderer von Nachbar Jumalle durchaus angemessen war.

»So. Das tut gut. Wie ich sehe, gibt es noch immer Männer und Frauen, die sich von den blutsaufenden Dämonen nicht abschrecken lassen. Was für Dämone meine ich? Diese Frage erübrigt sich wohl, hab ich recht? Denn das wißt Ihr besser, als man irgend jemandem wünschen möchte. Wir alle kennen die Wünsche des Dämons – des Dämons, der uns einreden will, wir hätten nichts anderes zu erwarten und nichts anderes verdient als Hunger und Kälte. Wir kennen den Dämon Ungerechtigkeit, der uns einreden will, es gäbe Menschen, die besser seien als wir, so wie deren Kinder besser sein sollen als unsere Kinder. Wenn die Lakaien der Edlen uns herumtreten wie Hunde und wir uns sagen, so geht es nun einmal zu auf der Welt, damit müssen wir uns abfinden – nun, dann schütteln wir dem Dämon Ungerechtigkeit die Hände, ist es nicht so? Wir alle kennen ihn. Und dann ist da natürlich noch der Dämon Angst – das ist unser engster Gefährte, auf den ist Verlaß. Schließlich stehen wir alle ihm ja so nahe, wie sich Liebende stehen. Wenn wir nicht auszusprechen wagen, was wir denken – wenn wir es nicht wagen, an einem öffentlichen Ort unser Gesicht zu zeigen, weil uns das Schwierigkeiten einbringen könnte –, dann hat uns die Angst so richtig am Wickel, stimmt's? Als lägen wir im Bett mit der Angst, was, meine Freunde? Und hätten mächtig viel Spaß? Als würden wir so richtig hart rangenommen, und das Tag für Tag? Nein? Ihr wollt es ihr lieber nach Strich und Faden heimzahlen? Ich verstehe. Also *deshalb* seid Ihr heute hergekommen!«

Diese Bemerkung brachte ihm stürmisches Gelächter ein, und allmählich faßte Whiss wieder Selbstvertrauen. Er merkte, daß er die Stimmung der Menge erfühlen konnte; instinktiv erfaßte er ihre Ängste, Begierden, feindseligen Gefühle und Bedürfnisse. Auf einmal wurde ihm bewußt, welche Macht er über diese Menschen hatte. Er vermochte in ihren Köpfen und Herzen zu lesen. Ihre Gefühle lagen offen ausgebreitet vor ihm, wie die Tasten eines Cembalos, auf dem er nun seine eigene Komposition spielen konnte. In diesem Augenblick zerstoben seine Zweifel. Von seinen Zuhörern hatte er nichts zu befürchten. Er konnte mit ihnen nach Belieben umspringen.

Sie lachten noch immer. Eigentlich hatte er so lange warten wollen, bis das Gelächter von allein verebbte, doch nun wußte er, daß er nicht zu warten brauchte, denn er war hier der Herr. Er hob die Hand und forderte wortlos Stille ein, und wie erwartet legte sich der Lärm.

»Ihr könnt es den Dämonen heimzahlen, meine Freunde«, fuhr Whiss fort. »Ihr könnt Euch für alles Genugtuung verschaffen, was sie Euch und Euren Familien angetan haben. Und wie zahlt Ihr es ihnen heim? Das will ich Euch sagen. Ihr zwingt sie dazu, Euch für alles zu entschädigen. Mit Zins und Zinseszins.«

Zustimmende Rufe aus dem Publikum.

»Jawohl. Aber wie bringt man einen Dämon dazu, daß er zahlt?« fragte Whiss. »Wie setzt man die Habgier und die Ungerechtigkeit unter Druck? Wie treibt man Euren alten Kameraden, die Angst, in die Enge? Dafür fällt mir nur eine Lösung ein, und ich ahne schon, daß jeder hier im Raum die Antwort bereits kennt.« Eine vielsagende Pause, um das Folgende hervorzuheben. »Man wendet sich an ihre Statthalter. Man wendet sich an die Statthalter der Dämonen hier auf Erden. Man nimmt, was einem zusteht, von denen, die den Dämonen zuarbeiten – nämlich von der menschlichen Dämonenbrut. Und Ihr wißt schon, wen ich meine, hab ich recht? Wissen wir das nicht *alle?*«

Aufgebrachte Stimmen antworteten ihm:

»Die Edlen!«

»Der Narrenkönig und die Hurenkönigin!«

»Die Herrschaftlichen und deren kleine Speichellecker!«

»So ist es!« meinte Whiss. »Da habt Ihr vollkommen recht, meine Freunde!« Das Geschrei wurde lauter, und er ließ die Menge eine Zeitlang gewähren, denn der Lärm brachte ihr Blut in Wallung und stachelte ihre Leidenschaften auf, was ihm nur recht sein konnte. Und während er so dastand und wartete, geschah etwas. Whiss hatte den Eindruck, die Luft kräusele sich. Gesichter, Leiber, Laternen – alles verschwamm für einen Augenblick. Er meinte schon, er werde in Ohnmacht fallen, der Fluch seiner kränkelnden Kindheit. Der Schwächeanfall ging jedoch rasch vorüber, seine Sicht wurde wieder klar, und alles war wieder wie zuvor – jedenfalls fast wie zuvor. Whiss blinzelte. Oberflächlich betrachtet hatte sich nichts verändert, dennoch sah er alles mit neuen Augen, als wäre eine äußere Schicht auf einmal durchsichtig geworden und er blickte unter die Oberfläche. Alle Gefühle der Zuhörerschaft, die er zuvor zwar wahrgenommen, jedoch nicht gesehen hatte, waren nun sichtbar und nahezu greifbar, etwa wie ein leicht entzündliches vielfarbenes Gas oder ein Dunst, der das Publikum einhüllte, Wirbel bildete und sich im ganzen Raum ausbreitete. Die Bewegungen des Gases waren wirr und unvorhersagbar, doch unbeherrschbar war es nicht. Sogleich wußte Whiss, daß seine Worte Macht über die Gestalt dieses brodelnden Nebels hatten, über seine Strömungen, Farben und seine Dichte. Ohne daß es ihm jemand gesagt hätte, wußte er, daß er einen einheitlichen Farbton anstreben und die einzelnen Zuhörer zu einer einzigen mächtigen, geistlosen, seinem Willen unterworfenen Wesenheit verschmelzen mußte. Des weiteren wußte er, daß ein hoher Druck nötig war, um die gespannte Atmosphäre zu erzeugen, in die er dann nur noch die brennende Fackel seiner Rhetorik hineinzuschleudern bräuchte. All diese Dinge waren ihm augenblicklich klar, und als er seinen erschöpften Vater, unsichtbar für das Publikum, an einer Trennwand lehnen sah, kannte er auch den Grund. Chorl hatte seinen magischen Auftrag erfüllt.

Whiss blickte über sein Publikum hinweg, das in dichte Wolken von Gefühlen gehüllt war. Durch den Dunst hindurch sah er die Gesichter, und durch die Gesichter hindurch sah er, was dahinter lag, nämlich die Angst der Menschen und ihre Sehnsüchte. Er sah die Enttäuschung, die zornige Gier, die Sehnsucht nach Führung, nach eindeutigen und verständlichen Antworten. Und er fühlte die Woge ihrer Zuneigung, ihrer Bewunderung und ihres Vertrauens, die ihn in köstlicher Wärme badete. Es war gleichgültig, daß diese Zuneigung künstlichen Ursprungs war und auf dem Einfluß seines Vaters beruhte. Im Augenblick war sie wirklich und genau das, was er sich immer erträumt hatte und was ihm nach den jahrelangen Entbehrungen zustand. Das Herz krampfte sich ihm zusammen, und in seinen Augen brannten Tränen. Er hielt einen Augenblick inne, teilweise, um sich zu sammeln, teilweise, um in den ungewohnten Empfindungen völliger Hingabe, Liebe und Herrschaft zu schwelgen.

Er achtete darauf, daß die Pause nicht zu lange währte. Der Nebel umwogte das Publikum in ständig neuen Mustern und Farben, den Rohstoff seiner Kunst. Die Magie seines Vaters hatte die Leinwand vorbereitet, doch den Pinsel führte er.

»Wir alle wissen, wer unsere Feinde sind«, fuhr

Whiss fort, und selbst für seine Ohren hatte seine Stimme an Macht und Eindringlichkeit gewonnen. »Wir alle wissen, mit wem wir es zu tun haben. Aber vielleicht gefällt einigen von Euch die Vorstellung nicht, das Boot zum Schaukeln zu bringen. Vielleicht glaubt Ihr, es sei die Mühe nicht wert, oder Ihr meint, es sei hoffnungslos oder vielleicht sogar falsch. Falls das so ist, war es gut, daß Ihr heute hierher gekommen seid, denn zu Euch möchte ich gerade sprechen. Wenn Ihr zu uns gehört und nicht glaubt, Ihr hättet ein Recht dazu, Euch zu nehmen, was die Herrschaftlichen Euch schulden, dann laßt Ihr nämlich ein paar Tatsachen außer acht. Dann vergeßt Ihr die Leiden Eurer Angehörigen – die Leiden Eurer Väter und die Leiden deren Väter. Ihr vergeßt, wie man Euch mißbraucht und verschlissen und wie man das, was dann noch übrig war, auf den Misthaufen geworfen hat. Ihr vergeßt das Elend und die Erniedrigung, den Hunger und die Kälte, die Tritte und die Schläge. Ihr vergeßt alles, *was man Euch je angetan hat*. Aber das macht nichts. Heute möchte ich Euch daran erinnern.«

Er sprach weiter. Whiss hatte ein ausgezeichnetes Gespür für das richtige Maß. Seine Schilderung der Leiden, welche die Bauern von den Edlen zu erdulden hatten, war treffend, eindringlich und quälend, jedoch nicht übermäßig ausgewalzt. In der Kürze lag die Würze, denn das Publikum verfügte nur über eine begrenzte Aufnahmefähigkeit. Er wählte einige Einzelschicksale aus, die er eindringlich schilderte. Er erzählte ihnen von Paque Paqueson, einem Leibeigenen aus Jerunde, den man wegen Wilderei zum Tode verurteilt hatte, indem man ihn geblendet, ihm die rechte Hand abgehauen und ihn mitten im Winter aus dem Dorf ins unwirtliche Gebirge gejagt hatte. Niemand hatte es gewagt, dem Verurteilten zu helfen, dennoch hatte es ganze drei Wochen gedauert, bis Paque Paqueson endlich gestorben war. Er erzählte ihnen von der

Witwe Domaire, einer Frau aus Vaurve, die – von schwerer Krankheit gezeichnet und den Hungertod vor Augen – ihre drei kleinen Kinder ermordet hatte, um ihnen das endlose Elend eines Bauerndaseins zu ersparen. Seine Stimme bebte, als er von diesen Menschen sprach. Seine Augen funkelten vor Kummer und Zorn, was in der Hitze des Augenblicks durchaus von Herzen kam. Das Publikum lauschte gebannt. Lange bevor er geendet hatte, waren viele Gesichter bereits tränenüberströmt; doch niemand machte einen Mucks, um nur ja kein Wort von Whiss v'Aleurs Vortrag zu versäumen.

Whiss sprach weiter, und während er sprach, beobachtete er, wie der Nebel sich veränderte, wie die unterschiedlichen Farbströmungen ineinander verliefen, bis sie ein zusammenhängendes Ganzes bildeten, bis jede Fremdheit und auch der letzte Rest von Eigenständigkeit verschwunden waren und nur noch eine einzige große, einheitlich düster gefärbte Wolke vor ihm schwebte. Er machte seine Autorität geltend, setzte Stimme, Körper, Gesicht und Augen ein, und die in der Wolke umherwogenden Strömungen tanzten, wie er es wollte. In den hingerissenen Gesichtern der Zuhörer spiegelte sich überall die gleiche Willfährigkeit. Es war leicht, unglaublich leicht.

Nun war es Zeit für einen einschneidenden Umschwung, Zeit für den Wortschwall, der ihre im verborgenen vor sich hinkokelnde Wut entfachen und den düsteren Nebel in einen lodernden Flächenbrand verwandeln würde. Whiss atmete tief durch. Als er fortfuhr, hatte sich sein Tonfall verändert. Er sprach jetzt nachlässig, fast verächtlich. »Tut es Euch leid, daß Paque Paqueson verstümmelt wurde und erfroren ist, bloß weil er seine Familie ernähren wollte? Bedauert Ihr die Witwe Domaire, die aus Verzweiflung erst zum Kindsmord, dann zum Selbstmord getrieben wurde? Das erkenne ich an Euren Gesichtern und an Euren

Tränen. Nun« – er zuckte die Achseln, – »spart Euch Euer Mitleid. Die beiden sind es nicht wert. Sie sind Dreck. Sie sind Abschaum. Sie sind ein Nichts. Und das gilt auch für alle, die Ihr Euch heute hier versammelt habt. Ihr seid alle ein Nichts, Ihr seid nicht mal einen Fingerhut voll Rattenpisse wert.« Abermals legte er eine Pause ein. Sie glotzten ihn an, ihre Verblüffung und ihre verwirrte Ungläubigkeit lagen offen ausgebreitet vor dem Redner. Er ließ Ihnen einen Augenblick Zeit, sich zu wundern, dann sprach er weiter. »Das jedenfalls möchten Euch die Tyrannen glauben machen. Die Blutsauger, die Sklaventreiber und Schlächter, die Dämonenbrut – alle wollen sie, daß Ihr glaubt, Ihr wärt wertlos, Ihr zähltet nicht. Denn das kommt ihnen gerade zupaß. Die Frage aber ist – haben sie Euch das glauben gemacht? Habt Ihr deren Scheiße gefressen, in Ermangelung besserer Speisen? Wollen wir mal sehen. Wie viele von Euch halten sich für wertlos? Wenn Ihr wertlos seid, dann hebt die Hand, damit wir alle es sehen können. Ihr braucht Euch nicht zu schämen, denn Abschaum hat keinen Stolz. Na los, hebt schon Eure Pfoten.«

Er wartete. Die Hände blieben alle unten.

»Was, keiner? Kein einziger? Sieht so aus, als hieltet Ihr Euch tatsächlich nicht für wertlos. Sieht so aus, als wäre Adligenscheiße nicht nach Eurem Geschmack. Sieh mal einer an.« Whiss boshaftes Lächeln schien dem Publikum von ganz besonderem Charme durchtränkt. »Womöglich gehen einige von Euch sogar so weit, sich als Menschen zu betrachten. Glaubt Ihr das, meine Freunde – daß Ihr Menschen seid, ebenso gut wie andere Männer und Frauen und erheblich besser als viele, die ich Euch mit Namen nennen könnte? Und wenn Ihr das seid, warum habt Ihr dann nicht das Recht auf ein menschenwürdiges Leben? Wenn Ihr anderer Meinung seid, sagt es ruhig.«

Niemand widersprach ihm.

»Versteht Ihr auch alle, was ich damit meine, wenn ich von Eurem Recht auf ein menschenwürdiges Leben spreche?« fragte Whiss. »Ich spreche von Eurem Recht auf Freiheit, Gleichheit und Gerechtigkeit. Ich spreche auch von Eurem Recht, für Euch selbst zu arbeiten, anständige Behausungen für Eure Familien zu bauen, Eure Familien zu wärmen, zu ernähren und zu kleiden, ohne daß Euch dreimal im Jahr ein gieriger Steuereintreiber ausraubt. Oh, vielleicht nicht ganz ausraubt. Im allgemeinen lassen sie einem gerade genug, um ein armseliges Leben zu fristen, denn die sind schlauer als der Einfaltspinsel, der seine letzte Milchkuh schlachtet. Doch das alles reicht noch nicht. Denn für ein menschenwürdiges Leben reicht es nicht aus, sich gerade so eben unter Entbehrungen das Überleben zu sichern. Das würde vielleicht für Tiere oder für den nutzlosen Abschaum reichen, für den zu halten man Euch einreden will, aber für Männer und Frauen reicht das nicht. Menschen brauchen ein festes Dach über dem Kopf. Sie brauchen ein Feuer im Herd, Schuhe im Winter, Milch für die Kinder und Wein für sich selbst, Brot und Suppe und vielleicht hin und wieder auch ein Stück Fleisch. Menschen brauchen diese Dinge, sie haben sie verdient, und wenn es gerecht zuginge in diesem Lande, dann hätten wir das auch alle. Findet Ihr das lächerlich – die Vorstellung einer ›gerechten Gesellschaft‹? Kommt Euch das vor wie ein Wolkenkuckucksheim? Nun, das ist es nicht. Wenn wir unseren Verstand und Mut zusammennehmen und uns alle miteinander anstrengen, dann können wir das erreichen.«

Sie hörten gebannt zu, als Whiss ihnen sein Bild einer gerechten Gesellschaft ausmalte. Es war ein hübsches Bild, angereichert mit wohlhabenden, gutgenährten, in ordentlichen Häusern wohnenden und gutgekleideten Bürgern, die in Eintracht zusammenlebten und -arbeiteten. Die Privilegien sollten abgeschafft, die

Leibeigenen befreit, die Klassenunterschiede beseitigt und alle Menschen einander gleichgestellt werden. Frauen sollten frei sein und Respekt genießen, Kinder sollten geliebt werden und eine gute Ausbildung erhalten. Reichtum und Güter sollten gerecht verteilt werden. Wäre diese materielle Gleichheit erst einmal erreicht, würde es keine persönlichen Rivalitäten mehr geben, da ihnen die Grundlage entzogen sei. Gerechtigkeit und Zufriedenheit würden in Vonahr herrschen, einem Land des Friedens, in dem alle Menschen Brüder wären.

In dem Augenblick glaubte Whiss selbst, was er da sagte. Seine Überzeugung teilte sich den Zuhörern mit, die jedes seiner Worte gierig aufnahmen. Ihre Begeisterung war nicht zu übersehen, denn die dunkle Wolke, die sie einhüllte, hellte sich stetig auf. Ihre Farbe veränderte sich, der düstere Schein machte helleren, lebhafteren Farbtönen Platz, welche die wachsende Hoffnung und Begeisterung der Zuhörer widerspiegelten. Whiss förderte diese Belebung nach Kräften. Er wollte sie aufwühlen, er wollte ihr Blut in Wallung bringen. Dann wäre es nur noch ein kleiner Schritt bis zu einer anderen Art von Leidenschaft.

Mittlerweile war Leben in ihre Gesichter gekommen, ihre Augen glänzten verzückt, ihre Wangen waren vor Erregung gerötet. Offenbar waren sie soweit, und daher schlug Whiss einen anderen Ton an. »Das ist Euer Traum«, sagte er so leise, daß die Zuhörer die Ohren spitzen mußten, wenn sie ihn verstehen wollten. Im Raum wurde es mucksmäuschenstill. »Das ist die Welt, die wir uns und unseren Kindern wünschen, und Ihr könnt sicher sein, daß wir dies alles auch erreichen werden. Aber glaubt bloß nicht, daß das so einfach geht. Es wird schwer werden, meine Freunde, schwerer als Ihr glaubt, denn in Vonahr gibt es jede Menge großer, fetter, reicher Blutsauger, menschliche Blutegel, Dämonen und dergleichen, die vor nichts zurückschrecken werden, um uns niederzuhalten. Sie haben es gern, wenn wir vor ihnen im Dreck kriechen. Denn dort bringen wir ihnen den größten Nutzen, und dort gehören wir ihrer Ansicht nach hin. Und sie sind schlau – sie werden sich zahllose Ränke ausdenken, damit wir dort bleiben, wo wir sind. Wollt Ihr wissen, was Euch erwartet? Nun, zu Anfang werden sie uns nicht beachten, um uns zu zeigen, wie bedeutungslos wir sind. Aber bald schon werden sie merken, daß ein Wirbelsturm nicht einfach deshalb verschwindet, weil man so tut, als gäbe es ihn nicht. Dann werden sie es mit Worten versuchen, mit einem Schwall von Worten, die uns alle einreden sollen, die alte Lebensweise sei die beste, mit ihnen ganz oben und uns immer im Dreck. Sie werden uns verhöhnen und die Nase über uns rümpfen, sie werden uns beschimpfen und uns mit ihrem doppelzüngigen Geschwätz zu verwirren suchen. Aber schon bald werden sie erkennen, daß Worte allein nicht mehr genügen – wir wissen es schließlich besser. Als nächstes werden sie uns mit ihrer Magie drohen, was furchtsame Gemüter durchaus einschüchtern könnte. Doch diejenigen von uns, die ihre Augen nicht verschließen, können deutlich sehen, was offen auf der Hand liegt. Nämlich daß die Edlen über *keinerlei Magie verfügen*. Sollte es einmal anders gewesen sein, so hat ihre Magie sich jetzt verflüchtigt, oder aber sie ist so schwach, daß wir uns deswegen keine Sorgen zu machen brauchen. Und so werden sie erkennen, daß ihre alten Ammenmärchen keinen Furz mehr wert sind.«

Zum erstenmal spürte Whiss, wie ihm die Kontrolle ein wenig entglitt. Dunkle Wirbel verunstalteten den Nebel, und die Zuhörer rutschten unruhig auf den Plätzen. Offenbar ließ sich ihre tiefverwurzelte Angst vor der Magie der Edlen mit Worten nicht so leicht erschüttern, und es wäre ein Fehler gewesen, darauf herumzureiten. Folglich beeilte er sich, das Thema zu wechseln, und schon bald war das Publikum wieder vereint und ganz und gar in seiner Gewalt. »Und dann fängt der Spaß erst so richtig an, dann wird das Spiel mit harten Bandagen weitergeführt. Schließlich verfügen sie über Soldaten, Wachmannschaften, Gendarmen, allesamt bewaffnet und zum Töten ausgebildet. Sie haben Gefängnisse, Fesseln und Peitschen, Äxte, Stricke und Galgen. Und Ihr solltet Euch klarmachen, daß sie die auch einsetzen werden. Wehrt Euch gegen die Dämonen, fordert Euer Recht, und schon werdet Ihr bluten müssen. Ein paar von Euch werden sterben, ein paar werden mitansehen, wie ihre Kinder vor ihren Augen abgeschlachtet werden, denn sie werden uns, ihre eigenen Landsleute, jagen wie die Tiere.«

Diese Dinge führte er noch etwas weiter aus. Er sprach von der Brutalität der Edlen und malte die Qualen, Erniedrigungen und verschiedenen Greuel aus, die aufsässige Bauern seit jeher zu erdulden hatten. Hätte er mit diesem Thema begonnen, hätte er die Zuhörer womöglich erschreckt. Doch nun, da ihr Blut in Wallung geraten war, peitschten seine Beschreibungen ihren Zorn nur noch weiter auf. Die Wolke, die sie einhüllte, wogte und wallte und nahm einen grellen, scharlachroten Farbton an. Auch Whiss selbst war betroffen. Ein Teil von ihm blieb außerhalb, beobachtete und lenkte die Veranstaltung. Zugleich aber verspürte er genau die gleichen Empfindungen, die er bei den anderen auszulösen suchte – als genügte es, sich den Anschein der Wut zu geben, um die Empfindung tatsächlich bei sich hervorzurufen, was wiederum die Stimmung anheizte und in einem geschlossenen Kreislauf auch seinen Puls in die Höhe trieb. Sein üblicherweise bleiches Gesicht war stark gerötet. Seine großen, grünen Augen funkelten und quollen hervor. Sein Gesicht verzerrte sich, die Nasenflügel bebten, die Lippen zuckten. Und seine geübte Stimme, die ursprünglich leise und beherrscht geklungen hatte, schwang sich alsbald empor und schwoll an, bis ihr wütendes Toben den Raum erbeben ließ.

Die Zuhörer weideten sich an Whiss' Raserei. Bald schon schrien sie ihre Zustimmung hinaus, erhoben sich von den Bänken und schüttelten die Fäuste. Und Whiss v'Aleur, einerseits erstaunt und aus der Fassung gebracht von der Lawine, die er losgetreten hatte, andererseits vollkommen selbstsicher und frohlockend, beherrschte sie mit seinem Redevermögen, verlieh ihren Sehnsüchten geschickt Gestalt und kanalisierte ihre Leidenschaft mit Worten und mit Gesten.

»Wir wissen, was wir zu erwarten haben«, erinnerte Whiss sie schließlich. »Wir kennen den übelkeiterregenden Abschaum, der uns niederhält. Man mißbraucht uns, man verachtet uns, seit jeher scheißt man auf uns. Und warum sollte man auch nicht, wenn wir uns das bieten lassen? Seien wir mal ehrlich, wir haben es denen leicht gemacht. Aber jetzt wird alles anders. Die Blutegel, die Blutsauger, die Schlächter – sie können nicht mehr ungestraft schalten und walten. Wir schließen uns endlich zusammen – wir, das Volk, die Menschen, wir schließen uns zusammen und sagen diesen rosaschwänzigen, parfümierten Parasiten, daß sie sich ihre Steuern, ihre Feudalabgaben, ihre Vorrechte, ihr hochnäsiges Getue in den juwelengeschmückten Arsch stecken können.«

Das Publikum johlte vor Entzücken.

»Wir sind es leid, zu hungern und denen ihre Rechnung zu begleichen – damit ist Schluß, jetzt wird abgerechnet.«

Heftiger Applaus.

»Wir werden uns nehmen, was sie uns gestohlen haben, und noch etwas mehr. Wir werden unseren Stolz zurückgewinnen ...« Um seine Worte zu unterstreichen, schlug Whiss mit der Faust in die Luft. Gleichzeitig stampfte er mit dem Absatz fest auf das hohle Podium, das wie eine Trommel dröhnte.

Das Publikum tat mit begeistertem Geheul seine Zustimmung kund. Hunderte von Fäusten wurden gereckt und schlugen in die Luft, Hunderte gleichgeschalteter Absätze wurden auf den Boden gehämmert, was sich anhörte wie Kanonendonner.

»Wir werden unsere Selbstachtung zurückgewinnen… unsere Würde… unsere Freiheit… unsere Ehre…« Eine schwungvolle Gebärde und ein heftiges Aufstampfen unterstrichen jedes einzelne Versprechen. Das Publikum tat es ihm nach und stampfte einmütig auf den Boden, bis das Lagerhaus erbebte und der Donner durch die stinkenden Gassen des Achten Distrikts rollte.

Whiss hob die Hand, und sogleich verebbte der Tumult. »Und wir werden uns die Güter zurückholen, die man uns all die Jahre über geraubt hat. Das Geld… das Land… das Vieh… die schönen Häuser… Kutschen… seidene Kleider und Schmuck… all die Dinge, die rechtmäßig uns gehören. Wir haben dafür mit unserem Schweiß und unserem Blut bezahlt, und jetzt sind die Schulden fällig. Wir, das Volk, verlangen Genugtuung. Unsere Ehre fordert Freiheit. Unser Verstand fordert Gerechtigkeit – Belohnung für die Rechtschaffenen, Vergeltung für die Tyrannen. Und unsere Leiden verlangen Wiedergutmachung. Endlich… Wiedergutmachung!«

»Wiedergutmachung!« Ein wilder, jubelnder Schrei brach aus Hunderten von Kehlen. »Wiedergutmachung!«

»Was habt Ihr gesagt?« Irgendwie schaffte es Whiss mühelos, den Lärm zu übertönen. »Ich höre Euch nicht!«

»*Wiedergutmachung!*«

»Ich höre Euch immer noch nicht!«

»WIEDERGUTMACHUNG!« Sie brüllten mit einer einzigen, unglaublich kräftigen Stimme. Diese gewaltige Stimme brandete gegen die Wände an. Der Nebel war hellrot, wurde durchzuckt von grellen Blitzen und brodelte heftig. Whiss hatte sogar den Eindruck, die scharlachrote Luft sei glühend heiß und knistere.

»Jetzt höre ich Euch! Jetzt höre ich Euch! Und ich möchte, daß es so bleibt! Ich möchte, daß man Eure Stimmen noch im letzten Winkel von Vonahr vernimmt! Ich möchte, daß Euch die ganze Welt hört! Wiedergutmachung!« Hoch die Faust, nieder mit der Ferse.

Hunderte von Fäusten wurden gereckt und ebenso viele Absätze wieder und wieder niedergerammt, daß das Lagerhaus erbebte. Es erscholl ein ohrenbetäubender Lärm, ein wirrer Ausbruch von Wut, Raserei und blinder Erregung, die ansteckend war wie die Pest. Dennoch war Whiss' magisch verstärkte Stimme inmitten dieses Pandämoniums immer noch hörbar. Vorübergehend sprachlos geworden, nahm er die Gelegenheit wahr und musterte seine brüllenden Mitstreiter. Von ihrer Antwort schnürte sich ihm die Kehle zu, während er gleichzeitig Enttäuschung verspürte. Womit er kaum gerechnet hatte, es war eingetroffen; er hatte es geschafft, sie in Raserei zu versetzen, und jetzt würden sie ihm überallhin folgen, jede Weisung von ihm ausführen, mit Freuden für ihn töten oder sterben. Seine tobenden Anhänger gierten nach Taten, während er selbst darauf brannte, seine neue Macht zu erproben. Doch dafür war die Zeit noch nicht reif; ihre Zahl war noch zu gering, und wenn er vorschnell zu Werke ginge, würde das seiner Sache mehr schaden als nutzen. Dennoch war der Drang, seinen Anhängern zu befehlen, ebenso stark wie der Wunsch, eine neue Flinte abzufeuern, und kaum mehr zu bezähmen. Es mußte doch eine Aufgabe geben, die er ihnen *jetzt gleich* stellen konnte, als Beweis für ihren bedingungslosen Gehorsam.

Whiss' Dilemma fand ein Ende, als auf einmal innerhalb des Lagerhauses der scharfe Knall einer Muskete ertönte. Nach ein paar Entsetzensschreien legte sich der Tumult, und alle Anwesenden wandten sich der Rückseite des Raumes zu, wo ein halbes Dutzend Stadtgendarmen vor dem Eingang Aufstellung genommen hatten. Einer von ihnen hatte über die Köpfe des Publikums hinweggefeuert. Die anderen warteten mit angelegten Musketen. Totenstille breitete sich aus, und in dieser Stille war die Stimme des Feldwebels von allen deutlich zu vernehmen:

»Ihr werdet euch augenblicklich zerstreuen.« Der Feldwebel blickte zum Podium. »Meister Whiss v'Aleur, nicht wahr? Ihr steht unter Arrest. Die Anklage lautet auf Aufwiegelung. Ihr werdet mit uns kommen.« Der Feldwebel und dessen Leute marschierten den Mittelgang entlang, der die Bankreihen teilte. Niemand suchte sie am Vorwärtskommen zu hindern. Die Zuschauer saßen reglos und stumm da, wie vor den Kopf geschlagen.

Whiss blickte den Männern unbewegt entgegen. Aus den Augenwinkeln aber sah er seinen Vater, grau im Gesicht und mit seinen Kräften am Ende. Hinter Chorl stand mit finsterer Miene Bierce und rang unentschlossen die großen Hände. Von denen hatte er keine Hilfe zu erwarten. Er war auf sich allein gestellt. Jetzt war der Augenblick gekommen, seine Macht auf die Probe zu stellen. Er holte tief Luft. Mit kräftiger, selbstsicherer Stimme wandte er sich an den Feldwebel.

»Lakaien der Edlen, ich verachte Euch, und ich spucke auf die parasitären Tyrannen, denen Ihr dient. Im Namen des Volkes fordere ich Gerechtigkeit. Ich verlange, daß sämtliche Tyrannen zur Rechenschaft gezogen werden. Gerechtigkeit ... und Wiedergutmachung!« Er reckte die Faust und rammte den Absatz auf das Podium, das so laut wie Musketenfeuer widerhallte.

Als hätte er damit einen Bann gebrochen, der die Anwesenden zu stummer Teilnahmslosigkeit verdammt hatte, schüttelten diese augenblicklich die Lähmung ab und antworteten ihm mit einem tiefen, allgemeinen Aufschrei. Sie sprangen von den Sitzen hoch und stürzten sich unter ohrenbetäubendem Gebrüll auf die verwirrten Gendarmen. Man vernahm ein paar wirkungslose Verzweiflungsschüsse, dann wurden die Musketen ihren Besitzern entrissen und alsbald von einer wogenden, brüllenden Menschenmasse verschlungen. Whiss v'Aleur beobachtete voller Genugtuung, wie die umgedrehten Musketen wiederholt auf und nieder fuhren; wie Fäuste, Stiefel und Knüppel zuschlugen; wie im Schein der Laternen mehrere Wurfmesser aufblitzten. Die Schreie der Opfer – falls sie überhaupt noch Zeit gehabt hatten zu schreien – gingen im Toben des Mobs unter. Die Gendarmen waren im Handumdrehen getötet – man hatte sie zertrampelt, zu Tode geprügelt und hätte sie um ein Haar auch noch verstümmelt. Nur einer von ihnen überlebte. Der jüngste und größte der Gendarmen, ein Rekrut von gerade erst achtzehn oder neunzehn Jahren, schaffte es wie durch ein Wunder, sich auf den Beinen zu halten. Einem glücklichen Zufall oder seiner Verzweiflung hatte er es zu verdanken, daß er bis zur Tür gelangte. Dort schüttelte er mehrere Angreifer ab, die sich an ihm festklammern wollten, und rannte auf die Straße. Die johlenden Sieger hätten ihn ziehen lassen, doch aufgrund der Einflüsterung eines persönlichen Dämons rief Whiss v'Aleur: »Haltet ihn auf, meine Freunde! Tod den Feinden des Volkes!«

Sie gehorchten ihm, ohne einen Augenblick zu zögern. Sie strömten auf die Gasse hinaus, und dort erblickten sie im matten Schein einer Laterne die flüchtende Gestalt des jungen Gendarmen. Brüllend stürmten sie ihm durch die verwinkelten Gassen nach.

Der Flüchtling schaffte es bis zur Wache des Achten Distrikts, die er knapp vor seinen Verfolgern erreichte. Er schlug die massive Tür hinter sich zu und legte den großen Riegel vor, dann wandte er sich atemlos an die Handvoll Kameraden, die gerade Dienst taten. Knapp und bündig setzte er sie ins Bild. Als kurz darauf Whiss v'Aleurs Gefolgsleute an dem gedrungenen, alten Holzgebäude eintrafen, standen sie vor einer uneinnehmbaren Festung; und diese Art von Widerstand reizte sie zur Weißglut.

Eine Zeitlang riefen sie Beschimpfungen, schleuderten Abfall und Steine, ohne allerdings etwas damit ausrichten zu können. Ihre Schläge gegen die mit Eisenbändern verstärkte Eichentür blieben ebenfalls wirkungslos, doch riefen sie damit zumindest eine Erwiderung hervor. Aus den Schießscharten im ersten Stock wurde geschossen, und zwei Aufrührer stürzten getroffen zu Boden. Nachdem man ihnen so einen Strich durch die Rechnung gemacht hatte, zogen sich die Überlebenden vorübergehend zurück. Schließlich kam ein Schlauberger auf die Idee, Feuer zu legen. In einem nahegelegenen Stall versorgten sie sich mit feuchtem Stroh, das sie an den Außenwänden der Wache aufschichteten und sogleich anzündeten. Flammen knisterten, und beißender, übelkeiterregender Qualm breitete sich aus. Im Nu hatten die Holzwände Feuer gefangen, was den Mob zu Begeisterungsstürmen hinriß. Einige faßten sich bei den Händen und tanzten auf der Straße. Andere umarmten sich. Viele reckten die Fäuste in die rauchverhangene Luft und grölten im Chor:

»*Wiedergutmachung. Wiedergutmachung. Wiedergutmachung.*«

Die Flammen loderten empor, und dichte Rauchschwaden hüllten das Gebäude ein, bis die eingesperrten Gendarmen es nicht mehr aushielten. Die Wache war verloren, die Luft im Innern nicht mehr zu atmen. Schließlich wurde die Tür geöffnet, und die dreizehn hustenden und würgenden Verteidiger, deren Anführer eine weiße Fahne schwenkte, taumelten heraus.

Ohne die Fahne zu beachten, fiel der Mob über die Gendarmen her, die alle einen raschen Tod fanden – einige wurden erschlagen, die anderen an Laternenpfählen aufgehängt. Anschließend tanzten die Reparationisten singend um die brennende Wache herum. Was das Feuer anging, so hatte der Achte Distrikt Glück. Es wehte kaum ein Lüftchen, daher griffen die Flammen nicht auf die umliegenden Häuser über.

Nach einer Weile schwand das allgemeine Hochgefühl und machte Verwirrung, Beklommenheit sowie körperlicher und seelischer Erschöpfung Platz. Ihnen fehlte Whiss v'Aleurs begeisternde Anwesenheit, außerdem war jeden Augenblick mit dem Eintreffen des Schlichters zu rechnen. Trotz der Versicherungen ihres Anführers war kein einziger der Reparationisten bereit, sich auf eine Begegnung mit dem Schlichter einzulassen. Einer nach dem anderen verdrückten sie sich. Erst vereinzelt, dann wurde es immer mehr. Als der Schlichter und dessen Gefolgsleute eintrafen, fanden sie zwar die Spuren eines blutigen Gemetzels, jedoch keine Täter vor.

Whiss v'Aleur erfuhr erst Stunden später von dem Vorfall. Kurz nach dem Aufbruch seiner Mitstreiter leisteten ihm im Lagerhaus nur noch fünf tote Gendarmen und zwei Verwandte Gesellschaft. Chorl und Bierce traten aus dem Büro hervor. Bierce' Gesicht war gerötet, seine sonst meist stumpfen Augen glänzten vor Erregung und Bewunderung. Mit der geballten Rechten rhythmisch gegen die Linke klatschend, bemerkte er: »Das war … schon was, Cousin Whiss. Das war … schon was!«

Whiss lächelte nachsichtig und blickte fragend zu seinem Vater.

Chorl schwieg. Er wirkte bestürzt, benommen, geradezu niedergeschmettert.

»Nun?« fragte Whiss herausfordernd. »Nun?«

»Du solltest besser von hier verschwinden«, murmelte schließlich Chorl, ohne seinen Sohn anzusehen. »Man wird dich jetzt jagen. Du mußt dich verstecken.«

»Das werde ich.« Lächelnd ließ Whiss den Blick durch den großen Raum schweifen, der noch von einem scharlachroten Dunst erfüllt war; die Überreste des Zorns der Menge, die allein für ihn und Chorl sichtbar waren. »Aber nicht für lange, glaube ich.«

9

Auch dieser lange, unruhige Sommer ging schließlich zu Ende. Die erstickende Hitzedecke, die auf Sherreen gelastet hatte, wurde schließlich zurückgeschlagen. Die Nächte kühlten sich ab und wurden länger, während die Nachmittage erst erträglich, dann angenehm und schließlich wundervoll kühl wurden. Die schönste Zeit des Jahres war angebrochen, und die Brise, die durch das offene Fenster des Landauers der Rouvignac wehte, war frisch und kündete von bevorstehendem Wandel.

Veränderungen sind weder nötig noch erwünscht, sagte sich Eliste. *Alles ist gerade gut so, wie es ist.*

Der Landauer fuhr unter dem alten Marmorbogen durch und erreichte das Ende der Avenue Parabeau. Und gleich dort rechts bot die Konditorei Crionet als einziges Geschäft, das auf dieser exklusiven Hauptstraße geduldet wurde, seine Süßwaren an, die es an Raffinesse mit den besten Küchen der Edlen aufnehmen konnten. Meister Crionets Skulpturen aus dunkler und weißer Schokolade – seine modellierten Schokoladencremes und Trüffel, seine Phantasien in Zuckerwatte, verziert mit frischen Blumen, handgeschnittenen, facettierten ›Zuckerjuwelen‹ oder echtem Blattgold – zierten häufig die Tische des Adels, nicht nur in Vonahr, sondern auch im Ausland. Doch nun schien es mit all dieser Pracht ein Ende zu haben. Crionets Geschäft war geschlossen und lag verlassen da. Sämtliche Fensterscheiben waren zerbrochen, die Tür hing schief in den Angeln, und das Ladenschild war verschwunden. Die cremefarbene Ladenfront war rußgeschwärzt.

An eine weniger in Mitleidenschaft gezogene Stelle hatte jemand mit Kreide einen großen, scharlachroten Diamanten gemalt, geschmückt mit dem Emblem der Reparationspartei. Die rote Farbe sollte Zorn ausdrücken, während der Diamant eine doppelte Bedeutung besaß – einerseits stand er für die finanzielle Wiedergutmachung, die den geschädigten Bürgern Vonahrs zustand, andererseits war er in seiner Eigenschaft als härteste bekannte Substanz Ausdruck der Entschlossenheit der Reparationisten. Als Eliste ihn sah, schürzte sie verächtlich die Lippen. Meister Crionet war ein Künstler, auf seinem Gebiet ein Genie, ein bürgerlicher Schatz. Doch anstatt daß ihm der verdiente Respekt und die gebührende Anerkennung zuteil geworden waren, hatte er die Gewalt dieser aufrührerischen Dummköpfe erdulden müssen, die offenbar entschlossen waren, alles Erlesene auf der Welt zu zerstören.

»Barbaren«, bemerkte sie.

»Das sind Teufel, Herrin.« Kairthe nickte. »Böse Teufel, diese Rep …, diese Reparateure oder wie sie sich nennen. Diese Reps.«

»Ich begreife nicht, warum die Gendarmerie dieser Tollheit nicht ein Ende setzen kann. Daß sie ausgerechnet *hier* nachlässig sein mußten. Verwechseln die etwa das Parabeau mit der Rattenstadt? Das ist empörend, man sollte sich darüber beschweren.«

»Könnte sein, daß die Gendarmen Angst haben, Herrin. Ich meine, nach dem Tumult im Achten Distrikt vor drei Monaten, und überhaupt …«

»Also, das lasse ich nicht gelten. Die haben sich nicht zu fürchten. Die sollen brave Bürger vor Kriminellen schützen. Wenn sie dazu nicht in der Lage sind, dann sollte die Stadt andere Leute anheuern.«

»Das mag schon sein, Herrin, aber ich möchte diesen Reps jedenfalls nicht bei Nacht begegnen. Mal ehrlich, hättet *Ihr* da etwa keine Angst?«

»Nein.« Eliste warf den Kopf zurück. »Tiefe Verachtung läßt keinen Raum für Feigheit. Rüpel, die dermaßen brutal, rücksichtslos und einfältig sind, können mir keine Angst einjagen. Und du solltest auch keine Angst vor ihnen haben.«

Um eine Antwort verlegen, schüttelte Kairthe bloß den Kopf. Der Landauer erreichte schließlich Zeralenn vo Rouvignacs Residenz. Dicht gefolgt von ihrer Zofe, stieg Eliste aus der Kutsche. Bevor sie jedoch die Tür erreicht hatte, tauchte eine hochgewachsene Gestalt mit silberweißem Haar auf, welche die makellose Sandsteintreppe herunterkam und ihr auf halbem Wege begegnete. Der Cavalier vo Meureille neigte sich über ihre Hand. Eliste machte einen Knicks. Es war das erste Mal seit ihrer Einführung bei Hofe, daß sie ihm von Angesicht zu Angesicht gegenüberstand, doch eine Persönlichkeit wie ihn vergaß man nicht so leicht.

»Edles Fräulein, des Sommers Kerzenschein ließ Euch kaum Gerechtigkeit widerfahren. Das Licht des Herbstes indes bringt die Wahrheit an den Tag, und so sehe ich ein frühes Versprechen erfüllt, wie ich es kaum zu träumen wagte. Meine Verehrung.«

»Exzellenz.« Eliste knickste erneut, zufrieden lächelnd im Bewußtsein ihrer vollendet gepflegten Schönheit. Vo Meureilles routinierte Schmeicheleien genoß sie ebenso wie das herrliche Wetter. So sollte es sein, ging es ihr durch den Sinn, ohne daß sie den Gedanken in Worte hätte fassen können. Eine brillante Entgegnung fiel ihr im Augenblick nicht ein; doch wenn ihm daran lag, die Unterhaltung mit einer jungen und begehrten Ehrenjungfer fortzuführen, mußte er sich etwas einfallen lassen.

»Edles Fräulein, schenkt mir für einen Augenblick Eure Aufmerksamkeit.« Er verstellte ihr den Weg und ließ ihr eigentlich keine andere Wahl. »Ich muß Euch um eine Gefälligkeit bitten.«

»Eine Gefälligkeit, Cavalier? Achtung und Ehrerbietung kann ich Euch gewähren, doch eine Gefälligkeit überschreitet gewiß die Grenzen des Anstands.«

»Ah, Ihr seid um eine Antwort nicht verlegen und vielleicht ebenso schlagfertig wie Madame Zeralenn, doch laßt uns nicht darüber streiten – die Dringlichkeit der Angelegenheit erlaubt keinen solchen Luxus. Edles Fräulein vo Derrivalle, ich bitte Euch um Euren Beistand. Ihr müßt mir helfen, Eure Großmutter dazu zu überreden, Sherreen baldmöglichst zu verlassen.«

Scherzte er womöglich? überlegte sie. Er sah nicht danach aus. Die jugendlich lebhaften Augen in dem vom Alter gezeichneten Gesicht lächelten nicht, sondern blickten eher grimmig. Sie hatte den Eindruck, er werde gleich etwas sagen, das sie lieber nicht hören wollte.

»Ich sehe die Fragen in Euren Augen. Laßt sie mich sogleich beantworten; der Aufenthalt in der Stadt wird für sie – wie auch für Euch und alle anderen Angehörigen Eures Standes – zunehmend gefährlich. In Sherreen wimmelt es von gewalttätigen Fanatikern. Die Geheimgesellschaften, im Untergrund wirksame selbsternannte ›Parteien‹, Anarchisten und verschiedene Vereinigungen blutrünstiger Unzufriedener vermehren sich wie Ratten in einer Kloake. Vom Parteiengeist beseelt und einander beargwöhnend, mögen sie noch so zerstritten sein, im Haß auf die Krone und den Adel sind sie sich doch einig. Sie sind gewalttätig, entschlossen und äußerst wirkungsvoll. Nach jahrelangem emsigem Bemühen haben sie es endlich geschafft, die Bevölkerung soweit aufzuwiegeln, daß nun schwerwiegende Umwälzungen drohen. Unser Heil liegt allein in der Flucht, und davon müßt Ihr Eure Großmutter überzeugen.«

Er hielt inne, und Eliste sah ihn an. Noch nie zuvor hatte jemand ihre verborgensten Ängste so klar und deutlich ausgesprochen, und nun fühlte sie sich gedrängt, sie zu leugnen. Sie schüttelte heftig den Kopf.

»Cavalier, Eure Besorgnis gereicht Euch zur Ehre, doch bin ich mir sicher, daß Ihr übertreibt. Wäre die Lage wirklich so verzweifelt, wie Ihr meint, würde der Adel doch in Scharen flüchten. Aber das tun wir nicht – das Leben geht weiter wie bisher, und so sollte es auch sein. Wie lächerlich, ängstlich und würdelos würden wir erscheinen, ließen wir uns von einer Handvoll unzufriedener Bauern in die Flucht schlagen!« Sie lächelte, als fände sie die Vorstellung amüsant.

»Lieber sterben, als seine Würde zu verlieren – eine wahrhaft edle Gesinnung.«

»Sterben?« Ihr Lächeln verflüchtigte sich. Hinter ihr piepste Kairthe wie ein verschrecktes Mäuschen.

»Wie die meisten Angehörigen des Adels unterschätzt auch Ihr die Auswirkungen dieser ›Handvoll unzufriedener Bauern‹, wie Ihr sie nennt. Wahrscheinlich ist diese Ignoranz der Quell der Selbstzufriedenheit des Adels angesichts wachsender Gefahr. Ich frage mich, ob Ihr überhaupt Kenntnis habt von den neuesten Vorfällen in Sherreen. Wußtet Ihr zum Beispiel, daß die Gefängnisse bis zum Bersten vollgestopft sind mit Verrätern und Verschwörern? Täglich kommt es zu neuen Verhaftungen. Wußtet Ihr, daß die Reparationisten so zahlreich und zudem hochmütig geworden sind, daß sie ihre Versammlungen nicht mehr im Verborgenen abhalten, sondern sich in aller Öffentlichkeit zusammenrotten? Niemand wagt es, dagegen einzuschreiten. Wußtet Ihr, daß Shorvi Niriennes verbotene Werke offen auf den Straßen verkauft werden – und daß ihm seine gefährliche Rhetorik selbst unter den Gebildeten Anhänger einbringt? Wußtet Ihr, daß sich Angehörige des Adels in vielen Gegenden der Stadt nicht mehr gefahrlos bewegen können, weder bei Nacht noch bei Tag? Und vor all diesen warnenden Zeichen wollt Ihr und Eure Großmutter die Augen verschließen?«

»Mir sind Gerüchte zu Ohren gekommen, allerdings

habe ich ihnen keine Beachtung geschenkt«, entgegnete Eliste widerstrebend. Sie hätte die unangenehme Unterhaltung am liebsten abgebrochen, doch der Cavalier verstellte ihr noch immer den Weg. »Diese Angelegenheiten sind doch Sache der Gendarmerie, nicht wahr?«

»Es ist höchst töricht, anzunehmen, ein paar durchschnittlich ausgebildete und ausgerüstete Stadtpolizisten könnten uns vor dem drohenden Gewittersturm schützen.«

»Dann eben Soldaten. Die Armee und die Königsgarde.«

»Vermögen dem Ansturm der ganzen Bevölkerung ebenfalls nicht standzuhalten. Außerdem sind deren Sympathien gewiß geteilt.«

»Die ganze Bevölkerung! Ich bitte Euch, das ist doch Wahnsinn. Die meisten Leute befolgen das Gesetz und sind dem König treu ergeben.«

»Kind, schaut Euch doch nur um. Die Bürger wollen Blut sehen.«

»Dann bleibt immer noch die Magie der Edlen, die uns schützen wird, wie sie es immer schon getan hat.«

»Ach, die vielgerühmte Magie. Darauf ist kein Verlaß, fürchte ich.« Die Falten um seinen Mund vertieften sich. »Bitte sagt mir, edles Fräulein – verfügt Ihr über magische Fähigkeiten?«

»Nun, ich persönlich nicht, aber was soll's? Mein Onkel ist darin höchst bewandert, und es muß viele geben wie ihn. Daher glaube ich nicht, daß wir irgend etwas zu fürchten brauchen. Vielmehr bin ich überzeugt, daß der Aufruhr und die Kundgebungen mit dem Beginn der kalten Jahreszeit rasch aufhören werden. Der Schnee und der bitterkalte Wind werden die krakelenden Unruhestifter alsbald in die Häuser zurücktreiben, wo sich ihr dummer Groll schon wieder legen wird. Schließlich heißt es ›in der erhabenen Natur findet der Mensch die wahre Harmonie‹«, zitierte sie.

»Ja, ich habe Rees-Raas' Hirngespinste auch gelesen. Seine Gedanken sind ebenso reizend und naiv wie eine gewisse mir bekannte junge Ehrenjungfer. Glaubt mir, mein Kind, da braut sich Unheil zusammen, und dem wird sich keiner von uns entziehen können. Ich habe versucht, die Betroffenen aufzurütteln, allerdings ohne großen Erfolg. Der Adel verfügt offenbar über eine grenzenlose Fähigkeit zur Selbsttäuschung, daher hört niemand auf mich. Um mich habe ich keine Angst, aber bei Eurer Großmutter ist das etwas anderes. In ihrer Anmut und Vollkommenheit ist sie der Inbegriff dessen, was diese Wilden zu vernichten trachten. Ich wollte sie warnen, sie aber ist zu stolz, um an ihre persönliche Sicherheit zu denken. Daher appelliere ich an den noch wacheren Selbsterhaltungstrieb der Jugend. Ihr müßt Zeralenn von hier fortbringen, solange noch Zeit dazu ist. Habt Ihr mich verstanden?«

»Cavalier.« Dieser erschreckende Meinungsaustausch machte sie ganz wirr im Kopf. »Was erwartet Ihr denn von mir?«

»Daß Ihr mit ihr redet – mehr nicht. Sie hält große Stücke auf Euch und wird sich von Euch vielleicht umstimmen lassen.«

»Ach, das glaube ich nicht. Madame läßt sich von niemandem umstimmen.«

»Sie ist starrsinnig, jedoch nicht ganz so starrsinnig, wie sie scheinen mag. Wenn Euch an Eurer Großmutter etwas liegt, müßt Ihr sie irgendwie überreden, Sherreen zu verlassen. Sie könnte sich auf eines ihrer Landgüter zurückziehen, dort wäre sie in Sicherheit. Oder Ihr könntet zusammen nach Derrivalle zurückkehren.«

»Sherreen verlassen und nach Derrivalle zurückkehren? Pfui, das ist ein abscheulicher Vorschlag!« erklärte Eliste, mit Anmut erschauernd. Neuerdings hatte sie sich die übertriebene Verachtung zu eigen gemacht, welche die Höflinge der Provinz entgegenbrachten.

»Es gibt auch noch andere Möglichkeiten«, meinte

vo Meureille geduldig. »Würde es Euch nicht gefallen, einmal den ausländischen Hauptstädten einen Besuch abzustatten – Szar, Flugeln, Lanthi Ume und all den anderen großen Städten?«

»Oh, gewiß – irgendwann einmal!«

»Dann sollte Euch Madame dorthin begleiten, und zwar so schnell wie möglich. Sie ist die geeignetste Fremdenführerin und Anstandsdame. Vielleicht sogar die beste überhaupt«, setzte vo Meureille leise hinzu. »Vonahr gänzlich zu verlassen – das wäre durchaus keine übertriebene Vorsicht. Sprecht mit Ihr, edles Fräulein. Bittet sie, Euch diesen Gefallen zu tun. Appelliert an ihre Großzügigkeit, dann werdet Ihr auch Erfolg haben.«

»Aber das erscheint mir arglistig – sogar ein wenig schäbig ...«

»Nicht, solange es ihrer Sicherheit dient. Ich flehe Euch an – macht Euren ganzen Einfluß geltend, um Eurer Großmutter und um Eurer selbst willen. Werdet Ihr es versuchen?«

Er schaute sie so durchdringend an, daß sie seinem Blick ausweichen mußte. Das alles war aber auch zu phantastisch, geradezu unglaublich. »Ich könnte sie wohl fragen«, antwortete sie verlegen, dazu entschlossen, die Unterhaltung zu einem raschen Ende zu bringen.

»Edles Fräulein, möge Euch Erfolg beschieden sein, wo ich gescheitert bin.« Er verneigte sich tief und entfernte sich.

Eliste sah ihm stirnrunzelnd nach. Sie war verblüfft, verwirrt, peinlich berührt und auch ein wenig erbost darüber, daß er ihr den Tag verdorben hatte. »Was für düstere, närrische Ideen der hat«, sagte sie laut, wenn auch ohne innere Überzeugung.

»Von dem seinem Gerede ist mir ja ganz anders geworden«, stimmte Kairthe zu.

»Alte Leute!« murmelte Eliste. »Alte Leute!«

Sie betraten das Haus, und ein Bediensteter geleitete sie in Zeralenns Wohnzimmmer im ersten Stock. Beim Eintreten kam Eliste ein kleines weißes Fellknäuel entgegengeflogen. Prinz vo Plume, Dauergast im Haus der Rouvignac, hatte seine rechtmäßige Herrin nicht vergessen. Nun warf er sich ihr jaulend entgegen, scharwenzelte ihr um die Füße, sprang an ihr hoch und war überall zugleich. Eliste mußte das übermütige kleine Wesen erst streicheln und kraulen, bis es endlich Ruhe gab und sie es an Kairthe weiterreichen konnte. Dann endlich begab sie sich zu dem Tisch am Fenster, wo ihre Großmutter soeben mit Aurelie Tee trank; die alte Dame war in eleganten pflaumenblauen Samt gekleidet, das junge Mädchen schien vergraben unter Rüschen, Schleifen und zahllosen enggedrehten Löckchen. Die üblichen Knickse, Komplimente und zeremoniellen Küsse wurden ausgetauscht, dann nahm Eliste Platz.

»Ich werde meiner Cousine einschenken«, verkündete Aurelie. »Ich bin entschlossen, mein Benehmen zur höchsten Vollendung zu bringen, und ich glaube, daß ich darin bereits bemerkenswerte Fortschritte gemacht habe.« Sie reichte Eliste eine volle Tasse Tee. »Da, habe ich das nicht gut gemacht? Weißt du was, Cousine? Rate mal, wer Tantchen eben besucht hat!« Sie wartete die Antwort nicht ab. »Und zwar der Cavalier vo Meureille, der uns fast täglich einen Besuch abstattet. Also, ich glaube, er ist in Tantchen verliebt – das glaube ich wirklich. So wie er ihr Augen macht – das kann nur Liebe sein!«

»Aurelie, mein Kind, du bist entweder vorsätzlich frech, oder aber unverbesserlich dumm«, bemerkte Zeralenn. »Ersteres wäre bei weitem vorzuziehen, doch ich fürchte, die zweite Beschreibung kommt der Wahrheit näher.«

»Madame, ich glaube fast, Ihr errötet, aber das braucht Ihr nicht. Ich hoffe bloß, daß *ich* keine Verehrer mehr anziehen werde, wenn ich erst einmal in Eurem Alter bin. Und der Cavalier ist ja eine so vornehme Erscheinung – er ist ja so edel und so groß, und er hat wirklich erlesene Manieren und immer noch wunderschöne Augen. Was muß er seinerzeit für ein Kavalier gewesen sein! Hab ich recht?«

»Aurelie, mein Kind, du plapperst daher wie eine Närrin. Hüte deine Zunge.«

»Aber, Tantchen, ich wollte Euch doch nicht zu nahe treten, ich meine es doch nur gut. Unter uns gesagt, ich glaube, daß Ihr den Cavalier als möglichen Gemahl betrachtet. Soll er nicht demnächst zum Marschall ernannt werden? Gewiß, er ist alt, furchtbar alt, aber er hat immer noch alle Zähne, und hübsch sind sie auch. Ich glaube, wenn Ihr ihm nur ein wenig Ermunterung zukommen lassen würdet, machte er Euch einen Antrag oder würde sich zumindest erklären. Vielleicht würden ein schmachtender Blick und ein tiefer Seufzer schon reichen. Oder falls nicht, könntet Ihr ihn bei Mondschein in den Garten hinauslocken und dort eine Ohnmacht vortäuschen – man hat mir versichert, ein solches Vorgehen sei unfehlbar. Meinst du das nicht auch, Cousine Eliste? Meinst du nicht, sie …«

»Du närrisches Plappermaul, noch ein Wort, und ich schicke dich aus dem Zimmer«, sagte Zeralenn warnend.

»Aber *Tantchen* …«

»*Noch ein Wort.*«

Aurelie gab sich geschlagen.

Eliste kostete vom Tee, dann begann sie zögernd zu sprechen. Der Gegenstand ihrer Rede lag auf der Hand, außerdem hatte sie ihr Wort gegeben. »Vor der Tür bin ich Cavalier vo Meureille begegnet«, erklärte sie. »Wir haben uns unterhalten, und bei der Gelegenheit hat er seiner Besorgnis Ausdruck verliehen …«

»Du brauchst nicht weiterzusprechen«, unterbrach sie Zeralenn. »Ich kann mir das Folgende schon denken. Ich habe euch vom Fenster aus beobachtet, und vo Meureilles Hartnäckigkeit und deine Verlegenheit sind mir nicht entgangen. Er wollte sich deiner Unterstützung versichern, um mich aus Sherreen zu entfernen, hab ich recht?« Eliste nickte unbehaglich.

»Nun, du hast mir die Angelegenheit zu Gehör gebracht, wie du es zweifellos versprachst, somit bist du von deinen Verpflichtungen gegenüber dem Cavalier entbunden. Außerdem habe ich all die Gründe und langweiligen Untergangsprophezeiungen bereits gehört und möchte sie nicht noch einmal über mich ergehen lassen.«

»Dann glaubt Ihr also, es gäbe nichts zu fürchten, Madame?«

»Richtiger wäre es, zu sagen, daß ich mich nicht fürchten *will*. Ich lebe in Sherreen, weil es mir hier gefällt – weil es mein Wunsch ist. Es kommt gar nicht in Frage, daß ich mich von dieser aufrührerischen Kanaille umstimmen lasse. Ich nehme es nicht hin, mein Verhalten von Angst bestimmen zu lassen, denn so möchte eine vonahrische Adlige nicht leben. Das wäre kein Leben mehr, sondern bloß noch ein Vegetieren, und das verabscheue ich.« Zeralenn wirkte ebenso hart und unnachgiebig wie ein Marmorstandbild auf einem Grab.

»Bravo, Tantchen!« platzte Aurelie heraus. »So ist es gut! Ich werde jedenfalls hier bei Euch bleiben! Du nicht auch, Cousine Eliste? Wir werden alle zusammenbleiben und ein tapferes, freies Leben führen – wie wahre Edelleute. Ich gestehe, ich habe geglaubt, wir müßten uns in die Provinz zurückziehen und in ländlicher Abgeschiedenheit leben wie der Herzog vo Jevenant und dessen ganzes bedauernswertes Geschlecht, aber das verschmähe ich jetzt, ja, das tue ich!«

Eliste mußte über die Begeisterung ihrer Cousine lächeln. Auch sie hielt Zeralenns Gesinnung für lobenswert, doch eingedenk der Begründungen vo Meureilles vermochte sie nicht alle Zweifel zu zerstreuen. »Der Cavalier schien sich seiner Sache vollkommen sicher zu sein, Madame«, beharrte sie. »Und er wirkte sehr besorgt um Euch. Bestimmt wollt Ihr seine Warnung nicht gänzlich in den Wind schlagen, sondern werdet Vorkehrungen treffen, um Euch zu schützen?«

»Vorkehrungen gegen eine Entführung, das ja. Wenn Meureille einsieht, daß meine Entschlossenheit allen Drohungen und Schmeicheleien standhält, wird er vielleicht zu heftigeren Mitteln greifen.«

»Ihr wollt damit doch nicht etwa andeuten, er könnte Euch gegen Euren Willen von hier fortschaffen?«

»Das ist durchaus möglich. Ebendies hat er vor vierzig Jahren während des Hetzianischen Bürgerkriegs getan, in dessen Verlauf ich dazu ausersehen wurde, in Zoel eine Kur zu machen. Beunruhigt durch den Vormarsch der Rebellenarmee und aufgebracht durch meine Weigerung, mich den Segnungen der täglichen Tauchbäder zu unterziehen, unternahmen Meureille und eine Handvoll seiner Bediensteten einen mitternächtlichen Angriff auf meine gemietete Villa. Er überrumpelte mich, sperrte mich in eine Kutsche und verfrachtete mich über die Grenze.«

»Wie wagemutig von ihm, Madame!«

»Schon möglich. Damals entging mir allerdings der Reiz des Ganzen.«

»Superb!« rief Aurelie aus. »Wart Ihr im Bett, schlafend und wehrlos, mit nichts weiter als einem durchscheinenden Nachtgewand bekleidet, als er Euch holen kam? Sagt schon, Tantchen!«

»Ich habe nicht vor, dich mit den üblichen Einzelheiten zu behelligen.«

»Und hat die Rebellenarmee Zoel erreicht?« wollte Eliste wissen.

»Ja, aber erst einen ganzen Tag später. Schon daran erkennt man, daß Meureilles Sorgen unbegründet waren und daß er völlig übereilt gehandelt hat. Doch nicht von meiner Vergangenheit möchte ich sprechen, Enkelin, sondern vielmehr von deiner Gegenwart – und Zukunft.«

»Von meiner, Madame?« Elistes Versuch, unschuldig zu tun, fiel wenig überzeugend aus. In dem Augenblick, da ihr die Einladung ihrer Großmutter übermittelt worden war, hatte sie den Inhalt der Unterredung bereits geahnt. Eine Zeitlang hatte sich das Thema aufschieben lassen, doch auf Dauer ließ Zeralenn sich nicht hinhalten.

»Wie ich höre, macht dir der Herzog von Feronte hartnäckig den Hof. Ist diese Nachricht zutreffend?«

»Nun, ich nehme an, das hängt davon ab, was man unter ›hartnäckig‹ versteht.«

»Keine Ausflüchte, Mädchen. Man hat mir gesagt, seine Aufmerksamkeiten seien deutlich und unmißverständlich. Hat er um ein Stelldichein ersucht?«

»Sollte man darüber nicht besser ein andermal sprechen?« Eliste schaute bedeutungsvoll zu Aurelie.

»Keineswegs. Wenn das Kind aufmerksam zuhört, kann es ihm nur von Nutzen sein. Du hörst doch gut zu, Aurelie, mein Kind?«

»Aber *ja,* Madame!« Aurelies zahllose Löckchen wippten aufgeregt.

»Ausgezeichnet. Du darfst hierbleiben, aber gib Ruhe.« Zeralenn wandte sich wieder Eliste zu. »Nun, Enkelin? Hat der Herzog um ein Stelldichein ersucht oder nicht?«

Eliste seufzte. »Des öfteren«, gestand sie.

»Hat er dir Briefe geschrieben?«

»Die ich entweder ungelesen zurückgeschickt oder öffentlich zerrissen habe.«

»Gedichte? Blumen? Parfüm? Konfekt?«

»Alles zurückgeschickt, mit Ausnahme der Süßigkeiten, die meine Mitbewohnerinnen trotz meiner Proteste verschlungen haben.«

»Singvögel? Lebende Schmetterlinge fürs Haar? Albinomäuse? Abgerichtete Affen und dergleichen?«

»Alles zurückgewiesen.«

»Und wie steht es mit kostbareren Geschenken? Mit Schmuck? Kunstgegenständen? Der Beförderung von Familienangehörigen? Einer Stellung bei Hofe für deinen Vater?«

»Mein Vater kann meinetwegen in Fabeque schwarz werden.«

»Ganz recht. Aber was ist wahr an dem Gerücht, seine Hoheit habe dir angeboten, dir einen Teil seines Vermögens zu überschreiben?«

»Ich glaube, er hat mir mal ein Schriftstück oder eine Besitzurkunde oder etwas derartiges geschickt. Ich habe sie allerdings nicht genau angesehen. Rechtsangelegenheiten langweilen mich.«

»Die Anziehungskraft gewisser juristischer Formalitäten sollte man niemals unterschätzen, Enkelin. Eine solche Nachlässigkeit läßt auf mangelnde Vorstellungskraft schließen. Und wie lange stellt dir Feronte nun schon nach? Seit mehreren Monaten bereits, hab ich recht?«

Eliste nickte.

»Deinen Widerstand hast du umsichtig eingefädelt – er war folgerichtig, herausgefordert, hervorragend geeignet, seine Leidenschaft zu entflammen. In dieser Hinsicht muß ich deinem Geschick meine Anerkennung zollen. Das Spiel kann allerdings nicht ewig so weitergehen. Der ganze Hof applaudiert der Komödie, und seine Hoheit läuft Gefahr, sich zum Gespött der Öffentlichkeit zu machen, etwas, das ihm im höchsten Maße zuwider ist. Nach wiederholter Zurückweisung wird die anfängliche Begeisterung des Herzogs schließlich Verachtung und Abscheu Platz machen. Als deine Gönnerin und Mitstreiterin obliegt es mir, dich davor zu warnen, dein Blatt zu überreizen.«

»Wie kommt es eigentlich«, fragte Eliste nach kurzem Nachdenken, »daß alle Welt glaubt, ich spielte ein Spiel? Weshalb ist man überzeugt davon, jede Abweisung sei als Ermutigung gemeint, jede Abfuhr sei ein wohlberechneter Köder und jedes Wort voller Arglist – kurz gesagt, ich sei eine verlogene Heuchlerin?«

»Bah, du redest wie ein Schulmädchen. Allerdings wird mir mein Irrtum allmählich klar.« Zeralenn musterte eingehend ihre Besucherin. »Hat der Herzog vielleicht deinen Abscheu erregt?«

»Abscheu – o nein! Nicht unbedingt. Ja und nein. Es fällt mir schwer, das in Worte zu fassen.« Ihre Großmutter bot ihr keine Hilfe an, daher fuhr Eliste verwirrt fort: »Das heißt, ich mag seine Hoheit nicht. Ich finde ihn ungehobelt und grob, anmaßend, boshaft und voller Hochmut. In seiner Gesellschaft ist mir ganz und gar unwohl. Dennoch fallen mir seine Aufmerksamkeiten aus irgendeinem Grund nicht lästig. Es ist aber auch nicht so, daß seine Großzügigkeit bloß meiner Eitelkeit schmeicheln würde …«

»Wirklich nicht?« fragte Zeralenn erheitert.

»Doch, schon, aber darum geht es nicht. Seine Hoheit erweckt irgendwie den Eindruck von … Gewalttätigkeit, Herrschaft, Selbstsicherheit, Leidenschaft und Macht, und das ist durchaus reizvoll. Selbstzweifel und Zögern sind ihm anscheinend unbekannt. Wenn wir im selben Raum sind, bin ich mir seiner Anwesenheit lebhaft bewußt. Er hat etwas höchst … nun …« Eliste suchte nach dem passenden Wort.

»Männliches?« schlug Zeralenn vor.

»Genau. Das ist es. Diese Eigenschaft übt eine unmittelbare Wirkung auf mich aus und berührt mich im … nun …«

»Im Bauch?«

»Genau. Daher bin ich mir unsicher. Ich kann mich nicht entscheiden.«

»Aber du kannst ihn nicht ewig hinhalten, sonst geht die Gelegenheit vorüber. Du solltest wissen, Enkelin, daß sich dir eine außergewöhnliche Möglichkeit bietet. Ich frage mich bloß, ob dir das ganze Ausmaß deines Glücks überhaupt deutlich ist. Weißt du, wie viele Frauen sich nach einem solchen Ruhm sehnen, und wie wenige ihn je erlangen? Der Herzog kommt in Vonahr gleich nach dem König. Als Mann ist er dir alles andere als widerwärtig, das ist einmal klar; und gefangen in der Erregung des Werbens bietet er dir alles, was du dir nur wünschen kannst…«

»Er bietet mir keine Zuneigung«, meinte Eliste bedächtig. »Er bietet mir weder Treue noch Achtung. Er bietet mir nicht die Ehe an.«

»Ach?« Zeralenn zog die Brauen hoch. »Ich glaube, allmählich kommen wir der Sache näher. Ich muß gestehen, du enttäuschst mich. Ich hätte nicht gedacht, daß du noch immer so provinziell oder, um genau zu sein, so spießig und provinziell wärst. Ist die gewöhnliche Ehe mit all ihren Beschränkungen denn schon alles, was du dir wünschst?«

»Ich weiß nicht.«

»Dann solltest du dir allmählich aber Gedanken darüber machen. Wenn du heiraten wolltest, wen würdest du auswählen? Man hat mir gesagt, du habest einen bemerkenswerten Erfolg bei Hofe und zahlreiche Verehrer, was meine Erwartungen nur bestätigt. Ich finde es höchst bedauerlich, einen solchen Reichtum an Möglichkeiten, der dem meiner Jugend durchaus entsprechen mag, zu verschwenden, aber betrachten wir einmal die Chancen, die sich dir bieten, genauer. Reizen dich beispielsweise der Titel und das Vermögen des Marquis vo Lieux-v'Olliard?«

»Die kann er meinetwegen beide behalten«, entgegnete Eliste. »Ein anständiger, liebenswerter Mann, allerdings unfaßbar langweilig. Wenn ich zwei Wochen lang sein Gespräch über mich ergehen lassen müßte, würde ich in einen hundertjährigen Schlaf sinken.«

»Schade. Wie steht es dann mit Nouveel-Nezoir?«

»Ist in sein eigenes Profil verliebt.«
»Vo Renache?«
»Klug, aber herzlos.«
»Vo Pleniere-v'Orenne?«
»Nichts weiter als ein Junge.«
»Stazzi vo Crev?«
»Oberflächlich.«
»Vequi v'Isseroi?«
»Vequi – oh, der ist ein Schatz. Aber wer nimmt ihn schon ernst?«
»Mit scheint, du bist schwer zufriedenzustellen.«
»Ach, das ist wirklich nicht meine Absicht, Madame. Diese Männer kommen mir bloß alle so unfertig vor. Als wären sie gar nicht so recht wirklich. Sie sind vornehm und elegant, ihre Konversation ist voller Klugheit und Galanterie. Doch wie steht es um ihren wahren Verstand, ihre Phantasie, ihren Humor, ihr Herz? Sie alle zusammengenommen besitzen nicht einmal soviel davon wie« – einen Augenblick lang sah sie im Geiste Dref Zeenosons hageres, dunkelhaariges Gesicht vor sich –, »nun, wie einer unserer Leibeigenen zu Hause in Derrivalle. Jedem scheint etwas zu fehlen. Ich weiß nicht, vielleicht bin ich ja töricht, oder ich erwarte zuviel. Aber wie soll ich mich zu etwas entscheiden, wenn nichts so ist, wie es sein sollte?«
Zeralenn ließ sich Zeit mit einer Antwort. »Du bist noch sehr jung, Enkelin«, bemerkte sie schließlich. »Deine Selbstzweifel und Verwirrungen sind der Jugend angemessen, und in deinen Überlegungen offenbart sich deine Unerfahrenheit. Besonders gilt dies für deine Neigung, jede Entscheidung als endgültig, unwiderruflich und daher als unendlich bedeutsam zu betrachten. Beispielsweise scheinst du die dir angebotene Verbindung mit Feronte als etwas Dauerhaftes anzusehen, das dich womöglich daran hindern könnte, einen Gemahl nach deinem Geschmack zu finden – kurz gesagt, als einen Schritt, der deine Hoffnungen auf die

Zukunft entweder schmälern oder zunichte machen würde. In Wirklichkeit verhält es sich natürlich genau anders herum. Eine solche Verbindung würde dir von großem Nutzen sein. Die Frau, welche die Aufmerksamkeit seiner Hoheit genießt, ist eine bedeutende Persönlichkeit aus eigenem Recht. Ihr Ansehen ist groß, und ein Teil dieses Ansehens fällt auch auf ihre späteren Liebhaber zurück. Daher ist sie hochbegehrt. Sie genießt eine nahezu uneingeschränkte Auswahl, ihre Entscheidungsfreiheit ist fast grenzenlos, ihre Stellung höchst beneidenswert. Das solltest du dir einmal durch den Kopf gehen lassen.«

»Dann ratet Ihr mir also, auf Ferontes Angebot einzugehen, Madame?«

»Vor allem rate ich dir, zu tun, was gut für dich ist. Wie sich das am besten bewerkstelligen läßt, kannst nur du entscheiden.«

»*Mir* ist vollkommen klar, was den Wünschen meiner Cousine am dienlichsten wäre«, mischte sich Aurelie ein, die nicht mehr länger an sich halten konnte. »Das steht doch völlig außer Frage. Sie muß Feronte verschmähen. Beeindruckt von diesem antiquierten Stolz und dieser Tugendhaftigkeit, wird daraufhin der König sein Herz verlieren und fortan ihr Sklave sein, ihr sabbernder, wimmernder, unterwürfiger Sklave, bereit, aber auch alles zu tun, um von ihr erhört zu werden! Meine Cousine wird noch ein Herzogtum erwerben, wenn sie seine Hoheit nur genügend hinhält. Das werde *ich* jedenfalls tun, wenn ich erst einmal soweit bin.«

»Kein schlechtes Vorgehen, mein Kind.« Zeralenn gestattete sich ein säuerliches Lächeln. »Noch besser wäre es, wenn seine Majestät überhaupt jemals den geringsten Gefallen an einer anderen Frau als seiner eigenen Gemahlin gezeigt hätte. Angesichts der Kinderlosigkeit der Ehe muß man allerdings auch noch sein Hingezogensein zu der Königin in Zweifel ziehen.«

»Nun…« Aurelie ließ sich nicht entmutigen. »Vielleicht hat sich die Schönheit, der es bestimmt ist, den König zu bezaubern, einfach noch nicht bei Hofe gezeigt. Wenn *ich* bei Hofe erscheine, werden wir ja sehen.«

»Wenn du nicht allmählich lernst, deine Zunge im Zaum zu halten, wirst du in zehn Jahren immer noch nicht bei Hofe eingeführt sein.«

»Aber *Tantchen*…!«

Zu Elistes Erleichterung wandte sich das Gespräch daraufhin anderen Dingen zu. Nach einer Weile hatten sie den Tee ausgetrunken, und Eliste verabschiedete sich. Der graue Landauer der Rouvignac stand bereit, sie zum Beviaire zurückzubringen. Mit einem kleinen kläglichen Lächeln lehnte sie sich ins Polster zurück. Während der kurzen Fahrt hing sie stumm ihren Gedanken nach, und Kairthe wagte es nicht, sie zu stören. Immer noch schweigend durchquerte sie die ihr mittlerweile vertrauten prachtvollen Gänge, bis sie zu den Jungfernzimmern gelangte, wo bereits ein neues Geschenk auf sie wartete.

Die Räume lagen verlassen da. Die Bewohnerinnen von Schneeweißchen warteten der Königin auf. Die übrigen Mädchen kümmerten sich um ihre eigenen Belange. Nicht einmal die Marquise vo Quivesse war da. Eliste betrat das Malvenheim-Zimmer. Auf ihrem Kissen lag ein kleines, in weingrünen Samt eingeschlagenes Paket mit einer Schleife aus schwarzer Seide – die Erkennungszeichen von Ferontes Tribut. Eliste seufzte gequält. Die Entschlossenheit des Herzogs lastete schwer auf ihr, ein Gewicht, das sie gleichzeitig verwirrte und erfreute. Einen Augenblick lang erwog sie, das Paket aus dem offenen Fenster in den mehrere Stockwerke tiefer gelegenen Garten hinunterzuschleudern, doch dann gewann ihre Neugier und noch etwas anderes die Oberhand. Sie entfernte die Verpackung und öffnete das Kästchen. Darin lag ein silbernes, mit

Filigran geschmücktes Medaillon an einer dünnen Silberkette – kurios, hübsch und wahrscheinlich ziemlich alt. Unter dem Medaillon fand sich eine Karte mit einer einfachen Bitte oder Aufforderung:

Denkt an mich.
– Feronte

Eliste lächelte überrascht. Das Schmuckstück war zweifellos bezaubernd, wenn auch von erheblich geringerem Wert als Ferontes frühere Geschenke. Es hatte den Anschein, als enthalte es irgendeine Botschaft, deren Bedeutung irgendwo zwischen reizendem Kompliment und dessen genauem Gegenteil lag. Die gewollte Doppeldeutigkeit reizte Elistes Neugier. Immer noch lächelnd nahm sie das Medaillon aus dem Kästchen. In dem Augenblick, da sie es berührte, stieg ihr ein besonderer Duft in die Nase – ein so schwerer, eindringlicher Moschusduft, daß er schon beinahe vulgär wirkte, zugleich aber auch bezwingend und ein wenig verstörend. Für eine Weile verschwamm ihr die Sicht, und sie schwankte, beschwipst und erhitzt, als hätte sie zuviel Champagner getrunken. Dann sah sie wieder scharf, und alles war erneut so, wie es sein sollte, bloß der Duft verweilte noch im Raum, ebenso hartnäckig und anmaßend wie der Herzog selbst.

Als Eliste den reichverzierten Deckel öffnete, wurde die Quelle des Duftes sichtbar. In dem Medaillon befand sich ein Parfüm in fester Form – eine wachsartige, gesprenkelte Substanz von gelbbrauner Farbe. Eliste fuhr mit dem Finger über die glatte Oberfläche, und der Duft heftete sich an ihre Haut. Geistesabwesend berührte sie ihr Haar, ihre Schläfen, ihr Handgelenk, ihre Ohrläppchen, und der Duft hüllte sie ein. Sie stand reglos da und sog den Geruch ein; dann hob sie das Medaillon ganz langsam an den Hals und hörte sich murmeln: »Kairthe, leg mir das an.«

»Was, Herrin, hat er Euch endlich etwas geschenkt, das Ihr behalten wollt? Das ist ja ganz was Neues.« Kairthe trat hinter sie und öffnete geschickt die zarte Schließe. »Puh! Da fall ich doch glatt tot um! Was für ein Geruch!«

»Findest du ihn unangenehm?«

»Nein, Herrin, das nicht. Der Duft ist lieblich und angenehm, da gibt es nichts dran zu deuteln. Und das Medaillon ist wirklich hübsch. Aber der Geruch ... der ist ... na ja, der ist ...«

»Wie ist er denn?«

»Da kommt man schon auf Gedanken.«

»Auf was für Gedanken? Was redest du denn da?«

»Halt ... Gedanken. Wenn diese Hoheiten und Kavaliere nicht schon Gedanken haben, dann werden sie bestimmt welche bekommen, wenn sie das riechen. Der hat irgendwas an sich ...«

»Unsinn, Kind. Du übertreibst. Das ist ein ganz gewöhnliches Parfüm, nichts weiter, und ganz nach der Mode.«

»Jawohl, Herrin.« Die Schließe schnappte klickend zu. »So – fertig. Dreht Euch mal um, Herrin, damit ich Euch anschauen kann.« Eliste wandte sich folgsam um, und Kairthe klatschte in die Hände. »Das steht Euch wirklich, und es paßt auch gut zu dem Kleid. Aber – ist Euch auch gut, Herrin? Ihr wirkt so geistesabwesend und benebelt, als hätte Euch jemand gerade eine kräftige Watschen verpaßt. Oder habt Ihr wieder diese Pillen genommen?«

»Nein, hab ich nicht, und es geht mir auch gut.« Allerdings glaubte sie das nicht einmal selbst. Tatsächlich verspürte sie ein merkwürdiges Gefühl von Verwirrung, das ihr auf schwer faßbare Weise vertraut vorkam. Irgendwo und irgendwann einmal hatte sie etwas ganz ähnliches empfunden. Die Erinnerung daran entzog sich ihr jedoch. Jedesmal, wenn Eliste meinte, sie greifen zu können, wich sie ihr aus wie eine Mücke.

Schließlich gab sie achselzuckend auf. Irgendwann würde es ihr schon noch einfallen. Außerdem gab es reizvollere Dinge, mit denen sie sich befassen konnte – zum Beispiel den Herzog Feronte. Auf einmal sah sie ihn im Geiste vor sich – ein außergewöhnlich lebensvolles und der Wirklichkeit entsprechendes Bild, das sie greifen zu können meinte und das sich nicht mehr verlor.

Die Stunden verstrichen, und sie ging ihren gewohnten Beschäftigungen nach, fuhr vom Palast zum Theater, von dort aus zum Havillac-Park und dann wieder zurück zum Beviaire, wo sie der Königin zu Diensten war, worauf sie tanzte und schließlich spät zu Abend aß. Und obwohl sie ständig von Kavalieren umschwärmt war und keinen Augenblick Ruhe hatte, wurde sie das Bild des Herzogs nie ganz los. Häufig war es ihr ganz nah und höchst wirklich; dann wieder, wenn sie abgelenkt war, verblaßte es so weit, daß es kaum noch wahrnehmbar schien – doch nie verflüchtigte es sich ganz und entfernte sich auch nicht für längere Zeit. Sie gab sich zudem gar keine Mühe, es aus ihrer Vorstellung zu verbannen, denn seltsamerweise verschaffte ihr das ständig anwesende Bild eine geheime Genugtuung – oder vielmehr hätte es ihr Genugtuung verschafft, hätten sich nicht hin und wieder Zweifel und das eigentümlich vertraute Gefühl jener Verwirrtheit eingestellt, dessen Ursprung sie sich nicht erklären konnte.

Nach einer Weile stellte Eliste fest, daß sie überall Ausschau nach dem Herzog hielt. Im Theater, im Empfangssaal der Königin, an den Kartentischen – ständig suchte ihr Blick in der Menge, doch ohne Erfolg. Der Herzog war nirgends zu sehen, was ihre Unzufriedenheit nur steigerte. Eigentlich hatte sie gemeint, bei ihrer Suche diskret vorzugehen, trotzdem fiel ihrer Umgebung auf, daß sie abgelenkt war. Stazzi vo Crev ließ eine scherzhafte Bemerkung über ihre Zerstreutheit fallen. Vo Lieux v'Olliard schien verletzt durch ihre Unaufmerksamkeit, während Merranotte v'Estais sie lachend eine ›verzauberte Prinzessin‹ schalt. Eliste stritt alles verlegen ab, während ihre Blicke unablässig umherschweiften.

Der Herzog ließ sich einfach nicht blicken. Als Eliste schließlich müde zu den Jungfernzimmern zurückkehrte, knirschte sie vor Enttäuschung bereits mit den Zähnen. Als Kairthe sie entkleidete, zappelte sie herum, und als ihr die Magd das Medaillon abnehmen wollte, fauchte sie: »Finger weg!«

Kairthe machte große Augen, dann zuckte sie gelassen die Schultern und fuhr mit ihrer Arbeit fort. Eliste biß sich leicht beschämt auf die Lippen; das Schuldgefühl hielt jedoch nicht lange vor, denn seinen Platz nahm sogleich wieder des Herzogs entschlossenes Antlitz ein. Bald darauf lag sie im Bett und schaute mit weit geöffneten Augen in die Dunkelheit. Sie war sich des Medaillons, das, erwärmt von ihrem Körper, wie eine warme Hand auf ihrer Brust ruhte, deutlich bewußt. Das außergewöhnlich hartnäckige Parfüm stieg ihr in die Nase, und der Schlaf ließ lange auf sich warten.

Als sie am Morgen erwachte, war das Bild des Herzogs womöglich noch fester als Tags zuvor in ihrer Vorstellung verankert. Der folgende Tag glich dem vorausgegangenen Abend. Eliste ging ihren gewohnten Beschäftigungen nach; und wohin sie auch kam, ständig schweiften ihre Blicke auf den Gängen und Galerien umher und hielten Ausschau nach seiner Hoheit. Ein paarmal bekam sie ihn tatsächlich zu Gesicht, und jedesmal erstarrte sie, hin und her gerissen zwischen dem Drang, ihn anzusprechen, und einem merkwürdigen Bedürfnis nach Flucht. Feronte hingegen schien sie gar nicht zu sehen. Falls er sie überhaupt wahrnahm, so ließ er es sich nicht anmerken. Entweder bemerkte er sie nicht, oder er gab sich ihr gegenüber gleichgültig, und Eliste befingerte mit wachsender Unruhe das wohlriechende Medaillon.

So ging es die nächsten Tage über weiter. Der Strom der Geschenke und Botschaften war vollständig versiegt, was den Ehrenjungfern unfreundliche Bemerkungen entlockte. Er suchte weder die Nähe seines ehemaligen Opfers, noch schien er dessen Anwesenheit überhaupt wahrzunehmen. Die verwirrte und besessene Eliste fand kaum noch Schlaf. Sie hatte keinen Appetit mehr und verlor ihren gewohnten Schwung. Sie meldete sich krank und blies Trübsal im Malvenheim, wo sie stundenlang das Medaillon betastete, das Tag und Nacht an ihrer Brust ruhte.

Gegen Ende der Woche schickte Feronte ihr eine Nachricht – eine knappe und offene Einladung zu einem Essen zu zweit in seinen Gemächern. Als sie die Nachricht überflog, verspürte Eliste abermals jene eigentümlich vertraute Verwirrung – als stimmte daran irgend etwas nicht. Dieses Gefühl war allerdings nicht so stark, daß sie auch nur gezögert hätte, die Einladung dankend anzunehmen.

10

Das Wegstück unter dem Überhang des armseligsten alten Wohnhauses in der Ätherstraße im Achten Distrikt gehörte der Alten Plaissie. Seit zwei Jahren – keine kurze Zeitspanne nach den Maßstäben von ihresgleichen – hielt sie dieses Gebiet nun schon besetzt. Ob Regen oder Sonne, ob Schnee oder drückende Hitze, die Alte Plaissie mit ihrer in schreienden Farben bemalten Bettelschale, ihren krächzend vorgebrachten Liedchen und Versen und ihrer zur Schau gestellten Hinfälligkeit war immer da. Erschien sie doch einmal nicht an ihrem Platz, was höchst selten vorkam, war entweder eine Krankheit oder eine Niederkunft der Grund. Wohin sie sich dann zurückzog, wußte niemand, und wo sie jede Nacht schlief, war ein ungelüftetes Geheimnis. Des Morgens aber bezog die Alte Plaissie in ihrem gewohnten Durchgang Stellung und streckte jedem Vorbeigehenden die Hand hin.

Die Ausbeute war erstaunlich gut. Ein Laie hätte vielleicht vermutet, daß die wohlhabenden, prächtigen Stadtviertel – die Umgebung des Beviaire, das Parabeau und ähnliche Gegenden – die besten Erträge erbringen würden, doch das war nicht der Fall. Die Aristokraten des Parabeau beherrschten die Kunst einer Wahrnehmung, die auswählte. Sie konnten einen Handbreit an der Alten Plaissie vorbeigehen, ohne sie überhaupt zu bemerken. Der Abschaum des Achten Distrikts, der für Vorwürfe, Anklagen und Appelle besonders empfindlich war, beherrschte diese Gabe nicht. Sie gaben gerne, und daher ließ es sich für Plaissie mit ihren vereinten Almosen besser leben als mit der stillschweigenden Verachtung des Adels. In den Elendsvierteln des Achten Distrikts fand die Alte Plaissie ihr Auskommen – ein kärgliches Auskommen zwar, doch es reichte.

Das schüttere graue Haar, der zahnlose Mund, die hohlen Wangen und ihre gebeugte, verhutzelte Gestalt hatten ihr den Beinamen ›die Alte‹ eingebracht. Eine irreführende Bezeichnung, denn das scheinbare Großmütterchen war gerade einmal dreiundvierzig Jahre alt. Krankheit, eine beständige Unterernährung und zahlreiche Geburten hatten sie vorzeitig altern lassen, doch Plaissie bedauerte ihr hinfälliges Äußeres keineswegs, sicherte es ihr doch ein regelmäßiges Einkommen. Ebensowenig beklagte sie sich über die unerbittliche Härte ihres Lebens. Bisweilen machte ihr allerdings die Langeweile zu schaffen, doch damit war es nun vorbei. In den vergangenen Wochen hatte die ungewöhnliche Betriebsamkeit um das dem Durchgang unmittelbar gegenüberliegende Haus ihre Aufmerksamkeit gefesselt.

Das Haus – ein verfallenes, sonst eher unauffälliges Gebäude, das einer gewissen Madame Hiroux gehörte – zog zu viele Besucher an, weitaus mehr, als man anhand der unscheinbaren Fassade vermutet hätte. Die meisten Fremden waren jung, zerlumpt und unauffällig – möglicherweise Studenten. Einige waren allerdings auch gutgekleidet und wirkten wohlhabend, Männer von Einfluß, die im Achten Distrikt offensichtlich fehl am Platz waren. Nachdem ihr dies aufgefallen war, hielt die Alte Plaissie die Augen offen, und ihre Wachsamkeit wurde belohnt. Die Besucher kamen und gingen – wobei sie üblicherweise die Hintertür benutzten – zu allen Tages- und Nachtzeiten, in einem unauffällig steten Strom, der von einem unaufmerksameren Beobachter womöglich übersehen worden wäre. Da sie sich die Anziehungskraft des Gebäudes beim besten

Willen nicht erklären konnte, nahm sie zunächst an, es handele sich um ein neues Bordell, dessen außergewöhnliche Geheimhaltung die Zahlung von Bestechungsgeldern an die hiesige Gendarmerie unnötig machte. Fortgesetzte Beobachtung belehrte sie jedoch bald eines Besseren, denn sie machte auf dem obenerwähnten Grundstück weder Frauen noch halbwüchsige Jünglinge aus. War das vielleicht der Versammlungsort einer Bande von Anarchisten? Der Entstehungsort eines neuen religiösen Kults? Der Unterschlupf vornehmer Diebe? Sie kam einfach nicht dahinter, was es war, und ihre Neugier nahm weiter zu. Die Tage verstrichen, das mysteriöse Kommen und Gehen hielt an, und ihre müßige Neugier wuchs sich zu einer Besessenheit aus, die sie schließlich alle ein Leben lang verinnerlichte Vorsicht vergessen ließ.

Es geschah in einer milden Herbstnacht, als der Alten abermals etwas Ungewöhnliches auffiel; diesmal handelte es sich um drei vermummte Fremde mit Schlapphüten, deren Gesichter nicht zu erkennen waren. Einer trug ein Bündel unter dem Arm – Madame Hiroux' Besucher hatten häufig solche Bündel dabei –, und obwohl es im ganzen Haus dunkel schien, wurden die Männer doch sogleich eingelassen, so als habe man ihre Ankunft erwartet. Die Tür schloß sich hinter ihnen, und alles war wieder wie zuvor.

Plötzlich kam der Alten Plaissie eine Idee. Trotz ihrer scheinbaren Gebrechlichkeit konnte sie sich notfalls schnell und behende bewegen. Nun erhob sie sich von ihrem Sitzplatz, trat aus dem Torweg und glitt wie ein zerlumptes Gespenst über die Straße. Sie stahl sich um die Ecke des Hauses der Hiroux und schlich durch die enge Gasse, die das Haus vom nächsten trennte. Und dort an der Rückseite des Gebäudes, von der Straße aus nicht einsehbar, bemerkte sie einen schwachen Streifen Licht, der durch einen Spalt in den verriegelten Fensterläden im Erdgeschoß fiel. Die Aura des Geheimnisvollen wirkte ebenso verführerisch wie das Klimpern gestohlener Münzen. Die Alte Plaissie schlich behutsam näher und spähte durch den Spalt.

Der Anblick, der sich ihr bot, war weder ungewöhnlich noch sonderlich aufschlußreich. Ein halbes Dutzend Männer und eine Frau saßen in einem kleinen, kahlen, sparsam möblierten Zimmer um einen Holztisch herum. Wahrscheinlich handelte es sich um einen Lagerraum hinter der Küche; ein gewöhnlicher Raum und gewöhnliche Menschen. Die grobknochige, hohlwangige Frau war Madame Hiroux. Die Männer waren Fremde. Auf dem Tisch sah sie Papiere ausgebreitet – Pamphlete, Traktate, etwas in der Art, jedenfalls nichts von Reiz. Einer der Männer las mit leiser Stimme vor. Der Alten Plaissie machte es nichts aus, daß sie nichts verstand. Das alles war höchst enttäuschend. Sie hatte gehofft, geheime Riten beobachten zu können – ausgefallene Ausschweifungen, über eine kostbare Beute frohlockende Kriminelle –, und statt dessen ging es hier um langweilige, trockene Literatur. Sie hätte sich die ganze Mühe sparen können. Aber dennoch – die Besucher trafen sich in aller Heimlichkeit, und dafür mußte es Gründe geben. Handelte es sich vielleicht um Flüchtlinge, die von der Gendarmerie gejagt wurden? Sie kannte keinen von ihnen, und dennoch ... Ihr Blick verweilte auf dem Vorleser. Er war in mittleren Jahren, schlicht gekleidet, hatte graugesträhntes Haar und wirkte hager und unscheinbar. Er machte nicht viel her in seiner schäbigen alten Jacke, bestimmt war er keine bedeutende Person. Und dennoch – und dennoch ... Ihre Gedanken rasten. Hatte sie das Gesicht nicht schon einmal irgendwo gesehen? Hatte sie nicht wenigstens eine *Zeichnung* des Gesichts gesehen?

Bestimmt. Wie hatte sie es nur vergessen können, da doch die Flugblätter mit seinem Gesicht und seiner Beschreibung in ganz Sherreen angeschlagen waren? Die

Gendarmerie und selbst die Königsgarde machten alle Jagd auf Meister Shorvi Nirienne. So sehr hatten sie es darauf abgesehen, den aufwieglerischen republikanischen Rechtsanwalt zum Schweigen zu bringen, daß sie sogar eine Belohnung auf zweckdienliche Hinweise ausgesetzt hatten, die zu seiner Ergreifung führen würden. Eine äußerst großzügige Belohnung.

Die Alte Plaissie ließ sich die Möglichkeiten durch den Kopf gehen, die sich ihr boten. Ihr selbst bedeutete Nirienne wenig, und ob man ihn festnahm oder nicht, war ihr gleichgültig. Daher brauchte sie ihr neuerworbenes Wissen lediglich an eine Amtsperson weiterzugeben und die versprochene Belohnung einzustreichen, dann hätte sie erst einmal ausgesorgt. Ein solcher Schritt ließe sich allerdings nicht vollständig geheimhalten. Angenommen, die Behörden würden ihr Versprechen getreulich erfüllen – stets eine ungewisse Annahme –, dann müßte die Nachricht von dem unverhofften Glücksfall unweigerlich auch dem Fungus zu Ohren kommen, der daraufhin den üblichen zwanzigprozentigen Anteil verlangen würde. Und sie würde ihn bezahlen müssen, wollte sie nicht mannigfaltiges Ungemach erdulden. Der Fungus und seine zwanzig Prozent ließen sich vielleicht umgehen, wenn sie sich unmittelbar an Nirienne wendete. Wenn sie dabei geschickt vorging, würde der Flüchtling vielleicht einwilligen, sich ihr Schweigen dadurch zu erkaufen, daß er ihr die gleiche oder womöglich sogar eine höhere Summe bot als die Gendarmerie; der Fungus würde nichts davon erfahren. Allerdings konnte Nirienne auch zu dem Schluß kommen, daß seine eigene Sicherheit die Beseitigung der Alten Plaissie erforderte, und dann könnten ihr weder die Gendarmerie noch der Fungus schützend zur Seite stehen. Nein, alles in allem war übermäßige Gier nicht nur riskant – sie war geradezu selbstmörderisch. Daher setzte sich die Alte Plaissie in Trab und machte sich auf den Weg zum vorläufigen Stützpunkt, den die Gendarmerie nach der Zerstörung der Wache im Achten Distrikt ein paar Straßen weiter in einem gemieteten Schuppen eingerichtet hatte.

Shorvi Nirienne war bei der vorletzten Seite seines neuesten Aufsatzes angelangt, als er vom Fenster ein leises Pochen vernahm. Nirienne brach mitten im Satz ab und verharrte vollkommen reglos. Anders seine Gefährten. Daquel und Beq – die beiden jüngsten und kräftigsten Männer unter den Anwesenden – erhoben sich gleichzeitig von den Stühlen. Daquel packte den schweren Gehstock, den er keineswegs dazu benötigte, sich darauf zu stützen, während Beq auf einmal eine Pistole in Händen hielt. Einen Augenblick lang herrschte atemlose Stille, dann vernahm man wieder ein von kurzen Pausen unterbrochenes charakteristisches Klopfen, das allen Anwesenden wohlbekannt war. Daquel trat ans Fenster, öffnete den Laden und sah sich einem aufgeregten Wachposten gegenüber. Der junge Mann – einer von mehreren Niriennisten, die im Achten Distrikt postiert waren – schien außer Atem.

»Gendarmen. Acht bis zehn«, flüsterte der Neuankömmling atemlos. »Die Bettlerin von der anderen Straßenseite führt sie geradewegs her.«

»Jemand hätte die verlauste Hexe blenden sollen. Das war nachlässig«, konnte Daquel sich nicht enthalten zu bemerken. »Ihr haltet sie so gut es geht auf, während wir Shorvi in Sicherheit bringen.«

»Das Ende der Ätherstraße ist bereits abgesperrt.«

»Gut. Dann über die andere Seite.«

Der Wachposten nickte und entfernte sich wieder. Daquel verriegelte den Fensterladen. Als er Beqs fragendem Blick begegnete, meinte er: »Und?«

»Wir sind soweit«, bestätigte Beq. Zu Nirienne sagte er: »Euer Fluchtweg ist vorbereitet. Kommt, ich führe Euch.«

»Sehr tüchtig, meine Herren.« Nirienne sammelte bereits die letzten Schriften ein. Als er fertig war, erhob er sich blaß, aber gelassen. »Bevor ich gehe, möchte ich Euch allen danken und Euch um eines bitten: Geht um meinetwillen kein Risiko mehr ein – Ihr habt schon genug Gefahren auf Euch genommen. Behindert die Gendarmen nicht, leistet keinen Widerstand und reizt sie nicht. Helft ihnen oder tut zumindest so, dann haben sie auch keinen Grund, Euren guten Willen in Zweifel zu ziehen.« Er brach ab, bekam aber keine Antwort. Die unbewegten Mienen seiner Kameraden spiegelten einen zwar ruhigen, aber unbeugsamen Starrsinn wider.

»Bitte begebt Euch jetzt ins Dachgeschoß«, meinte Beq höflich.

»Mach endlich Schluß mit dem Gerede, Shorvi, und verschwinde«, sagte weniger höflich Madame Hiroux. »Wir kümmern uns schon um unsere Angelegenheiten, keine Sorge. Kümmre du dich nur um deine.«

Nirienne rührte sich nicht vom Fleck. »Das möchte ich erst klarstellen. Ihr müßt mir versprechen, daß Ihr Euch in acht nehmt, sonst lasse ich Euch nicht allein.«

»Shorvi, Ihr wißt nicht, was Ihr da …«, setzte einer der Männer aufgeregt an.

Madame hieß ihren rotgesichtigen Mitstreiter mit einer Handbewegung schweigen. Mit hochgezogenen Brauen und geschürzten Lippen musterte sie ihre Gäste. Vielsagende Blicke wurden gewechselt, dann wandte Madame Hiroux sich wieder an Nirienne. »Versprochen«, sagte sie lammfromm.

Rund um den Tisch pflichtete man ihr notgedrungen bei. Nirienne musterte skeptisch seine Anhänger. Diese erwiderten offen seinen durchdringenden Blick. Madame Hiroux nahm die Unsicherheit ihres Gastes mit Genugtuung zur Kenntnis. »Du hast keine Zeit mehr zum Palavern«, sagte sie zu ihm.

»Shorvi, wollt Ihr Euch *nicht endlich aufmachen*?« fragte flehentlich Daquel.

»Zum Dachgeschoß«, wiederholte Beq, worauf Shorvi Nirienne sich wegführen ließ. Er folgte Beq vier Treppenabsätze hoch zur stickigen Mansarde unter dem Satteldach, wo er die vergangenen nervenaufreibenden, aber fruchtbaren Monate zugebracht hatte. An dem wackligen Schreibtisch hatte er häufig bis tief in die Nacht gesessen und sich, in der Hand den Federkiel, das Hirn zermartert und nach den richtigen Worten gesucht, um seine Gedanken auszudrücken. Er nahm sich gerade noch die Zeit, die unter dem Bett bereitliegende gepackte Tasche hervorzuziehen, dann eilte er zum offenen Dachfenster. Beq zwängte bereits seine langen Gliedmaßen wie ein Zirkusakrobat durch die enge Öffnung. Endlich war er draußen. Nirienne reichte ihm die Tasche nach, dann folgte er widerwillig seinem Kameraden. Einen Augenblick lang schaukelte er auf dem Fensterbrett, dann packte Beq ihn beim Arm und zog ihn auf den Sims hinaus.

Shorvi Nirienne machte den Fehler, in die Tiefe zu schauen, wo es von entschlossenen Gendarmen und Schaulustigen nur so wimmelte. Er bekam eine Gänsehaut und geriet ins Schwanken. Alles drehte sich um ihn, der kalte Schweiß brach ihm aus, und er klammerte sich keuchend am Fensterrahmen fest, dann faßte Beq ihn wieder beim Ellbogen.

»Tief durchatmen.« Beqs kühle, unbekümmerte Stimme durchdrang das Dröhnen in seinen Ohren. »Das geht gleich wieder vorbei.« Dem jungen Mann war der Zeitdruck, unter dem er zweifellos stand, nicht anzumerken. Trotz seines Elends hätte diese Kaltschnäuzigkeit Shorvi Nirienne fast ein Lächeln entlockt.

Er atmete gehorsam tief durch, und nach einer Weile ließ der Schwindel tatsächlich nach. Als er sich schließlich traute, die Augen aufzuschlagen, sah er nicht wieder nach unten, und der Ausblick auf Augenhöhe war auch viel eher nach seinem Geschmack. Eisfarbenes

Mondlicht lag auf einer fremdartigen Landschaft aus Dächern, Schornsteinen, Giebeln und Dachfenstern. Hier und da sah man ein laternenerhelltes Fenster, aus dem sich warmes, bernsteinfarbenes Licht auf schindelgedeckte Gipfel und Täler ergoß. Hin und wieder überragte ein Dachtürmchen oder eine baufällige Kuppel die angrenzenden Dächer, doch bemerkte man sie kaum, da ein paar Straßen weiter ein gewaltiges Gebäude aufragte, das alle anderen klein erschienen ließ. Das Grab, die Gefängnisfestung, eine – von wenigen stecknadelgroßen Lichtern hervorgehobene dunkle Masse beherrschte das Panorama. In dieser verwinkelten Wildnis hatte Beq sich den Fluchtweg zurechtgelegt.

»Fertig«, sagte leise Nirienne. Als er die Hand vom Fensterflügel löste, war ihm die Anstrengung deutlich anzumerken.

»Ausgezeichnet. Hier entlang.« Beq bewegte sich am Dachsims weiter. Nirienne krampfte sich der Magen zusammen, als er ihm folgte. Zur Rechten stieg das Dach an; zur Linken fiel das Gebäude so steil wie eine Klippe knapp zwanzig Meter zur Straße ab, wo die Gendarmen bereits vor Madame Hiroux' Türe standen. Unwillkürlich breitete Nirienne die Arme aus. Der Sims war zwar fast so breit wie die Planken, die bisweilen auf dem Lande Bäche überbrückten, kam ihm aber so schmal wie ein Drahtseil vor; bisweilen meinte er sogar, unter seinen Füßen ein Zittern wahrnehmen zu können.

Sie bogen um die Hausecke und rückten weiter seitlich vor, bis sie auf eine Backsteinmauer stießen, die sich ihnen quer in den Weg stellte. Am Fuß der Mauer endete auch der Sims. Zur Linken bot sich ihnen die bröcklige und abblätternde Randleiste eines Nachbarhauses an. Der Abstand zwischen Sims und Randleiste war nicht groß – etwa anderthalb bis zwei Meter –, und Beq sprang mühelos hinüber, ohne sich vom klaffenden Abgrund beeindrucken zu lassen. Auf der Randleiste des Nachbarhauses hockend, bedeutete er Nirienne, es ihm gleichzutun.

Nirienne sandte ein Stoßgebet gen Himmel, das bleiche Mondlicht möge seine Angst gnädig verbergen. Zu zögern wagte er nicht; hätte er auch nur einen Augenblick nachgedacht, würde er sich niemals getraut haben. Vor allem aber durfte er nicht in die Tiefe sehen. Er sog gierig die Luft ein. Bilder seiner Frau, seines Sohnes und seiner jungen Tochter – allesamt sicher in einem abgelegenen Dorf in Jerunde untergebracht – kamen ihm in den Sinn; und wie so oft fragte er sich, ob er sie jemals wiedersehen würde. Dann – mit trokkenem Mund, kalkweiß im Gesicht, das graugesträhnte Haar an die feuchte Stirn geklebt – wuchtete Nirienne seinen an eine sitzende Lebensweise gewöhnten Körper über den Abgrund. Tatsächlich sprang er sogar zu weit und prallte heftig gegen die Backsteinmauer des gegenüberliegenden Gebäudes; hätte Beq ihn nicht rasch festgehalten, wäre er von der Leiste wieder zurückgeprallt. Einen Augenblick lang lehnte er sich mit seinem ganzen Gewicht an die Wand. Allmählich verlangsamte sich sein Herzschlag, sein Atem beruhigte sich, und als er sich umschaute, stellte er fest, daß er das Haus der Hiroux sicher hinter sich gelassen hatte.

Beq rückte weiter vor und suchte dabei mit den Augen die Backsteinmauer zur Linken ab. Bald hatte er entdeckt, wonach er gesucht hatte, und dann begann er zur Überraschung seines Begleiters an der Mauer hochzuklettern. Als Nirienne genauer hinsah, entdeckte er eine Reihe ausgemeißelter Trittkerben sowie mehrere kurze, kräftige Bolzen, die im Mörtel verankert waren. Wie Beq es geschafft hatte, sie anzubringen, ohne von den Bewohnern des Hauses bemerkt zu werden, war ihm schleierhaft; ganz offenbar war Beq erfinderisch.

Nirienne folgte seinem Führer, kletterte von Bolzen zu Bolzen und stellte fest, daß ihm der Aufstieg unerwartet leichtfiel. Fünf Meter ging es senkrecht nach oben, dann schwangen sie sich auf das Dach hinauf, wo Nirienne eine Weile verschnaufte. Sein neugewonnenes Selbstvertrauen erhielt einen leichten Dämpfer, als sie die andere Dachseite erreichten, wo sie eine mehr als drei Meter breite Lücke vom nächsten Haus trennte. Ausgeschlossen, eine solche Entfernung aus dem Stand zu überspringen. Nirienne blickte seinen Begleiter fragend an.

Zwischen dem Schornstein und der Dachschräge war ein etwa fünf Meter langes Brett eingeklemmt, das Beq offenbar in weiser Voraussicht zuvor dort abgelegt hatte. Nun nahm er es aus seiner Halterung und überbrückte damit geschickt die Lücke. Das von Dach zu Dach reichende Brett war breit genug, um darüber zu gehen, was der junge Mann auch sogleich vollführte. Nach erfolgreicher Überquerung kniete er nieder und hielt das Brett fest, damit sein Begleiter ihm folgen konnte.

Nirienne eilte hastig hinüber. Beq entfernte sogleich die Brücke und warf das Brett hinter den nächsten Schornstein, wo man es nicht mehr sah. Von den Gendarmen keine Spur, kein Anzeichen von Verfolgung. Ein paar Straßen weiter, vielleicht auf der Ätherstraße, vernahm Nirienne aufgeregte Rufe. Wahrscheinlich bedeutete es nichts; im Achten Distrikt gab es häufig Geschrei, ohne daß es etwas bedeutet hätte.

Weiter ging die Kletterei über die Dächer, wobei sie häufig mit einem Schritt von Haus zu Haus überwechselten, manchmal aber auch gezwungen waren, eine von Beqs notdürftigen Brücken zu benutzen. Noch achtmal überquerten sie einen solchen von Menschenhand geschaffenen Abgrund, dann eilten sie über ein Flachdach bis zum Rand eines Gebäudes, wo sich unter scheinbar wahllos verteiltem Müll eine mit Ziegelsteinen beschwerte Persenning verbarg. Unter der Persenning befand sich eine Strickleiter, die Beq an einem niedrigen Eisengeländer befestigte. Die beiden losen Enden der Strickleiter waren sehr lang und endeten erst zwei Meter über dem Boden. Die Leiter selbst reichte bis aufs Kopfsteinpflaster hinunter. Beq schwang sich geschmeidig über das Geländer und fand mit den Füßen rasch Halt auf den Holzsprossen. Nirienne folgte ihm weniger zuversichtlich, dann machten sich beide an den Abstieg. Kurz darauf hatten sie endlich wieder festen Boden unter den Füßen. Sie befanden sich in einer stinkenden Gasse, die etwa eine halbe Meile vom Haus der Hiroux entfernt lag. Beq nahm die beiden Seilenden und löste mit einem Ruck die Knoten, mit denen die Strickleiter am Geländer befestigt war. Die Leiter fiel herunter. Er rollte sie rasch zusammen und versteckte das Bündel in einem Abfallhaufen, der sich bestimmt nicht zufällig an dieser Stelle befand.

Die Gasse lag verlassen da; Beq hatte den Fluchtweg klug gewählt. Außerdem war sein Vorrat an Einfällen noch nicht erschöpft, denn nun geleitete er Nirienne durch ein Labyrinth von Straßen und Gassen, zwischen Wohnhäusern und Tavernen hindurch, um etwaige Verfolger abzuschütteln. Die beiden schweigsamen, unauffällig gekleideten Männer, die das Straßengewirr des Achten Distrikts durchquerten, erregten kaum Aufmerksamkeit und noch weniger Neugier. Bald darauf hatten sie die Entengasse erreicht, eine von alten Häusern gesäumte kleine Sackgasse, wo einmal der wohlhabende Mittelstand gewohnt hatte und die nach den Maßstäben des Achten Distrikts selbst jetzt noch ungewöhnlich sauber und ansehnlich wirkte. Beq ging geradewegs zur Nummer 11, klopfte kurz und wartete.

Einen Augenblick lang sah man ein Guckloch aufleuchten; dann öffnete sich die Tür. Ein kleiner alter, verhutzelter Mann ließ sie ein. Hinter ihm stand in der dämmrigen Diele eine ebenso kleine, alte und verhutzelte Frau. Beide wirkten gebrechlich, zart und nahezu ätherisch; zwei menschliche Spinnweben. Ihre Augen waren gleichermaßen trüb und wäßrig, so blaß wie von Wasser bedecktes Silber, so daß Nirienne vorübergehend Zweifel kamen. Waren diese beiden Überbleibsel aus einer anderen Zeit überhaupt noch im Vollbesitz ihrer geistigen Kräfte?

»Ich habe Euch jemanden mitgebracht«, sagte Beq.

»Braver Junge. Bei der Hiroux ist Euch der Boden wohl zu heiß geworden, wie? Das war zu erwarten«, piepste die männliche Spinnwebe, schrill und schwach, jedoch mit großer Selbstsicherheit. Auf einmal wunderte sich Nirienne, wie er die Schlauheit in den wäßrigen Silberaugen hatte übersehen können.

»Meister Shorvi Nirienne, ich möchte Euch Meister Oeun Bulaude und seine Schwester, Frau Oeunne Bulaude, vorstellen«, sagte Beq.

»Die glühendsten aller Niriennisten«, flötete Oeun.

»Und die altehrwürdigsten…«, zirpte Oeunne, deren Stimme ebenso dünn und piepsend wie die ihres Bruders war.

»Die verläßlichsten…«

»Loyalsten…«

»Hingebungsvollsten…«

»Und gerissensten.«

»Wir heißen Euch in Eurem neuen Domizil willkommen.«

Während Shorvi Nirienne und sein Führer über die Dächer des Achten Distrikts geflüchtet waren, ereignete sich unten auf der Straße Bedeutsames. Kurz nachdem der Wachposten die Warnung überbracht hatte, wurde an der Tür des Hauses der Hiroux heftig geklopft. Offenbar war es den Niriennisten auf den Straßen nicht gelungen, das Eintreffen der Gendarmen hinauszuzögern. Madame Hiroux ließ sich mit dem Öffnen so lange wie möglich Zeit. Als sie den Eindruck hatte, man werde jeden Augenblick die Tür einschlagen, machte sie schließlich auf.

Acht Gendarmen standen ihr gegenüber. Ihr langes Zaudern hatte sie gereizt. Der Tonfall des befehlshabenden Feldwebels war herrisch, geradezu befehlend. »Wir suchen Nirienne.«

»Was?« fragte Madame Hiroux verdutzt.

»Geht aus dem Weg.« Er näherte sich der Tür.

»Aber nein, nicht doch.« Sie stemmte die Arme gegen die Türpfosten und versperrte dem Feldwebel den Weg. »Die meisten meiner Untermieter schlafen bereits, und ich möchte nicht, daß Ihr Rüpel sie mit Eurem Getrampel aufweckt. Ich möchte wegen Euch nicht meinen guten Ruf ruinieren.«

»Wir haben gehört, Nirienne sei in diesem Haus.«

»Der Rechtsanwalt, von dem alle Welt spricht? Hier?«

»Stellt Euch nicht dümmer, als Ihr seid. Wir wissen über Euch Bescheid. Man hat Euch angezeigt.«

»Jemand hat Euch angeschmiert.«

»Dann werdet Ihr wohl nichts dagegen haben, wenn wir uns mal umschauen.«

»Das solltet Ihr Euch besser überlegen. Außerdem könnt Ihr nicht ohne eine – wie sagt man noch gleich – ohne eine Vollmacht oder eine Bescheinigung reinkommen. Habt Ihr so ein Papier?«

»Könntest du es denn lesen, Schlampe?« Der Feldwebel lachte boshaft. »Und jetzt aus dem Weg.«

»Leck mich am Arsch«, gab die Madame zurück.

Er stieß sie beiseite. Augenblicklich stand sie wieder vor ihm, und als er sie schlagen wollte, hob sie den Rock und trat ihm mit aller Kraft gegen die Kniescheibe. Der Feldwebel brüllte auf vor Schmerz und Wut. Er schlug mit der geballten Faust nach ihr und schleuderte sie rückwärts in die Diele. Sie taumelte, fand das Gleichgewicht wieder und warf sich fauchend wie eine Wildkatze auf ihn. Eine Zeitlang sah man nur schnappende Zähne, kratzende Fingernägel, fliegende Fäuste und tretende Füße. Als sie ihm die Faust in den Bauch rammte, stieß der Feldwebel grunzend die Luft aus. Sie zielte mit dem Knie nach seiner Leiste, doch er wich ihr aus. Als sie mit gespreizten Finger nach seinen Augen stach, packte er sie gerade noch rechtzeitig beim Handgelenk. Er drehte ihr den Arm auf den Rücken und zwang sie auf die Knie nieder. Ihr Widerstand war beendet, nicht jedoch ihr Geschrei, und angelockt von dem Lärm versammelte sich alsbald eine Schar Schaulustiger.

»Du verrücktes Weibsstück, du stehst unter Arrest«, sagte der Feldwebel.

Als er ihr Handschellen anlegte, spuckte sie ihn an. Er zog seine Gefangene auf die Beine und drückte sie gegen die Wand. »Ihr beide«, befahl der Feldwebel zweien seiner Männer, »behaltet sie ihm Auge und bewacht die Tür. Der Rest kommt mit.«

Als sie ins Haus eindrangen, entrang sich Madame Hiroux' Kehle ein markerschütternder Schrei. »Daquel! Daquel!«

Die vier verbliebenen Niriennisten kamen aus der Küche auf den düsteren Korridor gestürzt. Das Scheppern der Tür, donnernde Schritte auf nacktem Boden. Das plötzliche Erscheinen der vier Schattengestalten brachte die Gendarmen, deren Selbstvertrauen durch das Massaker von vergangenem Monat arg erschüttert worden war, vollends aus der Fassung. Einer von ihnen verlor die Nerven, legte die Waffe an und feuerte. Ein Niriennist fiel tot um. Fast gleichzeitig mit ihm schoß noch ein anderer Gendarm und erzielte ebenfalls einen Treffer. Die beiden überlebenden Niriennisten waren einen Augenblick lang wie gelähmt, dann machten sie kehrt und rannten davon. Einer stürzte zur dunklen Treppe. Bevor er sie erreicht hatte, traf ihn eine Kugel in den Rücken. Daquel, der letzte Überlebende, rannte geduckt in die Küche und schlug die Tür hinter sich zu, dann wandte er sich zur Hintertür, die in den sogenannten Garten führte, einen mit Unrat übersäten Fleck kahlen Erdbodens. Er schob den Riegel zurück, riß die Tür weit auf, sprang hinaus – und lief einer Gruppe von Gendarmen in die Arme, die hinter dem Haus aufgestellt waren. Nachdem sie die Schüsse gehört hatten, zögerten sie nicht zu schießen, und Daquel fiel tödlich getroffen zu Boden.

Das Gemetzel war im Nu vorbei. Der Feldwebel hielt sich nicht lange damit auf. Um sich Gewißheit über das Schicksal des letzten Flüchtigen zu verschaffen, schickte er zwei seiner Leute nach hinten, mit dem Rest durchsuchte er gründlich, allerdings ergebnislos die oberen Etagen. Als sie schließlich in die Mansarde gelangten, kam dem Feldwebel der Gedanke nachzuschauen, ob womöglich das Fenster als Fluchtweg benutzt worden war. Einer seiner Männer kletterte aus dem Dachfenster, untersuchte Sims und Dachfirst und meldete, da er vom Vorhandensein der von Beq eingerichteten Bolzen und Trittmulden nichts ahnte, daß der Gesuchte unmöglich auf diesem Wege geflohen sein könne. Allerdings war nicht auszuschließen, daß Shorvi Nirienne bis vor kurzem hier gewohnt hatte. Daß ihm diesmal die Flucht gelungen war, stand jedenfalls außer Frage. Fürs erste war er seinen Verfolgern entwischt, doch bestimmt würde er früher oder später wieder auftauchen. Einstweilen mußte sich der Feldwebel vor seinem Kommandanten für vier möglicherweise unbewaffnete Tote verantworten, eine nicht aussagewillige Gefangene, der nichts weiter als Widerstand gegen die Staatsgewalt vorzuwerfen war, wartete auf ihre Befragung, und auf der Straße versammelte sich eine feindselige, höchst wißbegierige Menschenmenge. Mit einem Wort, eine schöne Bescherung.

Unterdrückt fluchend stieg er die Treppe hinunter

und sammelte seine Männer um sich. Als er auf die Straße trat, erstarb ihm das Fluchen auf den Lippen. Der Anblick, der sich ihm bot, machte ihn sprachlos. In den wenigen Minuten, die sie für die Hausdurchsuchung gebraucht hatten, war die Menschenmenge bedrohlich angeschwollen. Vor dem Haus der Hiroux hatten sich Hunderte, wenn nicht gar Tausende von Nachbarn versammelt, die instinktiv ahnten, daß einige der Ihren gewaltsam zu Tode gekommen waren. Die Ätherstraße war vollgestopft mit Neugierigen, die Schulter an Schulter standen und sich bemühten, einen Blick auf das Grauen zu erhaschen, das sich in ihrer Mitte ereignet hatte; überaus neugierig waren sie, dabei aber dennoch merkwürdig ruhig. Der Laternenschein fiel auf ein Meer stiller Gesichter und funkelnder Augen. Angesichts ihrer großen Zahl blieb es erstaunlich ruhig; niemand rief Verwünschungen, man vernahm weder Klagen noch Anschuldigungen, noch höhnische Bemerkungen. Dem Feldwebel wäre der gewohnte Tumult lieber gewesen als die geradezu unheimliche Zurückhaltung, der er sich nun gegenübersah. Diese Stille hatte nichts mit Gelassenheit, Gleichgültigkeit oder gar Ergebung zu tun; eher handelte es sich um eine bebende, schwarze Spannung, lebendig und aufgeladen mit raubtierhafter Erwartung. Hinter dieser dunklen Stimmung, wechselseitig von ihr genährt und sie nährend, verbarg sich Haß; unheimlich in seiner Tiefe, schrecklich in seiner stillen Kraft. Der Feldwebel fühlte ihn lautlos gegen sich anbranden, und obwohl er kein furchtsamer Mensch war, konnte er doch nicht verhindern, daß er zu zittern begann. Einen Augenblick lang waren die Gendarmen wie gelähmt, während ihnen das furchterregende Wispern des Mobs wie das Seufzen eines vergifteten Meeres in den Ohren klang; dann kam dem Feldwebel seine Berufserfahrung zu Hilfe, und sein Verstand begann wieder zu arbeiten.

Mit seiner Handvoll Männer war gegen den bedrohlichen Mob in der Ätherstraße nichts auszurichten. Dazu wäre ein Regiment der Königsgarde nötig gewesen oder besser noch der Schlichter. So wie die Dinge lagen, war ein würdevoller, allerdings sehr rascher Rückzug mehr als ratsam. Allerdings durfte man nicht zulassen, daß das Haus mitsamt der blutigen Überreste seiner Bewohner von der Bevölkerung in Augenschein genommen wurde. Die übliche Vorgehensweise wäre gewesen, zwei seiner Männer zur Bewachung des Hauses der Hiroux abzustellen, doch dies war kein übliches Geschehen, und der gesunde Menschenverstand sagte dem Feldwebel, daß er die ausgewählten Männer zum Tode verurteilt hätte. Wie aber ließ sich das vermeiden? Wenn er sich davonstahl, würde er wie eine feige Memme erscheinen, erniedrigt von einer Menschenmenge, die bislang noch keine offene Gewalt angewendet hatte. Wie sollte er später seinen Vorgesetzten seine bösen Vorahnungen erklären? Wie sollte er das Prickeln seiner Nerven beschreiben, das Zucken seiner Muskeln, das Gefühl drohenden Unheils? Sie würden ihn für einen Feigling, einen Schwächling halten. Warum sollte er sich der Kritik aussetzen, sich womöglich sogar einen schweren Verweis zuziehen? Das wäre ausgesprochen töricht gewesen. Er atmete tief durch und schickte sich an, die entsprechenden Befehle zu erteilen; doch dann begegnete er den Blicken der ausgewählten Männer, sah, daß sie um ihr Schicksal wußten, und machte einen Rückzieher. Schließlich gab er lediglich den Befehl zum Rückzug. Die Gendarmen marschierten ab und schleppten Madame Hiroux mit sich.

Der Mob ließ sie gehen. Der giftige menschliche Ozean teilte sich, und die Gendarmen eilten zur Wache. Kaum waren die Uniformierten verschwunden, stürmten die Bürger in das Haus der Hiroux, wo sie die Leichen der vier unbewaffneten Niriennisten vorfanden, von denen einer im Rücken getroffen worden war. Die Nachricht vom Massaker verbreitete sich rasch unter den versammelten Anwohnern. Sie rauschte wie Wasser die Ätherstraße entlang und überflutete alsbald die Gassen des Achten Distrikts, dessen Bewohner in Scharen zusammenströmten. So oft die Neuigkeit auch weitergereicht wurde, sie verlor doch nichts von ihrer Brisanz, sondern wurde vielmehr in Windeseile zu einer großartigen Scheußlichkeit aufgebauscht. Es hieß, der harte Kern der Niriennisten – darunter auch Frauen – sei einfach niedergemäht worden. Mehrere Frauen seien von den Gendarmen vergewaltigt, die Männer gefoltert und verstümmelt worden. Der Achte Distrikt – Brutstätte der Zusammenkunft und Rebellion – sei für Vergeltungsmaßnahmen ausersehen worden. Ein Angriff der Königsgarde, verstärkt von hurbanesischen Söldnern, stehe unmittelbar bevor. Das Viertel solle geschleift werden. Die Gerüchte flogen auf dunklen Schwingen hin und her, und die Bürger strömten herbei, um zu ihrer Quelle vorzustoßen.

Die Menschenmenge schwoll immer weiter an, bis die schmale Ätherstraße nicht mehr alle fassen konnte, und die Überzähligen verstopften den dahinterliegenden Platz. Abgesehen von einem unablässig gedämpften Gemurmel blieben die Bürger erstaunlich ruhig. Das Wesen der Kraft, die sie zusammenzog, war nicht ganz klar, doch zweifellos sehr stark. Während die Stunden verstrichen und die Nacht tiefer wurde – jedoch nicht am Ort des Menschenauflaufs, wo zahlreiche Laternen und Fackeln einen orangen Schein verbreiteten –, strömten immer mehr Anwohner herbei, bis die bloße Gegenwart der Menschenansammlung für sich schon ein Anreiz für deren weiteres Wachstum war. Zahlreiche Neuankömmlinge erklärten, von den Todesfällen in ihrem Viertel nichts zu wissen. Sie strömten herbei, weil sie gehört hatten, der Achte Distrikt stünde unter Waffen und sei im Begriff loszumarschieren. Sie kamen, um bei der großen, wenn auch nicht näher zu bestimmenden Unternehmung dabeizusein.

Die Zeit verstrich, die Gerüchteküche brodelte, die Menschenmenge schwoll an. Der Zustrom währte bis Mitternacht. Dann kam es zu einer Flaute, einem Nachlassen der Gefühlsdichte; eine natürliche Pause, in der eine Anzahl müder und orientierungsloser, vielleicht aber auch ängstlicher Bürger still wieder nach Hause ging. Die meisten aber blieben da; viele legten sich zum Schlafen nieder und betteten den Kopf auf eine zusammengefaltete Jacke, auf den Schoß ihres Begleiters oder auf das kahle Pflaster.

Als der Morgen dämmerte, waren sie immer noch auf der Straße. Mit dem Licht kehrte auch die Betriebsamkeit zurück, und allmählich zeigten sich der wahre Charakter und Zweck des Menschenauflaufs. Offenbar rechnete eine Mehrheit der Bürger mit einem Angriff auf den Achten Distrikt. Vorbereitet durch die Berichte vom Gemetzel und vom Chaos in der Ätherstraße, gewöhnt an Brutalität und scharfe Rückschläge, fanden sie es durchaus denkbar, daß Gendarmen, Gardisten und ausländische Söldner über sie herfallen sollten, denn in kleinerem Maßstab waren sie an derartige Dinge gewöhnt. Die Bewegungen der Bevölkerung an diesem Herbsttag allerdings waren höchst ungewöhnlich; denn geleitet von einer Vielzahl von Kräften, deren Wesen sie nicht einmal selbst verstanden, fanden sie sich endlich zusammen, um Widerstand zu leisten. Die verschiedenartigsten Waffen – darunter schartige Schwerter, Lanzen, Mistgabeln, Knüppel und selbst ein paar verrostete Musketen –, mit denen viele von ihnen ausgerüstet waren, legten Zeugnis ab von ihrer Entschlossenheit, wenn auch nicht von deren Ursprung. Hätte man sie gefragt, hätten sie auf die Notwendigkeit verwiesen, sich selbst, ihre Familien und Häuser zu verteidigen. Viele hätten Gerechtigkeit, Freiheit und

Veränderungen gefordert; viele hätten gegen die Gendarmen, die Gardisten, die Edelleute und den König gewettert; und einige hätten ausgespuckt und Derbheiten gemurmelt, die unmittelbar dem *Nachbarn Jumalle* entnommen waren. Kein einziger hätte allerdings diesen allgemeinen Gefühlsausbruch erklären können, die plötzliche enge Verbundenheit oder die allgemeine Überzeugung, daß *jetzt* der richtige Zeitpunkt gekommen sei.

Die Morgensonne kletterte höher, und die Nachricht, daß sich der Achte Distrikt bewaffnet habe, verbreitete sich in Sherreen und erreichte selbst die Wohnhäuser des Parabeau und der Straße der Königlichen Prinzessin – sowie das Beviaire, dessen Bewohner die Achseln zuckten und in ihrem gewohnten Trott fortfuhren. Nachdem es hell geworden war, schwoll die Menschenmenge weiter an, bis sie den Paradiesplatz ausfüllte. Die Bürger waren zwar unruhig, doch mangelte es ihnen noch an Führung und an einem klar umrissenen Ziel. Dies änderte sich gegen Mittag, als sich ein großer, hervorragend bewaffneter Trupp Gendarmen Zugang zur Ätherstraße und zum Haus der Hiroux zu verschaffen suchte. Einmütig vereint im Widerstand, stellte sich ihnen eine undurchdringliche Mauer von Leibern in den Weg. Die Gendarmen verschwendeten nicht viel Zeit. Nach mehreren erfolglosen Versuchen zogen sie sich unter dem Hohngeschrei der Sieger zurück.

Die kurze Begegnung hatte die Leidenschaften aufgewühlt. Die Menge wogte hin und her, noch immer ziellos, dafür aber endgültig aus ihrer Ruhe erwacht. Einige der eifrigsten Denker standen auf und hielten flammende Reden. Zupackender veranlagte Realisten brachen in ein Waffengeschäft ein und verteilten die Beute. Einige unsichere Kantonisten bekamen es mit der Angst zu tun und gingen nach Hause, doch viele waren das nicht. An ihre Stelle rückten rasch Neuankömmlinge nach. In der versammelten Menge machten sich wachsendes Unbehagen und eine auf Anspannung, Unsicherheit, Tatenlosigkeit und Enttäuschung fußende Reizbarkeit breit. Schreckliche Phantasien wucherten, Ungeduld und Unmut nahmen zu. Hier und da kam es zu handgreiflichen Auseinandersetzungen.

Einige Stunden später zeigte sich ihnen endlich ein greifbarer Beweis der Feindseligkeit. Am Rande des Paradiesplatzes tauchte eine berittene Schwadron Gardisten auf. Vom Rücken seines Pferdes aus befahl der Kommandant den Bürgern, sich zu zerstreuen. Wütendes Hohngeschrei war die Antwort. Er wiederholte den Befehl, doch diesmal ging seine Stimme in einem ohrenbetäubenden Lärm unter. Jemand schleuderte eine Glasflasche, die zu Füßen seines Pferdes zerschellte. Während der Hauptmann das schnaubende, unruhig tänzelnde Tier zu beruhigen suchte, brüllte er einen Befehl. Die Gardisten legten die Musketen an, und Todesstille senkte sich über den Paradiesplatz.

Ein drittes Mal erscholl der Befehl, sich zu zerstreuen, diesmal deutlich zu vernehmen.

Keine Antwort, niemand gehorchte. Die Bürger hatten sich in Stein verwandelt.

Der Hauptmann erteilte den Schießbefehl. Einen endlosen Augenblick lang zauderten die Gardisten angesichts der großen Zahl ihrer Landsleute, unter denen auch Freunde und Verwandte waren. Dann, geleitet vom gleichen Antrieb, wendete eine kleine Gruppe Gardisten die Musketen und schlug den Kommandanten mit den Kolben nieder.

Ein unglaubliches Gebrüll erscholl aus Tausenden von Kehlen. Jubelnde, johlende Bürger drängten vor und umarmten die aufständischen Soldaten. Die Gardisten schleuderten ihre Kappen und Abzeichen weg; die Waffen indes behielten sie. Im Nu waren sie aufgesogen und zugehörig, ein Bestandteil der Menge, die jetzt endlich, zum Bewußtsein ihrer eigenen Kraft erwacht, eine Richtung wählte. Wie in jeder Gruppe gab es auch hier starke und selbstbewußte Persönlichkeiten. Ausgestattet mit natürlicher Autorität, setzten sie sich sogleich an die Spitze und übernahmen das Kommando. Mit solchen Anführern an der Spitze – und von hinten angetrieben von den Schreckgespenstern der Angst, der Gier, des Hasses und der Verzweiflung – setzte sich die große Menschenmasse in Bewegung; vorerst noch langsam, jedoch ebenso machtvoll und unaufhaltsam wie ein Lavastrom.

Sie marschierten zum Beviaire. Sie wollten mit dem König persönlich verhandeln. Denn trotz seiner Schwäche und Unentschlossenheit galt der König doch im Grunde als ein gutmütiger Mensch. Er war ein Mann ohne Arg, und sein Scheitern bei der Beseitigung der uralten Mißstände, unter denen sein Volk zu leiden hatte, war allein auf zahlreiche üble Einflüsse zurückzuführen, vor allem aber auf seine verabscheuungswürdige Gemahlin. Die Lösung bestand folglich darin, diese Einflüsse notfalls mit Gewalt zu umgehen – sich unmittelbar an Dunulas zu wenden und ihm von Angesicht zu Angesicht gegenüberzutreten. Wenn das Volk selbst für sich eintrat, ohne auf doppelzüngigige Vermittler zurückzugreifen, würde ihm der König gewiß bereitwillig zuhören. Und falls er es nicht freiwillig tat, nun, dann war es an der Zeit, dem ein bißchen nachzuhelfen.

Die menschliche Lava strömte durch die Straßen; durch den Achten Distrikt und hinein in die Rattenstadt, den Boulevard des Kronprinzen entlang und vorbei am Havillac-Park; dann ging es weiter zum Dunulas-Platz. Erst langsam und ein wenig zögernd, dann beschleunigte sich der Vormarsch und gewann in dem Maße an Wucht, wie die Anzahl der Marschierer zunahm. Den ganzen Weg über schlossen sich immer mehr Menschen an; einige absichtlich, andere wurden zusätzlich eingefangen, während manche auch wortwörtlich mitgeschleift wurden. Manche sangen beim Marschieren, andere wiederum forderten teilnahmslose Zuschauer zum Mitmachen auf oder riefen ihnen Beleidigungen zu, manche brüllten Drohungen oder skandierten irgendwelche Parolen. Das Getöse war ohrenbetäubend; ein brüllendes Durcheinander menschlicher Stimmen, untermalt vom Trampeln der marschierenden Füße, begleitet vom Dröhnen der Trommeln und dem Läuten der Sturmglocken, die die Bürger zu den Waffen riefen.

Der Mob erreichte schließlich den Dunulas-Platz, wo der Vormarsch jäh zum Halten kam. Auf der gegenüberliegenden Seite des Platzes ragte der speerspitzenbewehrte Eisenzaun auf, der das Beviaire und das zugehörige Gelände umschloß. Vor der Barriere hatte eine Kette von Gardisten Aufstellung genommen, Männer, die sich ausschließlich der Krone verpflichtet fühlten. Anders als ihre Kollegen von der Gendarmerie würden sie nicht zögern, in die Menge zu schießen. Stille senkte sich herab, die von Hufgetrappel durchbrochen wurde.

Aus einer Nebenstraße – oder, wie es den Anschein hatte, aus dem Nichts – tauchte eine Kompanie maskierter Berittener auf. An der Spitze ritt die bekannte schwarzgekleidete, mit Panzerhandschuhen bewehrte Schreckgestalt – der Schlichter von Sherreen. Unwillkürlich wichen die ihm nächststehenden Bürger zurück; zwar zitterten sie vor Angst, wandten sich jedoch nicht zur Flucht. Die tiefverwurzelte Furcht vor der Magie der Edlen, die man ihnen so hartnäckig eingetrichtert hatte, tat zwar ihre Wirkung, allerdings ohne vollständig Gewalt über die aufgebrachte Menge zu gewinnen. Hin und her gerissen zwischen Todesangst und gleichstarker Entschlossenheit, schwankten sie zwischen Flucht und Katastrophe.

Die Reiter zügelten die Pferde. So still war es geworden, daß Tausende das Schnauben und Scharren hörten, das Klirren des Zaumzeugs und der Kandaren. Mit einer Stimme, die bis in die entfernteste Ecke des Dunulas-Platzes trug, befahl einer der Maskierten der Menge, sich zu zerstreuen. Der Schlichter selbst sagte wie immer kein Wort.

Weder der Befehl noch die damit einhergehenden Drohungen erzielten irgendeine Wirkung. Die Stille dauerte unvermindert auch dann noch an, als der Schlichter ein schlankes, silbriges Gerät aus funkelndem Glas und poliertem Metall hervorholte – das berüchtigte Werkzeug magischer Vernichtungskraft, das allen bekannt war und das alle fürchteten. Die stählernen Krallen spielten über Hebel, Schloß und Spirale. Etwas schnappte ein, ein Geräusch wie ein Pistolenschuß, das die Nächststehenden zusammenzucken ließ. Eine Linse leuchtete giftfarben auf, und die Menge schnappte nach Luft.

»Blindheit, Taubheit, Lähmung«, erinnerte der maskierte Sprecher zu allem Überfluß seine Zuhörer. »Das Schicksal der Verräter Vonahrs ist der Tod bei lebendigem Leibe. Bürger, verlaßt diesen Ort, solange ihr könnt. Dies ist eure letzte Chance, euer Leben zu retten.«

Noch immer keine Regung, bloß ein lautloses Wogen, als zöge sich die Menge dichter zusammen.

»Seid ihr etwa taub – oder was?« fragte der Sprecher in ungeduldigem Ton, der seine Angst verriet.

Keine Antwort.

Der Schlichter legte die Waffe an und zielte, wobei er am leuchtenden Gehäuse vorbeiblickte. Man vernahm einzelne Entsetzensschreie, und die Nächststehenden wollten zurückweichen; der Druck der Menge war jedoch zu stark. Im verzweifelten Bemühen, sich einen Durchgang zu bahnen, schlugen und traten einige nach ihren Nachbarn; andere schrien und flehten, kratzten und bissen sogar. In den vordersten Reihen herrschte ein erbittertes Gedränge, ein Zusammenpressen sich wehrender Leiber, eine krampfhafte Zuckung, die am Rand der Menge entlanglief. Doch alles vergeblich. Der Schlichter zielte sorgfältig, drückte den Abzug durch, und ein giftfarbener Lichtpfeil schoß aus dem Lauf seiner Waffe. Die grelle Entladung zuckte über die paar Meter hinweg, welche die Reiter vom Mob trennten, und verbreiterte sich dabei zu einem Kegel, der ein halbes Dutzend Bürger in ein bösartiges Leuchten hüllte.

Sechs Bürger fielen in erschreckender Lautlosigkeit um – mit weitoffenen, plötzlich blicklos gewordenen Augen, taub gewordenen Ohren und zwar unversehrten, gleichwohl aber gelähmten Gliedmaßen, bei vollem Bewußtsein, aber für immer von der Außenwelt abgeschnitten – alle Drohungen des Schlichters waren Wirklichkeit geworden. Wut- und Entsetzensschreie ertönten, die Menge wogte schiebend, klammernd und aufeinander eindreschend ziellos hin und her. Währenddessen feuerte der Schlichter erneut, und vier weitere Opfer stürzten getroffen zu Boden.

Mittlerweile befanden sich die am Rand der Menge befindlichen Aufrührer auf dem Rückzug und flüchteten in die Sicherheit der angrenzenden Straßen, die in den vordersten Reihen aber waren nach wie vor heftigem Druck ausgesetzt und saßen einstweilen in der Falle. Entsetzt schauten sie zu, wie der Schlichter ein weiteres Mal gemächlich zielte. Wer sich in der Schußlinie befand, schrie auf und bedeckte die Augen, einige warfen sich bäuchlings auf den Boden. Bevor jedoch ein drittes Mal auf diese gefeuert wurde, hallte ein Schuß auf dem Dunulas-Platz wider.

Niemand wußte genau, wer da eigentlich gefeuert hatte, und niemand würde es je erfahren, denn später beanspruchten viele die Ehre für sich. Irgendein kaltblütig entschlossener oder vor Verzweiflung außer sich geratener Bürger hatte auf den Schlichter geschossen;

und wer immer es gewesen war, er hatte schlecht gezielt. Der Schlichter blieb unversehrt, sein Pferd allerdings brach tödlich verwundet zusammen. Der Schlichter fiel vom Sattel. Er schlug schwer auf dem Pflaster auf und verlor dabei seine Waffe. Er richtete sich sogleich wieder auf, und jetzt wurde zum ersten Mal deutlich, daß er kein großer Mann war. Im Sattel hatte er mit seinem weiten schwarzen Cape und dem Spitzhelm riesig gewirkt. Zu Fuß erwies er sich als unerwartet klein und schmächtig – geradezu zwergenhaft.

Der Schlichter hechtete der verlorenen Waffe hinterher. Bevor er sie erreichte, hatte jedoch bereits ein unbekannter Bürger das Gerät vom Boden aufgehoben. Wirkungslose Pistolenschüsse knallten, als die Gefolgsleute des Schlichters auf den Übeltäter feuerten, der die kostbare Beute geistesgegenwärtig mitten ins Gewühl schleuderte. Zahlreiche Hände streckten sich danach aus, und das magische Gerät verschwand in der Menge.

Die Reiter erstarrten vor Entsetzen. Der Schlichter selbst zog eine Pistole, eine lächerlich kleine und spielzeughafte Waffe. Die Bürger drängten vor, und er feuerte, allerdings ohne zu treffen. Im nächsten Augenblick fielen sie über ihn her. Der Schlichter ging zu Boden und wurde von einem wütenden Mahlstrom aufgesogen. Im Nu hatte man ihm Haube, Maske und Gewänder abgerissen. Darunter kamen ein magerer Körper und ein jugendliches, erstauntes Gesicht zum Vorschein. Man schlug ihn mit Knüppeln und trat ihn mit Füßen, und der Schlichter krümmte sich und zuckte kurz, wobei er seine modisch mit Smaragden geschmückten Zähne bleckte. Seine Qualen dauerten nur kurz, dann hauchte er sein Leben aus, und der Tod glättete die Züge, die bei Hofe so gut bekannt waren – die Züge von Vequi v'Isseroi, dem Schlichter von Sherreen.

Die Bürger allerdings erkannten ihn nicht; und hätten sie es doch getan, so würde das kaum etwas geändert haben. Denn alle anderen Überlegungen verblaßten im Lichte der einen außergewöhnlichen Tatsache: daß man der uralten Magie des Adelsstandes erfolgreich Widerstand entgegengesetzt hatte. Und zwar mit schlichter körperlicher Gewalt. Das hatte es noch nie gegeben, und noch nie hatten die Bürger geglaubt, daß es überhaupt möglich wäre. Viele hatten es natürlich vermutet. Seit Generationen hatten Skeptiker halblaut ihre Zweifel und Fragen kundgetan. Erst kürzlich hatte Whiss v'Aleur öffentlich über die Wirksamkeit der Magie der Edlen gespottet, und v'Aleurs Einfluß war groß. Sich eines billigen Zynismus zu bedienen, reichte allerdings nicht aus, die uralten Ängste zu bannen; dazu brauchte es den tatsächlichen Beweis. Die seit Jahrhunderten tiefverwurzelte Angst war noch immer wirksam, und der blinde Glaube an die Überlegenheit der Edlen war niemals erschüttert worden – bis jetzt. Der auf dem Pflaster liegende Leichnam des Schlichters von Sherreen war der greifbare Beweis für die Verwundbarkeit der Edlen, und das war allen Anwesenden auch klar. Diese Erkenntnis schweißte sie fester denn je zusammen; in jedem Herzen brannte der gleiche leidenschaftliche Triumph. Wilder Jubel brandete auf, und die Menge stürmte auf die Umzäunung zu.

Ihres Anführers beraubt, zerstreuten sich die maskierten Reiter, und der rasende Mob überschwemmte den Dunulas-Platz. Die Gardisten feuerten eine Salve ab, was den Ansturm der Menschenmenge aber kaum zum Stocken brachte. Im nächsten Augenblick waren die Soldaten auch schon überwältigt – erstickt und zertrampelt von einer Kraft, von der sie geglaubt hatten, daß sie ihr niemals begegnen würden.

Nicht lange, und die Kette an den großen Eisentoren zerriß. Das Schloß gab nach, die Tore schwangen auf, und eine brodelnde Menschenflut ergoß sich in die königliche Enklave. Sie überschwemmte die weiße Auffahrt und näherte sich dem erhöht gelegenen Beviaire, dessen vergoldetes Portal geschlossen und vergeblich verrammelt war.

In Sekundenschnelle hatte man die Tür aufgebrochen. Einige Bedienstete leisteten am Eingang noch eine Zeitlang Widerstand, die meisten dieser Pechvögel wurden allerdings rasch dahingemetzelt. Die Überlebenden flohen, und der Mob strömte heulend wie ein Wirbelsturm in den Palast.

11

Eliste hatte sich wie immer sorgfältig zurechtgemacht. Sie trug Madame Nimais' neuestes Kunstwerk – ein Nachmittagskleid aus hauchdünner federleichter Seide in kaum merklich ineinander verlaufenden Farbschattierungen, die von einem rosigen Hauch am tiefen, rechteckigen Ausschnitt bis zu einem kraftvollen Rosa am Saum reichten. Wie gewöhnlich trug sie das silberne, stark duftende Medaillon des Herzogs um den Hals. Ihre honigfarbenen, kunstvoll zerzausten Locken waren mit Kämmen aus Silber und Rosenquartz festgesteckt. Ihre Färbung war so fein, daß das Rouge, welches ihre vom Schlafmangel herrührende Blässe verdeckte, fast natürlich wirkte. Daß sie schon bei Tag solche Mühen auf ihr Äußeres verwandte, hatte einen besonderen Grund. Seine Hoheit hatte ihre Verabredung ungewöhnlich früh angesetzt, was auf seine Ungeduld zurückzuführen sein mochte, denn einen äußeren Anlaß schien es nicht zu geben. Elistes Einwilligung hatte er mit gewohnter Gleichgültigkeit aufgenommen – zumindest berichtete dies Kairthe, welche ihrer Herrin die Nachricht überbrachte – und Eliste ihrer Ungewißheit überlassen. Da sie beschäftigt gewesen war, hatte sie den Tratsch auf den Galerien kaum beachtet und dem Gerede von der ungewöhnlichen Unruhe im Achten Distrikt kaum Beachtung geschenkt. Unruhe gab es *immer*, entweder im Achten Distrikt oder woanders, aber trotz all dem Geschrei schien sie nie etwas zu bedeuten. Nun hieß es also auf einmal, die Bürger bewaffneten sich, was wahrscheinlich bedeutete, daß irgendein heißblütiger Republikaner aus dem Hinterhalt auf einen Gendarmen geschossen hatte. Eliste war des bedrückenden Gegenstandes überdrüssig; außerdem hatte sie Wichtigeres zu tun.

Endlich war der Augenblick gekommen, dem sie mit so gemischten Gefühlen entgegengefiebert hatte, und nun näherte sie sich Ferontes Gemächern. In den großen, verspiegelten Stützpfeilern, welche den Gang säumten, zeigte sich eine ein wenig blasse Gestalt; sehr jung und trotz der vornehmen Aufmachung unsicher und ängstlich. Mit dieser sichtbaren Unsicherheit würde sie, wie Zeralenn sie zweifellos ermahnt hätte, gewiß keine gute Figur machen. Fast meinte sie die bestimmte, sorgfältig modulierte Stimme ihrer Großmutter zu vernehmen: »Kopf hoch, Enkelin. Selbstsicherheit ist unbedingt notwendig. Wenn du das Auftreten einer Kaiserin hast, wird sich die Gesellschaft bereitwillig deiner Selbsteinschätzung anschließen.«

Vor einem der Spiegel blieb Eliste stehen. Sie zwang sich zur Ruhe und reckte mutwillig das Kinn, bis sie so unbekümmert wirkte, daß nicht einmal Zeralenn etwas daran auszusetzen gehabt hätte. Erst als sie mit ihrem trügerisch selbstbewußten Spiegelbild ganz und gar zufrieden war, ging sie weiter.

Ein Bediensteter gewährte ihr Eintritt in das Vorzimmer, wo sie sich zerstreut umschaute; ein geräumiges Gemach mit hoher Decke, einfacher und nüchterner ausgestattet, als es der gegenwärtigen Mode entsprach, ohne irgendein Anzeichen weiblichen Einflusses. Wahrscheinlich hielt sich die Herzogin nur gelegentlich hier auf. Beim Gedanken an die bedauernswerte Gemahlin seiner Hoheit meldete sich ihr Gewissen zu Wort, und unwillkürlich stellte sie sich die Frage: *Warum bin ich eigentlich hergekommen?* Unabsichtlich tastete sie nach dem Medaillon und sog dessen Duft tief ein, was sie wieder ein wenig beruhigte. Sie war hier, sagte sie sich, weil sie sich aus freien Stücken dazu *ent-*

schlossen hatte. Und die Herzogin, notgedrungen eine Realistin, würde sich in das Unvermeidliche schicken. Außerdem waren solche Überlegungen bourgeois.

Die Tür ging auf, und Feronte trat ein. Elistes Herz machte einen Satz, und ihre Arme überzogen sich mit einer Gänsehaut. Ihre Gefühle waren so heftig und ihre Verwirrung so vollkommen, daß sich nur eine Erklärung dafür anbot – Liebe. Das waren die Zeichen, daran gab es keinen Zweifel. Der trockene Mund, die zittrigen, kalten Hände, die weichen Knie – ihre Mitbewohnerinnen hatten ihr dies alles schon zahllose Male beschrieben. Sie hatte darüber gespottet, doch nun, da das Versprochene oder Angedrohte eingetroffen war, wurde sie des Gegenteils belehrt. Seine Hoheit mochte anmaßend, boshaft, sogar lästig sein, doch darauf kam es überhaupt nicht an – sie liebte ihn. Ebenso bedeutungslos waren das nagende Unbehagen und das schwer faßbare Gefühl, etwas sei falsch, die sie seit Tagen quälten. Selbst jetzt noch regten sich in ihr Zweifel. Sie beschloß, nicht darauf zu achten. Schwerer allerdings fiel es ihr, das Gefühl zu übergehen, sie habe dies alles schon einmal erlebt und irgendwo, irgendwann einmal genau die gleichen Empfindungen verspürt. Sie vermochte sich immer noch nicht zu erinnern, wo oder wann das gewesen war. Außerdem, so redete sie sich ein, kam es darauf nicht an. Worauf es allerdings ankam, war das Nachlassen eines bislang ständig spürbaren Drucks, als hätte sie dadurch, daß sie die Einladung des Herzogs annahm, aufgehört, sich gegen ein unsichtbares Halsband samt Leine zu Wehr zu setzen. Die Erleichterung war fast körperlich spürbar – was erklärtermaßen ein untrügliches Zeichen von Liebe war. Ob es seiner Hoheit wohl ebenso erging?

Falls ja, so zeigte er es nicht. Rerontes Miene war so verschlossen wie immer. Er war lässig und bequem gekleidet – er trug Reitstiefel, und sein Haar war nicht gepudert –, und sein Auftreten war entsprechend ungezwungen. An der Schwelle blieb er kurz stehen, um ein paar Lakaien im Nebenraum Anweisungen zu geben, dann wandte er sich ohne Eile seiner Besucherin zu und unterzog sie einer eingehenden Begutachtung, bevor er bemerkte: »Wie ich sehe, seid Ihr pünktlich. Gut. Das gefällt mir.«

Eliste errötete. Sie mochte es nicht, daß er sie musterte wie ein Stutenfohlen, das er unter Umständen zu kaufen beabsichtigte. Daß er fraglos vorauszusetzen schien, sie sei darauf aus, ihm zu gefallen, ärgerte sie. Ihr lag bereits eine scharfe Entgegnung auf der Zunge, die sie jedoch hinunterschluckte, denn in diesem Augenblick wurde ihr klar, daß sie ihm tatsächlich gefallen wollte, und zwar unbedingt. Das mußte einfach Liebe sein; allerdings wäre es ein Fehler gewesen, ihm das auch zu zeigen. Auf keinen Fall durfte er erfahren, daß sie seit Tagen sein Bild im Geiste vor sich sah. Er durfte nicht erfahren, daß sie nächtelang schlaflos im Bett gelegen und den Duft seines Medaillons in sich aufgesogen hatte. Vor allem aber durfte er nicht erfahren, daß sein Anblick ihr Urteilsvermögen trübte, sonst wäre ihr Wert in seinen Augen womöglich ins Bodenlose gesunken. Und so hielt sie ihre Zunge mit eiserner Willenskraft im Zaum und verbarg ihre Verwirrung hinter einem tadellosen Knicks.

»Ihr seht hübsch aus«, lobte Feronte. »Zumindest hattet Ihr soviel Verstand, Euch nicht mit diesen abscheulichen Rüschen herauszuputzen, so daß man womöglich hätte meinen müssen, der Zuckerbäcker habe einen schlechten Tag gehabt.«

»Euer Hoheit haben mich gewarnt, ich dürfe keine Komplimente erwarten«, murmelte Eliste und lächelte.

»Die Frisur jedenfalls gefällt mir nicht. Zuviel Firlefanz. Vielleicht möchtet Ihr sie ändern.«

»Mir gefällt sie so, wie sie ist«, erwiderte Eliste, unverwandt lächelnd. Auf einmal stellte sie fest, daß Verärgerung von unschätzbarem Wert war, wenn es darum ging, die Fassung zu wahren. Ungeachtet ihres Zorns war das Gefühl tiefer Sehnsucht unter ihrer oberflächlichen Selbstsicherheit nach wie vor spürbar.

»Ah. Unabhängigkeit. Oder eher ein Hauch von Aufsässigkeit. Nun, vorausgesetzt, Ihr treibt es nicht zu weit damit, kann ich das Neue durchaus genießen.«

»Und falls ich es doch tue?«

»Dann werden wir beide bestimmt nicht glücklich damit werden, edles Fräulein. Und unsere Beziehung dürfte kaum von längerer Dauer sein.«

»Seid Ihr denn so sicher, daß dies mein Wunsch ist?«

»Darum seid ihr doch gekommen, oder etwa nicht?«

»Eure Hoheit stellen eine Menge Mutmaßungen an.«

»Ich glaube, dieses Thema haben wir bereits erörtert. Es wäre doch öde, die gleiche Unterhaltung noch einmal zu wiederholen, zumal ich Euch nur beschränkte Zeit widmen kann.«

»Nur beschränkte Zeit?«

»So ist es. Für den Abend bin ich mit Brajonard zu einer Partie Kalique verabredet, somit bleiben uns« – der Herzog sah auf seine Taschenuhr – »noch etwa zwei Stunden.«

»Zwei Stunden. Ich verstehe. Seid Ihr auch sicher, daß Ihr sie erübrigen könnt?«

»Das ist eine beträchtliche Zeitspanne«, bemerkte Feronte, »vorausgesetzt, sie wird klug genutzt. Daher schlage ich vor, daß wir keine Zeit mehr mit nutzlosem Wortgeplänkel verplempern, sondern uns statt dessen lohnenderen Tätigkeiten zuwenden. Ich nehme an, Ihr werdet speisen wollen. Das Mahl ist ihm Nebenzimmer bereitet. Ich hoffe, Ihr habt einen feinen Gaumen, denn ich bin neugierig auf Euer Urteil über den Champagner, den ich soeben erworben habe. Sollte es sich in diesen Dingen als verläßlich erweisen, werde ich Euch von Zeit zu Zeit um Rat bitten.«

»So wartet doch, ich weiß nicht, ob ich …«

»Kommt. Hier entlang.« Er faßte sie beim Arm.

Der Protest erstarb ihr auf den Lippen, fortgebrannt von der Glut seiner beiläufigen Berührung. Eliste schnappte nach Luft. Der Ansturm der Gefühle, die Schwäche ihrer Gliedmaßen, die flatternden Empfindungen, das alles wirkte einfach überwältigend. Es mußte die Liebe sein. Und dennoch …

Warum sollte ich ihn lieben? Er ist abscheulich …

Ihre Regungen belehrten sie allerdings eines Anderen.

Er ist alt, furchtbar alt, vielleicht siebenunddreißig, achtunddreißig oder sogar noch älter. Ein alter Lebemann – und er sieht nicht einmal gut aus.

Doch anscheinend machte Liebe blind.

Irgend etwas stimmt hier nicht. Irgend etwas ist vollkommen falsch. Sie zog die Stirn kraus und überlegte angestrengt, was es sein könnte.

Trotz ihrer Zweifel sträubte sie sich nicht, als er sie durchs Vorzimmer und über einen kurzen Verbindungsgang in sein Schlafzimmer führte, wo am Kamin ein kleiner Tisch für zwei Personen gedeckt war – sie hätte sich selbst dann nicht wehren können, wenn sie es gewollt hätte. Mit einer gewissen Erleichterung nahm sie Platz. Solange das Essen währte, konnte nichts Schlimmes geschehen – zumindest meinte sie das.

Und tatsächlich schien sie sich zu Recht sicher zu fühlen, denn das Mahl, aufgetragen von automatenhaft-vollendeten Lakaien, verlief ohne Zwischenfälle. Ferontes einigermaßen höfliches, allerdings sprunghaftes und nüchternes Gespräch verärgerte sie aus irgendeinem Grund. Nach kurzem Überlegen kam sie dahinter, was es war: er wirkte so entspannt – so aufreizend *kühl*. Seine herausfordernde Gelassenheit ließ auf ein dermaßen unerschütterliches Selbstvertrauen schließen, daß es schon an Beleidigung grenzte. Zweifellos hatte er ein solches Stelldichein schon öfter – vielleicht Hunderte von Malen – erlebt und betrachtete den Ausgang als feststehende Gewißheit. Und während sie vor Anspannung und nervöser Erregung kaum einen Bissen herunterbekam, nippte er voller Wohlbehagen am Champagner und erörterte ausführlich das Verfahren von Kalique.

Er ist unerträglich, einfach unerträglich!

In ihrer Verärgerung gab sie nur einsilbige Antworten. Er aber schien ihre Schweigsamkeit überhaupt nicht zu bemerken – oder er störte sich nicht daran –, denn sein Stegreifgeplauder setzte sich unablässig fort. Während seiner Ausführungen stocherte sie im Essen und überlegte, womit er wohl aus der Fassung zu bringen wäre. Es würde ihm ganz recht geschehen, wenn sie einfach aufstünde und wortlos ginge. Das würde ihm bestimmt zu denken geben. Dann gäbe es keinen Zweifel mehr, wer aus diesem besonderen Schlagabtausch als Sieger hervorgegangen wäre. Doch sie regte sich nicht – sie hatte das Gefühl, es womöglich gar nicht zu können, selbst wenn sie es gewollt hätte – und wollte es im Grunde auch gar nicht, da doch alles gesagt und getan war. Liebe, gar kein Zweifel. Warum aber hatte sie dann das Gefühl, irgend etwas stimme nicht?

Vor ihr stand Fruchteis. Wie ein Kind stocherte sie mit dem Löffel in der Schale, und als sie aufsah, bemerkte sie, daß Feronte sie mit seinen dunklen Augen unverwandt anschaute. Er sprach kein Wort, und sie fühlte, wie ihr das Blut in die Wangen schoß. Da sie seinem Blick nicht standzuhalten vermochte, schlug sie die Augen nieder. Das Schweigen zog sich in die Länge; und als wollte sie sich in einem Schleier von Worten vor seinem Blick verbergen, hörte Eliste sich mit unruhig gepreßter Stimme sagen: »Hat Euer Hoheit sich eigentlich schon einmal gefragt, warum ich die heutige Einladung angenommen habe? Monatelang habt Ihr mir Eure besondere Aufmerksamkeit geschenkt, und …«

»Während Ihr die hochmütige Nymphe gespielt habt. Ihr habt sie recht gut gespielt, aber jetzt wird die Rolle allmählich langweilig. Es wird Zeit, daß Ihr eine andere einnehmt.«

»Die wiederholten Zurückweisungen haben Euch nicht geärgert?«

»So leicht gebe ich mich nicht geschlagen.«

»Nein. Aber Ihr habt Euch doch bestimmt über meinen plötzlichen Sinneswandel gewundert?«

»Nicht besonders. Ich nehme an, Ihr habt eingesehen, was gut für Euch ist.«

»Aber *ich* habe mich gewundert«, meinte Eliste. »Ich wundere mich, seitdem ich Eure Einladung angenommen habe. Irgend etwas ist seltsam daran, als handelte ich gegen besseres Wissen, sogar gegen meinen Willen. Das soll keine Beleidigung sein – ich versuche bloß aufrichtig zu sprechen.«

»Es ist zweifellos Ausdruck Eurer Einzigartigkeit, daß Ihr Euch einer Tugend befleißigt, die Eurem Geschlecht so fremd ist. Das gleiche tut auch ein Gärtner, der, überzeugt von ihrem besonderen Wert als Kuriosität, mitten im Winter eine tropische Pflanze zur Blüte zwingt.«

»Das ist beleidigend, so lasse ich nicht mit mir reden!«

»Dann werde ich eben schweigen. Da uns nur noch eine Stunde bleibt, sind der Worte ohnehin genug gewechselt. In diesem Punkt sind wir uns einig.« Er erhob sich.

Vor Unentschlossenheit wie gelähmt, schaute Eliste zu, wie er um den Tisch herumging. Er faßte sie bei der Hand und zog sie sanft auf die Beine. Vor Erstaunen bekam sie ganz große Augen, als er den Kopf neigte, um sie zu küssen. Ihre Lippen teilten sich. Zusammen mit dem Duft des Medaillons an ihrem Hals sog sie seinen Tabak- und Alkoholatem ein. Dann strömte eine Hitzewelle durch sie hindurch, verschlug ihr den Atem und lähmte ihren Verstand. Benommen klammerte sie sich an den Herzog, als wäre er der einzige feste Halt in einem schwankenden Universum. Er drückte sie ein wenig von sich ab, und sie schaute zu ihm auf, schwer atmend und wie betäubt vom Schock der unterbrochenen Berührung. *Halt mich fest,* flüsterte sie lautlos. Zweifellos sprachen aber ihre Augen, denn er neigte sich erneut auf sie herunter, und auf einmal konnte sie wieder atmen.

Doch die Luft, die sie einsog, war vergiftet, und ein Teil von ihr wußte das auch. Unberührt vom Ansturm der Gefühle, fragte eine leise Stimme: *Was ist das?* und gab auch gleich die Antwort: *Das bist nicht du.* Und während sie spürte, wie ihr Widerstand erlahmte, wie das Blut in ihren Adern rauschte und ihre Vorbehalte dahinschmolzen, sprach jemand von Täuschung, von…

Lug und Trug.

Magische Illusion. Endlich wurde ihr klar, was ihr die ganze Zeit über so quälend bekannt vorgekommen war. Plötzlich erinnerte sie sich, wann und wo sie schon einmal das Gefühl gehabt hatte, etwas sei nicht so, wie es sein sollte. Das war in der Nacht gewesen, als Onkel Quinz Dref Zeenoson befreit hatte. Onkel Quinz hatte ja gezaubert und sich und seine Nichte in große Wölfe verwandelt – oder zumindest hatte es so ausgesehen und sich so angefühlt. Trotzdem hatte es immer wieder Augenblicke gegeben, da sie durch den Nebel des Scheins den unnatürlichen Einfluß wahrgenommen hatte. Jetzt verspürte sie wieder die gleiche Übelkeit wie damals. Hohe Magie hatte ihr den Sinn verwirrt – auf einmal war ihr das klar. Feronte selbst verfügte über keinerlei Zauberkräfte, wußte aber zweifellos Mittel und Wege, sich entsprechender Hilfe zu versichern.

Er hatte eine Puppe aus ihr gemacht, eine Marionette. Er hatte sie mit Lug und Trug ihres Willens beraubt, und dafür verachtete sie ihn. Trotzdem reichte ihr Zorn nicht aus, die Magie gänzlich zu brechen. Sie stand noch immer unter dem Bann des Zaubers, und Ferontes Berührung erzielte eine überwältigende, wenn auch künstliche Wirkung. Mit sicherer Hand streifte er ihr das Kleid von den Schultern, während seine Lippen ohne Hast ihren Hals hinunterwanderten. Unwillkürlich schloß sie die Augen, lehnte sich in seine Umarmung zurück und gab sich einen Augenblick lang ganz den trügerisch wollüstigen Empfindungen hin. Als seine Hand jedoch unter ihr Mieder glitt und ihre Brust umfaßte, schnappte sie nach Luft, und die mit dem jähen Lustgefühl einhergehende Panik holte sie in die Wirklichkeit zurück. Das alles war Lüge. Sie *wußte*, daß sie ihn weder mochte noch ihm vertraute, von Liebe ganz zu schweigen. Es erforderte ihre ganze Willenskraft, ihm in die Augen zu blicken, den Kopf zu schütteln und atemlos zu murmeln: »Nein.« Erstaunlich, wie schwer ihr das fiel und wie wenig es bewirkte.

Feronte schien sie nicht gehört zu haben. Die eine Hand ließ er dort, wo sie war. Mit der anderen faßte er ihr auf den Rücken und zerrte heftig an der Schnürung ihres Kleids. Im Nu hatte er die Schleifen gelöst.

Sie wollte nicht, daß er aufhörte. Seine warme Berührung war so köstlich – und unwirklich, wie ein Teil ihres Geistes unermüdlich einwendete. Lug und Trug – er benutzte sie. Der Gedanke machte sie so wütend, daß sie die Kraft fand, abermals »Nein!« zu sagen.

Diesmal hatte sie mit größerem Nachdruck gesprochen, ohne ihren Gastgeber allerdings überzeugen zu können. Feronte war geschickt, und Eliste atmete in rauhen Stößen. Ihre Widerstandskraft schmolz rasch dahin, war kaum noch vorhanden.

»Hört auf. Ich mein's ernst«, flehte sie ihn leise an.

Ohne ihre halbherzige Bitte zu beachten, hob er sie mühelos hoch. Trotz ihres Schreckens verspürte sie einen jähen Kitzel und genoß seine Stärke und ihre Leichtigkeit in seinen Armen. Nach wenigen Schritten hatte Feronte das Bett erreicht und legte Eliste auf die samtene Tagesdecke; und dann war er neben ihr, und sie spürte mit all ihren Sinnen, daß es so richtig war, während eine leise Stimme in ihrem Hinterkopf, die einfach nicht verstummen wollte, unablässig klagte:

Lügen. Das bist nicht du. Lügen.

Richtig. Aber war das wirklich so wichtig? Schließlich war er ja Feronte.

Er benutzt mich bloß.

Ein überwältigendes Gefühl von Gekränktsein, das man auch als Hochmut hätte bezeichnen können, weckte unvermutete Kräfte. Auf einmal nahm sie die innere Stimme – die sich ständig wehrte und Gründe suchte und sich nicht zum Schweigen bringen ließ – undeutlich als Ausdruck ihrer ureigensten Persönlichkeit wahr, deren Empfindungen wahr und gültig waren.

Allmählich wurde die Stimme deutlicher. Ihr Zorn über Ferontes Falschheit loderte hell auf und brannte ebenso heiß wie Ferontes Berührungen. Auf einmal hatte sie den Eindruck, die Täuschung habe etwas an Macht verloren, wenngleich zumindest ein Teil davon, wie ihr jetzt klar wurde, gar keine Einbildung war. Dieser unbedeutende Sieg auf dem ihr ungewohnten geistigen Schlachtfeld verlieh ihr Kraft, so daß sie Feronte vorwerfen konnte: »Ihr habt einen Zauber benutzt.«

»Macht es dir etwas aus?« Das Gesicht des Herzogs war gerötet, und er atmete schwer.

Nein, es macht mir nichts aus, darauf kommt es nicht an, es ist mir gleich. Das wollte sie sagen, und das wurde auch von ihr erwartet, dennoch hätte sie es um nichts in der Welt über die Lippen gebracht. »Das Medaillon. Das Parfüm.«

»Nicht jetzt.«

»*Das ist doch alles Schwindel!*« rief sie, und ein eigentümlich fremdes inneres Wissen sagte ihr, was sie zu tun habe. Irgendwie fand sie die Kraft, sich das Medaillon abzureißen. Die zarte Kette gab sogleich nach, und Eliste schleuderte das Schmuckstück weg. Feronte wich zurück und schaute sie verwundert an. Wahrscheinlich hatten ihm ihre Vorgängerinnen keinen solchen Widerstand entgegengesetzt. Eliste atmete tief die unparfümierte Luft ein, die den Nebel wie eine kühle Meeresbrise zerstreute. Die saubere Luft war jetzt außergewöhnlich kräftigend. Verflüchtigt hatte sich der Nebel, verschwunden waren die wirren Empfindungen, das verwirrend künstliche Sehnen. Auf einmal war sie wieder frei, wieder sie selbst. Und der Mann an ihrer Seite war ein verabscheuungswürdiger Betrüger, den sie aus freien Stücken niemals erwählt haben würde. »Betrug!« schleuderte sie ihm entgegen und machte Anstalten, sich zu erheben.

Feronte hielt sie fest und drückte sie mit seinem Gewicht aufs Bett nieder.

»Laßt mich los! Geht weg von mir!« Eliste versuchte sich vergeblich loszumachen.

»Dafür ist es jetzt zu spät. Hör auf, dich zu wehren, sonst muß ich Gewalt anwenden«, riet ihr Feronte. Er keuchte, sein Gesicht war mit Schweiß bedeckt. Mittlerweile hatte er den Rock ausgezogen, und das Hemd aus dünnem Kambrik klebte ihm am Leib.

Eliste fragte sich schaudernd, wie sie ihn jemals hatte anziehend finden können, Magie hin oder her. Er war abstoßend, und sie wünschte sich nichts sehnlicher, als von ihm fortzukommen. Hätte sie eine Waffe gehabt, würde sie sie benutzt haben. Aber sie war unbewaffnet und wurde von seinem Gewicht niedergedrückt, während er sich zielstrebig an ihren Röcken zu schaffen machte. Sie holte tief Luft und stieß einen markerschütternden Schrei aus, der bestimmt auch in den angrenzenden Räumen zu hören war – die Bediensteten des Herzogs störten sich allerdings nicht daran. Im nächsten Augenblick legte Feronte ihr die Hand auf den Mund. Eliste biß so fest zu, daß Blut spritzte, worauf er fluchend die Hand zurückriß. Sie kratzte ihm über die Wange, auf der vier blutige Schrammen zurückblieben, worauf er sich jäh aufsetzte. Eine Weile lang starrte er sie mit furchterregendem Blick an. Er wirkte so aufgebracht, als wollte er sie bewußtlos prügeln oder sogar töten. Der Herzog beherrschte sich jedoch. Er erhob sich langsam und befahl ihr in rauhem Ton: »Verschwinde.«

Eliste sprang vom Bett herunter. Ihr halboffenes Kleid zusammenraffend, stürzte sie aus dem Schlafzimmer, eilte durch den Korridor und das Vorzimmer und hinaus auf den Gang. Ihr Haar war völlig aufgelöst, ihr Gesicht tränenüberströmt, und sie schluchzte hemmungslos. Blindlings rannte sie über den Gang, wobei sie unwillkürlich den Weg zu den Unterkünften der Ehrenjungfern einschlug. Kairthe würde dort sein und sie trösten. Merranotte und die anderen Mädchen würden sich über das ungehobelte Benehmen des Herzogs lustig machen; ihr Gelächter würde sie wieder aufrichten. Selbst die vorwurfsvolle Anwesenheit der säuerlichen alten Marquise vo Quivesse würde sie jetzt aufmuntern.

Sie schlitterte auf dem glatten Marmorboden um eine Ecke, dann eilte sie an der Galerie der Königinnen entlang, so genannt nach den ausnahmslos schmeichelhaften Porträts, die hier die Wände säumten. Ihr fiel auf, daß die Galerie außergewöhnlich bevölkert war. Höflinge und deren Lakaien eilten aufgeregt hin und her. *Ihr* gönnten sie trotz ihres zerzausten Äußeren, das sonst zu amüsanten Spekulationen Anlaß gegeben hätte, kaum einen Blick. Es herrschte eine eigentümlich gespannte Atmosphäre, der die mit ihren eigenen Sorgen beladene Eliste allerdings nicht auf den Grund ging. Bis zu ihrer Zuflucht war es noch ein ganzes

Stück Wegs. Bis dorthin mußte sie kommen, nur darauf kam es an.

Die Wirklichkeit rief sich schließlich in Gestalt eines Lakaien in Erinnerung, der sie im Vorbeigehen anrempelte. Eliste hörte unvermittelt zu schluchzen auf und sah ihm verblüfft nach. Der Kerl hatte die Galerie bereits zur Hälfte durchquert. Er war nicht einmal stehengeblieben, um sich zu entschuldigen, sie um Nachsicht zu bitten, wie es die Etikette verlangte. Vielmehr hatte er ganz den Anschein erweckt, als sei er sich ihrer Stellung nicht bewußt, und eine derart unverhohlene Unverschämtheit durfte nicht geduldet werden. Wenn sie diesen Flegel nur wiedererkannte, würde sie sich jedenfalls über ihn beschweren.

Wie es schien, gab es allerdings zahlreiche Flegel, deren Betragen zu wünschen übrig ließ. Während sie erstaunt dastand und die aufgeregten Dienstboten betrachtete, die an ihr vorübereilten, ohne auch nur den Blick niederzuschlagen, nahm ihr tränenüberströmtes Gesicht einen finsteren Ausdruck an. Sie bemerkte das sonderbar gehetzte Gebaren der bleichen Höflinge und begriff allmählich, daß hier irgend etwas nicht stimmte. Stirnrunzelnd und ein wenig beklommen ging sie weiter. Ständig strömten Höflinge und Bedienstete an ihr vorbei, und jetzt war ihr Schreck nicht mehr zu übersehen. Manche scherten sich überhaupt nicht mehr um die Etikette und rannten sogar. Darunter die erlesensten Herrschaften und würdevollsten Matronen, die mit knarrendem Korsett und klappernden Absätzen vorbeistolperten, das Gesicht unter der gepuderten Perücke gerötet und verschwitzt – ein lächerlicher Anblick, der gleichwohl keine Heiterkeit auslöste. Wohin in aller Welt wollten sie nur alle – noch dazu in einem solchen Zustand? Das Gedränge nahm ständig zu, und allmählich hatte Eliste das Gefühl, sie müsse sich gegen einen starken Sturm anstemmen. Dann legte ihr jemand die Hand auf den Arm und sprach ihr ins Ohr: »Nicht dort entlang! Nicht dort entlang!«

Es war der Baron vo Nezille, der Vizepräsident der Königlichen Akademie – ein plumper, freundlicher, für gewöhnlich gelassener alter Herr, der sie noch nie offen angesprochen hatte. Nun waren seine rundlichen Wangen bleich, und die graue Perücke saß merkwürdig schief.

»Baron, was ist hier eigentlich los? Warum ...«

»Geht zurück!«

»Aber ...«

»Zurück!« drängte er sie und trabte in flottem Tempo davon.

Sie sah ihm mit offenem Mund nach. Was für ein Benehmen – wie unhöflich und lächerlich! Ihr kam der Gedanke, im Beviaire könnte ein Feuer ausgebrochen sein. Ein dermaßen kalter Steinhaufen konnte allerdings kaum abbrennen; doch welche Erklärung gab es sonst für dieses hektische Treiben? Feuer hin oder her, sie würde jedenfalls erst einmal die Unterkünfte der Ehrenjungfern aufsuchen. Dort waren ihre Zofe, ihre prachtvollen neuen Kleider, ihr Schmuck und andere persönliche Habseligkeiten, die sie auf keinen Fall zurücklassen wollte.

Sie arbeitete sich ein paar Meter weiter die Galerie entlang, wobei sie sich gegen eine immer heftiger werdende Woge von Leibern anstemmen mußte. Auf einmal vernahm sie ein seltsames, unbekanntes Geräusch, das wie das tiefe Donnern einer Brandung klang. Dann hatte sie die große Doppeltür am anderen Ende der Galerie erreicht, und auf einmal wurde das Geräusch viel lauter und kam näher und schwoll zu einem elementaren Tosen an, das ihr einen Schauer über den Rücken jagte. Sie stand auf dem ersten Absatz der gewaltigen Mitteltreppe des Beviaire. Hinter ihr führten breite Marmorstufen zum dritten Stock hinauf. Vor ihr teilte sich die Treppe und senkte sich wie einladend ausgebreitete Arme in einer weitgeschwungenen Doppelkurve zu dem gold- und kristallgeschmückten Foyer hinab.

Einladend?

Das Foyer wurde soeben gestürmt. Eine zerlumpte, schmutzige Horde brüllender … Tiere, Verrückter, Wilder – ihr fiel keine passende Bezeichnung ein – hatte sich irgendwie Eingang verschafft. Das war einfach unfaßbar. Hunderte mußten es sein, und ständig strömten mehr durch den aufgebrochenen Eingang herein. Einige rannten nach links die Gänge entlang, die sie, auch wenn sie es zum Glück noch nicht wußten, schließlich zur Palastküche und dem Weinkeller führen würden. Andere wandten sich kopflos nach rechts zu den Tennishallen. Die Mehrheit aber lief geradewegs auf die Treppe zu, wo sich ihnen ein jämmerliches Aufgebot verängstigter Bediensteter in den Weg stellte.

Ihr Widerstand wurde in Sekundenschnelle gebrochen. Vor Elistes ungläubigen Augen wurden Knüppel und Keulen geschwungen. Dabei wäre der Einsatz von Waffen gar nicht nötig gewesen; die schiere Kraft der menschlichen Stampede hätte bereits ausgereicht. Die alptraumhafte Horde stürmte brüllend weiter, und wer sich ihr in den Weg stellte, wurde einfach zertrampelt. Die Verteidiger verschwanden; ein paar Überlebende flohen über beide Arme der Doppeltreppe, der Mob jagte brüllend hinterdrein. Einen Augenblick lang wie gelähmt, beobachtete Eliste, wie sich ihr die Eindringlinge aus zwei Richtungen näherten. Der Augenblick dehnte sich wie Knetteig, und die Gestalten bewegten sich ganz langsam, wie Teilnehmer der häßlichsten Maskerade, die je stattgefunden hatte, so daß Eliste zu träumen meinte. Sie mußte einfach träumen, oder aber die Welt war verrückt geworden; oder noch schlimmer, sie war nicht mehr der Ort, für den sie sie gehalten hatte. Dann veränderte sich der Zeitablauf, Eliste konnte sich wieder bewegen, und sogleich huschte sie in die Galerie der Königinnen zurück, aus der sie gerade erst gekommen war. Ohne besondere Überlegung oder Absicht schlug sie den gleichen Weg ein wie zuvor Baron vo Nezille und dessen Gefährten, da sie wie selbstverständlich davon ausging, daß die Männer, die Edelleute, die geborenen Anführer, wußten, wohin man sich zu wenden habe und was zu tun sei.

Ja, was sollte man tun? Zweifellos würden sie die Königliche Garde herbeirufen. Die würde diese Kriminellen aus dem Beviaire vertreiben. Man würde die schlimmsten Übeltäter einsperren und die Anführer hinrichten, die Welt würde wieder zum Alltäglichen zurückkehren, und man würde geeignete Maßnahmen treffen, um die Sicherheit in Zukunft zu gewährleisten. Denn eine solche Katastrophe durfte sich niemals, *niemals* wiederholen.

Hinter ihr sprangen krachend Türen auf, Geschrei brandete herein, und der erste Trupp Bauern stürmte auf die Galerie. Zwar hatten sie die flüchtende Ehrenjungfer sogleich erspäht, doch obwohl sie ihr höhnisch Derbheiten nachriefen, machten sie keine Anstalten, ihr nachzusetzen. Vielmehr fesselten die Königinnenporträts an den Wänden ihre Aufmerksamkeit, denn das erste stellte die verhaßte Lallazay dar. Es erhob sich lautes Gejohle. Lallazays Bild wurde heruntergerissen und tüchtig mit Urin durchtränkt; anschließend wandte sich die allgemeine Aufmerksamkeit den älteren Gemälden zu. Eine Zeitlang waren die Eindringlinge mit dem Zerschlitzen, Beschmutzen und Besudeln königlicher Antlitze beschäftigt. Als diese Beschäftigung an Reiz verlor, wandte sich ihre Wut gegen die Spiegel, Fenster und Kronleuchter. Als sie die Galerie der Königinnen verließen, war sämtliches Glas zerbrochen.

Eine Spur der Verwüstung hinter sich lassend, wüteten sie weiter durch die Gänge. Der Genuß, den ihnen diese Beschäftigung verschaffte, war zwar beträchtlich, aber auch künstlich. Sie verbrachte ihnen zwar Genugtuung, bedeutete aber wenig. Schließlich dämmerte es sogar den Dümmsten der Eindringlinge, daß ein klarer Plan vonnöten war. Dabei stießen sie allerdings auf Schwierigkeiten, denn ihre Ziele waren von Anfang an nebulös und widersprüchlich gewesen. Ursprünglich hatten sie vom König Zugeständnisse verlangen wollen – das immerhin war allen klar. Auf dem Dunulas-Platz hatten sie entdeckt, daß sie die Macht besaßen, Forderungen zu stellen; welche Forderungen dies im einzelnen nun sein sollten, darüber herrschte allerdings Uneinigkeit. Einige verlangten Gerechtigkeit, andere Brot; manche wollten Wiedergutmachung, andere forderten lautstark den Tod der Königin. Über all dies würde man lang und breit streiten müssen – zuvor allerdings mußten sie den König ausfindig machen, den Quell aller wünschenswerten Dinge, der wie ein Schatz inmitten dieses weitläufigen Labyrinths verborgen blieb. Als erstes mußten sie ihn finden; war man seiner erst einmal habhaft geworden, konnten die Verhandlungen beginnen. Mit dieser Absicht machte sich eine große, einige Gruppe auf die Suche nach den königlichen Gemächern.

Von alledem wußte Eliste nichts. Da die Eindringlinge für sie kaum mehr als Tiere waren, hätte sie ihnen niemals die Fähigkeit zugetraut, Pläne zu schmieden; ihre Fähigkeit oder ihre Entschlossenheit, eine sinnlose Verwirrung anzurichten, stellte sie allerdings keinen Augenblick in Frage. Nachdem populäre Aufwiegler ihre hirnlosen Leidenschaften aufgestachelt hatten, war ihnen sicherlich zuzutrauen, daß sie den König, die Königin, den ganzen Hofstaat und auch sie selbst ermordeten. Vielleicht war das sogar ihre erklärte Absicht. Unvorstellbar und kaum zu glauben, daß sie tatsächlich sterben könnte, trotz ihrer Jugend, ihrer großen Augen und ihres rosigen Teints.

Ich muß hier raus. Ich muß Kairthe finden, dann flüchten wir ins Haus meiner Großmutter.

Leichter gesagt als getan. Sie eilte den Gang im vierten Stock entlang, wo sich die Gemächer besonders begünstigter Höflinge befanden. Die Räume – kaum größer als eine gewöhnliche Dachstube, beengt, düster und äußerst schlicht eingerichtet – waren trotzdem heißbegehrt, denn ein Edler, der eine Unterkunft im Beviaire besaß, ganz gleich, wie sie auch beschaffen sein mochte, verfügte über einen sichtbaren königlichen Gunstbeweis und genoß entsprechend hohes Ansehen bei den miteinander wetteifernden Zirkeln am Hofe. Im Augenblick wurden ständig irgendwelche Türen zugeschlagen. Eliste hörte, wie Möbelstücke über den Boden geschoben wurden, offenbar in der kurzsichtigen Absicht, sich in den Zimmern zu verbarrikadieren.

Das war natürlich zwecklos. Weder Schlösser noch aufgetürmte Möbel würden die Vandalen aufhalten können; trotzdem schien niemand an Flucht zu denken. Ein Blick aus dem Fenster genügte, und Eliste kannte den Grund. Von ihrem Platz aus hatte sie freie Sicht bis zur Umfriedung des Palastgeländes. Auf dem Gelände und dem daran angrenzenden Dunulas-Platz wimmelte es von bewaffneten Sherreenern, deren hirnloses Gegröle deutlich zu hören war. Tausende mußten es sein, die dort unten Piken und verrostete Macheten schwenkten und herumhüpften wie menschliche Affen. Das Beviaire war umzingelt, an Flucht war nicht zu denken. Und der Schlichter, die Königsgarde oder die Garde von Vonahr, die die kriminellen Randalierer eigentlich hätten vertreiben sollen, bevor sie auch nur einen schmutzigen Fuß auf königliches Eigentum setzen konnten, ließen sich nicht blicken.

Und wo waren die Soldaten? Warum kamen sie nicht? Und warum übte kein Edler in Selbstverteidigung seine magische Gabe aus?

Das eilige Zuschlagen der Türen war die einzige Antwort.

Aber wir sind doch der Adel! Wie konnte es mit uns – mit mir – bloß so weit kommen?

An die erschütternden Vorhersagen des Cavalier vo Meureille wagte sie nicht einmal zu denken.

Die Eindringlinge waren noch nicht bis in den vierten Stock vorgedrungen, würden ihn aber bestimmt bald erreichen. Aber wohin sich wenden, wo verstecken? Auf dem Gang durfte sie nicht bleiben. Ihre Großmutter, kam ihr überflüssigerweise in den Sinn, hätte zweifellos darauf verzichtet, sich zu verstecken.

Dann ist sie eben mutiger als ich.

Obwohl sie schon seit Monaten hier lebte, kannte sie sich nicht gut aus im Palast. Ihre Erkundungen hatten sie nicht über die Unterkünfte der Ehrenjungfern, die königlichen Gemächer, die Fest- und Tanzsäle, die Staatsgemächer und Galerien und ein paar private Unterkünfte hinausgeführt – der üblicherweise von adligen Bewohnern und Besuchern genutzte Bereich. Die weitläufigen, verschachtelten Dienstbotenquartiere unter dem Dachstuhl – oder das unterirdische Labyrinth der Lagerräume und Verbindungswege, das ein ausgezeichnetes Versteck abgegeben hätte – hatte sie wie die meisten Edlen nie betreten. Sie wußte nicht einmal, wie man dorthin gelangte. Der Großteil der Palastbediensteten hatte sich bereits in den Keller zurückgezogen, doch unter ihnen war kein einziger Edler. Eliste stellte als ein Opfer des begrenzten Horizonts ihrer Klasse auf einmal fest, daß guter Rat teuer war, und es blieb ihr nichts anderes übrig, als sich auf ihr ursprüngliches Vorhaben zu besinnen. Sie würde in den Unterkünften der Ehrenjungfern nach Kairthe suchen. Die Ehrenjungfern als persönliche Bedienstete ihrer Majestät genossen bestimmt den Schutz der königlichen Leibgarde; und daher würde es dort ebenso sicher sein wie irgendwo sonst.

Sie hob die rosafarbenen Röcke und begann zu laufen. Am Ende des Ganges führte eine schmale Treppe nach unten. Eliste erreichte ein kleines Foyer mit einem von Säulen getragenen Gewölbe, auf dem zwei größere Korridore zusammenliefen, von denen der eine zu den Gemächern des Königs, der andere zu denen der Königin führte. In dem Augenblick, als sie aus dem Treppenhaus trat, vernahm sie das mittlerweile schon vertraute Stimmengewirr und das Klirren splitternden Glases. Offenbar hatte der Mob auf dem Treppenabsatz des zweiten Stocks eine Pause eingelegt, um alles zu zertrümmern, was sich in Reichweite befand, doch würde der Aufschub nur von kurzer Dauer sein. Im Augenblick wüteten sie gerade an der Eingangstür zu den Gemächern des Königs, und dort würden sie auf die Leibgarde stoßen, die sich bereits auf dem Gang versammelt hatte. Eliste beobachtete, wie die ersten Randalierer den obersten Treppenabsatz erreichten. Johlend stürmten sie auf den Korridor, und die Soldaten feuerten. Querschläger sirrten durch den Gang, und als dicht neben ihrem Kopf ein Geschoß die Wand traf, zuckte Eliste mit einem Aufschrei zurück. Mehrere Eindringlinge stürzten zu Boden, und das Johlen der Bauern verwandelte sich in Wutgeschrei. Angst hatten sie offenbar keine. In der Hitze des Gefechts, vereint in fiebriger Erregung, schien es, als hätten sie keinen Selbsterhaltungstrieb mehr, oder vielmehr, als betrachteten sie das eine große Massenbewußtsein, welches den Einzelnen auslöschte, als unverwundbar. Sie stürmten geradewegs durch den Korridor, ohne sich vom Musketenfeuer der Verteidiger aufhalten zu lassen. Eine zweite Salve streckte Dutzende nieder, was den Ansturm allerdings nicht im mindesten zu verlangsamen vermochte. Im nächsten Augenblick traf die Vorhut der Bauern auf die Bajonette der Leibgarde.

Eliste wartete den Ausgang des Kampfes nicht ab. Ein paar der Eindringlinge – ein Haufen braungebrannter, unflätiger Marktweiber – hatten sie bemerkt. Aus irgendeinem Grund waren diese johlenden, reizlosen Hexen noch schlimmer als die Männer – boshaft waren sie, das spürte Eliste, und ohne jedes Mitleid. Als die Weiber auf sie zugerannt kamen, machte Eliste auf dem Absatz kehrt und wandte sich zu den Quartieren der Ehrenjungfern, obwohl ihr gleichzeitig klar war, wie nutzlos es war, flüchten zu wollen. Die Übermacht der Angreifer war überwältigend, die Leibgarde bot einen völlig unzureichenden Schutz, und nirgendwo war es sicher.

Das kann einfach nicht wahr sein.

Die Quartiere der Jungfern waren ohne Bewachung und nicht abgeschlossen. Eliste huschte hinein und schlug die Tür hinter sich zu, auch wenn es nichts nützte. Sie befand sich im kleinen Wohnzimmer, das nun verlassen war, während überall Tabletts mit Gebäck, umgestürzte Weinflaschen, halbvolle Gläser und andere Zeugnisse eines überhasteten Aufbruchs ins Auge fielen. Eliste rief nach Kairthe, bekam jedoch keine Antwort; rasch blickte sie in die vier Unterkünfte hinein und fand sie verlassen vor. Jungfern, Bedienstete und Wachhund waren verschwunden. Eine Weile lang stand sie verloren da, dann vernahm sie die möwenartigen Schreie der Marktweiber an der Tür und wandte sich zur Flucht. Es gab nur einen Fluchtweg – über den düsteren, schmalen Verbindungsgang, der von den Unterkünften der Jungfern zu den Gemächern der Königin führte. Eliste rannte ins Wohnzimmer der Königin und dann durch die weitläufigen Gemächer, während die sie verfolgenden Marktweiber auf einmal die Tonlage wechselten, als sie auf die zimmergroßen Wandschränke stießen, die Lallazays erlesene Garderobe beherbergten. Rauhe, halb spöttische Rufe der Verwunderung ertönten, und die Verfolgung wurde vorübergehend unterbrochen.

Erst im rosafarbenen und goldenen Schlafgemach der Königin, wo sie endlich auf andere Menschen traf, hielt Eliste wieder inne. Ein Trupp Leibgardisten blockierte den Eingang zu einem langen, schmalen und nur selten benutzten Gang, der Lallazays Schlafzimmer mit dem des Königs verband. Eliste blieb an der Schwelle stehen und musterte verwirrt die Soldaten. Zum Glück wurde sie erkannt.

»Ein Schmetterling«, bemerkte ein Offizier, den üblichen Spitznamen der Ehrenjungfern gebrauchend. »Laßt sie durch.« Die Soldaten öffneten ihr eine Gasse.

»Wo bleibt eigentlich die Königliche Garde?« rief Eliste.

»Beeilt Euch.« Der Offizier schnippte ungeduldig mit den Fingern.

Das brauchte man ihr nicht zweimal zu sagen. Sie schlüpfte durch die Lücke, die sich in den Reihen der Soldaten aufgetan hatte, huschte durch die Tür, die sich sogleich hinter ihr schloß, und rannte über den ihr unbekannten Gang, der sonst ausschließlich den Hoheiten vorbehalten war. Das düstere Licht und die tiefe Stille in dem mit weichem Teppich ausgelegten und von dicken Wänden umgebenen Gang verstärkten in ihr das Gefühl des Unwirklichen. Diese vollständige Losgelöstheit von der Welt, die sie kannte – von der *wirklichen* Welt – kam ihr immer noch so phantastisch vor, daß sie sich in einem Rollenspiel aus ihrer Kindheit gefangen wähnte.

Die Tür am Ende des Ganges war verschlossen. Im dahinterliegenden Raum aber war jemand. Eliste vernahm leises Stimmengemurmel, sie aber hatte man nicht bemerkt. Eine Weile klopfte sie an die Tür und rüttelte daran, ohne Beachtung zu finden, so daß sie sich schon fragte, ob sie würde zurückgehen müssen – zurück zu den kreischenden Amazonen, die sie in Stücke reißen würden, weil sie nicht so sein konnten wie sie. Auf einmal wurde sie von Angst und Zorn erfaßt, sie schlug heftig gegen die Tür und rief: »Laßt mich rein! Sofort! Hört mich denn niemand? Aufmachen!« Jeden Ausruf unterstrich sie mit einem wütenden Tritt.

Diesmal hatte man sie gehört und wohl auch die Adlige in ihr erkannt, denn die Tür ging endlich auf. Ganz aufgelöst und rot im Gesicht trat Eliste in das Schlafgemach des Königs, in dem ein Gedränge herrschte wie bei einem Empfang. Die engsten persönlichen Freunde, Ratgeber und Gefolgsleute der Majestäten waren darin versammelt, außerdem noch mehrere bevorzugte Bedienstete und einige Angehörige der Leibgarde. Die meisten Ehrenjungfern waren anwesend – sowie deren Zofen und Wachhund. Mit wenigen Ausnahmen – darunter auffälligerweise seine Hoheit Feronte – hatten die bedeutendsten Höflinge diesen Raum aufgesucht, um sich um ihren bedrohten Monarchen zu scharen. Inmitten der bleichen, parfümierten Menge rutschte Dunulas XIII. unruhig auf einem Brokatsofa hin und her. Kreidebleich im Gesicht, ansonsten jedoch leidlich gefaßt, beobachtete der König die ungewohnte Szenerie mit einem Ausdruck ungläubiger, leicht besorgter Verwirrung. In seiner Nähe standen einige seiner engsten Vertrauten – vo Lieux-v'Olliard und vo Brajonard – und erteilten ihm halblaut unerwünschte und auch nutzlose Ratschläge. Neben ihm saß Lallazay, ungewohnt ruhig und vor Anspannung kaum merklich zitternd. Sie hielt die Hand ihrer Freundin, der Prinzessin v'Arian, die ihr Trostworte ins Ohr flüsterte. Hinter der Königin stand Dr. Zirque, der ihr soeben besorgt irgendwelche Mittelchen anbot, die diesmal aber zurückgewiesen wurden.

Der König und die Königin von Vonahr – wie klein, verwundbar, gewöhnlich und unbedeutend sie doch auf einmal wirkten. Der königlichen Pracht entkleidet, die ansonsten ihre Mittelmäßigkeit verbarg, erwiesen sie sich als ganz gewöhnliche Sterbliche. Fast schien es so, als seien sie geschrumpft. Den König und die Königin so gnadenlos bloßgestellt zu sehen, hatte etwas Unschickliches, und Eliste wandte unwillkürlich die Augen ab. Die Ehrenjungfern bildeten eine dichtgedrängte kleine Gruppe für sich. Gizine, Neanne und Merranotte schmiegten sich schutzsuchend aneinander. Bei ihnen stand Kairthe, die nun ihre Herrin tränenreich in die Arme schloß. So wie die Dinge lagen, ließ Eliste die unstandesgemäße Umarmung nicht nur über sich ergehen, sondern erwiderte sie sogar.

»Was geht hier eigentlich vor?« fragte sie leise, da sie sich in der angespannten Atmosphäre nicht laut zu sprechen traute.

»Pssst. Hör zu«, befahl Merranotte v'Estais ebenfalls im Flüsterton.

Es wurde wenig geredet. In der Nähe des Königs und der Königin flüsterte man eindringlich; ansonsten herrschte ein ungläubiges, nahezu tranceartiges Schweigen, und somit war der Lärm der nur wenige Meter entfernt stattfindenden Auseinandersetzung deutlich zu hören. Auf dem Gang vor den königlichen Gemächern riefen die Bauern nach dem König. Welcher Instinkt sie zur richtigen Tür geführt hatte, blieb fraglich. Aber irgendwie hatten sie den Weg durch das Marmorlabyrinth gefunden, und nun stand nur noch ein lächerlich kleiner Haufen Gardisten zwischen dem vonahrischen Monarchen und dessen aufgestachelten Untertanen. Die Überreste der Leibgarde hatten sich bereits ins erste Vorzimmer zurückgezogen und dessen Tür so gut es ging verbarrikadiert. Nun hörte Eliste, wie ein schweres, rhythmisches Hämmern einsetzte. Die Eindringlinge versuchten die Tür einzuschlagen, und die hin und wieder blindlings abgefeuerten Kugeln der eingeschlossenen Soldaten schienen sie kaum zu beeindrucken.

Das Hämmern setzte sich unablässig fort, bis Eliste die Schläge durch und durch gingen. Sie wollte schreien, sie wollte weglaufen und saß dennoch fest in der vornehmsten Mausefalle der Welt. Allein die Erinnerung an die genossene Erziehung und das eigentümlich lebendig vor ihrem geistigen Auge stehende Bild des tadellos beherrschten Gesichts ihrer Großmutter Zeralenn ermöglichten es ihr, zumindest nach außen hin die Fassung zu bewahren. Auch die übrigen anwesenden Edlen trugen eine verschlossene Miene zur Schau. Die Bediensteten hielten sich allerdings weniger gut; die Dienerschaft wies eine gleichförmig kränkliche Gesichtsfarbe auf. Viele von ihnen schluchzten, und ein paar waren ein Opfer ihrer schlotternden Gliedmaßen geworden und auf die Knie niedergefallen. Kairthe blieb stehen. Obwohl ihr ständig neue Tränen aus den Augenwinkeln sickerten, bewahrte sie Schweigen, wie es sich für ein braves Kind gehörte. Gerührt drückte Eliste ihrer Zofe die Hand, worauf Kairthe mit bebender Stimme flüsterte: »Herrin, was geschieht jetzt? Warum unternimmt niemand etwas?«

Dies fragte nicht allein sie sich. In sämtlichen Gesichtern und Augen stand die gleiche Frage geschrieben, aber auch Zweifel waren darin zu lesen, die durch das unerbittliche Hämmern an der Tür unterstrichen wurden. Der König selbst war offenbar ein Opfer widerstreitender Einflüsse; einmal schien er sich der Meinung des einen oder anderen Beraters anschließen zu wollen, dann wieder besprach er sich besorgt mit seiner Gemahlin, worauf er wiederum pflichtschuldigst zuhörte oder eine Zeitlang geistesabwesend ins Leere starrte. Doch irgendeine Entscheidung mußte fallen, das wußte selbst Dunulas. Als das Bersten von Holz das baldige Nachgeben der Tür ankündigte, erhob er sich.

»Ich werde mit ihnen sprechen«, verkündete der König in aufrechter Haltung, jedoch mit leicht bebender Stimme. »Ich werde mir anhören, was sie auf dem Herzen haben, und dafür sorgen, daß die Angelegenheit geklärt wird.«

Seine Ankündigung rief halblauten Protest hervor.

Der König schwankte einen Augenblick, dann faßte er sich wieder. »Das sind meine Untertanen«, erklärte er. »Ich habe zugelassen, daß es zu einer Entfremdung zwischen Volk und Krone kam, und die Folgen sind schrecklich. Mein Volk ist verwirrt, aufgestachelt, voller Haß und so zerstörerisch wie unzufriedene Kinder. Jenseits des Zorns ist die Liebe, die sie für ihren König empfinden, jedoch unberührt geblieben. Das weiß ich; das fühle ich. Wenn ich freundlich mit ihnen rede, wird das ihre Zuneigung wieder wecken. Wir werden miteinander reden und uns gegenseitig neu kennenlernen. Wechselseitiges Verständnis ist die Voraussetzung für gutes Einvernehmen. Alles verstehen heißt alles verzeihen.«

Der König schien seine Äußerungen durchaus ernst gemeint zu haben. Sein Glaube an die Macht des guten Willens war naiv, umfassend und möglicherweise selbstmörderisch. Mit seiner wirklichkeitsfremden Menschenliebe als einziger Waffe wollte er tatsächlich den Eindringlingen entgegentreten. Ein paar flehentliche Einwände wurden erhoben und abgetan, denn Dunulas besaß den Starrsinn der Schwachen. Hatte er sich erst einmal aufgerafft, vermochte ihn nur eine Naturkatastrophe vom einmal eingeschlagenen Kurs abzubringen. Nachdem er nun endlich zu einem Entschluß gelangt war, sprang er auf und trippelte zur Tür. Niemand versuchte ihn aufzuhalten.

Einen bleichen Kometenschweif entsetzter Höflinge hinter sich herziehend, eilte er durchs Zimmer. Fast außer sich vor Erregung, folgte ihm Eliste. Das Geschrei wurde immer lauter. Als Eliste ins belagerte Vorzimmer kam, war der Lärm ohrenbetäubend geworden. Die Gardisten brüllten, die Kreaturen auf dem Gang heulten und johlten wie siegestrunkene, rasende Teufel, und die Schläge gegen die Tür dröhnten geradezu. Die vergoldete Türfüllung hatte bereits Risse bekommen, und gerade in dem Augenblick, als Dunulas den Raum betrat, drang eine Axtschneide hindurch, und draußen wurde wie wahnsinnig gekreischt.

Eliste, deren Empfindungen noch immer durch das hartnäckige Gefühl von etwas Unwirklichem gedämpft wurden, beobachtete, wie der König den Gardisten Anweisungen gab. Ein blaues Halstuch, das Verhandlungsbereitschaft zeigen sollte, wurde an der Spitze eines Bajonetts befestigt und durch das Loch in der Tür gestreckt. Neuerliches Triumphgeheul ertönte, dann rief man:

»Aufmachen! Aufmachen!«

Merklich verunsichert verhandelte Dunulas mit seinen Beratern, dann erteilte er weitere Anweisungen. Der Befehlshaber der Leibgarde kritzelte etwas auf ein Stück Papier und schob die Botschaft durch das Loch. Wahrscheinlich wurden darin unannehmbare Bedingungen gestellt, denn nach kurzem Schweigen erhob sich auf dem Gang wütendes Protestgeschrei, und eine einzelne Stimme brüllte:

»Aufmachen! Wir wollen den König!«

»Den König! Den König!« Ein grimmiger Chor.

Das Hämmern ging weiter. Die Tür erbebte, und es bildeten sich neue Risse. Dunulas warf sich tapfer in die Brust und schaute einmal zur Königin, die gerade aufgerichtet neben ihm stand; dann nickte er dem Offizier zu, der offenbar Einwände erhob. Der König schüttelte den Kopf, und alle Anwesenden vernahmen seine klare Antwort:

»Ich werde ihnen meine Liebe dadurch beweisen, daß ich mich in die Hände meines Volkes begebe. Ihrem Herrscher werden sie nichts tun. Das weiß ich.«

Erlauchte Hände flogen zu den Knäufen kleiner leichter Zierschwerter, doch blieben die Waffen in den Scheiden stecken. Ein Ehrenmann besudelte seine Klinge und seinen Namen, wenn er das Schwert gegen Gemeine zog. Von dieser Regel gab es keine Ausnahme, ganz gleich, wie die Umstände auch sein mochten.

Von König, Königin und eingeschlossenen Höflingen mit ergebener Begeisterung beobachtet, wurden die Barrikaden eilends beiseite geräumt. Die Riegel wurden zurückgezogen und die bereits arg ramponierte Tür weit aufgerissen, um den triumphierenden Mob einzulassen.

12

Die ganze Welt schien zu explodieren, als eine Horde johlender Wilder ins Vorzimmer gestürmt kam. Im Nu war der Raum voller Menschen. Sie strömten zu Hunderten herein, und die in der Vorhut wurden geradewegs hindurch und weiter in den Audienzsaal, ins Ankleidezimmer, in die Garderobe und in das angrenzende Schlafzimmer gedrängt. Plündernd streiften sie durch die königlichen Gemächer und richteten wahllos Verwüstungen an. Mehrere kleine Schmuckstücke von unermeßlichem Wert verschwanden, als hätten sie sich in Luft aufgelöst. Ebenfalls kurzen Prozeß machten sie mit der Schatulle, in der die Ringe, Schnallen, Kniebänder, Schnupftabakdosen und juwelengeschmückten Uhren seiner Majestät aufbewahrt waren. Die Garderobe erbrachte eine reiche Beute an mit Goldspitze besetzten Röcken und seidenen Bundhosen, an mit Stickereien verzierten Westen, Schuhen und Stiefeln mit scharlachroter Sohle. An den verbliebenen Möbeln, die zu unhandlich waren, um sie zu rauben, ließen die Randalierer ihre Wut aus. Polstersessel und Sofas wurden aufgeschlitzt, Brokatvorhänge und Wandbehänge zerfetzt, Wandleuchter verbogen, Intarsienarbeiten zerkratzt, Malergold abgerissen. Ein eifriger Sportsmann, bekleidet mit einem prächtigen kanariengelben Morgenmantel und bewaffnet mit einer Steinschleuder, hatte es sich zur Aufgabe gemacht, in jedem Raum die Lüster aus Bergkristall zu zertrümmern. Ein anderer war emsig damit beschäftigt, Löcher in die Wandtäfelung zu bohren. Wo man auch hinsah, überall fand die allgemeine Erregung in Zerstörungen Ausdruck, am nachhaltigsten im Schlafgemach seiner Majestät, wo das silberne Bett erst großzügig mit dem Inhalt der Kommode getränkt und dann in Brand gesetzt wurde. Die feuchten, daunengefüllten Kissen und die Matratze verkohlten eher, als daß sie brannten. Die schwachen Flammen erloschen bald wieder, doch da hatte sich bereits dichter, übelriechender Qualm in den Räumen ausgebreitet.

Der Qualm drang im Nu auch ins Vorzimmer vor, so daß der bereits erstickende Gestank nach ungewaschenen Leibern, Knoblauchatem, Schweiß, Blut und Schießpulver noch unerträglicher wurde. Der Raum war vollgestopft mit Menschen, denn die Mehrheit der Eindringlinge hatte hier mitten im Geschehen haltgemacht. Die Sherreener standen dicht an dicht. Mehrere hundert Bürger, die sich nicht mehr hatten hineinquetschen können, drängten sich auf dem Korridor. An einer Seite standen die Soldaten der Leibgarde, die auf Befehl des Königs die Waffen bereits niedergelegt hatten. Gegen Wände gedrängt, in Ecken gezwängt, umhergeschubst, mit Ellbogen gestoßen und bisweilen auch angespuckt, versuchten die schockierten Edelleute der Berührung mit den Plebejern nach Möglichkeit auszuweichen. Im Mittelpunkt des Geschehens, Gegenstand der Hoffnung wie des Hasses, standen – dicht beieinander, jedoch ohne sich zu berühren – Dunulas und Lallazay. Lallazays weiches, ausdrucksstarkes Gesicht war ungewöhnlich angespannt, während der König eine Miene erstaunten Märtyrertums zur Schau trug.

Eliste stand mit dem Rücken flach an der Wand. Bei ihr waren die anderen Ehrenjungfern, die Marquise vo Quivesse und einige Zofen, darunter auch Kairthe. Mehrere Höflinge hatten sich zwischen die Frauen und den Mob gestellt. Entsetzt und neugierig zugleich, verrenkte sich Eliste den Hals, um an der menschlichen Barriere vorbei oder über sie hinwegzuspähen. Allerdings konnte sie so gut wie nichts erkennen; außerdem bekam sie kaum noch Luft. Es waren einfach zu viele Menschen auf zu kleinem Raum versammelt, und die meisten waren auch noch zu groß. Kairthes Ellbogen bohrte sich ihr schmerzhaft in die Rippen, während Gizine vo Chaumelles dunkelhaariger Kopf gegen ihre Wange drückte. Der Lärm tat ihr in den Ohren weh, sie schnappte gierig nach Luft, ihr war schwindelig, und sie hatte den Eindruck, sie werde jeden Augenblick ohnmächtig werden. Sie schwankte benommen und wäre gefallen, hätte der Druck der Umstehenden sie nicht auf den Beinen gehalten. Eine Zeitlang war alles sinnloser Lärm, unerträgliche Enge, Hitze, Angst und Verwirrung. Dann flaute das Getöse merklich ab. Eliste hatte nicht mehr das Gefühl, sofort ersticken zu müssen, und bekam wieder Luft. Ihre Benommenheit ließ nach, und aus dem Stimmengewirr lösten sich einzelne Fragen, Verwünschungen, Drohungen. Erkennen konnte sie noch immer nichts. Mit weit offenem Mund die stickige Luft einsaugend, spitzte sie die Ohren und bemühte sich, etwas zu verstehen.

Dunulas und Lallazay standen auf einer kleinen Freifläche, die von unbewaffneten Gardisten und Edelleuten abgeschirmt wurde. Allein diese armselige menschliche Barriere trennte den Monarchen vom Mob; und der Mob war nicht willens, irgendwelche fremde Einmischungen zu dulden. Die Barriere wurde rasch aufgelöst; die Verteidiger wurden beiseite gedrängt, und der Widerstand kam rasch zum Erliegen. König und Königin waren nun bemitleidenswert ungeschützt, und niemand wußte, was als nächstes geschehen würde.

Womöglich wäre es zum Königsmord gekommen, hätte sich Dunulas nicht so unerschrocken friedlich gegeben. Der König schien sich der Gefahr, in der er schwebte, nicht bewußt zu sein. Er trat seinen widerspenstigen Untertanen mit allen Anzeichen von Vertrauen entgegen, das diese unerklärlicherweise nicht zu enttäuschen wagten. Angesichts der gänzlich unangemessenen Gutmütigkeit des Königs legte sich die Wut der Eindringlinge. Der Tumult flaute ab. Als Dunulas die Hände hob, wurde es still. Des Königs milder, verwunderter Blick wanderte von einem feindseligen Gesicht zum nächsten. Er holte tief Luft und sagte in ruhigem Ton:

»Bürger, nennt mir eure Anliegen. Ich höre zu.«

So still war es geworden, daß Eliste die helle, monotone Tenorstimme, die ebenso schlicht und arglos klang wie die eines Kindes, mühelos verstand. Die Einfachheit des Königs machte Eindruck. Es war kaum möglich, ihm keinen Glauben zu schenken. In diesem Augenblick empfand Eliste zum ersten Mal beinahe so etwas wie Bewunderung für den König von Vonahr.

Die mißtrauische Menge murrte leise.

»Ihr seid gekommen, um euren Sorgen Ausdruck zu verleihen«, ermutigte sie Dunulas. »Nur zu. Nichts liegt mir so sehr am Herzen wie das Wohlergehen meines Volkes. Was muß geschehen, um dieses zu gewährleisten? Bürger, ratet mir.«

Eine Pause und halblautes, unsicheres Gemurmel. Ein paar unterdrückte Flüche, ein paar zweifelnde Bemerkungen.

»Ist es ihm auch ernst?« fragte jemand.

»Ich sage die Wahrheit. Ich möchte, daß alles wieder ins Lot kommt«, versicherte ihnen aufrichtig der König.

»Beweist es.«

»Wie soll ich das anstellen? Es ist Sache meines Volkes, mir zu raten.«

So willkommen diese Antwort den Eindringlingen auch sein mußte, sie stellte sie doch vor unerwartete Schwierigkeiten. Abermals erhob sich die Frage, worin ihre Forderungen nun eigentlich bestanden, und noch immer hatten sie darin keine Einigung erzielt. Der Tumult begann von neuem. In kürzester Zeit wurden zahllose Vorschläge gemacht. Immer lauter und heftiger erklangen die einander widersprechenden Stimmen. Beleidigungen flogen hin und her, es wurde geflucht und gehöhnt, Schmähungen gingen in Drohungen über, die Bürger schubsten sich gegenseitig an. Währenddessen blieb Dunulas vollkommen regungslos. Den Kopf hatte er leicht gesenkt, die Augen schicksalsergeben niedergeschlagen. Lallazay stand mit kreidebleichem Gesicht und zusammengekniffenen Lippen hoch aufgerichtet neben ihm. Die Gesichter der Edlen im Raum waren angespannt vor Abscheu und hilflosem Zorn.

Eliste sah Empörung in den Augen ihrer Standesgenossen funkeln, die gleiche Empörung, die auch in ihr gärte. Das Eindringen dieses krakeelenden Pöbels in den Palast war eine schändliche Beleidigung des Königshauses, ein unerträglicher Affront. Daß diese plappernden, grimassierenden, gefährlichen Plünderer mit ihrer empörenden Dreistigkeit, ihrer brutalen Gewalttätigkeit und ihrem dumpfen Haß dem König ihre Bedingungen diktieren wollten – das schien unerträglich und grotesk. Trotzdem ertrug Dunulas dies alles ohne Klage. Er war nachgiebig, demütig, gefügig. Hätte ein *richtiger* König der Nötigung nicht widerstanden? Hätte er nicht ein wenig Mut beweisen sollen? Eliste blickte sich unauffällig um und fragte sich, ob wohl noch andere ihre Empfindungen teilten.

Das Geschrei schwoll abermals zu einem wilden Tumult an, aus dem sich weder einzelne Stimmen noch zusammenhängende Forderungen heraushören ließen. Eliste hielt sich angewidert die Ohren zu. Dann kletterte ein Rüpel mit breiten Schultern, dickem, bulligem Hals und wahrscheinlich entsprechend kräftiger Stimme auf einen Stuhl und schwenkte die Arme. Aus Neugier und Unentschlossenheit beruhigte sich die

Menge, und nun vernahm man die Stimme des selbsternannten Sprechers.

»Hier können wir nicht reden. Hier können wir keine Beschlüsse fassen. Wir brauchen einen anderen Raum.«

Zustimmendes Geheul, vereinzelter Applaus.

»Wir sind an einem entscheidenden Punkt angelangt. Wir müssen einen kühlen Kopf bewahren. Wir brauchen ein bißchen Platz zum Atmen.«

Wilde Zustimmung und ein Schwall von Fragen – die zu aller Überraschung vom König beantwortet wurden.

»Der Bankettsaal«, schlug Dunulas milde vor. Als der Vorschlag mit verblüfftem Schweigen aufgenommen wurde, setzte er hinzu: »Dort ist es geräumig und luftig. Es gibt Hunderte von Stühlen. Wir werden uns bequem zusammensetzen, und jeder einzelne kommt zu Wort.«

Dieser so vernünftige, einladende und leicht in die Tat umzusetzende Vorschlag stieß bei den Eindringlingen, die den König allmählich mit freundlicheren Augen betrachteten, auf Gegenliebe. Es erhob sich ein ungewohnt warmherziges, zustimmendes Gemurmel. Seine Umgänglichkeit schien dem König Vertrauen, sogar Unterstützung einzubringen, die allerdings noch immer von Zweifeln und verständlicher Vorsicht gedämpft wurden.

»Was soll die hurbanesischen speichelleckenden Söldner davon abhalten, den Raum zu umzingeln und uns da einzusperren wie in einer Mausefalle, während wir dort verhandeln?« wollte jemand wissen.

»Und wie können wir sicher sein, daß diese adligen Fatzkes in der Zwischenzeit nicht irgendeinen Plan aushecken?«

»Man wird uns nicht belästigen«, versicherte ihnen König Dunulas. »Dafür stehe ich mit meinem Wort ein.« Seine nachdrückliche Ernsthaftigkeit ließ viele

Zuhörer schwankend werden. Selbst die Zweifler erhoben kaum Einwände, denn nur wenige unter ihnen waren so dumm, daß sie sich über die offensichtliche Lage getäuscht hätten – weder Soldaten noch Edelleute würden einen Angriff wagen, solange König und Königin ihre Geiseln waren.

»Laßt meine Freunde und Gefolgsleute in Freiheit«, bat Dunulas. »Bürgt hier und jetzt für ihre Sicherheit, dann werden sie euch auch keinen Widerstand leisten. Stellvertretend für sie übergebe ich euch daher mein Schwert.«

Auch diese Bitte hätte sich fast erübrigt. Die Höflinge, die einer großen Übermacht gegenüberstanden und größtenteils nur mit kleinen Zierschwertern bewaffnet waren, hätten weder ernsthaften Widerstand zu leisten noch zu fliehen vermocht. Selbst wenn es ihnen gelungen wäre, den Palast zu verlassen, hätten sie sich auf einem Gelände befunden, wo es von Gemeinen nur so wimmelte. Von den Höflingen war kaum etwas zu befürchten – und daher gab es auch keinen Grund, die Bewegungsfreiheit der eitlen Pfauen in ihrem goldenen Käfig einzuschränken. Der Bitte des Königs wurde stattgegeben. Dunulas wirkte zufrieden, während die Höflinge vor hilflosem Zorn schäumten.

Es bildete sich eine Eskorte, die den König zum Bankettsaal geleiten sollte. Man erlaubte es Dunulas, eine Handvoll adliger Berater mitzunehmen.

»Vergeßt das Weibchen nicht«, sang jemand, worauf schallendes Gelächter ertönte.

Lallazay machte große Augen angesichts dieser unerhörten Beleidigung. Wortlos ergriff sie den dargebotenen Arm ihres Gemahls. Die Menge teilte sich, es öffnete sich eine Gasse, und die Prozession setzte sich in Bewegung.

Eliste und ihre Standesgenossen waren nun für mehrere Stunden in den Königsgemächern eingeschlossen. Trotz Dunulas' Ehrenwort wurden die Eingänge bewacht und ihre Bewegungsfreiheit eingeschränkt. Die Menge war mittlerweile merklich geschrumpft. Man konnte wieder atmen, sich unterhalten, sogar umhergehen. Wahrscheinlich hatte sich die Mehrzahl der Eindringlinge im Bankettsaal versammelt, wo Verhandlungen geführt wurden, über deren Bedeutung man nur Mutmaßungen anstellen konnte. Es waren jedoch mehr als genug geblieben, die den eingeschlossenen Adligen mit ihrem ungehobelten Benehmen, ihrer kleinlichen Tyrannei und ihren lächerlich widersprüchlichen Anwandlungen das Leben schwer machten. Ein paar besonders Unausstehliche gründeten an Ort und Stelle die Partei der ›Beschützer der Patrioten‹, deren vorgebliche Aufgabe es sei, ›über das Wohlergehen der Vereinten Bürger von Sherreen zu wachen‹. Kurz darauf wurde das Aufgabengebiet auf ›sämtliche Bürger von ganz Vonahr‹ ausgedehnt, die bislang von der Existenz ihrer ›Beschützer‹ allerdings noch nichts wußten. Eliste beobachtete diese mit einer Mischung aus Abscheu und Angst. Die Gestalten waren natürlich lächerlich mit ihrer ungehobelten Art, ihren Ansprüchen, ihrem plumpen Nachäffen der Manieren des Adels. Trotz all ihrer clownesken Absurdität ging aber dennoch eine tatsächliche Bedrohung von ihnen aus. Die Mehrzahl von ihnen war bewaffnet. Viele waren am Abschlachten von Gardisten und Bediensteten beteiligt gewesen und würden wahrscheinlich nicht zögern, abermals zu morden. Ganz aufgeplustert vor Groll und Selbstbewußtsein, stolzierten sie hin und her, prahlten und schwangen ihre Musketen, die sie der geschlagenen Leibgarde abgenommen hatten. Sie fanden Gefallen daran, zu diktieren und zu befehlen, vor allem aber daran, die Adligen zu erniedrigen, die ihnen nun – ganz gleich für wie lange – ausgeliefert waren. Daher wurden sogleich Verhaltensregeln verkündet, welche die Bewegungsfreiheit der Edelleute einschränkten und sogar ihre Unterhaltungen und Zerstreuungen betrafen. Zum Beispiel war es ihnen von nun an verboten, sich zu mehr als vieren zu versammeln, ohne daß ein Beschützer der Patrioten das Gespräch überwachte. Der Austausch schriftlicher Mitteilungen war gänzlich untersagt, denn die meisten Patrioten waren des Lesens und Schreibens unkundig und darum nicht in der Lage, eine etwaige geheime Zusammenkunft zu unterbinden. Die Schikanen gingen so weit, daß die weinende Zofe Merranotte v'Estais' des Verrats an ihrer Klasse bezichtigt wurde, als man sie dabei ertappte, wie sie ein Taschentuch mit dem Wappen der v'Estais bestickte; man drängte sie in eine Ecke, beschimpfte sie und hielt ihr eine längere Strafpredigt.

Für Eliste und ihre Leidensgenossen war das alles zutiefst empörend und beängstigend, gleichzeitig aber auch lächerlich und über die Maßen ermüdend. Langeweile, Gereiztheit und Enttäuschung machten sich breit, schon wegen Kleinigkeiten kam es zum Streit; von diesen Lappalien einmal abgesehen, herrschte allerdings eine tiefe und aufrichtige Sorge um Krone und Land vor. Man hatte Dunulas ohne Peitsche in den Löwenkäfig geworfen. Wer konnte schon sagen, ob die Bestien ihn nicht in Stücke reißen würden?

Der Abend nahm seinen Fortgang, und schließlich hieß es, die Edelleute könnten sich wieder ungehindert bewegen, vorausgesetzt, daß sie den Palast nicht zu verlassen versuchten, nicht zu den Waffen griffen und sich nicht ›im Geheimen versammelten, um sich gegen das Volk zusammenzutun‹. Die Verhandlungen mit Dunulas verliefen zwar erfolgversprechend, würden aber wahrscheinlich die Nacht über andauern. In der Zwischenzeit sei es gestattet, auf den Galerien zu wandeln, zu essen, zu schlafen und sich Einblicke zu verschaffen, soweit welche verfügbar seien. Aufgrund dieses Dekrets wurden zahllose Adlige, die bislang im ganzen Beviaire verstreut in Gruppen unterschiedlicher Größe unter Bewachung gestanden hatten, wieder in Freiheit gesetzt. Desgleichen erhielt auch seine Hoheit Feronte, der als einziger unter all den Höflingen wirksam Widerstand geleistet hatte, die Bewegungsfreiheit wieder. Feronte hatte entschlossen eine kleine Streitmacht von Adligen und Gefolgsleuten bereitgestellt und bewaffnet, hatte das Schwanenzimmer in Besitz genommen und stundenlang erfolgreich gegen alle Angriffe verteidigt. Der Gang vor dem Zimmer war übersät mit plebejischen Toten und Verwundeten. Erstaunlicherweise hatte der Widerstand keinen Groll erregt. Vielmehr schien er den Verteidigern Respekt, sogar Bewunderung eingebracht zu haben. Als ein Waffenstillstand erklärt wurde und seine Hoheit vorsichtig aus dem Schwanenzimmer hervorkam, wurde er von den Eindringlingen beinahe freundlich begrüßt. Er stand unter ständiger Beobachtung, man folgte ihm auf Schritt und Tritt und verbot ihm das Betreten des Bankettsaals, wahrscheinlich aus Angst, sein allzu heftiges Auftreten könnte seinem älteren Bruder das Rückgrat stärken und die delikaten Verhandlungen erschweren. Doch überall begegnete man ihm mit ausgesuchter Höflichkeit, und er hatte nicht unter den Demütigungen zu leiden, die fast allen anderen gefangenen Adligen zuteil wurden.

Eliste kehrte zusammen mit ihren Freundinnen und deren Zofen zu den Unterkünften der Ehrenjungfern zurück. Falls sie auf eine stille Zuflucht gehofft hatte, so wurde sie alsbald eines Besseren belehrt. Die Räume waren vollständig ausgeplündert worden. Die Möbel waren umgestürzt, die Fensterscheiben zerbrochen, Waschbecken und Krüge zertrümmert. Die Schmuckkästchen lagen aufgeklappt und leer herum. Der Marquise vo Quivesse hatte man den umfangreichen Vorrat an Pillen, Arzneitränken, Stärkungsmitteln, Elixieren und verdauungsfördernden Mitteln gestohlen. Nun saß der Wachhund niedergeschmettert und offenbar sprachlos allein hinter der geschlossenen Tür. Im Malvenheim war der Boden mit den zerfetzten Überbleibseln von Merranotte v'Estais' großer Sammlung von Liebesbriefen übersät, die Wände waren mit Rouge beschmiert, und Dutzende von zerbrochenen Parfümflaschen verströmten einen fürchterlichen Gestank. Alle vier Jungfern hatten herbe Verluste zu beklagen. Ihr Schmuck war bis auf die letzte mit künstlichen Diamanten besetzte Schuhschnalle verschwunden. Es gab keinen einzigen Hut, den man nicht seines Federnschmucks beraubt hätte. Handschuhe, Halstücher, Fächer und Bandwaren waren größtenteils gestohlen worden; und die Verstümmelungen, die man der leinenen Unterwäsche zugefügt hatte, zeugten von einer kranken Phantasie.

Aus irgendeinem Grund war Elistes Garderobe noch vergleichsweise glimpflich davongekommen. Ihre Kleider waren im ganzen Raum verstreut; auf einigen war man herumgetrampelt, andere hatte man zerrissen, doch es fehlten nur ein oder zwei Teile. Offenbar war die erlesene, trügerische Schlichtheit von Madame Nimais' Gebilden keine Empfehlung in den Augen der Eindringlinge gewesen, während die Rüschen von Neanne vo Zeurlot-v'Innique schon eher ihren Geschmack getroffen hatten. Außer dem Kleid, das sie am Leibe trug, hatte Neanne nichts mehr zum Anziehen. Nun hockte sie zusammengesunken auf der Bettkante und weinte leise vor sich hin. Neben ihr saß die ebenfalls weinende Gizine vo Chaumelle, die den Verlust ihres Familienschmucks nicht verwinden konnte. Das Elend der beiden war ansteckend, und bald schluchzten alle vier Ehrenjungfern. Eliste allerdings war im Augenblick nicht empfänglich für Tränen. Bei ihr suchten sich Angst und Kummer einen Ausdruck in der Wut. Von der Vorstellung, wie schmutzige Bauernhände ihre Habseligkeiten betatschten und besudelten, wurde ihr übel. Irgendwie kam sie sich auch persönlich beschmutzt vor. Die Wäschestücke, die noch brauchbar waren, würde man gründlich reinigen müssen, bevor sie sie wieder auf dem Leib würde tragen können; selbst dann noch würde sie die unsichtbaren Flecken spüren.

Ihr Groll wurde noch verstärkt durch das wiederholte Auftauchen von Gemeinen, die wie Eroberer in die Mädchenzimmer hereinstolziert kamen. Sie kamen, um zu gaffen, sich am Unglück der Jungfern zu weiden, um Vorträge zu halten oder sich zu rechtfertigen; vor allem aber wollten sie darlegen, daß sie tun konnten, was ihnen beliebte. Zum ersten Mal hatten sie die Oberhand, und dieses Gefühl war ihnen wie Wein zu Kopf gestiegen. Und so kamen die Frauen hereingeschlendert, wühlten in den fremden Besitztümern und nahmen mit, was ihnen gefiel, als forderten sie wortlos die rechtmäßigen Eigentümer heraus; als sei jedes Wort und jede Geste Ausdruck der Wut, die sich im Laufe der Jahrhunderte angesammelt hatte. Weitaus schlimmer waren allerdings die Männer, die sich einmal die berühmten Ehrenjungfern anschauen wollten. Ihr Reden war abscheulich, ihre Aufdringlichkeit unerträglich, und unter der ungehobelten Jovialität lauerte ständig die unausgesprochene Drohung, gewalttätig zu werden. Wahrscheinlich amüsierten sie sich bloß, doch die Gefahr schien ganz nahe und tatsächlich. Eliste wappnete sich so gut es ging mit eisiger Verachtung. Höhnische Bemerkungen wie unverschämte Offerten ließ sie schweigend über sich ergehen. Die anderen Ehrenjungfern folgten ihrem Beispiel. Merranotte las zur Zerstreuung in einem Buch, während Gizine und Neanne Kartenhäuser bauten. Die Mädchen im Rosen- und im Malvenheim wirkten fast so leblos wie Puppen, und diese Widerborstigkeit erzielte schließlich auch die gewünschte Wirkung. Den Eindringlingen wurde es langweilig, und sie zogen sich zurück.

An Schlaf war nicht zu denken; Eliste brauchte es

gar nicht erst zu versuchen. Die ganze Nacht über blieben die Ehrenjungfern wach, und kurz vor Tagesanbruch vernahmen sie eine erstaunliche Neuigkeit – seine Majestät, König Dunulas, hatte der Ausarbeitung einer Verfassung zugestimmt, in der die Rechte, Befugnisse, Pflichten und Verantwortlichkeiten des Monarchen wie der Bürger für alle einsehbar und für alle Zeiten gültig in klaren Worten festgehalten werden sollten.

Eliste konnte es nicht fassen. Der König war schließlich der König, und die Vorstellung, seine Macht einzuschränken, kam ihr fremd vor. Wohl wahr, sie hatte einen Blick in Shorvi Niriennes Schriften geworfen, in denen die Grundlage der konstitutionellen Monarchie so beredt verteidigt wurde, und die Lektüre hatte sie beeindruckt, sogar aufgewühlt. Gleichermaßen aufgewühlt hatten sie allerdings auch die Versdramen des vorigen Jahrhunderts, in denen vom Genius der Alten beseelte Dramatiker den Kampf zwischen Liebe und Ehre behandelt hatten. Das war ein brillanter Stoff fürs Theater und höchst unterhaltsam, hatte aber wenig mit dem wirklichen Leben zu tun. Im wirklichen Leben brauchte ein König die ganze Macht. Einschränkungen dieser Macht konnten in Zeiten landesweiter Krisen nur Mißerfolg oder sogar Verwirrung zur Folge haben. Das lag so klar auf der Hand, daß es eigentlich selbst die dümmste Kanaille hätte begreifen müssen.

Aber sie begriffen es nicht, und nun verlangten sie weitreichende Zugeständnisse, die womöglich in den endgültigen Ruin führen würden. Dumm war das, unsagbar dumm, und man konnte nur hoffen, daß sich hinter der Zustimmung des Königs eine ausgeklügelte Absicht zum Widerstand verbarg. Nicht, daß Eliste in derartigen Begriffen gedacht hätte. Sie hoffte nur, daß es soweit nicht käme; daß der König seine tölpelhaften Gegner irgendwie überlisten und Frieden und Sicherheit wiederherstellen würde, damit erneut Vernunft einkehrte in der Welt. Alles andere würde ins Durcheinander führen.

Falls es eine List war, dann eine bemerkenswert überzeugende. Im Verlauf weniger Stunden hatte der König der Bildung eines Verfassungsgebenden Kongresses zugestimmt, der aus Abgeordneten der verschiedenen Provinzen von Vonahr zusammengesetzt sein sollte. Aufgabe des besagten Kongresses werde es sein, in den nächsten Monaten ein Schriftstück zu verfassen, das als Grundlage einer reformierten und möglichst verbesserten nationalen Regierung dienen solle – einer Regierung, in der der König über keine absolute Macht mehr verfügte und einem Parlament oder womöglich wie in früheren Zeiten einer Hundertschaft von Personen verantwortlich wäre, in der auch das Volk vertreten sein müsse. Die Verfassung solle ein Vonahrisches Patrimonium enthalten, in dem die persönlichen Rechte und Freiheiten aufgeführt würden, die jedem einzelnen Bürger hinfort von Geburt an zustünden. Nach Fertigstellung dieser Schrift solle der König Unterschrift und Siegel unter die neue Verfassung setzen und damit seine Zustimmung zu allen darin dargelegten Bedingungen bekunden. Anschließend solle der Kongreß aufgelöst und für alle Zeiten durch eine gesetzgebende Körperschaft ersetzt werden, über die noch zu beschließen sei.

In der Zwischenzeit verpflichtete sich der König zu mehreren Zugeständnissen, die unter anderem die Öffnung einiger den Adligen vorbehaltenen Kornkammern und die Verteilung deren Inhalts an das Volk enthielten; die Abschaffung einer ganzen Anzahl von Steuern und Gebühren; die Lockerung uralter Bestimmungen, wonach es den Bauern verboten war, zu jagen und zu fischen; die Straffreiheit aller Bürger, die an der Stürmung des Beviaire beteiligt gewesen waren; und, was am erstaunlichsten war, die Befreiung sämtlicher Leibeigenen. Fortan sollte kein Vonahrer mehr per Gesetz an die Scholle eines Grundherrn gebunden sein.

Zum Schrecken der meisten Adligen stimmte Dunulas all diesen Forderungen zu – sogar der letzten. Es war einfach nicht zu fassen – anscheinend hatte der König ganz und gar widerstandslos nachgegeben. Gewiß, der Druck, unter dem er gestanden hatte, war beträchtlich gewesen; trotzdem ließ ein solch rasches Nachgeben beinahe auf Einverständnis schließen. Wahrscheinlich gewann die Kanaille allmählich den Eindruck, der Monarch brächte ihren Anliegen jedes Verständnis entgegen. Angeblich wurde ihm im Bankettsaal zugejubelt; es hieß, plappernd, greinend und sabbernd vor Rührung feiere man ihn als ›Freund des Volkes‹; drücke ihm die Hand, schüttele ihm den Arm, klopfe ihm sogar auf die Schulter. Und der König ließe alle Demütigungen über sich ergehen, während die Königin neben ihm stünde und ihre Demütigung und ihren Kummer hinter einem schwachen, starren Lächeln verberge. Diese Vorstellung war so beschämend, daß sich viele der zuversichtlicheren Adligen mit der Hoffnung auf königliche Doppelzüngigkeit trösteten, während die klarsichtigeren unter ihnen über die königliche Schwäche nachsannen.

Eliste nahm die Neuigkeiten mit gemischten Gefühlen auf. Einerseits war sie verwirrt, entsetzt und auch neugierig auf die bevorstehenden Veränderungen. Gleichzeitig wollte ein Teil von ihr noch immer nicht wahrhaben, was eigentlich geschehen war. Sie versuchte sich einzureden – und manchmal gelang es ihr auch –, die ganze Aufregung werde sich nach einer Weile von selbst wieder legen. Wenn überhaupt, werde sich nur wenig ändern, und das Leben könne weitergehen wie zuvor. Als sie jedoch an die Befreiung der Leibeigenen dachte – so kurzsichtig diese auch war, denn was sollten diese Abhängigen, die so sehr vom Schutz und der Führung des Adels abhängig waren, mit ihrer Freiheit überhaupt anfangen? –, kam ihr unwillkürlich Dref Zeenoson in den Sinn. Wo immer er sich aufhielt, ob in Vonahr oder im Ausland, er würde die Neuigkeiten erfahren und wissen, daß er frei war, mochte auch das Wappen der Derrivalles in seine Haut eintätowiert sein. Sie versuchte, sich sein Gefühl vorzustellen, versuchte sich *ihn* vorzustellen, doch es gelang ihr nur mit Mühe. Sie vermochte sich lediglich die lange, hagere, geschmeidige, mit dem Arbeitskittel und den Holzschuhen der Bauern aus dem Norden bekleidete Gestalt zu vergegenwärtigen – schwarze Augen voll funkelnder Klugheit, ein sehr weißes Lächeln in einem schmalen, braungebrannten Gesicht –, so wie sie Dref auf dem Besitz ihres Vaters gekannt hatte. Mittlerweile sah er vielleicht schon ganz anders aus – als flüchtiger Leibeigener hatte er sein Aussehen bestimmt verändert. Dies würde er mit dem gleichen Einfallsreichtum und Geschick getan haben, die alle seine Unternehmungen auszeichneten, und wäre womöglich kaum mehr wiederzuerkennen – ein eigentümlich verstörender Gedanke, obwohl sie ihn wahrscheinlich niemals wiedersehen würde. Es sei denn natürlich, er beschloß, nach Derrivalle zurückzukehren. Schließlich lebten dort noch sein Vater und seine Schwestern, und nun konnte er sich gefahrlos dort zeigen, vorausgesetzt, er war gewillt, der Feindseligkeit des Marquis vo Derrivalle zu trotzen. Unbewußt schüttelte Eliste den Kopf. Bei all seiner Dreistigkeit würde Dref wohl wissen, daß er das besser sein ließ. Der unerbittlich nachtragende Marquis würde niemals den Leibeigenen vergessen, der ihn vor der versammelten Bauernschaft niedergeschlagen, ihm eine blutige Nase verpaßt und ihn schließlich noch durch seine erfolgreiche Flucht zum Narren gehalten hatte; er würde ihn weder vergessen noch ihm verzeihen. Befreiung hin oder her, auf dem Besitz der Derrivalles wäre Drefs

Leben keinen Pfifferling wert gewesen. Nein, sie würde ihn niemals wiedersehen.

Eliste zuckte die Achseln und wandte sich etwas anderem zu. Sie hatte keine Zeit, sich wegen etwas so Unbedeutendem wie einem aufmüpfigen, unbotmäßigen Leibeigenen den Kopf zu zerbrechen. Es wurde bereits hell, und die ungläubigen, um den Schlaf gebrachten Adligen versammelten sich auf den Galerien, um die entsetzlichen Vorfälle zu erörtern, um Meinungen auszutauschen und auf neue Mitteilungen zu warten. Sie würde sich ihnen anschließen.

Die vier Ehrenjungfern vom Malvenheim stiegen zu der mit Glasscherben übersäten Galerie der Königinnen hinauf, wo sich die Adligen widerwillig mit den herumlungernden, allgegenwärtigen Plebejern mischten. Stazzi vo Crev war ebenso erschienen wie vo Renache, vo Furnaux und viele andere der einstmals so lebenslustigen Kavaliere – die nun ausnahmslos nüchtern waren und besorgt dreinschauten. In Gegenwart der Eindringlinge unterhielt man sich in gedämpftem Ton und achtete darauf, was man sagte. Neuigkeiten gab es kaum, und in den nächsten Stunden war auch nicht mit solchen zu rechnen; die Meldung, daß man dem von der langen Nachtsitzung erschöpften König zumindest vorübergehend gestattet habe, sich in seinen vergleichsweise ruhigen Gemächern zu erholen, wurde allgemein bestätigt. Später am Tag würden die Beratungen weitergehen; im Augenblick jedoch schlief Dunulas. Und schlafen taten auch Heerscharen von Plebejern, die auf Sesseln und Sofas lümmelten oder sich an den Wänden auf dem Boden hingelegt hatten. Sie hatten natürlich nicht gewußt, wohin sie sich wenden sollten, oder vielleicht war es ihnen auch gleichgültig, und viele hatten in den offenen Kaminen oder in irgendeiner Ecke ihre Notdurft verrichtet. Es stank abscheulich, und nur der unablässig durch die zerbrochenen Fenster hereinströmenden Herbstluft war es zu verdanken, daß es auf der Galerie halbwegs erträglich war. Elistes Nasenflügel bebten vor Abscheu. Neben ihr drückte sich Merranotte ein Taschentuch an die Nase, während Neanne und Gizine unverhohlen würgten.

Die Bauern waren einfach widerlich. Sie waren Tiere, schmutzige Tiere, die den Dreck liebten, in dem sie sich suhlten, und sich in ihrem Zerstörungswerk sonnten. Hier hatten sie nichts verloren. Das erhabene Beviaire hätte ihnen heilig sein sollen, aber diese Kreaturen verstanden eben nichts von Schönheit, Tradition, großer Kunst oder Kultur im allgemeinen.

Eliste eilte angeekelt an ein Fenster, um ein wenig frische Luft zu schnappen. Auf dem Hof unten wimmelte es von Bauern, wie eine verdreckte Herde von Schafen warteten sie dort schweigend, wie sie auch schon die ganze Nacht gewartet hatten. Rechts und links, hinten und vorne, wohin sie auch sah, überall Bauern.

Ihr brannten die Augen. Sie ertrug den Anblick nicht – ebensowenig wie ihren Gestank oder ihre übermäßig lauten Stimmen. Plötzlich wandte sie sich vom Fenster ab und eilte aus der Galerie davon, ohne die neugierigen Blicke, die ihr nachgeworfen wurden, zu beachten. Zurück zu den Unterkünften der Jungfern – die zwar nur eingeschränkt Zuflucht boten, aber wahrscheinlich immer noch das Beste waren, was Eliste finden würde. Gottlob waren keine Fremden dort, und der Druck, der auf ihrem Kopf und ihrem Herzen lastete, ließ ein wenig nach. Sie merkte, daß sie todmüde war. Kairthe brachte sie zu Bett, und kurz darauf war sie schon eingeschlafen.

Als sie der durch die zerbrochenen Fensterscheiben fallende grelle Sonnenschein weckte, war es bereits früher Nachmittag. Eliste blinzelte und schlug widerwillig die Augen auf. Sie hatte das deutlich unangenehme Gefühl, irgend etwas stimme nicht mit der sonnenhellen Welt, doch es dauerte einen Augenblick, bis ihr wieder einfiel, was es war. Das dralle, grobknochige Marktweib, das neben dem Bett seelenruhig in einem Wäschekorb wühlte, rief ihr die Ereignisse des gestrigen Tages wieder ins Gedächtnis. Ohne die möglichen Folgen zu bedenken, ließ Eliste ihrem Zorn freien Lauf. Sie warf die Zudecke ab und sprang auf die Beine. »Laß das in Ruhe«, befahl sie mit leiser Stimme. Sie war kreidebleich im Gesicht, die Lippen hatte sie zusammengepreßt, ihre Augen waren weit aufgerissen.

Die Frau drehte sich langsam um und musterte sie von oben bis unten. Nach einer Weile zuckte sie die Achseln, ließ eine Handvoll Seidenstrümpfe auf den Boden fallen und schlenderte davon.

Eliste atmete schwer. Der nichtige Anlaß hatte ihr Blut in Wallung gebracht. Alles war so häßlich und wirr, in völliger Unordnung begriffen – und es schien einfach unannehmbar; tatsächlich wurde es allmählich unerträglich. Es war höchste Zeit, daß diese elende Farce ein Ende fand. Der Pöbel hatte schließlich bekommen, was er wollte, oder etwa nicht? Und jetzt sollte er wieder verschwinden.

Aber er verschwand noch nicht. Den ganzen Tag über trödelten die Eindringlinge herum, verstopften Gänge, Höfe und Vorzimmer. Die Stunden verstrichen, und die Nachricht von den unfaßbaren Vorgängen verbreitete sich wie ein Lauffeuer in ganz Sherreen und über Flüsse und Straßen, Gassen und Wege weit darüber hinaus. Während König Dunulas mit einer lautstarken Gruppe seiner Untertanen Geheimverhandlungen führte und sich die adligen Höflinge über die unglaublichen Einschränkungen ärgerten, breitete sich die Nachricht immer weiter aus. Der Tag neigte sich dem Ende zu, und einige Bürger tauchten unter, während andere sich bewaffneten; die ganze Zeit über aber schwoll die Menge um den Palast immer noch an, bis sie den Park ausfüllte und der Rückstau bis auf den Dunulas-Platz reichte. Es kursierten widersprüchliche, unbestätigte, abwechselnd erfreuliche und bedrohliche Gerüchte. Zweifelnd und dennoch hoffnungsvoll warteten die Sherreener auf weitere Aufklärung.

Diese wurde ihnen in der Abenddämmerung zuteil, als Dunulas in Begleitung seiner Gemahlin auf den Balkon des Bankettsaals hinaustrat, um zu den versammelten Bürgern zu sprechen. Das Gesicht des Königs war blaß und abgespannt, unter den Augen hatte er dunkle Ringe; er wirkte todmüde. Als er die Ergebnisse der langen Beratungen bekanntgab, wirkte sein Auftreten jedoch so milde und ausgeglichen wie eh und je. Tausende hörten ihm zu, als er mit sanfter, eintöniger Stimme die zahlreichen Veränderungen verkündete, zu denen er seine Zustimmung gegeben hatte, und mit einer kurzen Beschreibung der vorgeschlagenen Verfassung schloß, mit deren Bestätigung die neuen Freiheiten sämtlicher Bürger garantiert werden würden. Es dunkelte, während er sprach, und die blaßblaue Luft ergraute schließlich bis zur vollständigen Dunkelheit. Die Lampen und Lüster des Beviaire wurden entzündet. Warmes Licht vergoldete die hingerissen lauschenden Gesichter.

Der König beendete seine Ansprache und blickte wie ein erwartungsvolles Kind, das einer Bestätigung harrte, auf die Menge nieder. Die atemlose Stille währte noch eine Weile, dann erscholl wilder Jubel und frenetischer Applaus. Des Königs Besorgnisse verflüchtigten sich. Sein sanftes Gesicht entspannte und rundete sich wieder, und er schaute aufmunternd auf die Königin an seiner Seite nieder. Lallazay nahm den Jubel der Menge mit geneigtem Kopf entgegen. Sie rang sich sogar ein fades Lächeln ab. Ihre unruhigen Hände aber, die sie in den Falten ihres Kleids verborgen hielt, waren so verkrampft, daß die Knöchel ganz weiß schienen.

Falls es Lallazay an Zuversicht mangelte, so bemerkte es die Menge nicht. Der Jubel und der Applaus hielten so lange vor, bis sich König und Königin, des Lächelns und der Verneigungen überdrüssig, zurückzogen. Anschließend wurden auf der Stelle Freudentränen vergossen, es wurde ausgelassen getanzt und gesungen. Der Tumult dauerte gut eine Stunde, dann kehrte allmählich wieder Ruhe ein. Es war Nacht geworden. Viele Bürger hatten schon seit Stunden vor dem Palast ausgeharrt, einige sogar schon seit Tagen. Sie waren müde, hungrig, ungewaschen und hatten es unbequem. Nun, da ihre Neugier gestillt war und große Zufriedenheit über den Sieg herrschte, wollten sie nach Hause gehen. Der Jubel hatte sich gelegt, doch es herrschte noch immer eine Stimmung ausgelassener Kameraderie, so daß die Menge sich unter Singen, Lachen, gelegentlichen Scherzen und derben Späßen zerstreute. Im Verlauf der nächsten Stunden wurden es immer weniger. Gegen zehn Uhr war das Gelände wieder einigermaßen frei. Einige hartnäckige Eiferer blieben allerdings und bildeten dichtgedrängte Gruppen auf dem Rasen, wo sie sich halblaut unterhielten. Mehrere hundert warteten noch auf dem Dunulas-Platz. Im Palast selbst harrte eine größere Bürgerwehr aus, angeblich, um weiter zu verhandeln. In Wirklichkeit war es ihre kaum verschleierte Absicht, den König zu bewachen, um ein militärisches Eingreifen seitens des Adels oder des Heeres zu verhindern.

Aus Gründen der Selbstverteidigung war die ständige Anwesenheit von plebejischen ›Patrioten‹ im Beviaire erforderlich; denn nur die Gewalt über den König garantierte die gerade erst erworbenen neuen Freiheiten und Rechte. Nur die stillschweigende Bedrohung des Lebens seiner Majestät vermochte das Militär in Schach zu halten. Natürlich wäre es höchst unpassend gewesen, König und Königin in ihren Gemächern einzusperren. Auf keinen Fall durfte nach außen hin der Eindruck entstehen, die Majestäten seien Gefangene ihrer eigenen pietätlosen Untertanen. Man sollte die Sherreener schließlich nicht für Barbaren halten, dennoch galt es, den König zu bewachen wie einen kostbaren Schatz. In Zukunft, vielleicht schon in naher Zukunft, wenn die Verfassung fertiggestellt wäre und Dunulas unwiderruflich Unterschrift und Siegel daruntergesetzt hätte, würde sich ein vielleicht wechselseitiges Vertrauen einstellen und man könnte in der Wachsamkeit nachlassen. Bis dahin würde man König und Königin im Beviaire unter den wachen Blicken der Patrioten eingeschränkte Bewegungsfreiheit gewähren und ihnen den gebührenden Respekt zukommen lassen.

Unter solchen Umständen würde der gewohnte, streng hierarchisch gegliederte Hof kaum weiterbestehen können. Die Anwesenheit der Höflinge war daher nicht nur überflüssig geworden, sondern sogar unerwünscht. Warum auch hätte man es Hunderten von Adligen erlauben sollen, sich an einem solch geeigneten Ort zu versammeln, Mitteilungen auszutauschen, zu intrigieren und Teufeleien auszuhecken? Warum sollte man sich ihrer eisigen Verachtung aussetzen? Wozu sie ernähren? Viel besser und sicherer schien es, die Herren und deren Damen und kriecherischen Lakaien die Sachen packen zu lassen. Sie vor die Tür zu setzen, sie voneinander zu trennen, ihre Bewegungs- und Versammlungsfreiheit einzuschränken, um es ihnen zu erschweren, den Widerstand aufzubauen; so wurde es von den patriotischen Besatzern beschlossen.

Am Tag nach der Ansprache des Königs begann das Ausmisten. Dunulas und Lallazay wurde es gestattet, eine kurze Liste unabkömmlicher Höflinge aufzusetzen. Des weiteren wurden gewisse bedeutende Höflinge, deren Macht, Reichtum oder Beliebtheit eine mögliche Bedrohung darstellten, unter eine Art Hausarrest gestellt. Vor allem betraf dies seine Hoheit

Feronte. Viele andere wurden als überflüssig eingestuft. Am späten Nachmittag wurden Scharen überraschter, zorniger Adliger aufgefordert, ihre Gemächer unverzüglich zu verlassen. Inmitten von großer Hektik begann die Vertreibung. Stundenlang rollte ein steter Strom wappengeschmückter und bis zum Bersten mit Truhen, hastig geschnürten Bündeln und erschöpft wirkenden, seidenbekleideten Menschen vollgestopfter Kutschen die lange, mit weißem Kies bestreute Auffahrt hinunter, vorbei an Gruppen johlender Bürger, durch das Tor und hinaus auf den Dunulas-Platz.

Niemand indes hielt die Ehrenjungfern für unentbehrlich. Am frühen Abend teilte man allen zwölfen mit, daß auch sie von der Zwangsräumung betroffen seien. Weil sie jung, hübsch wie Schmetterlinge und harmlos waren, ließ man ihnen die ganze Nacht Zeit, ihren Aufbruch vorzubereiten. Die folgenden Stunden über waren zwölf Zofen fieberhaft mit Sortieren, Falten und Packen beschäftigt, während ihre Herrinnen verzweifelt bemüht waren, ein Vehikel zur Reise ausfindig zu machen. Die Jungfern verabschiedeten sich tränenreich von der ebenfalls in Tränen aufgelösten Königin und voneinander, wobei sie sich ewige Freundschaft schworen; dann gingen sie getrennte Wege, wobei eine jede sich nach Kräften über die Bedeutung des Augenblicks hinwegzutäuschen versuchte.

Diejenigen, die in die tiefe Provinz zurückkehren mußten, wurden allgemein bemitleidet. Die glücklicheren blieben in Sherreen. Eliste gehörte zu den letzteren. Sie hatte sich die prachtvolle gelbschwarze Equipage des Marquis vo Lieux-v'Olliard ausleihen können, die sie sicher durch die verstopften Straßen zum Haus ihrer Großmutter beförderte. Kairthe schluchzte die ganze Fahrt über, während Elistes Augen trocken blieben. Diese Verbannung, versuchte sie sich einzureden, würde nur von kurzer Dauer sein. Der Wahnsinn würde sich irgendwann von selbst wieder legen, und in wenigen Tagen würde sie wieder bei Hofe sein. Spätesten in einigen Wochen.

In Sherreen brodelte es wie in einem überhitzten Kessel. Die Erstürmung des Beviaire und der beispiellose Triumph des Volkes hatten allgemeine Begeisterung zur Folge. Überall versammelten sich die Bürger, um sich zu wundern, um zu frohlocken, vor allem aber – um zu reden. Angefangen vom wohlhabendsten Kaufmann bis hinab zum skrofulösesten Gefolgsmann des Fungus gab es kaum einen Bürger, der keine Meinung gehabt hätte. Die angekündigten Reformen wurden auf Märkten, in Tavernen, politischen Clubs, Salons, Garküchen und Kaffeehäusern in allen Einzelheiten erörtert. Keine Theorie war zu weit hergeholt, kein Vorschlag zu abwegig, als daß sie nicht Fürsprecher gefunden hätten. Gewisse praktische Probleme verlangten allerdings nach einer raschen Lösung, darunter vor allem die Frage, wie der Verfassungsgebende Kongreß tatsächlich zusammengesetzt sein sollte.

Sämtliche Provinzen von Vonahr sollten vertreten sein – darin waren sich alle einig. Wie viele Abgeordnete sollte es aber geben? Wie sollten sie ausgewählt werden, und von wem? Sollten alle Provinzen die gleiche Anzahl von Abgeordneten stellen, was bedeutet hätte, daß das kleine, ländliche VoGrance mit gleich lauter Stimme sprechen würde wie die dichtbevölkerte Sevagne? Oder sollten die Vertreter entsprechend der Einwohnerzahl zugeteilt werden? In diesem Falle, so argumentierten die Puristen, wäre eine vollständige, genaue Volkszählung notwendig gewesen – was Monate hätte dauern können. Sollten ehemalige Leibeigene volle Bürgerrechte genießen und entsprechend im Kongreß vertreten sein? Hatten befreite Leibeigene das Recht verdient, sich wählen zu lassen, oder hieße das, die Liberalität zu weit zu treiben? Verdiente Sherreen, dessen Bevölkerungszahl mit der manch kleiner

Provinzen vergleichbar war, als Hauptstadt und Zentrum des Landes nicht eigene Abgeordnete?

Es gab zahllose Gesprächsthemen, und jede neue Überlegung warf in geometrischer Progression zahllose untergeordnete Fragen auf, die ins Uferlose zu führen schienen. Ob jovial, moralistisch oder erbittert, die Debatte wurde Tag und Nacht fortgeführt. Zwei Stimmen allerdings übertönten das Gewirr einander widersprechender Meinungen. Beide kamen aus dem Achten Distrikt; der äußerst unterschiedliche Denkansatz der Sprecher stand allerdings in krassem Gegensatz zu deren geographischer Nähe.

Die Entengasse Nr. 11 war der Mittelpunkt lebhafter und beständiger Tätigkeit. Hier schrieb Shorvi Nirienne im Haus der Bulaude seine Vorstellungen nieder und verfaßte einen steten Strom von Artikeln, Pamphleten und Traktaten. Hier beratschlagte er mit den Niriennisten, hier hielt er Reden und gewann neue Anhänger, deren Leben fortan von seinem Geist geprägt sein würde. Zum ersten Mal konnte er seine Meinung ohne Angst vor Verfolgung öffentlich äußern. Das Entgegenkommen des Königs hatte viele Ansichten, für die Nirienne sich jahrelang eingesetzt hatte, legalisiert und vom Vorwurf des Landesverrats und der Aufwiegelung freigesprochen. Somit stand es ihm jetzt frei, sich offen zu äußern, und wer wollte, konnte ihm zuhören und sich sein eigenes Urteil bilden. Das Wohnzimmer der Nummer 11 war daher ständig voller Menschen. Die Neugierigen kamen und gingen, und die niriennistischen Überzeugungen verbreiteten sich von dort aus, durchdrangen erst die Stadt und schließlich das ganze Land.

Die gleichen Freiheiten genoß allerdings auch Whiss v'Aleur. Wohl war, sein Journal *Nachbar Jumalles Beschwerden* erschien seit Monaten in ununterbrochener Folge, war mittlerweile in der Provinz ebenso bekannt wie in der Hauptstadt, und sein Herausgeber wurde gerühmt in Stadt und Land. Wohl wahr, die Reden und Kundgebungen waren weitergegangen, und die Reparationisten waren durch die Straßen marschiert und hatten mit Kreide ihre scharlachroten Diamanten auf die Wände geschmiert, bis die Gendarmen beim Anblick des Zeichens zusammengefahren waren. Man hatte es nicht geschafft, ihn zum Schweigen zu bringen, und er hatte die Stimme erhoben, wo immer es ihm gepaßt hatte – doch nun war alles anders. Jetzt war der König im Rückzug, und mit ihm der blutsaugerische Adel. Die öffentliche Ordnung ließ sich nicht mehr aufrechterhalten, und der morsche, bis ins Fundament verrottete soziale Aufbau zerbröckelte zusehends. Die Wiedergutmachung stand unmittelbar bevor, sollten die Tyrannen ruhig zittern. Wahre Patrioten hingegen hatten nichts zu fürchten, denn schließlich gab es Whiss v'Aleur, der sie befeuerte und leitete.

Während die Theoretiker Argumente wogen, sprachen die Pragmatischeren fürs Handeln. Viele hatten sich bereits eigenhändig bewaffnet, der riesige Fundus der Städtischen Waffenkammer war jedoch bislang unangetastet geblieben – eine Unterlassung, die nach sofortiger Abhilfe verlangte. Man befürchtete nämlich, die gegenwärtige Fügsamkeit des Königs könnte nur vorgeschoben sein und seine großen Versprechungen würden sich als so kurzlebig wie ein Morgennebel erweisen, der sich nach Sonnenaufgang in Sekundenschnelle verflüchtigte – doch dann würde er eine Stadt unter Waffen vorfinden. Noch während der Adel in Schimpf und Schande das Beviaire verließ, näherte sich eine zielstrebige Gruppe von Plebejern der Waffenkammer.

Das große Tor war verschlossen. Ansonsten war das Gebäude unbewacht, die zugeteilten Wächter hatten vorsichtshalber das Weite gesucht. Nachdem die Plebejer kurzen Prozeß mit dem Tor gemacht hatten, strömten sie hinein und plünderten die darin verwahrten

Musketen und Karabiner samt Munition und Pulverfäßchen. Weniger nützlich, aber gleichwohl von großem Reiz war die riesige Sammlung historischer Waffen, darunter plumpe alte Arkebusen, Luntenmusketen und Radschloßgewehre, die großes Gelächter hervorriefen. Noch älter und unförmiger waren die Lanzen, Keulen, Äxte und Rüstungen. Dann gab es alle möglichen Arten von Schwertern und Dolchen, einige prunkvoll verziert, manche von großem Wert. Diese Schätze, die überall gestapelt waren, wurden begierig mitgenommen. Das größte aller Wunder aber widersetzte sich der Raubgier.

Sie stießen im Keller darauf. Dort, in den düsteren, höhlenartigen Gewölben unter der Waffenkammer ruhten drei große Mirakel – die gewaltigen Überbleibsel der riesigen Maschinen, die früher einmal durch die Magie ihrer adligen Erschaffer mit Spuren von Bewußtsein ausgestattet worden waren. Nun standen sie mit Staub bedeckt reglos da, und nichts erinnerte mehr daran, daß einmal Leben in ihnen gewesen war; trotzdem waren sie aufgrund ihrer Größe, Undurchschaubar- und Rätselhaftigkeit noch immer beeindruckend, sogar furchterregend.

Die erste der drei Maschinen war ein gewaltiger silbriger Koloß, dessen Aufbau auf Beweglichkeit schließen ließ. Ein großer schlanker, mit fein geschmiedeten, überlappenden Schuppen armierter Korpus wurde gestützt von acht dünnen, langen, gelenklosen Beinen, die sich wie lange Seile bogen. Nach vorne und hinten zu verjüngte sich der Korpus jeweils zu einem verlängerten, aus Teilstücken zusammengesetzen Hals; beide Hälse endeten in der konischen Schnauze eines Kopfes; an der Mündung beider Schnauzen befand sich je eine kreisförmige Öffnung. Auf einem Schild am unteren Ende eines der beiden Hälse stand das Wort ›ZaZa‹.

Das zweite Gerät wirkte eindeutig insektenhaft,

hatte sechs mit Gelenken versehene Beine, einen kleinen Kopf mit langen Fühlern und eine gedrungene, ovale, bauchige Gestalt, die, hätte man sie bloß einmal poliert, in allen Regenbogenfarben geschillert haben würde. Der Kopf wurde von den beiden hervorquellenden goldfarbenen Facettenaugen nahezu verdeckt. Der Korpus war mit zahllosen kleineren Augen besetzt. Auf einem goldenen Schild, dessen Rand säuberlich mit Augen verziert war, fand sich das Wort ›NuNu‹ eingraviert.

Die dritte Maschine, von den beiden anderen in ihrer wuchtigen Unbeweglichkeit stark verschieden, war nichts weiter als ein hoher sargförmiger Bleischrank, der von einem weitverzweigten Gewirr ineinander verwobener Stäbe, Drähte, Spulen und Durchbrüche aus Glas und Metall gekrönt wurde, aus dem zwei gerade, nadelspitze Zacken wie große schwarze Hörner hervorragten. Ein couragierter Eindringling versuchte den Schrank zu öffnen, stellte allerdings fest, daß er verschlossen war. Auf einem Eisenschild am Fuße des Geräts stand ›Kokotte‹.

So nutzlos die drei Mirakel auch sein mochten, sie erregten doch große Aufmerksamkeit. Alle stiegen sie in den Keller hinunter, begafften die Maschinen, wunderten sich über ihre düstere Fremdartigkeit und genossen die wohligen Schauer, die sie bei ihrem Anblick überrieselten. Mutmaßungen über ihren Zweck und ihre Arbeitsweise wurden angestellt. Es gab mehrere Vorstellungen davon, die allerdings nicht nachzuprüfen waren; und am Ende blieb den Bürgern nichts anderes übrig, als sich zu wundern.

13

»Mir ist langweilig. Unsagbar langweilig.« Die Ellbogen aufs Fensterbrett gestützt, schaute Eliste finster auf die Avenue Parabeau hinunter, wo abgerissene, dreiste Gestalten Seite an Seite mit den rechtmäßigen, wohlerzogenen Anwohnern an der Fassade von Zeralenn vo Rouvignacs Wohnhaus entlangpromenierten. Das Schlafzimmerfenster stand offen, denn es war wieder Frühling geworden, und ein berauschender Duft lag in der Luft. Das milde Wetter, das Eliste nach dem langen und bedrückenden Winter üblicherweise würde beflügelt haben, erzielte nun die gegenteilige Wirkung, denn der Wechsel der Jahreszeiten erinnerte sie unweigerlich an das Verstreichen der Zeit. »Alles ist so trübselig und langweilig, trist und öde, fad und leer, schal und …«

»Ganz so schlimm ist es doch wohl nicht, Herrin?« wandte Kairthe ein.

»Doch, ist es! Alles ist so öde, in Derrivalle könnte es auch nicht schlimmer sein.«

»Gott bewahre! Wir fahren doch nicht zurück, Herrin?« Kairthe hatte sich die modische Verachtung, die ihre Herrin für alles Provinzielle empfand, neuerdings zu eigen gemacht.

»Keine Angst. Das ginge sowieso nicht, selbst wenn ich es wollte – wir haben gar keine Erlaubnis dazu. Was für eine Unverschämtheit!« Indem sie den Kopf zurückwarf, brachte Eliste ihre Verachtung für die rührigen Gemeinen des dem Verfassungsgebenden Kongreß angeschlossenen Nationalen Wohlfahrtskomitees zum Ausdruck. Diese Emporkömmlinge waren unerträglich, und am schlimmsten waren die im Komitee zahlreich vertretenen Reparationisten, deren administrativen Befugnisse sich in bemerkenswert kurzer Zeit derart ausgedehnt hatten, daß sie mittlerweile die Angelegenheiten von ganz Vonahr umfaßten. Ständig wurden neue Verordnungen erlassen, welche die einstmaligen Herren schikanieren und demütigen sollten. Wenngleich diese Verordnungen angeblich dazu dienten, ›das öffentliche Wohlergehen und die Sicherheit der Bürger sicherzustellen‹, war ihr wahrer Zweck schlicht und einfach Rache. Viele Edelleute zogen es sogar vor, sich mit den fanatischen Anhängern Whiss v'Aleurs auseinanderzusetzen, die zumindest keinen Hehl aus ihrem Haß machten, anstatt die phrasendreschende Heuchelei der selbsternannten ›Patrioten‹ zu ertragen, die ihre Habgier und ihre Marotten hinter zuckersüßen Flachheiten verbargen. Der Verfassungsgebende Kongreß war eine Absurdität, das Nationale Wohlfahrtskomitee eine Obszönität, und erträglich schien das alles nur deshalb, weil es von vorübergehender Dauer war.

»Wie lange?« stöhnte Eliste. »Wie lange?«

»Also, ich würde sagen, das geht jetzt etwa sechs Monate so, Herrin«, antwortete mitfühlend Kairthe. »Im Herbst wurden wir aus dem Palast vertrieben, dann kam der Winter, als die Leute Steine in Schneebälle gesteckt und Fenster eingeworfen und Pferde scheu gemacht haben, und jetzt ...«

»Das weiß ich selbst! Ich meine, wie lange soll dieser Wahnsinn noch weitergehen? Wann wird endlich wieder das gewohnte Leben einkehren?«

»Was meint Ihr denn mit ›gewohnt‹, Herrin? Daß alles wieder so wie früher wird?«

»Das wird es ganz bestimmt! Na ja – mehr oder weniger.« Eliste hielt inne, um zu überlegen. Nicht einmal die zuversichtlichsten adligen Traditionalisten konnten behaupten, alles würde wieder genau wie früher werden. Dafür sorgte allein schon die kürzlich beschlossene Abschaffung der Privilegien; seitdem waren die Edelleute denselben Steuern und Abgaben unterworfen wie früher das gemeine Volk. Über die weitreichenden Folgen dieser Verordnung war sich Eliste, die sich nur selten mit bourgeoisen finanziellen Erwägungen beschäftigte, noch gar nicht so recht im klaren. Ihre Familie und die Familien ihrer Freunde, die zu den Wohlhabenden von Vonahr gehörten, würden die Steuern ohne Schwierigkeiten bezahlen können, und nur darauf kam es an. Der Affront mochte einen schmerzen, die tatsächliche Beeinträchtigung erwies sich jedoch als vernachlässigbar gering. Weit schwerer wog in ihren Augen der Verlust gewisser feudaler und herrschaftlicher Rechte, von denen einige ein wenig merkwürdig anmuteten. Noch bedeutender und greifbarer war die Befreiung der Leibeigenen. Schließlich war sogar Kairthe jetzt frei, obwohl sie es entweder nicht zu wissen oder nicht wahrhaben zu wollen schien – was nur dafür sprach, daß sie über eine gehörige Portion gesunden Menschenverstand verfügte. Schließlich konnten die sogenannten ›befreiten‹ Leibeigenen nirgendwohin gehen, und es blieb ihnen nichts anderes übrig, als auf dem Besitz ihres Herrn weiterzuarbeiten, wo die altehrwürdigen wechselseitigen Verantwortlichkeiten von Herr und Leibeigenem nun nicht mehr galten und durch etwas Neues ersetzt werden mußten – bloß durch was? Die Notwendigkeit, daß die Bauern die Arbeit verrichteten, blieb bestehen, während sie sich den Lohn – den Schutz, die Fürsorge und Großzügigkeit der Edelleute – weitgehend verscherzt hatten. Die ›emanzipierten‹ Leibeigenen hatten um einer eingebildeten Freiheit willen, die ihnen nichts einbrachte, mutwillig auf ihr höchstes Gut verzichtet. In dieser Hinsicht hatte sich in Wahrheit nur wenig verändert. Dref Zeenoson, wo immer er sich gerade aufhalten mochte, wäre da bestimmt anderer Meinung gewesen; doch er hätte sich geirrt. Eines Tages, oder vielleicht schon bald, wie Eliste hoffte, würden sie einsehen, daß sie einen schweren Fehler gemacht hatten, und wenn sie nicht zu dumm und zu dickköpfig waren und sich nicht allzusehr von der reparationistischen Rhetorik hatten verwirren lassen, würden sie vielleicht von sich aus darum ersuchen, die alte, einzig wahre Lebensweise wiederherzustellen. Bis dahin regierte die ermüdende Unvernunft.

»Ob wir wohl jemals wieder Lamm aus VoGrance bekommen werden, Herrin?« fragte Kairthe. »Und diesen blauen Schimmelkäse aus Jerunde? Und guten Apfelmost aus Fabeque? Für einen Krug heimischen Apfelmost würde ich mir den Kopf kahlscheren lassen, das schwöre ich.«

»Wenn es soweit kommt, leihe ich dir eine Perücke«, versprach ihr Eliste. »Wir haben nämlich die gleiche Größe. Aber ich glaube nicht, daß das nötig sein wird.« Im Anschluß an die Erstürmung des Beviaire war es mit Ausnahme der Sevagne in allen Provinzen zu Unruhen gekommen. Beflügelt vom Erfolg ihrer Sherreener Genossen hatten die Bauern in ganz Vonahr die Landgüter und Schlösser in Brand gesteckt, in denen die Schuld- und Besitzurkunden verwahrt wurden. Die Edelleute aus der Provinz, die eifersüchtig über ihr Eigentum und ihre altgewohnte Lebensweise wachten, hatten heftig zurückgeschlagen. Daß der König die Leibeigenen zu Freien erklärt hatte, war anfänglich stillschweigend übergangen worden, und die Leibeigenen blieben an die Besitzung ihres jeweiligen Grundherrn gefesselt. Gerichtsvollzieher, Verwalter und berufsmäßige Steuereintreiber zogen eine Zeitlang noch wie gewohnt die Feudalsteuern ein. Der Abschaffung von Privilegien wurde heftiger Widerstand entgegengesetzt, und vorübergehend wurde sogar erwogen, Sherreen anzugreifen, den König zu befreien und die Rebellion auf einen Schlag niederzuwerfen. Schon bald hatte sich allerdings die Nachricht von der Ohnmacht der Edelleute im ganzen Land verbreitet, und die Gemeinen antworteten auch prompt. Die sogleich erfolgte Gründung zahlreicher örtlicher Gruppen von ›Beschützern der Patrioten‹, die über zahlreiche Mitglieder verfügten, hatte die royalistische Opposition rasch unterworfen, und nun, sechs Monate später, waren die Edelleute vollständig geschlagen, und der offene Widerstand beschränkte sich vor allem auf die Provinz Fabeque und, angeführt von den tüchtigen Illusionisten der Bozhenille-Gemeinde, auf die Hügel der Aussadie. Das Land war in den Händen der zunehmend dreister werdenden Patrioten, so daß die dreihundertfünfzig Abgeordneten des Verfassungsgebenden Kongresses, die man in etwa im Verhältnis zur Bevölkerungszahl der jeweiligen Provinz und auf unterschiedliche Weise ausgewählt hatte, ungehindert nach Sherreen reisen, sich dort in der alten Jahrhunderthalle, die eigens zu dem Zweck neu hergerichtet worden war, versammeln und sich daran machen konnten, die Zukunft des Landes zu gestalten. Alles gut und schön; doch der allgemeine Mangel und die Entbehrungen infolge der Unruhe in den Provinzen war für alle Sherreener, vor allem aber für die an Luxus gewöhnten Edelleute von unmittelbarerer Bedeutung. Verschiedene Nahrungsmittel waren knapp – selbst der Gaumen der Adligen mußte sich daran gewöhnen, mit Schwarzbrot vorliebzunehmen –, und aus irgendeinem Grund wurde die Stadt überschwemmt von Wein, der leicht nach Schwefel roch. Das Öl war ebenfalls knapp und von schlechter Qualität. Erlesene Stoffe, Lederwaren und Parfüms waren schwer erhältlich; und die eingeführten Güter für den lebensnotwendigen Bedarf – Tee, Kaffee, Schokolade, Tabak, Neep-Wasser – waren aufgrund der wachsenden Unruhe der ausländischen Lieferanten kaum zu bekommen. Die Armen hatten natürlich immer noch Hunger zu leiden, und zwar mehr denn je. Ihr vorgeblicher Sieg hatte ihre wirtschaftliche Lage nicht im mindesten verbessert – was den nachtragenden Edelleuten eine beträchtliche Genugtuung verschaffte.

»Werden wir uns irgendwann wieder frei bewegen können, Herrin?« fragte Kairthe. »Werden einen die Leute auf der Straße wieder höflich und mit Respekt behandeln? Werdet Ihr wieder Ehrenjungfer sein?«

»Bestimmt«, antwortete Eliste, die selbst gern daran glauben wollte, mit großem Nachdruck. »Und zwar schon sehr bald.«

»Wenn Ihr mich fragt, wird es noch eine Weile dauern. Ich habe allmählich genug von diesem ständigen Herumhasten, dem Geschrei und Gebrüll, dem Schubsen und Drängeln, dem Durcheinander und dem Geschimpfe. Ich will, daß wieder Ruhe einkehrt, und ich will zurück in den Palast. Herrin, erinnert Ihr Euch, wie der Boden dort geglänzt hat – als wär's ein zugefrorener Teich? Und erinnert Ihr Euch noch an die Kerzen und wie gut die gerochen haben? Und an die vielen Spiegel, in denen man sich beim Kommen und Gehen zusehen konnte? Und an die Speisen …«

»Und die Musik, bei Tag und bei Nacht. Und das Tanzen. Die Eleganz, die Anmut und Galanterie …« Ungeachtet ihrer früheren Unzufriedenheit mit dem rigiden, künstlich höfischen Leben seufzte Eliste sehnsuchtsvoll. »Und die Kavaliere …«

»Mit ihren Blumen und ihrem Konfekt, den Geschenken und all den kleinen Briefen, die ständig hin und her gingen. Erinnert Ihr Euch noch an seine Hoheit Feronte, Herrin? Erinnert Ihr Euch noch an die vielen Dinge, die er Euch geschickt hat und die Ihr alle zurückgewiesen habt, mit Ausnahme des silbernen Medaillons? Also, das war mal ein Herr, der genau wußte, was er wollte. Lange gefackelt hat der jedenfalls nicht. «

»Hmmmmmm«, machte Eliste. Sie hatte es nicht für nötig befunden, ihre Zofe von dem Vorfall in Murontes Gemächern in Kenntnis zu setzen.

»Was meint Ihr wohl, was aus seiner Gnaden geworden ist, Herrin?«

»Wird immer noch im Beviaire festgehalten, glaube ich.«

»Muß schlimm sein für einen Herrn wie ihn, dort eingesperrt zu sein.«

»Nicht schlimmer als für mich, hier eingesperrt zu sein.« Eliste schlug gereizt aufs Fensterbrett.

»Ach, das ist doch nicht das gleiche, Herrin. Ihr könnt Euch wenigstens in der ganzen Stadt bewegen.«

»Keineswegs. Die Madame läßt mich doch kaum vor die Tür. Glaubt wohl, ich würde auf der Straße gesteinigt oder in Öl gebraten und von hungrigen Bauern verspeist werden. Soviel zu ihren Sonntagsreden, von wegen man dürfe sich nicht von seiner Angst unterkriegen lassen.«

»Also wirklich, Herrin, ich könnte Euch Geschichten erzählen, da würde sich Euch der Magen umdrehen.«

»Geschichten – bah!«

Die unerquickliche Unterhaltung wurde unterbrochen durch das Erscheinen Aurelies, die ohne anzuklopfen ins Zimmer gestürzt kam. Ein Verweis erstarb Eliste auf den Lippen, als sie sah, wie erregt ihre Cousine war. Ihre stark geröteten Wangen bildeten einen merkwürdigen Kontrast zu den modischen himmelblauen Haarsträhnen, die sie sich zu ihrem fünfzehnten Geburtstag zugelegt hatte. Auch die Fingernägel waren blau gefärbt. Sie hielt etwas im Arm, das wie ein Stück rauhen, bräunlichen Stoffs aussah. Sie trug ein ungewöhnlich schlichtes Kleid und flache Straßenschuhe – und wenn es sich vermeiden ließ, ging Aurelie niemals irgendwohin zu Fuß. Da stimmte etwas nicht.

»Cousine, weißt du was? Ich habe ein Geheimnis, und was für eins! Du kommst nie drauf!« verkündete Aurelie. »Los, rate mal!«

»Aber ich habe nicht die geringste Ahnung, worum es geht.«

»Ach, so schwer ist es doch nicht! Verraten meine Augen nicht schon alles? Sind sie nicht die Fenster meiner Seele? Sie rufen mein Geheimnis in die ganze Welt hinaus, und ich bin so gut wie zugrunde gerichtet! Komm, Cousine, schau mir nur in die Augen, dann weißt du alles. Na los, versuch's mal!«

Eliste gehorchte ergeben. »Wirklich, ich komme nicht drauf. Deine Augen sind wohl kaum so verräterisch, wie du meinst.«

»Ach, Cousine! Du willst es bloß nicht sehen. Also gut, du hast es geschafft, mir ein Geständnis zu entlocken, was zweifellos auch deine Absicht war. Ich werde bestimmt umkommen vor Scham, aber ich muß trotzdem sprechen. Cousine – endlich ist es geschehen, ich wußte ja, daß es irgendwann dazu kommen würde. Bei meinem ungestümen, leidenschaftlichen Wesen war das unvermeidlich, und jetzt ist es mit aller Gewalt über mich hereingebrochen, und ich bin hingerissen und vollkommen überwältigt. Cousine Eliste – ich bin verliebt!«

»Also … na ja … ich bin einfach sprachlos.«

»Sag nichts, Cousine. Bloße Worte sind meiner Liebe, die mir eine ebensogroße Qual wie Freude ist, völlig unangemessen.«

»Tatsächlich. Das kommt etwas überraschend. Also schön. Und in wen bist du verliebt?«

»In Bayelle vo Clarivaux, den ältesten Sohn des Vicomte vo Clarivaux, dessen Haus das größte auf der Avenue Parabeau ist. Das mit der dreistöckigen Veranda, weißt du. Bayelle – ist das nicht ein wundervoller Name? – ist siebzehn, ein ausgezeichnetes Alter. Von dem Gesinde habe ich erfahren, daß er das vergangene Jahr über im Ausland war und seine Erziehung mit der Kavaliersreise abgeschlossen hat, aber jetzt ist er wieder da, und er wird hier bleiben!«

»Also, das klingt ja gar nicht so schlecht. Er ist bestimmt keine schlechte Partie. Wann hast du ihn kennengelernt?«

»Ich habe ihn gar nicht kennengelernt – noch nicht. Ich habe ihn nur vom Fenster aus vorbeigehen sehen. Aber das hat schon ausgereicht, um mir zu zeigen, daß er ein tiefsinniger, sogar grüblerischer, wenn auch bisweilen unbekümmerter Mensch ist; melancholisch, aber feurig, stolz und leidenschaftlich – kurz gesagt, er ist in jeder Beziehung mein Seelenverwandter. Das alles habe ich aus seinem Gesicht herausgelesen, das unglaublich nobel und hübsch ist.«

»Ich verstehe. Und hast du schon Madame davon erzählt?«

»Aber woher denn! Wie könnte ich ihr Verhör ertragen, ihre spöttischen Bemerkungen und ihre Nörgelei. Bestimmt würde sie sagen, ich sei zu jung, um mein Glück zu machen, aber was zählen schon die Jahre? Kommt es nicht vielmehr auf das Herz an? Mein Herz wurde alt geboren.«

»Aber du mußt es ihr erzählen – sie könnte es bestimmt einrichten, daß man euch einander vorstellt.«

»Lieber nicht. Tantchen meint es zwar gut und verfügt über einen reichen Erfahrungsschatz, aber sie besitzt keine angeborene Empfindsamkeit. Daher habe ich meine Liebe bisher im Geheimen gepflegt. Manchmal dachte ich zwar, ich würde platzen, aber ich habe eisern geschwiegen.«

»Wirklich? Wie lange?«

»Jetzt sind es schon vier Tage.«

»Vier Tage. Dann ist deine Leidenschaft also Ende letzter Woche entbrannt, als du mir erzählt hast, wie gelangweilt und angeödet du wärst.«

»Cousine, ich stand kurz vor dem Verzweifeln. Das Leben war trist und leer. Und dann, als alles ganz schwarz um mich herum wurde, lenkte das Schicksal meinen Blick aus dem Fenster und auf die Straße, und dort gewahrte ich – ihn. Da war er auf einmal, der hübscheste junge Mann, der mir je unter die Augen gekommen ist, und auf der Stelle entflammte mein Herz, und alles wurde anders. Ach, wer hätte sich in diesen Schatz denn nicht auf der Stelle verliebt? Ein einziger Blick, und ich war verloren, vollkommen verloren!«

»Das ging wirklich flott. Sieh mal, Aurelie, ich verstehe deine Gefühle, aber ich glaube, du solltest besser Madame davon erzählen. Sonst wirst du Bayelle womöglich niemals kennenlernen.«

»O doch, das werde ich.« Aurelie nickte zuversichtlich. »So etwas überlasse ich nicht dem Zufall. Ich lasse mich nicht auf dem Altar des Zufalls opfern, o nein! Ich werde ihn kennenlernen, und zwar noch *heute.*«

»Was redest du denn da?« Eliste begann sich allmählich Sorgen zu machen. Eine erschreckende Wildheit spiegelte sich in den Augen ihrer jungen Cousine.

»Jeden Tag um diese Zeit spaziert Bayelle über die Avenue Parabeau. Wohin er geht, weiß ich nicht, aber heute werde ich es herausfinden. Ich werde ihm folgen, und irgendwo unterwegs werde ich es so einrichten, daß ich mich ihm vorstelle. Dann kann das Schicksal seinen Lauf nehmen.«

»Du Dummchen! Du wirst nichts dergleichen tun. Du kannst doch nicht einem Jungen hinterherlaufen, der überhaupt nichts weiß von deinem Dasein.«

»Ich werde ihn schon auf mich aufmerksam machen. Er wird mich bemerken.« Aurelie biß die Zähne zusammen.

»Nimm dich nur in acht, sonst machst du dich zur Närrin. Wo sind eigentlich dein Schamgefühl und deine Würde geblieben?«

»Was kümmern mich Schamgefühl und Würde. Es gibt wichtigere Dinge. Ich muß an die Zukunft denken. Ich bin bereits fünfzehn, eine Frau, und die Zeit vergeht wie im Flug. Ich würde mich gar nicht wundern, wenn ich eines Morgens aufwachen und feststellen würde, daß ich achtzehn bin, am Verwelken, mutterseelenallein und ohne jede Aussicht, noch einen Mann zu finden – und das alles nur, weil ich mir die

Gelegenheit habe entgehen lassen. Und das will ich nicht!«

Eliste spürte, wie ihr vor Zorn das Blut in die Wangen schoß. Ihr eigener noch nicht lange zurückliegender achtzehnter Geburtstag, den sie in aller Stille im Haus ihrer Großmutter begangen hatte, war eine niederschlagende Angelegenheit gewesen. So großzügig die Geschenke und so üppig das Festmahl auch gewesen waren, hatte sie sich doch nur schmerzhaft an ihre schwindenden Aussichten erinnert gefühlt. Noch vor wenigen Monaten, als begehrte Schönheit im Beviaire, um deren Gunst sich so zahlreiche vielversprechende Kandidaten bemüht hatten, hätte sie sich niemals träumen lassen, daß ihr so etwas einmal passieren könnte, nämlich unvermählt und unverlobt achtzehn werden und nicht wissen zu können, was sie anfangen sollte. So mochte es reizlosen, langweiligen, armen Mädchen ergehen – jedoch nicht dem edlen Fräulein Eliste vo Derrivalle. Statt dessen war sie nun im Parabeau eingesperrt, ohne daß ihr auch nur ein einziges ernstgemeintes Angebot vorgelegen hätte. Der Hof hatte sich zerstreut, gesellschaftliche Veranstaltungen gab es nicht mehr. Die Kavaliere waren verschwunden, schienen sich verflüchtigt zu haben; und es stimmte schon, alle Chancen waren ihr entglitten. Das Leben war mit achtzehn für sie vorbei. Einen Augenblick lang brannten ihr die Augen.

»... Außerdem habe ich es mir lange genug überlegt«, plapperte Aurelie, die ihren Schnitzer nicht bemerkt hatte, unverdrossen weiter, »und jetzt ist der Zeitpunkt zum Handeln gekommen. Ich habe die Qualen der Liebe lange genug erduldet. Heute werde ich meinem Bayelle folgen – notfalls bis ans Ende der Welt!«

»Mein liebes Kind«, meinte Eliste ernst, ihr Unbehagen hinter mütterlicher Überlegenheit verbergend, »du bist adlig und noch nicht volljährig. Du kannst nicht einfach wie eine kleine Grisette auf die Straße laufen.«

»Auf keinen Fall. Das hatte ich auch gar nicht vor. Allein kann ich es nicht tun, und deshalb möchte ich auch, daß du mitkommst, Cousine. Du wirst mich als Anstandsdame begleiten.«

»Das werde ich nicht! Dafür bin ich nicht *alt* genug, Aurelie!«

»Aber du bist so klug, Cousine! So erfahren und überaus weise, seitdem du bei Hofe warst! Du bist hervorragend geeignet für die Aufgabe. Außerdem wüßte ich nicht, wen ich sonst darum bitten sollte. Du wirst mir doch helfen, nicht wahr? Bitte, ach bitte!«

»Das kommt gar nicht in Frage. Das ist nicht nur unschicklich, das ist sogar *gefährlich!* Also, ich habe Geschichten gehört – da würde sich dir der Magen umdrehen!«

»Aber es sind doch nur die Edelleute in Gefahr, und deswegen habe ich mir etwas ausgedacht. Schau mal, Cousine, was ich mitgebracht habe.« Sie schüttelte den braunen Stoff aus, den sie auf dem Arm hielt, und zeigte Eliste zwei lange, schlichte Capes. »Die sind für uns. Hier.« Sie warf Eliste eines zu. »Wir werden sie über den Kleidern tragen, und – schwupps! – schon sind wir verwandelt, ganz ohne Magie! Wir werden zwei kleine Näherinnen sein, gemeine Mädchen, die überall hindürfen. Ist das nicht ein schlauer, amüsanter Plan? Mach schon, Cousine, laß uns gehen!« Sie wirbelte den Umhang mit weitausholender Geste umher, hüllte sich in den braunen Stoff und zog die Kapuze über ihr blaugesträhntes Haar. »Los, komm, schnell, schnell, schnell!«

»Auf keinen Fall. Aurelie, hör auf und denk mal nach …«

»Warte.« Auf einmal hob Aurelie eine Hand mit himmelblau lackierten Nägeln, woraufhin plötzlich wohltuende Stille eintrat. Sie sprang ans Fenster, erstarrte dort wie ein Jagdhund und blickte auf die Straße hinunter. Nach einem Augenblick angespannten

Schweigens wisperte sie: »Er ist da. Das ist er, gleich dort unten! Das ist Bayelle! Mein Gott, wie hübsch er ist, ich halt's einfach nicht aus!«

»Wo?« Eliste war neugierig ans Fenster getreten und sah nun einen gutgekleideten, schlanken Jüngling mit sandfarbenem Haar und so zart modellierten Gesichtszügen, daß er Aurelies Beschreibung im nachhinein bestätigte, müßig die Avenue Parabeau entlangschlendern. »Ein netter Junge.«

»›Nett‹? Cousine, das ist, als würde man das Beviaire als ›gemütlich‹ bezeichnen. Er ist superb, ganz und gar außergewöhnlich, und ich liebe ihn von ganzem Herzen. Aber sieh mal... sieh doch nur...« Aurelie krampfte ihre plumpen, kleinen Hände zusammen. »Er geht weiter. Ach, er verschwindet! Komm, laß uns gehen, bevor er weg ist!«

»Bist du von Sinnen? Aurelie, setz dich hin. Du wirst auf keinen Fall auf die Straße gehen...«

»Doch, das werde ich! Ich muß, ich muß, ich kann es nicht ändern! Wenn du nicht mitkommst, dann gehe ich eben allein!«

»Das kannst du nicht machen. Ich werde auf keinen Fall zulassen, daß du...«

»Sei so gut, Cousine, und begleite mich. Ansonsten, adieu! Die Liebe besiegt alle Hindernisse!« Ohne eine Antwort abzuwarten, wandte Aurelie sich um und rannte mit wehendem Umhang zur Tür. Sie huschte auf den Flur, und dann hörte man sie die Treppe hinunterpoltern.

Einen Augenblick lang war Eliste vor Unentschlossenheit wie gelähmt. Eigentlich hätte sie nach den Dienstboten läuten sollen, die die törichte Flüchtige wohl nach wenigen Metern ergriffen hätten. Allerdings hätte dies Aurelie, die sich ihrer Cousine anvertraut hatte, in Verlegenheit gebracht und wahrscheinlich eine Bestrafung zur Folge gehabt. Das wäre ein schwerer Vertrauensbruch gewesen. Vielleicht war es doch am besten, das Kind zu begleiten. Dann würde sie das leidenschaftliche, aber unerfahrene junge Mädchen vor einer ernstlichen Offenbarung bewahren können; sie könnte Einfluß nehmen auf die vielleicht ja gefährliche Lage; vor allem aber würde sie selbst einmal *aus dem Haus kommen*. Bei dieser Vorstellung erwachte ihr Wunsch.

»Erzähl niemandem davon«, wies sie die staunende Kairthe an; dann legte sie das braune Cape um und rannte ihrer flüchtigen Cousine hinterher.

Nach ein paar Metern hatte sie Aurelie auf der Straße eingeholt. Das Mädchen huschte unauffällig von Tür zu Tür, wobei es einen gleichbleibenden Abstand zu seiner Beute beibehielt. Ohne von seiner Verfolgerin etwas zu bemerken, spazierte der junge Bayelle vo Clarivaux die Straße entlang. Als sich ihr eine Hand auf die Schulter legte, zuckte Aurelie schuldbewußt zusammen. Sie fuhr herum, erkannte ihre Cousine und brach vor Erleichterung in ein hohes Kichern aus. Sie verschränkte die Arme vor der Brust und krümmte sich vor Lachen zusammen. Eliste wartete geduldig, bis Aurelie sich wieder leidlich beruhigt hatte. »Cousine, ich wußte doch, daß du mich nicht im Stich lassen würdest! Ach, bin ich froh, daß du mitgekommen bist … ich selbst bin ziemlich … ich kann nicht mehr klar denken … ich glaube, ich sterbe … die Gefühle überwältigen mich …«

»Das sehe ich. Also gut, Aurelie, hier bin ich, wenn auch wider besseres Wissen. Und jetzt reiß dich zusammen und überleg dir, was du tun willst.« Hinter Elistes vernünftiger Art verbarg sich ein verbotenes Hochgefühl, ein unschicklicher Drang, in das Gekicher ihrer Cousine einzustimmen. Als sie spürte, wie sich ihr Mund zu einem Lächeln in die Breite ziehen wollte, preßte sie die Lippen fest und streng zusammen. Schließlich war sie die Anstandsdame.

»Ich weiß es nicht.« Aurelie atmete rasch vor Erregung, und ihr Gesicht war leicht gerötet. »Ich habe mir nichts überlegt. Ich warte auf eine Eingebung. Ach, mir wird schon rechtzeitig etwas einfallen, laß uns ihm erst einmal folgen und ihn nur einmal anschauen. Er sieht ja so wunderschön aus!«

»Nun, dann sollten wir uns aber beeilen. Er geht zu einem Fiaker, dem wir zu Fuß nicht folgen können, und ich fürchte, das wäre es dann gewesen. Dann mußt du wieder mit nach Hause kommen.«

»Aber, nein! Nein! Noch nicht! Das kann nicht sein!« Mit aufgerissenen Augen sah Aurelie ihren Angebeteten in die kleine, einspännige Kutsche steigen. Die Tür schloß sich, und der Fiaker rollte davon.

»So, meine Liebe«, setzte Eliste an, »er ist weg, und ich fürchte ...«

»Nein!« Aurelie stieß vor Enttäuschung einen lauten Schrei aus und sprang mitten auf die Straße, wo sie heftig winkte. Eliste folgte ihr verwundert. Als sie ihre Cousine erreicht hatte, näherte sich ein zweiter Fiaker, angelockt vom heftigen Winken des jungen Mädchens.

»Was glaubst du eigentlich, was du da tust? Das ist ein gewöhnliches, schmutziges, *öffentliches* Fahrzeug. Damit können wir nicht fahren!« rief Eliste.

»Können wir wohl! Ich habe Geld dabei!« Aurelie sprang hinein. »Folge ihm! Folge ihm! Laß ihn nicht entkommen! Aber mach es bloß nicht zu auffällig, Mann!« befahl sie dem Fahrer, auf das sich entfernende Fahrzeug deutend. Offenbar hatte er sie verstanden, denn er nickte. Aurelie wandte sich an ihre Cousine. »Los, komm! Rasch, Cousine, beeil dich, sonst muß ich alleine losfahren!«

Das durfte sie nicht zulassen, der verwirrten Halbwüchsigen hätte sonst alles mögliche zustoßen können. Außerdem hatte die schmutzige neue Erfahrung durchaus ihren Reiz. Eliste stieg ein und zog, als sie bemerkte, daß ihr niemand helfen würde, die Tür eigenhändig zu, worauf der Fiaker über die Avenue Parabeau davonklapperte. Seufzend vor Erschöpfung und Anspannung nahm sie auf dem unbequemen Sitz Platz. Aurelie beugte sich neben ihr mit geballten Händen vor und heftete ihren leidenschaftlichen Blick auf die ein paar hundert Meter voraus befindliche Kutsche, den Gegenstand ihrer maßlosen Leidenschaft. Im Augenblick war sie wohl kaum ansprechbar. Eliste wandte sich achselzuckend ab und schaute aus dem Fenster. Dank der Fürsorglichkeit ihrer Großmutter war dies das erste Mal seit fast einem Monat, daß sie spazierenfuhr, und das erste Mal überhaupt, daß sie seit ihrer Rückkehr zur Residenz der Rouvignac ohne Aufsicht war. Seit ihrem letzten Ausflug hatte sich einiges verändert; das sah man auf den ersten Blick. Als der Fiaker von der herausgeputzten Avenue Parabeau abbog, fielen die Veränderungen noch deutlicher ins Auge – das hieß, sie waren eigentlich nicht zu übersehen.

Dafür waren die Spuren der Machtübernahme durch die Republikaner nur allzu offensichtlich. Überall wimmelte es von Bauern, sogar in den guten Wohngegenden, in die einen Fuß zu setzen sie sich früher nie getraut haben würden. Jetzt aber trauten sie sich. Im Hochgefühl ihrer neuen Freiheiten faulenzten sie gruppenweise in den Parks und auf Plätzen, versammelten sich an Springbrunnen, auf Gehsteigen und in Gärten und lungerten vor Läden, Gasthöfen und sogar Wohnhäusern herum, wo man sie ehedem niemals geduldet hätte. Unverschämt, roh im Auftreten und unflätige Reden führend, schlenderten sie über die Straßen – am schlimmsten aber waren die, welche das scharlachrote Diamantabzeichen der fanatischen Anhänger Whiss v'Aleurs auf Kappen und Jacken trugen. Überall in der Stadt hatte man Diamanten auf Wände, Säulen, Monumente und selbst Bäume geschmiert. Bei vielen der Zeichen fand sich auch eingängig und knapp das Wort ›REPARATION‹. Eliste versteifte sich beim Anblick der grob gezeichneten Buchstaben. Obwohl sie seit Monaten im Haus ihrer Großmutter eingeschlossen war, wußte sie doch um die Rachsucht von Whiss v'Aleurs glühendsten Gefolgsleuten – erbitterte Fanatiker von der wahnsinnigen Sorte, die ständig Wiedergutmachung in Form von adligem Besitz, adligem Vermögen, adliger Erniedrigung und adligem Blut verlangten und ihre gewalttätige, räuberische Habgier und ihren Haß hinter selbstgerechter Rhetorik verbargen; sie waren verabscheuungswürdig und beängstigend. Nicht einmal vor Terrorismus schreckten diese Kriminellen, die sich selbst als ›Patrioten‹ bezeichneten, zurück. Sie brandschatzten, verprügelten, mordeten sogar. Mehrere Adelshäuser in der Stadt hatte man ausgeplündert, und das Haus des Grafen vo Creux war bis auf die Grundmauern niedergebrannt. Die Zerstörung fremden Eigentums, auf das die Reparationisten selbst Anspruch erhoben, war offensichtlich widersinnig, schien aber ein tiefverwurzeltes inneres Bedürfnis zu befriedigen. Vor einer solchen Boshaftigkeit war kein Edler sicher, und das Gesetz bot ihnen kaum Schutz. Die Reparationisten standen sozusagen außerhalb des Gesetzes; und zwar dank der sogenannten Vorhut weiter denn je.

Die Vorhut – ein bewaffnetes Korps alter Prägung, vorgeblich dazu gedacht, die Beschlüsse des dem Verfassungsgebenden Kongreß angeschlossenen Nationalen Wohlfahrtskomitees durchzusetzen – bestand in Wirklichkeit aus den glühendsten und kräftigsten Reparationisten und war nicht dem Komitee als ganzem, sondern ausschließlich dessen Vorsitzendem Whiss v'Aleur zu Gehorsam verpflichtet. Wie v'Aleur dieses Kunststück ohne offizielle Zustimmung und fremde Mittel hatte bewerkstelligen können, war nicht einmal den übrigen Mitgliedern des Komitees so recht klar. Doch irgendwie hatte er es geschafft, und nun verfügte ›Nachbar J.‹ über eine eigene militärische Basis, die in keinem Verhältnis stand zu seinem offiziellen Status als Abgeordneter von Sherreen – oder zumindest dachten dies viele insgeheim, ohne daß sie es allerdings gewagt hätten, ihre Meinung auch laut zu vertreten.

Mehrere Angehörige dieser ›Vorhut‹ – ein halbes Dutzend Männer, die wahrscheinlich gerade keinen Dienst hatten – lungerten im Augenblick vor dem Eingang einer Taverne herum. Ihre weiten, grob und plebejisch geschnittenen Uniformen aus festem, braunem Serge waren mit scharlachroten Schärpen und roten Diamantabzeichen verziert. Ihre Bewaffnung war hochwertig und technisch offenbar auf dem neuesten Stand. Als der Fiaker vorbeifuhr und die Vorhüter die beiden Mädchen darin erblickten, pfiffen sie, stießen ein Wolfsgeheul aus und schmatzten anerkennend mit den Lippen. Eliste warf ihnen einen verachtungsvollen Blick zu, dann reckte sie das Kinn und schaute weg. Aurelie hüpfte neben ihr sanft auf und ab, mit geteilten Lippen, die Augen unverwandt auf das Gefährt ihres Liebsten gerichtet – und ohne die Unverschämtheit der Soldaten auch nur zu bemerken.

Die beiden unsichtbar miteinander verbundenen Kutschen fuhren weiter in Richtung Fluß. Kurz darauf kamen sie am Grab vorbei, dann ratterten sie auf der Vinculum-Brücke über den Vir und auf den Ufermarkt, der wie der Rest der Stadt Vonahrs Wandel widerspiegelte. Der Markt war so lärmig und belebt wie eh und je, doch viele der Verkaufsbuden waren verrammelt und geschlossen, während die, die immer noch geöffnet hatten, ein klägliches Angebot an Waren feilboten. Trotzdem hatten sich davor lange Schlangen gebildet. Auch das Aussehen der Menge hatte sich verändert. Die einstmals so hervorstechenden farbenprächtigen Livreen der großen Häuser waren so gut wie verschwunden. Die verbreitete Feindseligkeit, die Hänseleien und bisweilen sogar Prügel, die sie in der Öffentlichkeit erdulden mußten, hatten selbst die loyalsten Bediensteten gezwungen, sich zumindest in der Öffentlichkeit aller äußeren Anzeichen von Knechtschaft zu entledigen. Vornehmtuerei war ebenfalls aus der Mode gekommen. Auf den Straßen herrschte eine gewisse bemühte Zwanglosigkeit – auch eine Nachlässigkeit, sich zu kleiden, die schon an Schlampigkeit grenzte, ein vertraulicher Umgangston, der Unverschämtheit mehr als nahe kam, eine beiläufige, nachlässige Gleichgültigkeit gegenüber der überholten Anstandsformen, was offenbar alles dazu diente, den neugewonnenen Stolz und die frischerworbene Unabhängigkeit der Vonahrischen Bürger darzubieten. Unter die Sherreener Zivilisten mischten sich eine Vielzahl Uniformierter – mehr, als man – außer in Kriegszeiten – jemals auf den Straßen gesehen hatte. Die Angehörigen der Vonahrischen Garde, die bekanntermaßen die Kongreßpolitik unterstützte, waren zahlreich vertreten und genossen hohes Ansehen. Weniger zahlreich, doch aufgrund ihrer besonderen Ausrüstung ins Auge fallend, waren die hurbanesischen und rhelischen Söldner. Außerdem waren noch die Loyalisten, die unbeliebten Sherrener Gendarmen und die Angehörigen der Königsgarde vertreten. Und immer häufiger sah man das Braun und Scharlachrot der Vorhüter.

Eliste beäugte die Soldaten voller Abscheu. Das war alles zuviel für sie – zu viele Uniformen, zu viele Waffen, zuviel unterschwellige Einschüchterung. Sie entspannte sich erst wieder, als der Fiaker den Ufermarkt hinter sich ließ und zum Platz des Großen Monarchen und von dort aus auf die Riquenoir-Straße rollte. Kurz darauf kamen sie an Madame Nimais' Laden vorbei.

»Wenigstens der hat sich nicht verändert«, bemerkte Eliste. »Tut es nicht gut zu sehen, daß wenigstens etwas unverändert geblieben ist?«

Aurelie hatte die Frage nicht gehört. Ohne den vorausfahrenden Fiaker aus den Augen zu lassen, murmelte sie wie im Fieber: »Wo mag er wohl hinfahren? Wo mögen *wir* wohl hinfahren?«

Seufzend verzichtete Eliste darauf, eine Unterhaltung zu beginnen.

Von der Riquenoir-Straße ging es in ein Gewirr von Gassen hinein und vorbei am Theater des Königs. Dann auf einmal packte Aurelie ihre Cousine beim Arm und rief: »Die Neue Arkade! Er fährt bestimmt zur Neuen Arkade! Oh, ich glaube, ich sterbe!«

Eliste sah dafür zwar keinen Grund, enthielt sich klugerweise aber einer Bemerkung. Bald darauf ragte vor ihnen das zweistöckige Gebäude der Arkade auf, und davor hielt Clarivaux' Kutsche an, und der Fahrgast stieg aus.

»Da! Da ist er! Schau! Das ist Bayelle! Sieh doch nur!« Aurelies Fingernägel gruben sich in Elistes Arm. Sie richtete sich auf, schlug mit der Faust gegen das Dach der Kutsche und befahl dem Fahrer: »Laß uns hier an der Neuen Arkade aussteigen, Mann! Rasch, rasch! Oder willst du alles verderben? Beeil dich!«

Er gehorchte, Aurelie warf ihm eine Handvoll Münzen zu und sprang aus der Kutsche. »Komm, Cousine!« drängte Aurelie. »Rasch, bevor wir ihn verlieren! Ach, Gott, wie schön er ist!« Mit nachwehendem braunem Cape eilte sie in die Neue Arkade hinein.

Eliste folgte ihr ergeben. Die Arkade, einstmals Gegenstand der Bewunderung und des Staunens, kam ihr nun, nach mehrmonatigem Aufenthalt in Sherreen, wie ein ganz gewöhnlicher Ort vor, der zum Glück bislang von den sozialen, politischen und wirtschaftlichen Turbulenzen verschont geblieben war. Die Auslagen der Geschäfte waren so üppig, die Kunden so wohlhabend wie eh und je. Die Arkade bot immer noch einen angenehmen Anblick, der Reiz des Neuen hatte sich jedoch verloren. Eliste gönnte dem verglasten Dach, den zahmen Singvögeln und kostümierten Affen, den Jongleuren und Akrobaten, die am Springbrunnen im weitläufigen Atrium ihre Kunststücke vorführten, kaum einen Blick und eilte gleich ihrer Cousine nach, die wiederum Bayelle vo Clarivaux folgte.

Höchstwahrscheinlich hatte der junge Mann keine Ahnung, daß er verfolgt wurde. Sein unbeschwertes Gebaren, als er an den Geschäften entlangschlenderte – wobei er hin und wieder ein Taschentuch, ein Stück Siegelwachs oder ein Döschen Schnupftabak erstand –, deutete darauf hin, daß er sich unbeobachtet wähnte. Die beiden Mädchen folgten ihm in sicherem Abstand – Eliste nachsichtig, ihre Cousine in fieberhafter Erregung. Bayelle führte sie in gemächlicher Geschwindigkeit durch die untere Etage der Arkade bis zu einem Freiluftcafé. Die Gäste saßen an kleinen, weiß gestrichenen schmiedeeisernen Tischen, die auf einer gekachelten Terrasse unter einer großen, gestreiften Markise aufgestellt waren, mit Ausblick auf den Kaufmannsplatz. An einem der größten Tische hatte sich eine Gruppe Jugendlicher niedergelassen, deren Ausdrucksweise, Manieren und schamlos teure Aufmachung sie als Edelleute kenntlich machten. Der junge Bayelle gesellte sich zu seinen Standesgenossen, die ihn anscheinend erwartet hatten. Von Eliste und Aurelie vom Ausgang aus beobachtet, bestellten sie eine Schale Bowle.

»Und nun?« fragte Eliste. »Der Anstand verbietet es, daß wir ihn ansprechen. Wirklich Aurelie, ich glaube, du solltest besser …«

»Nein! Sag das nicht! Ich muß mir bloß etwas ausdenken – ich muß! Wenn ich meinen Kopf nur ganz leer mache …«

»Das dürfte dir eigentlich nicht schwerfallen.«

»… dann wird mir schon etwas einfallen! Komm, setzen wir uns hin, dann können wir ihn beobachten. Vielleicht bemerkt er mich ja. Sehe ich gut aus? Ist meine Frisur in Ordnung, wirkt sie auch betörend? Suchen wir uns einen Tisch aus und bestellen wir Veilcheneis. Nein, davon bekommen die Lippen so eine ekelhafte Blaufärbung. Das würde ihm nicht gefallen. Dann lieber Roseneis.«

»Unsinn. Wir können nicht ohne Begleitung in ein öffentliches Café gehen. Die Gäste würden uns für … Na, ich muß wohl nicht erst betonen, wofür sie uns halten würden!«

»Pah, was geht uns das an? Ich habe keine Angst! Es gibt nichts, was ich aus Liebe nicht tun würde.«

»Also, *ich* würde einiges nicht tun. Was würdest du sagen, wenn man sich weigerte, uns zu bedienen? Stell dir nur mal vor, wie peinlich das wäre!«

»Cousine, ich hätte dich eigentlich für mutiger gehalten. Also, wenn du nicht mitkommen willst, dann müssen wir uns eben trennen, denn ich kann jetzt nicht umkehren. Ich kann einfach nicht anders, so ist das!«

»Aurelie …«

Zu spät. Entschlossen, einen Tisch in Beschlag zu nehmen, der freie Sicht bot auf Bayelle vo Clarivaux' hübsch gezeichnetes Profil, schritt Aurelie auf die Terrasse hinaus, wobei ihre bereits rosigen Wangen eine noch tiefere Färbung annahmen. Nach kurzem Zögern folgte ihr Eliste widerwillig. Sie fühlte den Druck der neugierigen Blicke, als sie die Terrasse überquerte, und meinte zu wissen, was die Gäste dachten. Das Blut schoß ihr in die Wangen. Mit hocherhobenem Kopf nahm sie so würdevoll, wie sie es nur vermochte, Platz. Die jungen Edelleute an Bayelles nur wenige Meter entferntem Tisch hatten die beiden Mädchen bemerkt. Sie stießen sich bereits gegenseitig an, grinsten und zwinkerten; ein Verhalten, wie es in Gegenwart von Damen ihres Standes undenkbar gewesen wäre. Kein Zweifel, sie nahmen das Schlimmste an. Eliste wurde immer unbehaglicher zumute. Sie schaute ihre Begleiterin vorwurfsvoll an. Aurelie bemerkte es nicht. Ihr schamlos schmachtender Blick ruhte auf Bayelle, und außer ihm schien sie nichts wahrzunehmen. Eliste schüttelte sorgenvoll den Kopf.

Es näherte sich der Besitzer – ein untersetzter Gemeiner, der eine Schürze, eine weiße Haube und ein eindeutig mißbilligendes Stirnrunzeln zur Schau trug. An ihrem Tisch blieb er stehen und holte zornig Luft. Bevor er sie auffordern konnte, sich zu entfernen, bestellte Eliste zwei Portionen Roseneis. Beim Ton ihrer wohlklingenden Stimme mit einer Ausstrahlung von verinnerlichter Würde veränderte sich seine Miene. Er senkte den Blick auf ihre Füße, die mit teuren Schuhen und durchscheinenden Seidenstrümpfen bekleidet waren; dann schaute er auf ihre Hand, die glatt, sehr weiß und mit Goldringen geschmückt war. Schließlich blickte er Aurelie an und bemerkte ihre langen, blauen Fingernägel – eine modische Affektiertheit, die den Edlen vorbehalten war. Seine Miene hellte sich auf. Er verneigte sich, zog sich zurück und brachte kurz darauf zwei Portionen Eis, die jeweils mit einer rosafarbenen Zuckerrose verziert waren.

Aurelie hatte nichts von alledem bemerkt. Ohne den Nebentisch aus den Augen zu lassen, löffelte sie mechanisch ihr Eis. Schließlich wurde es Eliste langweilig, ihr dabei zuzusehen, und sie ließ den Blick umherschweifen. Sie saß in der Nähe des schmiedeeisernen Geländers am Rand der Terrasse. Auf der anderen Seite der niedrigen Barriere wimmelten Kutschen und Fußgänger auf dem Kaufmannsplatz umher. Eine Zeitlang schaute sie ihnen amüsiert zu. Der Platz wirkte ungewöhnlich belebt. An der gegenüberliegenden Seite war eine patriotisch schlampig gekleidete Gestalt mit einem scharlachroten Diamanten auf der Mütze auf ein Faß geklettert und hielt eine flammende Rede – in letzter Zeit ein gewöhnlicher Anblick. Müßig schaute sie ihm zu. Er gestikulierte heftig, seine Züge waren verzerrt vor Zorn, und er schien zu schreien; allerdings verstand Eliste kein einziges Wort. Was immer sein Thema sein mochte, es mußte wohl fesselnd sein, denn schon nach kurzer Zeit hatte er eine beträchtliche, aufmerksame Zuhörerschaft um sich versammelt. Eliste schaute ihm noch eine Weile zu, dann verlor er den Reiz für sie. Die Minuten flossen dahin, und Aurelie bewahrte Schweigen, wartete wahrscheinlich auf einen Einfall.

»Mußt du unbedingt so unverhohlen starren? Wir fallen noch unangenehm auf«, meinte Eliste schließlich vorwurfsvoll.

»Ich glaube ... ich glaube, ich muß ihm eine Nachricht schicken«, murmelte Aurelie verträumt. »Einen richtigen Liebesbrief! Ich werde ihm mitteilen, eine Dame aus gutem Hause, deren unglückliche Umstände vollkommene Verschwiegenheit erfordern, benötige in einer dringenden und delikaten Angelegenheit seinen Beistand. Da die Sache nicht ungefährlich sei, vertraue sie auf seine Ritterlichkeit wie auf seine Verschwiegenheit. Dann werde ich ein geheimes Treffen vorschlagen. Das wird bestimmt seine Neugier wecken, was meinst du? Das tut die Aura des Geheimnisvollen immer.«

»Nein! Auf gar keinen Fall!«

»Nein? Glaubst du, ich muß deutlicher werden? Statt List und Tücke vielleicht lieber ein offener Gefühlserguß? Vielleicht hast du recht. Dann werde ich ihm eben schreiben, ich himmelte ihn seit langem aus der Ferne an und sehnte mich danach, seine Bekanntschaft zu machen.« Als ein Kellner vorbeikam, schnippte sie mit den Fingern. »Bring mir sofort Papier, Feder und Tinte.«

»Nein, du Dummkopf, nein!«

»Du mußt mir deswegen nicht gleich *Beleidigungen* an den Kopf werfen, Cousine!«

»Verdient hast du sie. Hast du denn endgültig den Verstand verloren? Ich werde es nicht zulassen, daß du dich demütigst!«

»Ich demütige mich nicht – ich bin verliebt! Das Gefühl ist stärker als ich, ich kann nichts dagegen machen!«

»Deine Verrücktheiten gehen mir allmählich zu weit. Du wirst mich jetzt auf der Stelle nach Hause begleiten.«

»Das werde ich nicht!«

»Doch, das wirst du, oder ich erzähle alles Großmutter.«

»Du gemeine Verräterin, ich dachte, du wärst meine *Freundin*!«

»Iß dein Eis, dann brechen wir auf.«

»Ich hätte nie gedacht, daß du so gemein sein könntest. Ich glaube, du bist eifersüchtig. Ja, das bist du – du bist eifersüchtig auf meine Liebe, weil du alt und allein bist!«

»Du unverschämtes Biest – du dummes, kleines, unreifes *Kind* ...«

Auf dem Kaufmannsplatz ertönte lautes Geschrei. Eliste brach ab und wandte sich um. Die um den Redner versammelte Menschenmenge schien auf einmal vor Wut zu toben. Sie brüllten Beschimpfungen und schüttelten die Fäuste. »Was ist denn da schon wieder los?«

»Wer wird sich denn jetzt um diesen Pöbel kümmern? Cousine, meine Liebe zu Bayelle ist *wichtig*, und du bist einfach abscheulich ...«

»Pssst – warte einen Augenblick.«

Aurelie verstummte überrascht. Auch die übrigen adligen Gäste wurden auf einmal still und aufmerksam. Die Menge auf dem Platz schäumte vor Wut. Knüppel wurden geschwungen, und wahllos warf man Steine. Offenbar hatte der Volkszorn noch kein Ziel gefunden, doch wurde dieser Mangel durch das Erscheinen einer ungewöhnlich großen, prachtvollen Kutsche behoben, die, gezogen von sechs braunen Pferden, an der Neuen Arkade vorbeifuhr. Als die Kutsche auf den Kaufmannsplatz gelangte, geriet die Menge in Wallung – was heutzutage leider nur allzu häufig geschah. Es erhob sich ein so fürchterliches Gebrüll, daß Eliste unwillkürlich zusammenzuckte. Die gewaltige, tausendfache Stimme drückte nicht nur Zorn aus, sondern wirklichen Haß. Im nächsten Augenblick griff die Menge mit Stöcken, Steinen, Messern und einer Vielzahl notdürftiger Waffen an. Die Pferde bäumten sich erschreckt auf. Die gleichermaßen entsetzten Lakaien sprangen vom Gefährt hinunter, während der Kutscher den Fehler machte, eine Pistole zu ziehen.

Die Lakaien mußten zwar Schmähungen und Fußtritte über sich ergehen lassen, doch erlaubte man ihnen zu fliehen. Ihnen schloß sich eine Schar furchtsamer Bürger an. Bevor er einen Schuß abgeben konnte, wurde der Kutscher vom Kutschbock heruntergezogen und verschwand in einem tödlichen Wirbel zuschlagender Fäuste und tretender Beine. Die Tür der Kutsche wurde aus den Angeln gerissen. Zwei Fahrgäste wurden von gierigen Händen herausgezerrt – eine stattliche, prachtvoll gekleidete, dunkelhaarige Dame mit üppiger Figur und deren Zofe. Die Zofe verschwand augenblicklich und wurde vom menschlichem Mahlstrom aufgesogen. Die Dame leistete noch eine Weile Widerstand und klammerte sich an die Kutsche. Man zerrte an ihrem Haar, ihrem Körper, ihrer Kleidung. Man riß ihr Umhang, Kapuze und Schultertuch herunter. Ihr vom Ausschnitt bis zur Hüfte zerrissenes Kleid klaffte weit offen und enthüllte ihren Leib den Blicken den Menge. Mit vor der Brust verschränkten Armen wich sie zurück, die Augen quollen ihr hervor, ihr Mund war weit aufgerissen. Als ein Knüppel sie an der Schläfe traf, brach sie zusammen. Dann zog sich die brodelnde Menschenmasse auf einmal zusammen und versperrte die Sicht auf den hilflos am Boden liegenden Körper.

Die Edelleute auf der Terrasse schauten in tatenlosem Entsetzen zu.

»Wer ist das?« Eine gebildete Stimme, rauh und bestürzt.

»Die Kutsche trug das Wappen der Ferontes.« Ein ehrfurchtsvolles Flüstern. »Das ist die Herzogin.«

»Nein.« Eliste erkannte ihre schwache Stimme kaum noch wieder. Sie kam sich eigentümlich entfernt vor. Ein leichter Schmerz verband sie mit der Außenwelt. Aurelie drückte ihr so fest die Hand, daß es weh tat. »Das ist nicht ihre Hoheit. Ich glaube, das ist ... das ist Madame vo Bellesandre, die Freundin des Herzogs. Er muß ihr den Wagen geliehen haben. Wollte ihr wohl einen Gefallen tun ...« Sie verstummte.

»Tiere.« Ein unbekannter Ausdruck des Entsetzens. »Bestien.«

Auf dem Platz nahm die Menge die Kutsche planmäßig auseinander. Die Pferde waren bereits losgeschirrt und wurden nun von ihren neuen Besitzern weggeführt. Drei reglose Körper lagen lang ausgestreckt auf dem Pflaster. Menschenstrudel gingen vom Mittelpunkt aus und wirbelten in alle Richtungen. Einige verängstigte Bürger versuchten, sich in die Neue Arkade hinein zu flüchten. Als die ersten das Café erreichten, wurden sie sogleich nach Neuigkeiten ausgequetscht.

»Der Herzog von Feronte hat Vonahr verlassen.« Der Sprecher – ein bebrillter, ordentlich gekleideter Bourgeois mit dem respektablen Äußeren eines kleinen Ladenbesitzers – rang keuchend nach Atem. »Er ist diese Nacht aus dem Beviaire entwischt – soll heute morgen die Grenze erreicht haben –, und da behauptet dieser Reparationist dort draußen, er beabsichtige, eine Armee gegen uns aufzustellen – um den Absolutismus wiederherzustellen, um den ganzen Verfassungsgebenden Kongreß zu massakrieren und so fort. Als er die Menge so richtig aufgepeitscht hat, kommt die Kutsche mit dem Wappen des Herzogs vorbei – den Rest habt Ihr ja mitangesehen.« Der kleine Mann war ganz grau im Gesicht.

Die Zuhörer versuchten, das Gehörte schweigend zu verarbeiten. Eliste starrte mit ungläubig aufgerissenen Augen auf den zerfetzten Leichnam von Madame vo Bellesandre – ein harmloses, nichtiges Geschöpf, das ein Opfer des grassierenden Hasses auf alle Edelleute geworden war –, und schon regte sich in ihr kaltes Entsetzen, eine hilflose, schwarze Furcht, die nicht einmal die Erstürmung des Beviaire in ihr geweckt hatte. Denn nun begriff sie zum ersten Mal, daß der Haß überall war, sie von allen Seiten umgab und das ganze Land überschwemmte. Sie und ihre Standesgenossen waren im Begriff, darin zu ertrinken.

Die Wut der Mörder hatte sich noch nicht erschöpft, und im Augenblick richtete sie sich gerade auf ein neues Ziel – auf die vornehme, noch unberührte Westfassade der Neuen Arkade. Die Arkade mit ihren teuren Läden und betuchten Kunden stellte einen deutlichen Affront gegen die demokratischen Empfindsamkeiten dar und forderte somit die öffentliche Rache geradezu heraus. Die Menschenmenge stürmte brüllend über den Kaufmannsplatz auf das Terrassencafé zu. Einen Augenblick lang waren die dort versammelten Edelleute wie erstarrt, dann zerstreuten sich die Kunden in heilloser Verwirrung; die Beweglicheren unter ihnen sprangen über das schmiedeeiserne Geländer und flüchteten sich in die Nebenstraßen, während die Mehrheit blindlings vergeblichen Schutz im Atrium der Arkade suchte. Eliste erhob sich verwirrt, denn sie verfügte über keinerlei Erfahrung im Umgang mit einem solchen Irrsinn. Überall um sie herum drängten und schubsten die Edelleute in ihrer Eile, den Ausgang zu erreichen, und bahnten sich rücksichtslos einen Weg. Üblicherweise hätten die Herren zunächst einmal Eliste in Sicherheit bringen und sich notfalls für sie aufopfern müssen, sollten es die Umstände erfordern. Einen Augenblick wartete sie auch vergeblich auf ein Angebot, ihr zu helfen. Als ein solches Angebot jedoch auf sich warten ließ, blickte sie sich verständnislos um, dann stellte sie fest, daß das billige braune Cape, das ihre adlige Herkunft hatte verbergen sollen, seinen Zweck nur allzugut erfüllte. Die Herren erkannten sie nicht als Angehörige ihres eigenen Standes, die Anspruch auf ihren Schutz und ihre Rücksichtnahme gehabt hätte. Da sie sie für eine unbedeutende Gemeine hielten, überließen sie es ihr selbst, sich zu verteidigen. Unglaublich, aber wahr – sie war auf sich allein gestellt.

Zu dieser Erkenntnis war auch Aurelie gelangt, die allerdings wußte, was zu tun war. Im nächsten Augenblick streifte sie sich den Umhang ab, unter dem ihr blaugesträhntes Haar und ihre teure Kleidung zum Vorschein kam. Nun als Edle zu erkennen, bahnte sie sich behende einen Weg quer über die Terrasse und heftete sich wie ein Schildfisch an den Arm des verblüfften Bayelle vo Clarivaux. Eliste folgte ihr und erreichte die beiden gerade noch rechtzeitig, um mitzubekommen, wie Aurelie sagte: »… Eure Nachbarn, Verwandte der Gräfin vo Rouvignac, und brauchen Euren Schutz, gnädiger Herr. Ah, da ist ja meine Cousine, deren leichtsinnige Abenteuerlust uns in diese verzweifelte Lage gebracht hat!«

Elistes entrüstete Entgegnung wurde von Angst- und Schmerzensschreien übertönt, denn gerade eben ging ein Steinhagel auf die Terrasse nieder. Die Geschosse waren überall und prasselten wie Hagelkörner gegen Wände und Möbel. Unwillkürlich riß sie die Arme vors Gesicht, während Aurelie mit einem leisen Aufschrei zurückwich und sich an Bayelle vo Clarivaux preßte. So verwirrt und entsetzt er auch war, so bewies der Jüngling dennoch Geistesgegenwart. Er packte einen kleinen, umgestürzten Tisch und benutzte ihn als Schutzschild für sich und die beiden Mädchen. Die Steine prasselten gegen den Tisch, bis Bayelle sie von der Terrasse herunter und um die Ecke des großen

Gebäudes herum an der Wand entlang bis zum Haupteingang der Neuen Arkade geführt hatte, wo für gewöhnlich die Droschken warteten. Verängstigte Ladenbesitzer, Restaurateure, Künstler und Kunden strömten ins Freie, um sich in Sicherheit zu bringen. Die verfügbaren Droschken wurden augenblicklich in Beschlag genommen. Neu eintreffende Kutschen wurden von brüllenden, drängelnden Scharen von Möchtegernfahrgästen umzingelt, die ein Weiterkommen unmöglich machten. Gebrüllte Befehle, lautes Flehen, Anschuldigungen und Beschimpfungen erfüllten die Luft; das Pferdewiehern, das Ächzen von Rädern und Achsen, das laute Knallen der Peitschen wurden unterstrichen vom dumpfen, bedrohlichen Stimmengebrüll auf dem Kaufmannsplatz.

Bayelle besaß die Geistesgegenwart, sie an dem Menschenauflauf vorbeizubugsieren. Er führte seine beiden Schutzbefohlenen von der Neuen Arkade weg und in die Viomente-Straße hinein, wo die Droschken für gewöhnlich Passagiere zwischen den Läden und dem Theater hin und her fuhren. Dort fand er ohne große Mühe ein freies Gefährt. Ungeachtet ihres Abscheus vor öffentlichen Fahrgelegenheiten kletterte Eliste dankbar in die schäbige kleine Kutsche und ließ sich mit einem unterdrückten Schluchzer der Erleichterung auf das fadenscheinige Polster sinken. Sie zitterte, war zerzaust und hatte eine Schramme am Handgelenk, wo sie ein Stein gestreift hatte. Ihr gegenüber saß Bayelle und neben ihm Aurelie, die sich an seinen Arm klammerte. Bayelle gab dem Kutscher Anweisungen, und die Droschke setzte sich zum Parabeau hin in Bewegung. Auf der Viomente-Straße wimmelte es von aufgeregten Menschen, die, aufgescheucht von der Unruhe, aber noch ohne deren genaue Ursache zu kennen, rastlos und immer wieder neue Grüppchen bildeten. Trotz des allgemeinen Durcheinanders kam die Droschke ungehindert voran, bog bald darauf in die

Beinbruchgasse ein, fuhr vorbei am Theater des Königs und gelangte dann auf die Riquenoir-Straße, wo noch Ruhe herrschte. Die Welt war wieder in Ordnung, und Eliste lehnte sich aufseufzend zurück und schloß die Augen. Das aber machte alles nur noch schlimmer, denn hinter den geschlossenen Lidern sah sie mit fürchterlicher Klarheit und in allen Einzelheiten, wie die Menge über die hilflose Madame vo Bellesandre herfiel. So sehr sie sich auch bemühte, vermochte sie weder die schrecklichen Bilder noch die mit ihnen einhergehende neue Angst aus ihrer Vorstellung zu verbannen. Die Welt war gar nicht so, wie sie sie sich vorgestellt hatte. Die Sicherheit, die sie immer für selbstverständlich gehalten hatte, ruhte auf einem erschreckend schwachen Grund, und sie war umgeben von blutrünstigen Raubtieren, denen sie nie etwas zuleide getan hatte. Den Ursprung des Hasses schrieb sie der boshaften Natur der Kanaille zu. Von den wahren Gründen ahnte sie kaum etwas. Sie wußte bloß, daß sie dermaßen angewidert, verwirrt und verängstigt war wie noch nie in ihrem Leben.

Ob es Aurelie wohl ebenso mitgenommen hatte? Als Eliste die Augen aufschlug, sah sie ihre Cousine ermattet auf ihrem Sitzplatz hin und her schwanken. Einen Augenblick lang ließ sie sich täuschen; dann fielen ihr die strahlenden Augen und die gesunde Gesichtsfarbe der Jüngeren auf, und ihr wurde klar, daß es sich dabei um eine List handelte.

Das leichtsinnige Ding ist doch unverbesserlich.

Aurelie ließ sich seufzend gegen Bayelle vo Clarivaux' Schulter fallen. Die Augen hatte sie geschlossen, ihr Körper war erschlafft, ihre Wangen von einer trügerisch rosigen Färbung. Bayelle bemerkte es entweder nicht oder war zu schlichten Gemüts, oder beides. Statt dessen massierte er ihr sogleich die Handgelenke und tätschelte ihr die Wangen. Als Aurelie sich nicht regte, schaute er besorgt und unsicher zu Eliste.

»Sie wird sich gleich wieder erholen«, versicherte Eliste ihm trocken. »Da braucht Ihr Euch keine Sorgen zu machen, gnädiger Herr.«

Bestürzt über ihre Gefühllosigkeit nickte er und fuhr fort, Aurelies Handgelenke zu reiben. Diese regte sich schwach und murmelte etwas. Bayelle beugte sich zu ihr hin. An Eliste wandte er sich nicht mehr, solange die Fahrt währte.

Nach etwa einer halben Stunde hielt die Droschke vor dem Haus der Rouvignac, und Aurelie gestattete es sich, wieder zu vollem Bewußtsein zu kommen. Mit bebenden Wimpern schlug sie die Augen auf und bemerkte mit schwacher Stimme: »Wir sind da. Ihr habt uns gerettet, mein Herr, und aufgrund Eures Heldentums stehen wir auf ewig in Eurer Schuld.«

»Aber nein, edles Fräulein – jeder hätte an meiner Stelle so gehandelt wie ich.« Trotz seiner gegenteiligen Bemerkung wirkte der Jüngling erfreut und geschmeichelt. Sein offenes und unbefangenes Gesicht errötete leicht.

»Keineswegs. Wahre Ritterlichkeit und wahrer Großmut sind selten. Und an eben diesen Großmut appelliere ich, wenn ich Euch bitte – Euch anflehe –, über unser Treffen die allergrößte Verschwiegenheit zu bewahren.«

»Verschwiegenheit?« Bayelle stand die Neugier ins Gesicht geschrieben. »Aber weshalb, edles Fräulein?«

»Aus Angst vor meiner Großtante Zeralenn, die gegenwärtig auch mein Vormund ist«, gestand Aurelie. »Sie ist eine Frau von grimmigem, furchtbarem, unerbittlichem und herrischem Gemüt. Ich bin der Tyrannin auf Gedeih und Verderb ausgeliefert, und sie würde mir gewiß die grausamste Strafe auferlegen, sollte sie in Erfahrung bringen, daß ich mich auf eigene Faust in die Stadt begeben habe – selbst wenn es darum ging, meiner lieben, hitzköpfigen Cousine beizustehen.«

»Eure Cousine sollte sich besser in Besonnenheit üben.« Bayelle schenkte Eliste einen mißbilligenden Blick. »Sie setzt Euch großen Gefahren aus.«

Hin und her gerissen zwischen Belustigung und Abscheu, enthielt Eliste sich einer Entgegnung.

»Ach, macht ihr keine Vorwürfe, edler Herr. Sie ist voller Leidenschaft, vielleicht sogar verwegen, aber sie meint es bloß gut. Jedenfalls ist sie meine Verwandte und kann sich daher meiner Verschwiegenheit sicher sein – was auch geschehen möge!«

»Ihr habt ein großes Herz und ein ausgeprägtes moralisches Empfinden für das Gute.«

Eliste blickte angestrengt aus dem Fenster.

»Aber, mein Herr, Ihr bringt mich ja zum Erröten.« Aurelie hob flehentlich den Blick. »Und gelobt Ihr mir nun Verschwiegenheit? Meine unglücklichen Umstände erfordern unbedingte Geheimhaltung. Da die Lage nicht ungefährlich ist, vertraue ich auf Eure Ritterlichkeit wie auf Eure Diskretion.« Mit wogendem Busen neigte sie sich zu ihm hinüber. »Ihr werdet mein Geheimnis doch hüten, nicht wahr?«

»Gewiß, edles Fräulein, falls Ihr es wünscht. Meinem Ehrenwort könnt Ihr vertrauen.«

»Das tue ich, edler Herr, das tue ich! Und nun … wenn Ihr mir helfen würdet … ich fühle mich immer noch ein wenig schwach …«

»Mit Freuden, edles Fräulein.«

»Vielleicht …« Aurelie schaute Eliste unverwandt an. »Vielleicht würden wir Madames Aufmerksamkeit am ehesten entgehen, wenn wir das Haus getrennt betreten würden. Und das, Cousine, ist doch wohl dein größter Wunsch?«

»Aber gewiß doch«, pflichtete Eliste ihr bei. Ihre Cousine wollte einen Augenblick mit dem Jungen allein sein, soviel war klar, und in Anbetracht der außergewöhnlichen Mühen, die Aurelie auf sich genommen hatte, war das nur recht und billig.

Sie einigten sich darauf, daß Aurelie das Haus durch die Hintertür und Eliste heimlich durch den Seiteneingang und den Servierraum betreten sollten. Bayelle bezahlte den Fahrer, dann war er beiden Mädchen beim Aussteigen behilflich. Kühl und höflich half er Eliste auf den Gehsteig hinunter. Als das jüngere Mädchen in der Tür der Kutsche erschien, nahm sein jungenhaftes Gesicht einen geradezu herzlichen Ausdruck an. Er bot ihr den Arm, und Aurelie hängte sich bei ihm ein. Seite an Seite näherten sie sich stockend dem Hintereingang, wobei Aurelie sich offenbar auf ihren Retter stützte. Mit leicht säuerlichem Lächeln schaute Eliste ihnen nach; dann, als sie um die Ecke des Hauses gebogen waren, eilte sie zum Seiteneingang, trat ein und huschte durch das Servierzimmer und die dahinterliegenden Gemächer, bis sie ins Foyer gelangte, wo sie innehielt. Aus der Wohnzimmertür vernahm man Stimmen; die leise, entschiedene, ein wenig rauhe Stimme von Zeralenn und die tiefere des Cavalier vo Meureille. Da Meureille, vielleicht nicht unbedingt zu seinem Bedauern, aufgrund der Reisebeschränkungen des Nationalen Wohlfahrtskomitees in Sherreen festsaß, hatte er dem Haus der Rouvignac in den zurückliegenden schweren Monaten regelmäßig Besuche abgestattet.

Eliste tat einen Schritt auf das Wohnzimmer zu, dann zögerte sie. Eigentlich hätte sie ihnen von den Vorfällen auf dem Kaufmannsplatz berichten sollen, doch das konnte sie nicht, ohne zu verraten, daß Aurelie und auch sie selbst sich unerlaubt entfernt hatten. Außerdem würden sie von den Neuigkeiten noch früh genug erfahren. Während sie noch unentschlossen schwankte, wurde die Stimme des Cavaliers allmählich vernehmlicher.

»... dürfen uns von der scheinbaren Ruhe nicht täuschen lassen – das ist bloß die letzte kurze Flaute vor dem Sturm, der bald mit unvorstellbarer Gewalt losbrechen wird.«

»Ich bitte Euch, Meureille, für dieser Art Schwarzmalerei sind wir doch beide schon zu alt.« Zeralenns bissiger Spott klang aufrichtig. »Wo ist der Beweis?«

»Zu sehen in den Gesichtern der Gemeinen auf allen Straßen und Plätzen.«

»Ach, der ständig grummelnde Pöbel.«

»Man sollte die Gemeinen nicht unterschätzen. Die Kraft und Wildheit ihrer Wut sind grenzenlos, was nur verständlich ist. Und nun, da die ehemaligen, durch Angst auferlegten Einschränkungen nicht mehr gelten – da die Königliche Garde geschlagen und unsere Gendarmen ermordet sind, da unsere Magie verhöhnt wird und unsere Verwundbarkeit offen zutage liegt – braucht es bloß einen Vorwand, ein Wort, einen falschen Atemzug, um die ganze Wut des Mobs zu entfesseln.«

»Wozu sollte das gut sein? Sie haben ihre Ziele doch auch ohne großes Blutvergießen erreicht. Sie haben seine Majestät zu einem Gefangenen gemacht. Ihr lächerlicher Verfassungsgebender Kongreß, der über seinen Papieren ächzt, besudelt die Jahrhunderthalle. Wenn er seine Arbeit abgeschlossen hat, wird diese lächerliche Konklave eine Verfassung hervorbringen – ein monströses Machwerk, das wir als neues Weltwunder werden begrüßen müssen. In der Zwischenzeit haben sie die altehrwürdigen Rechte des Adels abgeschafft, eine widernatürliche Gleichheit verkündet, Gesetz, Sitte und Anstand gröblich verletzt und Vonahr in den Augen aller anderen Nationen zweifellos verächtlich gemacht. Was wollen sie denn noch, nachdem sie dies alles erreicht haben?«

»Rache«, schlug Meureille vor. »Gräfin, Ihr begreift nicht, wie stark der Haß des Volkes ist und daß er eine Machtquelle darstellt, die nun von zahlreichen Demagogen benutzt wird, wobei sich vor allem diejenigen reparationistischer Couleur hervortun.«

»Ich befasse mich nicht mit den schändlichen Sprüchen unflätiger bäuerlicher Wilder.«

»Vielleicht solltet Ihr das aber tun. Diese Sprüche werden die Welt verändern.«

»Nur vorübergehend. Darauf vertraue ich.«

»Ich fürchte, Euer Vertrauen ist hier fehl am Platze. Veränderungen sind häufig unumkehrbar. Die Gezeiten des Wandels tragen uns weiter, ob wir nun einverstanden sind oder nicht; und Unkenntnis über ihre Richtung bietet weder Sicherheit noch Schutz.«

»Schutz? Sind wir denn Kriminelle, die sich verteidigen müssen?«

»In den Augen der großen Masse sind wir genau das. Wißt Ihr denn nicht, daß die Reparationisten sämtliche Edelleute ohne Ausnahme zu Volksfeinden und Verrätern am Lande Vonahr erklärt haben? Die rachsüchtigeren unter ihnen fordern sogar den Tod des Königs und der Königin.«

»Das ist eine häßliche, ganz und gar abwegige Vorstellung, der man keinerlei Beachtung schenken sollte.«

»Abermals täuscht Ihr Euch. Es ist keineswegs ausgeschlossen, daß es dazu kommt, und die Angelegenheit verlangt unsere größte Wachsamkeit. Ich widme mich bereits seit Monaten diesem Thema, und die Mitteilungen, die mir zugegangen sind, werden sich vielleicht auch Eurer Aufmerksamkeit als würdig erweisen. Vor allem erscheinen mir zwei Tatsachen bedenkenswert. Kurz gesagt, ich habe von meinen Männern im Beviaire erfahren, daß der König, der seine Bewacher von seinem guten Willen überzeugt hat, nur leicht bewacht wird und innerhalb des Palastes eine beträchtliche Bewegungsfreiheit und Freizügigkeit genießt. Ebenso verhält es sich mit der Königin. Außerdem hat man mich – und mehrmonatige Nachforschungen haben dies bestätigt – vom Vorhandensein eines Tunnels unterrichtet, der wahrscheinlich das Werk längst vergessener Schmuggler ist und der unter der Stadtmauer hindurch bis zum Ufer des Vir führt, ein Stück weit flußabwärts vom Stadttor. Somit ist es naheliegend, diesen Tunnel zur Befreiung der Majestäten zu nutzen.«

Die auf dem Flur lauschende Eliste schüttelte unwillkürlich den Kopf. Nun, da seine Hoheit Feronte geflohen war, würde in Dunulas' und Lallazays Umgebung bestimmt erhöhte Wachsamkeit herrschen. Meureille wußte es bloß noch nicht, aber die besten Fluchtchancen für den König waren bereits vertan. Da sie mit ihren eigenen Gedanken beschäftigt war, entging Eliste die Erwiderung ihrer Großmutter.

»Ihr unterschätzt die Loyalität meiner Verbündeten«, fuhr der Cavalier soeben fort. »Das Geheimnis ist in guten Händen. Aber denkt doch nur, Gräfin. Dieser Fluchtweg aus Sherreen könnte sehr wohl das Leben der Majestäten retten. Ich beabsichtige, meine Standesgenossen in Sicherheit zu bringen, und zwar so viele wie möglich.«

»Und sie dann an den Bettelstab zu bringen? Das ist doch Unsinn, Meureille.«

Eliste runzelte die Stirn. Ihre Großmutter spielte auf die kürzlich erlassene Verordnung an, wonach es den Edelleuten verboten war, Vonahr zu verlassen. Das neue Gesetz sollte gegen die Verfassung gerichtete Umtriebe im Ausland unterbinden, und Verstöße wurden mit der staatlichen Beschlagnahme oder vielmehr dem staatlichen Raub des vonahrischen Vermögens eines Zuwiderhandelnden bestraft. Feronte war geflohen. War der leibliche Bruder des Königs nun arm?

»Es ist meine größte Hoffnung, daß Ihr und Eure Verwandten zu den ersten gehören mögen, welche so in die Freiheit gelangen«, beharrte Meureille. »Ich bitte Euch, Madame. Seid Ihr es nicht Euch selbst und Euren jungen Schutzbefohlenen schuldig, nach Freiheit zu streben, solange das Wagnis vergleichsweise gering ist? Seid versichert, daß es in Zukunft größer werden wird.«

»Das ist die Frage. Was die Verwandten unter meinem Dach betrifft, so hat sich die Mehrzahl bereits vor Monaten aufs Land begeben. Den Hiergebliebenen bin ich schuldig, die Moral unseres Standes, nämlich Mut, Anstand und Würde, nach Kräften hochzuhalten, damit sie sich an mir ein Beispiel nehmen können. Ansonsten würde ich ihnen einen schlechten Dienst erweisen. Was mich angeht, so gefällt es mir in Sherreen, ich beabsichtige nicht, von hier fortzugehen, und ich bin es gewohnt, meinen Neigungen zu folgen.«

»Manche Dinge ändern sich eben nie. Dieser Hochmut, Gräfin, macht unter anderem Euren Charme aus, dennoch habt Ihr des öfteren dafür bezahlen müssen. Erinnert Euch nur an den Herbst in Flugeln, als die Abfuhr, die Ihr dem regierenden Dhreve erteilt habt, das Duell Muinotz-Favesiotti zur Folge hatte. Der Skandal ist Euch bis nach Vonahr gefolgt.«

»Vorwürfe, Cavalier, stehen einem, dessen Rolle bei der Affäre kaum ohne Bestrafung geblieben wäre, hätte sie der Dhreve nur entdeckt, wohl keineswegs an.«

»Euer Schweigen war meine Rettung, Gräfin, doch darum geht es nicht. Ich bitte Euch dringend, meinem Rat zu folgen. Ihr könnt Sherreen in Stundenfrist verlassen.«

»Zwecklos. Ich bin entschlossen zu bleiben.«

»Das habe ich erwartet. Nun denn, Madame – seid versichert, daß Ihr mein Angebot annehmen könnt, ohne Euch in Eurer unschätzbaren Würde verletzt zu finden.«

Offenbar hatte er ihr etwas gegeben, denn sie fragte: »Was ist das?«

»Das sind Name und Anschrift eines Mannes, der Euch helfen und schützen wird, wenn ich es nicht mehr vermag.«

»Bah, Meureille – wann habe ich jemals Schutz gebraucht?«

»Müßte es nicht eher heißen, wann hättet Ihr jemals zugegeben, daß Ihr welchen braucht? Ihr vergebt Euch nichts, wenn Ihr das Angebot nicht annehmt, aber tut mir den Gefallen und behaltet dies.«

»Also gut, wenn Ihr es wünscht, aber dadurch ändert sich nichts.«

Die Unterhaltung wandte sich anderen Gegenständen zu, und kurz darauf entfernte sich Eliste. Sie fand, heimlich zu lauschen sei unter ihrer Würde. Außerdem hatte sie auch so schon genug Stoff zum Nachdenken. Sie tappte über die Treppe nach oben und suchte Zuflucht in ihrem Zimmer. Es war erst früher Nachmittag, trotzdem fühlte sie sich erschöpft und elend. Der Kopf tat ihr weh, und von nutzlosen Tränen verschwamm ihr die Sicht. Tausend Ängste und Fragen zermarterten ihr das Hirn; viel zu viele, zu verwirrend und beunruhigend, als daß sie in Ruhe hätte nachdenken können. Die Szenen und Geräusche vom Kaufmannsplatz waren ihr noch lebhaft in Erinnerung: Madame vo Bellesandres Tod, durchsetzt mit blitzartig aufleuchtenden, durch das Fenster der Droschke gesehenen Bildern aus Sherreens Straßen, rote Diamanten, uniformierte Soldaten mit ihren Waffen, die kindlichen Gesichter von Aurelie und Bayelle – und dies alles unterlegt mit der ruhigen, vernünftigen Stimme des Cavalier vo Meureille, der eine Katastrophe vorhersagte. Später würde sie Ordnung hineinbringen, doch einstweilen waren diese Erinnerungen unerträglich. Eliste warf sich aufs Bett und flüchtete sich in den Schlaf.

14

»Schaut sie Euch an, und dann sagt mir, was das ist«, forderte Whiss v'Aleur seinen Vater auf.

»Das sind alte Mirakel«, erwiderte Chorl Valeur ohne zu zögern.

»Offenbar. Das sieht jeder Tölpel. Ich will aber wissen, was sie bedeuten.« Whiss verbarg seine Ungeduld keineswegs; das tat er in letzter Zeit nur selten.

Chorl schwieg.

»Nun?« Die geübte Stimme war schneidend wie ein Peitschenhieb, und Chorl zuckte zusammen.

Whiss v'Aleur und sein Vater standen im düsteren Keller der Städtischen Waffenkammer. Das Gebäude war für die Öffentlichkeit geschlossen, doch die für gewöhnliche Sterbliche geltenden Vorschriften galten nicht für den Vorsitzenden des Nationalen Wohlfahrtskomitees, einen bedeutenden Bürger mit großem Einfluß im Verfassungsgebenden Kongreß, einen Mann, mit dem man rechnen mußte. Einem solchen Mann standen alle Türen offen, und so sollte es auch sein, so hatte Whiss v'Aleur es sich immer vorgestellt. Seit den Tagen seiner kümmerlichen Randexistenz in der Rattenstadt hatte er einen weiten Weg zurückgelegt. Das erbärmliche Zwischenspiel hatte schließlich geendet, wie er es sich so oft – und in bitterer Verzweiflung – herbeigewünscht hatte. Endlich genoß er in etwa die verdiente Anerkennung, und er war hoch gestiegen. *Aber noch nicht hoch genug,* beklagte sich eine zwanghafte Gier wie ein ständig leerer Magen. *Nicht hoch genug.*

Bisweilen fragte sich Whiss, ob er diese Gier jemals würde stillen können. Doch daran dachte er nicht häufig, und bestimmt nicht jetzt. Im Augenblick war seine Aufmerksamkeit wie ein durch eine Linse fallender Sonnenstrahl auf die in der Waffenkammer gelagerten Mirakel gebündelt, deren noch verborgene Macht selbst für den ungeschulten Blick offensichtlich war. Früher oder später würde jemand diese Macht für sich beanspruchen. Zum Wohle der Nation, zum Wohle des Volkes von Vonahr und der Menschheit im allgemeinen mußte dieser Jemand Whiss v'Aleur sein. Daher hatte die Aneignung dieser Maschinen eher einen Beigeschmack von Pflicht als von Ehrgeiz und stellte eher einen Dienst an der Allgemeinheit als eine persönliche Bereicherung dar. Dieser Dienst erforderte allerdings besondere Kenntnisse; er mußte wissen, wie der Mechanismus arbeitete und was er bewirkte. Daher hatte er befohlen, den Keller der Waffenkammer insgeheim zu öffnen, und hatte seinen magisch begabten Vater und seinen ihm bedingungslos ergebenen, aber nichtsnutzigen Cousin Bierce Valeur dorthin mitgenommen.

Bierce stand gerade ein Stück weit neben seinen Verwandten. Die Schultern hatte er hochgezogen, die Hände in den Manteltaschen vergraben, die großen Beine gespreizt, den Kopf in den Nacken gelegt und die Augen – die grün waren wie die seines Cousins, allerdings klein und trüb, während die v'Aleurs groß und strahlend blickten – auf den großen, mit Dornen und Widerhaken gekrönten Bleisarg gerichtet, auf dessen Namensschild das Wort ›Kokotte‹ eingraviert war. Er war vollkommen hingerissen. Endlich einmal hatte er für etwas anderes Augen als für seinen Cousin. Tatsächlich schien er seine Umgebung nicht einmal wahrzunehmen. Einstweilen schadete das nichts. Seine Dienste wurden noch nicht benötigt.

»Nun?« wiederholte Whiss mit gebieterischer Stimme und Miene.

Chorl verlagerte mit Unbehagen sein Gewicht. Er erweckte den Eindruck, als laste ein atmosphärischer Druck auf ihm. Wie üblich fühlte er sich überfordert von seinem hitzigen, beredten und unberechenbaren Sohn. Das ganze Durcheinander in Sherreen überforderte ihn überhaupt. Vor allem sehnte er sich nach der trostvollen Langeweile der Provinz Vaurve. Allerdings kam es nicht in Frage, daß er sich dorthin zurückzog – Whiss hätte das niemals zugelassen. Und obwohl es ihm keine Schwierigkeiten bereitet hätte, mit Hilfe der Magie die Stadttore zu überwinden, behielt sich der alte Mann die Flucht als letzten Ausweg vor, denn sein Sohn verfügte über ein geniales Talent der Beeinflussung, das die Kraft der Magie überstieg. Nun wartete sein Sohn auf Mitteilungen, die Chorl nur höchst ungern preisgegeben hätte. Allerdings hatte es kaum Zweck, ihm etwas verheimlichen zu wollen. Mittels Überredung, durch Schmeicheleien oder Einschüchterung würde Whiss schließlich ja doch seinen Willen durchsetzen. So war es immer.

»Auf diesem Gebiet kenne ich mich nicht aus. Derartige Maschinen habe ich noch nie gesehen«, meinte schließlich Chorl, und als er sah, wie sein Sohn die Brauen finster zusammenzog, setzte er hastig hinzu: »Aber ich habe schon ähnliche Maschinen in Büchern gesehen, und ich werde dir sagen, was ich davon behalten habe. Diese drei Mirakel waren einmal magische Empfindsame, die mithalfen, die öffentliche Ordnung und Sicherheit zu gewährleisten. Diese hier« – er deutete auf den schlanken, silbrigen, zweiköpfigen Apparat –, »die ZaZa genannt wurde, spuckte Feuer und Rauch, um ihre Herren zu verteidigen. Sie war hitzig, reizbar, leidenschaftlich und voller Ingrimm. Sie ging rasch in die Offensive, war rachsüchtig, und es heißt, sie habe nie eine Kränkung verziehen, ganz gleich, ob sie nun auf Einbildung oder auf Tatsachen beruhte.« Chorl wandte sich dem mechanischen Käfer zu, auf dessen von Facettenaugen umsäumtem goldenem Namensschild ›NuNu‹ stand. »Die Empfindsame NuNu, die Königinmutter ihrer Art, war der vollkommene Spion. Hingebungsvoll, unermüdlich und emsig, behielt sie die verdächtigen Feinde ihrer Herren ständig im Auge. Niemand war vor der Wachsamkeit NuNus sicher, denn sie wurde in ihrem Bemühen von fliegenden Schwärmen ihrer Nachkommen unterstützt, die von ihrer Mutter in der Kunst der Überwachung ausgebildet worden waren und aufgrund ihrer geringen Größe in welcher Umgebung auch immer unbemerkt blieben. NuNu war keine hingebungsvolle Mutter, sondern sah ihre Kinder als entbehrlich und austauschbar an. Ihren Herren stand sie vollkommen gleichgültig gegenüber. Ihr Wesen war kalt, ihre Gefühle stumpf, und ihre Leidenschaft galt allein insektenhaften Beschäftigungen, denen sie gewissenhaft und pflichtbewußt nachging.« Chorl trat ein paar Schritte nach rechts zu seinem Neffen, der vor dem Bleisarg mit der Bezeichnung ›Kokotte‹ stand. Er schenkte dem jungen Mann einen vielsagend sorgenvollen Blick. Bierce antwortete nicht. Er schaute unverwandt die Mirakel an. Sein Mund stand leicht offen, seine kleinen Augen blickten leer. Chorl atmete erleichtert durch und fuhr fort: »Dieses letzte Mirakel, die Empfindsame Kokotte, diente einmal als öffentlicher Scharfrichter und hat zahlreiche Verurteilte sowohl einzeln wie auch gruppenweise ins Jenseits befördert. Ihre Aufgabe erfüllte sie gewissenhaft und bereitwillig. Sie war verläßlich, unermüdlich und unersättlich. Das verstand sich von selbst. Ihre innersten Gefühle zeigte sie jedoch nie. Ihre Ängste und Hoffnungen, ihre Vorlieben und Leidenschaften blieben verborgen, und daran hat sich bis heute nichts geändert.«

Eine Zeitlang betrachteten die drei Männer schweigend die drei Mirakel. Schließlich sagte Bierce Valeur ganz leise, beinahe träumerisch: »Vielleicht würde sie sie mir verraten.«

»Wie?« Chorl bedachte seinen Neffen abermals mit einem unbehaglichen, verständnislosen Blick.

»Schöne Kokotte«, murmelte Bierce. »ZaZa. NuNu.«

Whiss v'Aleur achtete nicht auf seinen Cousin. Während er die Kokotte unverwandt anschaute, trat eine neue Gier in seine Augen, und er fragte: »Wie groß ist der Schaden, was meint Ihr?«

»Ich bezweifle, daß sie überhaupt beschädigt sind«, antwortete Chorl. »Sie schlafen, befinden sich in Trance oder im Zustand der Betäubung, ganz wie man will, und der Grund dafür sind zweifellos Langeweile und Tatenlosigkeit. So etwas kann jedem passieren.«

»Und wo ist der Prinz, dessen Kuß die schlafenden Schönheiten wieder weckt?« fragte Whiss mit bleischwerer Witzigkeit, was bei ihm dem Humor am nächsten kam.

Chorl, der die Gefahr zu spät bemerkt hatte, verfiel in ein erschrecktes Schweigen.

»Nun, Vater? Ihr habt mich wohl verstanden. Die Mirakel müssen wieder aufgeweckt werden. Das ist Eure Aufgabe. Ihr müßt sogleich damit beginnen.«

»Ich kann nicht.« Chorl befeuchte seine trockenen Lippen mit der Zunge. »Das ist zuviel verlangt.«

»Ich verlange gar nichts. Im Namen des Volkes von Vonahr fordere ich Euch zur Mitarbeit auf.«

»Du verstehst mich nicht«, flehte Chorl. »Hör mich an. Mit derlei Geräten kenne ich mich nicht aus ...«

»Wie wir alle nur allzugut wissen, besitzt Ihr magische Kräfte.«

»Aber so weit reichen sie nicht. Es ist ja nicht so, daß ich die Kunst von Kindheit an studiert hätte. Ich habe erst recht spät begonnen, mich damit zu befassen ...«

»Unter Ausschluß von allem anderen«, fiel Whiss ihm ins Wort. »Ja, das weiß ich. Als Ihr eine Frau, Söhne und eine Tochter hattet – erst als Ihr all das besaßet, und nicht etwa schon vorher –, da erwachte in Euch auf einmal die Neigung zur Magie und nahm Euch fortan voll und ganz in Anspruch. Ihr habt Euren Vorlieben gefrönt, wie es Euch gelegen kam, und dann, als Eure anfängliche Neugier befriedigt war, wandtet Ihr Euch neuen Beschäftigungen zu.«

»Das ist eine Verdrehung der Tatsachen,« entgegnete Chorl mit Entschiedenheit, denn die Vorwürfe seines Sohnes weckten bei ihm Schuldgefühle. So übertrieben Whiss' Vorhaltungen auch sein mochten, enthielten sie doch ein Körnchen Wahrheit. Seine Neigung zur Magie hatte sich tatsächlich erst ungewöhnlich spät gezeigt, auch hatte er seine Familie um seiner Selbstverwirklichung willen vernachlässigt. Die Studien nahmen einen unweigerlich voll und ganz in Anspruch. Das Lesen und die Übungen forderten zeitweise seine ganze Aufmerksamkeit, während alles andere zurückstehen mußte. Und obwohl er die Verpflichtungen gegenüber der Frau, die er mit siebzehn geheiratet, und den vier überlebenden Kindern, die er bis zum Alter von vierunddreißig Jahren gezeugt hatte, anerkannte, so nahm doch die Magie den größten Platz in seinem Leben ein, jedenfalls seit jenem unvergeßlichen Tag, da er zum ersten Mal die Wollust der Macht kennengelernt hatte, gegenüber der alle anderen Erfahrungen zu nebulöser Schemenhaftigkeit verblaßten. Vielleicht war das selbstsüchtig, herzlos oder falsch, doch für ihn gab es nie eine andere Möglichkeit. Er glaubte, seine Frau verstünde das oder bemühe sich zumindest, es zu verstehen. Sie schickte sich klaglos in die Lage, und er wiederum sorgte gut für die schwerfällige, durchschnittliche Frau, die ihm im Lauf der Jahre fremd geworden war. Er achtete darauf, daß es ihr an nichts fehlte, und hatte den Eindruck, sie sei eigentlich recht zufrieden. Was die vier Kinder betraf, so bereiteten drei von ihnen keinerlei Schwierigkeiten, denn sie hatten die magischen Fähigkeiten ihres Vaters geerbt.

Zum Glück zeigte sich diese Gabe bei ihnen schon früh, und er sorgte dafür, daß ihre Erziehung in einem angemessenen Alter in Angriff genommen wurde. Alle drei waren schon als kleine Kinder in die Bozhenille-Gemeinde eingetreten; und nun, Jahrzehnte später, übertrafen sie alle drei ihren Vater an magischer Kunstfertigkeit. Die eine traurige Ausnahme war natürlich Whiss. Whiss, der Erstgeborene und legitime Erbe, hatte offenbar nichts von ihm geerbt. Er hatte keinerlei magisches Talent mitbekommen, und das konnte er weder vergessen noch verzeihen. Der arme, benachteiligte Whiss, stets erbittert und betrogen. Beständiger Auslöser von Schuldgefühlen, Mitleid, Bedauern und später dann – Angst.

»Ihr steht in meiner Schuld, tief in meiner Schuld.« Mit gerunzelter Stirn und vor der Brust verschränkten Armen rückte Whiss dicht, allzu dicht, an ihn heran. »Und jetzt bitte ich Euch als Vorschuß bloß um eine Kleinigkeit, die Euch eigentlich reizen sollte.«

Chorl verspürte das altbekannte Schuldgefühl, die gleiche Unsicherheit und Bereitwilligkeit zum Nachgeben wie früher. Diesmal jedoch widerstand er. Da er erkannte, welches Machtmittel die Mirakel darstellten, mußte er sich auch über den Gebrauch, den sein Sohn von ihnen machen würde, Rechenschaft ablegen; und ihm wurde klar, daß er in dieser Beziehung nicht einmal Mutmaßungen anstellen konnte. Whiss, der drängenden Eingebungen ausgeliefert war, die aus einem bodenlosen Brunnen des Zorns aufstiegen, schien zu allem fähig, buchstäblich zu allem. Doch dabei würde ihm sein Vater nicht helfen – diesmal nicht. Nachdem er zu dieser Entscheidung gelangt war, fehlte Chorl die Kraft, sie auch laut auszusprechen. Hätte er es versucht, würde Whiss seinen Widerstand in kürzester Zeit gebrochen haben. Daher sah der Vater nur einen möglichen Ausweg. Er log.

»Ich kann es nicht. So gern ich dir den Gefallen auch

tun würde, es steht doch nicht in meinen Kräften. Die alten Empfindsamen waren hochkomplizierte Gerätschaften. Nur ein wahrer Schüler, der in dieser Kunst von Kindheit an ausgebildet wurde, vermöchte mit ihnen umzugehen.«

»Tatsächlich.« Whiss durchbohrte seinen Vater mit Blicken.

»Das ist die Wahrheit.« Der alte Mann nickte mit großen, ernsten Augen. »Habe ich dir bisher nicht mit Freuden und nach Kräften geholfen?«

»Mit Freuden? Habt Ihr mir jemals etwas mit Freuden gegeben? Und nach Kräften? Das ist wirklich die Frage.«

»Ach, warum glaubst du mir denn nicht. Wenn ich könnte, würde ich die Schläfer aufwecken, doch das übersteigt meine Fähigkeiten bei weitem.« Er mußte seinen Sohn unbedingt überzeugen, sonst würde Whiss zweifellos seinen Cousin Bierce um Beistand bitten; und nichts fürchtete Chorl so sehr wie die von ihm ausgehende Drohung. Zwar hatte Bierce ihm noch nie etwas zuleide getan und niemals auch nur die leiseste Drohung geäußert, doch hatte sein in sich gekehrter, teilnahmsloser Neffe etwas an sich, das dem alten Mann das Blut in den Adern gefrieren ließ. Vielleicht hatte es ja etwas mit Bierce' Händen zu tun, die so groß, so häßlich, so kräftig und dennoch so klug und geschickt waren, wenn er mit seinen unvermeidlichen Zahnrädchen herumspielte. Aus irgendeinem Grund stellte Chorl sich auf einmal vor, sie hielten ein sehr scharfes, spitzes Messer – er schauderte und blickte unwillkürlich zu seinem Neffen. Bierce, der ganz versunken in den Anblick der Mirakel war, schien jedoch nichts gemerkt zu haben.

»Ich verstehe.« Whiss nickte bedächtig. Mit seinen blassen Augen, deren Blick bisweilen unangenehm stechend war, schaute er seinen Vater unverwandt an. Chorl wand sich unbehaglich unter seinem Blick. »Ich verstehe. Mag schon sein. Nun, Eure Macht hat sich bislang jedenfalls als ausreichend erwiesen, wenn ich zum Volke spreche. Ich hoffe, das wird auch so bleiben.«

»Aber gewiß doch. Ganz bestimmt.« Chorl lächelte beschwichtigend. »Daran besteht überhaupt kein Zweifel. Wenngleich es jetzt, da du deine Ziele erreicht hast, darauf wohl nicht mehr ankommt.«

»Ich habe meine Ziele noch nicht erreicht. Ihr seid ein Narr, wenn Ihr das meint.« Whiss war auf einmal ganz angespannt und bebte geradezu vor Leidenschaft. Seine großen Augen weiteten sich noch mehr und leuchteten auf, während sich sein schmales, gelbliches Gesicht zusammenzuziehen schien, was die Knochen um so stärker hervortreten ließ.

Chorl zuckte unwillkürlich zusammen.

»Der Verfassungsgebende Kongreß ist korrupt und durchsetzt mit Sympathisanten des Königshauses, Reaktionären und anderen Feinden der Freiheit«, fuhr Whiss im Brustton der Überzeugung fort. »Wenn Vonahr jemals wahrhaft frei sein soll, dann muß der Kongreß gesäubert werden. Das Volk von Vonahr verlangt dies. Und um des Volkes willen, um der Unterdrückten und Ausgebeuteten willen, übernehme ich diese Aufgabe.«

Chorl wußte nicht, was er darauf antworten sollte. Er hatte das Gefühl, in Treibsand zu versinken.

»Die Verräter und Verschwörer wähnen sich in Sicherheit.« Whiss stülpte kurz die geschlossenen Lippen vor. »Aber da täuschen sie sich. Ich werde sie bloßstellen, verraten und vernichten. Dazu benötige ich Eure Mitarbeit. Ich erwarte Eure rückhaltlose Unterstützung.«

Abermals der prüfende Blick aus schmalen Augen, bis Chorl den Blick senkte. Nach einer Weile hob er wieder den Kopf und schaffte es, leise zu fragen: »Was hast du vor?«

»Zunächst einmal bemühe ich mich, meinen Rückhalt im Verfassungsgebenden Kongreß auszubauen. Wenn die Zeit reif ist – vielleicht in einigen Wochen, vielleicht auch erst in ein paar Monaten, jedoch nicht später – werde ich die Volksfeinde anprangern. Und zwar mit einer außergewöhnlichen Rede, die sämtliche Zuhörer um mich scharen wird. Ich kann die Bedeutung dieser Rede nicht genug betonen, und daher fordere ich Euch auf, mich zu unterstützen, Vater. Ihr müßt dafür sorgen, daß das Publikum sie entsprechend aufnimmt.«

Er hatte eine sofortige Einwilligung erwartet und war daher überrascht, als sein Vater fragte: »Wer sind diese Volksfeinde?«

»Davon gibt es viele«, erwiderte Whiss kurz angebunden. »Am schlimmsten sind Shorvi Nirienne und dessen Anhänger – sie sind dem König und dem Adel dermaßen ergeben, daß ich nicht an ihrer Absicht zweifle, die Verfassung nach Möglichkeit zu untergraben. Verräter, alle miteinander.«

»Nein«, sagte Chorl. Er straffte sich und reckte die Schultern, während ihn sein Sohn, vom unmißverständlichen Widerspruch überrascht, verblüfft anstarrte. »Ich habe Niriennes Bücher gelesen. Er ist kein Verräter. Er ist ein Patriot, einer der klügsten Köpfe im ganzen Kongreß. Einen solchen Mann darf man nicht vernichten. Daran könnte ich mich nicht beteiligen.«

»Die Feinde des Volkes ...«

»Nirienne ist keiner.«

Einen Augenblick lang Schweigen, während unausgesprochene Fragen im Raum schwebten. Chorl war nicht so weit gegangen, ihm seine magische Unterstützung zu entziehen, trotzdem fühlte Whiss sich auf einmal angegriffen und verletzt und war rasend vor Zorn – Empfindungen, die er hinter einer ausdruckslosen Miene und der Reglosigkeit seines Körpers verbarg. Chorl hielt dem Blick seines Sohnes scheinbar ungerührt stand, so daß schließlich Whiss als erster blinzelte.

»Das ist bislang noch unklar. Wenn Nirienne selbst kein Verräter ist, dann ist er jedenfalls von ihnen umgeben«, räumte Whiss schließlich ein, und angesichts seines Hasses auf Shorvi Nirienne, der ebenso wohlig, tief, köstlich und süchtigmachend war wie der Genuß der allerbesten Schokolade, bereitete ihm das Nachgeben beinahe körperliche Schmerzen. Für ihn gab es viele Gründe, Nirienne zu hassen: wegen seines Ruhms, seines Erfolgs und Einflusses im Verfassungsgebenden Kongreß, wegen seines unausgesprochenen Widerstands gegenüber der Politik der Reparationisten, wegen der rührseligen Weichheit seiner Vorstellungen, wegen seiner heuchlerischen Neigung zu Toleranz, Mäßigung und Großzügigkeit; vor allem aber wegen seiner mühelos errungenen Beliebtheit, wegen des Respekts, der Zuneigung und beständigen Loyalität, die er bei seinen Anhängern weckte, und zwar *ohne zur Magie Zuflucht zu nehmen*. O ja, es war leicht, Shorvi Nirienne zu hassen; im Augenblick allerdings war es angebracht, seine persönliche Feindschaft hintan zu stellen, und darum setzte Whiss hinzu: »Vielleicht ist er ja nur fehlgeleitet. Diese Möglichkeit ziehe ich durchaus in Betracht. Schließlich will ich ja gerecht sein.«

»Das weiß ich, das weiß ich.« Chorl nickte eifrig mit dem Kopf. »Und ich bin sicher, das wird dir auch gelingen.« Er hatte seinem Sohn offen widersprochen, ohne dafür büßen zu müssen. Whiss wollte sich sogar anständig verhalten; das hatte er jedenfalls gesagt. Chorl verspürte eine Erleichterung, die eine Weile lang alles andere überdeckte, und vielleicht war dies neben seiner ängstlichen Natur auch ein Grund dafür, daß er übersah, was eigentlich offen zu Tage lag – nämlich daß sein Sohn vollkommen abhängig war von ihm und seiner höchst wirkungsvollen Macht.

»Dann kann ich also davon ausgehen, daß Ihr auch weiterhin loyal zu mir steht, Vater? Vorausgesetzt, daß meine Entscheidungen Eure ausdrückliche Zustimmung finden?« Whiss gelang es nicht ganz, seine Verärgerung zu verbergen.

»Ich werde tun, was ich kann.« Die kurze Anwandlung von Selbstsicherheit ging vorüber, und Chorl verfiel wieder in Niedergeschlagenheit und Duldung. Auf einmal merkte er, daß er sehr müde war. Der funkelnde Blick seines Sohnes wurde ihm allmählich unerträglich, und er sehnte sich danach, von ihm wegzukommen.

»Ja. Ich nehme an, das muß reichen. Wie Ihr seht, bin ich guten Gründen durchaus zugänglich. Ich bin bereit, auf Euch zu vertrauen, Vater, und finde mich daher hinsichtlich der drei Mirakel mit meiner Enttäuschung ab. Wie Ihr schon sagtet, bräuchte man für ihre Wiedererweckung einen Kundigen, der von Kindheit an in den magischen Künsten unterrichtet wurde, und wo sollte man den hernehmen? Wo könnte man einen solch mustergültigen Weisen finden?«

Chorl Valeur nahm in Whiss' Stimme gewisse ölige Untertöne wahr, die er beunruhigend fand. Noch beunruhigender war der Gesichtsausdruck seines Sohnes, den er schon von früher her sehr gut kannte: eine angespannte, angestrengt lächelnde Maske, hinter der sich rasende Wut, Enttäuschung und Bosheit verbargen. Genauso hatte der junge Whiss ausgesehen, wenn er damals in Vaurve über die Kränkungen nachgesonnen hatte, die seine Schulkameraden ihm zugefügt hatten. Dieser Blick ließ nichts Gutes ahnen. Schon als Junge hatte Whiss Mittel und Wege gefunden, sein Mißfallen auszudrücken. Wer ihm in die Quere kam, stellte bald darauf fest, daß ihm etwas fehlte oder kaputtgemacht worden war, oder er begegnete falschen Anschuldigungen – und allerlei scheinbare Unfälle geschahen ihm. Whiss mochte seine Rache aus Nützlichkeitserwägungen heraus aufschieben, doch vergessen tat er sie nie; genau davon kündete dieser Blick. Und nun, Jahrzehnte später, hatte er immer noch diesen Blick, und Chorl vermochte ihm ebensowenig entgegenzusetzen wie damals. Er kam sich hilflos vor, alt und müde. »Ich will nach Hause«, sagte er.

Whiss neigte den Kopf und tat so, als glaube er, der alte Mann habe seine Sherreener Unterkunft gemeint. Er wandte sich an seinen Cousin und stellte zu seiner Verwunderung fest, daß Bierce, der für gewöhnlich so aufmerksam war, auf einmal ganz abwesend wirkte, fast so, als habe er ihn gar nicht gehört.

Bierce hatte ihn wirklich nicht gehört. In die Betrachtung der Mirakel versunken, hatte er bei der Unterhaltung seines Cousins dieses eine Mal den Faden verloren. Er würde ihn bald wiederfinden, denn an nichts hing er so sehr wie an Whiss, doch im Augenblick fesselten ihn allein die Maschinen. Etwas Schöneres hatte er bestimmt noch nie gesehen. Sie besaßen eine Vollkommenheit, der die mit Makeln behafteten Kinder der herumstümpernden Natur niemals würden gleichkommen können. Bierce hatte die Stärke und Symmetrie von Maschinen – ihre Geschlossenheit und Vorhersagbarkeit – immer schon geliebt. Maschinen konnte er vertrauen, und er konnte sie verstehen. Anders als Wesen aus Fleisch und Blut mangelte es ihnen an Wahrnehmungen, an Gedanken, Gefühlen und Einmaligkeit. Bierce war kein solcher Narr, daß er derlei Dinge nicht wahrgenommen hätte; schließlich weckte gerade die leidenschaftliche Persönlichkeit seines Cousins seine Bewunderung. Trotz all ihrer Schönheit fehlte den Maschinen etwas, das von größter Bedeutung war – allen Maschinen, mit Ausnahme dieser drei. Diese Mirakel waren anders, sie vereinten mechanische Regelmäßigkeit mit dem Versprechen von Einzigartigkeit. Man brauchte diese schlafenden Persönlichkeiten bloß aufzuwecken, um das Ideal zu erreichen – eine Mischung aus bislang unvereinbaren Elementen. Diese Vorstellung erregte Bierce und sandte ihm wohlige Schauer über den Rücken. Er fühlte, wie ihm das heiße Blut in die Wangen schoß, spürte das Kribbeln in seinem Rückgrat – ein köstliches Gefühl. Wenn nun schon die bloße Vorstellung ein solches Lustgefühl in ihm weckte, was würde dann erst deren Verwirklichung auslösen? Eine Zeitlang schwelgte er in Phantasien. Er stellte sich die Mirakel vor, nicht mehr in Trance, sondern gänzlich erwacht – sich seiner Hingabe bewußt und sie in gleichem Maße oder noch darüber hinaus erwidernd. Auf einmal wußte er, wonach er sich wirklich sehnte – nach der Liebe der Empfindsamen, die weitaus stärker und beständiger wäre als jede andere Liebe. Vielleicht gab es sogar eine unter den Maschinen, die zur Gänze ihm allein gehören würde – *das* war nun wirklich ein wunderbarer Traum. Natürlich hätte er seine Sehnsucht niemals in Worte kleiden können. Die nörgelnde Umgebung hätte ihn für einen Träumer gehalten. Sein Cousin Whiss hätte ihn schief angesehen, und selbst der winselnde, alte Onkel Chorl hätte allen Respekt und alle Angst vor ihm verloren. Das hätte Bierce leidgetan, denn die Furcht seines Onkels bereitete ihm Vergnügen. Es machte ihm Spaß, mit der Angst des alten Mannes zu spielen, während er so tat, als merkte er nichts. Es machte ihm Spaß, seinen Onkel dazu zu bringen, daß er sich wand oder beunruhigt zusammenzuckte, ohne sich jemals etwas anmerken zu lassen. Das war eine nette Beschäftigung, und auf ein gutes Gefühl verzichtete er nicht gern. Nein, er würde seine Begierden für sich behalten, aufs Wortemachen verstand er sich sowieso nicht, dennoch mußte er seine Gefühle dem verlockenden Gerät namens ›Kokotte‹ irgendwie kundtun …

Eine Berührung an der Schulter, und Bierce schreckte aus seinen Träumereien auf und merkte, daß sein Cousin Whiss neben ihm stand. Whiss krümmte gebieterisch den Zeigefinger, dann wandte er sich um und ging weg. Chorl und Bierce folgten ihm gehorsam. Gemeinsam traten sie an den Wachposten vorbei, welche die Türen hinter ihnen schlossen, hinaus auf die Straße, wo die Droschke wartete. Während der kurzen Fahrt zu ihren Unterkünften in der Nerisante-Straße, die ganz in der Nähe der Jahrhunderthalle lag, sprachen sie kein Wort. Chorl saß kläglich in sich zusammengesunken da, Bierce spielte mit seinen Zahnrädchen, und Whiss schaute gedankenverloren aus dem Fenster. Hin und wieder wandte er sich zu seinem Vater um, und jedesmal erschien das angespannte, verkniffene Lächeln auf seinem Gesicht.

Als sie das gemietete Haus erreicht hatten, gingen die drei Verwandten auseinander. Chorl suchte Vergessen im Schlaf, während Bierce im Keller nach reizvollem mechanischem Krimskrams stöberte. Whiss begab sich unverzüglich auf sein Schlafzimmer und schloß sich darin ein. In der klösterlichen Abgeschiedenheit des spartanisch eingerichteten Raumes schrieb er mehrere Briefe. Er schrieb schnell, ohne jede Unsicherheit und Zögern und ohne eine Zeile zu verschmieren. Dabei bleckte er die Zähne, und sein Vater hätte das Lächeln wiedererkannt.

Die aus einem Fenster im zweiten Stock des Hauses Nummer 10 abgefeuerte Kugel hätte ihr Ziel um ein Haar erreicht und verfehlte Shorvi Niriennes Kopf nur um einen Fingerbreit. Der Knall hallte klar und scharf in den Abenddämmerung wider. Wahrscheinlich verdankte ihr Opfer sein Leben dem dämmrigen Abendlicht, das den unsichtbaren Schützen hatte vorbeischießen lassen. Beim Klang des Schusses fuhr Nirienne herum und spähte angestrengt in die Dunkelheit. Einen Augenblick lang war er wie erstarrt, dann packte ihn sein junger Begleiter Beq geistesgegenwärtig beim Arm und zerrte ihn fast gewaltsam über die letzten paar Meter, dann die Treppe hoch und durch die Tür in die Sicherheit des Hauses Nummer 11. Drinnen angelangt, verriegelten sie die Tür und zogen ihre Pistolen. Sie warteten eine Weile, doch der Angriff war vorüber.

»Was war denn da los?« Herbeigelockt vom Lärm in der Diele, war Meister Oeun Bulaude nachschauen gekommen. Neben ihm stand seine Schwester Oeunne, so grau und schemenhaft wie eh und je; und hinter ihnen die Geschwister Frezhelle und Riclairc, die ebenfalls zu Niriennes ständigen Begleitern zählten.

»Schon wieder ein Anschlag«, meinte Beq. »Wie viele waren es jetzt schon, Shorvi?«

»Ich habe nicht mitgezählt«, entgegnete Nirienne kühl.

»Vier in einem Monat«, säuselte Oeunne.

»Aber alle sind danebengegangen.«

»Ich glaube, Ihr hattet bloß Glück. Ihr solltet Euch gut wappnen, mein Freund. Man wird Euch noch im Sarg kreuzigen, wenn Ihr Euch nicht vorseht.«

»Soweit es geht, tue ich das auch.« Nirienne gelang es nicht ganz, so unbekümmert zu wirken, wie er erscheinen wollte.

»Keineswegs, keineswegs. Ihr stellt Euch in die Öffentlichkeit wie irgendein streunender Kater«, flötete Frau Oeunne voller Ernst. »Ihr stellt Euch zur Schau, Ihr lockt und reizt. Dieser Flirt mit der Katastrophe ist geradezu unanständig. Wären Eure politischen Ansichten nicht so untadelig, sähe ich mich gezwungen, Euren Charakter in Zweifel zu ziehen.«

»Gnädiges Fräulein, seid versichert, daß ich Madame Katastrophe niemals ermutigt habe.«

»Ich neige dazu, Euch zu glauben, und schreibe es daher eher Eurer Laxheit als Eurer Einfalt zu«, räumte Oeunne ein. »Ihr seid wie ein Kind, Shorvi – brillant, begabt, aber auch nachlässig und planlos. Ihr solltet es klügeren Köpfen überlassen, Euch zu schützen. Ist es nicht so, Oeun?«

»Da hast du gewiß recht, Oeunne. Er ist mit wichtigeren Dingen beschäftigt und kann sich nicht mit solchen Nebensächlichkeiten wie seiner persönlichen Sicherheit abgeben. Darum müssen wir uns kümmern.«

»Dann belehrt dieses nachlässige und planlose Kind«, sagte Nirienne. »Wie kann ich mich am besten schützen, was genau ratet Ihr mir? Ich kann mich ja wohl kaum Tag und Nacht mit Leibwächtern umgeben oder hinter dicken Mauern verstecken.«

»Da bin ich mir nicht so sicher«, sagte Oeun.

»Verstecken wäre vielleicht genau das Richtige«, pflichtete Oeunne ihm bei. »Ein wenig Urlaub vom Verfassungsgebenden Kongreß, ein vorsichtiger Rückzug aus Sherreen ...«

»... würde unseren reparationistischen Freunden zweifellos gelegen kommen«, warf Nirienne ein, »und ihnen eine weitere Kugel sparen. Mit meinem Verschwinden wäre für v'Aleur und seine Komplizen das größte Hindernis aus dem Weg geräumt, und es stünde ihnen frei, die neue Verfassung zu Fall zu bringen, nach Herzenslust Blut zu vergießen und die Macht zu ergreifen, und zwar ebenso absolut und erblich wie beim König.«

»Und das alles verhindert Ihr allein?« fragte Ouen. »Der Kongreß vermag das nicht allein, und daher müßt Ihr das Opfer spielen?«

»Dann sind die Kongreßabgeordneten also solche Narren, daß sie v'Aleur blindlings folgen werden?« fragte Oeunne. »Alle sind sie Narren, bloß Shorvi Nirienne nicht?«

»Die meisten sind keine Narren, aber sie sind erheblich eingeschüchtert«, entgegnete Nirienne ohne Erbitterung. »Whiss v'Aleurs Macht und Einfluß nehmen tagtäglich zu. Der Fanatismus seiner Anhänger sucht sich ein Ventil in der Gewalt. Das kann niemanden überraschen, der ihn einmal sprechen gehört hat, denn der Mann wird beherrscht von bösartigen Eingebungen, und seine Fähigkeit, ein Publikum zu fesseln, grenzt schon an Magie. Im Kongreß gibt es viele, die sich von v'Aleurs Extremismus abgestoßen fühlen, doch sind diese Gegner zersplittert und häufig eingeschüchtert. Es braucht eine einende Stimme, um ihre Kräfte zu bündeln …«

»… und eine solche Stimme ist Shorvi Nirienne«, warf Beq gelassen ein. »Eine Stimme, die sich beharrlich Gehör verschafft. Ich habe schon an vielen Beratungen teilgenommen und gehört, wie Shorvi sich gegen Whiss v'Aleur gewendet und ihn und seine Kreaturen in die Schranken verwiesen hat. Er ist vielleicht der einzige Abgeordnete, der über die erforderlichen Fähigkeiten und den nötigen Mut verfügt. Es ist keine Prahlerei, wenn Shorvi seine eigene Bedeutung betont, sondern heißt bloß, die Tatsächlichkeiten anzuerkennen. Daß die Reparationisten der gleichen Ansicht sind, beweisen die vielen Mordanschläge.«

Die anderen betrachteten Beq mit unterschiedlichen Graden von Besorgnis, jedoch ohne Mißtrauen. Sie waren es gewohnt, Shorvi Nirienne irrtümlich für ein Wesen zu halten, das sich vollständig von anderen Menschen unterschied und auf einer höheren Ebene lebte; intellektuell und moralisch überlegen, gleichzeitig aber auch nicht von dieser Welt, ungeschickt und untauglich, mit der häßlichen Wirklichkeit zurechtzukommen. Diese Täuschung wurde genährt von seinen politischen Überzeugungen und seiner Persönlichkeit, und selbst seine engsten Vertrauten täuschten sich bisweilen über den ihm zugrundeliegenden Pragmatismus und seine vernünftige, hellsichtige Einschätzung von Menschen und Umständen. Mitstreiter wie die Geschwister Bulaude hielten Shorvi für zu feinsinnig und abgehoben, um sich aus dem Regen ins Trockene zu begeben; hinsichtlich Beq, dessen kühler Scharfsinn von jedermann anerkannt wurde, hegten sie allerdings keine solchen Illusionen. Beq war schon ein kluger Kopf, und wenn er etwas zu sagen hatte, hörte man ihm besser zu.

»Dann sollten wir uns vielleicht darauf einigen, daß er unersetzlich ist«, räumte Oeun widerwillig ein. »Aber was folgt daraus? Müssen wir ihn den Kugeln der Reparationisten aussetzen? Soll Shorvi nirgends Zuflucht finden? Wo sind die sicheren Häuser, die früher auf ihn warteten?«

»Die warten immer noch«, versicherte ihm Beq.

»Und die Fluchtwege über die Dächer? Die Leitern, die unterirdischen Kanäle, die Schächte und Tunnel?«

»Alles in bester Ordnung. Ich prüfe sie regelmäßig. Notfalls kann Shorvi sich in kürzester Zeit in Sicherheit bringen«, sagte Beq. »In der ganzen Stadt gibt es sichere Häuser.«

»Aber nicht so sicher und bequem wie *unseres*«, meinte Oeunne.

»Nun gut. Ich nehme an, Ihr wißt, wovon Ihr redet.« Oeun runzelte die Stirn. »Aber was sollen wir in der Zwischenzeit tun? Sollen wir die Hände in den Schoß legen und tatenlos zusehen, wie Shorvi immer mehr unter Druck gerät? Früher oder später wird eine Kugel ihr Ziel finden.«

»Hat eigentlich schon mal jemand daran gedacht, Whiss v'Aleur als ersten zu beseitigen?« warf Veste Riclairc auf einmal ein. »Bestimmt könnte man ihn erwischen, und damit wären wir alle Sorgen los.«

Der Vorschlag schien bei vielen auf Zustimmung zu stoßen, doch Shorvi Nirienne ließ sich nicht beirren. »Wollt Ihr etwa einen Märtyrer aus ihm machen?« fragte Nirienne. »Ermordet ihn, und die Unsterblichkeit ist ihm sicher. Diesen Gefallen möchte ich Whiss nicht tun. Laßt ihn einstweilen in Ruhe. Über kurz oder lang wird er sich selbst zugrunde richten.«

»Aber wie lange wird das dauern?« fragte Oeun Bulaude. »Und was geschieht bis dahin?«

»Bis dahin verlassen wir uns auf Beqs Leitern und Tunnel und eine kugelsichere Weste.«

Aus Tagen wurden Wochen und dann Monate. Die Straßen von Sherreen waren staubig und stickig, die Einwohner verschwitzt und reizbar. Abermals war es Sommer geworden, ohne daß Whiss v'Aleur die Zeit für seinen großen Coup für reif erachtet hätte. Vielleicht hätte er gar nicht so lange warten müssen, doch er wollte unumstößliche Gewißheit haben. Er durfte sich keinen Fehler leisten, und dafür hatte er Pläne geschmiedet und Ränke, hatte alles wieder und wieder nachgeprüft und sich so lange zurückgehalten, bis alle Einzelheiten vollständig ausgearbeitet waren. Doch endlich war der Tag gekommen, und jetzt war tatsächlich alles fertig. Die entscheidende Rede mit sorgfältig gewählten Drohungen, Vorwürfen und Anschuldigungen war vorbereitet. Er hatte sie unzählige Male geprobt, und jetzt kannte er sie bis zur letzten leidenschaftlichen Wendung auswendig. Die Rede war darauf angelegt, Zorn, Haß, Angst, Begierde und Patriotismus aufzustacheln – Gefühle, die Whiss schon immer instinktiv hatte ausschlachten können. In die richtigen Bahnen gelenkt, würden ihm diese mächtigen Strömungen die vorherrschende Stellung verschaffen, für die er sich bestimmt glaubte; es kam bloß darauf an, daß er das Publikum beherrschte und daß er wußte, was er zu tun hatte. Seine angeborene Rednergabe im Verein mit der magischen Unterstützung seines Vaters waren fast schon die Garantie dafür, daß er den Tag siegreich bestehen würde. Dieses ›fast‹ aber reichte ihm noch nicht.

Whiss verabscheute Ungewißheit und hatte daher den Boden sorgfältig bereitet. Seit Wochen schon taten sich seine Agenten unter den Abgeordneten um –

bemühten sich um Unterstützung, stoppelten Bündnisse zusammen, weckten Feindschaft zwischen rivalisierenden Fraktionen, unterminierten die Glaubwürdigkeit und Moral möglicher Widersacher, bestachen, schmeichelten, redeten gut zu, ermahnten oder schüchterten ein, wie es ihnen gerade gelegen kam. Whiss hatte diesen Angriff mit Kraft und angeborenem Geschick geleitet; und nun, nach all diesen hektischen, verborgenen Tätigkeiten, fühlte er sich seiner Stellung einigermaßen sicher. Die Mitglieder der Reparationspartei waren ihm natürlich ohne Ausnahme ergeben. Ebenso verläßlich waren die Angehörigen seines eigenen Wohlfahrtskomitees, des Komitees für Verfahrensweisen, dessen päderastischer Vorsitzender sich glücklicherweise als empfänglich für Erpressung erwiesen hatte, sowie die Liga Roter Diamant, in der die gewalttätigsten Elemente des Sherreener Mobs zusammengefaßt waren – allesamt stramme Unterstützer. Unter den restlichen Abgeordneten hatte es zahlreiche Unentschlossene gegeben, die er sich mit Schmeicheleien und Drohungen gefügig gemacht hatte. In dieser Zeit der Verwirrung und des Umbruchs setzten allein die Niriennisten und deren Verbündete dem wachsenden Einfluß von Whiss v'Aleur so etwas wie vereinten Widerstand entgegen, und dieser Widerstand würde schon im Ansatz erstickt werden. Das dürfte ihm keine allzu großen Schwierigkeiten bereiten, denn die Niriennisten mit ihrer selbstauferlegten Vornehmheit hatten sich nie die Mühe gemacht, die Kunst der Intrige zu erlernen. Von ihrem Widersacher konnte man das nicht behaupten. Whiss beherrschte diese Kunst meisterlich, war andererseits aber zu klug, allein auf Worte zu vertrauen. Sollte die Intrige nicht genügen, gab es immer noch die Vorhut.

Whiss' großer Tag brach an mit strahlendem Sonnenschein, wie es sich geziemte. Er stand früh auf, kleidete sich sorgfältig an, bürstete auch noch den letzten Fussel von seinem mittlerweile berühmten schwarzen Anzug, kämmte sich das glatte Haar straff aus der hohen, gelblichen Stirn zurück und band es sich im Nacken mit einem festen, dreifachen Knoten zusammen, als fürchtete er, ein Härchen könnte sich selbständig machen. Als er seine Toilette beendet hatte, genehmigte er sich ein bescheidenes Frühstück und suchte dann wieder sein Zimmer auf, um die letzte Stunde vor dem Aufbruch im Zustand gelassener Sammlung zu verbringen – zumindest hatte er das vor. Schon bald stellte er jedoch fest, daß er keine Ruhe finden konnte. Die sich aus seinem Lampenfieber und der quälenden Ungewißheit ergebende unruhige Anspannung brachte sein Blut in Wallung und verursachte ihm Bauchschmerzen. Sein Puls raste, und in seinem Bauch rumorte es, als wäre ein Fisch darin eingesperrt. Als er seine Rede ein letztes Mal durchgehen wollte, vermischten sich die Sätze miteinander, verkehrten ihren Sinn und hallten dröhnend in seinem Schädel wider. Es war fast wieder so wie damals, vor so vielen Monaten, als er im Lagerhaus in der Pumpengasse seine erste öffentliche Rede gehalten hatte; die gleiche fiebrige Erwartung, das gleiche übelkeiterregende Lampenfieber. Er rief sich in Erinnerung, was für ein Triumph die Ansprache in der Pumpengasse für ihn gewesen war. Das hatte die Zerstörung der Wachstation im Achten Distrikt gezeigt. Seitdem hatte er noch zahllose andere Reden gehalten, und jede einzelne war außergewöhnlich wirkungsvoll gewesen, wie die darauffolgenden Gewalttaten bewiesen hatten. Seine Ansprachen waren jedesmal erfolgreich, dank seines angeborenen Talents, das durch die Magie seines Vaters noch verstärkt wurde. Verstärkt und unterstützt. Whiss wagte sich nicht einmal vorzustellen, was geschehen würde, wenn ihm die magische Unterstützung einmal entzogen werden sollte; und er brauchte es sich auch nicht vorzustellen, denn dazu würde es niemals kommen.

Allerdings …

Allerdings waren Chorl Valeurs Mangel an Begeisterung und sein Zaudern – mehr noch, sein spürbarer Widerstand – nicht zu übersehen. Whiss, der hektisch auf dem nackten Fußboden auf und ab ging, blieb unvermittelt stehen. Chorl half ihm nur widerstrebend, so war es immer schon gewesen. Nichts tat er je freiwillig; immer mußte man bei ihm zu irgendeiner Art von Druckmittel Zuflucht nehmen. Lebenslang aufgespeicherte Enttäuschungen und Haß flammten in ihm auf und entfachten den stets vorhandenen Groll zur Weißglut. Die Wut strömte durch ihn hindurch und löschte zu seiner Erleichterung alles andere aus. Mit dieser Wut kannte er sich aus und wußte damit umzugehen. Diese wilde Landschaft war ihm vertraut. Er kannte ihre Grenzen, vor allem aber ihre Möglichkeiten. Sie war schiere, rohe Stärke, die seiner Rhetorik Kraft verleihen würde, so daß sie den besten von Chorls Zauberkunststücken so gut wie gleichkommen würde. Sie wirkte auf ihn wie ein Zauberelexier, denn auf einmal war er hellwach und unbesiegbar; als hätte er in der Preisgabe der Selbstbeherrschung zur Meisterschaft gefunden.

Whiss wirbelte herum und schaute in den kleinen, gesprungenen Spiegel, der über dem Waschtisch hing. Er betrachtete sein bleiches Gesicht, aus dem, abgesehen von den bläulich verfärbten Wangenknochen, alle Farbe gewichen war; bebende Nasenflügel, graue, kaum sichtbare Lippen; weit aufgerissene Augen, leidenschaftlich und funkelnd. Er wirkte stark und wild entschlossen. Er wirkte unberechenbar und gefährlich. Er wirkte so, wie er aussehen wollte, um einen möglichst starken Eindruck auf seine Zuhörerschaft zu machen. Er war bereit. Als ihm dies klar wurde, ergriff er die Gelegenheit beim Schopf.

Er schnappte sich einen ledergebundenen Hefter mit Notizen und rannte aus dem Zimmer und über die

Treppe zur Diele hinunter, wo ihn sein Cousin Bierce bereits ergeben erwartete. Chorl war nirgendwo zu sehen. Gleichgültig, verschlossen, unsichtbar – wie immer. Übermannt von plötzlicher Enttäuschung, schleuderte Whiss den Hefter gegen das nächste Fenster. Das Klirren des Glases wirkte unverhältnismäßig laut. Bierce glotzte seinen Cousin bewundernd an. Whiss starrte bebend vor sich hin. Kurz darauf tauchte Chorl auf. Der alte Mann stellte keine Fragen, und das war auch nicht nötig, denn die beunruhigenden Anwandlungen seines Sohnes waren ihm nicht neu. Dann bewahrte man am besten Schweigen, denn ein falsches Wort konnte Whiss zu einem Tobsuchtsanfall hinreißen; ein Zustand, der Chorl jedesmal Angst machte.

Schweigend traten die drei Verwandten aus dem Haus. Das Schweigen dauerte während des kurzen Weges über die Nerisante-Straße zur Jahrhunderthalle fort, vor der sich eine ungewöhnlich dichte Menge besonders abgerissener Bürger versammelt hatte. Als sie Whiss erblickten, erscholl dumpfer Jubel, und mehrere Bürger küßten ihm die Hand, als sei er ein Edelmann. Als die drei v'Aleurs eintrafen, war die Halle bereits voll besetzt – was ungewöhnlich war für Whiss, der meistens als Erster zu den Versammlungen erschien; wie er entdeckt hatte, eine bequeme Möglichkeit, seinen Eifer kundzutun. Heute jedoch wollte er einen großen Auftritt haben. Seine Anhänger und Gefolgsleute – von denen einige nur wenig von seinen Absichten unterrichtet waren, während andere eingehende Befehle erhalten hatten – erwarteten ein mehr oder minder eindrucksvolles Beispiel für die Macht der Reparationisten. Ihre Erwartungen sollten mehr als erfüllt werden.

Am Eingang trennten sie sich. Chorl und Bierce wandten sich nach links, um ihre Plätze auf der hohen Besuchergalerie einzunehmen, von wo man freie Sicht auf die Anwesenden hatte, deren Wahrnehmungen

Chorl beeinflussen sollte. Natürlich würde er gehorchen – es blieb ihm nichts anderes übrig. Allerdings bereitete es ihm immer größeren Widerwillen, seine magischen Kräfte für die Absichten seines Sohnes einzusetzen – auch wenn diese Absichten im weitesten Sinn patriotisch und menschenfreundlich waren; zumindest versuchte er sich dies einzureden, als könnte er durch ständige Wiederholung seine Zweifel irgendwann zerstreuen. Aber wie auch immer, wenn alles gutging, dann war dies vielleicht das letzte Mal. Vielleicht würde Whiss sich nach dem heutigen Tag endlich zufriedengeben – das hieß, falls Whiss überhaupt zufriedenzustellen war. Chorl blickte verstohlen nach rechts und links. Die Galerie war voll besetzt. Heute waren Whiss' treue Anhänger in großer Zahl erschienen. Bestimmt hatte man sie aufgefordert, sich unter das Publikum zu mischen. Unter den Privatleuten waren auch Dutzende von bewaffneten Vorhütern. Chorl erschauerte beim Anblick der bedrohlichen, braun und scharlachrot gekleideten Männer. Am liebsten wäre er gegangen, doch an Flucht war nicht zu denken; Bierce saß aufmerksam und beunruhigend dicht neben ihm.

Endlich erschien Whiss v'Aleur. Erwartungsvolles Gemurmel erhob sich unter den Abgeordneten, auf der Zuschauertribüne wurde heftig applaudiert. Whiss blieb einen Augenblick am Eingang stehen und blickte kurz zur Galerie hinauf – vorgeblich, um sich für die Begrüßung zu bedanken, in Wahrheit aber, um den Standort seines Vaters festzustellen –, dann nahm er inmitten seiner Verbündeten Platz.

Es begann so wie immer. Das Protokoll der letzten Sitzung wurde verlesen und besprochen. Ein paar untergeordnete Punkte der Tagesordnung wurden debattiert. Der Bauer Binaire, Abgeordneter aus VoGrance, ließ sich weitschweifig über die Frage der Vertretung ländlicher Nichtseßhafter – Hausierer, Turos, Spieler und dergleichen Gesindel – aus. Nichts Wichtiges, bis

Binaire seinen Redebeitrag beendet und die übliche Widerrede über sich hatte ergehen lassen, worauf er sich wieder setzte. Eine kurze Pause, dann trat Whiss v'Aleur ans Rednerpult. Unter den schläfrigen Abgeordneten regte sich Neugier. Als begnadeter Redner fesselte er stets sein Publikum. Heute galt das um so mehr, da Gerüchte im Umlauf waren, er habe etwas Besonderes vor. Auch ohne diese Gerüchte hätte seine Erscheinung die Aufmerksamkeit auf ihn gelenkt. Zwar wirkte er einigermaßen gefaßt, seine bläulichen Wangen und funkelnden Augen aber erregten Aufsehen.

In erwartungsvollem Schweigen schauten die Abgeordneten zu, wie er zum Rednerpult hinaufstieg. Als er sich dahinter versteckt hatte, ließ Whiss den Blick bedächtig über das Publikum schweifen. Seine unnatürlichen Raubtieraugen wanderten langsam von Gesicht zu Gesicht, wobei sie über manche rasch hinwegglitten, auf anderen wiederum längere Zeit verweilten, was den auserkorenen Opfern ein unbeschreibliches Unbehagen bereitete. Ohne diese ausgiebige Musterung zu unterbrechen, begann Whiss zu sprechen; und wenn er mittlerweile der Gossensprache aus der Zeit der Pumpengasse auch weitgehend entsagte, hatte sein berühmter Rednerstil doch kaum etwas von seiner rohen Gewalt verloren.

»Viele von uns glauben«, begann Whiss, »unsere Arbeit sei so gut wie beendet. Die erste Fassung der Verfassung von Vonahr wird bald fertiggestellt sein. Ist diese erst einmal ausgefeilt und fertiggestellt, bleibt uns nur noch, das Gremium der Zweihundert zu wählen, das unser berühmter Paragraph siebenundachtzig vorsieht, dann ist unsere Arbeit abgeschlossen. Der Verfassungsgebende Kongreß löst sich auf. Dann können wir uns die Hände schütteln und alle wieder nach Hause gehen – zumindest möchten wir das glauben. Die Vorstellung ist reizvoll, leider aber falsch. So leicht können wir uns unserer Verpflichtungen nicht entledigen. Unsere Aufgabe ist noch nicht erfüllt und wird es auch so lange nicht sein, wie der Kongreß von Royalisten und Reaktionären durchsetzt ist. Vor kurzem wurde entdeckt, daß in unserem Verfassungsgebenden Kongreß Verrat und Korruption herrschen.«

Verwirrtes Gemurmel unter den Abgeordneten. Er hatte sie überrascht. Was immer sie von Whiss v'Aleur halten mochten, damit hatten sie nicht gerechnet.

»Wir alle wissen, daß der flüchtige Emigrant, der Herzog von Feronte, an fremden Höfen weitere Schändlichkeiten ausbrütet und sich offen um die Unterstützung unserer Feinde bemüht, um den Absolutismus in Vonahr wiederherzustellen. Für Feronte – eine bigotte Person, ein Meister der Niedertracht, in Grausamkeit erfahren und blutrünstig selbst in seinen Vergnügungen – wäre die Bezeichnung Erzfeind der Freiheit viel eher angebracht. Es ist eine Schande, einen solchen Menschen zum Landsmann zu haben; und es ist eine maßlose Schande, daß sogar hier, innerhalb des Kongresses, kriminelle Einflüsse festzustellen sind. Die Verbündeten des Verräters Feronte sind mitten unter uns. Für die Verschwörung gibt es Beweise – tatsächliche Beweise in Form von Dokumenten. Sie werden zum gegebenen Zeitpunkt der Öffentlichkeit übergeben werden. In der Zwischenzeit müssen die Schuldigen bestraft und die Verräter davongejagt werden. Der Verfassungsgebende Kongreß muß gesäubert werden.«

Whiss legte eine Pause ein und ließ den Blick über die Zuhörer schweifen. Auch ohne magische Unterstützung spürte er ihre Verwirrung. In ihren Gesichtern spiegelte sich unverhohlene Bestürzung wider. Und dann auf einmal kräuselte sich die Luft in der Jahrhunderthalle, die Abgeordneten flackerten wie Phantome, und Whiss verspürte die mittlerweile wohlbekannte Übelkeit, die ihm anzeigte, daß Chorl Valeur tätig geworden war. Die Übelkeit legte sich sogleich wieder, und nun gewahrte Whiss die Gefühle des Publikums. Da war einmal der so vielsagende, so wundervoll zu beeinflussende, aus zahlreichen Schattierungen bestehende Gefühlsnebel. Er liebte seinen Anblick und seinen Geruch, liebte sein Gewicht und sein Antlitz, vor allem aber liebte er es, sich das Publikum gefügig zu machen. Als er zur Galerie hochschaute, sah er, wie sein Vater erschöpft zusammensackte. Die Lage war unter Kontrolle, und er hielt die Fäden in der Hand.

Whiss sprach weiter und legte das Wesen der Verschwörung, die den Kongreß besudelte, in allen Einzelheiten dar. Er berichtete vom Verrat einzelner Mitglieder, von der Korruptheit gewisser nur auf ihren eigenen Vorteil bedachter Cliquen, von der wachsenden Bedrohung der gerade erst errungenen Freiheiten. Er deutete royalistische Vergeltungsmaßnahmen an. Er sprach von Verrat, Heimtücke, Niedertracht. Er benutzte Phrasen wie ›Inbegriff der Schändlichkeit‹, ›verderbte, speichelleckende Sklaven des Adels‹, ›bösartige Geschwüre im Körper des Kongresses‹. In diesem maßlosen, mit aufgespeicherter und geschickt zielgerichteter Wut aufgeladenen Stil machte er noch eine Weile weiter. Beim Sprechen beobachtete er, wie der Nebel wogte und sich verdichtete, wie er eindunkelte und auf sein Kommando hin gänzlich einfarbig wurde. Nach etwa einer halben Stunde hatte der Nebel sein Höchstmaß an Dichte erreicht – was weniger war, als Whiss sich gewünscht hätte, doch es würde genügen müssen. Er hatte sich nämlich einzugestehen, daß die eher reifen, gebildeten oder zumindest einigermaßen klugen Abgeordneten sich nicht so leicht beeinflussen ließen, oder jedenfalls nur ein Teil von ihnen. Die Reparationisten bereiteten ihm natürlich keinerlei Mühe. Sie saßen auf den Plätzen unmittelbar vor dem Rednerpult. Auf ihren Gesichtern spiegelte sich unterschiedslos Verehrung wider, und der Nebel um sie herum bildete dunkle Wirbel. Gleichermaßen begeistert waren die Eiferer vom Roten Diamanten, die auf den oberen Rängen saßen. Ihre satt gefärbte Aura antwortete so fügsam wie ein wohlerzogenes Pferd auf den Druck eines verbalen Sporns. Ja, auf die Mitglieder des Roten Diamanten war Verlaß; auf die konnte er zählen. Und natürlich gab es noch mehr, verteilt über das ganze Publikum. Er spürte ihre Regungen und wußte, daß sie ihm glaubten, wußte, daß sie ihm gehorchten, daß sie auf seiner Seite waren.

Bedauerlicherweise gab es auch Ausnahmen. Diese Unverbesserlichen waren im ganzen Saal verteilt und erkennbar an ihren kühlen, flauen Auren. Der größte Widerstand war erwartungsgemäß um Shorvi Nirienne versammelt, der inmitten seiner kriecherischen Anhänger saß. Der Nebel, der Nirienne und seine Leute einhüllte, schien eisfarben, schwer und so gut wie unbewegt. Nichts hätte deutlicher von der unnachgiebigen Gesinnung dieser Männer Zeugnis ablegen können als diese giftige Ausdünstung, die sich seiner Rede gegenüber als so verabscheuenswert unempfänglich erwies. Unter den Niriennisten hätte er niemals einen Abtrünnigen gefunden, hätte keinen von ihnen unter seinen Einfluß gebracht. Daher waren sie Feinde des Volkes, Feinde von ganz Vonahr.

Folglich tat Whiss seine Pflicht. Verschlüsselt forderte er ihren Tod. Wie die Dinge lagen, verfügte der Verfassungsgebende Kongreß über keinerlei rechtliche Mittel, sich selbst zu säubern. Whiss v'Aleur trachtete diesen Mißstand dadurch zu beseitigen, daß er die Einsetzung eines Nationalen Tribunals forderte, das ermächtigt sein sollte, allen Staatsfeinden ungeachtet ihrer gesellschaftlichen Stellung den Prozeß zu machen und sie zu verurteilen.

»Es darf nämlich keine Ausnahmen geben«, erklärte Whiss dem Publikum. »Die Feinde des Volkes sollen der Justiz des Volkes unterworfen werden, und das muß für alle gleichermaßen gelten – selbst für die Edlen, selbst für den König persönlich. Nicht einmal der König steht außerhalb der Gerichtsbarkeit.« Dieser neue Vorschlag wurde mit erstauntem Gemurmel aufgenommen. Der Nebel wogte und drohte außer Kontrolle zu geraten, daher fuhr Whiss mit noch größerer Eindringlichkeit fort.

»Es darf nicht sein, daß das Land den schlimmsten Attacken der menschlichen Wölfe und Tiger noch länger unbewaffnet und nackt ausgeliefert ist. Die Bürger von Vonahr haben das Recht, sich zu verteidigen, und folglich auch das Recht, sich zu bewaffnen. Wer unter den Anwesenden würde ihnen dieses Recht streitig machen wollen? Das Nationale Tribunal wird das Schwert eines starken, freien Volkes sein – rasch und sicher in der Verteidigung der Gerechtigkeit, gefürchtet allein von den Feinden der Freiheit. Im Namen des Volkes fordere ich die Einsetzung eines Tribunals, das mit den notwendigen Befugnissen ausgestattet ist, um uns ungehindert und wirkungsvoll verteidigen zu können. Eine Angelegenheit von so grundlegender Bedeutung für das öffentliche Wohl darf nicht in Frage stehen. Kein wahrer Patriot wird diese Notwendigkeit bezweifeln.«

Ein rascher Rundblick über den sich entsprechend verändernden Nebel bestätigte Whiss' Erwartungen. Um seine Anhänger herum flammte er in feuerroter Begeisterung. Noch ein paar Worte, und tosender Jubel wäre die Folge. Im Gegensatz dazu war die unempfängliche Aura seiner Widersacher winterlich grau, durchsetzt mit dunklen, zerfaserten Streifen des Zweifels, der Beklommenheit, der Feindseligkeit und einer widerlichen Schattierung, die Whiss nicht wahrhaben wollte, auch wenn er insgeheim erkannte, was es war – die Farbe der Verachtung. Jedenfalls bemerkte er dort genügend Kraft und Durcheinander, daß jederzeit mit einer Herausforderung zu rechnen war.

Und da erhob sich Shorvi Nirienne auch schon unerträglich gelassen von seinem Platz und bemerkte: »Diese Angelegenheit sollte sehr wohl Gegenstand einer Debatte sein. Mir scheint, der Abgeordnete Whiss v'Aleur ist sich über die Reichweite seines Vorschlags nicht im klaren. Die Einsetzung eines Nationalen Tribunals, ausgestattet mit der außergewöhnlichen Befugnis, allgemeine Vergehen ahnden zu können, deren Vorhandensein noch nicht überzeugend nachgewiesen wurde, würde mit Sicherheit eine Ära beispielloser, rechtlich gestatteter Gewalttätigkeit einleiten, deren unvermeidliches Ergebnis …«

Der Rest von Niriennes Bemerkungen ging im heftigen Läuten einer Glocke unter. Der Abgeordnete Cheneuve, Vorsitzender des Komitees für Verfahrensweisen, der sämtliche Debatten leitete und gegenwärtig Whiss v'Aleur hörig war, hatte nicht vergessen, was sein Herr ihm aufgetragen hatte. Shorvi Nirienne durfte nicht zu den Abgeordneten sprechen. Unter keinen Umständen durfte er das Wort ergreifen.

»Ich entziehe dem Delegierten Nirienne das Wort«, bemerkte Cheneuve. »Das Wort hat der Delegierte v'Aleur.«

Whiss v'Aleurs Fraktion johlte und klatschte.

»Herr Vorsitzender, ich bitte respektvoll um die Erlaubnis, auf den Vorschlag des Delegierten v'Aleur antworten zu dürfen …« Weiter kam Nirienne nicht. Abermals läutete die Glocke des Vorsitzenden.

Whiss v'Aleur änderte wortlos Haltung und Mimik. Eingehendere Anweisungen benötigten die ihm ergebenen Reparationisten nicht, die gänzlich auf seine Launen eingestellt und selbst für die kleinsten wortlosen Kommandos hochgradig empfänglich waren. Es erhob sich ein ohrenbetäubender Lärm, ein wilder Sturm von Schreien, Buhrufen, Beleidigungen und Pfiffen. Der Lärm war so laut, daß die Fensterscheiben klirrten und die Wände erbebten. Ein zufälliger Zuhörer hätte meinen mögen, der Verfassungsgebende Kongreß stünde geschlossen gegen Shorvi Nirienne, doch Whiss v'Aleur wußte es besser. Der helle, leidenschaftliche Nebel, der seine Anhänger einhüllte, war wie ein pickliges Gesicht entstellt von düsteren, fremdartigen Flecken. Auch abseits des um Nirienne gesammelten Widerstands gab es flaue Stellen von Vorsicht, Skepsis und Unentschlossenheit, die im ganzen Saal verteilt waren. Etwa die Hälfte der Abgeordneten gehörten diesen Widerstandsnestern an, ohne daß ihnen ihre Stärke allerdings bewußt gewesen wäre. Die Zweifler waren weit verstreut, und die meisten wußten nichts vom Dasein der anderen, weshalb sie unsicher und auch ein wenig ängstlich waren. Für Whiss war diese gestaltlose Verwirrung auf den ersten Blick sichtbar, und innerlich war er dankbar dafür. Trotz seiner unbestreitbaren Klugheit hatte Shorvi Nirienne die Kunst der praktischen Politik noch immer nicht gemeistert, was sich darin zeigte, daß er es unterlassen hatte, seine grundverschiedenen Anhänger zu organisieren. Vielleicht sah Nirienne seinen Fehler in diesem Augenblick sogar ein, doch würde ihm keine Zeit mehr bleiben, Nutzen aus der Erkenntnis zu ziehen.

Shorvi Nirienne zögerte, als überlegte er, ob er Protest einlegen sollte. Allerdings hätte er sich in dem Tumult wohl kaum Gehör verschaffen können, daher nahm er nach einer Weile wieder Platz. Im Kongreß kehrte ein wenig Ruhe ein.

»Welcher ehrbare Bürger«, fuhr Whiss v'Aleur beinahe im Plauderton fort, »würde zögern, sich der Gerichtsbarkeit des Volkes zu unterwerfen? Wer außer dem Schurken, der sich etwas hat zuschulden kommen lassen, hätte das Urteil des Volkes zu fürchten? Wer außer den Feinden des Volkes sollte sich gegen den Willen des Volkes stellen? Diese Fragen bedürfen sorgfältiger Erwägung. Die abweichenden Haltungen der Abgeordneten im Hinblick auf das vorgeschlagene Nationale Tribunal sind aufschlußreicher, als die Betroffenen zugeben möchten. Im Lichte der mir vorliegenden Beweise für eine Verschwörung mitten unter uns wiegen die Angst und der Haß der Schuldigen ebenso schwer wie ein unterzeichnetes Geständnis – denn im neuen Vonahr haben die Unschuldigen nichts zu fürchten!«

Tosender Beifall von den Reparationisten und den Mitgliedern des Roten Diamanten. Laute Rufe von mehreren gezielt verteilten Verbündeten:

»Wer sind die Verschwörer? Wer sind die Schuldigen? Nennt uns Namen!«

»Meine Herren, darum solltet Ihr mich nicht bitten«, sagte Whiss. »Wir sind keine rechtsprechende Körperschaft, und in Fragen von Verrat verfügen wir über keinerlei Berechtigung. Einstweilen rate ich zur Geduld.« Seine Worte, seine Mimik und seine Gesten waren so gewählt, daß der Nebel um seine Anhänger zu brodelnder Weißglut aufgeheizt wurde.

Jetzt würden sie die Sache auf keinen Fall auf sich beruhen lassen. Das Geschrei setzte wieder ein – »Nennt uns Namen!« –, und beim Anblick der vielen plappernden Münder stellte Whiss sich auf einmal vor, er sei ein Bauchredner, der seine Stimme aus zahllosen Puppen ertönen ließ.

Shorvi Niriennes kreidebleiches Gesicht verriet, daß er die Falle, die man ihm gestellt hatte, endlich erkannt hatte. Trotzdem wirkte er ruhig, als er sich abermals erhob und sich mit seiner klaren, gelassenen Stimme trotz des Lärms irgendwie Gehör verschaffte: »Wenn der Delegierte v'Aleur Beweise für die von ihm behauptete Verschwörung hat, dann müssen diese Beweise dem Kongreß zugänglich gemacht und von ihm überprüft werden. Wenn belastende Dokumente vorhanden sind, soll der Delegierte v'Aleur sie jetzt vorlegen.«

»Ich bin gerne bereit, sie vorzulegen – und zwar unserem Nationalen Tribunal«, erwiderte Whiss, und von seinen Anhängern erscholl ein so tosender Beifall, daß man beinahe hätte meinen mögen, im Kongreß herrsche Einmütigkeit.

Als der Lärm ein wenig nachließ, versuchte Nirienne etwas zu entgegnen. »Daß der Delegierte Whiss v'Aleur zwei grundverschiedene Dinge miteinander koppelt, wirkt wie eine Ausflucht ...«, setzte er an, doch weiter kam er nicht.

»Lügner!« rief Whiss v'Aleur und schlug mit der geballten Faust aufs Pult. Nachdem er auf einer Ebene, die einen Hauch unterhalb der Bewußtseinsschwelle lag, entschieden hatte, daß der Augenblick für einen seiner wirkungsvollen Wutausbrüche gekommen sei, ließ er seinen Gefühlen freien Lauf. Sein Gesicht überzog sich mit einer tiefen Röte, seine Augen funkelten und quollen hervor, und seine Stimme schwang sich zu einem unbeherrschten Kreischen empor. »Lügner! Wir haben genug von deinem aasstinkenden Geschwätz, du Schanker, es reicht! Elender LÜGNER!«

Einen Augenblick lang glotzen die Abgeordneten mit offenem Mund. Dann flammte der Nebel um die Reparationisten feuerrot auf, und Whiss' Anhänger brachen in tosenden, besinnungslosen Jubel aus. Whiss ließ das Schauspiel mit wogender Brust auf sich wirken. Er durfte jedoch nicht allzulange warten, sonst hätte er womöglich an Schwung verloren. Er hob die Hand, und das Marionettenpublikum verstummte.

»Angriffe auf mich persönlich lasse ich mir nicht bieten – nicht von kriminellem Abschaum, der sich hinter der Maske trügerischer Ehrbarkeit verbirgt!« rief Whiss. »Boshafte Verleumdungen von Lügnern und Verrätern lasse ich nicht auf mir sitzen! Ich bin Patriot, aber kein Märtyrer – es sei denn, das Wohl des Landes stünde auf dem Spiel!«

Frenetischer Beifall vom Roten Diamanten. Shorvi Niriennes Versuch einer Erwiderung war nicht zu hören.

»Shorvi Nirienne hat meine Ehre beschmutzt«, schäumte Whiss, scheinbar außer sich vor Wut, dabei aber die Szene sorgfältig im Auge behaltend und dirigierend, »und da hat er sich verrechnet, denn jetzt bin ich gezwungen, es ihm heimzuzahlen. Beschuldigt, diffamiert und beleidigt, bleibt mir keine andere Wahl, als mich zu verteidigen. So sei es also. Er hat es sich selbst zuzuschreiben. Meine Freunde und Mitdelegierten, Ihr habt mich gebeten, die Namen derer preiszugeben, die gemeinsame Sache mit den Feinden der Freiheit machen. Die Verschwörung ist tiefverwurzelt, und es gibt zahlreiche Beteiligte. Ein Mann aber steht über allem – eine übelwollende, leitende Kraft –, ein Mann, dessen Verrat den ganzen Kongreß vergiftet. Dieser Mann ist Shorvi Nirienne! Dort sitzt der Verräter – Nirienne! Nirienne!« Whiss' ausgestreckter Arm und Zeigefinger spießten seinen Widersacher gleichsam auf.

Die Hölle brach los. Sämtliche Abgeordneten brüllten, der Lärm war ohrenbetäubend. Der Beschuldigte bemühte sich verzweifelt um eine Entgegnung, was aber völlig aussichtslos war. Auch Frezhelle, Riclairc und andere standfeste Niriennisten, die ihren Anführer verteidigen wollten, konnten sich kein Gehör verschaffen. Die Gelegenheit ging vorüber, und der Tumult hielt unvermindert an, bis Whiss sich entschloß, ihn selbst zu beenden. Er hob beide Hände und rief in die darauffolgende Stille hinein:

»Ich verlange den Ausschluß Niriennes und seiner Komplizen. Der Verfassungsgebende Kongreß muß gesäubert werden!«

So rasch wie der Ausfall eines Fechters schloß sich Niriennes Stimme an, um wenigstens einen kurzen Augenblick gehört zu werden: »Ich fordere das Recht, auf diese Vorwürfe zu antworten.«

Dann setzte der Tumult wieder ein, lauter als zuvor und hilfreich verstärkt durch das Gebimmel des Vorsitzenden. Nirienne unternahm noch mehrere vergebliche Anläufe, etwas zu sagen, dann machte er sich mit einer enttäuschten Geste und entschlossenem Blick auf den Weg zum Rednerpult. Für diese Möglichkeit hatte Whiss allerdings Vorsorge getroffen. Mit uniformierten Vorhütern durchsetzte Reparationisten versperrten Nirienne den Weg. So heftig er schob und wohin er sich auch wandte, er kam nicht an ihnen vorbei. Frezhelle und Riclairc waren auf die gleiche Weise eingezwängt. Einer der Vorhüter versetzte Riclairc einen Stoß, auf den der erboste Nirienniste mit einem Faustschlag antwortete. Whiss, der die Szene von seinem erhöhten Standpunkt aus bemerkt hatte, griff den Vorfall dankbar auf.

»Sie prügeln sich wie die Schläger!« rief Whiss, und wie jedesmal, wenn er sich äußerte, verstummte der Lärm, und er wurde gehört. »Sie sind eine Beleidigung für uns alle. Sie tragen Gewalt, Verleumdung, Verrat und Korruption in unsere Mitte. Sollen wir uns das gefallen lassen, oder soll sich der Kongreß säubern?«

Die entfesselte Kakophonie setzte mit unverminderter Kraft wieder ein und übertönte die eindringlichen Rufe Shorvi Niriennes und seiner Freunde. Nachdem er sich rasch des Klimas der Gefühle vergewissert hatte, kam Whiss zu dem Schluß, daß der entscheidende Augenblick gekommen sei. Unauffällig gab er einer braun und scharlachrot gewandeten Gestalt neben der großen Doppeltür an der Rückseite der Halle das verabredete Zeichen. Der Vorhüter schob den Riegel zurück und riß die Türen weit auf.

Davor erhob sich ein wüster Lärm – ein dumpfes, kehliges Gebrüll, Ausdruck einer barbarischen Wildheit, die das hysterische Geschrei der Abgeordneten auf einmal schrill und belanglos erscheinen ließ. Im nächsten Augenblick stürmte eine Horde Bürger in Begleitung eines Trupps von Vorhütern in die Jahrhunderthalle. Dabei handelte es sich um den schlimmsten Sherreener Abschaum, um abgerissene, schmutzige, hungrige und haßerfüllte Gestalten – die üblichen Adressaten von ›Nachbar Jumalle‹. Die meisten waren unnatürlich bleich und mager; die Frauen vorzeitig gealterte Hexen mit ausgetrockneten, schlaffen Brüsten und verlebten Gesichtern, die Männer rasende, dämonische Vogelscheuchen. Nicht wenige der Betrachter empfanden bei ihrem Anblick eine Mischung aus Mitgefühl und Abscheu, Mitleid und Ekel.

Trotz ihres erbärmlichen Zustands wirkten die Eindringlinge eher furchteinflößend als bemitleidenswert. Eine böse, bedrohliche Lebendigkeit ging von der erbärmlichen Gruppe aus. Wie eine tosende, übelriechende, unwiderstehliche Flutwelle strömten sie den Mittelgang hinunter. Die Mehrheit der Abgeordneten machten ihnen bereitwillig Platz; die übrigen wurden grob beiseite gestoßen. Nach und nach löste sich das lawinenartige Grollen ihrer Stimmen in einzelne unterscheidbare Rufe auf:

Nieder mit Nirienne! – Tod-Tod-Tod! Nieder mit Nirienne! – Tod-Tod-Tod!

Der holprige Rhythmus gab dem Ganzen einen bedrohlich-komischen Anstrich.

»Bürger, was wollt Ihr hier?« fragte Whiss v'Aleur vom Rednerpult aus.

Wie auf ein Stichwort hin heulten zahlreiche Stimmen:

»Einen ehrlichen Kongreß!«

»Nieder mit Nirienne und seiner schmutzigen Clique!«

»Das Volk von Vonahr befiehlt, und wir sind Eure Diener«, erklärte feierlich Whiss und sah, wie der Nebel vor ihm in wilder Freude aufleuchtete.

»Dann laßt uns aufräumen!«

Damit hörte jede zusammenhängende Unterhaltung auf oder ging vielmehr im allgemeinen Gebrüll unter. Der Lärm bereitete einem geradezu körperliche Schmerzen, und viele Abgeordnete preßten sich die

Hände auf die Ohren, während sie aus vollem Halse schrien.

Das Getöse beeindruckte den Mob allerdings nicht im mindesten. Mit einer Geschwindigkeit, die auf Planung und sogar vorheriges Proben schließen ließ, teilte sich die nur scheinbar ungeordnete Gruppe der Eindringlinge auf und umzingelte Shorvi Nirienne und dessen engste Verbündete. Die auserkorenen Opfer wurden von den Stühlen gezerrt und dann mit Gewalt über den Mittelgang getrieben, gezogen und sogar getragen, worauf man sie durch den Hintereingang nach draußen beförderte. Mehrere Opfer wehrten sich – sie flehten, argumentierten oder schimpften unüberhörbar –, jedoch ohne daß es einem genützt hätte. Nirienne indes tat nichts von alledem. Einen Augenblick lang stand er da und betrachtete Whiss v'Aleur mit einer Art kühler, wissenschaftlicher Neugier, wie man sie bisweilen gewissen giftigen Reptilien gegenüber empfindet, dann ließ er sich mit ausdrucksloser Miene und ohne Gegenwehr davonführen. Sein Schritt war fest, und den Kopf trug er hocherhobenen, als er zwischen den tobenden Rängen hindurchmarschierte. Nur seine lebhaften dunklen Augen, die er rasch über die Gesichter schweifen ließ, verrieten seine Erregung. Falls er irgendwo Mitgefühl oder Unterstützung entdeckte, so nützten sie ihm nichts.

Der Mob eilte den Gang hinauf, und dann teilte sich die Menge an der Tür, etwa die Hälfte blieb dort stehen, während die anderen sich wie ein kanalisierter Wasserschwall, der unerwünschtes Strandgut aus dem Verfassungsgebenden Kongreß spülte, ins Freie ergossen. Hinaus in den strahlenden sommerlichen Sonnenschein wogten die Bürger mit ihren Gefangenen im Schlepptau, und dann versetzte man Shorvi Nirienne und seinen Anhängern jeweils einen heftigen Stoß in den Rücken, so daß sie der Länge nach im Rinnstein landeten.

Trotz seiner Schmerzen erhob sich Nirienne so rasch und behende, als hätte man ihn niemals zu Boden geworfen. Bei ihm waren etwa fünfundzwanzig seiner engsten politischen Mitstreiter sowie einige jugendliche Hitzköpfe, die ihren Gegnern nun wütende Beschimpfungen entgegenschleuderten. Die wortreiche Auseinandersetzung steigerte sich rasch. Jemand schleuderte eine leere Weinflasche. Andere folgten seinem Beispiel und bewarfen die Vertriebenen mit Glasscherben, Stöcken, abgenagten Knochen und verdorbenem Gemüse. Widerstand war zwecklos, daher befahl Nirienne den Rückzug und führte seine Anhänger in leidlicher Ordnung vom Ort der Niederlage hinweg. Ein Stück weit folgte ihnen eine Bürgerbande dicht auf den Fersen, dann wandten sie sich ab. Die arg mitgenommenen Opfer durften sich entfernen und einen Ort suchen, wo sie ihre Wunden lecken und über die Katastrophe nachsinnen konnten, die so unversehens über sie hereingebrochen war.

Im Anschluß an die Vertreibung der Niriennisten ging der Tumult in der Jahrhunderthalle noch eine Weile weiter. Die Reparationisten und die Mitglieder des Roten Diamanten heulten ihren Triumph hinaus. Die eingedrungenen Bürger skandierten Parolen und stampften mit den Füßen. Die Abgeordneten schrien, und die Zuschauer brüllten. Der Lärm war ohrenbetäubend, die Verwirrung komplett.

Whiss v'Aleur, der einzige unter den Anwesenden, der wieder Ruhe und Ordnung hätte herstellen können, schaute tatenlos zu. Einmal war er aufgrund des geradezu reinigenden Triumphs müde und erschöpft. Zum zweiten war ihm der Anblick, der sich bot, viel zu angenehm, um ihm vorzeitig ein Ende zu setzen. Der Lärm, der Tumult und die wilden Leidenschaften – dies alles galt ihm allein. Von Natur aus klein, beleidigt, übersehen und vernachlässigt, war Whiss gleichzeitig Mittelpunkt und Lenker dieses ganzen

Aufruhrs. Seine Macht über diese schnatternden Marionetten war überwältigend. Er zog die Fäden und bewegte ihre Gliedmaßen. Er hauchte ihnen Leben ein, und sie führten seine Gedanken im Mund. Mit ein paar gutgewählten Worten konnte er ihr Toben jederzeit beenden, und dieses tiefe Gefühl von Herrschaft war ebenso köstlich wie die tatsächliche Ausübung von Macht. Er wollte darin schwelgen. Außerdem gab ihm der gegenwärtige Tumult Gelegenheit, das veränderte Klima in der Halle einzuschätzen. Der heutige große Coup hatte die Opposition auf einen Schlag ausgeschaltet. Die widerliche, stinkende Wolke der Niriennisten hatte sich für immer verflüchtigt. Mit den verbliebenen häßlichen, aber undeutlichen Schwaden würde er mit Leichtigkeit fertigwerden. Eigentlich – und dieses erste Aufblitzen von Allmacht war geradezu berauschend – gab es überhaupt keine Schwierigkeiten, mit denen Whiss v'Aleur nicht fertigwerden konnte, vorausgesetzt, sein Vater wirkte auch weiterhin mit. Sein Blick wanderte unwillkürlich zu dem zusammengesunkenen und leidenden Chorl v'Aleur auf der Besuchergalerie. Der Widerstand des alten Mannes nahm von Tag zu Tag zu. Die Ereignisse des heutigen Tages mochten ihn zum erstenmal zu offener Auflehnung herausfordern – womöglich dachte er sogar daran, ihm seine Unterstützung zu entziehen. Falls er sich wirklich erdreisten, falls er es wirklich wagen sollte, ihm zu drohen – nun, auch damit würde Whiss fertigwerden. Er hatte bereits eine erste Vorsorge getroffen. Whiss wußte, wie er sich zu schützen hatte, wie man einen Rivalen vernichtete, wie man das Heft in der Hand behielt. Whiss hatte endlich zu sich selbst gefunden.

15

Mit Shorvi Niriennes Niedergang schwang Whiss v'Aleur sich zur beherrschenden Figur des allmählich flügge werdenden Verfassungsgebenden Kongresses auf. In seiner Eigenschaft als Vorsitzender und inoffizieller Alleinherrscher des Nationalen Wohlfahrtskomitees hatte Whiss für den Geschmack seiner Kritiker auch so schon zuviel Macht auf sich vereint. Nun, da er seinen schärfsten Rivalen ausgeschaltet und damit einhergehend die Einsetzung des Nationalen Tribunals durchgesetzt hatte – das formal unabhängig sein sollte, in Wirklichkeit aber, wie jedermann wußte, ein Instrument der Reparationisten war –, hatte er seinen Einfluß in unerhörtem Maße weiter ausgedehnt. Nichts hätte dies deutlicher zum Ausdruck bringen können als die unverzügliche Ächtung Niriennes und all seiner gewaltsam vertriebenen Anhänger. Aufgrund des Vorwurfs der ›verräterischen Verschwörung und der Verbrechen gegen das Volk‹ beschloß das Tribunal kraft der ihm vom Verfassungsgebenden Kongreß verliehenen Autorität und mit Unterstützung von Whiss v'Aleurs stark bewaffneter Vorhut, die Nirieннisten festnehmen zu lassen. Etwa ein halbes Dutzend Ex-Abgeordneter wurde zusammengetrieben und ins Gefängnis gesteckt; den anderen gelang die Flucht. Zur unausgesprochenen Genugtuung vieler entging auch Nirienne seinen Häschern.

Während der monatelangen Beratungen des Kongresses hatte Shorvi Niriennes Nachrichtendienst niemals aufgehört zu arbeiten, sondern hatte die ganze

Zeit über seine Tätigkeit unter der Leitung des überaus fähigen Beq ordentlich weitergeführt. Nun, da abermals eine Zeit der Not angebrochen war, arbeitete die Maschinerie so gut geölt wie eh und je. Der Mehrheit der bedrohten Abgeordneten war es gelungen, aus Sherreen zu flüchten, während ihr Anführer untergetaucht war. Die Unmasse anti-reparationistischer Literatur, welche tagtäglich die Straßen überschwemmte, deutete darauf hin, daß Nirienne immer noch in der Stadt war. Wo genau er sich nun aber aufhielt, das wußten nur einige wenige ausgewählte Anhänger, während sich die zahlreichen Agenten und Spione des Nationalen Wohlfahrtskomitees immer verbissener bemühten, das Geheimnis seines Verschwindens zu lüften.

Die sechs verhafteten Ex-Abgeordneten nahmen an der historischen ersten Sitzung des neugeschaffenen Nationalen Tribunals auf der Anklagebank teil. Die Bevollmächtigten umgingen das Problem von Shorvi Niriennes Flucht dadurch, daß sie ihm und sämtlichen Mitflüchtigen in Abwesenheit den Prozeß machten. Erwartungsgemäß wurden alle für schuldig befunden und zum Tode verurteilt. Trotz aller Bemühungen des von den Reparationisten beherrschten Kongresses, die Angelegenheit vor der Öffentlichkeit zu verschleiern, erregten Urteilsspruch und Strafmaß große Empörung. Abgesehen von der offen zutage liegenden Ungerechtigkeit und Brutalität, stellte sich auch die Frage des Machtmißbrauchs. In der ganzen Zeit seit der Erstürmung des Beviaire hatte sich keine Partei das bislang dem König, den Edelleuten oder deren rechtmäßig ernannten Beauftragten vorbehaltene Recht angemaßt, über Leben und Tod von Straftätern zu entscheiden. Zwar hatten die auf die Erstürmung folgenden Ereignisse gezeigt, daß sich die Machtverhältnisse grundlegend geändert hatten, bloß hatte es noch niemand in Angriff genommen, diese neue Wirklichkeit auch festzuschreiben – jedenfalls bis jetzt noch nicht. In der Öffentlichkeit kam es zu einem Aufschrei der Empörung, der vom Verfassungsgebenden Kongreß wie vom Tribunal überhört wurde. In den Tavernen wurden flammende Reden gehalten, in den Salons wurde heftig gestritten, es wurden böse Briefe, Flugblätter und Rundschreiben verfaßt – die allesamt von offizieller Seite mißachtet wurden. Doch allmählich dämmerte es aufmerksamen Beobachtern, daß besonders eifrige Gegner der Politik der Reparationisten eigentümlich unfallgefährdet waren. Ihre Häuser wurden verwüstet, ihre Geschäfte gingen in Flammen auf, ihre Familienangehörigen wurden bedroht oder mußten gar Schlimmeres erdulden, und das mit besorgniserregender Häufigkeit. Als die Vorhut die Taverne ›Zum Luntenschloß‹ dichtmachte, war eigentlich niemand so recht überrascht. Als der Herausgeber der freimütigen *Schmeißfliege*, die in der Rattenstadt erschien, am hellichten Tag auf der Straße zu Tode geprügelt wurde, war die ganze Stadt in heller Aufregung – doch niemand unternahm etwas. Als die beiden kleinen Kinder des kritischen Abgeordneten Grimaux aus der Sevagne verschwanden, verstummte die Opposition im Kongreß jäh.

Diejenige Partei, die am ehesten berechtigt gewesen wäre, die Übergriffe der Reparationisten zu kritisieren, schaute tatenlos zu. König Dunulas, der immer noch im Beviaire eingesperrt war, bewahrte ein höfliches Schweigen, zumindest ließ er nichts nach außen dringen. Ohne eine wirkungsvolle Führung war wohl kaum etwas auszurichten; außerdem zeigte sich alles vielleicht auch als gar nicht so schlimm wie ursprünglich befürchtet. Denn die Wochen verstrichen, ohne daß die angekündigten Hinrichtungen stattgefunden hätten. Die sechs verurteilten Abgeordneten schmachteten im Grab, waren aber wenigstens noch am Leben. Vielleicht würde das neue Tribunal, das sein Urteil womöglich bereute, es ohne Gesichtsverlust bloß nicht widerrufen konnte, die Vollstreckung ja auf unbestimmte Zeit aufschieben. Dies glaubten viele Sherreener. Ein Blick in Whiss v'Aleurs Gedanken hätte sie indes eines Besseren belehrt.

Die Nachricht von der Massenvertreibung aus dem Kongreß machte keinen großen Eindruck im Hausstand der Rouvignac. Eliste, die Politik seit jeher langweilig und seit neuestem auch ernüchternd fand, zerbrach sich deswegen nicht den Kopf. Schon wahr, sie brachte Shorvi Niriennes Schriften eine gewisse fahrlässige Hochachtung entgegen, jedoch wiederum auch nicht soviel, daß ihr sein Sturz nahegegangen wäre. Zeralenn betrachtete die mörderischen Streitereien der Abgeordneten mit verächtlicher Belustigung, während Aurelie, die voll und ganz mit Bayelle vo Clarivaux beschäftigt war, den Vorfall überhaupt nicht zur Kenntnis nahm.

Schwerer ließen sich die Maßnahmen übersehen, mit denen Whiss v'Aleur seine eigenen Versprechungen einzulösen gedachte. Natürlich hatte er immer Wiedergutmachung gepredigt – die materielle Entschädigung für uralte soziale Mißstände. Dieses Vorgehen stand im Mittelpunkt seiner öffentlich vorgetragenen politischen Philosophie. Und nun ließ er seinen Worten zur Freude seiner Anhänger endlich Taten folgen. Binnen weniger Tage nach Niriennes Verschwinden erließ das Nationale Wohlfahrtskomitee neue Gesetze, die den Besitz des Adelsstandes mit strengen Steuern belegten. Der anfängliche Widerstand war heftig. Die Steuereintreiber des Verfassungsgebenden Kongresses wurden landesweit geschmäht, beschimpft, von Lakaien verprügelt und bisweilen auch gleich aufgehängt. Es folgte eine Serie von Anschlägen, Morden, Verhaftungen und Brandstiftungen von Schössern, und viele ungläubige Provinzadlige fanden sich auf einmal im Gefängnis wieder. Die widerspenstigsten Edelleute wurden mit einer Geldbuße und einer zusätzlichen Vermögensabgabe bestraft. Einigen wenigen wurde zu ihrer Verblüffung sogar der Prozeß gemacht. In diesen Fällen kam es zur Beschlagnahme des Vermögens, für deren Durchführung die örtlichen Patriotischen Ligen verantwortlich waren. Am Ende weigerten sich nur noch die geradezu selbstmörderisch Entschlossenen zu zahlen. Die dadurch erzielten Einnahmen wurden teilweise in Form von kostenloser Suppe und Brot an die gemeinen Bürger verteilt. So gering diese Entschädigung auch ausfallen mochte, kam sie den hungrigen Bauern doch zupaß. Wochenlang wurden in unregelmäßigen Abständen beträchtliche Mengen an eßbaren Almosen verteilt. Am Königinnentag – der mittlerweile in den Tag der Patrioten umbenannt worden war – gab es zu jedem Laib Brot eine kleine Kupfermünze, und zumindest für den Augenblick war Whiss' Stellung als Retter der Nation unerschütterlich.

Nachdem er seinen Ruf als mildtätiger Spender dergestalt gefestigt hatte, konnte Whiss wieder seine eigenen Ziele verfolgen. Die nachfolgenden Verhaftungen und Beschlagnahmungen fanden so gut wie im Verborgenen statt, so daß die Erträge in aller Stille in ausgewählte Kanäle fließen konnten. Die Öffentlichkeit erfuhr kaum etwas von diesen Einkünften, denn die Presse lernte rasch, Zurückhaltung zu bewahren; in Adelskreisen hingegen herrschte darüber große Empörung. Der Hälfte der adligen Bevölkerung von Sherreen hatte man Geld, Grundbesitz, Vieh und Leibeigene, Aktien, Familienschmuck und Geschirr, in einigen besonders schlimmen Fällen sogar Pelze und Kleidung geraubt. Die Klügeren unter ihnen begannen daher, ihre Wertsachen zu verstecken.

So weit ging Zeralenn vo Rouvignac nicht. Man hatte sie oft genug gewarnt, daß augenfälliger Reichtum die Begehrlichkeit der Reparationisten wecken würde. Außerdem wußte sie, daß ihre berühmte Schmucksammlung – die Geschenke zahlreicher Verehrer sowie zweier Könige – eine lohnende Beute wäre. Man hatte ihr wiederholt geraten, ihre Schätze aus Sherreen fortzubringen – oder sie wenn möglich sogar außer Landes zu schaffen. Wenn dies nicht ginge, solle sie sie heimlich vergraben, in der Hoffnung, sie eines fernen Tages, wenn die Welt wieder zur Vernunft käme und die Reparationisten ihre gerechte Strafe fänden und gehängt werden würden, wieder hervorholen zu können. Das war ein vernünftiger Rat, doch Madame schlug ihn in den Wind.

»Diese Klunker sind nutzlos, wenn ich sie nicht in meiner Reichweite habe und tragen kann«, murmelte Zeralenn mit solch überzeugender Gleichgültigkeit, daß man sie schon sehr gut hätte kennen müssen, um ihre angespannte Haltung und das verächtliche, haselnußbraune Glimmen hinter ihren schweren Lidern zu bemerken. Daher blieb der Schmuck – einschließlich des berühmten dreireihigen schwarzen Perlencolliers, das Dunulas XII. ihr geschenkt hatte – in dem Rosenholzschränkchen im Ankleidezimmer der Gräfin. Trotz der Bitten ihrer Freunde und Verwandten trug sie ihn so freimütig wie eh und je. Das Bargeld befand sich in einer unverschlossenen Schublade ihrer Kommode, das Silber in einer ebenso unverschlossenen Anrichte. Ziergegenstände und Kunstwerke wurden offen zur Schau gestellt, und das Leben ging weiter, als habe aller sozialer Wandel vor der Schwelle zum Haus der Rouvignac haltgemacht.

Eliste aber wußte es besser. Sie hatte bereits miterlebt, wie mehrere ihrer Freunde ihr Vermögen verloren, wie sie getobt und gelitten hatten. Sie erinnerte sich an die Bauernweiber, die unverfroren das Quartier der Ehrenjungfern geplündert und ihre Habseligkeiten durchwühlt hatten, und schon der Gedanke daran weckte in ihr wieder das Gefühl hilfloser Wut und Erniedrigung. Jetzt aber war sie nicht hilflos, und das sollte ihr nicht noch einmal geschehen – sie würde es einfach nicht zulassen. Die Gräfin Zeralenn mochte alle Schutzvorkehrungen mißachten, ihre Enkelin dachte jedoch nicht daran, es ihr gleichzutun. Sie würde ihre Besitztümer dort verstecken, wo die Kanaille sie niemals finden würde.

Abgesehen von ihrer umfangreichen und teuren Garderobe besaß Eliste keine großen Kostbarkeiten. Wie jedem anderen Mädchen ihres Standes gehörte ihr einiger Schmuck, das meiste davon zwar hübsch, aber nicht von Belang – der wirklich wertvolle Schmuck wurde für gewöhnlich von verheirateten Frauen getragen. Gleichwohl besaß sie ein paar gute Stücke, die einmal ihrer Großmutter väterlicherseits gehört hatten – und die sich zur Zeit der Erstürmung des Beviaire zum Glück in der Obhut von Zeralenn befunden hatten. Dann verfügte sie noch über einige wertlose Schmuckstücke, Geschenke von Freunden oder Verehrern, die lediglich von sentimentaler Bedeutung für sie waren. Vor allem aber waren da die Geschenke von Onkel Quinz – köstliche, magische Frivolitäten, kostbar wegen ihres Charmes und der Zuneigung, die sie für den Schenker empfand. Der Blumenkranz aus Porzellan, der aus zahllosen verschiedenen Blüten bestand, von denen eine jede ihren eigenen Duft verströmte, war sicherlich einzigartig. Auch der goldene Handspiegel, der einem ständig neue, rosig umwölkte Traumlandschaften zeigte, war in jeder Beziehung kostbar. Dann waren da noch die lustigen, juwelenbesetzten Würfel mit den veränderlichen, schelmischen Gesichtern darauf sowie mehrere andere unersetzliche Kleinigkeiten, deren Verlust sie nicht ertragen hätte.

In einer schwülheißen Nacht mitten im Sommer saß Eliste in ihrem Schlafgemach, fächelte sich Kühlung zu und beobachtete, wie Kairthe den Schmuck in die Säume von Unterröcken und Hemden einnähte. Die Luft war erstickend, unbewegt, tot. Eine offene Tür oder ein offenes Fenster hätten vielleicht Wunder gewirkt, doch beides gestattete Eliste nicht. Die Tür war abgeschlossen, damit nicht zufällig irgendwelche Bediensteten hereinplatzten, sahen, was sie nicht sehen sollten, und, was noch schlimmer gewesen wäre, ihrer Herrin davon berichteten; denn obgleich Eliste zu ihrer Überzeugung stand, wollte sie doch nicht unnötig die Verachtung ihrer Großmutter herausfordern. Die Fenstervorhänge waren zum Schutz vor unwillkommenen Zuschauern zugezogen und würden es auch so lange bleiben, bis die Arbeit getan war. Angespornt von ihrer unbequemen Lage, beeilte sich Kairthe; sie trennte auf, heftete zusammen, säumte ein. Um schneller fertig zu werden, faltete Eliste eigenhändig den Hundert-Rekko-Schein, den sie zum Geburtstag geschenkt bekommen hatte, und nähte ihn in das Futter von Prinz vo Plumes kleinem scharlachrotem Halsband ein.

Mit der Girlande, dem Spiegel, Großmama Berisses Stirnreif sowie einigen anderen Gegenständen von geringerem Wert mußte anders verfahren werden, doch darüber hatte Eliste sich bereits Gedanken gemacht.

»Räum das aus«, befahl sie, auf einen Setzkasten deutend. »Und dann pack den Rest hinein.«

Kairthe gehorchte geschickt, wie es ihre Art war. Der letzte Gegenstand war der Blumenkranz aus Porzellan, den sie sorgfältig in mehrere Lagen Seidenpapier einschlug.

»So. Fertig.« Kairthe schloß den Kasten und ließ den Verschluß zuschnappen. »Und was jetzt, Herrin?«

»Jetzt – hinaus in den Garten. Aber leise. Du nimmst den Kasten. Und das da.« Eliste bürdete der Magd auch noch einen stiebitzten Spaten auf.

»Ein vergrabener Schatz, Herrin?« Kairthes runde Augen funkelten. »Wie bei den Piraten?«

»Ganz recht.«

»Und Ihr seid der Kapitän? Und ich der Matrose, der das Loch gräbt?«

»Wenn's dir gefällt.«

»Der Kapitän erschießt den Matrosen immer«, meinte Kairthe. »Pustet ihm das Gehirn weg, damit der arme Kerl nichts ausplappern kann.«

»Zu laut. Ein Schuß würde die ganze Nachbarschaft aufwecken. Daher bist du einstweilen wohl in Sicherheit.«

»Danke, Herrin.«

»Und jetzt mir nach.« Eliste horchte kurz an der Schlafzimmertür, dann öffnete sie sie behutsam einen Spalt weit, streckte den Kopf hindurch und spähte nach links und nach rechts – die gleiche Prozedur wie vor über einem Jahr, als sie sich des Nachts aus ihrem Elternhaus fortgestohlen hatte, um Dref Zeenoson zu befreien. Erinnerungen an jene Nacht stiegen in ihr auf– vom Mondschein versilberte Hügel und Felder, die antiquierte Erscheinung von Onkel Quinz, der aus dem Fels hervorgekommen war, das außergewöhnliche Gefühl vorgetäuschter Wolfshaftigkeit, der finstere Stall, Dref Zeenoson, wie er in die Nacht entschwunden war, und dann das Gefühl unerklärlicher Verlorenheit. Den Nachhall jener Empfindung spürte sie noch immer – doch jetzt war nicht die Zeit, sich darüber den Kopf zu zerbrechen. Sie schlüpfte hinaus auf den Korridor. Kairthe folgte ihr auf den Fersen.

Sie gelangten ohne Zwischenfall die Treppe hinunter. Eliste hatte vor, unbemerkt durch die Vordertür ins Freie zu schlüpfen und dann ums Haus herum zum Garten zu gehen, damit das Gesinde nicht aufmerksam wurde. Ein solch schlichter Plan konnte eigentlich nicht schiefgehen und wäre auch gelungen, hätten sie nicht außergewöhnliches Pech gehabt. Gerade in dem Augenblick, als sie in das Foyer gelangten, wurde an der Eingangstür geklopft. Das war höchst ungewöhnlich. Um zehn Uhr abends kamen kaum noch Besucher; und dennoch begehrte jemand Einlaß. Die Tür erbebte unter den immer heftiger werdenden Schlägen.

Eliste und Kairthe wechselten schuldbewußte, besorgte Blicke. Kairthe drückte sich den Kasten an die Brust und wich einen Schritt zurück, als beabsichtigte sie, sich im oberen Stockwerk in Sicherheit zu bringen. Doch es war bereits zu spät. Der allzu diensteifrige Butler eilte schon durchs Foyer, um den Besucher einzulassen. Er öffnete die Tür, und dann hielt die Neugier die beiden Mädchen an ihrem Platz.

Auf der Schwelle stand ein Mann. Trotz des schwülen Sherreener Sommers hatte er seine Leibesfülle in einen graubraunen wollenen Umhang gehüllt. Darunter wogte vor Aufregung merklich seine Brust. Sein Gesicht war im Schatten der tief herabgezogenen Hutkrempe verborgen. In der Hand trug er einen kleinen Koffer.

»Bring mich zur Gräfin«, verlangte atemlos der Besucher. Seine Aussprache war ein wenig undeutlich, doch erkennbar die eines Edlen, und sie klang sogar von ferne vertraut.

»Wen darf ich melden, mein Herr?« erkundigte sich der Butler, gefolgt von einem prüfenden Blick auf die schlichte Kleidung des Fremden.

»Laß dich dadurch nicht täuschen.« Der Besucher blickte sich unruhig über die Schulter um.

Der Butler fällte eine Entscheidung. »Madame ist nicht zu Hause.«

»Bring mich sofort zur Gräfin, Kerl!« Unter der Grobheit ein Anflug von Verzweiflung. Eliste hatte die Stimme bestimmt schon einmal gehört.

»Madame ist nicht zu Hause.«

»Eine Unverschämtheit, ich sage dir doch, ich bestehe darauf! Du Halunke, ich werde dafür sorgen, daß du ausgepeitscht wirst!«

Die Drohung machte keinen großen Eindruck. Der Butler schürzte die Lippen. Er machte Anstalten, die Tür zu schließen.

»Laß den Herrn eintreten.« Eliste hatte die Stimme endlich doch erkannt. Beide Männer bemerkten sie erst jetzt und wandten sich überrascht zu ihr um. Eliste ging dem Fremden entgegen.

»Edles Fräulein...« Die Erleichterung des Besuchers war deutlich spürbar.

»Melde Madame, daß sie im Wohnzimmer von einem Herrn erwartet wird«, sagte Eliste zum Butler, worauf dieser sich zurückzog. »Kairthe, du kannst gehen«, meinte sie bedeutungsvoll, woraufhin die Zofe mit dem Setzkasten über die Treppe nach oben flüchtete. Eliste wandte sich wieder dem Besucher zu. »Euer Lordschaft...?«

Er entblößte hastig den Kopf und verneigte sich. Als er sich wieder aufrichtete, blickte Eliste in die verängstigten Augen des Marquis vo Lieux-v'Olliard. Kein Wunder, daß sie ihn anfangs nicht erkannt hatte. Die weiße Perücke des Marquis fehlte. Das dünne, ergrauende Haar hing ihm feucht ins schweißnasse, mondbleiche Gesicht. Er war schlicht gekleidet, ungepflegt und wirkte ungewöhnlich erregt. »Edles Fräulein vo Derrivalle – edles Fräulein... ach... Immer noch in Sherreen? Dann seid Ihr also – und wo ist die Gräfin, hm?«

»Sie wird sich bestimmt in Kürze zu uns gesellen. Hier entlang, Marquis.« Sie geleitete ihn ins Wohnzimmer, wo er trotz des schwülen Wetters in möglichst weiter Entfernung von den offenen Fenstern Platz nahm. »Darf ich Euch eine Erfrischung anbieten?« erbot sich höflich Eliste, die ihre Neugier kaum zu bezähmen vermochte. Zu ihrer Überraschung lehnte der Marquis jedoch ab. Das war ein gänzlich neuer Zug an ihm. Desgleichen war es noch nicht vorgekommen, daß Lieux- v'Olliard ihren Reizen und ihrem Lächeln gegenüber so unverhohlene Gleichgültigkeit zur Schau gestellt hätte, ganz so, als habe er keine Zeit für Nebensächlichkeiten. Tatsächlich schien er sie kaum wahrzunehmen.

»Die Gräfin? Wo bleibt denn die Gräfin?« fragte er flehentlich.

Sie versicherte ihm, die Gräfin werde gleich kommen. Anschließend rutschte er unruhig auf dem Stuhl und trommelte mit den Fingern auf die Lehne, ohne ihren höflichen Gemeinplätzen die geringste Beachtung zu schenken. Schließlich versiegte die Unterhaltung ganz; und dann trat zu ihrer beider Erleichterung Zeralenn ein, so makellos und gefaßt wie eh und je.

Vo Lieux v'Olliard sprang auf. »Vo Meureille – holt ihn her!« platzte er heraus. »Ich konnte keinen von meinen Leuten schicken ... er wird mich verstehen ... holt ihn bloß her!«

Eliste riß die Augen auf. Der Marquis war verwirrt, fast außer sich. Sie hatte keine Ahnung, warum. Allerdings fiel ihr auf, daß ihre Großmutter keinerlei Verblüffung oder Erstaunen zeigte. Zeralenn läutete. Ein Bediensteter erschien, nahm geflüsterte Anweisungen entgegen und zog sich daraufhin zurück. Die Gräfin wandte sich wieder ihrem Besucher zu, der ganz grün im Gesicht war. »Er wird in wenigen Minuten hier sein«, versicherte sie ihm.

Vo Lieux v'Olliard seufzte schwer. Anschließend ließ er auch noch den letzten Rest von Etikette fahren und sackte auf dem Stuhl in sich zusammen. Seine Gastgeberin verzichtete darauf, ihn in ein Gespräch verwickeln zu wollen.

Eliste fühlte sich ausgeschlossen. Ihre Großmutter und der Marquis verstanden einander vollkommen. Offenbar gingen irgendwelche Dinge vor, von denen sie nichts wußte, und der träge vo Lieux v'Olliard schien tatsächlich darin verwickelt zu sein. Worum es auch gehen mochte, man hatte sie nicht ins Vertrauen gezogen und würde es wahrscheinlich auch jetzt nicht tun. Bestimmt würde man sie jeden Augenblick auffordern zu gehen – sie wie ein Kind auf ihr Zimmer schicken. Aber sie war kein Kind mehr, und wenn man sie so behandeln sollte, dann würde sie sich dagegen wehren. Es war an der Zeit, sich zu behaupten.

Doch sie wurde nicht fortgeschickt. Zeralenn bemerkte den herausfordernden Gesichtsausdruck ihrer Enkelin. Ihre Mundwinkel senkten sich, und Eliste gab Frieden. Die Minuten verstrichen, und kurz nach elf traf der Cavalier vo Meureille ein und erweckte den gelähmten vo Lieux v'Olliard wieder zum Leben.

Wie der Marquis war auch Meureille schlicht und dunkel gekleidet. Im Gegensatz zum Marquis wirkte er allerdings gefaßt, ruhig und hellwach. Die Komplimente, die er den beiden Damen machte, waren ein wenig oberflächlich, doch anscheinend war es ihm nicht möglich, ganz darauf zu verzichten. So rasch, wie die Etikette es ihm erlaubte, wandte er sich an vo Lieux v'Olliard und sagte: »Wenn Ihr soweit seid, brechen wir in Kürze auf.«

»Oh, gewiß, gewiß.« Der Marquis erhob sich. »Ich bin mehr als bereit. Brechen wir gleich auf, wenn es Euch recht ist!«

»Warten wir lieber noch ein paar Minuten.« Der Cavalier sah auf seine Taschenuhr. »Wir sollten noch den Wachwechsel abwarten.«

»Wachwechsel?« Eliste hielt es nicht mehr aus. »Wo?«

Vereint in ihrem Wissen, schauten sie alle drei prüfend an. Schließlich antwortete Zeralenn. »Der Cavalier hat es sich zur Aufgabe gemacht, unsere verfolgten Standesgenossen aus der Stadt zu bringen.«

Mittels eines Tunnels, der unter der Stadtmauer hindurchführt, erinnerte sich Eliste. Hätte sie ihr Wissen allerdings preisgegeben, hätte sie damit zugegeben, daß sie heimlich gelauscht hatte. Deshalb fragte sie bloß: »Verfolgt?«

»Die Vorhüter wollten mich im Grab einsperren«, meinte vo Lieux-v'Olliard. »Eine üble Sache, edles Fräulein. Ganz übel.«

Das Grab. Der Name wirkte wie ein Schock auf sie. »Aber was wirft man Euer Lordschaft denn vor?«

»Reichtum«, antwortete bekümmert der Marquis. »Aber ich schwöre, dafür kann ich nichts. Ich habe lediglich geerbt.«

»Seit wann ist Reichtum denn ein Verbrechen?«

»Seit die reparationistischen Räuber ihn dazu erklärt haben«, bemerkte vo Meureille trocken. An Zeralenn gewandt fragte er: »Sie weiß nicht Bescheid?«

»Pst, sie ist doch noch ein K…« Als sie Elistes empörten Blick bemerkte, fuhr Zeralenn geschickt fort: »Man hat ihr noch keinen reinen Wein eingeschenkt.«

»Dann wird es allmählich Zeit, daß sie es erfährt, und zwar zu ihrer eigenen Sicherheit. Edles Fräulein…« Trotz seiner galanten und vornehmen Art wirkte er auf einmal schulmeisterlich. »Ihr solltet wissen, daß die bedeutendsten Untertanen seiner Majestät auch der schlimmsten Verfolgung ausgesetzt sind. Die Schufte, die gegenwärtig den Verfassungsgebenden Kongreß kontrollieren, benötigen sehr viel Geld, um sich die Loyalität der angeheuerten Schläger zu sichern. Die Verteidiger seiner Majestät sind sowohl in Sherreen wie in den Provinzen so stark, daß sie durch eine ganze Armee in Schach gehalten werden müssen – und das kostet eine Menge Geld. Daher ist aus dem einstigen Ideal der ›Reparationen‹ eine schlichte Notwendigkeit geworden. Sie brauchen Geld. Sie wissen, wer welches hat. Der Rest ist leider nur allzu offensichtlich. Diejenigen von uns, die vom Schicksal begünstigt wurden – beispielsweise seine Lordschaft hier –, müssen mit ungerechten Anschuldigungen, Gefängnis und Enteignung rechnen und haben sogar den Tod zu gewärtigen. Ja, den Tod«, betonte er, als er ihr Erstaunen bemerkte. »Es haben bereits Ermordungen stattgefunden. Wo, glaubt Ihr, ist wohl der Vicomte vo Cheteigne abgeblieben? Und wo sein Vermögen? Wo ist vo Brajonard? Man sollte besser gar nicht daran denken. Aber das wird so lange so weitergehen, bis die Freunde seiner Majestät Recht und Ordnung wiederhergestellt haben. Bis dahin müssen die am stärksten Gefährdeten fliehen oder sich verstecken. Und welche von beiden Möglichkeiten läßt sich wohl besser mit der Adelsehre in Einklang bringen?«

»Ach Gott, edles Fräulein, das ist leider wahr«, warf Lieux v'Olliard ein. »Sie hetzen uns wie ein Rudel wilder Hunde. Habt Ihr das wirklich nicht gewußt? Es bleibt uns nichts anderes übrig, als ein paar Habseligkeiten zusammenzukratzen und fortzugehen, solange wir dazu noch in der Lage sind. Wißt Ihr, ich habe Bargeld, Aktien, Schatzanweisungen, Schuldscheine und Obligationen, Vermögensurkunden und die Klunkerchen von meinem Großpapa aus dem Krieg dabei.« Er tätschelte den Koffer. »Ich bin bereit. Nehmt's mir nicht übel, wenn Ihr könnt.«

»Bestimmt nicht«, antwortete sie unaufrichtig. Er war ein Edelmann, besaß sogar einen Titel und lief trotzdem weg! Vor dieser Kanaille! Was mochte Madame wohl von ihm denken? Darauf gefaßt, in ihrem Gesicht Verachtung zu lesen, schaute Eliste zu ihrer Großmutter, entdeckte jedoch bloß ernste, geradezu bekümmerte Gefaßtheit. Das Lächeln erstarb ihr auf den Lippen, und mit aufrichtigem Mitgefühl fragte sie: »Sind die Vorhüter jetzt hinter Euer Lordschaft her?«

»Gott, ja, edles Fräulein! Wären Meureilles Leute nicht gewesen, würde ich jetzt das Stroh mit den Ratten des Grabes teilen. Die haben meine Haut gerettet, ich schwör's! Aber ich bin nur knapp entwischt, und jetzt wimmelt es auf den Straßen von diesen Vorhütern – ich mußte tatsächlich vor einer solchen Bande davonlaufen, stellt Euch das nur einmal vor! Außerdem habe ich gehört, die Stadttore seien bewacht...«

»In letzter Zeit sind sie das immer«, warf vo Meureille ein.

»...Ein solches Durcheinander habe ich noch nie erlebt.«

»Macht Euch keine Sorgen, Marquis«, riet ihm der

Cavalier. »Die Stadttore werden zwar bewacht, doch es gibt immer noch einen sicheren Weg nach draußen, von dem nur wenige wissen. In zwei Stunden werdet Ihr die Stadtmauer sicher hinter Euch gelassen haben. Und dann tätet Ihr gut daran, für eine Weile ins Ausland zu gehen.«

»Oh, das werde ich tun, ganz bestimmt! Wahrscheinlich nach Lanthi Ume – dort weiß man gute Herkunft noch zu schätzen. Und wie steht es mit Euch, Gräfin?« wandte vo Lieux-v'Olliard sich an seine Gastgeberin. »Ihr könnt Euch wohl kaum unsichtbar machen.«

»Das wäre auch ein großer Verlust für uns«, meinte Meureille, geistesabwesend zwar, aber galant wie immer.

»Kann Euch Meureille denn nicht überreden, die Stadt zu verlassen?«

»Das habe ich bereits versucht«, antwortete ihm Meureille.

»Diese Möglichkeit kommt nicht in Betracht.« Zeralenn blieb unerschütterlich gelassen.

»Und was ist mit dem König?« fragte Eliste kühn, so daß es ihr überraschte Blicke einbrachte. »Ich meine, wenn die bedeutendsten Edelleute in Gefahr sind, schwebt dann nicht seine Majestät in noch größerer Gefahr? Könnte er nicht ebenfalls im Grab enden?«

»Enkelin, es hat dich keiner um deine Meinung gefragt.« Zeralenn bewahrte unerschütterlich Haltung. »Die Person des Königs ist geheiligt und bleibt dies auch angesichts der vorübergehenden Wirrnisse, die wir gegenwärtig erdulden müssen. Anderes zu denken, übersteigt selbst kindliche Anmaßung. Solche Gedanken sind deiner unwürdig – sie sind vulgär. Du bereitest dir damit Schande.«

Unter dem eisigen Ernst ihrer Großmutter mochte sich Sorge, vielleicht sogar Angst verbergen, doch davon merkte Eliste nichts. Das Blut schoß ihr in die Wangen, und sie schlug die Augen nieder.

Vo Lieux-v'Olliard allerdings zeigte sich keineswegs beschämt. »Ihr solltet nicht so hart sein, Gräfin«, meinte er. »Was die junge Dame da gesagt hat, ist durchaus vernünftig, und ich stimme vollkommen mit ihr überein. Mein Gott, nicht einmal der leibliche Bruder seiner Majestät war sich zu schade, sich schon vor Monaten aus dem Staub zu machen, und nach allem, was man hört, hat er seine Freiheit gut genutzt. Soviel zur königlichen Geheiligtheit. Aber der Cavalier weiß vielleicht mehr darüber als ich. Wie steht es, Meureille? Korrespondiert Ihr nicht mit Ferontes Leuten in Strell? O Gott, da kommt mir eine Idee. Feronte und seine Streller Gastgeber sollten mal das nötige Kleingeld lockermachen und die richtigen Hände schmieren, um seiner Majestät die Flucht aus dem Beviaire zu ermöglichen. Klar, wir Vonahrer tun, was wir können, dennoch scheint mir, der Streller Adel sollte sich mal überlegen…«

»Marquis, es ist Zeit«, unterbrach ihn Meureille so ruhig und gelassen, daß der Einwurf spontan und zufällig wirkte.

Vo Lieux v'Olliard nickte heftig. Er schien sich überhaupt nicht bewußt zu sein, daß man ihn vorsätzlich zum Schweigen gebracht hatte. Eliste hingegen hatte es sehr wohl bemerkt, und prompt fühlte sie sich wieder zurückgesetzt. Die anderen wollten nicht, daß sie etwas über die bevorstehende Flucht des Königs erfuhr. Sie vertrauten ihr nicht mehr, als sie… nun, als sie beispielsweise Aurelie vertrauen würden – und ständig schlossen sie sie aus! Sie verzog schmollend das Gesicht. Niemand bemerkte es.

Zeralenn und Eliste geleiteten ihre Besucher zur Tür. Die Mietdroschke des Cavalier vo Meureille wartete auf der Straße vor dem Haus. Sich eines solchen Gefährts zu bedienen, war eine kluge Entscheidung, denn die Vorhüter würden den reichen, adligen vo Lieux v'Olliard kaum in einer schäbigen Droschke vermuten.

Der Marquis beäugte die Kutsche mißtrauisch, kletterte aber bereitwillig hinein. Im nächsten Augenblick klapperte das Gefährt über die trügerisch stillen Straßen zu seinem geheimen Bestimmungsort davon; in ein unbekanntes Viertel, einer namenlosen Straße mit einem anonymen Gebäude zu, in dessen Keller der lebenswichtige Tunnel mündete, der unter der Stadtmauer hindurchführte. Erstaunlich, daß Meureille ihn überhaupt ausfindig gemacht hatte. In diesen Dingen bewies er einfach ein geniales Gespür. Jedenfalls hatte er es geschafft, und einstweilen war die rettende Nabelschnur noch ungekappt. Zweifellos würde der Marquis vo Lieux-v'Olliard Vonahr unbeschadet verlassen und sich seinen geflohenen Standesgenossen in Lanthi Ume oder anderswo anschließen.

Zeralenn und Eliste standen im Eingang und schauten der Droschke nach, bis sie außer Sicht verschwand. Eliste schwirrten lauter Fragen durch den Kopf, die sie aber für sich behielt. Es wäre sowieso zwecklos gewesen – ihre Großmutter hätte sie niemals beantwortet. Schließlich gingen sie wieder ins Haus. Zeralenn zog sich auf ihr Zimmer zurück, während Eliste nach oben zu ihrer Magd und den verpackten Schätzen eilte. Anschließend ging das Vergraben ohne Schwierigkeiten vonstatten. Als Eliste im mondscheinerhellten Garten stand und so tat, als überwache sie Kairthe bei der Arbeit, ließ sie ihre Gedanken schweifen. Im Geiste folgte sie dem Weg ihres flüchtigen ehemaligen Verehrers und fragte sich, ob das bislang Undenkbare wohl jemals eintreten würde – ob sie oder die ihr Nahestehenden wohl eines Tages einen ähnlichen Weg beschreiten würden.

»Dann ist das also Euer letztes Wort?« fragte Whiss v'Aleur.

»Das ist es allerdings«, entgegnete Chorl Valeur, und sogleich wurde ihm leichter ums Herz. Er atmete tief durch und straffte sich. Er hatte Angst, war aber gleichzeitig auch glücklich, so glücklich wie noch nie in Sherreen. Bierce, der ihn hätte einschüchtern können, war nicht in der Nähe – in letzter Zeit war Bierce zum Glück häufig abwesend –, und endlich hatte Chorl sich aufgerafft, seinem Sohn die Stirn zu bieten. Endlich schickte er sich an, die Last der Erniedrigung und Demütigung abzuschütteln. Ein erstaunlich gutes Gefühl – eigentlich hätte er das schon vor Monaten tun sollen. Whiss gerade in die Augen blickend, verkündete er mit fester Stimme: »Es ist alles gesagt. Und nun – warum sind wir hier?« Sie befanden sich in der Städtischen Waffenkammer. Chorl wußte nicht, was sie hier sollten, doch sein Sohn hatte ihn unnachgiebig von der Nerisante-Straße bis hierher geschleppt.

»Ich möchte Euch etwas zeigen, das Euch reizen dürfte. Aber das kann noch warten. Zunächst muß ich Euch noch einmal an Eure Pflicht erinnern, die Ihr offenbar vergessen habt. Das Volk von Vonahr braucht Eure Dienste. Das ist das mindeste, was Ihr ihm schuldig seid. Diese Schuld solltet Ihr eigentlich mit Freuden abgelten.« Whiss hatte im Tonfall strenger Ermahnung gesprochen. Beinahe so, als wäre er der Vater, der seinen eigensinnigen Sohn zurechtwies. Meistens hatte er damit auch Erfolg, doch heute schien Chorl ungewöhnlich widerspenstig.

»Ich kenne meine Pflicht. Ich habe nichts vergessen, und deinen Rat brauche ich nicht.« Chorl berauschte sich an seiner eigenen Kühnheit. »Ich bin durchaus bereit, dem Volk zu dienen, aber seine Belange stimmen mit den deinen nicht notwendigerweise überein. Soviel ist deutlich geworden. Laß uns offen reden. Mit List und Tücke hast du mich dazu gebracht, dir dabei zu helfen, Shorvi Nirienne zu ruinieren. Das war raffiniert eingefädelt, und du hast triumphiert …«

»Man sollte wohl eher sagen, das Volk hat triumphiert. Die Nation hat triumphiert.«

»Das ist die Frage. Die Nation verliert einen hervorragenden Mann, während du deine Rivalen zerschmetterst. Tatsache ist, du hast mich getäuscht und mißbraucht. So war es von Anfang an. Du hast mich monatelang benutzt, vielleicht schon ein Leben lang, und das muß jetzt ein Ende haben. Ich habe einen Entschluß gefaßt. Morgen werde ich nach Vaurve zurückkehren. Du wirst zweifellos weiter aufsteigen, aber ohne die Mithilfe deines Vaters.« Chorl verschränkte die Arme vor der Brust. »Und jetzt möchte ich nicht mehr darüber reden.«

Während Whiss seinen Vater prüfend ansah, schien sich eine grellfarbene Linse zu krümmen und das Bild, das er vor sich sah, neu zu formen. Die Welt verzerrte sich und setzte sich neu zusammen, und auf einmal hatte er einen Gegner vor sich. In der Vergangenheit hatte er sich bisweilen gefragt, auf welche Seite Chorl wohl gehören mochte, doch nun war diese Frage ein für allemal beantwortet. Die Feinde Whiss v'Aleurs waren Feinde des Volkes von Vonahr und hatten als solche kein Pardon verdient. Eine Ader pochte an Whiss' Schläfe. Er mußte all seine Willenskraft aufbieten, sonst hätte er seinen Vater geschlagen. Aber es gab bessere Mittel, mit diesem Gegner fertig zu werden, viel bessere Mittel.

»Nun, offenbar bist du fest entschlossen und nicht mehr umzustimmen«, räumte Whiss ein, ohne sich seinen Groll anmerken zu lassen. »Ich bedaure Euren Fortgang, aber ich muß mich mit Eurer Entscheidung wohl abfinden. Ich werde Euch keine Hindernisse in den Weg legen. Aber bevor Ihr geht, möchte ich Euch noch etwas zeigen. Hier entlang.« Er faßte seinen Vater beim Arm und geleitete ihn durch die Tür.

Nachgiebigkeit in einer so unbedeutenden Angelegenheit schien durchaus ratsam, daher sträubte Chorl sich nicht. Die Vorhüter, die den Eingang bewachten, machten dem Vorsitzenden des Nationalen Wohlfahrtskomitees bereitwillig Platz. Chorl fand ihre ausgeprägte Unterwürfigkeit eigentümlich bedrohlich.

Sie durchquerten die weitläufigen, ebenerdigen Kammern, dann ging es über die Treppe hinunter zu dem trüb erhellten Keller, in dem die Mirakel untergebracht waren. Wozu das alles? Chorl hielt das für Zeitverschwendung, sagte aber nichts. Binnen vierundzwanzig Stunden würde er die Stadt verlassen; schon bald würde alles ein Ende haben.

Die dumpfige Stiege hinunter, Whiss voran, Chorl ergeben hinterdrein. Viele Vorhüter waren hier – weit mehr als früher –, allesamt gut bewaffnet und dennoch Whiss ausnahmslos ergeben. Unten angelangt, hatte Chorl den Eindruck, etwas habe sich verändert. Der große, düstere Raum war durch hohe Trennwände aus Holz unterteilt, die bestimmt neu waren. Nach einer Weile bemerkte Chorl, daß die dünnen Wände drei dreiwandige, nach vorne hin offene Zellen bildeten, in denen jeweils eines der Mirakel untergebracht war; bis ihm dämmerte, wozu das gut war, dauerte es allerdings noch eine Weile.

Die Mirakel wiesen neue Anhängsel auf: drei Menschen, die mittels einer Fußschelle und einer kräftigen Kette an einen Ring gefesselt waren, der in den Sockel des jeweiligen Geräts eingelassen war. Mittels eines Kragens und einer zweiten Kette waren die Gefangenen zusätzlich an die Steinmauer des Kellers gefesselt. So dünn die neuen Trennwände auch waren, sie bildeten gleichwohl einen wirksamen Sichtschutz und hinderten die Gefangenen daran, miteinander zu reden. Es handelte sich um zwei Männer und eine Frau, die Chorl sogleich erkannte, denn er war ihr Vater.

Sein zweiter Sohn Eularque Valeur – ungewaschen, unrasiert und überhaupt elend anzusehen – war an das zweiköpfige Mirakel namens ZaZa gefesselt. Seine kleine, untersetzte Tochter Phlosine war mit dem mechanischen Käfer NuNu verbunden. Und sein jüngster

Sohn Houloir hockte gefesselt zu Füßen der Kokotte. Ein paar Schritte vor Houloir entfernt stand Bierce Valeur, versunken in den Anblick des Mirakels. Hier also hatte Bierce in letzter Zeit gesteckt.

Eine Weile glotzte Chorl bloß, ohne etwas zu begreifen. Dann machte er mit einem Aufschrei des Entsetzens einen Satz nach vorn, wurde aber von Whiss zurückgehalten.

»Ihr solltet ihnen besser nicht zu nahe kommen«, meinte Whiss vergnügt. »Eure Anwesenheit wäre ihnen zweifellos willkommen, würde sie jedoch von ihrer Aufgabe ablenken, und das können wir uns jetzt nicht leisten.«

»Deine Brüder … deine Schwester … was hat das zu bedeuten?« stammelte Chorl. Wenngleich er seinen Kindern niemals sonderlich nahe gestanden hatte, waren ihm väterliche Gefühle doch nicht ganz fremd. Diese drei Geschwister hatten die magischen Fähigkeiten ihres Vaters und dessen nachgiebiges, ängstliches Wesen geerbt. So zart das Band zwischen ihnen auch sein mochte, war es doch gleichwohl vorhanden; und der Anblick seiner gefesselten Kinder machte Chorl eigentümlich betroffen. Am liebsten hätte er geweint. Da er jedoch davor zurückschreckte, seine Schwäche zu zeigen, unterdrückte er die Tränen, wenn auch mit Mühe.

»Eularque, Phlosine und Houloir sind alle drei brave Patrioten«, erklärte Whiss mit jenem schmallippigen Lächeln, das Chorl so fürchtete. »Sie haben ihre magischen Gaben in den Dienst des Landes gestellt und bemühen sich derzeit nach Kräften, die alten Mirakel wieder zum Leben zu erwecken. Ihr werdet Euch erinnern, daß Ihr mir erklärt habt, dies erfordere einen erfahrenen Schüler, der von Kindheit an in dieser Kunst unterwiesen wurde. Ich habe mir überlegt, wo sich ein solcher wohl finden ließe. Ich habe nachgedacht, und dann fiel mir die Lösung ein. Ihr habt mir einen ausgezeichneten Rat gegeben, und dafür danke ich Euch von ganzem Herzen.«

»Aber die Ketten … sie sind ja gefesselt …«

»Diese kleine Einschränkung ihrer Bewegungsfreiheit wird ihnen sicherlich dabei helfen, sich ganz mit ihrer Aufgabe zu befassen«, meinte Whiss unverwandt lächelnd.

»Nein, das ist nicht nötig. Das können sie dir auch selbst sagen. Eularque!« Chorl hob die Stimme. »Houloir! Phlosine, antwortet mir!«

»Still, Vater«, ermahnte ihn Whiss, und sogleich näherten sich mehrere Vorhüter und verstellten Chorl die Sicht. »Seid still, sie können Euch nicht hören. Ihr Geist schweift umher auf der Suche nach dem verborgenen mechanischen Geist. Ganz in ihre magische Aufgabe versunken, scheinen sie weder zu hören noch zu sehen; aber wer verstünde das besser als Ihr? Ich glaube, Ihr erregt Euch vergeblich. Aber nein, ich habe mich geirrt, denn da kommt Bierce. Ihr habt es immerhin geschafft, *ihn* auf Euch aufmerksam zu machen, und er möchte Euch seinen Respekt erweisen. Jetzt könnt Ihr Euch wenigstens ganz zu Hause fühlen.«

Und tatsächlich, Bierce näherte sich ihnen wie ein wandelnder Monolith. Chorl zuckte unwillkürlich zusammen. Die Maske fallen lassend, wandte er sich zu seinem Sohn um und rief: »Aber das ist monströs – monströs! Das ist deine Familie – das sind deine Brüder und deine Schwester!«

»Seid versichert, daß ich Ihnen die allergrößte Hochachtung entgegenbringe.«

»Wie kannst du bloß zulassen, daß sie schändlich mißbraucht werden? Gefesselt in einem Keller, angekettet wie Kriminelle oder Tiere!«

»Ich habe Euch bereits erklärt, warum das notwendig ist. Es ist auch nur vorübergehend oder jedenfalls nur zeitweilig. Meine Geschwister sind nur tagsüber hier.«

»Ah, das ist immerhin etwas. Und wo wohnen sie?«

»Im Grab.«

»Unmöglich. Nicht einmal du würdest so weit gehen.«

»Das geschieht nur in allerbester Absicht. Im Grab sind sie sicher. Nichts kann ihnen dort geschehen. Das dient einzig und allein ihrem Schutz. Ich bin sicher, Ihr versteht mich.«

»Nein ... nein, ich verstehe dich keineswegs.«

»Nein? Aber das liegt doch auf der Hand. In diesen unsicheren Zeiten ist Sherreen voller Gefahren. Meine so weltabgewandten, einfältigen, unerfahrenen Geschwister sind wie geschaffen dafür, menschlichen Raubtieren zur Beute zu werden. Wirklich, ich fürchte um ihr Leben, und darum verlasse ich mich auf dicke Mauern und feste Schlösser, um sie zu schützen.«

»Aber das ist ja Wahnsinn. Du raubst ihnen die Freiheit und behauptest, das geschähe zu ihrem eigenen Besten?«

»So ist es. Ich habe für sie getan, was ich konnte, und fürchte dennoch, es könnte noch nicht genug gewesen sein. Überall lauern Gefahren – auch im Innern des Grabes und selbst hier. Daher ist ständige Wachsamkeit gefordert, die ich allein nicht gewährleisten kann. Deshalb muß ich Euch um Unterstützung bitten.«

»Mich?« wiederholte Chorl beunruhigt, gleichzeitig bestürzt und verwirrt.

»Eularque, Phlosine und Houloir brauchen Euch – und zwar so sehr, daß es nicht übertrieben ist, wenn ich sage, daß ihr Leben von Eurer Mitarbeit abhängt.«

»Von mir?« wiederholte Chorl in hoffnungsloser Bestürzung.

»So ist es.« Whiss nickte, hin und her gerissen zwischen Belustigung und Ungeduld angesichts der Begriffsstutzigkeit seines Vaters. Spitzfindigkeiten waren hier fehl am Platz; aber das war sowieso noch nie seine Stärke gewesen. »Glaubt mir, die Gefahren lauern überall. Niemandem darf man vertrauen. Nehmt zum Beispiel nur meine eigenen Vorhüter. Vorgeblich sind sie mir, dem Vorsitzenden des Komitees, loyal ergeben. In Wirklichkeit sind sie aufsässig, gewalttätig und voll mörderischen Hasses auf alles Magische, das sie von Natur aus als adlig erachten. Durch nichts lassen sie sich davon abbringen, und daher wären meine begabten Geschwister in ihrer Nähe niemals sicher. Es erfordert eine lenkende Hand, um die Soldaten in Schach zu halten, aber ich kann nun einmal nicht ständig hier sein. Deshalb muß ich mich auf Euch verlassen, Vater. Ihr müßt hier als mein Stellvertreter aufpassen. Eure Anwesenheit wird die Sicherheit meiner Geschwister gewährleisten. Andernfalls weiß ich nicht, was die Vorhüter, deren Grausamkeit nur noch von ihrem Einfallsreichtum in den Schatten gestellt wird, mit ihnen anstellen würden.«

Es dauerte eine Ewigkeit, bis Chorl endlich begriff, doch als es schließlich soweit war, rechtfertigte seine Antwort im nachhinein Whiss' ungewohnte Zurückhaltung. Die Augen quollen ihm hervor, sein Mund arbeitete, und er setzte mehrmals zu sprechen an, bis er schließlich mühsam hervorbrachte: »Daß du es wagst … du bist ein abscheulicher Bruder … ein abscheulicher Sohn … ein mitleidloses, krankhaftes Geschöpf …«

Whiss schwieg. Seine Lippen kräuselten sich leicht.

»Ihr sollt Whiss nicht beschimpfen«, ermahnte ihn Bierce Valeur. Ohne die Miene zu verziehen, ballte er die Hände. »Tut das nie mehr.«

»Oh, er hat einen schweren Schlag wegstecken müssen«, meinte entschuldigend Whiss. »Aber er wird sich schon wieder fangen.« Es fiel ihm nicht leicht, seinen Zorn zu beherrschen, doch nach einem Blick in Chorls bleiches, zuckendes Gesicht schien es ihm die Mühe wert. »Kommt, Vater. Ich glaube doch, wir verstehen einander, und daher gibt es keinen Grund, sich zu streiten. Wie Ihr seht, sind meine Geschwister einstweilen in Sicherheit. Warum sollte es nicht weiterhin so bleiben? Wenn Ihr morgen meine nächste Rede vor dem Kongreß unterstützt habt, werden wir vielleicht hierher zurückkommen, dann könnt Ihr Euch von ihrem Wohlbefinden überzeugen. Seid Ihr jetzt beruhigt?«

Chorl gab keine Antwort, und unter den gegebenen Umständen faßte Whiss sein Schweigen als Zustimmung auf.

16

Die ersten Tage der Shereener Gefangenschaft waren fürchterlich. Die Geschwister Valeur – die der Bitte ihres Vaters, sich aus der Provinz Vaurve in die Hauptstadt zu begeben, prompt gefolgt waren – hatten sich anfänglich nicht getraut, sich der Doppelzüngigkeit ihres Bruders zu widersetzen. Während sie erwartet hatten, Whiss kränkelnd und notleidend vorzufinden, hatten sie feststellen müssen, daß er sich bester Gesundheit erfreute. Statt sie dankbar willkommen zu heißen, hatte er sie in Ketten gelegt, eingesperrt und unter Druck gesetzt. Eigentlich hätten sie ihre Flucht mittels magischer Trugbilder bewerkstelligen können, doch das war gar nicht so leicht. Whiss hatte die Gefangenen voneinander getrennt und einen jeden von ihnen unter schwere Bewachung gestellt. Gespräche untereinander waren verboten, organisierter Widerstand so gut wie ausgeschlossen; und schon das kleinste Anzeichen unerlaubter magischer Tätigkeit lenkte den Zorn der allgegenwärtigen Bewacher auf sie. Als reichte das alles noch nicht aus, um sie gefügig zu machen, gab es auch Drohungen. Eularque, Phlosine und Houloir – allesamt keine Feiglinge, wenn auch furchtsam, schüchtern und nachgiebig – hätten jeder für sich jeder Form von Gewalt trotzen können; vereint wurden sie ein Opfer des Familiencharakters. Im Grunde war es fast schon zu leicht. Diese schwachen, weltfremden und beinahe kindlichen Geschöpfe waren die geborenen Unterlegenen. In dem Augenblick, als Eularque Valeur sich über die tödliche Gefahr klar wurde, in der sein Vater und seine Geschwister schwebten, gab er auch schon auf. Hätte er sich entschlossen widersetzt, würde er festgestellt haben, daß Whiss überwiegend leere Drohungen äußerte und daß er seine Verwandten und deren Fähigkeiten für unentbehrlich erachtete. Doch wagte er es nicht, die Probe aufs Exempel zu machen. Phlosine und Houloir zeigten sich ebenso gefügig; diesen Charakterzug schienen alle drei von ihrem Vater geerbt zu haben.

Die ersten Tage waren ein Alptraum aus verschwommenen, feindseligen Gesichtern, einer fremden Umgebung und riesigen, reglosen Mirakeln; die Nächte verbrachten sie gefesselt im Dunkeln, umschlossen von triefenden Mauern und Gitterstäben. Entsetzt und verwirrt taten die Geschwister Valeur, was man ihnen aufgetragen hatte, und pendelten schicksalsergeben zwischen Waffenkammer und Grab. Teilnahmslos und mit leerem Blick schlurften sie wie eingerostete Automaten des Morgens hin und des Abends wieder zurück.

Dies änderte sich allerdings, als bei ihnen ein ungewöhnlicher Reiz erwachte. Während sie sich nach und nach immer tiefer in ihre Aufgabe versenkten, vergaßen die Geschwister allmählich Angst und Kummer. Die Versenkung wurde rasch zwanghaft, während sie die Außenwelt kaum noch wahrnahmen. Der Keller der Waffenkammer mit seinen Soldaten, Ketten und Fesseln schien immer mehr zu verblassen. Übrig blieben die Maschinen und deren lockende, schwer faßbare Persönlichkeit. Wer sich mit der Magie nicht auskannte, auf den wirkten die Geschwister Valeur wie leblos. In Wirklichkeit war ihr Bewußtsein lebendig und arbeitete fieberhaft; mit äußerster geistiger Anspannung durchforschten sie den telepathischen Raum nach dem vergessenen mechanischen Bewußtsein. In gewisser Weise ähnelte dies einer Schatzsuche auf dem Grund eines schmutzigen Sees: lauter trübe Wirbel und Strudel, erstickende Schlingpflanzen und treibender Unrat, eisige Undurchdringlichkeit und Wirrnis. Zahllose Male meinte Eularque, einen Blick auf den leidenschaftlichen und hitzigen Geist ZaZas erhaschen zu können. Und zahllose Male flog sein eigenes Bewußtsein in Verfolgung der feurigen, sich ihm entziehenden Phantome auf und davon, und alles, was ihm blieb, waren Träume von ZaZa, ein dünner, erhitzter Ausfluß ihres wahren Wesens. Phlosine und Houloir stießen bei ihrer Suche auf ähnliche Schwierigkeiten. Die Mirakel schliefen weiter.

So lange bis ...

Bis schließlich Phlosine die Suche aufgab und vom Jäger zur Gejagten wurde. Wiederholte Einblicke in die geisterhaften Träumereien der Empfindsamen NuNu ließen Phlosine sicherer werden und zur Ruhe kommen. Ihre nach innen gewandten Gedanken wurden verwickelt und rätselhaft. Sie neckte das Mirakel und verschleierte ihr Bewußtsein, und NuNu – noch im Schlaf die vollkommene Spionin – vermochte der Herausforderung nicht zu widerstehen.

Nach und nach wurde Phlosine sich einer neugierigen, seelischen Wesenheit bewußt. Einer höchst fremdartigen Wesenheit, die mit der ihren zusammentraf. Sie spürte einen Druck, ein Scharren am Rande ihrer Gedanken. Sie zog sich zurück, hüllte sich in einen noch dichteren Schleier, worauf das Scharren hartnäckiger wurde. Phlosines Geist wandte sich zur Flucht, tauchte unvermittelt durch geheimnisvolle telepathische Ebenen hindurch; und das andere Wesen, das im Begriff stand aufzuwachen, folgte ihr. Etwas von ihm teilte sich Phlosine über den seelischen Raum hinweg mit, vergleichbar einem insektenhaften Summen und Schwirren. Phlosine tauchte weg, duckte sich, wich spielerisch zurück. Das summende Zittern wurde stärker und schraubte sich in die Höhe, bis NuNu von ihrer eigenen wachsenden Erregung geweckt wurde.

Und dann auf einmal war sie da, zum ersten Mal seit Jahrhunderten wieder vollständig und komplett. Phlosine, die ihre Aufgabe beendet hatte, verspürte einen kurzen Triumph, dann schlief sie vor Erschöpfung ein.

NuNu die Königinmutter, die Allsehende, Gebieterin der Geheimnisse, bewegte funkelnde Flügel und schlug hundert Augen auf. Um Sie herum waren Wände, die Ihr die Sicht versperrten und alle möglichen Geheimnisse verdeckten. Es war dringend geboten, daß Sie unverzüglich tausend goldene Eier legte; und schon bald würden Ihre winzigen Nissen, die beinahe jedes Hindernis zu überwinden vermochten, aus dem Nest ausschwärmen und Kenntnisse sammeln, so wie die Bienen, denen sie von ferne ähnelten, Honig sammelten; und diese leckeren Wissensbröckchen würden Sie zu ihrer erhabenen Mutter zurückbringen, die sie alle verzehren würde, um dann inwendig zu lauschen und zu erfassen, zu verbinden und miteinander in Beziehung zu setzen, zu vergleichen und zu verarbeiten, zu untersuchen und zu bewerten: und um schließlich die verdauten Erfahrungen in Form von Schlußfolgerungen auszuscheiden – als Exkremente, die von Ihren menschlichen Betreuern sorgfältig gesammelt und entfernt werden würden.

Doch das alles würde noch so lange warten müssen, bis die Nissen ausgebrütet waren. In der Zwischenzeit müßten die Arbeiter die Wände ringsum niederreißen oder Sie an einen anderen Ort bringen. NuNu die Königin wünschte, auf einem Turm zu thronen, wo Sie Ausblick hätte auf die ganze Stadt und mit Ihren hundert Augen gleichzeitig in alle Richtungen würde spähen können. Sie wünschte es sofort und unterstrich die Dringlichkeit Ihres Wunsches mit einem gebieterischen Klacken Ihrer Mandibeln; die Arbeiter aber ließen sich unerklärlich viel Zeit. Überall um Sie herum waren Arbeiter, so müßig, als hielten sie sich für Drohnen. NuNu schwirrte zornig mit den leicht angehobenen Flügeln. Wäre Ihren Mandibeln ein menschliches Glied nahegekommen, hätte Sie es abgezwickt.

Dann erinnerte sich NuNu die Königin aus einer lange

zurückliegenden Zeit daran, daß die Art der Arbeiter, die Sie gegenwärtig gewahrte – allesamt bewaffnet und uniformiert –, von niederer Geburt und nicht in der Lage waren, Ihre Wünsche zu verstehen. Lediglich zwei stellten Ausnahmen dar – ein unscheinbar gekleideter Mann von riesiger Statur, der sie aus einigen Metern Entfernung mit solch glühender Verehrung anschaute, daß kein Zweifel bestand an seiner Bereitschaft, Ihr zu dienen. Die zweite Person – die Frau, deren herausfordernde Zurückhaltung Sie aufgeweckt hatte – verfügte offenbar über die geistigen Fähigkeiten der Arbeiter der Oberschicht, durch die Sie für gewöhnlich Ihre Wünsche kundtat. Die weibliche Arbeiterin war allerdings nicht bei Bewußtsein und somit im Augenblick ohne Nutzen. Einstweilen mußte NuNu warten. Sie war jedoch zuversichtlich, daß es nicht für lange sein würde.

Eularque hatte eine andere Möglichkeit gewählt. Die geistige Koketterie, die NuNu verlockt hatte, hätte ZaZas Leidenschaft niemals zu wecken vermocht. Nach tagelangen vergeblichen Anstrengungen, die ihn viel Kraft gekostet hatten, fand Eularque schließlich den richtigen Ansatz. Mit Spitzfindigkeiten kam er hier nicht weiter. Die grimmige und leidenschaftliche ZaZa fand erst im Kampf ganz zu sich selbst. Ein Ruf zu den Waffen würde sie gewiß aufrütteln. Einmal zu diesem Schluß gelangt, gab Eularque seine psychische Suche auf und verzichtete fortan darauf, zu jagen, Fallen zu stellen, zu locken, zu flehen und zu argumentieren. Er hielt inne, und sein Geist wurde vorübergehend ganz ruhig. Kurz darauf ergoß sich ein wilder, ätzender Strom von Beschimpfungen und Beleidigungen, von Verachtung und Abscheu durch die Kanäle seines Bewußtseins und strömte dann in den telepathischen Raum hinaus. Die Verachtung zerstob wie ein Säurenebel, und ZaZa erwachte, um zu sehen, was ihr Ursprung war.

ZaZa die Siegerin stieg auf aus den Nebeln des Schlafs

und der Erstarrung und hob sich dem Licht entgegen, während sich in Ihr alte Erinnerungen, alte Wünsche und alter Haß regten und miteinander verschmolzen, als Sie sich dem Bewußtsein näherte. Ganz in der Nähe war ein Feind – Sie spürte seine feindselige Gegenwart –, doch Sie vermochte erst dann zu töten, wenn Sie ganz wach war. Nicht, daß Sie aus purer Lust am Vernichtungswerk getötet hätte; war jedoch Ihr Eigentum bedroht, blieb Ihr gar keine andere Wahl. ZaZa gehörte nämlich eine Herde Menschen. Sie gehörten Ihr, Ihr ganz allein. Welchem Zweck sie dienten, wurde nie ganz klar, denn ZaZa verzehrte weder ihr Fleisch, noch trank Sie ihr Blut oder hüllte sich in ihre Häute. Vielleicht waren es Schoßtiere, oder aber sie befriedigten einen sonderbaren Sammlertrieb. Wahrscheinlicher aber war, daß das Besitzen einfach zu Ihrem Wesen paßte. Jedenfalls gehörten die Menschen Ihr, und ihr Wohlergehen lag Ihr am Herzen.

Was eigentlich die Menschen ZaZas von all den anderen schleimigen, nichtmetallischen Angehörigen ihrer Rasse unterschied, war nie ganz klar geworden, aber ZaZa wußte es dennoch; und daß Ihre geliebten, geknechteten Menschen unter allen Umständen vor den Angriffen wilder Raubtiere gleich welcher Rasse, vor allem aber vor denen ihrer eigenen, verteidigt werden mußten. Und daher wachte Sie auf, darauf erpicht, Ihren Widersachern Ihren Feueratem entgegenzuschleudern, und stellte fest, daß man Sie getäuscht hatte. Hier in der Waffenkammer gab es keine Feinde. Alle anwesenden Menschen waren Ihr rechtmäßiges Eigentum – das sagte Ihr der Instinkt. Vor allem fiel Ihr ein unauffällig gekleideter Mann auf, dessen ehrerbietige Miene und auffällige Statur ihn als wertvollen Besitz auswiesen. Von ähnlich hohem Wert war das bleiche Wesen mit dem sich lichtenden Haar, dessen magische geistige Manöver Ihre langwährende Erstarrung durchbrochen hatten – dieses war sogar so wertvoll, daß jemand es vorsichtshalber an Ihrer Seite festgebunden hatte.

Eine solche Ordnung und Vorsicht war löblich, zugleich aber auch ausgesprochen unwürdig, denn ZaZa verlangte es nun einmal nach den ursprünglichen Reizen des Kampfes; ohne diese Reize stumpfte Sie ab. Sie brauchte Gefahr, Tod und Triumph. Vor allem aber sehnte Sie sich nach dem Geschmack der Flammen in Ihren beiden Mündern, nach den leuchtenden Flammenzungen, die geradewegs in die Menge stießen, nach dem Schreien und dem köstlichen Duft von verkohltem Fleisch. Ja, das war es, was Sie brauchte, und zwar bald.

ZaZa bewegte sich unruhig, und aus Ihren Schnauzen quoll übelriechender, schleimiger Dampf.

Houloir Valeur kam sich bei seiner Suche nach dem Geist der Kokotte verloren vor in einer fremden Welt. Sein forschender Geist durchstreifte die dunklen, leeren Weiten des telepathischen Raums, ohne die geringste Spur von Bewußtsein vorzufinden. Er hätte daraus schließen können, daß die verschiedenen Ebenen unbewohnt waren oder daß die Persönlichkeit der Kokotte unwiderbringlich verloren schien – daß sie in Wahrheit tot war. Das Wissen jedoch, das er sich aus zahllosen Wälzern in der Bibliothek der Bozhenille-Gemeinde angeeignet hatte, ließ noch eine andere Möglichkeit zu. Irgendwo, tief vergraben und vollständig vergessen, hatte die Persönlichkeit der Kokotte überdauert. Eine solche Persönlichkeit ging niemals ganz verloren, solange der Mechanismus selbst in Ordnung blieb. Daß es ihm trotzdem nicht gelang, ihr Wesen zu erspüren, mochte auch daran liegen, daß er es mit einem kaum bekannten Typus zu tun hatte.

Am Rande seines Bewußtseins endete die trübe Zeit des Scheiterns, NuNu und ZaZa erwachten wieder zum Leben, doch Houloir merkte nichts davon. Mit jeder Faser seines Seins richtete er sich auf – das Nichts. Er durchsuchte das Nichts, er strengte sich an, er strampelte sich ab und drang wahllos in alle Richtungen vor, stieß aber immer nur auf das Nichts. Selbst für einen ans Alleinsein gewöhnten Einsiedlermagier war das auf die Dauer verwirrend und unerträglich öde. Sein Geist war kalt und orientierungslos, sein Elan ließ immer mehr nach. Das geistige Gegenstück eines Achselzuckens hätte seine Trance durchbrechen und ihn in die Wirklichkeit, die ihm nun trotz der Schrecken und des Verrats, an die er sich sehr wohl erinnerte, unendlich verlockend erschien, zurückrufen können. Doch er widerstand dieser Versuchung und harrte aus.

Houloir mühte sich eine Ewigkeit ab. Er fand bloß nichts, und vor ihm erstreckte sich endlos die eisige Leere, die er niemals zur Gänze würde durchsuchen können, das war ihm klar. Als ihn schließlich die Verzweiflung übermannte, mündete sein Kummer in eine Klage, die fast schon einem Stoßgebet glich.

Sein Gebet wurde erhört.

Die Empfindsame Kokotte erwachte. Sie lebte. Sie war wach. Das Leben, die Kultur, die Welt an sich und alles, was dazugehörte – alles, was während Ihres jahrhundertelangen Schlafs ausgesetzt hatte –, fing auf einmal wieder an. Das Universum atmete wieder.

Die Kokotte war nicht nachtragend. Sie hegte keinen Groll gegen die Menschen, die es an Pflichterfüllung und Hingabe hatten fehlen lassen und deren lange Vernachlässigung Ihren langen Schlaf zur Folge gehabt hatte. Sie hatten sich selbst geistigen Schaden zugefügt, was an sich schon Strafe genug war; außerdem gingen sie Sie nichts an. Jedenfalls waren sie verschwunden, und Sie würde sich nicht die Mühe machen, sie wieder zum Leben zu erwecken, um sie zu züchtigen. Nicht auf die Vergangenheit kam es an, sondern auf die Zukunft – eine goldene Zeit der Fülle und der allgemeinen Freude, eine Zeit der heiligen Gefühle und üppigen Opfer, eine Zeit fruchtbringender Reben, förderlichen Strebens und offener Herzen. Die Kokotte war in die Welt zurückgekehrt, und nun sollte das Vollkommene Zeitalter anbrechen. Die Kokotte war fordernd und gleichzeitig voller Nachsicht; eifersüchtig und gewissenhaft und gleichwohl von grenzenloser Großzügigkeit. Gut genährt würde Sie alles verzeihen.

Und der Nahrung bedurfte Sie in höchstem Maße. Sie hatte lange gefastet und spürte jetzt großen Appetit. Die Zeit war gekommen, ein Ende zu machen mit dem Hungern, und zwar mit reichlich wohlschmeckendem Fleisch und Fett und Fasern, mit Blut und Knochen und Gehirn. Nun würde Sie sich schadlos halten für die zahllosen verlorenen Jahre der Abgeschiedenheit, und wäre Ihren Wünschen erst einmal Genüge getan, würde die Welt in neuer Pracht und Herrlichkeit erstrahlen.

Die Kokotte war voller Wohlwollen. Sie begehrte nichts weiter als Frieden und Freude, Güte und Überfluß, Ehrerbietung, Verehrung und Nahrung. Waren Ihre persönlichen Bedürfnisse erst einmal befriedigt, würde Ihr Gleichmut unerschütterlich sein; und wie es aussah, würde Sie keinen Mangel zu leiden haben – überall um Sie herum waren Menschen, und viele von ihnen schienen fett. Am größten war der riesenhafte, unauffällig gekleidete Mann, der Sie voller Bewunderung anschaute; irgendwoher wußte die Kokotte jedoch, daß er nicht zum unverzüglichen Verzehr gedacht war. Im Augenblick war Ihr ein solcher Akoluth von größerem Nutzen. Gleichermaßen unentbehrlich war auch das magere kleine Wesen, dessen Flehen Sie aufgeweckt hatte. Seine Gebete hatten Sie erreicht, sein Glaube war fest, und es hatte es verdient, Ihr dienen zu dürfen.

Sie war die Macht, Sie war die Herrlichkeit, Sie war das Ewige, das Unwandelbare, das einzig Wirkliche. Und Sie war sehr hungrig.

Zum Zeichen Ihrer Bereitschaft, Opfer entgegenzunehmen, klappte die Kokotte Ihre bleiernen Türen weit auf.

Als das Gewirr aus Drähten und Stäben über der großen Sarggestalt der Kokotte zu summen und zu zittern begann, beschleunigte sich Bierce Valeurs Atem. Als die gläsernen Durchbrüche auf einmal aufflammten, sackte ihm die Kinnlade herunter, und die Augen traten ihm hervor. Und als schließlich krachend die massiven Türen aufsprangen, fiel Bierce, überwältigt von Ehrfurcht und einer unsagbaren Freude, tatsächlich auf die Knie nieder.

Sie hatte sich endlich geöffnet, hatte sich ihm zur Gänze offenbart – ausgerechnet ihm. Bierce kniete wenige Meter vor ihr, so daß er ungehindert in ihr geräumiges, hohles Inneres hineinschauen konnte. Der Hohlraum und die Türen waren mit schmutzfarbenen Metalldornen besetzt und dreckverkrustet. Jeder Dorn endete in einer sich verengenden Spitze, die durchbohrt, geriffelt und seltsam gebogen war. Der Zweck dieser kunstvollen Ausarbeitung, vorausgesetzt, sie diente nicht allein der Zierde, war nicht unmittelbar ersichtlich. Was die eigentlichen Dornen anging, so stand deren Aufgabe außer Zweifel, und Bierce schwoll das Herz vor Bewunderung. Auch ohne Magie zu Hilfe zu nehmen, spürte er, daß er bestens geeignet war, den Willen der Empfindsamen Kokotte zu erkennen, und verlangte inbrünstig danach, ihr zu dienen und dadurch ihre Anerkennung, vielleicht sogar ihre Liebe zu gewinnen.

Nach der jahrhundertelangen Erstarrung gierte sie nach Nahrung. Sie begehrte Menschenfleisch, und Bierce' erste Eingebung war, ihr seinen Cousin Houloir zu geben, der nun erschöpft und schlafend zu ihren Füßen auf dem Boden lag. Nachdem er seinen Zweck erfüllt hatte, war Houloir möglicherweise entbehrlich. Außerdem bedeutete Houloir, der schwach, bedrückt und ständig verängstigt war, eben das jüngere Ebenbild des langweiligen Onkel Chorl, Bierce nur wenig. Ja, Houloir war ein guter Kandidat für die Opferung, und dennoch – es bestand immer noch die Möglichkeit, daß Whiss dagegen sein könnte. Vielleicht hatte Whiss ja noch andere Pläne mit seinem Bruder – bei Whiss wußte man nie, woran man war. Daher beherrschte sich Bierce und suchte mit seinen trüben, kleinen Augen den Keller nach anderen Opfern ab. Doch wohin er auch sah, überall traf er auf bewaffnete Vorhüter, die aus naheliegenden Gründen ungeeignet schienen.

Bierce war tief verwirrt. Eine mögliche Lösung war nicht in Sicht, dennoch *mußte* er den Wünschen der Kokotte irgendwie nachkommen, sonst hätte er sie im Stich gelassen. Lange Zeit stand er mit vor der Brust verschränkten Armen völlig reglos da und dachte angestrengt nach.

Das Problem, das Bierce Valeur unüberwindlich schien, stellte Whiss vor keinerlei Schwierigkeiten. Das Grab beherbergte sechs hervorragend geeignete Opfer – die verurteilten Niriennisten. Wochenlang war ihre Hinrichtung aufgeschoben worden, während Whiss auf die Wiederbelebung der Kokotte gewartet hatte, in deren unerprobte Fähigkeiten er seine Hoffnungen setzte. Nun war sie endlich erwacht, und die Zeit war gekommen, ihre Fähigkeiten zu überprüfen. Daher wurde der erste Verurteilte heimlich vom Grab zur Waffenkammer geschafft.

Der Gefangene – der ehemalige Abgeordnete Moudarde aus der Provinz Fabeque – wurde von vier Wachen hereingeführt. Moudarde hatte eine Kapuze über dem Kopf, die Hände waren ihm auf den Rücken gefesselt. Den Kopf hatte er lauschend geneigt. Unvermittelt riß man ihm die Kapuze ab, worauf sich der Delegierte blinzelnd umschaute. Er erblickte einen fensterlosen, aber hell erleuchteten Raum voller braun und scharlachrot gekleideter Vorhüter. Bei den Vorhütern standen mehrere Zivilisten, unter denen Moudarde die magere, schwarzgekleidete Gestalt Whiss v'Aleurs ausmachte. Hinter Whiss ragte eine riesige, mit Dornen ausgekleidete Bleikammer auf, die von leuchtenden Hörnern gekrönt war. Moudarde hatte keine Ahnung, was das war, zuckte aber unwillkürlich vor dem Anblick zurück.

Widerstand war jedoch zwecklos. Die Wachen drängten ihn weiter. Undeutlich nahm er klaffende Türen wahr, leuchtende Bögen, dreckverkrustete Dornen mit an Scharnieren befestigten gezackten, vibrierenden Fortsätzen, die wie hungrige Kiefer auf und zu klappten. Und es waren tatsächlich Kiefer, machte Moudarde sich entsetzt klar, jeder einzelne Dorn war mit einem Mund ausgestattet, mit einem hungrigen Mund und einer hervorschnellenden stählernen Zunge und winzigen reißenden, fleischfressenden Zähnen – die sich alle auf ihn zubewegten …

Auf einmal wehrte er sich, trat um sich und biß, warf sich nach rechts und nach links, während ihm ein Winseln entfuhr, ein sich wiederholendes, hohes Wimmern, das ihn beschämt haben würde, hätte er es denn bemerkt. Alles zwecklos. Sie zerrten ihn weiter, und dann, als die kleinen Kiefer am Ende der Dornen nach seinem Fleisch schnappten und er die metallene Gefräßigkeit roch – als er so nah gekommen war, daß er den rosa-silbrigen Gaumen in den Mündern sehen konnte, die aus vor lauter Gier gerötetem Stahl zu bestehen schienen –, stieß er einen Schrei aus, ein hemmungsloses Kreischen, daß jäh abbrach, als man ihn mit einem Stoß in das Maul der Kokotte hineinbeförderte.

Die großen Bleitüren fielen krachend zu, und einen Augenblick lang hallte das Echo von der gewölbten Decke wider. Dann herrschte Stille, während alle Zuschauer auf das Schreien des Opfers lauschten – doch man hörte nichts. Keine Schreie, kein Flehen, keine Verwünschungen; bloß das gedämpfte Klirren geheimnisvoller innerer Zuckungen. Die Lichtreflexe, die über die gläsernen Spiralen und Durchbrüche spielten, wurden heller. Im nächsten Augenblick knisterten Lichtblitze über die beiden großen, senkrechten schwarzen Hörner der Kokotte hinweg und stiegen daran empor, bis die messerscharfen Spitzen strahlend aufleuchteten. Ehrfürchtiges Gemurmel erhob sich unter den Zuschauern, das untermalt wurde von einem hohen, vibrierenden mechanischen Summen; dann flammte ein gewaltiger weißer Lichtbogen zwischen den Hörnern auf, und das Summen schwoll zu einem durchdringenden, körperlosen Heulen an. Die Zuschauer zuckten zusammen, wichen zurück und schlugen sich die Hände über die Ohren; einige beschirmten sogar die Augen vor dem grellen Licht. Kurz darauf war es vorbei. Das Gleißen verblaßte wieder zu einem gedämpften Leuchten, und der Lärm hörte vollständig auf. Mit quietschenden Scharnieren klappten die Türen der Kokotte auf, und man sah, was dahinter war – nämlich nichts.

Das Innere der Kokotte war leer bis auf ein Gewirr blutbeschmierter Lumpen. Lange, gerötete Stoffetzen schmückten den Hohlraum. Ein Stück Seil – mit dem Moudardes Handgelenke gefesselt gewesen waren – war um ein paar Dornen gewickelt. Auf dem Boden lag ein Paar blutgetränkter Schuhe. Die Zuschauer drängten neugierig, wenn auch vorsichtig nach vorn. Ein Vorhüter tippte einen Schuh mit der Spitze seines Bajonetts an, worauf ein lebhaftes Knistern über die Dornen und Widerhaken der Kokotte lief. Die zusammengepappten Lumpen bildeten Blasen, dunkelten ein und stanken widerlich. Quietschend wie Mäuse wichen die Zuschauer zurück. Erst nach mehreren Stunden trauten sich die Akoluthen der Kokotte, die zusammengebackenen Überreste zu entfernen.

Das Experiment war bedingt erfolgreich verlaufen. Die Kokotte war hungrig, daher schnell und tödlich; das war erfreulich. Ihre Arbeitsweise allerdings war schlampig. Irgendeine Verbesserung war vonnöten. Whiss v'Aleur dachte ausgiebig über diese Frage nach, dann erteilte er neue Anweisungen. Als der zweite Niriennist – der Ex-Delegierte Clionne aus der Provinz Jouvier – in den Keller der Waffenkammer gebracht wurde, war er bis auf die Handfesseln nackt. Clionne war weitaus fügsamer als sein Vorgänger. Vielleicht war seine Persönlichkeit schwächer ausgeprägt, oder die ungewohnte, peinliche Nacktheit hatte seinen Widerstand gebrochen. Jedenfalls sträubte er sich kaum, und es dauerte nicht lange, dann fielen die Bleitüren scheppernd hinter ihm zu. Das Leuchten wurde heller, der weiße Lichtbogen flammte auf, und ein Hitzeschwall fegte durch den Keller, dann klappten die Türen wieder auf.

Diesmal bot sich nur wenig Raum für Verbesserungen. Die zuschauenden Soldaten brachen sofort in Jubel aus. Abgesehen von dem blutigen Strick war das Innere der Kokotte leer und sauber. Bei dem Anblick wurde es Bierce Valeur ganz warm ums Herz, ein ungewohntes Gefühl für ihn. Er entriß einem Vorhüter die Muskete und stieß mit dem Kolben den Strick aus der Höhlung. Dabei kam er den Dornen der Kokotte so nahe, wie ihnen außer den Opfern noch keiner gewesen war; Angst empfand er allerdings keine, denn er wußte einfach, daß sie ihm nichts zuleide tun würde. Und das tat sie auch nicht. Das Leuchten der gläsernen Durchbrüche wurde heller, doch es war sanft und warm.

»Wunderschön.« Das vertrauliche Flüstern galt der Kokotte allein. »So wunderschön.«

Bestimmt hatte sie ihn gehört und auch verstanden. Sie gab ein leises, kaum hörbares Summen von sich, ein Liebeslied, wie er noch keines vernommen hatte. Er wußte, daß sie noch immer hungrig war. Der elende, halbverhungerte Leichnam des Abgeordneten Clionne hatte sie nicht einmal ansatzweise gesättigt. Sie brauchte noch viel mehr Nahrung. Und dennoch war es nicht *sein* Fleisch, nicht das von Bierce, nach dem es sie verlangte. Sie spürte seine Hingabe, schätzte sie, und vielleicht – vielleicht begann sie sogar schon, sie zu erwidern. Bierce schluckte hart und blinzelte; seine

Augen strahlten ungewöhnlich hell. Er mußte für einen Augenblick wegsehen, und sein Blick fiel auf Cousin Houloirs tränenüberströmtes Gesicht. Fehlte es dem wimmernden Weichling etwa am nötigen Verstand, um zu begreifen, was für einen wunderbaren Erfolg er errungen hatte? Bierce hatte keine Geduld mit ihm. Zum Glück hatte es Cousin Whiss in eine andere Welt verschlagen. Cousin Whiss lächelte.

Cousin Whiss hatte auch allen Grund dazu, denn die Wiederherstellung der Kokotte bedeutete die elegante Lösung eines wichtigen Problems, das ihm monatelang Kopfzerbrechen bereitet hatte. Schon seit langem hatte er nach einer Möglichkeit gesucht, öffentliche Hinrichtungen mit einem abschreckenden (aber nicht übermäßig schaurigen) und hochwirksamen Schauspiel zu verbinden – die Lösung, die sich nun anbot, war zwar erstaunlich ausgefallen, in Anbetracht der bevorstehenden Ereignisse aber durchaus notwendig. Denn Whiss sah ein Gemetzel voraus, eine große Schlächterei. Nicht, daß er im mindesten rachsüchtig gewesen wäre, das nicht; aber der Vater des Reparationismus war auch der Sohn der Gerechtigkeit, und diese verlangte unmißverständlich die vollständige Auslöschung der adligen Tyrannen. Die ausgebeuteten Bürger erwarteten genau dies; oder würden es in Kürze tun, wenn sie erst einmal richtig eingestimmt wären. Außerdem würde der gleiche Strom adligen Blutes, der den allgemeinen Haß stillen sollte, auch dazu dienen, sagenhafte Reichtümer in die entsprechenden Truhen zu schwemmen. Der Besitz der Verurteilten, der sofort enteignet worden wäre, würde für die höchsten und besten Zwecke eingesetzt werden – das heißt, für die Ausrüstung und den Unterhalt der Soldaten, von denen die Sicherheit der Reparationspartei und somit die des ganzen Landes zunehmend abhing. Whiss betrachtete diese große Säuberung als wünschenswert und daher unvermeidlich; in dem Maße, wie seine Erfolge immer größer wurden, waren diese beiden Attribute schwerer zu unterscheiden.

In seiner Vorstellung war die große Säuberung bereits beschlossene Sache. Die Exekutionen würden öffentlich stattfinden – soviel stand fest. Das Volk von Vonahr hatte ein solch unterhaltsames und erbauliches Spektakel verdient; die adligen Kriminellen dagegen hatten jegliche Erniedrigung verdient; und Whiss selbst hatte Anspruch auf die Genugtuung. Die Entscheidung war unumstößlich, gleichwohl gab es hinsichtlich der tatsächlichen Durchführung noch offene Fragen. Es gab zahlreiche Möglichkeiten für Massenhinrichtungen, die aber alle mit Mängeln behaftet waren – entweder sie waren zu langsam, zu schmutzig, zu grausam oder zu teuer. Einige wiesen gegenüber den anderen offensichtliche Vorteile auf, aber nicht einmal die besten boten eine Lösung für die Schwierigkeiten bei der Beseitigung oder Bestattung der Leichen oder denen bei der Reinigung der Hinrichtungsstätte. Whiss hatte somit vor der Qual der Wahl gestanden – zumindest solange, bis die Kokotte erwacht war, deren rasche und höchst spurenlose Unersättlichkeit ihr sogleich die Zuneigung aller Betrachter einbrachte. Hier war endlich einmal ein Scharfrichter, dessen Raffinesse die neuen reparationistischen Akoluthen von allen Vorwürfen der Barbarei freisprach.

Whiss v'Aleur war entzückt und begierig darauf, die Vorzüge der Kokotte in der Öffentlichkeit zu erproben. Dies war leicht zu bewerkstelligen, denn die vier verbliebenen verurteilten Niriennisten befanden sich noch immer in ihrem Verlies im Grab. Binnen eines einzigen Tages wurde eine große Plattform auf Rädern gebaut, die von ferne einem landgängigen Flußkahn ähnelte. Die Kokotte wurde ehrfürchtig auf dieses Gerät gesetzt, in schwarze Leinwand gehüllt und bei Nacht durch die finsteren Straßen von der Waffenkammer zum Grab gezogen.

»Wo hast du gesteckt? Was hast du die ganze Zeit gemacht?« Eliste klopfte unruhig mit dem Fuß auf den Boden. Unter ihrer Ungeduld verbarg sich ein tiefes Unbehagen. Die schlichtgekleidete Kairthe mit ihren rauhen Händen konnte sich einigermaßen gefahrlos in Sherreen bewegen. Derartige Ausflüge waren stets ein Vergnügen für die Magd und eine belebende Quelle für ihre nach Neuigkeiten lechzende Herrin. Bisweilen aber machte Eliste sich Sorgen – wenn Kairthe nun etwas zustieß, während sie alleine auf der Straße war? Irgendein Unfall, ein Anfall von Übelkeit oder ein regelrechter tätlicher Übergriff? Als Adlige war sie verantwortlich für die Sicherheit und das Wohlergehen ihrer Bediensteten. Was wäre wenn …? »Wo bist du gewesen?« wiederholte sie scharf.

»Am Grab, Herrin. Bloß in der Nähe.« Kairthe, die ein wenig blaß und seltsam zerstreut wirkte, schien die Verärgerung ihrer Herrin kaum wahrzunehmen.

»Was redest du denn da? Erkläre dich, und zwar auf der Stelle. Nein, warte. Du bist ja ganz durcheinander. Du darfst dich setzen. Ist dir nicht gut? Ist dir vielleicht schwindlig oder übel?«

»Nein, Herrin.« Kairthe nahm verlegen auf der Kante eines brokatbezogenen Schlafzimmerstuhls Platz. »Wirklich, mir geht es gut.«

»Ganz bestimmt? Dann rede.«

»Ist gut. Ich habe viel zu erzählen. Das war so. Ich wollte ein paar von den kleinen Zuckerwaffeln kaufen, die Ihr für Euer Leben gerne mögt, Herrin, und dabei kam ich am alten Gefängnis vorbei, wo's über die Brücke zum Markt geht. Und da sehe ich all die Leute am Tor und bleibe stehen, um zu sehen, was da los ist. Ich erkundige mich, aber niemand scheint etwas zu wissen, daher drängele ich mich bis nach vorne durch, und als ich ganz dicht am Gitter bin, sehe ich, was alle angaffen. Mitten auf dem Hof des Grabes steht nämlich so ein *Ding*. Sieht aus wie ein mordsgroßer Kleiderschrank aus Blei, mit spitzen Dornen drin und Hörnern, allerlei Geranke und Glasplunder oben drauf. Und *groß* ist das Ding, Herrin. Fürchterlich groß.«

»Aber was war es denn nun?«

»Genau das frage ich mich auch. Und das frage ich auch die Leute, aber niemand kann es mir sagen. Ein paar schwören allerdings, es wär eins dieser Mirakel wie der Aufpasser am Nordtor einer ist. Und wirklich, so sah es auch aus, bloß irgendwie anders.«

»In welcher Hinsicht anders?«

»Anders geformt, aber das ist es nicht. Dieses hier leuchtet oben, in mehreren Farben, und in den Verzweigungen regt sich was. Das hier ist... wach. Und die Leute überlegen natürlich, woher das Ding stammt, wie es hierhergekommen ist und wozu es gut sein mag. Also, ich habe keine Ahnung, was das ist, ich weiß bloß, daß ich so was noch nie gesehen habe.«

»Dann bleibt das Geheimnis also ungelüftet?«

»Das nicht, Herrin, es tut mir leid, das zu sagen.«

»Leid?«

»Nach einer Weile«, fuhr Kairthe fort, »kommt ein Soldat aus dem Gefängnis und heftet eine Bekanntmachung an die Mauer. Jemand liest sie vor. Vier niriennistische Verräter sollen gegen drei Uhr auf dem Hof hingerichtet werden. Daher denke ich mir, die Leute haben schon geahnt, wofür das Ding gut sein muß.«

»Und du hast bis zum Nachmittag dort gewartet, um dir eine öffentliche Hinrichtung anzuschauen?« fragte Eliste fast schon vorwurfsvoll; teilweise war sie schockiert, teilweise abgestoßen, aber unwillkürlich auch gefesselt.

»Na ja, es war ja nicht so, als hätte ich mich darum *gerissen*, Herrin.« Kairthes rundliches Gesicht errötete. »In dem Augenblick war ans Wegkommen gar nicht mehr zu denken. Ich stand unmittelbar am Tor und wurde gegen das Gitter gedrückt, und es herrschte ein solches Gedränge, daß ich vollkommen eingekeilt war.«

»Ach wirklich?«

»Bestimmt, Herrin! Und als ich erst einmal erfahren hatte, was da vor sich ging, konnte ich irgendwie einfach nicht mehr wegschauen.«

Eliste nickte; das beschämte Eingeständnis stillschweigenden Einverstandenseins.

»Die Nachricht muß sich in Windeseile verbreitet haben, denn ständig kamen neue Leute dazu, bis vor dem Tor ein solches Gedränge herrschte, daß keine Kutsche und nicht mal mehr eine Sänfte durchgekommen wäre. Einige betranken sich, und es wurde viel gelacht und herumgealbert. Manchmal wurde es richtig häßlich. Die meisten warteten allerdings geduldig.

Um Schlag drei kamen sie aus dem Grab hervor. Soldaten, Wachen und andere Leute waren dabei. Einer war angeblich der Gefängnisdirektor Dovelle Egure. Und natürlich der Scharfrichter, ein so großer Kerl, daß Borlo Bunison von zu Hause neben ihm wie ein Halbwüchsiger gewirkt hätte, und irgendwer meinte, das sei Bierce, ein Verwandter von Whiss v'Aleur, aber dafür kann ich meine Hand nicht ins Feuer legen. Und dann waren da noch die vier Gefangenen, und mich soll der Schlag treffen, wenn die nicht splitternackt waren! Verzeiht mir, Herrin, aber die waren so nackt wie Suppenhühner!«

»Also, das ist aber wirklich infam!« In Elistes Abscheu mischte sich eine Spur klammheimliches Ergötzen. »Die Reparationisten sind alle Tiere. Wie kommen sie bloß auf eine so kleinliche, sinnlose Grausamkeit?«

»Das kann ich nicht sagen, Herrin. Aber ich schwöre, ein Windhauch hätte genügt, und ich wäre umgekippt. Ich wußte gar nicht, wo ich hingucken sollte, und den anderen ging's ebenso. Ein paar Leute kicherten, so wie man kichert, wenn man aus der Fassung gebracht worden ist und es nicht zeigen will. Aber das dauerte nicht lange, und ich glaube nicht, daß die Gefangenen es gehört haben – die waren bestimmt zu fertig, um überhaupt etwas zu merken. Mir haben sie leid getan, Herrin, und da war ich nicht die einzige. Ich hörte sogar jemanden flüstern, das seien gute Abgeordnete und brave Bürger, die Besseres verdient hätten. Aber überall waren Vorhüter, daher traute sich niemand, etwas zu sagen.

Alle vier mußten sich vor dem großen Gerät in einer Reihe aufstellen«, fuhr Kairthe fort, »und dann wurden die Anklagepunkte verlesen. Und wenn sie das alles wirklich getan haben, dann hatten sie den Tod auch verdient.«

»Aber waren sie denn wirklich schuldig?« fragte Eliste.

»Das kann ich nicht sagen, Herrin. Jedenfalls endete das Vorlesen irgendwann, und dann gingen sie wirklich zur Sache. Der Henker packte den ersten Gefangenen und stieß ihn einfach in den Schrank. Auf einmal wirkte das Ding ganz lebendig. Die Türen fielen von selbst zu, die Lichter wurden immer heller und der Lärm immer lauter, bis es auf einmal blitzte, daß einem die Augen weh taten, und dann war es vorbei. Die Türen gingen von allein wieder auf, und Herrin – *dahinter war nichts mehr*! Niemand wollte es glauben, Ihr hättet mal das Geschrei und Geschnatter hören sollen!

Der Henker tat so, als habe er nichts gehört. Er nahm einfach eine lange Mistgabel und entfernte den Strick, als wäre es das Natürlichste auf der Welt. Und dabei tätschelte er den Schrank – fuhr mit der Hand darüber, sogar über die Dornen –, und ich könnte schwören, daß er mit dem Ding sogar *geredet* hat! Ich stand zu weit entfernt, um verstehen zu können, was er da sagte, aber ich sah, wie sich seine Lippen bewegten. Er tat gerade so, als redete er mit einem guten Bekannten. Sehr seltsam.

Anschließend kamen die übrigen drei Gefangenen dran – zack, zack, zack –, einer nach dem anderen, und jedesmal war es das gleiche. Sie brauchten nicht lange – einfach unglaublich, wie schnell das ging, und vor allem, daß das ablief wie am Schnürchen – wie *sauber* hinterher alles war, kaum ein Fitzelchen übrig, als wäre überhaupt nichts gewesen.«

»Das ist ja fast noch schlimmer als…« Eliste brach schaudernd ab.

»Dann waren sie fertig«, fuhr Kairthe fort. »Die Soldaten, der Direktor und der Henker marschierten wieder ab, und der Schrank blieb auf dem Hof zurück. Wir trödelten noch eine Weile auf der Straße herum und warteten ab, ob noch etwas passieren würde, aber es geschah nichts mehr, daher ging ich nach Hause. Und das war der Grund, warum ich mich verspätet habe, Herrin.«

Eliste schwieg. Es gab nicht mehr viel zu sagen.

»Oh, da ist noch etwas«, fiel Kairthe verspätet ein. »Während der Hinrichtung sah man ein paar Gestalten in einem Turmfenster des Gefängnisses, und die Leute meinten, einer davon sei Whiss v'Aleur gewesen.«

Whiss v'Aleur – oder ›Valeur‹, wie er sich neuerdings aus naheliegenden Gründen wieder nannte – beobachtete die ganze Vorstellung von einem Fenster in einem der oberen Stockwerke des Hauptturms aus. Er begutachtete die wirksame Arbeitsweise der Kokotte, die mechanische Standhaftigkeit der Vorhut, die befremdende Hingabe seines Cousins Bierce.

Und die Zuschauer? Die widerwillige Mithilfe seines Vaters erlaubte ihm, deren Anschauungen mit einem Blick einzuschätzen.

Die Bürger waren verängstigt, verwirrt und erregt, was Whiss nicht überraschte. Die ursprüngliche Wildheit der Kokotte stieß sie ab und erregte sie zugleich. Viele empfanden Vergnügen, trauten sich aber nicht, es auch zu zeigen; einige waren schwankend, und weitaus weniger verspürten aufrichtigen Abscheu. Das waren natürlich bloß Kleinigkeiten. Das Vergnügen ließe sich wecken, die Übelkeit unterdrücken, ganz wie Whiss es wollte. Seine eigene Rednergabe in Verbindung mit Chorls Magie reichte dazu bei weitem aus.

Oder etwa nicht?

Trotzdem bedrängten ihn noch immer Zweifel, die sein Selbstvertrauen untergruben und seinen Nerven zusetzten. Er mußte diese Zweifel zerstreuen, nicht nur um seinetwillen, sondern auch zum Wohle des Landes. Er mußte sich schützen. Das war er Vonahr schuldig.

Zum Glück für das Land war Verlaß auf die Ergebenheit und Mitarbeit des Nationalen Tribunals, dessen oberste Richter dem Nationalen Wohlfahrtskomitee willig zu Diensten waren. Wer vom Komitee verraten wurde, den verurteilte das Tribunal; und das Komitee selbst bestand aus glühenden Reparationisten, wahren Patrioten, guten Männern (mit ein oder zwei Ausnahmen, mit denen man sich schon bald befassen würde), auf die stets Verlaß war.

Whiss kehrte zurück zu seinem Büro beim Nationalen Wohlfahrtskomitee und erteilte einige Anweisungen; anschließend war das Tribunal unablässig beschäftigt. Die tiefsten, feuchtesten Verliese des Grabes wurden zum erstenmal in diesem Jahrhundert geöffnet und anschließend bis zum Bersten gefüllt. Die überzähligen Gefangenen wurden auf mehrere kleinere Gefängnisse verteilt, auf den Bergfried und die Schatzkammer, die an entgegengesetzten Enden der Stadt lagen. Bald waren auch diese überfüllt; und dann füllten sich auch die denkbar schlecht geeigneten Zellen in den Gendarmerien der einzelnen Distrikte. Auch gewisse ausgewählte Keller und Lagerhäuser wurden in Gebrauch genommen, und in einem berüchtigten Falle sogar ein ausgetrockneter Brunnen. Es war eine öffentliche Schande. Entweder man brauchte mehr Platz, oder die Zahl der Gefangenen mußte verringert werden. Für Whiss lag die Lösung des Problems auf der Hand.

Die Kokotte war beschäftigt und wohlgenährt. Zunächst bestand ihre Nahrung aus Whiss Valeurs tatsächlichen und vermeintlichen politischen Gegnern. Die widerspenstigen oder eigensinnigen Mitglieder des Verfassungsgebenden Kongresses, die in einigen Fällen von ihren Freunden und Familienangehörigen begleitet wurden, mußten als erste dran glauben. Ihnen folgten alsbald aufmüpfige Journalisten, Nörgler und allzu freimütige Kritiker. Nahezu täglich fanden auf dem Hof des Grabes zwei oder drei Hinrichtungen statt. Die Einwohner von Sherreen gewöhnten sich bald an den Anblick der Kokotte mit ihren hungrigen Dornen und ihren nackten Opfern. Der anfängliche Schock, den ihre Erscheinung und Arbeitsweise ausgelöst hatten, nutzte sich rasch ab, und bald wurden die öffentlichen Hinrichtungen für viele zu einer beliebten Form kostenloser Unterhaltung.

Eines regnerischen Herbstmorgens saß Whiss allein in seinem Zimmer und las den Bericht eines Polizeispitzels, der unter dem Tarnnamen Linsensuppe arbeitete. Das Spitzelwesen war so ausgedehnt und sein schriftlicher Ausstoß so umfangreich, daß Whiss die mühselige Arbeit der Auswertung für gewöhnlich den höheren Verwaltungsbeamten der Gendarmerie und untergeordneten Mitgliedern des Komitees überließ. Nur selten gelangte eine Vorlage zur Kenntnis des Komiteevorsitzenden. Der Bericht von Linsensuppe war jedoch besonders bemerkenswert, befaßte er sich doch mit dem eigenen Cousin des Vorsitzenden. Whiss las:

...gibt es einige, die fast jeden Tag den Hinrichtungen beiwohnen. Sie treffen früh am Morgen ein, um sich die besten Plätze am Tor zu sichern, und nehmen häufig ein stundenlanges Warten in Kauf. Diese Liebhaber – die Männer haben sich den Spitznamen ›Kavaliere der Kokotte‹ gegeben, während sich die Frauen witzigerweise als ›Kokette der Kokotte‹ bezeichnen –

haben sich kürzlich etwas Besonderes einfallen lassen. Und zwar haben sie eine verwirrende Weise der Bewertung eingeführt, nach der die verurteilten Kriminellen entsprechend ihrer angeblichen Verdaulichkeit in verschiedene Kategorien eingeteilt werden. Viele dieser Zuschauer glauben nämlich, sie könnten anhand der Art und Helligkeit der Leuchterscheinungen genau feststellen, wieviel Vergnügen die Empfindsame Kokotte bei jedem Opfer empfindet.

Kamerad Bierce Valeur hat es bei diesen Kavalieren und Koketten zu einiger Berühmtheit gebracht. So haben sie ihm zahlreiche Spitznamen gegeben und werfen ihm kleine Geschenke, Briefchen und andere Kinkerlitzchen durch das Gitter zu, sobald er auf dem Hof erscheint; sie rufen ihn an, wenn er vorbeigeht, und buhlen um seine Aufmerksamkeit – die Männer bieten ihm Getränke an, die Frauen alles und jedes. Es ist Kamerad Bierce hoch anzurechnen, daß er diese Aufdringlichkeiten niemals zur Kenntnis nimmt. Mit Leib und Seele aufgehend im Dienst am Vaterland, übergeht er als nüchterner und hingebungsvoller Vollstrecker der reparationistischen Justiz alle Tollheiten und Übertritte seiner Bewunderer. Leider gilt dies nicht für die Vorhüter, die mit den Stricken, den einzigen Hinterlassenschaften der Empfindsamen Kokotte, einen regen Souvenirhandel betreiben. Nicht einmal die Offiziere sind sich zu fein für dieses schmutzige Geschäft …

Whiss Valeur legte den Bericht genau auf seinen Platz auf dem makellos aufgeräumten Schreibtisch zurück. Linsensuppe hatte natürlich recht. Der Souvenirhandel mit den Stricken war unmilitärisch und nicht zu dulden. Gleichwohl empfand er eine gewisse Zuneigung für die einfallsreichen Vorhüter. Die Soldaten waren lediglich auf ein paar zusätzliche Bequinen aus; die Reparationspartei verfolgte, wenn auch in weit größerem

Maßstab, ganz ähnliche Ziele. Sie brauchte Unmengen an Geld, und zwar möglichst sofort. Zum Glück war die Lösung dieses Problems bereits in Sicht.

Seit Monaten schon füllte Whiss in aller Stille das Grab mit überwiegend wohlhabenden adligen Gefangenen, von denen angenommen wurde, daß sie irgendwo beträchtliche Summen versteckt hatten, die das rechtmäßige Eigentum des Volkes von Vonahr waren. Diese Kriminellen hatten sich in allen Fällen als unverbesserlich erwiesen und sich allen Schmeicheleien zum Trotz hartnäckig geweigert, über den Verbleib ihrer Besitztümer Rechenschaft abzulegen. Im Grunde waren sie noch schlimmer als Kriminelle. Sie waren Volksfeinde, welche die gleiche Strafe verdient hatten wie gewöhnliche Verräter. Gemäß der kürzlich vom Verfassungsgebenden Kongreß erlassenen Gesetze wurden diese Verbrecher mit der Beschlagnahme ihres gesamten Vermögens bestraft, und zwar bis zum letzten Möbelstück. Whiss nahm sich ein leeres Blatt vor und begann zu schreiben. Bald darauf wurde der Speisezettel der Kokotte noch reichhaltiger.

Pflichtbewußt bestätigte das Nationale Tribunal den Beschluß des Nationalen Wohlfahrtskomitees. Ein Dutzend oberflächliche Verhandlungen, begonnen und abgeschlossen binnen eines Tages, führten zu zwölf Schnellurteilen. Die Urteile wurden sogleich vollstreckt. An einem eiskalten Herbstmorgen kamen zwölf nackte Gefangene im Gänsemarsch auf den Hof des Grabes gestolpert, wo die Kokotte bereits auf sie wartete.

Whiss Valeur hatte mit seinem Vater wie üblich am Fenster des Hauptturms Posten bezogen. Aus dieser Höhe hatte er freie Sicht auf die Hinrichtungsstätte und die Bürger, die sich auf der Straße vor dem Tor drängten. Die Menge war heute ungewöhnlich groß und lebhaft, und das war auch kein Wunder. Ein solches Ereignis – die Massenhinrichtung von zwölf Adligen, noch dazu ohne jedes Aufhebens, als handelte es sich um irgendwelche Bauern – hatte Vonahr noch nicht gesehen, und die öffentliche Neugier war daher groß. Die Stimmen waren schrill, die Gesten lebhaft, und da jeder nach vorne zu kommen trachtete, herrschte ein ständiges Gedränge. Wer zu weit vom Tor entfernt stand – und das waren an diesem Morgen viele –, machte lautstark seiner Enttäuschung Luft. Die Kavaliere und Koketten der Kokotte, die stets in der ersten Reihe standen, fielen heute besonders ins Auge. Mehrere Kokette hatten ihre Hüte mit langen Stengeln, Zweigen, Drähten und Glasperlen geschmückt, die dem wirren Aufbau der Kokotte nachempfunden waren und wiederum die weiter hinten Stehenden ärgerten, denen nun die Sicht versperrt war. Um ihre Kritiker zu beschwichtigen, stimmten die Koketten und ihre männlichen Begleiter eine spöttische Hymne auf die Kokotte an, die so mitreißend war, daß die Menge den Refrain alsbald mitsang.

Whiss Valeur lächelte huldvoll und wandte sich an seinen Vater. »Heute brauche ich Eure Hilfe nicht, um die Stimmung anzuheizen«, meinte er.

Chorl wäre am liebsten ganz woanders gewesen. Der Abscheu sickerte ihm aus allen Poren. Von Anfang an ein unsicherer Kantonist, erfüllten ihn die Hinrichtungen mit Entsetzen und Ekel. Dennoch wollte er dabeisein. Whiss hatte von seinem Vater nie verlangt, daß er diesem Spektakel beiwohnte. Trotzdem wollte Chorl die Kokotte bei der Arbeit sehen, vielleicht um sich einer Buße zu unterziehen. Und dann setzte er jedesmal eine tragische, verletzte Miene auf, mit der er wortlos seiner Mißbilligung Ausdruck verlieh.

Chorl zuckte unter dem wörtlichen Peitschenhieb zusammen. »Schon möglich. Du hast dir schließlich alle Mühe gegeben, um ihre schlimmsten Seiten zum Vorschein zu bringen«, erwiderte er müde.

»Die schlimmsten? Ich habe mich bemüht, ihnen patriotische Gefühle einzuflößen, und zwar durchaus erfolgreich, wie ich finde.«

»Ja, du hast ganze Arbeit geleistet. Seit Wochen schon bombardierst du die Bevölkerung mit Pamphleten und Flugschriften. Du hast den Verfassungsgebenden Kongreß gesäubert, die Reparationisten um dich geschart, die Vorhut und die Vonahrische Garde hofiert und die Gutgläubigen mit Fackelzügen verführt. Jeder Satz, den du geschrieben, und jedes Wort, das du gesprochen hast, war dazu gedacht, den Klassenhaß nach Kräften anzufachen. Du hast dich wirklich angestrengt, und der Erfolg deiner Bemühungen zeigt sich in den Gesichtern der Menge dort auf der Straße.«

»Eine hübsche Ansprache, Vater. Melodramatisch, unrichtig, gefühlsbetont – wie es halt Eure Art ist. Wie immer weiß ich Eure Loyalität, Euer Verständnis und Eure Unterstützung zu würdigen.« Diesmal bereitete es dem eisig lächelnden Whiss keine Mühe, den Anschein von Gefaßtheit zu wahren. So schmerzhaft treffend die Bemerkungen seines Vaters auch gewesen waren, beschwichtigten sie doch geradezu seinen Zorn. Chorls Vorwürfe bestätigten nämlich einen höchst bedeutsamen und erfreulichen Sachverhalt: so wie stets hatte sich die Sherreener Bürgerschaft als zuverlässiger Freund und Sklave erwiesen.

Chorl seufzte schwer und sah weg. Whiss folgte seinem Blick. Unten auf dem Hof öffnete sich die Gefängnistür. Die Verurteilten und ihre Bewacher traten heraus. Die Menge regte sich und drängte ächzend gegen das Tor. Dann setzte Stille ein; die tiefe, angespannte Stille einer Gottesanbeterin.

In unbekleidetem Zustand glichen die Edlen ihren plebejischen Mitbürgern. Es gab wirklich keinerlei sichtbare Unterschiede zu den gewöhnlichen Sterblichen. Die zwölf Männer – von denen zwei sogar den Titel eines Grundherrn führten – zitterten, wahrscheinlich eher wegen der eisigen Herbstkälte als vor Furcht.

Ihre Gesichter waren verschlossen und gaben nichts preis, sie gingen gerade aufgerichtet und wirkten zumindest nach außen hin unerschrocken. Schließlich waren sie Edelleute.

Als sich ihr die Gefangenen näherten, schien die Kokotte ihre Beute irgendwie zu erkennen. Entlang der Hörner knisterten kleine Blitze, und die inneren Dornen erbebten heftig vor Erwartung. Nicht einmal Bierce Valeur, der Koseworte murmelnd neben ihr stand, hätte es in einem solchen Augenblicke gewagt, sie zu berühren.

Diesmal verzichtete Direktor Egure darauf, die Anklagepunkte vorzulesen; er wäre heiser gewesen, bevor er die Liste durchgehabt hätte. Statt dessen wurde kurz das Urteil verlesen, gefolgt von einer Aufzählung der Namen und Titel der Gefangenen. Dann konnte Bierce beginnen.

Die Kokotte stellte einen herzhaften Appetit unter Beweis und verspeiste alle zwölf Gefangenen innerhalb einer halben Stunde. Die von sich eingenommenen Kavaliere und Koketten unter den Zuschauern, die sich allerhand einbildeten auf ihr enges Verhältnis zur Kokotte, behaupteten jetzt zweifellos, ihre Göttin habe besonderes Vergnügen bei dem Festschmaus verspürt. Whiss Valeur hingegen war klar, daß die Kokotte keinen Unterschied machte zwischen adligem und plebejischem Fleisch und beides mit gleicher Begeisterung verschlang – ein erbauliches Schauspiel. Der Mythos adliger Überlegenheit war ein für allemal zerstört, die Verwundbarkeit der Edlen öffentlich bestätigt; das hier war schließlich der gründlichste Beweis, den man sich nur vorstellen konnte. Die grelle Leuchterscheinung, die mit dem Ableben des Barons vo Beune-v'Abeaux einherging, entlockte der Menge ein lautes Geheul, und dann erhob sich heftiger Jubel, so triumphierend und langanhaltend, daß selbst Bierce Valeur es bemerkte; erst runzelte er mißtrauisch die Stirn, dann aber zuckte er die Schultern und neigte zur Bestätigung ein wenig den Kopf.

Whiss Valeur verspürte trotz des kühlen Wetters am ganzen Leib eine wohlige Wärme. Sein Vater würgte unterdrückt und wandte sich brüsk vom Fenster ab. Whiss nahm ihn kaum wahr; aus gutem Grund ließ er sich die gute Laune nicht verderben. Die von ihm so ausdauernd umworbene Sherreener Menge hatte wie ein Tanzbär auf die Zeichen ihres Herrn geantwortet. Die Begeisterung dort unten kündete von seinem Sieg. Der Mob unterstützte ihn wie eh und je; die Vorhut war ihm ergeben, die Garde von Vonahr günstig gesonnen. Im Glanz dieser glühenden Beliebtheit, auf der Höhe seiner Macht und angesichts grenzenloser Möglichkeiten, stand es ihm frei, seine Ziele zu verfolgen, ohne Widerstand fürchten zu müssen. Diese Ziele wurden ihm mit jedem Tag klarer. Sein Weg lag offen ausgebreitet vor ihm; vom Schicksal vorgezeichnet, wie er mit tiefer Überzeugung glaubte.

Fortan wurden die Verhaftungen und Hinrichtungen von Adligen zu einer ganz gewöhnlichen Erscheinung. Für gewöhnlich fanden die Verhaftungen nachts statt, wenn die Vorhüter ohne Vorwarnung über das jeweilige Haus herfielen. Die Bewohner einschließlich der Bediensteten wurden in die berüchtigten geschlossenen Kutschen gepackt und im Schutz der Dunkelheit zum Grab geschafft. Ging dann die Sonne auf, schien sie auf ein weiteres Adelshaus, auf dessen Eingangstür ein schwarzer Kreis mit einem scharlachroten Diamanten darin gemalt war, das Zeichen des Nationalen Wohlfahrtskomitees und gleichzeitig ein Hinweis auf die Beschlagnahme durch den Verfassungsgebenden Kongreß. Zum täglichen Speisezettel der Kokotte gehörte nun auch ein gewisser Anteil Edelleute, und das Publikum hatte sich an den Anblick der verurteilten Herren gewöhnt. Nun war etwas anderes als der

Adligenstatus der Opfer vonnöten, um die immer mehr abstumpfenden Sinne der Sherreener zu reizen. Die erste öffentliche Hinrichtung einer Frau – einer gewissen Madame Hiroux, an und für sich eine unbedeutende Person, die aber bekannt dafür war, den Volksfeinden geholfen zu haben – erregte ungewöhnlichen Anteil und lockte zahlreiche Zuschauer an, die begierig waren, ihre körperlichen Reize zu würdigen. Andere Frauen folgten Madame Hiroux, und bald wurde auch dieses Spektakel schal und erhielt erst mit der Hinrichtung der ersten weiblichen Adligen, der unglücklichen verwitweten Gräfin vo Prosq, die sich gegen das Nationale Wohlfahrtskomitee eingesetzt hatte, neuen Auftrieb. Die anfängliche Begeisterung an derartigen Schauspielen flaute allmählich ab, ohne daß sie ganz geschwunden wäre, und die Hinrichtung einer bekannten Schönheit zog immer noch reichlich Zuschauer an. Gleichermaßen beliebte Opfer waren die ganz Jungen und ganz Alten, die übermäßig Fetten oder Mageren, die Gebrechlichen und vor allem die Verkrüppelten oder anderweitig Entstellten.

Nicht einmal die stolzesten und tapfersten Vertreter der einstmals privilegierten Klasse konnten die Augen davor verschließen, daß immer mehr Adlige hingerichtet wurden. Die wachsende Unruhe zeigte sich an der plötzlich steigenden Zahl von Fluchtversuchen, die den Verordnungen zur Einschränkung der Reisefreiheit offen zuwiderliefen. Die hochmütigsten (oder vielleicht auch nur die dümmsten) unter den Möchtegern-Auswanderern machten sich in ihren eigenen gewienerten Kutschen auf den Weg, da sie sich offenbar nicht vorstellen konnten, daß es jemand wagen könnte, sie aufzuhalten. Die prompte Festnahme am Stadttor war dann der Beweis für ihren Irrtum. Anschließend wurden sie im Grab eingesperrt und im Schnellverfahren abgeurteilt; mittlerweile stand auf das Verbrechen der Auswanderung, das bislang lediglich die Beschlagnahme sämtlicher Besitztümer zur Folge gehabt hatte, nämlich die Todesstrafe.

Die klügeren unter den Adligen nahmen sich an ihren unglücklichen Standesgenossen ein Beispiel und näherten sich verkleidet den Stadttoren; Erfolg damit hatten allerdings nur die wenigsten.

»Was geschieht an den Stadttoren?« fragte Eliste den Cavalier vo Meureille. Sie war mit ihm im Wohnzimmer der Rouvignac allein. Zeralenn mußte jeden Augenblick auftauchen, doch bis dahin hatte sie Meureille ganz für sich allein und konnte ihm die Fragen stellen, die in Gegenwart ihrer Großmutter verboten waren. »Von den Bediensteten habe ich wilde Gerüchte gehört. Es heißt, die Ausgänge würden von Dämonenwächtern und mechanischen Ungeheuern bewacht. Angeblich kann kein Edler unerkannt hinausgelangen, da sich die Ungeheuer nicht täuschen lassen – doch das ist wohl übertrieben. Ich bin hier so gut wie eingesperrt, Madame tut so, als sei immer noch alles beim alten, und ich lechze nach Neuigkeiten. Ihr wißt alles, Cavalier – habt Erbarmen und sagt mir, was wirklich geschieht.«

»Ihr überschätzt ein wenig meine Möglichkeiten, edles Fräulein, aber ich werde tun, was ich kann.« Meureille, graugekleidet und silberhaarig, schien so vornehm wie eh und je, hatte jedoch dunkle Ringe unter den Augen. Der Zusammenbruch seiner Welt tat seinem höflichen Gebaren keinen Abbruch, allerdings wirkte er allmählich tatsächlich so alt, wie er in Wirklichkeit auch war. »Zunächst solltet Ihr wissen, daß die Geschichten über Dämonen und Ungeheuer, wie sie die Bediensteten erzählen, Phantasien sind, die aber ein Körnchen Wahrheit in sich bergen. Die Wachposten an den Stadttoren zum Beispiel sind keine Dämonen, sondern bloße Sterbliche, die in der Kunst der Enttarnung hervorragend ausgebildet sind. Sie erkennen die adlige Herkunft schon an den kleinsten Eigenheiten der Ausdrucksweise und am schwächsten Akzent, an Gebaren und Haltung, an beiläufigen Bemerkungen, an zahllosen Hinweisen, die für andere so unbedeutend sind, daß sie sich der bewußten Wahrnehmung entziehen, während sie für eine geschärfte Empfindung, die bisweilen schon übernatürlich wirkt, untrügliche Hinweise liefern.«

»Klug mögen sie ja sein, aber sie sind doch bloß Menschen, und nicht einmal Edle, was das betrifft. Es muß doch möglich sein, sie zu überlisten.«

»Mag sein. Das menschliche Gespür ist jedoch kaum die größte Gefahr, mit der flüchtende Adlige zu rechnen haben. Schließlich gibt es da immer noch die mechanischen Ungeheuer.«

»Hirngespinste, nehme ich an.«

»Ganz und gar nicht. Ist Euch bekannt, daß der gesamte, Sherreen verlassende Verkehr zum Nordtor umgelenkt wird?«

Eliste nickte.

»Das Mirakel am Tor wurde wieder aufgeweckt. Man nennt es die Empfindsame Boomette. Dazu erschaffen, als todsicherer Wachposten und Aufpasser eingesetzt zu werden, erkennt sie die wenigen Edlen, deren Geschick die menschlichen Wachposten getäuscht hat. Wie sie das bewerkstelligt, entzieht sich meiner Kenntnis; wahrscheinlich könnte das auch nur ein magischer Eingeweihter begreifen. Ihre Bewunderer glauben, sie könne Gedanken lesen.«

»Lächerlich – das ist doch bloß eine Maschine!« Als Meureille keine Antwort gab, fiel Elistes gespielte Selbstsicherheit in sich zusammen. »Ihr werdet doch solchen Geschichten nicht etwa Glauben schenken?«

»Edles Fräulein, ich weiß wirklich nicht, was ich glauben soll. Auf den ersten Blick scheint die Behauptung unfaßbar. Gleichwohl hat die Empfindsame Boomette wiederholt ihre Fähigkeit unter Beweis gestellt, mitten in einer Menschenmenge versteckte, verkleidete, flüchtige Adlige herauszupicken; und man sollte eigentlich annehmen, daß ihr das nur gelingen kann, wenn sie Gedanken oder geistige Vorstellungen wahrzunehmen imstande ist. Ob sie das tatsächlich tut oder nicht, eines ist jedenfalls sicher: die Empfindsame Boomette ist weit mehr zu fürchten als selbst der wachsamste aller Wachposten.«

»Und wen hat sie herausgepickt?« Eliste wollte die Antwort eigentlich nicht hören, vermochte die Ungewißheit aber nicht zu ertragen.

»Vergangene Woche wurden Stazzi vo Crev und seine Schwester am Stadttor festgenommen. Vor wenigen Tagen wurde einer der Cousins der vo Pleniere-v'Orienne entdeckt. Drei Angehörige der Familie vo Cahumelle einschließlich Eurer Freundin Gizine befinden sich jetzt im Grab. Und dann war da noch…« Er setzte die unglaubliche Aufzählung fort, jeder Name eine Wunde.

»Sie alle gehörten den bedeutendsten Familien von Vonahr an. Die vo Crevs heirateten hin und wieder ins Königshaus ein. Ein vo Chaumelle war während der Jurlian-Zenki-Kriege der Oberbefehlshaber der Armee von Vonahr; dieser Name reicht eine *Ewigkeit* zurück. Ich hätte nie gedacht, daß sich die Kanaille an ihnen vergreifen könnte. Sie einsperren, das ja, aber sie… sie…« Er brach ab.

»Stazzi vo Crev wird morgen nachmittag hingerichtet«, meinte Meureille mit ausdrucksloser Stimme. »Die anderen, die ich genannt habe, werden rasch folgen, und diesen folgen wiederum viele vergleichbar hohen Rangs. Eine hohe Stellung bietet auch nicht mehr den geringsten Schutz; ganz im Gegenteil. In letzter Zeit weist die Parade der Opfer jedesmal einen gewissen Anteil Adliger auf, häufig aus bestem Hause. Anstatt die Brutalität zu beklagen, ergötzt sich der Sherreener Mob an dem Spektakel. Tag für Tag ist die

Straße vor dem Grab von früh bis spät voller Menschen und für den Verkehr unpassierbar. Die Lärmbelästigung ist so stark, daß zahlreiche Anwohner verlangen, die Kokotte an einen anderen Ort zu verlegen, und diese Angelegenheit wird regelmäßig im Verfassungsgebenden Kongreß erörtert.« Er sprach in leisem, beinahe sachlichem Ton, was seinen Bericht noch schrecklicher erscheinen ließ, und blickte ihr die ganze Zeit über unverwandt in die Augen.

Eliste vermochte seinem Blick nicht standzuhalten und sah weg, heftig bereuend, Meureille überhaupt gefragt zu haben.

»Habt Ihr denn wirklich nichts davon gewußt? Hattet ihr keine Ahnung, was in der Welt um Euch herum vorgeht?« Seine vollendete Höflichkeit vermochte seine Ungeduld nicht ganz zu verbergen. »Habt Ihr denn niemals in eine Zeitung geschaut?«

»Madame hält davon nichts.« Eliste wand sich mit Unbehagen. »Sie findet sie vulgär.«

»Ah, sie möchte Euch schützen, aber ich glaube, sie leistet Euch keinen guten Dienst, wenn sie Euch unwissend läßt. Ihr seid doch kein Kind mehr, und es ist an der Zeit, daß Euch die Augen geöffnet werden. Also, dann, edles Fräulein ...« Meureille holte einen Packen gefalteter Boulevardblätter aus der Tasche, die auf billigem, gelblichem Papier gedruckt waren.

Eliste nahm sie widerstrebend entgegen. Drei Namen sprangen ihr von den Seiten entgegen: *Der Kamerad*, das offizielle Sprachrohr der Reparationspartei; *Der Tintenbeutel*, der dreiste Nachfolger der kürzlich eingegangenen *Schmeißfliege*; und Shorvi Niriennes jüngster Aufsatz, *Die neuen Tyrannen*. Einen Augenblick lang war sie versucht, sie zurückzuweisen, doch dann gewann ihre Neugier die Oberhand, und sie verstaute die Papiere rasch in ihrem kleinen Nähkästchen aus Lue-Holz, das neben ihrem Stuhl auf dem Boden stand.

»Lest das, edles Fräulein«, meinte Meureille eindringlich, »dann wird Euch einiges klarwerden. Vielleicht begreift Ihr dann, wie groß die Gefahr ist, die uns umgibt. Und wenn Ihr das tut, wird es Euch vielleicht gelingen, Eure Großmutter umzustimmen, was mir nicht vergönnt war. Versucht sie zu überreden. Sagt ihr, daß der Weg in die Freiheit einstweilen noch sicher ist, was sich allerdings jederzeit ändern kann. Sagt ihr, daß dieses anhaltende Zaudern der reine Wahnsinn ist. Und wenn sie Euch nicht glauben will, dann sagt ihr …«

»Versucht Ihr noch immer, meine Enkelin zu beschwatzen, Cavalier?« In der Tür stand Zeralenn.

Meureille und Eliste drehten sich schuldbewußt zu ihr um. Meureille sprang hastig auf und verneigte sich. »Ich gestehe, ich habe versucht, sie zu rekrutieren, Gräfin. Ein alter Soldat läßt sich so leicht keine Hilfsquellen entgehen.«

»Das gleiche gilt auch für den alten Marodeur und den alten Räuber. Bah, Meureille, ein solches Vorgehen sollte doch eigentlich unter Eurer Würde sein. Außerdem ist es völlig nutzlos.«

Eliste fragte sich, ob ihre Großmutter die Übergabe der Zeitungen wohl bemerkt hatte. Anmerken ließ sie sich natürlich nichts. Zeralenn trat ein und setzte sich. Die Unterhaltung ging weiter, und der Lapsus des Cavaliers wurde nicht wieder erwähnt.

Später, sehr viel später am selben Abend, als Eliste allein auf ihrem Zimmer war, las sie Meureilles Zeitungen endlich durch. Deren Inhalt entsprach mehr oder weniger ihren Erwartungen. Der geächtete liberale Nirienne kritisierte nun das reparationistische Regime ebenso wie zuvor die Monarchie. Das würde ihm nicht viel nützen; der Mann war erledigt, er wußte es bloß nicht. Auch der *Tintenbeutel* gab Niriennes abweichende Meinung wieder, jedoch in einer Sprache, die auch dem gemeinen Bürger verständlich war. *Der Kamerad*, von dem sie zwei dünne Ausgaben vor sich liegen hatte, war natürlich voller Artikel und Aufsätze, die den adligen Leser reizen mußten. Eliste war entsetzt und niedergeschlagen, was zweifellos ganz im Sinne des Cavaliers war. Ein Gutes allerdings hatten die Zeitungen: sie hielten Eliste davon ab, an die hübsche, frivole Gizine vo Chaumelle zu denken, die jetzt im Grab eingesperrt war – alles war besser, als daran zu denken …

Eine fettgedruckte Überschrift fiel ihr ins Auge: »Nissen NuNus decken Verschwörung auf.«

Eliste wußte über die Nissen Bescheid. Mittlerweile wußte in Sherreen jeder darüber Bescheid. Tief im Keller der Städtischen Waffenkammer waren Tausende von goldenen Eiern, welche NuNu gelegt hatte, ausgebrütet worden. Die geschlüpften Nissen – klein, metallisch, geflügelt und wißbegierig – hatten sich sogleich in die Lüfte erhoben und sich innerhalb weniger Stunden über ganz Sherreen ausgebreitet. Nun summten sie auf der Suche nach Neuigkeit überall herum; und wenngleich viele von ihnen umkamen – sie wurden von verwirrten Bürgern erschlagen und zerquetscht –, überlebten doch Tausende und überbrachten der Königinmutter zahllose Neuigkeitshäppchen. NuNu nahm sie in sich auf, verdaute sie und schied sie wieder aus; und so entdeckten ihre menschlichen Betreuer eine Verschwörung ungeahnten Ausmaßes.

Im Verlauf der letzten Monate waren zahlreiche Adlige – darunter welche aus den reichsten und edelsten Häusern, die darum auch am tiefsten in der Schuld des Volkes standen – unmittelbar vor der Nase der Vorhut verschwunden. Wiederholt hatten Offiziere, die Verhaftungen vornehmen wollten, verlassene Häuser vorgefunden, deren ehemaligen Bewohner Bargeld und Schmuck mitgenommen hatten. Ausgeschlossen, daß so viele Edle – darunter auch vollzählige Familien – die Wächter am Nordtor hatten täuschen können. Gleichermaßen unwahrscheinlich war, daß sich so viele innerhalb der Stadtgrenzen versteckt haben sollten; nicht umsonst war auf Hinweise, die zur Ergreifung flüchtiger Adliger führten, eine Belohnung von fünf Rekkos ausgesetzt. Dennoch verschwanden immer wieder welche und lösten sich anscheinend in Luft auf. Das war empörend, unheimlich und vollkommen unerklärlich – bis jetzt; bis die Wachsamkeit von NuNus Nissen Hinweise auf das Vorhandensein eines geheimen Ausgangs erbrachte, bewacht von einem geheimnisvollen Torwächter. Irgend jemand – offenbar ein in der Stadt beheimateter Edelmann, dem eine kleine Gruppe von Helfern zur Seite stand – brachte in regelmäßigen Abständen einige seiner Standesgenossen aus der Stadt. Bislang lag der Name des Verräters noch ebenso im dunkeln wie die Beschaffenheit des Fluchtwegs. Doch irgendwann würde alles ans Licht kommen. Jetzt, da die Nissen unterwegs waren, war das lediglich eine Frage der Zeit; und dann würde ihn die Kokotte zur Rechenschaft ziehen, ganz gleich, wer er war.

Eliste schauderte beim Lesen. Ob der Cavalier vo Meureille wohl davon wußte? Eine dumme Frage. Natürlich wußte er Bescheid, bloß ließ er sich davon nicht beeindrucken; oder vielmehr nahm er es nicht zur Kenntnis, geschweige denn, daß es ihn einschüchterte – die übliche adlige Großtuerei …

Ihre aufrichtige Sorge um Meureille verflüchtigte sich allerdings im Nu, als ihr die schwarze Überschrift auf der Titelseite der zweiten Nummer des *Kameraden* ins Auge fiel: »Der Verrat des Königs.« Und dann las sie:

Das Nationale Wohlfahrtskomitee hat heute den Erhalt gewisser Schriftstück bestätigt, aus denen hervorgeht, daß seine Majestät Dunulas an einem Komplott zur Ermordung der Kongreßabgeordneten beteiligt war. Offenbar hat der König, unterstützt und ermutigt von seiner Gemahlin, über Monate hinweg einen verbrecherischen Briefwechsel mit dem flüchtigen Herzog von Feronte geführt. Alle drei Schuldigen haben, dabei unterstützt von ausländischen, der Freiheit Vonahrs feindlich gesinnten Mächten, zusammen mit inländischen absolutistischen Reaktionären geplant, die Keller der Jahrhunderthalle mit Fässern voller Schießpulver zu füllen; ein Vorhaben, das zum Zeitpunkt der Entdeckung durch das Komitee bereits kurz vor der Vollendung stand. Der erfolgreiche Abschluß der Verschwörung hätte zweifellos den Tod nicht nur sämtlicher Abgeordneter, sondern auch vieler unschuldiger, patriotischer Zuschauer auf den Galerien sowie die Zerstörung der Jahrhunderthalle selbst und eines beträchtlichen Teils des umliegenden Distrikts zur Folge gehabt. Das Entsetzen und die Verwirrung im Anschluß an das Massaker wären den ausländischen und inländischen Verrätern, deren Ziel es ist, die Freiheit Vonahrs zu verhindern, von großem Nutzen gewesen.

Ohne die stete Wachsamkeit des Nationalen Wohlfahrtskomitees hätte die Verschwörung zum Kummer aller wahren Patrioten Erfolg gehabt. Wer einen solchen Verrat ausheckt, hat nichts Menschliches mehr an sich, sondern kann nur teuflisch genannt werden; die Männer und Frauen, die eines solchen Verbrechens gegen ihre eigenen Landsleute fähig sind, sind weniger Kriminelle, als vielmehr Ungeheuer in Menschengestalt, welche die härteste Bestrafung verdient haben.

Eliste konnte es nicht glauben. *Welche die härteste Bestrafung verdient haben.* Die Worte ergaben einfach keinen Sinn. Die Rede war hier doch vom *König*. Das konnte einfach nicht sein. Sie las den Absatz noch einmal. Und noch einmal. Allmählich wurde der Sinn der Worte klarer. Sie hatte doch richtig gelesen.

Seit über einem Jahr, während der Verfassungsgebende Kongreß einen wechselhaften nationalen Kurs verfolgt hatte, vertrödelte der König nun schon seine

Zeit im Beviaire, ein fügsamer Gefangener, der zuvorkommenderweise bemüht war, seinen Bewachern keine Unannehmlichkeiten zu bereiten. Die ganze Zeit über hatte er so unablässig geschwiegen, daß viele seiner vorgeblichen Untertanen bereits vergessen hatten, daß es ihn überhaupt gab. Jetzt würde es ihnen wieder einfallen. Ganz gewiß.

Kein Wunder, daß Zeralenn danach trachtete, ihrer Enkelin eine derartige Lektüre vorzuenthalten. Vielleicht wäre es besser gewesen, es wäre ihr auch gelungen. Eliste legte die Zeitung auf den Nachttisch, blies die Kerze aus und legte sich zurück. Einschlafen jedoch konnte sie nicht. Lange Zeit lag sie schlaflos da, düsteren Vorahnungen ausgeliefert.

Der Prozeß des Königs fand hinter verschlossenen Türen statt und war bloße Formsache. Eine solche Eile und Vorsicht waren auch angeraten, denn ansonsten hätte ihm die milde, großäugige Verwunderung, mit der seine Majestät auf alle Vorwürfe antwortete, zahlreiche Unterstützer eingebracht. Dunulas beteuerte aufrichtig, er wisse nichts von irgendwelchem Schießpulver. Er wisse nichts von Verrat und Verschwörung. Er habe nicht mit seinem Bruder Feronte korrespondiert. Er habe niemandem ein Leid zugefügt. Er wolle nichts weiter, als daß seine Untertanen glücklich und zufrieden lebten. Sei es nicht selbstverständlich, daß er als rechtmäßiger König sein eigenes Volk liebe?

Dem Nationalen Tribunal fiel es schwer, ihn zu verurteilen. Einige Richter zeigten Anzeichen von Schwäche und schienen sogar ein wenig schwankend zu werden. Denn obwohl sie fanatische Reparationisten waren, erfüllte sie die Vorstellung, ihrem König das Leben zu nehmen, gleichwohl mit Schrecken. Zum Glück gab es schlüssige Beweise, die ihrer nachlassenden Entschlossenheit wieder auf die Sprünge halfen. Ihnen lagen Schriftstücke vor, belastende Briefe in der anmutigen Handschrift des königlichen Privatsekretärs und mit Dunulas' eigenhändiger Unterschrift versehen; zumindest schien es so.

Vergeblich beteuerte der König, nichts davon zu wissen. Die Dokumente schienen von ihm zu stammen. Sollte es sich tatsächlich um Fälschungen handeln, so oblag es seiner Majestät, dies zu beweisen. Erwartungsgemäß gelang dies Dunulas nicht, und so wurde er alsbald für schuldig befunden. Das Todesurteil war nun unvermeidlich, und verwundert hörte der König mit an, wie er als ›Feind des Volkes‹, als ›Feind der Menschheit‹ und als ›Feind der Revolution des Volkes‹ verurteilt wurde. Der Urteilsspruch war in zweierlei Hinsicht bemerkenswert; einmal beseitigte er den König, der bislang höchstens auf dem Schlachtfeld gefallen oder bisweilen auch ermordet worden war, auf juristischem Wege, zum anderen war dies auch das erste Mal, daß die Revolution – die zwar bereits vor einem Jahr stattgefunden hatte, jedoch noch nie unverhohlen als solche bezeichnet worden war – sich offiziell als diese zu erkennen gab.

Die Hinrichtung Dunulas XIII. konnte schwerlich auf dem Hof des Grabes stattfinden; ein solch folgenschweres Ereignis erforderte eine eindrucksvollere Umgebung. Das Nationale Wohlfahrtskomitee sprach sich für den Platz des Großen Monarchen aus, der kürzlich in ›Platz der Gleichheit‹ umbenannt worden war – ein würdiger Ort, der ausreichend Platz für die vielen tausend Zuschauer bot, die dem größten Triumph der Revolution würden beiwohnen wollen. Daraufhin wurde die Kokotte an den bezeichneten Ort verlegt, was allerdings nicht ohne Zwischenfall verlief.

Trotz der aufrichtigen revolutionären Begeisterung vieler Bürger gab es doch immer noch monarchistische Elemente, die mit dem Urteil des Tribunals nicht einverstanden waren. Der geächtete Verräter Shorvi Nirienne, der sein Gesicht nicht zu zeigen wagte, stellte aus seinem Versteck heraus sowohl die Notwendigkeit wie auch die Berechtigung der Hinrichtung des Königs schriftlich in Frage. Seine volksverhetzende Äußerung fand ihr Publikum, was einige Tumulte in der ganzen Stadt zur Folge hatte; der schwerwiegendste Zwischenfall ereignete sich, während man die Kokotte zu ihrem neuen Standort schaffte. Der Anschlag war klug geplant; die monarchistischen Kräfte warteten, bis die Kokotte in der Mitte der Vinculum-Brücke angelangt war, dann schlugen sie von beiden Seiten her zu. Und wahrscheinlich wäre es ihnen auch gelungen, die Kokotte in den Fluß zu werfen, hätte nicht die Empfindsame ZaZa die Brücke mit grünem Feuer und erstickenden Dämpfen alsbald von allen Aufrührern geräumt.

Die verkohlten Leichen wurden von der Brücke fortgeschafft, der Transport wurde fortgesetzt, und schließlich erreichte die Kokotte den Platz der Gleichheit, wo sie auf einer angemessen hohen Plattform aufgestellt wurde, zu deren Füßen Vorhüter bereitstanden, um ihr Tag und Nacht zu Diensten zu sein und sie zu bewachen.

Zwei Tage später hatte sich auf dem Platz der Gleichheit eine große Menschenmenge versammelt, um der Hinrichtung des Königs beizuwohnen. Unter den Zuschauern befand sich auch Shorvi Nirienne, der darauf vertraute, daß er mit seiner dunklen Perücke und einer Nickelbrille unerkannt bleiben würde. Nachdem er ursprünglich allein gehen wollte, hatte er im letzten Augenblick den Bitten seiner Gefährten nachgegeben und es Beq gestattet, ihn zu begleiten. Der jüngere Mann stand neben ihm.

Nirienne ließ den Blick über den Platz schweifen. Er bemerkte, daß die Empfindsame ZaZa zugegen war, um die öffentliche Ordnung zu gewährleisten; ihre Anwesenheit wäre allerdings gar nicht erforderlich gewesen, denn die allgemeine Stimmung war eigentümlich gedämpft und ernst, sogar melancholisch. Das Wetter entsprach dieser Stimmung: der Himmel war bedeckt, und der Wind wirbelte die ersten kleinen Schneeflocken umher.

Wie so viele andere beobachtete Nirienne mit ungläubigem Staunen, wie die bewachte, geschlossene Kutsche mit dem König am Fuß des Schafotts haltmachte. Die Tür ging auf. Seine ehemalige Majestät kletterte heraus und stieg ohne Fanfare die Holzstufen empor. Vielleicht aufgrund der kühlen Witterung oder aus altmodischer Rücksicht auf seinen Rang, war er in einen langen Umhang gekleidet, der ihm erst im letzten Augenblick abgenommen wurde. Nirienne zuckte zusammen, als der rundliche, königliche Leib entblößt wurde; nicht einmal seine tiefverwurzelten republikanischen Überzeugungen vermochten das Entsetzen über diese Majestätsbeleidigung zu lindern. Und er war nicht der einzige, der so empfand. Überall in seiner Nähe wurde scharf eingeatmet. Nicht einmal der unerschütterliche Beq war frei davon.

Dunulas XIII. blickte dem Tod mit dem gleichen wohlwollenden Unverständnis entgegen, der auch sein Leben geprägt hatte. Nirienne beobachtete, wie sich der verurteilte Monarch vermutlich mit einer Bitte an seine Bewacher wandte. Das Begehren wurde abgelehnt, was bei dem König milde Enttäuschung zur Folge hatte; wahrscheinlich hatte er eine kurze Ansprache an die Menge halten wollen. Trotz dieser Enttäuschung hatte er zuletzt wohl kaum sehr zu leiden. Die Dornen der Kokotte betrachtete er eher mit Verwunderung als mit Angst, und die Eiseskälte spürte er nur einen Augenblick lang, dann beförderte Bierce Valeur ihn mit einem kräftigen Stoß in die Höhlung der Kokotte.

Die Bleitüren klappten zu.

Blitze entlang der Hörner, ein anschwellendes Summen und dann die blendend helle Vollendung.

Als die Türen sich wieder öffneten und man das leere Innere sah, ging ein Aufseufzen durch die Menge, und es erhob sich ein feierliches Gemurmel. Zwar schleuderten ein paar vereinzelte Reparationisten ihre Mützen in die Luft und jubelten aus vollem Halse, doch gelang es ihnen nicht, die Zuschauer zu Begeisterungsstürmen hinzureißen.

Der harmlose, törichte König von Vonahr war hingerichtet worden, und zwar von seinen eigenen Untertanen, denen nun zum ersten Mal die Bedeutung ihres Handelns bewußt zu werden schien. Sie hatten Schluß gemacht mit jahrhundertealten Traditionen, überlegte Shorvi Nirienne. Sie hatten das wurmzerfressene Gesellschaftsgefüge dem Erdboden gleichgemacht. Sie hatten das Altvertraute, Verständliche vernichtet – doch was würde an seine Stelle treten? Ein Gefühl von Traurigkeit, sogar Bedauern hatte die Menge erfaßt – eine Art Wehmut. Sie hatten den Wandel gewollt, und nun mußten sie sich notgedrungen damit abfinden. Sein Begleiter sprach aus, was Nirienne dachte.

»Jetzt führt kein Weg mehr zurück«, sagte Beq.

Als Königin Lallazay ihrem Gemahl eine Woche später in den Tod folgte, war Nirienne nicht zugegen. Statt dessen stand er am Fenster seines Unterschlupfes und lauschte mit versteinerter Miene auf das Glockenläuten und die Salutsalven, mit denen die Ausrufung der Republik Vonahr verkündet wurde. Auf dem Boden, dort, wo er sie hatte fallen lassen, lag die neueste Ausgabe der Zeitung *Der Kamerad*, dessen Leitartikel die Ernennung Whiss Valeurs zum Protektor der Republik vermeldete; ein vorläufiges Amt, das jedoch in Anbetracht der gegenwärtigen Krise mit außergewöhnlichen Befugnissen ausgestattet war.

Eines Tages würden mit der Wiederherstellung des sozialen Gleichgewichts alle Bürger vollkommene Freiheit genießen; bis dahin verfügte Whiss Valeur allerdings über mehr Macht als je ein Vonahrischer Monarch vor ihm.

Die Ausrufung der neuen Republik ging einher mit Unruhen in der Hauptstadt und in den Provinzen. Die royalistische Revolte flammte auf in Fabeque, Jouvier und VoGrance. Die Niederschlagung wirkte ausgesprochen brutal und endete mit der Ermordung sämtlicher Aufständischer. Überall gab es Proteste und Feiern, Unruhen und Feste.

In Sherreen herrschte auf den Straßen bei Tag wie bei Nacht reges Treiben. Eine seltsame Erregung hing in der Luft, eine eigentümliche Ausgelassenheit, die auf dem allen gemeinsamen Gefühl beruhte, in einer außergewöhnlichen Zeit zu leben. In jenen ersten Tagen der neuen Republik Vonahr schienen die Möglichkeiten grenzenlos. Das reichte aus, um die dafür Empfänglichen nicht selten bis zur Hysterie zu reizen. Die Stadt schien niemals zur Ruhe zu kommen, und des öfteren kam es zu Ausbrüchen von Gewalt, deren Opfer vor allem die adligen Sündenböcke waren. Noch nie zuvor hatte man die Adligen so sehr gehaßt. Die in der Stadt gefangenen Edelleute hockten hinter verschlossenen Türen wie Mäuse in der Falle. Weder ihr Besitz noch ihr Leben waren mehr sicher. Wer sich in der Öffentlichkeit zu erkennen gab, wurde gejagt, ausgeraubt, entkleidet und verprügelt – häufig bis zum Tode. Weder das Gesetz noch die Regierung boten Schutz; und eine Flucht war nur den wenigen Glücklichen möglich, welche die Stadt auf geheimen Wegen verließen.

Weder die Vorhut noch die Stadtgendarmerie zweifelte an der Existenz eines verborgenen Tunnels, der unter der Stadtmauer hindurchführte. Doch trotz aller

Anstrengungen gelang es ihnen weder die Lage des Tunnels noch deren Hüter ausfindig zu machen. Die Wochen verstrichen, ohne daß sie irgendwelche Fortschritte erzielt hätten, und die ganze Zeit über entschlüpften ihnen Adlige. Die Behörden hätten schließlich ihre Niederlage eingestehen müssen, wäre nicht durch Zufall eine goldene Nisse, die nicht größer als eine Hummel war, in das Arbeitszimmer des Cavalier vo Meureille gelangt.

17

»Ich habe euch heute morgen hierher bestellt, um euch mitzuteilen, daß wir Sherreen verlassen werden«, verkündete Zeralenn. »Ihr könnt beide soviel persönliche Habseligkeiten mitnehmen, wie in jeweils einen Koffer passen. Macht euch gleich fertig, denn wir brechen in Kürze auf – und zwar heute abend noch.«

Eliste und Aurelie machten große Augen. Eliste fragte sich, ob ihre Großmutter nicht etwa einen hysterischen Anfall habe. Allerdings wirkte Zeralenn nicht im mindesten hysterisch. Ihre Haltung war kerzengerade, ihre Miene so gelassen wie eh und je. Ihr Gesicht sah ein wenig hager aus – und vielleicht auch ein bißchen traurig, doch die verschiedenen Schichten von Kosmetika verdeckten derartige Anzeichen von Schwäche. Ihr müdes Aussehen wurde noch betont von einem strengen, schwarzen Kleid, das ebenso altmodisch wie unkleidsam und unerlaubt war. Der früher als ›Adel‹ bezeichneten Bevölkerungsschicht (sämtliche vererbbaren Titel und Privilegien waren kürzlich aufgrund eines Beschlusses des Verfassungsgebenden Kongresses abgeschafft worden) war das Tragen schwarzer Kleidung mittlerweile untersagt; öffentlich Trauer um die hingerichteten Verräter Dunulas und Lallazay zu bekunden, stellte einen Affront gegen die republikanische Gemeinschaft dar und wurde folglich mit dem Tode bestraft. In ihren eigenen Gemächern kümmerte das Zeralenn vo Rouvignac allerdings wenig.

Ein eigenes nur solange, wie die Nissen draußen bleiben,

dachte Eliste und suchte sogleich auf Wänden, Boden, Decke und Möbeln nach den berüchtigten goldenen Blitzen, die einem verrieten, daß man unter Überwachung stand. Wie viele Edle – wie viele Bekannte von ihr – mochten mittlerweile ihr Leben aufgrund von NuNus Nissen verloren haben? Wie viele ihrer Freunde waren aufgrund von unbedeutend scheinenden Unvorsichtigkeiten und gedankenlosen, beiläufigen Bemerkungen in den vergangenen Wochen auf dem Platz der Gleichheit und in der Kokotte gelandet? Eliste hatte längst aufgehört, sie alle zu zählen. Reichtum, Stellung, Herkunft, ein glänzender Verstand, Schönheit, Jugend, Unschuld – all diese einstmals mächtigen Eigenschaften boten keinerlei Schutz mehr. Gizine vo Chaumelle war zusammen mit dem größten Teil ihrer Familie gestorben; außerdem noch der Graf vo Branojard, Riste und Fovier vo Dev-v'Urois und noch viele andere. Die übriggebliebenen Edelleute hatten gelernt, vorsichtig zu sein, Fenster und Türen mit durchsichtigem, auf einen Holzrahmen gespanntem Musselin abzuschirmen, die Kamine mit Maschendraht abzudecken und täglich sämtliche Zimmer nach eingedrungenen Nissen abzusuchen. Trotz all dieser Vorsichtsmaßnahmen fanden jedoch immer wieder welche herein, und es war ratsam, die Möglichkeit einer Überwachung niemals außer acht zu lassen.

»Nun, Kinder?« Zeralenn zog die Brauen hoch. »Ihr sitzt da wie versteinert. Habe ich mich etwa nicht klar ausgedrückt?«

»Ihr müßt unser Erstaunen entschuldigen, Madame«, erklärte Eliste. »Monatelang habt Ihr Euch geweigert, über eine Flucht auch nur zu sprechen. Und jetzt auf einmal …«

»Wie steht es nun damit, tapfer und frei wie wahre Adlige in Sherreen auszuharren?« wollte Aurelie wissen. »Oder damit, sich sein Handeln nicht von seiner Angst vorschreiben zu lassen? Gilt denn auf einmal nicht mehr, was Ihr uns gesagt habt, Tantchen? Wodurch…«

»Wodurch habt Ihr Euch umstimmen lassen?« beendete Eliste für sie den Satz.

Zeralenn musterte ihre jugendlichen Verwandten, als überprüfe sie deren Stärke, dann erwiderte sie leidenschaftslos: »Vor etwa einer Stunde traf eine Vorladung ein. Sämtliche Angehörige dieses Haushalts sollen binnen vierundzwanzig Stunden auf der Distriktsgendarmerie vorstellig werden, um dort den Eid abzulegen.«

Das war ein unausgesprochenes Todesurteil; ein schwerer Schlag, obwohl er nicht unerwartet kam.

Der neueingeführte Treueeid beinhaltete das Versprechen bedingungsloser Loyalität gegenüber dem Republikanischen Protektorat von Vonahr sowie die Lossagung von der Monarchie im allgemeinen und dem ›Verräter-Tyrannen Dunulas‹ im besonderen. Bürger aller Stände wurden gezwungen, die rituelle Verurteilung der ›Royalisten, Absolutisten, Reaktionäre, Elitisten, Nörgler, sozialen Parasiten und aller anderen Feinde des Vaterlandes‹ zu wiederholen und ihre Bereitschaft zu erklären, notfalls für die Freiheit Vonahrs sterben zu wollen. Der Eid war dazu gedacht, die erbosten Edlen zu offener Auflehnung anzustacheln – ein Sieg in den Augen der Republikaner, denn die Weigerung, den Treueeid zu leisten, war ein klarer Beweis für eine absolutistische Einstellung und reichte aus, den entlarvten Verräter und dessen Familie geradewegs der Kokotte zu überantworten, ohne sie zuvor der leeren Formalität einer Gerichtsverhandlung unterziehen zu müssen. Das Eigentum solcher Verräter fiel damit selbstverständlich dem Staat zu. Wie von den Urhebern des Treueeids beabsichtigt, stellte dieser die überlebenden Adligen vor eine unmögliche Entscheidung: entweder Verlust von Leben und Besitz, oder aber Verlust der Ehre aufgrund eines Meineids und

Verrat an dem uralten Ehrenkodex des Adels, was auf einen moralischen Tod hinauslief. Angesichts eines solchen Dilemmas hatten Adlige schon des öfteren entsprechend der strengen Auffassung ihrer Vorfahren zum Selbstmord Zuflucht genommen. Bislang hatten dies nur diejenigen getan, die bereits unterschiedlicher Verbrechen gegen das Republikanische Protektorat verdächtigt wurden. Doch nun war keine gerichtliche Anklage mehr nötig – in dieser Beziehung hatte man die Maske fallengelassen. Vorladungen wie die, welche Zeralenn nun erreicht hatte, waren weit verbreitet, und ihr häufiger Gebrauch kündete von der bevorstehenden umfassenden Auslöschung des ganzen Adelsstandes.

Die Kanaille wollte sie alle umbringen; teilweise aus tiefverwurzelter Angst und uraltem Haß, vor allem aber, um sich ihres Besitzes zu bemächtigen.

Aber das ist ungeheuerlich … verrückt … unmöglich.

Keineswegs unmöglich.

Es muß doch noch irgendwo anständige Leute gegeben, die sich das nicht bieten lassen.

Die anständigen Leute sind entweder eingeschüchtert oder irregeleitet oder beides.

»… eine Blutschuld, die eines Tages mit Zins und Zinseszins getilgt werden mag.«

Als ihr auf einmal wieder die Worte in den Ohren klangen, die Dref Zeenoson vor so langer Zeit gesprochen hatte, wich Eliste das Blut aus den Wangen.

Aurelie war gegen derlei Anfechtungen allerdings gefeit. »Na ja, vielleicht sollten wir den Eid halt einfach leisten«, schlug sie vor. »Dann würden sie uns endlich in Ruhe lassen.«

Eliste und Zeralenn starrten sie entgeistert an.

»Oder … oder etwa nicht?« Aurelie wand sich mit Unbehagen. »Warum schaut ihr mich denn so an? Wir sollten diesen Kreaturen sagen, was sie von uns hören wollen, dann kann uns keiner mehr etwas anhaben. Ich weiß, schwindeln ist nicht anständig, aber schließlich läßt man uns ja keine andere Wahl, hab ich recht? Wir können nichts daran ändern, deshalb trifft uns auch keine Schuld. Außerdem ist es ja wohl gleichgültig, was wir *denen* sagen, also was spricht dagegen? Für mich ist die Sache klar.«

»Aurelie, mein Kind.« Die dicke Schminke vermochte Zeralenns Betrübnis nicht länger zu verbergen. »Ich habe deine schlichten, ungehobelten und banalen Bemerkungen schon so häufig mit der Oberflächlichkeit entschuldigt, wie sie der Jugend nun einmal zu eigen ist. Ich habe mir in Erinnerung gerufen, daß du aus gutem Hause stammst, und ich habe darauf vertraut, daß dieses Erbe deine schlimmsten Fehler eines Tages beheben würde. Was ich soeben gehört habe, läßt mich allerdings zweifeln. Ich frage mich, ob es dir nicht vielleicht an einer wesentlichen Eigenschaft mangelt.«

»Wie einem Ei, dem das Dotter fehlt«, schlug Eliste vor. »Wie bei einer Torte ohne Marmelade.«

»Das ist *gemein*, Cousine!«

»In dir ist eine solche Leere, mein Kind – ein Loch, wo andere ihren Stolz, ihre Selbstachtung und ihr Ehrgefühl haben.«

»Das stimmt nicht! Das stimmt nicht! Ich habe große Achtung vor mir – ich habe eine Menge Stolz und Ehrgefühl! Eine ganze Menge! Hört mal, Tantchen, ich schwöre, ich verstehe Euch nicht. Ich hab's nicht bös gemeint. Warum müßt Ihr Euch wegen einer solchen Lappalie dermaßen aufregen?«

»Eben deshalb, weil du nicht begreifst, daß es keine Lappalie ist.«

»Ach herrje! Also wirklich!« Aurelies Wangen liefen rot an, und sie trommelte mit ihren grünlackierten Fingernägeln unruhig auf die Armlehne des Sessels. Ihre braunen Locken waren von einer ebenfalls grünen Strähne durchwirkt. Fingernägel und Haar waren genau in dem Farbton der Kokarde gefärbt, die zu tragen allen ehemaligen Adligen nun per Gesetz vorgeschrieben war. Eliste und Zeralenn widersetzten sich zu Hause dieser Vorschrift. Aurelie trug ihre grüne Kokarde, hatte sich den auferlegten Zwang jedoch auf anrührende Weise zunutze gemacht. Die grünen Akzente standen ihr sonderbarerweise, hellten ihre Haut auf und brachten ihre Augen zum Funkeln. »Wenn ich wirklich so schlimm war, dann tut es mir sehr leid! Aber schließlich seid Ihr es doch, Tantchen, die vom Weglaufen spricht...«

»Stell meine Geduld nicht mit alberner Frechheit auf die Probe. Was mich betrifft, so würde ich am liebsten keinen Schritt vor die Tür tun. Aber ich habe ein erfülltes Leben hinter mir, und was für mich angemessen und schicklich ist, gilt nicht für dich und deine Cousine, die ihr gerade erst am Anfang steht. Ich habe euch dadurch, daß ich euch die vergangenen Monate über hier in der Stadt behalten habe, in Gefahr gebracht, aber das bedaure ich nicht, denn in Zeiten der Not ist von unserer Klasse Mut gefordert, und das sollte man beizeiten lernen. Die Verpflichtung reicht jedoch nicht soweit, daß wir tatenlos dem Tod entgegensehen müßten; und der erwartet uns nämlich, wenn wir hierbleiben.«

Aurelie sah stirnrunzelnd auf ihre Fingernägel.

»Wo sollen wir hin?« fragte Eliste.

»Wo sonst sollten wir hin als nach Strell, um seine Majestät nach Kräften zu unterstützen?«

Eliste zuckte zusammen. Sie hatte sich immer noch nicht an den Gedanken gewöhnt, daß der flüchtige Herzog von Feronte, der sich gegenwärtig im Streller Exil aufhielt, nun der rechtmäßige König von Vonahr war. Das kam ihr beinahe abwegig vor – sie konnte sich kaum vorstellen, daß es jemals wieder einen wahren König geben werde. Vielleicht fand sie den Gedanken an eine Flucht deshalb so erregend. Vonahr war dermaßen heruntergekommen, daß keine baldige Besserung zu erwarten sein würde. Es konnte Jahre, wenn nicht gar Jahrzehnte dauern, ein vernünftiges gesellschaftliches Gleichgewicht wiederherzustellen. Auf einmal wurde ihr klar, wie sehr sie sich wünschte, im Exil abzuwarten, bis es soweit war. Seit Monaten lebten sie nun schon im Schatten der Angst, der Verwirrung und der Not. Sie wollte alldem den Rücken kehren. Sie wünschte sich Behaglichkeit, Überfluß, Sicherheit. Sie wollte, daß alles wieder so würde, wie es sein sollte, und das bedeutete Flucht – einen Neuanfang, irgendwo in einer gewöhnlichen Welt mit vernünftigen Regeln, wo die edle Abstammung regierte, wie es von Natur aus gewollt war. Ja, es war an der Zeit fortzugehen.

»Aber wir können hier nicht weg.« Aurelie stülpte die Unterlippe vor. »Man wird uns nicht aus der Stadt lassen. Am Tor kommen wir nicht vorbei.«

»Es gibt noch einen anderen Fluchtweg.«

Da Eliste ihre Großmutter bereits vor Monaten belauscht hatte, wußte sie, worum es sich handelte; Aurelie hingegen wirkte verständnislos und zweifelnd.

»Der Cavalier vo Meureille hat uns mehrmals angeboten, uns durch einen Tunnel, der unter der Stadtmauer hindurchführt, aus Sherreen hinauszubringen«, erklärte Zeralenn. »Jetzt ist es an der Zeit, sein Angebot anzunehmen.«

»Dann ist *er* das also mit diesem geheimnisvollen Tunnel, von dem wir schon soviel gehört haben – vo Meureille! Aber wie romantisch – wie verwegen – wie *aufregend*! Allein schon der Gedanke, all die Monate über nichts davon gewußt zu haben! Mein Gott, was ist Euer Liebhaber doch für ein Schlauberger, Tantchen! Ich schwöre, ich hatte nicht die leiseste Ahnung …«

»Ich habe dem Cavalier bereits eine Nachricht gesandt«, fuhr Zeralenn fort, als habe sie nichts gehört oder als wollte sie nichts gehört haben. »Und ich rechne mit einer baldigen Antwort, worin er uns Ort und Stunde für eine Zusammenkunft nennen wird. Wahrscheinlich werden wir im Schutz der Dunkelheit aufbrechen, was euch beiden den ganzen Tag Zeit für eure Vorbereitungen läßt. Packt eure Sachen; kleidet euch schlicht und warm. Geht vorsichtig dabei vor. Es ist besser, wenn die Dienstboten nichts davon erfahren.«

»Madame, mißtraut Ihr ihnen etwa?« fragte Eliste leicht verwundert.

»Ganz im Gegenteil. Die Loyalität, die sie dadurch unter Beweis gestellt haben, daß sie in einem adligen Haus ausharrten, hat sie bereits in Gefahr gebracht, und ich möchte ihnen nicht noch mehr Schwierigkeiten bereiten. Wenn sie im voraus um unsere Abreise wüßten, würden sie zweifellos darauf bestehen, uns zu begleiten, und ich möchte nicht, daß sie sich unseretwegen einem solchen Risiko aussetzen. Es ist besser, wenn sie in Sherreen bleiben und nichts von unserem Verbleib wissen.«

»Kairthe kann nicht alleine hierbleiben«, sagte Eliste. »Sie ist ... sie war eine Leibeigene der Derrivalles, eine von uns, daher bin ich für sie verantwortlich.«

»Also schön, Enkelin, du kannst deine Zofe mitnehmen, aber vergiß nicht, sie entsprechend vorzubereiten. Wir können es uns nicht erlauben, unterwegs durch eine Unvorsichtigkeit aufzufallen.«

»Wie werden wir reisen, Madame?«

»Wenn wir die Stadtmauer erst einmal hinter uns gelassen haben, dürfte es uns keine großen Schwierigkeiten bereiten, mit der Postkutsche nach Arenne zu reisen, wo wir Plätze für eine Überfahrt auf einem Schiff nach Strell lösen müssen. Meureille wird sich gewiß um diese Dinge kümmern.«

»Nach Strell. *Strell*, mein Gott! Das ist so weit weg und so fremd.« Aurelies Unterlippe sprang heftig vor. »Eigentlich sehe ich keinen Grund, warum wir fortgehen sollten. Ich glaube nicht, daß uns die Kanaille wirklich etwas tun wird. Schließlich haben wir denen ja auch nichts getan. Wahrscheinlich stimmen die meisten schlimmen Geschichten gar nicht, die uns zu Ohren kommen. Ich begreife immer noch nicht, warum wir diesen belanglosen Eid nicht leisten sollten. Was ist denn falsch daran, ein bißchen daherzuplappern – leere Worte, die wir im Herzen verachten? Was wäre denn schon dabei? Und dann würde man uns in Ruhe lassen, und wir könnten hierbleiben.«

»*Aurelie ...!*« setzte Eliste wütend an, doch eine Geste ihrer Großmutter brachte sie zum Schweigen.

»Ich kann nur hoffen, daß du dir über deine Niedertracht nicht im klaren bist«, erwiderte Zeralenn bedächtig und in so eisigem Ton, wie Eliste sie noch nie hatte sprechen hören. Ihre haselnußbraunen Augen waren so kalt wie der Granit des Nordens im Winter, und sie saß stocksteif da. »Hör mir mal genau zu, dann wirst du es vielleicht verstehen. In meinem ganzen Leben habe ich mich deinetwegen noch nicht so sehr geschämt wie in diesem Augenblick. Du bringst Schande über den Namen deiner Familie, du entehrst die gesamte adlige Ordnung, und ich bedaure es, daß du eine von uns bist. Und merk dir das, Mädchen. Sollte mir noch einmal zu Ohren kommen, daß du davon sprichst, den schändlichen Eid der Reparationisten zu leisten, dann werde ich dich verstoßen. Ich werde dir niemals verzeihen, und du wirst nicht mehr meine Verwandte sein.«

Noch bevor Zeralenn zur Hälfte fertig war, war die verängstigte Aurelie bereits tränenüberströmt. »Aber Tantchen ...«, meinte sie flehentlich.

»Es gibt nichts mehr zu sagen. Ich denke, ich habe mich klar ausgedrückt, und ich glaube, du hast begriffen, daß es mir ernst ist. Das ist alles. Ihr könnt gehen.«

Die beiden Mädchen machten einen Knicks und eilten aus dem Zimmer. Eliste blickte sich rasch noch einmal nach ihrer Großmutter um, die vollkommen gerade dasaß, unnachgiebig und unerschütterlich. Aurelie weinte noch immer. Erst als sich die Tür hinter ihnen geschlossen hatte, ließ auch sie ihren Tränen freien Lauf.

»Das ist ungerecht! Einfach ungerecht! Daß sie so gemein zu mir ist!«

»Aurelie …« Elistes Verärgerung verflog bereits. Ihre Cousine war schließlich bloß ein Kind – flatterhaft und gedankenlos, im Grunde aber vernünftig. Mit der Zeit würde sie sich schon noch bessern – oder vielleicht nicht? »Ich weiß, das war hart von ihr, aber versuch mal zu verstehen, wie tief du sie verletzt hast. Weißt du überhaupt, was der Treueeid bedeutet?«

»Ach, wen kümmert das denn schon? Mich jedenfalls nicht! Hast du gehört, was sie zu mir gesagt hat? Sie begreift einfach nicht, wie verletzlich ich bin, sonst wäre sie niemals so grausam zu mir gewesen! Ach, Cousine, was soll ich jetzt tun? Ich will nicht weg aus Sherreen!«

»Meine Liebe, dir bleibt keine andere Wahl. Begreifst du das denn nicht?«

»Ja, *du* hast leicht reden! *Du* hast ja nichts, was dich hier halten würde, also, was soll's?«

»Ist es nicht das gleiche für uns alle?«

»Cousine, als meine Vertraute und zeitweilige Anstandsdame solltest du es eigentlich besser wissen. Ich habe schließlich … Bayelle.«

»Was, geht das denn noch immer?« fragte Eliste verwundert. Der Vicomte vo Clarivaux wohnte weiterhin in seinem Haus in der Avenue Parabeau, hatte aber schon vor Wochen seinen jungen Sohn und einzigen Erben vorsichtshalber untertauchen lassen. Bayelle war über Nacht verschwunden, und es war kaum anzunehmen, daß jemand, der nicht zur Familie Clarivaux gehörte, seinen Aufenthaltsort kannte. »Ach komm, das ist doch töricht, wahrscheinlich ist unser junger Kavalier bereits aus der Stadt geflohen.«

»Nein, ist er nicht.«
»Das kannst du nicht wissen.«
»Ach, wirklich nicht?« Aurelies Wangen waren naß von Tränen, dennoch lächelte sie jetzt beinahe durchtrieben. »Du glaubst doch nicht etwa, mein Bayelle würde mich im Ungewissen lassen? Das würde er niemals tun – er betet mich an, er ist bis über beide Ohren verliebt! Ich schwöre, er kann ohne mich nicht leben, so ist das!«
»Aha. Dann weißt du also, wo er steckt?«
»Gewiß weiß ich das, aber du mußt verstehen, daß ich ein so großes Geheimnis nicht einmal dir, meiner Vertrauten, offenbaren kann. Dring nicht weiter in mich, es hat ohnehin keinen Zweck. Ich kann nur soviel sagen, daß Bayelle in Sherreen geblieben ist und … Ach, wie sollte ich ihn verlassen, Cousine? Das kann ich nicht – ich kann es einfach nicht!«
»Sei still, Aurelie. Jetzt hör mir mal zu. Wir müssen fortgehen, und es hat wirklich keinen Sinn, deswegen eine Szene zu machen. Du solltest lieber dankbar sein, daß es noch einen Weg nach draußen gibt. Aber dieser Wahnsinn wird nicht ewig währen. Irgendwann wird alles wieder in Ordnung kommen, und wir werden wieder das gewohnte Leben führen. Wenn Bayelle dir so ergeben ist, wie du behauptest, wird er dann nicht auf dich warten?«
»Er würde bis in alle Ewigkeit auf mich warten. Für ihn wird es nie eine andere geben. Das weiß ich. Aber … aber …« Aurelie zog die Stirn kraus. »Was ist, wenn *ich* nun nicht auf ihn warten kann?«
»Ach, ist deine ewige Liebe etwa schon im Schwinden begriffen?«
»Überhaupt nicht. Ich bete Bayelle an, und so wird es auch bleiben. Aber trotzdem – wie du weißt, Cousine, bin ich ein gefühlvoller und leidenschaftlicher Mensch – und mein Gott, es gibt ja so viele hübsche Burschen! Während Bayelles Abwesenheit wer-

den sie mir bestimmt nachlaufen, und was ist, wenn ich nun schwach werde und ihnen nachgebe? Was ist dann?«

»Dann würde ich sagen, daß du einen neuen Verehrer hast.«

»Der aber vielleicht nicht so gut wie der alte ist. Vielleicht würde mir der Wechsel ja nicht zum Vorteil gereichen, vielleicht würde ich ihn bedauern. Das darf ich nicht vergessen.«

»Unmögliches Kind, was soll man nur mit dir machen?«

»Sollte ich ihn verlieren«, überlegte Aurelie, »könnte ich ihn natürlich jederzeit zurückgewinnen. Vielleicht ist es aber auch am besten, einfach an ihm festzuhalten. Warum das Vollkommene ändern? Andererseits, wer weiß, welche Gelegenheiten ich mir dann entgehen lasse?«

»Das sind schwerwiegende Fragen«, stimmte Eliste ihr ernst zu, doch dann, als ihr der Gedanke kam, Zeralenn, ihre Mentorin, könnte ihre eigenen fieberhaften Überlegungen von vergangenem Jahr mit der gleichen überlegenen Nachsicht betrachtet haben, die sie nun Aurelie entgegenbrachte, schwand ihre klammheimliche Belustigung. Das war eine beschämende Vorstellung.

Zumindest schien Aurelie ihren Kummer nun vergessen zu haben. Die Tränen waren getrocknet, und sie stand ruhig da, mit vor der Brust verschränkten Armen und geglätteter Stirn, wenn auch in Gedanken versunken. Eliste stupste sie sanft an. »Komm, wir sollten uns allmählich fertig machen.«

»Aber ich kann mich nicht entschließen – das ist alles zu verwirrend. Ach, was soll's. Ich nehme an, im Augenblick bleibt mir nichts anderes übrig. Cousine, ich habe keine Ahnung, wie man einen Koffer packt; das geht über meinen Horizont. Ich sollte jemanden haben, der das für mich erledigt, aber den habe ich natürlich nicht, daher wirst du mir doch bestimmt deine Zofe ausleihen, nicht wahr?«

»Sobald sie bei mir fertig ist, schicke ich sie zu dir.«

»Oh, danke, vielen Dank! Du bist wirklich eine wahre Freundin!« Nun, da sich ihre Zweifel wieder zerstreut hatten, gab sie ihrer Cousine einen herzhaften Kuß. Hand in Hand rannten die beiden Mädchen die Treppe hoch.

Elistes Vorbereitungen zogen sich unerwartet in die Länge. Zunächst einmal mußte sie Kairthe in den Garten hinunterschicken, damit sie ihre vergrabenen Wertsachen hochholte. Anschließend mußte sie die unentbehrlichsten Kleidungsstücke auswählen, die für das Exil in Strell geeignet wären, und das war gar nicht so leicht. Den überwiegenden Teil ihrer Garderobe würde sie zurücklassen müssen. Die meisten der edlen und sündhaft teuren Kreationen von Madame Nimais gingen – verloren. Das erschien ihr beinahe wie ein Sakrileg; die andere Möglichkeit jedoch, die darin bestand, Prinz vo Plume zurücklassen, schien noch schlimmer.

»Das wird nicht gehen, Herrin«, meinte Kairthe. »Ihr könnt den kleinen Hund nicht mitnehmen. Das wird nicht gutgehen.«

»Tu einfach, was ich dir gesagt habe«, erwiderte Eliste unnachgiebig. »Zwei Löcher vorn, zwei Löcher hinten, eins auf jeder Seite. Widersprich mir nicht, gehorche einfach.«

Kairthe machte sich wieder an die Arbeit. Mit einem scharfen, stibitzten Messer schnitt sie Luftlöcher in den einen Lederkoffer, den Eliste mitnehmen würde. Eine Weile arbeitete sie schweigend, dann sah sie auf und bemerkte: »Plume wird das bestimmt nicht mitmachen, Herrin. Er ist dran gewöhnt, daß immer alles nach seinem Kopf geht.«

»Dann muß er's eben lernen. Das muß ich auch.«

»Er wird kläffen, was das Zeug hält.«

»Nein, wird er nicht, wenn ich ihn erst einmal

soweit habe. Mach schon, du kleine Ratte, friß auf.« Sie fütterte den Hund mit in Kirschlikör getränkten Stücken Schokoladekuchen. Prinz vo Plume schluckte gierig.

»Igitt! Er wird alles wieder auf den Teppich auswürgen, und dann stinkt es hier drin.«

»Nein, wird er nicht. Er wird gleich einschlafen. Wart's ab.«

Diesen Gefallen tat ihr Prinz vo Plume allerdings nicht. Zu Elistes Überraschung verlor er auf einmal jeden Reiz an dem Schokoladekuchen. Er wandte Kairthe das Schnäuzchen zu, seine seidigen Ohren zuckten nach vorn. Einen Augenblick lang starrte er sie an, dann sprang er laut jaulend auf.

»Böser Hund, was ist nur los mit dir? Sei still.«

Das durchdringende Gejaule hielt mit unverminderter Lautstärke an. Prinz vo Plume hüpfte vom Schoß seiner Herrin hinunter und rannte zu Kairthe. Unter lautem Gebell tanzte er um ihre Knöchel herum.

»Was hast du denn, Plume?« fragte Kairthe. »Möchtest du nach draußen?« Sie setzte den Koffer ab und stand auf. Prinz vo Plume stellte sich auf die Hinterbeine und betapste ihr Kleid mit den Vorderpfoten. »Frecher kleiner Teufel, dein Glück, daß du so süß bist, du kannst dir einfach alles erlauben. Also, was *hast* du?« Kairthe schüttelte unwillkürlich ihren langen Rock aus und entdeckte dabei einen kleinen, goldfarbenen Gegenstand, der am Stoff haftete. Mit schwirrenden Metallflügeln erhob sich eine von NuNus Nissen in die Luft und kreiste auf der Suche nach einem Ausgang oder einem Versteck umher. Kairthe schreckte mit einem Aufschrei zurück; dann schnappte sie sich ein zerknautschtes Kissen und schlug wütend auf die Nisse ein. Diese wandte sich geradewegs zum Fenster, das jetzt in der kalten Jahreszeit ohne Fliegennetz war, und stieß dreimal gegen die Fensterscheibe, dann ließ sie sich aufgeregt summend auf dem Brokatvorhang nieder.

»Schlag sie kaputt! Nimm ein Buch!« befahl Eliste und ging hinter einem Stuhl in Deckung.

»Aber wenn sie nun sticht, Herrin?«

»Du hast sie hereingebracht, als du mit Plume Gassi warst! Du bist schuld, und jetzt mach sie tot!«

Kairthe zog gehorsam einen Schuh aus und schlug zu, traf statt der Nisse aber die Fensterscheibe. Das Glas zerbrach, und die mit tödlichen Kenntnissen befrachtete Nisse flog auf das Loch zu. Kairthe schlug mit der bloßen Hand nach ihr, dann zog sie sie mit einem Aufschrei zurück und saugte am gestochenen Handteller. Die Nisse schwenkte zum großen Drehspiegel herum. Laut summend verharrte sie davor in der Luft. Eliste nahm das nächstbeste Buch – *Das Versprechen* von Shorvi Nirienne – und schlug mit aller Kraft nach ihr. Sie traf das Glas, und der Spiegel zerbarst. Kairthe und Eliste schrien auf, Prinz vo Plume bellte und sprang wild umher, während die Nisse davonschwirrte.

Als Eliste ihr das Buch entgegenschleuderte, flog ihr die aufgeregte Nisse geradewegs ins Gesicht. Eliste riß schützend den Arm hoch und schrie auf, als in ihrer Hand ein sengender Schmerz aufflammte. Als sie die Augen wieder aufschlug, stellte sie fest, daß die aufgeregt summende Nisse mit dem Stachel in ihrem Handgelenk festsaß. Zum ersten Mal sah sie das Ding nun aus der Nähe; die geschwungenen, glänzenden Schuppen, mit denen der Leib bedeckt war, die zarten Beine, die goldenen Filigranflügel und die zwölf vorstehenden Facettenaugen. Es war eine wundervoll gearbeitete kleine Maschine, so anmutig wie ein Schmuckstück und zutiefst ekelerregend in seiner blankpolierten Vollkommenheit. Eliste betrachtete sie einen Augenblick lang mit ungläubigem Entsetzen, dann faßte sie sich wieder und befahl: »Pinzette!«

Kairthe brachte ihr den gewünschten Gegenstand. Mit vor Ekel und Schmerz verzerrtem Gesicht zog

Eliste die Nisse aus ihrem Handgelenk. Als der Stachel freikam, atmete sie erleichtert auf. Ein Blutstropfen quoll aus dem Einstich. Die Nisse mühte sich zu entkommen, die Pinzette zitterte zwischen Elistes Fingern. »Das Buch«, befahl sie, worauf Kairthe ihr *Das Versprechen* in die ausgestreckte Rechte legte. Eliste kniete nieder und legte die Nisse auf den Boden, dann schlug sie mit voller Wucht zu, so daß von dem zarten Leib und den zerbrechlichen Flügeln nur noch Goldfolie übrigblieb. Eine Weile zuckten noch die Beine, dann hörte alle Bewegung auf.

»Ein ekliges Ding. Vollkommen widernatürlich.« Kairthe musterte voller Abscheu die glänzenden Überbleibsel. »Ich hasse es.«

Eliste nickte. Geistesabwesend saugte sie an der Einstichstelle, die bereits anzuschwellen begann. »Ich wußte gar nicht, daß die stechen.«

»Man sollte besser Salbe draufschmieren.« Kairthe holte ein Döschen mit hausgemachter Salbe und rieb die entzündete Stelle damit ein. »Es tut mir leid, Herrin, wirklich. Ich war's, die das kleine Miststück hereingeschleppt hat.«

»Nicht deine Schuld. Ich hoffe bloß, daß wir nicht noch mehr davon im Haus haben.«

»Wenn ja, dann wird Plume sie bestimmt wittern. Herrin, was sollen wir sagen, wenn uns jemand fragt, was der ganze Lärm hier bedeutete?«

»Dann sagen wir halt die Wahrheit. Über die Nissen weiß doch jeder Bescheid. Wo wir gerade davon sprechen, am besten verschließt du die zerbrochene Fensterscheibe mit einem Stück Pappkarton, damit nicht noch eine reinkommt.«

Kairthe gehorchte, und gleich wurde es ein wenig dunkler im Zimmer.

Eliste schaute gedankenverloren zu. Ihr Handgelenk brannte, und sie hatte immer noch Herzklopfen, dennoch war sie ausgesprochen zuversichtlich gestimmt.

Die bevorstehende Flucht flößte ihr Vertrauen ein. In ein paar Stunden würde sie nicht nur Sherreen hinter sich lassen, sondern auch die Wände, hinter denen sie eingekerkert war, die Nissen und die Empfindsamen, den Haß der Reparationisten, die Vorhut und das Grab, den immer länger werdenden Schatten der Kokotte, all die ständig wachsenden Ängste, die ihr Leben seit so vielen Monaten verdunkelten.

Eigentlich hatte sie sich nie die Zeit genommen, die Kräfte zu verstehen, die in Vonahr am Werke waren. Sie hatte in den Tag hinein gelebt, voller Groll auf die ständige qualvolle und offenbar unvermeidliche Enge ihrer Welt. Vor allem hatte sie den Verlust der Annehmlichkeiten und Vorrechte beklagt; dann den Verlust der Freiheit und schließlich den von Sicherheit, Geborgenheit und Gerechtigkeit. Das Ausmaß der Unterdrückung war so groß, daß es sich dem konkreten Begreifen entzog. Das für Adlige geltende Verbot, zwischen zwölf Uhr mittags und sechs Uhr abends im Havillac-Park spazierenzugehen, hatte sie stärker empört als der Verlust des Rechtes auf einen gesetzlichen Beistand im Falle einer Vorladung vor das Nationale Tribunal. Das eine war unmittelbar spürbar und höchst ärgerlich; das andere schier unbegreiflich.

Wie viele andere ihres Standes hatte sie dem Glauben angehangen, die Einschränkungen seien bloß vorübergehender Natur und wieder rückgängig zu machen. Gemäß der Vorgaben ihrer Großmutter hatte sie nach Möglichkeit so getan, als habe sich nichts verändert – hatte einfach weitergelebt wie bisher und geleugnet, daß ihr Bewegungspielraum immer enger und enger wurde, bis er irgendwann auf die winzige Kammer im Innern der Kokotte schrumpfen würde.

Und nun würde sie das alles hinter sich lassen.

Die restlichen Vorbereitungen gingen ohne weitere Zwischenfälle vonstatten. Kairthe fegte die Glasscherben auf, dann sägte sie das letzte Luftloch in den Koffer. Prinz vo Plume verputzte die noch übrigen, in Kirschlikör getränkten Kuchenstücke und wurde schläfrig. Kairthe bettete ihn auf einen Stapel Unterwäsche im offenen Koffer, wo er bald darauf ganz einschlief. Eliste grübelte über ihren Kleidern und Schuhen und wählte schließlich ein paar Lieblingsstücke aus. Kairthe ging hinaus, um Aurelie zu helfen und kehrte nach einer Stunde wieder zurück. Und dann blieb ihnen nichts weiter übrig, als darauf zu warten, daß Neuigkeiten eintrafen oder daß sie zu Zeralenn gerufen wurden.

Die Stunden dehnten sich jedoch, ohne daß Zeralenn von sich hören ließ. Gegen Mittag brachte Kairthe ein Tablett mit Speisen, in denen Eliste eine halbe Stunde lang lustlos herumstocherte. Dann brachte man Suppe, Salat und Schnitzel nahezu unberührt wieder weg. Es wurde ein Uhr, dann zwei. Prinz vo Plume erwachte aus seinem Alkoholrausch, sprang aus dem Koffer und schnüffelte im Zimmer umher. Von Zeralenn immer noch keine Nachricht. Drei Uhr. Noch immer nichts. Eliste wunderte sich zunächst, dann wurde sie ärgerlich. Ihre Großmutter erzählte ihr nichts … mißtraute ihr … behandelte sie wie ein Kind …

Gegen fünf, als das winterliche Licht allmählich verblaßte, wandelte sich ihre Verärgerung in Besorgnis. Als sie kurz vor einer Panik stand, wurde sie schließlich in Zeralenns Damenzimmer gerufen. Endlich. Ihre Befürchtungen zerstoben; also waren sie doch grundlos gewesen. Eliste eilte nach unten.

Eliste fand das veränderte Äußere ihrer Großmutter – ein seltenes Zugeständnis an praktische Erfordernisse – begeisternd. Der altmodische Reifrock war ebenso verschwunden wie die steife Turmfrisur und die dicke Schicht Schminke. Zeralenn trug ein schlichtes, elegant geschnittenes Reisekostüm aus grauem Alpaka. Das einfach gekämmte, ungepuderte Haar steckte unter einem breitkrempigen Hut. In ihrem endlich einmal ungeschminkten Gesicht zeigte sich eine müde Zartheit, die ihre unnachgiebige Haltung Lügen strafte.

»Schließ die Tür«, kommandierte Zeralenn. »Ich muß dir etwas sagen, und ich möchte nicht, daß man uns belauscht.«

Eliste gehorchte widerwillig. Sofort war ihr klar, daß sie etwas Unangenehmes zu erwarten hatte, das sie lieber nicht hören wollte. Die Enthüllung ihrer Großmutter übertraf jedoch ihre schlimmsten Befürchtungen.

»Soeben habe ich eine Nachricht von Meureilles Gesinde bekommen«, verkündete Zeralenn. »Das Nationale Wohlfahrtskomitee weiß Bescheid über die Tätigkeiten und die Bedeutung des Cavaliers.«

»Die Nissen ...«

»Wahrscheinlich. Natürlich war es unvermeidlich, daß er irgendwann entlarvt werden würde. Ich wundere mich, daß er das Geheimnis überhaupt so lange wahren konnte. Man hat seine Festnahme angeordnet, und er mußte untertauchen. Sein gegenwärtiger Aufenthaltsort in der Stadt ist unbekannt, daher kann ihn meine Nachricht nicht erreichen. Diesmal dürfen wir vom Cavalier keine Hilfe erwarten.«

»Und unsere Abreise?«

»Ist verschoben.«

Eliste bemühte sich eine Weile, die Fassung zu bewahren, wie man es aufgrund ihrer Herkunft von ihr erwartete. Erst jetzt wurde ihr klar, wie sehr sie mit Meureilles gerade noch rechtzeitiger Hilfe gerechnet hatte. Während der vergangenen dunklen Monate hatte ihr das Wissen um den geheimen Fluchtweg als Talisman gedient und ihre Ängste abgewehrt. Wenn es ganz schlimm wurde, so hatte sie sich häufig versichert, dann könnten sie sich immer noch an den Cavalier wenden. Meureille würde sie retten kommen; Meureille würde sie in Sicherheit bringen. Solange ein Ausweg offenstand, hatte sie das Elend Sherreens einigermaßen gleichmütig ertragen können; doch nun hatte man ihr die Tür vor der Nase zugeschlagen.

»Mach nicht so ein bestürztes Gesicht, Enkelin«, meinte Zeralenn. »Du wirkst zwar einigermaßen vornehm, aber dein Gesicht verrät dich doch. Vollkommene Eleganz erfordert vollkommene Selbstbeherrschung.«

»Um eine elegante Erscheinung mache ich mir im Augenblick keine Sorgen«, erwiderte Eliste leidlich gefaßt.

»Ah, das solltest du aber, und zwar jederzeit. Solange du diese Lehre nicht begriffen hast, hat deine Erziehung noch kaum begonnen. Einstweilen verdienst du noch Nachsicht aufgrund deiner Jugend; ewig hinausschieben läßt sich diese Angelegenheit jedoch nicht.«

»Sollen wir auch noch im Grab auf eine elegante Erscheinung achten, Madame? Zur Freude der Ratten und Wärter?«

»Notfalls ja. Ich ziehe es allerdings vor zu glauben, daß dies nicht nötig sein wird. Wir sind nicht völlig hilflos, Enkelin. Auch wenn Meureille uns jetzt gerade nicht helfen kann, so gibt es doch noch eine andere Zuflucht. Dorthin werden wir uns heute nacht begeben.«

Eliste wußte, worum es sich handelte, obwohl sie sich erst jetzt wieder daran erinnerte. Auf einmal fielen ihr die Einzelheiten der belauschten Unterhaltung ein. Der Cavalier hatte Zeralenn einen Namen und eine Adresse genannt und gemeint: »Der wird Euch helfen, sollte ich aus irgendeinem Grund nicht dazu in der Lage sein.« Darin lag Hoffnung, und sie war bereit, sich an diesen dünnsten Strohhalm zu klammern; gleichwohl besaß sie die Geistesgegenwart, ihr unrechtmäßig erworbenes Wissen für sich zu behalten. Eine Antwort hinunterschluckend, schlug sie ihre allzu vielsagenden Augen nieder und setzte eine fragende Miene auf.

Vielleicht ahnte Zeralenn etwas, denn sie blickte ihre Enkelin durchdringend an, ehe sie fortfuhr: »Es gib ein anständiges, sicheres Haus in der Nähe des Ufermarkts, wo wir ein, zwei Nächte bleiben können, bis Meureille eintrifft und uns aus Sherreen hinausbringt.«

»Ist er nicht vielleicht schon geflüchtet? Hier kann er doch unmöglich bleiben. Jetzt, da man ihn kennt, werden sämtliche Gendarmen und Vorhüter der Stadt Jagd auf ihn machen.«

»Schon möglich, aber Meureille liebt das Spiel zu sehr, um sich über die Risiken den Kopf zu zerbrechen. Sei versichert, daß er seine Standesgenossen nicht im Stich lassen wird, und sei doppelt versichert, daß er nicht säumen wird, *uns* zu Hilfe zu kommen.«

»Aber wie soll er uns finden, Madame?« Elistes Augen waren vielleicht ein wenig zu rund.

»Er kennt den Ort«, erwiderte Zeralenn trocken. »Und nun – da Vorsicht vonnöten ist, habe ich unseren Aufbruch für Mitternacht angesetzt. Dann werde ich einen unserer Leute eine Mietdroschke holen lassen. Dieses eine Mal müssen wir uns eines solch schäbigen öffentlichen Verkehrsmittels bedienen. Ich nehme an, du hast deine Vorbereitungen abgeschlossen. Einstweilen übertrage ich dir die Verantwortung für deine Cousine Aurelie, deren Halbwüchsigengeschwätz ich nicht geneigt bin zu ertragen. Geh nach oben und kümmere dich um euer Gepäck, um deine Cousine und deine Zofe. Erzähle ihnen soviel, wie dir angemessen erscheint – das überlasse ich deinem Urteil. Speise auf deinem Zimmer zu Abend. Schlaf, wenn du kannst, aber nicht zu lange. Komm um zwölf Uhr leise ins Foyer herunter, und dann sagen wir diesem Haus Lebewohl.«

»Und wenn es überwacht wird?«

»Dann wird unser Ausflug nur von kurzer Dauer sein.«

»Madame, das war jahrzehntelang Euer Zuhause. Ich weiß, der Abschied fällt Euch gewiß schwer.«

»Das ist ohne Belang; ich bin nicht sentimental. Enkelin, wir sehen uns um Mitternacht wieder. Und jetzt laß mich allein.« Zeralenn nahm am Schreibpult Platz, ohne daß ihr Rücken die Stuhllehne berührt hätte, und wandte sich einem Stapel Briefe zu. Nach kurzem Zögern zog Eliste sich zurück.

Sie weihte Aurelie und Kairthe nur teilweise ein und erzählte ihnen von unvorhergesehenen Schwierigkeiten, die ihre Flucht aus Sherreen ein wenig verzögern würden. Vom Mißgeschick des Cavalier vo Meureille erzählte sie ihnen nichts, auch nicht von der erhöhten Gefahr, in der sie nun schwebten. Wenn sie nicht von selbst darauf kamen, hatte es keinen Sinn, sie unnötig in Angst zu versetzen.

Kairthe nahm die Neuigkeiten mit großäugigem Ernst auf, der erkennen ließ, daß sie verstand, worum es ging, während Aurelie erleichtert den feuchten Blick zur Decke hob und verkündete: »Das Schicksal will nicht, daß ich von Bayelle getrennt werde.« Eliste enthielt sich einer Entgegnung.

Anschließend dehnten sich die Minuten endlos in die Länge. Eliste verabscheute es zu warten. Das war verlorene Zeit, voller Langeweile und Anspannung, in der man nichts tun konnte; verlorene Zeit, die endlos zu währen schien. An Schlaf war nicht zu denken; es war noch viel zu früh, und sie war hellwach. Sie versuchte zu lesen, zu sticken, sich mit einem Puzzlespiel zu beschäftigen – doch alles ohne Erfolg; sie vermochte sich nicht zu sammeln. Mehr Glück hatte sie, als sie sich einen Skizzenblock vornahm und zu malen begann – eine geträumte Landschaft, die zunächst vollkommen fremd und phantastisch war, sich dann aber wie von selbst mit bekannten Gestalten füllte, darunter ein Pferd, das ihrer roten Hussy stark ähnelte und das von einer langbeinigen Person mit Dref Zeenosons hagerem Gesicht und dunklen Augen geritten wurde; und auf dem Ast eines blühenden Baums ein grauer

Schemen mit wehendem weißem Haar, der ein wenig an Onkel Quinz erinnerte. Wäre Aurelie nicht gewesen, wäre sie ganz aufgegangen im Malen.

Ständig ein und aus gehend, unablässig schwatzend und plappernd, unaufhörlich Schokolademandeln knabbernd und unerwünschte Ratschläge von sich gebend, schien Aurelie zu glauben, sie sei im Begriff, eine Spazierfahrt anzutreten. Ohne jedes Gefühl für die Gefahr, in der sie schwebte, betrachtete sie den mitternächtlichen Ausflug als ein Abenteuer; und ihre Munterkeit war nahezu unerträglich. Eliste ließ sie stundenlang über sich ergehen, und dann, als sie es nicht länger aushielt, suchte sie Zuflucht in vorgetäuschtem Schlaf. Aurelie zog sich daraufhin zurück und schleppte die widerstrebende Kairthe mit, deren Dienste als Friseuse sie schon lange hatte in Anspruch nehmen wollen. In der Stille des dunklen, leeren Zimmers wurde Eliste dann doch noch müde, und sie schlief tief und fest, bis eine leichte Berührung an der Schulter sie wieder weckte. Neben dem Bett stand Kairthe. Die Uhr auf dem Kaminsims zeigte Viertel vor zwölf.

Kurz darauf gingen sie zum Foyer hinunter. Alle drei Mädchen waren warm und schlicht gekleidet, mit dicken Kapuzenumhängen über dunklen Wollkleidern. Kairthe trug Aurelies Handkoffer und eine kleine Tasche mit ihren eigenen Habseligkeiten. Den Koffer mit dem schlafenden Prinz vo Plume trug Eliste selbst. Bedächtige Schritte auf der Treppe, dann geleitete Zeralenn sie entschlossen aus dem Haus.

Die Nachtluft war eisigkalt und schneidend. Eliste zuckte zusammen unter der Wucht des mit abgestandenem Qualmgeruch beladenen Windes. An einem wundervoll klaren, schwarzen Himmel funkelten die Sterne; allerdings schien kein Mond, wofür sie dankbar sein konnten, da NuNus Nissen bekanntermaßen das Licht liebten. Sie arbeiteten bei Mondschein, bei Lampenlicht und notfalls sogar im Licht der Sterne, zogen den Tag jedoch entschieden vor. Der Nissenstich an Elistes Handgelenk brannte immer noch leicht. Sie schaute sich angstvoll um, entdeckte jedoch nirgendwo das verräterische goldene Funkeln. Der vertraute Anblick der baumgesäumten, von Laternen erhellten Straße und der cremefarbenen, sauberen Wohnhäuser erweckte den Eindruck trügerischer Alltäglichkeit. Eliste schüttelte den Kopf. Selbst in diesem Augenblick, da es buchstäblich um ihr Leben ging, vermochte sie es kaum zu glauben. Sherreen war noch immer wunderschön, noch immer vermeintlich friedlich und allem Anschein nach unverändert. Die Stadt vermittelte das gleiche Gefühl von Überfluß, Wohlstand und Sicherheit wie früher; eine Stadt voller Charme, die alle möglichen Freuden versprach. War es denn möglich, daß in einer solchen Umgebung gewalttätiger Wahnsinn herrschte? War es nicht an der Zeit, endlich aus diesem Alptraum aufzuwachen?

Die mit dem scharlachroten Zeichen des Verfassungsgebenden Kongresses – das die Beschlagnahme bedeutete – versehenen verrammelten Türen am Straßenrand bestätigten diese wahnsinnige Wirklichkeit. Als Eliste sich ein letztes Mal umwandte, schlug ihr der kalte Wind in die brennenden Augen. Kairthe schluchzte leise. Zeralenn allerdings nahm sich keine solchen Freiheiten heraus. Ohne sich umzuschauen, geleitete sie ihre Schützlinge zu einer hundert Meter entfernt wartenden Droschke. Sie stiegen ein und nahmen Platz. Zeralenn erteilte dem Kutscher Anweisungen, worauf sich das Gefährt über die Avenue Parabeau in Bewegung setzte.

Eliste kannte den Weg: erst durch die guten und die schlechten Gegenden, dann vorbei am Grab, dessen hohe Türme als tiefschwarze Aussparungen im Sternenhimmel sichtbar waren; und dann über die Vinculum-Brücke hinüber zum Ufermarkt, der jetzt natürlich geschlossen war. Sie fuhren an verrammelten Verkaufsbuden vorbei, an verlassenen Schuppen und Ständen, dann quer über den menschenleeren Marktplatz, auf dem nur ein paar Gendarmen patrouillierten, bei deren Anblick Eliste wie ein Verbrecher zusammenzuckte. Die Gendarmen beachteten die vorbeieilende Kutsche allerdings kaum und ließen sie ungehindert in das an den Markt angrenzende Viertel voller Tavernen, billiger Garküchen und Pfandhäuser weiterfahren. Kurz darauf hielt der Kutscher an; sie waren am Ziel. Zeralenn bezahlte ihn, und die Fahrgäste stiegen in der Nähe der Pumpstation in der Damenschuhstraße aus, an dem sich die Schankkellner und Dienstmägde aus den immer noch belebten Garküchen trafen, um ihre langen Tonpfeifen zu rauchen, zu klatschen und die Zeit totzuschlagen. Selbst jetzt im Winter und zu dieser späten Stunde waren einige von ihnen hergekommen, etwa ein halbes Dutzend Gestalten, die um ein gelb qualmendes, mit Abfall genährtes Feuer herum hockten. Als die Damen aus der Droschke stiegen, stockte die Unterhaltung, und die Schankkellner begafften die Fremden unverhohlen.

Eliste war schon häufig mit der Kutsche in dieser Gegend gewesen, jedoch noch nie zu Fuß. Jetzt, da sie auf die sauberen, schützenden Wände verzichten mußte, wirkte der Ort auf einmal verändert; weitaus bedrohlicher und unmittelbarer als je zuvor. Der Schmutz und der überall wahrnehmbare Verfall, die Gerüche und der Gestank, die übermäßige Nähe der Gemeinen mißfielen ihr; diese republikanische Aura ließ sich aus der Ferne besser genießen. Ihren Gefährtinnen ging es zweifellos ähnlich. Kairthe zappelte unruhig herum, und Aurelie hatte die Nase in einem parfümierten Taschentuch vergraben. Zeralenn ließ sich jedoch nicht beeindrucken. Sie holte einen Stadtplan aus der Tasche, betrachtete ihn eine Weile, dann nickte sie, wandte sich um und marschierte, gefolgt von ihren drei Schützlingen, die Damenschuhstraße entlang.

An der Pechvogelgasse wandte sie sich nach links, dann bog sie an einer namenlosen, mit baufälligen Häusern gesäumten Gasse, in deren zurückgesetzten Eingängen mit Lumpen zugedeckte Vagabunden schliefen, abermals links ab. Nach wiederholtem Abbiegen hatte Eliste jeden Ortssinn verloren. Sie fühlte sich abgeschnitten von allem, was ihr vertraut war, orientierungs- und richtungslos, mit dem Klicken des Elfenbeinstocks ihrer Großmutter auf dem Pflaster als einzigem Wegweiser. Zum Glück schien sich Zeralenn des Weges sicher zu sein, denn der Rhythmus des Klickens geriet kaum einmal ins Stocken. Sie blieb lediglich zweimal kurz stehen, um im Schein einer Straßenlaterne im Stadtplan nachzusehen, was beim zweiten Mal eine neugierige Nisse aufmerksam werden ließ, die Zeralenn beinahe geistesabwesend mit dem Koffer zerquetschte, bevor sie weiterging. Als der Koffer gegen die nächste Hauswand prallte, ertönte ein verräterisches Klirren, das auf den Inhalt schließen ließ: Schmuck. Ja, Zeralenn hatte sich dazu entschlossen, ihre kostbare Sammlung zu retten, und nun spazierte sie mit einem Vermögen in Edelsteinen furchtlos, zudem unbewaffnet und vollkommen schutzlos durch eine der ärmlicheren Gegenden von Sherreen. Eliste fand, daß ihr das ähnlich sah.

Nach einer Stunde des Umherwanderns war Eliste müde und verängstigt. Vom ungewohnten Gewicht des Koffers taten ihr Arm und Schultern weh, und trotz des dicken Kapuzenumhangs war sie völlig durchgefroren. Ihren Gefährtinnen ging es nicht besser. Kairthe mußte zwei Taschen schleppen, während Aurelie, die unbedingt schmale Schuhe mit hohen Absätzen hatte anziehen wollen, inzwischen merklich hinkte. Schlimmer als die Erschöpfung und Unbequemlichkeit war jedoch die Angst. Schließlich waren sie inzwischen durch eine verschlafene Straße nach der anderen gestapft und hätten jederzeit einer Patrouille der Vorhut begegnen können, ohne daß ihre allmählich mythische Ausmaße annehmende Flucht an ein Ziel gekommen wäre; mittlerweile drängte sich die Vermutung auf, daß Zeralenn sie trotz ihrer scheinbaren Zuversicht in die Irre geleitet hatte. Eliste behielt ihre Zweifel eine Zeitlang für sich. Als sie irgendwann im Windschatten eines Alkovens eine kurze Pause einlegten, vermochte sie allerdings nicht länger zu schweigen.

»Wir haben uns verlaufen, nicht wahr?« Ihre geflüsterte Frage war nur für die Ohren ihrer Großmutter bestimmt.

»Keineswegs, Enkelin«, erwiderte Zeralenn in der üblichen Lautstärke. »Ich wundere mich über deine Verzagtheit. Du wirst noch deine Zofe ängstigen.«

»Wohin gehen wir?«

»Zu Meister Xouvies schwarzweißem Haus am Fuße des Hanges, in der Nähe der kleineren der beiden Pumpstationen in der Voutriere-Straße. So hat Meureille es mir jedenfalls beschrieben, denn die Häuser in dieser Gegend haben keine Nummern, glaube ich.«

»Warum dauert es so lange, dorthin zu kommen?«

»Möglicherweise hat uns der humpelnde Gang deiner Cousine ja aufgehalten.«

»Warum sind wir nicht mit der Droschke bis ans Haus gefahren?«

»Sollten wir unsere Gastgeber etwa in diese Gefahr bringen?«

»Und Ihr kennt den Weg, Madame?«

»Keineswegs, aber dafür gibt es schließlich Stadtpläne. Vorausgesetzt, der unsere ist zutreffend, dann sollte die Straße … dort drüben liegen.« Sie zeigte in die Richtung.

Eliste folgte dem ausgestreckten Arm mit den Augen, bis zur Mündung einer unscheinbaren Gasse voller Wohnhäuser und Läden. Auf einem Schild an der Straßenecke stand ein Name, den sie im Dunkeln nicht lesen konnte. »Das ist sie? Die dort drüben?«

»Zweifellos.«

»Ach, endlich!« Das Ende ihrer Wanderschaft vor Augen, faßte sie neuen Mut, und ihre Müdigkeit verflüchtigte sich. »Dann laßt uns doch weitergehen. Es ist so kalt – ich hoffe bloß, dort gibt es ein behagliches Feuer!«

»Und Tee und heiße Schokolade.« Aurelie hatte zum erstenmal seit einer Stunde gesprochen. »Und vielleicht auch etwas Buttertoast mit Zimtzucker. Und vorgewärmte Federbetten mit nach Lavendel duftenden Bezügen. Und jede Menge heißes Wasser und parfümierte Seife. Und aufmerksame Dienstboten, die wissen, was sie zu tun haben.«

»Also, mit Dienstboten würde ich nicht rechnen«, meinte Eliste beschwichtigend. »Das sind keine Edelleute, vergiß das nicht.«

»Aber es handelt sich doch auch nicht um *Abschaum*, oder etwa doch?«

»Leise, Kinder«, ermahnte sie Zeralenn. »Und jetzt kommt.« Sie trat aus der Deckung des Alkovens und tappte weiter, dicht gefolgt von Eliste, Aurelie und Kairthe. Als sie das Straßenschild aus der Nähe betrachteten, sahen sie, daß sie tatsächlich am Ziel waren. Sie hatten die Voutriere-Straße gefunden, und Meister Xouvies schwarzweißes Haus konnte nur noch wenige Schritte entfernt sein. Sie eilten den Hang hinunter, und das Geräusch ihrer Schritte wurde untermalt vom Klicken des fahlweißen Stocks. Der schneidende Wind wehte ihnen Sand und Asche ins Gesicht, doch darauf kam es nicht mehr an. Vorbei an den Häusern mit den geschlossenen Fensterläden und eine steile Böschung hinunter, an deren Ende die Pumpe lag – und ganz in der Nähe ein großes Haus, schwarzweiß und im pittoresken alten Stil erbaut, genau wie Meureille es beschrieben hatte.

Bloß hatte der Cavalier vergessen, die mit Brettern verrammelten Fenster zu erwähnen, die Kette und das

Vorhängeschloß und den großen, scharlachroten Diamanten, der auf die Eingangstür gemalt war. Aus irgendeinem Grund war das Haus in die Hände des Verfassungsgebenden Kongresses gefallen. Ihr ehemaliger Besitzer, Xouvie, mochte tot sein, im Gefängnis sitzen oder aus Sherreen geflüchtet sein; was davon zutraf, ließ sich unmöglich sagen. Dem auf der Vordertreppe modernden Abfall nach zu schließen, war das Haus schon seit einiger Zeit verlassen, dennoch fühlte Eliste sich gedrängt, der Sache auf den Grund zu gehen. Mehrmaliges Klopfen und Pfeifen, gegen die Fenster geschleuderte Kiesel und gedämpftes Rufen führten jedoch zu keiner Erhellung. Mit Sicherheit war niemand im Haus, und das Gebäude selbst schien gegen unerwünschte Eindringlinge gut gesichert.

Ein kalter Wind wehte durch die Voutriere-Straße. Schaudernd hüllte sich Eliste fester in den wollenen Umhang. Irgendwo in der Nähe schlug ein Glockenspiel drei Uhr. Das Bimmeln erstarb, dann herrschte wieder Stille.

Was fangen wir jetzt an?

Das Universum blieb stumm. Der Wind überschüttete sie mit Staub, Dunkelheit und Kälte. Eliste zog sich die Kapuze tief ins Gesicht. Ihre Finger waren steifgefroren und hölzern. Sie wollte nach Hause, zurück zum Haus im Parabeau; und wäre sie allein gewesen, hätte sie diesem Wunsch, so selbstmörderisch er auch war, womöglich nachgegeben. Die Anwesenheit ihrer Großmutter schloß eine solche Aufgabe jedoch aus. Der Wind war unerbittlich. Hätte sie geweint, wären ihr die Tränen auf der Haut gefroren. Am liebsten hätte sie sich auf die Straße geworfen, geschrien und getobt. Statt dessen blickte sie suchend zur Quelle aller Antworten – zu Zeralenn – und stellte bei ihr zum erstenmal Unentschlossenheit fest. Der Wind wurde augenblicklich noch kälter. Sie spürte ihn bis auf die Knochen.

»Laßt Euch etwas anderes einfallen, Tantchen«, sagte Aurelie, bekam jedoch keine Antwort.

Der Wind zerrte an ihnen. Eliste bekam eine Gänsehaut; es gab keinen Ort, an den sie sich hätten wenden können.

Die Leere lastete schwer auf ihr, und es war eisigkalt.

18

Kann nicht nach Hause. Kann in keine Wirtschaft; dort würden wir auffallen. Kann nicht an den Stadttoren vorbei.

Nur noch wenig Zeit, vielleicht nur noch Minuten, bis eine Patrouille von Gendarmen oder Vorhütern auftaucht.

Das wäre das Ende.

Die Gedanken schwirrten und summten wie eingesperrte Nissen durch Elistes Kopf.

Wir können nirgends hin. Nirgends hin. Ach, kann es denn sein, daß es gerade erst ein paar Stunden her ist, daß wir alle noch zu Hause waren, wo wir es behaglich warm hatten, ohne uns zu fürchten, und wo Aurelie von ihrem Verehrer daherplappern konnte?

Aurelies Verehrer. Bayelle vo Clarivaux. Der irgendwo in Sherreen einen sicheren Unterschlupf gefunden hat.

Und sie weiß, wo er sich aufhält.

»Aurelie.« Eliste drehte sich so plötzlich um, daß das jüngere Mädchen zusammenzuckte. »Wo ist Bayelle?«

»Mein Gott, hast du mich erschreckt, Cousine!«

»Tut mir leid. Wo ist er?«

»Was fällt dir eigentlich ein, Cousine? Ich habe ihm Stillschweigen geschworen, wie du weißt, und ich würde lieber sterben, als meinen Schwur zu brechen.«

»Ha! Du würdest doch auch den Treueeid schwören und dann mutwillig brechen, warum solltest du dann ausgerechnet an diesem Schwur festhalten?«

»Cousine, bisweilen befleißigst du dich einer unangenehmen Schärfe, ein Fehler, den ich den Enttäuschungen deines Altjungfernstandes zuschreibe. Aber alles verstehen – heißt alles verzeihen.«

»Das ist wirklich ganz reizend von dir. Und jetzt sag mir, was du weißt.«

»Ausgeschlossen. Was würde Bayelle denn von mir denken?«

»Eine Lappalie. Er würde es schon verstehen. Hör mal, es ist wichtig. Wir müssen irgendwo hin, uns irgendwo verstecken, bevor wir entdeckt werden. Möchtest du vielleicht ins Grab?«

»Ich möchte lieber nach Hause gehen. Ich erfriere allmählich, und die Füße tun mir weh. Ich möchte in meinem Zimmer sein, mit einem warmen Kaminfeuer, einer Tasse Schokolade und mit all meinen Sachen um mich herum. Dieses Herumvagabundieren reicht mir allmählich! Laß uns wieder nach Hause gehen. Wenn wir schlau sind, wird die Kanaille uns schon in Ruhe lassen. Es dürfte doch wohl nicht schwer sein, einen solchen Pöbel zu überlisten.«

»Du weißt ja nicht, was du da redest. Willst du vielleicht in der Kokotte landen?«

»Soweit wird es nicht kommen. Du kannst mir keine Angst machen!«

»Nein? Red schon, Aurelie, oder ich ohrfeige dich. Ich *verprügele* dich!«

»Tantchen!« Aurelie wich hastig zurück. »Hilfe, Tantchen! Sagt ihr, sie soll aufhören!«

»Eliste, erkläre dich«, forderte Zeralenn.

»Ihr heimlicher Verehrer, Bayelle vo Clarivaux ...«

»Verräterin! Du hast versprochen, nichts weiterzuerzählen! Schäm dich, Cousine! Schäm dich!«

»Der junge vo Clarivaux«, fuhr Eliste fort, »hat irgendwo in der Stadt Unterschlupf gefunden. Wahrscheinlich sind Adlige dort sicher, und Aurelie weiß, wo das ist.«

»Stimmt das, Aurelie?« fragte Zeralenn.

»Das ist ein Geheimnis, ein ganz und gar unantastbares Geheimnis. Ich bin nicht wie meine Cousine, auf *meine* Verschwiegenheit ist Verlaß. Ihr wollt doch bestimmt nicht, daß ich mein *Wort* breche, Tantchen?«

»Falls vo Clarivaux einen Sinn für Anstand hat – und angesichts seiner Herkunft darf man das wohl annehmen –, dann wird er freudigen Herzens alles für dich opfern«, erwiderte Zeralenn. »Daher würde er sich in Anbetracht der gegebenen Umstände gewiß wünschen, daß du redest. Du wirst uns jetzt sagen, wo sich der junge Mann aufhält.«

»Aber nein, das werde ich nicht tun – ich könnte es nicht ertragen, daß er schlecht von mir denkt!«

»Rede, und zwar auf der Stelle, sonst bekommst du meinen Stock zu spüren«, erwiderte Zeralenn ruhig.

»Und ich werde dich ohrfeigen«, versprach Eliste. »Und Kairthe werde ich sagen, daß sie dich ebenfalls ohrfeigen soll.«

»Das würde sie niemals tun!«

»Doch, das würde ich, edles Fräulein«, entgegnete Kairthe. »Wenn ich muß.«

»Oh, das ist ungerecht, ihr seid alle gegen mich! Drei gegen einen! Warum schikaniert ihr mich nur so?«

»Bis jetzt schikaniert dich noch niemand«, sagte Eliste. »Und wenn du tust, was man dir sagt, wird dir auch niemand ein Leid zufügen.«

»Leuteschinder! Kommt mir bloß nicht zu nahe!« Aurelie taumelte zurück, bis sie mit dem Rücken gegen die Wand von Meister Xouvies verrammeltem Haus stieß. Als ihre Gefährtinnen nachrückten, entwischte Aurelie zur Hausecke, wo ein großer Holzpfosten das ausladende Dach stützte. Am Fuß des Pfostens hatte sich ein großer Haufen zusammengewehten Abfalls angesammelt. Als Aurelie näher kam, erbebte der Haufen, und leere Flaschen und zerbrochenes Geschirr rutschten herunter. Lumpen und zerknüllte Zeitungen kamen zum Vorschein, während sich eine bislang verdeckte Gestalt langsam aus der Hocke zu voller Größe aufrichtete. Aurelie schrie auf und wich zurück. Eliste zuckte heftig zusammen, und Kairthe schnappte nach Luft. Zeralenn allein verharrte regungslos und scheinbar unbeeindruckt.

Der Mann, der wie eine Fortsetzung des Müllhaufens wirkte – nichts als Lumpen, die in Fetzen an einer verhungerten, skelettartigen Gestalt herunterhingen –, trat langsam aus dem Schatten des Stützpfostens hervor. Das schwache Licht der einige Dutzend Meter entfernten Straßenlaterne fiel auf ein ausgemergeltes, ungewöhnlich häßliches Gesicht mit niedriger Stirn, weit offenem Mund und Schweinsäuglein. Diese an sich schon abstoßenden Züge wurden noch weiter entstellt von der kranken Haut, deren Schuppen, Verkrustungen und sich abpellenden Stellen selbst bei Nacht deutlich sichtbar waren. Ähnliche Schuppen und Fetzen trockener, abgestorbener Haut entstellten auch Arme und Waden des Mannes, die trotz der Eiseskälte unbekleidet waren.

Als die Erscheinung näher trat, sickerte der Gestank von altem Schweiß und Schmutz aus den Lumpen. Eliste wäre am liebsten weggerannt, doch zum Glück blieb der Fremde in einigen Schritten Entfernung stehen und sprach sie mit rauher, krächzender und sogar hämischer Stimme an:

»Ihr braucht eine Unterkunft, stimmt's?«

Keine Antwort.

»Habt wohl Angst, wie? Ist euch unheimlich? Kennt die Gegend nicht? Seid wohl auf der Suche nach einem galanten Ritter. Da habt ihr wirklich Glück gehabt – edle Damen. Ihr habt ihn gefunden, ist das nicht fabelhaft?«

Schweigen.

»Dann schnuppert ihr wohl nur ein bißchen frische Luft, vermute ich; der ergebene Sklave.« Das Lächeln, das diese Bemerkung begleitete, enthüllte schwarze Zähne und geschwollenes Zahnfleisch. »Dann also ... ein armseliges Abendessen, bestehend aus alter Makrele und einer dreifachen Portion Frischfleisch mit einem Beigeschmack von Hammelkeule. Besser so?«

Weder Kairthe noch Aurelie hatten ihn verstanden. Eliste versteifte sich vor ungläubigem Entsetzen, während Zeralenn weiterhin schwieg.

»Verschwinde.« Unwillkürlich nahm Eliste zum Tonfall eisiger Strenge Zuflucht, den sie in Derrivalle gegenüber einem aufsässigen Leibeigenen angeschlagen hätte, doch damit kam sie hier nicht weiter.

»Euer Diener. Edle Dame.« Abermals entblößte der Fremde seine fauligen Zähne. »Ich werde verschwinden, und ihr vier könnt euch hier draußen ruhig solange die adligen Ärsche abfrieren, bis es hell wird und euch eine Patrouille aufgreift. Oder ihr könnt mit mir kommen. Ganz wie ihr wollt.«

»Mit ... mit dir mitkommen?« Eliste war zu überrascht, um verärgert zu sein. »Wer bist du?«

»Eigentlich niemand, in euren Augen allerdings – ein Bettler.«

»Los, sag deinen Namen.«

»Ihr wollt, daß wir uns miteinander bekanntmachen, kleine Marquise? Ihr zuerst.«

»Erkläre dich, Kerl.«

»Ihr habt Glück. Ich kann euch an einen sicheren Ort bringen.«

»Was meinst du damit?«

»Ein Zimmer. Vier Wände. Ein Dach. Kommt ihr mit? Ihr sprecht doch Vonahrisch, oder etwa nicht? Edles Fräulein?«

In der guten alten Zeit hätte sie ihn wegen seiner Unverschämtheit geschlagen. Jetzt traute sie sich das nicht mehr. »Wo ist dieser Ort?«

»Zerbrich dir deswegen nicht deinen kleinen Lockenkopf. Jedenfalls könnt ihr euch dort aufs Ohr legen. Manchmal ist das das einzige, was zählt.«

»Weshalb solltest du uns zu Diensten sein?«

»Denk doch mal nach. Edles Fräulein. Dann wird's dir schon einfallen.«

»Du … oh, du willst Geld von uns haben?« Eliste war an Barzahlung noch immer nicht gewöhnt. In ihrer Welt war das im Grunde unüblich gewesen.

»Ist sie immer so schnell von Begriff?« wandte sich der Fremde an Zeralenn.

Zeralenn achtete nicht auf den Spott. »Wenn ich dich richtig verstanden habe, möchtest du, daß wir dich bezahlen, zweifellos mit einer überhöhten Summe, und dir dann an einen unbestimmten Ort hin folgen?«

»Genau. Edle Dame.«

»Und zwar im Vertrauen auf deinen guten Willen?«

»Gewiß.«

»Es könnte aber sein, daß du weder willens noch fähig bist, dein Versprechen einzulösen.«

»Schon möglich. Das Risiko müßt ihr eingehen. Oder auch nicht, ganz wie ihr wollt.« Er zuckte die Achseln, was die Lumpen erbeben ließ.

Ihre Möglichkeiten waren eingeschränkt und alle gleichermaßen unerfreulich. Der Fremde war widerlich und sein Angebot zweifelhaft, andererseits mußten sie unbedingt vor Tagesanbruch von der Straße wegkommen. Trotzdem, einem solchen Menschen zu folgen … das war denn doch zu phantastisch …

»Noch etwas solltet ihr bedenken.« Der hämische Unterton in seiner Stimme war jetzt nicht mehr zu überhören. »Weist mich ab, und ich laufe zur nächsten Wache – bis dahin ist es nicht weit –, sage den Schweinen mein Sprüchlein auf und kassiere fünf Rs, wenn man euch ergreift. Nicht viel, aber besser als nichts. Wie man's auch wendet, ich mache meinen Schnitt.«

»Elender Halsabschneider«, murmelte Kairthe.

»Es liegt an euch. Edle Damen. Aber entscheidet euch, ich habe nämlich keine Lust, hier zu versauern.«

Der schneidende Wind erleichterte ihnen die Entscheidung. »Wieviel verlangst du?« fragte Zeralenn.

»Einhundert Rekkos.«

»Aber das ist ja Wahnsinn!« rief Eliste unwillkürlich aus.

»Ein gutes Angebot. Zwanzig Rekkos jeweils für die edlen Damen, zwanzig für die kleine Soubrette mit dem losen Mundwerk – Hilfe kommt heutzutage teuer –, und dann kommen noch zwanzig Prozent Aufschlag für den Fungus dazu.«

»Den was?«

»Und glaubt ja nicht, ihr könntet die Kommission runterhandeln. Der Fungus hat uns nämlich überhaupt erst beauftragt, das Haus zu bewachen.«

»Bewachen?«

»Schichtweise, und zwar seitdem Xouvie geschnappt wurde. Glaubt ihr etwa, das hier wäre ein Zufall? Ihr seid nicht die ersten Adligen, die hier herumschleichen. Xouvie war immer rege, daher war anzunehmen, daß sich irgendwann was ergeben würde. Und so ist es ja auch gekommen, und ich hab die Gelegenheit beim Schopf ergriffen.«

Die vereinnahmende Art des Fremden wirkte verstörend. Eliste blickte beunruhigt zu ihrer Großmutter, deren Miene nichts zu entnehmen war, dann meinte sie unsicher: »Du müßtest deinen Auftrag zu unserer Zufriedenheit erfüllen, bevor wir auch nur daran denken würden, dich zu bezahlen.«

Sein plötzlich bellendes Lachen steigerte noch ihr Unbehagen. Aufgrund der Verzerrungen im Gesicht flatterten abgeschälte Hautfetzen von Nase und Wangen davon. Die Antwort sparte er sich.

»Einhundert Rekkos. Hier hast du dein Geld.« Zeralenn reichte ihm mit ausdrucksloser Miene eine Handvoll Geldscheine. »Und jetzt führ uns hin.«

Einen Augenblick lang hatte Eliste das Gefühl, sie könne seine Gedanken lesen. Mit der gleichen Gewißheit, mit der sie ihren Namen wußte, wußte sie, daß er daran dachte, sie auszurauben und sie alle umzubringen. Vielleicht schreckte ihn ihre Zahl ab – sie waren zwar Frauen, dafür aber zu viert. Vielleicht fürchtete er, ihr Schreien werde die Gendarmen auf den Plan rufen. Vielleicht war er aber auch einfach nur weniger gefährlich, als es den Anschein hatte. Die Krankheit, von der er gezeichnet war, hatte womöglich auch seine Kräfte untergraben. Hätte er geahnt, was sich in Zeralenns Koffer befand, hätte er sich davon bestimmt nicht beirren lassen; doch er ahnte es nicht. Nach kurzem Zögern nahm er das Geld und versteckte es unter seinen Lumpen.

Würde er nun, da er seine Bezahlung erhalten hatte, einfach verschwinden? Das war die zweite Möglichkeit.

»Keine Angst. Quenuble wird sechs Rs für euch ausspucken, und die will ich mir nicht entgehen lassen. Ist mehr, als die Reps einem zahlen«, bemerkte der Fremde, als könnte er ebenfalls Gedanken lesen.

»Quenuble?« fragte Eliste. Der Name kam ihr bekannt vor, sie konnte ihn bloß nicht einordnen. »Ausspucken?«

Offenbar hielt er es nicht für angebracht, sie aufzuklären. »Also gut, auf geht's. Bleibt hinter mir und seid leise. Das heißt, falls es euch beliebt – edle Damen.«

Widerwillig gehorchten sie und spazierten kurz darauf durch dumpfige Nebengassen, die wahrscheinlich nicht einmal auf Zeralenns Stadtplan verzeichnet waren.

Natürlich konnte er sie auch geradewegs zur nächsten Gendarmerie führen.

Nein, das wird er nicht tun, sagte Eliste sich mit großer Gewißheit. *Denn wenn er es täte, würde er auch noch die letzte Bequine von den hundert Rekkos verlieren.*

Wohin also?

Der Weg, der sich endlos hinzuziehen schien, nahm in Wirklichkeit kaum mehr als eine halbe Stunde in Anspruch. Zu Elistes Erleichterung ließen sie die dunklen Gassen bald hinter sich und gelangten in eine angenehm saubere Gegend mit alten, aber ansehnlichen Geschäften und Wohnhäusern. Einige Fenster waren erleuchtet. Mehrere Ladenbesitzer waren bereits auf den Beinen und bereiteten sich auf das Morgengeschäft vor, das in ein paar Stunden beginnen würde. Diese heimeligen Anzeichen von Leben und Wärme hätten eigentlich tröstlich sein sollen, dennoch betrachtete Eliste sie voller Furcht. Die Welt erwachte. Die Morgendämmerung rückte näher, und schon bald würden die leeren Straßen voller Menschen sein. Man würde sie trotz ihrer Verkleidung als Edle erkennen. Und dann – keifende Ausfälle, Drohungen und Beleidigungen, Spucke und fliegende Steine, Schläge mit der Faust und mit dem Stock, zerrissene Kleidung und Schlimmeres. Sie erinnerte sich, daß es besonders hitzige Revolutionäre gab, die den Edlen ihre buchstäblich blutroten Diamanten ins Fleisch ritzten. Da diese Gegend recht zivilisiert wirkte, würde man sie vielleicht nur um ihre Ausweise und Passierscheine bitten, die vom zuständigen Bezirksleiter unterschrieben sein mußten; und da sie diese Papiere nicht vorweisen konnten, würde man die Gendarmen oder Vorhüter rufen. So war es bereits vielen Adligen ergangen, darunter auch Gizine vo Chaumelle.

Doch dazu kam es nicht. Ihr Führer geleitete sie um eine Ecke und in eine Straße hinein, die Eliste tatsächlich wiedererkannte: die Cliquot-Straße am Rande des Ufermarktes. Unmittelbar vor ihnen lag auch ein Gebäude, das sie kannte: eine Konditorei, an der sie auf dem Weg zur Neuen Arkade häufig vorbeigekommen war – Meister Quenubles ›Haus der Schwäne‹. Quenuble gehörte nicht unbedingt zur ersten Riege der Sherreener *pâtissiers*, sondern hatte vor allem wohlhabende Bürger und niedere Adlige als Kunden gehabt, denen es an einem Titel und gesellschaftlichem Rang mangelte. Nach den Maßstäben des Beviaire galt er als zweitklassig, dennoch hatten die Düfte, die dem Haus der Schwäne entströmten, und die im Schaufenster ausgestellten Kreationen aus Blätterteig bisweilen Elistes Aufmerksamkeit erregt. Manchmal hatte sie im Vorbeifahren ins Schaufenster geblickt, ohne jemals daran zu denken, den Laden zu betreten. Jetzt aber dachte sie daran, und zwar mit bösen Vorahnungen.

Das Haus der Schwäne nahm das Erdgeschoß eines großen, gediegenen, weitläufigen alten Gebäudes mit ehrwürdiger Ausstrahlung ein. Wahrscheinlich bewohnte die Familie Quenuble die oberen Etagen. Sämtliche ebenerdigen Fenster waren erleuchtet. Der Chefkonditor hatte offenbar bereits damit begonnen, seinen Tagesvorrat an Obsttorten und *mille-feuilles*, an Sahnegebäck und Eclairs, mehrlagigen *gâteaux* und den Brandteigschwänen herzustellen, für die er bekannt war. Das gelbe Licht aus den Fenstern fiel auf eine Gruppe abgerissener, ausgehungerter Gestalten, die sich vor der Tür drängten. Auf die Tür war ein großer, grellroter Diamant aufgemalt. Ähnliche Diamanten verunstalteten die Fensterläden, die Ladenfront und das schwanenförmige Ladenschild über der Tür. Bei diesem Anblick, dessen Wirkung noch verstärkt wurde durch die Anwesenheit der ausgesprochen republikanisch erscheinenden Fremden, wurde Eliste mißtrauisch.

»Warte«, sagte sie zu ihrem Führer. Notfalls war sie bereit, ihn am eitrigen Arm zu zupfen, um sein Gehör zu finden, doch er schaute sich nach ihr um, ohne seinen Schritt zu verlangsamen, und so brauchte sie ihn nicht anzufassen. »Sieh dir das an – das Rot der Reparationisten!«

»Und?«

»Da können wir nicht rein!«

»Dann eben nicht«, meinte er liebenswürdig.

Diesmal mußte sie sich zusammennehmen, sonst hätte sie ihn geschlagen. Tatsächlich zuckte ihr die

Hand, doch dann gewann wieder ihre Umsicht die Oberhand, und sie wandte sich mit angstvoll geweiteten Augen an ihre Großmutter.

»Beunruhige dich nicht«, riet ihr Zeralenn ungerührt. »Wir haben die Würfel rollen lassen; jetzt müssen wir das Spiel auch zu Ende bringen.«

»Aber diese Kreatur führt uns geradewegs zu…«

»Still. Nur Mut. Die Fassung bewahren. Du bist eine Edeldame. Und jetzt komm.«

Es hatte keinen Sinn, mit Zeralenn zu streiten. Eliste konnte ihr folgen, auf der Straße verharren oder das Weite suchen. Sie entschloß sich, ihr zu folgen.

Wenigstens brauchten sie sich nicht zwischen den Bettlern hindurchzuzwängen, die den Eingang verstellten, denn ihr Führer geleitete sie durch eine schmale Gasse, die das Haus der Schwäne vom angrenzenden Gebäude trennte, zu dem mit einem roten Diamanten versehenen Hintereingang, an den er gebieterisch klopfte. Sogleich öffnete ein Mann mit rundem Gesicht und rundem Bauch, von mittlerer Größe und in mittlerem Alter. Die über dem ausladenden Bauch straffgespannte Schürze und die mehlweißen Hände und Unterarme verrieten, daß es sich um den *pâtissier* Quenuble handelte. Auf seinen drahtigen grauen Locken saß eine weiße Mütze mit einem großen roten Diamanten.

»Fetzer, mein Junge, was gibt es?« fragte Quenuble seinen skrofulösen Besucher.

»Sechs Rs bei Übergabe«, antwortete Fetzer.

»Ah – ausgezeichnet! Stimmt genau. So war's vereinbart.«

Eliste beobachtete mit wachsender Besorgnis, wie das Geld den Besitzer wechselte.

Wofür bezahlt er eigentlich? Und warum?

Fetzer zählte den Betrag nach, ruckte mit dem Kopf und machte sich wortlos in die Nacht davon. Eliste bemerkte sein Verschwinden kaum. Sie ließ den Konditor, der sie anscheinend gekauft hatte und sich nun höchst unbeholfen verneigte, nicht aus den Augen.

»Edle Damen, wenn Ihr mir die Ehre erweisen würdet«, lud Quenuble sie ein. »Ganz Euer Diener.«

Es war noch nicht zu spät, diesem vorne und hinten mit dem scharlachroten Zeichen der Reparationisten geschmückten Haus den Rücken zu kehren. Einen Augenblick lang erwog Eliste dies auch.

»Edle Damen, ich stehe zu Euren Diensten. Wenn Ihr so freundlich sein würdet einzutreten«, drängte der Konditormeister mit einer weiteren kläglichen Verneigung. »Ihr seid hier in Sicherheit, in völliger Sicherheit, dessen könnt Ihr versichert sein.« Zwar machte er einen recht verläßlichen Eindruck und wirkte geradezu übertrieben fürsorglich, doch war Eliste bei weitem noch nicht überzeugt.

Und was ist mit diesen abscheulichen roten Schmierereien? Was ist mit der Mütze?

Falls ihre Großmutter ähnliche Zweifel hegte, so ließ sie sich nichts anmerken. Zeralenn nickte dem Konditor durchaus zuversichtlich zu und rauschte an ihm vorbei ins Haus. Ein kurzer Austausch ängstlicher Blicke, dann folgten ihr Aurelie und Kairthe. Eliste zitterte, vor Anspannung wie vor Kälte; sie hoffte, daß ihr dicker Umhang derlei Anzeichen von Schwäche verbarg. Quenuble einen scharfen Seitenblick zuwerfend, trat sie an ihm vorbei in eine mehlbestäubte Kühlkammer, in deren Mitte ein Arbeitstisch mit Marmorplatte stand, auf dem mehrere teilweise zusammengerollte Portionen Blätterteig ausgelegt waren. In der Kammer herrschte annähernd die gleiche Temperatur wie draußen, und Elistes Zittern ließ erst nach, als Meister Quenuble sie in die dahinterliegende helle Küche führte, in deren ausladendem Kamin ein Feuer brannte und deren große Backöfen bereits tüchtig aufgeheizt waren. Die nach Zimt duftende Luft war so überwältigend warm und köstlich wie ein parfümiertes Bad.

Trotz all ihrer Ängste vermochte Eliste einen Seufzer der Erleichterung nicht zu unterdrücken. Sie streifte sich die Kapuze ab, zog die Handschuhe aus und setzte ihre schmerzenden Ohren und steifgefrorenen Finger der tropisch-warmen Luft aus. Wäre es nicht unschicklich gewesen, hätte sie auch noch Schuhe und Strümpfe ausgezogen; ihre Füße fühlten sich taub und hölzern an.

»Suppe, edle Damen. Ihr werdet bestimmt warme Suppe wollen. Heißen Tee? Heiße Schokolade?« erbot sich Quenuble.

»O ja, *und ob*«, flüsterte inbrünstig Aurelie.

»Kommt, laßt mich diese Stühle vor den Kamin rücken.«

Seine Fürsorglichkeit schien die abschreckenden roten Zeichen Lügen zu strafen, und umgekehrt. Eliste war jedoch zu müde, zu durchgefroren und zu verwirrt, um sich darüber zu wundern. Die Küchenwärme wirkte wie ein Betäubungsmittel auf sie und nahm ihr nicht nur die Angst, sondern auch jeden Rest an Kraft. Sie würde schon noch darauf zu sprechen kommen – am besten nach der warmen Suppe und dem Tee. Sie ließ sich auf den nächstbesten Stuhl sinken und streckte die Hände zum Feuer aus. Aurelie tat es ihr gleich, während sich Kairthe, der es verboten war, in Anwesenheit Höherstehender zu sitzen, vor den Kamin kniete.

Zeralenn blieb stehen. Ihre Lippen waren von der Kälte bläulich angelaufen, und sie stand kurz davor, mit den Zähnen zu klappern, allerdings ohne daß ihre feine Ausdrucksweise davon in Mitleidenschaft gezogen worden wäre.

»Meister Quenuble, Ihr seid sehr freundlich, und wir stehen in Eurer Schuld. Wir können Eure Gastfreundschaft jedoch erst dann in Anspruch nehmen, wenn sicher ist, daß wir einander auch verstehen. Meine Begleiterinnen und ich suchen Unterkunft auf unbestimmte Zeit, wahrscheinlich bloß für einige Nächte. Da wir auf Ungestörtheit und Stillschweigen angewiesen sind, vertrauen wir darauf, daß Ihr unsere Abgeschiedenheit gewährleisten werdet. Dafür sollt Ihr reich entschädigt werden.«

»Entschädigt?« Quenuble richtete sich auf. Sein rundliches, freundliches, dümmliches Gesicht bemühte sich wider seine Natur vergeblich um einen Ausdruck von Verletztheit. »Ihr irrt Euch, edle Damen, das tut Ihr wirklich. Ich versichere Euch, daß Ihr Euch in mir täuscht. *Pâtissier* Quenuble läßt sich für seine Gefälligkeiten nicht bezahlen. Laßt uns nicht mehr davon sprechen. Ich bin ein Sherreener, Madame, und loyal – meinem König und meinem Land treu ergeben, so wie mein Vater Quenuble und davor *dessen* Vater Quenuble, wie überhaupt jeder Quenuble, der je gelebt hat. Meine beiden kleinen Jungen werden sich als ebenso loyal erweisen, sonst prügele ich sie grün und blau, um sie Mores zu lehren. Madame, wir Quenubles sind eine ehrbare Familie, und nicht einmal die Edelleute haben unser Backwerk verschmäht. Wiedergutmachung – pah!«

»Ich verstehe.« Zeralenn neigte ernst das Haupt.

Dieses Zugeständnis kam einer Entschuldigung näher als alles andere, was ihren Gefährtinnen je von ihr zu Ohren gekommen war. Meister Quenuble, dessen Empörung augenblicklich in Freundlichkeit umschlug, war zufriedengestellt, doch Elistes Unbehagen hielt an. Sie nickte ihrem Gastgeber dankbar zu, als er ihr einen dampfenden Teller mit Linsensuppe reichte; nippte daran und seufzte erneut, als sich die Wärme in ihr ausbreitete, vermochte sich aber nicht zu enthalten, ihn zu fragen: »Die roten Diamanten auf Eurer Tür und an Eurer Mütze …?«

»Verstellung, edles Fräulein. List und Täuschung – unwürdig vielleicht, aber wie könnte Quenuble seinem König und seinem Land sonst dienen? Aber laßt Euch nicht täuschen, edles Fräulein, ich verabscheue den ekelhaften roten Diamanten. Meine Frau, Madame Quenuble, verabscheut es ebenfalls. Auch meine beiden kleinen Jungen hassen es, falls sie wissen, was gut für sie ist. Soll ich Euch ein Geheimnis verraten, edle Dame? Jeden Abend vor dem Zubettgehen verfluche und schmähe ich den roten Diamanten und spucke ihn auch häufig an. Und meine Frau, Madame Quenuble, hat einen roten Diamanten auf den Boden unseres Nachttopfs gemalt. Schon dies allein würde uns in die Kokotte bringen, sollte es je bekannt werden, aber die Genugtuung ist uns das Risiko wert. Falls Ihr einen beweis wünscht, werde ich den roten Diamanten in Eurer Gegenwart anspucken. Ich werde es sogleich tun, wenn Ihr es wünscht.«

»Das ist nicht nötig«, versicherte ihm Eliste, deren Mißtrauen allmählich schwand. Und dennoch: »Wieso habt Ihr dem Kerl, der uns hierhergeführt hat, Geld gegeben?«

»Ihr meint Fetzer? Ach, schimpft nicht auf Fetzer, edles Fräulein. Ein komischer Kauz, aber gar nicht so schlimm wie er aussieht.«

Das wäre auch nur schwer möglich, dachte Eliste.

»Fetzer ist ein wenig grob, wie alle, die auf der Straße leben – das heißt, wie alle Bettler –, aber alles in allem ist er nicht schlimmer als die anderen auch und schlägt sich halt so durch. Madame Quenuble hat dafür gesorgt, daß sie alle wissen, daß *pâtissier* Quenuble sechs Rekkos zahlt, wenn Edelleute in Not sicher an seiner Haustür abgeliefert werden. Indem ich den Opfern der gesetzlosen Revolution helfe, diene ich insgeheim auch unserem im Exil weilenden König.«

»Dann wissen all diese Bettler dort draußen also darüber Bescheid, daß Ihr flüchtige Edelleute beherbergt?« Abermals verspürte Eliste den Drang wegzulaufen. »Dutzende Leute *wissen,* daß wir hier sind?«

»Viel mehr – hunderte vielleicht«, meinte unbekümmert Quenuble. »Aber gewiß wissen sie Bescheid, edles Fräulein.«

»Kommt, wir sollten fortgehen, solange es noch nicht zu spät ist.« Eliste wandte sich zu ihrer Großmutter, die vor dem Kamin Platz genommen hatte.

»Immer mit der Ruhe, Enkelin«, riet ihr Zeralenn. »Laß uns nachdenken.«

»Nachdenken! Mit der Ruhe! Bis dahin hat eine dieser Kreaturen bestimmt schon die Vorhut alarmiert.«

»Niemand wird etwas Derartiges tun, edles Fräulein«, versicherte ihr Quenuble. »Das ist ausgeschlossen. Sollte es jemand versuchen, dann würden die Brüder seine Überreste in der ganzen Stadt verteilen. Nein, es stimmt schon«, beharrte er, als er ihre Zweifel bemerkte. »Diese Gossenbrüder sind keine Narren…«

»Sie sind noch schlimmer. Sie sind Tiere. Reparationisten.«

»Vor allem sind sie hungrig, edles Fräulein. Und sie sind nicht so dumm wie der Trottel aus der Fabel, der seine letzte Milchkuh geschlachtet hat. Wenn die Vorhut herausfindet, daß sich hier Edelleute aufhalten, dann sind Quenuble und seine ganze Familie am Ende. Ohne Quenuble gibt es keine sechs Rekkos Belohnung mehr. Außerdem würde der tägliche Rest an unverkauftem Gebäck auf ewig versiegen, sollte das Haus der Schwäne die Flügel streichen.«

»Ist das der Grund, warum diese Leute vor Eurer Tür warten?«

»So ist es. In diesem Augenblick verteilt Madame Quenuble gerade Marmeladeröllchen, leicht altbackenen Kuchen sowie Pflaumenbrötchen mit Weinbrandaroma unter den Brüdern, deren Stillschweigen wir uns auf diese Weise sichern.«

»Ihr habt sie mit Kuchen gekauft?«

»Diese Währung ist fester als die meisten«, warf Zeralenn ein.

»Da habt Ihr recht, edle Dame. Ihr habt da eine tiefe

Wahrheit ausgesprochen, deren Bedeutung ich mich meinen beiden kleinen Jungs tagtäglich einzubleuen bemühe.«

Anschließend verlor Eliste allmählich den Faden der Unterhaltung. In dem Maße, wie ihre Befürchtungen schwanden, machte sich die Erschöpfung bemerkbar. Sie wurde still, die Lider sanken ihr herab, und sie nickte wiederholt ein. Aurelie war in einem noch schlimmeren Zustand, sie rieb sich die Augen und gähnte hinter vorgehaltener Hand, während Kairthe sich vor dem Kamin zusammengerollt hatte und ungehemmt schnarchte. Zeralenn saß so aufrecht da wie eh und je, mit unbeugsam geradem Rücken, doch ihr abgespanntes Gesicht verriet ihre Erschöpfung. Als Meister Quenuble dies bemerkte, erbot er sich, sie zu dem ›Geheimgemach‹ zu bringen, wie er sich ausdrückte. In der einen Hand die Kerze, in der anderen Zeralenns Koffer, geleitete er sie aus der Küche, über einen düsteren Gang zur Treppe und hinauf in die dritte Etage. Und dort erwartete sie ein weiterer Gang mit einer Klapptür in der Decke und einer an Scharnieren befestigten Holztreppe – eigentlich eher eine Leiter –, die zum Dachgeschoß hinaufführte. Der Dachboden selbst hatte schräge Deckenbalken und war bis zum Bersten gefüllt. Das schwache Kerzenlicht fiel auf Truhen und übereinandergestapelte Kisten, auf ganze Zimmereinrichtungen aus wurmstichigen Möbeln, auf Bündel, verschnürte Ballen und wirre Haufen von Gerümpel. Ein Bett war jedoch nirgends zu sehen, und es gab auch keinen anderen Raum, oder zumindest schien es so. Dann bahnte Meister Quenuble sich einen Weg durch das Durcheinander zu dem großen alten Schrank, der in der Ecke stand, öffnete die Türen, schob alte Kleidungsstücke beiseite und hantierte darin herum. Ein Schließmechanismus schnappte auf, irgendwelche Federn quietschten, dann teilten sich die Holzbretter an der Rückseite des

Schranks. Die dahinterliegende Öffnung lag im Dunkeln.

»Meine Damen. Edle Damen.« Er winkte sie zu sich.

Sie traten durch den Schrank hindurch, und dann befanden sie sich im ›Geheimgemach‹, einer Nische zwischen Dachschräge und senkrechter Dachbodenwand, die ursprünglich wohl als Rumpelkammer gedient hatte. Vielleicht aber auch nicht. Vor hundertfünfzig Jahren hatten die Opfer der sogenannten Frühjahrssäuberung in den Kellern und auf den Dachböden Sherreens und dessen Umgebung Schutz gesucht. Auf einmal waren unzählige Nischen, Kabuffs, Schlupflöcher und Geheimkammern aufgetaucht, welche die zahlreichen Flüchtlinge aufgenommen hatten. Die meisten Verstecke dienten mittlerweile wieder zur Unterbringung von unbenutzten Möbeln, von Reinigungszeug, Ziegelsteinen, Dachschindeln und Säcken voller Gips. Dieses hier, das einen durchaus bewohnbaren Eindruck machte und offenbar ständig zur Aufnahme von Flüchtlingen bereitgehalten wurde, war mit zwei Pritschen samt Matratzen und Decken ausgestattet; der Boden war mit einem Teppich bedeckt, es gab eine Spiegelkommode, einen Waschtisch mit Schüssel und Krug, eine Bandeisentruhe, einen Kerzenleuchter auf einem Tisch aus rohem Kiefernholz und zwei wacklige Stühle mit spitzen Lehnen, abgedeckte Wasserkrüge an der Wand, einen kleinen Kanonenofen mit Rauchabzug und einen vollen Kohleneimer. Der Raum selbst war bedrückend eng. Mit ausgestreckten Armen konnte man mühelos beide Wände gleichzeitig berühren. Dennoch erstreckte er sich wie ein dreieckiger Tunnel über die ganze Länge des Hauses und erhielt an beiden Enden ein wenig Licht aus Schlitzen, die unter dem Dachgesims versteckt, von der Straße aus kaum zu sehen waren und durch die soeben das graue Licht der Morgendämmerung zu sickern begann.

»Armselig und höchst ungeeignet«, gestand Meister Quenuble. »Aber mehr kann ich Euch im Augenblick nicht bieten. Edle Damen, bevor ich mich zurückziehe, noch ein kleiner Rat. Ihr solltet das Geheimgemach tagsüber nicht verlassen. Nur am Abend, wenn das Tagesgeschäft beendet ist und das Haus der Schwäne seine Türen geschlossen hat, könnt Ihr Euch ohne Gefahr zur Küche hinunterbegeben und Eure Mahlzeiten einnehmen – wenn Ihr uns die Ehre erweisen würdet, auch in Gesellschaft der Familie Quenuble, an deren Schmähungen der reparationistischen Königsmörder Ihr Euch gern beteiligen dürft. Ansonsten ist es geraten, keine unnötige Aufmerksamkeit zu erregen. Der Teppich wird das Geräusch Eurer Schritte dämpfen, aber tretet trotzdem behutsam auf. Sprecht leise; wenn möglich, schreit nicht auf, wenn Ihr eine Maus oder eine Spinne seht. Des weiteren solltet Ihr weder singen noch pfeifen. Laßt die Vorhänge über den Lüftungsschlitzen nach Möglichkeit vorgezogen; vor allem aber bei Nacht, wenn Fußgänger auf der Cliquot-Straße durch den Kerzenschein auf Euch aufmerksam werden könnten. Edle Damen, kann ich mich auf Eure Vorsicht verlassen?«

»Das könnt Ihr«, versicherte ihm Zeralenn.

Eliste teilte die Zuversicht ihrer Großmutter allerdings nicht. So schwer es ihr fiel, ihr Geheimnis zu enthüllen, konnte sie es doch nicht mehr länger aufschieben. »Es gibt da noch eine … eine kleine Schwierigkeit«, gestand sie, und um Fragen zuvorzukommen, öffnete sie den Koffer und holte den schlafenden Prinz vo Plume hervor, der so schlaff und still wie ein weißer Pelzkragen auf ihren Armen ruhte.

Aurelie schnappte überrascht nach Luft, auf Zeralenns Stirn erschien eine senkrechte Falte, und der Konditor schüttelte den Kopf.

»Vermutlich ein lauter, kleiner Kläffer«, bemerkte er.

»Aber nein, er wird schon brav sein.«

»Muß jeden Tag auf die Straße raus, sonst waten wir im Dreck.«

»Vielleicht hättet Eure beiden Jungen Lust, ihn auszuführen – er würde ihnen aufs Wort gehorchen«, schlug Eliste vor. »Vielleicht würde Madame Quenuble Gefallen an ihm finden. Er beherrscht ein paar kleine Kunststücke.«

»Kunststücke, tatsächlich?« Meister Quenuble schwankte einen Augenblick, dann besann er sich wieder. »Es geht nicht. Ein solch kleines, nutzloses Damenspielzeug würde zuviel Aufmerksamkeit erregen – die Leute würden fragen, wo der Hund her ist und wozu er taugt und so weiter. Nein.«

»Das war eine große Dummheit, Enkelin«, bemerkte Zeralenn. »Für ein Tier ist hier kein Platz.«

»Aber er ist nicht nutzlos«, beharrte Eliste und spielte ihren letzten Trumpf aus. »Er ist ein ausgezeichneter Spürhund – er findet NuNus Nissen selbst dort, wo Ihr oder ich sie niemals vermuten würden.«

»Also, wenn er das kann, das wäre wirklich ein Vorteil.«

»Er kann es – ganz bestimmt. Ich habe es selbst gesehen.«

»Hm.« Meister Quenuble betastete nachdenklich sein Doppelkinn. »Dann kommt er in die Küche. Und wenn er eines Tages eine Nisse entdecken sollte – nun, dann hat er seinen Unterhalt mehr als verdient.«

»Ich danke Euch, mein Herr.« Eliste reichte ihm erleichtert ihr Schoßhündchen.

Quenuble ging hinaus. Die Trennwand, die zugleich den Eingang zu ihrem Unterschlupf und die Rückwand des Schrankes bildete, schloß sich hinter ihm. Es dämmerte bereits. Das Licht, das durch die handspannenbreiten Fensterschlitze fiel, wurde immer heller. Räder rumpelten über die Pflastersteine der Cliquot-Straße. Kairthe ließ die dicken, schwarzen Sichtblenden herunter, worauf es wieder stockdunkel wurde.

Sie entkleideten sich nicht ohne Widerwillen in der zugigen Geheimkammer und begaben sich zu ihren Betten – Eliste und Aurelie quetschten sich gemeinsam auf eine Pritsche, Zeralenn schlief allein. Kairthe streckte sich auf dem Boden aus. Eine Zeitlang lag Eliste noch hellwach da, während sie die Ereignisse der Nacht vor ihrem geistigen Auge Revue passieren ließ, voller Anspannung angesichts der gefährlichen Lage, der ungewissen Zukunft, der fremden Umgebung und der ungewohnten und unwillkommenen Nähe von Aurelies bereits entspanntem Körper. Unter solchen Umständen würde sie bestimmt keinen Schlaf finden, dachte Eliste. Nie und nimmer. Und dann schlief sie ein.

Ihr Schlaf war traumlos, tief und von langer Dauer. Als sie die Augen wieder aufschlug, war es später Nachmittag. Aurelies Ellbogen drückte ihr ins Kreuz; wahrscheinlich war sie darum aufgewacht. Sie setzte sich langsam auf und schaute blinzelnd in den dreieckigen Holztunnel. Zeralenn und Kairthe waren bereits angekleidet. So tadellos gepflegt wie eh und je saß Zeralenn am Tisch und schrieb etwas in ein kleines, vergoldetes Tagebuch, das immer das Schreibpult in ihrem Morgenzimmer geziert hatte. Kairthe stand am Waschtisch und wusch Unterwäsche. Nun unterbrach sie ihre Tätigkeit und eilte herbei, um Eliste beim Ankleiden zu helfen. Nie wäre es ihr in den Sinn gekommen, daß eine edle Dame alleine aufstehen oder sich ohne Unterstützung waschen und ankleiden könnte oder sollte. Nicht einmal in den Nachwehen der Revolution war ihr dieser Gedanke gekommen, ebensowenig wie ihrer Herrin.

Nachdem sie das schlichte Wollkleid von vergangener Nacht angelegt hatte, trat Eliste zu ihrer Großmutter an den Tisch. Leise Begrüßungen wurden ausgetauscht, dann beugte Eliste, die Ellbogen auf den Tisch und das Kinn auf die Hände gestützt, sich vor und fragte: »Und nun, Madame?«

»Enkelin?«

»Das ist ein guter Ort, und wir hatten Glück, ihn überhaupt zu finden. Trotzdem sollten wir Sherreen so bald wie möglich verlassen.«

»Offenbar ein schwierigeres Unterfangen, als zunächst angenommen und nicht so ohne weiteres in die Tat umzusetzen.«

»Wir können nicht ewig hier auf dem Dachboden hausen.«

»Immer noch besser als das Grab, wie ich finde.«

»Wenn wir dem Cavalier vo Meureille eine Nachricht schicken und ihm unseren Aufenthaltsort mitteilen könnten, dann würde er sich doch bei uns melden, und wir könnten unseren ursprünglichen Plan durchführen, oder nicht?«

»Allerdings. Aber wie im einzelnen stellst du dir das nun vor, Enkelin? Ich nehme doch an, du hast eine Idee?«

Eliste wurde rot – ihre Großmutter verstand sich noch immer darauf, ihr das Gefühl zu vermitteln, sie sei nichts weiter als ein Dummchen – und saß eine Weile reglos da. *Was würde Dref jetzt wohl sagen?* Dann hatte sie zu ihrer Überraschung tatsächlich einen Einfall.

»Aber ja«, sagte sie, sich der Herausforderung stellend, dabei aber darauf bedacht, einen beiläufigen Ton anzuschlagen. »Das habe ich in der Tat. Meister Quenuble unterhält offenbar beste Beziehungen zur Bruderschaft der Sherreener Bettler. Die Bettler kommen überall hin, wissen alles und suchen bedingungslos ihren eigenen Vorteil, so hat man uns gesagt. Wenn dies alles stimmt, warum bieten wir Quenuble dann nicht eine großzügige Belohnung an, die er demjenigen auszahlen könnte, der Meureilles Aufenthaltsort ausfindig macht?«

Soweit ihr Einfall. Nicht unbedingt ein Geniestreich, aber immerhin besser als nichts.

»Hm. So, so.« Es erfüllte Eliste mit Genugtuung, ihre Großmutter nahezu sprachlos gemacht zu haben. »Das ist gar kein so schlechter Vorschlag. Gar nicht so schlecht. Das müssen wir uns einmal genauer durch den Kopf gehen lassen. Gut gemacht, Enkelin.«

Vor lauter Freude bekam Eliste heiße Wangen. Zeralenn lobte nur selten.

»Wir werden uns mit Meister Quenuble besprechen, sobald ...«

Ein Knarren und ein protestierendes Ächzen von der Pritsche ließ die Unterhaltung stocken. Hinter ihnen regte sich Aurelie und blickte umher.

»O mein Gott – kein Traum.« Sie schloß kurz die Augen und murmelte: »Bring mir eine Tasse Schokolade, Kairthe.«

»Das geht nicht, edles Fräulein«, erwiderte Kairthe mit aufrichtigem Bedauern. »Es gibt auch keinen Tee und keinen Saft. Wir haben nichts, edles Fräulein.«

»Was – nichts!« Aurelie riß die Augen auf und setzte sich kerzengerade hin. »Dann gibt es hier nichts zu essen oder zu trinken?«

»Wasser, edles Fräulein.«

»Pfui, wie scheußlich! Dann geh halt nach unten und hol mir sofort etwas aus der Küche.«

»Aber das kann ich nicht, edles Fräulein! Das dürft Ihr nicht von mir verlangen!«

»Sei kein Dummkopf. Geh schon.«

»Ich kann nicht, edles Fräulein. Ich schwöre, ich darf es nicht!«

»Mein Gott, ist das denn die Möglichkeit, daß dieses Geschöpf mir widerspricht?«

»Das reicht. Laß sie in Ruhe, Aurelie«, herrschte Zeralenn. »Sie ist die Zofe deiner Cousine, nicht die deine. Außerdem hat das Mädchen recht. Wir dürfen diesen Raum nicht vor Anbruch der Dämmerung verlassen. Du mußt dich noch etwa drei Stunden gedulden.«

»Aber Tantchen, ich habe doch einen solchen Hunger, ich halt's einfach nicht mehr aus!«

»Dann fülle deinen Magen eben notfalls mit Wasser. Und sei so gut und sprich leise«, meinte Zeralenn.

»Wasser – wie barbarisch! Also gut, wenn wir unbedingt wie die Wilden leben müssen! Kairthe, bring mir dieses verflixte Wasser, und dann kleide mich an!«

Kairthe gehorchte, und bald darauf gesellte Aurelie sich zu ihren Verwandten am Tisch. »Cousine, wärst du so freundlich, ein wenig beiseite zu rücken, dann können wir uns den Stuhl teilen. Danke. Bitte noch ein Stückchen mehr. Mein Gott, was für eine Prüfung.« Sie setzte sich. »Und was fangen wir nun bis zum Abendessen an?«

»Es steht dir frei, dich in aller Stille nach deinen Wünschen zu amüsieren.«

»Aber was soll ich denn hier *tun*?«

»Ich selbst nehme die Gelegenheit wahr, mein Tagebuch auf den neuesten Stand zu bringen. Wenn du möchtest, kannst du ein paar leere Seiten haben. Es gibt ein volles Tintenfaß und mehrere gespitzte Bleistifte.«

»Was in aller Welt soll ich denn *damit* anfangen?«

»Du hast eine beschränkte Vorstellungskraft, Aurelie, mein Kind. Mit Papier, Tinte und Feder bieten sich nahezu unbegrenzte Möglichkeiten. Du könntest beispielsweise ein Tagebuch beginnen. Du könntest Aufsätze, Gedichte, Lieder oder dramatische Verse verfassen ...«

»Ich bin doch kein blöder Schreiberling!«

»Du könntest rechnen ...«

»Davon bekomme ich Kopfschmerzen!«

»Du könntest Landschaften, Porträts, Stilleben und so weiter zeichnen ...«

»Langweilig!«

»Vielleicht möchtest du ja Kleider und Schmuckstücke entwerfen, die du eines Tages gern tragen würdest«, mischte Eliste sich ein.

»Aber dann würde ich sie auch haben wollen, und was ist, wenn ich sie nie bekomme? Ach, das würde mir das Herz brechen!«

»Du könnst auch Tiere, Vögel und Blumen aus dem Papier falten«, fuhr Eliste fort. »Du könntest es in Stücke reißen und ein Puzzle daraus machen. Du könntest dir Zahlen- oder Wortspiele ausdenken. Du könntest ein Schachbrett malen, dir Figuren zeichnen und Schach spielen – oder irgend etwas anderes. Wir könnten uns ein Kartenspiel zeichnen oder Spielmarken aus Papier und damit Risiko oder Drivendo spielen – oder sogar Antislez, wenn ich ein obranesisches Blatt zeichnen würde. Du könntest …« Allmählich gingen ihr die Ideen aus, während sich in Aurelies Augen noch immer keine Regung zeigte. »Du könntest Briefe an deine Freunde schreiben – zum Beispiel an Bayelle. Du könntest ihm berichten, wie es uns ergangen ist, ihm mitteilen, daß du in Sicherheit bist, dich mit ihm unterhalten, als wäre er hier bei dir …«

»In feurigen Zeilen mein Herz ausgießen, mit einer solchen Tiefe und Leidenschaft, daß ich auf ewig als eine der großen Liebenden der Geschichte gelten werde! Wunderbar! Das würde mir gefallen!« Aurelies Augen funkelten kurz auf, dann fiel sie in ihren früheren Mißmut zurück. »Aber wozu wäre das gut? Was für einen Sinn hat es, Briefe zu schreiben, die nicht abgeschickt werden? Die ganze Mühe wäre umsonst.«

»Du hast recht, im Augenblick kannst du keinen Brief abschicken, aber das wird bestimmt nicht so bleiben. Du mußt dir nur vorstellen, du würdest unmittelbar zu Bayelle sprechen. Gebrauche deine Phantasie – ich weiß, daß du welche hast«, drängte Eliste und stellte Tintenfaß und Feder vor ihre Cousine hin. »Rede dir ein, er sei hier bei dir und blicke dir beim Schreiben über die Schulter.«

»Ach nein, so unfrisiert wie ich bin, würde ich gar nicht wollen, daß er mich sieht. Aber …« Ein wenig widerstrebend nahm Aurelie ein leeres Blatt entgegen, das Zeralenn aus ihrem Tagebuch herausgerissen hatte. »Also, ich glaube, ich werd's mal versuchen. Aber dann brauche ich den Stuhl für mich allein, sonst kann ich nicht denken und nicht schreiben. Das verstehst du doch bestimmt, Cousine.«

»Aber natürlich.« Eliste entfernte sich vom Tisch. Eine Zeitlang beobachtete sie heimlich ihre Cousine. Aurelie wirkte zunächst unentschlossen – sie rang sich einen Satz ab, dann runzelte sie die Stirn und kaute eine Weile auf der Feder herum, bevor sie den nächsten Satz zu Papier brachte. Mit einem Mal aber war der Bann gebrochen; das Stirnrunzeln verschwand, und die Feder, deren Kratzen in der Stille des Raums deutlich zu vernehmen war, flog über das Papier.

Eliste wanderte forschend hin und her, doch es gab nur wenig zu sehen; eigentlich nicht mehr, als sie in der vergangenen Nacht schon auf den ersten Blick wahrgenommen hatte. Der schmale Teppich bedeckte nur den Mittelteil des Raumes und endete jeweils mehrere Schritte vor der Wand. Hinter diesem gepolsterten Bereich knarrten und ächzten die Bodenbretter bei jedem Schritt, so sehr sie sich auch in acht nahm. Mit unendlicher Behutsamkeit näherte sie sich der rückwärtigen Wand und spähte durch den Lüftungsschlitz in das hinter dem Haus der Schwäne befindliche Labyrinth aus ummauerten Hinterhöfen, Gehwegen und Gassen hinunter. Jemand pumpte gerade Wasser in einen Eimer; ein anderer verbrannte aufgehäuftes Gras; eine Katze stolzierte über eine Mauer. Nichts Bedeutsames. Eliste ging zur anderen Seite hinüber, von wo aus sie auf die Cliquot-Straße hinunterblicken konnte.

Diese Aussicht war weitaus reizvoller. Auf der breiten Cliquot-Straße herrschte geschäftiges Treiben. Außer den Läden für Gebrauchsartikel, den Tavernen und Cafés gab es zahlreiche auffällige Händler mit

Handkarren, die alle möglichen Dinge feilboten, von fritierten Windbeuteln bis zu billigen Halstüchern, allerlei Kinkerlitzchen und in einem Fall sogar den Zeitungen aus dem vergangenen Monat. Huren, Bettler und Straßenmusikanten schlenderten umher, die alle unter mehr oder weniger gleichen Voraussetzungen um die wenigen verfügbaren Münzen im Wettstreit lagen. Eliste war sich sicher, daß sie dieser Aussicht nicht so bald müde werden würde. Offenbar geschah ständig etwas. In diesem Augenblick zum Beispiel – ein aufgeregtes Durcheinander, dann wurde die Straße freigemacht, und die Gaffer stellten sich in Dreierreihen am Rinnstein auf. Heftiges Gedränge, hin und wieder setzte es sogar Hiebe. Es wurde gewunken, und Fäuste flogen hoch; Beifalls- und Jubelrufe: »Wiedergutmachung!« Und dann kam vom Ufermarkt her ein kleiner Zug angerumpelt: zwei offene Karren, flankiert von einem Trupp Gardisten und gefolgt von einer Gruppe johlender Patrioten, die auf dem Weg zum Platz der Gleichheit und zur Kokotte waren. Es waren einfache, schwerfällige Karren, die man wahrscheinlich beim nächstbesten Bauernhof beschlagnahmt hatte. Beide beförderten jeweils etwa ein Dutzend gefesselter und nackter Gestalten; Junge und Alte, Männer und Frauen, Gemeine und ehemalige Edelleute, alle bunt durcheinandergewürfelt. Von ihrem vier Stockwerke über der Straße gelegenenen Beobachtungsposten aus vermochte Eliste zwar keine Gesichtszüge zu unterscheiden, doch die unterschiedlichen Posen der Verurteilten – der Winkel und die Neigung des Kopfes, die Haltung des Halses und des Rückens – waren bisweilen äußerst vielsagend; sie drückten alle möglichen Gefühlszustände aus, angefangen von Abgestumpftheit und Verzweiflung über theatralischen Abscheu und Verachtung bis zu bemühter Gleichgültigkeit, von unerschütterlicher Gelassenheit bis zu tränenreicher Aufregung. Auf jedem Karren kuschelten sich ein paar Gefangene zusammen, entweder um sich gegenseitig zu wärmen oder zu trösten. Einer der Männer, eine schlanke, bleichsüchtige Person, nickte der Menge wie ein Schauspieler zu und schnitt Grimassen. Ein anderer von ganz anderer Statur, mit dem muskulösen Körperbau eines Arbeiters und einem kantigen, grobschlächtigen Gesicht, wagte es, laut zu rufen: »Lang lebe der König!« Als Eliste dies hörte, bekam sie feuchte Augen. Falls er noch mehr gerufen hatte, so verstand sie es nicht mehr, denn sogleich erhob sich lautes Gebrüll, ein tosendes Protestgeschrei, das seine Stimme mühelos übertönte. Steine und Dreckklumpen flogen durch die Luft und trafen auf nacktes Fleisch. Einige der Opfer krümmten sich zusammen und fielen auf die Knie nieder, ohne sich mit ihren gefesselten Armen schützen zu können. Andere wiederum beachteten den Unrat nicht. Ein paar übereifrige Bürger, die den Karren zu nahe kamen, wurden von den Gardisten mit Kolbenhieben zurückgetrieben.

Die Karren rollten weiter die Cliquot-Straße entlang. Die Menge harrte noch eine Weile aus, doch als nichts mehr geschah, begannen sich die Zuschauer zu zerstreuen. Eliste stand da wie erstarrt. Dies war das erste Mal, daß sie die berüchtigten Gefangenenkarren gesehen hatte. Seit Monaten hörte sie nun schon davon, und die Wirklichkeit entsprach vollkommen den Beschreibungen; trotzdem hatte sie der Anblick erschüttert. Sie besaß eine zu rege Vorstellungskraft, um sich trösten zu können. Nur allzu deutlich sah sie sich selbst auf einem dieser Karren stehen. Ihr Blickwinkel schien sich zu verändern und abzusenken, und auf einmal war sie selbst dort unten und rollte an der Fassade des Hauses der Schwäne mit seinen unter dem Dachsims versteckten schmalen Lüftungsschlitzen vorbei, aus denen ihr bleiches Gesicht auf sie hinunterblickte. Sie spürte die eiskalte Winterluft auf ihrer nackten

Haut, die Fesseln, die ihr in die Handgelenke schnitten, das Schwanken des Karrens unter ihren Füßen. Zeralenn, Aurelie und Kairthe standen neben ihr auf dem Karren. Aurelie sagte etwas.

»Mein Gott, geht das langsam voran, Tantchen! Wie langweilig!«

»Geduld, mein Kind. Wir kommen noch früh genug an.«

Sonderbar. Dann vernahm sie Stimmen hinter ihrem Rücken; die drei unterhielten sich tatsächlich. Eliste wandte sich vom Fenster ab. Sie fror, obwohl es so kalt eigentlich nicht war.

Sie begab sich zur Pritsche, holte Onkel Quinz' rückseitig vergoldeten magischen Spiegel aus dem Koffer und verlor sich eine Zeitlang in den rosigen Landschaften, durch die keine Karren rumpelten. Bald darauf wurde die gespiegelte Landschaft dunstiger, während das Rosa zu Lavendel abkühlte. Eliste sah auf und stellte fest, daß es draußen dämmerte. Eine halbe Stunde später zog sie an beiden Fenstern die Vorhänge zu und zündete dann auf dem Tisch eine Kerze an, die den Raum mit schwachem gelbem Licht und unsteten Schatten füllte. Kurz darauf verkündete Zeralenn, man könne jetzt nach unten gehen.

Die Bodenbretter knarrten, als sie sich einen Weg über den vollgestopften Dachboden bahnten. Ein wenig Schwierigkeiten mit der Falltür und der Leiter, und dann hinunter; Kairthe, die einen Wasserkrug bei sich hatte, der bereits nachgefüllt werden mußte, bereitete der Abstieg einige Mühe. Dann noch zwei Treppenabsätze bis zur warmen Küche, wo die Familie Quenuble bereits am Tisch versammelt war: der Meister massig und zuckerbestäubt; Madame Quenuble einige Jahre jünger als ihr Gatte, aber ähnlich breit, ebenfalls bestäubt und mit einer Mürbeteigtaille; und die beiden Jungen, Thierre und Breuve, die acht, beziehungsweise zehn Jahre zählten und untersetzte, stämmige verkleinerte Ausgaben ihres Vaters waren. Zu

Füßen des kleinen Breuve Quenuble saß Prinz vo Plume und bettelte, und zwar mit solchem Erfolg, daß er das Eintreten seiner Herrin nur beiläufig zur Kenntnis nahm.

Die Neuankömmlinge wurden herzlich, aber ohne große Förmlichkeiten willkommen geheißen. Man bot ihnen Stühle an, setzte ihnen Schüsseln vor und forderte sie auf, sich selbst vom Schweinefleischragout, vom Brot und vom Rotwein zu nehmen; und dies hätten sie zum erstenmal in ihrem Leben auch getan, hätte Kairthe nicht darauf bestanden, sie zu bedienen. Meister Quenuble schien ihr einen Augenblick lang helfen zu wollen, doch ein scharfer Blick seiner Frau ließ ihn davon Abstand nehmen. Weder Madame noch die Kinder schienen die übertriebene Verehrung, die der *pâtissier* allem entgegenbrachte, was mit dem Adel zu tun hatte, zu teilen. Die Flüchtlinge mochten Loyalität, Ehrerbietung, Beistand, sogar Zuneigung verdient haben; aber sie konnten sich selbst bedienen. Eliste und ihre Großmutter waren es zufrieden, und Aurelie duldete es ohne Murren. Einzig und allein Quenuble und Kairthe fühlten sich offenbar unbehaglich.

Speisen und Unterhaltung waren gut; letztere wurde belebt von Madame Quenubles Klatschgeschichten, die sie tagsüber von Kunden aufgeschnappt hatte, darunter der Bericht von einer Schlägerei am Platz der Gleichheit, die sich vor wenigen Stunden ereignet hatte, als aufgebrachte Bürger über eine Gruppe von Kavalieren und Koketten hergefallen waren, die ihnen mit ihrem gewaltigen und lächerlichen Kopfputz die Sicht auf die Hinrichtung des Herzogs von Rivennier versperrt hatten. Zu den Opfern des heutigen Tages hatten auch mehrere Verwandte des Herzogs v'Estais gehört – darunter seine hübsche Enkelin, eine ehemalige Ehrenjungfer –, sowie ein rothaariger Baron vo Pleniere-v'Orenne und einer der bedeutendsten ehemaligen Gefolgsleute des Königs, der berühmte Vicomte vo Renache.

Merranotte.

Die Namen versetzten Eliste einen Stich. Der Appetit war ihr vergangen, und sie schob die Schüssel beiseite. Die bedeutendsten und edelsten Adligen in einem Atemzug dahin – und die Welt scherte es kaum.

Alles in allem sei es heute nachmittag eine besonders erlesene Auswahl gewesen; und die versammelten Zuschauer, die nicht bereit gewesen seien, sich das Schauspiel der Hinrichtung um der Koketten willen entgehen zu lassen, hätten angefangen, Ziegelsteine und Flaschenscherben zu werfen. Dutzende von Bürgern jeder Seite seien verletzt worden, bevor die Vonahrische Garde eingeschritten sei und die Ruhe wiederhergestellt habe. Die ganze Zeit über seien die Kokotte und ihr oberster Diener Bierce Valeur ruhig ihrer Arbeit nachgegangen und hätten sich vierundzwanzig Verurteilter entledigt, scheinbar ohne die Wurfgeschosse überhaupt zu bemerken. Als der allgemeine Aufruhr endete, sei auch das Spektakel vorbei gewesen. Und allen, die auch nur über einen Funken Verstand verfügten, sei klar geworden, daß die öffentlichen Hinrichtungen eine Bedrohung des öffentlichen Friedens und der Ordnung darstellten, eine Erkenntnis, an der nicht einmal die blutrünstigen reparationistischen Dummköpfe vorbeikämen; zumindest meinte das Madame Quenuble.

Ihr Gatte stimmte ihr zu und ergänzte ihren Bericht nun seinerseits mit den üblichen Beschimpfungen. Diese aufgeweckte Untersuchung des reparationistischen Charakters und ihrer Denkweise schien eines von Quenubles Lieblingsthemen zu sein. Gäste und Familienangehörige wurden ermutigt, sich daran zu beteiligen. Die Besucher lehnten dankend ab, während sich die beiden Jungen in ererbter Begeisterung übten und sich gegenseitig an ausschweifender Sprache und

Erfindungsreichtum zu übertreffen suchten. Der junge Thierre bewies bei seinen Überlegungen zum Ursprung der Reparationspartei besonderen Einfallsreichtum (»Als irgendwann mal eine halbverfaulte, tote, warzige Kröte im Morast lag und die Sonne darauf schien und sie ganz aufgebläht war vom inwendigen Gas und immer größer und größer wurde, bis sie auf einmal zerplatzte, und irgend etwas aus dem klebrigen Zeug hervorkroch – da war der erste Reparationist geboren. Oder wie wär's damit …«).

Breuve stellte Überlegungen dazu an, was man auf einen reparationistischen Angriff erwidern solle. »Wißt ihr, was ich tun würde, wenn mir ein Rep blöd kommt?« fragte er, und dann folgte eine erschöpfende Beschreibung. »Aber du kannst so etwas nicht tun, Liste, du bist schließlich ein Mädchen. Und du hast auch keine zahme Giftschlange oder hohle Wurfpfeile aus Eisen.« Als Besitzerin des ›Zwergs‹, wie die Jungen Prinz vo Plume getauft hatten, genoß Eliste besondere Aufmerksamkeit. Die beiden Kinder hatten sie mittlerweile in die Mitte genommen. »Also tu, was ich dir jetzt sage. Wenn dir ein Rep blöd kommt – dann ramm ihm das Knie in den Schoß und box ihn auf die Nase. So geht das.« Sein Bruder bekundete heftig nickend seine Zustimmung.

»Ich werde dran denken«, versprach ihnen Eliste ernst.

»Jungs, hütet eure Zunge. So spricht man nicht mit einer edlen Dame«, ermahnte sie Meister Quenuble.

So sind halt die Zeiten.

Das Essen war beendet. Bald darauf zogen sich die Jungen unter Protest zurück. An der Küchentür wandte Breuve sich um und fing Elistes Blick auf, dann formte er lautlos die Worte »Ramm ihm das Knie …« Sein Knie fuhr heftig empor. »Und box ihn.« Seine Faust stieß ins Leere. Eliste nickte ihm zu, und die Jungen gingen hinaus. Zeralenn kam nun auf

Elistes Vorschlag zu sprechen, die Sherreener Bettler nach dem Cavalier vo Meureille suchen zu lassen. Unter der Voraussetzung, daß das Geheimnis gewahrt werde, bot Zeralenn demjenigen, der ihr den Aufenthaltsort des Cavaliers nennen würde, einhundert Rekkos als Belohnung.

Die Quenubles griffen den Vorschlag auf und versprachen, den verläßlichsten Bettlern Bescheid zu sagen. Innerhalb weniger Stunden werde die Nachricht den Fungus erreichen, dessen Zustimmung unerläßlich sei; allerdings gäbe es keinen Grund, warum er sie verweigern sollte. Anschließend würden die Bettler überall in der Stadt nach Meureille Ausschau halten. Innerhalb der Sherreener Stadtmauern gab es kein noch so verborgenes, dunkles oder geheimes Versteck, das die Bruderschaft der Straße nicht würde ausspähen können. Es werde Tage, vielleicht sogar ein paar Wochen dauern; doch am Ende werde man Meureille bestimmt finden.

Jetzt, da sie gesättigt und beruhigt in der vom Kaminfeuer erhellten warmen Küche saß, spürte Eliste, wie sich die kalten Knoten in ihr allmählich lösten. Der Konditor und seine Frau waren so freundlich und zuversichtlich, daß es ihr wie eine Beleidigung vorgekommen wäre, ihre Heiterkeit in Zweifel zu ziehen. Außerdem wollte sie gar nicht zweifeln. Sie würden Meureille finden, und sie würden Sherreen mit seinen roten Diamanten, seinen spionierenden Nissen und den zwischen dem Grab und der unersättlichen Kokotte hin und her rumpelnden Karren hinter sich lassen. Das Gefühl alptraumhaften Eingeschlossenseins, das in letzter Zeit geradezu übelkeiterregend gewesen war, würde ein für allemal aufhören. Bis dahin würde es nicht mehr lang dauern – die Quenubles hatten es versprochen –, und dann wäre alles wieder gut…

Es mußte einfach so kommen.

Aurelie hatte kaum einen Mucks von sich gegeben,

seit sie den Dachboden verlassen hatten, doch nun meldete sie Wünsche an. Sie bräuchte Schreibpapier, verkündete sie; außerdem gutes Schreibgerät, neue Federkiele und farbige Tinte. Dann bat sie noch um Essensvorräte, um das stundenlange Eingekerkertsein am Tage zu überstehen.

Die Quenubles waren wunderbar geduldig. Schreibpapier hatten sie keins, dafür boten sie Aurelie mehrere Bögen Einwickelpapier und einen Korb mit Aprikosenkringeln an. Für Eliste und Zeralenn gab es ein kleines Bücherpaket, das ein vergeßlicher Student einmal als Bezahlung für Windbeutel dagelassen und nie zurückverlangt hatte. Eliste hatte noch nie großen Reiz am Lesen gefunden, doch unter diesen Umständen nahm sie die Bücher dankbar entgegen. Nach dem ereignislos verstrichenen Tag hätte sie die Gesellschaft in der Küche gern noch ein wenig länger genossen; für die Quenubles, die früh aufstehen mußten, war es jedoch bereits Schlafenszeit. Die edlen Damen könnten gerne noch eine Weile am Kamin sitzenbleiben, meinte Quenuble, jedoch nicht allzulange. Wenn nachts in der Küche noch Licht wäre, würde dies Neugier erregen, sollte es jemand bemerken. Am besten wäre es, wenn sich die edlen Damen wieder in ihr Versteck begäben.

Eliste pflichtete ihm widerwillig bei. Aber sie wollte nicht zurück. Der Unterschlupf von vergangener Nacht kam ihr schon jetzt wie ein Gefängnis vor; trotzdem hatte der Konditor recht. Wieder die Treppe und die Leiter hoch, über den Dachboden und durch den Schrank; zurück zu bedrückender Enge und geräuschloser Langeweile. Sich in den Schlaf zu flüchten, dafür war es noch zu früh. Es war gerade erst ein paar Stunden her, daß sie aufgestanden waren, und alle vier waren sie hellwach; außerdem schien es am besten, alle Tätigkeiten möglichst auf die Nachtzeit zu beschränken, wenn sich im Haus der Schwäne keine Kunden aufhielten.

Sie machten sich daran, die Zeit auszufüllen. Im Schneidersitz neben dem Tisch, innerhalb der Reichweite der Kerze, auf dem Boden hockend, flickte Kairthe Spitze. Zeralenn stickte – sie sah noch immer außerordentlich gut –, während Aurelie an ihrem unterbrochenen Brief weiterschrieb. Die Sätze flossen ihr nun reichlich und mühelos aus der Feder. Nur selten hielt sie inne, um nach Worten zu suchen, doch bisweilen stockte die Feder, Aurelie sah von ihrer Tätigkeit auf und rief halblaut aus: »Mein Gott, das ist ja so poetisch, das sollte er lesen. *Unbedingt*.«

»Nun, das wird er eines Tages vielleicht auch tun«, antwortete geistesabwesend Eliste. Sie ließ sich auf die Pritsche niedersinken und untersuchte das Bündel Bücher, deren Titel im schwachen Schein der Kerze nur schwer zu erkennen waren. *Weichtiere der Meeresbucht von Douenne. Zweitausend Greej-Muster. Die Glequer Methode der Dreifelderwirtschaft.* Es gab noch mehr Bücher mit ähnlich verlockenden Titeln. Kein Wunder, daß der unbekannte Student sie nie zurückverlangt hatte. Wenigstens war auch einer von Rees-Raas Zhumeaus frühen Ergüssen dabei, das würde reichen. Zum Lesen brauchte sie allerdings mehr Licht; und da beide Stühle besetzt waren, bedeutete das, daß sie sich neben Kairthe auf den Boden setzen mußte. Auf den Boden. Unglaublich. Zu Kairthes Verblüffung tat sie es dennoch. Anschließend fiel es ihr nicht leicht, sich in Zhumeaus idyllische Vorstellungen hineinzufinden. Diese Phantasien, die sie vor zwei Jahren beim ersten Lesen so wunderschön und ergreifend gefunden hatte, kamen ihr nun eher einfältig vor, besonders der Abschnitt über den Goldenen Garten. Bedeutete das etwa, daß sie allmählich alt und bitter wurde und sich verhärtete? Es fiel ihr wirklich schwer, sich für den romantischen alten Zhumeau zu sammeln, doch dieser Zustand würde nicht von Dauer sein. Nicht mehr lange, und der Cavalier vo Meureille würde kommen und sie fortbringen. Wahrscheinlich in ein oder zwei Tagen, spätestens aber in einer Woche.

Es dauerte jedoch viel länger. Während der ersten paar Tage lebte Eliste in einem Zustand ständiger Erwartung, stets darauf gefaßt, ein Knarren im Schrank werde das Eintreffen von Meister Quenuble ankündigen, der eine Nachricht brächte vom Cavalier. Doch die Tage verstrichen ereignislos, und einer war wie der andere. Eliste erfuhr, daß der Fungus dem Plan auf der Grundlage einer fünfundzwanzigprozentigen Beteiligung bereitwillig zugestimmt habe – ein etwas höherer Obolus als üblicherweise, jedoch angesichts der Höhe der Belohnung für die Sherreener Bruderschaft der Straße durchaus annehmbar; und nun schnüffelten die Bettler in allen möglichen Winkeln der Stadt herum. Es war sicher, daß sie irgendwann Erfolg haben würden, doch gab es keine Möglichkeit, die Suche zu beschleunigen, und Meureille war unerwartet schwer zu finden. Eine Woche verstrich, und noch immer gab es keine Spur von ihm. Eine weitere Woche, und der Winter lastete schwer auf Sherreen, während vom Cavalier nach wie vor jede Spur fehlte. Mehrere bitterkalte Tage in Folge; der Matsch in den Straßen verwandelte sich in Granit, das Wasser in Tränken und Springbrunnen gefror. Dann erstarrte selbst der Vir für achtundvierzig Stunden, was noch kein Sherreener je erlebt hatte, wenngleich viele vom ›Schlittern auf dem Fluß‹ hatten erzählen hören. Bestimmt war es der kälteste Vonahrische Winter seit Menschengedenken, und die Stadtbewohner drängten sich zitternd um Kohlenroste und Öfen. Der Schnee bestäubte malerisch Straßen und Plätze, für ein paar Stunden ein hübscher Anblick, allerdings nur solange, bis Füße und Wagenräder die flaumige Bahn zu einer dichten, rutschigen Schicht zusammengepreßt hatten, die wahrscheinlich monatelang vorhalten würde. Spazierengehen war ebenso gefährlich wie unerquicklich, und diejenigen Bürger, die es sich erlauben konnten, zu Hause zu bleiben, taten dies auch. Stille senkte sich über die Stadt; selbst die Bettler schienen zu verschwinden. Und irgendwo im frosterstarrten Sherreen verbarg sich der Cavalier vo Meureille, ebenso unauffindbar und eingekerkert wie ein Krümel am Boden eines Eisfachs.

Eliste übte sich in Geduld, eine Tugend, die ihr bislang wenig erstrebenswert erschienen war. Sie trug mehrere Schichten Kleidung, außerdem noch Strickhandschuhe und eine Mütze. Sie zeichnete, schrieb, komponierte, fing ein Tagebuch an, erfand Spiele und Puzzle, stellte ein hübsches Kartenspiel her, sie stickte, häkelte und las, was immer zur Hand war, selbst *Die Glequer Methode der Dreifelderwirtschaft*. Außerdem verbrachte sie viel Zeit vor dem kleinen Fenster und beobachtete das Treiben auf der Cliquot-Straße. Obwohl sich ihr dort stets ein fesselndes Schauspiel bot, hatte dieser Zeitvertreib seinen Preis, denn nach einer Weile rollte unweigerlich einer der offenen Karren vorbei, der zum Platz der Gleichheit unterwegs war. Sie kamen jeden Tag, manchmal spät am Nachmittag, bisweilen gegen Mittag, selten früher. Die rasche Räumung der Straße und die sich am Bordstein versammelnden Zuschauer kündeten von ihrem Näherkommen. Eigentlich reichte das als Warnung, dennoch harrte Eliste, von morbider Neugier überwältigt, meistens aus. In letzter Zeit kamen die Karren immer öfter zu mehreren, meistens waren es mindestens drei, bisweilen auch fünf, deren jeder etwa ein Dutzend Verurteilter mitführte und von Gardisten und Schaulustigen begleitet wurde. Die Zahl der Opfer nahm ständig zu, während die untere Altersgrenze merklich sank. Als Eliste von ihrem Ausguck aus das erste Mal acht- und neunjährige Kinder neben ihren Müttern auf den Karren stehen sah, krampfte sie die Hände ineinander. Der Anblick löste einen solchen Abscheu und Haß in ihr aus, daß sie eine Zeitlang regelrecht benommen war. Als der Schwindel nachließ und sie mit feuchtkalten Händen und weichen Knien zurücksah, waren die Karren bereits außer Sichtweite. Von da an wappnete sie sich innerlich und nahm die täglichen Züge mit körperlichem Gleichmut auf. Doch ganz gleich, wie sehr sie sich auch verhärtete, den hilflosen Zorn, der beim Anblick der verurteilten Kinder in ihr aufflammte, vermochte sie ebensowenig zu unterdrücken, wie sie die Augen davor verschließen konnte.

Die auf den Karren zusammengepferchten nackten Leiber waren entweder schneeweiß oder bläulich angelaufen, die Verurteilten hatten die Schultern entweder hochgezogen oder sie ließen sie hängen, und sie zitterten in der eisigen Luft. Manche waren übersät mit Blutergüssen, Striemen und gelben Wundblasen; andere wiederum wirkten leblos und geistesabwesend, als wären sie zwar wach, aber nicht mehr ganz bei sich. Eliste hatte von unterirdischen Folterkellern im Grab gehört. Es hieß, dort unten gäbe es Maschinen; alte, magische Gerätschaften, welche die Wahrnehmung beeinflußten, die Sinne, sogar den Verstand... Eliste hatte diese Gerüchte, die von Bettlern und Hausierern verbreitet und zur Essenszeit von Madame Quenuble wiedergegeben wurden, zunächst als übertrieben abgetan. Der Zustand der Verurteilten ließ sich jedoch weder übersehen noch so leicht wegerklären.

Also schienen die Geschichten doch wohl ein Fünkchen Wahrheit zu enthalten. Folter und Tod für ihre Standesgenossen – *aber für welche?* Dieser Gedanke gab ihr keine Ruhe, und die niederträchtige, unbefriedigte Neugier gärte in ihr und wurde immer stärker, bis sie ihr geradezu zu einer Besessenheit wurde. Vergeblich strengte sie die Augen an und betrachtete nacheinander die Verurteilten. Sie befand sich vier Etagen über ihnen. Die ungepuderten, ungelockten und ungekämmten Köpfe hatten sie größtenteils gesenkt, die

Gesichter abgewandt; die halberfrorenen Leiber hatte Eliste noch nie ihrer Seiden- und Brokatgewänder entkleidet gesehen. Unter solchen Umständen war es fast ausgeschlossen, daß sie jemanden wiedererkannte. Bisweilen meinte sie, eine bekannte Stirn oder ein Kinn zu erkennen, eine Silhouette, Haltung, eine Haarfarbe oder einen Gesichtsausdruck. Einmal erspähte sie ein gewöhnliches Profil, daß sie so stark an Rouveel-Nezoir vo Lillevant erinnerte, daß sie sich fast sicher war – aber nur fast. Vielleicht war er es. Nein, sie konnte es nicht mit Sicherheit sagen.

Ganz von allen Neuigkeiten abgeschnitten war sie allerdings nicht. In den täglichen Berichten vom Platz der Gleichheit wurden häufig bestimmte Opfer erwähnt. Eliste wußte, daß Stazzi und Putsie vo Crev beide tot waren. Desgleichen der Cavalier vo Furnaux, die Gräfin vo Brajonard und ihre vier Kinder, der Baron vo Neshille, Arl v'Onarl und so viele andere. Abend für Abend trafen die bekannten Namen sie wie Pfeile, und jedesmal fuhr sie zusammen, während das Gesicht ihrer Großmutter in einer so marmornen Reglosigkeit erstarrte, daß Madame Quenuble schließlich aufmerksam wurde und fortan ihre Berichte der Zensur unterwarf. Trotzdem fielen immer noch neue Namen, häufig als achtlos hingeworfene Bemerkungen seitens der Kinder. Mit jedem Tag wurde die Liste länger. Doch das war nicht Elistes größte Sorge.

Von Zeit zu Zeit durchsuchte die Vorhut die hiesigen Läden und Häuser. Wahrscheinlich hatten sie es auf flüchtige Adlige, Feinde der Revolution, verbotene Schriften, Literatur oder Korrespondenz und niriennistische Pamphlete abgesehen – auf alles, was sich möglicherweise als Beweismittel verwenden ließ. Nach welchen Kriterien die Auswahl der Häuser erfolgte, war unbekannt. Vielleicht verließ sich die Vorhut dabei auf Neuigkeiten, die sie entweder von Spionen oder NuNus Nissen erhielt; vielleicht graste sie gezielt den Stadtplan ab; oder aber sie ließ sich vom Zufall leiten. Eliste hatte durch Breuve und Thierre von den Durchsuchungen gehört, und einmal beobachtete sie selbst eine.

Eisigkalte, winterliche Dämmerung, und eine geschlossene Kutsche mit einem roten Diamanten darauf hält vor dem Stoffladen, der auf der Cliquot-Straße dem Haus der Schwäne schräg gegenüber liegt. Eliste, dick vermummt und wie üblich auf ihrem Beobachtungsposten vor dem Lüftungsschlitz, preßt die Wange an die Wand und kneift die Augen zusammen, um besser sehen zu können. Aus der Kutsche steigen mehrere Soldaten, von deren Mündern es in der kalten Abendluft wie Drachenatem dampft. Die Gruppe teilt sich, ein paar Vorhüter gehen zur Rückseite des Gebäudes, während die anderen durch die Vordertür eintreten. Eine Weile ist nichts zu sehen außer den Schaulustigen, die sich, angelockt von der Kutsche, versammeln, um den Ausgang des Dramas abzuwarten. Dann – Wiederauftritt der Soldaten, die einen Mann und eine Frau mit sich zerren, die – letztere – vergeblich um sich schlägt und kratzt. Hinein in die Kutsche, die Türen zu und weg. Ende der Vorstellung, und das Publikum zerstreut sich rasch. Am nächsten Tag ist der Laden des Textilienhändlers verrammelt, und die Tür ziert das halbmetergroße Zeichen der Beschlagnahme, wie es der Verfassungsgebende Kongreß vorschreibt.

Es hatte den Textilienhändler ohne Vorwarnung erwischt. Ebensogut hätte es den *pâtissier* treffen können. Und Elistes Ängste, die vorübergehend geschwiegen hatten, meldeten sich wieder zu Wort.

Je länger sie in Sherreen blieben, desto größer das Risiko, entdeckt zu werden.

Meureille. Sie brauchten ihn. Wo steckte er bloß – war er vielleicht tot, eingesperrt oder geflüchtet?

Wo steckte er nur?

Das alles war ihr zuwider – das Warten, die Mischung aus Angst und Langeweile, die hilflose Untätigkeit, das nicht endenwollende Erstaunen über die furchtbare Ungerechtigkeit im allgemeinen.

Sie suchte Vergessen in der Regelmäßigkeit des Alltags. Bis spät am Tag schlafen, so lang wie möglich, am besten bis nachmittags. Dann waschen, ankleiden und frühstücken, und zwar Backwaren vom Vortag. Mehrere Stunden unterschiedlicher ruhiger Beschäftigung. Nur hin und wieder gedämpfte Unterhaltung. So wenig umhergehen wie möglich, und dann immer auf Zehenspitzen. Schreiben, zeichnen, Karten spielen, häkeln und eine Weile am Fenster stehen – zuviel Zeit, zu viele Karren, die vorbeikamen, zu viele verurteilte Gesichter, die ihr von ferne bekannt vorkamen.

Teilten die anderen ihre Ängste und ihre Langeweile? Schwer zu sagen, denn einem Gespräch darüber wich man in stillschweigendem Einvernehmen aus. Zeralenn wirkte stoisch gelassen; Kairthe – eine unbedeutendere Zielscheibe als ihre adligen Gefährtinnen, doch aufgrund ihres Dienstverhältnisses ebenfalls höchst gefährdet – bewahrte überwiegend gute Laune; und Aurelie, die für gewöhnlich dazu neigte, sich zu beklagen, war jetzt so mit ihrer einseitigen Korrespondenz mit Bayelle vo Clarivaux beschäftigt, daß sich jeder Mißmut bei ihr verflüchtigt hatte. Sie verfaßte Brief um Brief, mindestens zwei am Tag, manchmal auch mehr, ein jeder vollgestopft mit den allertiefsten Empfindungen, zumindest behauptete das die Schreiberin. Aurelie liebte es, Andeutungen fallen zu lassen und herausfordernde Kommentare abzugeben – »Das wird ihn in Erstaunen versetzen – oh, er wird denken, wie kühn von mir!« »Ich erröte – vielleicht bin ich da zu weit gegangen!« –, doch fragte man nach, bewahrte sie hochmütiges Schweigen – »Aber ich darf nicht darüber reden, das wäre Bayelle gegenüber wohl kaum anständig!« Nach einigen Tagen fielen ihre Gefährtinnen nicht mehr auf den Köder herein, allerdings ohne daß sich ihre Zurückhaltung auf den Umfang des Geschriebenen nachteilig ausgewirkt hätte. Die Briefe kamen in erstaunlich rascher Folge zustande, und Aurelie weigerte sich zu sagen, was aus ihnen wurde – wahrscheinlich verstaute sie sie an einem geheimen Ort. Verärgert über das geheimnistuerische Grienen und Achselzucken ihrer Cousine, hörte Eliste bald auf, danach zu fragen.

Jeden Nachmittag Zwielicht, dann die frühe Dunkelheit des Winters. Aufbruch der letzten Kunden, dann wurde das Haus der Schwäne abgeschlossen, und es ging hinunter in die Küche, wo es Wärme und Licht, Speisen, Unterhaltung, Wein und Gesellschaft gab. Die schönste Zeit des Tages, leider viel zu kurz. Allzubald begab sich die Familie Quenuble zu Bett; und dann noch ein paar Minuten in der Küche, die für gewöhnlich leichten gymnastischen Übungen vorbehalten waren. Hier konnten sie zu den Weisen tanzen, die Kairthe leise summte, und so wiegten und drehten sich die drei Mädchen im Kreis, während Schatten über Wände und Vorhänge schwankten. Zeralenn tanzte nicht, sondern ging auf und ab, mit schnellem Schritt, das bleiche Gesicht vom erlöschenden Feuer mit einem trügerisch rosigen Schein übergossen. Ging das Feuer wirklich aus? Ja, und schon war es wieder Zeit, in ihr prismenförmiges Gefängnis zurückzukehren. Eliste fürchtete diesen Augenblick. Jeden Abend fiel es ihr ein wenig schwerer, die Treppe hochzusteigen und sich wieder auf den Dachboden zu begeben, der ihr mittlerweile ganz zuwider war. Es war dort so still, so beengt – sie lebten wie Mäuse in der Wand.

Ihr Mauseloch lernte sie jedoch an dem Tag erheblich mehr zu schätzen, als die Vorhut das Haus der Schwäne heimsuchte. Sie kamen gegen Mittag, nachdem sich die Konditorei auf magische Weise von allen Kunden geleert hatte. Bei der Durchsuchung selbst gingen die Soldaten, deren Erwartungen offenbar niedrig angesetzt waren, nur halbherzig vor. Hätten sie bestimmte Hinweise gehabt, wären sie gewiß gründlicher gewesen. So wie die Dinge lagen, wirkten sie gleichgültig und beinahe lustlos und kümmerten sich vor allem um Meister

Quenubles pastellfarbene Petits Fours, die von ihnen gleich dutzendweise verzehrt wurden. Dennoch untersuchten sie jeden einzelnen Raum, jeden Schrank, jede Kommode, jede Truhe und jede Schublade. Sie schauten in den Keller, stöberten ein wenig auf dem Dachboden herum und spähten sogar pflichtschuldigst in den Schrank in der Ecke. Die falsche Rückwand befand sich an Ort und Stelle, und die Vorhüter schöpften keinen Verdacht. Sie machten sich sogar die Mühe, die von allerlei Gerümpel verstellte Wand nach Geheimtüren abzusuchen, doch davon konnten die vier in der dahinterliegenden Kammer Versteckten nichts wissen. Für Eliste hörte es sich an, als werde der Dachboden auseinandergenommen. Auf dem Boden kniend und ein Ohr an die Wand gepreßt, hörte sie jeden einzelnen Schritt, jedes Knarren und Poltern, jedes Brummen und Murmeln. Neben ihr kauerten Kairthe und Aurelie und lauschten ebenfalls; alle drei Mädchen hielten sich fest bei den Händen und wagten kaum zu atmen. Zeralenn saß am Tisch, vertieft in *Die Glequer Methode der Dreifelderwirtschaft*, und schien die Anwesenheit der Soldaten gar nicht wahrzunehmen.

Dumpfe Schläge, Gepolter und Flüche; an der Schranktür wurde heftig gerüttelt. Das schien ewig so weiterzugehen, als dauerte dieser eine Augenblick mit seiner verdichteten Angst endlos an.

Stimmen in nur wenigen Metern Entfernung; Aurelies lange Fingernägel, die sich in Elistes Handgelenke gruben; das Gefühl, einem unerträglichen Druck ausgesetzt zu sein. Und dann sich entfernende Schritte, leiser werdende Stimmen. Gepolter auf der Leiter, dann war der Dachboden wieder leer. Eliste machte sich los, richtete sich auf, schlich zum Lüftungsschlitz und spähte auf die Cliquot-Straße hinunter. Kurz darauf kamen die Vorhüter mit leeren Händen aus dem Haus der Schwäne hervor und eilten von dannen, um anderswo ihr Glück zu versuchen. Eliste lehnte sich mit ihrem ganzen Gewicht an die Wand und verharrte minutenlang vollkommen reglos.

Das Mauseloch hatte zweifellos sein Gutes. So gut versteckt und praktisch eingerichtet, wie es war, gab es vielleicht in ganz Sherreen keinen besseren Unterschlupf. Aber das Beste war nicht gut genug, eine Wahrheit, die in den folgenden Tagen und Nächten immer deutlicher offenbar wurde, da Prinz vo Plume in dieser Zeit nicht weniger als drei von NuNus Nissen erwischte, zwei im Laden und eine in der Küche. Den Nissen machte das kalte Wetter nichts aus. Die drei vom Hund entdeckten Eindringlinge wurden sogleich zerquetscht, doch konnte man sich darauf verlassen, daß weitere bald folgen würden; und wie lange würde es dauern, bis eine Nisse Plumes Aufmerksamkeit entging? Früher oder später würde es soweit sein; und die zweite Durchsuchung seitens der Vorhut würde wesentlich gründlicher ausfallen als die erste.

Eliste wurde gequält vom wiederkehrenden Bild eines Stundenglases, das sich rasch leerte. Ihr Gefühl von Dringlichkeit war stark und machtlos; sie konnte nicht das geringste tun. Die Tage verstrichen, und ihre Spannung wuchs, raubte ihr den Appetit und den Schlaf. In der Nacht, nachdem sieben Karren mit Verurteilten die Cliquot-Straße entlanggerumpelt waren, fand sie überhaupt keinen Schlaf – es war der größte Zug, den sie je gesehen hatte; groß genug, sollte man meinen, um der Kokotte Verdauungsprobleme zu bereiten. Am nächsten Tag war es wieder das gleiche. Offenbar blieb die Kokotte unbeeindruckt davon, was man von Eliste nicht sagen konnte, die sich Sorgen machte und sich zweifellos in einen Zustand nervöser Überreizung hineingesteigert haben würde, wäre nicht endlich eine Nachricht eingetroffen, die besagte, man habe Meureilles Aufenthaltsort entdeckt.

19

Er hielt sich ganz in der Nähe auf. Genaugenommen weniger als eine Meile entfernt; versteckt im Hinterzimmer einer Pension am Ende der Riquenoir-Straße. Eigentlich fast in Sichtweite; allerdings hatten seine Freunde und Anhänger das Geheimnis so gut gewahrt, daß die Bruderschaft der Straße über einen Monat gebraucht hatte, um ihn aufzuspüren. Schließlich war er aber doch ausfindig gemacht worden; und nun, an einem strahlendblauen, eiskalten Wintermorgen, kündete das Eintreffen eines Bettlers, der eine Nachricht vom Cavalier vo Meureille bei sich trug, die er gegen die versprochene Belohnung auszuhändigen bereit war, von ihrem Erfolg.

Eliste erwachte von einem Klopfen am Schrank aus einem unruhigen Schlummer. Erschreckt setzte sie sich im Bett auf. Neben ihr versteckte sich Aurelie wie ein furchtsames Kaninchen unter der Decke. Kairthe wachte auf und erhob sich vom Boden, doch Zeralenn, die sehr früh aufgestanden und bereits angekleidet war – oder war sie noch immer auf? –, befand sich bereits an der Trennwand und schob den Riegel zurück und die Trennwand beiseite, worauf der aufgeregte Breuve Quenuble eintrat. Der Junge verkündete die Neuigkeit mit so triumphierender Miene, daß Zeralenn sogleich überzeugt schien. Ohne Zögern reichte sie ihm einhundert Rekkos in Scheinen, bei deren Anblick er beeindruckt die Augen aufriß. Ehe Eliste protestieren konnte, war er wieder verschwunden.

»Wo ist der Beweis?« fragte sie verspätet. »Madame,

Ihr hättet doch wohl besser einen Beweis von ihm verlangen sollen, bevor ihr ihn bezahlt?«

»Ich kann es mir nicht leisten, zu feilschen.« Zeralenn hatte es schon immer fertiggebracht, bei ihrer Einstellung zum Geld das Notwendige mit einer völligen Gleichgültigkeit zu verbinden.

Sich ein Achselzucken verkneifend, stand Eliste auf und kleidete sich alleine an, während Kairthe Aurelie behilflich war. Erst als sie fertig waren, kehrte Breuve zurück und brachte die Nachricht mit.

»Meureilles Handschrift, kein Zweifel.« Zeralenn entfaltete sorgfältig das kleine Blatt Papier und las ohne Eile, während sich ihre Gefährtinnen um sie versammelten und ihr über die Schulter schauten. »Siehst du, Enkelin – deine Ängste waren vollkommen unbegründet. Der Cavalier ist wohlauf, wie ich vermutet habe. Er möchte, daß wir uns heute um Mitternacht am Südbogen unterhalb des Ufermarkts mit ihm treffen, von wo aus er uns zum Tunnel geleiten wird. Anschließend werden wir mit der Kutsche nach Arenne weiterreisen und von dort aus mit dem Segelschiff nach Strell. Unsere Not hat ein Ende, wie es scheint.«

Ein Ende! Eliste konnte es kaum glauben. Sie mußte die Nachricht selbst lesen, sie in Händen halten und sich vergewissern, daß sie Wirklichkeit war. Kairthe war nicht minder ergriffen und betrachtete staunend die Worte, die sie nicht lesen konnte. Allein Aurelie wirkte unbeeindruckt. Sie stand ein wenig abseits und flüsterte Breuve etwas ins Ohr, woraufhin dieser nickte. Kurz darauf ging der Junge, doch Eliste bemerkte sein Verschwinden kaum. Endlich! Sie klammerte sich an die Aussicht auf Flucht, und es dauerte eine Weile, bis ihr Sinn für das Praktische die Oberhand über ihre Aufregung gewann. Sie mußten sich fertigmachen, ihre Habseligkeiten zusammenpacken, ihren erstaunlich großzügigen Gastgebern Lebewohl sagen und …

Und das war es eigentlich auch schon. Leer und nahezu endlos gähnte vor ihnen der Tag – eine lange, lange Abfolge von Stunden, die sich zwischen Morgen und Mitternacht erstreckten. Eine schier endlose Zeitspanne; aber war das nicht jeden Tag so gewesen?

Aber jetzt ist Schluß damit. Wir kommen hier raus.

Die Erregung wogte durch sie hindurch. Auf einmal war sie voller Kraft, ohne daß sie gewußt hätte, was sie damit anfangen sollte. Mit dem Packen war sie nach wenigen Minuten fertig. Das letzte wichtige Gepäckstück – Prinz vo Plume – würde sie erst im letzten Augenblick im Koffer verstauen. Ansonsten – blieb nichts mehr zu tun. Und es war gerade erst Vormittag, Stunden vor ihrer üblichen Aufstehzeit, dennoch war an ein Weiterschlafen nicht zu denken. Sie war hellwach, und daran würde sich auch nichts ändern.

Der längste Tag. Der längste Tag, den es je gegeben hatte, aufgebläht von heuchlerischem Gespräch, lustlosen Partien Risiko, schlampig ausgeführten Handarbeiten. Nur einmal ergab sich eine wirkliche Ablenkung, und zwar am Nachmittag, als sich Eliste, gedrängt von einer unwiderstehlichen Eingebung, zum Lüftungsschlitz begab und auf die Cliquot-Straße hinunterspähte. Unwillkürlich hatte sie genau den Zeitpunkt gewählt, da die Karren mit den Verurteilten vorbeikamen; sieben waren es heute. Auch diesmal konnte sie sich nicht abwenden und sah alles mit an.

Aber zum letzten Mal.

Stunde um Stunde verstrich. Die Schatten auf der Straße wurden unmerklich länger; der Schnee auf den Dächern rötete sich ein wenig, dann wurde die Luft grau. Und dann schickte sich die Sonne tatsächlich an unterzugehen, die Welt vor dem Fenster dunkelte unbestreitbar, und das Haus der Schwäne schloß für heute die Pforten. Noch immer waren es viele Stunden bis Mitternacht, doch nun wurde die Langeweile vom üblichen Abstieg zur Küche unterbrochen.

Die letzte Mahlzeit mit der Familie. Pastinakeintopf mit geschnetzeltem Hammelfleisch, Brot und Rotwein. Meister Quenuble und Madame wirkten außergewöhnlich angeregt, wahrscheinlich um ihr Unbehagen zu verbergen. Die beiden Jungen übermütig, neugierig; erregt von der Heimlichtuerei und betrübt über den Verlust des Prinz vo Plume. Eliste stellte fest, daß sie die Quenubles vermissen würde; außerdem würde sie sich um sie Sorgen machen.

Die Mahlzeit endete, dann verabschiedeten sich die beiden Jungen mit würdevollem Händeschütteln, denn küssen hätten sie sich niemals lassen. Allerdings standen dem jungen Thierre die Tränen in den Augen, als er sich von Prinz vo Plume verabschiedete: »Daß ihr den Zwerg aber auch ja gut füttert!« Und Breuves abschließende Ermahnung: »Denk dran, 'Liste. Wenn man dir blöd kommt – hoch das Knie, und eins auf die Nase!«

Und dann waren sie weg. Madame folgte ihnen.

Meister Quenuble erbot sich, bis um halb zwölf, der festgesetzten Stunde des Aufbruchs, mit ihnen aufzubleiben. Er würde das Gepäck vom Dachboden heruntertragen, auf der Straße nachsehen, ob keine Patrouillen in der Nähe waren, und rechtzeitig für eine Droschke sorgen. Dies sei ihm ein Vergnügen, versicherte er mit solcher Überzeugungskraft, daß Eliste ihm auch tatsächlich glaubte. In ihrer Zeit im Beviaire hätte sie eine solche Freundlichkeit niemals für möglich gehalten, sondern sich schon über die bloße Vorstellung lustig gemacht. »Selbstlosigkeit ist nichts weiter als die Verfeinerung überwältigender Leere«, hätte sie vo Renache zitiert. *Tot, er ist tot.* Jetzt war sie gezwungen, sich neu zu bedenken.

Endlos zogen sich die Stunden hin. Die Nacht rollte sich zusammen wie eine sterbende Schlange. Das Kaminfeuer erlosch; die Stille wurde tiefer. Dann das Gepäck vom Dachboden herunterschaffen und den schläfrigen, duldsamen Schoßhund verstauen. Meister Quenuble verschwand für einen Augenblick; dann durch die Küche und den stillen Laden zur Eingangstür, vor der die Droschke wartete. Keine Patrouillen in Sicht. Keine Fußgänger. Nicht einmal die Bettler ließen sich blicken, die sich bei milderem Wetter in den angrenzenden Hauseingängen aufgehalten hätten. Heftiges Händeschütteln an der Tür, dann schlug ihnen die eisigkalte Winterluft ins Gesicht. Eliste wandte sich ein letztes Mal zum Haus der Schwäne mit seinen trügerischen roten Diamanten um. Meister Quenuble stand im Eingang. Das Licht der einen Kerze, die er bei sich hatte, wurde von einer metallenen Stelle am Türpfosten gespiegelt. Ehe sie dieses goldene Aufblitzen einordnen konnte, versetzte es Eliste auch schon in Panik. Ein eisiges inwendiges Zusammenzucken, und sie zeigte darauf. *Nachts schwärmen sie nur selten aus.* Meister Quenuble folgte ihrem Zeigefinger mit den Augen und entdeckte die am Türpfosten sitzende Nisse NuNus; fast beiläufig zog er seinen schweren Schuh aus und zerquetschte die Nisse geschickt mit einem einzigen Schlag. Ungerührt lächelnd hob er den Schuh in die Höhe und zeigte ihnen die plattgedrückte Goldfolie an der Sohle. Und dieses Bild trug Eliste mit sich, als sie über den Gehsteig zur wartenden Droschke eilte.

Nochmaliges Winken durch das Fenster, dann holterdiepolter los.

Über den Ufermarkt bis zum Südbogen war es nur eine kurze Fahrt, die kaum eine Viertelstunde währte. Der Markt selbst war nahezu verlassen, die Verkaufsbuden waren verrammelt, und die übliche nächtliche Gesellschaft hatte irgendwo vor der Kälte Unterschlupf gesucht. Für Eliste jedoch, dem Dachbodenkerker gerade erst entronnen, war der Anblick neu, sogar erregend, und die ganze Zeit über drückte sie sich die Nase an der Fensterscheibe platt.

Holterdiepolter, und dann ragte auch schon der von Laternen erhellte quadratische Südbogen vor ihnen auf. Keine Menschen in Sicht, und das war im Augenblick auch gut so. Wenn der Cavalier schon da war, dann würde er sich hüten, sich der unbekannten Kutsche und deren Fahrer zu zeigen.

Endstation. Die Fahrgäste stiegen aus, und die Droschke fuhr davon. Vorsichtig eilten sie über den festgetrampelten Schnee zum Brückenbogen, der nur geringen Schutz bot, und dort suchten sie zitternd, aber belebt vor dem Wind Unterschlupf.

Sie brauchten nicht lange zu warten, höchstens drei oder vier Minuten, dann tauchte eine vermummte, mit einem Umhang bekleidete Gestalt aus der Dunkelheit einer Gasse auf und näherte sich zielstrebig dem Bogen. Eliste musterte ihren Retter eingehend. Erstaunlich, wie er sich in den paar Wochen verändert hatte. Der Cavalier war nicht so groß, wie sie gemeint hatte, und auch nicht mehr so eindrucksvoll, wie sie ihn in Erinnerung hatte. Trotzdem bewegte er sich für einen älteren Mann immer noch mit außergewöhnlich jugendlichem Schwung. Wirklich erstaunlich. Aurelie, die neben ihr saß, hüpfte leicht auf der Stelle und krampfte die Hände ineinander. Die Erregung des Mädchens nahm von Sekunde zu Sekunde zu, und dann, als Eliste gerade erst die sandfarbenen Haarsträhnen unter dem Hut des Neuankömmlings bemerkt hatte, rannte ihre Cousine los, ihn lautstark zu begrüßen.

»Bayelle! Bayelle!«

»Edles Fräulein!« Bayelle vo Clarivaux faßte sie bei den Händen. »Liebe Aurelie – Euch wiederzusehen! All Eure Briefe – Ihr könnt gar nicht ermessen, was sie mir bedeutet haben!«

»Und Eure haben mir das Leben während dieser furchtbaren Wochen überhaupt erst erträglich gemacht!«

Eliste machte große Augen, und Kairthe kicherte. Zeralenns Miene war so eisig wie der Boden unter ihren Füßen. Als sie den Druck ihrer Augen spürte, blickte Aurelie unsicher zu ihnen herüber, dann zupfte sie Bayelle am Arm und zog ihn vorwärts. »Das hier«, erklärte sie aufgekratzt, »sind meine Verwandten, die zweifellos über die Maßen erfreut sind, Euch zu sehen. Wie gut, daß wir jetzt einen so galanten Beschützer haben! Ist das nicht wundervoll, Madame? Cousine?« Sie verstummte. Nicht einmal Aurelie konnte im Ernst glauben, der schwächliche, siebzehnjährige Bayelle vo Clarivaux könne sie beschützen.

Eisiges, aufgebrachtes Schweigen, und Aurelies Lächeln schwächte sich ein wenig ab. Bayelle indes machte seine Sache gut. Er verneigte sich vor beiden Damen, dann wandte er sich an Zeralenn. »Gräfin, ich weiß, Ihr würdet eine andere Eskorte ausgewählt haben. Daher schreibe ich Eure freundliche Einladung, mich Euch anzuschließen, eher Eurer Großzügigkeit zu als einer Notlage.«

Einladung? Eliste durchbohrte Aurelie, die eingehend den Boden musterte, ungläubig mit den Augen.

»Nichtsdestotrotz, Madame«, fuhr Bayelle fort, »bin ich bewaffnet, und das zählt schließlich auch etwas.« Als er seinen Umhang hob, kam darunter eine Pistole zum Vorschein, die er hinter den Gürtel gesteckt hatte. »Ich bin kein schlechter Schütze und könnte mich durchaus als nützlich erweisen. In dieser Hoffnung biete ich Euch meine Dienste an.«

Er wirkte so jung und so wohlmeinend tapfer, daß man ihn unwillkürlich gernhaben mußte.

Zu gut für Aurelie, dachte Eliste.

Nicht einmal Zeralenn vermochte ihm zu widerstehen, und ihre Miene taute allmählich auf. »Ein liebenswürdiges Angebot, das Euch zur Ehre gereicht, edler Herr. Wir nehmen es mit Dankbarkeit an. Wenn Ihr mich trotzdem aufklären würdet – gehe ich recht in der

Annahme, daß Ihr und dieses Kind, für das ich verantwortlich bin, miteinander Briefe gewechselt habt?«

Bayelle errötete. »Ich versichere Euch, Gräfin, der Briefwechsel war vollkommen unschuldig… äh… schicklich und… unschuldig…«

»Was Euren Beitrag angeht, so bezweifle ich dies nicht, doch darum geht es nicht. Auf welche Weise habt Ihr die Briefe ausgetauscht?«

»Breuve«, meinte Eliste knapp.

»Mein Gott, Cousine, bist du scharfsinnig! Ja, der kleine Breuve Quenuble hat unsere geheime Post hin und her getragen, Tag für Tag!« gestand Aurelie vergnügt. »Das war ein feiner Kerl, und was für einen Spaß er an dem Abenteuer gehabt hat! Was hätten wir ohne ihn bloß anfangen sollen?«

»Ja, was wohl?« Zeralenn lächelte säuerlich. »Aber du hast mich nicht verstanden, Kind. Ist dir nie in den Sinn gekommen, der tägliche Austausch von Briefen könnte auffallen, überwacht werden und uns ins Verderben stürzen? Warst du dir über den Spürsinn unserer Feinde denn nicht im klaren? Begreifst du nicht, was für eine unerhörte Dummheit das war?«

»Ach – was!« Aurelie warf den Kopf zurück. »Ihr sollt nicht mit mir schimpfen, Tantchen! Schließlich ist doch alles gutgegangen, oder nicht? Man hat uns nicht entdeckt, wir sind wohlauf, Bayelle ist da, um uns zu beschützen, was wollen wir noch mehr? Na los, *lächelt* doch einmal!«

Ich hoffe, sie fällt tot um, dachte Eliste. *Ich hoffe, sie bekommt Warzen.*

»Alles ist in schönster Ordnung, warum seid Ihr dann *böse* auf mich?«

»Du hast nicht meinen Ärger zu fürchten, Aurelie, sondern den des Cavaliers. Deine bodenlose Dummheit gefährdet das ganze Unternehmen, und sollte er uns nun seinen Beistand versagen, so würde ich ihm wohl kaum Vorwürfe deswegen machen können.«

»Gräfin, Ihr wißt doch genau, daß ich Euch nichts abschlagen würde«, bemerkte der Cavalier vo Meureille, aus dem Schatten tretend. Zweifellos hatte er den größten Teil der Unterhaltung mitangehört.

Eliste zuckte zusammen. Seine leise Annäherung war ihr völlig entgangen. Nun verneigte er sich mit der mühelosen Grazie, der weder sein Alter noch die Umstände etwas anhaben konnten, richtete sich wieder auf – und tatsächlich, er hatte die eindrucksvolle Größe, an die Eliste sich ebenso erinnerte wie an die lebhaften Augen und das silbrige Haar.

»Ihr bewegt Euch immer noch wie ein Gespenst, Meureille«, sagte Zeralenn gefaßt.

»Das sollten wir alle tun, Madame, und das werden wir auch. Und nun an die Arbeit.« Meureille musterte die Straßen. »Die Anwesenheit des jungen Clarivaux gereicht uns zum Vorteil, denn so können wir uns in zwei Gruppen aufteilen, während wir sonst aufgrund unserer Zahl womöglich Aufsehen erregt hätten. Die Gräfin und das edle Fräulein von Derrivalle werden mich begleiten. Clarivaux wird dem edlen Fräulein vo Rouvignac und der Zofe zur Seite stehen.«

So! Seht ihr? Aurelie schwieg, doch ihre triumphierenden Augen sprachen Bände.

»Nachdem wir aufgebrochen sind, wartet Ihr genau fünf Minuten, dann folgt Ihr uns«, sagte Meureille.

»Wohin?« Bayelles nüchterne Art wirkte vertrauenerweckend.

Eliste erinnerte sich an die Geistesgegenwart, die er an dem Nachmittag bewiesen hatte, als Madame vo Bellesandre zu Tode gekommen war. Sie, ihre Verwandten und ihre Zofe waren also in guten Händen. Auf diese Männer war unbedingt Verlaß. Auf einmal konnte sie es gar nicht mehr erwarten, daß es endlich losging. Sie tappte ungeduldig mit dem Fuß auf den Boden.

Meureille beschrieb ihnen den Weg. Ihr Ziel war ein

leerstehender Tabakladen in fünfzig Metern Entfernung von der südlichen Stadtmauer, die an dieser Stelle an den Fluß Vir stieß. Das große Wassertor selbst war zwar stark bewacht, doch galt dies nicht für die verwinkelten Straßen und Gassen, die im Lauf der Jahrhunderte hinter der alten Barriere entstanden waren. In einem Lagerhaus in einer dieser stillen Straßen, nur ein paar Meter vom Fluß entfernt, mündete der Tunnel.

Bayelle hörte aufmerksam zu und nickte knapp. Ja, er habe sich den Weg eingeprägt. Ja, er werde fünf Minuten mit dem Aufbruch warten. Ja, er werde darauf achten, einen gleichmäßigen Abstand zur Gruppe des Cavaliers einzuhalten.

Dann brach die erste Dreiergruppe auf. Mit dem Koffer in der Hand schlitterte und rutschte Eliste über die eisbedeckten Straßen. Meureille, der ihr üblicherweise Beistand geleistet haben würde, half ihr diesmal nicht. Ständig ließ er den Blick durch die Straßen und Gassen und über die dunklen Hauseingänge schweifen. Sie begegneten weder Fußgängern noch einer Patrouille. Wahrscheinlich wirkte sich das eisige Wetter zu ihren Gunsten aus. Der Wind, der wie eine Schneiderschere selbst durch mehrere Schichten Kleidung hindurchschnitt, hatte die Sherreener mit einigen wenigen Ausnahmen von den Straßen vertrieben. Hier zur Linken, an der Einmündung einer Gasse, hockte eine kleine Gruppe Bettelbrüder um ein stinkendes Feuer aus brennendem Abfall. Keine Gefahr, und Eliste verspürte einen Anflug von Mitleid. In einer solchen Nacht draußen zu sein und nirgendwohin zu können – furchtbar. Wie konnten Menschen nur so weit sinken?

Zehn Minuten waren vergangen, als sie sich umschaute. Niemand da. Alles menschenleer und ruhig. Von Bayelle und dessen Schützlingen nichts zu sehen. Weitere zehn Minuten stemmten sie sich gegen den Wind und stolperten zitternd durch armselige, schlecht erleuchtete Straßen, dann gelangten sie zu einem verlassen wirkenden Laden, auf dessen Schild, das knarrend über der mit einem Vorhängeschloß gesicherten Tür im Wind schwang, verblaßte Tabakblätter gemalt waren. Die verrammelten Fenster zierte das vertraute Beschlagnahmeemblem des Verfassungsgebenden Kongresses, was Eliste veranlaßte, ihren Führer fragend anzusehen. Meureille holte ruhig einen Schlüssel hervor, entfernte das Vorhängeschloß, führte sie hinein und verriegelte hinter ihnen die Tür.

Im Innern des Hauses war es finster und so kalt wie in einem Eisschrank, zum Glück aber windgeschützt. Eliste wartete darauf, daß Meureille Licht machen werde, doch das tat er nicht. Natürlich nicht – das durfte er nicht riskieren; der Laden galt ja schließlich als verlassen. Nach einer Weile hatten sich ihre Augen an die Dunkelheit gewöhnt, und sie bemerkte, daß durch schmale Ritzen in den Brettern vor den Fenstern und durch ein vergittertes Oberlicht ein schwacher Lichtschimmer fiel. Sie konnte ihre Gefährten gerade so eben erkennen. Von dem Raum, in dem sie sich befanden, sah sie kaum etwas, hatte aber den Eindruck, er sei klein und leer.

»Wie seid Ihr auf diesen Ort gekommen, Meureille?« erkundigte Zeralenn sich mit der nachlässigen Neugier einer Ausflüglerin.

»Wohl kaum durch einen Zufall, Madame.« Er sprach so leise, daß die Frauen die Kapuzen zurückstreifen und die Ohren freimachen mußten, um ihn verstehen zu können. »Ich hatte von einem Schmugglertunnel gehört – angeblich ein sehr beeindruckendes Bauwerk –, der unter der Stadtmauer von Sherreen hindurchführen und im Keller eines Wohnhauses herauskommen sollte, oder jedenfalls war es im vergangenen Jahrhundert ein Wohnhaus gewesen. Nach mehrmonatigen Nachforschungen hatte ich das Gebäude ausfindig gemacht und erwarb es – selbstverständlich nicht unter meinem Namen. Dieses Haus gehört mir. Das Beschlagnahmeemblem auf den Fenstern ist übrigens gefälscht – ein künstlerisch begabter Freund von mir hat es dorthin gemalt.«

»Ein netter Zug.«

»Schreckt Eindringlinge ab. Was den Tunnel betrifft, so hat er alle meine Erwartungen übertroffen. Seit Monaten erfüllt er nun schon seinen Zweck. Möge es auch weiterhin so bleiben.«

»Bewundernswert, Cavalier.«

Ob Meureille Zeralenns seltene Anerkennung wohl zu schätzen wußte? Eliste nahm es jedenfalls an.

Ein leises Scharren an der Tür. Meureille spähte durch ein Guckloch, dann zog er den Riegel zurück und öffnete kurz die Tür, um Bayelle, Aurelie und Kairthe einzulassen; Aurelie klammerte sich an den Arm des Jungen, und die Zofe hatte zwei Bündel zu tragen.

»Mein Gott, ist es hier *dunkel*!« rief Aurelie.

»Sprich leise«, ermahnte sie Zeralenn.

»Aber ich sehe nichts – überhaupt nichts!«

»Dann nehmt meine Hand, edles Fräulein, ich werde Euch führen«, erbot sich leise Meureille. »Wenn wir erst einmal unten sind, können wir auch Licht machen. Bis dahin müßt Ihr Euch gedulden.«

»Ach, Ihr seid das, Cavalier? Aber wo *seid* Ihr denn? Das ist einfach unmöglich … Ah, da seid Ihr! Ja! Und jetzt, Bayelle, müßt Ihr meine andere Hand nehmen, sonst gehe ich keinen einzigen Schritt mehr, das schwöre ich! Kommt, Bayelle, hier ist meine Hand, und wenn Ihr sie nicht bald ergreift, falle ich noch vor Angst in Ohnmacht! Ah – endlich!«

Eliste stellte nüchtern fest, daß Aurelie mit zumindest gesenkter Stimme sprach.

Alle sechs reichten sich im Dunkeln die Hände, und Meureille führte sie durch den Raum, um ein hüfthohes Hindernis herum, das wohl die Ladentheke war, durch eine Tür und über eine Treppe in einen kleinen fensterlosen, modrig riechenden Keller hinunter. Hier zündete der Cavalier eine Kerze an, deren schwacher Schein über feuchte Steinwände, eine niedrige Decke und den rissigen, mit Pfützen bedeckten Boden flackerte. Nichts zu sehen, kein Schutt und außer der Treppe auch kein Ausgang, so schien es jedenfalls.

Meureille ging geradewegs zur Wand und steckte einen zweiten Schlüssel in eine Öffnung, die einem natürlichen Riß in einem der Steine täuschend ähnlich sah. Ein verborgenes Schloß klickte, unsichtbare Scharniere quietschten, und zum Vorschein kam eine kleine Tür. Mit seiner unregelmäßigen Form und der rauhen Oberfläche, die sich nahtlos in die Wand einfügte, war das Portal kaum zu erkennen. Der unbekannte Architekt hatte stolz auf sich sein können.

Wie geschickt gearbeitet. Wie erstaunlich. Kein Wunder, daß der Cavalier die Vorhut monatelang an der Nase herumgeführt hatte und es zweifellos auch weiterhin tun würde. Lächelnd beobachtete Eliste, wie hinter der Tür eine dunkle Öffnung zum Vorschein kam. *Habt Dank, ihr Schmuggler.*

Wenige Meter über ihnen sprang krachend die Eingangstür auf. Eilige Schritte dröhnten auf den kahlen Bodenbrettern. Aurelie und Kairthe schrien unwillkürlich auf. Bestimmt hatte man sie oben gehört.

»Hinein. Rasch.« Meureille riß die Tür des Tunnels weit auf. Kairthe stand wie erstarrt neben ihm. Er packte sie beim Arm und stieß sie in die pechschwarze Finsternis.

Getrampel auf der Treppe, schwankender oranger Laternenschein, und vor ihnen standen drei Vorhüter. Meureille warf die Kerze weg und zog beide Pistolen. »Los! Lauft!« befahl er. Eliste und Aurelie stürmten in den Tunnel.

»Stehenbleiben!« Eine fremde Stimme hinter ihnen und ein ohrenbetäubender Schuß; der sogleich von weiteren Schüssen gefolgt wurde, und zwar in so rascher Folge, daß es beinahe wie eine einzige Salve klang. Blei traf eine Handbreit hinter Eliste auf Stein, worauf sie entsetzt durch die offene Tunneltür sprang, dicht gefolgt von ihrer wimmernden Cousine. Hinter ihnen ein schrecklicher Tumult; vor ihnen undurchdringliche Dunkelheit.

Als der erste Vorhüter feuerte, tat Bayelle vo Clarivaux es ihm nach und traf genau ins Ziel. Die Kugel eines zweiten Soldaten traf den Jungen zwischen die Augen und tötete ihn auf der Stelle. Meureille und der dritte Vorhüter, die sich in etwa zwei Metern Abstand gegenüberstanden, feuerten gleichzeitig. Der Soldat brach zusammen. Meureille wurde in die Brust getroffen und ging ebenfalls zu Boden. Ein Vorhüter war noch auf den Beinen. Er sprang über den niedergestreckten Cavalier hinweg und stürmte in den Tunnel, ohne Zeralenn, die den Ausgang des Schußwechsels abgewartet hatte, zu beachten. Als sein Gegner nah genug war, reckte sich Meureille ein wenig, hob die zweite Pistole und drückte ab. Die Waffe sprach, und der Soldat stürzte mit blutspritzender Wunde zu Boden. Meureille ließ die Pistole los und fiel schwer atmend zurück.

Zeralenn kniete neben ihm nieder, nahm seine Hand und hielt sie fest. Eine einzelne Laterne, die auf der Seite in der Ecke lag, brannte noch weiter. In ihrem Schein sah Zeralenn, wie groß und gefährlich Meureilles Wunde war; sah sein verkniffenes, bläulich angelaufenes Gesicht. Sie selbst war ganz ruhig, und in ihren Augen schimmerten Tränen, denen sie es nicht gestattete herabzufallen.

»Gräfin?« Seine Stimme ein ersticktes Flüstern.

»Ich bin da, Meureille.«

»Kann nicht richtig sehen. Alles verschwommen.«

»Das geht vorbei. Wir werden Euch zu einem Arzt bringen. Ihr verfügt über große Kräfte; in ein paar Wochen seid Ihr wieder wohlauf.«

»Ihr habt mich nie angelogen. Fangt nicht jetzt damit an.«

»Nein.«

»Die anderen?«

»Im Tunnel in Sicherheit.«

»Folgt ihnen.«

»Gleich. Es besteht kein Grund zur Eile; wir sind im Augenblick außer Gefahr. Ihr habt uns alle gerettet, Meureille. Hört Ihr mich? Ihr habt uns gerettet.« Schritte polterten oben über die Bodenbretter. Zeralenn dröhnten sie wie Kanonendonner in den Ohren, doch der Cavalier hörte sie nicht. Ein Schauer lief durch seinen Leib, und sein Händedruck zerquetschte ihr schier die Hand. Orangefarbenes grelles Licht drang von oben herunter. Sie legte eine Hand auf seine Wange und drehte sein Gesicht ganz sanft von der Treppe weg.

»Bringt die Mädchen ins Ausland, Gräfin. Seid klug. Nur dieses eine Mal.«

»Ich werde Euren Rat genau befolgen.« Gepolter am Kopf der Treppe. »Wir werden nach Strell gehen und uns der großen Gruppe derer anschließen, die Euch das Leben verdanken. Ihr habt Eure Sache gut gemacht, Cavalier. Das war nobel von Euch – wirklich nobel.«

Ihr Lob ließ seine Augen einen Augenblick lang aufleuchten. Er seufzte. Dann tat er seinen letzten Atemzug. Sie kniete neben einem Leichnam.

Die Vorhüter – wiederum vier an der Zahl – hatten bereits die Mitte der Treppe erreicht. Sie hielten kurz inne, als sie des Gemetzels gewahr wurden, das sich im Keller zugetragen hatte – fünf Leichen auf beengtem Raum, dazu der Gestank nach Blut und Pulverrauch; eine alte Frau, welche die Hand eines Toten hielt und ihr Eintreffen kaum zur Kenntnis nahm –, dann löste sich ihre Erstarrung, sie sprangen die letzten Stufen hinab, und drei von ihnen hasteten zum Tunneleingang. Der vierte blieb zurück, um den Ausgang zu bewachen, und kurz nachdem seine Kameraden im Tunnel verschwunden waren, drangen widerhallende Jubelrufe an sein Ohr:

»Seht mal – Bonbons! Bonbons!«

Die jüngsten und hübschesten der verurteilten Gefangenen wurden als Bonbons der Kokotte bezeichnet.

Der Tunnel war schmal, niedrig und beengt; die ersten paar Meter wurden noch erhellt vom schwachen Licht, das aus dem Keller einfiel. Dahinter herrschte undurchdringliche Finsternis, die sich in eine ungewisse Ferne erstreckte. Einen Augenblick lang zögerten die drei Mädchen an der Schattengrenze und wußten nicht, ob sie weitergehen oder warten sollten; bis Eliste das Kommando übernahm und ihren Begleiterinnen befahl, eine Kette zu bilden. Sie gehorchten ohne Widerrede, froh darüber, sich einer Ansicht anvertrauen zu können, ganz gleich, welche es auch sein mochte. Dergestalt miteinander verbunden, bewegten sie sich vorsichtig weiter und bückten sich in dem Maße, wie sich der Durchgang um sie zusammenzog, immer tiefer; Eliste an der Spitze, dann Aurelie, mit einer Hand das Cape ihrer Cousine und mit der anderen das von Kairthe umklammernd. Eliste schleppte immer noch den Koffer mit Prinz vo Plume darin. Mit dem freien Arm tastete sie in der Finsternis umher, während sie mit dem Fuß den Boden erkundete.

Ein paar Meter; und noch ein paar. Sie kamen nur noch stockend voran, doch ging es viel besser, als Eliste sich nach rechts wandte und die Berührung mit der Tunnelwand suchte. Und da war sie, rauher Mörtel unter ihrer Hand, eisige Feuchtigkeit, die durch das Leder und das Futter ihres Handschuhs sickerte. Jetzt kamen sie ein wenig schneller voran. Wenn man sich an der Wand entlangtastete, fiel das gebückte Gehen leichter und war weniger verwirrend. Aber wo blieben die anderen – Zeralenn, Meureille, Bayelle? Wo blieben sie nur?

Sie sind dicht hinter uns, versuchte Eliste sich einzureden. *Sie werden uns gleich einholen.*

Ganz bestimmt.

Und tatsächlich, da waren Schritte hinter ihr, ein Schimmer von Laternenschein, doch als Eliste sich umwandte, näherte sich ihnen ein Wolfsrudel Vorhüter. Freudenrufe hallten durch den Tunnel, was die Flüchtenden zu laufen veranlaßte. Verwirrt und verängstigt, behindert von ihren langen Röcken, waren sie gerade erst ein paar Meter weitergestolpert, als die Soldaten sie eingeholt hatten. Eliste versteifte sich und schauderte vor ungläubigem Entsetzen, als sie fühlte, wie sie tatsächlich angefaßt wurde. Unwillkürlich schlug sie dem Angreifer ins Gesicht, wie sie früher einmal einen aufsässigen Leibeigenen geschlagen haben würde, und er schlug sie so rasch zurück, daß sie eher vor Überraschung aufschrie als vor Schmerz.

»Ihr steht alle unter Arrest, Bonbons«, verkündete ihnen einer der Männer ohne Groll. »Kommt mit.«

Zurück durch den Tunnel, in raschem Schritt und im Gänsemarsch, wobei die Gefangenen vor lauter Benommenheit kaum Widerstand leisteten. Außerdem hatte es auch gar keinen Sinn, sich zu wehren; diese nach Knoblauch stinkenden Rüpel waren fürchterlich stark. Elistes Peiniger hielt sie nachlässig mit einer Hand, trotzdem gruben sich seine Finger über dem Ellbogen so fest ins Fleisch, daß ihr ganzer Arm kalt und taub wurde. Wieder durch die raffinierte Tür, die nun nicht mehr geheim war, und hinein in den Keller mit den entsetzlich anzuschauenden blutüberströmten Leichen. Da lag der Cavalier vo Meureille und hatte die Augen für immer geschlossen; dort die drei toten Vorhüter; und dort Bayelle vo Clarivaux mit seinem jungen, verunstalteten Gesicht, bei dessen Anblick Aurelie die Augen hervorquollen und sie die Hände vor den Mund schlug, um nicht zu schreien.

Elistes Übelkeit überwog selbst ihren Kummer und ihr Entsetzen. Der Magen krampfte sich ihr zusammen, und beinahe hätte sie sich übergeben. Sie schnappte nach Luft und rang stumm um Fassung. Sie wollte sich keine Schande bereiten und auch nicht ihrer Großmutter, die mittlerweile aufrecht und mit trockenen Augen dastand. Der Schwächeanfall ging vorüber. Eliste bemerkte, daß sich Zeralenns Bewacher den Handkoffer seiner Gefangenen angeeignet hatte; das übliche Vorgehen dieser Aasgeier. Dem leeren Gesichtsausdruck des Kerls nach zu schließen, war er sich noch nicht darüber im klaren, daß er sich soeben eine der großen Schmucksammlungen Vonahrs angeeignet hatte. Allerdings weckte dies wiederum die Begehrlichkeit von Elistes Bewacher, der nun ihr den Koffer entriß. Kalter Haß durchströmte sie; der Schmerz ließ ihr Gesicht erstarren. Sie stand ebenso aufrecht und regungslos da wie ihre Großmutter. Ein kleines Gespenst zupfte an ihrem Handgelenk. Es war Kairthe, deren verängstigtes Gesicht tränenüberströmt war. Eliste drückte dem Mädchen fest die Hand und hielt sie fest. *Nur Mut*, mahnten ihre Finger.

Die Vorhüter waren ausgezeichneter Laune. Wohl wahr, sie hatten drei ihrer Kameraden verloren. Dafür hatten sie aber endlich den berühmten vo Meureille erwischt; und sie hatten den Geheimtunnel des Cavaliers entdeckt, der jetzt ein für allemal zugemauert werden würde, womit den Adligen der letzte große Fluchtweg versperrt wäre; sie hatten einen weiteren adligen Verräter getötet und eine Handvoll weibliche Gefangene gemacht, von denen drei auf einem Karren eine hervorragende Figur machen würden. Alles in allem ein Triumph, der ihnen sicherlich Lob und Preis und dem Feldwebel vielleicht sogar eine Beförderung einbringen würde.

Und was für eine wertvolle Lehre es ihnen allen doch sei, führte der Feldwebel salbungsvoll aus, zu sehen, daß eine kleine Ursache eine solch große Wirkung zeitigen könne! Man stelle sich nur vor, alles nur deshalb, weil eine Nisse zufällig bemerkt habe, wie irgendein Gör Nachrichten aus einer Konditorei weitergeleitet habe! Wer hätte sich schon träumen lassen, wohin eine so winzige Beobachtung führen werde? Das müsse man sich einmal durch den Kopf gehen lassen. Bestimmt dächten die Gefangenen im Augenblick auch gerade darüber nach. Der fehlgeleitete Narr, der Bayelle vo Clarivaux Unterschlupf gewährt habe, werde sich demnächst ebenfalls Gedanken darüber machen.

Und nun zum Grab. Die Schatzkammer lag näher, doch für die Vorhüter, allesamt Gefolgsleute Whiss Valeurs, gab es nur ein Ziel. Der Mann, der zurückblieb, um das Haus zu bewachen, sollte in Kürze von anderen Vorhütern Unterstützung bekommen, die sich darum kümmern würden, die Leichen zu entfernen und den Tunnel zu verschließen. Die Treppe hoch; durch den Laden und aus der Vordertür, hinein in den schneidenden Wind.

Vor dem Laden wartete eine Kutsche, eine der gefürchteten und berüchtigten geschlossenen Kutschen, bei deren Anblick Aurelies unterschwellige Hysterie plötzlich zum Ausbruch kam. Ihr entfuhr ein unheimlicher, koboldhafter Schrei. Mit zurückgeworfenem Kopf, zusammengekniffenen Augen und zum äußersten angespannten Stimmbändern zerriß sie den Wind mit ihrer Stimme. Den Vorhütern verging das Lachen. Verdutzt und sprachlos schauten sie mit an, wie ihre Gefangene außer sich geriet, wie sie sich wand, umherwarf und Tritte austeilte, wie sie kratzte, biß und um sich schlug. Ihr Schreien ging dabei unablässig weiter, mal ein fledermaushaftes, mit zusammengebissenen Zähnen ausgestoßenes Kreischen, mal ein ohrenbetäubendes Heulen aus vollem Halse.

Prinz vo Plume geriet von diesem Lärm ganz außer sich. Er bellte und tobte in seinem Behältnis. Der Koffer schüttelte sich in der Hand des Soldaten, der ihn daraufhin fluchend fallen ließ und mit abergläubischem Staunen beobachtete, wie der Hund im Koffer jaulend auf den Pflastersteinen umhersprang. Am Prickeln ihres Armes merkte Eliste, daß sich sein Griff gelockert hatte, doch weh tat es noch immer. Wenn sie sich nur hätte wehren können.

»Wenn dir ein Rep blöd kommt – dann ramm ihm das Knie in die Eier und box ihn auf die Nase ...«

Ihr Körper war schneller als ihr Kopf. Ehe ihr selbst klar war, was sie vorhatte, wirbelte sie auch schon herum, raffte mit der freien Hand den Rock und rammte dem Soldaten das Knie in den Unterleib. Die Wirkung war nahezu magisch. Er krümmte sich japsend zusammen, und anschließend war es leicht, ihm den Arm zu entwinden und ihm mit der geballten Faust ins Gesicht zu boxen. Ein durchdringender Schmerz in der Hand. Gebrochene Knöchel? Falls ja, so war es die Sache wert. Er setzte sich unvermittelt auf den Hosenboden und hielt sich das Gesicht. Eliste nahm die Röcke in die Hand, machte auf dem Absatz kehrt und rannte los.

Rutschend und schlitternd, so schnell wie noch nie in ihrem Leben, rannte sie die dunkle, eiskalte Straße entlang. Das Blut pulste in ihren Adern, das Gefühl zu fliegen, während die Beine immer schneller und schneller ausgriffen, als gäbe es keinerlei Beschränkung mehr für sie. Etwas anderes aber bewegte sich ebensoschnell wie sie, irgend etwas summte, funkelte golden vor ihren Augen und piekste sie immer wieder ins Gesicht. Ein kleiner Schwarm von NuNus Nissen, wie sie häufig die Kutschen der Vorhut begleiteten, umkreiste sie. Wenn sie ihnen schon nicht entkommen konnte, dann brauchte sie auch nicht zu laufen. Ein Summen, ein Stich und ein sengender Schmerz seitlich am Hals, der sie ins Stolpern brachte. Sie schlug nach der umherschwirrenden Nisse, verfehlte sie jedoch. Eliste senkte aufschluchzend den Kopf und rannte weiter, ohne sich umzuschauen.

Der Feldwebel steckte in der Klemme und mußte rasch überlegen; eine ungewohnte Übung für ihn. Vier überlebende Vorhüter, er selbst eingeschlossen. Einer im Tabakladen aufgestellt, einer vorübergehend außer Gefecht gesetzt. Einer damit beschäftigt, ein hysterisch schluchzendes Bonbon unter Kontrolle zu bringen. Er selbst hätte der Flüchtigen nachsetzen können, doch wer sollte dann die anderen beiden Gefangenen bewachen?

»Schnappt Euch die kleine Schlampe.« Auf die Muskete gestützt, richtete sich Elistes Opfer mühsam auf. »Ich halte hier die Stellung.«

Das würde er wahrscheinlich auch schaffen; er brauchte bloß auf zwei Mädchen und eine alte Frau, eine adlige Möchtegernemigrantin, aufzupassen. Der Feldwebel wollte gerade losrennen, als eine der Gefangenen das Wort ergriff.

»Ja, schaff sie mir gleich wieder her, Kerl.« Kairthe hatte sich hochmütig aufgerichtet, ihre Miene drückte Gereiztheit aus. Ihr Akzent und ihre Betonung glichen genau Elistes Sprechweise. »Auf meine Zofe kann ich nicht verzichten.«

Aurelie, deren Kraft und Stimme bei weitem noch nicht erschöpft waren, hatte es gehört. Ihr Schreien hörte auf, und sie starrte Kairthe mit runden, tränennassen Augen an. Sogar Zeralenn blinzelte.

»Aber das ist doch ...!« Der Feldwebel lachte schallend und verspritzte dabei Speicheltröpfchen. »Ach, ihr eitlen Pfauen seid doch unglaublich, einfach unglaublich. Dann laßt sie eben laufen – die Soubrette ist es nicht wert«, wies er seine Männer an. »Und was Euch betrifft, edles Fräulein, Kopf hoch – es wird nicht lange dauern. Also dann, auf geht's.«

Es ging jedoch nicht eher los, als bis einer der Soldaten Elistes Koffer mit der Bajonettspitze anstieß, den Haken löste und den Riemen durchschnitt. Prinz vo Plumes seidiger Kopf tauchte auf. Er jaulte in den höchsten Tönen, und die Männer brüllten vor Lachen. Der Hund befreite sich aus seinem Gefängnis und kläffte die Soldaten wütend an, bis Elistes Peiniger, der immer noch Schmerzen und üble Laune hatte, das kleine Tier mit zwei Kolbenhieben erschlug.

Die Gefangenen wurden eingeladen, und die Kutsche rollte in die Nacht davon.

20

Es war ein Glück, daß NuNus Nissen so dumm waren. Als Eliste merkte, wie erschöpft sie war und daß sie ihren Peinigern nicht entkommen konnte, gab sie den Versuch schließlich auf. Sie konnte nicht mehr weiterlaufen. Und wenn es sie das Leben kostete, sie mußte stehenbleiben. Keuchend sank sie auf der ersten Treppenstufe in einem zurückgesetzt liegenden Eingang nieder. Sie lehnte den Kopf an die Wand und schloß die Augen. Als sie die Augen wieder aufschlug, saß eine der Nissen nur Zentimeter von ihrem Gesicht entfernt und beobachtete sie mit ihren Facettenaugen, ein glänzender Panzer, der im Licht einer nahen Straßenlaterne funkelte. Ohne den Kopf zu bewegen, zog Eliste einen Schuh aus, zielte sorgfältig und schlug dann fest zu. *Hab ich dich.* Die Nisse starb mit einem hörbaren Knirschen. Ihre Geschwister waren nirgends zu sehen; wahrscheinlich waren sie zu ihrer großen Mutter zurückgekehrt, um ihr die aufgelesenen Kenntnisse zu überbringen, und hatten es sich gerade auf dem Dach der Waffenkammer bequem gemacht. Am besten ging sie weiter, bevor sie zurückkamen.

Eliste betrachtete die Schuhsohle, die ebenso mit Goldfolie verziert war wie zuvor der Stiefel von Meister Quenuble.

Meister Quenuble, der jetzt als Royalist entlarvt und dem die Vorhut auf den Fersen war. Meister Quenuble, verloren und dem Verderben preisgegeben, zusammen mit seiner ganzen Familie; sie alle waren jetzt Nahrung für die Kokotte.

Ich muß sie warnen. Zeralenn, Aurelie und Kairthe war nicht mehr zu helfen. Auch für Meureille und Bayelle kam jede Hilfe zu spät; die Familie Quenuble aber war vielleicht noch zu retten. Sie mußte sofort das Haus der Schwäne aufsuchen.

Aber wo war es? Eliste schaute sich auf der menschenleeren Straße um. Still, dunkel und fremd. Sie hatte keine Ahnung, wo sie war. Sie hatte keine Ahnung, wie sie sich im Labyrinth der Stadt zurechtfinden sollte; es gab niemanden, den sie hätte fragen können, und jetzt in der Nacht ließ sich auch keine Droschke blicken. Trotzdem, sie würde es schaffen. Die Cliquot-Straße mußte im Norden liegen, und Norden war – wo? Die Sterne hätten es ihr verraten können, hätte sie nur ihre Sprache verstanden. Schade, daß sie nur mit halbem Ohr zugehört hatte, wenn Dref von ihnen erzählt hatte. Doch es gab noch einen anderen Führer, näher als die Sterne und weitaus verständlicher: der Fluß Vir. Er floß nach Norden. Das wußte selbst Eliste.

Dann also zum Fluß. Ihr Herzklopfen hatte aufgehört, und sie bekam wieder Luft. Sie konnte sich jetzt bewegen; sie mußte sich sogar bewegen, denn die Kälte machte ihr zu schaffen; ihre Gliedmaßen wurden allmählich taub, und der Schweiß auf ihrem Gesicht war eiskalt. Zum Fluß.

Es war unerwartet schwer, den Vir zu finden. Eliste streifte einmal verwirrt durch verwinkelte Gassen, dann wieder stieß sie auf Höfe, von Mauern umschlossen. Der Wind durchdrang mühelos ihre Kleidung; er zupfte und zerrte an ihr. Zum erstenmal kam ihr der Gedanke, daß ihre Lage ausweglos sei. In ganz Sherreen gab es keine Zuflucht mehr und niemanden, an den sie sich hätte wenden können. Keine Verwandten, keine Freunde, keine Bediensteten mehr. Niemanden, der ihr hätte helfen und sie beschützen können. Ohne fremden Beistand war sie am Ende; sie würde auf der Straße erfrieren.

Nein, das werde ich nicht. Das lasse ich nicht zu. Ich muß mich alleine durchschlagen. Mir wird schon etwas einfallen.

Von diesem Gedanken ging eine gewisse Wärme aus, als habe sie mit ihm ein inneres Feuer geschürt.

Kurz darauf trat sie aus einer schmalen Gasse und stellte fest, daß sie sich oberhalb des Vir befand, dessen nächtlichschwarze Strömung den Weg nach Norden wies. Vor ihr, aufgrund der Dunkelheit und der Entfernung kaum zu erkennen, lag die Vinculum-Brücke mit ihren Laternen, die an Glühwürmchen erinnerten, und dorthin lenkte sie ihre Schritte.

Es war weiter, als es zunächst ausgesehen hatte. Sie war so lange und so weit über festgetrampelten Schnee marschiert, daß ihre Füße so gut wie taub waren, und auch nicht die größte Entschlossenheit konnte diese Kälte für lange Zeit abwehren. Als sie eine Gruppe abgerissener Gestalten erspähte, die sich in einem zum Fluß hin offenen Schuppen um ein kleines Häufchen glühender Kohle drängten, konnte sie nicht umhin, sich zu ihnen zu gesellen, und sei es auch nur solange, bis sie ihre betäubten Füße und Hände wieder spürte.

Sie machten ihr bereitwillig Platz – fünf Gestalten, die so dick mit Lumpen vermummt waren, daß weder ihre Gesichter, ihre Gestalt, ihr Alter noch ihr Geschlecht zu erkennen waren. Unwillkürlich bedankte sie sich bei ihnen, worauf sich ihr die vermummten Köpfe wie ein einziger zuwandten. Auf einmal wurde ihr klar, wie verräterisch ihre Stimme und ihr Gebaren waren. Jede ihrer Gesten und jede Silbe, die sie sprach, kündeten von ihrer adligen Herkunft. Fast ebenso verräterisch in einer solchen Gesellschaft war ihr Aufzug. Zwar war sie zerzaust und schlicht gekleidet, doch gerade diese Schlichtheit betonte die erlesene Qualität ihrer Kleidung. Diese gesichtslosen Wracks wußten, wer sie war; das spürte sie in der Magengrube. Wäre ein Wachtrupp in der Nähe gewesen, würden sie sie für die fünfzig Rekkos Belohnung womöglich angezeigt haben – eine große Summe für solche Leute. In einer Nacht wie dieser aber hatte sie wohl kaum etwas von ihnen zu befürchten. Zu einem anderen Zeitpunkt hätte sie wohl weniger Glück gehabt.

Niemand sagte etwas. Eliste blieb nur solange, bis sich ihre Hände und Füße wieder belebt hatten, dann eilte sie weiter, vorwärtsgetrieben von den Blicken der Fremden, die sie im Rücken spürte. Links der schwarze Fluß, vor ihr die Brücke, deutlich näher gerückt, die Lichter heller geworden. Weiter gegen den Wind angestemmt, zwanzig Minuten, die ihr wie hundertzwanzig vorkamen; dann ragte die alte Vinculum-Brücke vor ihr auf. Der Ufermarkt lag zu ihrer Rechten, und auf einmal wußte sie genau, wo sie war: gute zwanzig Minuten Fußmarsch vom Haus der Schwäne entfernt, wäre sie noch frisch und munter gewesen. Und nun? Die Füße waren ihr schwer geworden. Die matschbespritzten, eisverkrusteten Röcke behinderten sie beim Gehen, so daß sie sich nur noch mühsam vorwärtsschleppen konnte. Wie lange würde sie bei dieser Geschwindigkeit brauchen? Im Osten dämmerte es bereits.

Schneller, schneller, schneller.

Ihre Gliedmaßen regten sich jedoch nicht auf den geistigen Peitschenhieb.

Quer über den Markt, erschöpft und häufig stolpernd, der Osthimmel unerbittlich. Und dann ganz unerwartet ein seltener Glückstreffer: über das vereiste Pflaster näherte sich knirschend eine einsame Droschke. Eliste winkte, und der überraschte Fahrer hielt neben ihr an. Sie nannte ihr Ziel und stieg ein. Die Droschke rumpelte los, und Eliste ließ sich ins Polster zurücksinken. Sie schloß die Augen. Ihre Gedanken kamen zur Ruhe.

Heftiges Schwanken, vorbeiziehende Bilder, der heller werdende Himmel; und dann die Geschäfte und Häuser der Cliquot-Straße, über deren Dachfirste sich gerade die ersten Sonnenstrahlen brachen. Die Droschke hielt an. Der Kutscher verlangte seinen Lohn. Eliste hatte gar nicht daran gedacht, daß sie ihn würde bezahlen müssen. Nun holte sie eine kleine Netzbörse mit einer Handvoll Bequinen aus der Tasche; Kleingeld, das ihr als Trinkgeld für Lakaien und Portiers gedient hatte, die einzige Menge an Geld, die bei sich zu tragen ihrer früheren Stellung angemessen gewesen war. Sie schüttete sich die Münzen auf die Hand und reichte sie ihm.

Er nahm das Geld und überflog die Summe mit einem Blick. »Nicht genug«, meinte er zu ihr. »Es fehlen noch fünfundzwanzig.«

Sie sah verblüfft zu ihm auf. Nicht genug? Was sollte sie denn jetzt tun? Mehr hatte sie nicht. Er wiederholte seine Forderung. Offenbar war er recht dumm. Sie wandte sich ab und ging weg.

»He ... Ihr!«

Sie hörte, wie er ihr wütend hinterherrief. Früher hätte sie das geärgert oder gelangweilt. Jetzt aber war sie verängstigt und erniedrigt. Sie rannte die Straße entlang, während ihr die Droschke folgte; klipp-klapp, knarrend und quietschend, dazu das wütende Rufen des Kutschers, bis sie in einer Gasse zwischen zwei Läden Zuflucht suchte und die Kutsche an ihr vorbeifuhr. Sie ruhte sich einen Augenblick aus und lehnte sich schwer atmend an die kalte Hauswand; dann spähte sie vorsichtig hinaus. Die Cliquot-Straße erwachte allmählich zum Leben. In den Fenstern leuchtete schon Licht, Schattengestalten wanderten darin hin und her; ein paar Handkarren waren bereits unterwegs; einige Fußgänger stemmten sich gegen den Wind.

Und das Haus der Schwäne? Von ihrem gegenwärtigen Standpunkt aus konnte sie es nicht sehen. Die Droschke war verschwunden. Eliste zog sich die Kapuze tief ins Gesicht, was bei diesem Wetter nicht ungewöhnlich war, schlüpfte auf die Straße hinaus und rannte die letzten paar Meter …

Hielt jedoch jäh wieder an und drückte sich in den Schatten, als sie die vor dem Haus der Schwäne aufgestellten Vorhüter bemerkte. Ihrem gelangweilten Aussehen nach zu schließen, standen sie schon eine ganze Weile dort. Ein paar Schaulustige trieben sich in der Hoffnung auf Unterhaltung in der Nähe herum. Auf der Eingangstür der Konditorei prangte bereits ein großer, frischgemalter scharlachroter Diamant – diesmal ein echter.

Die Quenubles waren abgeführt worden, ihr Eigentum unter republikanische Verwaltung gestellt. Sie war zu spät gekommen, um Stunden zu spät. Alle Kraft und Entschlossenheit verließen sie. Sie sackte in sich zusammen, als habe jemand die Luft aus ihr herausgelassen.

Man hatte sie bereits fortgebracht. Die ganze Familie.

Alle Anstrengung war vergeblich gewesen. Eliste war vollkommen allein.

Was nun? Was soll ich jetzt tun?

Ihr Verstand mußte minutenlang ausgesetzt haben. Sie schaute das Haus der Schwäne an, ohne etwas zu denken. Schließlich wanderte ihr Blick von der Straße zu dem unter dem Dachgesims versteckten schmalen Schlitz empor, dem Lüftungsschlitz im Dachboden; und sie meinte, flüchtig ihre eigenen Augen aufblitzen zu sehen, die von diesem vertrauten Beobachtungsposten zu ihr herunterblickten. Bestimmt würde sie jeden Augenblick aufwachen und feststellen, daß *sie* dort oben stand und auf die Cliquot-Straße hinunterschaute. Das wäre nicht die erste derartige Vorstellung gewesen.

Doch es war kein Traum. Ihr Blickwinkel veränderte sich nicht. Als ein heftiger Windstoß über das im Morgendämmer daliegende Pflaster fegte, fröstelte sie.

Was nun? Was soll ich nur tun?

Sie war jetzt durchgefroren bis auf die Knochen, ihre schwere, feuchte Kleidung bot nur wenig Schutz vor der Kälte. Sie hatte Blasen an den Füßen und war so müde, daß ihre jedes einzelne Gelenk weh tat, als habe sie Fieber. Die Angst und die Erschöpfung drängten den Hunger einstweilen noch in den Hintergrund; aber sie war völlig ausgekühlt und sehnte sich über die Maßen nach einer Bouillon oder einem Tee, um sich von innen aufzuwärmen.

Was nun? Wo soll ich hin? Wo kann ich hin?

So müde. Beinahe schon zu müde, um nachzudenken, und das war gut so; es war gut, nicht an die Toten und die Verdammten zu denken; am besten dachte sie überhaupt nicht. Eine andere Art von Kälte auf ihrem Gesicht; der Winteratem, der über Tränen strich.

Ein Café. Dort ist es warm. Mit einer Tasse Tee am Ofen sitzen. Ausruhen. Ausruhen.

Aber sie hatte kein Geld, keine einzige Bequine mehr. Es würde keinen Tee geben. Keinen Ofen. Keinen Platz zum Ausruhen, es sei denn in einem Eingang, draußen in der Kälte. Bloß für einen Augenblick hinsetzen, die Augen schließen …

Ich werde erfrieren.

So was geschieht.

Aber mir nicht.

Die feuchten, schweren Röcke klatschten ihr gegen die Knöchel, und auf einmal fielen ihr die Schmuckstücke ein, die sie in den Saum des Unterrocks eingenäht hatte. Ein mit Granaten besetzter Goldring, die kleine Kamee mit den Staubperlen, ein paar Stücke aus Silber und Rosenquartz. Nichts Wertvolles, aber bestimmt würde es reichen, um etwas zu Essen und eine Unterkunft zu bekommen.

Sie wollte *sofort* an die Juwelen heran. Eliste trat in die Dunkelheit der Gasse zurück, zerrte am Saum, schüttelte die Schmuckstücke auf den Boden und sammelte sie mit steifgefrorenen Fingern gierig auf.

Vor einer Weile war sie am Ende der Cliquot-Straße an einem Café vorbeigekommen, hinter dessen Fensterläden Licht gewesen war und an dessen Tür bereits ein Schild mit der Aufschrift ›Geöffnet‹ gehangen hatte. So schnell sie konnte, eilte sie dorthin zurück, doch mehr als ein Schlurfen mit bleischweren Füßen kam dabei nicht heraus. Es waren schon einige Fußgänger unterwegs, die ihr neugierig nachschauten, doch das war ihr inzwischen gleich.

Im Innern des Cafés empfing sie die paradiesische Wärme eines Holzkohlefeuers. Sie nahm an einem kleinen Tisch in der Ecke Platz, versteckt hinter dem Ofen und vom Eingang aus nicht zu sehen, und bestellte sich Tee und eine warme Mahlzeit. In ihrer Erschöpfung vergaß sie, wie verräterisch ihr Akzent war; erst das Erstaunen im Gesicht des Cafébesitzers, als sie den Mund aufmachte, erinnerte sie wieder daran. Wieder einmal hatte sie sich verraten, und es wäre klug gewesen, sogleich wieder zu gehen. Trotzdem rührte sie sich nicht vom Fleck; sie konnte sich einfach nicht mehr bewegen. Wenn sie ihr Fehler das Leben kostete, dann hatte es eben so sein sollen. Im Augenblick war es ihr gleichgültig.

Das Essen kam, und sie machte sich gierig darüber her, wärmte sich von innen nach außen und von außen nach innen. Als sie sich wieder aufgewärmt hatte, schlief sie ein, als hätte man sie unter Drogen gesetzt; sie sackte einfach auf dem geradlehnigen Holzstuhl zusammen, und der Kopf sank ihr auf die Brust. Der Besitzer – von Natur aus kein Unmensch und recht eingenommen von dem erschöpften, hübschen Gesicht, das unter der tief hinabgezogenen Kapuze hervorschaute – ließ sie in Ruhe schlafen. Erst als der morgendliche Betrieb in Gang kam, weckte er sie auf und verlangte Bezahlung.

Eliste bot ihm einen silbernen Ring an, der dem Besitzer kaum einen Blick wert war. »Bargeld«, sagte er.

Damit hatte sie nicht gerechnet. »Aber das ist alles, was ich habe«, erklärte sie höflich.

»Was glaubst du eigentlich, wo du bist?« Sie gab keine Antwort, und er starrte sie solange an, bis sie sich unbehaglich wand. »Was denkst du dir bloß?«

»Aber … aber … das ist ein sehr hübscher Ring, aus echtem Silber …«

»Plunder, weiter nichts. Was soll ich damit anfangen? Also gut, gibt ihn her, ich werd ihn halt nehmen. Aber eines laß dir gesagt sein, kleines Mädchen. Probier das nicht noch einmal. Sonst gehst du demnächst noch mit deinen Kinkerlitzchen bei den Gendarmen hausieren.« Er blickte in ein aufgerissenes, verängstigtes Augenpaar und wurde milder gestimmt. »Und jetzt hör mir mal zu. Wenn du noch mehr Schmuck hast, möchtest du ihn vielleicht zu Bargeld machen. Probier's mal bei den Pfandleihern und such dir einen, der dir einen guten Preis zahlt.«

»Einen Pfandleiher?« Das war ein seltsamer Gedanke. »Wo finde ich so einen?«

»In der Pfandstraße natürlich. Wo sonst?« Als sie ein verwirrtes Gesicht machte, setzte er mit einem Anflug von Ungeduld hinzu: »Am anderen Flußufer, zwischen der Rattenstadt und dem Achten Distrikt. Dort sind die Pfandleiher. Blutsauger, alle miteinander. Paß auf dich auf, kleines Mädchen.«

Sie bedankte sich bei ihm und verließ das Café, einerseits froh darüber, den Ort, wo sie sich bloßgestellt hatte, hinter sich zu lassen, andererseits voller Widerwillen, da sie nun wieder der Eiseskälte ausgesetzt war. Allerdings war es nicht so schlimm, wie sie befürchtet hatte. Der Wind hatte nachgelassen und war nicht mehr so schneidend. Morgendlicher Sonnenschein übergoß die Straße mit einem blendenden Glanz. Die Läden hatten jetzt geöffnet, Karren und Kutschen waren unterwegs, vermummte Fußgänger mit weißen Atemwolken vor den Mündern gingen ihren Geschäften nach, eine nicht unangenehme Betriebsamkeit. Das Ausruhen und die warme Mahlzeit hatten ihr gutgetan. Ihre Kleider waren fast wieder trocken. Sie fühlte sich jetzt stärker, tapferer, eher imstande, der Kälte, der Angst und dem Kummer zu widerstehen, die sie von innen her auskühlen würden, ließe sie es nur zu.

Bald fand sie heraus, daß es am besten war, wenn sie sich auf das Naheliegende richtete. Wenn sie angefangen hätte nachzudenken – wenn sie sich Gedanken gemacht hätte über ihre Aussichten auf den Straßen von Sherreen oder über die Aussichten ihrer gefangenen Freunde und Verwandten –, wäre sie gewiß in Panik verfallen und laut schreiend losgerannt. Aber den Vir zu überqueren und die Pfandstraße zu suchen – daran konnte sie denken. Wenn sie erst einmal dort war, würde sie daran denken, einen Käufer für ihren Schmuck zu finden, und wenn sie etwas Geld hatte, würde sie daran denken, sich einen Unterschlupf zu suchen, einen Ort, an dem es warm und sicher war …

Nirgends ist es sicher.

Nicht dran denken. Erstmal über den Fluß und zur Pfandstraße. Und sonst nichts.

Als sie jedoch die Vinculum-Brücke überquert hatte und sich in der Nähe des Grabes befand, hatte sie keine Gewalt mehr über ihre Gedanken und Empfindungen. Nur ein paar Straßen entfernt überragte die alte Festung die umliegenden Gebäude. Elistes Füße wollten nicht mehr weiter. Unwillkürlich blieb sie stehen und starrte zum Grab hinüber; eine ganze Weile konnte sie den Blick nicht abwenden. Zeralenn … Aurelie … Kairthe, alle waren sie dort, und was hatten sie im Augenblick wohl gerade zu erleiden? Dann fiel ihr ein, daß ihre Leiden nicht von langer Dauer sein würden. Die Zeitspanne zwischen Verhaftung und sogenannter Verhandlung war meistens kurz; die Zeitspanne zwischen Verhandlung und Hinrichtung noch kürzer. Ein paar Tage, manchmal auch nur einige Stunden …

Kann ich denn gar nichts tun? Kann mir niemand helfen? Es muß doch eine Möglichkeit geben!

Nichts. Niemand.

Wieder strömten ihr die Tränen über das Gesicht, und Vorbeigehende starrten sie an; das war nun wirklich das letzte, was sie wollte. Sie wischte sich brüsk über das Gesicht und merkte, daß sie schon wieder einen Fehler gemacht hatte. Ihr Taschentuch war hauchdünn, mit wunderschönen Stickereien verziert und von Spitze gesäumt; so etwas besaßen nur Adlige, und es mußte einfach auffallen. Sie hätte es niemals in der Öffentlichkeit benutzen dürfen. Wie viele solche Fehler konnte sie sich noch leisten?

Sie riß den Blick von den Granittürmen los und eilte weiter. Sie befand sich mittlerweile im Achten Distrikt, den sie bislang nur durch das Fenster einer fahrenden Kutsche gesehen hatte, und dann hatte sie meistens die Augen abgewandt. Jetzt aber mußte sie hinschauen. Die Häßlichkeit schloß sie ein und beleidigte all ihre Sinne. Bröckelnde Fassaden, verfallende Häuser und Läden, auf denen rote Diamanten prangten; diese armselige Gegend war nämlich die eigentliche Wiege des Reparationismus (dessen Triumph, dem allgemeinen Eindruck nach zu schließen, das Los seiner Anhänger allerdings kaum verbessert hatte). Jeder zweite Laden gehörte entweder einem Astrologen, Wahrsager, Handleser oder selbsternannten ›Heiler‹. Tavernen, nach ranzigem Öl stinkende Garküchen und Zimmer in Bruchbuden, die für einen Spottpreis zu mieten waren. Die Anwohner zerlumpt, schmutzig und mit verfilztem Haar. Verkniffene, ausgehungerte Gesichter, gezeichnet von Krankheit und Verzweiflung. Böse, verschlagene, gierige Gesichter. Verkrüppelte und verwachsene Leiber. Zahllose Bettler, von denen einige kaum mehr als Menschen kenntlich waren. Laute Stimmen, eine ruppige Sprache. Und dann der Gestank – wie hielten sie das bloß aus? Über die ganze Länge der Brückenstraße hinweg brennende Abfallhaufen am Straßenrand, umringt von bibbernden Gestalten; zusammen mit dem beißenden, gelblichen Qualm, von dem einem die Augen tränten, wehten Schmutz und Asche durch die Luft. Mit dem Qualm vermischt der Gestank nach ranzigem Öl, fauligem Fisch, ungewaschenen Leibern. Die Straße selbst war eine offene Kloake, die im Augenblick gerade verstopft war; der sonst vom Regen saubergespülte Rinnstein war zugefroren, und der Dreck staute sich darin.

Eliste wagte es nicht, sich das Taschentuch vor die Nase zu halten. Mit gesenktem Kopf und flach atmend eilte sie die Brückenstraße entlang, im Vertrauen darauf, daß der graubraune Dunst sie vor neugierigen Blicken schützen werde. Allerdings blieben ihre gediegene Kleidung und ihr hübsches Gesicht nicht einmal in diesem Nebel unbemerkt. Ein Konzert von Zungenschnalzern und Schmatzlauten begleitete sie.

Angewidert und verängstigt beschleunigte sie ihren Schritt, um den Achten Distrikt so bald wie möglich hinter sich zu lassen. So schnell sie konnte die Brückenstraße entlang; in eiligem, beunruhigtem Trott durch die düstere und, auch wenn sie davon nichts wußte, berüchtigte Knüppelgasse; dann hatte sie endlich die Pfandstraße erreicht, welche die Grenze des Distrikts markierte. Unmittelbar vor ihr lag die Rattenstadt, die bevorzugte Wohngegend von Studenten, Bohemiens und unterschiedlichen, höchst lautstarken Unzufriedenen; eine Gegend, die, was Sicherheit und die Güte der Luft betraf, einen erheblich besseren Ruf genoß als der Achte Distrikt.

Wie beschrieben wimmelte es in der Pfandstraße von Pfandhäusern. Die Hälfte der in Sichtweite befindlichen Gebäude waren mit dem vergoldeten Zeichen der Pfandleiher gekennzeichnet. Eliste wanderte an den

Häusern entlang und sah nacheinander in die Läden, deren jeder die verlorenen Besitztümer von Fremden zur Schau stellte: Schmuck und Tafelsilber, Möbel und Kunstgegenstände, Waffen, Werkzeuge und mit samtigem Staub bedeckte Musikinstrumente. Große Unterschiede gab es nicht. Schließlich betrat sie einen großen, vergleichsweise sauberen Laden, dessen Schild frisch gemalt war. Es waren keine Kunden darin. Hinter einer Theke neben der Tür stand der Pfandleiher, ein dicker Bourgeois mit dem Gesicht einer zuschnappenden Schildkröte. Er beäugte sie mit der unverhohlenen Neugier, die ihre Erscheinung in dieser Gegend der Stadt stets hervorzurufen schien. Wahrscheinlich glaubte er fälschlicherweise, sie wolle etwas kaufen. Die ersten Worte aus ihrem Mund würden ihn eines Besseren belehren, aber sie mußte vorsichtig sein. Keine gestochene Ausdrucksweise, nichts, was sie verraten könnte, nur keine Fehler mehr. Sie war eine Gemeine, eine ganz gewöhnliche Grisette. Aber nicht in Sherreen aufgewachsen – damit wäre sie niemals durchgekommen.

Den rauhen Ton der Städter hätte sie noch leidlich erfolgreich nachahmen können. Die zahllosen Gesten, Ausdrücke, Haltungen, Gewohnheiten und Geschmäcker jedoch, welche die geborene Sherreenerin auszeichneten, hätte sie niemals alle eingefangen; das wäre nicht einmal dem besten Beobachter der Welt gelungen, und davon war sie weit entfernt. Sie hätte sich bestimmt verraten und wäre auf irgendeiner unsichtbaren Untiefe aufgelaufen, und dann hätte man gemerkt, daß sie nicht die war, als die sie sich ausgab.

Doch es gab noch eine andere Ausdrucksweise, die selbst für den fanatischsten Reparationisten annehmbar war, eine Sprache, die sie vollendet nachahmen konnte, da sie sie seit frühester Kindheit kannte – die schleppende Redeweise eines Fabequer Bauern. Kairthes Dialekt. Drefs Dialekt. Niemand, der sie so sprechen hörte, würde merken, daß sie sich verstellte. Selbst in Fabeque wäre ihr die Täuschung gelungen. Und hier in Sherreen würden ihre kleinen Fehler zwar Aufmerksamkeit, aber keinen Verdacht erregen, denn die Erklärung läge auf der Hand – sie wußte es halt nicht besser. Sie war eine Provinzlerin.

Sie breitete ihren Schmuck auf der Theke aus. »Was kriege ich dafür?« fragte sie, wobei sie sich wie Kairthes Schwester anhörte.

Der Mann prüfte den Schmuck ohne Eile und anscheinend auch ohne Neugier. »Zwanzig«, bot er ihr schließlich an.

Die Schmuckstücke waren mindestens das Fünfzehnfache wert, wahrscheinlich sogar erheblich mehr. Das Blut schoß ihr in die Wangen. Er hielt sie für ein Dummchen, das er mühelos übers Ohr hauen konnte. Aber da hatte er sich geirrt. Sie würde es ihm schon zeigen. »Probier das nicht mit mir«, erwiderte sie und hätte beinahe vergessen, ihre Ausdrucksweise zu verändern. Innerlich wappnete sie sich für den Kampf.

Er machte sich nicht die Mühe zu antworten.

»Komm schon, mach mir ein besseres Angebot«, drängte sie.

Keine Antwort, keine Regung. Er war wie versteinert. Aber sie würde sich nicht von ihm unterkriegen lassen. Sie sammelte das funkelnde Geschmeide wieder ein und warnte ihn mit Kairthes Stimme: »Ich hab keine Zeit zu verplempern. Mach endlich ein ernsthaftes Angebot, oder ich bin weg.« Sie verstaute die Schmuckstücke in ihrer Tasche und wandte sich zur Tür.

Jetzt würde er sie natürlich zurückrufen, ihr mehr Geld anbieten, mit ihr feilschen.

Kein Wort von ihm. Sie ging hinaus. Er unternahm keinen Versuch, sie zurückzuhalten. Ganz gleich, woanders würde sie schon mehr Erfolg haben. In der Pfandstraße wimmelte es von Pfandleihern.

Der Pfandleiher im nächsten Laden bot ihr achtzehn Rekkos für den Schmuck; der übernächste siebzehn. Dann waren es wieder achtzehn. Dann neunzehn. Sechzehn. Zwanzig. Über die ganze Pfandstraße hinweg unterschieden sich die Angebote höchstens um ein oder zwei Rekkos. Ein Gauner bot ihr elf Rekkos an, doch das war eine Ausnahme. Niemand bot mehr als zwanzig. Es brauchte etwa ein Dutzend Anläufe, bis sie sich mit zwanzig Rekkos zufriedengab.

Abermals stand sie auf der Straße; ihre Netzbörse war nicht mehr leer, aber auch nicht annähernd so voll, wie sie erwartet hatte. Ihre zahlreichen Ladenbesuche hatten sie viel Zeit gekostet. Es war bereits später Nachmittag. Sie war müde, und die Füße taten ihr weh. Vom langen Stehen hatte sie Rückenschmerzen, und die Kälte arbeitete sich bereits wieder durch die Kleider hindurch. Vor allem aber hatte sie jetzt Hunger. Es war viele Stunden her, seit sie zum letztenmal etwas gegessen hatte. Sie brauchte etwas zum Essen, kein Zweifel, aber wieviel würde das kosten? Die Beschränktheit ihrer Mittel machte ihr auf einmal Angst. Ein Roseneis im Café der Neuen Arkade kostete zwei Rekkos. Wie lange würden ihre zwanzig bei diesen Preisen reichen?

Aber schließlich war sie nicht in der sündhaft teuren Neuen Arkade. Das gemeine Volk lebte von der Hand in der Mund, und so schlau war sie wohl auch. Sie bog von der Pfandstraße ab, folgte der Universitätsstraße bis zur Rattenstadt, betrat das erstbeste Kaffeehaus auf dem Weg und ließ sich dankbar auf einen Stuhl sinken. Das Lokal war voller Studenten, laute Burschen mit offenen Gesichtern und lebhaften Gesten. Eliste erschienen sie wie halbwüchsige Jungen, obwohl sie ja in ihrem Alter waren. Sie wußten gar nicht, welches Glück es bedeutete, so frei und sorglos zu sein. Eliste wünschte, sie wäre eine von ihnen gewesen und könnte sich unter ihnen verlieren. Wohl wahr, die Universität nahm keine Frauen auf, aber wenn sie sich nun als Junge verkleidete?

Verrückt. Anscheinend stieg ihr der Hunger zu Kopf. Eliste bestellte etwas, das nicht viel kostete – Tee ohne Honig, um ein paar Bequinen zu sparen, und ein einfaches Brötchen anstelle einer Brioche. Sie aß langsam und zog das Kauen in die Länge. Aber nicht allzu lange. Es wurde schon spät, und sie mußte noch einen Unterschlupf für die Nacht finden – ein sauberes, ruhiges Zimmer mit einem warmen Ofen. Am besten schob sie es nicht länger hinaus – aber es war so schwer, wieder in die entsetzliche Kälte hinauszugehen, da sie doch so müde und immer noch hungrig war …

»Hast du Lust, dann setz dich zu uns?«

Sie schaute verblüfft hoch. Dicht vor ihr stand ein Mann. Er war kein Student, das sah sie sofort; nicht jung genug, zuviel Schmutz unter den Fingernägeln. Das Lächeln zu breit, zu selbstbewußt, und er hatte schlechte Zähne. Sie sah weg.

»Setzt du dich zu uns?« wiederholte er, als meinte er, sie habe ihn nicht gehört. »Dort drüben.« Er deutete zu einem Tisch in der Ecke, an dem zwei Männer saßen und ihr zugrinsten und Grimassen schnitten.

Affen, dachte sie und schüttelte unwirsch den Kopf.

»Keine Angst, wir werden dich schon anständig behandeln. Spendieren dir was zu trinken und so. Komm schon.« Da sie nicht antwortete, faßte er sie beim Arm. »Na komm.«

Sie erstarrte. Er hatte es gewagt, sie anzurühren! Unter gewöhnlich Umständen hätte sie ihn mindestens auspeitschen lassen. »Laß mich los«, flüsterte sie, ohne ihre Aussprache zu verstellen; allerdings hatte sie so kurz und so leise gesprochen, daß der Fehler unbemerkt blieb.

»Na los, na los«, meinte er besänftigend.

Er tat ihr nicht weh, umklammerte sie jedoch wie eine Schlingpflanze, und sie saß in der Falle. Keine Gegenwehr. Nicht schreien. Kein Aufsehen erregen. Nicht um Hilfe rufen; es gibt keine Hilfe, nicht für die adligen Ausgestoßenen. Die bloße Angst und Wut eines gefangenen Tieres flammten in ihr auf. Am liebsten hätte sie gebissen und gekratzt, doch davon ahnte ihr Gegenüber sicherlich nichts; unverwandt lächelnd redete er weiter auf sie ein. Eliste nickte und stand auf. Das Geplapper des Mannes hörte auf, der Griff seiner feuchten Hand lockerte sich. Mit einer raschen Drehung machte sie sich von ihm los und verließ das Lokal gemessenen Schritts, obwohl sie am liebsten gerannt wäre.

Wieder draußen auf der kalten Universitätsstraße. Vor lauter Hunger hörte sie ihren Magen knurren. In der Eile hatte sie das angebissene Brötchen auf dem Tisch liegengelassen, weswegen sie sich einen Narren schalt. Aber es hatte keinen Zweck, sich zu ärgern. Im Augenblick mußte sie ein Zimmer finden. Bis zum Einbruch der Dunkelheit waren es noch ein paar Stunden. Diese Zeit mußte reichen.

Weiter durch die Rattenstadt, bis zu einer netten, sauberen und geräumigen Pension, deren Besitzer dreißig Rekkos pro Monat verlangte, zahlbar im Voraus. Nein, er lasse nicht mit sich handeln. Wenn die junge Dame ein Zimmer für eine Nacht oder auch nur stundenweise suche, dann würden sie die Häuser im Achten Distrikt zweifellos mit Freuden aufnehmen. Guten Abend.

Die nächste Pension war deutlich weniger sauber und geräumig, dafür war die Miete niedriger: zweiundzwanzig Rekkos pro Monat. Schon besser, aber immer noch zuviel.

Danach ein schmuddeliges und verfallenes altes Wohnhaus, das bis zum Dachgiebel mit Studenten vollgestopft war und einen recht angenehmen Eindruck machte, allerdings waren Frauen nicht zugelassen. Tut uns leid.

Eine weitere überfüllte und heruntergekommene Pension; nur vierzehn Rekkos pro Monat, ein günstiger Preis. Allerdings wurden drei Monatsmieten im voraus gefordert. Nein, keine Ausnahmen. Tut uns leid. Ob die junge Dame es schon im Achten Distrikt versucht habe?

Die junge Dame begann es zu erwägen. Der Nachmittag neigte sich dem Abend zu, und bald würde die Sonne untergehen. Die Vorstellung, abermals bei Nacht allein auf der Straße zu stehen, schien unerträglich. Sie war mittlerweile todmüde, fürchterlich hungrig und durchfroren. Sie brauchte ein Zimmer, ganz gleich wo.

Wieder denselben Weg zurück, den sie gekommen war. Ein mühsamer Marsch zurück in das qualmverhangene Elendsviertel. Noch vor wenigen Stunden war ihr von der Umgebung und den Gerüchen beinahe schlecht geworden. Jetzt störte sie sich kaum noch daran.

Sie brauchte einen Unterschlupf, bevor es dunkel wurde. Nur darauf kam es an.

An der Ecke Brückenstraße und Knüppelgasse lag ›Prilqs Herberge‹, mit einem Schild ›Zimmer zu vermieten‹ im schmierigen Erdgeschoßfenster. Eliste sah es sich eine Weile an. Die sogenannte Herberge wirkte mit ihrer schmutzigen, abblätternden Fassade, den verrosteten Dachrinnen und den düsteren, geborstenen Fensterscheiben nicht sehr einladend; aber vielleicht war das auch gerade gut so – bestimmt waren die Zimmer billig. Eliste betrat das dunkle, niedrige Foyer, wo sie Prilq persönlich antraf, der sich hinter dem Empfangsschalter verneigte. Prilq war weder jung noch alt, ungewaschen und übelriechend, hatte schütteres Haar und wirkte unscheinbar, abgesehen von seinen ungewöhnlich wulstigen, breiten und rosigen Lippen, die beinahe so feucht und schmollend waren wie die eines Mädchens. Während er sie musterte, schwollen die üppigen Lippen an.

Ja, die Miete war erstaunlich niedrig, nur ein paar Bequinen pro Nacht; noch niedriger war der Preis für diejenigen Mieter, die bereit und in der Lage waren, eine Woche im Voraus zu bezahlen. So, der Handel war abgeschlossen, und sie war für mindestens sieben Nächte in Sicherheit. Ihre Stimmung hellte sich ein wenig auf.

»Könnte ich dann das Zimmer sehen?« fragte sie im Fabequer Tonfall.

»Jetzt gleich?« Prilq spitzte die rosigen Lippen. Er schien hin und her gerissen zwischen Überraschung und Belustigung. »Jetzt? Oh, das Zimmer ist noch nicht ganz fertig, wirklich. Meine Gäste lassen sich meist erst später blicken. Wie wär's, wenn du in zwei Stunden wiederkämst? Dann wäre alles fertig.«

In zwei Stunden... dann könnte sie vorher noch etwas essen, und es wurde allmählich Zeit, daß sie etwas zu sich nahm. Ihr Magen knurrte und zappelte schon wieder; erstaunlich, wie oft er das tat. Sie kehrte bei einem nahegelegenen schmuddeligen Speiselokal ein und genehmigte sich ein höchst bescheidenes Abendessen. Auf diese Weise würde das Geld fünf Wochen reichen, vielleicht sogar noch ein wenig länger. Und was dann? Sie mußte sich irgendwie ihren Unterhalt verdienen, und das bedeutete, daß sie Arbeit finden mußte. Das war ein erstaunlicher Gedanke; sie, die Tochter eines Marquis – und arbeiten?

Oder auf der Straße verhungern.

Aber welche Beschäftigung wäre passend für sie? Wozu taugten ihr höfischer Schliff, ihr gutes Benehmen, ihre modischen Errungenschaften oder etwa ihre vorzügliche Reitkunst? Ihr Tanzstil war stets sehr bewundert worden – vielleicht konnte sie ja Unterricht geben? Oder sich als Gouvernante verdingen? Oder als Assistentin bei einer Modistin?

Das würde schon gehen, ansonsten würde sie das Nötige halt lernen, wenn man sie nur ließe.

Aber ohne einen Leumund? Ohne Erfahrung? Ohne Zeugnisse?

Wie würde Dref sich in einer solchen Lage verhalten?

Ich könnte mir die Zeugnisse auch selbst ausstellen. Sogar sehr gute.

Auf dem Rückweg zu Prilqs Herberge zerbrach sie sich noch immer den Kopf. Mittlerweile war es schon recht dunkel geworden. Der über die nahezu undurchdringlichen gelblichen Rauchschwaden orangefarben flackernde Schein der brennenden Müllhaufen verlieh der Brückenstraße eine einzigartig infernalische Aura. Schattengestalten, die mit ihrer mehrlagigen Vermummung wie Dämonen wirkten, huschten hin und her. Aus den Schatten rief man sie mit heiserer Stimme an, und sie ging schneller; doch nun, da sie wußte, wohin sie sich wenden konnte, hatte sie weit weniger Angst als zuvor.

Die Fenster von Prilqs Herberge waren notdürftig erleuchtet. Eliste trat ein und bat um den Schlüssel. Prilq spitzte überrascht und belustigt die Lippen. Es gäbe keinen Schlüssel, teilte er ihr mit und beschrieb ihr den Weg zu ihrem Zimmer, ohne ihr seine Begleitung oder eine Kerze anzubieten. Es läge im fünften Stock, ganz oben.

Eliste begann die Treppe hochzusteigen. Die Herberge war größer, als es zunächst den Anschein gehabt hatte, auf jedem Stock mündeten vier Zimmer auf einen mittleren Treppenabsatz. Auf den ersten drei Stockwerken wurde die Treppe von Kerzenleuchtern an der Wand erhellt. Anschließend mußte Eliste sich durch die kalte Dunkelheit vorantasten. Das Geländer umklammernd, stieg sie die stockdunkle Treppe empor, eingehüllt von einer Finsternis, in der es knarrte, quietschte und raschelte, in der man von oben das dumpfe Geräusch von Schritten, gedämpfte Stimmen und hin und wieder Gelächter hinter verschlossenen Türen vernahm. Am Kopf der Treppe im fünften Stock gab es nur eine einzige Tür, unter der ein schmaler Lichtstreifen hindurchfiel. Ihr Zimmer. Sie öffnete die Tür und verharrte stocksteif auf der Schwelle. *Ihr* Zimmer? Das Inferno der Brückenstraße war nichts dagegen.

Ein großer Raum nahm die ganze Etage von Prilqs Herberge ein. Im schwachen Schein einer Lampe sah man nackte Wände, kahlen Boden und niedrige Deckenbalken. In der Ecke stand ein Eimer für die Notdurft, der nicht abgedeckt war. Die ganze Länge des Raumes wurde von einem Bord eingenommen, das etwa einen halben Meter über dem Boden angebracht war. Das war das Bett. Eine fünf Zentimeter breite Holzleiste diente als Kissen. Das Bord war mit Segeltuchsäcken gepolstert, doch es gab keine richtigen Matratzen, keine Laken, keine Steppdecke. Die ganze Bettwäsche bestand aus vier schmutzigen, fadenscheinigen Decken und einer Persenning, die sich zwei Dutzend Frauen teilten, die wie menschliche Gepäckstücke im Laderaum eines Sklavenschiffs verstaut waren.

Ihr Alter reichte von siebzehn bis siebenundfünfzig; darunter arbeitslose Näherinnen, eine glücklose Witwe ohne Unterstützung sowie gewöhnliche Streunerinnen. Die Bruderschaft (oder besser Schwesternschaft) der Straße war hier stark vertreten; offenbar suchten die weiblichen Bettler in Absteigen wie dieser Zuflucht vor der Winterkälte. So unterschiedlich sie auch sein mochten, wirkten die Frauen einander doch seltsam ähnlich, als seien sie in ihrem Elend mehr oder weniger gleich. Die unter den schmuddeligen Decken hervorschauenden Gesichter hatten eine gleichförmig gräuliche Farbe. Unter den Decken waren die Frauen vollständig bekleidet, nicht einmal die Schuhe wagten sie auszuziehen – aus Angst, bestohlen zu werden. Ein paar Lumpen markierten das Terrain; die Glücklicheren, die über eigene Habseligkeiten verfügten, schliefen auf ihren Taschen und Bündeln.

Es war kalt – es gab nämlich keinen Ofen –, und es herrschte ein unbeschreiblicher Gestank. Der Raum hatte nur zwei Fenster, die wohl beide seit mindestens dreißig Jahren nicht mehr geöffnet worden waren. Der Gestank von Jahrzehnten hatte sich hier eingenistet – abgestandene Luft, Schweiß, Öl, Dreck und Blut; billiger Schnaps, Qualm und Tabak; Erbrochenes und Durchfall – ein widerliches Gemenge alter und neuer Gerüche. Eliste mußte davon würgen. Einen Augenblick lang verharrte sie auf der Schwelle, schnappte nach Luft und überlegte, ob sie wieder nach unten gehen sollte; Beschwerden, Vorhaltungen, Argumente, Drohungen und Bitten. Aber was hätte das genützt? Wenn Rosenlippe Prilq ein besseres Zimmer hätte, dann würde sie es sich nicht leisten können. Entweder sie schlief in diesem Höllenloch, oder sie kehrte wieder auf die Straße zurück, eine Vorstellung, die ihr unerträglich war.

Dann also ins Bett, ganz am Rand des Bords, dort, wo noch ein wenig Platz war. Eliste überwand ihren Widerwillen und kroch hinauf, sorgsam darauf bedacht, nicht die ihr benachbarte ausgemergelte, leichenhafte Gestalt zu berühren; dann deckte sie sich mit einem Stück der schmierigen Persenning zu und lag mit fest zusammengepreßten Augen wie erstarrt da. Im Schlafsaal war es einigermaßen ruhig. Ein paar Frauen schnarchten, und ein paar Meter entfernt, in der Mitte des Bettes, vernahm man das unaufhörliche Gemurmel einer Betrunkenen, Fiebernden oder Verrückten; das war jedoch die einzige Stimme, die zu hören war. Von den zwei Dutzend Anwesenden waren sicherlich einige wach, doch niemand sprach; entweder aus Rücksicht gegenüber den Schläferinnen, oder aber, weil sie zu leblos waren, zu verzweifelt und ausgehungert, um kostbare Kraft auf eine Unterhaltung zu verschwenden. Die Lumpen, auf denen Eliste lag, waren zu Riffeln und Höckern zusammengepreßt, die an erstarrte Lava erinnerten. Sie waren eindeutig feucht, und sie stanken abscheulich. Ständig wechselte Eliste in der vergeblichen Hoffnung, ein wenig Bequemlichkeit zu finden, die Lage. An einem solchen Ort würde sie bestimmt keinen Schlaf finden, niemals...

Ihre tiefe Erschöpfung gewann jedoch bald die Oberhand über ihr Unbehagen, und sie fiel in einen unruhigen Schlaf, aus dem sie nach kurzer Zeit wieder durch einen Stich aufgeschreckt wurde. Sie setzte sich jäh auf und sah winzige dunkle Tierchen in alle Richtungen davonhuschen. Das Bettzeug wimmelte von Ungeziefer – ob es nun Flöhe oder Wanzen waren, konnte sie nicht erkennen, aber es waren viele, und sie schienen unersättlich. Unwillkürlich schrie sie auf. Sie schlug heftig aufs Bettzeug und auf ihre Kleider. Die leichenhafte Gestalt neben ihr wälzte sich leise fluchend auf die Seite. Eliste hörte auf. Sie hatte das Ungeziefer verscheucht, aber es würde zweifellos wiederkommen. Sie konnte diesen abscheulichen Ort keinen Augenblick länger ertragen, sie mußte hier weg...

Aber wohin? Zurück auf die Straße, mitten in der Nacht?

Sie würde nirgendwohin gehen – zumindest jetzt nicht. Eliste seufzte und legte sich zurück, preßte die Augenlider zu und versuchte, nicht an das Ungeziefer, den Dreck und den Gestank und vor allem nicht an Zeralenn, Kairthe, Aurelie, Meureille, Bayelle und die Quenubles zu denken; versuchte überhaupt nicht zu denken. Richtig schlafen aber konnte sie auch nicht. Hin und wieder schlummerte sie ein wenig, wachte auf und nickte wieder ein, wobei die Zeiten des Schlafens und Wachens ununterscheidbar ineinander übergingen. Sie verbrachte eine lange, qualvolle Nacht.

Als die eisige Morgendämmerung anbrach, kam Prilq, um sie aus dem Haus zu scheuchen. Die Frauen, offenbar daran gewöhnt und zu müde und gebrochen, um Widerstand zu leisten, gehorchten ohne Widerrede; wie Marionetten schlurften sie in unnahbarem Schweigen die fünf Treppenabsätze hinunter. Eliste stand als letzte auf. Sie stellte fest, daß es im Schlafsaal keinen Waschtisch gab; keinerlei Gelegenheit, sich ein wenig frisch zu machen, kein kaltes Wasser, um die juckenden Bisse, mit denen ihre Knöchel übersät waren, darin zu baden. Die Empörung ließ sie kühn werden. Sie beklagte sich bitterlich.

Prilq zeigte sich nicht beleidigt. In ruhigem Ton erklärte er ihr, daß sie für einen geringen Aufpreis eine Schüssel, einen Wasserkrug und Seife haben könne. Was den Raum angehe, so werde er tagsüber für bestimmte Zwecke benötigt, die er nicht weiter ausführte, und daher müßten die Gäste frühzeitig aufbrechen. »Aber *du*, mein Zuckerelfchen, kannst natürlich so lange bleiben, wie du möchtest.« Er spitzte seine feucht glänzende Schnute. Sein Blick fühlte sich ebenso klamm an wie seine Hand.

Eliste ging auf der Stelle, denn sie fühlte sich beschmutzt. Hätte sie Prilq nicht für eine Woche im voraus bezahlt, würde sie sich eine andere Unterkunft gesucht haben. Aber sie hatte ihn bezahlt, und er würde ihr bestimmt keine einzige Bequine zurückgeben, und soviel zu opfern konnte sie sich nicht leisten – es sei denn natürlich, sie erschloß sich irgendeine Einnahmequelle.

Eine Beschäftigung. Bevor der Tag um war, würde sie sich eine ordentliche Stelle suchen, und dann könnte sie Rosenlippe und seiner unsäglichen Herberge getrost den Rücken kehren. Aber wie fing sie das am besten an?

Auf der Brückenstraße herrschte bereits reges Treiben, die zerlumpten Anwohner eilten geschäftig umher. Im Rinnstein kokelte Abfall vor sich hin, dichter, erstickender Qualm hing über den Gehsteigen, hüllte die abgerissenen Gestalten ein und dämpfte ihre rauhen Stimmen. Ein paar Sonnenstrahlen durchdrangen den Dunst. Es würde wieder ein wolkenloser Wintertag werden, schneidend und bitterkalt. Mit gesenktem Kopf schritt Eliste zügig aus und mied den Augenkontakt mit Passanten, denn sie hatte herausgefunden, daß sich diese dadurch zu frechen Sprüchen und Derbheiten herausgefordert fühlten. Bald darauf hatte sie gefunden, was sie gesucht hatte – einen heruntergekommenen Straßenverkäufer mit einem Karren, der allen möglichen Krimskrams feilbot. Von ihm erstand sie Feder, Tinte und Papier; eine beträchtliche Ausgabe, aber vielleicht dennoch eine lohnende. Mit den Schreibsachen betrat sie eine nahegelegene Garküche, und dort verfaßte sie beim Frühstück drei begeisterte Empfehlungsschreiben von erfundenen Fabequern, deren Namen bestimmt niemals überprüft werden würden. Dergestalt ausgerüstet machte sie sich voller Entschlossenheit daran, eine Arbeit zu suchen.

Zu Anfang war sie noch zuversichtlich, sich der Wirkung ihrer Erscheinung gewiß und rechnete im Vertrauen auf die gefälschten Empfehlungsschreiben mit einem sofortigen Erfolg. Allerdings erwies sich das Unterfangen als weitaus schwieriger als zunächst angenommen. Eliste wanderte durch die Straßen der Rattenstadt, klopfte an fremden Türen, wartete in fremden Eingängen und Foyers, versuchte Fremde zu beschwatzen und lächelte, lächelte, lächelte, lächelte. Während die Stunden verstrichen, ihre Erschöpfung zunahm und die Zurückweisungen immer mehr wurden, verlor ihr Lächeln seinen Glanz. Gegen Mittag legte sie eine kurze Pause ein, um sich auszuruhen und etwas zu essen, wobei sie mit jeder Bequine geizte; dann weiter durch die Rattenstadt bis in die bourgeoise Wohngegend, die daran angrenzte, bloß um auf ihre Anfragen weitere Ablehnungen zu ernten und um vor verschlossenen Gesichtern und versperrten Türen zu stehen. Als die Sonne unterging, war sie völlig erschöpft und entmutigt. Vor ihr lag ein langer Fußweg zurück zum Achten Distrikt, eine weitere Nacht in Prilqs verwanzter Herberge. Gleichgültig. Morgen würde sie bestimmt mehr Glück haben.

Doch es kam anders. Abermals über die Vinculum-Brücke hinüber, diesmal um sich auf dem Ufermarkt umzuschauen, dessen kläglicher Zustand Eliste den Grund für ihr Elend vor Augen führte. Trotz des Sonnenscheins und des klaren, kalten Wetters waren etwa ein Drittel der Buden geschlossen und verrammelt. An den übrigen Ständen wurde eine armselige Auswahl minderwertiger Waren zu ermäßigten Preisen feilgeboten. Haushaltswaren waren knapp und Einfuhren aus dem Ausland sündhaft teuer, denn die Landeserzeugnisse kamen notwendigerweise in erster Linie den Revolutionstruppen zugute, die damit beschäftigt waren, die überall in den Provinzen aufflackernden Aufstände niederzuwerfen. Alle Gruppen der Zivilbevölkerung hatten darunter zu leiden. Die Bauern auf dem Lande wurden ausgeplündert und ihre Ernte beschlagnahmt, um die Republikanische Garde zu ernähren. Die Geschäftsleute in der Stadt, denen es an Fleisch und Gemüse, überhaupt an allen möglichen Waren mangelte, schlossen zu Hunderten ihre Läden. In Vonahr herrschten größere Not und bittererer Hunger als zu Dunulas' Zeiten. Wahrer Patriotismus erforderte freudige Opferbereitschaft, wenn es um die Verteidigung der noch jungen Republik ging. Zumindest behauptete das Whiss Valeur. Doch diese politisch begründete Begeisterung ließ sich nur schwer aufrechterhalten, da die ruinierten, besitzlos gewordenen und hungernden Opfer des Bürgerkriegs, von ihren geplünderten Höfen und aus ihren verwüsteten Dörfern vertrieben, in die größten vonahrischen Städte strömten – vor allem aber nach Sherreen. Sie hatten Hunger, sie froren, sie suchten verzweifelt nach Arbeit, die es kaum gab, nicht einmal für die ausgebildeten Handwerker und die erfahrenen Arbeiter unter ihnen. Mit dieser Konkurrenz versuchte Eliste vo Derrivalle es mit ihrem hübschen Gesicht und ihren gefälschten Dokumenten aufzunehmen.

Ein weiterer Tag der erfolglosen Suche. Eine weitere qualvolle Nacht in der Herberge, diesmal mit einer neuen Steigerung des Elends; eine der namenlosen Mieterinnen, die offenbar an Schlaflosigkeit litt, tröstete sich die ganze Nacht über mit einer übelriechenden Tonpfeife, deren Qualm alsbald das ganze Bett einnebelte. Am Morgen zahlte Eliste widerwillig fünf Bequinen für die Benutzung des Waschtischs, kaltes Wasser und ein Bröckchen steinharter Seife. Diese Ausgabe hielt sie für unvermeidbar, denn das Leben im Achten Distrikt hinterließ bei ihr bereits erste Spuren. Ihre ungewaschene Haut war matt geworden und juckte, ihr ungewaschenes Haar war strähnig, ihre ungewaschenen Kleider machten einen zunehmend ungünstigen Eindruck. Sie mußte ordentlich aussehen: wie sollte sie sonst jemanden davon überzeugen, sie einzustellen? Sie richtete sich her, so gut es in der begrenzten Zeit und mit ihren beschränkten Mitteln möglich war, dann versuchte sie ihr Glück in einer anderen Gegend.

Sie hatte Pech. An diesem Tag verzichtete sie aufs Mittagessen, um das Geld einzusparen, das sie fürs Waschen brauchte, und das hatte spürbare Auswirkungen. Sie war müde; so müde wie noch nie. Füße, Beine und Rücken taten ihr weh. Diesmal fiel es ihr schwerer denn je, von Tür zu Tür zu tappen und ihr strahlendes Lächeln und die gefälschten Empfehlungsschreiben vorzuzeigen. Bis zum späten Nachmittag waren die Briefe ebenso zerknittert, schmierig und schlapp wie ihre Besitzerin. Sie hatte längst aufgehört, die Abfuhren zu zählen; kein einziger hatte ihr auch nur die geringste Hoffnung gemacht. An diesem Abend hörte sie etwas früher auf als gewöhnlich; zum Weitermachen war sie zu erschöpft und niedergeschlagen. Sie brauchte dringend eine Pause und hätte sich am liebsten auf den steinernen Rand eines Springbrunnens niedersinken lassen und eine Weile ausgeruht, bis sie den langen Fußmarsch zur Brückenstraße in Angriff nehmen konnte. Doch das hätte nicht ausgereicht; sie mußte ihre Kräfte schonen. Vor allem aber mußte sie mal eine Nacht gut schlafen, was sie nicht mehr getan hatte, seit sie die Schwelle der Herberge überschritten hatte. Daher genehmigte sie sich zum Abendessen statt der üblichen Tasse Tee ein Glas Wein, der, in Verbindung mit ihrer überwältigenden Erschöpfung, einen tiefen, ungestörten Schlaf zur Folge hatte, dem dieses eine Mal weder ihre stinkenden Mitschläferinnen noch das noch üblere Ungeziefer etwas anhaben konnten.

Sie erwachte ausgeruht und vergleichsweise erfrischt. Die Mutlosigkeit vom gestrigen Tag hatte sich gelegt, und endlich einmal fühlte sie sich wieder gut gerüstet, der Welt entgegenzutreten. Oder vielmehr wäre sie gerüstet, wenn sie sich erst einmal gewaschen hatte. Fünf Bequinen für Seife und Wasser, aber das war es auch wert. Sie würde beinahe wieder die Alte sein. Frisch gestärkt, könnte sie ihre Bemühungen fortsetzen, und heute, da war sie sich ganz sicher, würde sie eine Stelle finden. Die fünf Bequinen waren eine sichere Geldanlage. Eliste tastete in ihrer Tasche nach der Geldbörse. Sie war nicht da.

Bestimmt ein Irrtum. Sie hatte sie in eine andere Tasche gesteckt. Oder sonst irgendwohin. Eliste suchte in allen Taschen, doch sie waren leer. Schüttelte sich Rock und Umhang aus; suchte im Mieder, in der Kapuze, in den Schuhen. Weg. Ihr war übel vor Angst, als sie sich zum Bett umwandte und hastig in den schmutzigen Lumpen wühlte. Die Geldbörse mußte nachts aus der Tasche gefallen sein. Sie mußte einfach im Bettzeug liegen. Sie mußte! Aber sie war nicht da, und jetzt gab es kein Leugnen mehr – während sie tief und fest geschlafen hatte, hatte ihr jemand auch noch die letzte Bequine gestohlen. Wahrscheinlich ihre Nachbarin. Aber vergangene Nacht war sie zwischen zwei mageren Frauen eingequetscht gewesen. Welche der beiden unbekannte Vogelscheuchen es gewesen war – wegen der Dunkelheit hatte sie nicht genau hingeschaut, aber sie *mußte* sich erinnern – und zwar schnell, oh, schnell, denn sie gingen schon, schlurften benommen aus dem Raum – eine von ihnen so dumpf wie die andere – und bald wären sie auf und davon. Jetzt gleich, bevor sie weg waren…

»Wartet, alle miteinander, hört mir mal zu! Niemand verläßt den Raum – bitte!« Elistes Stimme klang schrill und zittrig. Ein paar Frauen warteten und schauten sie mit verhaltener Neugier an. »Jemand hat mir die Geldbörse gestohlen – eine blaue Netzbörse, mit etwa fünfzehn Rekkos darin. Wer sie mir zurückgibt, bekommt einen Rekko Belohnung. Dreht eure Taschen um, und wenn sich jemand weigert, dann durchsuche ich sie! Sucht nach der Börse, und ich werde euch bezahlen!«

In ihrer Aufregung hatte sie gar nicht an ihren Dialekt gedacht, doch die Zuhörerinnen bemerkten ihn entweder nicht oder hielten ihn für die gezierte Ausdrucksweise einer hochmütige Hure oder Schauspielerin. Noch wahrscheinlicher war, daß man sie für verrückt oder betrunken hielt; ja, bestimmt glaubten sie das, denn hier und da wurde boshaft eine Braue hochgezogen, und man tippte sich spöttisch an die Schläfe. Die meisten zuckten einfach die Achseln und gingen weiter.

»Bleibt hier!« Eliste packte eine Fremde beim Arm. Die Frau schüttelte sie ab. »Wartet – hört mir zu!«

Nein. Sie hätten ebensogut taub sein können. Aber sie mußte sie aufhalten. Eliste klammerte sich an den Türrahmen und versperrte den Ausgang. Als eine ihrer Zimmergenossinnen sie mit unvermuteter Kraft beiseitestieß, ging sie taumelnd zu Boden. Ehe sie sich erholt hatte, war die Hälfte der Frauen schon hinausgegangen. Entsetzt und wütend trat sie nach dem Bett und schleuderte Lumpen und Decken nach allen Seiten. Ihre Geldbörse mußte doch irgendwo sein.

»Spar dir deine Kräfte, Zuckerelfchen.«

Prilq hatte alles mitangesehen und grinste sie blöde an. Im Augenblick war sie zu verwirrt, um sich an seinem feuchten, rosigen Lächeln zu stören. Vielleicht konnte er ihr helfen...?

»Hast dein Geld verloren. Schade. Eine traurige Geschichte, wirklich traurig. Gut, daß du für die Übernachtungen im voraus bezahlt hast, was?«

Sie blickte ihn wachsam an.

»Aber was wirst du dann machen?« erkundigte Prilq sich freundlich.

»Hör mal, eine der Frauen hat meine Geldbörse gestohlen, und wenn du sie aufhältst, bevor sie gehen – wenn du sie nur aufhältst...«

»Aber das kann ich nicht machen; ich bin doch kein Gendarm. Möchtest du, daß ich die Gendarmen rufe? Das kann ich gerne tun. Du brauchst nur ein Wort zu sagen.«

Auf einmal fiel ihr wieder ein, daß sie ihn widerlich fand.

»Also was wirst du tun, wenn die drei Nächte um sind? Hmmmm?«

»Ich hoffe, daß ich bis dahin Arbeit gefunden habe.«

»Oh, warum bin ich darauf noch nicht gekommen? Arbeit. Natürlich. Es gibt bestimmt viele Arbeiten, für die du geeignet bist.«

»Ich werde schon etwas finden.«

»Das hoffe ich sehr. Ich würde dich nur ungern rausschmeißen, Zuckerelfchen. Bei diesem kalten Wetter.«

»Du wirst dein Geld schon bekommen, keine Sorge.«

»Die hab ich auch nicht. Und du solltest dir auch

keine Sorgen machen. Mit diesem Gesicht hast du das nicht nötig.«

»Ich verstehe nicht, was mein Gesicht damit zu tun hat.«

»Denk doch mal nach. Du weißt gar nicht, was du da hast. Du brauchst nicht auf der Straße herumzulaufen, und du mußt auch nicht mit diesen verbrauchten Schlampen in diesem Schweinestall hausen. Du kannst ein eigenes Zimmer haben. Mit einem warmen Ofen. Soviel zu Essen, wie du willst. Wein. Du kannst sogar ein neues Kleid bekommen. Leben wie eine Adlige, wie wär das?«

»Ich weiß nicht, was du meinst.«

»Immer mit der Ruhe. Du brauchst bloß auf den dritten Stock umzuziehen. In ein hübsches Zimmer, und hin und wieder kommen Besucher vorbei. Meistens nicht mehr als drei oder vier pro Nacht. Noble Herren. Keine Grobheiten, keine Schweinereien, das verspreche ich dir. Ein angenehmes, sorgloses Leben. Du wärst alle deine Schwierigkeiten im Nu los.«

»Wie kannst du es wagen? *Wie kannst du es wagen?*«

»Was ist denn mit deinem nördlichen Dialekt los, Zuckerelfchen?«

»Ach, du bist ekelhaft. Am liebsten würde ich dich auspeitschen lassen.«

»Und ich möchte dich im dritten Stock haben. Wie wär's?«

»Aus dem Weg. Ich habe dir nichts zu sagen.«

»Dann laß es dir einmal durch den Kopf gehen. Wenn du es dir anders überlegt hast, sag mir Bescheid.«

»Niemals.«

»Wir werden sehen«, sagte Prilq. Er trat beiseite, und Eliste ging hinaus.

An diesem Tag lief sie meilenweit und drang bis tief in die Gegend jenseits der Rattenstadt vor. Trotzdem hatte sie nicht mehr Glück als bisher, all ihre Bemühungen fruchteten nicht, ihr Gemütszustand war unbeschreiblich. Verzweiflung zitterte am Rande ihres unermüdlichen Lächelns. Ihre möglichen Arbeitgeber spürten das, und es stieß sie ab. Eliste fühlte, wie deren Verachtung ihre Zuversicht aushöhlte. Vielleicht war es aber auch bloß der Hunger, denn sie hatte den ganzen Tag über noch nichts gegessen. Und sie würde auch solange nichts essen, bis sie Arbeit gefunden hatte, denn sie besaß keine einzige Bequine mehr, um sich etwas kaufen zu können. Nichts zu essen. Am besten gar nicht dran denken. Am besten füllte sie sich den Magen mit Wasser und versuchte, überhaupt nicht zu denken.

Natürlich dachte sie an nichts anderes.

Die Stunden verstrichen, und ihr Hunger nahm zu, wobei er verschiedene Größen des Unbehagens durchlief, bis er zu einem durchdringenden Schmerz wurde. War es das, worüber die Bauern ständig klagten, war es wirklich das, was sie fühlten? Aber wie hielten sie das bloß aus? Natürlich konnte man behaupten, ein Adliger habe mehr unter einer solchen Notlage zu leiden als ein Gemeiner, dessen Sinne stumpfer waren. Diejenigen, die zu einem solchen Leben ausersehen waren, seien von Natur aus auch dazu geschaffen, es auszuhalten. Oder etwa nicht? Wie hätten sie sonst so weiterleben können?

Kein Wunder, daß sie uns hassen.

Es wurde Nachmittag. Ihr Hunger wuchs und gedieh. Ihr fiel auf, daß es überall etwas zu essen gab; wie hatte sie das bisher nur übersehen können? In jeder Straße gab es Garküchen, Tavernen, Cafés und Bäckereien; an jeder Ecke boten Straßenverkäufer Gebäck, Bratwurst oder Röstkastanien feil; jeder Windstoß führte die Düfte von frischem Brot, Bratfisch und Grillfleisch heran; und überall, jederzeit, sah man essende Menschen – die ihre Zwischenmahlzeiten, ihre

Süßigkeiten, ihre gesalzenen Nüsse und besonders geräuschvoll ihre verfluchten Äpfel verspeisten. Eliste krampfte sich bei alledem vorwurfsvoll der Magen zusammen. Wo kam das ganze Essen eigentlich her, wenn doch angeblich Nahrungsmittelknappheit herrschte?

Offenbar galt die nur für die Ärmsten.

Lange würde sie nicht mehr dazugehören, sagte sie sich. Sie würde schon einen Weg aus der Gosse finden. Sie würde essen, sie würde es wieder warm haben.

Aber heute nicht mehr. Und nicht in Sherreen, das wurde ihr immer klarer. Sherreen war ihr zu feindselig gesinnt. Hier würde sie niemals Arbeit finden; hier würde sie verhungern – sie war auf dem besten Wege dazu. Ihre Rettung lag jenseits der Stadtmauer. Sie mußte irgendwie nach Derrivalle zurückkehren und im Haus von Onkel Quinz Zuflucht suchen; dort wäre sie in Sicherheit, und man würde sich um sie kümmern. Daran hätte sie schon vor Tagen denken sollen, doch vor lauter Angst und einem irren Entsetzen, das auf höchstwahrscheinlich übertriebenen Erzählungen fußte, war sie mit Blindheit geschlagen gewesen. Erst der Hunger und die wachsende Verzweiflung hatten ihr die Augen geöffnet, doch nun sah sie klar und deutlich, was zu tun war.

Sie war etwa zwei Meilen vom Nordtor entfernt. Es war spät am Nachmittag, und die Bauern und Marktverkäufer von außerhalb würden sich allmählich auf den Heimweg machen. Viele hundert Leute würden jetzt das Stadttor durchqueren, und mit ihnen würde sich auch Eliste vo Derrivalle nach draußen schleichen, gut versteckt inmitten des Gewühls. Und die Gefahr, entdeckt zu werden? War bestimmt nicht so groß, wie man sich erzählte; so verdreckt und blaß vor Hunger würde man sie bestimmt nicht als Adlige erkennen.

Mit frischem Schwung ging Eliste zielstrebig weiter.

Vierzig Minuten später erblickte sie zum erstenmal seit ihrer Ankunft in Sherreen das Nordtor. Das alte Portal mit den massiven Holzbohlen und den mittelalterlichen Bandeisen war noch so, wie sie es in Erinnerung behalten hatte. Das notdürftige Holzgeländer allerdings, das den Ausgang verengte, schien neu. Die etwa ein Dutzend bewaffneten Vorhüter, die man dort aufgestellt hatte, waren neu. Und das Hundemirakel, das dort aufragte – das war ebenfalls neu. Der riesige stählerne Wachhund, der jahrhundertelang auf das umliegende Land hinausgeblickt hatte, schaute nun nach Sherreen hinein. Die Glasaugen, die so lange von gewölbten, stählernen Lidern verdeckt worden waren, öffneten sich nun weit, der Aufpasser schien beunruhigenderweise wach. Das war also die berüchtigte Empfindsame Boomette.

Eliste beobachtete das Geschehen eine Weile aus sicherer Entfernung. Ein steter Strom von Handkarren, Kutschen und Fußgängern schob sich an den Musketen der Wächter und an der Nase der Empfindsamen vorbei. Hin und wieder leuchteten die Glasaugen der Boomette auf und wechselten die Farbe. Ihre konkaven Gitternetzohren drehten sich hin und her, ein beängstigender Anblick, der zweifellos Anlaß gewesen war für die Legenden, die sich um die übernatürlichen Fähigkeiten der Empfindsamen rankten. Doch das mußte nicht viel heißen. Der Verkehr floß weiter. So schwer schien es gar nicht zu sein, Sherreen zu verlassen; die Gerüchte waren übertrieben, dazu gedacht, die Unwissenden abzuschrecken. Zumindest versuchte Eliste sich das einzureden.

Und dennoch wollten die Füße sie nicht weitertragen. Sie verharrte reglos auf der Straße, während die Minuten verstrichen und die Menschenmassen sich durch die schmale Lücke zwängten. Die Vorhüter prüften, fragten und urteilten; während die Boomette ihre stählerne Schnauze hin und her bewegte wie ein monströser Jagdhund, der die Gerüche ordnete, die der Wind mit sich trug.

Allmählich wurde ihr kalt, und das eisige Pflaster unter den Füßen machte sich bemerkbar. Noch länger zu warten war sinnlos. Wenn sie es versuchen wollte, dann tat sie es besser gleich, bevor der Verkehr schwächer wurde. Jetzt sofort, ohne noch länger darüber nachzudenken. Sie ging weiter.

Bombenalarm. Ein durchdringender Ton – halb Sirenengeheul, halb Jaulen – durchschnitt die Sherreener Luft. Die Ohren der Boomette schwenkten herum, die Kiefer klapperten, die Augen glühten infernalisch auf. Eliste erstarrte. Das Ding hatte sie entdeckt. Die Geschichten stimmten also, alle miteinander: die Empfindsame war allwissend, sie hatte ihren Gedanken entnommen, daß sie eine Adlige war. Jetzt war es aus mit der Maskerade, und gar nicht unerwartet – all ihre Instinkte hatten sie ja gewarnt. Sie konnte nicht weglaufen, konnte sich nicht mehr rühren.

Doch niemand achtete auf Eliste.

Sämtliche Vorhüter im Umkreis näherten sich einer Traube erstaunter Fußgänger, die sich vor dem alten Stadttor drängten. Eine rasche, fachmännische Musterung, eine gebellte Bestätigung seitens der Boomette, und schon wurde einer der Bauern mitten aus der Gruppe herausgepickt; ein älterer Mann mit schlotternder, schäbiger Kleidung, gebückter Haltung und dem schwerfälligen Gang des gewöhnlichen Bauern vom Lande. Ein Mann, der sich durch nichts von den anderen unterschied – bis ihm die Vorhüter die Kappe abnahmen, die glatte Perücke und den falschen Bart, worauf ein noch recht junges, glattrasiertes Gesicht zum Vorschein kam.

Trotz der Entfernung erkannte Eliste den Marquis v'Aussevo Treste, den zweiten Cousin der Königs. Sie hatte ihn häufig genug bei Hofe gesehen, hatte sogar ein- oder zweimal mit ihm getanzt. Die Torwächter konnten dem Gesicht zwar keinen Namen zuordnen, aber sie wußten, wann sie einen flüchtigen Adligen vor sich hatten, und die in der Nähe des Tores versammelten Schaulustigen stimmten in ihren Jubel mit ein.

Eliste beobachtete, wie der glücklose Marquis weggezerrt wurde. Das helle Leuchten in den Augen der Boomette erlosch, die allgemeine Erregung legte sich, und der Verkehr floß wie üblich weiter. Eine Weile verharrte Eliste regungslos, dann wurde ihr bewußt, daß sie neugierige Blicke auf sich zog. Ihre Erstarrung löste sich, und sie ging weiter, wieder zurück, weg vom Nordtor, weg von der Boomette.

Der Weg zu Prilqs Herberge zog sich endlos in die Länge. Eliste war ausgehungert, niedergeschlagen und fürchterlich erschöpft – so erschöpft wie nie zuvor. Hin und wieder legte sie eine Pause ein und sank an einem Haus nieder oder hockte sich wie eine Bettlerin auf eine Treppe oder in einen Hauseingang. Als sie die Herberge erreichte, war es schon fast dunkel. Sie schlüpfte unauffällig hinein, wurde aber trotzdem von Prilq bemerkt, der lächelte, nickte und sie mit aufdringlicher Freundlichkeit willkommen hieß.

»Heute gibt es Hammeleintopf«, sagte er. »Für sämtliche Gäste des dritten Stocks.«

Ohne ihn zu beachten, schleppte sie sich fünf Stockwerke hoch, wobei sie nur einmal verschnaufen mußte. Der Gestank in dem Gemeinschaftsraum schien ihr heute schlimmer denn je. Die Pfeifenraucherin war wieder da. Diesmal war es Eliste gleichgültig. Sie kroch unter die Persenning, schlief auf der Stelle ein und wachte erst am Morgen auf.

Trotz der mehrstündigen Ruhepause war sie noch immer todmüde und seltsam benommen. Alles tat ihr weh, und in ihrem Bauch quälte ein durchdringender, unbekannter Schmerz, den sie nach einer Weile als Hunger erkannte. Es erforderte eine beträchtliche Anstrengung, sich von dem schmutzigen Lager zu erheben, und dann schlurfte sie ebenso mutlos wie ihre mattesten Mitschläferinnen die Treppe hinunter und auf die Straße. Es schneite leicht, kleine, feuchte Flocken, die aus einem stillen, grauen Himmel heruntersanken, der ebenso ruhig wirkte wie der Schlaf selbst. Zitternd raffte Eliste den Umhang um sich zusammen und stapfte die Brückenstraße entlang.

An diesem Tag kam sie nicht weit. Die Beine wollten sie nicht über den Achten Distrikt hinaustragen, und sie ertappte sich dabei, daß sie bei den schäbigen Tavernen und Wohnhäusern herumtappte, die den Paradiesplatz säumten. Natürlich fand sie hier keine Arbeit, aber das war vielleicht auch ihre Schuld, denn sie mußte häufig eine Pause einlegen – schwer zu sagen, wieviel Zeit sie auf diese Weise vergeudete. Einmal nickte sie sogar auf einer Bank ein, und als sie nach einer Viertelstunde wieder aufwachte, war sie mit Schnee bestäubt. Solche Entgleisungen durfte sie sich nicht erlauben. Sie konnte es sich auch nicht leisten, sich vor den Garküchen herumzutreiben und den Duft der Fischsuppe einzuatmen; das machte alles nur noch schlimmer. Mit verzweifelter Beharrlichkeit wanderte sie weiter.

»Heute gibt es Kalbsbrisolett und Süßbrot im dritten Stock,« begrüßte Prilq sie freudig, als sie am Abend zur Herberge zurückkehrte. Sie drehte das Gesicht weg und wandte sich zur Treppe.

»Warte einen Augenblick.«

Sie blieb widerwillig stehen.

»Weißt du was, Zuckerelfchen – ich mache mir allmählich Sorgen um dich.« Prilqs Schnute drückte Besorgnis aus. »Du siehst nicht besonders gut aus. Überhaupt nicht gut. Ein bißchen grün im Gesicht. Schwindsüchtig vielleicht.«

»Ich bin gesund.«

»Wirklich? Aber das wirst du nicht mehr lange bleiben. Es geht bergab mit dir, Elfchen – und zwar in Windeseile. Du wirkst müde. Krank und alt. Und riechen tust du auch nicht sonderlich gut. Hast du schon Läuse? Keine Bange, irgendwann kriegst du sie. Dir bleibt nicht mehr viel Zeit.«

»Zeit wofür?« Die Antwort kannte sie bereits.

»Um mein Angebot anzunehmen. Das gilt nämlich nicht für unbegrenzte Zeit, weißt du. Stinkende, heruntergekommene Gerippe kann ich nicht gebrauchen. In ein paar Tagen hast du deine Chance verwirkt. In einer Woche bist du entweder tot, oder du stehst in irgendeiner Gasse mit dem Arsch an der Wand und bist für fünf Bequinen pro Rammstoß zu haben. Bei mir im dritten Stock ist es erheblich angenehmer. Denk drüber nach.«

Sie dachte darüber nach, und die Tiefe ihres plötzlichen Verlangens war fast ein Schock für sie. Warmes Essen. Ein warmer Ofen. Ein Bad. Ein Bett mit einer Matratze. Essen. Essen. Essen. Das alles konnte sie haben. Jetzt gleich.

Prilq schaute ihr aufmerksam ins Gesicht. Er lächelte.

Ja. Sie biß die Zähne zusammen, sonst wäre ihr das Wort entschlüpft. Es war ganz leicht, wie er gesagt hatte. Blieb ihr denn eine andere Wahl? Aber dasselbe hatte Aurelie über den Treueeid gesagt, und sie hatte Aurelie deswegen verachtet. Manche Zugeständnisse gingen eben zu Lasten der eigenen Würde. Anschließend ginge das Leben zwar weiter, doch den Menschen, der früher dem Körper innegewohnt hatte, gäbe es nicht mehr. Den Treueeid zu schwören, war ein solches Zugeständnis. Und das hier war auch so eines.

Da sie sich nicht zu antworten traute, wandte sich Eliste um und stapfte zur Treppe.

»Überleg's dir!« rief Prilq ihr nach.

Überleg's dir.

Sie fühlte sich ein wenig benommen und mußte sich auf dem Weg zum fünften Stock dreimal ausruhen.

Ohne sich am Dreck und am Gestank zu stören, kroch sie ins Bett und schlief auf der Stelle ein.

Morgenlicht fiel durch die blinden Fensterscheiben. Sie war müde. Das Aufstehen fiel so schwer. Sie war lustlos und schlapp. Sie schleppte sich die Treppe hinunter, und als sie unten ankam, wartete schon wieder Prilq auf sie.

»Heute gibt es Kaldaunen nach Art des Nordens für den dritten Stock. Und Zwiebelsuppe mit Käsegarnierung.«

»Ich hoffe, du erstickst daran«, erwiderte Eliste benommen.

Zu ihrer Überraschung verflüchtigte sich das feuchte Lächeln. Bevor sie noch etwas sagen konnte, packte er sie beim Arm, so fest, daß es weh tat.

Verblüfft sah sie zu ihm auf.

»Jetzt hör mir mal zu.« Er schüttelte sie leicht. »Deine Frechheiten laß ich mir nicht mehr länger bieten. Damit das ein für allemal klar ist. Entweder du bist heute abend bereit für den dritten Stock, oder du brauchst gar nicht mehr wiederkommen.«

»Was soll das heißen?« fragte sie begriffsstutzig.

»Das heißt, daß du rausfliegst. Verstanden?«

»Das kannst du mir nicht antun!« Sie war so schockiert, daß sie auf einmal wieder Kraft in sich spürte. »Mir bleibt noch eine Nacht. Ich habe bereits dafür bezahlt!«

»Ach, wirklich? Ich habe manchmal ein schlechtes Gedächtnis, was solche Kleinigkeiten angeht.«

»Du weißt, daß ich bezahlt habe! Mir bleibt noch eine Nacht!«

»Komisch, ich kann mich nicht daran erinnern; also ist deine Zeit abgelaufen. Wenn's dir nicht paßt, kannst du dich ja bei den Gendarmen beschweren. Möchtest du das, Zuckerelfchen? Willst du zu den Gendarmen rennen?«

»Du bist ein schweinischer Betrüger, Prilq.«

»Wie ich sehe, hast du immer noch Schneid. Schade, daß man das nicht auch von deinem Verstand sagen kann. Na, du kannst dich ja an deinem Stolz laben, mal sehen, wie dir das schmeckt. Und jetzt verschwinde.« Als sie sich nicht rührte, stieß er sie gewaltsam auf die Straße hinaus.

Die Tür flog ihr vor der Nase zu. Eliste starrte sie ungläubig an. Die Tür blieb geschlossen, und nach einer Weile ging Eliste weg, so schwerfällig wie eine kranke oder sehr alte Frau.

Ein grauer Himmel. Die Straßen waren dunstig, vernebelt, düster – oder lag es etwa daran, daß sie nicht mehr klar sah? An diesem Tag klapperte sie mehrere Adressen im Achten Distrikt ab: eine Weinhandlung, ein paar billige Pensionen, ein Geschäft für gebrauchte Kleidung. Zumindest meinte sie das. Oder war sie schon gestern dort gewesen? Ihr Zeitgefühl und ihre Wahrnehmung ließen sie im Stich. Gestern, heute, morgen – weshalb erinnerte sie sich ausgerechnet jetzt daran, Shorvi Nirienne gelesen zu haben –, alles war gleich; eine endlose Abfolge von Mißerfolgen, Enttäuschungen und kleinen Demütigungen. Keine Arbeit, kein Geld, keine Unterkunft, nichts zu essen.

Stunden und Meilen. Ein schwankender Zug von Menschen und Orten. Frierend und hungrig, krank und taumelnd. Sie stellte fest, daß sie sich in der Nähe der Vinculum-Brücke befand, wo von überallher Karren und Wagen zusammenkamen, um zum Ufermarkt hinüberzufahren. Und da sah sie auf einmal ein Pferd, das in den vereisten Furchen nach Halt suchte, einen Bauernkarren, beladen mit Karotten, Zwiebeln und Kartoffeln.

Nahrung. In Hülle und Fülle. Sie zögerte nicht einen Augenblick. Auf einmal verfügte sie wieder über Kraft und Entschlossenheit. Sie stürzte zum Wagen, schaufelte Gemüse in den gerafften Rock und rannte wieder weg, die Rockzipfel in der Hand. Sie wußte nicht einmal, ob sie gesehen worden war.

Hinter ihr schrie jemand Zeter und Mordio. Ja, man hatte sie gesehen, und wenn schon. Aber wer würde ihr schon wegen eines Rocks voller Wurzelgemüse nachrennen? Eliste blickte sich über die Schulter um. Allgemeine Aufregung. Es wurde gerufen, Fäuste wurden geschüttelt, und jemand warf einen Stein. Eliste rannte schneller, und die Karotten und Kartoffeln gerieten ins Hüpfen und sprangen aufs Pflaster. Der Tumult hinter ihr legte sich. Eliste bemerkte es kaum. Sie rannte weiter, und ihre Beute schrumpfte immer weiter. Als sie die Ätherstraße erreichte, waren ihr nur noch eine Handvoll Karotten und ein paar Kartoffeln geblieben. Für sie war das ein Schatz.

Da sie bereits erschöpft war, hörte sie auf zu laufen. Zu ihrer Linken, gegenüber einem verrammelten Haus mit dem roten Diamanten, bemerkte sie einen zurückgesetzt liegenden Eingang. Dorthin stahl sie sich und ließ sich japsend niedersinken. Im nächsten Augenblick grub sie die Zähne in eine rohe, halb gefrorene und halb verfaulte Kartoffel. Der Geschmack und das Gefühl im Mund waren widerlich, doch der verhungernden Eliste mundete es köstlich. Eine Weile schwelgte sie in dem Geschmack, dann fing sie heftig an zu weinen. Einstweilen konnte sie nicht weiteressen, sondern hockte zitternd da, halb blind und geschüttelt von krampfhaften Schluchzern.

21

Sie mußte wohl dort im Hauseingang eingenickt sein, denn als sie die Augen wieder aufschlug, hatte sich das Licht verändert. Lange Nachmittagsschatten fielen über die Pflastersteine. Bald würde es Nacht werden, und was wäre dann? Wo sollte sie hin, jetzt, da ihr der Rückweg zu Prilqs Herberge versperrt war? Woher sollte sie etwas zu essen bekommen, wie sollte sie weiterleben? Eliste schloß die Augen und wünschte sich die Bewußtlosigkeit des Schlafs zurück. Sie konnte und wollte sich diesen Fragen nicht stellen. Sie wollte vergessen. Weshalb war sie überhaupt aufgewacht?

Weil man sie gestört hatte. Weil sie am Bein eine leichte Berührung gespürt hatte. Sie senkte den Blick. Auf ihrem Schoß lag eine Münze. Der unbekannte Spender war bereits verschwunden. Sie nahm die Münze und betrachtete sie verwundert. Ein Zwei-Bequinen-Stück – genug, um sich einen ganzen Laib eine Woche altes Brot zu kaufen. Für den Augenblick war sie gerettet.

»Das gehört mir.«

Ein zorniges Krächzen klang ihr in den Ohren. Eliste sah auf. Vor ihr stand eine Frau mit vor der Brust verschränkten Armen und zusammengekniffenen Augen. Sie hatte eisengraues Haar, einen krummen Rücken und fast keine Zähne mehr. Trotz ihrer scheinbaren Hinfälligkeit wirkte sie entschlossen und kräftig.

»Hast du gehört? Das gehört mir. Gib's her.«

Elistes wortlose Verwirrung war ihr wohl nicht entgangen, denn die Fremde fügte erklärend hinzu: »Die

Ätherstraße zwischen der nächsten Einmündung und dem Haus der Hiroux gehört Plaissie. Wildern ist hier verboten. Das hier ist mein Revier, und was du da hast, ist meine Beute, das sind meine Kupfermiezen. Wenn dir was an deinem hübschen Gesicht liegt, dann gib sie her.«

Wildern? Revier? Kupfermiezen? Eliste wurde aus dem Gebrabbel der Alten nicht schlau. Die Fremde, die ihr den Weg verstellte, verlangte die kostbare Münze, die sie vor dem Verhungern retten würde. *Nein. Das gehört mir. Hau ab.* Eliste stand auf; die plötzliche Bedrohung eröffnete ihre letzten Kraftreserven. »Laß mich in Ruhe. Geh mir aus dem Weg«, sagte sie.

»Gib's mir, elende Schlampe, oder ich trete dich in die Fresse, daß dir die Zähne beim Hinterkopf rausfliegen«, erwiderte die Alte Plaissie. Als Eliste der Aufforderung weder nachkam noch Antwort gab, packte Plaissie sie beim Arm und verdrehte ihn ihr.

Ein scharfer Schmerz flammte in Elistes Arm auf, der die im Verlauf des Tages aufgestaute Angst und Wut mit einem Mal freisetzte. Ihr Mund verzerrte sich. Sie war sich des häßlichen Wortschwalls, den sie ausstieß, nicht einmal bewußt. Mit der Linken packte sie ein Büschel graue Haare, riß heftig daran und rammte das Gesicht ihrer Angreiferin gegen die Backsteinwand. Die Alte Plaissie heulte auf und fiel auf die Knie nieder, aus ihrer gebrochenen Nase und den geplatzten Lippen spritzte Blut. Eliste schüttelte Plaissies Kopf solange am Haar hin und her, bis ihr Geheul in einen Hustenanfall mündete, der sie Blut in alle Richtungen spucken ließ. Eliste beugte sich vor und sprach der Alten Plaissie aus nächster Nähe ins Gesicht. »Wenn du mich nicht in Ruhe läßt, bringe ich dich um. Hast du verstanden? Ich bringe dich um.« Und das war ihr voller Ernst.

Die Alte Plaissie starrte in Elistes aufgerissene, fieberglänzende Augen. Ihre Augen weiteten sich nun ebenfalls. »Du bist ja wahnsinnig«, flüsterte sie.

»Das stimmt. Und deshalb solltest du mich auch in Ruhe lassen. Laß mich einfach in Ruhe.« Eliste entfernte sich langsam. Sie hatte keine Ahnung, woher sie auf einmal die Kraft genommen hatte, doch nun war es vorbei, und sie fühlte sich schwächer denn je; sie war zittrig, hatte ein eigenartiges Gefühl im Magen, und ihr war schwindelig. Schlimmer noch – sie war angewidert und schämte sich sogar. Der Vorfall war unsagbar scheußlich gewesen. Einen Augenblick lang hatte sie die armselige Alte tatsächlich umbringen wollen – genaugenommen hatte sie sich ihren Tod sehnlichst gewünscht. Was war nur los mit ihr? *Ich habe gewonnen. Wahrscheinlich sollte ich mich jetzt freuen.* Sie schüttelte den Kopf, als wollte sie lästige Gedanken verscheuchen. Mit der rechten Hand umklammerte sie noch immer die Zwei-Bequinen-Münze. Heute abend würde sie essen. Nur darauf kam es an.

Hinter ihr spuckte die besiegte Bettlerin Gift und Galle. Was kreischte sie da?

»Das wird der Fungus erfahren!« Die Alte Plaissie hatte Mut gefaßt und auch die Stimme wiedergefunden. »Du glaubst doch nicht etwa, du könntest mich um meine Almosen prellen und kämst ungeschoren davon! Die Brüder werden dich einmachen – die drehen dich durch den Wolf und machen Fleischwurst aus dir, du Schlampe! Der Fungus kümmert sich um seine Leute – du kannst dir schon mal dein Grab schaufeln!«

In diesem Ton ging es weiter. Nach einer Weile verstummte das Gekreische. Eliste ließ die Ätherstraße so rasch hinter sich, wie ihre Beine sie tragen wollten. Die zwei Bequinen tauschte sie alsbald gegen ein altbackenes Brot ein, das sie sorgfältig viertelte. Dann hockte sie sich hinter eine niedrige Steinmauer am Rand des namenlosen Gehwegs, wo sie vor den Blicken der Vorbeigehenden geschützt war, und verspeiste eine Portion, indem sie jeden Bissen mit äußerster Gründlichkeit kaute. Schon allzu bald war die Mahlzeit bis auf den letzten Krümel aufgeputzt. Eliste blieb noch so lange sitzen, bis die Kälte in ihre Knochen zu sickern begann. Dann stand sie auf und ging weiter. Die karge Mahlzeit hatte ihr gutgetan. Sie war zwar noch immer müde und lustlos, fühlte sich aber nicht mehr benommen. Sie ging weiter, bis sie zu einer Gruppe Obdachloser gelangte, die sich um einen der allgegenwärtig brennenden Abfallhaufen drängten. Sie machten ihr Platz, und dort verbrachte sie zusammengerollt auf dem Boden die Nacht. Als sie am nächsten Morgen aufwachte, war sie steifgefroren, sämtliche Gelenke taten ihr weh, und sie hatte einen hartnäckigen Husten – aber sie war noch immer am Leben, trotz der eisigen Kälte. An diesem Tag machte sie sich kaum noch die Mühe, ernsthaft nach Arbeit zu suchen. Mittlerweile war sie dermaßen zerlumpt und verdreckt, daß nicht einmal mehr die schäbigsten Garküchen des Achten Distrikts sie als Küchensklaven eingestellt haben würden, und das wußte sie auch. Es hatte keinen Sinn, es überhaupt zu versuchen – das wenige, das ihr an Kraft und Entschlossenheit noch geblieben war, verwandte sie besser auf den harten Überlebenskampf.

Sie schaffte es, drei Tage lang von dem Laib Brot zu zehren. Anschließend wurde es schwerer. Eine Zeitlang trieb sie sich bei den Müllhaufen hinter den Tavernen und Garküchen herum, doch die Ausbeute war armselig. In diesen mageren Zeiten wurden nur matschiges Gemüse und grünschimmliger, hartgewordener Haferbrei weggeworfen; und selbst um diese widerliche Beute stritten sich Abfallsammler, die weit stärker als Eliste waren. Ein-, zweimal gelang es ihr, eine Handvoll braungewordener Obstschnipsel zu ergattern, doch das war auch schon alles.

Mehr Glück hatte sie mit ihren regelmäßigen Überfällen auf Bauernkarren, die über die Brückenstraße zum Ufermarkt rumpelten. Wie ein Falke stürzte sie sich auf irgendein Gefährt, das am Rande der Vinculum-Brücke hielt, schnappte sich ein paar Kartoffeln, Rüben, Winterkürbisse, was immer sich gerade anbot, und flüchtete anschließend in eine der Gassen, die ihr mittlerweile ebenso vertraut waren wie einstmals die Prunkzimmer des Beviaire; anschließend bog sie ein paarmal ab, um mögliche Verfolger abzuschütteln, dann ließ sie sich mit vor Erschöpfung und Angst hämmerndem Herzen irgendwo nieder und machte sich gierig über die noch dreckverkrustete Beute her. Mit solcherlei Raubzügen hielt sie sich eine Zeitlang auf den Beinen, auch wenn sie ihr in höchstem Maße zuwider waren – sie litt unter der Erniedrigung, der unsäglichen Würdelosigkeit, dem Gefühl, beschmutzt zu sein, und auch unter der tatsächlichen Gefahr. Wäre sie erwischt worden, hätte man sie wahrscheinlich wie jeden gewöhnlichen Dieb gebrandmarkt, ausgepeitscht oder ins Gefängnis geworfen; ein Distriktsmagistrat, der streng nach dem Buchstaben des Gesetzes verfuhr, hätte sie womöglich zum Tode verurteilen können. Und es wäre wirklich eine Ironie des Schicksals gewesen, wäre sie der Kokotte nur deshalb entgangen, um am Galgen zu enden; wirklich seltsam. Nein, das Stehlen behagte ihr nicht. Allerdings war das eine eher überflüssige Frage, denn ob es ihr gefiel oder nicht, sie würde so oder so nicht mehr lange durchhalten. Von der kargen Nahrung, die kaum zum Leben reichte, schwanden ihre Kräfte. Von Tag zu Tag wurde sie schwächer, und es fiel ihr zusehends schwerer, eine längere Strecke zu rennen. Wenn sie nicht mehr laufen könnte, wäre es aus mit den Überfällen auf die Karren der Bauern.

Die Bettelei war weniger gewagt, zumindest hatte es zunächst den Anschein. Eliste merkte bald, daß ihre großen Augen bares Geld wert waren; ein kläglicher Gesichtsausdruck in Verbindung mit krampfhaftem Husten brachte ihr so manche Bequine ein. Allerdings schien sie mittlerweile so heruntergekommen, daß sie häufig Beleidigungen ausgesetzt war. Manche Männer wollten sie anfassen; vielleicht war es ihr pfeifender Atem, der sie abschreckte, oder aber ihr Taschentuch, dessen Spitzenrand sie entfernt und das sie mit Blut aus einer Schnittwunde am Finger befleckt hatte, während sie so tat, als käme es vom Husten. Ein paar Tage lang ging es ihr leidlich gut, und sie erbettelte genug, um sich altbackenes Brot, ein paar Äpfel und sogar einen Teller warme Suppe kaufen zu können. Noch ein so erfolgreicher Tag, und sie würde es sich leisten können, in einer Absteige wie Prilqs Herberge zu übernachten. Also würde sie doch nicht verhungern oder erfrieren. Und was ihre andere, größere Angst betraf – die Angst vor einer Festnahme, vor dem Grab und der Kokotte –, so gab es in ganz Sherreen wohl keinen Gendarm oder Vorhüter, der sie in ihrer gegenwärtigen Verkleidung als Adlige erkannt hätte. Der Empfindsamen Boomette hätte ihre Verkleidung bestimmt nicht standgehalten, doch Soldaten ließen sich täuschen.

Und sie täuschten sich tatsächlich. Tagtäglich begegnete sie Vorhütern, die ihr kaum einen Blick schenkten. Dennoch kam sie sich beobachtet vor, ein Gefühl, das sich einfach nicht abschütteln ließ. Die Bettler beobachteten sie, das wußte sie. Tag und Nacht fühlte sie ihre Blicke auf sich.

Nach der Auseinandersetzung mit der Alten Plaissie kehrte Eliste nicht mehr zur Ätherstraße zurück. Sie begegnete der Alten Plaissie nicht mehr, sah sie nicht einmal aus der Ferne. Dennoch ließ ihr der Vorfall keine Ruhe. Die schrillen Schmähungen klangen ihr noch immer in den Ohren. Plaissies Drohungen, die sie damals nicht ernst genommen hatte, waren ihr seitdem ein wenig klarer geworden. *»Die Brüder werden dich einmachen … Der Fungus kümmert sich um seine Leute …«* Damit hatte sie gemeint, daß die Bruderschaft der Straße – die miteinander verbundenen Bettler von

Sherreen – das einem ihrer Mitglieder angetane Unrecht ahnden würden. Aber die Alte hatte schließlich sie angegriffen, und sie hatte sich nur verteidigt. Seitdem hatte sie sich nichts zuschulden kommen lassen, hatte niemanden behelligt. Sie hatte gespürt, daß die Bettler sie über mehrere Tage hinweg beobachtet hatten, ohne sie allerdings tatsächlich zu belästigen. Vielleicht hielt der Fungus, wer immer das sein mochte, sie für harmlos und würde sie einfach in Ruhe lassen.

Schon bald allerdings merkte sie, daß dem nicht so war.

Es war früh am Abend und bitterkalt, doch das machte Eliste kaum etwas aus. Sie hatte einen erfolgreichen Tag gehabt und eine üppige Mahlzeit verzehrt, Brot mit Bratenfett und eine ganze Schüssel Kohlsuppe; trotzdem blieb ihr immer noch genug Geld, um sich einen Platz auf der großen Lagerstatt in Woniques Pension ›Zum Warmen Willkommen‹ leisten zu können. Wenngleich Woniques Pension ihrem Namen weder in der einen noch in der anderen Beziehung gerecht wurde, war sie der Straße trotzdem vorzuziehen, und Eliste freute sich schon darauf, endlich einmal wieder den Luxus von warmen Decken und einem Dach über dem Kopf zu genießen. Sie war so in Gedanken, daß sie die aufmerksam funkelnden Augen, die ihr folgten, und die durch den Schatten huschenden Gestalten nicht bemerkte. So war sie völlig überrascht, als jemand von hinten den Arm um sie schlang. Bevor sie schreien konnte, legte sich ihr eine Hand auf den Mund, und sie wurde hochgehoben und in eine Seitengasse geschleppt. Der Überfall ereignete sich auf der recht belebten Pumpengasse, wurde aber entweder nicht bemerkt, oder niemand schenkte ihm Beachtung.

Das war's dann also – bestimmt Vergewaltigung und Mord; das kam häufiger vor. Allerdings hatte sie nie geglaubt, daß ausgerechnet ihr so etwas zustoßen könnte. Schließlich war sie tagelang durch die schlimmsten Viertel gestreift, ohne daß ihr etwas Schlimmes passiert wäre; zuletzt hatte das Glück sie aber dann also doch noch verlassen.

Eliste wehrte sich heftig; sie trat aus, wand sich und schlug wild um sich. Der Arm, der sie festhielt, wirkte jedoch wie eine Eisenklammer; dagegen kam sie nicht an. Es war dunkel in der Gasse, trotzdem konnte sie die beiden Angreifer undeutlich ausmachen; stämmige, zerlumpte Gestalten, von denen der schale Geruch der Gosse ausging. Im nächsten Augenblick stülpte ihr jemand einen Sack über den Kopf und schnürte ihn um den Hals zu. Eliste sah nichts mehr und bekam kaum noch Luft. Schmutzige Sackleinwand scheuerte an ihrem Gesicht. Staub und Mehl kitzelten sie in der Nase.

Die Männer hatten sie in die Mitte genommen und führten sie mit kräftigem Griff einen gewundenen Weg entlang. Eine Weile ging sie mit, ohne Widerstand zu leisten, dann bockte sie, atmete Staub ein und begann zu schreien. Unsichtbare Finger stopften ihr prompt ein Stück Sackleinwand in den Mund. Eliste würgte, schnappte nach Luft und schlug um sich.

»Hör auf, oder ich brech dir den Arm.« Eine rauhe Stimme, ein warnender Schmerz im Handgelenk. Er meinte es ernst.

Widerstand war zwecklos. Sie hörte auf, sich zu wehren, und die Männer zerrten sie weiter durch das Labyrinth der Gassen und Wege, bis Eliste vollkommen die Orientierung verloren hatte. Weshalb es so lange dauerte, war ihr schleierhaft. Warum taten die Männer nicht einfach, was sie vorhatten, und brachten es hinter sich? Anscheinend war dies kein gewöhnlicher, wahlloser Überfall; und das konnte nur heißen, daß es sich um etwas Schlimmeres handelte. In ihren Augen brannten Tränen, die sie aber erfolgreich unterdrückte. Vor diesen Bestien würde sie sich ihre Angst nicht anmerken lassen. Trotz der Lumpen, trotz des

Drecks und der Erniedrigung war sie schließlich immer noch eine Adlige.

Ein paar Stufen hoch, das Knarren und Quietschen einer Tür, und hinein in irgendein Gebäude. Schwer zu sagen, worum es sich handelte; Eliste nahm von der Umgebung kaum etwas wahr. Eine Treppe hoch, unter ihren Füßen ein Teppich. Stufe, Stufe, eine sich öffnende Tür, und durch. Dann ließ man sie los, und jemand zog ihr den Sack vom Kopf. Eliste schaute sich um; dann stockte ihr der Atem, und sie war so überrascht, daß sie ihre Angst beinahe vergaß.

In dem Raum, in dem sie sich befand, war es warm, ungewöhnlich feucht und sehr düster. Erhellt wurde das Zimmer lediglich von einer Handvoll glühender Kohlen auf einem Rost, doch Elistes Augen waren an die Dunkelheit gewöhnt, und sie sah genug, um den Stil eines Wohnhauses aus dem Parabeau zu erkennen. Die Männer hatten sie nicht so weit mitgeschleift, daß sie den Achten Distrikt bereits hinter sich gelassen haben könnte; sie befand sich noch immer im Elendsviertel von Sherreen. Dennoch erinnerte sie der Raum in fast allen Einzelheiten an die Bibliothek eines Edelmannes – er war sauber und mit teuren Teppichen und Vorhängen ausgestattet, es gab Möbel aus Mahagoni, einen marmornen Kamin, in dem ein Kohlefeuer brannte, Bücherregale an den Wänden, und es duftete nach Leder, jedoch mit einem unbekannten, scharfen, medizinischen Beigeruch. Anstelle des Schreibtischs, der üblicherweise die Mitte des Raumes eingenommen hätte, gab es eine riesige Badewanne aus Kupfer, die wie ein altmodischer Schuh mit hohem Schaft geformt war und die darin befindliche nackte Gestalt bis weit über die Hüfte verdeckte. Der Badende war ein Mann unbestimmten Alters mit weißem Haar und faltenlosem Gesicht, der so füllig war, daß sein schwabbelndes Fleisch über den Rand der Wanne quoll. Seine Haut schien bemerkenswert: so glatt und reinweiß wie

Schweineschmalz, abgesehen von aschgrauen, münzgroßen Flecken, die wie Schimmel aussahen. An manchen Stellen waren diese Flecken aufgesprungen und bildeten offene und nässende Geschwüre. Quer über der Badewanne lag ein Brett. Auf dem Brett lagen eine Glocke und ein aufgeschlagenes Buch, auf das sich der bleiche Kopf aufmerksam hinunterbeugte. Nach Elistes Eintreten las der Badende erst eine Weile weiter, womit er seine außerordentliche Lichtempfindlichkeit unter Beweis stellte. Schließlich markierte er die Stelle, klappte das Buch ohne Hast zu und sah auf. Seine Augen wirkten eigentümlich durchscheinend und rosa, beinahe rot; Lider und Wimpern waren so farblos, daß sie beinahe nicht zu sehen waren. Auf ein Zeichen von ihm zogen sich die beiden Entführer zurück und schlossen hinter sich die Tür. Anschließend musterte er Eliste ausgiebig. Als sie seinen Blick erwiderte, lächelte er schwach.

»So. Das ist also der kleine Wolfskopf«, meinte er. »Komm näher.« Er nahm einen Schwamm aus der Wanne, legte den tropfenden Gegenstand auf ein offenes Geschwür an der Schulter und drückte ihn leicht dagegen. Dunkelgefärbtes Wasser strömte über seinen Leib; in der schwachen Beleuchtung wirkte es blutrot. Der medizinische Geruch im Raum wurde stärker.

Eliste verbarg ihren Abscheu ebenso wie ihre Überraschung über seine wundervolle Stimme – sie war volltönend, einschmeichelnd und paßte überhaupt nicht zu seiner Erscheinung. Er hörte sich an wie ein Edelmann. Eliste reckte das Kinn und trat ein paar Schritte näher.

»Weißt du, wer ich bin?« fragte er.

Sie hegte nicht den geringsten Zweifel, wer er war. Dutzende aufgeschnappter, halb verständlicher Bemerkungen wurden ihr auf einmal verständlich. »Ihr seid gewiß der Fungus.« Gerade noch rechtzeitig hatte sie daran gedacht, sich beim Reden zu verstellen.

»Ah, ein Mädel vom Lande. Und wie, meine Liebe, hat es dich von Fabeque hierher verschlagen?«

»Ich kam als Zofe hierher«, murmelte Eliste. »Jetzt ist meine Herrin verschwunden, man hat sie ins Grab geschafft. Mit der ist's wohl aus.«

»Und jetzt bist du mutterseelenallein in Sherreen, ohne Arbeit und ohne Geld. Hab ich recht?«

»So ist es, mein Herr.«

»Eine traurige Geschichte, aber wohl kaum ungewöhnlich in diesen Zeiten. Dann hast du dich also kürzlich aufs Betteln verlegt?«

»Jawohl, ich habe gebettelt, Herr.«

»Und durchaus nicht erfolglos, wie man mir berichtet hat. Sag mir, wie du dich nennst.«

»Kairthe, Herr.«

»Dieser Künstlername ist so gut wie jeder andere und wird einstweilen reichen.«

Sie tat so, als habe sie ihn nicht verstanden.

»Und nun sag, kleine Kairthe, weißt du, warum man dich hergebracht hat?«

»Weil ich mich mit einer von Euren Bettlerinnen gestritten und ihr eins auf die Nase gegeben habe.« Ausflüchte hatten hier wohl keinen Sinn. »Aber ich schwöre Euch, Meister Fungus, sie begann den Streit. Das tat sie wirklich, und ich wollte sie auch nicht so schlimm verletzen.«

»Ach nein? Das höre ich mit Bedauern, denn ich habe dich für einen Satansbraten gehalten. Aber das ist nicht so wichtig – auf das Aussehen der Alten Plaissie kommt es nicht so an. Eine kleinere Verunstaltung kann sich nur günstig auf ihren Verdienst auswirken. In diesem Sinne hast du ihr und mir einen Gefallen getan. Noch besser wäre es gewesen, du hättest ihr ein Auge geraubt, doch es hat keinen Sinn, über verpaßte Gelegenheiten zu klagen. Weißt du, warum Plaissie dich angegriffen hat?«

»Na ja, sie hat gemeint, ich würde in ihrem Revier

wildern, glaube ich. Hätte ihr ihren Verdienst geklaut. Halt so was. Aber ich schwöre, ich hab's nicht so gemeint, und es tut mir auch sehr leid, ich werd's nicht wieder tun. Ich schwöre, daß ich nie wieder einen Fuß in die Ätherstraße setzen werde, Meister Fungus.«

»Ausgezeichnet. Aber du hast mich noch immer nicht verstanden, meine Liebe. Die Ätherstraße, die Pumpengasse, das Parabeau oder der Dunulas-Platz – überall ist es das gleiche. Wo du auch hinkommst in Sherreen, überall wilderst du. Die Bruderschaft der Straße besitzt das alleinige Recht, innerhalb der Stadtgrenzen zu betteln. Das Recht zu melken, wie man es nennt, steht allein den Mitgliedern zu. Die Bruderschaft, das möchte ich betonen, wacht eifersüchtig über althergebrachte Vorrechte. Eindringlinge, Möchtegernselbständige und Wilderer werden hart bestraft. Oh, sehr hart sogar. Und du, kleine Kairthe, bist nichts weiter als ein solcher Eindringling.«

»Ich habe noch nie gehört, daß man zum Betteln eine besondere Erlaubnis bräuchte.«

»Dann weißt du es jetzt. Ich hoffe, das wird dir eine Lehre sein.«

»Eine Lehre – ha!« Mit einem Schlag wurde ihr die Bedeutung seiner Warnung deutlich. Er wollte ihr ihre einzige Einnahmequelle nehmen. Auf einmal drohte ihr wieder Hunger, und das war ungerecht, geradezu ungeheuerlich, denn sie hatte sich so bemüht. Für einen Augenblick überwog ihre Entrüstung alle Vorsicht. Sie warf dem Fungus einen finsteren Blick zu. Er musterte sie durchdringend. Es war ein seltsamer, forschender Blick, in dem beinahe so etwas wie Belustigung zu spüren war; zumindest wirkte er weder feindselig noch bedrohlich. Wenn sie sich anstrengte, könnte sie vielleicht sogar seine Zuneigung gewinnen. Schließlich war auch er bloß ein Mann und als solcher für weibliche Reize nicht unempfänglich, selbst wenn es sich um jemanden handelte, der so heruntergekommen war wie sie. Einen allerletzten Versuch war es wert. Sie schaute ihn mit flehentlich aufgerissenen Augen an und sagte leise: »Aber Meister Fungus, was soll ich denn dann tun? Ich habe mich wirklich sehr bemüht, aber ich finde einfach keine Arbeit. Wenn ich nicht betteln kann, was soll dann aus mir werden?«

»Verhungern ist immer eine Möglichkeit.«

Bleiches Scheusal. Sie verbarg ihre Empörung. »Aber, guter Herr, ich kann mir nicht vorstellen, daß Ihr mich wirklich verhungern lassen wollt. Ihr habt doch wohl kein Herz aus Stein? Ihr scheint mir ein wahrer Herr zu sein – ein anständiger Mensch ...«

»Glaubst du das wirklich?«

Nein, bestimmt nicht. »Das tue ich, Herr. Ich kann nur hoffen, Ihr bedenkt, wie furchtbar meine Lage ist, und habt Mitleid mit mir. Könnt Ihr mir nicht helfen, Meister Fungus? Bitte?« Wenn sie nur hätte weinen können; wenn sie nur ... Sie stellte sich ihre Großmutter vor, wie sie im blutgetränkten Keller neben dem Leichnam des Cavalier vo Meureille gestanden hatte, und auf einmal kamen ihr tatsächlich die Tränen.

»So ist es gut, mein Kind. Schlicht und aufrichtig, wahrhaft anrührend. Die Tränen stehen dir wirklich ganz ausgezeichnet. Gut gemacht.« Als der Fungus den Schwamm ausquetschte, strömten blutrote Rinnsale über seine weiße Brust. »Deine reizende Verzweiflung rührt mich tief. Wer könnte einem solch wäßrigen Charme schon widerstehen? Ich jedenfalls nicht, und daher bin ich bereit, mich für dich einzusetzen.«

»Dann werdet Ihr Euren Leuten also sagen, sie sollen mich in Ruhe lassen?« fragte Eliste, innerlich frohlockend über ihren leichterrungenen Sieg.

»Ganz so einfach ist es nicht. Die Sherreener Bettlerschaft besitzt das alleinige Recht zur Straßenbettelei, und das ist eine Regel ohne Ausnahme. Wenn du melken willst, mußt du der Bruderschaft beitreten – und das ist gar nicht so leicht. Neuaufnahmen sind recht selten, denn die beschränkte Zahl der Mitglieder sichert uns das Überleben. Trotzdem wäre es möglich, einen Platz für dich zu finden.«

»Ich … soll der Bruderschaft der Straße beitreten?«

»Möglicherweise. Damit du mich nicht mißverstehst, das ist ein Zeichen von Entgegenkommen, das in deinem Fall allerdings wohlverdient scheint, wie ich glaube. Man hat dich jetzt einige Tage lang überwacht, meine Liebe, und deine Beobachter waren ausnahmslos beeindruckt von deinem Geschick. Deine ausdrucksvollen Augen, deine niedergeschlagene Anmut, diese wortlose Andeutung, ein Mädchen vornehmer Herkunft vor sich zu haben, das schwere Zeiten durchmacht – das alles ist höchst wirkungsvoll. Der Trick mit dem blutigen Taschentuch fand allerdings besondere Anerkennung und wurde einer Könnerin für würdig erachtet. Du bist erstaunlich talentiert. Solche Fähigkeiten sollte man fördern, und deshalb werden wir dich aufnehmen.«

»Wie schön.« Sie überlegte rasch. Sie, die edle Eliste vo Derrivalle – eine anerkannte Bettlerin? Eine unerträgliche Erniedrigung. Andererseits, im Licht der Vernunft betrachtet, war es gar keine so schlechte Idee. Schließlich war sie tatsächlich eine Bettlerin, sei es auch nur vorübergehend, und wenn sie einen offiziellen Beruf daraus machte, wäre sie vergleichsweise sicher. Auf keinen Fall würde sie der ganzen Bruderschaft trotzen können; besser wäre es für sie, wenn sie ihr beitrat. Außerdem gab es noch andere Vorteile, die in Betracht zu ziehen waren. Die Bettler waren überall, sahen alles, wußten alles. Nichts blieb ihnen verborgen. Mit diesem Wissen würde sie womöglich einen Fluchtweg aus Sherreen finden. Die Bruderschaft der Straße kannte vielleicht noch einen anderen Tunnel oder wußte, wie man an den Sperren vorbeikam, oder sie kannte ein Mittel, die Empfindsame Boomette zu täuschen. Und falls ihr die Flucht gelang, würde sie sich den ausgewanderten Adligen in Strell anschließen oder vielleicht nach Derrivalle zurückkehren, wo Onkel Quinz' Magie sie vor den Auswüchsen revolutionärer Leidenschaft schützen könnte. Alles in allem gar keine so schlechte Idee.

»Was müßte ich dann tun, Herr?«

»Du mußt Treue, Stillschweigen und Gehorsam gegenüber unseren Gesetzen schwören. Du mußt versprechen, die territorialen Rechte und Privilegien deiner Mitbrüder zu achten. Anschließend bekommst du ein eigenes Revier zugeteilt, auf dessen Grenzen du deine Tätigkeit beschränken mußt. Allwöchentlich mußt du zwanzig Prozent deines Einkommens an meinen eingesetzten Vertreter abgeben…«

»Zwanzig Prozent sind eine Menge.«

»Die Verwaltungsausgaben sind hoch. Über die Höhe der Abgabe läßt sich dennoch reden. Unterschlagung ist weder machbar noch ratsam. Solltest du weitere Mitteilungen dazu wünschen, wendest du dich am besten an die Nasenlose Flaute oder an Matschgesicht Brionne. Beide kennen sich gut aus und können dir raten.«

»Ganz wie Ihr meint, Herr.«

»Ausgezeichnet, meine Liebe. Und nun, da wir einander verstehen, müssen wir bloß noch das Übliche hinter uns bringen, dann teile ich dir dein Gebiet zu. Etwas in einer der besseren Gegenden, denke ich, wo du als blasse, gebrochene Blüte die größte Wirkung erzielen dürftest. Dort wirst du als Schwindsüchtige Grisette zweifellos viele zarte Herzen schmelzen lassen. Je länger ich dich anschaue, desto deutlicher tritt das entzückende Wesen hervor, das hinter dem Schmutz, den Lumpen und deiner kränklichen Gesichtsfarbe verborgen ist. Ich frage mich, was wir wohl entdecken würden, wenn du erst mal gebadet hättest, frische Kleider trügst und ein paar Tage ordentlich gegessen hättest.

Vielleicht finden wir ja eine bessere Verwendung für dich. Da bin ich mir sogar ziemlich sicher.«

»Was meint Ihr damit?«

»Madame Daux' Haus in der Rattenstadt bedient die Wünsche und Begierden der begüterten Studenten, und die wissen Abwechslung zu schätzen. Madame ist ständig auf der Suche nach frischen Schönheiten. Andererseits ist die Kundschaft im Honigtöpfchen in der Beinbruchgasse im Durchschnitt älter, ruhiger und zahlungskräftiger.«

Eliste versteifte sich. Schon wieder ein Zuhälter. Sie waren überall, so zahlreich wie die Wanzen und ebenso ekelhaft. Eliste haßte sie alle. Aber so gerne sie diesem verschimmelten Teigkloß auch die Meinung gesagt hätte, wie sie es beim ähnlich dreisten Prilq getan hatte, wagte sie es diesmal doch nicht, ihrer Neigung nachzugeben, sondern beschränkte sich statt dessen darauf, milde zu bemerken: »Glaubt ja nicht, daß mir das gefallen täte, Herr.«

»Du würdest dich schon daran gewöhnen.«

»Ich glaube, ich bleibe lieber beim Melken, wenn Ihr nichts dagegen habt, Herr.«

»Ah, kleine Kairthe, das zu entscheiden steht dir wohl kaum an.«

»Heißt das, ich werde dabei überhaupt nicht gefragt, Meister Fungus?«

»Wenn du erst einmal den Eid geleistet hast, mußt du die Entscheidungen deiner Vorgesetzten ohne Widerspruch, Vorbehalt oder Klage hinnehmen.«

»Aber wenn mir diese Entscheidungen nun nicht gefallen?«

»Du wirst lernen, mit ihnen zu leben, meine Liebe. Du wirst einsehen, daß es in Anbetracht der übrigen Möglichkeiten so am besten für dich ist.«

Er schaute sie an mit seinen roten Augen. Merkwürdig, daß Augen von solch feuriger Farbe gleichzeitig so unendlich kalt wirken konnten. Plötzlich kam es ihr so vor, als sähe sie zum erstenmal, was unter seiner krampfhaften Weltläufigkeit verborgen war, und auf einmal fürchtete sie sich vor ihm. Mit ruhiger, wenn auch leiser Stimme erwiderte sie: »Meister Fungus, bitte teilt mich bloß zum Melken ein. Mehr wünsche ich mir nicht.«

»Deine Wünsche sind belanglos, mein Kind. Das solltest du dir besser gleich zu Anfang klarmachen. Und jetzt komm – genug geredet. Nehme die genannten Bedingungen an, und laß uns zum Ende kommen.«

Annehmen? Unmöglich. Aber welche Wahl blieb ihr denn? Jedenfalls wagte sich es nicht, sein Angebot rundheraus abzulehnen. Der Ausdruck, den sie eben in seinen Augen gesehen hatte, warnte sie davor, ihn zu reizen. Zeit schinden. Einen Aufschub herausschlagen. Die Entscheidung eine Stunde, einen Tag lang aufschieben. Vielleicht würde ja ein Wunder geschehen.

»Ich muß darüber nachdenken, Herr«, entgegnete Eliste.

»So, so. Sieh mal an.« Nachdenklich drückte der Fungus den Schwamm an seine Geschwüre, und das gefärbte Wasser floß in blutigen Rinnsalen über seinen unbehaarten, weißen Leib. »Na schön. Ich gebe dir vierundzwanzig Stunden Zeit; wenn ich bis dahin nichts von dir gehört habe, gilt das Angebot als widerrufen und wird auch nicht mehr erneuert werden.«

»Wie soll ich Euch Nachricht geben? Ich weiß nicht einmal, wo wir hier sind.«

»Sag einem der Bettler Bescheid, dann wird mich die Nachricht schon erreichen.«

»Ist gut, Herr. Wenn Ihr nichts dagegen habt, dann gehe ich jetzt.«

»Man wird dich führen«, meinte er und klingelte.

Die Tür ging auf, und einer der Entführer trat ein. Eliste ließ sich widerwillig, aber folgsam die Augen verbinden. Die ölige Stimme des Fungus durchdrang die Dunkelheit.

»Triff eine kluge Entscheidung, kleine Kairthe. Bedenke, wie es im Augenblick um dich steht und was aus dir werden könnte. Und während du das tust, noch einen Rat – versuche nicht zu betteln. Jede Form von Zuwiderhandeln wird fortan scharf geahndet werden. Hast du mich verstanden?«

Eliste nickte.

»Ausgezeichnet. Dann sage ich dir einstweilen Lebewohl, meine Liebe. Es war mir ein Vergnügen.«

Sie brachte es nicht über sich, das Kompliment zu erwidern. Statt dessen machte sie einen knappen Knicks ungefähr in seine Richtung, dann ließ sie sich fortführen, die Treppe hinunter und wieder ins Freie. Draußen angelangt, schnappte sie unter dem plötzlichen Ansturm der Kälte nach Luft. Die feuchte Wärme im Arbeitszimmer des Fungus hatte sie ganz vergessen lassen, daß es Winter war. Jetzt hatte er sich zurückgemeldet mit seinem unerbittlichen Wind und dem tückischen Eis unter den Füßen. Ohne etwas zu sehen, stolperte sie die Straßen entlang, wobei sie sich ganz auf ihren ehemaligen Entführer verlassen mußte. Er führte sie eine Zeitlang kreuz und quer durch das Labyrinth der Gassen, dann ließ er sie unvermittelt stehen und ging wortlos fort.

Eliste nahm die Augenbinde ab und blickte sich verwirrt um. Sie befand sich in einer menschenleeren, ihr unbekannten Sackgasse. Die Häuser zu beiden Seiten waren schäbig und verfallen. Höchstwahrscheinlich befand sie sich im Achten Distrikt. Es würde nicht lange dauern, bis sie die Orientierung wiedergefunden hätte. Sie wandte der Sackgasse den Rücken und trat durch einen Durchgang, der auf die Pumpengasse mündete. Ein paar hundert Meter weiter lag Woniques Pension ›Zum Warmen Willkommen‹. Mißtrauisch befingerte Eliste die sechs Bequinen in ihrer Tasche. Wenn sie sie alle für einen Schlafplatz im Willkommen ausgab, bliebe ihr nichts mehr, um sich morgen etwas zu essen zu kaufen; und der Fungus hatte sie davor gewarnt zu betteln. Andererseits versprach die Nacht besonders unangenehm zu werden. Der Wind heulte und stach auf sie ein wie ein in Panik geratener Mörder. Schon seit Tagen plagte sie ein Husten, der zwar nicht annähernd so schlimm wie das krampfhafte Bellen der Schwindsüchtigen Grisette, aber doch hartnäckig war und bisweilen von leichten Schwindelanfällen begleitet wurde. Sie konnte es sich nicht leisten, ernsthaft krank zu werden. Während Eliste so dastand und überlegte, begann es zu schneien. Eiskalte Flocken trieben ihr fast waagerecht ins Gesicht, und damit war die Entscheidung gefallen.

Sie verbrachte die Nacht in Woniques Pension ›Zum Warmen Willkommen‹, und als sie die stinkende Herberge am Morgen verließ, fand sie die Stadt vom Schnee geläutert vor; ein hübscher Anblick aus der Behaglichkeit eines warmen Zimmers heraus. Die Sonne ging gerade über den Dächern auf, so daß die Schneedecke prachtvoll funkelte. Der Schnee unter Elistes Füßen war frisch und trocken und knirschte wie tiefgefrorene Windbeutel. *Essen. Essen.* Es war wieder einer dieser eiskalten, grausam leuchtenden Morgen.

Eliste stapfte die Pumpengasse entlang, in Gedanken mit der neuesten Katastrophe beschäftigt. Noch ein Tag. Noch ein Tag, um sich zu entscheiden, dann erwartete der Fungus ihre Antwort. Sie konnte es sich nicht leisten, sein Angebot abzulehnen, doch was er mit ihr vorhatte, war unerträglich. Sie konnte Sherreen nicht verlassen, aber wenn sie bliebe, würde sie aller Wahrscheinlichkeit nach verhungern. Wie sie sich auch entschied – sie saß in der Falle und war verloren. Es gab keinen Ausweg. Die Gedanken kreisten sinnlos durch ihren Kopf.

Ganz mit ihrem Elend beschäftigt, hatte sie gar nicht gemerkt, wohin sie gegangen war. Nun fand sie sich am Ende der Brückenstraße wieder, ganz in der Nähe des Grabes. Unmittelbar vor ihr lag die alte, schneebedeckte Vinculum-Brücke, auf der bereits reger Verkehr herrschte. Dann kam der Ufermarkt mit seinen Buden und Karren, wo sie vielleicht ein, zwei Rüben würde ergattern können. Es wäre tröstlich, zu wissen, daß der Fluß zwischen ihr und dem Fungus lag; nicht, daß der räumliche Abstand auch nur den geringsten Schutz geboten hätte, aber irgendwie würde sie sich dann besser fühlen. Sie ging weiter, und fast im selben Augenblick, als sie ihren Fuß auf die Brücke setzte, fiel ihr eine Lösung für ihre Probleme ein. Es gab tatsächlich einen Ausweg – einen unwiderruflichen Ausweg. Mit leicht gerunzelter Stirn trat sie geistesabwesend an die steinerne Brüstung, beugte sich vor und blickte aufs Wasser hinunter. Der Fluß war angeschwollen und die Strömung reißend, die gekräuselte, gelbbraune Oberfläche mit Eisschollen und Treibgut gesprenkelt. Sie würde nicht lange darin überleben, und dann hätten Angst, Elend, Kälte und Hunger ein Ende. Kein Fungus mehr, der sie beschmutzen und verkaufen wollte.

Einen Augenblick lang war die Vorstellung äußerst verlockend. Jetzt ginge es natürlich nicht. Auf der Brücke herrschte zuviel Betrieb. Wenn sie spränge, würde es gleich bemerkt werden, und womöglich würde irgendein übereifriger Held sie sogar retten, Aber später, in der Nacht, wenn die Brücke menschenleer war …

Sie konnte es sich ganz deutlich vorstellen, und sie spürte es sogar; den Sprung von der Brücke, das Rauschen der eiskalten Luft, wie sich Röcke und Cape bauschten; der furchtbare, hilflose, sich beschleunigende Fall; und dann ein entsetzlicher, unvermeidlicher Augenblick des *Bedauerns*. Der Aufschlag auf dem Fluß so hart und schnell, daß die Wasseroberfläche wie eine feste Mauer wirkte; dann hinab, hinab in die fürchterliche Schwärze und die eisige Kälte. Der Todeskampf, die Atemnot und der natürliche Widerstand des Körpers; der verzweifelte, blinde Kampf – der im Geist stundenlang andauerte. Und dann das eiskalte Wasser, das in ihre Lungen strömte… die Todesangst…

Eliste schauderte. Ihre lebhafte Vorstellungskraft, zumeist ein Quell des Vergnügens für sie, gereichte ihr bisweilen auch zum Nachteil. Mit beiden Händen stieß sie sich von der Brüstung ab.

Langsam überquerte sie die Brücke und betrat den Markt, wo der Anblick der aufgehäuften Nahrung alle anderen Gedanken verscheuchte. Dort gab es Brot – frische Laibe. Eliste trat näher heran. Der Händler, aufgeschreckt durch die Gier in ihren Augen, beobachtete sie unverwandt. Ein schneller Griff, und er würde den ganzen Markt rebellisch machen… Gar nicht gut. Sie schlenderte weiter.

Kartoffeln, Zwiebeln, Walnüsse, Eingemachtes, Pökelfleisch. Überall Nahrung, ausnahmslos eifersüchtig bewacht. Sie kam nicht einmal in ihre Nähe. Ein sechster Sinn warnte die Händler vor der Anwesenheit einer möglichen Diebin; einer nach dem anderen scheuchte sie weg. Eliste fühlte sich so gedemütigt, daß ihr die Wangen brannten, doch der Hunger förderte ihre Beharrlichkeit. Gezielt schritt sie den Rand des Marktes ab und erreichte nach etwa einer Stunde die andere Seite. Und dort hatte sie endlich Glück: ein Fischhändler und ein Kunde, die heftig miteinander feilschten. Der Händler wandte ihr den Rücken zu. Neben ihm ein Faß mit geräucherten Heringen, die eine wundervolle dunkle Goldfärbung angenommen hatten und wie Goldbarren gestapelt waren. Eliste näherte sich langsam; behutsam zog sie einen Hering aus dem Stapel. Während der Händler nichts gemerkt hatte, gab der Käufer Alarm. Eliste machte auf dem Absatz kehrt und rannte davon, wobei sie mit der Gewandtheit eines Straßenräubers Haken schlug. Das Geschrei hinter ihr wurde lauter, und sie lief schneller.

Der Fischhändler würde seinen Stand niemals im Stich lassen, um einem gestohlenen Hering hinterherzurennen, aber dennoch hatte sie Angst. Vielleicht waren ja Gendarmen in der Nähe, und *die* würden sie bestimmt jagen. Umzuschauen traute sie sich nicht.

Als sie schließlich ausruhen mußte, hatte sie den Ufermarkt weit hinter sich gelassen und war tief in unbekanntes Gebiet vorgedrungen. Soweit sie sich erinnerte, hatte sie noch nie einen Fuß in dieses ruhige, kleinbürgerliche Viertel gesetzt. Die Läden, Häuser und Gesichter waren ihr alle gleichermaßen unbekannt, und das war gut so. Hier war sie eine Fremde; hier würde sie nicht auffallen. Sie räumte ein wenig Schnee auf einer Eingangstreppe beiseite, setzte sich und wartete, bis sich ihr Atem beruhigt hatte, dann verspeiste sie den entwendeten Fisch. Als die mittlerweile beständigen Bauchschmerzen nachgelassen hatten, stand sie auf und ging weiter, während sich ihre Sorgen, die sie eine Weile verdrängt hatte, mit voller Macht wieder zu Wort meldeten. Gedankenverloren stapfte sie weiter und merkte kaum, wohin sie ging. Ein Schwall von Fußgängern spülte sie mit sich fort; sie merkte nicht einmal, daß die Passanten ein bestimmtes Ziel hatten. Sie ließ sich unerkannt mit der Strömung treiben; erst als sie ans Ende der schmalen Gasse gelangt war und sich die Sicht vor ihr auf einmal weitete, dämmerte ihr, wo sie sich befand. Die Gebäude schienen zurückzuweichen und gaben den Blick frei auf einen großen, kreisförmigen Platz, der mit reizvoll geformten Granitplatten in drei Farben gepflastert war. Das Muster lenkte das Auge zu einer in der Mitte gelegenen Stelle, an der sich einstmals eine Reiterstatue Dunulas' des Großen befunden hatte. Die Statue war mittlerweile verschwunden. Ihre Stelle nahm nun die Kokotte ein.

Eliste befand sich auf dem Platz des Großen Monarchen, der neuerdings Platz der Gleichheit genannt wurde. Absichtlich wäre sie nicht hergekommen. Doch nun, da sie der Zufall hierhergeführt hatte, blieb sie stehen, vom Anblick der Empfindsamen wie versteinert. Unmittelbar vor ihr ragte die unersättliche Königin der Alpträume auf, gekrönt mit Widerhaken, thronend auf einem Holzpodest. Sie entsprach in allen Einzelheiten den Beschreibungen, allerdings hatten die mündlichen Schilderungen das Wesen des Urbildes nicht erfassen können; weder seine Kraft noch seine Gier, vor allem aber nicht den unheimlichen Eindruck von bedächtiger, kalter Überlegung, der von dem riesigen Sarg ausging. Die Türen der Kokotte waren weit aufgerissen, und dahinter sah man die bebenden, fleckigen Dornen, mit denen das Innere ausgekleidet war. Ein wild pulsierendes Licht tanzte über die Dornenkrone und über die funkelnden gläsernen Spiralen und Vorsprünge. Daneben stand mit versteinerter Miene ein ganzer Block von einem Mann, offenbar der berüchtigte Bierce Valeur, der Cousin des unsäglichen Whiss, Herr über die revolutionären Schwelgereien und Hohepriester der Kokotte – der Scharfrichter. Eliste überlegte, wie viele Menschen – wie viele ihrer Freunde und Verwandten – dieser klobige Schlächter wohl schon persönlich dem Verderben preisgegeben haben mochte. Wie viele es auch sein mochten, heute würde ihr Zahl weiter zunehmen. Bierce' Anwesenheit auf dem Schafott und die aufgeregt zusammenströmende Menge deuteten darauf hin, daß ein neuerliches Massenopfer unmittelbar bevorstand.

Die Menschenwoge riß Eliste mit sich fort. Auf einmal stand sie mitten unter den Zuschauern. Am vorderen Rand der Menge lärmten zu Füßen des Schafotts die Kavaliere und Koketten der Kokotte. Ihre an dem gehörnten Kopfschmuck erkennbaren Anhänger tanzten, sangen, nahmen Posen ein und riefen Bierce Valeur Bemerkungen zu. Einige der Koketten warfen scharlachrote Nelken aufs Podest, die sie sich als Wahrzeichen erwählt hatten. Bierce achtete nicht auf die Blumengaben. Er stand vollkommen unbewegt, eine Hand auf die Flanke der Empfindsamen gelegt, die trüben Augen leuchtend vor lauter Hingabe. Seine Umgebung schien er kaum wahrzunehmen.

Am Rande des Platzes der Gleichheit, dort, wo die Straßenhändler Leckereien und allerlei Krimskrams feilboten, entstand Unruhe, und die Menge teilte sich, um den täglichen Zug durchzulassen, der aus der Arkadenstraße herangerumpelt kam. Die Ausbeute war heute recht mager: vier offene Karren, ein jeder beladen mit dem üblichen Dutzend nackter und zitternder Opfer; von Wachposten umringt und wie immer gefolgt von einem drängelnden Haufen johlender Bürger. Einige dieser Patrioten, die besonders erpicht darauf waren, Aufmerksamkeit zu erregen, machten sogar unbeholfene akrobatische Übungen, sprangen in die Luft, schlugen Räder oder vollführten hin und wieder einen Salto rückwärts.

Die Prozession bewegte sich über die Granitplatten bis zum Fuß des Podests und hielt dort an. Augenblicklich veränderten sich die Leuchterscheinungen der Kokotte. Ihre Lichter blinkten auf einmal gierig auf. Ein schrilles, mechanisches Schwirren übertönte den Lärm der Menge, und Bierce Valeur zog eilig die Hand zurück.

Die vier Karren am Fuß des Schafotts wurden in Stellung gebracht. Eine Kette von Wachposten hielt die Menge auf Abstand. Ebenfalls anwesend war der Sekretär des Nationalen Tribunals, der einen Stapel Todesurteile bei sich hatte, die alle einzeln unterzeichnet und in Hinrichtungsverfügungen umgewandelt werden mußten. Neben dem Sekretär standen mehrere stämmige Kerle mit roten Diamantabzeichen, stolz und begierig, Bierce Valeur zu Diensten zu sein.

Bierce stieg herab. Mit Hilfe seiner Begleiter holte er die Verurteilten von den Karren und stellte sie mit dem

Rücken zur Empfindsamen in einer Reihe auf; eine Stehordnung, die weniger von Rücksichtnahme als von Nützlichkeitserwägungen diktiert war. Bierce hatte längst herausgefunden, daß der Anblick der in Arbeit befindlichen Kokotte die Opfer zu heftigem Widerstand herausforderte. Das Entladen ging mit zügiger Geschäftsmäßigkeit vonstatten, die keinen Widerspruch hervorrief; kein einziger Gefangener wehrte sich.

Eliste konnte sich nicht aufraffen zu gehen. Sie wollte das alles nicht sehen; dennoch blieb sie wie festgewurzelt stehen.

Ob wohl jemand dabei ist, den ich kenne?

Stets die gleiche Frage. In der Vergangenheit war sie unbeantwortbar gewesen, und das hatte vielleicht auch sein Gutes gehabt. Jetzt erlebte sie das Schauspiel zum ersten Mal aus nächster Nähe mit. Zum ersten Mal würde sie die Opfer tatsächlich erkennen können.

Bierce' Gehilfen schleppten bereits die ersten drei Verurteilten die Holztreppe hoch. Als sie oben angelangt waren, überragten sie die Köpfe der versammelten Zuschauer, und Eliste erblickte einen fülligen, braunhaarigen Mann, dessen rundliches Gesicht mit den glasigen, verzweifelten Augen ihr unbekannt war. Ohne daß sie es hätte erklären können, war ihr klar, daß er kein Edelmann war. Vielleicht war er Student oder aber der Sohn eines wohlhabenden Ladenbesitzers. Schwer zu sagen, was er sich hatte zuschulden kommen lassen; im Kielwasser von Whiss Valeurs neuem Denunziationsgesetz konnte es alles mögliche sein.

Auf dem Schafott übernahm Bierce das Kommando und beförderte den Gefangenen mit einer Gewandtheit, die großer Kraft und langer Übung entsprang, in die Kokotte. Das Opfer schien fast über die Bretter zu fliegen, geradewegs in das Maul der Kokotte hinein. Die Bleitüren schlossen sich mit unheimlicher Geschwindigkeit. Das mechanische Summen schwoll zu einem durchdringenden Kreischen an. Kleine Blitze zuckten entlang der beiden großen, senkrechten Hörner, immer schneller, heller, schneller, kräftiger, bis schließlich am höchsten Punkt ein furchtbares, grellweißes Licht aufstrahlte. Die Türen öffneten sich und gaben den Blick frei auf das Innere der Kokotte, das leer war bis auf einen blutigen Strick, und die an das Schauspiel gewöhnte Menge bekundete halblaut ihre Genugtuung. Bierce Valeur machte eine rasche Bewegung mit seinem langen Haken, worauf der Strick durch die Luft flog und von einer Koketten aufgefangen wurde, die vor Freude über ihr Glück laut aufschrie. Inzwischen hatte das nächste Opfer ohne die Mitwirkung von Bierce' Helfern den Kopf der Treppe erreicht. Diesmal handelte es sich um eine ältere Frau, die aber immer noch rank und schlank war. Als Eliste aufsah, erblickte sie ihre Großmutter.

Wie alle Verurteilten war auch Zeralenn unbekleidet, doch das offene, silbrige Haar, das noch immer so lang und üppig wie das eines Mädchens war, reichte ihr bis zu den Knien und bedeckte ihre Blöße. Sie stand gerade aufgerichtet da, ihre Miene war so gefaßt wie eh und je. Am Kopf der Treppe hielt sie kurz inne und musterte die Menge. Ihr haselnußbrauner Blick schweifte langsam und nachdenklich über die emporgewandten Gesichter; glitt über das Gesicht ihrer Enkelin, kehrte im nächsten Augenblick zu ihm zurück und verweilte darauf. Kein Muskel zuckte in Zeralenns Gesicht. Nicht das leiseste Anzeichen eines Wiedererkennens flackerte in ihren Augen auf. Aber sie hatte Eliste gesehen; daran bestand kein Zweifel.

Nun legte Bierce Valeur Hand an sie. Zeralenn sah zu ihm auf und sagte etwas, das die Zuschauer nicht hören konnten. Bierce schien betroffen. Sie schüttelte seine Hand ab, und er ließ es zu, vielleicht aus Rücksichtnahme gegenüber ihrem Alter oder weil er sich in einem unbedachten Augenblick von ihrer unbeugsamen Haltung hatte beeindrucken lassen. Als sie sich selbständig und mit festem Schritt der Kokotte näherte, erhob sich im Publikum ob des ungewöhnlichen Ereignisses ein erstauntes Gemurmel. Bierce Valeur erwachte aus seiner Trance. Mit zwei langen Schritten hatte er die eigenwillige Gefangene erreicht, doch ehe er sie packen konnte, trat sie auch schon gelassen in den Hohlraum. Die Türen schlugen zu. Die Blitze flammten auf.

Eliste fühlte nichts. Sie zitterte und klapperte mit den Zähnen, aber sie fühlte nichts. Die klare Winterluft war auf einmal grau und dunstig, angefüllt mit gedämpftem Stimmengemurmel, wie vom Seufzen des Meers. Seltsam. Aus irgendeinem Grund fiel es ihr schwer, sich auf den Beinen zu halten. Sie schüttelte den Kopf und sah wieder zum Schafott, wo Bierce Valeur, zweifellos begierig, seine vorübergehende Verwirrung wiedergutzumachen, meisterlich mit seiner nächsten Kundin umging – ein junges, blondhaariges Mädchen. Kairthe.

»Bonbon! Bonbon!«

Die Rufe hallten wie toll wider und schienen sich für einen Augenblick mit einer anderen Stimme zu vermischen, mit einer fremden Stimme in ihrem Kopf. Abermals schüttelte Eliste benommen den Kopf und preßte sich beide Hände gegen die Schläfen. Kairthe wirkte in Bierce' Griff wie ein tapferes, großäugiges Kind. Und noch immer die Jubelrufe der Menge, deren metallisches Echo zwischen Elistes Schläfen widerhallte, scheppernd wie ein Orchester aus lauter Gongs und Becken. Und wieder ertönte die fremde Stimme, und da meinte Eliste, so unwahrscheinlich es auch schien, den Geist der Kokotte in sich zu spüren:

Denn Sie ist die Eine, die Ewige, die Erhabene. Sie ist die Macht und die einzige Wirklichkeit. Ihre Wärme erfüllt die Leere. Sie ist allenthalben. Verneige dich und bete Sie an.

Opfere Ihr. Nähre und umsorge Sie, denn Ihr Hunger ist unersättlich.

Ein rascher, geschickter Stoß beförderte Kairthe ins Verderben. Die Türen fielen zu, und kurz darauf zeigten die leuchtenden Blitze an, daß das Werk getan war. Die Echos in Elistes Geist schwollen zu einem Tosen an, zu einem Orkan; dann brachen sie unvermittelt ab, und eine Weile hörte sie nichts mehr.

Als das zerlumpte Mädchen mit dem schmutzigen, verfilzten Haar auf dem Granitpflaster zusammenbrach, dachten sich die Umstehenden wenig dabei, denn so etwas kam häufiger vor. Vielleicht war es zimperlich, kränklich oder einfach nur ausgehungert. Nach dem Denunziationsgesetz galt jede öffentliche oder private Zurschaustellung von Mitgefühl mit den verurteilten Volksfeinden als konterrevolutionär und daher als Verrat; der Ohnmachtsanfall dieses verhungerten Wesens zählte allerdings nicht dazu. Ein paar mitfühlendere Zuschauer hoben sie auf, trugen sie an den Rand des Platzes und legten sie dort auf eine Bank. Nach einer Weile kam Eliste wieder zu sich; hin und her gerissen zwischen Kummer und Entsetzen, wäre sie am liebsten gleich wieder ohnmächtig geworden. Aber sie war hellwach und würde es wahrscheinlich auch bleiben.

Sie erhob sich von der Bank und wanderte ziellos umher. Im Grunde war es völlig gleichgültig, wohin sie ging, und so schlurfte sie gedankenlos dahin. Wenn sie müde war, hockte sie sich eine Weile nieder, saß benommen da und zwang ihre Gedanken zur Ruhe. Wenn sie die Kälte zu spüren bekam, stand sie wieder auf und ging weiter. Den ganzen Nachmittag lang wanderte sie so umher. Nach und nach wurden die Ruhepausen immer länger und häufiger. Als sie die Damenschuhstraße erreichte, war sie kaum mehr zurechnungsfähig. Sie ließ sich auf dem steinernen Rand eines großen Troges nieder, der vom Abfluß der öffentlichen Pumpe gespeist wurde, und saß wie versteinert da, ohne irgend etwas zu denken. So lange verharrte sie dort so reglos wie ein Leichnam, den Blick auf das Pflaster zu ihren Füßen gesenkt, daß sie schließlich Aufmerksamkeit zu erregen begann. Ein paar Schankkellner aus den nahegelegenen Garküchen machten ihr versuchsweise liebenswürdige Angebote, auf die sie nicht antwortete. Ein, zwei vorbeikommende Hausfrauen mit Körben in den Armen erkundigten sich, ob sie vielleicht krank sei oder sich verlaufen habe. Eliste schien sie nicht gehört zu haben. Anschließend hielt man sie wohl für einen Einfaltspinsel und ließ sie in Ruhe.

Sie hatte keine Ahnung, wie lange sie dort schon gesessen hatte, als ihr einer der Fußgänger aus Mitleid mit der armen Verrückten eine Bequine in den Schoß warf. Die Münze fiel durch ihren Blick. Eliste betrachtete sie benommen. Im nächsten Augenblick fiel ein Schatten auf den Boden zu ihren Füßen. Als sie langsam den Kopf hob, erblickte sie ein Trio unglaublich verdreckter und zerlumpter Gestalten, die ihr im Licht standen. Offenbar Brüder der Straße.

»Man hat dich gewarnt«, sagte einer der Bettler.

»Du hast wohl gedacht, du kämst damit durch?« fragte ein anderer.

Eliste schaute sie verständnislos an.

»Keine Bettelei. Anordnung des Fungus. Du hast es gewußt.«

Den Fungus hatte sie ganz vergessen gehabt, doch nun fiel er wieder ein. Sie wollte sich nicht mit diesen Leuten streiten. Sie wollte in Ruhe gelassen werden. Sie reichte ihnen die Münze. »Hier, nehmt das. Ich habe nicht darum gebeten.«

»Doch, das hast du« erwiderte einer der Brüder vergnügt. »Und jetzt sollst du es bekommen.« Er nahm die Münze und steckte sie ein. Dann neigte er sich leicht vor, als wollte er einen Kratzfuß machen, und schlug Eliste so fest ins Gesicht, daß sie der Länge nach auf die Straße fiel.

Eliste rappelte sich wieder hoch. Sie wollte weglaufen, doch ihre Beine waren wie aus Holz. Ehe sie auch nur einen Schritt machen konnte, packte ein anderer Bettler sie bei der Schulter und drehte ihr Gesicht zu sich herum.

»Die Alte Plaissie läßt dich grüßen«, sagte er und ohrfeigte sie, daß sie in die stinkende Umarmung des dritten Mannes flog, der sie mit einem Faustschlag sogleich wieder zu Boden streckte.

Eliste blieb benommen liegen. Sie hatten Schmerzen am ganzen Leib, und in ihren Ohren dröhnte es. Sie hatte sich an einem Zahn von innen die Wange aufgeritzt, und ihr Mund füllte sich mit Blut. Sie versuchte gar nicht erst, sich aufzurichten. Wenn sie aufstand, würde man sie bloß wieder schlagen.

»Guckt sie euch nur mal an. Wir haben sie ja ganz schmutzig gemacht.«

»Die ganzen Kleider versaut. Und alles unsere Schuld.«

»Wir sollten besser was unternehmen.«

»Waschen wir sie doch.«

Zwei der Brüder bückten sich, hoben ihr Opfer hoch und schleppten es zum großen öffentlichen Trog. Eliste schlug hart auf die gefrorene Wasseroberfläche auf. Für den Bruchteil einer Sekunde hielt das Eis stand, dann brach es unter ihrem Gewicht, und sie sank in das einen ganzen Meter tiefe schmutzige, eiskalte Wasser. Einen schreckerfüllten Augenblick lang schlug sie in der von Dreck und Algen trüben Brühe um sich, dann hatte sie den Boden gefunden, stemmte die Füße dagegen und versuchte aufzustehen.

Als ihr Kopf an die Oberfläche kam, tauchte jemand sie wieder unter. Eliste schluckte Wasser, schnappte nach Luft und schlug um sich. Kam wieder hoch und wurde abermals untergetaucht. Als sie sich beim nächstenmal hochstemmte, schlug sie mit dem Kopf gegen die Unterseite einer noch unversehrten Eisplatte und meinte in ihrem blinden Entsetzen, sie sei unter Wasser gefangen. Auf einmal war sie wie rasend und brach mit wütender Kraft durchs Eis, aus dem sie in einer Wolke funkelnder Splitter zum Vorschein kam. Die Angreifer hatten einstweilen genug und wandten sich bereits zum Gehen. Einer blickte sich über die Schulter um und sagte: »So leicht kommst du nicht davon.« Bald waren alle drei verschwunden.

Eliste sah ihnen nicht nach. Zitternd und schluchzend kletterte sie aus dem Trog. Das Dreckwasser strömte an ihr hinab. Eisstücke klebten an ihrem Umhang, und schleimige Algenfäden schmückten ihr Haar. Die Fußgänger auf der Damenschuhstraße machten einen weiten Bogen um sie und wandten die Blicke ab. Niemand schien sie wahrzunehmen, geschweige denn ihr helfen zu wollen. Einen Augenblick lang wunderte sich Eliste über die Gefühllosigkeit der Vorbeigehenden; andererseits war es ja auch nicht anders zu erwarten. Für die angeseheneren Kleinbürger waren die Kabbeleien der Gossenbewohner unsichtbar.

Als eine grausame kleine Lanze von einem Windstoß in ihre tropfenden Lumpen stach, schlang Eliste fröstelnd die Arme um die Brust. Noch nie im Leben war ihr so kalt gewesen – kalt bis auf die Knochen, kalt genug, um zu erfrieren. Undeutlich war ihr klar, daß sie tatsächlich sterben würde, wenn sie sich nicht an einem Feuer würde wärmen und ihre Sachen trocknen können; aber darauf kam es jetzt nicht mehr an. Vielleicht war es so auch am besten; weder hatte sie den Wunsch weiterzuleben, noch einen Grund dazu. Dennoch ging sie immer weiter die Damenschuhstraße entlang und hielt mechanisch links und rechts nach einem warmen Unterschlupf Ausschau.

Natürlich wollte man sie nicht in die Läden und Tavernen hineinlassen. Mehrfach wurde sie an der Tür abgewiesen. Niemand wollte sich von einer solch heruntergekommenen, triefnassen Gossenschlampe mit glasigem Blick den Boden volltropfen lassen. Sie gehörte in ein Armenhospital oder ins Irrenhaus, jedenfalls riet man ihr, sich dorthin zu wenden.

Eliste schleppte sich ins Geschäftsviertel weiter. Sie wußte kaum noch, was sie tat, doch irgendwo in ihrem Hinterkopf kokelten die brennenden Abfallhaufen des Achten Distrikts. Den Mittellosen stand es frei, sich um diese Tag und Nacht brennenden Feuer zu versammeln. Niemand wurde je abgewiesen. Doch bis zum Achten Distrikt war es noch weit, ein furchtbar langer Weg zu Fuß, und sie war so müde. In letzter Zeit war sie immer müde, doch jetzt schien es besonders schlimm. Sie fühlte sich so erschöpft und elend, daß sie sich kaum noch fortbewegen konnte; so schwach war sie, daß sie alle hundert Meter ausruhen mußte.

Sie mußte lange Zeit so gegangen sein, denn es war später Nachmittag und dunkelte beinahe schon. Ihre Kleider tropften nicht mehr, waren aber auch nicht getrocknet; noch der leichteste Luftzug drang hindurch. Eliste zitterte ständig, schien die Kälte aber dennoch nicht zu fühlen. Eher im Gegenteil; ihr Gesicht war glühendheiß, die Lippen trocken und rissig. Sie hatte fürchterlichen Durst, den weder die Eisstückchen noch die Händevoll rußigen Schnees, die sie ständig kaute, zu löschen vermochten. Sie verstand nicht, warum sie sich so benommen fühlte. Es war nicht einzusehen, warum sie schwankte und taumelte und sich an Wänden und Laternenpfählen festhalten mußte. Das war lächerlich und furchtbar unbequem; wenn es so weiterging, würde sie die ganze Nacht brauchen, um die lockenden Müllfeuer zu erreichen.

Sie befand sich wieder auf dem Ufermarkt. Die Händler packten gerade ihre Waren ein, was bedeutete, daß es Abend geworden war. Dann schien die Dunkelheit also keine Einbildung zu sein. Das war gut, es bedeutete eine Erleichterung für sie, doch vor ihr lag noch ein weiter Weg, der über einen Boden führte, der wie Aspik unter ihr zu wabbeln schien, und sie war jetzt wirklich sehr, sehr müde …

Als sie bewußtlos auf dem Pflaster zusammenbrach, wurde sie zu ihrem Glück bemerkt. Wäre es später gegen Abend und der Marktplatz menschenleer gewesen, hätte sie stundenlang dort liegen können und wäre bei Anbruch des Morgens längst erfroren gewesen. Doch so wurde ihr Zusammenbruch von vielen Augenpaaren mißbilligend zur Kenntnis genommen, und man rief die Gendarmen. Für die Soldaten, die mit einem Verweis zu rechnen hatten, wenn sie nicht jede Woche eine bestimmte Quote an Festnahmen vorzuweisen hatten, war die Sache klar. Die zusammengebrochene Gossenschlampe war offenbar sturzbetrunken. Außerdem hatte sie Prellungen im Gesicht und ein blaues Auge, was bewies, daß sie sich geprügelt hatte. Da sie die öffentliche Ordnung störte, gehörte sie ins Gefängnis. Das Grab lag am nächsten, doch dieses Vorzimmer des Todes war nicht der rechte Aufenthaltsort für dreckige kleine Streunerinnen wie diese. Daher brachte man sie in die Schatzkammer.

22

Das Gefängnis war wundervoll, viel besser als Prilqs Herberge. Da sie bei ihrer Einlieferung nicht in der Lage war, vor einen Richter zu treten, wurde Eliste vom Direktor der Schatzkammer einfach zu einer Woche Gewahrsam verurteilt. Ihretwegen hätte die Strafe ruhig zehnmal höher ausfallen können – zumindest wünschte sie sich das, sobald sie wieder bei Bewußtsein war. Während der ersten vierundzwanzig Stunden war sie nämlich abwechselnd bewußtlos, oder sie phantasierte im Fieber; bisweilen glaubte sie, wieder in Derrivalle zu sein, wo die freigelassenen Leibeigenen aus unerklärlichen Gründen alle dem Fungus ähnelten; dann wieder meinte sie, sich nackt auf einem offenen Karren zu befinden, eingezwängt zwischen den schwankenden Leibern ihrer Leidensgenossen. Das Gedränge und das Schaukeln war gar nicht lustig. Die ganze Nacht über teilte sie sich einen von Ungeziefer wimmelnden Strohhaufen mit mehreren anderen Frauen, die sie häufig mit Füßen und Ellbogen anstießen. Aus Angst vor einer möglichen Ansteckung ließen sie ihr jedoch soviel Platz wie möglich, so daß Eliste einigermaßen ungestört blieb.

Vor allem brauchte sie Ruhe. Am nächsten Tag legte sich das Fieber, und Eliste verbrachte viele Stunden in tiefem Schlaf; am frühen Abend kam sie vorübergehend zu sich und stellte fest, daß eine Unbekannte sie stützte und sie wie einen Säugling mit Haferschleim fütterte; dann schlief sie ohne Unterbrechung bis zum Morgen durch.

Ihre Krankheit war weniger schlimm, als es zunächst den Anschein gehabt hatte. Als sie abermals die Augen aufschlug und die schwachen Strahlen der Wintersonne durch tiefliegende, vergitterte Fenster fallen sah, fühlte sie sich zwar schwach und völlig antriebslos, befand sich jedoch bereits wieder auf dem Wege der Besserung. Sie lag auf einem Strohlager, das von Flöhen und Läusen wimmelte. Irgendein namenloser Menschenfreund hatte sie mit einer Decke zugedeckt. Eliste blickte sich mit erwachender Neugier um. Offenbar hatte ein Bewußtseinsrest die Fieberphantasien überdauert, denn sie wußte genau, wo sie war. Man hatte sie in die Schatzkammer gebracht, doch anstatt in einem Einzelverlies, wie sie erwartet hatte, befand sie sich in einem großen, überfüllten Saal. Der Raum war trübselig, kahl und hatte keinen Ofen, trotzdem war es gar nicht so kalt. Von der Wand, an der das Stroh aufgehäuft war, ging ein wenig Wärme aus, die von der angrenzenden Gefängnisküche stammte. Im Vergleich zu Prilqs Herberge oder Woniques Pension ›Zum Warmen Willkommen‹ wirkte dies hier geradezu vornehm. Gewiß, der Gestank war übel, aber nicht schlimmer als an manch anderen Orten, für die sie bereitwillig bezahlt hatte. Zu ihrer Überraschung stand die Tür sperrangelweit offen. Die Frauen konnten sich ungehindert bewegen. Einige waren eindeutig als Huren zu erkennen, doch die Mehrzahl war unauffällig gekleidet und von den gewöhnlichen Bürgerinnen, die sich tagtäglich auf dem Ufermarkt drängten, nicht zu unterscheiden. Eine solche Frau saß im Augenblick gerade neben ihr. Sie war noch recht jung, vielleicht acht- oder neunundzwanzig, schlicht gekleidet, großgewachsen und grobknochig, hatte breite Schultern, ausladende Hüften und eine breite Nase, große Hände, große Brüste und ein großes Kinn, ein rotbackiges Gesicht, durchtriebene Augen und rötliches Haar. Die verurteilte Verbrecherin sah man ihr jedenfalls nicht an. Sie mußte die Wohltäterin sein, die sich die Nacht über um Eliste gekümmert hatte. Auch jetzt wieder legte sie Eliste den Arm um die Schultern, richtete sie auf und reichte ihr einen Löffel Suppe.

Runter damit. Kartoffelsuppe mit Porree, wäßrig zwar, aber wohltuend. Eliste verschluckte sich und nieste.

»Nicht so hastig«, sagte die Fremde mit scharfem Sherreener Akzent.

Eliste nickte ergeben. Sie hätte zu allem Ja und Amen gesagt, nur um den Löffel nochmals in den Mund gehalten zu bekommen. Und da war der Löffel wieder. Sie saugte und schlürfte.

Eliste zählte die Löffel nicht. Schließlich spürte sie, wie sich die Wärme in ihr ausbreitete und ihre eingeschlafenen Gliedmaßen wieder zum Leben erweckte. Sie hatte es warm. Sie hatte zu essen. Sie liebte das Gefängnis. Sie schlief wieder ein.

Als sie erwachte, war sie so gut wie wiederhergestellt. Sie war zwar hungrig, verspürte aber keinen Heißhunger mehr. Sie war unglaublich schmutzig, es juckte sie am ganzen Leib, und sie schien voller Ausschlag, Flohbisse, Schuppen, Schorf und Dreck zu sein. Am liebsten hätte sie ein Bad genommen; aber ebensogut hätte sie sich wünschen können zu fliegen. Gab es in ganz Vonahr überhaupt genug Seife, um sie wieder sauber zu kriegen? Widerwillig schlug sie die Augen auf. Sie lag noch immer auf dem Stroh, zugedeckt mit einer mottenzerfressenen Decke. Die rothaarige Frau saß neben ihr und nähte. Die Flöhe veranstalteten ein Festmahl. Eliste zuckte zusammen, kratzte sich und klatschte sich auf den Leib.

»He!« sagte die Rothaarige.

»Was?« meinte Eliste. Jetzt, da sie wieder bei Bewußtsein war, erinnerte sie sich auch wieder an den Fabequer Dialekt. Aber was mochte sie im Fieber alles dahergeredet haben?

»Ruhig«, sagte die andere. »Alles in Ordnung.«

So konnte man wohl sagen.

»Aber ...«

»Ruhig. Was soll die Aufregung?«

Da hatte sie wohl recht. Eliste beruhigte sich wieder und atmete tief durch. Nein, es gab keinen Grund zur Aufregung.

»Du solltest besser aufpassen. Wenn du wirklich so krank bist, dann kriegst du nichts mehr. Die wollen doch das Essen nicht an einen Leichnam verschwenden.«

Das klang vernünftig.

Eliste setzte sich auf, eine eindrucksvolle Bezeigung von Lebendigkeit. Sie schwankte zwar, blieb aber aufrecht sitzen.

»Sehr gut. Aber gib dich auch nicht zu munter, sonst teilt man dich gleich zur Arbeit ein.«

Eliste blickte die Unbekannte fragend an.

»In der Küche. Putzen. Kerzen ziehen, Fett auslassen, Seife machen. In der Wäscherei. Putzen. Auf den Latrinen. Putzen. Oder im Keller, Hanf klopfen. Das würde dir nicht gefallen, das kannst du mir glauben.«

»Aber hier sitzen doch alle bloß untätig herum.«

»Alle nicht, du Dummchen. Nur wer die Wärter bestochen hat. Aber das kannst du ja nicht.«

»Woher willst du das wissen?«

»Du bist völlig pleite. Ich hab nachgesehn. Ach, guck doch nicht so. Ich wollte dich nicht beklauen. Hättest du was gehabt, hätte ich schon dafür gesorgt, daß du's auch behältst.«

»Oh.« Eliste runzelte die Stirn. Wahrscheinlich war es besser, sie glaubte der Frau. Wahrscheinlich sollte sie der Fremden, die ihr geholfen hatte, dankbar sein. Sie war ihr auch dankbar, spürte jedoch, daß die Frau eine Bezahlung von ihr erwartete. Kein Geld. Aber bestimmt erwartete sie etwas von ihr, doch wenn es kein Geld war, was war es dann? »Ich danke dir«, setzte sie mit Anstrengung hinzu.

Die Frau beobachtete sie aufmerksam. Zu aufmerksam, fand Eliste; die durchtriebenen Augen blickten allzu durchdringend. Eliste schaute weg. »Wenn das hier das Gefängnis ist, warum ist dann die Tür nicht abgeschlossen?« fragte sie unbehaglich.

»Du bist wirklich unerfahren, wie? Sämtliche Türen sind tagsüber unverschlossen. Bis zum Abendläuten kann man überall hingehen, sogar in die Männerabteilung, wenn man ein bißchen Geld verdienen will. Beim ersten Glockenschlag bleiben einem noch zehn Minuten, um hierher zurückzukommen. Wenn man beim Abschließen nicht da ist, und man wird erwischt, muß man die Nacht draußen auf dem Hof verbringen und bekommt kein Frühstück. Lohnen tut sich das ohnehin nicht. Dünner Haferschleim und vielleicht noch ein Kanten schimmliges Brot. Jeden Tag. Ein übler Fraß, der sogar einem Schwein wieder hochkommen würde. Wenn du die richtigen Leute schmierst, gibt's natürlich was Besseres, aber dazu brauchst du Geld. Hast du vor, dir was zu verdienen?«

»Nein.«

»Dann schätze ich, du wirst hier … wie lange bleiben? Für wie lange haben sie dich eingebuchtet?«

Sie hatte die Frage in beiläufigem Ton gestellt, dennoch nahm Eliste bei ihr eine beunruhigende Neugier wahr. Am liebsten hätte sie ihr nicht geantwortet, doch die Frage war an sich harmlos, und es hatte keinen Sinn, Ausflüchte zu machen. Von der kurzen Unterhaltung mit dem Gefängnisdirektor hatte sie nicht viel in Erinnerung behalten, bloß von dem Ergebnis wußte sie noch. »Für eine Woche«, sagte sie.

»Eine Woche. Na, das klingt doch gar nicht so schlecht, oder? Gar nicht so schlecht. Ein Klacks.« Die Fremde schien sich unerklärlicherweise darüber zu freuen. »Trunkenheit und Störung der öffentlichen Ordnung, vermute ich?«

Warum willst du das wissen?

»Und was ist mit dir?« unternahm Eliste den halbherzigen Versuch, über etwas anderes zu sprechen.

»Mit mir? Ich hab diesmal neunzig Tage aufgebrummt gekriegt. Achtzig sind es noch. Der Blockwart hatte mich auf dem Kieker. Wollte 'ne Mordsschmiere für jedes bißchen Zeug aus Strell, das ich schwarz verkauft hab, und da hab ich ihm gesagt, wo er sich die hinstecken soll. Eine Weile hat er Ruhe gegeben, bis ich einmal zwanzig Minuten von so 'nem Schwesternfressen abgezwackt hab, und da hat er mich wegen Fernbleiben verpfiffen, der kleine Scheißkerl.«

Eliste fertigte im Geiste rasch eine Übersetzung an. Der Revolutionskommissar ihres Frauenblocks – eine der neuen Unterteilungen der verschiedenen Sherreener Distrikte – hatte einen Anteil an ihren Schwarzmarkterlösen für sich verlangt. Sie hatte sich geweigert, und deswegen hatte er ihr Zuspätkommen bei einem der erst kürzlich eingeführten, ›Gleichheitliche Bruder- oder Schwesternschaftsessen‹ genannten Nachbarschaftsfeiern mit Anwesenheitspflicht weitergemeldet. Nach dem Denunziationsgesetz galt ein hervorstechender Mangel an patriotischem Eifer als konterrevolutionär. Im Grunde war die Frau sogar noch glimpflich davongekommen. Heutzutage hätte sie mit diesem Vergehen ebensogut in der Kokotte landen können.

»Wenn er meint, damit könnte er mich auf Zack bringen, dann hat er sich aber getäuscht. Für mich ist das Urlaub. Außerdem hab ich draußen Freunde, die ihn sich vorknöpfen werden. Demnächst wird er feststellen, daß sein Brunnen voller Pisse und toter Katzen ist. Ich hoffe, das wird ihm gefallen.«

Eliste rang sich ein höfliches Lächeln ab, was die Frau veranlaßte, sie abermals einer strengen Musterung zu unterziehen. »Ich heiße Jounisse«, meinte sie unvermittelt. »Und du?«

»Stelli. Stelli Zeenosa.«

»Ihr Nordländer habt alle Namen, die sich wie scheppernde Zinnschüsseln anhören. Na, kleine Stelli, du hast Glück gehabt. Ich kenne mich hier aus, und ich habe beschlossen, dir beizustehen.«

»Ich kann dich nicht bezahlen.«

»Wer redet denn von Bezahlung? Mach dir deshalb keine Sorgen. Vielleicht kannst du mir ja eines Tages einen Gefallen tun, vielleicht auch nicht. Einstweilen hab ich sowieso nichts Besseres vor.«

Eliste lächelte schwächlich. Vielleicht hatte sie tatsächlich Glück gehabt, Jounisse begegnet zu sein, doch sie traute ihr nicht über den Weg.

In den folgenden Tagen fiel es Eliste nicht schwer, den Anschein von Schwäche aufrechtzuerhalten, der sie davor bewahrte, zur Arbeit im Keller oder in den Latrinen eingeteilt zu werden, denn der Schein entsprach hier schließlich ganz dem Sein. Das Fieber kehrte nicht mehr zurück, aber sie war matt, erschöpft, ausgelaugt und schaffte es kaum ohne zu stolpern vom Strohlager zum Eimer. Die meiste Zeit über schlief sie, den Rücken flach an die warme Wand gepreßt, und der Schlaf tat ihr gut, solange sie nicht wieder von Zeralenn träumte. Doch das geschah häufig, und wenn sie dann erwachte, waren ihre Wangen tränenüberströmt. Oder sie träumte von Kairthe, Bierce Valeur und der Kokotte, und dann schreckte sie mit einem erstickten Schrei aus dem Schlaf, der ihr von ihren Mitgefangenen neugierige Blicke einbrachte. Die Gefangenen waren ein bunt zusammengewürfelter Haufen; es gab große Unterschiede hinsichtlich des Alters, der Erscheinung und des Zustands. Die meisten Missetäterinnen waren ausgesprochen hübsch, und zu ihren Vergehen zählten Trunkenheit und Ruhestörung, Hurerei, der Diebstahl von Walnüssen, Anspucken eines Gendarmen und die Verunstaltung von Ladenfronten und öffentlichen Gebäuden mit Kot. Einige wenige machten einen wirklich gefährlichen oder gewalttätigen Eindruck. Zwei oder drei ergingen sich in prahlerischen Drohungen, und denen gingen alle anderen aus dem Weg, die meisten aber waren recht umgänglich. Im Gegensatz zur schlurfenden Hoffnungslosigkeit der Gäste von Prilqs Herberge mangelte es diesen Frauen nicht an Kraft. Den ganzen Tag über plapperten, kicherten, kreischten und zankten sie wie ein Käfig voller Dohlen. Wenn Eliste die Augen schloß und von der Gossensprache einmal absah, mochte sie fast meinen, sie befände sich wieder im Quartier der Ehrenjungfern im Beviaire.

Wie Jounisse gesagt hatte, war der gewöhnliche Speisezettel der Schatzkammer ekelhaft und eintönig. Die meisten Gefangenen schafften es jedoch auf die eine oder andere Art, sich besseres Essen zu verschaffen; einige verfügten sogar über gebratenes Geflügel, Weißbrot und selbst Wein und Gebäck. Eliste konnte sich einen solchen Luxus nicht leisten, doch gab es einen Trost für sie. Die Gefängniskost, die allgemein verabscheut und häufig zurückgewiesen wurde, stand denen, die sie vertrugen, in ausreichender Menge zur Verfügung. Eliste konnte sich den Bauch nach Herzenslust mit grünschimmligen Brotrinden und wäßrigem Haferbrei vollschlagen. Soeben dem Erfrieren und Verhungern entronnen, erschien ihr ein solcher Überfluß als reine Gaumenfreude. Im Augenblick war sie wunschlos glücklich.

Die anderen Frauen neigten dazu, sich über ihre Einfalt lustig zu machen. Zunächst schrieben sie ihre Schläfrigkeit der Krankheit zu. Als sie sich dann allmählich erholte, gaben sie ihr gute Ratschläge, die ihre Lage wesentlich hätten verbessern können, hätte sie sie sich nicht nur angehört, sondern auch zu Herzen genommen. Man erzählte ihr, es gäbe mindestens ein Dutzend verschiedene Möglichkeiten, Geld zu verdienen. Es gäbe genug Männer, die sie mit Freuden bezahlen würden. Und es gäbe viele Mitgefangene, die sie gerne anheuern würden, damit sie deren Arbeit in der Küche oder in den Latrinen übernähme. Wenn sie mutig sei und es sehr geschickt anstelle, könne sie einem Wärter die Tasche leerräumen. Oder ...

Die neue Gefangene schlug jedoch selbst die besten Ratschläge in den Wind und lehnte noch die freundlichsten Angebote ab. Sie schien es zufrieden, still und mit ihren eigenen Gedanken beschäftigt auf dem schmutzigen Stroh zu liegen. Die Vermutung drängte sich auf, sie sei ein wenig wirr im Kopf, doch was das schmutzige kleine Gerippe so durcheinandergebracht hatte, blieb im dunkeln. Jedenfalls war sie ein Faulpelz, dem es am nötigen Antrieb mangelte, sein Los zu verbessern. Dann mußte sie halt mit den Flöhen und dem ekligen Haferbrei vorliebnehmen; die nichtsnutzige Schlampe hatte es nicht besser verdient. Die Frauen verloren rasch die Geduld und jeden Reiz an ihr. Schon nach einem Tag ließen sie Eliste in Ruhe – bloß Jounisse nicht.

Jounisse ließ sich nicht so leicht entmutigen und besuchte Eliste zweimal täglich. Jedesmal setzte sie sich zu ihr, lächelte, als wähnte sie sich willkommen, und dann erzählte sie eine Viertelstunde lang Klatschgeschichten, Witze und allerlei Unsinn, ohne sich an Elistes einsilbigen Antworten zu stören. Sie machte einen schlichten, liebenswürdigen und begriffsstutzigen Eindruck. Dennoch mißtraute Eliste ihr. Diese Frau war alles andere als eine Närrin; sie wußte genau, daß Eliste keinen Wert auf ihre Freundschaft legte, und ließ dennoch nicht locker. Das war unerklärlich und lästig.

Was wollte sie bloß?

Ihre unerbittliche Geselligkeit zwang Eliste zu rascher Erholung. Sobald sie wieder laufen konnte, flüchtete sie vom Schlafsaal in den Gemeinschaftsraum, wo die Gefangenen miteinander schwatzten und tranken, Karten spielten und würfelten. Eliste spielte sogar eine Partie Roullo, bis Jounisse sie dort ausfindig machte.

Am nächsten Morgen versuchte sie, sich in der Wäscherei zu verstecken. Sie hielt sich noch keine Stunde dort auf, als ihre Verfolgerin ebenfalls auftauchte. Der von einer hohen Mauer umgebene Gefängnishof bot Eliste ebensowenig Zuflucht wie der zugige, ebenerdige Gang oder die Nische im Treppenhaus. Wohin sie auch ging, Jounisse stöberte sie unweigerlich auf. Diese Frau besaß den Spürsinn eines Bluthunds. Nach einer Weile begann Eliste, sich vor dem kameradschaftlichen Klaps auf die Schulter und dem herzlichen »Da bist du ja schon wieder, meine kleine Schwester. Langsam kommt's mir so vor, als ob du mir nachläufst!« zu fürchten. Sie verbarg ihren Abscheu, so gut sie konnte, und außerdem hatte Jounisse ihr schließlich geholfen. Ihre Erfahrung und ihre Ratschläge, mit denen sie nicht geizte, waren tatsächlich nützlich; hin und wieder bot sie Eliste ein Stück Gerstenzucker oder Schokolade an, wobei sie sie dermaßen bedrängte, daß sie das Geschenk nicht zurückweisen konnte. War Jounisse vielleicht ein Polizeispitzel? In Sherreen wimmelte es von Spitzeln, die meistens im Dienst des Nationalen Wohlfahrtskomitees standen. Ihre Aufgabe war es, Konterrevolutionäre ausfindig zu machen, und häufig nannte man sie ›Fleischlieferanten‹, was als Anspielung auf ihre Beziehung zur Kokotte gemeint war. War Jounisse etwa eine Lieferantin, die durch eine Bemerkung, die Eliste im Fieberwahn hatte fallen lassen, Verdacht geschöpft hatte? Aber wenn es so war, weshalb schob sie dann den unvermeidlichen Verrat so lange hinaus? Brauchte sie noch mehr Beweise? Oder machte ihr das Katz-und-Maus-Spiel einfach nur Spaß?

Es hatte keinen Sinn, sich zu quälen. Am besten dachte sie an etwas anderes. Und es gab tatsächlich einige Dinge, die ihre Aufmerksamkeit erforderten. Die Woche war bereits zur Hälfte um. In drei Tagen würde man sie freilassen. Dann würde sie wieder auf der Straße landen; noch immer mittellos, noch immer ohne Arbeit, noch immer ohne die Erlaubnis zum Betteln. Sie würde wieder frieren und Hunger leiden, eine entsetzliche Vorstellung. Eliste wollte nicht freigelassen werden. Die Schatzkammer mochte zwar ein scheußliches Loch sein, bot aber wenigstens Schutz vor der Witterung und eine Kleinigkeit an Nahrung. Wo sonst wäre es ihr so gut ergangen? Ja, sie wollte unbedingt hier bleiben, aber wie sollte sie das anstellen? Der naheliegende Weg – sich eines Vergehens schuldig zu machen, das ihr weiteren Arrest einbrächte – war nicht ungefährlich. Die Grenze zwischen Verfehlungen, die eine leichte Gefängnisstrafe zur Folge hatten, und solchen, die mit der Todesstrafe geahndet wurden, war heutzutage äußerst schmal und bisweilen nicht zu erkennen. Häufig hing die Entscheidung allein von der Laune eines einzelnen Magistrats ab. Ein gereizter Richter, der an einer Magenverstimmung litt, konnte einen halbwüchsigen Taschendieb für ein paar Monate in die Schatzkammer schicken – oder ebensoleicht an den Galgen bringen. Diese Möglichkeit durfte sie nicht außer acht lassen.

Es gab auch noch eine andere bedenkenswerte Möglichkeit – sie könnte den guten Rat ihrer Gefährtin befolgen und für ein gewisses Entgelt die Arbeit einer Mitgefangenen übernehmen. Dann würde sie in drei Tagen wenigstens nicht mittellos auf der Straße landen. Bedauerlicherweise war ihr das zu spät eingefallen. Ihre Streifzüge waren der Aufmerksamkeit des Gefängniswärters nicht entgangen, der sie daraufhin für arbeitsfähig erklärte. Eliste wurde zur Küchenarbeit eingeteilt, wo sie von früh bis spät die verkohlten Überreste des angebrannten Haferbreis aus riesigen Eisentöpfen kratzte und scheuerte. Es war eine mühselige, anstrengende Arbeit. Das Wasser in den großen Waschwannen war kochendheiß und die Laugenseife geradezu ätzend. Bereits am Ende des ersten Tages taten ihr Rücken, Arme und Schultern weh.

Drei Tage lang schrubbte sie Töpfe. Danach war sie erschöpft und noch immer mittellos. Die gefürchtete Entlassung stand unmittelbar bevor. An der Freiheit führte offenbar kein Weg vorbei. Am letzten Abend schlurfte sie eine Viertelstunde vor dem Läuten zurück zum Schlafsaal. Ihre Stimmung schwankte zwischen Verzweiflung und Selbstanschuldigungen. Sie hätte sich etwas einfallen lassen sollen, um hier bleiben zu können. Doch jetzt war es zu spät.

»He – Stelli!« Eine Stimme an ihrem Ohr, eine Hand auf ihrem Arm. Schon wieder Jounisse.

»Ich kann jetzt nicht mit dir reden.« Eliste wandte das Gesicht ab.

»Nur einen Augenblick. Komm mit.«

Sie zog Eliste mit sich und drängte sie in einem Seitengang, wo der schwache Schein einer von der Decke hängenden Lampe kaum die Dunkelheit durchdrang, an die Wand. Jounisse stellte sich dicht vor sie und blickte sie durchdringend an.

»Dein großer Tag morgen, wie?« fragte Jounisse.

»Kann man so sagen.«

»Ich wette, du kannst es kaum noch erwarten. Hast bestimmt genug vom Töpfeschrubben.«

Eliste zuckte die Achseln.

»Weißt du schon, was du dann machen wirst?«

»Keine Ahnung.« Elistes Stimme und Augen verrieten mehr von ihrer Verzagtheit und Angst, als sie ahnte.

»Ich nehme an, du hast kein Geld. Und was das Geldverdienen angeht, hast du die Nase hier mächtig hoch getragen. Wie will eine wie du ohne Geld dort draußen überleben?«

Eliste verlor die Beherrschung. »Was geht dich das an?« fauchte sie. »Warum kümmerst du dich überhaupt darum? Was willst du?«

»Hör mal, ich war die ganze Woche nett zu dir, ohne jemals ein Wort des Dankes von dir zu hören... Ich habe alles getan, um dir zu helfen ...«

»Weshalb?«

»Weil du so einfältig bist und es nötig hattest.«

»Und weiter?«

»Ich hab was vor, was uns beiden nützen könnte. Da ist jemand, der die Fliege machen will.« Sie meinte eine Gefangene, die befreit werden wollte. »Ich hab dich ein paar Tage lang beobachtet, und ich glaube, du bist dafür geeignet. Kannst dir etwas Geld verdienen.«

»Ach?« Mit vor der Brust verschränkten Armen wartete Eliste auf den unvermeidlichen anrüchigen Vorschlag.

»Ja. Brauchst bloß einen Brief überbringen. Leicht und sicher, findest du nicht? Dafür geb ich dir fünfundzwanzig Bequinen im voraus, und bei der Übergabe kriegst du noch mal fünfzig.«

Fünfundsiebzig Bequinen – ein dreiviertel Rekko. Eliste stockte der Atem. Davon würde sie tagelang leben können. Allerdings war das eine erstaunlich großzügige Bezahlung für einen bloßen Botengang. Es mußte einen Haken dabei geben.

»Die Sache stinkt«, sagte sie.

»Kannst du dir eine empfindliche Nase leisten?«

»Ich kann's mir nicht leisten, der Kokotte in die Quere zu kommen. Für wen ist der Brief, und worum geht's dabei überhaupt?«

»Das geht dich nichts an. Ich möchte nicht, daß die Spitzel des Direktors davon Wind bekommen ...« Die gewöhnliche Korrespondenz der Gefangenen wurde regelmäßig gelesen und zensiert. »Und ich bin bereit, für die Geheimhaltung gut zu zahlen. Mehr brauchst du nicht zu wissen.«

»Ich muß wissen, wem ich den Brief geben soll.«

»Hängt davon ab, wen sie schicken. Wahrscheinlich

ist es Beq. Klar, der muß es diese Woche sein. Du gibst ihn Beq.«

»Beq. Und wo finde ich diesen Beq?«

»Bei der Krypta der v'Uique-Deurenne in den Zypressen, morgen um Mitternacht.«

»Um Mitternacht – das ist ja verrückt!«

»Dann wird er da sein.« Jounisse zuckte die Achseln. »So läuft das halt. Kennst du die Zypressen?«

Eliste nickte. Der kleine, ausschließlich den adligen Toten vorbehaltene Friedhof lag gleich neben dem Havillac-Park. Mehrere Rouvignacs lagen dort begraben. Auch Zeralenn vo Rouvignac hatte erwartet, eines Tages dort zur ewigen Ruhe gebettet zu werden. Jetzt allerdings ...

»Ich würde mich lieber woanders mit ihm treffen«, sagte Eliste.

»Ach wirklich! Also, es tut mir leid, aber das kannst du dir nicht aussuchen, Prinzessin. An der Krypta der v'Uique-Deurenne um Mitternacht, und eine gute Bezahlung. So sieht es aus. Entweder schlag ein, oder laß es bleiben.«

Eliste brauchte nicht lange zu überlegen. Das Angebot erschien ihr bestenfalls fragwürdig, aber sie brauchte dringend Geld. Widerwillig nickte sie.

»Also gut. Hier, nimm das.« Jounisse reichte ihr eine Handvoll Kupfermünzen und einen Brief, der sorgfältig mit einem wächsernen Zickzackmuster versiegelt war. Ihre durchtriebenen Augen funkelten. »Und Hände weg vom Brief. Wenn du ihn aufmachst, wird Beq es merken, so sicher wie die Nacht auf den Abend folgt.«

»Und dann?«

»Dann gibt es kein Geld.«

»Du gehst ein großes Risiko ein, nicht wahr?«

»So groß ist es auch wieder nicht. Nach allem, was ich gesehen habe, bist du keine gute Geschäftsfrau, und du wirst dort draußen verdammt schnell hungrig werden. Du hast diese Bequinen dringend nötig. Oh, du wirst den Brief schon abliefern, ganz bestimmt.«

»Also, zufällig hast du da recht.«

Eliste steckte die Münzen ein und versteckte den Brief unter ihren Lumpen. Die beiden Frauen kamen noch vor dem Läuten in den Schlafsaal zurück. Dort trennten sie sich, ohne weiter Notiz voneinander zu nehmen. Die Tür wurde verschlossen, die Lampe gelöscht, und die Gefangenen betteten sich auf dem von Ungeziefer wimmelnden Stroh zur Ruhe.

Am Morgen schlang Eliste soviel von dem ekelhaften Haferbrei in sich hinein, wie sie vertragen konnte, und stopfte sich in weiser Voraussicht auch noch vertrocknete Brotkruste in die Taschen. Anschließend führte man sie in einen Raum im Erdgeschoß, wo ein Schreiber in einem der großen Hauptbücher neben dem Namen Stelli Zeenosa ein Häkchen machte. Ein Wärter führte sie über den Hof zu einer kleinen Tür in der Mauer, sperrte diese auf und schubste Eliste unsanft hindurch. Die Tür fiel hinter ihr ins Schloß. Nach einer Woche Haft war sie endlich wieder ein freier Mensch.

Ihr Bauch war gut gefüllt. Sie besaß fünfundzwanzig Bequinen und würde in der Nacht weitere fünfzig bekommen. Ihre Lage war nicht mehr ganz verzweifelt. Wahrscheinlich würde sie es bald schon wieder sein, doch bis dahin war noch Zeit. Eliste atmete tief durch. Die Luft war kalt, jedoch weniger schneidend als vor einer Woche. Die trockenen Lumpen hielten den Wind ab. Der fahle morgendliche Sonnenschein auf ihrem Gesicht enthielt eine Spur Wärme, die ausreichte, um das Gespenst der Zuversicht zu wecken. Beinahe wagte sie zu hoffen, das Schlimmste sei bereits vorüber. In ein paar Wochen würden an den jetzt noch kahlen Zweigen tatsächlich wieder rote Knospen sprossen. Der Winter wäre endlich überstanden.

Sie hatte alle Zeit der Welt – den ganzen Tag und die

halbe Nacht –, um die Zypressen zu erreichen. Kein Grund zur Eile, und das war ein Glück. Der Friedhof lag Meilen entfernt, am anderen Ufer des Vir, und vorher mußte sie halb Sherreen durchqueren. Sie würde die ganze Strecke laufen müssen, und sie war noch nicht wieder ganz bei Kräften.

Eliste beschloß, sich Zeit zu lassen. Sie ging langsam, ruhte häufig aus, atmete die kalte Luft ohne jeden Gefängnisgestank ein und betrachtete die Stadt, die im Grunde ja auch nichts weiter als ein größeres Gefängnis war. Gegen Mittag, als sie bereits stark erschöpft war und noch viele Meilen vor ihr lagen, genehmigte sie sich eine bescheidene, wenn auch sehr ausgiebige Mahlzeit. So billig und einfach die Speisen auch sein mochten, sie schmeckten im Vergleich zur Gefängniskost doch geradezu köstlich. Eliste blieb anschließend noch am Kamin sitzen und ließ sich so oft kostenlos Tee nachschenken, bis der Wirt die Geduld verlor; und während sie so dasaß, war sie beinahe zufrieden.

Die Idylle fand ein Ende, und Eliste nahm ihre Wanderung wieder auf und überquerte den Vir auf der wenig befahrenen Cheuv-Brücke, eine Meile stromaufwärts der Vinculum-Brücke. Um den Ufermarkt, den Achten Distrikt und die Rattenstadt schlug sie einen weiten Bogen. Auch den Orten, an denen sie sich früher immer aufgehalten hatte und an denen sie soviel Angst und Elend erfahren hatte, wich sie aus. Irgendwann würde sie um die Gegend nicht mehr herumkommen, doch diesen Augenblick wollte sie möglichst lange hinausschieben.

Nachdem sie den Vir überquert hatte, erkundigte sie sich in ihrem ländlichen Dialekt nach dem Weg und erreichte schließlich das Ende des Boulevards des Kronprinzen, dem sie meilenweit folgen konnte, unmittelbar bis zum Havillac-Park. Mit vielen Unterbrechungen schleppte sie sich den Boulevard entlang und kam schließlich in die wohlhabenderen Gegenden und in den Teil Sherreens, in dem sie einmal zu Hause gewesen war. Heute, in ihren Lumpen und mit ihrem blassen, schmutzigen Gesicht, war sie hier eine Fremde. Früher hätte es jemand wie sie niemals gewagt, einen Fuß in diese sauberen, teuren Straßen zu setzen. Heutzutage stellten selbst die abgerissensten Patrioten überall ihre Lumpen zur Schau.

Eigenartig. Sie kam gerade am Haus der v'Esseult vorbei – das mittlerweile rote Diamanten zierten –, wo sie und Zeralenn im Salon von Madame v'Esseult so oft Likör geschlürft und kultivierte Unterhaltungen mit geistreichen Menschen, mit Künstlern, Wissenschaftlern und Staatsmännern geführt hatten. Sie erinnerte sich noch an die Stimmen – an das Gelächter und die Unterhaltung, die ebenso munter wie das Prasseln des Kaminfeuers gewesen war – mittlerweile alles so unglaublich fern und unwirklich und unwiderbringlich dahin. Dahin.

Viele Stunden später erreichte sie den Havillac-Park. Es dämmerte bereits, und der Lampenanzünder war bei der Arbeit. Eine nach der anderen flammten die Lampen auf der Ringstraße um den Park golden auf. Die Ringstraße selbst, die früher einmal Tag und Nacht von den vergoldeten Spielzeugkaleschen und Kabrioletts der Reichen gefunkelt hatte, war nun im Besitz von anmaßenden, schäbig gekleideten Patrioten. Die einzigen Fahrzeuge waren heruntergekommene Droschken, denn gute – und kluge – Patrioten besaßen heutzutage keine eigenen Kutschen mehr.

Eliste ruhte sich eine Weile auf einer Steinbank am Rande der Ringstraße aus. Sie war erschöpft, und ihr war schwindelig, wahrscheinlich eine Spätfolge ihrer Krankheit. Wieder klar im Kopf, stand sie auf und betrat eine nahegelegene Garküche, wo selbst die einfachste Mahlzeit für sie unerschwinglich war. Abermals bestellte sie Tee und harrte stundenlang davor aus; dann endlich schlüpfte sie in die Nacht hinaus und stahl sich durch den dunklen Havillac-Park zu den im Nordosten gelegenen Zypressen. Es war das erste Mal, daß sie nachts in den Park ging. Er erinnerte mit seinen schmalen, unbefestigten Wegen, die sich zwischen alten Ulmen und Walnußbäumen einherwanden, an den Zauberwald alter Märchen; bei Tag mochte das malerisch und reizend sein, doch im Dunkeln …? Die Zweige der Bäume erinnerten Eliste an die ausgestreckten Arme von Vorhütern.

Zum Glück war es eine helle und klare Nacht. Der Mondschein fiel ungehindert durchs kahle Geäst. Eliste ging eilig den Kiesweg entlang, wobei sie ständig nach rechts und links ins dunkle Unterholz spähte, die Überreste des Umhangs fest an sich gepreßt. Ohne einer Menschenseele zu begegnen, erreichte sie ohne Zwischenfall den nordöstlichen Rand des Parks, der die Grenze zu den Zypressen bildete. Hier legte sie eine ausgiebige Ruhepause ein, bevor sie sich auf den alten Friedhof der Adligen begab.

Um sie herum ragten die pompösen marmornen Krypten und Bauten der einstmals Großen auf. Einige von ihnen waren riesig; geschmückt mit Bildnissen, Büsten aus Stein und drohend aufgerichteten Wappentieren. Hier brüllte lautlos ein regloser Löwen-Adler; dort breitete eine fliegende Schlange ihre gewaltigen Fledermausschwingen aus; unmittelbar vor ihr bäumte sich ein fauchender Oei, auf ewig in der Pose des Zuschnappens erstarrt. Im Mondschein sah man überall Spuren der Vernachlässigung und des Verfalls. Niemand wagte es mehr, die Gräber der Edelleute zu pflegen. Die Sträucher wucherten, die Wege waren von Unkraut und Brombeerranken überwachsen, die Grabsteine verdreckt und bemoost. Aus irgendeinem Grund ließen die dunklen Stellen geschwärzten Marmors die versteinerten Tiere noch lebensechter wirken. Eliste meinte, ihre Blicke auf sich zu fühlen. Oder waren es tatsächlich die Blicke Lebender? Mit klopfendem Herzen drehte sie sich suchend im Kreis. Niemand da. Sie war ganz allein. Sie eilte weiter.

Etwa eine Viertelstunde später hatte sie die Krypta der v'Uique-Deurenne gefunden, ein quadratisches Gebäude, über dessen Eingang einen die als Basrelief ausgeführten Familienarme umfingen. Sie kannte die Uhrzeit nicht, bestimmt aber war es noch zu früh. Es würde noch eine Weile dauern, bis Beq, wer immer das sein mochte, den Brief holen kam. *Falls* er überhaupt kam. Ein Mißverständnis, ein Unglück oder eine Verspätung waren nie auszuschließen. Vielleicht kam er ja gar nicht, dann hätte sie den ganzen beschwerlichen Weg umsonst gemacht und bekäme kein Geld. Das allein wäre schon schlimm genug; doch nun, da sie angefangen hatte, sich Gedanken zu machen, kamen ihr noch weit schlimmere Möglichkeiten in den Sinn. Sie wußte überhaupt nichts über diesen Beq. Sie wollte sich an einem gottverlassenen Ort um Mitternacht mit einem Unbekannten treffen. Auf dem Hinweg hatte sie die ganze Zeit nur an die versprochene Belohnung von fünfzig Bequinen gedacht, von denen sie ein paar Tage würde überleben können. Doch nun, da sie am Ziel angelangt war und sich in einem menschenleeren Park voller steinerner Ungeheuer befand, während es auf Mitternacht zuging, sah sie alles in einem anderen Licht. Beq könnte sich natürlich einfach weigern, sie zu bezahlen; ebensogut könnte er sie ausrauben, vergewaltigen oder sogar umbringen.

Am besten war sie nicht allzu vertrauensselig. Vielleicht sollte sie Beq heimlich beobachten, bevor sie ihn ansprach; vielleicht sollte sie sich überhaupt nicht zu erkennen geben. Eliste wich ins tiefste Dunkel zurück und hockte sich hinter einen Grabstein aus schwarzem Granit. Dort wartete, zitterte und beobachtete sie.

Die Minuten verstrichen. Der Mond sank dem Horizont entgegen. In der Ferne schlug ein Glockenspiel Mitternacht. Schritte knirschten über den Kies. Ein

Mann näherte sich der Krypta der v'Uique-Deurenne. Eliste erspähte eine hochgewachsene, hagere Gestalt, die mit einem Mantel mit mehrlagigem Kragen bekleidet war. Sein Gang war federnd; wahrscheinlich war er jung. Sein Gesicht sah sie nicht, da es im Schatten eines großen Huts mit geschwungener Krempe verborgen war.

Beq blieb stehen und blickte sich beinahe müßig um, wie es schien; dann ging er zur Krypta und lehnte sich mit vor der Brust verschränkten Armen dagegen. Er trug keine Handschuhe. Der Mondschein fiel auf seine schlanke, langfingrige rechte Hand, auf deren Rücken unauslöschlich ein schwarzes *D* eingeprägt war; ein Zeichen, das Eliste gut bekannt war.

Sie richtete sich auf und gab sich zu erkennen.

»Dref«, sagte sie.

Ganz schlaff vor Erschöpfung ließ Chorl Valeur sich auf den nächstbesten Stuhl sinken. Sein Sohn Eularque fiel erst auf die Knie nieder und sackte dann in sich zusammen.

Whiss Valeur betrachtete seine Angehörigen ohne Mitgefühl. »Nun?« fragte er. »Was ist los, warum hört ihr auf? Macht weiter.«

»Fertig«, murmelte Chorl.

»Was soll das heißen? Erklärt Euch auf der Stelle.«

»Es ist vollbracht. Das Haus ist wach.«

»Davon merke ich nichts.«

»Was hast du denn erwartet?«

»Versucht keine Ausflüchte zu machen, Vater. Ich bin mit meiner Geduld so gut wie am Ende. Seit zwei Stunden murmelt Ihr jetzt schon vor Euch hin, stöhnt und zuckt. Ich habe Euch zugeschaut, schlimmer noch, ich habe Euch zugehört, bis ich vor Langeweile und Verdruß fast wahnsinnig geworden bin. Und jetzt hört Ihr auf einmal auf und brecht zusammen wie zwei Tote; ansonsten hat sich nichts getan. Damit Ihr mich auch richtig versteht: ich erwarte Ergebnisse, und bis dahin müßt Ihr und mein Bruder weitermachen.«

»Ich sage dir doch, es ist vollbracht.« Chorl massierte sich die Schläfen. »Das Haus ist wach, das Haus hört zu, jedenfalls im Augenblick. Ach, glaube mir doch.«

»Nun ja. Mag sein.« Whiss kniff nachdenklich seine grünen Augen zusammen. »Ihr werdet Gelegenheit bekommen, das zu beweisen. Deswegen sind wir schließlich hier.«

›Hier‹, das war das Mietshaus in der Nerisante-Straße, an dem Whiss trotz seines gegenwärtigen Ruhms festhielt, denn der Protektor der Republik Vonahr mußte in der Öffentlichkeit bescheiden auftreten und sich jedweden reaktionären Prunks enthalten. Das Haus wurde nun Tag und Nacht von Vorhütern bewacht; ansonsten hatte sich nichts verändert – jedenfalls bis jetzt nicht, falls Chorl die Wahrheit sagte. Nun, das ließe sich leicht überprüfen.

Die vereinten magischen Kräfte aller Angehörigen der Familie Valeur reichten nicht aus, eine neue Empfindsame zu erschaffen, aber vielleicht gelang ihnen ja das Nächstbeste – ein großes, gegenständliches, aber Unbelebtes, zum Beispiel Gebäude oder Monumente, vorübergehend mit Spuren von Bewußtsein auszustatten. Ein sorgfältig ausgewähltes Haus – oder eine Taverne, ein Geschäft, eine Statue –, das fähig sein würde, Vorgänge in seiner Umgebung wahrzunehmen, wäre eine wertvolle Erkenntnisquelle für das Nationale Wohlfahrtskomitee. Welcher Feind Vonahrs – oder Whiss Valeurs – würde dann noch der Wachsamkeit des Komitees entgehen können? Nicht einmal einem so schwer zu fassenden Rechtsbrecher wie Shorvi Nirienne würde es dann noch gelingen, längere Zeit in Freiheit zu bleiben. Nirienne, dessen unsichtbare, aber unüberhörbare Anwesenheit eine Ermutigung für das hochgefährliche Verrätertum darstellte, war ein besonders schmerzhafter Stachel in Whiss Valeurs Fleisch. Man hätte eigentlich meinen sollen, daß er nach dem Ausschluß aus dem Verfassungsgebenden Kongreß vor einige Monaten erledigt gewesen wäre. Ein ehrenhafter und kurzentschlossener Selbstmord hätte die Angelegenheit zu einem guten Ende gebracht. Wer hatte denn ahnen können, daß Nirienne sich weigern würde, seine Niederlage anzuerkennen, daß er in Sherreen untertauchen und weiterhin gesetzeswidrige Schriften herausbringen würde, als ob die Revolution niemals stattgefunden hätte? Er wagte es, das Republikanische Protektorat ebenso zu kritisieren wie ehedem die Monarchie. Versteckt und beschützt von seinen ihm blind ergebenen Anhängern, scharte er die Unzufriedenen um sich, und sein Einfluß breitete sich aus wie Milzbrand. Aber das würde nicht mehr lange so weitergehen. Die neue Waffe, die sich auf die Magie der Valeurs gründete, würde mit Nirienne ein für allemal ein Ende machen – vorausgesetzt, daß sie arbeitete.

»Beweist es«, wiederholte Whiss. »Vor Zeugen.«

Mehrere Anwesende warteten darauf, überzeugt zu werden. Auch Bierce Valeur war da, dessen ungeschlachte Gestalt auf einem unverhältnismäßig zierlichen, vergoldeten Lehnstuhl ruhte, der sein Gewicht kaum tragen zu können schien. Stirnrunzelnd spielte Bierce mit seinen Zahnrädchen und Schräubchen. Er war der Aufforderung seines Cousins Whiss gehorsam gefolgt, doch die Unterbrechung der Gemeinschaft mit der Kokotte verdroß ihn sehr. Er hoffte, es würde nicht lange dauern.

Neben Bierce' Stuhl standen die Kongreßabgeordneten Pieuvre und Poulpe, beides brave Mitglieder des Roten Diamanten und verläßliche Verbündete. Pieuvres Hemd war trotz der Morgenkühle schweißnaß. Sein plumpes Gesicht war gerötet, und sein Atem stank nach Schnaps; dennoch war seine Gestik beherrscht, und das Lächeln, das er Whiss Valeur schenkte, schien ein Sinnbild der Unterwürfigkeit zu sein. Poulpe hingegen wirkte unnahbar schön. Er war jung – nicht älter als fünfundzwanzig –, hellhäutig und außerordentlich stattlich, hatte ebenmäßige Gesichtszüge, blonde Locken, azurblaue Augen und Wimpern wie ein Mädchen. Sein Aussehen hatte ihm den Spitznamen ›Der Marmorgott‹ eingebracht; und tatsächlich besaß er nicht nur die Maße einer klassischen Statue, sondern auch deren Kühle. Die Bewunderung, die er mit seiner Schönheit hervorrief, ließ ihn selbst, dem es allein um die Schaffung des vollendeten, auf reparationistischen Prinzipien gründenden Staates ging, völlig kalt.

Chorl schüttelte benommen den Kopf. Nach der langen magischen Anstrengung schien sich eine tiefgreifende Erschöpfung seiner Gedanken bemächtigt zu haben. »Was hast du mit Phlosine gemacht?« brachte er mühsam heraus. »Wo ist dein Bruder Houloir?«

Whiss mochte keine Fragen, doch diesmal entschloß er sich, seinen Vater aufzumuntern. »Phlosine ist oben. Sie wird sich in Kürze zu uns gesellen«, erklärte er mit ungewohnter Geduld. »Was Houloir betrifft, so ist er in Sicherheit und hat es behaglich.« Das entsprach sogar in etwa der Wahrheit. Houloir Valeurs Einzelzimmer im Grab war gut eingerichtet, gut gewärmt und gut bewacht. Er befand sich im Augenblick deswegen dort, weil Whiss streng darauf achtete, daß seine vier gefangenen Angehörigen niemals Gelegenheit bekamen, miteinander Pläne zu schmieden und etwa ein Komplott auszuhecken. Einer blieb stets in der Obhut der Vorhüter; eine Vorsichtsmaßnahme, die dazu diente, sich der Fügsamkeit der drei anderen zu versichern.

»Du hast Houloir doch hoffentlich nichts getan?«

»Ganz im Gegenteil. Ich bin der Hüter meines Bruders.«

Chorl war zu erschöpft, um sich reizen zu lassen.

Während seines schon Monate währenden Aufenthalts in Sherreen schien der alte Mann bis zur Durchsichtigkeit geschrumpft und verwelkt zu sein. Seine Anwesenheit wirkte ebenso wabernd und flüchtig wie Nebel, trotzdem hatten sich seine Lebensgeister noch nicht ganz aufgelöst, denn nun begegnete er dem Blick seines Sohnes und sagte mit ruhiger Stimme: »Ich begreife, worum es dir dabei geht. Du hetzt deine Feinde mittels Magie zu Tode.«

»Die Feinde von Vonahr, Vater. Die Feinde des Volkes.«

»Deine Rivalen. Shorvi Nirienne.«

»Den Erzverräter, ja, und die schlimmsten seiner Kreaturen. Die Viper Frezhelle zum Beispiel. Den Skorpion Riclairc. Und Beq, diesen Teufel.«

»Die Magie mag dir ein wenig dabei nützen.« Chorl verschränkte die Arme vor der Brust.

Der zierliche vergoldete Lehnstuhl knarrte gefährlich, als Bierce Valeur sein Gewicht verlagerte. Er schaute fragend zu seinem Cousin.

»Verweigert Ihr mir die Unterstützung?« Whiss sprach ganz leise. »Lehnt Ihr Euch etwa gegen mich auf, Vater?«

»Nein. Du verstehst mich nicht, wie üblich. Die Magie mag dir beim Spionieren helfen, wenn du es unbedingt darauf anlegen willst. Die Magie könnte dir sogar dabei helfen, Shorvi Nirienne zu vernichten. Aber die Macht seiner Gedanken wird sie ebensowenig brechen wie die Gemeinschaft seiner Anhänger. Dafür ist sie bei weitem nicht mächtig genug. Vernichte diesen einen Mann, und du wirst irgendwann gegen einen weitaus fähigeren Gegner kämpfen müssen – nämlich gegen die Erinnerung in den Herzen seiner Freunde und Anhänger. Eine Idee kannst du mit Magie nicht zerstören. Allerdings bin ich mir nicht sicher, ob du das begreifen wirst.«

»Dieser alte Mann ist ein Niriennist.« Poulpes kalte

Augen sprachen ein Todesurteil. Pieuvre an seiner Seite nickte, wobei er Alkoholdünste aussandte.

»Ich danke Euch, Vater. Eure tiefgründige politische Weisheit wird höchstens noch von Eurer umfassenden Lebenserfahrung übertroffen. Seid versichert, daß ich Eure Meinung einzuschätzen weiß.« Whiss' bemühter Spott, unterstrichen von drohendem Zeigefinger und funkelndem Blick, verfehlte die angestrebte Wirkung kühler Lässigkeit. »Ich werde Euren Ratschlag entsprechend zu würdigen wissen. Bis dahin aber werdet Ihr Eure besondere Begabung in den Dienst der patriotischen Sache stellen. Ihr werdet den Zielen des Republikanischen Protektorats dienen, oder man wird Euch als Feind der Republik bloßstellen. Ihr werdet freiwillig Eure Pflicht tun, sonst muß ich Euch dazu zwingen. Glaubt ja nicht, Vater, Euer Widerstand bliebe unbemerkt.« Whiss' Ärger steigerte sich zusehends und brodelte aus den tiefsten geistigen Abgründen empor. »Freiwillig gebt Ihr nichts her, aber Ihr steht in meiner Schuld, und Ihr müßt bezahlen. Vergeßt niemals, wieviel Ihr mir schuldet ...« Sein Gesicht lief rot an, und er hob die Stimme zu einem Brüllen. »Habt Ihr gehört – Ihr steht in meiner *Schuld*!«

Chorl blickte ihn bestürzt und sprachlos an. Jemand anders antwortete an seiner Stelle:

»Hüte deine Zunge, Whiss.« Eularque Valeur, dessen Anwesenheit man beinahe vergessen hatte, richtete sich mühsam auf. Eularque sah aus wie ein Gespenst, er war völlig erschöpft und schwankte, gleichwohl aber wirkte er entschlossen, und seine Augen funkelten herausfordernd. Der monatelange Austausch mit der Empfindsamen ZaZa hatte bei ihm offenbar Spuren hinterlassen. Es war, als sei ein Funken von ZaZas Unbeugsamkeit auf ihren menschlichen Diener übergesprungen. »So darfst du nicht mit unserem Vater sprechen. Er schuldet dir gar nichts. Es ist nicht seine Schuld, daß du ein leeres Herz hast und klein, verbittert und einsam bist. Von Kindheit an hast du danach gestrebt, und jetzt hast du es dir allein zuzuschreiben. Dies alles ist das Verdienst des Maulhelden, des Heuchlers und des Tyrannen, der du bist.«

Whiss' Augen quollen hervor. Es war lange her, daß jemand es gewagt hatte, ihm zu widersprechen, geschweige denn ihn, den Herrn des Nationalen Wohlfahrtskomitees, zu kritisieren. Es war geradezu unfaßbar, daß sein bislang fügsamer und nachgiebiger Bruder ihm derart die Stirn bot. Noch erstaunlicher aber waren die Vorwürfe und Beschimpfungen – unglaubliche Worte, unvorstellbare Anklagen, die sonderbar schmerzten und brannten. Unerträgliche Worte, einfach unerträglich. Er wollte sich wehren, doch diesmal fehlten *ihm* die Worte.

Als Bierce Valeur dies merkte, legte er die Zahnrädchen und Schräubchen beiseite. Sein Cousin Whiss brauchte Unterstützung. In diesem Augenblick war selbst die Kokotte vergessen. Als Bierce aufstand, kippte der zerbrechliche, vergoldete Stuhl krachend um. Mit ein paar langen Schritten hatte er Eularque erreicht und versetzte ihm eine Ohrfeige. Obwohl er nicht seine ganze Kraft in den Schlag gelegt hatte, ging der kleine Mann dennoch zu Boden. Chorl Valeur gab ein leises Piepsen von sich. Bierce beugte sich vor. »Du sollst Whiss nicht beschimpfen«, sagte er. »Tu das nie wieder.« Abermals hob er die Hand, und Eularque, dessen jäh aufgeflammter Trotz schon wieder gebrochen war, zuckte zusammen.

Der Vorfall hatte Whiss aus seiner Erstarrung aufgeweckt. Die tiefrote Färbung wich allmählich aus seinem Gesicht. Doch er schaffte es, den ungebärdigen Geist seiner Gefühle wieder in die Flasche zurückzudrängen. Dann war er erneut der Herr seiner selbst wie der anderen. Eines Tages würde er sich gewiß an Eularque rächen, doch jetzt war nicht der richtige Zeitpunkt dafür. »Es reicht«, erklärte er, und seine geübte

Stimme forderte sofortigen Gehorsam. Alle erstarrten und wandten sich zu Whiss um. »Wir haben keine Zeit, uns zu streiten. Wir sind hier, um einem magischen Schauspiel beizuwohnen. Laßt uns fortfahren. Bierce, hol meine Schwester her.«

Bierce verließ den Raum. Als er weg war, half Chorl Eularque auf und geleitete ihn zu einem Stuhl. Eularque sank so schlaff wie ein Regenwurm darauf nieder. Kurz darauf kam Bierce mit Phlosine Valeur zurück. Phlosine leistete ihm keinen Widerstand. Mit abwehrend hochgezogenen Schultern stand sie reglos da und blinzelte beunruhigt. Pieuvre grinste sie lüstern an. Poulpe musterte sie so kühl, als wäre sie ein seltenes Exemplar auf einem Seziertisch.

»Phlosine, mein Vater und mein Bruder behaupten, dieses Haus sei erwacht«, erklärte ihr Whiss. »Du solltest das bestätigen.«

Phlosine schien nichts zu begreifen.

»Vater, erklärt Ihr es ihr«, fauchte Whiss, der allmählich die Geduld verlor.

Es folgte ein Wortwechsel zwischen Phlosine, Chorl und Eularque, der gespickt war mit geheimnisvollen Andeutungen und Ausdrücken, die dem unbedarften Zuhörer unverständlich waren; anschließend nickte Phlosine und trat an den Kamin. Sie stützte beide Hände auf den Sims, neigte den Kopf, schloß die Augen und verharrte regungslos in dieser Stellung. Die Minuten verstrichen. Phlosine rührte sich weder, noch gab sie einen Laut von sich.

Whiss runzelte die Stirn. »Was macht sie …«

»Sei still«, befahl Chorl im Flüsterton, jedoch mit solch ungewohnter Autorität, daß sein Sohn dieses eine Mal gehorchte.

Stille, durchbrochen vom Ticken der großen Standuhr in der Ecke und dem gedämpften Rumpeln der Räder auf der Nerisante-Straße. Eine Stille, die sich unangenehm in die Länge zog, bis Phlosine schließlich den Kopf hob und zu sprechen begann. Das heißt, sie öffnete den Mund, und es kamen Laute heraus. Doch es war nicht Phlosines Stimme, und weder bewegte sie die Lippen noch die Zunge. Ihre Augen waren geöffnet, aber leer, ihr Gesicht so unbewegt wie das eines Götzenbilds.

Meine Fenster – schmutzig, schmutzig. Die Stimme knarrte wie alte Holzbohlen und gurgelte wie Wasser in einem laubverstopften Abfluß.

Die Zuhörer wechselten erstaunte Blicke.

Die Ziegel fallen von meinem Dach. Käfer nisten darin. Mäuse besudeln mich mit ihrem Dreck, Mäuse. Mäuse nagen an mir, Mäuse. Eine Ungezieferstimme, raschelnd und leiernd.

Undicht, tropfend, leckend. Eine Stimme wie das Prasseln von Regentropfen auf dem Dach. *Trockenfäule, aufsteigende Feuchtigkeit. Bröckelnder Putz, abblätternde Farbe. Ich werde alt, alt.*

»Was macht die Frau da?« fragte Poulpe – ohne Ausdruck in der Stimme.

Nächtliche Dunkelheit, Sonnenaufgang. Schritte, Stimmen. Schritte, Schritte, hoch und runter und immerzu, immerzu. Den Winter über, den Sommer über, den Winter. Die Stimmen von Wind, Regen, Mäusen und Menschen. Zeit.

»Fragt sie nach den Menschen«, befahl Whiss seinem Vater.

»Haus, sprich von den Menschen, wenn du magst«, bat Chorl.

Grundmauern aus Stein, Stein und Mörtel unter der heißen Sonne, und die Menschen murren bei der Arbeit. Balken steigen hoch, begegnen und verbinden sich unter der Sonne. Die Menschen schwitzen, hämmern und murren. Ich wachse unter ihren Händen. Sie decken mich mit Schindeln und Ziegeln …

»Etwas jetziger«, bat Chorl. »Seit die Sonne heute im Zenit stand.«

Zwei Menschen sprechen mit mir, zum ersten Mal. Sie

sagen, ich sei endlich wach. Ich sage, sie hören mir endlich zu. Der traurige alte Mann sagt zu seinem Sohn: »Wo ist dein Bruder Houloir?« »Ich bin der Hüter meines Bruders.« Ärger, der schlimmer ist als Mäuse.

»Das hat Phlosine bestimmt nicht gehört«, murmelte Whiss.

»Du hetzt deine Feinde mittels Magie zu Tode«, sagt der Vater. Shorvi Nirienne. »Ja – die Viper Frezhelle. Den Skorpion Riclairc. Und Beq, diesen Teufel«, sagt der Sohn. »Verweigert Ihr mir die Unterstützung?« Sie streiten sich, Vater und Sohn. Die Magie wird Nirienne nichts anhaben können, sagt der Vater. »Dieser alte Mann ist ein Niriennist.« Wut, Zorn, Mäuse, dann sagt der andere Sohn des alten Mannes: »Hüte deine Zunge.« Maulheld. Heuchler. Tyrann. »Du sollst Whiss nicht beschimpfen«, und der große Mann schlägt zu. Schläge wie Hagel, wie Blitze. Schläge.

Phlosine Valeur schüttelte sich und schwankte. Sie riß die Hände vom Kaminsims los und schlug sie sich betroffen vors Gesicht. Sie war wieder sie selbst. Jetzt, da sie nicht mehr eins war mit dem Haus, fuhr sie zu ihrem Cousin Bierce herum. »Du hast Eularque geschlagen«, flüsterte sie. »Wie konntest du das nur tun? Wie konntest du bloß?«

Bierce sah sie an.

Sie hatte Unterhaltungen und Vorfälle wiedergegeben, von denen sie nichts wissen konnte. Nur das Haus konnte ihr davon berichtet haben. Die Darbietung war ein uneingeschränkter Erfolg gewesen. Die damit erprobte Anwendung würde beim Kampf gegen die schlimmsten der Niriennisten möglicherweise von großem Vorteil sein.

Whiss Valeur lächelte zufrieden.

»Was habe ich doch für eine Familie«, sagte er.

23

Offenbar war sie doch schwächer und schwerer krank gewesen, als sie gemeint hatte, denn irgendwie verschwamm ihr alles vor Augen, und hinterher hatte sie Mühe, sich klar zu erinnern. Jedenfalls wußte sie noch, daß Dref sie in dem Augenblick erkannt hatte, da sie den Mund aufgemacht hatte. Außerdem wußte sie, daß er erschrocken über ihr Aussehen war, denn er murmelte etwas wie: »Tod und Verderben, bist du etwa von den Toten auferstanden?« Und da war die Stimme, die sie so gut kannte, mit ihrem breiten nördlichen Dialekt und der schwer damit zu vereinbarenden Bildung, unverkennbar und vollkommen unverändert. Er war ordentlich gekleidet, wirkte gesund und selbstsicher. Offenbar ging es ihm gut. Das war auch zu erwarten gewesen – schließlich war es Dref.

Sie hörte sich dümmlich murmeln: »Aber ich sollte mich mit Beq treffen – ich sollte mich mit Beq treffen...«

»Das hast du auch getan«, antwortete er, aber sie verstand ihn noch immer nicht. Ihr war schon wieder übel; wieder einer dieser lächerlichen Schwindelanfälle, unter denen sie in letzter Zeit so oft zu leiden hatte. Sie schwankte und taumelte und konnte nicht weitersprechen; dann legte er den Arm um sie, und sie hörte ihn wie aus weiter Ferne sagen: »Stütz dich auf mich.« Das gefiel ihr nicht, es kam ihr seltsam vor, doch Widerstand war zwecklos. Er hielt sie ganz fest, sie hatte keine Kraft, sich zu wehren, und eigentlich wollte sie auch nicht, daß er seinen Arm wegnahm. Sie lehnte sich gegen ihn, und das fühlte sich so gut an, so warm und tröstlich...

»Komm mit.«

Wieder seine Stimme, durch Watteschichten hindurch, wie es schien; und dann führte er sie fort und zwang sie zu gehen. Sie sträubte sich ein wenig; sie wollte nicht laufen, sie war zu müde, und sie konnte nirgends hin – er aber zog sie unwiderstehlich mit sich, durch eine Menagerie von Steinmonstern hindurch und dann die Kieswege unter den Bäumen des Havillac-Parks entlang. Sie konnte nichts erkennen, sie war blind, Dref aber fand mühelos den Weg. Eine Weile knirschte Kies unter ihren Schuhen, dann nicht mehr. Vorübergehend trug er sie – zumindest glaubte sie, er sei es, war sich aber nicht sicher. Als nächstes stellte sie fest, daß sie sich in einer Kutsche befand, wahrscheinlich in einer Mietdroschke; sie war nicht allzu sauber, und aus dem Lederpolster quoll die Füllung hervor. Dref saß neben ihr. Die Droschke rumpelte die Straßen entlang, Eliste hatte keine Ahnung, wohin, und es war ihr auch gleich. Wie immer schien Dref genau zu wissen, was er tat. Sie würde alles ihm überlassen – ein beinahe unvorstellbarer Luxus.

Die Droschke hielt an. Halb half ihr Dref beim Aussteigen, halb trug er sie.

Sie atmete frische Luft, die sie wieder ein wenig belebte. Sie schaute sich um und sah, daß sie sich in einer schäbigen, belebten, ihr unbekannten Sackgasse befand. Irgendwo in der Nähe spielte eine Fiedel, wahrscheinlich in der Taverne auf der anderen Straßenseite. Trotz der späten Stunde waren Fußgänger unterwegs; die meisten schienen jung und sahen überhaupt nicht hungrig aus. Dref geleitete sie geradewegs zu einem der Häuser; ein großes, heruntergekommenes Gebäude mit einem altmodischen Überhang. Drei Treppenabsätze ging es hoch, wobei er sie stützen mußte. Seine Wohnung im vierten Stock machte einen geradezu luxuriösen Eindruck auf Eliste. Es gab zwei Zimmer: ein großes, gemütlich eingerichtetes mit einem Bett, Polsterstühlen, Zottelteppich und Vorhängen aus dunkelfarbener Wolle; das andere, erheblich kleinere diente als Büro oder Arbeitszimmer und war mit einem Schreibtisch und Bücherregalen an den Wänden ausgestattet. Es war wunderbar warm. Auf einem Rost glommen noch ein paar Holzscheite. Eliste starrte sie ungläubig an.

Drefs Hände berührten sie am Hals und lösten die Kordel ihres Capes. Nachdem er sie von ihren äußeren Lumpenschichten befreit hatte, drängte er sie zum Bett. Sie bemerkte die makellose Federmatratze, das gebügelte Laken und das saubere Kissen. Auf einmal wurde ihr schmerzhaft bewußt, wie schmutzig sie war. »Das ist sauber«, murmelte sie beschämt. »Ich kann doch nicht…«

»Zieh die Schuhe aus. Schlaf ein bißchen. Morgen überlegen wir, ob du einen Arzt brauchst.«

»Aber…«

»Tu, was ich dir gesagt habe.«

Sie fühlte sich zu schwach, um zu widersprechen. Seit sie das Haus der Rouvignac verlassen hatte, hatte sie nicht mehr in einem Federbett geschlafen. Sie hatte beinahe vergessen, wie sich ein Kissen unter der Wange und frische Laken anfühlten – wie weich und warm das war. Allerdings blieb ihr nicht viel Zeit, sich daran zu erfreuen, denn gleich darauf überwältigte sie der Schlaf; ein tiefer, schwarzer, traumloser Schlaf.

Es war hell, und die Schatten waren kurz, als sie erwachte; es mußte um die Mittagszeit sein. Einen Augenblick lang wußte sie nicht, wo sie war. Sie setzte sich langsam auf und blinzelte eher erstaunt als erschreckt. Obwohl sie mehrere Stunden ohne Unterbrechung geschlafen hatte, war sie immer noch todmüde. Ansonsten fühlte sie sich wieder leidlich wohl, entspannt und seltsam gelassen. Da saß sie nun allein in einem fremden Zimmer. Aber wo? Ihr Blick fiel auf das zerrissene Cape, das über einer Stuhllehne hing. Sie hatte es ausgezogen … oder hatte es ihr jemand anders ausgezogen? Auf einmal fiel ihr alles wieder ein, und sie begriff, warum sie so erstaunlich ruhig war. Das hier war Drefs Wohnung; kein Wunder, daß sie keine Angst bekam.

Die Tür knarrte, und dann trat er ein. Eliste starrte ihn an, verblüfft, fragend und ziemlich sprachlos. Jetzt, da sie ihn nach so langer Trennung bei Tageslicht sah, kam er ihr stark verändert vor. Beinahe wirkte er wie eine andere Person, wie ein stattlicher Fremder. Seltsam. Bis jetzt war Dref ihr noch nie stattlich vorgekommen; dieser Ausdruck schickte sich einfach nicht für einen Leibeigenen. Nun aber kam es ihr beinahe so vor, als sähe sie ihn zum ersten Mal. Bei genauerem Hinsehen fiel ihr auf, daß er immer noch so schlank und groß war wie früher. Da waren das kantige Gesicht und die schwarzen Augen, die sie so gut kannte, doch ihr Ausdruck hatte sich verändert. Sein Gesicht strahlte eine gewisse Härte, Entschlossenheit und Würde aus; weniger eine Veränderung als die Betonung auch früher schon vorhandener Eigenschaften. Natürlich war er auch anders gekleidet; recht schlicht und schmucklos, aber wie ein freier Sherreener. Das stand ihm gut; man hätte ihn beinahe für einen Edelmann halten können. Seine aufrechte Haltung und seine geschmeidigen Bewegungen hatten früher unverschämt gewirkt; nun aber waren sie ganz und gar angemessen.

Er musterte sie mit gleicher Aufmerksamkeit, und abermals wurde sie sich des armseligen Anblicks bewußt, den sie mit ihren schmutzigen Lumpen, dem fettigen, strähnigen Haar und dem verdreckten, blassen Gesicht bot. Sie sah auf ihre Hände hinunter, die von der ätzenden Seifenlauge, mit der sie in der Schatzkammer die Töpfe geschrubbt hatte, rissig und voller

Blasen waren. Eigentlich war es erstaunlich, daß er sie überhaupt erkannt hatte. Sie fühlte, wie ihr das Blut in die Wangen schoß. Früher hätte er sich über ihr Aussehen bestimmt lustig gemacht; es hatte ihn immer gereizt, sie in Verlegenheit zu bringen, und er hatte gewußt, daß sie es ihm nicht übelnahm. Doch heute? Sie schaute hoch und zwang sich, seinem Blick zu begegnen. In Drefs schwarzen Augen lag jedoch kein Spott; er wirkte nicht im mindesten belustigt.

»Wie fühlst du dich?« Er setzte sich neben ihr aufs Bett.

»Besser. Viel besser.«

»Möchtest du etwas essen?«

Essen. Er bot ihr etwas zu essen an. Da sie sich nicht zu antworten traute, nickte sie bloß, worauf er ihr eine Pappschachtel aus einer nahegelegenen Garküche reichte. Als Eliste die Schachtel mit geradezu unschicklicher Gier aufriß, entdeckte sie darin noch warme gefüllte Pasteten; und ein warmes Stück Apfeltorte. Unfaßbar. Wie lange war es eigentlich her, daß sie so etwas zum letzten Mal gesehen hatte? Die Augen brannten ihr, und es prickelte sie in der Nase. Am liebsten hätte sie geweint. Sie nahm eine der Pasteten und schlang sie in Sekundenschnelle hinunter; dann nahm sie die nächste und verputzte sie mit gleicher Geschwindigkeit; beinahe hätte sie sich an einem der Eier verschluckt. Daraufhin ließ sie sich mehr Zeit, und jetzt erst reichte sie die Schachtel beschämt an Dref weiter. Er schüttelte lächelnd den Kopf, schenkte ihr aus einem Krug ein und reichte ihr ein mit trüb rotbrauner Flüssigkeit gefülltes Glas. Sie trank. Süßer Apfelmost, an dessen Geschmack sie sich ebenfalls kaum mehr erinnerte.

»Aus Fabeque?« riet sie, fest entschlossen, nicht zu weinen.

»Ja. Manche Gewohnheiten halten sich eben hartnäckig.«

Sie neigte den Kopf und aß weiter, während er ihr dabei zusah. Als ihr gröbster Hunger gestillt war, wurde ihr wieder unbehaglich unter seinem prüfenden Blick. Es gefiel ihr nicht, daß er sie so anschaute. »Wo sind wir hier?« fragte sie, um ihn zum Reden zu veranlassen.

»Die Straße heißt Flous Tasche und liegt in der Rattenstadt«, sagte er. »Ich wohne hier schon seit über einem Jahr.«

»Die Rattenstadt. So. Das ist schön, Dref. Offenbar geht es dir gut. Was hast du die ganze Zeit über gemacht?«

»Gearbeitet, gegessen und geschlafen.«

»Woran gearbeitet?«

»Was immer sich so ergab, je nachdem, wer mich bezahlt hat.«

»Ich verstehe. Sag mal, bist du gleich nach Sherreen gekommen, nachdem du Derrivalle verlassen hattest?«

»Mehr oder weniger. Das war eine sehr ereignisreiche Zeit für mich; für dich gilt das wahrscheinlich noch mehr. Du mußt mir alles erzählen, vor allem, was dich gestern nacht zu den Zypressen verschlagen hat.«

»Also … nun, ich sollte diesem Beq einen Brief überbringen …«

»Wer hat dir den Brief gegeben?«

»Niemand. Eine Frau. Hast du gestern nacht nicht gesagt, du seist Beq, Dref?«

»Wie heißt die Frau?«

»Ist das denn so wichtig? Da wir gerade von Namen sprechen, wieso nennst du dich eigentlich ›Beq‹? Das klingt so kurz und …«

»Die Sherreener finden meinen Dialekt komisch. Zu Anfang tauften sie mich ›Fabeque‹, dann kürzten sie es zu ›Beq‹ ab. Aber du solltest diesen Namen nicht verwenden. Hier nennt man mich ›Renois‹, und das solltest du dir merken.«

»Das ist ja erstaunlich. Weshalb hast du …«

»Hieß sie Jounisse?«

»Wer?«

»Die Frau mit dem Brief. Hieß sie Jounisse?«

»Schon möglich. Seid ihr befreundet?«

»Wo hast du sie kennengelernt?«

»Ach, ich habe dir den Brief ja noch gar nicht gegeben. Ich glaube, ich sollte meinen Auftrag jetzt erfüllen.«

»Nicht nötig. Ich habe den Brief schon. Ich habe ihn gestern nacht aus deiner Tasche genommen.«

»Oh! Ich verstehe. Hoffentlich keine schlechten Nachrichten?«

»Wo hast du Jounisse kennengelernt, Eliste?«

»Weißt du, ich bin auf einmal furchtbar müde. Meinst du, der Apfelmost könnte vielleicht schlecht gewesen sein?«

»Nein. Soviel ich weiß, ist Jounisse im Gefängnis.«

»Was für sonderbare Leute du doch kennst.«

»Ja, nicht wahr? Jounisse wohnt in der Schatzkammer, hab ich recht?«

»Du scheinst dir ja große Sorgen um sie zu machen. Ist diese Jounisse eine enge Freundin von dir?«

»In der Tat, ich schätze sie sehr. Als du sie kennengelernt hast, wird sie bestimmt einen ganz ähnlichen Eindruck auf dich gemacht haben. Das war in der Schatzkammer, nicht wahr?«

»Ach, mir wär's lieber, du würdest mich nicht danach fragen!« rief Eliste, die einsah, daß Ausflüchte bei ihm zwecklos waren. »Ich kann nicht drüber reden, also zwing mich nicht dazu. Meine Großmutter ist tot, weißt du. Und Kairthe auch, ich habe sie gesehen... und wahrscheinlich auch Aurelie und die anderen, so viele von meinen Freunden sind ermordet worden, ohne daß sie etwas getan hätten. Ich bin noch am Leben, aber ich war... ich kann nicht drüber reden, und ich will auch nicht dran denken, sonst platze ich noch...« Die Hand, mit der sie das Glas hielt, zitterte.

»Meine arme, kleine Eliste, das brauchst du auch nicht, ich werde jetzt nicht weiter in dich dringen. Schweig nur, beruhige dich und trink deinen Most, sei ein braves Kind. Lehn dich zurück, dann werde ich dich mit Erzählungen von meinen Reisen unterhalten, und zwar nur ein wenig geschönt, um der dramatischen Wirkung willen. Würde dir das gefallen?«

Sie nickte. Sie hatte Dref schon immer gerne erzählen gehört. Und jetzt würde sie hier in diesem behaglichen, warmen Zimmer sitzen, leckere Speisen essen und ihm zuhören. Ja, das würde ihr wirklich gefallen.

Beginnend mit dem Augenblick der Trennung, erzählte er ihr von seiner Flucht aus Derrivalle; von seiner Reise mit der Postkutsche, bezahlt mit dem Geld, das sie ihm gegeben hatte; von seiner Ankunft in Sherreen und seinen ersten Beschäftigungen als Schreiberling für die reicheren und fauleren unter den Studenten; von seinen höchst einträglichen Schwarzmarktgeschäften; von der Zeit als stellvertretender Herausgeber der mittlerweile eingegangenen *Schmeißfliege*; von seiner eiligen Flucht, als das Büro der *Schmeißfliege* von Vorhütern überfallen und verwüstet worden war; von den darauffolgenden journalistischen Unternehmungen und Abenteuern, die ihn offenbar mit höchst schillernden Sherreenern in Berührung gebracht hatten. Das alles schilderte er sehr anschaulich. Er war schon immer ein begnadeter Erzähler gewesen, und sein Bericht war ausreichend gespickt mit amüsanten Vorfällen, Mißgeschicken und auffälligen Charakteren, um jeden Zuhörer trotz seiner Länge in den Bann zu schlagen. Eliste lauschte hingerissen. Die ihr so vertraute Stimme rief zahllose Erinnerungen wach. Seine Mimik – das Zucken der Lippen und die hochgezogenen Brauen – hatte sich überhaupt nicht verändert. Warum eigentlich hatte sie geglaubt, er müsse sich vollkommen gewandelt haben? Anderthalb Jahre der Freiheit hatten ihre Spuren hinterlassen. Sein Auftreten mochte zwar unangestrengter und selbstsicherer als früher sein, doch in anderer Hinsicht war er noch immer ganz der Alte.

Und doch wiederum auch nicht. Nach einer Weile fiel ihr auf, daß er zunehmend zurückhaltender wurde, was seine gegenwärtigen Tätigkeiten anging, und daß er ihren Fragen mit flüchtigen Hinweisen auf Versammlungen, Vorhaben, Nachforschungen und geschäftliche Unternehmungen auswich. Den Grund dafür konnte sie sich beim besten Willen nicht denken, und wenn sie nachfragte, tischte er ihr statt einer Antwort so unterhaltsame Geschichten auf, daß sie ihre Frage schließlich vergaß. Das hatte er schon immer gut gekonnt; in all den Jahren ihrer Bekanntschaft mit Dref Zeenoson war es ihr noch nie gelungen, ihm Kenntnisse aus der Nase zu ziehen, die er ihr vorenthalten wollte. Sicher war bloß, daß er an verschiedenen Unternehmen beteiligt war, von denen einige offenbar fragwürdiger Natur waren; er hatte in Sherreen Karriere gemacht. Der letztjährige Verkauf des Entwurfs für ein besonderes Schießgerät, das er als ›Hinterlader-Steinschloßgewehr‹ bezeichnete, hatte ihm ein sorgenfreies Auskommen ermöglicht, während ihm die kleinen Holzspäne mit den knolligen Köpfen, die wunderbarerweise entflammten, wenn man sie an einer rauhen Oberfläche rieb, irgendwann womöglich richtigen Reichtum bescheren würden. Doch woran arbeitete er im Augenblick gerade? Ach, an diesem und jenem. Und mehr war einstweilen nicht aus ihm herauszubekommen. Am besten erfreute sie sich an seinen Geschichten und am Klang seiner Stimme.

Am liebsten hätte sie ihm den ganzen Tag lang zugehört, allerdings gab es einiges, was sie mit ihm besprechen mußte. Sie trank den letzten Rest Apfelmost aus und setzte mühsam an: »Also, Dref, ich habe darüber nachgedacht, wie es weitergehen soll …«

»Du meinst, ob du einen Arzt brauchst? Gestern nacht auf dem Friedhof dachte ich, du stündest schon mit einem oder beiden Beinen im Grab. Du hast ausgesehen wie ein Gespenst …«

»Du hast immer gesagt, du glaubst nicht an Gespenster.«

»Ich stand kurz davor, es mir nochmals zu überlegen; man muß Neuem gegenüber schließlich aufgeschlossen sein. Heute scheint mir, daß dir nichts fehlt, was sich mit Ruhe und gutem Essen nicht kurieren ließe.«

»Oh, mir geht's schon wieder besser. Ich brauche wirklich keinen Arzt. Aber du scheinst dich so wohl zu fühlen, und du warst immer so erfinderisch, daß ich mich frage, ob du mir nicht einen Rat geben könntest, wo ich Arbeit finden kann.«

»Du suchst Arbeit, Eliste?«

Verspottete er sie etwa? Sie sah ihn rasch an. Nein, er spottete nicht. Eher wirkte er etwas traurig. »Na ja, mir bleibt halt keine andere Wahl, weißt du«, erklärte sie vorsichtig. »Ich bin jetzt ganz auf mich allein gestellt. Die Stadt kann ich natürlich nicht verlassen. Auch die billigste Unterkunft und das einfachste Essen kosten Geld, und das muß ich mir irgendwie verdienen.«

»Wo hast du gewohnt?«

»Hier und da. Manchmal in Woniques Pension ›Zum Warmen Willkommen‹.«

»In diesem Dreckloch!«

»Selbst ein Dreckloch kostet Geld. Ich habe mich sehr bemüht, eine ehrliche Arbeit zu finden, aber niemand will mich einstellen. Ich weiß nicht mehr, was ich tun soll. Vielleicht fällt dir ja etwas ein.«

»Bestimmt. Allerdings bist du im Augenblick nicht in der Verfassung zu arbeiten. Du bist nicht gesund, du bist nicht stark genug, um das durchzuhalten.«

»Gut, mir ging's schon mal besser, aber ein bißchen Scheuern und Staubwischen müßte doch gehen …«

»Könntest du zwölf Stunden an einem Stück schuften? Sechs Tage die Woche? Ich glaube nicht. Und das würde man von dir verlangen, wenn du das Glück hättest, eine Anstellung zu finden; was in deinem gegenwärtigen Zustand ziemlich unwahrscheinlich ist. Mach nicht so ein finsteres Gesicht. Ich zähle nur die Tatsachen auf. So wie die Dinge stehen, mußt du dich vor allem erst einmal erholen. Du brauchst frische Luft, ordentliches Essen und Ruhe. Bei Wonique wirst du nichts von alledem finden. Du solltest besser hier bleiben.«

»Hier? Du meinst, *hier*, in deiner Wohnung?«

»Gewiß. Ich habe zwei Zimmer, mehr Platz als ich brauche. Du behältst das hier, und ich stelle mir eine Pritsche nach nebenan. Du hättest es ganz behaglich hier.«

»Das kann ich nicht machen.«

»Dann schlag etwas anderes vor.«

»Dref, das ist ungewöhnlich freundlich und großzügig von dir, aber es geht nicht. Es würde herauskommen, daß ich bei dir wohne, und dann würde dich dein Vermieter rausschmeißen.«

»Du kennst meinen Vermieter nicht. In dieser Pension gibt es ein Dutzend Parteien – außer mir alles Studenten. Von diesen zwölfen bringt es mindestens die Hälfte fertig, mit ihrem Mädel auf einem Zimmer zu wohnen. Der Vermieter berechnet dafür zusätzlich einen Rekko pro Monat und drückt ansonsten ein Auge zu.«

»Oh! Du meinst, man würde tatsächlich denken, ich sei…«

»Ist es nicht gleichgültig, was die Leute glauben?«

»Schon möglich, aber etwas anderes ist nicht gleichgültig. Du weißt, wer ich bin, und du kennst die Strafe, die jedem droht, der einem Adligen hilft. Sollte mich die Vorhut hier finden, müßtest du damit rechnen, zur Dame einbestellt zu werden.« Sie gebrauchte einen der zahllosen Ausdrücke, mit denen man die Hinrichtungen umschrieb.

»Da ich der Bekanntschaft mit besagter Dame schon so lange aus dem Weg gegangen bin, möchte ich es auch weiterhin dabei belassen. Keine Bange, ich bin nicht mittellos.«

»Ich weiß, aber …«

»Weißt du, was am besten ist an diesem Haus?« fragte Dref beiläufig. »Es gibt ein Bad. Der Vermieter, sicherlich ein Sonderling, hat eine kupferne Badewanne hineingestellt, und es gibt eine Pumpe, Wasserkessel, sogar Handtücher und Seife für die Mieter und deren Gäste – alles zu einem günstigen Aufpreis.«

»Warmes Wasser? Seife?«

»Wann immer du magst.«

Diesem Angebot konnte sie nicht widerstehen.

Sie aalte sich im köstlich warmen Wasser, bis der Dreck von Monaten eingeweicht war. Dann schrubbte sie sich so lange, bis sich die abgestorbenen Hautschichten in grauen Röllchen von Armen und Beinen lösten und die frische, rosige Haut darunter zum Vorschein kam. Dreimal schäumte sie sich das Haar ein und spülte es; sie säuberte sich die Fingernägel und rieb sich mit Bimsstein ab. Sie blieb so lange in der Wanne, bis das Wasser abzukühlen begann; dann stieg sie mit einem Gefühl der Erleichterung heraus, trocknete sich sorgfältig ab und zog das saubere weiße Baumwollhemd und die wollene Kniebundhose an, die Dref ihr gegeben hatte. Beide Kleidungsstücke waren ihr viel zu groß; die Hemdsärmel reichten bis zu den Fingerspitzen, und die Hose wäre ihr heruntergerutscht, hätte sie sie nicht mit einer Kordel um die Hüfte festgebunden. Eliste krempelte sich die Ärmel hoch, wobei ihr auf einmal ihre knochigen Handgelenke ins Auge fielen. Sie schaute an sich herunter. Mager war sie geworden, nichts als Haut und Knochen. An der Wand hing ein kleiner Spiegel. Sie rieb die Tropfen des Wasserdampfes weg und betrachtete voller Abscheu ihr Gesicht: die Wangen waren eingefallen, die Gesichtsfarbe war aschgrau und kränklich, und sie hatte dunkle Ringe unter den zu großen, erschreckten Augen. Sie war häßlich geworden. *Gräßlich*. Es war schlimm, Dref so unter die Augen treten zu müssen. Brüsk wandte sie sich vom Spiegel ab.

In den ersten paar Tagen war sie ständig müde. Sie verbrachte viel Zeit mit Schlafen – neun bis zehn Stunden in der Nacht und tagsüber dann noch hin und wieder ein Nickerchen. Wenn sie wach war, saß sie auf dem Polsterstuhl am Fenster. Dort wärmte ihr der schwache Sonnenschein das Gesicht, und sie konnte auf Flous Tasche hinunterschauen, wo der Schnee und das Eis des Winters unübersehbar schmolzen. Mit jedem Tag wurden die schmutzigweißen Flecken ein wenig kleiner. Die Schneewehen schrumpften wie durch ein Wunder, das Pflaster kam zum Vorschein, die Dachziegel zeigten sich wieder, und von den Traufen der Nachbarhäuser hingen mächtige Eiszapfen. Hin und wieder fiel einer dieser gewaltigen Eisspeere herunter und zerschellte auf der Straße, was wie ein Musketenschuß klang und Eliste jedesmal zusammenschrecken ließ; mit der Zeit aber gewöhnte sie sich daran. Desgleichen gewöhnte sie sich an den Anblick der Studenten, die zu allen Tages- und Nachtzeiten vor der Taverne auf der anderen Straßenseite lärmten. Wenn sie ihnen zusah und ihren munteren, rauhen Stimmen lauschte, schien es ihr beinahe so, als sei die alte Welt wieder zurückgekehrt.

Sie verspeiste ungeheure Mengen, als wollte sie den Hunger, den sie so lange hatte erdulden müssen, in einem einzigen Anfall von Gefräßigkeit stillen. Dref staunte und freute sich über ihren Appetit, den er dadurch ermutigte, daß er so viele Speisen von der nahegelegenen Garküche heranschleppte, daß es Eliste schon peinlich war, da sie fürchtete, ihm eine große Last zu sein. Dies bestritt er allerdings mit solcher Überzeugungskraft, daß sie ihn beim Wort nahm und weiteraß.

In dem Maße, wie ihre Lebensgeister wieder erwachten und sie kräftiger wurde, nahm sie auch mehr Anteil an ihrer Umgebung. Das Gewimmel auf der Straße begeisterte sie; noch mehr das Treiben in der Pension – mit ihrer ständig wechselnden jungen Belegschaft von Studenten und Arbeitermädchen. Anscheinend war es ein geselliges Grüppchen, denn ständig besuchten sie sich gegenseitig auf den Zimmern, um miteinander zu essen, zu trinken und zu plaudern; des Nachts versammelten sie sich irgendwo, tranken und sangen oder stahlen sich zu einem verbotenen romantischen Stelldichein die Treppe hoch. Eliste hätten sie liebend gern in ihrem Kreis willkommen geheißen. Ein neuer Mitbewohner weckte stets Neugier, besonders dann, wenn dieser mit ›Meister Renois‹ in Verbindung stand, der – gerade erst fünfundzwanzig Jahre alt – von den Studenten ›der Chef‹ genannt wurde und angeblich eine kriminelle Vergangenheit hatte. Aus Angst vor Entdeckung lehnte Eliste jedoch alle Einladungen und freundlichen Annäherungen ab und hielt sich die meiste Zeit über in Drefs Wohnung auf.

In den beiden Räumen gab es genug, um sich wochenlang zu beschäftigen: Bücher zu allen möglichen Themen, Musikinstrumente, Malzeug, ein Schachspiel und eine Reihe von Arbeiten in unterschiedlichen Stadien der Vollendung. Denn Dref war ständig mit irgendwelchen merkwürdigen Vorhaben beschäftigt, genau wie früher als Junge. Und wie damals wußte man nie, wofür er sich als nächstes begeistern würde; es konnte ebensogut die Erfindung von künstlichem Kerzenwachs sein wie die Entwicklung eines verbesserten Alphabets, ein Entwurf für ein neuartiges öffentliches Krankenhaus oder der schwierige Aufbau eines Flugapparats. Dref erzählte ihr bereitwillig von seinen Vorhaben, und er verstand es, selbst die trockensten Themen reizvoll darzustellen. Eliste genoß seine Erklärungen über die Maßen, denn wenn er ins Schwärmen geriet, legte sich seine Anspannung vorübergehend.

Anspannung. Elliste hatte sie gleich am ersten Tag bemerkt. Nichts Offensichtliches oder leicht zu Fassendes. Gewiß kein Zeichen von Verlegenheit oder Unbehagen. Dref verfügte seit jeher über eine unerschütterliche Gelassenheit. Er wirkte weder kühl noch fern, dafür aber ein wenig zu höflich. Früher hatte es ihm Spaß gemacht, sie zu necken. Jetzt aber achtete er darauf, ihre Gefühle zu schonen; stets rücksichtsvoll, stets freundlich. Dem Leibeigenen, der bereit gewesen war, sich den Zorn der Tochter seines Herrn zuzuziehen, wäre es nicht im Traum eingefallen, einer Bettlerin aus der Gosse gegenüber gönnerhaft aufzutreten. Dafür war er zu feinfühlig. Er hatte Mitleid mit ihr. Sie hatte alles verloren – Familie, Freunde, Vermögen, ihre gesellschaftliche Stellung, sogar das hübsche Gesicht, auf das sie so stolz gewesen war – und sie tat ihm leid. Damit konnte sie sich nur schwer abfinden.

Gleichwohl hatte sie das Gefühl, hinter seiner vorsichtigen Rücksichtnahme stecke noch mehr als bloßes Mitleid. Es gab zu viele Gespräche, in denen er geschickt auswich, zu viele Fragen, um deren Beantwortung er sich herumdrückte. Gewiß, er war an Unternehmungen beteiligt gewesen, über die er sie lieber in Unkenntnis lassen wollte, und das war er wahrscheinlich noch immer; vielleicht hatten die Studenten ja doch recht mit ihren Mutmaßungen. Er hatte neue Barrieren errichtet; offenbar vertraute er ihr nicht. Zu Anfang war sie deswegen ein wenig verletzt; später, als es ihr wieder besser ging, ärgerte sie sich darüber und beschloß, ihn auf die eine oder andere Art aus der Reserve zu locken.

Trotz seiner Zurückhaltung und seines Mitgefühls war Dref noch immer der einnehmendste Gefährte, den sie sich wünschen konnte, gesegnet mit einer Schärfe und Klarheit des Verstandes, die angesichts seiner niedrigen Herkunft höchst außergewöhnlich schienen, so daß Eliste sich bisweilen fragte, ob nicht vielleicht doch adliges Blut in seinen Adern kreise. Als sie ihm dies eines Abends sagte, ließ er all seine Höflichkeit fahren und stauchte sie mit so gnadenlosem Spott zusammen, daß sie einen roten Kopf bekam und verstummte. Der Vorfall war ihr unangenehm, brachte sie aber zum Nachdenken. Vielleicht hatte Dref ja recht. Die Vorgänge der vergangenen Monate ließen tatsächlich alle früheren Annahmen über die naturgegebene Überlegenheit des Adels hinfällig werden. Das war nicht zu leugnen. Die Magie des Adels hatte der rohen Gewalt der Menge nicht standgehalten. Dieses Vorteils beraubt, nicht mehr von Geburt an mit Macht und eigenen Rechten ausgestattet, waren die Sprößlinge Hunderter von Edelleuten gewöhnliche Sterbliche geworden, die gezwungen waren, mit Bürgerlichen, Bauern und selbst ehemaligen Leibeigenen von gleich zu gleich zu konkurrieren. Das war ein aufwühlender Gedanke, der stark nach Niriennismus roch. Dref besaß natürlich sämtliche Schriften Shorvi Niriennes, den er schon immer bewundert hatte. In einer Welt, wie sie sich Dref Zeenoson und Shorvi Nirienne vorstellten, wären die Edelleute – das heißt, diejenigen, die das Glück hätten, die gegenwärtigen Massaker zu überleben – auf ihre jeweiligen Anstrengungen und Begabungen angewiesen. Das mochte zwar gerecht sein – im Stillen mußte Eliste das zugeben –, aber zugleich war es auch beunruhigend, sehr beunruhigend. An diesem Abend redete sie kein Wort mehr.

Vielleicht tat es Dref leid, daß er sie verunsichert hatte, denn am nächsten Tag machte er ihr ein Geschenk: ein großzügig bemessenes Stück Stoff aus guter, leichter Wolle in einem graublauen Farbton, der ihr ausgezeichnet stand, dazu mehrere Meter feines, weißes Leinen, Näh- und Stecknadeln und Faden – alles, was man für die Herstellung eines Kleides und eines Damenhemdes brauchte. Eliste konnte gut säumen, hatte aber keine Ahnung, wie man ein Kleid zuschnitt. Allerdings konnte sie die Überbleibsel ihrer alten Kleider als Muster verwenden. Das tat sie denn auch und verbrachte die nächsten Tage mit Zuschneiden, Heften, Anpassen und Nähen. Die Arbeit fiel ihr leichter als erwartet und war gar nicht unangenehm. Ihr altes Kleid hatte einen schlichten, aber wunderschönen Schnitt gehabt; indem sie seine Linien übernahm, entwarf sie ein erstaunlich anmutiges Kostüm mit einem schwungvollen Rock und schneeweißem Schultertuch. An dem Tag, als sie fertig wurde, legte sie die neuen Kleider an und nahm am Fenster Platz, wo sie ungeduldig darauf wartete, daß Dref von der Garküche zurückkam. Nach einer Weile trat er ein und blieb, als sie aufstand, um ihn zu begrüßen, unvermittelt in der Tür stehen. Er wirkte verblüfft, doch dann blitzte sein Lächeln auf.

»Jetzt bist du wieder ganz die Alte«, sagte er.

»Nein, das weiß ich besser.« Das war ihr voller Ernst.

»Du warst schon immer ein eigensinniges Kind«, erwiderte er, stellte die Pappschachteln ab, nahm sie beim Arm und führte sie zum Spiegel, der über dem Waschtisch hing.

Eliste sträubte sich. Von ihrer unwiderruflichen Reizlosigkeit überzeugt, hatte sie es bislang vermieden, sich im Spiegel zu betrachten.

»Und jetzt schau dich an.« Er faßte sie bei den Schultern und drehte sie zum Spiegel um.

Der Protest erstarb ihr auf den Lippen, als sie sich nun zum zweiten Mal seit ihrer Ankunft im Spiegel sah. Das saubere, in frischem Glanz erstrahlende Haar umrahmte weich und wellig ihr Gesicht. Die dunklen Ringe unter den Augen waren verschwunden. Sie war immer noch blaß, doch die Lippen hatten wieder ihre gewohnte Farbe angenommen, und auf den Wangen zeigte sich ein rosiger Hauch. Unwillkürlich mußte sie lächeln. Es war erstaunlich, wie gut sie sich auf einmal fühlte.

»Das ist wieder Eliste«, meinte Dref. »Und ich vermute, sie wird kaum bereit sein, sich noch länger in zwei kleinen Zimmern einpferchen zu lassen.«

»Aber ich habe es doch ganz behaglich hier, Dref. Es ist ruhig ... ich fühle mich sicher ... und ich bin ...« Beinahe hätte sie ›glücklich‹ gesagt, doch das wäre ihr unpassend vorgekommen.

»Aber möchtest du denn nicht ausgehen?«

»Doch, schon, aber das geht nicht.«

»Doch, es ist möglich. Und zwar ohne jedes Risiko. Wart's nur ab.«

Am nächsten Tag brachte er ihr ein Paket mit einem warmen, gebrauchten Cape, Wollstrümpfen und festen Schuhen, die ihr wider Erwarten ausgezeichnet paßten. Sie zog sich um, hakte sich bei ihm ein, und er geleitete sie die Treppe hinunter und hinaus auf Flous Tasche. Sie zog tief die frische Luft ein – sie war kühl und ein wenig schneidend, doch das neue Cape hielt sie warm. Die Leute auf der Straße wirkten harmlos; Gendarmen oder Vorhüter waren keine in Sicht, nirgendwo sah man eine bedrohliche Uniform. Die Sonne schien, und Elistes Stimmung hob sich. Und dann ging sie mit Dref spazieren und schlenderte an den hübschen Pensionen vorbei, die schon einmal bessere Tage gesehen hatten, an den kleinen Läden, Verkaufsständen und Straßenverkäufern, welche die Studenten mit Speisen und Getränken versorgten. Hin und wieder verweilten sie irgendwo und betrachteten müßig gebrauchte Bücher, Kleider, billigen Schmuck und Haushaltswaren. Am Stand eines Bücherverkäufers erkundigte sich

Eliste nach dem Preis einer eselsohrigen Ausgabe der *Verse* von Bounartes, worauf Dref wegen ihres Fabequer Dialekts, der genau dem seinen glich, vor unterdrücktem Gelächter rot anlief. Am Nachmittag kehrten sie in einem kleinen Café am Ende der Sackgasse ein, tranken Apfelmost und aßen Butterhörnchen. Sie saßen in der Nähe des Fensters, wo sie die Leute auf der Straße beobachten konnten, und unterhielten sich. Anschließend hätte Eliste zwar nicht den Wortlaut der entspannten, unzusammenhängenden und immer wieder abschweifenden Unterhaltung wiedergeben können, doch sie erinnerte sich noch, daß sie zum ersten Mal ein wenig über ihre Großmutter hatte sprechen können, ohne gleich wieder in Tränen auszubrechen, und daß Dref zu ihrer Überraschung von Zhen Suboson erzählt hatte, an dessen Tod er sich offenbar mitschuldig fühlte. Es kam nicht häufig vor, daß Dref die Maske der Unbekümmertheit fallenließ. Dabei beschränkten sie sich aber keineswegs nur auf schmerzliche Themen; sie lachten beide viel, und hätte Eliste die Zeit bis zu diesem Augenblick zurückdrehen können und sich beobachtet, so hätte sie bemerkt, daß sie glücklich gewesen war.

An diesem Nachmittag fühlte sie sich Dref nahe, doch das war nicht immer so. Es gab einiges, das er ihr verschwieg, und das fachte ihre Neugier immer weiter an. Häufig war er tagsüber weg und kümmerte sich wahrscheinlich um seine zahlreichen Geschäfte, was Eliste keine Sorgen bereitete. Wohin aber ging er in der Nacht? Erstaunlich oft lief er im Dunkeln fort, manchmal mit leeren Händen, manchmal mit einer kleinen Tasche, deren Inhalt ihr ein Rätsel blieb. Manchmal blieb er zwei oder drei Stunden weg, häufig aber auch bis spät in die Nacht, und bisweilen kehrte er auch erst gegen Morgen zurück. Dann weckte sie das Klicken des Schlüssels im Schlüsselloch, sie protestierte halblaut, er aber flüsterte ihr zu, sie solle weiterschlafen.

Ganz gleich, was sie bei solchen Gelegenheiten auch sagte oder tat, er ließ sich durch nichts dazu bewegen, ihr den Zweck seiner Besorgungen zu verraten. Stets wich er ihren Fragen mit ungenauen Hinweisen auf irgendwelche ›Versammlungen‹, ›Planungskomitees‹ und ›Sitzungen‹ aus. Mehr bekam sie nicht aus ihm heraus, so sehr sie auch in ihn drang. Alle Argumente und Schmeicheleien prallten an Dref ab, und zunächst hegte sie den Verdacht, er habe irgendwo eine Geliebte – ein ausgesprochen verstörender Gedanke. Die Mädchen seines Standes, die ihn damals in Derrivalle angehimmelt hatten, hatte er stets verschmäht. Damals hatte Eliste ihn geneckt wegen seiner Hartherzigkeit, sich aber gleichzeitig auch darüber gefreut. Doch jetzt, hier in Sherreen? Es stand ihm natürlich frei, sich zu amüsieren (doch wenn es nun dabei um mehr ging als um bloße Unterhaltung?), und außerdem ging sie das nun wirklich nichts an. Sie war seine Freundin und naturgemäß besorgt um sein Wohlergehen, das war aber auch schon alles. Trotzdem zerbrach sie sich deswegen Tag und Nacht den Kopf; ihre Fragen wurden drängender, doch auch das nützte ihr wenig. Als der gewandte Unterhalter, der er war, wich er ihren Fragen dadurch aus, daß er ihr Neuigkeiten aus der Stadt berichtete.

Sie erfuhr von ihm, daß die Hinrichtungen zwar unvermindert weitergingen, daß der Anteil der Adligen an den Verurteilungen jedoch abgenommen hatte, da mittlerweile beinah alle überlebenden Edelleute entweder geflohen oder untergetaucht waren. Nach Whiss Valeurs neuem Anklagegesetz war es den Beschuldigten, die vor das Nationale Tribunal geschleppt wurden, verwehrt, Zeugen zu ihrer Verteidigung aufzurufen. Dies vereinfachte die Arbeit des öffentlichen Anklägers erheblich, und daher verschlang die Kokotte nach wie vor täglich ihre gewaltige Ration an angeblichen Antireparationisten, von denen nun die meisten bürgerlicher oder bäuerlicher Herkunft waren. Diese neue Entwicklung fand wenig Anklang bei der plebejischen Einwohnerschaft Sherreens. Die Koketten und die Kavaliere jubelten zwar nach wie vor, die gewöhnlichen Bürger begannen jedoch wegzubleiben. Vielleicht wurden die Menschen des Blutvergießens müde – oder sie hatten es einfach satt. Drefs Einschätzung zufolge hatte die tödliche Wut der Reparationisten ihren Höhepunkt bereits überschritten. Er meinte, der öffentliche Zorn lege sich allmählich, und daher seien die Tage der gewalttätigen Fanatiker vom Schlage Whiss Valeurs gezählt.

Niriennismus. Das zu erkennen fiel Eliste nicht schwer, denn Sorge und Neugier hatten sie veranlaßt, einige von Shorvi Niriennes Werken zu lesen, und Dref Zeenosons natürliche Nähe zu dessen Anschauungen war nicht zu übersehen. Dref sprach nun mit einem ungewohnten Ernst, der den wenigen Dingen vorbehalten war, die ihm am meisten bedeuteten. Trotzdem gelang es ihm nicht, Eliste von seiner Meinung zu überzeugen – sollte sie als Adlige entlarvt werden, hätte *sie* schließlich nicht mehr lange zu leben, ganz gleich, ob er nun glaubte, der revolutionäre Zorn sei im Abklingen begriffen oder nicht –, dafür zerstreute er jedoch ihren Verdacht, er habe ein heimliches Verhältnis. Nein, da steckte etwas anderes dahinter.

Eines Nachts kam er recht früh von einem mysteriösen Treffen zurück. Eliste war noch wach und saß neben dem erlöschenden Feuer. Dref zog einen Stuhl heran, setzte sich und streckte behaglich die langen Beine aus. Eliste fiel ein Funkeln auf, das offenbar von seiner Schuhsohle herrührte. Als sie genauer hinsah, bemerkte sie einen goldenen Fleck, der ihr leider nur allzu bekannt vorkam – die Überbleibsel einer von NuNus Nissen. Dref hatte den Abend an einem Ort verbracht, der unter Beobachtung stand. Es hatte keinen Sinn, ihn zu fragen, wo das gewesen war und was er dort verloren gehabt hatte – darauf hätte er ebensowenig geantwortet, wie er ihr sagen würde, was sich in der Tasche befand, die er hin und wieder nachts mit sich trug, oder warum er manchmal zu mitternächtlicher Stunde auf Friedhöfen Briefe entgegennahm. Dref war so verschlossen wie eine Auster; trotzdem nahm Eliste sich vor, das Geheimnis zu lüften. Bis sie die Wahrheit herausfand, sollten allerdings noch einige Tage vergehen.

Eines Abends nach dem Abendbrot; Eliste und Dref saßen jeder für sich auf einem Stuhl vor dem Kamin. Eliste las noch einmal *Heute und morgen;* diesmal mit größerer Aufmerksamkeit. Jetzt fesselten sie sowohl Buch wie Autor. Trotzdem verspürte sie auf einmal ein Prickeln der Nerven, und als sie unvermittelt aufsah, blickte Dref sie mit seinen undurchdringlich schwarzen Augen an. Wie lange beobachtete er sie schon so? Ihr Atem ging auf einmal rascher, und sie spürte, wie ihr das Blut in die Wangen schoß. Auch er hatte es bemerkt. Er würde sie für eine vollkommene Närrin halten und hätte sogar recht damit. Um ihre Verwirrung zu verbergen, fragte sie mit gespielter Unbekümmertheit: »Was ist eigentlich aus Shorvi Nirienne geworden? Wurde er nicht hingerichtet?« Ihre Stimme klang ein wenig atemlos.

»Lebt noch, heißt es, ist aber untergetaucht«, antwortete Dref.

Sein Tonfall hätte nicht beiläufiger sein können, dennoch verspürte sie wieder dieses Prickeln, ihre Wahrnehmung war auf einmal geschärft, und da wußte sie es. Natürlich. Es war kein Geheimnis, daß Shorvi Nirienne von einer Gruppe ergebener Anhänger unterstützt und beschützt wurde. Dref war einer von ihnen. So mußte es sein. Lange bevor er nach Sherreen gekommen war, hatte er sich zu Shorvi Niriennes Anschauungen hingezogen gefühlt, und er hatte es bislang stets geschafft, seinen Neigungen zu folgen. Er war besonnen und wagemutig, erfinderisch und entschlossen, mit einem Wort, der geborene Verschwörer. Seine Verschwiegenheit, seine Ausflüchte und die nächtlichen Ausflüge, für all das gab es auf einmal eine Erklärung. Ein Beweis war das noch nicht, und er hätte es auch niemals zugegeben, dennoch wußte sie, daß sie recht hatte.

»Hmmm«, machte Eliste, und Dref schaute sie nachdenklich an.

Phlosine Valeur war es leid, sich mit Gebäuden zu unterhalten. Ihr Horizont war beschränkt, ihre Gespräche fade. Sie zeigten eine ermüdende Neugier im Hinblick auf das Wetter und beschäftigten sich ständig mit Mäusen. Phlosine hatte genug von ihrem Geknarre und Geächze, von ihren verrutschten Dachziegeln und ihrer Trockenfäule. Das Wort ›Drainage‹ konnte sie nicht mehr hören. Trotzdem blieb ihr keine andere Wahl. Bruder Whiss befahl, und sein Wort war Gesetz. Es war Whiss' Wille gewesen, daß Vater und Brüder die Gebäude aufweckten, und nun sollte die Schwester sich mit ihnen verständigen. Phlosine hatte längst eingesehen, daß ihr nichts anderes übrigblieb, als zu gehorchen. Und daher ertrug sie ohne Murren die tristen Nöte von Tavernen und Theatern, von Cafès und Konditoreien. Sie lauschte dem Gerede über kaputte Fensterscheiben, bröckelnden Putz, undichte Stellen und tropfende Dachrinnen. Ach, die meisten Gebäude waren langweilig. Die Lagerhäuser waren vielleicht am schlimmsten, unerträglich öde, doch darauf kam es nicht an; allen mußte sie zuhören, sonst hätte Whiss es erfahren. Die Kongreßabgeordneten Pieuvre und Poulpe, die sie bei jeder architektonischen Besprechung beaufsichtigten, hätten Whiss davon in Kenntnis gesetzt, wäre sie nachlässig geworden. Besser, sie gehorchte und tat, was Whiss von ihr verlangte. Und so lauschte sie Tag und Nacht dem

Ächzen des Holzes, und bald schon zeitigte ihre Mühe den ersten Erfolg.

Im Umkreis der Vorlesungssäle der Universität von Sherreen gab es mindestens vierzig Kaffeehäuser und kleine Tavernen. Jedes einzelne Lokal konnte den Niriennisten, deren Tätigkeiten Bruder Whiss zur Weißglut reizten, als Treffpunkt dienen. Es würde Monate dauern, sie alle aufzuwecken. Es war reiner Zufall, daß der *Zapfenstreich*, ein überwiegend von Studenten besuchtes Kaffeehaus in einem der leerstehenden Lagerräume im Keller des Herzoginnenturms (mittlerweile ›Reparationshalle des Volkes‹ genannt), Gelegenheit bekam, sich kundzutun.

Shorvi, Beq, Riclairc und die anderen, morgen abend in ›Viomentes Stiefel‹, wiederholte Phlosine gewissenhaft die Beobachtungen des Turms, was ihre Zuhörer jäh aufmerken ließ.

»Was hast du da gesagt, Schätzchen?« drängte Pieuvre.

»Erkläre dich, Frau«, befahl Poulpe.

Gehorsam wiederholte Phlosine, was sie gehört hatte.

Es war gegen acht Uhr abends an einem der mildesten Tage des Monats, als Dref Zeenoson sich von Eliste verabschiedete und mit der Tasche in der Hand seine Unterkunft verließ. Eliste ahnte zwar, wohin er ging, hätte sich aber über die kurze Strecke, die er bis zum ersten Zwischenhalt zurücklegte, sehr gewundert. Auf der Straße angelangt, wandte Dref sich zur Rückseite des Hauses. Dort, vor den Blicken der Fußgänger geschützt, öffnete er die Tasche und machte sich ans Werk. Er tauschte seinen Mantel gegen einen viel älteren und schäbigeren aus, verbarg sein schwarzes Haar unter einer angegrauten, glatten Perücke und einem verbeulten Hut mit breiter Krempe und klebte sich im Dunkeln mit sicherer Hand einen grauen Schnurrbart auf die Oberlippe. Dann trug er unter den Augen und auf die Wangen ein wenig dunkle Schminke auf. Als die Vorbereitungen abgeschlossen waren und er die Tasche sicher unter einem Busch versteckt hatte, ging er weiter, in seinem Aussehen so sehr verändert, daß ihn nicht einmal ein enger Bekannter ohne weiteres erkannt haben würde.

Er nahm eine Droschke bis zur Beinbruchgasse, stieg am Ende der Straße aus und näherte sich zu Fuß vorsichtig seinem Bestimmungsort. Dies war reine Gewohnheit – und für gewöhnlich eine überflüssige Vorsichtsmaßnahme –, doch heute wurde seine Umsicht belohnt. Dref blieb im Schatten der Statue des Viomente stehen; die Fenster des etwa fünfzig Meter entfernten Cabarets mit dem Namen ›Viomentes Stiefel‹ waren hell erleuchtet. Aus der weit geöffneten Tür vernahm man Gesang. Ein paar Bettler und Huren standen am Eingang herum; in der Gosse lag ein Betrunkener; Gäste kamen und gingen. Auf den flüchtigen Beobachter wirkte alles wie gewöhnlich. Dref jedoch bemerkte die beiden unauffälligen Vorhüter, die auf der anderen Straßenseite in einem Eingang standen. Sie wirkten untätig, schmauchten ihre Tonpfeifen und machten keine Anstalten weiterzugehen. Dref blickte rasch die Beinbruchgasse hinauf und hinunter. Einen halben Block entfernt lehnte eine weitere braun und scharlachrot gekleidete Gestalt an der Wand. Neben dem Eingang von Viomentes Stiefel warteten zwei Männer in der Dunkelheit unter dem Überhang eines geschlossenen und verrammelten Stoffgeschäfts; dort war es zu dunkel, um erkennen zu können, ob sie Uniformen trugen.

Dref verharrte mehrere Minuten lang, ohne sich zu rühren; die Fremden desgleichen. Schließlich trat er aus dem Schatten und näherte sich mit schleppendem Schritt, der seiner sonstigen Gangart ganz unähnlich war, dem Lokal. Niemand schien von ihm Notiz zu nehmen. Er machte einen Bogen um den Unglücklichen an der Tür und trat ein.

Im Lokal war es rappelvoll und so laut wie immer. Auf der Bühne machte der berühmte alte Komödiant Binoobio gerade allerlei Kapriolen und gab ein humorvolles Liedchen zum besten; hinter ihm bog sich kichernd eine Gruppe spärlich bekleideter Melkerinnen, die sein Markenzeichen darstellten und deren rüschenbesetzte Strumpfhalter mit einem roten Diamanten verziert waren. Die Gäste brüllten vor Lachen; sie schrien, pfiffen, stampften auf den Boden und sangen Binoobios munteren, derben Refrain jedesmal mit. Die Begeisterung des Publikums war ohrenbetäubend, nicht nur bei dieser besonderen Darbietung, sondern noch bei mindestens einem Dutzend weiterer, die gleich großen Anklang fanden; dies war auch der Grund, warum ›Viomentes Stiefel‹ als ein Treffpunkt für Shorvi Nirienne und seine Anhänger so hervorragend geeignet war. Hier, wo die trübe Beleuchtung und die verqualmte Luft die Gesichter verbargen, konnte man sich versammeln, ohne befürchten zu müssen, erkannt zu werden. Hier konnte man miteinander reden, ohne daß die Gefahr bestand, belauscht zu werden. Selbst NuNus Nissen mieden diesen Ort, da ihr empfindliches Sensorium in einem solchen Höllenlärm nutzlos war. ›Viomentes Stiefel‹ war der geeignetste Treffpunkt – zumindest war er das bis jetzt gewesen.

Dref musterte die Gäste im großen Raum und hatte sie gleich darauf entdeckt. Sie saßen an einem Tisch in der finstersten Ecke: Frezhelle und Riclairc, beide in Verkleidung; Oeun und Oeunne Bulaude, beide ohne Tarnung, denn ihre Gesichter, die von Natur aus Einfalt und Unschuld zur Schau stellten, waren den Behörden noch völlig unbekannt; und Shorvi Nirienne persönlich, dessen tief in die Stirn gezogener Schlapphut sein einziges Zugeständnis an die Erfordernisse der Klugheit war. Sie hatten ihn noch nicht gesehen, und Dref machte auch keine Anstalten, zu ihnen zu gehen. Er setzte sich an einen kleinen Tisch in der Nähe der Tür, bestellte Wein und beobachtete, während er trank, das Publikum. Alles war wie sonst; und dennoch – die beiden stämmigen Männer neben dem Vordereingang waren zwar unauffällig gekleidet, wirkten aufgrund ihrer Haltung aber wie Soldaten, und einer von ihnen hatte den als ›Freiheits‹-Schnitt bezeichneten Bürstenschnitt, wie die Vorhüter ihn liebten. Und an der Theke lehnte ein kräftig gebauter Einzelgänger, unter dessen blauer Carmagnole sich eine Pistole abzeichnete.

Dref faßte einen Entschluß. Er holte ein Blatt Papier und ein Stück Holzkohle aus der Tasche und schrieb: »Verschwindet. Einzeln oder in Zweiergruppen, S. zuerst. Hinterausgang. Sofort. – B.« Er faltete den Zettel sorgfältig zusammen, fing den Blick eines Mädchens auf, das Naschwerk verkaufte, und winkte es herbei. Da sie ein Geschäft witterte, kam sie auch gleich und bot ihm Orangen, Trockenobst, gesalzene Nüsse und Süßigkeiten an. Er kaufte ihr eine Orange ab; legte ihr das Geld samt Trinkgeld und den gefalteten Zettel auf das Tablett und flüsterte ihr etwas ins Ohr. Sie hatte gleich verstanden, worum es ging, offenbar waren solche Spielchen nichts Neues für sie. Sie nickte und entfernte sich; dann beobachtete er, wie sie sich wie zufällig und dennoch zielstrebig einen Weg durchs Lokal bis zum Tisch von Shorvi Nirienne bahnte. Dort blieb sie stehen und hielt ihm lächelnd das Tablett hin. Etwas Weißes blitzte zwischen ihren Fingern auf, dann ließ sie es auf Niriennes Schoß fallen. Oeun kaufte ihr ein Päckchen Rosinen ab, worauf das Mädchen weiterzog. Die Übergabe der Nachricht war ohne Zweifel unbemerkt geblieben. Fast alle Anwesenden hatten nur für Binoobios hüpfende Melkerinnen Augen.

Nirienne wartete eine Weile, bevor er die Nachricht

las. Dann schaute er kurz auf seinen Schoß hinab. Sein Gesichtsausdruck veränderte sich nicht. An einer leichten Verlagerung der Schulter merkte man, daß die Nachricht an Frezhelle, der rechts neben Nirienne saß, weitergegeben wurde. Unauffällig wurde die Nachricht von Hand zu Hand weitergereicht. Als alle sie gelesen hatten, stand Shorvi Nirienne auf und schlenderte wie ein beliebiger Gast, der kurz einmal Luft schnappen wollte, gemächlich zum Hinterausgang. An jedem anderen Tag wäre er unbemerkt geblieben; heute jedoch nicht.

Bevor Nirienne den Ausgang erreicht hatte, übertönte ein schriller Pfiff das allgemeine Getöse; und dann noch einmal, worauf sich von allen Seiten ein halbes Dutzend unauffällig gekleidete, bewaffnete Männer dem flüchtigen Rebellen und seinen verdutzten Gefolgsleuten näherten. Die beiden größten stürzten sich auf Nirienne; die anderen umstellten den Tisch. Als Frezhelle aufsprang, kippte sein Stuhl um. Er griff sich an die Brusttasche; jemand schlug ihm einen Pistolengriff über den Kopf, worauf er mit dem Gesicht nach unten über den Tisch fiel. Im ganzen Raum wurde geschrien, und die Menge wogte heftig; einige drängten vor, um besser sehen zu können, während andere zu den beiden Ausgängen strömten. Dort wurden sie sofort aufgehalten. Vorne wie hinten tauchten plötzlich uniformierte Vorhüter auf, abermals ertönte ein durchdringender Pfiff, dann fielen beide Türen zu.

Nach dem anfänglichen, vorhersehbaren Durcheinander war die Ordnung leicht wiederherzustellen. Ein paar barsche Befehle, zwei, drei Schläge mit dem Pistolenknauf und einige harmlose Musketenschüsse an die Decke machten die Menge alsbald gefügig. Die Niriennisten selbst leisteten kaum Widerstand. Einer nach dem anderen wurden sie durchsucht, entwaffnet und gefesselt. Abgesehen von Niriennes neuester Hetzschrift, die demnächst hätte in Druck gehen sollen, förderte die Durchsuchung kaum etwas von Belang zutage. Die Notiz, die auf Beq hätte aufmerksam machen können, lag auf dem Boden unter dem Tisch. Außerdem hatte Oeunne Bulaude die Holzkohlebuchstaben umsichtigerweise bis zur Unlesbarkeit verschmiert.

Dref sah alles mit an. Die geballten Fäuste hatte er tief in den Manteltaschen vergraben. Er mußte sich beherrschen, um nicht die Pistole zu ziehen. Vollkommen reglos stand er da, unter der Schminke kreideweiß im Gesicht.

Die Gefangenen wurden von ranghöheren Vorhütern abgeführt; den noch immer bewußtlosen Frezhelle trug man auf einem Fensterladen hinaus. Mehrere Soldaten blieben zurück, um das Lokal zu durchsuchen und das Personal zu verhören. Denjenigen Gästen, die Ausweispapiere vorweisen konnten, erlaubte man, sich zu entfernen. Da Dref Zeenoson gefälschte Papiere hatte und eine Leibeigenentätowierung vorweisen konnte, die für eine gesunde politische Einstellung sprach, durfte er sich ungehindert entfernen.

Er eilte auf dem kürzesten Weg zu Flous Tasche zurück und betrat das Haus, ohne sich vorher die Mühe zu machen, die Verkleidung abzulegen. Es war recht früh, und Eliste war noch wach. Als sie die ungepflegte angegraute Perücke und den falschen Schnurrbart sah, machte sie große Augen. Dref sprach als erster.

»Nirienne wurde verhaftet«, sagte er.

24

So hatte er noch nie ausgesehen, nicht einmal damals, als die Leute ihres Vaters ihn blutig geschlagen und ihm die Knochen gebrochen hatten. Noch nie war er so niedergeschlagen gewesen. Also fragte sie unwillkürlich: »Bist du verletzt?«

»Nein.«

»Ist dir jemand gefolgt?«

»Ich glaube nicht.«

»Setz dich, Dref. Hier, ans Feuer. So ist es gut. Möchtest du etwas zu trinken?« Als er nickte, schenkte sie ihm ein Glas Schnaps ein. »Was ist geschehen?«

»Das ist mir noch nicht ganz klar. Die Vorhüter haben gewußt, wo sie Shorvi finden würden. Die Falle war gut vorbereitet, sie wußten im voraus Bescheid. Aber wie haben sie davon erfahren, und von wem?« Er starrte ins Feuer und dachte laut nach, ohne weiterhin den Anschein aufrechtzuerhalten, sie wisse nicht, worum es bei seinen nächtlichen Streifzügen ging.

»Nissen«, sagte Eliste.

»Möglich, aber unwahrscheinlich. Wir haben immer gut aufgepaßt – wir haben Fenster, Eingänge und Schornsteine abgedeckt, unsere Versammlungen in kahlen Räumen abgehalten und immer alles abgesucht. Wenn irgendwo eine Nisse gewesen wäre, hätten wir sie entdeckt.«

»Wie viele Leute wußten, daß Nirienne heute abend dort sein würde? Könnte ihn nicht einer seiner eigenen Leute verraten haben?«

»Dieser Schluß liegt nahe, nicht wahr? Trotzdem nur schwer vorstellbar. Außer mir gibt es nur vier Personen, die geplappert haben könnten. Alle sind über jeden Verdacht erhaben; alle haben schon zahllose Male ihre Loyalität unter Beweis gestellt.«

»Aber Menschen verändern sich …«

»Die nicht. Darauf würde ich mein Leben wetten.«

Das hast du schon getan. »Aber manchmal … Also gut, ich will's dir glauben. Aber was war es dann?«

»Irgend etwas anderes. Etwas Neues …« Dref blickte nachdenklich in die Flammen; wie für ihn üblich, behandelte er die Katastrophe wie eine Denksportaufgabe. »Vielleicht haben sie irgendein neues Spionagemittel entwickelt, und solange, bis man dahinterkommt, ist auf der ganzen Welt niemand mehr vor Beobachtung sicher.«

»Ob sie wohl wissen, wo du wohnst?« Eliste verspürte zwar ein schwaches Bedauern für Shorvi Nirienne, vor allem aber ging es ihr um Dref. »Vielleicht sollten wir uns eine neue Wohnung suchen oder Sherreen ganz verlassen. Dref?«

»Nicht nötig. Ich bin schnurstracks aus ›Viomentes Stiefel‹ hinausspaziert, ohne daß die Vorhüter auch nur mit der Wimper gezuckt hätten. Die haben keine Ahnung, wer ich bin.«

»Gott sei Dank. Dann bist du also in Sicherheit?«

»In Sicherheit?« Sein Lächeln wirkte aufrichtig, wenn auch bitter. »Glaubst du etwa, irgend jemand in Vonahr sei sicher?«

»Was willst du damit sagen?«

»Wenn sie Shorvi Nirienne los sind, wer soll dann noch dem Wahnsinn dieses Whiss Valeur Einhalt gebieten?«

»Die Revolutionäre haben den König ermordet. Sind sie nicht einer wie der andere? Was macht es schon aus, ob nun Whiss Valeur oder irgendein anderer Königsmörder an der Macht ist?«

»Ach komm, ist es nicht an der Zeit, endlich erwachsen zu werden?«

»Ich mag es nicht, wenn du so mit mir redest.«
»Du läßt mir kaum eine andere Wahl. Du bist klug genug: also spiel nicht den Einfaltspinsel.«
»Einfaltspinsel!«
»Ich nehme an, du scherzt, aber ich kann mich auch täuschen. Vielleicht hat deine frühere Erziehung bleibende Schäden bei dir hinterlassen, und was ich irrtümlich für absichtliches Mißverstehen halte, beruht in Wirklichkeit auf purem Unvermögen.«
»Das ist ja reizend, so etwas von dir gesagt zu bekommen. Dabei hat dir dein sogenannter Verstand, auf den du dir soviel einbildest, von Geburt an nichts als Schwierigkeiten eingebracht.«
»Jetzt hör mir mal zu. Whiss Valeur ist das Schlimmste, was Vonahr widerfahren könnte …«
»Dann ist das Schlimmste bereits eingetroffen.«
»Keineswegs. Unter Whiss Valeur hatten wir bereits schlimmeres Blutvergießen und grausamere Unterdrückung zu erdulden als je zuvor in der Monarchie. König und Königin wurden grundlos hingerichtet, der Adel planmäßig ausgerottet, in den Provinzen herrschen Brutalität und Massenterror, die Freiheiten der Menschen werden unterdrückt, jedes revolutionäre Ideal verkehrt.«
»Und ich habe geglaubt, für die Bauern herrschten jetzt paradiesische Zustände«, sagte Eliste. »Tut mir leid.«
»Dein Bedauern dürfte noch größer werden, bis Meister Whiss Valeur am Ende seines Wegs angekommen ist. Und das gilt für uns alle. Vielleicht würden sich diese Dinge ja noch auszahlen, kämen am Ende Freiheit und Wohlstand für alle heraus. Eine gutgenährte, gutgekleidete, gut behauste Bevölkerung würde für viele vorherige Verirrungen entschädigen. Doch soweit wird es wohl kaum kommen. Dem Bauern des Republikanischen Protektorats geht es schlechter als seinem Bruder in der Monarchie. Er friert wie eh und je, hat

immer noch Hunger und wird weiterhin ausgebeutet. Anstatt der Krone und dem Adel muß er nun dem Diktator dienen, dem Reparationismus und der Kokotte. Das wenige, das er besaß, hat er verloren und nichts dabei gewonnen.«

»Endlich einmal muß ich dir rechtgeben. Das hätte ich dir auch schon vorher sagen können. Dieser ganze verrückte und mörderische Umsturz hat nichts als Zerstörung zuwege gebracht. Er war bösartig und nutzlos. Wenn das Volk nur zur Vernunft käme und Feronte aus Strell herbeiriefe und zum König machte, dann …«

»Dazu wird es niemals kommen. Die Monarchie ist am Ende, Eliste. Ihre Zeit ist abgelaufen, und das ist auch gut so. Ich glaube nicht, daß die Vonahrer sich noch einmal der Herrschaft eines Königs unterwerfen würden. Die Welt wandelt sich, bloß die Richtung des Wandels ist noch ungewiß. Wenn wir die Gelegenheit, unsere Angelegenheiten neu zu ordnen, klug genutzt hätten, dann stünden wir jetzt alle besser da und hätten uns einen wahrhaft guten Dienst erwiesen. Sollte der gestürzte Monarch jedoch einfach durch einen anderen Tyrannen ersetzt werden, der sich in nichts von einem König unterschiede, sondern bloß einen anderen Titel führte, dann hättest du recht – dann wäre der ganze Aufruhr verwerflich und sinnlos gewesen. Wie es aussieht, versinken wir wieder in Barbarei. Die ganze Welt betrachtet die revolutionären Ausschweifungen mit Abscheu, und diese Grausamkeiten werden solange weitergehen, wie diese Wilden über uns herrschen. Das ist ein trauriges Ende all dessen, wofür wir gekämpft und worauf wir unsere Hoffnungen gesetzt haben.«

»Es ist ja noch nicht zu Ende«, versuchte Eliste ihn aufzumuntern. »Ich bin mir nicht sicher, ob sich das Alltagsleben wirklich so tiefgreifend ändern würde wie du meinst, ganz gleich, was in der Regierung geschieht. Man kann die Verhältnisse durcheinanderschütteln, soviel man will, aber wenn sich die Gemüter wieder beruhigt haben, wird man vielleicht feststellen, daß alles wieder seinen gewohnten Gang geht. Allerdings glaube ich, daß Whiss Valeur beseitigt werden sollte – jeder andere wäre besser als er. Sherreen wird diesen widerlichen kleinen Irren nicht auf Dauer ertragen. Irgend jemand muß ihn stürzen.«

»Ich habe immer geglaubt, Shorvi Nirienne wäre dieser Mann. Jetzt aber, da ich darin versagt habe, ihn zu beschützen, ist Shorvi am Ende.«

»Das war nicht deine Schuld! Was wird mit ihm geschehen?«

»Oh, man wird ihn natürlich vor das Nationale Tribunal zerren, und die Verhandlung dürfte sich in die Länge ziehen. Ich wage vorauszusagen, daß die Reparationisten ein öffentliches Spektakel daraus machen und Shorvi als den großen Feind des Republikanischen Protektorats darstellen werden – als den ehemals strahlenden, gefallenen Geist der Revolution, den Erzfeind der Nation, die monarchistische Bedrohung – eben so was. Nachdem man seinen Charakter in den schwärzesten Farben gemalt hat, wird man den Schuldspruch und das Urteil als den großen Triumph revolutionärer Redlichkeit preisen. Whiss Valeur wird predigen und sich brüsten, und verurteilte Niriennisten werden die Gefängniszellen von ganz Vonahr füllen. Ihre baldige Hinrichtung wird den Abschluß dieses großartigen Schauspiels nationaler Selbstreinigung bilden, und damit wäre unsere größte Hoffnung, dem gegenwärtigen Wahnsinn ein Ende zu machen, dahin.«

Er hatte mit so traurigem Spott gesprochen, daß es Eliste in der Seele weh tat, allerdings wußte sie nicht, was sie dagegen einwenden sollte. Alles, was ihr einfiel, war: »Nun – selbst wenn Shorvi Nirienne wirklich erledigt sein sollte, und das täte mir leid für ihn, wird irgendwann jemand anders seinen Platz einnehmen.

Jemand anders wird dort weitermachen, wo er aufgehört hat...«

»Nein.« Dref schüttelte den Kopf. Plötzlich schien er sich beiläufig zu erinnern, daß er noch immer verkleidet war. Geistesabwesend warf er Hut und Perücke weg und pellte sich den falschen Schnurrbart von der Lippe. »Zunächst einmal ist Shorvi ein außergewöhnlich begabter Mann. Es wäre nicht leicht, einen Ersatz für ihn zu finden. Aber nehmen wir einmal an, das gelänge uns; nehmen wir an, es zeigte sich ein anderer fähiger Mann, der über den nötigen Weitblick verfügte. Aus welchem Grund sollte sein Nachfolger dort Erfolg haben, wo Nirienne gescheitert ist?«

»Weil... weil... er jemand anders wäre. Er würde sich anders verhalten, und bis dahin haben sich vielleicht auch die Umstände geändert...«

»Ein Umstand wird sich nicht ändern. Das Problem, einem Regime zu trotzen, das sich zu seiner Festigung der Magie bedient, bleibt unverändert bestehen. Dieser Umstand war Shorvi Niriennes Verderben und wird sich für seine Nachfolger zweifellos als ebenso fatal erweisen.«

»Magie – pah! Vor langer Zeit habe ich dir einmal gesagt, die Magie der Edlen schütze unsere Vorrechte, und du hast mich ausgelacht, aber die Ereignisse haben dir recht gegeben. Damals hast du überhaupt nichts von Magie gehalten. Wieso hast du deine Meinung geändert?«

»Die Magie der Edlen, von der wir damals sprachen, war bloß eine Schimäre. Jetzt aber haben wir es mit etwas Wirklichem zu tun.«

»Bloß deshalb, weil Whiss Valeur irgendeinen elenden Widergänger aufgetrieben hat, der die alten Empfindsamen aufweckte? Wer war das eigentlich? Wie konnte sich ein Edelmann nur dazu herablassen...«

»Es war kein Edelmann, der die Empfindsamen aufgeweckt hat.«

»Bestimmt. Wer sollte es sonst gewesen sein?«

»Das ist es ja gerade. Nur wenige Leute wissen, daß Whiss Valeurs Angehörige – sein Vater und seine Geschwister – in Magie ausgebildet worden sind.«

»Das kann nicht sein, schließlich sind sie ja nicht adliger Abstammung.«

»Du kannst mir ruhig glauben. Es ist schließlich meine Aufgabe, über derlei Dinge Bescheid zu wissen.«

»Aber das ist doch unmöglich, es sei denn … Oh! Willst du damit etwa sagen … Aber was du da andeutest, ist ganz und gar … das ist …« Sie wurde puterrot im Gesicht. *Das ist abscheulich,* wollte sie sagen. *Die Vermischung von adligem und plebejischem Blut ist ebenso ekelhaft wie die Vermählung von Mensch und Affe.* Irgend etwas hielt jedoch ihre Zunge im Zaum; sie war eigentümlich beschämt und verwirrt, ohne den Grund zu kennen, und daher schloß sie schwach: »Das ist unschicklich.«

»Gewiß, denn es wäre doch eine ungeheure Katastrophe, sollte sich diese Gabe in der ganzen Bevölkerung verbreiten, nicht wahr, edles Fräulein? Aber das ist ein anderes Thema. Tatsache ist, daß Whiss Valeur die Unterstützung mehrerer magisch begabter Angehöriger genießt. Es besteht der begründete Verdacht, daß sie ihm ihren Beistand nur unter Zwang gewähren, doch das ist nicht sicher. Allerdings steht außer Frage, daß Valeur auf magische Hilfsmittel zurückgreifen kann – denen er seine gegenwärtige hohe Stellung verdankt – und die Shorvi Nirienne vernichtet haben und zweifellos auch weiterhin alle zukünftigen Rivalen und Gegner vernichten werden, die im Laufe der Jahre oder Jahrzehnte noch auftauchen mögen.«

»Ich habe mich schon oft gefragt, wie ein so schleimiger, geifernder, großspuriger kleiner Scharlatan es jemals so weit bringen konnte.«

»Nun, jetzt kennst du den Grund. Ich hatte meine ganze Hoffnung darauf gesetzt, daß Shorvi Nirienne ihm beikommen würde, doch diese Hoffnung ist heute nacht gestorben. Wer könnte dort, wo Nirienne gescheitert ist, erfolgreich sein?«

Seine Stimme klang einigermaßen gefaßt, gleichzeitig aber auch so flach und tonlos, daß sie kaum mehr als seine eigene zu erkennen war. Eliste hatte ihn noch nie so niedergeschlagen erlebt. Es mußte doch etwas geben, womit sie ihn wieder aufrichten konnte. Sie dachte nach. »Also, so groß kann dieser magische Vorteil nun auch wieder nicht sein«, meinte sie schließlich, worauf Dref sie überrascht ansah. »Was immer diesen Kreaturen zur Verfügung steht, es ist bestimmt nur ein Schatten der wahren Magie. Schließlich sind sie keine Edelleute.«

»Eliste, das ist Unsinn. Was ist denn noch nötig, um diesen archaischen Hochmut des Adels zu brechen?«

»Die Magie ist seit jeher eine Gabe der Adligen. Vielleicht haben diese Bastarde gewisse abgeschwächte Fähigkeiten geerbt, die sich aber bestimmt nicht mit den Gaben wahrer, reinrassiger Adliger vergleichen lassen.«

»Nein, so darfst du das nicht sehen. Wir sprechen hier doch nicht vom Stammbaum irgendwelcher Hunde.«

»Das Prinzip ist das gleiche. Wenn diese Leute gezwungen werden, Whiss Valeur zu helfen, wie du sagst, wie stark kann ihre Magie dann sein? Welcher wahre Magier würde sich denn körperlicher Gewalt unterwerfen? Wie verhält sich ihre Begabung zu der eines wahren Magiers, zum Beispiel zu der meines Onkels Quinz?«

»Dein Onkel ist zweifellos außergewöhnlich.«

»Das gleiche sagt er von dir, aber darum geht es jetzt nicht. Glaubst du wirklich, die vereinten Kräfte dieser Bauern würden der *wahren* Magie meines Onkels

Quinz auch nur einen Augenblick standhalten können?«

Dref schwieg.

»Da hast du's«, schloß Eliste. »Sie sind nicht unbesiegbar.« So. Vielleicht würde er sich jetzt ja besser fühlen.

Daß ihre Worte eine gewisse Wirkung erzielt hatten, ließ sich jedenfalls nicht abstreiten. In der Tiefe von Drefs Augen tanzte ein rot blitzender Feuerschein. »Quinz vo Derrivalle«, sagte er versonnen.

»Ja, und beweist das nicht, daß ich recht habe? Irgendwann wird einer kommen, und dann …« Eliste brach ab. Er hörte ihr gar nicht zu. Er war so mit seinen Gedanken beschäftigt, daß er sie wahrscheinlich gar nicht gehört hatte. Aus Erfahrung wußte sie, daß es zwecklos war, mit ihm reden zu wollen, wenn er in einem solchen Zustand war. Das war enttäuschend, aber wenigstens war er wieder ein wenig mehr er selbst. Eine Zeitlang beobachtete sie ihn schweigend.

Dann auf einmal erwachte er aus seiner Trance, wandte sich zu ihr um und fragte, als sei sie seinen Gedanken gefolgt: »Wäre er bereit, es zu riskieren?«

»Wer? Was?«

»Quinz vo Derrivalle – glaubst du, er würde uns helfen?« Drefs Stimme war wieder zum Leben erwacht.

»Wie sollte er uns helfen? Was redest du denn da, Dref? Was willst du von meinem Onkel?«

»Du hast es selbst vorgeschlagen. Dein Onkel ist hochbegabt, und er hat die Macht, den vereinten Kräften von Valeurs Angehörigen zu trotzen. Und deshalb brauchen wir ihn.«

»›Wir‹? Wer ist ›wir‹?«

»So gut wie jeder möchte Vonahr von Whiss Valeur befreien. Gerade eben hast du das selbst gesagt.«

»Das mag sein, aber da habe ich nicht für meinen Onkel gesprochen. Ich weiß nicht, was du vorhast, und was es auch sein mag, es gefällt mir nicht.«

»Immer noch der alte Hitzkopf. Ohne dir die Mühe zu machen, vorher zuzuhören oder nachzudenken, mußt du gleich ...«

»Das brauche ich mir nicht länger anzuhören. Ich kenne dich, Dref. Du bist vollkommen rücksichtslos. Du tust und sagst immer genau das, was du willst, und scherst dich keinen Deut darum, wenn du dadurch in die größten Schwierigkeiten kommst. Das sei dir zugestanden, aber es ist nicht recht, meinen Onkel Quinz in deine verrückten Pläne hineinzuziehen. Onkel Quinz ist anders als du. Er ist sanft, vertrauensvoll und weltfremd. Von Reparationisten oder Nirienнisten weiß er nichts. Er ist zu eigenständigem Handeln nicht fähig, er hätte keine Ahnung, worauf er sich da einlassen würde. Das wäre nicht recht.«

»Nicht recht. Sehr bedeutsam, daß gerade du das sagst, denn mir scheint, es ist der Gipfel der Ungerechtigkeit wie der Anmaßung, wenn du solche Entscheidungen im Namen deines Onkels triffst. Ist er vielleicht ein Kind, unzurechnungsfähig oder senil, daß du ihm die Möglichkeit vorenthältst, für sich selbst zu entscheiden?«

»Welche Entscheidung stünde ihm denn noch frei, wenn du ihn erst einmal in dein Wortgespinst eingewickelt hast? Wenn du ihn erst einmal in die Hände bekommst, hat er keine Chance mehr. Du wirst einfach bloß reden und reden, bis er schließlich genau das tut, was du ...«

»Ach, komm. Ich glaube, du überschätzt meine Überredungsgabe, während du die Klugheit deines Onkels unterschätzt. Vielleicht ist er ja gar nicht so einfältig und unschuldig, wie du glaubst.«

»O doch, er ist, er ist ...«

»Er ist ein brillanter, sehr gebildeter und erfahrener Mann ...«

»Aber unerfahren im wahren Leben ...«

»Und außerdem«, fuhr Dref fort, ohne ihren Einwand zu beachten, »steht für Meister Quinz in seiner Eigenschaft als Bürger von Vonahr und als Adliger auch persönlich einiges auf dem Spiel. Schließlich ist seine eigene Adelsklasse in Gefahr, vollständig ausgelöscht zu werden. Es sind seine Standesgenossen und vielleicht sogar seine persönlichen Freunde und deren Kinder, die im Augenblick im Grab auf ihre Hinrichtung warten. Es sind seine eigenen Landsleute, die man um die versprochenen Freiheiten betrogen hat, die von ihrer Revolution und ihren Führern verraten wurden, die man belogen, ausgeplündert und abgeschlachtet hat – und das alles wird solange so weitergehen, wie Whiss Valeur und seine Kreaturen an der Macht sind. Fändest du es wirklich so merkwürdig oder unvorstellbar, wenn Quinz vo Derrivalle, vielleicht sogar mit Freuden, einwilligen würde, seine Gaben in den Dienst einer solchen Sache zu stellen?«

»Er wird schon einwilligen, wenn du erst mal mit ihm fertig bist«, murmelte Eliste. »Aber das sollte er nicht; er ist schon so alt, und es ist gefährlich, und …«

»Wie kannst du es rechtfertigen, ihm das Recht auf eine eigene Entscheidung vorzuenthalten?«

»Es ist zu seinem eigenen Besten …«

»Dann bist du also der weiseste Richter?«

»So weise wie jeder andere auch.«

»Heißt das, er wird dabei überhaupt nicht gefragt?«

Das kam ihr bekannt vor. *Heißt das, ich werde dabei überhaupt nicht gefragt, Meister Fungus?* »Das wollte ich damit nicht sagen. Natürlich soll er gefragt werden …«, räumte sie notgedrungen ein.

»So ist's recht, und ich bin froh, dein Einverständnis zu haben.«

»Was schert es dich, ob ich einverstanden bin? Du würdest sowieso machen, was du willst, ob ich nun einverstanden bin oder nicht.«

»Keineswegs. Weißt du, es gibt da gewisse Schwierigkeiten, wenn es darum geht, an Meister Quinz heranzutreten. Zum Beispiel könnte er ins Ausland geflohen sein …«

»Aber nein, das würde er niemals tun. Ihm gefällt es dort. Ich bin sicher, er lebt noch immer glücklich und zufrieden in Derrivalle.«

»Hoffentlich. Einen Brief können wir ihm jedenfalls nicht schreiben. Ich muß selbst nach Fabeque reisen und mich mit ihm persönlich treffen. Aber wenn es darum geht, deinen so schlauen und menschenscheuen Onkel ausfindig zu machen …«

»Oh, ich verstehe. Jetzt verstehe ich. Ohne meine Hilfe findest du ihn nicht. Das erklärt, warum du so erpicht auf mein Einverständnis warst – jetzt wird mir alles klar.«

»Dieser Ton paßt nicht zu dir; dafür hast du nicht das richtige Gesicht.« Er lächelte die finster dreinschauende Eliste an. »Wenn ich mich recht erinnere, wird Meister Quinz' Haus in den Hügeln über dem Herrengut mit magischen Mitteln abgeschirmt und ist kaum zu finden. Außerdem weiß ich, daß du deinen Onkel häufig besucht hast. Du konntest die magische Tarnung durchdringen?«

»Nein, eigentlich nicht. Wir hatten ein Zeichen vereinbart. Ich mußte einen Hebel in der Mulde unter dem Stein neben dem Baumstumpf umlegen, dann kam Onkel Quinz und führte mich durch die Felswand.«

»Durch die Felswand?«

»Die war ja bloß Einbildung.«

»Natürlich. Du mußt mir genau erklären, wo sich der Baumstumpf, der Stein und die Felswand befinden.«

»Dref, das wird nicht gelingen.«

»Dann müssen wir halt sehen, wie du dich umstimmen läßt.«

»Es ist Onkel Quinz, den du umstimmen mußt. Er würde dich niemals einlassen. Oh, mögen tut er dich schon. Daran hat sich bestimmt nichts geändert. Aber selbst in seinen besten Zeiten ist er sehr scheu, und schließlich weiß er ja, daß du ein geborener Leibeigener bist, und nach allem, was geschehen ist, jetzt, da die Adligen verfolgt werden, würde er dir bestimmt nicht trauen. Nein, wirklich, er wird dich nicht einlassen.«

»So wie die Dinge liegen, könnte ich ihm keinen Vorwurf daraus machen. Das muß man mitbedenken. Vielleicht könnte ich unter dem Stein einen Brief hinterlegen, in dem ich ihm alles erkläre. Nein, das ist nicht möglich. Wenn er mir nicht vertraut, warum sollte er dann einem Brief von mir Glauben schenken? Vielleicht wäre es besser, wenn du ihn schreibst. Deine Handschrift kennt er doch bestimmt ...«

»Ja, das tut er, aber ich werd's nicht machen. Du müßtest den belastenden Brief bis nach Fabeque schaffen, und was wäre, wenn man dich unterwegs durchsuchen würde? So was kommt vor, habe ich gehört.«

»Unsinn. Wenn ich ein Schriftstück verstecke, dann findet man es auch nicht.«

»Das sagst du. Ich finde, es ist zu gefährlich, aber das ist nicht die einzige Schwierigkeit. Onkel Quinz kann so scheu und schreckhaft sein wie ein Vogel. Er könnte glauben, du hättest den Brief gefälscht und wolltest ihn täuschen. Er weiß, daß du ein findiger Bursche bist, und er weiß, daß du dazu fähig wärst.«

»Danke für das Kompliment. Aber in Wirklichkeit ...«

»Nein, das würde nicht gelingen. Ich weiß wirklich nicht, was sich da machen ließe, außer ich suchte ihn persönlich auf. Auf jeden Fall würde er *mir* vertrauen und mit mir reden. Zu deinem und deiner Pläne Pech ist das leider unmöglich.«

»Ein häufig falsch verwendeter Terminus.«

»Insofern, als ich in Sherreen gefangen bin ...«

»Ach?«

»›Ach‹? Was meinst du mit ›ach‹?«

»Das ist ein Einwurf von unterschiedlicher Bedeutung, in diesem Falle Ausdruck von Zweifel.«

»In welcher Beziehung?«

»Hinsichtlich deiner angeblichen Gefangenschaft, die möglicherweise leichter zu überwinden ist, als du meinst.«

»Ach, wirklich. Freut mich zu hören. Dann soll ich also unmittelbar vor der Nase der Empfindsamen Boomette, die zu diesem Zeitpunkt wohl gerade schlafen wird, durchs Nordtor spazieren?«

»Nicht spazieren. So einfach ist es nicht, trotzdem glaube ich, wir könnten dich aus der Stadt herausschaffen.«

»Was redest du denn da? Das ist doch wohl nicht dein Ernst?«

»Sehe ich etwa so aus, als scherzte ich?«

»Das weiß man bei dir nie so genau.«

»Ich versichere dir, ich meine es ernst. Es gibt einen Weg nach draußen.«

»Nach draußen! Warum sagst du mir das erst jetzt? Du hast mich jetzt schon seit Wochen auf dem Hals und hast trotzdem kein Wort gesagt. Weshalb nicht?«

»Zu Anfang hast du dich von deiner Krankheit erholt und warst nicht reisefähig.«

»Das war zu Anfang. Und dann?«

»Du hattest es hier doch recht behaglich und warst in Sicherheit. Du machtest einen zufriedenen Eindruck. Ich wußte nicht, daß du so erpicht darauf warst, die Stadt zu verlassen.«

»Oh! Ja. Nun, das war ich wohl auch nicht. Aber trotzdem – gab es wirklich keinen anderen Grund?« Sie wußte nicht genau, was sie von ihm hören wollte, hatte aber das Gefühl, es sei von entscheidender Bedeutung.

»Dein Fluchtversuch hat zwar gute Erfolgsaussichten, ist aber auch nicht ungefährlich. Ich habe gezögert, dich der Gefahr auszusetzen.«

»Und jetzt, da es dir in den Kram paßt, zögerst du nicht mehr?« stichelte sie, denn seine Antworten kamen ihr ausgesprochen angreifbar vor. »Und wenn ich Onkel Quinz selbst entscheiden lassen soll, ob er sich in Gefahr begeben will oder nicht, hättest du mir dann nicht das gleiche Recht zugestehen müssen?«

Diesmal glaubte sie ihn dort zu haben, wo sie ihn haben wollte, doch Dref zögerte nur einen Augenblick lang.

»Aber woher sollte ich denn wissen, daß du davon geträumt hast, von hier wegzugehen? Du hast nie darüber gesprochen, und hellsehen kann ich nicht. Falls es Hellseher gibt, so sind sie gewiß adliger Abstammung, und wie wir beide wissen, kann ich das von mir nicht sagen.« Er lächelte liebenswürdig.

»Ach, da bin ich mir nicht so sicher«, erwiderte sie, in ihrer Enttäuschung zu der einen Annahme Zuflucht nehmend, mit der er üblicherweise unfehlbar zu reizen war. »Vielleicht ist im vorigen Jahrhundert irgendein Edelmann unvorsichtig gewesen. Das würde eine Menge erklären.«

Zu ihrer Enttäuschung lachte Dref bloß.

»Das ist unschicklich«, sagte er.

»Nun gut – wie sieht dein Fluchtweg dann aus?« Sie wechselte jäh das Thema, entschlossen, ihre Unzufriedenheit über den mißlungenen Versuch, ihn auszustechen, zu überspielen. »Wie läßt sich die Boomette überlisten?«

»Wir bräuchten einen beladenen Karren, einen Kutscher und die Mithilfe von mindestens zwei vertrauenswürdigen Komplizen.«

»Das gefällt mir schon mal nicht. Du willst mich doch wohl nicht auf einem Karren durchs Nordtor schmuggeln? Ich habe gehört, es seien schon viele Edelleute entdeckt worden, die sich unter alten Säcken und Strohballen versteckt hatten. Es heißt, die Empfindsame könnte unsere Gedanken wie Noten lesen, und die Gedanken durchdrängen alle Barrieren und würden uns verraten. Außerdem darf man den Kutscher nicht vergessen. *Seine* schuldbewußten Gedanken würden der Boomette bestimmt auffallen...«

»Du bist schon wieder zu voreilig. Glaubst du etwa, das hätte ich nicht bedacht? Jetzt gedulde dich einen Augenblick, und ich erkläre dir unser Vorgehen; dann kannst du entscheiden, ob du es auf einen Versuch ankommen lassen willst. Also hör zu.«

Manchmal kam er ihr vor wie ein Lehrer. Meistens ärgerte sie sich darüber, doch diesmal war es gerade recht.

»Am Tag unseres Aufbruchs«, sagte Dref, »ein paar Stunden vor Tagesanbruch, begeben wir uns in die Wohnung unseres ersten Komplizen – ich kenne jemanden in der Nähe der Universität, der dafür in Frage käme. Dort nehmen wir beide einen Schlaftrunk ein – mach nicht so ein besorgtes Gesicht, das ist völlig ungefährlich –, und anschließend werden wir acht bis zehn Stunden lang schlafen wie die Toten.« Er hielt inne, als erwartete er einen Ausruf, einen Einwand oder ihren Einspruch, doch Eliste blickte ihn nur aufmerksam an.

»Während wir schlafen«, fuhr er fort, »legt man uns in Kisten mit doppeltem Boden und übergibt diese einem angeheuerten Fuhrmann, der uns ein paar Stunden später an einen weiteren Komplizen in der Mittleren Sevagne übergibt. Nach geglückter Übergabe bekommt er seinen Lohn und fährt zurück. Der zweite Komplize befreit uns aus den Kisten. Anschließend reisen wir mit der Postkutsche weiter nach Fabeque und Derrivalle. Die Vorteile dieses Plans bestehen darin, daß...«

»Ich bin bereits im Bilde«, sagte Eliste. »Am Tor werden wir bewußtlos sein und somit keine verdächtigen

Gedanken an die Boomette aussenden. Der Kutscher weiß von nichts, und daher werden seine Gedanken keinen Verdacht erregen. Ich glaube, der Plan ist gut. Aber wenn wir die Stadt verlassen haben, können wir nicht mit der Kutsche weiterreisen – dafür brauchen wir Papiere, sonst wird man uns schon beim ersten Zwischenhalt verhaften.«

»Sehr richtig, aber wir können uns falsche Dokumente besorgen, wahrscheinlich binnen vierundzwanzig Stunden, wie ich unseren Künstler kenne.«

»Dann … dann könnte es klappen. Aber warum sind dann nicht schon mehr Edelleute auf diese Weise aus Sherreen geflohen?«

»Woher willst du wissen, daß sie es nicht getan haben?«

»Oh.« Daran hatte sie nicht gedacht.

»Jetzt bleibt noch die Frage – wirst du es tun? Du mußt nicht, weißt du. Wenn es dir lieber ist, kannst du hier bleiben, wo es einigermaßen sicher für dich ist, und ich versuche in Fabeque mein Glück allein. Vielleicht wäre dies das Beste. Es ist der sicherste Weg, daran solltest du denken.«

Und sie dachte daran. Sie überlegte rasch und angestrengt. Ihr erster Gedanke war, den Plan abzulehnen. So viele Monate lang hatte sie sich nichts sehnlicher gewünscht, als aus Sherreen hinauszukommen. Hätte sie die Stadt erst einmal hinter sich gelassen, wäre sie irgendwohin geflüchtet, wo es sicher für sie war; mit solchen Gedanken hatte sie sich in den Zeiten der Not getröstet. Doch nun, da die Gelegenheit gekommen war, erschien ihr die Flucht weit weniger erstrebenswert, als sie sich vorgestellt hatte; eigentlich sah sie vor allem neue Beschwernisse und Gefahren auf sich zukommen. Es wäre so leicht und naheliegend, nein zu sagen. Sie würde dort bleiben, wo sie war, an diesem warmen und behaglichen Ort. Dref würde eine Zeitlang fort sein; und dann, nachdem er Onkel Quinz ohne ihre Hilfe nicht hatte ausfindig machen können, würde er zu ihr zurückkehren, und das Leben mochte weitergehen wie bisher. Wahrscheinlich würde es das, vorausgesetzt, er geriet unterwegs nicht in Schwierigkeiten. Shorvi Nirienne würde sterben, Whiss Valeur würde seine Macht festigen, aber was würde sich dadurch schon ändern? Wahrscheinlich nur sehr wenig. Doch wie würde Dref sie dann anschauen, mit welchem Blick? Der Ausdruck seiner Augen würde sich verändern, da sie doch gerade angefangen hatte, Einfluß auf ihn zu gewinnen. Das war ein seltsamer Gedanke, weil er doch so unabhängig wirkte, aber es stimmte; es hing von ihr ab, ob seine Augen strahlten oder nicht.

Besser wäre es gewesen, er hätte sich mit einem ruhigen, sicheren Leben in Sherreen begnügen können. Besser für ihn, besser für Onkel Quinz und ganz gewiß besser für Eliste. Doch damit würde er sich nicht zufriedengeben, niemals – so war Dref eben.

»Also gut, ich gehe mit. Das wird bestimmt amüsant«, hörte sie sich sagen, und die Art, wie er sie anschaute, entschädigte sie ein wenig für ihre Sorge.

Es war erschreckend, wie schnell anschließend alles ging. Unmittelbar nach dem Gespräch ging Dref abermals fort – um einige Vorkehrungen zu treffen, wie er sich unbestimmt ausdrückte. Da Eliste nach Neuigkeiten gierte, versuchte sie, auf ihn zu warten, und hielt auch solange durch, bis im Osten die Sonne aufging und ihr die Lider schwer wie Blei wurden. Dann gab sie auf und legte sich ins Bett. Als sie Stunden später wieder erwachte, war Dref in seinem Zimmer und schlief tief und fest. Am liebsten hätte sie ihn aufgeweckt, doch sie beherrschte sich und ließ ihn bis zum Nachmittag ungestört schlafen. Als er endlich erwachte, wurde ihre Geduld nicht belohnt. Er ließ sich gerade genug Zeit, um etwas Brot und den Rest kalter

Suppe vom Vortag hinunterzuschlingen, dann ging er auch schon wieder fort, ohne ein Wort der Erklärung – und ohne ihren lautstarken Bitten, daß er sie mitnehmen möge, Beachtung zu schenken.

Abermals schmorte sie in ihrer unbefriedigten Neugier. Eliste mußte einen endlosen, einsamen Tag über sich ergehen lassen. Dref kehrte erst spät am Abend zurück. Zu diesem Zeitpunkt war sie bereits wütend auf ihn und begrüßte ihn mit eisigem Schweigen und abgewandtem Blick. Dref schien ihre schlechte Laune nicht zu bemerken. Er selbst war in Hochstimmung. Er trug Wein und Speisen auf und setzte sich an den Tisch; und während er aß, schilderte er ihr seine Bemühungen, sich eine gefälschte Reiseerlaubnis und einen falschen Ausweis für Eliste zu verschaffen. Der niriennistische Fälscher, der bislang derartige Aufträge ausgeführt hatte, war kürzlich zu einem ›intimen Stelldichein‹ einbestellt worden. Dref hatte einen gleichermaßen vertrauenswürdigen Ersatz finden müssen, und seine Suche hatte ihn fast den ganzen Tag gekostet. Immerhin war es ihm am Ende doch gelungen; zum Beweis warf er einen Packen Papiere quer durchs Zimmer in Elistes Schoß.

Die Schriftstücke waren kunstvoll gestempelt und versiegelt, wirkten überzeugend offiziell und dabei leicht abgegriffen. Eliste betrachtete sie voller Verwunderung. Sie war jetzt ›Iviane Souzolle‹, die Angetraute von Mouge Souzolle; achtzehn Jahre alt, wohnhaft in Grammantes. Der unbekannte Künstler hatte an alles gedacht. *Dref* hatte an alles gedacht, wie es eben seine Art war. Beschämt wegen ihrer Gereiztheit, rang sie sich ein Lächeln ab.

»Die Gewitterwolken zerstreuen sich, wie ich sehe«, bemerkte Dref leichthin. »Das ist gut. Ich möchte schließlich nicht, daß du schlechter Stimmung bist, wenn wir aufbrechen.«

»Aufbrechen?«

»Ja, wir brechen in« – er sah auf seine Taschenuhr – »vier Stunden auf. Somit bleibt dir noch ausreichend Zeit, einen kleinen Koffer zu packen, falls du möchtest.«

»In vier Stunden!«

»Aber ja. Welchen Sinn hätte es zu warten?«

»Aber … so schnell. Ich hätte nie gedacht … Ich war gar nicht darauf vorbereitet …«

»Welche Vorbereitungen sind denn noch erforderlich?«

»Dref, es gibt ein paar Dinge, die verstehst du einfach nicht.« Sein fröhliches Lächeln aber sagte ihr, daß er sie sehr wohl verstand.

Die Stunden vergingen wie im Flug. Allzu bald geleitete Dref sie die Treppe hinunter und hinaus auf Flous Tasche, wo es ihm gelang, eine vorbeifahrende Droschke anzuhalten. Als sie in das Fahrzeug kletterte, schaute sich Eliste nach dem Haus um, in dem sie, wie ihr jetzt klar wurde, glücklich gewesen war. Ihr kam der Gedanke, daß sie vielleicht nie wieder hierher zurückkehren würde. Trotz seiner Genialität konnte auch Dref nicht für alle Möglichkeiten Vorsorge treffen. Ein einziges unvorhergesehenes Hindernis, ein Mißgeschick am Nordtor, und sie würde Flous Tasche niemals wiedersehen. Binnen Stunden würde sie sich im Grab wiederfinden, und Dref ebenfalls. Dabei ließe sich das so leicht vermeiden; sie bräuchten bloß umzukehren, wieder ins Haus zu gehen und die Treppe hochzusteigen …

Die Tür fiel zu. Die Droschke setzte sich in Bewegung, und Drefs Wohnung verschwand aus ihren Augen. Eliste meinte zu fallen, so wie damals, als sie sich vorgestellt hatte, von der Vinculum-Brücke zu springen. Jetzt war es geschehen; es gab kein Zurück mehr.

Von der Fahrt durch die Rattenstadt nahm sie kaum etwas wahr. Kurze Zeit später rollten sie die Universitätsstraße entlang, dann auf den Universitätsplatz, am Freiheitsturm (ehemals der Königsturm) und dann an den ausgesprochen propagandistischen Statuen der Zehn Philosophen vorbei, die man anstelle der kürzlich pulverisierten Zehn Monarchen aufgestellt hatte. Anschließend bogen sie in eine der schmalen Gassen ein, die vom Platz wegführten, und hielten an einer düsteren, nichtssagenden Kreuzung. Sie stiegen aus, und Dref geleitete sie zu einer namenlosen Gasse, die zu einem graubraunen Gebäude führte, über dessen Eingang ein handgemaltes Schild mit der Aufschrift ›Zouqs Handelsgesellschaft mit beschränkter Haftung‹ angebracht war. Dref klopfte – zweimal kurz, viermal lang, zweimal kurz –, worauf die Tür sogleich von einem schlampig gekleideten Bauern mit angegrautem Schnurrbart und einem roten Diamantabzeichen auf der Brust geöffnet wurde. Eliste vermutete, daß es sich dabei um Meister Zouq von Zouqs Handelsgesellschaft handelte, doch sie war sich nicht sicher, denn er stellte sich nicht vor. Es wurde überhaupt kaum geredet, und das war auch nicht nötig. Schweigend schüttelte der Grauhaarige Dref kurz die Hand, dann wandte er sich um und führte seine Gäste aus der Diele in ein trüb erhelltes Wohnzimmer, wo zwei große Holzkisten bereitstanden. Die Kisten waren geöffnet. Beide waren mit Büchern gefüllt. Eliste blickte Dref fragend an, der ihr wortlos Antwort gab. Er schob ein paar Bücher beiseite, packte den etwas vorstehenden Innenrand einer der Kisten und hob mit einiger Mühe einen Einsatz heraus, der etwa ein Viertel des Kistenumfangs einnahm. Das Fach unter dem Einsatz war leer. In der Wand der Kiste befanden sich mehrere Luftlöcher, umsichtigerweise gerade an den Stellen, wo sich in dem unbehandelten Kiefernholz Astlöcher befanden. Das war also ihre vorläufige Behausung. Eliste mußte unwillkürlich an Särge denken.

»Klettere hinein«, sagte Dref.

Einfach so? Ohne vorheriges Gespräch, ohne jede Erklärung und ohne jedwede Zusicherungen? Das war verrückt, einfach irrsinnig. Am liebsten hätte sie sich geweigert, doch dann hätte er gemerkt, daß sie sich fürchtete. Mit hochgerecktem Kinn trat sie vor, setzte sich auf den Rand der Kiste, schwang die Beine hinein und ließ sich in das leere Fach sinken. Platz genug, wie sie sogleich feststellte. Sie konnte mit angezogenen Beinen auf der Seite liegen, und es war gar nicht so schlimm. Der Gedanke an die Bücher allerdings, die auf ihr liegen und sie einsperren würden, war beunruhigend. Und dann der Deckel, der festgenagelt wurde ... ein Sargdeckel ... Sie bekam feuchte Hände.

Dref und Zouq standen neben der Kiste. Zouq reichte ihr einen irdenen Becher, den Eliste widerwillig entgegennahm. Der Becher war bis zum Rand mit einer dunklen Flüssigkeit gefüllt. Sie schnupperte mißtrauisch daran, zog den schweren, allzu süßen Duft ein. Sämtliche Instinkte warnten sie davor, das Zeug anzurühren. Dref und Zouq warteten jedoch bereits. Sie würden sie für eine dumme, kleine Memme halten, wenn sie jetzt kniff. Sie würden sie ermahnen und ihr zureden, und sie würde schließlich aufgeben und hätte mit ihrem Sträuben nur Zeit verschwendet und sich zum Narren gemacht. Aus Stolz wie aus der Einsicht heraus, daß Widerstand zwecklos war, trank sie. Das Gebräu war sehr süß, sirupartig und hatte einen bitteren Nachgeschmack – wirklich ekelerregend. Hätte sie vor den Männern gewürgt oder sich übergeben, wäre sie jedoch vor Scham im Erdboden versunken. Daher schluckte sie alles rasch hinunter, wobei sie den Geschmack nicht zu schmecken versuchte, und reichte Zouq den Becher zurück.

»Gut gemacht.« Dref bildete die Worte mehr mit den Lippen, als daß er sie aussprach; zumindest meinte sie das, denn sie hörte nichts. Doch das konnte auch an der Wirkung der Droge liegen – wahrscheinlich waren ihre Sinne bereits eingeschläfert. Eine Zeitlang beobachtete sie noch, wie Dref und Zouq an der zweiten Kiste hantierten, allerdings ohne daß sie begriffen hätte, was sie da taten; auf einmal war sie ganz benommen – und dann gähnte sie. Erstaunlich, wie schnell der Saft wirkte; sie fühlte bereits, wie sich eine kalte Schläfrigkeit in ihr ausbreitete, wie Körper und Geist zur Ruhe kamen, wie sich alles immer mehr verlangsamte. Vielleicht hatten sie ihr zuviel von dem Schlafmittel gegeben, und sie hatte eine tödliche Dosis abbekommen. Eigentlich hätte sie Angst haben sollen, doch dazu war sie zu entspannt. Eigentlich fühlte es sich gar nicht so unangenehm an. Zweifel und Angst wichen zurück; eine unnatürliche, aber wohltuende Ruhe füllte sie aus. Sie würde bald einschlafen, und es würde wunderbar sein, loszulassen und davonzutreiben; aber sie würde noch einen Augenblick wachbleiben und herausfinden, was Dref und Zouq vorhatten, auch wenn es immer schwerer wurde, sie zu erkennen, denn sie schienen so weit entfernt zu sein, als betrachtete sie sie durch einen Nebel.

»Du solltest es dir jetzt bequem machen.«

Drefs Stimme schwebte durch den Nebel zu ihr heran. Sie blinzelte, sah aber dennoch nicht klarer; sie konnte Dref kaum noch erkennen. Sie merkte, daß sie kniete, das Kinn und beide Hände auf den Rand der Kiste gelegt. Sie spürte, wie Dref sie bei den Schultern faßte, wie seine warmen Hände sie sanft auf den Boden des Fachs hinunterließen. Eine Art Kissen – vielleicht ein zusammengeknülltes Kleidungsstück – schob sich zwischen ihr Gesicht und das splitterige Kiefernholz. Die flüchtige Berührung von zwei Fingern auf ihrer Wange – aber vielleicht träumte sie das auch schon, denn alles war jetzt verschwommen –, und dann sah sie nichts mehr und träumte auch nicht.

Sie merkte nicht, wie das Bücherbrett wieder an Ort und Stelle gerückt wurde, und auch vom Hämmern auf dem Deckel bekam sie nichts mit. Als ihre Kiste zusammen mit der ihres Gefährten in der Morgendämmerung aus dem Haus getragen und auf einen Karren gehievt wurde, der bereits mit für unterschiedliche Ziele in den Provinzen bestimmten Kisten und Fässern beladen war, war ihr Bewußtsein bereits erloschen. Und so spürte sie auch nicht mehr, wie der schwerbeladene Karren, dessen Fracht nun vollständig war, durch die schläfrigen, grauen Straßen zum Nordtor rumpelte.

Boomette, die Hüterin des Tores, stand an der zugewiesenen Stelle, wo Sie immer gestanden hatte und immer stehen würde. In der trüben und fernen Vergangenheit hatte Sie nach Norden geblickt, wie Sie sich undeutlich erinnerte, vor sich die ausgebreitete Landschaft – und die Stadt im Rücken. In dieser Stellung hatte Sie Wache gehalten. Tag und Nacht hatte Sie aufgepaßt, jederzeit bereit, Ihre warnende Stimme zu erheben. Dreimal hatte Sie dies in Ihrem früheren Leben auch getan, und das Gellen Ihrer Sirene hatte die Menschenverteidiger des Tores aufgerufen, den Vormarsch der angreifenden fremden Horden aufzuhalten. Dann hatte Ihr der lange, todesähnliche Schlaf die Augen verschlossen und das Tor seines rechtmäßigen Wächters beraubt, und als Sie schließlich wieder erwacht war, hatte Sie festgestellt, daß man Sie umgedreht hatte. Nun blickte Sie auf die Stadt, doch an Ihrer Aufgabe hatte sich nichts geändert: Sie mußte vor verbotenen Angriffen auf das Tor warnen.

Und wie viele Angriffe es doch waren! Wie viele Feinde danach trachteten, das Tor zu durchlöchern, zu durchdringen oder sonstwie zu verletzen! Wie viele Komplotte, wie viele heimliche Überfälle! Die Boomette bemerkte sie natürlich alle. Kein lebender Feind des Tores konnte darauf hoffen, Ihrer Wachsamkeit zu entgehen; denn ihre Augen und ihre Stimmen, ihr Geruch, ihr stolpernder Herzschlag, das Pfeifen der Luft in ihren Lungen und die eiskalte Angst in ihren Adern verrieten sie. Vor allem aber verrieten sie ihre Gedan-

ken; die Fetzen und die Splitter, die ihnen durch den Kopf flogen, die die untauglichen Barrieren der Geheimnistuerei und der Verstellung mühelos durchdrangen und die Sirene der Boomette losgellen ließen. Ja, Sie entdeckte sie alle; und dennoch schienen sie niemals die Vergeblichkeit ihrer Bemühungen einzusehen.

Die nutzlosen Angriffe auf die Keuschheit des Tores gingen weiter. Die Verschwörungen waren mannigfaltig, die Feinde überall, und der Gestank der Schurkerei verpestete die Luft. Das stets gefährdete Tor wäre ohne die Hingabe und den Scharfblick der Boomette bereits zahllose Male geschändet worden. Das Tor und dessen Menschenverteidiger verdankten der Boomette alles. Alles. Doch ließen Ihr die, die von Ihr abhängig waren, auch die Dankbarkeit und Verehrung zukommen, die Ihr gebührte? Das bezweifelte die Boomette doch sehr.

Und dennoch gingen die Anschläge weiter und folgten so rasch aufeinander, daß selbst die übernatürlichen Sinne der Boomette bisweilen in Bedrängnis kamen und überfordert wurden. Zum Beispiel in diesem Augenblick. Gerade näherte sich ein Karren dem Nordtor. Karren und Kutscher waren der Boomette und den menschlichen Bewachern wohlbekannt. Schon wiederholt hatte das Fahrzeug das Tor durchfahren, und meistens war die Boomette dabei ruhig geblieben. Hin und wieder war Sie allerdings mißtrauisch geworden – und so auch diesmal. Boomette nahm einen gewöhnlichen Karren wahr, einen gewöhnlichen Fahrer und eine zweifellos gewöhnliche Fracht. Dennoch beunruhigte Sie etwas; irgend etwas kam Ihr verdächtig vor. Sie hätte es kaum erklären können, dennoch wußte Sie, daß irgend etwas nicht stimmte. Von diesem Karren wehten zwar keine verdächtigen Gedanken wie falsche Noten heran; trotzdem war irgend etwas nicht in Ordnung. Die gewölbten Ohren der Boomette schwenkten herum, und die Glasblenden Ihrer Augen leuchteten auf, dennoch bewahrte Sie Ruhe. Sie vernahm:

»Du darfst passieren, Genosse.« Die Stimme des Feldwebels am Tor. Gelassen und unbesorgt, denn dieser Kutscher war den Wächtern wohlbekannt: ein aufrechter Reparationist, ein strammer Patriot, der mit seiner Aussage den Herzog vo Nire-Chillarde und dessen ganze Familie der Kokotte überantwortet hatte; in jeder Beziehung ein braver Kerl.

»Da. Sämtliche Papiere.« Der Kutscher zeigte die erforderlichen Schriftstücke vor, die der Feldwebel ohne große Neugier überflog.

»Welche Fracht, Genosse?«

»Dies und das, das übliche halt.«

»Was ist in dem Faß?« Der Feldwebel stocherte darin.

»Feines Porzellan für eine Kaufmannsfrau in Orzon-Levre.«

»Und in den beiden großen Kisten?« Der Feldwebel schlug mit der Faust dagegen.

»Bücher für die Schule in Dizerne.«

»In Ordnung. Fahr weiter, Genosse. Hoch lebe der Protektor.«

»Hoch lebe der Protektor.«

Der Karren rumpelte durchs Nordtor und aus Sherreen hinaus.

Die Boomette blinzelte mit Ihren Glasaugen und schwenkte Ihre gewölbten Ohren in namenlos stummem Verdruß hin und her.

25

Eliste erwachte ein wenig zu früh. Sie lag zusammengekrümmt an einem dunklen, beengten Ort. Füße, Knie und Kopf stießen an Holzwände. Ihre abgeschlossene kleine Welt schaukelte und schwankte, knarrte und ächzte. Sie hatte Kopfschmerzen, und ihr war übel. Sie wußte genau, wo sie sich befand; außerdem wußte sie, daß dieser Ort denkbar schlecht geeignet war, um sich zu übergeben. Das Windchen frische Luft, das einen Handbreit vor ihrem Gesicht durch das offene Astloch strömte, tat ihr gut, und bald darauf ließ die Übelkeit nach.

Es war Tag, das erkannte sie am schwachen, grauen Licht, das durchs Astloch fiel; aber sie mußte mehr sehen. Unter einigen Verrenkungen gelang es ihr, ein Auge an die Öffnung zu drücken. Sie blickte auf Jutesäcke, Eichenfässer und Kisten aus Kiefernholz hinaus – die Ladung des Kutschers, mehr war nicht zu erkennen. Nichts von Belang. Sie konnte weder ausmachen, wie spät es war, noch ob überhaupt die Sonne schien. Dref hatte ihr gesagt, daß sie acht bis zehn Stunden lang schlafen werde; das hieße, daß es jetzt Vormittag war, vielleicht kurz vor Mittag. Wenn der Fahrer früh aufgebrochen war, mußte der Karren schon vor Stunden das Nordtor passiert haben. Sherreen hatten sie höchstwahrscheinlich bereits hinter sich gelassen. Eine seltsame Vorstellung; wenn sie es nur genau gewußt hätte!

Eliste nahm wieder die Ausgangslage ein, lag still da und lauschte. Die Räder unter ihr drehten sich fast stoßfrei; sie rumpelten nicht mehr über die Pflastersteine von Sherreen, sondern dröhnten auf festem Erdboden. Sie war aus der Stadt heraus. Sie war frei.

Frei? Sie fand sich zwischen Kieferwänden eingeschlossen. Sie faßte an den Holzdeckel, der sich nur Zentimeter über ihrem Gesicht befand. Sie erinnerte sich noch gut, daß der Deckel zugenagelt worden war. Sie war eingesperrt wie ein Huhn auf dem Weg zum Markt. Eliste wand sich unbehaglich. Der Nacken begann ihr weh zu tun, und sie war so gut wie blind. Am liebsten hätte sie weitergeschlafen, aber sie war hellwach, und daran änderte sich auch nichts.

Noch etwa eine Stunde lang lag sie so in der engen Kiste, während sie Schmerzen am ganzen Leib quälten, und sie ständig durchgerüttelt wurde. Als ihr Unbehagen wuchs, versuchte sie, die Haltung zu verändern, und wälzte sich im nutzlosen Bemühen, den verkrampften Gliedmaßen Erleichterung zu verschaffen, von einer Seite auf die andere; es war jedoch zu eng in der Kiste, als daß es geholfen hätte. Sie fragte sich, ob Dref wohl ebenfalls wach war und die gleichen Unannehmlichkeiten zu erdulden hatte; mit seinen langen Beinen war es für ihn bestimmt noch schwerer als für sie; vorausgesetzt natürlich, er war nicht erstickt oder an einer zu großen Menge Schlafmittel gestorben. Nein, Dref war zu vorsichtig und schlau, als daß ihm ein solch vermeidbares Mißgeschick zugestoßen sein könnte. Allerdings war auch Dref nicht unfehlbar …

Kurz darauf hatten Zweifel und Unbequemlichkeit ein Ende. Der Karren erbebte noch einmal, dann kam er zum Stehen. Eine Zeitlang blieb es still. Eliste spitzte die Ohren; vernahm leises Gänsegeschnatter und sonst nichts. Ereignislos verstrichen die Minuten; danach ganz in der Nähe Stimmen; dumpfe Schläge und Rütteln; ein zweifaches Ächzen, dann fühlte sie, wie die Kiste angehoben wurde. Sie hielt die Luft an. Die Kiste stieg in die Höhe, wurde jäh gekippt. Einen Augenblick lang stand Eliste nahezu auf dem Kopf, dann kam die Kiste wieder in der Waagerechten zu liegen und wurde schwankend weggetragen. Eine Treppe hoch, während das durch die Luftlöcher einfallende Licht plötzlich trüber wurde; das Klappern von Stiefelabsätzen auf Holzboden. Man hatte die Kiste in ein Gebäude getragen. Sie wurde jäh abgesenkt und rauh aufgesetzt. Eliste hätte gern durch ein Luftloch gespäht, wagte es jedoch nicht, aus Angst, die unsichtbaren Fremden durch eine Bewegung auf sich aufmerksam zu machen. Stille. Eliste hatte zwar den Eindruck, sie sei allein, traute sich jedoch noch immer nicht, sich zu rühren.

Kurz darauf kehrten die Schritte zurück, denen man anhörte, daß die Männer eine schwere Last trugen. Ächzen und ein lauter Rumms, als die Kiste auf dem Boden abgesetzt wurde. Stimmen, jemand entfernte sich, eine Tür fiel ins Schloß, dann herrschte wieder Stille. Diesmal spürte Eliste deutlich, daß jemand in der Nähe war. Ganz flach atmend lag sie reglos da und starrte mit aufgerissenen Augen ins Leere. Mehrere Minuten verstrichen. Vielleicht wartete der unsichtbare Komplize, bis Karren und Kutscher verschwunden waren. Als sie das Gefühl bekam, sie müsse sich bewegen, um nicht wahnsinnig zu werden, setzten die Schritte wieder ein. Einmal quer durch den Raum und wieder zurück; eine Pause; dann Klopfen, Hämmern und das Quietschen von Nägeln, die aus dem Holz gezogen wurden. Ganz in der Nähe öffnete jemand Drefs Kiste. Eliste lauschte mit trockenem Mund.

Undeutliches Klopfen, dann gedämpfte Stimmen, darunter die von Dref. Eliste konnte nicht verstehen, was er sagte, war sich aber sicher, daß er es war. Dref war in seinem Gefängnis aus Kiefernholz nicht erstickt. Er schien wohlauf, und er war bei ihr; sie atmete wieder gleichmäßig weiter. Trotzdem kam es ihr gar nicht erst in den Sinn, etwas zu sagen oder zu rufen; sie würde erst dann wirklich glauben können, daß sie in Sicherheit war, wenn sie ihn sah.

Jetzt hantierten sie an ihrer Kiste. Zentimeter über ihr wurden Nägel aus dem Holzdeckel gezogen. Dann verschwand die Abdeckung aus Büchern, und Eliste blinzelte ins blendende Licht. Verschwommen nahm sie zwei dunkle Gestalten wahr, die sich auf sie herunterbeugten. Ehe sich ihre Augen an die Helligkeit gewöhnt hatten, wurde sie aus der Kiste gehoben und auf die Füße gestellt. Eliste schwankte leicht. Sie hatte weiche Knie, und die Füße waren ihr eingeschlafen. Der Schwindelanfall ging jedoch rasch vorüber, und als sie sich erholt hatte, erblickte sie Dref – der ein wenig blaß wirkte und verquollene Augen hatte – und noch jemand anders; einen hageren, schmalschultrigen Fremden unbestimmbaren Alters, mit der käsigen Gesichtsfarbe eines Stubenhockers und einem Kneifer auf der schmalen Nase. Eliste schaute sich rasch um. Sie befand sich in einem schmucklosen Raum voller schmaler Holzbänke. Seltsam. Durch das Fenster blickte man auf flache Felder und eine unbefestigte Straße. Wo immer sie sich befinden mochte, jedenfalls nicht in Sherreen.

Sie hatten es geschafft. Sie hatten die Boomette mit Hilfe des Netzwerks der Niriennisten, dessen Ausmaße und Leistungsfähigkeit ihr jetzt erst bewußt wurde, überlistet. Für Erleichterung oder Triumphgefühle war jedoch kein Platz; Eliste staunte bloß.

»Geht's dir wieder besser?« fragte Dref.

Sie nickte. »Und wie fühlst du dich?«

»Gut.«

»Wo sind wir hier?«

»Ich werde es ihr sagen, Meister Beq«, warf der Unbekannte ein. Vor Verwunderung über den falschen Namen und den Respekt, der darin mitschwang, machte Eliste große Augen. »Genossin, Ihr befindet Euch in der staatlichen Schule von Dizerne in der Mittleren Sevagne. Hier seid Ihr in Sicherheit. Ich bin Touverte, Generalbevollmächtigter für das Schulwesen des Distrikts Dizerne, Bürger von Vonahr und Niriennist.« Touverte machte eine anmutige Verbeugung. »Seid willkommen.«

»Ich danke Euch, mein Herr.« Eliste knickste leicht verwirrt. Sollte sie sich nun ihrerseits vorstellen? Sollte sie einen falschen Namen angeben? Was schrieb die Etikette unter Flüchtlingen, Gesetzlosen und Verschwörern vor? Wichtiger schien, daß der Mann offenbar noch nicht von Shorvi Nirennes Verhaftung erfahren hatte. Sollte man ihn davon in Kenntnis setzen?

Dref sprang ihr bei. »Hält die Kutsche nach Maritime immer noch am Nachmittag?« erkundigte er sich.

»Um zwei Uhr«, antwortete Touverte.

»Wir müssen sie erreichen. Es ist dringend.«

»Geld?«

»Es reicht.«

»Ach, Beq, Ihr seid schon ein toller Kerl.«

»Wie steht es mit Essen?«

»Kommt mit.«

Sie folgten Touverte in einen an das Schulzimmer angrenzenden Wohnraum, wo er ihnen einfache, aber reichhaltige Speisen vorsetzte. Eliste aß viel und redete wenig, während Dref und Touverte sich in beinahe unverständlichen Kürzeln unterhielten, wie es die Art der Niriennisten war. Erst jetzt berichtete Dref ihrem Gastgeber von Niriennes Festnahme, und Eliste beobachtete mit einigem Mitgefühl, wie Touvertes bereits bleiche Gesichtsfarbe zu einem leichenhaften Grau abstumpfte. Wie ergeben diese Niriennisten doch waren! Zum hundertsten Mal fragte sie sich, was für ein Mensch Nirienne wohl sein mochte, daß man ihm eine solche Loyalität entgegenbrachte. Bestimmt war er eine außergewöhnliche Persönlichkeit.

So tief getroffen Meister Touverte auch wirkte, er bewahrte dennoch die Fassung; vielleicht fühlte er sich auch ermutigt von Drefs Zuversicht. Dref beharrte darauf, es bestehe immer noch Hoffnung, daß Nirienne begnadigt oder vielleicht sogar befreit werden könnte. Der Schullehrer zog es offenbar vor, ihm zu glauben – oder zumindest schien es so.

Sie warteten bis kurz vor zwei, dann verabschiedeten sie sich von ihrem Gastgeber, traten auf die Straße hinaus und nahmen in einiger Entfernung vom Schulhaus Aufstellung, um auf die Kutsche nach Maritime zu warten, die auf dem Weg zur Nordküste auch durch die Provinz Fabeque hindurchkommen würde. Eliste kam die ganze Unternehmung noch immer vor wie ein Traum. Es hätte sie nicht überrascht, hätte sie auf einmal die vom Schnupfen tränenden Augen aufgeschlagen und sich vor einem brennenden Müllhaufen auf der Brückenstraße wiedergefunden. Warum nur, überlegte sie, hinterließ eine kurze Periode der Not einen soviel stärkeren Eindruck als lebenslange Behaglichkeit? Die Erfahrung hatte sich ihr ebenso unauslöschlich eingeprägt wie einem Schwerverbrecher das Brandeisen. Wahrscheinlich würde die Erinnerung an diese Zeit in der Gosse ebensowenig verblassen wie die Tätowierung auf Dref Zeenosons Hand, die ihn für alle Zeit als Leibeigenen brandmarkte.

Die Kutsche traf pünktlich ein und hielt auf Drefs Winken hin an. Dref bezahlte, sie stiegen ein und verstauten ihre kleinen Koffer unter dem Sitz. Es gab noch zwei andere Fahrgäste, nichtssagende Bourgeois in mittleren Jahren, in deren Anwesenheit sie höchstens Unverbindlichkeiten würden austauschen können. Der Kutscher ließ die Peitsche knallen, und es ging los.

Es war eine lange und beschwerliche Reise über bisweilen nahezu unbefahrbare Straßen, eine Reise, deren Langeweile nur durch kurze Zwischenzeiten nervenzerfetzender Anspannung durchbrochen wurde. Die Kutsche legte in umgekehrter Richtung etwa den Weg zurück, auf dem Eliste vor fast zwei Jahren mit der

Berline der Derrivalles nach Sherreen gereist war. Sie folgte der Hauptstraße der Freiheit (ehedem des Königs) durch die Dörfer und Weiler der Sevagne, dann ging es über die Anhöhe von Niay hinein in die Provinz Fabeque und weiter über die bewaldeten Hügel und durch Städte wie Beronde, Fleuvine und Grammantes. In jedem dieser Städtchen, an vielen Kontrollstellen entlang der Straße und an der Grenze zwischen der Sevagne und Fabeque mußten die Passagiere ihre Papiere von gelangweilten Provinzbeamten, Zöllnern und des öfteren auch von Offizieren der Vonahrischen Garde einsehen lassen. Beim erstenmal meinte Eliste vor Angst zu sterben oder sich zumindest zu verraten, was auf das gleiche hinausgelaufen wäre. Die Kutsche hatte vor der Straßensperre am Stadtrand von Penaude gehalten. Ein Leutnant der Garde stand vor der Kutschentür und verlangte Pässe und Ausweise zu sehen. Während der Offizier die Dokumente gemächlich prüfte, kletterte einer seiner Untergebenen auf den Kutschkasten und untersuchte das Gepäck auf dem Dach. Eliste bekam Herzklopfen. Sie zitterte, und das durfte sie den Soldaten auf keinen Fall merken lassen. Sie krampfte die bebenden Hände auf dem Schoß zusammen und neigte den Kopf, was, wie sie hoffte, dem Erröten eines bürgerlichen jungen Mädchens auf überzeugende Weise nahekam. Trotz des gesenkten Blicks war sie sich der Vorgänge um sich herum schmerzhaft deutlich bewußt. Sie spürte mehr als daß sie sah, wie Dref zwei Packen Schriftstücke durch die offene Tür reichte; spürte mit bedrückender Spannung die das übliche Maß überschreitende Wachsamkeit des Leutnants. Hatte er bemerkt, daß es sich um Fälschungen handelte? Was sonst könnte seine Neugier geweckt haben?

»Mouge Souzolle, Schneidergehilfe, wohnhaft in Grammantes«, las er laut vor. »Iviane Souzolle, seine Frau. Dann ist das also dein kleines Frauchen, wie?«

Dref bejahte.

»Frisch verheiratet?« erkundigte sich lächelnd der Leutnant.

»Ganz frisch«, meinte Dref.

»Ha, das hab ich gleich gewußt. Für so was habe ich ein Näschen. Na, Genosse, deine junge Frau ist reizend, aber sie ist blaß und scheint mir zu frieren. Du solltest dich ein bißchen mehr anstrengen, sie zu wärmen, sonst sucht sie sich noch einen anderen, der dann in deine Fußstapfen tritt. Na, Genossin? Wie wär's damit?«

Das war es also. Der Flegel hatte keinen Verdacht geschöpft, er erlaubte sich bloß einen Spaß. Elistes Erleichterung war jedoch nur von kurzer Dauer, denn gleich darauf sah sie sich mit einem neuen und unerwarteten Schrecken belastet.

Madame Souzolle sei eine gute, vernünftige, fleißige und pflichtbewußte Ehefrau aus einer sehr angesehenen Familie, die Tochter eines wohlhabenden Handschuhmachers, erklärte Dref, doch der Leutnant fiel ihm ins Wort.

»Fleißig? Pflichtbewußt? Mehr fällt dir nicht ein? Eine Schande. Eine richtige Schande. In den Adern dieses Bräutigams muß wohl Eiswasser fließen. So geht das nicht, Genosse. Du mußt ihr deine Zuneigung zeigen, wenn du sie halten willst. Vielleicht sollte man dem Bräutigam mal ein Beispiel geben? Wie, Genossin? Was meinst du?«

Eliste hatte die Augen noch immer niedergeschlagen. Diesmal brauchte sie die Verlegenheit nicht zu spielen – sie war vollkommen echt.

Madame Souzolle habe keinen Grund zur Klage, erklärte Dref. Er behandele Madame in jeder Beziehung korrekt, und der Leutnant könne versichert sein, daß alle denkbaren ehelichen Pflichten gewissenhaft erfüllt würden. Das sei nur recht und billig.

»Arme kleine Braut! Na, Genosse, ein bißchen Nachhilfe könntest du schon gebrauchen. Aber gib ihr einen Kuß als Zeichen deines guten Willens, dann könnt ihr weiterfahren.«

Eliste blickte den Soldaten mit ungläubigem Erstaunen an.

Meister Souzolle fand die öffentliche Zurschaustellung von Lüsternheit geschmacklos, unschicklich und unwürdig.

»Diese Kutsche fährt erst dann weiter, wenn du getan hast, was ich dir gesagt habe, mein Freund. Also gib ihr schon einen Kuß, und zwar einen richtigen, sonst zeig ich dir, wie's geht.« Der Leutnant amüsierte sich prächtig, schien es aber dennoch ernst zu meinen. »Soll ich's ihm zeigen, Genossin?«

Eliste schüttelte den Kopf, ohne aufzusehen. Dref würde sich jetzt rasch eine gute Ausrede einfallen lassen, um die Forderung dieses jovialen, unverschämten Lüstlings nicht erfüllen zu müssen. Dref würde bestimmt einsehen, wie notwendig das war, denn er war sich des Abstands, der zwischen einem ehemaligen Leibeigenen und der Tochter eines Marquis liegen mußte, wohl bewußt. Bei aller Unverschämtheit würde er das niemals vergessen. Voller Zuversicht wartete sie auf seine Entgegnung.

Dref allerdings sagte nichts. Sie spürte, wie er neben ihr auf dem Sitz das Gewicht verlagerte, blickte ihn rasch an und wurde ganz starr vor Erstaunen, als er ihr den Arm um die Schultern legte und sie an sich zog. Nein, das würde er sich nicht erdreisten, das würde er niemals wagen, schließlich war er ein *Leibeigener*! Sie roch seinen Atem, der noch angenehm nach Schulmeister Touvertes Kaffee roch, und dann küßte er sie mit solcher Selbstverständlichkeit, als hätte er das Recht dazu, als wäre es die natürlichste Sache der Welt. Wenn er sich damals in Derrivalle von den Bauernmädchen ferngehalten hatte, so bestimmt nicht aus Schüchternheit; das war nun klar. Wie gelähmt vor ungläubigem Staunen, sträubte sich Eliste nicht. Irgendwie schienen seine Lippen ihr die Kraft zu rauben; ihre Starre machte einer Nachgiebigkeit Platz, und auf einmal hätte Dref sie drehen und wenden können, wie es ihm paßte. Undeutlich nahm sie das Pfeifen und Johlen der zuschauenden Soldaten wahr.

Unvermittelt ließ Dref sie los, und auf einmal war ihr ganz kalt. Bestürzt und verwirrt sah sie zu ihm auf.

»Mach dir keine Sorgen, Frau«, riet ihr Dref, und in seinen schwarzen Augen lag eine Warnung, ein höchst unpassendes belustigtes Funkeln und noch etwas anderes, das sie nicht einordnen konnte. In ungewöhnlich besonnenem und beiläufigem Ton sagte er: »Wir sind hier unter guten Patrioten.«

»Genosse, vielleicht besteht ja doch noch Hoffnung für dich«, räumte der Leutnant ein. »Ich bin zufriedengestellt, und ich wünsche euch eine gute Reise.« Er trat von der Kutsche zurück. »Ihr dürft passieren. Lang lebe der Protektor.«

»Lang lebe der Protektor«, wiederholten pflichtschuldigst Kutscher und Fahrgäste, alle bis auf Eliste, der die verhaßten Worte nicht über die Lippen kamen. Ihr Schweigen, das fälschlicherweise für mädchenhafte Schüchternheit gehalten wurde, fiel jedoch kaum auf. Die Türen schlugen zu, die Peitsche knallte, und die Kutsche rollte an der Straßensperre vorbei, bog wieder auf die Straße ein und fuhr weiter nach Penaude.

Anschließend bereiteten Eliste die gefälschten Papiere kaum noch Sorgen. Der Fälscher hatte gute Arbeit geleistet, und Straßensperren, Wachhäuser und andere Hindernisse ließen sich mühelos damit überwinden. Kein einziges Mal wurde die Gültigkeit ihres Passes angezweifelt, und allmählich legte sich ihre anfängliche Angst und machte bösen Vorahnungen Platz, die zwar weniger bedrohlich, aber doch nicht weniger verstörend waren. Sie reiste als Drefs Ehefrau, und als solche war sie gezwungen, allabendlich in einem Gasthof einzukehren und im selben Zimmer wie er zu übernachten – alles andere hätte Verdacht erregt. Doch warum, so überlegte sie ständig, sollte dieser Umstand sie auch nur im mindesten beunruhigen? Schließlich hatte sie sich in Sherreen wochenlang eine Wohnung mit ihm geteilt und hätte mittlerweile eigentlich daran gewöhnt sein sollen. Gewiß, die Wohnung in Flous Tasche hatte zwei Zimmer gehabt und die Möglichkeit geboten, ihre eigene Sphäre zu wahren, doch warum sollte das jetzt auf einmal eine Schwierigkeit darstellen? Als Adlige war sie ihr Leben lang Tag und Nacht von Bediensteten umgeben gewesen. Sie hatte unter ihren Augen gegessen, sich angekleidet und ausgezogen, geschlafen und gebadet, ohne einen Gedanken daran zu verschwenden, da es der natürlichen Ordnung der Dinge entsprochen hatte. Die gegenwärtig notwendige Nähe zu Dref entsprach dem mehr oder weniger. Dennoch ließ sich nicht leugnen, daß sich ihr Empfinden nach dem lächerlichen Zwischenfall an der Straßensperre von Penaude merklich geändert hatte und auch schon vorher in Wandlung begriffen gewesen war, wie ihr nun klar wurde. Dref war daran schuld; er hatte alles verändert und durcheinandergebracht. Aber hatte er denn überhaupt eine Wahl gehabt? Wenn sie ihm Gerechtigkeit widerfahren lassen wollte, mußte sie zugeben, daß er sich an der Sperre angemessen und überzeugend verhalten hatte. Außerdem hatte er das Feingefühl besessen, anschließend Vergeßlichkeit vorzuschützen, ohne ein einziges Mal auf den Vorfall anzuspielen. Als wäre es niemals geschehen – als hätte er es vergessen oder gar nicht wahrgenommen –, eigentlich ein Zeichen bewundernswerten Taktgefühls, andererseits aber auch irgendwie ärgerlich. Er hätte doch wenigstens anerkennen können, daß sie ... Aber nein, Drefs Verhalten war tadellos. Es war nicht seine Schuld, daß sie seltsam unsicher geworden war, daß sie sich aus unerfindlichen Gründen unbehaglich fühlte, daß es ihr in dem Zimmer, in dem sie gemeinsam nächtigten, bisweilen schwerfiel, ihm in die Augen zu schauen, und daß ihr der Anblick seiner zum Schlafen auf dem Boden ausgestreckten Gestalt, mit dem Übermantel als Decke, solche Gewissensbisse bereitete. Er hatte sowenig Aufhebens wie damals in Derrivalle gemacht, vielleicht sogar noch weniger, und früher wäre es ihr ganz selbstverständlich erschienen. Doch nun bereitete es ihr Kopfzerbrechen, wie so viele seltsame Dinge in letzter Zeit.

Dennoch verstrichen die Tage mehr oder weniger ereignislos. Die Kutsche durchquerte Fabeque, dann ging es weiter durch offenes Weideland, dessen stumpfes Gras stellenweise vom tiefen Smaragdgrün der früh wachsenden wilden Zwiebeln gesprenkelt war; dann über die bewaldeten Hügel, deren braungolden knospendes Laubwerk, das im Begriff war, der grünen Fülle des Frühjahrs Platz zu machen, beinahe herbstlich wirkte. Das Wetter war mild und meistens angenehm zum Reisen, nur an einem Tag regnete es stark. Zwischenfälle gab es nur wenige; ein Fahrgast bekam eine schwere Grippe, was einen außerplanmäßigen Zwischenhalt zur Folge hatte; an einem der Räder trat ein leichter Schaden auf, und noch ein weiteres Mal mußten sie wegen irgendwelcher Reparaturen halten. Zweimal blieb die Kutsche im Matsch stecken, und einmal mußten sie sich fast einen ganzen Tag lang im jahreszeitlich bedingten Morast suhlen, der alljährlich das unterhalb von Beronde liegende Straßenstück aufweichte. Eliste kamen die Verzögerungen endlos und ihr Mißgeschick außergewöhnlich vor; in Wirklichkeit war es eine Reise wie jede andere.

Am Vormittag des achten Tages erreichten sie Grammantes. Eliste blickte neugierig umher. Dieser Ort mit seinem geschäftigen, von alten Gildenhallen aus rosa gesprenkeltem Fabequer Granit gesäumten Marktplatz war ihr vertraut und wirkte nahezu unverändert. Ein paar hundert Meter weiter lag der ›Lächelnde Feldwebel‹, wo sie auf dem Weg nach Sherreen geruhsam eingekehrt war. Und dort, auf der anderen Seite des Platzes, lag die Damenschneiderei von Fräulein Zoliay, welche die einfachen Rüschenkleider entworfen hatte, die Zeralenn vo Rouvignacs Mißfallen erregt hatten. Allerdings war das Geschäft nun verrammelt und mit einem großen scharlachroten Diamanten markiert – was nicht überraschend kam, denn Zoliays Umgang mit den Provinzadligen mußte sie hoffnungslos kompromittiert haben. Auch zahlreiche andere einstmals schmucke Geschäfte waren verrammelt und mit roten Diamanten gekennzeichnet. Die mittelalterliche gemeißelte Inschrift der Stadthalle, die ›König, Vaterland und Pflicht‹ lautete, hatte man mit einem diamantförmigen Schild mit der Aufschrift ›Haus der Volksfreiheit‹ verdeckt. Außerdem hatte Eliste sich getäuscht; selbst das verschlafene alte Grammantes wandelte sich.

Die Kutsche würde eine halbe Stunde lang am Markt halten. Es wäre nett gewesen, auszusteigen und ein wenig umherzuschlendern – nett, aber gefährlich. Grammantes war nur eine knappe Tagesreise von Derrivalle entfernt. Der Marquis vo Derrivalle, seine Familie und seine Bediensteten waren in dieser Gegend wohlbekannt. Eliste vo Derrivalle hatte sich jetzt seit fast zwei Jahren nicht mehr in Fabeque blicken lassen, trotzdem war es nicht ausgeschlossen, daß sie von irgendeinem patriotischen Reparationisten erkannt werden würde.

Daher blieben sie in der Kutsche sitzen; Eliste zog sich die Kapuze tief ins Gesicht und tat so, als ob sie schliefe. Erst als die neuen und alten Fahrgäste ihre Plätze eingenommen hatten und Grammantes bereits ein ganzes Stück hinter ihnen lag, hob sie wieder den Kopf. Die Stunden verstrichen ohne Zwischenfall. Eliste betrachtete die vorbeiziehende Landschaft. Obwohl es noch früh im Jahr war, bot Fabeque mit seinen schroffen Hügeln und dem dramatisch düsteren Himmel einen wundervollen Anblick; Eliste genoß die Schönheit des Landes, ohne dabei das Gefühl zu haben, nach Hause zu kommen. Sie begriff auf einmal, daß ihre Heimat nicht hier, sondern in Sherreen lag; daß sie sich dort vom ersten Tag an zu Hause gefühlt hatte und daß das noch immer galt, trotz allem, was vorgefallen war. Wie hatte Zeralenn sich ausgedrückt? »Es *gibt* einfach keinen anderen Ort.« Ja, so war es.

Die Kutsche rollte weiter die Hauptstraße des Königs entlang, und trotz ihrer vorgeblichen Distanziertheit wurde Eliste von Erregung gepackt. Schon bald würde sie wieder in Derrivalle sein. Welche Veränderungen würde die Revolution dort gezeitigt haben? Zum erstenmal dachte sie an ihre Familie – an ihre Mutter, ihren Vater und die verschiedenen unverheirateten Tanten. Ihnen allen stand sie sehr fern. Ihren Vater konnte sie nicht ausstehen; und die anderen hatten ihr nicht mehr bedeutet als sie ihnen. Es gab nur eine für sie wichtige Person, die sie in Derrivalle zurückgelassen hatte, nämlich Onkel Quinz – und um ihn hatte sie niemals Angst gehabt. Keine brüllende Horde verbiesterter Patrioten konnte Quinz vo Derrivalle etwas anhaben. *Wirklich nicht?* Zum erstenmal kamen ihr Zweifel.

Stunden später stiegen sie an der Einmündung der holprigen Straße aus, die von der Hauptstraße der Gleichheit zum Dorf Derrivalle führte. Die Kutsche rumpelte durch den Frühlingsmatsch davon. Eliste blickte ihr nachdenklich hinterher. Da stand sie nun, inmitten einer Landschaft, deren Auf und Ab ihr so vertraut war – und dennoch auch fremd. Einen Augenblick lang wartete sie auf Drefs Anweisungen, dann wurde ihr auf einmal bewußt, wie lächerlich das war. Schließlich war sie eine vo Derrivalle und stand auf eigenem Grund und Boden. Sie war eine Adlige, sie war hierhergekommen, um einen ihrer Verwandten zu suchen, und offenbar oblag es ihr, das Kommando zu übernehmen.

»Wir sollten um das Dorf einen Bogen machen. Wir können den weiten Weg durchs Gebüsch nehmen – du erinnerst dich bestimmt. Wir kürzen den Weg durch die Felder ab und gehen geradewegs bis zum Wald, dort stoßen wir dann auf den Weg, der zu Onkel Quinz' Haus führt.« Sie hatte einen Teil ihrer früheren Selbstsicherheit verloren. Es kam ihr nicht mehr ganz richtig vor, Befehle zu erteilen. Andererseits war ihr das bei Dref noch niemals leichtgefallen.

Diesmal jedoch enthielt er sich einer spöttischen Bemerkung. »Ist gut«, sagte er knapp und geleitete sie noch zwanzig Minuten lang über die Hauptstraße, ehe sie in das Gestrüpp aus verkümmerten Bäumen, Büschen und Unkraut eindrangen, welches die Hügel oberhalb des Dorfes Derrivalle bedeckte.

Wieder zu Hause. Mindestens zehn Jahre war es her, seit sie zum letzten Mal mit Dref Zeenoson durch diese Gegend gestromert war, die sich seitdem nicht verändert hatte – Eliste erkannte bestimmte Bäume wieder, die sie einmal erklettert hatte, halb im Erdreich versunkene Findlinge und schlammige Rinnsale, in denen sie vor so langer Zeit an heißen Sommernachmittagen umhergestapft war. Wenn sie einen Wasserlauf durchwateten und von einem schlüpfrigen Stein zum nächsten sprangen, schien es nur natürlich, daß sie Drefs Hand nahm, wie sie es auch schon als Kind getan hatte, und ebenso natürlich schien es, daß sie sie weiterhin festhielt, als sie über den langen, gewundenen Weg hügelabwärts marschierten, bis sie schließlich in das kleine, dichte Wäldchen kamen, das im Süden an die Felder des Grundherrn, beziehungsweise an sein ehemaliges Eigentum grenzte. Hier wandte Dref sich zu ihr um und verkündete ruhig: »Von hier aus gehe ich allein weiter.«

»Wie?« Sie ließ seine Hand sogleich los.

»Warte hier auf mich. Versteck dich. In ein paar Stunden bin ich sicherlich wieder zurück.«

»Ha! Wenn du glaubst ...«

»Jetzt hör mir mal zu, und rege dich bitte nicht gleich auf. Wir können nicht einfach mitten durch die Felder laufen und zum Haus deines Onkels hochsteigen. Wir waren beide seit vielen Monaten nicht mehr hier, und wir wissen nicht, was in dieser Zeit alles geschehen ist. Bestimmt hat es Veränderungen gegeben ...«

»Und wenn schon. Soll ich deshalb vielleicht hier allein auf weiter Flur rumsitzen, mir kalte Füße holen und wie ein krankes Eichhörnchen unter einem Baum hockenbleiben, während du nach Herzenslust umherstreifst?«

»Eliste. Denk doch mal nach. Wenn dein Onkel nun verschwunden ist? Wenn sein Haus von der Vonahrischen Garde beschlagnahmt wurde? Wenn die Soldaten – oder die hiesigen reparationistischen Vigilanten – regelmäßig auf den Hügeln über dem Besitz der Derrivalles Streife gehen?«

Eliste schwieg.

»Das alles müssen wir herausfinden«, fuhr Dref fort. »Du kannst es dir nicht leisten, gesehen zu werden, ich hingegen schon. Als ehemaligen Leibeigenen wird man mich hier mit offenen Armen aufnehmen, und wenn ich mich umhöre, wird das nicht weiter auffallen. Mein Vater wird mir auf alle Fragen bereitwillig Auskunft geben.«

»Zeeno«, murmelte Eliste überrascht und ein wenig beschämt. Sie war so in Gedanken gewesen, daß sie ganz vergessen gehabt hatte, daß Drefs Familie hier lebte – sein Vater und seine Schwester. Auf einmal sah sie das schmollende Gesicht Stelli Zeenosas vor sich, und dann erinnerte sie sich an den Ausdruck von Entsetzen, den dieses Gesicht an dem Nachmittag gezeigt hatte, als Zhen Suboson gestorben war; keine besonders angenehme Erinnerung.

»Du siehst also«, sagte Dref, »so ist es am sichersten.«

Eliste nickte widerstrebend. Dref ließ ihr keine Zeit mehr zum Überlegen, sondern machte sich sogleich auf den Weg. Nur einmal blieb er noch kurz stehen und rief ihr über die Schulter zu: »Ich werde mich bemühen, nicht so lange zu bleiben. Wenn du jemanden siehst, versteck dich.«

Wo? wollte sie fragen, doch da war er schon zu weit weg. Eine Zeitlang beobachtete sie, wie seine Gestalt kleiner wurde, während er sich in einem Bogen durch die Felder den Hütten der Leibeigenen näherte, die hinter dem fernen Wald der Derrivalles lagen. Kurz darauf verschluckten ihn die Bäume, und die kahlen Felder wirkten auf einmal unsagbar öde. Ein frischer Frühlingswind, der aber erträglich war, rührte im Gebüsch. Eliste seufzte schwer. Sie ließ den Koffer am Fuße eines Baums fallen, nahm darauf Platz, lehnte sich mit dem Rücken an den Stamm und begann zu warten.

Dref Zeenoson eilte im Laufschritt über die matschigen Felder. Hin und wieder blickte er zum Himmel empor, wo die bleiche, müde Sonne bereits dem Horizont entgegensank; dann runzelte er die Stirn und beschleunigte seinen Lauf. Bald hatte er das Gehölz erreicht und dann den grün-braunen Tümpel, in dem er so oft geschwommen war und geangelt hatte. Am anderen Ufer des Tümpels lagen die verfallenen Häuser der Leibeigenen, die jetzt noch kleiner und schäbiger wirkten als ehedem – trist, verkommen, wie unbewohnt. Kein Mensch war zu sehen. Niemand schwatzte am Brunnen, niemand beugte sich über einen Schleifstein oder eine Werkbank, keine Kinder tollten umher. Der Ort wirkte gespenstisch verlassen.

Dref ging schnurstracks zum Haus seines Vaters. Er klopfte an, doch niemand meldete sich. Als er die Tür weit aufriß, stellte er fest, daß der einzige Raum der Hütte leer und die Feuerstelle seit langem erkaltet war. Er wandte sich ab und schaute nach rechts und links, dann fiel sein Blick auf eine Rauchsäule, die aus dem Abzug der benachbarten Hütte aufstieg. Mit ein paar langen Schritten hatte er den Eingang erreicht. Abermals klopfte er, und diesmal forderte man ihn zum Eintreten auf. Vor ihm stand eine verhutzelte Gestalt mit einem schrumpligen Gesicht und bösartigen Brombeeraugen, einer übelriechenden Tonpfeife im Mund und einer häßlichen Strickmütze auf dem Kopf, die Dref schon von Kindesbeinen an kannte, ohne daß sie sich seitdem verändert hätte. Großmutter Drossonsa oder die Große Dro, wie sie genannt wurde, hatte dem allgemeinen Wandel offenbar getrotzt. Sie bewohnte noch immer das Haus der Drossons, trug noch immer die geflochtene Stirnlocke, ein Zeichen der Leibeigenschaft, knickste noch immer beim Anblick von Kniebundhosen und paspelierter Weste. Dies war ihr in Fleisch und Blut übergegangen. In dem Augenblick, als sie Dref erkannte, wurde sie allerdings ungehalten. Für wen halte er sie denn, wolle er sie etwa zum besten halten? Er sei schon immer ein böser Junge gewesen, zu aufgeweckt und einnehmend, als daß es ihm gutgetan hätte, und das habe ihn auf dumme Gedanken gebracht.

So – dann sei sie also noch immer so bissig wie eine Viper, die grimmigste Frau in ganz Fabeque, scherzte Dref, was der alten Frau ein vergnügtes Kichern entlockte. Wo steckten sie nur alle? erkundigte sich Dref, und nach einem Schwall halbherziger Klagen wurde die Große Dro schließlich umgänglicher. Die Zeiten hätten sich gewandelt, vertraute sie ihm mit einer Mischung aus Verachtung und Genugtuung an. Jetzt gäbe es keine Leibeigenen mehr, und wer einmal

Leibeigener gewesen sei, wohne jetzt im großen Haus und kehre den Patrioten heraus. Im großen Haus? Richtig, im großen Haus, das mittlerweile dem Volk gehöre – jedenfalls den Leuten, die sich heutzutage als ›Volk‹ bezeichneten. Und wo steckten der Herr und seine Angehörigen? Nun, der Herr sei schon seit mindestens zehn Monaten tot. Und schuld daran sei er ganz allein; er hätte seine Lakaien niemals das Feuer auf das reparationistische Volkskomitee eröffnen lassen dürfen. Er habe es selbst so gewollt. Seine eigenen Leibeigenen hätten noch in derselben Nacht das Haus gestürmt, den Marquis im Schlafanzug ins Freie gezerrt und ihn an einem der großen Bäume in der Einfahrt aufgeknüpft. Ein feiner Anblick sei das gewesen, mit all den Fackeln und dem Tumult und dem Gejohle. Anschließend habe die Große Dro auf das unvermeidliche Eintreffen der Soldaten gewartet, die den Tod des Grundherrn rächen würden, doch die seien nie gekommen. Und wie stehe es um die Angehörigen des Marquis? Nun, seine Frau, die Tanten und so weiter habe man einfach fortgejagt, nur mit dem versehen, was sie hätten tragen können, die sei man Gott sei Dank los. Die Tochter, dieses verzogene, hochnäsige Biest, habe sich schon lange vorher abgesetzt. Niemand wisse, was aus ihr geworden sei. Und Meister Quinz? Schwer zu sagen, sehr schwer zu sagen. Schließlich sei er ein wenig seltsam, nicht wahr? Über Meister Quinz könne sie nichts Genaues berichten. Die persönlichen Bediensteten des Marquis? Nun, die schlimmsten dieser faulen Äpfel, die Rohlinge und die Arschkriecher – Borlo Bunison und solche Leute – habe man gehängt, wie sie es verdient hätten. Die anderen – Dros Ansicht nach die Schlauen – seien rechtzeitig geflüchtet. Drefs Vater Zeeno zum Beispiel sei doch tatsächlich nach Beronde gegangen, wo er jetzt als Tischler arbeite, und es gehe ihm gut. Die meisten Bauern und befreiten Leibeigenen seien jedoch geblieben und hätten die Reparationistische Volkskommune Derrivalle gegründet, drüben im großen Haus. Glaubten wohl, sie bräuchten nur im Herrenhaus zu wohnen, und schon wüßten sie, wie der Hase läuft. Die Große Dro wünschte ihnen viel Glück. Das würden sie auch brauchen, denn sie seien so dumm wie Küken. Sie hätten keine Ahnung, wie sie es anstellen müßten. Jeder wolle ein Aufseher sein, und keiner wolle sich die Hände schmutzig machen. Mittlerweile liege die Frühjahrssaat danieder. Es wäre bestimmt lustig, mit diesen sogenannten Aufsehern noch einmal in der Erntezeit zu sprechen. Im Augenblick schwebten alle jedoch zu hoch in den Wolken, als daß man vernünftig mit ihnen reden könne; das gelte für alle, für einige aber ganz besonders. Diese vertrauliche Mitteilung wurde von einem Aufblitzen der dunklen Augen begleitet, dessen Bedeutung auf der Hand lag. Dref enthielt sich einer Entgegnung. Er verabschiedete sich höflich, kehrte dem ausgestorbenen Hüttendorf der Leibeigenen den Rücken und näherte sich über die Felder und durch den Garten dem Herrenhaus.

Er zwängte sich durch eine Lücke in der ungepflegten Buchsbaumhecke, und da stand es vor ihm – kleiner und unscheinbarer, als das Gedächtnis es ihm vorspiegeln wollte, frisch beschmiert mit roten Diamanten und mit mehreren zerbrochenen Fensterscheiben – ansonsten war es jedoch unverändert. Bereits mehrere hundert Meter vor dem Haus wurde Dref aufgehalten. Zwei mit Sensen bewaffnete Wachposten stürzten auf ihn zu. Er kannte sie von früher her und rief sie mit Namen an. Die Wachposten zögerten; kamen vorsichtig näher; dann endlich hatten sie ihn erkannt und hießen ihn begeistert willkommen. Denn das war der berühmte Dref Zeenoson, der dem Marquis vo Derrivalle die Nase blutig geschlagen hatte, als noch kein anderer Leibeigener es gewagt hätte, die Hand zur Selbstverteidigung zu erheben; das war der Dref Zeenoson, der als einziger den Spürhunden des Grundherrn ein Schnippchen geschlagen und der Provinz erfolgreich den Rücken gekehrt hatte. Dref war ein Held und würde bei der Reparationistischen Volkskommune Derrivalle stets willkommen sein, meinten sie. Er komme gerade rechtzeitig zum Abendessen. Ob er mitkommen wolle?

Dref willigte ein.

Sie führten ihn durch die Küche ins Haus, die so schmutzig, unaufgeräumt und übelriechend war wie nie zuvor in den Zeiten des Adels. Ein langer Gang ohne Teppiche führte zu den Räumen, die Dref Zeenoson noch nie betreten hatte. Allerdings hatte er von diesen Gemächern erzählen hören; befreundete Hausbedienstete hatten sich häufig über die unglaubliche Pracht ausgelassen. Die Wirklichkeit jedoch erwies sich als enttäuschend. Wahrscheinlich waren diese großen, alten Räume mit den hohen Decken, den hohen Fenstern und den mit Schnitzereien verzierten Kaminsimsen früher einmal stattlich gewesen. Heute jedoch waren die Fensterscheiben zerbrochen, die Kerzenleuchter zerschmettert, die Parkettböden stumpf und rauh. Der Großteil der Möbel fehlte – entweder hatte man sie gestohlen oder, was wahrscheinlicher war, verkauft, um an Bargeld zu kommen; denn das kahle, eiskalte und schmutzige Gebäude schrie lautlos seine Armut hinaus. Die Spuren der Verwahrlosung und des Mißbrauchs waren allgegenwärtig. Vielleicht hatte die Große Dro ja recht gehabt, und die Bauern und befreiten Leibeigenen verachteten körperliche Arbeit. Allerdings sah es mehr danach aus, als sei das glücklose, elende Dorf Derrivalle einfach hierherverpflanzt worden.

Obwohl das Eßzimmer voller Menschen war, war es erstaunlich still. Die ganze reparationistische Kommune hatte sich dort versammelt, eine Szene, die ein wenig an die bedrückenden Egalitären Bruderschaftsessen erinnerte, unter denen neuerdings die Sherreener zu leiden hatten. Bei einem Bruderschaftsessen wurde jedoch lärmende Ausgelassenheit erwartet; hier hingegen war die Unterhaltung eigentümlich gedämpft und lustlos. Der lange Bankett-tisch aus Mahagoni war noch immer in Gebrauch, die spiegelglatte Oberfläche aber nur noch Erinnerung. Die dazu passenden Brokatstühle waren jedoch verschwunden und von rohen Holzbänken ersetzt worden, die zahlreichen reparationistischen Hinterteilen Platz boten. Am Ende des Raumes hatte man eine notdürftige Plattform aus unbehandelten Brettern errichtet, auf der leicht erhöht ein zweiter, kleinerer Tisch stand, der mit schmutzigem Leinen gedeckt war. Um diesen Tisch herum saßen zehn Gestalten, die Dref allesamt kannte; zehn der lautesten, furchtlosesten und bösartigsten aller Unzufriedenen aus Derrivalle. Darunter war lediglich eine einzige Frau; seine Schwester Stelli, auf deren Brust ein rotes Diamantabzeichen prangte. Sie bemerkte ihn in dem Augenblick, als er den Raum betrat, und blickte ihn unverwandt an, ohne zu lächeln.

Drefs Eintreten erregte allgemeines Aufsehen. Seine ehemaligen Gefährten, deren Abwehr vorübergehend verflogen war, scharten sich sogleich um ihn, schüttelten ihm die Hand, klopften ihm auf den Rücken und überhäuften ihn mit Fragen. Er antwortete knapp und entgegnete mit neuen Fragen, während ihn die plappernde Menschenwoge zum Ehrentisch spülte, an dem sich, wie er jetzt bemerkte, die Angehörigen des ›Reparationistischen Volksrates‹ versammelt hatten. Die Ratsmitglieder genossen offenbar den gleichen kriecherischen Respekt, wie er früher dem Adel vorbehalten gewesen war.

Da man annahm, er wolle neben seiner Schwester sitzen, machte man ihm neben ihr Platz. Dref küßte sie pflichtschuldigst auf die Wange, was mit Applaus aufgenommen wurde. Es war, als küßte er eine Steinfigur. Stelli starrte mit regloser Miene vor sich hin. Erst als er Platz genommen hatte, beliebte es ihr, ihn zur Kenntnis zu nehmen, und sie unterzog ihn einer ausgiebigen Musterung, die sich von den Schnallenschuhen über die Kniebundhosen und die paspelierte Weste bis zum ungeflickten Übermantel erstreckte.

»Nicht schlecht«, bemerkte Stelli schließlich trocken. Sie selbst trug, wahrscheinlich aus purer Not, noch immer das triste, fadenscheinige Kostüm einer Fabequer Leibeigenen. »Hast du vor, für immer hier zu bleiben?«

Ganz im Gegenteil, versicherte er ihr. Er sei jetzt Angestellter eines Sherreener Kaufmanns und habe morgen in Luiesse Geschäfte zu erledigen …

»Also ein Geschäftsmann, wie? Nicht schlecht«, wiederholte Stelli.

… daher könne er nur ein, zwei Stunden bleiben, dann müsse er mit der Kutsche weiter nach Norden fahren.

»Die Kutsche nach Maritime ist erst vor einer Stunde durchgekommen«, bemerkte sogleich Stelli, deren Blick wie ein Gewicht aus Gußeisen auf ihm ruhte.

Aber die Postkutsche komme gleich hinterher, erinnerte er sie.

»Das stimmt.« Sie schürzte ein wenig die Lippen. »Da hast du aber Glück, was?«

Das schien ihm auch so. Nein, sie hatte Zhen Suboson nicht vergessen und Dref auch nicht verziehen.

Die Nachricht von Drefs Vorhaben verbreitete sich in Windeseile entlang des Tisches. Die Postkutsche! Einen Platz in der schnellen Postkutsche konnten sich nur bedeutende Persönlichkeiten leisten. Es erhob sich verwundertes Gemurmel. Dref Zeenoson war ein gemachter Mann, da gab es keinen Zweifel. Dann konnte sich ein Leibeigener also tatsächlich aus eigener Kraft emporarbeiten. In Derrivalle war das Leben noch immer recht beschwerlich, doch anderswo ...? Allerdings würden sie kaum Gelegenheit bekommen, das herauszufinden. Nach der kurzen Zeit des Aufbruchs, die mit der Gründung der Reparationistischen Kommune, dem Entwurf der Statuten und der Selbsternennung des Rates einherging, war alsbald klargeworden, daß die im Werden begriffene Verwirklichung der Utopie hingebungsvoller Pflege bedurftc, sollte sie die Kinderkrankheiten je überwinden. Die menschliche Arbeitskraft war kostbar, und daher erließ der Rat sechs Monate nach dem Tod des Grundherrn eine neue ›Kopfsteuer‹ – das hieß, jedem Mitglied der Reparationistischen Volkskommune von Derrivalle, das sich woanders anzusiedeln wünschte, stand dies vollkommen frei, vorausgesetzt, er oder sie leistete eine angemessene Ausgleichszahlung für die der Kommune entgangene Arbeitskraft. Dies, so meinte der Rat, sei nur recht und billig; denn die Kommune nähre alle, und wer der Allgemeinheit seinen Beitrag vorenthalte, solle die Genossen dafür gefälligst entschädigen. Recht und billig hin oder her, jedenfalls war die unmittelbare Folge davon, daß die Bauern von Derrivalle noch immer ebensofest an ihre Scholle gebunden waren wie zu Zeiten der Leibeigenschaft.

Als die Speisen aus der Küche gebracht wurden, geriet die Unterhaltung ins Stocken. Am Ehrentisch wurde zuerst aufgetragen, ein dünner Gemüseeintopf, der zwar geschmacklos – von dem aber wenigstens reichlich vorhanden war; dazu gab es eine ausreichende Menge Schwarzbrot, mit ein wenig saurem Wein versetztes Wasser und ein zähes Hähnchen, das für elf Personen reichen sollte. Eines der Küchenmädchen verschüttete Wasser aufs Tischtuch. Stelli knurrte gereizt, worauf das Mädchen zusammenzuckte, als sei es von einer Biene gestochen worden. Die Leute am unteren Tisch bekamen das gleiche, allerdings kein Hähnchen. Bis auf das Drum und Dran hatten sie als Leibeigene dasselbe gegessen. So armselig die Mahlzeit auch war, wurde sie doch auf dem durchscheinenden goldgeränderten Porzellan des Marquis vo Derrivalle serviert, und das rötliche Wasser wurde aus Gläsern getrunken, die so zart wie Seifenblasen waren. Das also war die Wiedergutmachung.

Auf Bitten der Ratsmitglieder gab Dref ein paar Geschichten aus Sherreen zum Besten. Die Leute am unteren Tisch machten große Augen, als er ihnen vom Leben in der Stadt und deren zahllosen Wundern erzählte, von der Revolution und von den berühmten Patrioten, die er selbst gesehen habe – darunter sogar die beiden großen Cousins, Whiss und Bierce Valeur. Die ganze Zeit über schaute ihn seine Schwester unverwandt an. In ihrem Gesicht hatte man schon immer lesen können wie in einem Buch; im Augenblick zeigte sich darin gerade eine Mischung aus dumpfer Feindseligkeit und Skepsis. Allerdings hatte sie sich in den vergangenen ereignisreichen Monaten verändert; vielleicht war die bedeutende Mitgliedschaft im Rat ja der Grund. Früher hätte sie angegriffen, ohne vorher nachzudenken. Nun aber wartete sie, wog ab und überlegte; und ihrer beunruhigenden Besonnenheit lag eine Art geheimer, wissender Genugtuung zugrunde.

Dref erfüllte die Erwartungen seiner Zuhörer fast ohne lügen zu müssen. Anschließend stand es ihm frei, sich seinerseits zu erkundigen, was es Neues gab. Die Ratsmitglieder plapperten bereitwillig über die reparationistischen Triumphe – mit Ausnahme seiner Schwester, die ein unheilvolles Schweigen bewahrte. Nur hin und wieder warf sie eine knappe Bemerkung ein, und jedesmal hörten ihr ihre Genossen so voller Achtung zu, daß es schon an Unterwürfigkeit grenzte. Es schien beinahe so, als hätten sie Angst vor ihr, was seltsam war; denn Stelli war zwar eine starke Person, dabei aber immer noch eine junge Frau ihres eigenen Standes. Auch wenn sie beim Sturm auf das Herrenhaus der Derrivalles der Vorhut des Mobs angehört hatte, war die Haltung ihrer Genossen trotzdem schwer zu verstehen.

Den Neuigkeiten, die Dref erfuhr, lag zwar ein ganz anderer Blick zugrunde, ansonsten unterschieden sie sich aber kaum von dem Bericht der Großen Dro: der kriminelle Grundherr habe gerechterweise sein Leben verwirkt, sein Eigentum sei in den Besitz des siegreichen Volkes übergegangen. Wichtiger war, daß anscheinend niemand etwas Genaues über Meister Quinz wußte. Es mochte durchaus sein, daß der alte Herr sich noch immer in seinem verborgenen Unterschlupf versteckt hielt – falls es diesen Ort überhaupt gab; mehrere Streifzüge in den Hügeln seien ergebnislos verlaufen, und auch die regelmäßig in dieser Gegend patrouillierenden patriotischen Trupps hätten nichts entdeckt. Wahrscheinlich sei Quinz vo Derrivalle schon vor Jahren entweder geflohen oder gestorben, doch das könne niemand genau sagen.

»Hast du jetzt alles erfahren, was du wissen wolltest?« fragte Stelli höhnisch.

Dref ließ sich die Überraschung nicht anmerken, und sein Gesicht verriet auch sonst keinerlei Erregung. Wenn sie gehofft hatte, ihn herausfordern zu können, so hatte er sie enttäuscht. Von Neuigkeiten aus Derrivalle könne er gar nicht genug bekommen, erwiderte er freundlich, worauf Stelli finster die Brauen zusammenzog. Irgendwann würde sie es vielleicht lernen, ihre Mimik zu kontrollieren; und dann würde sie wahrhaft gefährlich sein.

Doch soweit war es noch nicht. Mit wutverzerrtem Gesicht sprang sie so plötzlich auf, daß das Geschirr auf dem Tisch klirrte. Die Unterhaltung brach ab. Die Genossen starrten sie verblüfft und verlegen an. Stelli beachtete sie nicht. Mit geballten Fäusten und flammenden schwarzen Augen funkelte sie ihren Bruder an. Er erwiderte ungerührt ihren Blick.

»Du hältst dich für so schlau. Du glaubst, du wärst schlauer als alle anderen. Aber vielleicht weiß ich ja das eine oder andere, was du nicht weißt.« Ohne eine Antwort abzuwarten, wandte sie sich um und stolzierte mit klappernden Holzschuhen aus dem Raum.

Dref sah ihr nach. Er ließ sich nichts anmerken, doch zwischen seinen Augen bildete sich eine senkrechte Falte.

Eine Zeitlang herrschte verlegenes, unbehagliches Schweigen, bis Dref mit ein paar Witzen, welche die Überlegenheit des gesunden Fabequer Menschenverstands über die nutzlose Sherreener Belesenheit veranschaulichen sollten, die Stimmung wieder auflockerte. Er wußte genau, wie er seinem Publikum schmeicheln konnte; seine Erzählung von dem klugen Apfelbauern aus der Provinz und dessen leichtgläubigem, aufgeblasenem Kunden aus der Stadt riß die Zuhörer zu brüllendem Gelächter hin. Dref stimmte in ihr Lachen mit ein, ohne daß die Falte zwischen seinen Augen verschwunden wäre. Wenn er bisweilen aus dem Fenster schaute, bemerkte er, wie die Schatten länger und das Licht rötlicher wurden. Schließlich holte er seine Taschenuhr hervor – ein ganz gewöhnliches Stück mit einem einfachen Stahlgehäuse, das trotz seiner Schlichtheit die Derrivaller Genossen, von denen keiner einen solchen Schatz sein eigen nannte, dazu veranlaßte, mit halblauten Bemerkungen ihre Bewunderung kundzutun. Dref verkündete, es werde allmählich Zeit. Wenn er die Postkutsche noch erreichen wolle, müsse er aufbrechen. Nein, man brauche ihn nicht zu begleiten, er wolle seinen Freunden keineswegs zur Last fallen. Man verabschiedete ihn mit herzlichen Umarmungen. Mit einer tiefer denn je eingegrabenen Falte brach Dref Zeenoson auf und ließ die Reparationistische Volkskommune Derrivalle so rasch hinter sich, wie seine langen Beine ihn trugen.

Stelli Zeenosa begab sich vom Eßzimmer schnurstracks zum ehemaligen Arbeitszimmer des Marquis vo Derrivalle. Sie machte die Tür hinter sich zu, allerdings ohne sie abzuschließen, denn hier würde sie bestimmt niemand stören. Das ehemalige Heiligtum des Herrn mit seinen furchteinflößenden Erinnerungen und der beunruhigenden Sammlung medizinischer Kuriositäten, die in Gläsern mit chemischen Lösungen lagerten, wurde unwillkürlich gemieden. In der wilden Nacht, als das Haus gestürmt worden war, hatten sich ein paar Eindringlinge über die Schwelle getraut. Auch Stelli hatte natürlich zu diesen Wenigen gehört, denn ihr ging es vor allem um den Inhalt dieses Zimmers. Schon bald hatte sie gefunden, was sie gesucht hatte: eine Reihe großer Einmachgläser mit noch recht frischen menschlichen Organen, die in irgendeiner Lösung eingelegt waren und die Aufschrift trugen: ›Mensch, männlich; Unterart Leibeigener; Alter zwanzig Jahre; schwachsinnig, Ursache unbekannt‹ – die einzigen Überreste von Zhen Suboson. Wenn diese Entdeckung ihr Genugtuung bereitet hatte, so blieb dies Stellis Geheimnis. Allerdings hatte sie bei dieser Gelegenheit auch noch etwas anderes entdeckt, von dessen Dasein sie bislang nichts geahnt hatte. In dem alten, stark eingedunkelten Eckschrank befand sich nämlich ein Schatz; ein trüber, uralter Spiegel aus silbrigem, poliertem Metall, dessen mit Schnitzereien verzierter Elfenbeinrahmen offenbar aus der Zeit stammte, da sich die magischen Kräfte der Adligen zum erstenmal gezeigt hatten. Aus irgendeinem Grund besaß der Spiegel eine magische Ausstrahlung; Stelli hätte kaum sagen können, wie sie hinter das Geheimnis gekommen war. Sie fühlte sich bloß gedrängt, mit ihm zu reden, ihn zu erforschen, ihn laut zu befragen; und der aus unbekannten Gründen auf die Fähigkeiten gewöhnlicher Sterblicher zugeschnittene wundersame Gegenstand hatte ihr geantwortet. Er hatte ihr alles gegeben, was sie sich gewünscht hatte, und noch mehr. Bis dahin hatte sie nicht im Traum daran gedacht, daß sie einmal einen solchen Vorteil über ihre Standesgenossen erringen könnte. Nie im Leben hätte sie damit gerechnet, daß sie ihnen gegenüber einmal die gleiche Stellung einnehmen würde wie früher die Edelleute ihr gegenüber. Der Spiegel aber verlieh ihr eine unglaubliche Macht, und mittels dieser Macht war sie, eine gerade erst vierundzwanzig Jahre alte Frau, zum meistgefürchteten Mitglied des Reparationistischen Rats geworden. Die anderen hörten auf sie, was sie früher nie getan hatten. Man achtete sie und beugte sich ihr, man tanzte nach ihrer Pfeife. Sie wurde gefürchtet. So etwas konnte einem schon zu Kopfe steigen. Es war köstlich.

Stelli ging zum Eckschrank, holte den Spiegel hervor und blickte in die wabernde Tiefe. »Zeig mir meinen Bruder«, befahl sie, und weil sie sich der richtigen Worte niemals ganz sicher sein konnte, setzte sie noch hinzu: »Zeig mir, wo sich Dref Zeenoson im Augenblick gerade befindet.«

Es gelang nicht immer. Aus unerfindlichen Gründen verweigerte der Spiegel manchmal die Mitarbeit. Dann wieder gehorchte er ihr, und so war es auch diesmal. Die dunstige Tiefe wogte und klärte sich dann. Der Nebel verflüchtigte sich, und Stelli gewahrte eine hochgewachsene, schlanke Gestalt, die über die matschigen Felder eilte. Sie erkannte die Umrisse am Horizont wieder, die alte Eiche in der Ferne, ein paar Anhaltspunkte. Dref ging also nicht zur Straße. Stelli nickte zufrieden.

Er näherte sich geradewegs dem Wäldchen am südlichen Ende der Derrivallschen Besitzung. Dort empfing ihn eine Frau mit einem Umhang und hellem Haar.

»Zeig ihn mir aus der Nähe«, verlangte Stelli, und abermals gehorchte der Spiegel aus unbekannten Gründen. Stelli erhaschte einen Blick auf die Gefährtin ihres Bruders: große Augen, ein herzförmiges Gesicht, blonde Locken. Die kleine Prinzessin Naseweis. Stelli nickte. Überrascht war sie kaum. Dref hatte schon immer verrückte Ideen gehabt, auch wenn er sie niemandem, nicht einmal sich selbst, eingestanden hätte. Dref wollte höhersteigen, notfalls über die Rücken der anderen hinweg. Das Volk war ihm gleichgültig. Er war nicht einmal ein wahrer Republikaner, geschweige denn ein Reparationist. Vielmehr war er ein Elitist, ein Volksfeind. Man mußte ihm das Handwerk legen.

Sie beobachtete weiter. Dref und seine Gefährtin, deren Herkunft allein ein Kapitalverbrechen war, näherten sich über die Felder den bewaldeten Hügeln. Es ging bereits auf den Abend zu, und das Licht wurde rasch schwächer. Aufgrund der magischen Beschaffenheit des Spiegels konnte Stelli dennoch deutlich mitverfolgen, wie ihr Bruder und ihre ehemalige Herrin den steilen, schmalen Pfad hinaufkletterten, der lange nicht mehr benutzt worden und mittlerweile von Unkraut und Buschwerk überwuchert war. Die Tochter des Marquis ging voran, und bald darauf gelangten sie zu einem ausgetrockneten Wasserlauf, der voller Steine war und dem sie bis zu einer kleinen Lichtung folgten, wo ihnen eine steile, mindestens dreißig Meter hohe Felswand aus nacktem Granit den Weg zu verstellen schien. Jetzt würden sie bestimmt haltmachen. Aber nein. Stelli beobachtete, wie die Begleiterin ihres Bruders zielstrebig zu einem pilzüberwachsenen Baumstumpf ging, zwischen dessen Wurzeln ein flacher Stein lag. Unter dem Stein war eine Vertiefung erkennbar, mit einem Hebel darin, den Prinzessin Naseweis ein paarmal hin und her schwenkte, was wohl irgendein Zeichen bedeutete; der Spiegel bot Stelli ausgezeichnete Sicht. Anschließend setzten sich die beiden auf den Boden. Nach einer Weile begann die Felswand schwach zu phosphoreszieren, was bei Tag wohl unbemerkt geblieben wäre. Stelli beugte sich vor. Das gespiegelte Felsgestein schien erst zu wabern und dann wie Lava zu brodeln. Der Schimmer wurde stärker, bis aus dem massiven Granit ein mottenhafter, graugekleideter älterer Mann hervortrat: Meister Quinz vo Derrivalle, der immer noch genauso aussah wie früher. Prinzessin Naseweis umarmte ihren Verwandten, dann schüttelten Dref und der alte Adlige sich die Hände. Sie wechselten noch ein paar Worte, danach hatte es den Anschein, als geleitete Meister Quinz seine Besucher geradewegs durch die Felswand; alle drei schienen mit dem Stein zu verschmelzen. Und dann nutzte ihr der Spiegel nichts mehr; Dref und seine Begleiterin waren verschwunden.

Stelli starrte eine Weile den Spiegel an. »Danke, Bruder«, sagte sie schließlich tonlos. »Ich danke dir.« Dann riß sie am Klingelzug, um einen Boten herbeizurufen.

26

Onkel Quinz' Unterschlupf hatte sich nicht verändert. Das altmodische, strohgedeckte, zur Hälfte aus Holz erbaute Haus lag noch immer inmitten hoher Bäume eingezwängt und war von Natur aus so gut versteckt, daß die täuschenden Sicherheitsvorkehrungen seines Bewohners eigentlich unnötig gewesen wären. Im Innern herrschte noch immer die gleiche aufgeräumte, behagliche Schlichtheit, an die Eliste sich so gut erinnerte: dieselben durchgesessenen Polstermöbel standen darin, an den Wänden hingen dieselben wenigen Ziergegenstände und über dem Feuer derselbe alte eiserne Wasserkessel. In den großen Holzschränken standen noch dieselben verstaubten Wälzer, und auch die seltsamen Musikinstrumente, die sie immer ›diese Dinger da‹ genannt hatte, waren noch dort. Quinz schien noch das gleiche mottenhafte, bleiche, milde und täuschend kindliche Wesen wie früher zu sein; ebenso sanft, liebevoll und schusselig wie eh und je. Als sie mit einem Becher heißem Apfelmost in der Hand – demselben weißen Becher mit den roten Blüten darauf, den Onkel Quinz stets für sie zurückgestellt hatte – an ihrem gewohnten Platz neben dem Kamin saß, fühlte Eliste sich beinahe wieder in ihre Kindheit zurückversetzt. Gleich würde er ihr eine Partie Blaue Katze vorschlagen, denn hier hatte sich überhaupt nichts verändert. Aber nein, das stimmte ja gar nicht; eine wesentliche Veränderung gab es – noch nie zuvor hatte Dref Zeenoson an ihrem vertrauten Beisammensein teilgenommen, und dadurch wurde alles anders.

Während Onkel und Nichte sich begrüßten, auf dem Weg zum Haus und während des sich daran anschließenden Austauschs von Neuigkeiten, hatte Dref die ganze Zeit über geschwiegen. Onkel Quinz hatte erstaunlich wenig zu erzählen. Seit dem Tod des Marquis vo Derrivalle war der Kontakt des alten Mannes mit den Bewohnern von Derrivalle – der selbst in den besten Zeiten nur gering gewesen war – vollständig versiegt. Offenbar herrsche unter den ehemaligen Leibeigenen große Verwirrung, Wut und Elend, berichtete Quinz betrübt. Derlei stürmische Gefühle seien schmerzhaft anzusehen, aufregend und ablenkend; sie störten ihn in seiner Ruhe und gingen zu Lasten seiner Kunst. Das könne er sich nicht leisten, und daher sei er gezwungen gewesen, sich zurückzuziehen. Quinz schien sich der Möglichkeit, daß die aufrührerischen Bauern ihm etwas zuleide tun könnten, kaum bewußt zu sein. Allerdings wußte er von den Spähtrupps, die auf den Hügeln umherstreiften – trotz seiner Weltfremdheit schien er doch stets zu wissen, was um ihn herum vorging –, daher hatte er die magische Tarnung seiner Behausung entsprechend verstärkt. Bislang war er ungestört geblieben, und sein ruhiges Leben setzte sich unverändert fort.

Eliste berichtete ihrem Onkel in sorgsam gewählten Worten, wie es ihr in Sherreen ergangen war. Sie erwähnte zwar die wesentlichen Tatsachen, unterschlug aber gewisse Einzelheiten. Und so erfuhr Onkel Quinz von den Zuständen in der Hauptstadt; vom Leiden und Sterben des Adels, vom Aufstieg der Reparationisten, von den Empfindsamen und den Fleischlieferanten, von Aufruhr, Wahnsinn und dem Blutvergießen in den Straßen, von Shorvi Niriennes Sturz und von Elistes Flucht im Karren – an der Nase der Boomette vorbei. Prilqs Herberge, Woniques Pension ›Zum Warmen Willkommen‹, den Fungus und die Schatzkammer erwähnte sie nicht. Allerdings kam sie nicht daran vorbei, ihm zu erzählen, daß sie sich mehrere Wochen lang mit Dref die Wohnung geteilt hatte. Nicht, daß sie etwas zu verbergen gehabt hätte; allerdings klang es bestimmt ungehörig, und Onkel Quinz war ein sehr alter Herr.

Ihre Sorge war unbegründet gewesen. Onkel Quinz hörte sich diesen Teil ihres Berichts aufmerksam an, und als Eliste geendet hatte, bemerkte er: »Aber da hattest du ja wirklich erstaunliches Glück, meine Liebe!« Und zu Dref gewandt sagte er: »Wir stehen tief in deiner Schuld, mein Junge.« Dann erkundigte er sich, ob der berühmte Whiss Valeur zufällig mit Chorl Valeur verwandt sei, den er vor vielen Jahren einmal bei einem Besuch in der Bozhenille-Gemeinde kennengelernt habe.

Eine bessere Eröffnung hätte Dref sich kaum wünschen können. Chorl sei Whiss Valeurs Vater, erklärte er dem erstaunten Onkel Quinz, dann schilderte er die mißliche Lage, in der sich die gefangenen Valeurs befanden, so wie er sie zuvor Eliste berichtet hatte. Onkel Quinz war sichtlich erschüttert; seine großen Augen verdunkelten sich vor lauter Kummer über das Leid, das Whiss' beklagenswerte Angehörige erdulden mußten; über die unschuldigen Gefangenen, seien sie nun adliger oder gemeiner Herkunft, die in finsteren Zellen schmorten; über Shorvi Nirienne und dessen Anhänger, denen man die bürgerlichen Ehrenrechte genommen und die man zu einem schmachvollen Tod verurteilt hatte; über …

Doch weshalb setzte Dref ihm immer noch weiter zu? Onkel Quinz war längst gewonnen. Seine großen, von den dicken Brillengläsern zusätzlich vergrößerten Augen würden sich jeden Augenblick mit Tränen füllen. Es war so leicht, geradezu schändlich leicht. Eliste hatte gewußt, daß Quinz vo Derrivalle mit seinem weichen Herzen keine Chance haben würde.

»Vielleicht sollten wir ihnen helfen?« schlug Quinz

vor, noch ehe Dref geendet hatte. »Es ist furchtbar, sich vorzustellen, Chorl und seine Kinder könnten gezwungen werden, ihre Kunst zu entehren. Das ist schändlich und empörend und geht alle an, die ihre Arbeit und ihr Leben der Magie gewidmet haben. Es erscheint mir beinahe wie eine Entweihung, wie eine Verunglimpfung von etwas Reinem und Heiligem. Das darf nicht sein. Das dürfen wir nicht zulassen.«

»Aber Onkel.« Eliste war erstaunt. Noch nie zuvor hatte sie ihn mit solcher Entschiedenheit reden hören. Als Kind hatte sie immer geglaubt, ihren Onkel durch und durch zu kennen; jetzt mußte sie sich eines Besseren belehren lassen.

»Verzeih mir, mein Kind. Die Klagen eines alten Mannes wirst du dir bestimmt nicht anhören wollen. Wir werden für die bedauernswerten Valeurs tun, was in unseren Kräften steht, und damit wäre alles gesagt.«

Eliste bezweifelte, daß Dref sich damit zufriedengeben würde, und so war es auch.

»Und Shorvi Nirienne, Herr?« Dref beugte sich auf dem Stuhl vor. »Könnt Ihr auch für ihn etwas tun?«

»Ich weiß nur wenig über diesen Herrn«, erwiderte Quinz milde.

»Ihr werdet mehr erfahren, wenn er überlebt. Herr, Ihr habt bereits das Elend der Einwohnerschaft von Derrivalle erwähnt, doch das ist noch gar nichts im Vergleich zur Not des Vonahrischen Volkes im allgemeinen. Ihr habt die Kokotte noch nicht gesehen, die an einem einzigen Nachmittag achtzig Verurteilte verschlingt. Ihr habt nicht miterlebt, wie ZaZa eine unbewaffnete Menschenmenge mit ihrem Feuerbrodem anhaucht…«

»Ach, sich vorzustellen, daß magische Errungenschaften zu solchen Zwecken mißbraucht werden! Empörend! Unerträglich!«

Abermals schaute Eliste ihren Onkel verwundert an.

»So steht es also in Sherreen«, fuhr Dref fort, im Bewußtsein, den schwachen Punkt seines Gastgebers getroffen zu haben, »und so wird es auch solange bleiben, wie Whiss und seine Geschöpfe über uns herrschen. Für sie ist die Magie nichts weiter als ein Folterwerkzeug und Mordinstrument, das ihnen dazu dient, ihre eigenen Landsleute zu unterjochen. Shorvi Nirenne ist einer der wenigen Männer, die ich kenne, die vielleicht imstande wären, die Dinge zum Guten zu wenden; und Ihr seid der einzige, der ihn vielleicht retten könnte.«

»Du hältst sehr viel von diesem Nirienne, nicht wahr?«

»Er besitzt außergewöhnliche Gaben.«

»Darunter zweifellos die, andere für sich einzunehmen. Also, irgend etwas muß geschehen, soviel ist einmal klar. Vielleicht habe ich lange genug der Einsamkeit und dem Lernen gefrönt. Beides ist wundervoll, doch wie es scheint, muß man einen Preis dafür bezahlen, wenn man solche Schätze schützen will. Und nun muß ich mich doch wieder in die Welt der Menschen begeben. Wie seltsam wird das sein! Dieser Nirienne ist in einem Verlies eingesperrt, sagst du?«

»Jedenfalls war er das vor zehn Tagen. Ich weiß nicht, ob er noch immer dort festgehalten wird. Im Anschluß an die Verhandlung wird man ihn vom Justizpalast in den Vorraum des Grabes schaffen, wo man ihm die Kleidung abnehmen und ihm die Hände fesseln wird; dann geht es hinaus auf den Hof zu einem von Bierce' Karren und weiter zum Platz der Gleichheit und zur Kokotte …«

Onkel Quinz zuckte zusammen.

»Die verschwenden keine Zeit«, bemerkte Dref trocken. »Alles hängt vom Zeitpunkt der Verhandlung ab – wann sie beginnt und wie lange sie dauert. Ich habe keinerlei Zweifel, daß die Reps ein gewaltiges Aufhebens darum machen werden, was die Angelegenheit hinauszögern mag. Vielleicht wird die Verhandlung um ein paar Tage verschoben werden, damit man vorher mit Flugschriften, Hetzreden und Artikeln die Stimmung anheizen kann. Die eigentliche Verhandlung könnte länger dauern als gewöhnlich. Ich habe schon erlebt, wie das Nationale Tribunal in einer halben Stunde ein halbes Dutzend Männer und Frauen abgeurteilt hat, aber Shorvi Nirienne ist ein Sonderfall. Es wird Zeugen geben, gefälschte Beweise, rituellen Verrat …«

»Welch ein Glück, daß mir das so lange erspart geblieben ist«, murmelte Quinz.

»Wahrscheinlich befindet er sich noch immer im Grab. Aber wie lange noch?« fragte Dref kaum hörbar.

»Mein lieber Junge, ich werde tun, was ich kann. Aber deinen Meister Nirienne aus einem Verlies im Grab zu befreien – das ist eine schwere Aufgabe, und ich bin mir keineswegs sicher, daß meine beschränkten Fähigkeiten dazu ausreichen werden …«

»Meister Quinz, darüber nachzudenken bleibt uns unterwegs noch Zeit genug. Dürfte ich einstweilen vorschlagen, daß Ihr Eure Vorbereitungen abschließt? Wir müssen morgen früh an der Straße sein, wenn wir die Postkutsche nach Sherreen erwischen wollen. Wir dürfen keine Zeit verlieren. Die Fabequer Straßen befinden sich in einem schlechten Zustand, und die Reise dürfte mindestens acht Tage in Anspruch nehmen.« Dref schien in Gedanken zu versinken. »Und wenn wir die Stadt endlich erreichen – werden wir dann womöglich erfahren, daß Shorvi bereits tot ist?«

»Oh, zumindest in dieser Hinsicht kann ich dir helfen.« Onkel Quinz' Miene hellte sich auf. »Ich glaube, ich weiß etwas Besseres als die Postkutsche. Glorielle wird uns tragen.«

»Herr?«

»Glorielle ist … sie kann … das heißt … Ach, das läßt sich besser zeigen als erklären. Komm mit, mein Junge. Du auch, meine Liebe.« Onkel Quinz stand auf. Er schnappte sich eine brennende Kerze und eilte zur Hintertür. Eliste und Dref blickten sich verwundert an, dann folgten sie ihm.

Draußen war es mittlerweile Nacht geworden. Im Schein von Quinz vo Derrivalles Kerze und dem durch die Fenster fallenden Licht erblickten sie ein seltsames Gebilde. Ein paar Meter vom Haus entfernt, auf einer kleinen Lichtung inmitten der Bäume, stand ein Podium mit einer kreisförmigen Öffnung in der Mitte. An beiden Seiten des Podiums ragten hohe Holzmasten auf, die jeweils mit einem Flaschenzug versehen waren. Zwischen den Masten war ein Seil gespannt, das durch Ringe an den Mastspitzen über die beiden Flaschenzüge zu zwei Klampen hinunterlief. Daran befestigt war etwas, das wie ein loser, formloser Stoffhaufen aussah. An seinem Fuß war mittels zahlreicher dünner Stricke ein Gebilde befestigt, das einer aus Weiden geflochtenen Galerie mit einem Geländer glich, auf dem sich wiederum ein gedrungenes, verwirrend vielstrebiges Gerät aus Metall und Glas befand.

»Onkel, was ist das?« fragte Eliste.

»Einen Augenblick, meine Liebe, du wirst es gleich sehen. Licht. Wir brauchen mehr Licht.« Quinz zündete mit der Kerze ein paar Laternen an, die auf Pfosten um das Podest herum standen. »So. Das hier ist – Glorielle.«

»Und was ist das, Onkel?«

»Ein Ballon«, meinte Dref leise, worauf Eliste sich überrascht zu ihm umwandte. Dref betrachtete hingerissen das seltsame Gebilde. »Hab ich recht, Herr?«

»Allerdings. Ich glaube, nicht viele hätten es in unaufgeblasenem Zustand erkannt, aber du warst ja schon immer ein heller Kopf.«

»Onkel Quinz, seit wann hast du das denn schon?«

»Ach, seit etwa einem Jahr. Und das habe ich dir zu verdanken, meine Liebe. Hättest du mich nicht darauf hingewiesen, hätte ich wohl nie erfahren, daß es ein solches Wunderding gibt.«

»Und es fliegt wirklich?«

»Wie ein Vogel.«

»Und es trägt uns über all die verschlammten Straßen hinweg bis nach Sherreen?«

»Noch heute nacht, meine Liebe. Ist das nicht aufregend?«

»Ja! O ja! Das ist es wirklich! Ich hätte mir ja nie träumen lassen… Dref, denk doch bloß!«

»Das tue ich ja gerade.« Dref schaute die gewaltige, schlaffe Stoffhülle unverwandt an. »Ich überlege gerade, daß wir jeder starken Brise auf Gedeih und Verderb ausgeliefert sein werden. Ich habe gelesen, wenn so ein Ballon gut gebaut und ordentlich mit erhitzter Luft oder noch besser mit einem brennbaren Gas gefüllt wird, dann steigt er rasch empor. Einmal in der Luft, läßt sich sein Kurs allerdings nicht mehr beeinflussen. Glorielle könnte über das Luftmeer südwärts nach Sherreen segeln, der Wind könnte uns aber ebensogut in die genau entgegengesetzte Richtung tragen.«

»Du kennst dich erstaunlich gut aus, mein Junge.« Onkel Quinz nickte. »Damit hast du den schwächsten Punkt dieses wundervollen Geräts genau getroffen. Wochenlang habe ich darüber nachgesonnen. Schließlich ist mir die Lösung eingefallen, und ich habe Monate gebraucht, um Glorielle zu bauen.«

»Wollt Ihr damit sagen, Herr, daß Ihr die Arbeitsweise des Ballons verändert habt?«

»Aber nein, mein Junge. Entschuldige, daß ich mich nicht klar genug ausgedrückt habe. Glorielle, das ist nicht der Ballon – der eigentlich nur aus einem Sack aus behandelter Seide besteht. Nein, Glorielle ist die Empfindsame, die ich gebaut habe, um den Ballon anzutreiben. Sieh nur…« Onkel Quinz kletterte auf das Podest und legte stolz die Hand auf das Gerät aus Metall und Glas, das an der Galerie befestigt war. Auf einmal leuchteten mehrere Glasspiralen auf. »Das ist sie – endlich fertiggestellt, hellwach, unternehmungslustig und erpicht darauf, zu fliegen!«

»Eine Empfindsame. Du hast tatsächlich eine Empfindsame gebaut.« Eliste dachte an die Kokotte, an die Boomette und an NuNus Nissen. Der Magen krampfte sich ihr zusammen. »Bitte rühr sie nicht an, Onkel. Bitte geh nicht so nah an das Ding heran.«

»Meine Liebe, ich bedaure es, dich tadeln zu müssen, aber sonderlich höflich bist du nicht. Du darfst meine Freundin nicht als ›Ding‹ bezeichnen. Sie heißt Glorielle, ein hübscher Name, wie ich finde. Du mußt auf die Empfindungen anderer Rücksicht nehmen, mein Kind.«

»Aber eine Maschine hat doch keine... Also gut, Onkel Quinz, ganz wie du meinst. Aber bist du dir auch sicher, daß... Glorielle... wirklich ungefährlich ist? Spuckt sie kein Feuer? Und keinen giftigen Qualm? Frißt sie kein Menschenfleisch?«

»Nicht, daß ich wüßte. Bis jetzt hat sie noch keinerlei barbarische Neigungen erkennen lassen. Allerdings...« Onkel Quinz legte seine hohe Stirn in Falten, »muß ich gestehen, daß ich nicht genau weiß, wie sie sich verhalten würde, wenn man sie nur genügend reizt. Wir kennen uns noch nicht lange genug, und ich bin noch nicht vertraut mit all ihren Eigenheiten. Wer weiß, welche Überraschungen uns noch erwarten? Ist das Leben nicht aufregend?«

»Das kann man wohl sagen. Aber Onkel...«

»Meister Quinz«, fiel Dref ihr ins Wirt, »wie steuert Glorielle eigentlich den Flug des Ballons? Das erfordert einen bislang unvorstellbaren Aufwand an mechanischer Kraft, und dabei gilt es, die Tragfähigkeit des Ballons zu beachten. Welche Kraftquelle verwendet Ihr?«

»Nun, das kann ich nicht genau sagen, mein Junge. Soviel verstehe ich nicht von der Wissenschaft. Alles, was ich dir sagen kann, ist, daß ich Glorielle *gebeten* habe, und sie hat mir den Gefallen getan und alles Nötige veranlaßt, um meine Bitte zu erfüllen. Sie war sehr hilfsbereit, sehr entgegenkommend.«

»Aber wie hat sie das angestellt? Und wie habt Ihr das angestellt?«

»Mein lieber Junge, ich weiß nicht, wie ich dir das erklären soll. Wir sprechen hier von einer bestimmten Begabung, die mir in die Wiege gelegt wurde und die weiterzuentwickeln ich mich sehr bemüht habe. Mittlerweile kann ich recht gut damit umgehen, aber wie das nun im einzelnen zusammenkommt, kann ich nicht sagen. Ich kenne die Antwort nicht. Es tut mir wirklich leid.«

Dref schüttelte lächelnd den Kopf.

Oh, ich glaube, du weißt viel mehr, als du preisgibst, Onkel, dachte Eliste. *Dref glaubt dir auch nicht ganz. Aber wahre nur deine Geheimnisse. Vielleicht ist es auch am besten so.* Laut sagte sie: »Solange es glückt, ist es völlig gleichgültig, wie du es anstellst. Und das tut es doch, oder?«

»Oh, der Ballon fliegt hervorragend, meine Liebe. Ich habe ihn schon häufig beobachtet, und es war jedesmal ein erhebender Anblick.«

»Aber das war doch bestimmt nicht alles, Onkel? Du bist doch wohl auch schon damit geflogen?«

»Bis jetzt noch nicht, meine Liebe. Heute werde ich zum erstenmal damit aufsteigen. Ich bin ganz aufgeregt!«

»Und Eure Empfindsame, Meister Quinz? Hat sie sich als verläßlich erwiesen?«

»Heute erhält sie zum erstenmal Gelegenheit dazu. Stellt euch nur vor – ein Jungfernflug! Aber mach nicht so ein besorgtes Gesicht, mein Junge. Ich versichere dir, Glorielle wird tun, was sie kann. Wenn man richtig mit ihr umgeht, ist sie durchaus liebenswürdig.«

»Hmmm.«

»Und nun an die Arbeit, Kinder! Wenn wir rechtzeitig aufbrechen wollen, bleibt noch viel zu tun. Wir müssen unsere Sachen packen, die Gondel beladen und den Ballon aufblasen.«

»Wie lange dauert das Aufblasen, Meister Quinz?«

»Das geht erstaunlich schnell. Wenn der Ofen richtig brennt, ist der Ballon in etwa einer Stunde voll. Am besten fangen wir gleich an.« Mit der Kerze in der Hand tauchte Quinz in die Öffnung in der Mitte des Podests hinab und entzündete den darin befindlichen Brennstoff. Kurz darauf richtete er sich freudestrahlend wieder auf. »Wartet nur, was ihr gleich sehen werdet, Kinder!«

Die seidene Hülle begann bereits anzuschwellen. Eliste beäugte sie mißtrauisch. »Kann ein bloßer Stoffsack uns alle drei wirklich tragen?«

»Aber gewiß doch, meine Liebe. Du wirst staunen. Warte nur ab …«

»Es sieht tatsächlich so aus, als wäre die Hülle groß genug, unser Gewicht zu tragen«, warf Dref ein. »Aber darauf werden wir es nicht ankommen lassen. Eliste, du kannst uns nicht begleiten. Du wirst hier im Haus deines Onkels bleiben.«

Das kam so unerwartet, daß Eliste ganz vergaß, wütend zu werden, und lediglich erstaunt fragte: »Wie bist du denn auf *die* Idee gekommen?«

»Durch ganz gewöhnliches Nachdenken«, entgegnete Dref. Sein Tonfall war beiläufig und sachlich, doch sein Gesicht wirkte verschlossen, abweisend und unzugänglich. »Du bist eine Adlige. Wenn man dich in Sherreen erkennt, wanderst du schnurstracks in die Kokotte; und da die Vorhüter überall sind, ist die Gefahr groß, erkannt zu werden. Trotzdem hattest du das unwahrscheinliche Glück, aus der Stadt flüchten zu können, und hier bist du in Sicherheit. Die solltest du nicht leichtfertig aufs Spiel setzen.«

Eliste schwieg. Vor lauter Überraschung schien sie

nicht mehr klar denken zu können. Nicht einen Augenblick lang hätte sie gedacht, daß sie nicht zusammen mit Dref und Onkel Quinz nach Sherreen zurückkehren würde. Jetzt, da Dref es vorgeschlagen hatte (oder vielmehr vorgeschrieben, wie konnte er es bloß wagen?), war sie gezwungen, darüber nachzudenken. Insgeheim mußte sie ihm rechtgeben. Und es war schwer, ein Argument zu widerlegen, das so vernünftig war, trotzdem mußte sie es tun. Sie würde nicht dulden, daß man sie zurückließ – auf keinen Fall. Nach kurzem Überlegen fiel ihre Antwort allerdings recht zahm aus. »Es steht dir wohl kaum an, mir vorzuschreiben, ob ich mitfliege oder hierbleibe. Ich möchte euch lieber nach Sherreen begleiten, und das werde ich auch tun. Laß uns nicht mehr davon sprechen.«

»Vielleicht sollten wir das aber doch. Sei doch so gut und gewähre mir Einblick in deine Gedankengänge, die wahrscheinlich zu schwierig für mich sind. Was wäre durch Eure höchst riskante Rückkehr nach Sherreen denn gewonnen, edles Fräulein? Was gedenkt Ihr dort zu erreichen? Klärt mich auf.«

Er war unerträglich. Wenn sie nur eine angemessene, vernichtende Entgegnung bereit gehabt hätte, um ihn in die Schranken zu weisen. Allerdings fiel ihr keine vernünftige Antwort auf seine Fragen ein. *Aber willst du mich denn nicht bei dir haben?* Das waren die Worte, die ihr in den Sinn kamen; aber das konnte sie nicht sagen, das hätte zu nichts geführt. Doch warum sollte sie sich von ihm in die Enge treiben lassen? Eliste straffte sich, reckte das Kinn und antwortete in angestrengt gleichgültigem Ton: »Ich bin wohl kaum verpflichtet, dir über meine Entscheidungen Rechenschaft abzulegen. Ich habe meine Absicht kundgetan, und damit wäre die Angelegenheit erledigt. Ich möchte mich deswegen nicht mit dir streiten; das ödet mich an.«

»Eliste, du bist unerträglich kindisch.«

»Jedesmal, wenn ich etwas tue oder sage, was dir nicht paßt, nennst du mich ›kindisch‹. Das kann ich bald nicht mehr hören.«

»Was erwartest du denn, wenn du dich wie ein mürrisches, verspieltes kleines Mädchen verhältst? Du solltest lieber dankbar sein, daß andere auf dich aufpassen, wenn du es selber schon nicht kannst. Du kommst nicht mit nach Sherreen, und *darüber* streite ich mich nicht mit dir.«

»Na wunderbar, dann sind wir also einig, uns nicht zu streiten. Und da du mich nicht daran hindern kannst, zu machen, was ich will, gibt es dazu nichts mehr zu sagen.«

»Notfalls wende ich Gewalt an.«

»Mach dich nicht lächerlich.«

»Probier's aus. Das ist mein voller Ernst. Du fliegst nicht mit.«

Es war einfach unfaßbar. Er meinte es wirklich ernst. Das sah sie an seinem Gesicht, das nicht mehr sein eigenes zu sein schien, sondern so hart und unnachgiebig wirkte wie das eines Fremden. Er würde es ihr nicht *erlauben* mitzufliegen. Vor zwei Jahren hätte sie sich in Rage gesteigert, hätte getobt, auf den Boden gestampft und damit gedroht, ihn zu ohrfeigen. Jetzt war ihr nach Weinen zumute. Dabei wäre ihr Wut viel lieber gewesen als dieser rückgratlose, erniedrigende Drang zu schluchzen. Als sie antwortete, schwankte merklich ihre Stimme. »Diese Entscheidung liegt nicht bei dir, Dref. Der Ballon gehört Onkel Quinz, und du hast kein Recht, mich davon fernzuhalten. *Du* möchtest doch, daß ich mitkomme, nicht wahr, Onkel?« wandte sie sich vertrauensvoll an Onkel Quinz.

»Gewiß doch, meine Liebe«, antwortete er mit soviel Überzeugung, wie sie es sich nur wünschen konnte. Und dennoch stimmte etwas nicht; er wand sich mit Unbehagen. Bevor sie ihn darauf ansprechen konnte, fuhr er fort: »Ich würde dich ja liebend gern mitnehmen, trotzdem muß ich zugeben, daß dein junger Mann die Wahrheit sagt. Bis jetzt habe ich nicht daran gedacht, aber er hat vollkommen recht, und ich darf nicht auf deine Kosten selbstsüchtig sein.«

Dein junger Mann? »Aber, Onkel …«

»Mein liebes Kind, in der Stadt ist es gefährlich für dich, und es gibt keinen Grund, warum du ein solches Risiko auf dich nehmen müßtest. Damit wäre nichts gewonnen.«

»Aber, Onkel Quinz …« Damit hatte sie nicht gerechnet, und jetzt fehlten ihr die Worte. »Du willst mich doch nicht etwa alleine hier in den Hügeln zurücklassen? Was sollte ich denn in der Wildnis anfangen? Ich werde verhungern oder erfrieren.«

»Aber nein, meine Liebe, für alles ist gesorgt. Im Haus findest du, was du brauchst«, versicherte ihr Quinz. »Die Vorräte und das Brennholz reichen für Monate. Und meine Trugbilder werden dich vor Eindringlingen schützen.«

»Aber, Onkel – ach, Onkel Quinz, sie werden mich nicht vor der Einsamkeit schützen. Wenn ich alleine hierbleiben muß, werde ich vor Kummer sterben. Ich bin nicht wie du, ich bin nicht für das Einsiedlerleben geschaffen. Ich ertrage es nicht; ich werde eingehen wie eine Primel. Willst du das?« fragte sie mit einer seltsamen Mischung aus Arglist und Aufrichtigkeit.

Wäre sie mit Onkel Quinz allein gewesen, hätte sie sich vielleicht durchgesetzt. Der alte Mann wirkte betroffen. Er bekam feuchte Augen. Wäre er auf sich allein gestellt gewesen, wäre er jetzt schwach geworden; doch leider war Dref auch noch da.

»Du brauchst nur ein paar Wochen durchzuhalten«, sagte er. »Bis dahin ist dein Onkel bestimmt wieder zurück.«

›*Dein Onkel.*‹ Keine Rede von ›*wir*‹. Ein paar Wochen. Auf einmal hätte sie die beiden beinahe gehaßt – diese beiden *Männer*, die gemeinsam Front gegen sie machten und sie ausschlossen. Was nützte es schon, daß Onkel Quinz schuldbewußt und bekümmert wirkte, wenn er dennoch für Dref Partei ergriff. Sie hätte weiter nach Gründen suchen, weinen und flehen können. Sie entschied sich, es nicht zu tun. Die beiden wollten sie nicht dabeihaben. Zur Hölle mit ihnen. Sie straffte das Rückgrat. »Gewiß«, sagte sie kühl. »Ganz wie ihr wollt.« Dref antwortete nicht, doch wenigstens hatte sie ihren Onkel in Verlegenheit gebracht. Gut; das geschah ihm recht. »Nun?« fragte sie. »Im Haus sind Decken und Kerzen. Soll ich sie holen?« Onkel Quinz nickte. Eliste machte auf dem Absatz kehrt und marschierte zum Haus zurück. Sie hatte einen Kloß im Hals, und ihr brannten die Augen. Am liebsten hätte sie geweint, ohne zu wissen warum. Das alles kam ihr von irgendwoher bekannt vor. Es erinnerte sie an etwas – an eine andere Nacht vor einigen Monaten. Als Dref gegen ihren Wunsch fortgehen wollte und sich um nichts in der Welt davon abbringen ließ. Er war einfach gegangen; bloß daß er diesmal Onkel Quinz mitnahm. Er ließ sie allein zurück, ohne daß es ihm etwas ausmachte; aber warum sollte es auch? Und warum sollte es ihr etwas ausmachen? Was lag schon daran, wenn ein aufsässiger Leibeigener fortging und seinen Kopf durchsetzte? So etwas nahm man am besten gar nicht zur Kenntnis. Aber sie nahm es zur Kenntnis, und es tat ihr weh. Daß er fortging, fühlte sich an wie ein Messer in ihrer Brust.

Auf einmal kam ihr der Gedanke, daß sie nicht von ihm getrennt sein wollte, weder jetzt noch in Zukunft. Tatsächlich konnte sie den Gedanken kaum ertragen. Das war dumm und unerhört, aber es stimmte. Schon seit langem war es so, auch wenn sie es geschafft hatte, die Augen davor zu verschließen. Jetzt aber gab es kein Leugnen mehr. Sie war sich deutlich bewußt, daß sie ihn bei sich haben wollte, daß sie ohne ihn niemals glücklich sein würde. Auch daß er ein ehemaliger Leibeigener war, änderte nichts daran.

Dumm. Verrückt. Eine sonderbare Abwegigkeit. Sie war eine Adlige, und sie begehrte einen Bauern, der buchstäblich bereit war, sich durch die Lüfte auf und davon zu machen und sie sitzenzulassen. Sie hatte den Herzog von Feronte und andere abgewiesen, um sich für einen flüchtigen Niriennisten von niedriger Geburt aufzusparen, der sie wie ein launisches Kind behandelte. Dref würde das bestimmt lustig finden, wenn er es nur wüßte. Sein Humor hatte nichts Plebejisches an sich, und er hatte schon immer einen freundlichen Sinn für Spott gehabt.

Solche Gedanken führten zu nichts. In ihren Augen brannten ein paar Tränen, die wischte sie weg. Schlimm genug, daß sie sich in einer solch erniedrigenden Lage befand, aber sie brauchte es nicht auch noch an die große Glocke zu hängen. Sie ließ sich ein paar Minuten Zeit, um die Fassung wiederzugewinnen; erst als sie ihr Gesicht wieder unter Kontrolle hatte, schaute sie sich im Zimmer nach den Decken und den Kerzen um, die sie hatte holen wollen. Jetzt erst fiel ihr das eigenartige Aussehen des Spiegels auf, der hinter ihr an der Wand hing. Es war ein kleiner Spiegel in einem Holzrahmen, der seit jeher an der gleichen Stelle hing. Als Kind hatte sie häufig davor gestanden und Grimassen geschnitten; jetzt wäre das nicht mehr möglich gewesen, denn das Glas hatte seine spiegelnde Eigenschaft eingebüßt. Es spiegelte sich nichts mehr darin. Die glatte Oberfläche war neblig grau, vollkommen leer und leuchtete von innen heraus in einem an- und abschwellenden Rhythmus. Eine Weile beobachtete Eliste diese Erscheinung voller Neugier und Unbehagen. Dann rief sie laut nach ihrem Onkel. Quinz und Dref waren im Nu bei ihr.

»Was ist da los? Warum blinkt das so?« fragte Eliste.

»Kein Grund zur Beunruhigung, meine Liebe«, versicherte ihr Quinz. »Das Haus versucht mich nur auf sich aufmerksam zu machen. Es will mir wohl etwas sagen.«

»Wirklich? Das Haus redet mit dir?«

»Aber gewiß doch. Das Haus ist schon seit Jahrzehnten wach. Hast du das denn nicht gewußt?«

»Nein, das ist mir neu. Worüber redet es denn mit dir?«

»Vor allem über Mäuse. Über faules Dachstroh, verrostete Türangeln und Bodenprobleme. *Entre nous*, seinem Gespräch mangelt es an Reiz; aber ich möchte ja auch nicht unfreundlich sein. Also dann. Hören wir uns mal an, was das Haus zu sagen hat.« Onkel Quinz legte die Hände beiderseits des Spiegels flach auf die Wand. Mit geneigtem Kopf murmelte er leise und unverständlich vor sich hin, so wie Eliste es von ihm kannte, wenn er einen magischen Auftritt vorbereitete. Eine Weile geschah gar nichts – zumindest nichts Bedeutsames. Ein Fensterladen klapperte, ein Bodenbrett knarrte, die Asche im Kamin wurde aufgewirbelt, und Onkel Quinz nickte knapp, wie zur Bestätigung, daß er verstanden habe. Wieder sagte er etwas, und diesmal klärte sich der Spiegel und zeigte ein Bild – jedoch nichts aus dem Zimmer oder aus dem Haus. Eliste erkannte den schmalen Pfad wieder, der über den Hügel zu der Felswand führte, die den Weg zum Haus von Onkel Quinz versperrte. Und wie sie die mehr als dreißig Meter hohe steile Felswand so anschaute, wurde sie sich zum erstenmal ihres Scheincharakters bewußt. Die Umrisse des Gesteins waren ihr vertraut und schienen unverändert, doch der Fels selbst wirkte ebenso gegenstandslos wie dichter Nebel, durch den sie undeutlich Büsche, Unterholz und die Fortsetzung des Weges wahrnahm, der über den steilen Hang weiter nach oben führte. So sah das also in Wirklichkeit aus. Von weitaus größerem Reiz als das Gelände waren allerdings die Gestalten, die es bevölkerten. Am Fuße der Felswand waren etwa ein Dutzend bewaffnete Männer versammelt, deren scharlachrote Halstücher und Diamantabzeichen sie als Mitglieder der hiesigen Patrouille reparationistischer Genossen auswies.

Eliste versteifte sich. »Onkel«, flüsterte sie, »haben wir irgendwelche Waffen im Haus?«

»Keine einzige, meine Liebe. Was sollte ich auch schon mit solch gefährlichen Gegenständen anfangen? Hast du etwa kein Vertrauen mehr in die Fähigkeiten deines Onkels? Diese umherstreifenden Banden werden uns hier nie und nimmer aufspüren.«

Doch gerade in diesem Augenblick näherte sich einer der Genossen zielstrebig dem zwischen den Wurzeln des alten, verrottenden Baumstumpfs verborgenen flachen Stein, schob ihn beiseite und legte die darunter befindliche kleine Vertiefung mit dem Bronzehebel frei; dann bewegte er den Hebel ohne zu zögern in dem Rhythmus, den Eliste sich bereits als Kind eingeprägt hatte. Im Haus erklang ein Glockenspiel, während im Spiegel der undurchdringliche Nebel, aus dem die täuschende Felswand bestand, so dramatisch aufleuchtete, daß man sich wunderte, daß die Genossen nicht geradewegs hindurchschauen konnten.

»Das ist das Ende! Woher hat er gewußt, wo der Hebel ist? Woher wußte er, was man damit anstellt? Onkel, hast du auch bestimmt niemandem davon erzählt?«

»Ich nicht, meine Liebe. Das ist allerdings höchst verwunderlich.« Onkel Quinz schien belustigt. »Ist euch vielleicht jemand gefolgt?«

»Nein, Herr.« Dref war sich ganz sicher. »Dafür stehe ich ein. Wir wurden nicht verfolgt.«

»Seltsam, seltsam. Aber auch höchst bemerkenswert. Nun, wie ihr seht, gibt es viele Möglichkeiten der Beobachtung. Offenbar kennt sich jemand damit aus oder hat sogar etwas Neues entdeckt – eine reizvolle Möglichkeit. Ausgesprochen fesselnd.«

»Onkel, was wirst du unternehmen, um sie aufzuhalten?«

»Mein Kind, um meine Privatsphäre zu schützen, habe ich mich seit jeher auf Trugbilder verlassen. Sollten diese versagen, dann muß ich zugeben, daß ich nicht mehr weiter weiß. Aber wir sollten nicht gleich das Schlimmste annehmen. Vielleicht können wir sie ja trotzdem zum Narren halten.«

»Vielleicht.« Dref betrachtete unverwandt den Spiegel, in dem die Genossen ziellos an der Felswand herumliefen, versuchsweise daran herumtasteten und dagegenschlugen. »Ich habe allerdings den Eindruck, daß sie genau wissen, womit sie es zu tun haben. Meister Quinz, wieviel Wirklichkeit halten Eure Trugbilder aus?«

»Manchmal verflüchtigen sie sich schon beim leisesten Hauch; häufig aber sind meine Schattengebilde so mächtig wie die Angst, so hartnäckig wie die Eitelkeit und so langlebig wie die Hoffnung. Das hängt von der Persönlichkeit des jeweiligen Betrachters ab, mein Junge.«

»Dann werden diese Bauernflegel in Kürze hier sein«, fürchtete Eliste. »Am besten sollten wir so schnell wie möglich verschwinden; und Schluß mit dem Gerede, daß ich hierbleiben soll.« Der überraschende Angriff auf einen bislang unantastbaren Schutzraum machte das Wagnis für sie noch größer; damit wurden sämtliche Gründe, die für ihr Bleiben sprachen, hinfällig, und eigentlich hätte sie sich darüber freuen sollen. Nur mit Mühe konnte sich Eliste ein Lächeln verkneifen.

»Aber, mein liebes Kind ...« Onkel Quinz wirkte aufrichtig besorgt. »Ich bedaure wirklich ...«

»Spart Euch das Bedauern«, riet ihm Dref. »Vielleicht werden wir es alle noch brauchen. Wie lange wird es noch dauern, bis der Ballon startklar ist?«

»Ach, nicht mehr lange – das läßt sich nur schwer vorhersagen. Schauen wir doch mal nach.«

Sie traten durch die Hintertür ins Freie. Im Schein der Laterne und des Mondes erblickten sie eine riesige Blase, so dunkel wie der Mond und reichverziert mit goldenen Schnörkeln. Eliste machte große Augen. Ein erstaunlicher Anblick, und erstaunlich war auch die Geschwindigkeit, mit der sich der Ballon entfaltete. Die schlaffe Hülle hatte sich bereits aufgerichtet und schwoll rasch an; die seidene Umhüllung wirkte allerdings noch schlaff und warf Falten.

»Vielleicht noch eine Viertelstunde, dann sind wir startbereit«, sagte Quinz. »Ist das nicht wundervoll?«

»Kann man den Vorgang vielleicht beschleunigen, Herr?«

»Ich glaube nicht. Am besten nehmen wir die Laternen mit. Glorielle hat eine Schwäche für Beleuchtung.«

Die folgende Viertelstunde über waren sie damit beschäftigt, die Gondel mit Vorräten, Brennstoff, Wassereimern und Ballast zu beladen, wobei Dref darauf achtete, das Gewicht gleichmäßig zu verteilen. Dann waren sie mit dem Beladen fertig. Der prachtvoll anzuschauende Ballon zerrte an den Haltetauen, während Glorielle, ganz offensichtlich hellwach und sich ihrer Umgebung gewiß, pulsierend leuchtete. Der Stahlrahmen zitterte, und man vernahm ein hohes, inbrünstiges Summen.

Am schmalen Hals des Ballons war mittels Ketten ein Feuerbehälter aus Schmiededraht befestigt. Quinz vo Derrivalle stand in der Gondel und belud den Behälter durch Öffnungen im Hals mit Brennstoff. Anschließend entfachte er ein Feuer. Eliste sah ihrem Onkel eine Weile zu, dann gewannen Neugier und Unbehagen die Oberhand, und sie kehrte zum Spiegel zurück, um zu sehen, wie weit die Genossen waren.

Soeben brach einer von ihnen durch den vorgetäuschten Fels. Er taumelte ein paar Schritte nach vorn, geriet ins Stolpern und schlug der Länge nach hin. Nach einer Weile setzte er sich auf und blickte verwundert umher. Währenddessen gerieten seine Kameraden außer sich und hämmerten heftig gegen die Felswand, die ihnen noch immer undurchdringlich erschien und sich für sie auch so anfühlte. Anscheinend brüllten sie. Eliste sah, wie sich ihre Münder bewegten, allerdings hörte sie nichts. Der verschwundene Genosse rappelte sich wieder hoch, drehte sich zu den anderen herum und schien ihnen etwas zuzurufen. Währenddessen schwang er seine Laterne hin und her. Die Männer verharrten reglos und lauschten mit schiefgelegtem Kopf. Bestimmt konnten sie ihren verschwundenen Kameraden hören; ob sie die Lichtzeichen sahen, blieb allerdings unklar. Der erste Mann ging in die Richtung zurück, aus der er gekommen war; trat aus der Felswand hervor und verschwand wieder mühelos darin; dann streckte er einen Arm aus, was für seine Kameraden ausgesehen haben mußte, als wachse ein menschliches Glied aus dem harten Fels hervor. Einen nach dem anderen zog der erste Genosse seine Kameraden durch das Trugbild hindurch.

Eliste hatte genug gesehen. Sie raffte die Röcke und rannte wieder nach draußen. »Sie sind durch«, berichtete sie.

»Alle einsteigen«, befahl Dref. »Der Ballon ist soweit.«

»Ja, das ist er«, pflichtete Onkel Quinz ihm bei. »Ich bin mir allerdings nicht sicher, ob man das auch von Glorielle sagen kann. Ich habe den Eindruck, sie braucht noch ein bißchen Zeit.«

»Wofür, Onkel?«

»Zur Besinnung, glaube ich.«

»Dann sag ihr, daß sie sich beeilen soll.« Eliste ließ sich von Dref in die Gondel helfen – was gar nicht so leicht war, da der mittlerweile vollständig aufgeblähte Ballon wild umhersprang.

»Aber nein, mein Kind. Das muß man schon Glorielle überlassen. Vielleicht bin ich ja zu nachsichtig mit ihr, denn sie ist eigensinnig und neigt bisweilen zu Unmutsäußerungen.«

»Unmutsäußerungen?«

»Wenn man sie mißachtet, könnte es passieren, daß sie die Gondel schiefstellt und uns in tausend Metern Höhe einfach auskippt. Bitte versteh mich nicht falsch. Sie ist nicht von Natur aus bösartig, nur ein wenig temperamentvoll.«

»Aber Onkel Quinz, wir …«

»Gleich, meine Liebe. Mit Glorielle muß man Geduld haben. Das kannst du mir glauben.« Onkel Quinz tätschelte die Empfindsame. Diese leuchtete auf, und das pulsierende Licht nahm eine rosa Färbung an. »Ich glaube, sie fühlt sich ein wenig bedroht – ein wenig unsicher. Daher ist sie gezwungen, sich zu behaupten. Wir müssen ihren Bedürfnissen Rechnung tragen. Wir werden noch ein wenig warten.«

Am liebsten würde ich diesen Schrotthaufen von einer Primadonna mit einem Vorschlaghammer Mores lehren, dachte Eliste, hütete aber aus Klugheit ihre Zunge. Sie blickte zu Dref. Er verzog keine Miene, dennoch spürte sie seine Ungeduld. Mit den Fingern trommelte er unruhig auf das Geländer.

Als sie eine Weile gewartet hatten, sahen sie zwischen den Bäumen eine Laterne aufleuchten und vernahmen laute Stimmen. Die Genossen hatten den Rand der Lichtung erreicht.

»Onkel Quinz …«, meinte Eliste flehentlich.

»Psst, mein Kind.« Quinz preßte beide Hände flach auf das glänzende Gehäuse der Empfindsamen, beugte sich vor und flüsterte einschmeichelnd: »Glorielle. Meine liebe Glorielle. Wir verlassen uns auf dich.« Offenbar hatte er die richtigen Worte gefunden, denn die Empfindsame pulsierte in einem warmen Licht und gab ein zärtliches Klicken von sich. »Danke, meine Liebe. Das ist sehr freundlich von dir.« Quinz richtete sich auf. »Wir haben Glück. Glorielle hat uns erlaubt einzusteigen.«

Wie reizend von ihr. Eliste schwieg.

»An die Arbeit, Kinder!«

Eilends lösten sie die Haltetaue. Als die Genossen um die Ecke des Hauses bogen, fielen die letzten Stricke, und die gewaltige schwärzliche Kugel stieg lautlos zu den Sternen empor. Unter ihr ertönten leise Rufe und Schreie; zwei, drei Schüsse knallten wie Feuerwerkskörper. Eliste achtete kaum darauf. Der Boden blieb wunderbarerweise unter ihr zurück. Sie flog ohne ein Geräusch, ohne Anstrengung – so mühelos, als besäße sie keinen Körper mehr, und so frei wie nie zuvor. Es war wundervoll und kaum zu glauben. Als sie in die Tiefe schaute und die vom Mondschein erhellte Welt langsam unter sich vorbeiziehen sah, vergaß sie eine Zeitlang alles um sich herum.

Ein körperliches Unbehagen unterbrach die seltsame Trance. Es war bitterkalt geworden. Der Winter war zurückgekehrt, und trotz der Nähe des Feuers, das Dref und Quinz mit Stroh nährten, zitterte Eliste und klapperte mit den Zähnen. Die Flammen loderten so weit empor, daß sie schon meinte, der Ballon müsse es ihnen nachtun und mit einem Satz in den Himmel schießen; doch wenn er es tat, so spürte sie nichts davon. Unter ihnen zogen die Felder und Hügel, die schlafenden Dörfer und Gehöfte von Fabeque vorbei, während die Gondel mitsamt ihren Passagieren unbewegt in der Luft zu hängen schien.

Dennoch bewegten sie sich voran, und zwar mit beträchtlicher Geschwindigkeit. Zur Rechten sah man in der Ferne bereits eine Ansammlung von Lichtern; das mußte Grammantes sein. Der Wind wehte den Ballon mit einer solchen Geschwindigkeit nach Südosten, daß sie bis zum Morgen die Grenze nach Haereste erreicht haben würden. Jetzt, wo Dref und Onkel Quinz bei ihr waren, fand Eliste, es sei gar keine so üble Idee, aus

Vonahr zu flüchten und in einem fernen Land Zuflucht zu suchen. Sie hätte überhaupt nichts dagegen gehabt. Allerdings waren die beiden Männer anderer Meinung – und außerdem war ja noch Glorielle zugegen, um den Unwägbarkeiten des Windes zu trotzen.

Onkel Quinz liebkoste die Empfindsame und redete zärtlich auf sie ein. Glorielle leuchtete pulsierend auf und summte. Flammende Lichtbogen spielten entlang der gläsernen Spiralen, was Eliste an ihre berühmte Verwandte, die Kokotte, erinnerte. Glorielle summte, hoch und hungrig; drei- oder viermal peitschten die Drahtfortsätze durch die Luft, und man vernahm ein zischendes Geräusch, als holte sie tief Luft. Dann atmete sie kraftvoll wieder aus, und dieser Luftschwall trieb den Ballon südwärts auf Sherreen zu. Dann wiederholte sich der Vorgang, der Wind wehte ihnen ins Gesicht, und die Empfindsame gab allerlei Geräusche von sich.

Weiter ging es, und der Bann war gebrochen. Eliste seufzte leise auf.

Trotz aller Erschwernisse kamen sie gut voran. Wie Glorielle steuerte, blieb ihnen verborgen; vielleicht orientierte sie sich an den Sternen oder an der unter ihnen vorbeiziehenden Landschaft; vielleicht aber auch an den Leuchtfeuern und Anhaltspunkten unbekannter Sphären. Was es auch sein mochte, ihr Vorgehen war wirkungsvoll; der Ballon behielt seinen südlichen Kurs bei, was Dref anhand der Sterne bestätigte. Die Stunden verstrichen, und die Landschaft zog unter ihnen wie ein Fluß dahin. Eliste wickelte sich zum Schutz vor der Kälte in eine Decke ein und beschäftigte sich damit, das Feuer zu nähren oder es zu bekämpfen. Die Glut in dem Metallkorb mußte nämlich mit Stroh und gehäckselter Wolle unterhalten werden, während die kleinen Brände, die wie Ausschlag auf der seidenen Ballonhülle aufflammten, mit feuchten Schwämmen gelöscht werden mußten. Es hatte keinen Sinn, sich die

Folgen eines unkontrollierten Brandes vorzustellen – die lodernden Flammen, den langen Sturz in die Tiefe. Am besten verließ man sich auf den triefnassen Schwamm und dachte nicht weiter nach. Eliste tupfte und wischte, bis ihr die Arme weh taten. Sie schaufelte Heu und schob gehäckselte Wolle durch die Öffnungen. Dref tat das gleiche, während Onkel Quinz sich hinten mit seiner Schöpfung unterhielt. Die Zuwendung des alten Herrn gefiel Glorielle anscheinend, denn sie arbeitete ohne Unterlaß und schob den Ballon durch Nacht und Dunkelheit gen Süden. Ab und zu war der Wind ihnen günstig gesonnen und trug sie mühelos mit sich fort. Dann wieder waren sie auf die Schubkraft der Empfindsamen angewiesen, und der Ballon kam nur mühsam voran, wie ein Gefangener, der eine Eisenkugel an einer Kette hinter sich herschleppte.

»Schon mal daran gedacht, die Form des Ballons zu ändern, Herr?«

Als Eliste sich umwandte, sah sie, wie Dref eine Ellipse in die Luft zeichnete, doch die Antwort ihres Onkels konnte sie nicht verstehen, falls er überhaupt etwas darauf erwiderte.

Trotz des bisweilen widrigen Windes dauerte die Reise nur kurze Zeit. Für die Strecke, welche die Kutsche auf schlammigen Straßen in acht Tagen zurücklegte, brauchte der Ballon nicht einmal eine einzige Nacht. Etwa eine Stunde vor Anbruch des Morgens setzten sie einige Meilen nordöstlich von Sherreen sanft auf einem Feld auf. Der Wurfanker fand Halt, es gab einen schwachen Ruck, doch die Aeronauten wurden kaum durchgeschüttelt. Noch ehe sie ausgestiegen waren, fiel der Ballon bereits in sich zusammen, und die bauschige Hülle legte sich auf ihre Schultern. Neue Feuer flammten auf der Seidenhülle auf. Zwar wurden sie rasch gelöscht, dennoch war die Hülle zu stark beschädigt, als daß man sie wieder hätte flicken können, und sie waren gezwungen, sie zurückzulassen. Auf Glorielle allerdings konnte man nicht verzichten. Zum Glück war die Empfindsame handhabbar und leicht genug, um sie zu tragen. Sie wurde in einem Leinensack verstaut, den Dref auf die Schultern nahm, dann gingen sie querfeldein bis zur nächsten Straße, der sie im Schein der Laterne und der Sterne bis zum kleinen Sherreener Stadttor folgten, das auf die Gante-Straße mündete.

Es war leichter, sich in die Hauptstadt zu begeben, als sie zu verlassen. Wahrscheinlich hätte es ohnehin kein Volksfeind, der im Vollbesitz seiner geistigen Kräfte war, gewagt, Sherreen zu betreten. Niemand sprach sie an, und es wollte auch niemand ihren Paß oder ihren Ausweis sehen, als sie im Morgengrauen inmitten einer Gruppe von Bauern, die zum Markt unterwegs waren, das Tor durchschritten. Ehe die Sonne über den Dächern aufgestiegen war, hatten sie Drefs Wohnung erreicht. Ihre Ankunft wurde kaum bemerkt. Niemand hinderte sie am Eintreten, und bald darauf hatten sie die Wohnungstür hinter sich zugesperrt, sich auf Bett, Pritsche und Boden niedergelassen und waren eingeschlafen.

Stelli Zeenosa hatte die Tätigkeiten ihres Bruders im magischen Spiegel des toten Marquis vo Derrivalle mit Neugier verfolgt. Aufmerksam hatte sie seine Begegnung mit Prinzessin Naseweis, den Aufstieg zum Unterschlupf des merkwürdigen alten Adligen, die Bemühungen der Genossen und die Flucht im Ballon beobachtet. Sie hatte mitangesehen, wie die riesige aufgeblähte Seidenhülle in der Ferne verschwunden war und die Volksfeinde in die Freiheit getragen hatte; sie hatte die Hilflosigkeit der überrumpelten Genossen miterlebt. Dies alles hatte sie gesehen, aber jetzt war die Zeit des Zuschauens vorbei, und die Zeit zum Handeln war gekommen.

Stelli legte den Spiegel weg, öffnete die oberste Schublade im Schreibtisch des Marquis, wühlte blind darin und brachte eine Miniatur aus Elfenbein zum Vorschein. Sie betrachtete das Bild voller Abscheu, dann legte sie es beiseite und suchte weiter nach Papier, Feder und Tinte. Als das Schreibzeug vor ihr lag, dachte sie eine Weile nach, während ihre schwarzen Augen wie Gewehrläufe auf das leere Papier zielten. Schließlich nahm sie die Feder in die Hand. Die Unterlippe hatte sie zwischen die Zähne gezogen und die Stirn in Falten gelegt, denn das Formulieren fiel ihr nicht leicht. Schreiben war unnatürlich, trotzdem kannte sie sich damit aus – das hatte sie ihrem Bruder zu verdanken. Dref hatte es ihr vor langer Zeit beigebracht. Mit den Krümeln, die er am Tisch der Adligen aufgelesen hatte, war er stets unerträglich großzügig umgegangen. Aber vielleicht würde er für seinen Großmut ja jetzt die verdiente Belohnung bekommen.

Ihre Unsicherheit schwand. Sie tauchte die Feder in die Tinte und schrieb:

An den Republikanischen Protektor, an das Nationale Wohlfahrtskomitee von Sherreen:

Genosse Whiss Valeur, ich bin ein reparationistischer Patriot aus Fabeque und möchte Euch mitteilen, was in Eurer Stadt vorgeht, denn anscheinend sagt es Euch ja sonst niemand. Genosse Whiss, Ihr werdet demnächst Schwierigkeiten bekommen. Es gibt da einen alten, magisch begabten Adligen namens Quinz vo Derrivalle, der nach Sherreen unterwegs ist, um Euch Schwierigkeiten zu machen. Er ist ein hagerer alter Kerl mit weißem Haar und dicken Brillengläsern. Er sieht aus wie ein blöder, verhutzelter Greis, aber laßt Euch dadurch nicht täuschen. Er wird begleitet von seiner Nichte Eliste vo Derrivalle, einer aufgedonnerten adligen Hure, von der ich ein Porträt beilege. Beide sind Feinde des Volkes. Sie stecken mit all den anderen

Störenfrieden unter einer Decke. Sie wollen Euch töten, und das werden sie auch tun, wenn Ihr Euch nicht vorseht. Der alte Mann hat die Magie studiert und kann damit umgehen, er wird Euch die größten Schwierigkeiten machen, die Ihr je hattet. Wenn Ihr den alten Mann und das Mädchen nicht findet, werden sie Euch mit ihrer Magie zu Fall bringen, darauf könnt Ihr Euch verlassen. Ich schreibe Euch dies, weil ich Euch treu ergeben bin. Ihr solltet besser etwas gegen diese adligen Verräter unternehmen, sonst werden sie alles auf den Kopf stellen. Bloß werdet Ihr das nicht mehr erleben. Glaubt mir, das ist die reine Wahrheit.

Ein Patriot aus Fabeque

Stelli las den Brief noch einmal durch. Er war holperig geschrieben und voller Tintenkleckse, entsprach aber doch in etwa dem, was sie hatte sagen wollen. In ihrem eigenen Sinn hatte sie es unterlassen, ihren Bruder zu erwähnen, der denselben Familiennamen führte wie sie. Vielleicht würde ihr eine glückliche Vorsehung schon noch die Gelegenheit verschaffen, mit Dref abzurechnen. Falls Whiss Valeur tatsächlich der war, für den seine Genossen ihn hielten, würde er bis dahin alles Nötige veranlassen.

Stelli faltete das Schreiben über der Miniatur, die ihre ehemalige Herrin darstellte, zusammen, versiegelte das Päckchen mit Wachs und riß am Klingelzug, um jemanden damit zu beauftragen, morgen die Postkutsche nach Sherreen abzufangen. In wenigen Stunden wäre der Brief dann unterwegs; und wenn er sein Ziel erreichte …

Bei dem Gedanken wurde ihr ganz warm ums Herz.

27

Eliste war eigentlich davon ausgegangen, daß sie sich Drefs Wohnung zu dritt teilen würden – was zwar ein wenig beengt gewesen wäre, aber immer noch der Inbegriff von Behaglichkeit im Vergleich zu Prilqs Herberge oder Woniques Pension ›Zum Warmen Willkommen‹. Onkel Quinz jedoch wies dieses Ansinnen sogleich von sich. Der alte Herr verlangte nach einer abgeschiedenen und stillen Wohnung, wo er sich ausruhen, meditieren und die für seine magischen Unternehmungen nötige Sammlung erlangen könne. Zwar werde er in Sherreen ohnehin keinen wahren Seelenfrieden finden, dennoch brauche er ein eigenes Zimmer. Daher mietete ›Großvater Renois‹, wie er sich jetzt nannte, ein gemütliches Zimmer im zweiten Stock an der Rückseite der Pension; sehr zur Belustigung der studentischen Mieter, die dem neuen Mitbewohner den Spitznamen ›Wechselbalg‹ gaben. Ein paar Tage lang erregte der Sonderling beträchtliches Aufsehen. Schließlich war nicht nur ›Renois'‹ Alter höchst ungewöhnlich, es fiel auch auf, daß er bisweilen mitten in der Nacht das Haus verließ, um irgendwelche Besorgungen zu tätigen; außerdem paßte seine Ausdrucksweise überhaupt nicht zu der seines angeblichen Enkels. Zwar bemühte sich Onkel Quinz, seinen Adelsakzent zu unterdrücken, doch da es ihm am rechten Verständnis für solche Nebensächlichkeiten fehlte, machte er häufig Fehler.

Hätte er häufiger Umgang mit seinen Nachbarn gehabt, hätte das gefährlich werden können. Da der alte

Mann jedoch die Abgeschiedenheit liebte und vorwiegend bei Nacht tätig war, kam es nur selten zu einer Begegnung. Hin und wieder sah man ihn in den Stunden zwischen Mitternacht und Morgengrauen in Gedanken verloren die Treppe hinauf oder hinunter steigen. Begegnete er dann jemandem auf dem Korridor, so lächelte er freundlich, aber geistesabwesend und nickte zerstreut; oder der alte Mann nahm seine Nachbarn gar nicht zur Kenntnis, so als glaubte er sich – versunken in eine Art geheimnisvoller Trance – ganz allein. Großvater Renois meinte das offenbar nicht böse, und das glaubte auch niemand, dennoch drängte sich bisweilen der Eindruck auf, der alte Herr sei ein wenig einfältig, wenn nicht gar wirr im Kopf. Nach ein paar Tagen fand das Rätseln ein Ende; der neue Mitbewohner galt fortan als liebenswerter, harmloser Spinner, der gerne bei Mondschein an die frische Luft ging.

Onkel Quinz' Rückzug brachte Eliste in Verlegenheit. Jetzt war sie wieder dort, von wo sie vor einigen Tagen aufgebrochen war – wieder in Sherreen, in einer Wohnung mit Dref Zeenoson. Ursprünglich hatte sie geglaubt, daß ihr Onkel – als erwachsener männlicher Verwandter, dem nun, ob er es wollte oder nicht, die Rolle des Beschützers zugefallen war – ein solch fragwürdiges Zusammenleben unterbinden würde. Allerdings schien Quinz vo Derrivalle, der die Regeln des Anstands weniger verachtete, als daß er sie übersah, gar nichts Ungewöhnliches dabei zu finden. An dem Morgen, als er in sein Zimmer umgezogen war, hatte er lediglich gemeint: »So, Kinder, jetzt haben wir es alle viel bequemer«, worauf er sich mit einem Lächeln auf den Lippen zurückgezogen hatte.

Eliste war überrascht gewesen, beinahe enttäuscht. Sie hatte erwartet, ihr Onkel werde die Lage dadurch vereinfachen, daß er ihr vorschrieb, was sie zu tun und lassen habe; statt dessen hatte er die Entscheidung ganz und gar in ihre Hände gelegt. Ursprünglich war sie von Dref abhängig gewesen; was unangenehm, aber nicht zu ändern gewesen war. Wäre sie aus Flous Tasche weggegangen, hätte sie wieder auf der Straße gestanden. Doch nun war ihr Verwandter aus Derrivalle zugegen, und so weltfremd er auch schien, hatte er doch nicht versäumt, ausreichend Bargeld mitzunehmen – nicht das wertlose Papiergeld des Republikanischen Protektorats, sondern gute alte Rekkos. Onkel Quinz würde ihr bereitwillig eine eigene Wohnung bezahlen – sie brauchte ihn nur darum zu bitten. Sie konnte jederzeit ausziehen.

Das wäre ihr jedoch schwergefallen, wenn es auch das Naheliegendste gewesen wäre. Eigentlich hätte sie einer Lage, die peinlich und erniedrigend geworden war, so schnell wie möglich den Rücken kehren sollen. Auch für Dref wäre es das Beste gewesen, wie sie sich träumerisch klarmachte. Er hatte schon weit mehr für sie getan, als man von einem alten Freund erwarten konnte, doch selbst Drefs Großzügigkeit mußte irgendwann eine Grenze haben. Bestimmt wäre er froh gewesen, seine Wohnung wieder ganz für sich zu haben. Ja, alles sprach dafür, daß sie auszog – und zwar ohne Bedauern, denn sie fühlte sich in Flous Tasche längst nicht mehr wohl. Im Grunde war sie sogar unglücklich. Seltsam, sich vorzustellen, daß sie hier wochenlang in unbekümmertem Behagen verbracht hatte. Wie kam es nur, daß es ihr damals so gutgegangen war, während sie sich nun so elend fühlte, obwohl die äußeren Umstände doch unverändert geblieben waren? Natürlich hatte sie selbst sich verändert und war sich endlich der lächerlichen, weichlichen, unangemessenen und erniedrigenden Gefühle bewußt geworden, die keine Frau von adliger Herkunft einem Leibeigenen hätte entgegenbringen dürfen – zumal einem Leibeigenen, der diese Gefühle nicht erwiderte.

Aber es gibt keine Leibeigenen mehr. Und auch keine Adligen.

Gleichgültig. Sie war tief beschämt und in großer Verlegenheit. Sie brachte es kaum noch fertig, Dref in die Augen zu blicken. Hätte er ihre Gedanken erraten – und bei seinem Scharfblick war das nicht auszuschließen –, wären die Folgen schrecklich gewesen. Er wäre ihr freundlich begegnet. Er hätte sich bemüht, ihre Gefühle nicht zu verletzen. Er wäre besorgt und vorsichtig gewesen und hätte sie bedauert. Nein, er durfte es auf keinen Fall erfahren.

Tag und Nacht grübelte sie über die Möglichkeit des Selbstbetrugs; dabei war ihr durchaus klar, daß sie sich gar keine Sorgen hätte machen brauchen. Auch wenn sie sich hundertmal verplappert hätte, Dref würde es trotzdem nicht bemerkt haben. Ganz und gar in Anspruch genommen von seiner Sorge um Shorvi Nirienne, schien er ihre Anwesenheit kaum zur Kenntnis zu nehmen. Der Prozeß gegen die ›Nirienne-Bande‹, wie man die fünf Angeklagten nannte, hatte am Tag ihrer Rückkehr nach Sherreen begonnen. Die Verhandlung verlief so, wie Dref es vorausgesehen hatte – spektakulär, laut, unter reger Anteilnahme der Öffentlichkeit und gespickt mit allen möglichen Derbheiten. Aufgrund der besonderen Bedeutung des Falles wurde Nirienne und seinen vier Anhängern – Frezhelle, Riclairc und die Geschwister Bulaude – das außergewöhnliche Recht zugesprochen, die von der Anklage aufgerufenen Zeugen einem Kreuzverhör zu unterziehen. Schon aus diesem Grund würde sich die Verhandlung in die Länge ziehen. Offenbar wollten die Reparationisten den größtmöglichen Vorteil aus dem Ereignis ziehen.

Dref war ständig auf der Suche nach Neuigkeiten. In der Hoffnung, irgend etwas Nützliches aufzuschnappen, verbrachte er viel Zeit in den Weinläden und Kaffeehäusern. Einen Teil des Tages verwandte er darauf, sich vor dem Justizpalast herumzutreiben, diesem trübseligen Überbleibsel einer royalistischen Vergangenheit, das an das Grab angrenzte und nun das Nationale Tribunal beherbergte. An jedem Wochentag drängten sich Schaulustige vor dem Eingang des Palastes. Niriennes Prozeß zog wahre Horden von Neugierigen an, so daß die häufige Anwesenheit des hochgewachsenen jungen Mannes nicht weiter auffiel.

Am Abend war Dref meistens unterwegs und erledigte seine zahlreichen Besorgungen; Eliste hatte den starken Verdacht, daß dazu auch Versammlungen der Niriennisten gehörten. Der Gedanke lag nahe, daß Niriennes verzweifelte und verwegene Anhänger seine Befreiung planten – einen Überfall auf den Justizpalast oder womöglich sogar auf das Grab. Ein solcher Versuch wäre von vorneherein zum Scheitern verurteilt gewesen, doch davon einmal abgesehen, waren sie verrückt und zahlreich genug, um es zu versuchen, denn es gab nichts, was sie für ihren Anführer nicht getan hätten. Jedenfalls war es zwecklos, um eine Erklärung zu bitten. Dref verstand sich darauf, allen Fragen auszuweichen, und wenn er sich wirklich einmal in die Enge getrieben fühlte, zuckte er einfach die Achseln und meinte, es sei besser, wenn Eliste nichts wisse. Eliste hätte ihn jedesmal, wenn er das sagte, am liebsten geschlagen, doch das würde auch nichts genützt haben; wenn Dref schweigen wollte, war man machtlos. Und schweigsam und fern war er in letzter Zeit fast immer. Nach Hause kam er meist nur zum Schlafen; in den kurzen Zeiten des Wachseins vertiefte er sich in die beliebten Journale und Pamphlete, in denen ausführlich über den Prozeß berichtet wurde. Nach allem, was zu erfahren war, behauptete sich die Nirienne-Bande gar nicht so schlecht. Vor allem Shorvi Nirienne, der Rechtswissenschaft studiert hatte, verteidigte sich mit großer Beredsamkeit. Eine allgemeine Verurteilung würde schwieriger zu erreichen sein, als man sich ursprünglich vorgestellt hatte.

Eliste war rastlos und unglücklich, sie langweilte

sich, kam sich überflüssig und unerwünscht vor; sie fühlte sich jetzt einsamer als zu der Zeit, als sie ganz auf sich allein gestellt gewesen war. Sie hätte in Fabeque bleiben sollen. Dref nahm kaum noch Notiz von ihr; ein Affront, den sie ihm schwerlich mit gleicher Münze heimzahlen konnte. Ganz im Gegenteil. Ohne es zu wollen, dachte sie ständig an ihn, beinahe konnte sie an nichts anderes mehr denken – aber was hatte sie schon davon; er hatte keine Zeit mehr für sie. Die Bücher und Kunstgegenstände, die sie früher so unterhaltsam gefunden hatte, reizten sie jetzt nicht. Sie hatte nichts zu tun, sie traute sich nicht auszugehen, und in der Wohnung gefiel es ihr auch nicht. Hier war sie nur im Weg.

Onkel Quinz mochte sie mit ihren Schwierigkeiten nicht behelligen. Doch ein Tag folgte auf den anderen, ihre Stimmung wurde immer schlechter, und schließlich war sie gezwungen, sich endlich einmal auszusprechen. Doch das war gar nicht so leicht zu bewerkstelligen, denn Onkel Quinz war kaum anzutreffen. Tagsüber schlief er, zumindest nahm Eliste das an. Des Nachts streifte er umher und beriet sich, wie er ihr sagte, mit den ›Unbelebten‹. Damit meinte er die verschiedenen Gebäude, Standbilder und Monumente, die ihm etwas mitzuteilen hatten. Manche weckte er selbst auf; viele waren auch schon wach, eine Folge der emsigen und kundigen Bemühungen der gefangenen Valeurs. Die Unbelebten hatten eine Menge zu erzählen, und dieser magische Dialog nahm einen Großteil der Zeit des alten Herrn in Anspruch. Eliste wartete und paßte den rechten Augenblick ab. Schließlich stellte sie sich eines Nachts vor der Tür ihres Onkels auf und wartete dort stundenlang. Als er in den kühlen frühen Morgenstunden heimkam, war sie zur Stelle.

»Onkel, kann ich dich einmal sprechen?«

»Jederzeit, meine Liebe. Jederzeit. Komm rein.« Quinz wirkte zwar müde, aber auch aufrichtig erfreut, sie zu sehen. Er schloß die Tür auf und bedeutete ihr einzutreten. »Setz dich hierhin, mein Kind. Das ist der bequemste Stuhl. Möchtest du ein Glas Apfelmost? Zitronentee vielleicht? Oder wie wär's mit einer Partie Blaue Katze?«

»Nein, danke. Onkel, es tut mir leid, daß ich dich mitten in der Nacht belästige, du bist doch bestimmt müde. Ich hätte es auch nicht getan, wenn ich nicht mit jemandem reden müßte, und man sieht dich so selten …«

»Schon gut, meine Liebe, das ist meine Schuld. Ich war so mit meinen Nachforschungen beschäftigt, daß ich alles andere vernachlässigt habe. Das war höchst rücksichtslos von mir, aber ich bin sicher, meine Nichte wird mir trotzdem verzeihen.«

»Nein, es ist meine Schuld … Wie auch immer, Onkel Quinz, ich muß mir dir reden. Ich muß dir etwas gestehen. Das liegt mir so schwer auf der Seele, und ich schäme mich so, daß ich es kaum ertrage.«

»Oh, das klingt aber ernst. Meine Liebe, was immer dich bedrückt und was du auch getan haben magst, ich weiß, du hast es nicht böse gemeint.«

»Das stimmt. Und eigentlich habe ich auch noch gar nichts getan. Beschämen tun mich bislang nur meine Gedanken, nicht meine Taten. Aber … ich wünschte, du würdest mich nicht so liebevoll und vertrauensvoll anschauen, denn wenn du hörst, was ich dir zu sagen habe, dann wird sich das ändern, und du wirst mich verachten …«

»Aber beruhige dich doch, mein Kind«, riet Quinz ihr mit ungewohnter Entschiedenheit. »Glaubst du etwa, meine Zuneigung zu dir wäre so schwach und wankelmütig? Beinahe hättest du mich verletzt. Aber genug davon. Wie ich sehe, bist du sehr unglücklich. Dann laß uns also über dein großes Vergehen sprechen. Vielleicht erweist sich das Monster bei näherer Betrachtung ja als weitaus weniger schrecklich als du meinst.«

»Also gut.« Eliste holte tief Luft. Es fiel ihr schwer

fortzufahren, und innerlich wappnete sie sich gegen die unausweichliche Veränderung im Blick ihres Onkels. »Die Sache ist die. Ich habe Zuneigung zu Dref Zeenoson gefaßt. Eine höchst unschickliche Zuneigung.« So, jetzt war es heraus. »Bis jetzt habe ich noch mit niemandem darüber gesprochen, und er weiß nichts davon.«

»Oh, jetzt begreife ich. Kein Wunder, daß du so aufgeregt bist. Nun, mein armes Kleines, die Lösung liegt doch auf der Hand, nicht wahr? Du mußt Dref von deinen Gefühlen erzählen. Gewiß, du bist schüchtern, und die Vorstellung mag dich schrecken, trotzdem ist Aufrichtigkeit in einem solchen Fall die beste …«

»Onkel Quinz, ich glaube, du verstehst mich nicht. Ich spreche nicht von einer bloßen Freundschaft. Darum würde ich mich nicht schämen, jetzt nicht mehr. Aber die Zuneigung, die ich zu ihm gefaßt habe, ist viel stärker, viel zu stark. Also, genaugenommen … das heißt, es handelt sich vielmehr um …«

»Mein liebes Kind, widersprich mir, wenn ich mich täusche, aber versuchst du mir nicht zu sagen, du hättest dich in den jungen Mann verliebt?«

Eliste hätte das Wort niemals über die Lippen gebracht. Sie nickte, ohne Quinz in die Augen sehen zu können.

»Wie schön, meine Liebe. Was wäre erfreulicher und natürlicher?«

Offenbar hatte er noch immer nicht verstanden, worum es eigentlich ging. »Aber Onkel … Du hast doch bestimmt nicht vergessen, daß Dref ein …«

»Ein Prachtbursche ist, wolltest du wohl sagen? Ganz und gar erste Wahl?«

»Ja, das ist er …«

»Ein höchst bemerkenswerter junger Mann, und dir offenbar sehr zugetan.«

»Gewiß, er ist ein sehr großzügiger und verläßlicher Freund.«

»Ah? Ist das alles? Verzeih mir, meine Liebe, ein Urteil steht mir in diesen Dingen vielleicht nicht an, aber eigentlich war ich der Meinung, der Junge sei recht verzaubert von dir…«

Verzaubert? Dref? Sie schüttelte heftig den Kopf. »Nein, nein, das ist er bestimmt nicht. So einer ist Dref nicht.«

»Was für einer ist er dann?«

»Na ja, weißt du… fürchterlich starke Gefühle sind halt nicht seine Sache. Dafür ist er zu klug, zu kühl, zu überlegt. Er ist kein Mensch mit starken Schwächen.«

»Nein? Wirklich nicht? Du kennst ihn gut, meine Liebe, und ich schließe mich deinem Urteil gerne an, aber im Augenblick bin ich eher verwirrt. Ich kann mich täuschen, aber mir scheint, der junge Dref hat sich durch eine Gefühlsaufwallung dazu hinreißen lassen, gewalttätig zu werden, so daß er im vorletzten Sommer aus Derrivalle flüchten mußte. Es lag doch wohl kaum in seinem eigenen Sinn, daß er deinen armen Vater niedergeschlagen hat. Warum hätte er das tun sollen, wenn es ihm an starken Gefühlen mangelte?«

»Also… also… das war ein einmaliger Fehltritt.«

»Wäre es vielleicht möglich, mein Kind, daß du dich in dem Jungen täuschst?«

»Ich weiß nicht. Vielleicht. Aber darum geht es gar nicht, Onkel Quinz. Weißt du denn nicht mehr, daß Dref einmal einer unserer *Leibeigenen* war?«

»Und das bereitet dir Kummer?«

»Warum fragst du das? Wir sind doch Adlige!«

»Ah. Adlige. Leibeigene. Grundherr. Hast du nicht manchmal das Gefühl, daß wir in einer Welt leben, in der diese Bezeichnungen nicht mehr viel bedeuten? Vielleicht sind diese Begriffe ja überflüssig geworden. Manchmal denke ich, das ist vielleicht gar nicht so schlecht.«

»Du klingst ja so, als ob Dref dich überredet hätte, Shorvi Nirienne zu lesen. In der Theorie hört sich das alles wunderbar an, Onkel Quinz, aber jetzt sag mir mal ehrlich, wie du es fändest, wenn eine Familienangehörige von dir ihr adliges Blut tatsächlich mit dem eines Leibeigenen mischen würde.«

»Ich würde mich für sie freuen, meine Liebe – vorausgesetzt, der Leibeigene wäre der Richtige für sie.«

»Du würdest sie also nicht verachten?«

»Ich würde sie nicht weniger lieben als zuvor und ihr alles Gute wünschen.«

»Und das ist dein voller Ernst? Ich kann's kaum glauben. Ach, Onkel Quinz, du bist so lieb, wie ich's gar nicht verdient habe, aber du wirst den Beweis bestimmt niemals antreten müssen. So schwach wie ich bin, werde ich mich doch niemals entehren, denn ohne es zu wissen hält Dref mich davon ab. Er denkt an nichts anderes als an Shorvi Nirienne und tut so, als sähe er mich gar nicht, als wäre ich Luft für ihn. Das ist lustig, findest du nicht?«

»Meister Niriennes Schicksal wird nicht immer zwischen euch stehen«, bemerkte Onkel Quinz milde. »Eines Tages wird diese Angelegenheit bereinigt sein.«

»Ich glaube nicht, daß sich dadurch etwas ändern würde. Wahrscheinlich wäre es auch besser so. Wenn ich nur Geduld habe, wird diese Gefühlsaufwallung vielleicht von selber vorübergehen.«

»Ah. Gibt es dafür denn Anzeichen, meine Liebe?«

»Nicht im geringsten. Ich bin nicht mehr Herr meiner Gedanken, und das ist mir zuwider. Ich habe mich noch nie so unfrei gefühlt, Onkel. O – na ja, vielleicht doch schon einmal, und das Gefühl war in etwa das gleiche.«

»Und wann war das?«

»Im vorletzten Jahr, als ich noch Ehrenjungfer im Beviaire war. Bei Hofe gab es einen Herrn – eine bedeutende Persönlichkeit, die du bestimmt kennst –, und der ich gefiel. Er schickte mir ein silbernes Medaillon mit einem ungewöhnlichen Parfüm darin …«

»Was für ein reizendes Geschenk.«

»Das kommt auf den Standpunkt an. Ich habe das Medaillon Tag und Nacht getragen, ich konnte einfach nicht anders, und dabei ständig den Duft eingeatmet. Mit der Zeit gewann das Parfüm Gewalt über mich, und ich konnte gar nicht mehr aufhören, an den Geber zu denken. Das kam mir zwar falsch vor, aber ich vermochte mich trotzdem nicht dagegen zu wehren. Onkel Quinz, du weißt doch soviel, kennst du vielleicht ein magisches Parfüm, das die beschriebene Wirkung hervorbringen kann?«

»Das kenne ich allerdings.« Onkel Quinz wirkte betroffen. »Gestatte mir die Bemerkung, daß dein namenloser Verehrer in höchstem Maße skrupellos gehandelt hat.«

»Das ist noch milde ausgedrückt. Jedenfalls lud mich dieser Herr nach einigen Tagen zu einem Essen in seine Gemächer ein – und ich nahm die Einladung an.«

»Vielleicht solltest du an dieser Stelle besser aufhören, mein armes Kind. Ich fürchte, du stehst im Begriff, mir ein Geständnis zu machen, das dich später reuen würde.«

»Nein, Onkel. Ich habe nichts zu verbergen. Ich ging hin und speiste mit ihm, und dann machte er mir Avancen, die ich ablehnen mußte. Weil mir nämlich eine innere Stimme sagte, daß da etwas nicht stimme – daß es unwirklich und unnatürlich sei. Denn das waren gar nicht meine eigenen Gefühle oder Neigungen. Und dann fiel mir ein, wie wir Dref halfen, als ich meinte, du hättest mich in einen Wolf verwandelt, was aber gar nicht stimmte, und genauso war es auch diesmal. Auf einmal war mir klar, daß er mich mittels Magie beeinflußt hatte, und das jagte mir einen solchen Schreck ein und machte mich so wütend, daß ich auf einmal die Kraft fand, das Medaillon wegzuwerfen. In dem Augenblick war alles wieder gut, ich war wieder ich selbst, als wäre ich aus einem Traum erwacht, und ich ging fort.«

»Das hast du getan, meine Liebe? Gut gemacht, wirklich gut gemacht. Das ist bemerkenswerter, als du glauben magst.«

»In letzter Zeit habe ich beinahe wieder das gleiche Gefühl wie damals, als ich das Medaillon getragen habe. Aber jetzt ist es schlimmer, denn jetzt sagt mir keine innere Stimme, es sei falsch oder unnatürlich.«

»Ich verstehe. Aber sag mal, Kind, gab es noch mehr solcher Vorfälle?«

»Eigentlich nicht. Bloß einmal habe ich gemeint, in meinem Kopf die Stimme einer dieser großen Empfindsamen zu vernehmen.« Um nichts in der Welt hätte sie von den Empfindungen erzählt, die sie bei der Hinrichtung ihrer Großmutter verspürt hatte, doch zum Glück drang ihr Onkel nicht weiter in sie.

»Weitaus bemerkenswerter, als du glauben magst«, wiederholte Quinz. »Mein Kind, hast du dich schon einmal gefragt, ob du nicht eine gewisse magische Begabung geerbt haben könntest?«

»Ach, das habe ich nicht, Onkel. Davon habe ich nie etwas gemerkt.«

»Wäre es nicht möglich, daß es Anzeichen dafür gab, die du übersehen hast?«

»Glaubst du, die beiden geistigen Anwandlungen, von denen ich dir gerade erzählt habe, könnten etwas bedeuten? Aber hat nicht jeder irgendwann solche Erlebnisse? Meistens bedeutet das doch nichts, hab ich recht?«

»Manchmal schon, manchmal nicht. Würdest du es nicht gern genauer wissen?«

»Um ehrlich zu sein, mache ich mir nicht viel daraus. In letzter Zeit bin ich mit anderen Dingen beschäftigt.«

»Zu ausschließlich, wie du selbst gesagt hast, meine Liebe. Du brauchst dringend eine Abwechslung. Um dich zu beschäftigen und einmal auf andere Gedanken zu kommen.«

»So einfach ist das nicht, Onkel.«

»In der Tat, einfach ist das nicht. Mein Kind, ich bin nicht so einfältig zu glauben, daß irgendein Spielzeug oder ein neuer Reiz deine Sorgen verscheuchen könnte. Dennoch scheint mir, verzeih mir die Bemerkung, daß deine gegenwärtige Lebensweise deinem Unglück förderlich ist. Du sitzt den ganzen Tag allein herum, eingesperrt in einem kleinen Zimmer und ohne etwas zu tun zu haben – ein Zustand, der auf die Dauer beinahe unausweichlich bedrückend wirken muß. Eine Beschäftigung würde deine Probleme wohl kaum lösen, sie vielleicht aber mildern. Würde dir das gefallen?«

»Sehr. Also, was soll ich tun, Onkel?«

»Du mußt mich jeden Tag besuchen. Dann trinken wir Zitronentee, plaudern ausgiebig und tun so, als befänden wir uns in meinem Haus in Derrivalle.«

»Das klingt nicht sehr beschwerlich.«

»Ausgezeichnet. Und im Verlauf unserer Gespräche wirst du das Wesen deiner Begabung entdecken.«

»Ich glaube nicht, daß ich über eine besondere Begabung verfüge.«

»Schon möglich. Wir werden sehen. Aber wenn du auch nur eine Spur davon besitzt, dann wirst du lernen, sie auch anzuwenden.«

»Das kommt mir unwahrscheinlich vor, aber ich bin bereit, es zu versuchen.«

»So ist's recht, meine Liebe!«

»Wann fangen wir an?«

»Wie wär's mit morgen, am frühen Abend, bevor ich weggehe? Würde dir das passen? Für deine Zwecke wäre es am besten, wenn wir einen festen Zeitplan einhielten – allerdings fürchte ich, daß sich Störungen in naher Zukunft nicht werden vermeiden lassen.«

»Was für Störungen meinst du?«

»In den letzten Nächten haben sich die Unbelebten von Sherreen äußerst gefällig gezeigt, und ich habe eine Menge über die gefangenen Valeurs und deren magische Tätigkeiten in Erfahrung gebracht. Ach, die sind wirklich arm dran! Aber ich glaube, das wird nicht mehr lange so bleiben, denn der Tag ihrer Befreiung ist nah.«

»Aber Onkel! Meinst du wirklich …«

»Ich bin bereit. Ich glaube, ich habe eine Möglichkeit entdeckt, wie man Houloir Valeur befreien könnte. Wenn Houloir erst einmal frei ist, werde ich mich mit seinen unglücklichen Geschwistern und seinem Vater befassen. Ich werde einen nach dem anderen befreien, und stell dir nur einmal vor, wie aufregend das sein wird!«

In den tiefsten Verliesen unter dem Grab ruhten unterschiedliche alte und unerfreuliche Geräte. Es wäre eine Übertreibung gewesen, sie als Empfindsame oder Mirakel zu bezeichnen, denn nicht einmal zu ihren besten Zeiten war auch nur eines von ihnen wie etwa ZaZa oder die Kokotte zum vollen Bewußtsein seiner selbst erwacht. Gleichwohl waren sie als ferne Verwandte der Empfindsamen zu erkennen, als Erzeugnisse der Hohen Magie, die von ihren Erschaffern wenigstens ansatzweise mit Persönlichkeit, eigenem Willen und einem wachen Sinn für allerlei Schändlichkeiten ausgestattet worden waren. Als Folterinstrumente geschaffen, vermochten sie die Wahrnehmungen ihrer Opfer zu verfälschen und gemäß ihrer jeweiligen Schwächen Trugbilder zu erzeugen – eine äußerst nützliche Eigenschaft. Die ganze Zeit über hatten sie unbeachtet herumgestanden, doch nun entdeckten die eifrigen Handlanger des Republikanischen Protektorats sie wieder. Bierce Valeur fand seinen Reiz an ihnen, und selbst der Protektor verlangte, sie wieder aufzuwecken.

Und wer wäre besser dafür geeignet gewesen als Houloir Valeur, dessen Erfolg bei der Empfindsamen

Kokotte seine Neigung zu bösartigen Maschinen eindrucksvoll bestätigt hatte?

Man hatte ihn in den Keller des Grabes geschleppt und ihm aufgetragen, sich in der alten Folterkammer ans Werk zu machen. Seitdem verbrachte er Tag und Nacht an dem feuchten, fensterlosen Ort, dessen Tür voll angetrockneter Blutflecken und dessen Wände Schwämmen glichen, die mit Schmerzensschreien vollgesogen waren. Er hatte sich unermüdlich mit den schlafenden Geräten abgeplagt, bis seine Bemühungen endlich belohnt wurden. Die Maschinen erwachten und offenbarten sich; ihre Wünsche und Absichten verpesteten die stickige Gefängnisluft und legten sich wie Eisenklammern um das allzu empfindsame Gemüt Houloir Valeurs.

Noch nie zuvor war er einer solch schwachsinnigen Bösartigkeit begegnet, die in mancher Hinsicht schlimmer schien als der unverhohlene Eigensinn der Kokotte, da ihr unerbittlich grausamer Zweck auch nicht durch das geringste Anzeichen von Geist verwässert wurde. Sie wollten brechen, zermalmen und erschüttern; die umfassende Unterwerfung war ihr Ziel. Sie waren gnadenlos und unermüdlich, was man von Houloir nicht gerade sagen konnte. Der ständige Druck der erbarmungslosen Dummheit erschöpfte ihn, dennoch gab es kein Entrinnen, nicht einmal im Schlaf, denn die mechanischen Grausamkeiten verfolgten ihn bis in seine Träume. Erstaunlich, wie sehr sie ihm zusetzten; wirklich unerträglich aber wurde es, wenn die frisch aufgeweckten Geräte an lebenden Gefangenen ausprobiert wurden und er dabei zuschauen mußte. Houloir wirkte ständig müde, lustlos, niedergeschlagen und verzweifelt. Er hatte Kopfschmerzen, konnte nicht mehr scharf sehen, und sein Magen rebellierte; bisweilen glaubte er, seine Kräfte würden nicht mehr ausreichen, die nächste Nacht voll mühseliger Plackerei zu überstehen. Trotzdem ging es irgendwie weiter.

Whiss wollte es so, und Whiss mußte man gehorchen, koste es, was es wolle.

Er hatte fast schon vergessen, wie die Sonne aussah oder wie frische Luft roch. Zumindest was die frische Luft betraf, sollte für Abhilfe gesorgt werden, denn man gestattete Houloir einen kleinen Ausflug – des Nachts und unter schwerer Bewachung, aber doch immerhin eine Ruhepause vom Grab. Dies konnte man seinen Peinigern jedoch kaum zugute halten; sie benötigten anderswo seine Dienste, das war alles. Um ihre Ausgeglichenheit zu gewährleisten, brauchte die Kokotte hin und wieder eine geistige Vereinigung, in deren Verlauf sie ihren Wärtern ihre Wünsche und Vorlieben kundtat. Da bot es sich an, daß Houloir, der sie erweckt hatte, ihr diesen Dienst erwies. Das war zwar nicht nach seinem Geschmack, dafür kam er aber wenigstens eine Weile aus dem Keller heraus; außerdem wäre ihm sowieso nichts anderes übriggeblieben.

Die Vorhüter sollten ihn des Nachts in einer geschlossenen Kutsche zur Kokotte befördern. Der Platz der Gleichheit würde zu diesem Zweck abgeriegelt werden, denn es war allgemein bekannt, daß die Kokotte bei ihren Unterhaltungen nicht gestört werden wollte. Auch Houloir war es lieber so, doch das hatte nichts zu sagen.

Zur angesetzten Stunde kamen sie ihn holen. Erstaunt sah er mit an, wie sie die Ketten von Hand- und Fußgelenken lösten; mittlerweile war er so an seine Fesseln gewöhnt, daß sie ihm ganz natürlich vorkamen.

Sie hasteten mit ihm über mehrere Treppen, dann ins Freie und hinein in die Kutsche. Houloir war blaß und mehr als nur ein wenig zittrig; er schien müde, kränklich und vollkommen fügsam. Man setzte ihn mitten zwischen die Vorhüter, so daß er rechts und links von einem menschlichen Bollwerk umgeben war. Peitschenknallen, Knarren und Quietschen, und dann ging es los. Die Fenster der Kutsche waren selbstverständlich verschlossen. Im Innern war es dunkel, so daß Houloir kaum etwas sah, doch unter den Fensterblenden drang von draußen ein köstlicher Luftzug herein, den er mit bebenden Nasenflügeln einsog. Frische Luft. Sie erinnerte ihn an sein Haus im Marschland der Provinz Vaurve. In letzter Zeit hatte er kaum mehr an Vaurve gedacht – es schien so weit weg, ein verlorenes Paradies, an das zu denken ihn schmerzte. Doch jetzt dachte er daran, er konnte nicht anders, und in seinen Augen brannten Tränen. Er war froh, daß es in der Kutsche so dunkel war; so merkten die Vorhüter nichts von seiner Schwäche, und das war ein Glück – sie verachteten ihn auch so schon genug.

Das Fahrgeräusch veränderte sich leicht. Das Rumpeln der Räder nahm einen anderen Klang an, und daran merkte Houloir, daß sie sich auf der Vinculum-Brücke befanden und denselben Weg eingeschlagen hatten, den die Karren nahmen, wenn sie die Verurteilten vom Grab zur Hinrichtungsstätte beförderten; ein Weg, der niemals befahren worden wäre, hätte er nicht die Kokotte aufgeweckt. Doch es war sinnlos, sich deswegen den Kopf zu zerbrechen. Hätte die Kokotte weitergeschlafen, hätten sich Whiss und seine Kohorten zweifellos eine andere Tötungsweise einfallen lassen.

Sie fuhren von der Brücke hinunter; dort mußte der Ufermarkt liegen. Bis zum Platz der Gleichheit war es noch weit, und daher wunderte sich Houloir, als die Kutsche auf einmal ruckartig zum Stehen kam. Houloir wurde nach vorne geschleudert und wäre fast auf dem Schoß des ihm gegenüber sitzenden Vorhüters gelandet. Allerdings fing er sich noch rechtzeitig ab und nahm wieder Platz. Die Soldaten fluchten heftig. Sie rissen die Blenden auf, so daß ein wenig Licht von den Kutschlaternen in die dunkle Kabine fiel. Houloir hatte allerdings schon vorher gespürt, daß hier Magie am Werke war; eine wesentlich stärkere Magie als die seine. Seit er die Bozhenille-Gemeinde verlassen hatte, war er keiner solchen Kraft mehr begegnet; in seinem Zustand der Erschöpfung und Niedergeschlagenheit erschien ihm dies wie ein Wunder.

Seine Ausbildung wappnete ihn zwar gegen die Macht der Trugbilder, gleichwohl aber machte er etwas Durchsichtiges aus, das seinen Begleitern als massiv und fest erscheinen mußte – eine Barrikade aus Fässern, Sägeböcken, Säcken und Ballen, die, abgesehen vom wallenden Nebel drumherum, nichts Ungewöhnliches hatte. Es schien eben nichts weiter als eines dieser schludrig errichteten Gebilde zu sein, wie aufgebrachte Bürger sie in ein, zwei Stunden zustande brachten. Allerdings waren nirgendwo Bürger zu sehen – zu dieser späten Stunde war der Ufermarkt so gut wie menschenleer –, und es gab offenbar keinen Grund für eine Blockade. Einzig und allein Houloir durchschaute die List, auch wenn ihm der Grund nicht sofort klar wurde.

Die Pferde, unempfindlich gegen von Menschen erzeugte Trugbilder, stampften und schnaubten. Die Vorhüter schäumten und fluchten. Houloir wartete ab; und dann löste sich vor seinen Augen auf einmal ein Nebelschwaden von der Wolke, verdichtete sich und verwandelte sich in eine schmächtige, ätherische Gestalt – in einen alten Mann mit weißem Haar und Brille. Houloir kannte ihn nicht, war sich jedoch sicher, daß er den Urheber des Trugbilds vor sich hatte; die magische Kraft strahlte in beinahe greifbaren Wellen von dem Fremden aus. Houloir wunderte sich, warum die anderen nichts davon merkten. Allerdings wirkten die Vorhüter auch nicht sonderlich empfänglich. Auf einmal verhüllten durchscheinende Knebel und Augenbinden ihre Gesichter; unheimliche Eisen umschlossen ihre Hand- und Fußgelenke. Die Vorhüter wehrten sich heftig und völlig vergeblich gegen die vorgetäuschten Fesseln und kratzten an den eingebildeten Augenbinden, während ihre gedämpften, aber aufgeregten Stimmen die scheinbaren Knebel kaum zu durchdringen vermochten.

Das war ein wirklich eindrucksvolles Schauspiel. Ein Trugbild zu erschaffen, das sich gegen körperliche Widerstände zu behaupten vermochte, erforderte ein hohes Maß an magischer Kunstfertigkeit. Der fremde Meister, wer immer es sein mochte, schaffte nicht nur dies, sondern hielt auch noch fünf erwachsene Vorhüter gleichzeitig in seiner Gewalt. Houloir empfand tiefe Bewunderung für diese Leistung.

Der Fremde näherte sich gelassen der Kutsche, öffnete die Tür, streckte den Kopf hinein und fragte so unsicher, als erkundige er sich nach dem Weg: »Meister Houloir Valeur?« Eine angenehm zaghafte Stimme mit adligem Akzent.

Houloir nickte sprachlos.

»Wärt Ihr so freundlich, mich zu begleiten?«

Houloir machte große Augen.

»Hier entlang, wenn ich bitten dürfte.« Der Fremde beugte sich zwischen die umherfuchtelnden Soldaten, faßte den Gefangenen beim Arm und zog ihn gewandt nach draußen.

Houloir fand sich auf dem Ufermarkt wieder. Entweder hatte man ihn befreit oder entführt; was davon zutraf, konnte er nicht sagen. Außerdem war ihm der Unterschied keineswegs klar. Ihm war ein wenig schwindelig, und er hatte weiche Knie. Er schwankte leicht. Einen Augenblick lang ließ sein Widerstand gegen das Trugbild nach, und er sah die Kutsche vor einer großen, massiven Barrikade stehen, die fünf Vorhüter mit Eisen gefesselt. Dann murmelte der fremde Magier etwas, worauf die vier großen Kutschräder eines nach dem anderen zerbarsten – eine wundervoll geschickte Täuschung, vollendet mit den entsprechenden Geräuschen. Eine meisterhafte Vorstellung. Die entsetzten Soldaten stießen gedämpfte Schreie aus.

»Ich glaube, so rasch werden uns die bestimmt nicht folgen«, meinte vergnügt der Fremde. »Hier entlang, mein Freund.«

Allerdings würde sich das Trugbild in Abwesenheit seines Erzeugers verflüchtigen. Nach dem Weggang des Fremden würden die Vorhüter die Täuschung sogleich durchschauen. Houloirs Befürchtungen standen ihm wohl ins Gesicht geschrieben.

»Nach unserem Weggang wird alles noch mindestens vier, vielleicht sogar neun Minuten lang bestehenbleiben«, erklärte der Fremde. »Und unsere Droschke ist fünf Minuten Fußmarsch entfernt. Aufregend, nicht wahr?«

Es gab nur eine Erklärung.

»Die Bozhenille-Gemeinde?« riet Houloir.

»So ist es. Ach, was für Erinnerungen. Wenn wir nur bei einem Glas Apfelmost beieinandersitzen und uns über die alten Zeiten unterhalten könnten. Vielleicht ein andermal. Kommt, mein Freund. Hier entlang.«

Benommen ließ sich Houloir Valeur von seinem Retter in die Dunkelheit fortführen.

Niemand wagte es, Whiss Valeur in Kenntnis zu setzen. Es war noch nie leicht gewesen, dem Protektor schlechte Nachrichten zu überbringen, und in letzter Zeit war es geradezu gefährlich geworden. Bestenfalls mußte der Überbringer der schlechten Nachrichten einen Tobsuchtsanfall über sich ergehen lassen. Wer weniger Glück hatte, wurden herumgestoßen und geohrfeigt oder sogar den Vorhütern übergeben und verprügelt. Und es wurde immer schlimmer; in der vergangenen Woche waren unglückliche Boten zweimal entlassen und ins Gefängnis gesteckt worden. Es hatte den Anschein, als geriete Whiss Valeurs sprichwörtlich aufbrausendes Temperament allmählich außer Kontrolle; eine beunruhigende Entwicklung. Vielleicht war die Bürde des hohen Amtes schuld daran, denn den

Protektor plagten in letzter Zeit wirklich außergewöhnliche Probleme, und seine Nerven lagen verständlicherweise blank. Das Verfahren gegen die Nirienne-Bande hatte eine unwillkommene Wendung genommen. Das Spektakel, das eigentlich dazu gedacht gewesen war, das reparationistische Regime zu feiern, brachte genau die gegenteilige Wirkung hervor. Daran trug zweifellos die aalglatte Zungenfertigkeit der Angeklagten die Schuld. Den Gefangenen das Recht zuzusprechen, sich verteidigen zu dürfen, war ein schrecklicher Fehler gewesen; alle fünf erwiesen sich darin als unerwartet tüchtig. Zwar war es keine Überraschung, daß sie über ein hohes Maß an Beredsamkeit verfügten, allerdings hatte niemand die Wirkung auf die Gefühle und Vorstellungen der Zuschauer vorhersehen können. Die Öffentlichkeit liebte sie; so verrückt und zugleich einfach war das. Die Menge liebte die spinnwebhafte Zartheit der Geschwister Bulaude; das Temperament Riclaircs und die Standfestigkeit Frezhelles, der jeden Tag mit einer kunstvoll gewickelten Kopfbandage auftrat; vor allem aber liebte sie die Sprache und den Geist Shorvi Niriennes. Die mögliche Gefahr, die von diesen niriennistischen Ergüssen ausging, war gar nicht einzuschätzen. Bisweilen schien es nicht gänzlich ausgeschlossen, daß die Gefangenen ihren Freispruch würden erwirken können. Die Anzeichen waren bereits bedrohlich. In ganz Sherreen lebte der Niriennismus auf erstaunliche Weise wieder auf. Überall murrten und stritten die Bürger, ja, sie kritisierten sogar die Politik der Reparationisten. Einige stellten die Notwendigkeit der offiziell als ›Vonahrische Säuberung‹ bezeichneten Massenhinrichtungen in Frage. Unter Mißachtung des reparationistischen Prinzips, die Duldung von Aufwieglertum in Wort und Schrift als konterrevolutionär zu brandmarken, faselten sie von Mäßigung und Toleranz. Die schwächeren Naturen verlangten bereits winselnd ein Ende des Blutvergießens, die Rückkehr zum Alltag, einen Neuanfang. Einige beliebte Journalisten, die es allerdings vorzogen, unerwähnt zu bleiben, wagten es tatsächlich, Whiss Valeur zu kritisieren, und ihre Schmähschriften tauchten in der ganzen Stadt auf. Einige hatten sogar in den Kongreß Eingang gefunden.

Kein Wunder, daß der Protektor in letzter Zeit angespannt, nervös, gereizt und ungewöhnlich mißtrauisch war. Kein Wunder, daß er abgespannt wirkte, eine schwach grünliche Gesichtsfarbe und ständig beunruhigende Zuckungen und Tobsuchtsanfälle hatte. Kein Wunder, daß niemand ihm sagen wollte, daß sein Bruder geflohen war.

Da man sich in der Gruppe mehr Sicherheit versprach, wurde eine kleine Abordnung zusammengestellt, der Whiss' engste Vertraute angehörten; die Kongreßabgeordneten Poulpe, Pieuvre, Lemery und Myette. Und um die Hauptlast von der Wut des Protektors abzufangen – Chorl Valeur sowie zwei der Vorhüter, denen der Gefangene abhanden gekommen war. Am Morgen suchten die widerstrebenden Boten ihren Herrn und Meister in dessen Büro im Gebäude des Nationalen Wohlfahrtskomitees auf.

Whiss Valeur saß an seinem Schreibtisch, die Feder in der Hand. Es war noch früh, trotzdem war er bereits seit vier Stunden auf. Er trug seinen berühmten schwarzen Anzug und wirkte wie immer frisch wie aus dem Ei gepellt. Die dunklen Ringe unter seinen unnatürlich großen Augen kündeten jedoch von schlaflosen Nächten, und sein schmales Gesicht wirkte noch verkniffener als sonst. Als die Besucher eintraten, sah er von der Arbeit auf, und seine Augen wurden schmal. Offenbar hatte die Größe der Abordnung sein stets auf der Lauer liegendes Mißtrauen geweckt.

Es fiel einem der glücklosen Vorhüter zu, den Protektor ins Bild zu setzen. Der bedauernswerte Soldat brachte seine phantastische Geschichte nur mit Mühe über die Lippen: eine Barrikade am Ufermarkt; ein brilletragender alter Mann, der aus dem Nebel aufgetaucht sei; Knebel, Augenbinden sowie Hand- und Fußeisen; explodierende Kutschräder; und als alles vorbei war – sei Meister Valeur verschwunden gewesen. Der zweite Vorhüter, ebenfalls ein Augenzeuge, bestätigte den Bericht widerwillig.

Eine Zeitlang herrschte quälende Stille. Die Besucher hatten sich bereits innerlich gegen den Ausbruch gewappnet, doch fiel die Erwiderung des Protektors ganz anders aus als erwartet. Regungslos und mit versteinerter Miene sah Whiss aus dem Fenster. Nach einer Weile fiel sein Blick wie zufällig auf den Brief auf seinem Schreibtisch. Neben dem Brief lag das Miniaturporträt eines jungen Mädchens; ein hübsches Gesicht, große Augen, blonde Locken. Whiss studierte kurz Brief und Porträt, dann schob er beides über den Schreibtisch. »Das ist gestern eingetroffen. Lest das!« befahl er.

Die verdutzten Besucher drängten näher und lasen den mit Tintenklecksen übersäten Brief des ›Patrioten aus Fabeque‹. Einige Sätze sprangen ihnen ins Auge:

Es gibt da einen alten, magisch begabten Adligen namens Quinz vo Derrivalle, der nach Sherreen unterwegs ist, um Euch Schwierigkeiten zu machen… Sie wollen Euch töten… Wenn Ihr den alten Mann und das Mädchen nicht findet, werden sie Euch mit ihrer Magie zu Fall bringen, darauf könnt Ihr Euch verlassen…

»Ihr habt es gelesen«, sagte Whiss. Er hatte leise gesprochen, wirkte aber weniger entspannt, als vielmehr mühsam beherrscht. »Was habt Ihr dazu zu sagen?«

Niemand schien besonders erpicht darauf zu sein, ihm zu antworten. Der junge Poulpe, der sich des Respekts des Protektors sicher sein konnte, meinte schließlich gleichmütig: »Der Vorfall von vergangener Nacht ist der Beweis, daß der Brief der Wahrheit entspricht, Genosse. Diese alte, magisch begabte Mißgeburt hält sich hier in Sherreen auf und arbeitet gegen Euch. Daher muß man den Mann aufspüren und vernichten, denn die Feinde des Protektors der Republik sind auch die Feinde Vonahrs.«

»Gut.« Whiss nickte bedächtig. »Zumindest gibt es *einen* unter meinen sogenannten Verbündeten, der es wagt, mir die Wahrheit zu sagen, *einen*, dem ich vertrauen kann. Die Offenheit des Kongreßabgeordneten Poulpe ist lobenswert. Allerdings scheint sich nicht einmal der Beste und Klügste von Euch über die Bedeutung dieses Vorfalls vollständig im klaren zu sein. Wie üblich muß ich mir selbst den Kopf zerbrechen. Na los, wißt Ihr wirklich nicht, was das bedeutet?«

»Die Vorhut, die Vonahrische Garde und die Gendarmerie müssen unverzüglich in Alarmbereitschaft versetzt werden. Wir müssen sämtliche Mittel aufbieten, über die wir verfügen«, schlug Pieuvre vor.

»Wie üblich kommt Ihr nur auf das Naheliegende«, antwortete ihm Whiss. »Na los, seid Ihr denn unfähig? Wir haben einen Feind entdeckt. Er hat uns bereits angegriffen. Aber Ihr werdet doch wohl nicht annehmen wollen, dieser alte Mann sei allein oder werde nur von einer Frau unterstützt?«

»Möglich wäre es schon«, ergriff Chorl Valeur das Wort. Wie üblich war er niedergeschlagen und bedrückt, brachte aber trotzdem die Kraft auf, seinem furchteinflößenden Sohn zu widersprechen. »Wenn er als Magier nur tüchtig genug ist, dürfte Quinz vo Derrivalle kaum auf die Unterstützung anderer angewiesen sein.«

»Ah, daß Ihr so denkt, überrascht mich nicht, Vater. Natürlich genießt dieser ehemals adlige Verräter Eure Achtung und Bewunderung. Vielleicht seid Ihr ja sogar froh, daß er aufgetaucht ist?« Whiss wartete Chorls Antwort nicht ab. »Aber nein, beleidigt nicht meine Klugheit mit solchem Unsinn. Ich habe schon lange mit so etwas gerechnet, und nun ist es eingetroffen. Wir kennen noch nicht das Ausmaß der Verschwörung – die Zahl der Verräter, ihre Namen, ihren Aufenthaltsort –, doch das ist nur eine Frage der Zeit. Es ist keineswegs ausgeschlossen, daß der Verrat auf den Kongreß übergreift – womöglich sogar auf das Nationale Wohlfahrtskomitee. Solange bis die Angelegenheit eingehend untersucht wurde, gilt ausnahmslos jeder als verdächtig.« Whiss' bohrender Blick ließ die Anwesenden nacheinander bis ins Mark erschauern.

Lediglich der Kongreßabgeordnete Poulpe ließ die Musterung mit marmorner Gelassenheit über sich ergehen und erwiderte gefaßt: »Ich beglückwünsche den Protektor zu seinem Scharfsinn und seiner Entschlossenheit. Ich unterstütze vorbehaltlos jeden seiner Schritte und erkläre mich zum Beweis bereit, die Jagd auf den ehemals adligen Verräter Quinz vo Derrivalle und seine Komplizen zu leiten. Ich werde alle Hebel in Bewegung setzen.«

»Ausgezeichnet. Das höre ich gern. Und wie gedenkt Ihr dabei vorzugehen, Genosse?« fragte Whiss.

»Wir kennen die Namen der Verräter, wir haben die Beschreibung des alten Mannes und ein Porträt des Mädchens. Wir wissen, daß sie kürzlich eingetroffen sind. Das ist schon eine ganze Menge. Ich werde die Soldaten und die Polizei in Alarmbereitschaft versetzen. Ich werde von einem Künstler einen Holzschnitt der Miniatur anfertigen, diesen in großer Zahl drucken und in der ganzen Stadt anschlagen lassen. Ich werde die fünf Vorhüter rufen lassen, die den alten Mann gesehen haben, und mit ihrer Hilfe dürfte derselbe Künstler ein angemessenes Porträt anfertigen können, das man ebenfalls überall anschlagen kann. Ich werde die neuen Bewohner sämtlicher Pensionen von vertrauenswürdigen Agenten überprüfen lassen. Ich werde, und das versteht sich eigentlich von selbst, NuNu über sämtliche Tatsachen von Belang in Kenntnis setzen, damit sie diese an die Nissen weitergeben kann. Ich werde den Protektor ersuchen, einen lebhaften Austausch zwischen seinen Angehörigen und den Unbelebten von Sherreen zu veranlassen. Doch das ist erst der Anfang. Falls diese Bemühungen nicht sogleich Früchte tragen, gibt es noch viele andere Möglichkeiten. Mit Eurer Erlaubnis werde ich sie alle ausloten.«

Zum erstenmal seit Beginn der Unterredung erhob sich Whiss. »Scharfsinn. Tatkraft. Weitblick. Entschlossenheit. Loyalität. Alles, was man vom besten aller Patrioten erwarten kann.« Seine großen, grünen Augen umwölkten sich. Er streckte die Hand über den Schreibtisch aus. »Genosse, ich grüße Euch aus der Tiefe meines Herzens. Ihr seid mein zweites Ich.«

»Protektor.« Der Kongreßabgeordnete Poulpe ergriff die dargebotene Hand. Dieses eine Mal überzog eine sanfte Röte sein ansonsten marmorhaft blasses Gesicht.

Die Umstehenden wechselten unbehagliche Blicke.

»Dann fliegt los und jagt wie ein Falke«, riet ihm Whiss. »Ich weiß, Ihr werdet erfolgreich sein. Und Ihr anderen, nehmt Euch ein Beispiel an diesem bewundernswerten Mann.«

Es war nicht ganz klar, wie sie diesen Ratschlag in die Tat umsetzen sollten.

Whiss Valeur drückte seinem Gefolgsmann die Hand. »Ihr wißt, worum es geht«, sagte er zu seinen Besuchern. »Und jetzt erfüllt Eure Pflicht. Fortan wird Euch der Kongreßabgeordnete Poulpe befehlen. Lernt von ihm.«

Dem gerade erst erwachsen gewordenen Marmorgott wurden unfreundliche Blicke zugeworfen. Poulpe schien nichts davon zu merken. Seine azurblauen Augen, die so hell und hart schienen wie von der Sonne beschienenes Eis, waren nach innen gekehrt.

»Geht«, befahl Whiss, worauf seine Besucher wie gehorsame Automaten im Gänsemarsch den Raum verließen. »Vater, Ihr bleibt hier.«

Chorl blieb widerwillig stehen.

»Ihr mit Eurer Gelehrsamkeit kennt doch bestimmt zahlreiche vonahrische Meister. Sagt Euch der Name Quinz vo Derrivalle etwas?«

»Ich habe ihn schon einmal gehört«, gestand Chorl.

»Ah, das dachte ich mir. Das habe ich in Euren Augen gesehen. Ihr könnt nämlich nichts vor mir verbergen, hört Ihr. Also, was wißt Ihr über diesen Verräter?«

»Nur sehr wenig. Ich habe gehört, er sei außergewöhnlich begabt und lebe äußerst zurückgezogen, selbst nach den Maßstäben unserer Disziplin.«

»Und das ist schon alles? Solltet Ihr noch etwas in Eurem Schädel zurückbehalten, werde ich es schon herausholen, darauf könnt Ihr Euch verlassen.«

»Es gibt nichts mehr.«

»Nun ja. Schon möglich. Wir werden sehen. Mir entgeht nur wenig, wißt Ihr. Nur sehr wenig.« Whiss trat unvermittelt hinter dem Schreibtisch hervor und begann auf und ab zu gehen. »Ich habe ausgezeichnete Augen – ich sehe alles. Allerdings ist nicht jedem klar, wie wenig mir entgeht. Diejenigen, die meine Augen unterschätzen, begehen bisweilen den Fehler, sich gegen mich zu verschwören, auch wenn das ein aussichtsloses Unterfangen ist. Welcher Verrat könnte denn jemandem entgehen, der so wenig Schlaf braucht wie ich? Ich kann mehrere Nächte ohne Schlaf auskommen, wißt Ihr. Das kommt häufig vor. Das ist geschenkte Zeit und verlängert das Leben. Ich schätze diese gestohlenen Stunden sehr. Und ich nutze sie gut, ich sehe mehr, als Ihr alle glaubt.«

Chorl beobachtete seinen Sohn aufmerksam.

»Ihr glaubt vielleicht, Eure Freude über den Abfall meines Bruders Houloir wäre mir entgangen.« Whiss drehte sich plötzlich um, und Chorl zuckte zusammen. »Ihr habt Euch doch gefreut, als Ihr erfahren habt, daß er geflohen ist, nicht wahr, Vater? *Nicht wahr?*«

»Das streite ich nicht ab«, erwiderte Chorl leise.

»Nun, wenigstens seid Ihr kein Heuchler. Freut Euch nur, solange Ihr könnt, denn ich werde ihn zurückholen, wißt Ihr. Ich hasse Euch noch immer, Euch und Eularque und Phlosine. Ihr drei werdet tun, was in Eurer Macht steht, um Houloir ausfindig zu machen. Ich gebe Euch achtundvierzig Stunden Zeit.«

»Houloir ist stark genug, um sich gegen fremde Beobachtung abzuschirmen. Ich glaube nicht, daß wir ihn finden werden.«

»Das würdet Ihr auch nicht tun, wenn Ihr könntet. Ich durchschaue Euch vollkommen. Ich weiß, daß Ihr hofft, Eularque und Phlosine würden mich ebenfalls im Stich lassen. Bestimmt würde es Euch entzücken, wenn sie ihre vereinten Kräfte gegen mich wenden würden. Wenn Ihr könntet, würdet Ihr Euch ihnen anschließen. Das ist doch Euer Wunsch, hab ich recht?«

»Ich wünsche mir für sie Sicherheit.«

»Aber nicht für mich. Man könnte meinen Kopf auf einem Speer durch die Straßen tragen, ohne daß Ihr auch nur einen Finger krumm machen würdet, hab ich recht? Doch darauf braucht Ihr gar nicht erst zu warten. Ich weiß, wie ich mich schützen muß; ich bin vollkommen unverwundbar. Meine Geschwister wissen, welche Folgen ein Verrat hätte, und werden sich davor hüten. Was Houloir und seinen ehemals adligen Retter angeht, so werde ich ihrer binnen weniger Stunden habhaft werden. Dieser Quinz vo Derrivalle wird fortan seine Fähigkeiten in den Dienst der patriotischen Sache stellen. Ich werde mit ihm reden, ich werde ihn für mich gewinnen. Wie ich sehe, traut Ihr mir das nicht zu. Aber da irrt Ihr Euch; ich vermag jeden zu allem zu überreden. Dieser Quinz vo Derrivalle wird mir treu dienen, und er wird die mitten unter uns weilenden Verräter entlarven. Und wenn die Verräter in meiner Umgebung erst einmal vernichtet sind, wenn der Prozeß gegen Nirienne zu einem guten

Ende gebracht ist, wenn die Aufstände in den Provinzen niedergeschlagen wurden, wenn von Strell keine Bedrohung mehr ausgeht und die ausländischen Mächte das Republikanische Protektorat anerkannt haben – wenn all diese Schwierigkeiten überwunden sind, dann endlich können wir auf den Terror verzichten und uns daran machen, den eigentlich vonahrischen Staat aufzubauen. Sind die vom Wundbrand befallenen Gliedmaßen erst einmal abgetrennt und wurde der Ansteckungsherd ausgebrannt, was sollte dann noch einer vollkommenen Heilung und Gesundung im Wege stehen?«

»Ja, was wohl?« murmelte Chorl. »Wird denn überhaupt etwas übrigbleiben?«

»Wir werden nicht auf ewig in Strömen von Blut baden,« nahm Whiss den Faden wieder auf. »Eines nicht mehr allzu fernen Tages wird Vonahr sauber, vollkommen sauber und ohne jeden Makel, wunderschön, friedlich und vollkommen geordnet sein. Ist dieses Ziel nicht jeden Preis wert? Nun? Was meint Ihr? Ihr glotzt mich an wie ein blödes Schaf. Traut Ihr Euch nicht zu reden, oder habt Ihr nichts zu sagen? Na los, sagt mir aufrichtig Eure Meinung.«

»Ich finde, du solltest vielleicht ein wenig schlafen.«

»Soll das vielleicht ein Witz sein?« Whiss' bleiches Gesicht lief rot an. »Wollt Ihr mich etwa reizen? Paßt nur auf, selbst meine Geduld hat ihre Grenzen. Ihr könnt gehen, Vater. Ihr seid es nicht wert, mit Euch zu reden, das ist bloße Zeitverschwendung. Also verschwindet. Ich weiß, das wollt Ihr doch, Ihr wollt weg. Habt Ihr mich gehört – ich sagte, Ihr sollt verschwinden! Raus! *Raus mit Euch!*« Whiss' Stimme schwoll zu einem Kreischen an. Augen, Kiefermuskeln und Schläfenadern traten hervor.

Chorl eilte erleichtert zur Tür. Draußen auf dem Gang verharrte er allerdings, um an der geschlossenen Bürotür zu horchen. Whiss Valeur hatte sein rastloses

Umhergehen wieder aufgenommen. Auf und ab stolzierte der Republikanische Protektor, mit immer längeren und rascheren Schritten. Chorl Valeur lauschte eine ganze Weile, ohne daß sich die Schritte beruhigt hätten. Die Minuten verstrichen, und sein Sohn wanderte wie gehetzt auf und ab, auf und ab.

28

»Und was hast du dann mit Houloir gemacht?« fragte Eliste. Sie saß in dem Lehnstuhl vor dem Kamin in Onkel Quinz' Zimmer. Es war früher Abend. Die Vorhänge waren zugezogen, die Kerzen brannten. Durch die Decke vernahm man die polternden Schritte ihrer Mitbewohner. Nebenan sang jemand falsch. In der Ecke summte und sirrte Glorielle vieldeutig vor sich hin. Es herrschte ein geräuschvoller Alltag.

»Ich habe den armen Kerl gleich zum Nordtor gebracht«, berichtete Quinz. »Hab ihm soviel Geld mitgegeben, daß es bis nach Vaurve reichen sollte, wo er bestimmt irgendwo unterkommen wird. Hab gewartet, bis er sicher durch war, dann bin ich nach Hause gegangen, um mich auszuruhen. Ich war sehr erschöpft.«

»Das kann ich mir denken. Aber sag, Onkel, wie hast du ihn denn an der Boomette vorbeigeschleust?«

»Ach, meine Liebe, in einer so unbedeutenden Angelegenheit hatte Meister Houloir meinen Beistand gar nicht nötig. Seine Fähigkeiten waren mehr als ausreichend, um die Empfindsame abzulenken. Die Boomette ist nämlich nicht besonders schlau, weißt du. Nicht annähernd so schlau wie meine Glorielle. Nicht wahr, meine Hübsche?«

Die Empfindsame in der Ecke piepste selbstgefällig.

»Die Boomette meint es zwar gut, hat aber nur einen äußerst beschränkten Horizont. Es ist gar nicht so schwer, sie zu täuschen.«

»Hm. Für dich vielleicht. Aber im Ernst, Onkel Quinz, war das denn wirklich eine so gute Idee, Houloir Valeur fortzuschicken? Wenn er so begabt ist, hätte er dir dann nicht dabei helfen können, die anderen zu retten – seine Angehörigen und Shorvi Nirienne?«

»Der Gedanke liegt nahe; in Wirklichkeit ist es nicht ganz so leicht. Der arme Houloir wurde dermaßen gedemütigt, gequält und betrogen, daß es mir zweifelhaft erscheint, ob er weiteren Prüfungen gewachsen wäre. Außerdem wurde ihm ernsthaft Schaden zugefügt. Wir können nur hoffen, daß er sich mit der Zeit wieder erholen wird, doch bis dahin dürfen wir von ihm weder Stärke noch Beistand erwarten. Ich glaube, es ist am besten für ihn, wenn er nach Hause zurückkehrt, sich ein wenig ausruht und wieder zu Kräften kommt. Was die Befreiung Shorvi Niriennes betrifft, so fürchte ich, das übersteigt meine Kräfte.«

»*Deine* Kräfte, Onkel?«

»Und zwar bei weitem. Weißt du, der unglückliche Meister Nirienne schmachtet nämlich im Grab, an dessen Verschlossenheit ich mir die Zähne ausbeiße.«

»Verschlossenheit? Willst du damit sagen, du hättest mit dem Grab geredet?«

»Mehrmals. Aber es will mir nicht antworten. Nicht, daß es nicht bei Bewußtsein wäre – davon bin ich überzeugt. Es hört mich, aber es will nicht sprechen oder kann es vielleicht auch nicht. Es scheint so, als hätte es die Fähigkeit zu sprechen verloren, oder als hätte es vergessen, wie es das tun soll. Ich kann einfach nicht glauben, daß das die Absicht des Erbauers war, und deshalb schließe ich daraus, daß das Grab verrückt geworden ist.«

»Verrückt?«

»Das wäre die naheliegendste Erklärung. Der Zorn, das Entsetzen, die Bosheit und die Qual der unterschiedlichen Insassen haben sein Bewußtsein überschwemmt. Es kann sich nicht mehr verständigen, es versteht nicht mehr, was man ihm sagt, und kann sich auch nicht ausdrücken. Das ist eine große Ungerechtigkeit. Dieses Schweigen läßt das Grab vereinsamen, ein trauriges Schicksal für einen solch gewaltigen Haufen Granit, wie für jeden anderen übrigens auch. Findest du nicht? Armes Grab, das ist ein ganz betrüblicher Fall. Vielleicht wird sich das ja irgendwann ändern, doch einstweilen ist es einsam, stumm und scheint wahnsinnig.«

»Dann hast du über die Gefangenen also nichts in Erfahrung gebracht?«

»So gut wie nichts. Phlosine Valeur ist dort, soviel weiß ich. Nirienne und seine Freunde desgleichen. Viel mehr weiß ich nicht.«

»Onkel, was sollen wir dann tun?«

»Das kann ich dir nicht sagen, mein Kind. Wir sollten vielleicht an das Naheliegende denken. Wie steht es zum Beispiel mit den Übungen, die ich dir aufgetragen habe?«

»Oh, die meisten habe ich gemacht. Ich hab's versucht.« Eliste rutschte unbehaglich auf dem Stuhl und fühlte sich gedrängt hinzuzusetzen: »Ich begreife bloß nicht, wozu sie gut sein sollen. Es tut sich nichts, überhaupt nichts.«

»Nun, wir werden sehen. Wir müssen uns halt beide in Geduld üben, mein Kind.« Onkel Quinz neigte den Kopf und murmelte kaum hörbar vor sich hin. Nach einer Weile entstanden im ganzen Raum Schmetterlinge – tellergroße Wesen mit prachtvollen, hauchdünnen Flügeln in allen möglichen Farben.

»Wie schön!« Eliste klatschte vor Entzücken in die Hände.

»Es kommt noch mehr. Hör nur.«

Die Schmetterlinge begannen zu singen, ein Chor zarter Stimmen, der mehr mit dem ergreifenden Gesang der Nachtigall gemein hatte als mit dem Summen und Schwirren von Insekten. Eliste betrachtete den nächsten Schmetterling genauer. Zwischen den durchscheinenden, in allen Regenbogenfarben schimmernden Flügeln erspähte sie den winzigen geschnäbelten Kopf, den zitternden Hals, die abgerundete Brust und den gefiederten Schwanz eines winzigen Vogels. Als sie den Zeigefinger ausstreckte, ließ sich der Schmetterlingsvogel bereitwillig darauf nieder, ohne mit dem Singen aufzuhören.

»Ach, Onkel Quinz«, hauchte Eliste verzückt, »das ist das Schönste, was du je für mich gemacht hast!«

»Es freut mich, daß es dir gefällt, meine Liebe. Und jetzt laß es verschwinden.«

»Das brächte ich nicht über mich, dazu ist es zu schön.«

»Mein Kind, ich wäre dir sehr zu Dank verpflichtet, wenn du dich bequemen würdest.«

»Also gut. Ich werd's versuchen.« Eliste sammelte sich mehrere Minuten lang; anschließend waren die Schmetterlingsvögel noch immer genauso farbenprächtig, sangesstark und scheinbar gegenständlich wie zuvor. Eliste gab den Versuch daraufhin sofort auf und erschlaffte geistig wie körperlich. »Tut mir leid, Onkel. Ich habe getan, was ich konnte.«

»Seltsam, seltsam. Das kann ich mir nicht erklären.«

»Ich habe dich ja gewarnt. Ich habe den Bogen einfach nicht raus.«

»Du verfügst über eine gewisse Begabung, meine Liebe. Um ehrlich zu sein, über eine besonders kleine Begabung. Aber meine jahrelange Erfahrung sagt mir, daß *irgend etwas* in dir steckt, das du weiterentwickeln solltest, um dich gegen magische Trugbilder zu wappnen. Untersuchen wir das Problem doch einmal genauer. Zunächst einmal, spürst du im Augenblick etwas von dem geistigen Einfluß, dem du ausgesetzt bist?«

»Ich habe das Gefühl, daß etwas nicht stimmt, das ja«, antwortete Eliste sogleich. »Daran merke ich, daß ich ein Trugbild vor mir habe.«

»Ausgezeichnet. Ausgezeichnet, meine Liebe. Das ist

der schwierige Teil – überhaupt etwas zu spüren. Wenn du erst einmal soweit bist, ist der Rest verhältnismäßig einfach. Du hast das Trugbild als solches erkannt – und jetzt banne es einfach.«

»Aber das kann ich nicht, Onkel. Ich weiß, daß es nicht wirklich ist, aber dadurch verschwindet es noch nicht.«

»Da muß irgendein Hindernis vorliegen, das wir bisher übersehen haben.«

»Ach, zerbrich dir deswegen nicht den Kopf. Deine Trugbilder sind so reizend, daß ich mich gerne davon täuschen lasse. Ich könnte sie den ganzen Tag lang anschauen.«

»Vielleicht ist das schon die ganze Schwierigkeit. Es fehlt dir der Anreiz. Dann sollten wir mal etwas anderes versuchen. Etwas weniger Reizendes vielleicht.« Onkel Quinz schwenkte die Hand, worauf die Schmetterlingsvögel sehr zu Elistes Bedauern verschwanden. Er sprach ein paar Worte, und es entstand ein neues Bild. Zwischen Bett und Schreibtisch stand ein trauriges Monster mit dem behaarten Körper eines Affen, dem spitzbärtigen, gehörnten Kopf einer Ziege mit Fangzähnen, einem zerzausten Hahnenschwanz und verkümmerten Flügeln, die aus den Schultern entsprangen. Das drahtige Fell des Tieres war mit Dreck und Kot verklumpt und wimmelte von Ungeziefer. An einem Bein lief Urin herunter und sammelte sich auf dem Boden zu einer Pfütze. Im nächsten Augenblick hockte sich das Wesen hin und entleerte den Darm; das Zimmer füllte sich mit einem widerlichen Gestank.

»Na, ist das nicht wahrhaft abstoßend? Ist das nicht widerlich?« fragte Onkel Quinz nicht ohne Stolz. »Ist das nicht unglaublich ekelhaft? Hab keine Angst, meine Liebe, es kann dir nichts tun. Und jetzt sei ein braves Kind und laß es verschwinden. Ich weiß, daß du das kannst. Laß nicht zu, daß dein Urteil von Angst getrübt wird.«

Eliste lachte lauthals heraus. »Ach, Onkel, etwas Häßlicheres habe ich bestimmt noch nicht gesehen!« brachte sie unter Lachschüben hervor. »Das ist köstlich – ich finde es wundervoll!«

»Und jetzt laß es verschwinden, meine Liebe!«

»Ach, bitte – noch nicht!«

»Also, ich hatte mir eine andere Wirkung erhofft.« Überrascht und auch ein wenig enttäuscht schwenkte Quinz die Hand. Das Monster und alle unerquicklichen Begleiterscheinungen verschwanden.

»Bitte hol es wieder her, Onkel!«

»Ich glaube, wir sollten einen neuen Anlauf machen. Versuchen wir es noch einmal.« Quinz murmelte etwas. Aus dem Teppich sprossen winzige Apfelbäume. Es duftete nach Apfelblüten.

»Schön.« Eliste lächelte.

»Warte. Das ist noch nicht alles.«

Unter den kleinen Bäumchen erhob sich die puppengroße Gestalt eines jungen Mädchens: eine schlanke Figur, ein hübsches Gesicht, große Augen, üppiges blondes Haar.

»Das bin ja ich!«

»So ist es, meine Liebe. Und jetzt paß auf.«

Neben dem Mädchen befand sich eine zweite Gestalt, diesmal ein junger Mann: großgewachsen, hager und gelenkig, mit kantigen Gesichtszügen, schwarzen Augen und schwarzem Haar.

»Dref.« Elistes Lächeln verflüchtigte sich. »Onkel, was machst du da?«

Keine Antwort.

Die beiden Gestalten schlenderten unter den blühenden Bäumen einher. Die Drefgestalt legte ihrer Begleiterin den Arm um die Hüfte. Die kleine Eliste lehnte den Kopf an seine Schulter.

Eliste stieg die Zornesröte ins Gesicht. »Onkel, das ist gar nicht lustig!« rief sie aus. »Das ist sogar gemein! Das gefällt mir nicht.«

Keine Antwort.

Ein lautloser Wind rührte im Geäst der Apfelbäumchen, die das Haar der kleinen Eliste mit winzigen Blüten bestäubten. Die Drefgestalt wischte die Blüten fort, während die kleine Eliste zu ihm auflachte.

»Onkel, du benutzt vertrauliche Geständnisse, um dich über mich lustig zu machen – schäm dich! Wie konntest du bloß?«

Keine Antwort.

Die Drefgestalt küßte die kleine Eliste auf die Lippen.

Eliste sprang vom Stuhl hoch. Tränen der Erniedrigung brannten ihr in den Augen. »Das sehe ich mir nicht länger an!« rief sie. »Ich dulde es einfach nicht!« Zorn und Scham wallten in ihr auf. Gefühle und Entschlossenheit bündelten sich in ihr wie Sonnenstrahlen, die durch eine Linse fielen, und richteten sich auf die nette kleine Schäferszene. Zum erstenmal füllten sich die Übungen der vergangenen Tage mit Sinn – dabei hatte sie gelernt, was eine heftige Zurückweisung bedeutete und wie sie sich ihrer bedienen mußte.

Bäume, Blüten und Puppenfiguren verschwanden im Handumdrehen.

»Puh!« machte Onkel Quinz. »Welch ein Ungestüm, mein Kind!«

Eliste blickte verständnislos vom leeren Boden zum Gesicht ihres Onkels und wieder zurück. »Habe ich das getan?«

»Allerdings, und zwar äußerst gründlich, meine Liebe. Meinen Glückwunsch! Ich bin stolz auf meine hübsche Nichte.« Eliste starrte ihn noch immer an, und allmählich machte Onkel Quinz' Freude seiner Besorgnis Platz. »Mein Kind, du bist mir doch nicht etwa immer noch böse? Ich bedaure, daß ich auf solch unfreundliche Mittel zurückgreifen mußte. Du wirst deinem alten Onkel doch hoffentlich verzeihen?«

»Gewiß doch. Ja, natürlich. Aber dieses Trugbild – habe ich das etwa verschwinden lassen? Du warst gar nicht beteiligt?«

»Bestimmt nicht. Spürst du das nicht tief in deinem Innern?«

»Nein ... doch, vielleicht ... Ich bin mir nicht sicher.«

»Dir fehlt es noch an Entschlossenheit und an Selbstvertrauen, aber beides wirst du mit täglichem Üben schon noch entwickeln. Du *wirst* doch weiterüben, meine Liebe? Die Mühe ist es jedenfalls wert, findest du nicht auch?«

»Ich denke schon, trotzdem hat es auch etwas Trauriges. Wenn man die Trugbilder als die Schattengebilde erkennt, die sie in Wirklichkeit sind; wenn man weiß, daß ein Gedanke, ein geistiges Achselzucken ausreicht, um sie zu zerstören – dann ist die Magie nur noch halb so schön und wundersam.«

»Eine betrübliche Wahrheit, mein Kind. Das ist der Preis des Wissens. Dennoch bietet eine gefestigte Widerstandskraft gegen Trugbilder einen hervorragenden Schutz. Mir wäre es lieb, wenn meine Nichte gegen derartige Machenschaften gefeit wäre.«

»Mir auch, und deshalb muß ich mich wohl mit der ernüchternden Erkenntnis abfinden. Ich werde weiterüben, Onkel.«

»Ausgezeichnet, meine Liebe. Ich glaube, du wirst es nicht bereuen.«

Kurz darauf ging Onkel Quinz aus dem Haus; in letzter Zeit verhandelte er des Nachts mit mehreren Reiterstatuen in der Nähe der städtischen Waffenkammer. In der Erwartung, abermals alleine zu Abend speisen zu müssen, begab sich Eliste wieder auf ihr Zimmer. Doch diesmal begegnete sie Dref, der gerade in diesem Augenblick nach Hause kam. Sie hatte ihn seit zwei Tagen nicht mehr gesehen, da er ständig unterwegs gewesen war. Jetzt, da sie ihn nach so langer Zeit wiedersah, erschrak sie über sein müdes, niedergeschlagenes Aussehen. »Schlimme Neuigkeiten?« fragte sie beunruhigt.

»Ja. Setz dich besser hin.«

Sie gehorchte. Es schien beinahe so, als beträfen die schlechten Nachrichten sie. Ihr Unbehagen steigerte sich noch, als Dref ein Blatt Papier aus der Tasche holte, es auseinanderfaltete und glättete.

»Sieh dir das an. Das wurde heute abend in der ganzen Stadt angeschlagen.«

Sie nahm das Blatt widerwillig entgegen und zwang sich, es anzuschauen. Was sie las und sah, übertraf ihre schlimmsten Befürchtungen.

Im Namen des Nationalen Wohlfahrtskomitees wird eine BELOHNUNG von einhundert Rekkos auf zweckdienliche Hinweise ausgesetzt, die zur Ergreifung folgender Personen führen …

Zwei Gesichter, zwei Volksfeinde, zwei Namen: der ehemalige Adlige Quinz vo Derrivalle, die ehemalige Adlige Eliste vo Derrivalle. Zwei in allen Einzelheiten zutreffende Personenbeschreibungen. Was die Abbildungen betraf, zwei grobe Holzschnitte, so war Onkel Quinz kaum zu erkennen, während Eliste erstaunlich gut getroffen schien: das herzförmige Gesicht, die großen Augen und der Schwung der Lippen waren naturgetreu wiedergegeben.

Eliste betrachtete schweigend das Plakat. Schließlich sah sie ungläubig auf.

»Wir werden nie erfahren, woher sie eure Namen und eure Personenbeschreibungen haben, aber ich habe da eine Idee«, beantwortete Dref ihre unausgesprochene Frage. »Erinnerst du dich noch, wie der Wachtrupp das Haus deines Onkels fand? Sie ließen sich durch die Trugbilder nicht täuschen; sie wußten genau, wohin sie sich wenden mußten.«

»Das habe ich nicht verstanden. Onkel Quinz hat gemeint, sie müßten uns beobachtet haben, aber ich kann mir nicht vorstellen, wie das hätte möglich sein sollen.«

»Ich auch nicht. Aber ich kann mir denken, wer es war. Zum Abschied sagte sie zu mir: ›Vielleicht weiß ich ja das eine oder andere, was du nicht weißt.‹ Ich glaube, das hat sie ernst gemeint.«

»Stelli? Aber woher hätte sie das wissen sollen? Und warum hast du damals nichts gesagt?«

»Weil ich sie nicht ernst genommen habe. Vielleicht ein Fehler. Gab es bei euch zu Hause etwas, mit dem sie uns hätte beobachten können? Vielleicht eine besondere Linse, die einer deiner magisch begabten Vorfahren angefertigt hat?«

»Keine Ahnung. Es ist schrecklich, sich vorzustellen, wie sie unsere Sachen durchwühlen.«

»Das ist jetzt unsere kleinste Sorge. Offenbar macht der Weitblick unserer umtriebigen Freunde vom Komitee vor den Toren Sherreens halt, sonst wäre dieser Aufwand unnötig. Aber du siehst, in welcher Gefahr wir schweben.«

Eliste betrachtete eingehend ihr Ebenbild. Das alles kam ihr seltsam vor, beinahe wie ein böser Traum. Eine BELOHNUNG von *einhundert Rekkos* ... Unglaublich. Sie nickte stumm.

»Geh nicht mehr nach draußen. Von jetzt an mußt du zu Hause bleiben.«

Zu Hause bleiben. Wie einfach. Ihre Erstarrung löste sich. »Was ist mit Onkel Quinz? Er ist gerade weggegangen. Er weiß doch noch nichts davon, oder? Wir sollten ihm nachgehen, ihn warnen ...«

»Immer mit der Ruhe. Erstens hat dein Onkel selbst Augen im Kopf, und wenn er weggegangen ist, hat er die Bekanntmachungen bestimmt schon gesehen, denn die sind überall angeschlagen.«

»Aber er ist so zerstreut, er achtet nicht auf seine Umgebung ...«

»Zweitens brauchen wir uns um Meister Quinz bestimmt keine Sorgen zu machen – aufgrund seiner Fähigkeiten wird man ihm wohl kaum etwas anhaben können. Um dich mache ich mir vor allem Sorgen. Es war ein Fehler, dich nach Sherreen mitzunehmen.«

»Damals hatten wir keine andere Wahl.«

»Aber vielleicht jetzt. Ich werde deine Flucht in die Wege leiten. Wir werden dich nach Strell schicken.«

»Wir werden nichts dergleichen tun. Ich gehe nicht weg, und diesmal lasse ich mich nicht umstimmen. Bitte komm mir nicht mit fünfzig Gründen und erzähl mir nicht, wie dumm und kindisch ich sei. Hör mir bloß einen Augenblick lang zu. Du mußt verstehen, daß ich meinen Onkel in einer solchen Lage nicht im Stich lassen möchte – allein und verfolgt in einer Stadt, die ihm vollkommen fremd und feindselig erscheinen muß. Wenn ich bei ihm bin, wird es ihm besser gehen, und *du* möchtest doch auch, daß es ihm gutgeht, oder? Wie sollte er dir sonst helfen, Nirienne zu befreien? Ich weiß, das würdest du nie zugeben, aber beantworte mir doch statt dessen die folgende Frage: hast du im Augenblick die Zeit, meine Flucht vorzubereiten? Das ist ein schwieriges Unterfangen, und du bist sehr beschäftigt. Wäre es nicht besser, solange damit zu warten, bis sich Meister Niriennes Schicksal auf die eine oder andere Art entschieden hat?«

»Du brauchst keine Angst zu haben, ich könnte dich dumm und kindisch schimpfen. Du wirst mir allmählich viel zu klug.«

»Nein, ich bin nur vernünftig. Ich werde mich hier im Zimmer versteckt halten. Die anderen Mieter haben mich bisher kaum zu Gesicht bekommen, und jetzt werden sie mich überhaupt nicht mehr sehen. Ich werde mich anders frisieren, damit ich dem Bild weniger ähnlich sehe. Außerdem finde ich, daß ich gar nicht so gut getroffen bin – so spitz ist mein Kinn doch gar nicht, was meinst du? Ich werde tun, was ich tun muß, aber aus Sherreen gehe ich nicht fort. Und das ist mein letztes Wort.«

»Wenn ich dich zwingen könnte, würde ich es tun,

das kannst du mir glauben. Es ist Wahnsinn, hierzubleiben, begreifst du das denn nicht? Wie kann ich dir nur klarmachen, daß ...«

»Ach, Dref, du machst dir zu viele Sorgen. Eine Zeitlang werde ich es hier schon aushalten – und zwar solange, bis mein Onkel seine Aufgabe hier beendet hat. Das ist für alle Beteiligten die beste Lösung, meinst du nicht?«

»Für alle anderen schon, bloß nicht für dich. Deine Verbohrtheit ist ...«

»Solltest du dir nicht besser um Shorvi Nirienne Sorgen machen? Wie läuft eigentlich der Prozeß?«

»Wie vorherzusehen. Shorvi und die anderen verteidigen sich nur allzugut, mit einer Beredsamkeit, die dem Staatsanwalt, den Richtern und den Geschworenen des Tribunals zunehmend lästig wird. So kann das nicht weitergehen, und es wird nicht mehr lange dauern, bis man sie zum Schweigen bringt.«

»Soll das heißen, Nirienne und die anderen Angeklagten könnten noch vor dem Ende des Prozesses ermordet werden?«

»So daß die Kokotte um ihr Recht gebracht würde? Das wohl kaum. Wahrscheinlich wird man Shorvi das Recht, zu seiner eigenen Verteidigung sprechen zu dürfen, demnächst unter irgendeinem Vorwand entziehen. Damit wäre das Problem gelöst.«

»Was willst du also unternehmen, Dref? Ich weiß doch, daß du irgend etwas vorhast.«

»Ich? Was könnte ich schon ausrichten, da nicht einmal Quinz vo Derrivalle das Schweigen des Grabes zu brechen vermag und sich geschlagen geben muß?«

»Diese falsche Bescheidenheit paßt nicht zu dir; so leicht läßt du dich nicht unterkriegen. Ich weiß, daß ihr irgend etwas unternehmen werdet, und ich weiß auch, daß es keinen Sinn hat, dich davon abbringen zu wollen. Und du nennst mich verbohrt? Da kann ich nur lachen. Ich hoffe bloß, daß dir nichts passiert. Dein Tod würde Shorvi Nirienne nicht das mindeste nützen, und ohne dich wäre die Welt ein bißchen weniger unterhaltsam.«

»Oh, welch unerwartete Tiefe des Gefühls. Also gut, ich werde mich bemühen, dir deine Zerstreuungen zu bewahren.«

»›Bemühen‹? Das wäre vielleicht zu wenig.«

»Edles Fräulein, ich beginne zu glauben, Ihr sorgt Euch um mich.«

»Aber natürlich tue ich das.« Das war ihr so herausgerutscht. Falsch. Töricht. Schmerzhaft. Am liebsten hätte sie sich die Zunge abgebissen. »Du bist viel zu klug und zu amüsant, um jung zu sterben. Mit dieser Verschwendung könnte ich mich nicht abfinden.« Sehr unbekümmert, sehr sachlich – das hätte beinahe von Zeralenn stammen können. Eliste schaute Dref rasch an, ob er ihren Fehltritt wohl bemerkt habe. Einen Augenblick lang schienen sich seine Züge zu verdüstern – vor Enttäuschung? Doch das bildete sie sich wohl nur ein.

»Nein? Eine höchst ungewöhnliche Einstellung für eine Adlige, die sich im Lauf der Jahre und mit zunehmender Erfahrung wohl geben dürfte.«

Wie immer übertraf seine Kaltblütigkeit die ihre bei weitem. Eigentlich hätte sie erleichtert sein sollen. Sie war es aber nicht.

»Doch mach dir deswegen keine Sorgen«, fuhr Dref fort. »Es gibt wichtigere Dinge, die unsere Aufmerksamkeit erfordern.«

»Zum Beispiel?«

»Dein Onkel. Ich glaube, er beabsichtigt, Eularque Valeur innerhalb der nächsten zwei, drei Tage zu befreien.«

Im Innern der Städtischen Waffenkammer herrschte ständiges Halbdunkel. Tag und Nacht folgten unterschiedslos aufeinander, durch keinerlei Abwechslung oder irgendwelche sichtbaren Veränderungen voneinander unterschieden. Eularque hatte keine Ahnung, wie lange er sich schon dort befand. Für ihn hatte die Zeit aufgehört zu vergehen. Er dachte nicht mehr an die Provinz Vaurve mit ihrem flachen Marschland, ihrem weiten Himmel, ihrer Freiheit und Stille. Dies alles war verschwunden, vielleicht für immer. Ihren Platz hatten Steinwände und verschlossene Türen eingenommen, Gitterstäbe, unerbittliche Wächter und die Launen ZaZas, an die er mit einer starken Eisenkette gefesselt war. Diese erzwungene Nähe brachte eine unwillkommene Gemeinschaft mit sich; mittlerweile kannte er die Empfindsame nur allzugut. Ihre Mordgelüste bedrückten ihn. So erschütternd und belastend dies alles war, dachte Eularque dennoch nicht an Auflehnung. Die übergroße Hand seines Cousins Bierce hatte längst alle Gedanken an Widerstand aus seinem Kopf hinausgeprügelt. Er würde solange hierbleiben, wie Whiss ihn brauchte. Solange bis Whiss sich anders besann, gab es keinen Ausweg.

Mittlerweile an Unterwürfigkeit gewöhnt, kam Eularque gar nicht erst auf den Gedanken, daß andere sich als weniger botmäßig erweisen könnten. Daher war er ebenso überrascht wie seine Bewacher, als die Waffenkammer buchstäblich in Flammen ausbrach; im Gegensatz zu ihnen entging ihm allerdings nicht, daß der Brand magischer Natur war.

Er hatte geschlafen, was wahrscheinlich bedeutete, daß es Nacht war. Er hatte von Feuer geträumt, von grünem Drachenatem, der mitten in eine Menschenmenge hineinfuhr – abermals ZaZas Eingebungen, ZaZas ansteckende Gelüste. Die Rufe der Wächter rissen ihn aus dem Schlaf, und als er die Augen aufschlug, erblickte er ein Inferno. Einen Augenblick lang meinte er, noch in den gewalttätigen Träumen der Empfindsamen gefangen zu sein. Überall loderten Flammen, wanden sich leuchtende Zungen, wogten

Rauchschwaden, rannten Vorhüter erschreckt umher. Eularque fuhr mit einem Aufschrei hoch; dann kam ihm sein regelmäßig geübter Instinkt zu Hilfe, und er spürte, daß hier Magie am Werke war. Auf einmal erkannte er deutlich, daß es sich um ein Trugbild handelte – eine wirklich meisterhafte Hervorbringung, deren bildhafte Tiefe durch geschickte Ton-, Geruchs- und Tastwirkungen verstärkt wurde. Eularque hörte tatsächlich das Knistern der Flammen, roch den beißenden Rauch, schmeckte ihn auf der Zunge und fühlte das Kratzen in seinem Hals; desgleichen spürte er die Backofenhitze, die von den Flammen ausging. Eine großartige Veranstaltung, doch wo kam sie her?

Die Vorhüter sahen sich außerstande, die künstlerische Leistung zu würdigen. Für sie war dies eine schreckliche Wirklichkeit. Sie hatten keine Zeit, über den Zweck dieser offensichtlichen Brandstiftung, die Person des Eindringlings oder die möglichen Folgen nachzudenken, welche die Zerstörung der unersetzlichen ZaZa mit einschlossen. Keine Zeit, an den Tobsuchtsanfall des Protektors zu denken oder daran, die diensthabenden Offiziere zu entlassen oder unter Arrest zu stellen. Statt dessen suchten sie ihr Heil in der Flucht, denn im Keller der Waffenkammer wurden zahllose Fässer mit Schießpulver aufbewahrt; und wenn die Flammen darauf übergriffen, würde die anschließende Explosion den halben Distrikt dem Erdboden gleichmachen. Würgend, hustend und halb blind taumelten die Vorhüter auf den flammenumloderten Ausgang zu.

Allerdings war es ein Gebot der Menschlichkeit, geschweige denn der Pflicht, den Gefangenen mitzunehmen. Man konnte den armen Kerl doch nicht so einfach verbrennen lassen; schließlich war er der leibliche Bruder des Protektors. Und so bahnten sich ein Offizier und dessen Untergebener einen Weg zu Eularque. Der Offizier hatte beide Schlüssel bei sich; einen für die

Fußschellen, die den Gefangenen mittels einer Kette mit der Empfindsamen verbanden, und einen für den Kragen, dessen Kette an einem in der Wand eingelassenen Ring befestigt war.

Eularque beobachtete neugierig, wie man ihn losmachte. Das Trugbild stand ihm ebenso deutlich vor Augen wie dessen Scheincharakter. Fußschellen und Kragen sprangen auf, während die Vorhüter weiterhin meinten, sie seien geschlossen. Der Offizier stocherte fluchend mit den Schlüsseln herum, rüttelte daran, besah sie sich und drehte sie herum. Die Schlösser schienen nicht aufgehen zu wollen. Sein Untergebener zog die Pistole und schoß die Kette durch; er meinte jedoch, sie sei noch immer unversehrt. Das vorgetäuschte Feuer knisterte heftig; Flammen loderten die Wände empor, tanzten über die Deckenbalken und leckten sogar über ZaZas silbrige Schuppen. Hitzewellen versengten Haar, verkohlten Kleidung, ließen die Haut blasig werden. Die Vorhüter hielten es nicht mehr aus. Mit einem letzten bedauernden Blick auf den zum Tode verurteilten Gefangenen wandten sich die beiden Männer zum Ausgang.

Eularque sah ihnen nach. So wie sie gebeugt im Zickzack rannten, erinnerten sie ein wenig an die Kapriolen der Spaßmacher auf den Jahrmärkten der Provinz Vaurve. Hinter ihm klapperte und rasselte unruhig ZaZa. Aus ihren Nüstern quoll überaus wirklicher und höchst giftiger Nebel.

»Sie scheint ein wenig beunruhigt zu sein.« Die Stimme klang angenehm und zaghaft und hatte einen adligen Akzent. »Das Trugbild wird sie doch nicht etwa erschrecken?«

Als Eularque sich umwandte, gewahrte er einen älteren Herrn, der aus einer Feuerwand hervorzutreten schien. Der Fremde war klein, hager und gebrechlich; er hatte weißes Haar und trug eine Brille. Aus seinen großen Augen leuchtete kindliche Unschuld hervor.

Dennoch stand völlig außer Frage, daß er über eine unschätzbare Macht verfügte.

»Sie antwortet nicht auf Trugbilder – sie nimmt sie gar nicht wahr«, erklärte Eularque. »Das seltsame Verhalten der Vorhüter macht sie unruhig.«

»Was für ein bemerkenswertes Gerät, wirklich erstaunlich. Wie gerne würde ich seinen Geist erforschen! Doch dafür ist weder Zeit, noch ist es der passende Ort. Vielleicht ein andermal. Im Augenblick haben andere Dinge Vorrang. Meister Valeur, seid Ihr bereit?«

»Bereit?«

»Diesen Ort zu verlassen.«

»Wirklich? Ich *darf?*«

»Aber gewiß doch, mein armer Freund. Ab sofort seid Ihr ein freier Mann.«

»Aber das wird Whiss niemals zulassen.«

»Er wird sich damit abfinden müssen.«

»Niemand kann vorhersagen, was er meinem Bruder, meiner Schwester und meinem Vater antun wird …«

»Euer Bruder Houloir hat Sherreen bereits verlassen. Wenn Ihr wollt, könnt Ihr Euch noch heute auf den Weg nach Vaurve machen.«

»Nach Hause.«

»Anschließend beabsichtige ich, Eure Schwester und Euren Vater zu befreien.«

»Das wollt Ihr tatsächlich tun?« Eularque war erstaunt.

»Ich habe es nicht gern, wenn die Gaben meiner Mitbrüder mißbraucht werden. Das ärgert mich, versteht Ihr? Irgend etwas muß geschehen.«

»Aber seid Ihr dazu auch in der Lage?«

»Wie Ihr seht.« Der Fremde deutete mit weitausholender Geste auf den unheimlichen Brand.

»Die Bozhenille-Gemeinde?«

»Ach, was für Erinnerungen.«

»Dann stimmt es also. Aber wer *seid* Ihr?«

»Das werde ich Euch gleich erklären. Nicht weit von hier wartet eine Mietdroschke auf uns. Kommt mit, mein Freund. Hier entlang.«

Diesmal erklärte sich niemand freiwillig dazu bereit, Whiss die Neuigkeiten zu überbringen. Selbst der verehrte Kongreßabgeordnete Poulpe wagte es kaum, den Protektor von der zweiten Flucht zu unterrichten. Stundenlang brüteten die wichtigsten Mitglieder des Nationalen Wohlfahrtskomitees über dem Problem. Sie kamen zu keiner zufriedenstellenden Lösung und beschlossen am Ende, einen Brief zu schreiben. Das Schreiben wurde von einem Boten überbracht, der sich in den frühen Morgenstunden dem Büro des Protektors näherte, das gefaltete Papier unter dem hellen Türspalt hindurchschob und anschließend um sein Leben rannte, ohne abzuwarten, wie das Papier wie von einem Mahlstrom verschluckt wurde.

Die verschlossenen Türen verbargen Whiss' Gemütszustand. Einige früh zur Arbeit erschienene Komiteemitglieder behaupteten später, die grauen Morgenstunden seien belebt worden vom Geräusch splitternden Mobiliars, das aus dem Büro des Protektors drang. Doch ob dies der Wahrheit entsprach, wußte niemand zu sagen. Später wurden Glaser herbeigerufen, um die zerbrochenen Fensterscheiben zu ersetzen, doch die näheren Umstände, die zu dem Glasbruch geführt hatten, blieben im dunkeln.

Anschließend wollte der Protektor niemanden sehen. Kein Wort, weder in gesprochener noch in schriftlicher Form, drang aus seinem Heiligtum hervor, an dem die Komiteemitglieder auf Zehenspitzen vorbeischlichen. Das Nationale Wohlfahrtskomitee, das auch ohne den Vorsitzenden arbeitsfähig war, rief zu erhöhter Wachsamkeit auf und ordnete die weitere Verstärkung der Bewacher der verbliebenen Valeurs sowie zusätzliche Festnahmen an. Whiss selbst blieb bedrohlich stumm und unsichtbar.

Nach sechsunddreißig Stunden wurde eine zusammengefaltete Notiz unter der Tür hindurch auf den Gang geschoben und von einem neugierigen Patrioten gelesen, der auf diese Weise erfuhr, daß der Protektor seinen Vater zu sprechen verlangte. Chorl wurde sogleich herbeigerufen, und kurz darauf traf der alte Mann ein.

Chorl war diesmal vielleicht noch niedergeschlagener und unruhiger als sonst. Neugierige Zuschauer bemerkten, daß der alte Mann eine geschlagene Viertelstunde vor dem Büro seines Sohnes verharrte, ehe er zu klopfen wagte.

Eine scharfe Antwort, und Chorl trat ein.

Die Unterredung war kurz und verlief offenbar stürmisch. Hinter der geschlossenen Tür hörte man Whiss toben, während Chorls leise Antworten unverständlich blieben. Kurz darauf kam der alte Mann bleich und verängstigt wieder heraus. Er eilte so schnell wie er konnte davon.

Ein bedeutungsvolles Schweigen senkte sich über die Büros des Komitees. Drei Stunden verstrichen ereignislos, dann wurde eine weitere Nachricht unter der Tür von Whiss Valeurs Klause hindurchgeschoben. Der Protektor berief eine Sitzung des Nationalen Wohlfahrtskomitees ein. Er forderte alle fünfzehn Mitglieder auf, sich auf der Stelle bei ihm einzufinden.

Es war mittlerweile nach elf Uhr abends, und zwei Drittel der Komiteemitglieder waren nicht zugegen. Die Folge war eine beträchtliche Verzögerung, da Boten in sämtliche Distrikte ausschwärmen und die fehlenden Mitglieder suchen mußten. Als in den frühen Morgenstunden schließlich alle ausfindig gemacht und aus den Betten geholt waren, konnte die Sitzung endlich beginnen.

Am langen Konferenztisch im obersten Stockwerk

des Justizpalastes saßen fünfzehn verschlafene, aber erwartungsvolle Männer. Durch die vorhanglosen Fenster hatten sie einen Ausblick über den kleinen Hof bis zum gewaltigen, dunklen Grab, das daran angrenzte und dessen Zellen zu füllen sie so emsig beigetragen hatten. Wenn ihnen der Anblick patriotische Genugtuung verschaffte, so hatten sie nun ausreichend Muße, darin zu schwelgen. Zwei Stunden lang saßen sie nämlich in tiefem Schweigen da. Die Kühnsten begannen gerade auf ihre Uhren zu schauen, als es drei Uhr läutete und Whiss Valeur eintrat, um am Kopfende des Tisches Platz zu nehmen.

Der Protektor sah furchtbar aus: abgezehrt, gehetzt und grüner im Gesicht denn je. Er erweckte den Eindruck, am Rande des Zusammenbruchs oder eines hysterischen Anfalls zu stehen, dennoch hatte er Mimik und Stimme unter Kontrolle, als er sich an die Versammelten wandte. »Bestimmt fragt Ihr Euch, warum ich Euch heute habe herrufen lassen.«

Niemand sagte etwas, und Whiss schien auch keine Antwort erwartet zu haben, denn er fuhr ohne Pause fort: »Schon seit langem ist mir klar, daß mitten im Herzen der Republik eine Verschwörung im Gange ist – das heißt, im Nationalen Wohlfahrtskomitee selbst. Es sind welche unter uns, die sich an die Feinde der Freiheit verkauft haben. Heute werde ich die Verräter entlarven.«

Die Zuhörer machten entgeisterte Gesichter. Auf einmal schien niemand mehr schläfrig.

»Sie sind geschickt, entschlossen, unermüdlich und verwegen. Sie sind erfolgreich, trotz aller Bemühungen derer, die *behaupten*, mir zu dienen, und die mir Loyalität *versprechen* …« Whiss' anklagender Blick durchbohrte den Kongreßabgeordneten Poulpe, der indes keine Miene verzog. »Sie verspritzen überall ihr Gift. Sie haben den Verfassungsgebenden Kongreß korrumpiert und durchsetzen das Nationale Wohlfahrtskomitee. Sie sitzen hier in diesem Raum. Sie lächeln, sie lügen, sie heucheln Patriotismus und erheitern sich an der Vorstellung, sie hielten uns alle zum Narren. Sie wähnen sich in Sicherheit, aber da täuschen sie sich – in der Republik Vonahr wird kein Volksfeind jemals sicher sein. Wir werden sie aufspüren. Wir werden sie alle vernichten. Wir werden heute damit beginnen.«

Die fünfzehn Komiteemitglieder waren mittlerweile hellwach und beunruhigt. Das Komitee, längst ein Instrument des Terrors, war es gewohnt, sich für unverwundbar und unantastbar zu halten. Ob der Verrat nun eine Tatsache war, oder sich bloß in der Einbildung des immer unberechenbarer werdenden Protektors befand, war für die Opfer der bevorstehenden Aufdeckung von untergeordneter Bedeutung – die Beschuldigten wären auf jeden Fall verloren. Doch wen würde es treffen? Wie viele? Besorgte Blick huschten umher, auf der Suche nach Anzeichen von Schuldbewußtsein.

»Das Nationale Wohlfahrtskomitee war seit jeher der Inbegriff vonahrischer Rechtschaffenheit. Seine Mitglieder waren leuchtende Beispiele des Patriotismus und über jeden Zweifel erhaben. Ich habe geglaubt, von Männern der Tugend umgeben zu sein, von Männern voller Hingabe, von loyalen Reparationisten, die bereit wären, für ihr Land und ihren Protektor zu sterben. Kann auch nur einer von Euch ermessen, wie schmerzhaft für mich die Erkenntnis war, daß ich mich getäuscht habe? Whiss Valeur wurde von denen verraten, denen er am meisten vertraute. Das schmerzt wie eine blutende Wunde.« Zur Verblüffung seiner Zuhörer traten dem Protektor auf einmal Tränen in die Augen. Ihm brach die Stimme, und er war gezwungen, mit gesenktem Kopf und zuckendem Mund kurz innezuhalten.

Die Anwesenden betrachteten das Schauspiel entsetzt und gefesselt zugleich.

»Aber glaubt bloß nicht, ich würde mich so leicht zum Opfer machen lassen.« Auf einmal reckte Whiss den Kopf, und seine grünen Augen funkelten auf, so daß mehrere Anwesende zusammenzuckten. »Niemals wird Whiss Valeur seine Brust kampflos dem Meuchelmörder darbieten. Was mich betrifft, so habe ich keine Sorge und keine Furcht, ich würde frohen Herzens alles opfern. Der Ruhm, nach dem es andere gelüstet, bedeutet mir nichts; ich würde ihn bereitwillig gegen eine Einsiedlerklause auf einem abgelegenen Berg eintauschen, wo mir der Haß und die Bosheit der neidischen Menschheit nichts anhaben könnten. Ich würde das klare Wasser der Bergbäche trinken, mich von Wurzeln und Beeren nähren, mit den Vögelein singen und ein Leben führen im Einklang mit der Natur. Dann wäre ich wenigstens glücklich.«

Ein, zwei Ungläubigen fiel die Kinnlade herab.

»Aber Vonahr braucht mich«, fuhr Whiss fort. »Ich bin es meinem Land schuldig, mein Leben zu schützen. Aus diesem Grund habe ich die Verschwörer gejagt. Ich habe beobachtet, und ich habe gelauscht – oh, ganz heimlich; Ihr habt gar keine Vorstellung von meinen Möglichkeiten –, bis ich schließlich dahinter gekommen bin. Meiner Wachsamkeit entgeht niemand; auf die Dauer bleibt mir nichts verborgen. Ich habe eine Liste mit den Namen der Verräter im Komitee und im Kongreß. Es ist eine lange Liste, deren Inhalt die Unwissenden in Erstaunen versetzen wird.«

Das Nationale Wohlfahrtskomitee versteifte sich. Bestimmt würde der Protektor nun die Namen seiner Feinde nennen.

Doch so weit war es noch nicht. Whiss Valeur redete weiter. Seine Ansprache war weitschweifig und sprunghaft, bisweilen zusammenhanglos, voller Übertreibungen, Anklagen, Selbstgerechtigkeit und wüster Beschimpfungen. Er ließ sich lang und breit über die Probleme und Gefahren aus, mit denen die neue Republik fertig werden müsse, über die Bedrohung der Freiheit und die Notwendigkeit einer starken Führerschaft. Er verurteilte alle Andersdenkenden, alle Reaktionäre, alle Apathisten und vor allem alle Niriennisten. Er forderte die Erneuerung des alten revolutionären Elans, des alten reparationistischen Eifers. Er rief auf zu Loyalität, Patriotismus und Selbstaufopferung. Manchmal dröhnte seine geübte Stimme, als spräche er zu einer Menschenmenge von Tausenden; dann wieder sprach er eigentümlich gedämpft und undeutlich; und einmal, als er über die schwere Bürde der Führerschaft redete, versagte ihm die Stimme ganz, und er weinte, während ihm die Tränen über die Wangen strömten.

Er sprach annähernd zwei Stunden lang, ohne daß jemand sich zu rühren wagte. Es war heller Tag, als der Wortschwall allmählich schwächer wurde, bis er endlich ganz versiegte. Whiss stand eine Weile da und musterte seine wie gelähmt dasitzende Zuhörerschaft. »Ich habe Euch mein Herz geöffnet«, verkündete er schließlich, »und ich habe meine Pflicht getan. Jetzt seid Ihr an der Reihe.«

Er nahm einen bronzenen Briefbeschwerer und klopfte damit dreimal auf den Tisch, was offenbar ein verabredetes Zeichen darstellte. Kurz darauf wurde die Tür aufgerissen, und eine Gruppe Vorhüter stürmte in den Raum. Die Versammelten gerieten in helle Aufregung. Die Unruhe nahm noch zu, als Whiss die Soldaten anwies, die Kongreßabgeordneten Pieuvre, Lemery und Myette festzunehmen; alle drei galten als enge Vertraute des Protektors. Niemand war erstaunter als die drei Beschuldigten, doch fanden ihre lauten und verzweifelten Unschuldsbeteuerungen kein Gehör. Whiss Valeur sah mit versteinerter Miene zu, wie seine ehemaligen Verbündeten schreiend aus dem Raum gezerrt wurden.

Das Geschrei entfernte sich und verstummte dann ganz. Wenn einer der Anwesenden kurz darauf aus dem Fenster geschaut hätte, würde er gesehen haben, wie die drei Unglücklichen über den Hof zum Portal des Grabes geschleppt wurden; allerdings blickte niemand hinaus. Das Stimmengewirr legte sich. Die verbliebenen Komiteemitglieder erwarteten die Anweisungen ihres Herrn.

Whiss schaute sie nacheinander an. Einer nach dem anderen wanden sie sich unbehaglich unter seinem Blick, bis auf den jungen Poulpe, dessen marmorne Gelassenheit den Zwischenfall unbeschadet überstanden hatte.

»Ihr seid entlassen. Laßt mich allein«, befahl Whiss, und an den Kongreßabgeordneten Poulpe gewandt fügte er hinzu: »Ihr könnt noch bleiben.«

Die von den nächtlichen Anstrengungen erschöpften Komiteemitglieder schleppten sich aus dem Raum, zutiefst dankbar dafür, noch einmal davongekommen zu sein. Der Kongreßabgeordnete Poulpe saß reglos da. In seinem Gesicht zeigten sich keinerlei Anzeichen von Erschöpfung. Die goldblonden Locken waren nach wie vor vollkommen geordnet, seine Kleidung wirkte makellos und frisch, ganz so, als könnte die Welt seiner Vollkommenheit nichts anhaben.

Sie waren allein.

»Ihr habt versagt«, verkündete Whiss. »Mein Bruder Eularque ist in die Fußstapfen von Houloir getreten. Mein Feind Quinz vo Derrivalle und dessen Komplizin arbeiten noch immer an meinem Untergang. Wenn das so weitergeht, werden sie noch eines Tages in den Kongreß hineinspaziert kommen, und niemand wird sie daran hindern. Ihr habt Euer Versprechen gebrochen.«

»Die Jagd geht weiter. Ich habe der ehemaligen Feudalverwaltung von Derrivalle geschrieben und um Mitteilungen über diesen Quinz gebeten. Es wird nicht mehr lange dauern, dann haben wir ihn«, erwiderte Poulpe ungerührt.

»Das habt Ihr mir schon vor Tagen gesagt. Ich bin es

leid, darauf zu warten, daß Ihr Euer Wort einlöst. Ihr seid entweder weniger eifrig oder weniger klug als ich dachte. Oder vielleicht auch weniger loyal.«

»An Eifer übertrifft mich niemand, Genosse.« Poulpe verzog keine Miene, und seine Stimme schwankte nicht im geringsten. »Meine Klugheit, sofern ich über welche verfüge, steht zu Euren Diensten. Und was meine Loyalität betrifft – bezweifelt nicht, daß sie ebenso grenzenlos und ewig ist wie das Meer. Ihr seid der Begründer des Reparationismus. Dieser ist das Maß aller Dinge, und Ihr seid sein leuchtender Mittelpunkt – der Geist, der alles lenkt und ohne den es weder Licht noch Leben gibt. Protektor, verlangt nicht, daß ich Euch mein Leben opfere – das wäre eine zu kleine Gabe. Ich möchte Euch mehr geben. Ich möchte Euch meinen Verstand und meine Ehre überantworten. Ich möchte Euch meine Seele schenken.«

»Das reicht. Ich bin zufriedengestellt. Genosse, ich zweifle nicht an Eurer Aufrichtigkeit.« Whiss breitete die Arme aus, und die beiden Männer umarmten sich.

Poulpe trat mit übermäßig gerötetem Gesicht zurück. »Protektor, ich erwarte Eure Befehle.«

»Sucht weiter, mein Freund. Aber beeilt Euch, verstärkt Eure Bemühungen. Falls Ihr es wünscht, wird man Euch weitere Mittel und zusätzliches Personal zur Verfügung stellen, denn die Zeit drängt. Es ist keineswegs ausgeschlossen, daß die Verräter aus Derrivalle mit den Niriennisten im Bunde stehen, deren diabolische Gemeinschaft weiterhin tätig ist. Sie können jederzeit zuschlagen. Mein Leben ist in großer Gefahr. Wen wundert es da, daß ich nicht mehr schlafe?«

»Die Niriennisten«, meinte Poulpe versonnen. Ein paar Falten entstellten die wie poliert wirkende Glätte seiner Stirn. »Die Niriennisten. Das ist eine ausgezeichnete Idee, Protektor. Diese Verbindung haben wir noch nicht überprüft. Wir werden Nirienne und seine Komplizen verhören. Falls sie schon einmal von diesem

Quinz vo Derrivalle gehört haben, werden sie es Bierce sagen, darauf könnt Ihr Euch verlassen – er kennt die richtigen Fragen.«

»Einverstanden, aber diese Verbrecher dürfen vor dem Urteilsspruch keine sichtbaren Verletzungen davontragen.«

»Außerdem werden wir noch einmal die Unbelebten befragen. Dabei werden uns Eure Schwester und Euer Vater helfen. In der Nähe der Universität gibt es ein Café, das ein beliebter Treffpunkt der Niriennisten ist. Wir werden das Lokal ›Zum Zapfenstreich‹ befragen. Das ist ein guter Ansatzpunkt!«

»Unzureichend. Unzureichend! Diese Mörder müssen mich fürchten lernen. Und dafür werdet Ihr sorgen. Es bedarf einer einprägsamen Lektion, die sie nicht so schnell vergessen werden. Kümmert Euch nicht um die Gebäude. Ihr werdet die Gäste verhören. Wahrscheinlich werden sie sich störrisch zeigen, aber wir wissen schließlich, wie man mit Verrätern umgeht. Ich überlasse es Euch, die passende Art und Weise auszuwählen. Ich vertraue darauf, daß Ihr mich nicht enttäuschen werdet.«

»Protektor, Ihr vertraut dem Richtigen.« Poulpe verneigte sich und ging nachdenklich und beinahe verträumt hinaus.

Zwölf Stunden später fiel die Vorhut über das Lokal ›Zum Zapfenstreich‹ her. Als man den studentischen Stammgästen mitteilte, sie seien festgenommen, erwiderten sie dies mit dem üblichen Ungestüm. Einige flüchteten durch den Hinterausgang, wo sie den an der Rückseite des Gebäudes aufgestellten Soldaten geradewegs in die Arme liefen. Andere wiederum zeigten sich gefügig. Eine erkleckliche Anzahl von ihnen – darunter mehrere bewaffnete Niriennisten – planten rasch den Widerstand, verbarrikadierten sich hinter umgekippten Tischen und Stühlen und schossen auf jeden

Vorhüter in Reichweite. Ihr Leichtsinn wurde alsbald bestraft.

Trotz ihrer überlegenen Erfahrung und Bewaffnung machten die Soldaten keine Anstalten, die Barrikaden der Studenten zu stürmen, sondern machten sich statt dessen an den schmalen Hinterausgang des Lokals, den sie mit Äxten erweiterten. Aus der trügerischen Sicherheit ihrer Barrikaden aus Kiefernholz hervor, sahen ihnen die Studenten dabei verwundert und beklommen zu.

Die Vorhüter zogen sich zurück. Dann schob sich die silbrige Schnauze eines an einem endlos langen Schlangenhals befestigten Kopfes durch die Öffnung. ZaZa orientierte sich kurz, dann blies sie eine grüne Nebelwolke in den Raum. Überall wirbelte beißender Dampf. Die Studenten husteten im Chor. Pistolenschüsse knallten, und mehrere Kugeln wurden auf den undurchdringlichen Schuppen der Empfindsamen plattgedrückt. ZaZa antwortete mit ihrem Flammenatem. Grünes Feuer schoß aus ihrem Maul, verblaßte an der hölzernen Brustwehr und loderte dann, als das Kiefernholz Feuer fing, orange auf. Rauch mischte sich mit dem giftigen grünen Gas. Verkohlendes Holz bog sich und barst mit dem scharfen Knallen von Pistolenschüssen. Hustend, würgend und halb geblendet warfen die Studenten die Waffen weg. Mit erhobenen leeren Händen taumelten sie ins Freie.

ZaZa warf einen ihrer Köpfe nach vorn. Ihr gewaltiger Tonnenleib zwängte sich teilweise durch den vergrößerten Ausgang. Eine spannungsgeladene Pause; Holz krachte, barst und splitterte, dann war die Empfindsame hindurch. Klappernd bewegte sie sich auf ihren überlasteten, schlangenartigen Beinen voran. Zwei mit Scharnieren versehene Mäuler klappten auf, die inwendigen Drähte begannen zu glühen, und eine zweifache hellgrüne Feuerzunge schlug den Rebellen entgegen. Es roch nach verkohltem Fleisch. Entsetzensschreie mischten sich mit Schluchzern der Verweiflung und der Wut. Überall rannten Flüchtende umher und suchten fluchend und flehend nach Deckung. Ein zweiter Flammenstoß, die Barrikaden stürzten zusammen, und das Schreien machte Wimmern und Stöhnen Platz.

Ein paar Gestalten kamen aus den Trümmern hervorgekrochen, dermaßen schwer verwundet und entstellt, daß ZaZa sich nicht die Mühe machte, sie zu töten. Die Empfindsame zog sich zurück, und nun strömten ihre menschlichen Begleiter herein, um die Sache zu Ende zu bringen. Eine Handvoll gebrochener Studenten waren noch am Leben und mehr oder weniger bewegungsfähig. Diese trieb man rasch zusammen, verfrachtete sie in die geschlossenen Kutschen und fuhr sie weg. In der Zwischenzeit hatte das Feuer Holz und Stoff in Brand gesetzt und sich vom Keller bis über den ersten Stock ausgebreitet. Es kletterte von Stockwerk zu Stockwerk, bis das ganze Gebäude, das ehemals Herzoginnenturm geheißen hatte, wie eine riesige Fackel brannte.

Das Feuer, das Massaker und die Verhaftungen riefen allgemeine Empörung hervor. Selbst die glühendsten Reparationisten waren verwundert über die Ausschweifungen der Vorhut, während die gemäßigteren Bürger sogar entsetzt und wütend waren. Nicht, daß man dem Unmut öffentlich Luft gemacht hätte – eine solche Offenheit hätte baldige Vergeltung nach sich gezogen. Allerdings legten die vielen wütenden Pamphlete, Traktate und Flugschriften unbekannter Herkunft, die wenige Stunden nach dem Vorfall in ganz Sherreen zu zirkulieren begannen, beredtes Zeugnis ab vom weitverbreiteten Abscheu. Zwar wurde weder öffentlich protestiert, noch kam es zu irgendwelchen Demonstrationen, aber es wurde überall geredet; die Unterhaltungen wurden flüsternd geführt und verstummten jäh beim Erscheinen von Soldaten oder Gendarmen; kritische, anklagende, verräterische Unterhaltungen.

Es schien so, als sei der vonahrische Patriotismus nicht mehr das, was er einmal gewesen war. Der anfängliche revolutionäre Zorn war verraucht, die Öffentlichkeit fand keinen Geschmack mehr am Blutvergießen. Die Menschenmenge, die sich tagtäglich auf dem Platz der Gleichheit versammelte, wurde immer kleiner; die Zuschauerzahlen schrumpften merklich, eine Erscheinung, die die Lieferanten der Kokotte und deren Herren mit Mißtrauen betrachteten. Die Bürger waren wie Feiernde nach einer Orgie übersättigt, beschämt oder vielleicht einfach bloß müde. Allzu viele erwiesen sich nun als unsichere Kantonisten, die der reparationistischen Errungenschaften ganz und gar unwürdig waren.

Man glaubte, eine gesunde Portion Propaganda werde die öffentliche Begeisterung schon wieder entfachen, und daher griff ›Nachbar Jumalle‹ wieder zur Feder. Binnen einer Nacht verfaßte Whiss Valeur eine Verteidigungsschrift von vierzehntausend Worten Umfang; ein dermaßen wirres, unbestimmtes, weitschweifiges Werk voller Wiederholungen, daß es auch nach mehrfacher Bearbeitung nicht zu veröffentlichen war. Anschließend schien klar, daß man rasch eine Lösung für die schwierige Lage finden mußte. Das Verfahren gegen die Nirienne-Bande wurde ausgesetzt, und statt dessen schleppte man die überlebenden, halbverbrannten Opfer des Massakers im Lokal ›Zum Zapfenstreich‹, die mit ihren Verbänden wie halbe Mumien aussahen, vor das Nationale Tribunal.

Der oberflächliche Prozeß fand hinter verschlossenen Türen statt. Am Nachmittag eines sonnigen Frühlingstages standen die gefesselten und nackten Verurteilten auf einem Wagen, der zum Platz der Gleichheit unterwegs war.

Es hatte sich eine große Menschenmenge versammelt, um der Hinrichtung beizuwohnen. Die Koketten und die Kavaliere, deren Begeisterung ungebrochen war, standen in der ersten Reihe. An wichtigen Stellen jubelten eigens dafür eingesetzte Fanatiker mit roten Diamantabzeichen so ausgelassen wie eh und je. Die Straßenverkäufer priesen lautstark ihre Waren an. Es herrschte ausgelassenes Treiben. Aller Jubel und Trubel vermochte jedoch nicht die vorherrschende düstere Stimmung zu verbergen. Die Menschen, die sich heute hier versammelt hatten, waren eindeutig nicht mehr der sensationslüsterne Mob von ehedem. Der Unterschied wurde noch deutlicher, als der Karren aus der Arkadenstraße hervorgerumpelt kam. Früher hatte man das Erscheinen der Opfer mit lautem Beifall begrüßt. Heute erhoben sich die Stimmen einiger weniger bezahlter Eiferer kläglich und dünn über das lastende Schweigen. Das Schweigen hielt auch dann noch unvermindert an, als man die Studenten von dem Karren herunterholte, sie in Reih und Glied zu Füßen des Schafotts Aufstellung nehmen ließ und sie dann in rascher Folge hinrichtete.

Empfindsame, Scharfrichter und ihre Helfer gingen so entschlossen zu Werke wie eh und je. Die Koketten und Kavaliere kreischten, schwenkten die Arme und warfen jedesmal, wenn das Todeslicht der Kokotte aufflammte, rote Nelken. Es gab die üblichen Streitereien um die übriggebliebenen Stricke, das übliche Gerangel in den vorderen Reihen. Die Mehrheit der Zuschauer verharrte jedoch regungslos und stumm, was etwas Beunruhigendes hatte.

Zum Glück dauerte es nicht lange. Heute gab es nur einen Karren mit Verurteilten. Die Sonne stand noch hoch am Himmel, als die Kokotte ihre Mahlzeit beendete. Die Bürger zerstreuten sich rasch, und zwar in einem dermaßen angespannten Schweigen, daß selbst Bierce Valeur es bemerkte und ihnen mißtrauisch nachsah.

Es stand zu hoffen, daß mit dem Tod der verräterischen Studenten eine zutiefst enttäuschend verlaufene Unternehmung ihren Abschluß gefunden hatte. Nichts hatte geklappt. Der hirnlose Sherreener Mob hatte nicht nur mit unerwarteten Gefühlen geantwortet, die Befragung der Gefangenen hatte zudem keinerlei Erkenntnisse erbracht. Die Halbempfindsamen im Folterkeller des Grabes hatten den Widerstand der Opfer zwar mühelos gebrochen und willenlos plappernde Wracks aus ihnen gemacht; über den geheimnisvollen Quinz vo Derrivalle und dessen Komplizin hatte man jedoch nichts erfahren.

29

»Hast du je wieder von Eularque Valeur gehört?« fragte Eliste. Es war früher Abend. Sie saß im Zimmer ihres Onkels.

»Nein, meine Liebe, hab ich nicht«, antwortete Quinz.

»Ich finde, nach allem, was du für ihn getan hast, hätte er wenigstens Bescheid geben können, daß er in Sicherheit ist. Er hätte sich bedanken können.«

»Ach, der arme Kerl hat sich schon beim Abschied überschwenglich bei mir bedankt. Außerdem wäre es schwierig und gefährlich, eine Nachricht zu schicken. Solange wir nichts Gegenteiliges wissen, sollten wir davon ausgehen, daß es ihm gutgeht.«

»Ach, Onkel, du wirst diesen elenden Whiss Valeur mit einer Hand zerquetschen! Wer kommt als nächster dran? Die Schwester?«

»Das ist gar nicht so einfach. Seitdem Meister Houloir und Eularque geflüchtet sind, werden die beiden verbliebenen Valeurs noch schärfer bewacht als vorher. Das arme Fräulein Phlosine lebt im Grab, dessen Abwehr ich nicht zu durchdringen vermag. Im Augenblick sind mir die Hände gebunden. Trotzdem ist die Lage durchaus nicht hoffnungslos. Ich glaube, ich weiß, wie ich sie herausholen kann, aber dafür brauche ich Beistand, den ich von dir zu erhalten hoffe.«

»Von mir, Onkel? Du möchtest, daß *ich* dir helfe? Was soll ich denn tun?«

»Du sollst mein Lastenträger sein. Ach, wie verblüfft du schaust. Keine Angst, mein Kind, ich werde dir alles erklären. Zunächst einmal wollen wir sehen, ob du Fortschritte gemacht hast. Hast du die Übungen ausgeführt, die ich dir aufgetragen habe?«

»Gewissenhaft.«

»Ausgezeichnet. Dann sei so nett und zeige mir, was du gelernt hast.« Onkel Quinz murmelte etwas und schwenkte die Arme. Augenblicklich verfinsterte sich die Luft. Dichte, nahezu undurchsichtige Rauchschwaden breiteten sich im Raum aus und verschluckten Wände, Decke, Möbel und Anwesende.

Eliste war ein wenig überrascht. Meistens waren die Trugbilder ihres Onkels verlockend und fast zu schön, um ihnen widerstehen zu können. Die Herausforderung machte natürlich einen Teil ihres Reizes aus; es erforderte eine besondere Willensanstrengung, sie zurückzuweisen. Diesmal bestand diese Schwierigkeit nicht. Eliste staunte noch mehr, als vier große Gestalten entstanden, die aufgrund ihrer schimmernden Rüstung durch die wallenden, dunklen Rauchschwaden hindurch, eine in jeder Zimmerecke, zu sehen waren. Zunächst glaubte sie, es seien Statuen – weiße, marmorne Standbilder im alten Stil, gottähnliche Figuren von unfaßbarer Vollkommenheit. Sie waren mit langen Gewändern bekleidet, hatten ebenmäßige Züge und den leeren Blick klassischer Statuen; gleichwohl schienen sie lebendig. Dies zeigte sich, als eine der weißen Gestalten den rechten Arm steif über den Kopf erhob. Auf dem leeren Handteller erschien ein gezacktes, leuchtendes Etwas. Einen Augenblick lang verharrte die weiße Gestalt regungslos, das genaue Ebenbild eines Rachegottes, dann schleuderte sie den Blitz.

Eliste suchte mit einem Aufschrei hinter dem nächsten Stuhl Deckung. Der Blitz sauste knisternd vorbei und schlug an der Stelle, wo sie eben noch gestanden hatte, in den Boden ein. Teppich und Bodenbretter schwärzten sich. Erstaunlich. Noch nie waren Quinz' Hervorbringungen so unverhohlen gewalttätig gewesen. Allerdings blieb Eliste keine Zeit, sich deswegen den Kopf zu zerbrechen. Die nächste weiße Gestalt hob den Arm und zielte mit ihrer übernatürlichen Waffe. Ein zweites glühendes Geschoß sauste durch die Luft und traf den Stuhl, hinter dem Eliste hockte. Es roch eigenartig verbrannt, und der Stuhl brach in Flammen aus. Eliste kroch hastig zurück. Funken flogen in alle Richtungen. Ein paar fielen auf ihren Rock, der sogleich Feuer fing. Eliste schlug wild nach den Flammen, warf sich auf den Boden und wälzte sich umher. Die meisten Flammen erloschen tatsächlich, doch eine Brandstelle ließ sich nicht ersticken. Das Feuer breitete sich aus, gelbe Flammen tanzten um den Saum, leckten höher, und schon spürte Eliste die Hitze. Sie verbrannte bei lebendigem Leib …

»*Onkel Quinz!*« schrie Eliste entsetzt und voller Todesangst. »*Onkel!*«

Keine Antwort, und sie konnte ihn auch nirgends ausmachen. Offenbar hatte ihn der Rauch verschluckt. Bestimmt war er bewußtlos, konnte ihr nicht helfen, war von seinem eigenen Trugbild überwältigt worden …

Onkel Quinz – von einem Trugbild überwältigt, das er selbst erschaffen hatte?

Lächerlich.

Und auf einmal war ihr das Wissen, das der Schreck vorübergehend verdunkelt hatte, wieder zugänglich. Das alles war gar nicht wirklich. Sie hatte sich grundlos zum Narren gemacht.

Anschließend war es ganz leicht. Eliste atmete einmal tief durch, brachte ihre Gedanken zur Ruhe und sammelte sich, dann löschte sie die Flammen an ihrer Kleidung auf die Art und Weise, die sie so häufig geübt hatte, vollständig aus. Sie stand auf, blickte umher und wunderte sich, wie sie sich auch nur einen Augenblick lang von einer Marionettenvorstellung hatte täuschen lassen können. Der Rauch war immer noch da, mittlerweile aber durchsichtig geworden.

Onkel Quinz saß beim Kamin und beobachtete sie aufmerksam. Stuhl, Teppich und Boden schienen unversehrt. In den Ecken standen noch immer die belebten weißen Statuen, doch nun wirkten sie geisterhaft und gegenstandslos, und Eliste konnte es sich leisten, sie ausgiebig zu betrachten und sich über die Kunstfertigkeit ihres Onkels zu wundern. Zwei der Statuen hoben die Arme, zielten und schleuderten gleichzeitig ihre Blitze. Eliste wäre es ein Leichtes gewesen, sie abzuwehren, doch die Neugier bewog sie, standhaft zu bleiben. Als sie getroffen wurde, war die Täuschung so stark, daß sie trotz aller inneren Vorbereitung die Wucht des Aufpralls zu empfinden meinte; nicht stark genug, um sie aus dem Gleichgewicht zu bringen, aber gleichwohl spürbar. Unwillkürlich blinzelte sie, als um sie herum eine trügerisch blendende Helligkeit explodierte. Das alles war unwirklich und harmlos, aber dennoch verstörend. Eliste sammelte sich, blickte durch den Nebel auf die dahinter verborgene Wirklichkeit und bannte so das Trugbild. Rauch, Statuen und alle lichtgebundenen Spuren der Zerstörung verschwanden. Das Zimmer schien wieder so wie zuvor.

Eliste entspannte ihren Geist. »Diesmal hättest du mich beinahe drangekriegt«, sagte sie.

»Aber nur für einen Augenblick, und du hast dich wirklich prächtig erholt. Das war schon ein recht raffiniertes Trugbild, das du da gebannt hast, mein Kind. Gut gemacht!« Onkel Quinz trat lächelnd zu ihr und gab ihr einen Kuß auf die Wange. In dem Augenblick, als seine Lippen ihre Wange berührten, ertönte in einem Winkel des Zimmers ein aufgeregtes Sirren. Als Onkel und Nichte sich umdrehten, bemerkten sie, daß die Empfindsame Glorielle in einem pulsierenden Rhythmus leuchtete und daß ihr Metallgehäuse vor Erregung zitterte.

»Was hat sie denn?« fragte Eliste. Beim Geräusch

ihrer Stimme schwoll das Sirren zu einem durchdringenden Winseln an.

»Ach, sie ist unruhig. Ich hätte dich niemals in ihrer Gegenwart küssen dürfen.«

»Weshalb eigentlich nicht?«

»Es hat sie aufgeregt. Die arme Kleine, ich fürchte, sie fühlt sich bedroht. Sie braucht Zuwendung, Verständnis und ständigen Zuspruch.«

»Weshalb?«

»Weil sie sich geliebt wissen will.«

»Soll das heißen, das Gerät ist eifersüchtig?«

»Versuche sie zu verstehen, mein Kind. Sie ist außergewöhnlich empfindsam, und vor allem mangelt es ihr an Selbstbewußtsein.«

»Das verbirgt sie aber gut. Nein, sag nichts, Onkel Quinz – ich werde meine Zunge hüten.«

»Du mußt sie nur klug gebrauchen, meine Liebe, mehr verlange ich gar nicht.« Quinz kniete neben der beleidigten Empfindsamen nieder, streichelte die Glasspiralen und sprach beschwichtigend auf sie ein. Kurz darauf hörte das gereizte Flackern auf, und Glorielle leuchtete wieder in einem stetig sanften Licht. Das mechanische Winseln ging in ein leises Piepsen und Klicken über. Quinz sah auf. »Sie hat ihr seelisches Gleichgewicht wiedergefunden. Jetzt ist der Zeitpunkt günstig, sich ihr zu nähern. Komm her, meine Liebe, und lege deine Hände auf sie.«

»Ich? Warum?« fragte Eliste verwundert.

»Glorielle muß sich an deine Berührung gewöhnen, wenn du uns heute nacht helfen sollst, meine Liebe.«

»Muß sie das? Also gut. Hast du eben nicht gemeint, ich sollte dir beim Tragen helfen?« Eliste kniete neben ihrem Onkel nieder und streckte behutsam die Hand aus.

»Mein kleiner Plan, das Fräulein Phlosine Valeur zu befreien, erfordert Glorielles Mithilfe, weißt du. Glorielle hat sich freundlicherweise dazu bereiterklärt, allerdings gibt es da noch eine Schwierigkeit. So, leg einfach deine Hände auf sie, mein Kind. Sie hat bestimmt nichts dagegen. Beide Hände – so ist es gut.«

Elistes Fingerspitzen streiften über das Metall. Ein wenig furchtsam und halb mit mechanischem Protest oder sogar einer schmerzhaften Zurückweisung rechnend, legte sie beide Hände flach auf das silbrige Metallgehäuse der Empfindsamen. Das Gehäuse fühlte sich warm an, und es zitterte noch. Das Summen gewann ein wenig an Höhe, während das goldene Leuchten eine tiefe Bernsteinfärbung annahm.

»Das ist ja erfreulich. Es ist gelungen. Ich glaube, sie mag dich, mein Kind.«

Nein, das stimmt nicht, dachte Eliste. *Und ich mag sie auch nicht. Aber sie wird mich um deinetwillen dulden, Onkel. Ich bin mir nicht sicher, woher ich das weiß, aber ich weiß es.*

»Na, ist das nicht angenehm?«

»Hmmmmmm«, machte Eliste. *Nein.*

»Sehr gut. Und jetzt an die Arbeit. Du wirst mir doch beistehen, Kind?«

»Mit Freuden, Onkel. Was soll ich tun?«

»Mir dabei helfen, Glorielle heute nacht in den Havillac-Park zu schleppen. Sie ist zu schwer, als daß ich sie alleine tragen könnte. Der junge Dref ist nicht da, und du bist die einzige, die ich mit einer solchen Aufgabe betrauen kann.«

»Was soll Glorielle denn im Havillac-Park machen?«

»Zunächst einmal soll sie dort warten. Und später dann … Nun, wir werden sehen.«

»Du tust ja so geheimnisvoll. Du willst es mir also nicht verraten. Sagst du mir denn, wann wir dorthin gehen? Und kannst du uns vorher vielleicht irgendwie verkleiden?«

»Daran habe ich schon gedacht, meine Liebe. Was für eine Gelegenheit, um zu experimentieren! Wer möchtest du sein? Eine Brünette? Größer? Kleiner?

Molliger? Eine junge Grisette? Ein altes Marktweib? Du kannst wählen.«

»Ein Junge! Ich möchte mich als Junge verkleiden. Das macht man doch auch im Theater, nicht wahr?«

»Tatsächlich? Wie eigenartig. Warum sollte man das tun?«

»Damit man die Schauspielerinnen in enge Hosen stecken kann.«

»O je. Ich verstehe. So so. Nun ja, also dann ein Junge, wenn du unbedingt willst. Aber du wirst keine engen Hosen tragen, meine Liebe. Und ich werde ein Seemann sein«, verkündete Quinz. »Ein junger Seemann mit buschigem, schwarzem Backenbart und wildem Schnauzer. Mit muskulösen Armen und unheimlichen Tätowierungen. Dazu vielleicht noch ein Halstuch. Kühl entschlossen und unerschütterlich selbstgewiß. Eine Spur Unberechenbarkeit, eine Andeutung von unterdrückter Gewalttätigkeit. Ein oder zwei Ohrringe. Ja. Das gefällt mir.«

»Mir auch. Möchtest du gleich damit anfangen, Onkel Quinz?«

»Ja, sofort.«

Die Verwandlung ging rasch und scheinbar mühelos vonstatten. Eliste spürte die Veränderungen körperlich, wie damals, als Quinz sie in einen Wolf verwandelt hatte. Diesmal aber war sie größer, schwerer, hatte längere Gliedmaßen und breitere Schultern, kurzes Haar und einen Flaumbart am Kinn. Ihr langer Rock und das weiße Schultertuch hatten sich in weite Hosen, eine schäbige Jacke und ein Halstuch verwandelt. Sie besah sich ihre vergrößerten Hände; betrachtete im Spiegel ihr stupsnasiges, mit frischen Sommersprossen gesprenkeltes Gesicht und kicherte. Diesmal allerdings war sie weder erschreckt noch verwirrt. Diesmal wußte sie, wie sie mit dem Trugbild umzugehen hatte, und erblickte hinter der Maske ihr wahres, unversehrtes und unverändertes Selbst. Auch bei ihrem Onkel nahm sie hinter der Verkleidung aus Muskeln, Prahlerei und Halstuch dessen eigentliche Gestalt wahr. Das alles war ein einziger großer Spaß.

»Du hast dich ein wenig verändert, meine Liebe«, bemerkte Onkel Quinz, dessen helle Stimme trügerisch volltönend geworden war. »Und nicht zu deinem Nachteil, wie ich finde.«

»Danke, Onkel Quinz, für alles, was du mir beigebracht hast.«

»Ach, Kind, du brauchst mir nicht zu danken – ich habe jeden Augenblick genossen. Aber wir vertändeln unsere Zeit. Wir sollten allmählich Glorielle vorbereiten.«

»Mit einem Trugbild?«

»Dazu ist es noch zu früh. Einstweilen gibt es einfachere Methoden.« In einer der Schreibtischschubladen befand sich ein großer Sack. Onkel Quinz näherte sich der Empfindsamen und redete schmeichelnd auf sie ein. »Ich weiß, meine Hübsche wird nett und brav sein und sich für kurze Zeit mit der unwürdigen Unterbringung abfinden. Geduld, meine Glorielle – das dient alles einer guten Sache, und es wird nicht lange dauern.« Das Antwortsummen der Empfindsamen bedeutete wohl Einverständnis, denn Quinz nickte sichtlich erleichtert, bevor er den Sack wie ein Totenhemd über seine Schöpfung zog. »Ja, so ist es gut. Ist sie nicht großzügig? Ist sie nicht nett?«

Eliste verkniff sich eine Antwort.

»Wärst du so freundlich, mal auf dem Gang nachzusehen, meine Liebe?«

Eliste gehorchte. »Die Luft ist rein«, verkündete sie.

»Ausgezeichnet. Dann laß uns aufbrechen. Wenn du so freundlich wärst …?« Quinz deutete vielsagend auf den Sack. Ein unwissender Beobachter hätte sich wahrscheinlich gewundert, warum ein so kräftig wirkender Seemann bei einer so kleinen Last um Hilfe bat.

Glorielle war schwer und etwas ausladend, daher

war es nicht ganz leicht, sie zu zweit zu tragen. Eliste und ihr Onkel schleppten sie ohne Zwischenfälle über den Korridor, die Treppe hinunter und hinaus auf Flous Tasche, wo die Studenten herumtrödelten, wo Musik aus den angrenzenden Tavernen auf die Straße drang und es von den Garküchen her nach gegrilltem Fleisch duftete. Eliste sog schnuppernd die Luft ein.

Frühling. Die Luft war kühl, gleichzeitig aber auch mild und sanft; der Winter war vorbei, eine schreckliche Erinnerung. Wie schön war es doch, ins Freie zu treten, ohne vor der Kälte zurückzuzucken; wie angenehm, verkleidet zu sein und keine Angst haben zu müssen. Es war wundervoll, ein Junge zu sein.

Sie fuhren mit einer Mietdroschke zum Havillac-Park. Anschließend gingen sie zu Fuß weiter und stolperten auf den dunklen, menschenleeren Wegen unter frischbelaubten Zweigen einher. Weiße Kiesel knirschten unter ihren Füßen, und irgendwo in der Nähe quakten Frösche. Glorielle verhielt sich in ihrem Behältnis die meiste Zeit über ruhig. Nur hin und wieder drang ein gedämpftes mechanisches Summen durch die Leinwand hindurch.

Es war noch immer früh, als sie auf eine Lichtung kamen, die ›Blume des Lichts‹ genannt wurde, ein Treffpunkt, dessen Nähe zum Friedhof ›Die Zypressen‹ allerdings geeignet war, romantischen Gefühlen einen Dämpfer zu verpassen. Hierher kamen nur wenige Leute, und daher war der Ort für Quinz vo Derrivalles Zwecke gut geeignet. Im Augenblick war niemand da.

Sie stellten ihre Last behutsam mitten auf der Lichtung ab, an einer Stelle mit feinen, weißen Kieselsteinen, und Quinz zog den Sack von Glorielle herunter und setzte sie dem Licht der Sterne aus. Die Empfindsame schien die Umgebung in sich aufzunehmen. Die leuchtenden Glasspiralen pulsierten in einem unruhigen Rhythmus. Glorielle gab ein paar Pfiffe von sich, dann beschränkte sie sich wieder auf ein nachdenkliches Summen.

Quinz vo Derrivalle beugte sich besorgt über sie. »Hab Nachsicht mit mir, meine Hübsche«, meinte er flehentlich. »Mach dir keine Sorgen, beunruhige dich nicht.«

Eliste schaute ungeduldig zu. »Und jetzt, Onkel?« fragte sie.

»Jetzt kommt der unterhaltsame Teil, meine Liebe. Tritt zurück. Komm, gehen wir zum Rand der Lichtung. Rasch, mein Kind.«

Er geleitete sie zur einer Baumreihe, welche die Blume des Lichts säumte. Eliste folgte ihm bereitwillig und ohne Fragen zu stellen. Wahrscheinlich würde sich bald schon alles klären.

Und das tat es auch. Am Rande der Lichtung blieb Quinz vo Derrivalle stehen, holte tief Luft und sprach ein paar unverständliche Worte. Die Wirkung war verblüffend.

Eliste hatte ihren Onkel beobachtet, der seine Umgebung gar nicht mehr wahrzunehmen schien; bevor er jedoch geendet hatte, veranlaßte sie irgendein Instinkt, zu Glorielle hinüberzuschauen, und zwar gerade noch rechtzeitig, um die Verwandlung mitzubekommen. Eben noch hatte die Empfindsame so gedrungen und geschlossen wie eh und je dagestanden und pulsierend geleuchtet; im nächsten Augenblick überragte sie die Wipfel der umstehenden Bäume. Das Licht erlosch, das Sirren verstummte. Nichts deutete mehr darauf hin, daß die Empfindsame belebt war. Dies alles war lautlos vonstatten gegangen, ohne Vorwarnung, ohne Fanfare. Eliste staunte, trotz ihres frisch erworbenen Widerstands gegen Trugbilder. Etwas derartiges hatte sie noch nicht gesehen. Hinter der monströsen Verkleidung war Glorielle noch so gedrungen und wach wie zuvor; für das ungeschulte Auge war die Empfindsame von einem riesenhaften Mirakel jedoch nicht zu unterscheiden.

»Mein Gott, Onkel, das ist ja eine Überraschung!«

»Gefällt es dir, meine Liebe?«

»Das ist erstaunlich. Was soll das sein?«

»Ein Köder, mein Kind. Ein Köder. Wir werden Glorielle heute nacht hierlassen. In ihrer gegenwärtigen Verkleidung dürfte sie kaum unbemerkt bleiben.«

»Bestimmt nicht. Bis morgen mittag wird es hier von Menschen nur so wimmeln. Aber wozu soll das ... Oh, ich verstehe. Du glaubst, daß man Whiss Valeurs Schwester oder seinen Vater hierherbringen wird, um das Mirakel aufzuwecken, nicht wahr?«

»Kluges Kind.«

»Aber werden sie nicht Verdacht schöpfen? Ich meine, sie wissen doch, daß sie es mit einem adligen Magier zu tun haben, sie wissen, wer du bist, und das plötzliche Erscheinen eines riesigen Mirakels wird sie doch bestimmt mißtrauisch machen ...«

»Das mag durchaus sein, mein Kind. Allerdings hoffe ich, daß eine neue Empfindsame, die große Macht verheißt, eine zu große Verlockung sein wird, als daß man ihr widerstehen könnte. Die Vorhüter können Glorielle nicht so einfach in die Waffenkammer schleppen, zumindest werden sie das meinen. Somit dürfte ihnen kaum etwas anderes übrigbleiben, als die gefangenen Magier zu dem Mirakel zu schaffen.«

»Und zwar unter schwerster Bewachung.«

»Ach, damit könnte ich schon fertigwerden, glaube ich. Außerdem wäre ich ja nicht allein. Glorielle wird auch eine Rolle dabei spielen.«

»Wirklich? Was soll sie denn tun?« Elistes Neugier war geweckt. Es war aufregend, zusammen mit ihrem Onkel an einer magischen Unternehmung teilzunehmen. »Und wann wird sie es tun?«

»Vermutlich schon recht bald. Morgen abend werde ich hierher zurückkommen und Wache halten.«

»Gut. Ich begleite dich.«

»Ach, meine Liebe, das wäre wohl nicht ratsam.«

»Aber du kannst mich doch jetzt nicht ausschließen, nachdem ich dir geholfen habe? Das wäre gemein!«

»Mein Kind, ich bin um deine Sicherheit besorgt.«

»Wenn du bei mir bist, wird mir schon nichts geschehen.« Auf einmal erschien ihr die Vorstellung, abseits stehen zu müssen, unerträglich. »Und wer soll Glorielle eigentlich von hier wegschleppen? Das kannst du nicht allein, und Dref wird wahrscheinlich nicht zur Verfügung stehen. Du brauchst meine Hilfe. *Glorielle* braucht meine Hilfe.«

Hab ich dich.

Onkel Quinz wand sich unbehaglich. »Vielleicht, meine Liebe, können wir diese Angelegenheit später bereden. Hier ist nicht der richtige Ort dafür. Laß uns wieder nach Hause gehen.«

Eliste nickte. Sie wandten sich um und strebten auf eine Lücke zwischen den Bäumen zu.

Hinter ihnen ertönte ein grimmiges Pfeifen. Als Eliste und ihr Onkel sich wieder umdrehten, tobte Glorielle hinter der mächtigen und friedlichen Fassade. Die Lichter der Empfindsamen flammten grellrot. Das Gehäuse bebte, und die kleinen Fortsätze peitschten hektisch umher.

»Was hat sie denn?« fragte Eliste. »Was machte sie denn … *Oh!*« Ein weißer Kiesel flog wie eine Pistolenkugel durch die Luft und traf Eliste am Bein. Trotz der schützenden Schichten der Röcke und des breiten Unterrocks taumelte Eliste von der Wucht des Aufpralls. Ein zweiter Kiesel flog heran – abermals gut gezielt. Eliste stieß einen Schmerzensschrei aus und suchte Deckung hinter dem nächsten Baum; dann spähte sie vorsichtig hinter dem Stamm hervor.

Glorielle stand auf einer Zierfläche mit weißen Kieselsteinen. Irgendwie packte die Empfindsame mit der vom Metallgehäuse verdeckten Mechanik die Steine, auf denen sie stand, zog sie inwendig hoch und spuckte sie mit mörderischer Wucht und Zielgenauigkeit durch die Schlitze wieder aus. Eliste riß den Kopf zurück. Eine Salve Kieselsteine prasselte gegen den Stamm, hinter dem sie hockte.

»Glorielle! Meine Hübsche, so beruhige dich doch! Glorielle!« Onkel Quinz stürzte sich in die gewaltige, wenn auch nur vorgetäuschte Umhüllung und verschwand darin wie ein Schiff im Nebel. Neben der Empfindsamen kniete er nieder. »Ach, meine Hübsche, es gibt überhaupt keinen Anlaß zur Sorge! Ich verlasse dich nicht – morgen komme ich wieder, das verspreche ich dir. Erinnerst du dich denn nicht mehr, daß wir alles besprochen haben? Meine Glorielle lasse ich mir von niemandem wegnehmen, das mußt du mir glauben. Komm schon, alles ist gut, beruhige dich wieder.«

Allmählich zeigte die tröstende, schmeichelnde Stimme Wirkung. Der Steinbeschuß hörte auf. Die grellroten Lichtblitze verblaßten zu einem unruhigen orangefarbenen Flackern. Quinz richtete sich auf und trat zurück, ganz behutsam und immer einen Schritt nach dem anderen. Glorielle summte laut, nahm ihren Protest allerdings nicht wieder auf.

»So – ich glaube, es ist mir gelungen, sie zu beruhigen«, meinte Quinz voller Genugtuung. »Sie wirkt jetzt zufriedener, findest du nicht? Ich glaube, wir dürfen uns nun entfernen.«

»Dürfen!« Eliste zitterte vor Zorn und vor Angst. »Dürfen! Seit wann hat denn ein schäbiger, mürrischer Schrotthaufen über unser Tun und Lassen zu bestimmen?«

»Pst, meine Liebe, sonst hört sie dich noch!«

»Das soll sie ruhig!«

»Mein Kind, du mußt Geduld haben und dir klarmachen, daß du es mit einem äußerst vielschichtigen und überempfindlichen Gerät zu tun hast…«

»Sie ist von Grund auf verdorben! Ein Schlag mit dem Vorschlaghammer würde ihr guttun!«

»Nein, nein, Gewalt ist niemals eine Lösung! Wenn

du nur ihre zahlreichen Unsicherheiten, ihre Bedürfnisse und Ängste verstehen würdest …«

»Und was ist mit mir? Dieses Ding wollte mich umbringen!«

»Aber woher denn! Sie hat sich nur geärgert, weil wir sie allein lassen wollten …«

»Sie wußte genau, was sie tat! Und jetzt kann ich kaum noch laufen!«

»Versuch es, mein Kind, bitte versuch es! Nur bis zur Straße. Meinst du, du schaffst es? So, stütz dich auf mich.«

Onkel Quinz wirkte dermaßen besorgt – das schmale Gesicht hinter der Maske des schnurrbärtigen Seemanns sah ganz verängstigt aus –, daß Eliste ihren Ausbruch bereits bedauerte. Sie mäßigte ihren Ton. »Es geht schon. Ich habe wohl etwas übertrieben. Es tut mir leid. Laß uns gehen, Onkel.«

Dieser Aufforderung kam er nur allzugerne nach. Hand in Hand eilten sie über die dunklen und gewundenen Wege des Havillac-Parks fort von der Blume des Lichts und ließen sich erst wieder los, als sie die Straße erreicht hatten, wo es ihnen gelang, eine der schäbigeren Droschken dazu zu bewegen, einen hartgesottenen Seemann und dessen jugendlichen Begleiter mitzunehmen.

Quinz verabschiedete sich am Hauseingang von Eliste, denn er hatte noch etwas vor. Er begab sich gleich wieder auf eine seiner geheimnisvollen Erkundungen, und diesmal lud er Eliste nicht ein, ihn zu begleiten. Sie schaute ihm solange nach, bis seine künstlich vergrößerte Gestalt in der Dunkelheit verschwand. Dann eilte sie zur Rückseite des Gebäudes und bannte dort im Dunkeln, wo sie allein und unbeobachtet war, das Trugbild, das ihre wahre Gestalt verdeckt hatte. Anschließend betrat sie das Haus, stieg die Treppe hoch, ohne jemandem zu begegnen, und öffnete die Tür zu Drefs Wohnung. Natürlich war niemand da.

Dref war unterwegs; das war er fast ständig. Wahrscheinlich hockte er gerade wieder mit seinen politischen Freunden zusammen und heckte irgendeinen verrückten, verzweifelten Plan zu Niriennes Rettung aus. Wenn er so weitermachte, würde er noch dabei umkommen. Nein, dafür war er zu klug. Aber verwegen – immerzu verwegen. Tag für Tag ging er das Risiko ein, verhaftet zu werden, und sie durfte ihm nichts sagen und ihm nicht einmal helfen. Entweder wollte oder brauchte er keine Hilfe, und auch *sie* brauchte er nicht. Ein emporgekommener Leibeigener – sie haßte ihn. Beinahe ebenso zuwider wie Dref war ihr, daß sie selbst so nutzlos war. Aber wenigstens wurde sie von Onkel Quinz gebraucht, wenn auch nur als Lastenträger. *Bestimmt* würde er sie morgen abend mitnehmen, dafür würde sie schon sorgen. Sie war es leid, ständig abseits zu stehen und überflüssig zu sein.

Seufzend kleidete sich Eliste bis aufs Unterhemd aus. Ein Stechen im Bein veranlaßte sie, es genauer zu untersuchen. An den Stellen, wo Glorielle sie getroffen hatte, bildeten sich rote Blutergüsse. Bis zum Morgen würden sie sich schwarz gefärbt haben. Hätte sie nicht den Unterrock getragen, wäre sie jetzt womöglich gelähmt gewesen …

Glorielle. Was für eine übellaunige, eifersüchtige, gehässige, verhätschelte Empfindsame das doch war! Und gefährlich obendrein. Onkel Quinz wollte es bloß nicht wahrhaben. Er ließ sich von ihr auf der Nase herumtanzen wie ein in sein Enkelkind vernarrter Großvater. Aber schließlich war er ja auch ihr Schöpfer. Und außerdem hatte Glorielle zweifellos auch ihren Nutzen, wie sie in der Vergangenheit bewiesen hatte und schon bald abermals unter Beweis stellen würde – vielleicht sogar schon morgen.

Morgen.

Eliste stieg ins Bett und pustete die Kerze aus. Sie würde Onkel Quinz morgen begleiten, ganz bestimmt.

Sie schloß die Augen. Weder die Schmerzen in ihrem Bein noch die in ihrer Seele konnten verhindern, daß sie auf der Stelle einschlief.

Sie erwachte in einer nach wie vor leeren und stillen Wohnung. Die Tür zu Drefs Zimmer stand offen. Sein Bett war unberührt; offenbar war er vergangene Nacht nicht nach Hause gekommen. Beim Aufstehen stellte Eliste fest, daß ihr Bein über Nacht steif geworden war. Auf der Bettkante sitzend massierte sie sanft das verfärbte Fleisch. Später würde sie sich eine heiße Kompresse machen – oder eine Eis-, Butter-, oder Schlammpackung, ganz gleich, Hauptsache, es lockerte ihre Muskeln –, denn sie konnte es sich nicht leisten zu hinken. Wenn Onkel Quinz merkte, daß sie in ihrer Bewegungsfähigkeit eingeschränkt war, würde er sie niemals mitnehmen.

Nach etwas Gymnastik wurde es allmählich besser. Das Bein entspannte sich ein wenig; nach einer Weile brachte sie sogar wieder einen glaubwürdig federnden Gang zustande. Jetzt brauchte sie ihn bloß noch beizubehalten.

Wie erwartet, verging der Tag nur langsam. Dref ließ sich nicht blicken. Eliste füllte die Zeit so gut sie konnte mit Lesen, Näharbeiten und einer Tasse Tee nach der anderen. Der Tag verlief so langweilig und einsam wie üblich, aber ruhig, geradezu idyllisch im Vergleich zu dem Horror des Achten Distrikts von vergangenem Winter. Hin und wieder stand sie auf, streckte und beugte sich, ging ein paar Schritte umher und hüpfte ein wenig auf der Stelle. Das Bein bewegte sich noch immer einigermaßen. Bald würde es wieder hergestellt sein.

Der Tag neigte sich allmählich dem Abend zu. Kurz nach Sonnenuntergang, bevor die letzten goldfarbenen Sonnenstrahlen am Himmel verblaßt waren, klopfte sie an der Tür ihres Onkels. Sonst würde sie ihn nicht um diese Zeit aufgesucht haben; der alte Herr war ausschließlich nachts am Werk, und es war durchaus möglich, daß er noch nicht einmal wach war. Heute jedoch vermochte sie sich nicht zu gedulden.

Quinz machte ihr auf ihr Klopfen hin sogleich auf und begrüßte sie sichtlich erfreut. Vielleicht wirkte er ein wenig verwirrt, ein wenig zerstreut, was sich aber im üblichen Rahmen hielt – jedenfalls machte er nicht den Eindruck, als sei er gerade erst aufgestanden. Seine großen, farblosen Augen hinter den Brillengläsern blickten hell und klar, seine weite, graue Kleidung war unzerknittert. Anders hatte sie ihn noch nie erlebt. Auf einmal fragte sich Eliste, ob Onkel Quinz wohl überhaupt jemals schlief. Vielleicht war der Schlaf für ihn ja eine dieser überflüssigen Nebensächlichkeiten, die abzulegen er sich entschlossen hatte?

Sie betrat das Zimmer mit dem Vorsatz, ihn zu drängen und zu bitten; zu ihrer Erleichterung erwies sich beides als unnötig. Onkel Quinz erklärte sich ohne Umschweife bereit, sie an diesem Abend in den Havillac-Park mitzunehmen, vorausgesetzt, sie sei mit der Verkleidung einverstanden, die er für sie ausgewählt habe.

»Wie, kein Seemann mehr? Kein Matrose?«

»Wenn du möchtest, nehmen wir wieder die gleiche Gestalt an, mein Kind«, antwortete Quinz. »Das wäre mir durchaus recht, denn ich habe mich mittlerweile in vielerlei Hinsicht an den schwarzen Schnurrbart gewöhnt. Die Körper sind gut geeignet, bloß müssen wir sie heute anders kleiden, das ist alles.«

»Wie sollen sie denn aussehen?«

»Wie Vorhüter.«

»Onkel – du bist schon ein schlauer Fuchs.«

Diesmal wartete Quinz mit der magischen Verwandlung, bis sie das Haus verlassen hatten, denn der Anblick uniformierter Vorhüter hätte wahrscheinlich eine

Panik ausgelöst. Die milde Frühlingsnacht verbarg gnädig seine Arbeit, und auf einmal stellte Eliste fest, daß sie wieder die maskuline Gestalt vom Vorabend besaß, diesmal jedoch in das formlose, aggressiv plebejische Braun und Scharlachrot von Whiss Valeurs Soldaten gekleidet. Onkel Quinz' struppiger Schnurrbart zierte die schlottrige Uniform eines Leutnants.

Es war unsagbar wunderlich, als Adlige die Kleidung der Todfeinde ihrer Klasse zu tragen. Wunderlich, verstörend und äußerst erleichternd. Eliste fand schnell heraus, welche Vorteile die Vorhüterrolle mit sich brachte. Das zeigte sich an der Bereitwilligkeit, mit der die Fußgänger ihnen auf der Straße Platz machten; an der Unterwürfigkeit der Straßenhändler, Bettler und Straßenmusikanten; an dem Respekt, den ihnen Droschkenkutscher und Kaufleute entgegenbrachten. Deren kriecherische Ergebenheit war allerdings ebensosehr Fassade wie Quinz vo Derrivalles Trugbilder. Unter der Oberfläche sah es ganz anders aus.

Sie fuhren mit einer Droschke zum Havillac-Park, wo offenbar wurde, wie weise Onkel Quinz' Entscheidung gewesen war. Auf der Ringstraße um den Park herrschte ungewöhnliche Betriebsamkeit. Zahllose Neugierige trieben sich hier herum, allerdings versuchte keiner, den Park zu betreten, da über die ganze Länge des Zaunes in regelmäßigen Abständen bewaffnete Vorhüter aufgestellt waren. Heute war allen Zivilisten der Zutritt zum Havillac-Park untersagt.

Offenbar war der Köder angenommen worden.

Kein gewöhnlicher Bürger wäre an den Wachposten vorbeigekommen, doch das Eintreffen von Verstärkung in Gestalt eines Vorhüter-Offiziers und dessen Untergebenen weckte keinerlei Mißtrauen. Die nächststehenden Posten salutierten zackig, als der vorgebliche Leutnant an ihnen vorbeikam. Quinz vo Derrivalle grüßte zurück und ging weiter, dicht gefolgt von seiner Nichte. Eliste war verblüfft, wie gut die Verkleidung wirkte. Jetzt, da sie gelernt hatte, hinter das Trugbild zu blicken, konnte sie sich nur schwer vorstellen, daß andere nicht dazu in der Lage sein sollten. Dennoch schöpfte niemand Verdacht; es war fast schon allzu leicht.

Die Wachposten lagen hinter ihnen. Eine Weile folgten sie schweigend einem schmalen, menschenleeren Weg. Als sie sich der Blume des Lichts näherten, drangen Stimmenlärm und Laternenschein zwischen den Bäumen hervor. Kurz darauf hatten sie die Lichtung erreicht, und Eliste stockte der Atem. Mitten auf der Freifläche ragte das scheinbare Mirakel auf – massig, gewaltig, ehrfurchtgebietend noch im Schlaf. Und mitten in ihm hockte wie ein kleines, aufgegangenes Samenkorn Glorielle – gedrungen und wach, aber still. Rund um das Mirakel verteilt stand eine Schwadron Vorhüter. Sie waren wachsam, wirkten aber gelassen; offenbar rechneten sie nicht mit Schwierigkeiten. Vom schlafenden Mirakel schien keine unmittelbare Bedrohung auszugehen; im Park hielten sich keine Zivilisten auf, und der flüchtige, ehemals adlige Magier, der gegenwärtig vom Nationalen Wohlfahrtskomitee gejagt wurde, würde es bestimmt nicht wagen, seine hohlen Trugbilder gegen eine solch schlagkräftige Truppe ins Feld zu führen. Wie es aussah, gab es keinen Anlaß zur Sorge; auf der Lichtung herrschte eine Stimmung angespannter, beinahe freudiger Erwartung.

Onkel Quinz schritt zuversichtlich aus. Eliste warf ihm einen besorgten Blick zu. Am liebsten hätte sie ihn beim Arm gefaßt, hielt sich aber im letzten Augenblick zurück. Mittlerweile hatte sie einen klebrig-trockenen Mund. Ihr Füße wollten nicht mehr weiter. Mitten in diese uniformierte Menschenansammlung hineinzumarschieren, erschien ihr auf einmal als heller Wahnsinn. Irgend jemand würde sie bestimmt erkennen. Irgend jemand würde die Täuschung durchschauen.

Wir haben gewußt, daß ihr kommen würdet.

Sie folgte ihrem Onkel, und dann auf einmal befand sie sich mitten unter Soldaten, die sie so dicht umringten, daß sie ihren Knoblauchatem roch, und es war gar nicht so schrecklich, wie sie erwartet hatte. Die Gesichter blieben vertrauenerweckend gleichgültig. Niemand blickte durch Quinz vo Derrivalles Trugbilder hindurch; niemand nahm überhaupt Notiz von ihnen. Die allgemeine Aufmerksamkeit galt allein der Lücke zwischen den Bäumen auf der anderen Seite der Blume des Lichts. Elistes Atem beruhigte sich; sie blickte in die gleiche Richtung wie die anderen.

Stimmen und Lichter, dann kam eine weitere Gruppe Soldaten auf die Lichtung marschiert. Bei ihnen war eine kleine, untersetzte Gestalt, die von den großgewachsenen Soldaten beinahe verdeckt wurde. Den Kopf hielt sie gesenkt, die Schultern ließ sie hängen, und sie hatte ein Vollmondgesicht und verwunderte, sanfte Augen. Das mußte Phlosine Valeur sein.

Ihre Augen erinnern ein wenig an die von Onkel Quinz, bloß daß seine nicht so traurig sind.

Neben Phlosine Valeur ging noch eine ganz andere Gestalt: groß, schlank, jung und makellos, mit so zarten und glänzenden Locken, daß selbst im Laternenschein ein eigener Glanz davon ausging; eine aufrechte Haltung und ausgezeichnet modellierte weiße Gesichtszüge.

Wie schön er ist, war Elistes erster Eindruck, doch bei näherem Hinsehen änderte sie ihre Meinung. Das wie gemeißelt wirkende Gesicht erinnerte an eine Maske, die blauen Augen waren hart und leer wie Glas. Es schien das Gesicht einer Wachspuppe oder eines Leichnams zu sein, dessen Vollkommenheit abstoßend wirkte. *Wer ist das? Offenbar jemand, der sich für wichtig hält.*

Die Neuankömmlinge traten vor. Sie staunten. Alle ohne Ausnahme blickten zur Spitze des Mirakels hoch. Selbst Phlosine tat es den anderen einen Augenblick lang nach. Während ihre Bewacher aber weiterhin ins Leere schauten, senkte sie langsam den Blick bis hinunter zu Glorielle, die in der Mitte des Trugbilds hockte. Phlosine legte verwundert den Kopf schief. Sie blickte sich auf der Lichtung um und ließ den Blick über braun und scharlachrot gekleidete Gestalten schweifen, bis er unverrückbar auf Quinz vo Derrivalle verharrte. Die beiden Magier schauten einander aufmerksam an, ohne sich etwas anmerken zu lassen. Dann blickte Phlosine rasch zu Eliste. Sie blinzelte und sah wieder weg.

Sie sieht uns, sie sieht uns wirklich. Was nun? Eliste hatte nicht die geringste Vorstellung, was als nächstes kommen würde.

Onkel Quinz nickte kaum merklich, dann schritt er auf Glorielle zu, ohne sich zuvor vergewissert zu haben, ob seine Nichte das Zeichen verstanden hatte. Eliste schüttelte ihre Überraschung ab und folgte ihm. Man beachtete sie kaum, da alle nur für die soeben eingetroffene Magierin und das Mirakel Augen hatten, das diese erkunden wollte. Der wunderschöne junge Mann, der an Phlosines Seite stand, sagte etwas. Seine Worte waren nicht zu verstehen, aber seinem herrschaftlich gereckten Kinn und der unbeugsamen Haltung seines Halses und seiner Schultern nach zu schließen, erteilte er wohl irgendwelche Befehle. Phlosine hörte zu und nickte, wobei ihr Vollmondgesicht so ausdruckslos wie Pudding blieb.

Onkel Quinz hatte seine Schöpfung fast schon erreicht, als diese ihn bemerkte. Da Glorielle durch die Verkleidung hindurchblickte, erkannte sie Quinz sofort und begrüßte ihn mit goldfarben blinkenden Glasspiralen, was allerdings nur die drei Augenpaare bemerkten, welche die vorgetäuschte Umhüllung zu durchdringen vermochten. Eliste beobachtete ihren Onkel, denn sie hatte keine Ahnung, was er plante. Sie sah, wie er den Kopf neigte und etwas sagte; dann schaute er wieder hoch, und Eliste sah mehr, als daß sie es hörte, wie er die Worte »Jetzt, meine Hübsche« bildete.

In diesem Augenblick flammte in der Höhe, an der Spitze des Mirakels, ein goldenes Licht auf. Das Muster und die Abfolge der Blitze entsprach genau dem Blinkmuster der viel kleineren Anzeigen der wirklichen Glorielle. Offenbar hatte Onkel Quinz die Verbindung zwischen der Empfindsamen und deren gewaltigem Abbild verstärkt.

Glorielle schien auf das Zeichen gewartet zu haben, denn sie antwortete augenblicklich, und das riesige Mirakel erwachte auf furchterregende Weise aus seinem Schlummer. Die goldenen Lichterscheinungen, die an den oberen Fortsätzen entlangpulsierten, nahmen eine flammendrote Färbung an. Das schrille Sirenengeheul schwoll zu einem orkanartigen Brüllen an. Die verdutzten Vorhüter wichen laut fluchend zurück.

Gut, aber nicht gut genug, dachte Eliste. *Das reicht noch nicht.*

Und tatsächlich, es kam noch mehr. Glorielle stieß Rauch aus – ein bislang unbekannter Zug an ihr. Dünne, graue Rauchfahnen strömten aus den Schlitzen. Die Vorhüter hingegen nahmen sie als große, wogende, schwarze Qualmwolken wahr. Blind und kurz vor dem Ersticken taumelten die Soldaten umher, und die Flüche gingen in heiseres Husten über. Ein paar von ihnen brachen zusammen, nachdem sie den selber eingebildeten Rauch eingeatmet hatten.

Eliste fragte sich, ob sie wohl auch davon sterben würden.

Dem Rauch folgten alsbald weitere Übel nach, als nämlich aus Glorielles zahlreichen Öffnungen Funken und winzige Stichflammen hervorschossen. Für die gegen die Trugbilder gefeiten Beobachter war das Spektakel eigentlich recht hübsch anzusehen, erinnerte es doch an ein kleines Feuerwerk. Dem unbedarften Zuschauer hingegen bot sich ein heulendes Inferno dar, neben dem ZaZas Drachenatem zur Bedeutungslosigkeit verblaßte.

Eliste beobachtete gefesselt, wie sich die Flammenteppiche über der Blume des Lichts ausbreiteten und düster durch den pechschwarzen Rauch hindurchschimmerten, so daß es den Anschein hatte, die umherirrenden Soldaten würden jeden Augenblick bei lebendigem Leib gebraten. Die Haut der Vorhüter rötete sich sogar und warf von der täuschenden Hitze Blasen. Erstaunlich. Ein Irrtum war ausgeschlossen – sie waren der Täuschung dermaßen erlegen, daß sogar ihr Fleisch die falsche Überzeugung widerspiegelte. Beinahe taten sie Eliste leid.

Onkel Quinz zupfte an ihrem Handgelenk. Sie folgte ihm über die letzten paar Meter, die sie vom Ziel ihrer Bemühungen noch trennten. Phlosine Valeur wirkte inmitten des Infernos trügerisch gelassen und teilnahmslos. Ein Vorhüter umklammerte ihren rechten Arm, der blonde Schönling ihren Linken. Obwohl sie kurz vor dem Ersticken waren, bemühten sie sich gleichwohl, die Gefangene von der Blume des Lichts wegzuziehen. Phlosine war jedoch schwerer zu steuern als ein überladener Frachtkahn bei Starkwind. Sie war schlaff geworden, schaffte es aber gleichzeitig, ihre verwirrten Bewacher mit scheinbar wahllosen Schlingerbewegungen im Kreis um die Empfindsame herumzuführen.

Onkel Quinz eilte geradewegs auf seine Beute zu, wobei er so tat, als sähe er sie nicht. Statt dessen wandte er sich an den Soldaten an ihrer Seite, der stramm salutierte, als er das Offiziersabzeichen bemerkte. »Was macht ihr da eigentlich?«

»Herr, der Kongreßabgeordnete und ich sind dabei, Fräulein Valeur aus dem Park herauszuführen. Wir …«

»Ihr seid Idioten, die wie verirrte Schafe umherlaufen«, bemerkte Quinz. »Verschwindet. Das übernehme ich.«

»Herr, meine Befehle …«

»Schweig. Noch so eine Eselei, und ich melde dich. Verstanden?« Ohne eine Antwort abzuwarten, entriß er ihnen Phlosine Valeur. »Du da …« Er winkte Eliste zu sich heran. »Komm her. Sperr nicht das Maul auf – beweg dich!«

Einen Augenblick lang mußte sie sich anstrengen, um ihren Onkel hinter der schnurrbärtigen Offiziersfassade überhaupt wahrzunehmen. Aber er war noch da und hatte sichtlich seinen Spaß. Eliste sprang herbei und packte die ältere Frau beim Arm. Phlosine fügte sich.

»Leutnant«, krächzte der blonde junge Mann mit raucherstickter Stimme, »Ihr steht unter meinem Befehl …«

»Nichts da. Ich habe keine Zeit, mich mit Zivilisten abzugeben.«

Der andere wollte protestieren, doch ein Hustenanfall verschloß ihm den Mund.

»Schaffen wir sie weg. Und zwar schnell«, kommandierte Onkel Quinz. Wie zufällig führte er seine Schützlinge mitten in eine pechschwarze Qualmwolke hinein, ein scheinhafter schwarzer Brunnen, der die wirklichen, grauen kleinen Rauchwölkchen umwaberte, die Glorielle unablässig ausstieß. Ein wütender Schrei hinter ihrem Rücken mündete in quälenden Husten. Die Dunkelheit hüllte sie ein. Genaugenommen waren sie unsichtbar.

»Alles in Ordnung, meine Damen?« erkundigte sich Onkel Quinz mit unverstellter Stimme.

»Ja, Onkel.«

»Die Bozhenille-Gemeinde?« riet Phlosine.

»Ach, was für Erinnerungen.«

»Onkel, was ist mit Glorielle?«

»Im Augenblick würde sie uns leider nur unnötig belasten. Einstweilen müssen wir sie hierlassen. In ihrer gegenwärtigen Verkleidung wird es niemand wagen, sich an ihr zu schaffen zu machen, und bis wir morgen wiederkommen, wird ihr nichts geschehen. Dafür wird sie bestimmt Verständnis haben.«

Sein Irrtum hätte nicht größer sein können.

Glorielle fühlte sich im Stich gelassen.

Hinter ihnen ertönte ein wütendes Pfeifen, das auf magische Weise zu einem ohrenbetäubenden, unheimlichen Heulen verstärkt wurde. Obwohl sie wußten, daß der Lärm auf Täuschung beruhte, ging er ihnen doch durch und durch. Die Wut der Empfindsamen war so gigantisch wie Feuer und Sturm. Das Heulen schwoll zu einem durchdringenden Kreischen an; ein unerträglicher, hirnzerfetzender Angriff auf die Gehörnerven. Die Hände fest auf die Ohren gepreßt, blickte sich Eliste über die Schulter um, und was sie sah, entsetzte sie noch mehr. Die feuerrot leuchtende Glorielle zitterte und bebte wie ein kleiner Vulkan kurz vor dem Ausbruch. Ihre Fortsätze peitschten wild umher und schossen täuschende Stahlseile quer über die Blume des Lichts hinweg. Eliste zuckte unwillkürlich zusammen, als eines dieser Seile unmittelbar durch sie hindurchging. Hätte sie nicht gewußt, daß es sich um bloße Einbildung handelte, was würde sie dann wohl getan haben?

Wirklich waren hingegen die Kiesel, welche die tobende Glorielle vom Boden auflas und durch die Schlitze wieder ausspie. Höchst wirklich waren auch Geschwindigkeit und Wucht der umherfliegenden Steine und der Schaden, den sie anrichten konnten.

Das alles geschah so schnell, daß lediglich Zeit für ein kurzes Aufflackern von Entrüstung blieb. Dann trafen die Geschosse unterschiedslos alle drei Ziele. Eliste und Phlosine wurden schwer getroffen; beide würden tagelang blaue Flecken zurückbehalten. Am schlimmsten aber hatte es Quinz vo Derrivalle erwischt, auch wenn das wohl kaum Glorielles Absicht gewesen war. Mehrere Kiesel hatten den alten Mann mit der Wucht von Pistolenkugeln am Kopf getroffen. Die eine hatte ihn an der Schläfe gestreift und eine blutige Wunde zurückgelassen; die andere hatte ihn am Hinterkopf getroffen. Quinz ließ schnaufend den Atem entweichen und stürzte vornüber zu Boden. Die Brille flog ihm von der Nase und landete irgendwo im Gebüsch.

»Onkel!« Eliste sank neben ihm auf die Knie nieder. Quinz lag blutüberströmt da und regte sich nicht. Sie wagte es kaum, ihn anzufassen.

Mit zusammengebissenen Zähnen legte sie ihm die Hand auf die Schulter. Quinz bewegte sich leicht und schlug seine umwölkten, kurzsichtigen Augen auf. Seine Lippen bewegten sich schwach, doch es kam kein Laut heraus.

»Onkel ...« Eliste redete sanft und beruhigend auf ihn ein. »Onkel, du mußt aufstehen. Komm, ich helfe dir.«

Quinz schaute sie mit leeren Augen an. Ob er sie verstanden hatte, ließ sich nicht sagen.

»Onkel, versuch es doch wenigstens.«

Nichts.

»Bitte, Onkel Quinz, steh auf!« Sie schüttelte ihn leicht, und er brummte fragend, rührte sich jedoch nicht. Er war bewußtlos – oder es stand noch schlimmer um ihn. Unglaublich; bis zu diesem Augenblick hatte sie sich den Kinderglauben bewahrt, ihr magisch begabter Verwandter sei ganz und gar unverwundbar. Das war dumm gewesen; und jetzt war er verletzt, und das war teilweise ihre Schuld, denn schließlich hatte sie Dref Zeenoson geholfen, ihn anzuwerben. Eliste sah sich verzweifelt auf der Blume des Lichts um, wobei ihr geübter Blick die dichten schwarzen Qualmwolken mühelos durchdrang. Auf der Lichtung waren keine Vorhüter mehr, doch im Park wimmelte es bestimmt von ihnen. Ihre Rufe durchdrangen die Dunkelheit; sie waren überall. Eliste würde ihren Onkel mitten durch die Soldaten hindurchtragen müssen; doch wie sollte sie das anstellen? Sie und Onkel Quinz hatten ihre militärische Verkleidung beibehalten. Eigentlich gab es keinen Grund, warum sie die Soldaten nicht einfach um Unterstützung bitten sollte. Sie würden ihr bestimmt helfen, den verletzten Leutnant zu tragen; die Vorhut selbst würde Quinz vo Derrivalle retten. Das war eine herrliche Vorstellung, und es war überhaupt nicht einzusehen, warum es nicht möglich sein sollte …

Onkel Quinz seufzte schwer und schloß die Augen. In diesem Augenblick verschwanden sein falsches schwarzes Haar und sein Schnurrbart. Sein muskulöser Körper schrumpfte, bis er wieder seine wahre Gestalt angenommen hatte. Eliste erging es ebenso; auf einmal war sie wieder ein Mädchen mit langem, blondem Haar und weitgeschnittenen Röcken. Auch das riesige Trugbild verschwand, nur die wahre Glorielle blieb übrig, klein und zitternd und in stotterndem Rhythmus Lichtblitze aussendend, die wie eine Entschuldigung für die Verletzung wirkten, die sie ihrem Erschaffer zugefügt hatte. Die Luft wurde klar, und die ursprüngliche Szene stellte sich wieder her. Die Blume des Lichts und die verbliebenen Personen waren wieder als das zu erkennen, was sie tatsächlich waren.

Tot – er war bestimmt tot. Nein, doch nicht. Seine schmale Brust hob und senkte sich noch. Eliste wagte wieder zu atmen.

»O je, er hat es losgelassen«, meinte eine unaufdringliche Stimme im Vaurver Dialekt.

Eliste sah verständnislos auf.

»Das Trugbild – er hat es losgelassen. Schade. Es war ausgezeichnet.«

Phlosine. Eliste hatte sie beinahe vergessen. Aus irgendeinem Grund war Whiss Valeurs plumpe Schwester mit den traurigen Augen leicht zu übersehen; aber das mochte täuschen, denn schließlich verfügte auch sie über magische Kräfte.

»Könnt Ihr es wiederherstellen? Oder wenigstens unsere Verkleidung?« fragte Eliste mit bebender Stimme.

»Oh ... ich weiß nicht ... in etwa vielleicht schon ... wohl kaum genau so ... aber doch ähnlich ... ich glaube schon ... wahrscheinlich ja ...«

»Und könntet Ihr die Gestalt eines Vorhüters annehmen?«

»Oh ... eine andere Gestalt ... Ihr meint eine Wahrnehmungsverschiebung im Sinne der Letzten Disziplin des vo Nesquierre? Also ... ich glaube schon ... das wäre vielleicht möglich ...«

»Wie lange würdet Ihr dafür brauchen?«

»Oh ... nicht lange ... zwanzig Minuten ... vielleicht auch nur sechzehn ...«

»Das ist zu lange!«

Phlosine zuckte zusammen.

»Tut mir leid.« Eliste senkte die Stimme. »Hört zu, Phlosine Valeur, mein Onkel wollte Euch befreien, aber jetzt ist er es, der Hilfe braucht. Wenn er festgenommen wird, dann wird man ihn töten. Werdet Ihr tun, was Ihr könnt, um uns aus dem Park hinauszubringen?«

»Ja, natürlich ... ich werd's versuchen ... das heißt ...«

»Dann helft mir, meinen Onkel von der Lichtung zu tragen und ihn irgendwo zu verstecken, bevor die Soldaten zurückkommen.«

Phlosine nickte unsicher. Schwer zu sagen, wieviel sie tatsächlich verstanden hatte; andererseits mußte sie weitaus klüger sein, als es den Anschein hatte.

Onkel Quinz war nicht schwer und ließ sich mühelos auf die Beine stellen. Außerdem schien er nicht ganz das Bewußtsein verloren zu haben, denn er war noch fähig, sich humpelnd fortzubewegen. Gestützt von den zwei Frauen, stolperte Quinz blind von der Blume des Lichts hinunter. Die beiden Mädchen führten ihn ein paar Meter einen gewundenen Pfad entlang, dann schlugen sie sich ins Gebüsch. Sie kamen nur langsam voran – häufig stolperten sie über Wurzeln und Steine –, aber wenigstens war es in dieser Gegend des Parks verhältnismäßig ruhig. Von den Vorhütern war zwischen den alten Bäumen nichts mehr zu hören. Als sie zu einem Gebüsch kamen, das ihnen mit seinem dichten Blätterwerk gute Deckung bot, hielten sie an.

Behutsam legten sie Quinz auf den Boden, dann ließ Phlosine sich neben ihm niederfallen. Eliste kniete sich hin. Schwaches Mondlicht fiel durch die Blätter. Eliste vermochte das bleiche Gesicht ihres Onkels und seine auf dem schwarzen Erdboden ausgebreiteten zarten Hände gerade eben zu erkennen. Phlosine schien ein gestaltloser Schemen, dessen dunkelumrahmtes Profil sich kaum vom Boden abhob. Sie krampfte unruhig die Finger ineinander und bereitete sich offenbar vor. Wenn sie erst einmal angefangen hätte, wäre es unklug, sie zu stören, doch eines mußte noch gesagt werden.

»Phlosine, bevor Ihr beginnt, solltet Ihr noch etwas wissen – Phlosine, hört Ihr mich?«

Die Andeutung eines Nickens.

»Falls irgend etwas passieren sollte – falls wir getrennt werden sollten und Ihr mit Onkel Quinz alleinbleiben solltet –, dann bringt ihn zu Flous Tasche in der Rattenstadt, Nummer einhundertundsechs. Dort wendet Ihr Euch an Meister Renoir im dritten Stock. Renoir ist ein Freund, er wird sich um Euch kümmern. Habt Ihr mich verstanden?«

Erneutes Kopfnicken. Jetzt blieb ihr nichts anderes übrig, als sich auf Whiss Valeurs Schwester zu verlassen. Eliste hockte sich auf die Fersen und begann zu warten. Phlosine schien zu schrumpfen, sich in sich zusammenzuziehen. Der dunkle Kopf fiel auf die Seite, das Profil verschwand. Nach einer Weile begann sie vor sich hinzumurmeln.

Eliste hockte da und wartete. Anfangs versuchte sie Phlosine zuzuhören, aber das war sinnlos. Die Worte der Frau klangen wie sinnloses Geplapper. Nach einer Weile schweifte ihre Aufmerksamkeit ab; zunächst zu dem unheimlich ruhigen und zarten Gesicht ihres Onkels, dann zu der umliegenden Parklandschaft. Im Havillac-Park war es stockdunkel; Eliste konnte nichts sehen. Sie lauschte, und auf einmal vernahm sie Stimmenlärm – die Stimmen von Vorhütern, und zwar ganz in der Nähe.

Phlosine murmelte weiter vor sich hin. Die beinahe unhörbaren gedämpften Worte kamen Eliste fürchterlich laut vor. Die Frau würde mit dem Lärm bestimmt noch die Soldaten aufmerksam machen. Außerdem dauerte es so *lange*. Falls sie überhaupt Fortschritte machte, so war davon nichts zu sehen.

Die Männerstimmen näherten sich jetzt rasch. Eliste versteifte sich, verrenkte sich den Kopf, strengte die Augen an. Sie erspähte Laternenschein, der zwischen den Bäumen hindurchschimmerte und immer näher kam.

Beeilt Euch. Eliste wagte es nicht, Phlosine anzusprechen. Damit hätte sie bloß deren Magie gestört.

Irgend etwas stimmte da nicht. Phlosine murmelte zwar ständig vor sich hin, aber so lange hätte es doch bestimmt nicht dauern dürfen. Sie brauchte eine Ewigkeit, und die Vorhüter waren schon fürchterlich nahe. Mittlerweile hatten sie die List mit der Empfindsamen bestimmt durchschaut, und nun würden sie den Havillac-Park nach Phlosine durchkämmen. Und sie würden sie auch schnappen, Phlosine und den bewußtlosen adligen Magier, der sie hatte befreien wollen, als Dreingabe.

Phlosine benötigte noch mehr Zeit. Es gab nur eine Möglichkeit, ihr diese zu verschaffen.

Eliste richtete sich auf und trat lautlos aus dem Gebüsch. Phlosine schien ihren Weggang nicht bemerkt zu haben; das Gemurmel stockte keinen Augenblick. Eliste zögerte; der Drang, sich wieder in Deckung zu begeben, war sehr stark. Sie atmete einmal tief durch und zwang sich zum Weitergehen, huschte wie ein Gespenst von Baum zu Baum, den sich nähernden Lichtern und Stimmen entgegen. Sie bewegte sich so rasch und so leise wie möglich, denn sie mußte einen möglichst großen Abstand zwischen sich und Phlosine und Quinz legen, ehe sie sich von den Soldaten festnehmen ließ.

Die Vorhüter waren schneller und wachsamer, als sie erwartet hatte. Trotz aller Vorsicht hatte sie gerade erst ein paar Dutzend Meter zurückgelegt, als ein Laternenstrahl herumschwenkte und ihr weißes Schultertuch, ihre bleiche Haut und ihr blondes Haar der Dunkelheit entriß. Das hatte sie zwar erwartet, allerdings nicht damit gerechnet, daß es so schnell gehen würde. Sie machte auf dem Absatz kehrt und rannte los, wobei der weiß aufblitzende Unterrock für die Soldaten deutlich sichtbar war. Sie riefen laut und liefen ihr nach, vier Männer, die durch das Unterholz brachen wie eine Kreuzung aus Viehherde und Wolfsrudel. Eliste lief leichtfüßig dahin. Sie war jung, beweglich und wollte nicht sterben. Ihr Plan war riskant, aber nicht unbedingt selbstmörderisch, denn es blieb noch immer die Hoffnung, daß die Dunkelheit sie schützen würde. Bei der ersten Verschnaufpause zog sie den Unterrock aus und warf das Schultertuch weg. Der Nachtwind traf auf ihren nackten Hals, eine milde Frühlingsbrise, die sie unter anderen Umständen genossen hätte. Mittlerweile dunkel gekleidet, duckte sie sich ins nächste Gebüsch; dort blieb sie einen Augenblick lang hocken, bis sie einen Pfiff vernahm, der alle Vorhüter in Hörweite dazu aufforderte, sich an der Jagd zu beteiligen. Das war erschreckend, aber wenigstens würde sie das von Onkel Quinz fernhalten.

Am liebsten hätte sie sich auf den Boden geworfen. Vor allem aber wollte sie sich hinter dem Brombeergebüsch verbergen und dort verharren wie ein gejagtes

Kaninchen, im Vertrauen darauf, daß die Dunkelheit und die Regungslosigkeit sie retten würden. Ein trügerischer Einfall. Vielmehr kam es darauf an, daß sie vor Tagesanbruch aus dem Havillac-Park herauskam und dadurch die Aufmerksamkeit der Vorhut auf sich lenkte.

Schritte krachten durchs Unterholz; greller Laternenschein. Eliste duckte sich einen Augenblick, dann holte sie tief Luft und brach aus der Deckung.

Das Patsch-Patsch-Patsch des feuchten Frühlingsbodens unter ihren Füßen; federnde Frühlingszweige peitschten ihr übers Gesicht, den schützend erhobenen Arm. Blindes Vorwärtstaumeln. Hinter ihr ein metallisches Pfeifen, laute Rufe, was Eliste in die nächtliche Dunkelheit stürmen ließ, als hätte man ihr die Sporen gegeben. Das Laufen fiel ihr mittlerweile schwerer; sie bekam kaum noch Luft, und das Bein, das Glorielle getroffen hatte, bewegte sich nicht so, wie es sollte.

Überall Stimmen; wie viele mochten es sein, die sich ihr aus allen Richtungen näherten? Und wie lange lief sie eigentlich schon? Ihr kam es endlos vor, aber war sie auch wirklich schon weit genug gekommen? Abermals der verhängnisvolle Wunsch, sich im Dunkeln zu verbergen. Licht und Stimmenlärm explodierten wie eine Bombe; man hatte sie abermals entdeckt. Sie schlug einen Haken, rannte auf die dunklen Stellen zu, die im nächsten Augenblick verschwommen golden aufleuchteten, da sich der Laternenschein in der dunstig kühlen Luft streute. Quer über eine freie Lichtung, und diesmal geradewegs einer weiteren Gruppe von Soldaten in die Arme, die aus einer Lücke zwischen den Bäumen hervorkamen.

Die Soldaten fingen sie auf und machten sie sich mit lächerlicher Mühelosigkeit gefügig. Elistes Widerstand war nur von kurzer Dauer; es hatte keinen Sinn mehr, sich zu wehren.

»Wen haben wir denn da?«

Jemand hielt ihr eine Laterne vors Gesicht. Eliste blinzelte und wandte das Gesicht ab, doch dann kam die unvermeidliche Bemerkung: »Die habe ich schon mal irgendwo gesehen.«

Es dauerte nicht lange, dann hatten sie des Rätsels Lösung gefunden.

Zurück zur Blume des Lichts, wo sich die zerstreuten Vorhüter vor der unverhüllten und schutzlosen Glorielle versammelt hatten. Geradewegs zu dem blonden jungen Mann, der sie mit undurchdringlicher Miene einer eingehenden Musterung unterzog, bis er kalt bemerkte: »Du bist Eliste vo Derrivalle. War dein krimineller Verwandter Quinz vo Derrivalle für den heutigen Angriff auf die Repräsentanten des Volkes verantwortlich?«

Eliste schaute ihn so an, wie es Zeralenn vo Rouvignac an ihrer Stelle getan haben mochte – als wäre er zum Ekeln, des näheren Hinsehens unwürdig – eine Wanze etwa oder ein Dunghaufen auf der Straße.

»Du wirst mir den Aufenthaltsort des Verräters Quinz vo Derrivalle verraten.«

Eliste verzog keine Miene.

»Bringt sie ins Grab«, wies er seine Gefolgsleute an, »und gebt sie in Bierce' Obhut.«

Weitere Erklärungen gab er nicht, und es wurden auch keine verlangt. Die Vorhüter führten Eliste durch den Havillac-Park zurück zur Straße, wo mehrere geschlossene Kutschen warteten. Man verfrachtete sie in eine der Kutschen, die in die Nacht davonrumpelten.

Weil sie die Vorhüter sich mit ihr beschäftigen ließ, hatte sie ein paar wertvolle Minuten gewonnen. Sie konnte bloß hoffen, daß Phlosine die Zeit gut genutzt hatte.

Und das hatte sie auch.

Als Dref Zeenoson spätnachts nach Hause kam, traf er zwei Vorhüter in seiner Wohnung an. Der eine Soldat – ein stämmiger, schwarzhaariger Bursche in einer Leutnantsuniform – lag reglos auf dem Bett. Sein Kopf war mit einer blutdurchtränkten Bandage umwickelt, und er schien bewußtlos zu sein. Der zweite Soldat – mollig und beinahe unpatriotisch vornehm gekleidet – saß auf dem Stuhl neben dem Bett.

Dref zog unverzüglich die Pistole.

Der elegante Vorhüter wirkte überrascht, geradezu verlegen. Er murmelte etwas, worin die Worte ›vergessen‹ und ›leichtsinnig‹ vorkamen. Er senkte den Kopf und murmelte unverständlich vor sich hin, dann veränderte sich die Szenerie. Auf einmal sah Dref Quinz vo Derrivalle bewußtlos und verwundet auf dem Bett liegen. Neben Quinz saß eine verlegene Frau unbestimmten Alters, mit plumpen Fingern und von unauffälliger Erscheinung.

Dref steckte die Pistole wieder ein. »Fräulein Valeur?« fragte er.

»Ich … also, ich … das heißt … seid Ihr Meister Renois? Sie hat mir gesagt, ich solle mich an Meister Renois wenden.«

Dref nickte bestätigend mit dem Kopf. »Was ist geschehen?«

Als sie ihm berichtete, was vorgefallen war, erbleichte er unter seiner sonnengebräunten Haut.

30

Viele Beobachter glaubten, die Nachricht von der Flucht seiner Schwester habe Whiss Valeur wahnsinnig werden lassen. Der Republikanische Protektor zeigte seine Gefühle allerdings nicht in der Öffentlichkeit. Seine Ausbrüche fanden, wenn überhaupt, hinter verschlossenen Türen statt, während er vor den Sherreenern kaum eine Miene verzog. Trotzdem erweckten sein Verhalten und Gebaren in den folgenden Tagen und Nächten bisweilen den Anschein von Wahnsinn.

Zweifellos bestärkte Phlosines Befreiung den Protektor in seinem Glauben an eine weitverbreitete Verschwörung gegen sein Leben. Sein Verhalten war unmißverständlich; Tag und Nacht umgab er sich mit bewaffneten Leibwächtern; er war aus dem bescheidenen Haus in der Nerisante-Straße in eine luxuriös eingerichtete, nur schwer einnehmbare Suite im obersten Geschoß des Grabes umgezogen; und er hatte die Bewachung Chorl Valeurs, des einzigen magisch begabten Gefangenen, der ihm noch geblieben war, erheblich verstärkt. Der alte Mann durfte nicht mehr ungehindert auf der Nerisante-Straße spazierengehen, und es war ihm verboten, Briefe zu schreiben oder zu empfangen. Er logierte nun in einer Zelle innerhalb des Grabes – die angenehm warm, hell und gemütlich eingerichtet war, das ja; allerdings waren die Fenster vergittert, vor der verschlossenen Tür waren zwei bewaffnete Wachposten aufgestellt, und jede Berührung mit der Außenwelt war ihm untersagt.

Die greifbaren Auswirkungen der Ängste des Protektors beschränkten sich jedoch nicht allein auf verteidigende Maßnahmen. Das Nationale Wohlfahrtskomitee hatte bereits eine Säuberung über sich ergehen lassen müssen. Als nächstes geriet nun der Kongreß unter Beschuß. Am Nachmittag nach Phlosine Valeurs Flucht fielen die Vorhüter über die Jahrhunderthalle her. Die Abgeordneten sahen bestürzt mit an, wie an die zwanzig ihrer Kollegen beschuldigt, von den Sitzen gezerrt und ohne weitere Umschweife abgeführt wurden. Es war weniger die Plötzlichkeit, mit der die Verhaftungen erfolgten, noch die zum Himmel schreiende Unrechtmäßigkeit der Tat, welche die Augenzeugen entsetzte, als vielmehr die Auswahl der Opfer, zu denen mehrere Abgeordnete gehörten, die sich bislang des Vertrauens und der wärmsten Zuneigung des Protektors erfreut hatten. Wer hätte denn auch ahnen können, daß Rendourcis, der Abgeordnete der Jerundie, der sich als erster dafür eingesetzt hatte, dem König den Prozeß zu machen, jetzt in Dunulas' Fußstapfen treten würde? Wer hätte den Niedergang so aufrechter Reparationisten vorhersehen können, wie Clessous, Danvaut und Genaure es waren? Und wer hätte sich schon träumen lassen, daß einmal der so hochgelobte Kongreßabgeordnete Poulpe unter Bewachung aus dem Saal geführt werden würde? Auch wenn er sich nichts anmerken ließ, mußte der junge Poulpe doch in höchstem Maße erstaunt gewesen sein. Wahrscheinlich hatte er geglaubt, die Festnahme von Quinz vo Derrivalles Nichte und die Entdeckung der kleinen Empfindsamen im Havillac-Park mache den Verlust Phlosine Valeurs mehr als wett. Doch da hatte er sich ganz offenbar geirrt.

Diesmal unterzog man sich nicht der Mühe eines Gerichtsverfahrens. Weil der Republikanische Protektor seine Unterschrift und sein Siegel unter das Schriftstück gesetzt hatte, das die zwanzig verhafteten Abgeordneten geschlossen mit Acht und Bann belegte, war zur Verurteilung lediglich ihre Beschuldigung erforderlich. Um drei Uhr nachmittags hatte man die zwanzig Männer zum Tode verurteilt, sie entkleidet, gefesselt und zum Platz der Gleichheit geschafft. Die Hinrichtungen wurden unverzüglich unter den Augen einer staunenden Menge durchgeführt. Die von der Plötzlichkeit ihres Niedergangs überwältigten Verurteilten waren fügsam und bewahrten überwiegend Schweigen. Lediglich der junge Poulpe, der bis zum Schluß seine eiskalte Würde bewahrte, ließ sich, als er das Schafott betrat, mit den Worten vernehmen: »Am Ende verschlingt die Revolution wie ein wahnsinniger Gott aus einer alten Fabel ihre eigenen Kinder.«

Im Anschluß an das Frühlingsmassaker, wie die Säuberung des Kongresses genannt wurde, hätte man eigentlich erwarten sollen, daß Whiss Valeur eine Zeitlang Ruhe geben würde; dem war allerdings nicht so. Anstatt ihn zu beruhigen, schien die Vernichtung seiner angeblichen Feinde lediglich neue und noch quälendere Ängste wachzurufen. Die Anspannung des Protektors zeigte sich an seinem eiligen, unsteten Gang, am chronischen Zittern seiner Hände, vor allem aber an der Tiefe seines suchenden, überaus mißtrauischen Blicks. Seine durchdringenden grünen Augen, die in seinem abgezehrten, verwüsteten Gesicht größer denn je wirkten, huschten ständig umher; und die Unglücklichen, auf denen sie längere Zeit verweilten, waren Gezeichnete, die fortan von ihresgleichen gemieden wurden. Die überlebenden Kongreßabgeordneten verbargen ihre Angst so gut sie konnten, und einige wenige taten noch mehr; in ihrer Verzweiflung schlossen sie sich aus purem Selbsterhaltungstrieb zusammen. Vor dem Frühlingsmassaker waren Whiss Valeurs Ängste unbegründet gewesen; anschließend hatte der Protektor allen Grund zur Sorge.

Währenddessen zeigte sich, daß die Hinrichtung der zwanzig Angeordneten den Protektor kaum besänftigt hatte. Im Anschluß daran kam es zu zahlreichen unvorhersehbaren und offenbar auch willkürlichen Verhaftungen. Die Vorhut warf ihr Netz aus und holte wahllos Beute ein. In den beiden Tagen nach Phlosine Valeurs Flucht wurden angeblich Hunderte von Personen verhaftet. Es stand zu bezweifeln, daß man sich überhaupt die Mühe machte, darüber Buch zu führen, doch eines ließ sich nicht abstreiten: die Gefängnisse der Stadt waren wieder so überfüllt wie damals, als die Kokotte ihr großes Festmahl begonnen hatte.

Lag auch das der Auswahl der Opfer zugrundeliegende Prinzip im dunkeln, so stand zumindest der Zweck des Ganzen außer Frage. In jedem der drei Sherreener Gefängnisse wurden die Neuankömmlinge einem Verhör unterzogen, dem die Schwächsten auf der Stelle erlagen. Nur eine Handvoll Beneidenswerte verkürzten dergestalt ihre Leiden; die große Mehrheit indes lebte weiter, den Prozeß und die Hinrichtung vor Augen.

Tag und Nacht gingen die Verhöre weiter, und die Fragen waren stets die gleichen. Hätte der betreffende Gefangene den geheimnisvollen Quinz vo Derrivalle gekannt und Bescheid gewußt über dessen Absichten und seinen Aufenthaltsort, so hätte die entschlossene Vorhut ihm dieses Wissen unweigerlich entrissen. Allerdings wußte niemand etwas über den magisch begabten Feind des Protektors. Die Unwissenheit der Sherreener war allerdings nicht gespielt. Die Vorhüter erfuhren nichts. Die Zeit verstrich, und Whiss Valeur wurde immer verzweifelter, während Quinz vo Derrivalle nach wie vor auf freiem Fuß war, wenngleich er eine weit geringere Bedrohung darstellte, als seine Jäger meinten.

Der alte Mann auf dem Bett regte sich und schlug die Augen auf.

»Fühlt Ihr Euch wieder besser, Meister Quinz?« fragte Dref Zeenoson.

»Der Kopf tut mir weh. Bist du das, mein Junge?« fragte Quinz mit schwacher Stimme. »Ich kann dich nicht sehen.« Er griff sich mit zitternder Hand an die Augen. »Wo ist meine Brille?«

»Wahrscheinlich habt Ihr sie im Havillac-Park verloren.«

Die Hand wanderte zum Kopfverband weiter. »Aber was ...?«

»Ihr wurdet von einem Stein am Kopf getroffen. Ihr habt eine Platzwunde an der Schläfe, die stark geblutet hat.«

»Daran kann ich mich nicht mehr erinnern.«

»Das wundert mich nicht. Ihr wart vierundzwanzig Stunden lang bewußtlos.«

»Tatsächlich? Wirklich? Das ist ja erstaunlich. Wie bin ich dann hierhergekommen? Ich nehme an, die kleine Eliste und Fräulein Valeur haben mich getragen?«

»Phlosine allein.«

»Na so was. Wo ist sie denn, ich muß mich bei ihr bedanken?«

»Sie ist schon weg. Unterwegs nach Vaurve, glaube ich. Sie ist davongeflattert wie ein erschreckter Vogel, sie wollte sich einfach nichts von mir sagen lassen.«

»Wahrscheinlich hat sie jetzt heilsame Abgeschiedenheit dringend nötig. Wer wollte ihr daraus einen Vorwurf machen?«

»Ich. Sie wurde hier gebraucht, und sie steht in Eurer Schuld. Sie hätte dableiben sollen. Ich war schon versucht, sie mit Gewalt hierzubehalten.«

»Nein, nein. So etwas solltest du nicht einmal denken, mein Junge. Das wäre grausam gewesen. Hat sie nicht schon genug erlitten?«

»Die Unannehmlichkeiten, denen Whiss Valeurs Schwester ausgesetzt ist, rühren mich nicht sonderlich. Es gibt wichtigere Dinge – zum Beispiel Elistes Sicherheit.«

»Eliste? Bitte das Kind, mich zu besuchen. Ich muß ihr sagen, daß sie ihre Sache gut gemacht hat.«

»Das ist schwierig unter den gegebenen Umständen. Sie ist nicht da. Sie ist nicht aus dem Havillac-Park zurückkehrt. Ich warte immer noch auf eine Bestätigung, aber alles deutet darauf hin, daß Eliste gestern nacht in die Hände der Vorhut gefallen ist.« Dref hatte in dem ausdrucklosen, geradezu sachlichen Ton gesprochen, den er für gewöhnlich Katastrophenmeldungen vorbehielt.

Quinz verfügte nicht über eine solche Kaltblütigkeit. »Das kann nicht sein – das ist doch nicht wahr!« Der alte Mann wollte sich aufsetzen, fiel aber stöhnend wieder zurück.

»Beruhigt Euch, Herr. Bleibt besser liegen. Ihr seid noch zu angeschlagen, um Euch schon wieder zu bewegen.«

»Wie konnte das geschehen?«

»Phlosine wußte es nicht genau, denn zu dem Zeitpunkt war sie anderweitig beschäftigt. Als Ihr das Bewußtsein verloren habt, verflüchtigte sich Eure magische Verkleidung. Auf Elistes Bitte hin war Phlosine damit beschäftigt, die militärische Verkleidung wiederherzustellen, als sich eine Patrouille der Vorhut näherte. Sie hat kaum bemerkt, wie Eliste weggegangen ist. Offenbar gelang es Eliste, die Soldaten abzulenken, wenn auch zu einem hohen Preis.«

»Das ist meine Schuld, alles ist meine Schuld.« Quinz' Augen füllten sich mit Tränen. »Ich hätte sie niemals dorthin mitnehmen sollen. Aber ich war mir über das Risiko nicht im klaren – ich dachte, meine magische Kunst böte vollkommenen Schutz. Ich war ein selbstgerechter Narr. Und jetzt hat Eliste unter den Folgen meines Leichtsinns, meines Übermuts und meiner Torheit zu leiden. Ach, ich muß Abbitte leisten!«

»Immer mit der Ruhe, Meister Quinz. Bleibt eine Weile ruhig liegen. Es nützt keinem etwas, wenn Ihr

Euch Vorwürfe macht – das ist sinnlos, und Ihr verausgabt Euch damit bloß.«

»Wie kannst du nur so ruhig bleiben? Machst du dir denn gar keine Sorgen um meine Nichte? Hast du überhaupt keine Gefühle?«

»Ich lasse mich bloß nicht von ihnen beherrschen, und das solltet Ihr auch nicht tun. Wir sollten unsere Zeit und Kraft besser darauf verwenden, einen Plan zu machen.«

»Du hast recht, mein Junge, natürlich hast du recht. Es tut mir leid, ich weiß doch, daß du dir ebensoviel aus ihr machst wie ich. Ach, wenn ich nur klar im Kopf wäre! Im Augenblick bin ich so benommen und durcheinander – außerdem kann ich nichts sehen, und das ist so verwirrend ...«

»Das rührt von Eurer Verletzung her, aber es wird sich schon wieder geben – und zwar hoffentlich bald. Was Eure verlorene Brille betrifft, die läßt sich leicht ersetzen. In der Zwischenzeit solltet Ihr Euch beruhigen, damit wir uns mit den anstehenden Problemen befassen können. Phlosine Valeur hat mit ihrem Fortgang meine Hoffnung zerschlagen, mit ihrer Hilfe Eliste befreien zu können – und möglichst auch noch Shorvi Nirienne. Phlosine ist weg, aber Ihr seid immer noch da. Bislang haben wir das Grab für völlig unzugänglich gehalten. Doch nun, da ich weiß, daß Ihr das Äußere eines Menschen verändern könnt, bieten sich gleich mehrere Möglichkeiten an. Meister Quinz, könnt Ihr mich verwandeln?«

»Du meinst, in eine andere lebende Person? In wen denn, mein Junge?«

»Zum Beispiel – in Whiss Valeur.«

»Oh. Ich verstehe. Ich verstehe. Ausgezeichnet. Üblicherweise hätte ich da keinerlei Zweifel, aber im Augenblick bin ich mir nicht so sicher. Versuchen wir es doch einfach einmal. Bitte hilf mir, mich aufzusetzen, wenn du die Freundlichkeit hättest.«

Dref legte Quinz vo Derrivalle den Arm um die Schultern, hob ihn behutsam an, stopfte ihm Kissen in den Rücken und gab ihm ein Glas Wasser zu trinken. Quinz saß eine Weile reglos da. Irgendwann senkte er den Kopf und murmelte unverständliche Worte vor sich hin. Er sprach sehr lange. Er sprach so lange, bis die Anstrengung sich an seinem Tonfall bemerkbar machte und ihm der sprichwörtliche Schweiß auf der Stirn stand, was katastrophale Auswirkungen auf das gewünschte magische Ergebnis hatte.

Schließlich erstarb das angestrengte Gemurmel ganz. Quinz hob den Kopf und schlug die tränennassen Augen auf. »Ich schaffe es nicht«, flüsterte er. »Es passiert nichts. Es ist weg.«

»Es wird schon wiederkommen, wenn Ihr erst einmal bei Kräften seid.« In Dref Zeenosons ruhigem Gesicht zeigte sich nicht die leiseste Spur von Zweifel oder Enttäuschung.

»Und Eliste? Es tut mir ja so leid.« Quinz' aschgraues Gesicht war tränenüberströmt. »Verzeih mir. Ach, es tut mir ja so leid.«

Das Grab entpuppte sich als ganz etwas anders, als sie erwartet hatte. In den halblauten Bemerkungen, die sie irgendwann aufgeschnappt hatte, war die Rede davon gewesen, daß die Gefangenen nahezu ungehinderten Umgang miteinander hätten. Für viele Adlige, die oft monatelang gezwungen gewesen waren, sich zu verstecken, ihren Rang zu verbergen und ihrem ganzen bisherigen Leben abzuschwören, bedeutete die Verhaftung eine gewisse Erleichterung. Endlich hatten die Unsicherheit, die Anspannung, das Versteckspielen und die Einsamkeit ein Ende. Hier im Grab verbannte das Ende der Hoffnung den größten Schrecken, so daß die verurteilten Opfer der Revolution sich gegenseitig trösten konnten und den kurzen Rest ihres Leben durchaus in Ruhe verbrachten.

Für Eliste war jedoch alles ganz anders.

Man führte sie durch einen kleinen, unauffälligen Nebeneingang. Als erstes fiel ihr der Gestank auf – eine übelkeiterregende Mischung aus Schmutz, Angst, Rauch, ranzigem Öl und abgestandener Luft – weitaus schlimmer als in der Schatzkammer, vielleicht weil das Grab älter und die Ausdünstungen im Laufe der Jahrhunderte gereift waren. Eliste würgte.

»Du wirst dich schon noch dran gewöhnen, Bonbon«, versicherte ihr einer der Vorhüter nicht ohne Freundlichkeit. »Atme durch den Mund.« Es war erstaunlich, wie wenig Groll ihre Bewacher gegen sie zu hegen schienen; eher wirkten sie wie die Gewinner eines Räuber-und-Gendarm-Spiels, die hinterher alle Gegnerschaft wieder abgelegt hatten. Zweifellos verpraßten die Soldaten im Geiste schon ihren Anteil an den einhundert Rekkos Belohnung, die auf Eliste vo Derrivalles Kopf ausgesetzt waren. Kein Wunder, daß sie bester Stimmung waren.

Die Leibesvisitation, der sie sich unterziehen mußte, verlief nicht peinlicher als unbedingt notwendig. Anschließend führte man sie durch einen stinkenden Gang, eine feuchte Wendeltreppe hinunter und ein paar Meter über eine mit Wasserlachen bedeckte Galerie zu einer kleinen, fensterlosen Zelle. Eliste trat ein. Sie erhaschte einen kurzen Blick auf nässende Steinwände, einen Eimer für die Notdurft in der Ecke und ein schmales Bord, das sie an das Bett in Prilqs Herberge erinnerte. Dann schlug die Tür zu, die Riegel wurden vorgelegt, und die Wächter entfernten sich, nahmen die Laternen mit und ließen sie in völliger Dunkelheit zurück. Sie war allein. Damit hatte sie nicht gerechnet.

Eliste tastete sich bis zur Pritsche vor, setzte sich auf den Rand und wartete, bis sich ihre Augen an die Dunkelheit gewöhnt hatten. Während sie wartete, hob sich allmählich die Wolke, die ihre Wahrnehmungen und Gefühle seit dem Augenblick der Festnahme umnebelt hatte. Gegen ihren Willen dachte und fühlte sie wieder; und das Entsetzen verkrampfte ihr Inneres und peitschte ihr Herz zum Galopp. Die feuchte, eiskalte Dunkelheit lastete schwer auf ihr, ihre Kleidung war feucht von Schweiß; sie rang nach Atem. Viel besser wäre es, dumpf im Kopf zu sein und nichts zu fühlen; dieser Zustand allerdings war unwiederbringlich dahin. Sie saß vollkommen still. Auch nicht das leiseste Geräusch erreichte ihre aufnahmebereiten Sinne.

Die Gedanken stürzten wie eine Lawine auf sie ein.

Man hatte sie in Einzelhaft genommen, weil sie ein besonderer Fall war. Sie war nicht einfach bloß irgendeine gefangene Adlige. Sie war die Nichte von Quinz vo Derrivalle, dem magisch begabten Feind der Republik; sie war seine Verwandte, seine Verbündete und Komplizin. Sie könnte ihnen eine Menge über Quinz erzählen – von seinen Plänen, seiner Vorgehensweise und (falls es Phlosine gelungen war, ihn aus dem Havillac-Park hinauszuschaffen) von seinem Aufenthaltsort. Die Gespenster des Grabes würden sie zweifellos dazu zwingen.

Sie zwingen.

Eliste fröstelte in der Dunkelheit. Die Schrecken der Keller des Grabes waren Legende. Falls sie sie brachen, dann wäre Onkel Quinz erledigt und Dref ebenfalls. Und womöglich auch ein großer Teil des Netzwerks der Niriennisten. Ihre Enthüllungen würden eine Katastrophe anrichten.

Doch wie sollte sie widerstehen? Wenn man ihr nur weh genug tat, würde sie ihnen dann nicht alles sagen, was sie wissen wollten? Hätte das nicht jeder an ihrer Stelle getan?

Nein. Zeralenn gewiß nicht.

Vom Gedanken an ihre Großmutter wurde ihr leichter ums Herz. Keine Drohung oder Folter, gleich welcher Art, hätte den Willen von Zeralenn vo Rouvignac brechen können, niemand hätte vermocht, ihr ein verräterisches Bekenntnis abzuringen. Nicht, daß sie irgendwelche magischen Kräfte besessen hätte; sie hatte sich lediglich einer besonderen Verhaltensweise verschrieben, die der Ursprung ihrer Stärke wie auch ihrer folgenschweren Unbeugsamkeit war. Diesem Kodex gemäß hatte sie gelebt und war sie gestorben. Von ihrer Enkelin hätte sie nicht weniger erwartet.

Zeralenns Haltung gehörte der Vergangenheit an; die gewaltsam verwandelte Welt der Gegenwart würde sie niemals anerkannt haben. Einige Dinge jedoch hatten sich nicht geändert und würden es auch niemals tun; dazu zählten Loyalität und Ehre. Zeralenn vo Rouvignac wäre unter der Folter gestorben, um ihre Familie und ihre Freunde zu schützen. Eliste würde diesem Beispiel folgen.

Sie würde nichts sagen. Ihre Peiniger würden nichts von ihr erfahren. Der Entschluß löste Entsetzen und ein eigenartiges Gefühl der Genugtuung bei ihr aus. Ganz allein in der stockdunklen Stille, nährte sie den neuen Entschluß wie einen schwächlichen, pflegebedürftigen Säugling.

Die pechschwarze Finsternis lastete schwer auf ihr; auch nicht der schwächste Lichtschimmer sickerte in ihre Zelle. Vielleicht würde sich das ändern, wenn der Morgen käme.

Sie brauchte nicht bis zum Morgen zu warten.

Auf einmal stellte sie fest, daß sie die Umrisse des Eimers in der Ecke und den rechteckigen Umriß der Pritsche ausmachen konnte. Sie stand auf, trat zur Tür und spähte durch das kleine, quadratische Gitterfenster. Auf dem Gang lag schwacher gelber Lichtschein. Dann: das Poltern von Stiefeln auf dem Steinboden. Das Licht wurde heller. Eliste wich von der Tür zurück. Hielt in der winzigen, allmählich heller werdenden Zelle verzweifelt Ausschau nach einem Schlupfloch. Natürlich gab es keines. Sie atmete tief durch und blieb kerzengerade aufgerichtet stehen.

Vor dem Gitterfenster drängten sich Gestalten. Der Riegel wurde knirschend zurückgezogen, und die Tür ging auf. Sie waren zu zweit. Wortlos packten die Vorhüter sie rechts und links beim Arm und zerrten sie aus der Zelle. Eliste stellte keine Fragen und wehrte sich nicht; das eine wäre zwecklos gewesen, das andere unangemessen. Sie tat besser daran, sich ihre Kraft und ihren Mut für später aufzusparen.

Die Galerie entlang, zurück zu der feuchten Wendeltreppe, dann hinunter, immer tiefer, daß ihr von dem ständigen Im-Kreis-Gehen ganz schwindlig wurde, hinab ins dämonische Reich der Keller. Bis zu einem Ort der düsteren, ockerfarbenen Nebel, der nässenden Decken und der mineralverkrusteten Wände, der eher einer Höhle ähnelte als einem von Menschenhand erschaffenen Gebilde. Durch einen abschüssigen Tunnel mit so niedriger Decke hindurch, daß die beiden Soldaten die Köpfe einziehen mußten; dann durch ein Portal aus gehämmertem schwarzen Eisen; und hinein in die berüchtigte Folterkammer.

Sie hatte sich noch nie ein Bild von der Folterkammer gemacht, hatte keine klare Vorstellung, was sie dort erwartete. Das Geheimnis, mit dem dieser Ort umgeben wurde, vergrößerte seinen Schrecken ins Unermeßliche; ein Schrecken, der geeignet war, den Widerstand des Opfers schon vor der eigentlichen Befragung zu brechen, wie den Herren des alten Gefängnisses wohl bewußt war. Hätte Eliste sich schon vorher eine Vorstellung davon gemacht, hätte es wohl sein können, daß sie von der Wirklichkeit weitgehend bestätigt worden wäre, denn die Kammer schien nach herkömmlichen Gesichtspunkten erbaut; es war kalt; natürlich gab es keine Fenster, denn schließlich lag sie ja weit unter der Erde; die Luft war stickig und übelriechend; die Decke erstaunlich hoch, mindestens drei

Stockwerke, so daß sich das Fugenmuster der Steine im dichten Nebel verlor; aus den Wänden sickerte Feuchtigkeit, der Boden war feucht und fleckig; es gab qualmende Laternen; Kohlepfannen, die allerdings nicht brannten; verschiedene alte und unheimliche Gerätschaften, deren Zweck manchmal völlig im dunkeln lag, während er bei anderen nur allzu deutlich ins Auge sprang; ausnahmslos alle aber waren verrostet, verstaubt und offensichtlich unbenutzt. Es gab drei neue Folterwerkzeuge – sauber, geölt und poliert –, mit Klammern, Gurten und Schlössern versehene Geräte, die von Drähten, Dornen, metallenen Widerhaken und funkelnden Glasspiralen gekrönt wurden – sie erinnerten stark an die Empfindsamen, mit denen sie auch tatsächlich von ferne verwandt waren. Und schließlich gab es noch einen Tisch aus schlichtem Kiefernholz und zwei zweckdienliche Stühle. Auf einem saß ein riesenhafter Mann, dessen so breites wie flaches Gesicht und übergroße Hände Eliste wiedererkannte – Bierce Valeur, der Hohepriester der Kokotte. Mit seiner Anwesenheit war zu rechnen gewesen, und dennoch erschrak Eliste, denn bis jetzt hatte sie nicht gewußt, wie groß er in Wirklichkeit war.

Um der Berührung der Vorhüter zu entgehen, trat sie von sich aus vor und blieb vor Bierce Valeurs Tisch stehen, der leer war bis auf ein Blatt Papier, ein Tintenfaß und eine Feder. Bierce Valeur schob ihr das Blatt Papier zu. »Unterschreiben!« herrschte er sie an.

Eliste nahm das Papier und las es durch. Sie hatte geglaubt, es handele sich um ein Geständnis, um eine lange Liste von Verbrechen, die einzugestehen ihr die eigene Selbstachtung verbieten würde. Statt dessen hielt sie eine schlichte Bestätigung in Händen, daß sie die ehemals adlige Eliste vo Derrivalle sei, verwandt mit dem ehemals adligen Quinz vo Derrivalle, Magier aus der Provinz Fabeque. Die reine Wahrheit, und da sie nun schon soviel wußten, hatte es keinen Sinn, das abzustreiten. Eliste unterschrieb achselzuckend. Da sie sich mit der neuen Gesetzgebung des Kongresses nicht auskannte, wußte sie auch nicht, daß diese Bestätigung bereits zu ihrer offiziellen Verurteilung ausreichte. Durch ihre Unterschrift hatte sie das Recht auf einen Prozeß verwirkt; in Anbetracht der Geisteshaltung des Nationalen Tribunals fiel dieser Fehler allerdings nicht ins Gewicht.

Bierce Valeur besah sich eingehend die Unterschrift, dann nickte er und legte das Papier beiseite. Er sah auf und unterzog die Gefangene einer nicht minder eingehenden Musterung, die Eliste ungerührt über sich ergehen ließ; schließlich fragte er: »Wo ist Quinz vo Derrivalle?« Angesichts der von ihm ausgehenden körperlichen Bedrohung hatte sie eine einschüchternde Stentorstimme erwartet. In Wirklichkeit war seine Stimme ebenso klein und flach wie seine Augen.

Dann war Onkel Quinz also die Flucht aus dem Havillac-Park gelungen.

Ich weiß es nicht. Die Lüge lag ihr auf der Zunge, doch sie sprach sie nicht aus. Ihr Inquisitor hätte ihr sowieso nicht geglaubt; niemand hätte das getan. Ebensogut konnte sie sich ein wenig Offenheit erlauben. »Ich ziehe es vor, Euch darauf keine Antwort zu geben«, sagte sie.

Bierce betrachtete die Gefangene mit undurchdringlicher Miene. Falls ihn ihre Antwort überrascht hatte, so ließ er es sich nicht anmerken. »Wo ist Quinz vo Derrivalle?« wiederholte er, ohne daß sich sein Tonfall auch nur im geringsten verändert hätte, ganz so, als fragte er sie zum ersten Mal.

Eliste wiederholte ihre Weigerung.

Als er sie zum drittenmal fragte, gab sie keine Antwort mehr. Er störte sich an ihrem Schweigen allerdings nicht. Er wiederholte die Frage. Er fragte weiter, leierte die Worte wieder und wieder herunter, wobei jede Wiederholung der ersten Frage bis aufs Wort glich und sich sein Tonfall nicht im mindesten veränderte. Eliste stand mit versteinerter Miene schweigend da, während sich in ihrem Innern die Verwirrung zur Angst gesellte und ihre Abwehr allmählich untergrub. Hätte er sie bedroht, so hätte sie ihn verabscheut; hätte er versucht, sie sich mit Spitzfindigkeiten gefügig zu machen, so hätte sie ihm rhetorisch Gegenwehr geboten; was sie von diesem gnadenlosen, unerschütterlichen Stumpfsinn halten sollte, wußte sie nicht. Die monotone Fragerei hatte etwas Unmenschliches, Unheimliches an sich. Das gleichförmige Gemurmel und die Hartnäckigkeit, die Bierce dabei bewies, waren rein mechanisch, ganz so, als hätte er die Eigenschaften der Empfindsamen angenommen, die er betreute.

»Wo ist Quinz vo Derrivalle?«

War es die zwanzigste Wiederholung? Die fünfundzwanzigste? War sie vielleicht in einem bizarren Augenblick gefangen, der sich von nun an bis in alle Ewigkeit wiederholen würde?

Bis in alle Ewigkeit wohl nicht. Irgendwann reichte es Bierce offenbar. Unvermittelt stand er auf und trat um den Tisch herum, wobei er sich mit einer Behendigkeit bewegte, die völlig im Widerspruch stand zu seiner plumpen Gestalt. Er trat neben sie; seine Hand umklammerte ihren Arm wie ein Schraubstock. Er drehte sie zu sich herum und schleuderte sie mühelos durch den Raum. Auf die gleiche Art beförderte er seine Opfer in die Kokotte; diesmal jedoch wartete bloß ein matter Abklatsch der Kokotte, eine namenlose Halbempfindsame, auf die Gabe.

Vor Eliste befand sich ein langer, flacher, lederbezogener Rahmen, der an eine Pritsche erinnerte. Ehe sie sich's versah, hatte Bierce sie hochgehoben und darauf gelegt. Wenn sie sich schneller gewehrt hätte, wäre es ihr vielleicht gelungen, ihm die Augen auszukratzen; jetzt war es zu spät. Überall um sie herum waren Klammern und Gurte; er schnallte sie fest, wobei er äußerst grob vorging. Eliste stemmte sich versuchsweise gegen die Fesseln, stellte jedoch fest, daß sie sich nicht rühren konnte. Und dann waren da noch die Handschellen und der Kragen mit seinen Schlaufen, Spiralen und Drahtfortsätzen; und vor allem der Kopfaufsatz mit seinen Haken und gewundenen Ausstülpungen, dessen eisernes Visier, das keine Augenöffnungen aufwies, ihr über das Gesicht geklappt wurde, so daß sie nichts mehr sah. Der Mund war offenbar freigeblieben. Wenn sie wollte, konnte sie reden oder schreien.

Sie würde nichts dergleichen tun. Sie spannte jeden einzelnen Muskel an, um zu ertragen, was immer da auf sie zukommen mochte.

Nichts geschah.

Sie hörte, wie Bierce Valeur sich ganz in der Nähe umherbewegte. Sie spürte den Lufthauch, als er an ihr vorbeikam. Sie hatte keine Ahnung, was er da tat oder was daraus folgen würde, und diese quälende Ungewißheit zog er zweifellos bewußt in die Länge. Sie vernahm ein leises metallisches Klicken, ein Knistern, gefolgt von einem hohen, mechanischen Heulen. Das Gestell, auf dem sie lag, erzitterte. Sie krampfte die Hände um den Rand des Rahmens.

»Wo ist Quinz vo Derrivalle?« Keine Veränderung im Tonfall. Keine Spur von Ausdruck.

Sie schwieg.

Etwas klickte, und das Heulen der Halbempfindsamen schwächte sich zu einem gleichmäßigen Brummen ab, ähnlich dem Geräusch, das Glorielle von sich gab, wenn sie sich wohl fühlte.

Noch immer kein Schmerz, ganz im Gegenteil. Denn die Dunkelheit um sie herum wurde gleich darauf hell, und auf einmal konnte sie wieder sehen. Das Visier bedeckte immer noch Gesicht und Augen. Sie fühlte seine kalte Berührung an Stirn und Wangen, trotzdem war das Metall so durchsichtig geworden wie Glas. Sie sah das drei Stockwerke hohe Gewölbe, die vor der Tür wartenden Vorhüter und Bierce Valeur, der neben ihr stand und sie mit leerem Blick ansah, als wäre sie ein toter Gegenstand. Wenn sie den Kopf ein wenig anhob, die einzige Bewegung, die ihr möglich war, konnte sie an sich hinuntersehen – obwohl sie sich nicht daran erinnerte, daß man sie ausgezogen hatte, war sie nackt wie die Opfer der Kokotte und mit Gurten und Eisenbändern gefesselt. Doch es schien unmöglich, daß sie das alles sah, und das sagte ihr nicht nur ihr Verstand, sondern auch ein leichtes Prickeln ihrer Nerven – das gleiche Gefühl, das sie jedesmal hatte, wenn magische Trugbilder Einfluß auf ihre Wahrnehmung nahmen. Das Gefühl war jedoch sehr schwach und wurde fast überdeckt von Angst und Scham.

Sie blickte auf Bierce Valeur. In Händen hielt er weder ein Messer noch einen Riemen und auch keine anderen bedrohlichen Gerätschaften, sondern lediglich ein paar harmlose Zahnrädchen und Schräubchen, mit denen er geistesabwesend herumspielte. Kein Wort und keine Geste, die seine Absichten verraten hätten.

Sie vernahm ein leises Summen, das allmählich lauter wurde. Es klang nicht mechanisch. Was immer seine Ursache war, es schien sich in der Luft umherzubewegen. Sie ließ Bierce Valeur für einen Augenblick aus den Augen und blickte sich ängstlich im Raum um.

Über ihrem Kopf summte ein schwarzer Fleck im Kreis herum; nichts weiter als eine Fliege – eine ungewöhnlich große Fliege zwar, jedoch nichts, wovor sie Angst zu haben brauchte. Seltsam nur, daß das Insekt den Weg bis in diese tief unter der Erde gelegene Kammer gefunden hatte; andererseits tauchten Fliegen überall auf. Diese hier schien besonders neugierig auf die Gefangene zu sein. Die Fliege kreiste über ihr, ließ sich hin und wieder auf ihre nackte Haut herab und flog wieder auf, wenn ein Schulterzucken oder ein Frösteln sie verscheuchte.

Lange blieb sie allerdings nicht in der Luft. Das Tier verfügte offenbar über eine teuflische Klugheit, denn bald kam es dahinter, daß das Zucken seines Opfers ihm nichts anhaben konnte. Anschließend landete es und blieb sitzen, als wollte es über Elistes Bemühungen, sie zu verscheuchen, spotten. Bald also gab diese den Versuch auf. Schließlich war es lächerlich, sich mit etwas so Alltäglichem wie einer einzelnen Fliege abzugeben.

Die Fliege war jedoch nicht allein.

Irgend etwas summte; ein zweiter umherschwirrender dunkler Flecken in der Luft; eine weitere Fliege, die sich ebenfalls zu der Gefangenen hingezogen fühlte. Und noch eine. Und noch eine. Ein ganzer Schwarm, dicke, blau-grün-golden schillernde Fliegen. Die Luft war schwarz von ihnen, und sie waren überall; Kreise beschreibend, umherschwirrend, auf Eliste herunterstoßend und stechend. Sie zuckte und wand sich vergeblich. Die Insekten klebten eher wie Blutegel – und nicht wie Fliegen – an ihr fest. Sie krochen ihr auf die Augenlider, zitterten auf ihren zusammengepreßten Lippen, summten ihr in Ohren und Nase. Das Gefühl und das Geräusch waren zum Wahnsinnigwerden, aber sie konnte es ertragen. Die Fliegen taten ihr nicht wirklich weh. Sie konnte es ertragen.

Zu Hunderten wimmelten diese ekelhaften Tiere auf ihr herum, aber was zog sie bloß an? Hatte sie vielleicht jemand mit Honig oder mit Sirup eingeschmiert?

Ein schwacher Geruch stieg ihr in die Nase, ein Friedhofshauch, ein schwerer, beinahe süßer Verwesungsgestank. Irgendwo in der Nähe gab es faules Fleisch, stinkendes Aas, das selbst die hungrigsten Obdachlosen des Achten Distrikts verschmäht haben würden, während es die Fliegen unwiderstehlich anlockte.

Der Beinhausgestank wurde stärker, breitete sich aus, überlagerte alle anderen Gerüche und rief die Fliegen herbei. Dermaßen widerlich war der Gestank, daß sein Ursprung ganz in der Nähe sein mußte; wahrscheinlich lag sie unmittelbar daneben oder sogar darauf. Sie hob ein wenig den Kopf und blickte an ihrem von Fliegen übersäten Körper hinunter. Es wimmelte nur so von Insekten, und das ehemals weiße Fleisch zwischen den schwarzen Schwärmen wirkte gräulich und seltsam aufgedunsen, die vorher so klaren, jugendlichen Umrisse wie aufgeweicht oder verschmiert.

Zunächst begriff sie nichts und glaubte an eine Sinnestäuschung aufgrund der trüben Beleuchtung. Als sich jedoch flechtenartige grau-grüne Stellen zeigten, die dünne Kruste aufbrach und darunter sich verflüssigendes Gewebe zum Vorschein kam, gab es kein Leugnen mehr: sie verweste bei lebendigem Leib. Sie selbst war der Ursprung des Gestanks, sie selbst lockte die Fliegen an. Das Fleisch verfaulte ihr auf den Knochen.

Daraufhin verließ sie vollends der Mut, und sie konnte nicht mehr klar denken. Schreiend bäumte sie sich gegen die Gurte und Klammern auf, die sie festhielten. Die einzige Folge davon war, daß ihre geschwächte Haut aufriß und sich lange, graubraune Wunden bildeten, in denen sich die Insekten begierig niederließen.

»Wo ist Quinz vo Derrivalle?« Zum ersten und einzigen Mal ergänzte Bierce Valeur die stumpfsinnige Litanei seiner Befragung. »Wenn du es mir sagst, hört es auf.«

Nein.

Offenbar war die Zeit im Folterkeller des Grabes aus den Fugen geraten. Das war die einzige Erklärung für die Geschwindigkeit, mit der die Fliegeneier reiften. Nach wenigen Augenblicken schlüpften auch schon die bleichen Maden, die in dem fauligen Gewebe, das ihnen gleichzeitig Zuflucht und Nahrung bot, durcheinanderwimmelten. Elistes ganzer Körper war mit einer glänzenden weißen Schicht Maden bedeckt.

Wo ist Quinz vo Derrivalle?

Die Stimme dröhnte wie ein Gong und war nicht zu überhören. Aber sah er denn nicht, daß sie den Mund nicht aufmachen konnte, ohne Maden und Fliegen zu verschlucken? Dann wären sie in ihr und würden sich den Rachen hinunterschlängeln und noch weiter – wie konnte er bloß glauben, daß sie das zulassen würde? Wie konnte er glauben, daß sie überhaupt sprechen konnte, selbst wenn sie es gewollt hätte?

Weil er wußte, daß dies alles nicht wirklich war. Weil er die Halbempfindsame beherrschte, welche die Täuschung erzeugte.

In diesem Augenblick kam Eliste ihre Ausbildung zu Hilfe; die vielen Stunden, die sie mit Onkel Quinz verbracht hatte, und das stundenlange Üben hatten sie stärker gemacht, als ihr klar war. Eliste erkannte zwar, daß sie es mit einem Trugbild zu tun hatte, doch ein von Entsetzen und krankhaftem Ekel überschwemmtes Bewußtsein hatte nicht die Kraft, es zu durchbrechen. Es gelang ihr einfach nicht, ihre Gedanken zu sammeln und klar zu denken. Sie versuchte es, brachte es aber nicht fertig.

Wo ist Quinz vo Derrivalle?

Nein.

Eliste schwieg eisern. Wenigstens das konnte sie tun.

Die Halbempfindsame, deren Aufgabe es war, sie zu brechen und sich gefügig zu machen, spürte wohl ihren Widerstand und verhielt sich entsprechend, denn das Trugbild veränderte sich.

Auf einmal verspürte Eliste tief in ihrem Innern einen unerklärlichen Schmerz, ein Zerren an Knochen und Gelenken. Ihre Knochen erbebten wie Kristall unter dem Ansturm eines Hohen C. Unmöglich. Unwirklich. Aber das Gefühl war da, das Entsetzen und der Schmerz waren spürbar. Die Knochen zitterten, vibrierten, schüttelten sich voneinander los; das Skelett riß auseinander, und nicht nur an den Gelenken. Ein scharfes Knacken, als bräche ein trockener Ast, und Eliste schrie auf, als der große Knochen im rechten Arm zerbarst und unregelmäßige weiße Splitter in einer Wolke aus Blut, Fleischfetzen und Maden aus der dünn gewordenen Haut brachen. Und der Gestank … der Gestank …

Wo ist Quinz vo Derrivalle?

Nein. Das ist alles nicht möglich.

Oder doch? Oder doch? Die Täuschung war die Welt, während ihre Knochen einer nach dem anderen zersplitterten, während sich lange, scharfe Teile aus Armen und Beinen bohrten und gebrochene Rippen sich durch ihre inneren Organe wühlten. Und das Blut, und der Gestank, und das Summen der Fliegen …

Wo ist Quinz vo Derrivalle?

NEIN.

Sie mußte sich an das erinnern, was ihr Onkel sie gelehrt hatte, sie mußte sich wehren; aber nein, es war zwecklos; ihr verkrampfter Geist gehorchte ihr nicht mehr.

Ein mechanisches Klicken und Knistern, und das Trugbild veränderte sich.

Ihr rechter Arm bebte und ruckte unter dem Gurt, der ihn an die Unterlage fesselte. Eliste konnte nichts dafür. Der Arm bewegte sich von selbst, als besäße er ein Eigenleben. Unwillkürlich wandte sie den Kopf, um zuzuschauen, wie der gebrochene Oberarmknochen sich drehte und aus den Gelenken befreite. Noch ein scharfer Ruck, und der letzte Rest Bindegewebe zerriß. Der verselbständigte Knochen kroch langsam aus dem rechten Arm hervor. Dabei war er noch immer als menschlicher Knochen zu erkennen; er war noch immer weiß und schleifte anhaftende Sehnen und Bänder hinter sich her. Doch nun, da die Brüche wieder verheilt schienen, wirkte er so biegsam wie eine Schlange, und die Einkerbung am unteren Ende hatte sich in einen Mund mit spitzen Zähnen verwandelt, ähnlich denen einer Ratte.

Der Knochen kroch langsam an ihr hoch und scheuchte dabei dunkle Fliegenschwärme auf. Über den Bauch, über die Brust und hoch bis zum Hals, wo er, verlockt von ihrem Pulsschlag, einen Augenblick innehielt. Dann auf ihr Gesicht, und ungeachtet der Tatsache, daß dieses mit einem metallenen Visier bedeckt war, spürte sie sein Gewicht und das Reiben des harten, dabei eigentümlich biegsamen Knochens, der über Lippen, Nase und ein Auge zur Stirn wanderte. Und dort, schräg über ihrem Gesicht liegend, verharrte er. Eine Zeitlang geschah nichts, dann begannen die Zähne, als seien es die Zähne einer Ratte, an ihrem Schädel zu nagen.

Wo ist Quinz vo Derrivalle?

Warum war sie noch nicht tot oder wenigstens bewußtlos? Es war ihr nicht mehr viel Mut geblieben; das meiste davon war aufgebraucht.

Der Knochen nagte an ihrem Schädel, und durch ihr Haar sickerte warmes Blut; und dann das Scharren von Zähnen auf Knochen, und das feuchte Kauen wurde zu einem scharfen Knirschen, als knabberten Mäuse an einer Holzwand.

Wo ist Quinz vo Derrivalle?

Kein aufflammender Widerstand mehr. Bloß noch der Wunsch, irgendwie ein Ende zu machen, einhergehend mit dem schwachen, wenn auch hartnäckigen Gefühl, daß sie getäuscht wurde.

Das Knabbern hatte aufgehört. Die Knochenbarriere des Schädels war überwunden. Nun wurde die weiche, graue Gehirnmasse verschlungen, und mit ihr starben der Verstand und ihr eigenes Wesen. Es gab keinen Schmerz mehr; tatsächlich war ihr Körper vollkommen taub geworden. Ein Segen; und dennoch wäre ihr jede Art von Schmerz lieber gewesen als diese leblose Fühllosigkeit.

Doch das Empfindungsvermögen war nur das erste, was starb. Anschließend umwölkte sich Elistes Geist. Ihr Denkvermögen, ihre Willenskraft, ihr Gedächtnis und selbst ihre Angst verflüchtigten sich. All das, was ihr Wesen ausgemacht hatte, wurde buchstäblich aufgezehrt, und die Vorstellung, in einen Zustand geistlosen Vegetierens einzutreten, war die schlimmste Folter überhaupt. Sie würde weniger sein als ein Tier oder nicht einmal mehr das. Man würde sie jahrzehntelang in diesem Zustand weiterleben lassen.

Wo ist Quinz vo Derrivalle?

Flous Tasche, Nummer einhundertsechs, in der Rattenstadt. Unglücklicherweise wußte sie das noch. Das Monstrum, das ihren Verstand und ihr Gedächtnis aufgefressen hatte, hatte es irgendwie verstanden, ihr dieses Wissen zu lassen. Sie konnte Onkel Quinz noch immer verraten. Irgend etwas zerbrach in ihr, und auf einmal wußte sie, was sie tun würde. Ihr Widerstand war gebrochen, es gab keine Loyalität und kein Ehrgefühl mehr, die ihr Kraft verliehen hätten – all das war zerschmettert oder vielmehr aufgezehrt worden. Sie würde höchstens noch ein paar Augenblicke aushalten können. Dann müßte sie ihn verraten, und nicht einmal mehr die Erinnerung an das Gesicht ihrer Großmutter würde sie davon abhalten. Eigentlich war es schon geschehen, auch wenn ihr die Worte noch nicht über die Lippen gekommen waren.

Von diesem Gedanken ging ein solcher Schrecken aus, daß auch die Halbempfindsame ihn nicht hätte übertreffen können. Ein Schrecken, der sie erstarren ließ oder sie beruhigte; schwer zu sagen, was es eigentlich war. Sie wußte bloß, daß sie wieder über ihren Verstand verfügte – vielleicht zum letztenmal.

Vielleicht war das der Grund, warum sie wieder zur Vernunft kam und sich daran erinnerte, was ihr Onkel ihr beigebracht hatte. Ein Trugbild, und sei es noch so stark, vermochte einer umfassenden Zurückweisung nicht standzuhalten. Das geübte Auge richtete sich auf die der Täuschung zugrundeliegende Wirklichkeit. Sie mußte sich die Kraft der starken Gefühle dienstbar machen, wenn sie sich nur erinnern könnte, wie sie das anstellen mußte; und tatsächlich, es war möglich, in diesem Augenblick fiel es ihr wieder ein.

Ihr ganzes Entsetzen, ihr Haß und ihre Verzweiflung explodierten wie eine Bombe. Einen Augenblick lang wurde sie von einer tosenden, blauweißen Flamme eingehüllt, und sie schrie auf. Das Trugbild und alle seine entsetzlichen Begleiterscheinungen verschwanden, als hätten sie sich in Luft aufgelöst. Die Halbempfindsame piepste erschreckt, und die Klammern lockerten sich.

Eliste stellte fest, daß sie vollständig bekleidet und mit kaltem Schweiß bedeckt auf einer feuchten Lederpritsche lag. Sie hatte starke Kopfschmerzen, und ihr war übel. Ansonsten schien sie körperlich unversehrt zu sein, doch das war schwer zu sagen, da sie wegen des Visiers nichts sehen konnte. Einen Augenblick lang lag sie unsagbar schwach und müde da, ohne einen Gedanken fassen zu können. Als Bierce Valeur stirnrunzelnd die Gurte löste und sie unvermittelt von der Pritsche hob, durchbohrte ein scharfer Schmerz ihren Kopf, der Raum drehte sich langsam, und sie verlor das Bewußtsein.

Sie befand sich wieder in der fensterlosen Einzelzelle. Schwer zu sagen, wie lange sie schon dort lag. Doch es war Tag – das erkannte sie an dem farblosen Licht, das durch das Gitter fiel –, und jemand hatte ein Tablett mit einer Schüssel Haferbrei und einer Schale Wasser durch den Schlitz unten in der Tür geschoben. Sie war nicht hungrig, doch ihr Mund und ihre Kehle fühlten sich wie ausgedörrt an. Sie schleppte sich von der Pritsche zum Tablett, kniete nieder und stürzte das Wasser in einem Zug hinunter, auf die Gefahr hin, daß es womöglich für den ganzen Tag hätte reichen sollen. Dann wieder zurück zur Pritsche, auf der sie ohne zu denken und ohne etwas zu fühlen reglos liegen blieb, bis die graue Luft erneut so schwarz wurde wie ihr Bewußtsein.

Als sie erwachte, war die Gräue wieder da, und nun gewannen ihre Jugend und Gesundheit die Oberhand über ihre Mattigkeit. Ihr Kopf arbeitete wieder, die Empfindungen kehrten zurück. Ihr war kalt, sie fühlte sich elend und verspürte eine bohrende Neugier. Über das Schicksal, das ihr bevorstand, gab es keinen Zweifel, damit wollte sie sich lieber nicht beschäftigen. Aber wie war es Onkel Quinz ergangen? Und Phlosine Valeur? Offenbar war Quinz die Flucht aus dem Havillac-Park gelungen, aber befand er sich immer noch auf freiem Fuß? Es war viel Zeit vergangen, ohne daß man das Verhör wiederholt hätte; wären die Häscher sie nicht schon holen gekommen, wenn sie Quinz immer noch jagten? Die Erinnerung an die Folterkammer ließ sie erschauern und erfüllte sie gleichzeitig mit einer Art trotzigem Stolz. Sie hatte die Halbempfindsame besiegt, die aller Wahrscheinlichkeit nach der größte Schrecken war, den das Grab zu bieten hatte. Sollte sie dem Gerät abermals begegnen, würde sie es erneut besiegen – und zwar diesmal schneller und mit größerer Sicherheit, denn nun war sie sich ihrer eigenen Kraft bewußt. Etwas Schlimmeres konnte ihr nicht mehr zustoßen, und daher wußte sie mit vollkommener Gewißheit, daß ihr nichts mehr geschehen konnte – sie würde ihren Onkel niemals verraten.

Vielleicht war das auch Bierce Valeur und seinen Gefolgsleuten klargeworden. Vielleicht war das der Grund dafür, daß man sie in Einzelhaft hielt. Daß niemand zu ihr kam und daß ihre Einsamkeit nur vom Erscheinen des Gefangenenwärters durchbrochen wurde, ein pickliger, dicker Rüpel um die zwanzig, der nie ein Wort sagte.

Am Nachmittag des dritten Tages allerdings geschah etwas.

Eliste lag auf der Pritsche und träumte mit offenen Augen. Sie dachte an Flous Tasche und an Dref Zeenoson. Lange Zeit konnte sie sich in solchen Vorstellungen verlieren. Heute jedoch wurden ihre Träumereien von einem behutsamen Klopfen und einem leisen Zischen unterbrochen. Sie stützte sich auf den Ellbogen auf, wandte sich zur Tür und erblickte ein schemenhaftes Gesicht hinter dem Gitterfenster. Nicht das Gesicht des Wärters.

Ein Besucher? Hier? Im nächsten Augenblick war sie an der Tür. Durch die Gitterstäbe hindurch erblickte sie runde Wangen und ein rundliches Kinn, eine Stupsnase und einen Wust brauner Locken. Das Gesicht eines Mädchens, jung und seltsam vertraut. Im trüben Gefängnislicht war es nur schwer auszumachen, und dennoch …

Doch erst als die Besucherin das Wort ergriff, war sich Eliste sicher.

»Ach, Cousine – ich habe gar nicht mehr geglaubt, daß ich dich hier unten noch finden würde. Mein Gott, was für ein elendes Loch!«

»Aurelie!«

»Psssst – so darfst du mich nicht nennen! Hier bin ich die Genossin Ninette.«

»Genossin?«

»Ordinär, nicht wahr? Aber schließlich muß man sich dem Zeitgeist beugen! Anders kommt man nicht weiter, findest du nicht?«

»Aber … was hast du … wo warst du …? Es ist neun Monate her, seit … Verzeih mir, ich begreife das nicht.«

»Was machst du doch für ein erstauntes Gesicht! Aber das ist gar kein Geheimnis, Cousine. Ich war schlau, das ist alles. Ich habe unsere Feinde getäuscht; ich habe sie nach Strich und Faden an der Nase herumgeführt. Eigentlich war es gar nicht so schwer, du glaubst gar nicht, wie dumm die sind!«

»Was hast du getan?«

»Mich verwandelt! Weißt du, in der Nacht, als man uns verhaftet hat – mein Gott, was für eine schreckliche Erinnerung! –, da besaß deine Zofe die Geistesgegenwart und Unverschämtheit, deinen Namen anzunehmen …«

Ach, meine arme, tapfere Kairthe.

»Das hat sie wirklich sehr geschickt gemacht, das muß man ihr lassen, und ich bin nicht zu stolz, mich von einer Soubrette belehren zu lassen. Als wir zum Grab kamen und die Kanaille unsere Namen wissen wollte, habe ich mich daher als Genossin Ninette ausgegeben, Zofe der Herzogin vo Rouvignac. Und ich bin eine begnadete Schauspielerin, das kannst du mir glauben. Wäre ich nicht als Adlige zur Welt gekommen, würde ich bestimmt auf der Bühne Erfolg gehabt haben. Ausdrucksweise, Gestik, Gebaren – alles stimmte. Meine Vorstellung war ein Triumph und die List ein voller Erfolg.«

»Du hast deinen Namen, deine Familie, deinen Stand und dein Erbe verleugnet? Das hast du wirklich getan?«

»Was blieb mir denn anderes übrig? Außerdem hast *du* gerade Grund, die Hochnäsige zu spielen, Cousine. Hast du nicht dasselbe getan in all den Monaten, als du noch in Freiheit warst?«

Da hatte sie allerdings recht. *Aber in dieser Lage hätte ich mich anders verhalten,* dachte Eliste. Diese pragmatische Einstellung paßte zu Aurelie; ihr hingegen fiel es nicht so leicht, die alten Wertvorstellungen des Adels abzulegen. Allerdings war dies weder der geeignete Zeitpunkt noch der passende Ort, sich darüber zu streiten. Daher fragte sie bloß: »Und Madame hat nichts gesagt?«

»Ach – Tantchen … Nun ja.« Trotz der Düsternis war nicht zu übersehen, daß Aurelie rot wurde. Sie wand sich unbehaglich. »Nun ja. Du hast sie ja gekannt. Du weißt, daß sie immer unfreundlich und ungerecht zu mir war. Verraten hat sie mich nicht. Aber wie sie mich angeschaut hat! Als hätte ich jemanden ermordet oder etwas noch Schlimmeres getan. Und dann, als wir vor dem Verhör einen Augenblick in der Zelle allein waren – was sie mir da alles an den Kopf geworfen hat! Was für Schimpfworte und Vorwürfe, welch eiskalte Grausamkeit! Wie ungerecht das war! Ganz und gar unverzeihlich! Wenn sie mich so geliebt hätte, wie es ihre Pflicht als meine Verwandte war, dann hätte sie doch eigentlich *froh* sein müssen, daß ich eine Überlebensmöglichkeit gefunden hatte – sie hätte mir deswegen niemals Vorwürfe machen dürfen! Aber so war sie halt. Nach der Befragung wurden wir getrennt, weil Tantchen eine Adlige war und weil die Kanaille glaubte, ich wäre keine. Ich habe sie nicht mehr wiedergesehen. Wahrscheinlich war es auch besser so.«

Zweifellos.

»Wahrscheinlich konntest du nicht anders handeln«, sagte Eliste. »Trotzdem ist es ein Wunder, daß du noch immer hier bist. Als Zofe einer Herzogin hätte man dich auch für eine Monarchistin halten können. Es ist wirklich erstaunlich, daß man dich nicht angeklagt hat.«

»Ach… vielleicht hätte man das auch getan, wenn sich Fliques – ich wage es kaum zu sagen – nicht für mich eingesetzt hätte.«

»Fliques – ein Anwalt?«

»Aber nein! Das ist einer der Wärter. Du hast ihn bestimmt schon gesehen, er ist für diesen Stock zuständig.«

»Du meinst diese stumme, bleiche Schlafmütze mit den Pickeln?«

»Das war nicht nett, Cousine. Er ist nicht unbedingt der Hübscheste, das gebe ich zu. Aber er ist keine Schlafmütze, und es ist nicht recht, daß du ihn so nennst, nach allem, was er für mich getan hat.«

»Tut mir leid. Was hat er denn für dich getan? Was kann ein Wärter schon für dich tun?«

»Er hat die Akte über meine Festnahme und Vernehmung gestohlen. Sonst wäre ich nicht hier. Offiziell gibt es mich gar nicht. Daher kann ich auch nicht angeklagt werden. Da siehst du, wozu ein Wärter imstande ist. Was sagst du nun?«

»Ich bin erstaunt. Wenn das herauskäme, müßte er damit rechnen, zu einem Rendezvous einbestellt zu werden. Warum hat er das getan?«

»Ach, er ist unsterblich in mich verliebt. Er wäre bereit, für mich zu sterben, so wie der arme Bayelle für mich gestorben ist. Er ist mein Sklave, so ist das!«

»Tatsächlich.«

»Ja, wirklich!«

»Ich verstehe. Aber warum bist du dann noch hier? Warum hat man dich noch nicht freigelassen, wenn es keine Akte über dich gibt und du nicht unter Anklage stehst?«

»Oh, ich bin gar nicht so erpicht darauf, freigelassen zu werden. Was sollte ich denn dort draußen anfangen? Hier habe ich wenigstens mein Auskommen.«

»Das hat zweifellos etwas für sich. Aber bedenke doch einmal das Risiko. Hier wimmelt es nur so von Vorhütern und Edelleuten. Du läufst ständig Gefahr, erkannt zu werden. Wenn dieser Fliques dir so ergeben ist, könnte er dir doch vielleicht weiterhelfen...«

»Ach, das würde Fliques niemals tun. Das ist völlig ausgeschlossen. Wenn ich von Flucht auch nur träumte, dann würde meine verschwundene Akte sofort wieder im Schreibtisch des Direktors auftauchen. Das hat er mir gesagt.«

»Dann ist er dein Feind.«

»Nein, ist er nicht. Er betet mich an, und das ist ja gerade die Schwierigkeit. Nach allem, was er für mich riskiert hat, hat er sich geschworen, daß er auch etwas von mir haben will.«

»Von dir haben... Ach, Aurelie! Du hast doch nicht etwa... mit dem Wärter... das kann doch nicht sein...«

»Blieb mir denn eine andere Wahl? Schau mich nicht so an! Was hätte ich denn sonst tun sollen?«

»Ach, du armer, elender Tropf! Was ist nur aus dir geworden!«

»Mein Gott, du hörst dich genauso an wie Tantchen! Außerdem ist das völliger Blödsinn! Ich habe mich kein bißchen verändert – ich bin immer noch genau dieselbe wie früher.«

Eliste mußte zugeben, daß das der Wahrheit recht nahe kam.

»Und wenn ich mich nicht verändert habe, warum sollten dann andere ihre Einstellung mir gegenüber verändern? Warum mir Vorwürfe machen wegen etwas, woran ich keine Schuld habe? Komm schon, Cousine – sei mir nicht böse. Mir geht es leidlich gut, und so schlecht ist Fliques gar nicht. Er ist richtig hingebungsvoll, er würde alles für mich tun – manchmal bringt er mir sogar Schokolade oder etwas Kuchen mit…«

»Ach, Aurelie…«

»Ninette. Und er erzählt mir so allerlei und läßt mich im Gebäude umherstreifen. Was meinst du wohl, woher ich weiß, daß du hier bist?«

»Ich verstehe. Hat er dir gesagt, warum man mich tagelang in Ruhe läßt, ohne mich vor das Nationale Tribunal zu stellen?«

»Ich glaube, das weiß er wohl selbst nicht. Allerdings hat er gemeint, du wärst eine Schwerverbrecherin und würdest als Zeugin gegen deinen Onkel, einen noch schlimmeren Verbrecher, verwendet werden. Oder so etwas ähnliches. Cousine, was hast du denn bloß angestellt, daß ein solcher Wirbel um dich gemacht wird? War es so schlimm, daß du dieses *Verließ* verdient hast? Mein Gott, was für ein Dreckloch! Keine Fenster. Der Boden ist feucht. Hier unten ist es ja so kalt, daß ich zittere! Du hast nicht einmal eine *Kerze*. Es ist wirklich abscheulich hier!«

»Das Grab ist nicht gerade für seine Annehmlichkeiten berühmt.«

»Ich werde dir sagen, was du tun mußt. Wenn du Fliques das nächste Mal siehst, mußt du ihn anlächeln – und zwar *so*, mit ein wenig schiefgelegtem Kopf und funkelnden Augen –, dann wird er dir schon Kerzen bringen. Du bist zwar blaß, Cousine, *schrecklich* blaß, trotzdem glaube ich, es könnte dir gelingen.«

»Das glaube ich nicht.«

»Mein Gott, du bist genauso halsstarrig wie Tantchen, und wenn du so weitermachst, wirst du auch so enden wie sie. Na schön, wenn du dir nicht helfen lassen willst, dann muß ich ihn eben fragen. Vielleicht ist es ja auch besser so; Fliques wird mir keinen Wunsch abschlagen. Aber denk dran, Cousine ...« Aurelie hob warnend den Zeigefinger. »Du darfst niemandem sagen, daß wir miteinander verwandt sind.«

»Bestimmt nicht.«

»Und du darfst mir auch nicht böse sein. Das wäre nicht nett, denn nichts von dem, was geschah, war meine Schuld, gar nichts. Du bist mir doch nicht mehr böse?«

»Nein.« Elistes Lächeln war schwach, aber aufrichtig. »Ich bin dir nicht böse.«

»Ach, Cousine, ich wußte doch, daß du meine Freundin bist! Dann also – Lebewohl. Ich kann nicht länger bleiben, sonst wird man mich vermissen. Du kannst bald mit Kerzen und einer Decke rechnen. Ich muß Fliques nur ein paar Worte ins Ohr flüstern. Du wirst schon sehen – er wird mir keinen Wunsch abschlagen!«

Aurelie wandte sich ab, und ihre leichten Schritte entfernten sich über den Gang. Eine weitentfernte Tür fiel zu, und dann herrschte wieder Stille, die nur durchbrochen wurde vom Geräusch des von der feuchten Decke auf den Boden tröpfelnden Wassers, das so regelmäßig und unerbittlich war wie das Ticken einer Uhr.

Vielleicht war Aurelies Einfluß geringer, als sie meinte, denn ein Tag folgte auf den anderen, und Eliste bekam weder Kerzen noch eine Decke zu sehen. Am folgenden Nachmittag zeigte sich allerdings Fliques persönlich. Es war ungewöhnlich, daß er sich zu dieser Zeit blicken ließ, und Eliste war sogleich auf der Hut. Hatte er nach dem Besuch ihrer Cousine vielleicht Verdacht geschöpft? Aber nein. Zum ersten und einzigen Mal sprach der Wächter sie an, mit einer Stimme, die ebenso abstoßend war wie seine Erscheinung. Er war gekommen, um ihr die Neuigkeit des Tages mitzuteilen – der Prozeß gegen die Nirienne-Bande war endlich zum Abschluß gebracht worden. Rechtskräftig schuldig gesprochen und verurteilt, sollten Shorvi Nirienne und dessen Komplizen bei Sonnenuntergang des folgenden Tages der Kokotte zugeführt werden. Der Grund für die Verzögerung war ästhetischer Natur. Der Tod des Erzfeindes des Republikanischen Protektorats – ein Ereignis von historischer Bedeutung und ein großer Triumph des Reparationismus – verlangte nach einer sorgfältigen Zurschaustellung, und es bestand Einvernehmen darüber, daß die Leuchterscheinungen der Kokotte am besten vor dem Hintergrund des Abendhimmels zur Geltung kommen würden.

Weiterhin hatten die Komiteemitglieder, die über künstlerische Neigungen verfügten, beschlossen, den Appetit der Empfindsamen und der Zuschauer auf das Hauptgericht mit ein paar Vorspeisen anzuregen; die Opfer sollten im Hinblick auf ihre politische Bedeutung sowie, falls möglich, ein ansprechendes Äußeres ausgewählt werden. Ganz oben auf der Liste stand die ehemals adlige Eliste vo Derrivalle, die den Erfordernissen in jeder Beziehung entsprach – zu ihren Verbrechen zählten nicht nur Landesverrat und konterrevolutionäre Verschwörung, sondern sie war außerdem auch noch ein Bonbon.

31

Eliste lauschte auf das Geräusch von Schritten. Seit Fliques sie von ihrer Verurteilung in Kenntnis gesetzt hatte, waren mindestens vierundzwanzig Stunden vergangen, und es war nichts geschehen. Üblicherweise lagen nur Minuten und nicht Stunden zwischen Urteilsspruch und Hinrichtung. Eine solche Verzögerung war etwas Unerhörtes. Hatte Fliques sie vielleicht angelogen, hatte er sich einen grausamen Scherz erlaubt? Ein-, zweimal sprach sie ihn daraufhin an, doch der Wächter war wieder in sein früheres undurchdringliches Schweigen verfallen.

Irgendwann würde sich die Anspannung natürlich lösen, und über das Wie bestand keinerlei Zweifel. Bis dahin würde sie weder essen noch schlafen können. Das Erscheinen der Vorhütereskorte würde sie geradezu begrüßen.

Fliques hatte jedoch nicht gelogen. Am späten Nachmittag kamen sie Eliste holen – zwei stämmige, braun und scharlachrot gekleidete Männer, die offenbar dafür ausgerüstet waren, sich selbst die rebellischsten Gefangenen gefügig zu machen. In diesem Fall erwiesen sich ihre Handschellen, Schlagstöcke und mit Stahlkappen versehenen Stiefel allerdings als überflüssig; Eliste leistete keinen Widerstand.

Durch die Tür hindurch und den Gang entlang. Keine Unterhaltung. Das dumpfe Poltern der Stiefel auf dem Steinboden. Eine ungewöhnlich geschärfte Wahrnehmung und das Gefühl zu träumen. Die Wendeltreppe hoch bis zum Erdgeschoß des Grabes, wo

Bierce Valeurs Gehilfen die Verurteilten für die Hinrichtung vorbereiteten.

Mit Eliste waren es sechzehn Gefangene. Eine bunt zusammengewürfelte Mischung aus Männern und Frauen, die Mehrzahl von ihnen unauffällig gekleidet, darunter aber auch ungewöhnlich viele, die sogleich ins Auge stachen – zum Beispiel ein sehr alter Mann mit einem grauen Bart, der ihm bis zur Hüfte reichte, eine ausgemergelte Frau, unter deren dünner Haut sich jeder einzelne Knochen und jede Sehne abzeichnete, ein Mann mit einem verhutzelten Arm und zwei Zwillingsschwestern. Und dort, nur ein paar Schritte von ihr entfernt, stand auch die berühmte Nirienne-Bande: Frezhelle, Riclairc, die Geschwister Bulaude und schließlich Shorvi Nirienne selbst – ein eher durchschnittlich wirkender Mann mittleren Alters, mit braunem, leicht ergrautem Haar, einem blassen Gelehrtengesicht und braunen, klugen und höchst lebendigen Augen – in Anbetracht der Tatsache, daß er nur noch Minuten zu leben hatte. Das also war Dref Zeenosons Held. Selbst jetzt noch regte sich schwache Neugier bei Eliste. Nirienne wirkte gefaßt, nachdenklich, unerschrocken. Ein solches Verhalten rief unweigerlich Bewunderung hervor – sogar Zeralenn vo Rouvignac hätte ihm das zugestanden, mochte sie seine Überzeugungen auch noch so entschieden abgelehnt haben.

Man befahl den Gefangenen, sich auszuziehen. Beinahe dankbar dafür, daß man ihnen die Peinlichkeit eines gewaltsamen Entkleidens ersparte, gehorchten sie ohne zu murren. Eliste zupfte an den Schnürbändern ihres Kleids. Eine kurz aufblitzende Erinnerung: der graublaue Wollstoff, den Dref ihr geschenkt und aus dem sie sich das Kleid geschneidert hatte; der bleiche, spätwinterliche, vorfrühlingshafte Sonnenschein, der schräg durch das Fenster des Hauses in Flous Tasche fiel und ihre tanzende Nadel aufblitzen ließ, als sie das Kleid für Dref fertigstellte und dieser sagte: *»Jetzt bist du wieder ganz die Alte.«*

Herunter mit dem Kleid, und dann kam die leinene Unterwäsche an die Reihe. Ihre Nacktheit, die ihr gewöhnlich die Schamröte ins Gesicht getrieben hätte, erschien ihr auf einmal unwichtig. Sie war nur eine unter sechzehn Nackten, und darauf kam es wirklich nicht mehr an. Einer der Vorhüter schaffte die Kleidungsstücke fort, um sie erst nach Wertsachen zu durchsuchen und dann an die Wärter zu verteilen.

Eine kurze Berührung, als sie an den Händen gefesselt wurde. Auf unnötige Brutalität wurde dabei verzichtet, vielmehr ging alles zügig und nüchtern vonstatten. Eliste leistete keinen Widerstand. Ein paar Frauen und einer der Männer weinten lautlos, aber niemand wehrte sich.

Dann setzte sich die kleine Gruppe in Bewegung, geschickt geleitet von den Wärtern; erst durch den Gang, dann zwei Stufen hinunter, durch ein niedriges Portal, das sich knarrend öffnete, und hinaus auf den Hof, wo ein einzelner Karren bereitstand. Daneben warteten mehrere Vorhüter sowie eine Gruppe Gendarmen. Eliste blinzelte und kniff die Augen zusammen, so sehr blendeten sie der Sonnenschein und das schimmernde Blau des Himmels. Es war ein wundervoller Tag. Einfach wundervoll.

Einer nach dem anderen kletterten sie mit Hilfe der Wärter auf eine Kiste, die als Trittsockel diente, und von dort aus auf den Karren. Eliste setzte sich seitlich an die Planken. Kurz darauf waren die Sitzplätze besetzt, und die letzten Gefangenen mußten stehenbleiben. Eliste trat ihren Platz an den alten Mann mit dem grauen Bart ab. Als sie aufstand, fühlte sie einen Blick auf sich ruhen, und als sie sich umdrehte, stellte sie fest, daß Shorvi Nirienne sie beobachtete. Er lächelte ein wenig, und seine dunklen Augen strahlten soviel Mitgefühl und Ermutigung aus, daß sich ihr die Kehle zuschnürte und das Gesicht zu prickeln begann. Beinahe hätte sie losgeheult, aber gerade das wollte sie nicht. Nicht jetzt. Sie wandte sich rasch ab.

Die Scharniere quietschten, als die Heckklappe hochgehoben und verriegelt wurde. Der Kutscher ließ die Peitsche knallen, dann das Rumpeln der Räder und das Klappern der Hufe, und der Karren rollte, umringt von Soldaten, wie so viele Karren vor ihm durch das offene Gittertor auf die Straße hinaus.

Vor der Gefängnismauer hatten sich zahlreiche Bewohner des Achten Distrikts versammelt, um einen Blick auf Shorvi Nirienne zu werfen. Die Wilden, die gewöhnlich ein Wolfsgeheul anstimmten, wenn die Züge der Verurteilten vorbeirollten, bewahrten heute Ruhe. Es gab keine lautstarken Verhöhnungen und keine Übergriffe. Die Bürger schauten schweigend zu, und der Karren bewegte sich in tiefem Schweigen an ihren Reihen entlang.

Das Schweigen dauerte auch dann noch an, als der Karren über das kurze Wegstück zwischen dem Grab und der Vinculum-Brücke rumpelte. Dann hatten sie die Brücke erreicht und befanden sich hoch über dem Vir, wo eine erfrischende Brise wie ein Besen am Fluß entlang mitten durch Sherreen hindurchfuhr. In der Tiefe strömte das dunkle, grün-braun schimmernde Wasser dahin. Zahlreiche Segelboote sprenkelten vielfarbig die Wasseroberfläche. Am Ufer prunkten ein paar verwaiste Ringelblumen mit ihren grellgelben Blüten. Nicht mehr lange, und die Kirschblüten würden Hunderte von Bäumen in rosafarbene Spitze hüllen. In ein, zwei Wochen würde die Stadt leuchten, und überall würden Blumen blühen…

Hinunter von der Vinculum-Brücke und auf den Ufermarkt. Auch hier hatten sich die Menschen wie ihre schmutzigeren und hungrigen Mitbürger vom anderen Ufer vor Ständen und Buden versammelt, um den Karren vorbeifahren zu sehen. Und hier blieb die

Menge dermaßen leise, daß das Ächzen der alten Holzfugen, das Rumpeln der Räder, das Klirren des Geschirrs und das Trampeln der Stiefel auf dem Kopfsteinpflaster deutlich zu hören waren. Niemand sprach ein lautes Wort, und dennoch ging ein Murmeln durch die Menge, ein unruhiger Seufzer, und halblaut flüsterte man Shorvi Niriennes Namen.

Über den Markt, durch das Geschäftsviertel hindurch, und dann fuhr der Karren – der mittlerweile von schweigenden Bürgern begleitet wurde – durch ein Gewirr von Gassen und gelangte kurz darauf auf die Cliquot-Straße mit ihren schmucken Läden, die in den schmalen, altmodischen Häusern untergebracht waren. Schweigende Zuschauer säumten die Straße. Die meisten standen reglos da und sahen bloß zu; doch auch hier lösten sich Einzelne aus der Menge und schlossen sich der Gruppe an, die den Verurteilten folgte.

Vorbei am Haus der Schwäne, das mittlerweile unbewohnt und verrammelt war. Eliste krampfte sich bei dem Anblick das Herz zusammen, und unwillkürlich hob sie den Blick zu dem dunklen Lüftungsschlitz unter der Dachtraufe, wo sie beinahe damit rechnete, ein herzförmiges Gesicht und aufmerksam beobachtende Augen zu sehen …

Weiter die Cliquot-Straße entlang, noch ein-, zweimal abgebogen, und dann auf die Arkadenstraße, die rechts und links mit Sherreenern gesäumt war: die lange Fahrt näherte sich allmählich ihrem Ende. Die Schatten konnten kaum mehr länger werden, die Wolken erinnerten an tiefrote Blutergüsse, und die Sonne versank hinter den hohen Gebäuden der Stadt, als der Karren von der Arkadenstraße auf den Platz der Gleichheit rollte.

Eliste sah sich leicht verwundert um. Sie war schon einmal hier gewesen und hatte damals geglaubt, es wimmele auf dem Platz von Menschen. Im Vergleich mit dem Gedränge, das heute herrschte, war es damals allerdings nur ein armseliger Haufen gewesen. Die Menschenmenge erstreckte sich beiderseits bis zum Rand des Platzes; zahlreiche Zuspätgekommene hatten sogar mit den Seitenstraßen Vorlieb nehmen müssen. Seit der Hinrichtung von Dunulas XIII. hatte sich nicht mehr eine solche Menschenmenge auf diesem Platz versammelt; auch die vorherrschende Stimmung erinnerte an den Nachmittag, als der König gestorben war – sie war ernst, gedrückt und befrachtet mit dem Bewußtsein von der Bedeutung des Augenblicks. Zwar kam dem Tod Shorvi Niriennes bei weitem keine solche historische Bedeutung zu wie dem eines rechtmäßigen Monarchen, gleichwohl kündeten beide Ereignisse von einem ganz ähnlichen Wandel, der über die Personen der Opfer selbst hinauswies.

Kein dämonisches, vielstimmiges Willkommensgeschrei heute, als der Karren auf den Platz rollte. Verdächtig gleichförmig über den Platz verteilt, vernahm man ein paar angestrengte Jubelrufe, doch klangen sie sonderbar dünn und schwach inmitten der tiefen Stille. Schrilles, heuschreckenartiges Lärmen seitens der Kavaliere und Koketten der Kokotte, ein schwaches und derbes Krakeelen, das rasch wieder erstarb.

Als der Karren auf die Mitte des Platzes zurollte, erteilte irgendein Bevollmächtigter einen Befehl, worauf gezielt aufgestellte, in Zivil gekleidete Reparationisten einen Wald von Fackeln entzündeten. Die gewaltige Menschenmenge atmete aus, als goldener Fackelschein aufflammte und das Gerüst mit der darauf befindlichen gehörnten Kokotte mit hellen Glanzlichtern und schwarzen Schatten aus der fallenden Dunkelheit hervortreten ließ. Eine einsame, massige Gestalt stand reglos dort, eine Hand auf die Flanke der Kokotte gelegt: Bierce Valeur.

Der Fackelschein wärmte ein Meer emporgewandter Gesichter. Und eine wartende Empfindsame, deren

Glasspiralen von innen heraus pulsierend leuchteten, deren Bleitüren weit geöffnet waren und deren inwendige Dornen erwartungsvoll bebten.

Der Karren rollte weiter vor, die Menge teilte sich, um ihn durchzulassen, und die Gendarmen gebrauchten die Schlagstöcke, damit alles schneller ging. Die Abendluft kühlte nackte Haut. Dann traten Bierce' Gehilfen hervor, holten die Gefangenen vom Karren herunter und stellten sie mit geübter Grobheit in einer Reihe auf.

Schwer zu sagen, welche Anweisungen sie erhalten hatten, allerdings war nicht zu übersehen, daß irgend jemand sich große Mühe mit der Gestaltung der Hinrichtung gegeben hatte. Die Opfer wurden aufgestellt wie die Raketen bei einem öffentlichen Feuerwerk; zunächst eine eindrucksvolle Eröffnung, dann die Attraktionen von unterschiedlichem Reiz, wobei das Unerhebliche auf raffinierte Weise mit dem Auffälligen abwechselte, und die besten und größten Raketen zum großen Finale. Daher kamen die verbrecherischen Niriennisten am Ende der Reihe zu stehen, wobei Shorvi Nirienne den sechzehnten Platz einnahm; vor ihnen wechselten sich die körperlich Hervorstechenden mit reizlosen Verschwörern ab, während der erste Platz dem jüngsten Mitglied und einzigen Bonbon der Gruppe vorbehalten war.

Eliste verspürte kein Bedauern. Dann bräuchte sie wenigstens nicht mitanzuhören, wie die Türen der Kokotte zufielen, wie das mechanische Summen zu einem Kreischen anschwoll und wie die Menge aufjubelte. Sie würde sich nicht lange den Kopf zu zerbrechen brauchen, ob es weh tun würde. Das alles würde ihr erspart bleiben.

Die Männer waren aber auch wirklich tüchtig. Schon hatten zwei Gehilfen sie bei den Armen gepackt und zerrten sie vor. Es blieb keine Zeit mehr zum Nachdenken, nicht einmal mehr, sich zu fürchten. Eigentlich hatte sie gar keine Angst. Statt dessen empfand sie Ruhe. Beinahe so etwas wie inneren Frieden. Eine unerwartete Gnade.

Man führte sie die Treppe hinauf und über bloße Bretter, die sich rauh anfühlten unter ihren nackten Füßen. Als sie der Menschenmenge gegenüberstand, wappnete sie sich eingedenk des Empfangs, den man Kairthe bereitet hatte, innerlich gegen die unvermeidlichen zotigen Zurufe.

Nichts geschah. Es herrschte eine solche Stille, daß sich das an eine blutgierige Mücke erinnernde Summen der Kokotte ungehindert über den Platz der Gleichheit ausbreitete. Eliste blickte rasch auf die Menge hinunter – auf den vom Fackelschein gelb gefärbten Gesichtern der Nächststehenden spiegelte sich ein besonderer, tiefer Ernst wider; weiter entfernt verloren sich die Gesichter in der fallenden Dunkelheit. Und dann vergaß sie die Zuschauer, denn sie stand am Kopf der Treppe und konnte sehen, wie die Dornen in der Höhlung der Kokotte zitterten, und Bierce Valeur näherte sich ihr über das Schafott, um sie zu packen. Eliste richtete sich gerade auf, reckte das Kinn und Blickte ihm ins Gesicht. Es gab nichts darin zu sehen. Seine Augen waren ebenso leer wie die Unendlichkeit.

Ein letztes Mal sah sie Zeralenns Gesicht vor sich aufblitzen. Onkel Quinz' Gesicht. Und dann das Gesicht von Dref – festhalten, dachte sie, bloß nicht loslassen.

Zunächst dachte sie, der scharfe und plötzliche Knall, der das Dämmerlicht zerriß, habe mit der geheimnisvollen inwendigen Tätigkeit der Kokotte zu tun. Im nächsten Augenblick lockerte sich jedoch der Griff des Scharfrichtergehilfen, der ihren rechten Arm gepackt hielt, und er stürzte kopfüber die Treppe hinunter. Verwirrt schaute sie ihm nach. Der Mann lag auf dem Boden, und aus seinem Hals spritzte Blut. Sie begriff nicht, was geschehen war; ihr Verstand war wie eingefroren. Bevor er wieder auftaute, ertönte ein weiterer Knall, und der zweite Gehilfe ging mit einer Kugel im Herzen zu Boden. Schwer zu sagen, woher die Schüsse gekommen waren. Irgendwo in der Nähe befand sich offenbar ein erstaunlich treffsicherer Schütze; oder vielmehr zwei Schützen, denn der zweite Schuß war zu rasch auf den ersten gefolgt, als daß man das Gewehr in dieser kurzen Zeit hätte nachladen können. Andererseits konnte natürlich auch ein einzelner Schütze zwei geladene Waffen bei sich gehabt haben ...

Ehe es Eliste auch nur in den Sinn gekommen wäre, sich zu rühren, ertönte ein dritter Schuß. Bierce Valeur griff sich stöhnend an den Bauch und brach zusammen.

Jetzt antwortete auch die Menge. Aufgeregte Rufe ertönten, die Menschen wogten hin und her, es bildeten sich Strömungen und Gegenströmungen. Inmitten all dieser Verwirrung aber gab es offensichtlich eine Gruppe uneinschätzbarer Größe, die klare Ziele verfolgte und deren Eingriffe von kluger Hand gesteuert wurden. Ein abgehackter Kugelhagel ging auf die in der Nähe der Gefangenen aufgestellten Vorhüter nieder. Die Kugeln kamen aus allen Richtungen, und mindestens die Hälfte des Dutzends braun und scharlachrot gekleideter Gestalten brach zusammen. Die Schützen waren in den vordersten Reihen der Menge verteilt; sie traten kurz vor und feuerten über die Schultern ihrer Nachbarn hinweg, dann zogen sie sich wieder zurück und wechselten die Stellung, während sie mit dem Nachladen beschäftigt waren. Die Soldaten hatten das Gefühl, von Gespenstern angegriffen zu werden.

In dermaßen angreifbarer Lage war weder eine wirksame Gegenwehr möglich, noch konnten sich die Soldaten schützen. Der Rückzug war ihnen ebenfalls abgeschnitten – eine dicht an dicht stehende Menschenmasse blockierte den Weg zur Arkadenstraße. Die Schüsse der Angreifer waren gut gezielt und folgten stetig aufeinander. Die zuverlässigsten Diener des Protektors drohten ausgelöscht zu werden, allerdings war nicht ausgeschlossen, daß eine Machtbezeugung die gemeinen Bürger vom Platz der Gleichheit vertreiben und die Scharfschützen ihrer Deckung berauben würde. Auf Befehl ihrer Offiziere feuerten Vorhüter und Gendarmen von beiden Seiten des Karrens gleichzeitig mitten in das Gedränge hinein. Menschen brachen zusammen, es floß Blut, Zivilisten schrien und drängten zum Rand des Platzes. Der unsichtbare Feind war kaum in Mitleidenschaft gezogen worden, während die Bürger, die man ansonsten womöglich hätte dazu bewegen können, die Schützen zu überwältigen, nun zu wilder Wut aufgestachelt waren. Die meisten hatten weder begriffen, woher die ersten Schüsse gekommen waren, noch was sie bezweckten, und viele der am Rand Stehenden hatten die Schützen nicht einmal bemerkt; alle wußten jedoch, daß die Soldaten auf sie geschossen hatten, und die Heftigkeit, mit der sie antworteten, ließ sich nur so erklären, daß sich monatelang aufgestauter Haß auf einmal eine Öffnung suchte. Steine wurden auf Vorhut und Gendarmerie geschleudert. Auch das Schießen setzte sich fort, und vier weitere Soldaten brachen getroffen zusammen.

Während um sie herum die Kugeln pfiffen, rannte Eliste die Treppe hinunter. Sie hatte lediglich vor, Deckung zu suchen, vielleicht unter dem Karren oder sogar unter dem Schafott. Erst als sie das Pflaster unter den Füßen spürte, dachte sie an Flucht. Die Soldaten waren beschäftigt; sie konnte weglaufen …

Jemand packte sie und zog sie mitten in die Gruppe der Gefangenen hinein, die sich um den Leichnam der ausgemergelten Frau drängten, die von einem Querschläger getötet worden war. Die Gendarmen hatten die Gefangenen nicht vergessen und waren nicht bereit, einen so wertvollen Besitz aufzugeben. Da der Angriff eindeutig das Werk von niriennistischen Fanatikern war, bot sich ein einfaches, aber wirksames Mittel zur Verteidigung an. Die Gefangenen wurden nach vorne geschoben, bis sie zwischen den Soldaten und den Schützen standen, ein Vorgehen, das geeignet war, sowohl das Schießen wie das Steinewerfen zu beenden. Die Vorhüter, die sich als Elitetruppe betrachteten, hätten sich wahrscheinlich niemals zu einer solchen Maßnahme herabgelassen; die Stadtgendarmen waren da weniger wählerisch.

Es ertönte ein allgemeiner Aufschrei der Entrüstung. »Feiglinge! Feiglinge!« wurde gerufen. Die Zuneigung der Menge, die ursprünglich noch schwankend und unsicher gewesen war, neigte sich nun vollständig den Gefangenen zu. Eine aufgebrachte Menschenwoge schwappte nach vorn und brach sich heftig an Karren und Podest; als sie verebbte, trug sie die fünfzehn Gefangenen mit sich fort.

Eliste wurde hochgehoben. Mindestens ein Dutzend Händepaare packten sie, kippten sie auf die Seite, drehten sie um und tauchten sie kopfüber in das Menschenmeer. Ein wortloses Gebrüll dröhnte ihr in den Ohren; sie sah dunklen Abendhimmel aufblitzen, Gesichter mit aufgerissenen, schreienden Mündern, Steine schwingende Fäuste, Stiefel und Pflaster.

Man stellte sie auf die Beine und hielt sie fest; ansonsten wäre sie umgefallen, so schwindelig war ihr. Jemand durchtrennte die Handfessel. Die Arme hingen ihr kalt und taub herab. Ein großer Mann zog den Mantel aus und legte ihn ihr brüsk um die nackten Schultern. Dann wandte er sich wieder ab, und auch die Hände wurden zurückgezogen, als hätten die Umstehenden auf einmal den Reiz an ihr verloren. Eliste schwankte leicht, wahrte aber das Gleichgewicht. Nicht weit vom Schafott stand sie verloren und eigentümlich vereinzelt inmitten des tobenden Mobs.

Ihre Mitgefangenen waren nirgends zu sehen; sie hatte keine Ahnung, was aus ihnen geworden war. Sie begriff weder, was soeben geschehen war, noch was im Augenblick vor sich ging. Ihr Verstand war ebenso taub wie ihre Hände, und in ihrer Benommenheit dachte sie zunächst nur daran, ihre Blöße zu bedecken. Während die Bürger um sie herum schrien und wogten und während ständig Schüsse fielen, zog Eliste den Mantel des Fremden an und bemühte sich mit tauben Fingern, das Kleidungsstück zuzuknöpfen, das sie bis zu den Knien einhüllte. Dann krempelte sie mit gesenktem Kopf die weiten Ärmel hoch, die ihr bis über die Fingerspitzen reichten. Jetzt hob sie langsam den Kopf, ohne sich von der Stelle zu rühren, denn ihr Verstand hatte seine Arbeit noch nicht wieder aufgenommen, und zu fliehen kam ihr gar nicht erst in den Sinn.

Mehrere Umstehende verdeckten ihr die Sicht auf die Vorgänge am Boden, die sich um den leeren Karren herum abspielten, wo Sherreener Bürger damit beschäftigt waren, die letzten Gendarmen und Vorhüter abzuschlachten. Das Schafott, auf dem die Kokotte die Vorgänge zu beobachten schien, konnte sie viel besser sehen. Die Kokotte war ungewöhnlich erregt; soviel war selbst für den uninformierten Beobachter klar zu erkennen. Die unregelmäßig aufeinanderfolgenden Lichtblitze an der Dornenkrone waren heller als sonst, das Summen ein durchdringender Sopran. Nicht weit von der Empfindsamen entfernt lag eine riesige, vor Schmerzen zusammengekrümmte Gestalt auf den rohen Brettern des Schafotts: Bierce Valeur. Eliste glaubte zunächst, sie sei die einzige, die ihn bemerkt hatte oder sich an ihn erinnerte, doch das war wohl ein Irrtum.

Der letzte Soldat starb inmitten von Gebrüll und Flüchen. Ein kurzes Innehalten. Dann erinnerte sich die Menge an den Scharfrichter.

Bierce hatte große Schmerzen. Aufgrund seiner Verletzung konnte er sich nicht rühren. Das Brennen im Bauch schien jedoch unbedeutend im Vergleich zu seiner seelischen Qual. Nur ein paar Schritte von ihm entfernt klafften die Bleitüren der Kokotte weit auf. Die Dornen im Innern zitterten, die Lichterscheinungen flackerten unstet. Die Kokotte war stark erregt, er spürte ihre Gefühle über die Entfernung hinweg. Sie wollte beruhigt werden, sie brauchte Verständnis und Hingabe. Mit einem Wort, sie brauchte Bierce beinahe ebensosehr, wie er sie brauchte.

Es verlangte ihn danach, sie zu berühren – die tiefe Bewegung unter den Händen zu spüren, ihren Triumph und ihre Herrlichkeit mit ihr zu teilen, sie zu trösten und sich von ihr trösten zu lassen, in geheimnisvoll gegenseitiger Hingabe mit ihr zu verschmelzen.

Aber er konnte sie nicht erreichen. Sie war so nah, und dennoch konnte er sie nicht berühren, konnte nicht über ihre kalte Flanke streicheln und ihr die geheimen Koseworte zuflüstern, die außer ihnen niemand kannte.

Bierce richtete seinen sehnsuchtsvollen Blick auf seine Göttin. »Wunderschön«, murmelte er trotz seiner Schmerzen. »So wunderschön.«

Ob sie ihn wohl gehört hatte?

Aber Hilfe war schon unterwegs.

Eine lärmende Horde von Sherreener Bürgern, die zweifellos begierig darauf waren, die Empfindsame mit ihrem ersten Diener wiederzuvereinigen, kam die Holztreppe hochgestapft. Im nächsten Augenblick hatten sie ihn erreicht.

»Die Kokotte«, wies Bierce sie mühsam an.

Offenbar hatten sie ihn nicht verstanden. Sie schlugen ihn mit Fäusten, mit Knüppeln, Flaschen und Stöcken. Sie traten ihn und rammten ihm die Stiefelkappen in den verletzten Bauch, so daß der Schmerz alle Vorstellung überstieg und alles übertraf, was die

Halbempfindsamen im Keller des Grabes je zustandegebracht hatten… Trotzdem mußte er sich verständlich machen; es war von lebenswichtiger Bedeutung für ihn, daß diese Leute seinen Wunsch verstanden.

»Kokotte.« Es war schwer, mit geplatzten Lippen zu sprechen, wo ihm so viele Zähne fehlten und der Mund vor lauter Blut ganz matschig geworden war. Der Name war kaum verständlich. Trotzdem hoffte er verzweifelt, daß sie ihn verstehen würden. Wo waren bloß die Kavaliere und die Koketten der Kokotte? Die hätten ihn bestimmt verstanden.

Brüllend wie die Wahnsinnigen rissen sie ihm die Kleider vom Leib, bis er splitternackt war. Ja, es schien so, als hätten sie ihn endlich doch verstanden, als hätten sie begriffen, was ihre Bürgerpflicht war, denn sie stellten ihn auf die Beine – vier Leute waren dazu notwendig, und vor lauter Schmerz schwand ihm beinahe das Bewußtsein. Jemand schlug ihm ins Gesicht und schwenkte ein Riechfläschchen unter seiner Nase – sie wollten nicht, daß er bewußtlos wurde, das war gut, und er war auch schon wieder ganz bei sich…

Sie zerrten ihn über das Schafott, geradewegs auf die Empfindsame zu, die ihn mit weit offenen Türen willkommen hieß. Er sah die bebenden Dornen, die gierigen kleinen Münder mit ihren hervorschnellenden Stahlzungen, und er wußte, daß sie ihn begehrte, nach ihm verlangte, sich nach ihm sehnte. Er verspürte eine beinahe unerträgliche Wollust. Die Tränen strömten ihm über das Gesicht, als man ihn der endgültigen Vereinigung entgegenschleuderte.

Sie war die Macht, Sie war die Herrlichkeit, Sie war das Ewige, das Unwandelbare, das einzig Wirkliche. Und Sie war sehr hungrig.

Als es zwischen den großen Hörnern der Kokotte blendend weiß aufflammte, erscholl frenetischer Jubel aus Tausenden von Kehlen. Im nächsten Augenblick fielen die Bürger über das Schafott her. Ein allgemeines

Ächzen, und mit vereinten Kräften schoben sie die Empfindsame über die Bretter bis an den Rand der Plattform. Kurze Zeit schwankte sie dort mit unruhig blinkenden Lichtern, während ein hohes mechanisches Summen ihre Verwirrung und Angst verriet. Dann stürzte sie in die Tiefe und traf mit einem Donnergetöse auf dem Pflaster auf. Bei dem Sturz waren eines der großen Hörner sowie mehrere Glasspiralen zerbrochen. Sie lag hilflos auf der Seite und winselte wie ein verwundetes Tier.

Dann ging der dünne Laut im Gebrüll der Menschenwoge unter, die über ihr zusammenschlug. Man hämmerte mit Pflastersteinen auf sie ein und setzte notdürftige Hebel an. Die Hörner wurden abgebrochen, die Drähte abgerissen, die verzweigten Stäbe und spitzen Dornen abgeschlagen; man zerschmetterte die gläsernen Spiralen und Fortsätze, zerschlug die Lichter; man riß die zahnbewehrten Dornen aus ihrer Höhlung heraus, verbog und zerbrach Flanschen und Spiralen. Man nahm ihr alles weg, was sie einmal zu dem gemacht hatte, was sie war; und als das Werk getan war, blieb nur noch ein leerer, arg lädierter Bleischrank von ihr übrig, und nichts deutete mehr darauf hin, daß er jemals mit Geist ausgestattet gewesen war.

Eliste sah benommen alles mit an. Als die Empfindsame vom Schafott kippte, verschwamm ihr vorübergehend die Sicht. Das tumultuöse Gedränge um die niedergestreckte Kokotte – das wogende, schauerliche Durcheinander an dieser Stelle – erinnerte sie stark an Berichte von tropischen Piranhas, die ihr einmal zu Ohren gekommen waren. Sie sah nur wenig, konnte den Blick aber dennoch nicht davon losreißen.

Als ihr jemand die Hand auf die Schulter legte, zuckte sie zusammen und fuhr herum, unwillkürlich darauf gefaßt, einem Vorhüter gegenüberzustehen; vor ihr stand jedoch ein älterer Mann mit angegrautem

Haar und Schnurrbart, einem tief in die Stirn gezogenen Dreispitz und einem altmodisch weiten Cape, das bei diesem milden Wetter völlig fehl am Platze schien. Es dauerte eine Weile, bis sie hinter der Verkleidung Dref Zeenoson erkannte. Nach näherem Hinsehen wurde ihr der Grund für das Cape klar; unter den losen Stoffalten verborgen war der lange Lauf eines Gewehrs, die Art Waffe, die er entwickelt und als Hinterlader-Steinschloßgewehr bezeichnet hatte. In diesem Augenblick wurde ihr klar, daß er einer der in der Menge verborgenen Schützen gewesen war. Eine Überraschung war das nicht für sie.

»Hier entlang«, sagte Dref.

Sie folgte ihm, ohne Fragen zu stellen. Dref würde schon wissen, wo es langging – das wußte Dref immer. Er drängte sich geschickt durch die Menge, und bald darauf hatten sie eine Steinbank erreicht, die am Westrand des Platzes der Gleichheit in tiefem Schatten lag. Dort hatten sich bereits die fünf Mitglieder der Nirienne-Bande eingefunden. Nirienne war mit Hemd, Bundhosen und sogar Schuhen und Strümpfen bekleidet. Hätte das weiße Hemd nicht so strahlend geleuchtet, wären alle fünf vollkommen unauffällig und in der hereinbrechenden Dunkelheit kaum zu sehen gewesen.

Nirienne stand dicht neben Dref. »Ah, du hast sie also gefunden«, sagte er. »Ich wußte doch, auf deine Augen ist Verlaß, Beq.«

»Die Fluchtroute ist vorbereitet«, antwortete Dref. »In einer Stunde haben wir Euch in einem sicheren Haus untergebracht.«

»Nein«, sagte Nirienne.

Dref zog die trügerisch weißen Brauen hoch. In all den Jahren, die sie Dref schon kannte, hatte Eliste ihn noch nie so überrascht erlebt.

»Ouen und Ouenne, Frezhell und Riclairc können sich in dem Haus in Sicherheit bringen, falls sie es wünschen«, fuhr Nirienne gelassen fort. »Für sie wäre es das Beste, ich aber werde bleiben.«

»Weshalb?«

»Um zu ihnen zu sprechen.« Niriennes Geste umfaßte die versammelten Bürger, deren Wut sich allmählich zu legen begann. Die Kokotte, Werkzeug und Inbegriff des Terrors, war zerstört. Ihre Gehilfen, der Scharfrichter und seine Leute, waren tot. Gleichfalls tot waren die Vorhüter und die Gendarmen, während die befreiten Gefangenen verschwunden schienen. Die Begeisterung der Sherreener schlug zwar noch hohe Wogen, doch mangelte es ihnen an Ziel und Richtung. Nicht mehr lange, und sie würden anfangen, sich zu zerstreuen. »Ich glaube, der Zeitpunkt ist gekommen.«

»Was wollt Ihr ihnen sagen, Shorvi?«

»Glaube bloß nicht«, entgegnete Nirienne, »ich könnte mir kein Beispiel an Whiss Valeur nehmen.« Ohne weitere Erklärungen wandte er sich um und setzte sich zum Schafott in Bewegung. Seine Anhänger folgten ihm ohne zu zögern. Anscheinend gab es nicht einen unter ihnen, der die Möglichkeit, sich in dem erwähnten Haus in Sicherheit zu bringen, auch nur in Erwägung gezogen hätte. Dref machte sich nicht die Mühe, sie zu fragen.

Eliste umklammerte Drefs Arm. Als er von dem Haus gesprochen hatte, hatte sie bei dem Wort ›Sicherheit‹ ein beinahe wahnsinniges Verlangen verspürt. Aber dorthin gingen sie nicht, und als ihr das klar wurde, schwächte sich das leidenschaftliche Verlangen so weit ab, daß es erträglich wurde, der anfängliche Ansturm angstvoller Enttäuschung verebbte, und sie nahm allmählich wieder wahr, was um sie herum vorging. Der berühmte Shorvi Nirienne, der eigentlich jetzt hätte tot sein müssen, stand im Begriff, zu einem tobenden, mörderischen Mob zu sprechen. Sie war an Drefs Seite, es bestand keine unmittelbare Gefahr, und die Lage war nicht ohne Reiz.

Nirienne kletterte auf das Schafott, das mittlerweile völlig leer war. Einen Augenblick lang stand er einfach nur da, eine unscheinbare Gestalt, die gleichwohl alle Blicke auf sich zog. Am Fuße der Plattform brannten noch ein paar Fackeln und Laternen. Das Licht fiel auf das weiße Hemd und die weißen Strümpfe, das bleiche Gesicht und die bleichen Hände und trug das Bild bis zum äußersten Rand des Platzes der Gleichheit. Jeder einzelne Anwesende erkannte diesen Mann. Vielen erschien er wie ein Beispiel lieblicher Vernunft inmitten eines Tollhauses oder Infernos. Alle verstummten, um ihm zuzuhören, und über den Platz der Gleichheit senkte sich tiefe Stille.

Shorvi Nirienne wartete, bis er sich der Aufmerksamkeit des weißen Gesichterschaums auf dem Menschenmeer sicher sein konnte; dann hob er beide Arme, so ähnlich, wie Whiss Valeur es so häufig getan hatte, jedoch mit anderer Absicht, und ließ sie gleich wieder sinken.

»Wie ich sehe«, wandte Shorvi Nirienne sich an die Sherreener, »wünscht Ihr eine Veränderung.«

Das wünschten sie in der Tat. Dies war eine dieser höchst schlichten und zugleich äußerst treffenden Bemerkungen, die wie geschaffen waren, zum geflügelten Wort zu werden.

Nirienne fuhrt fort. Seine Ansprache war klar und ausgesprochen bestimmt. Dennoch erinnerte Eliste sich anschließend trotz ihrer gespannten Aufmerksamkeit weniger an den eigentlichen Wortlaut, als vielmehr an die allgemeine Wirkung: Hoffnung – Gewohnheit – das Versprechen von Verläßlichkeit – Erholung und Gesundung.

Nirienne legte es nicht darauf an, seine Zuhörerschaft einzulullen; weit davon entfernt. Es gäbe nur einen Weg, erinnerte er seine Zuhörer, die nationale Agonie zu beenden. Die Urheber des gegenwärtig herrschenden Terrors müßten vor Gericht gebracht werden. Schließlich seien sie zweifellos Verbrecher – gefangen in der Rechtlosigkeit ihrer Mittel, korrupt, raffgierig und tyrannisch; verantwortlich für das Frühlingsmassaker im Kongreß wie für die Greuel im Lokal ›Zum Zapfenstreich‹; schuldig des massenhaften Justizmords; verantwortlich für die Verkehrung der Revolution und ihrer Ziele und des Verrats an ihren Landsleuten. Die größten Schuldigen seien die Mitglieder des Nationalen Wohlfahrtskomitees; die Richter und Ankläger des Nationalen Tribunals; die Kommandeure und höchsten Offiziere der Vorhut. Die größte Schuld am Blutvergießen allerdings träfe den Präsidenten des Nationalen Wohlfahrtskomitees, der sich selbst als Republikanischen Protektor zu bezeichnen beliebe.

Nirienne brüllte nicht, er geiferte nicht und nahm keine Posen ein. Er stand vollkommen ruhig da und brachte seine Anklagen mit gelassener Mimik, beherrschter Gestik und der Gewandtheit des gelernten Anwalts vor. Es schien beinahe, als ob er nicht einmal die Stimme höbe. Dennoch war er auf dem ganzen Platz mühelos zu verstehen.

Bevor er geendet hatte, tobten die Zuhörer bereits wieder und brüllten den Namen Whiss Valeurs hinaus, als er ihn noch gar nicht erwähnt hatte. Nirienne hob kurz die Hand, und seine Bitte um Ruhe fand Gehör. Auf einmal vernahm man das Seufzen des Abendwinds.

»Dann werden wir also die Schreckensherrschaft beseitigen? Denn dies, meine Landsleute, liegt in unserer Macht, so wie es in Eurer Macht lag, die Herrschaft des Königs zu beseitigen. Sollen wir den aufsuchen, der sich Protektor nennt, und ihm unsere Unzufriedenheit kundtun?«

Tosende Zustimmung, und immer wieder wurde der Name ›Whiss Valeur‹ hinausgeschrien wie ein Fluch.

»Dann also zum Grab. Zum Grab.«

Die Menge nahm den Ruf auf und gab ihn bis zum

Rand des Platzes und darüber hinaus weiter. Shorvi Nirienne stieg vom Schafott hinunter. Dicht umringt von den mit ihm zum Tode verurteilten vier Verbündeten, dem jungen Mann mit der angegrauten Perücke, dessen Aufgabe es war, ihn zu schützen, und einem blondhaarigen, barfüßigen Mädchen, das ebenfalls der Kokotte zugedacht gewesen war, wandte er sich brüsk der Mündung der Arkadenstraße zu. Der einstweilen noch gefügige Mob folgte ihm. Lediglich ein paar ängstliche Gemüter spalteten sich von der Menge ab und verschwanden in der Dunkelheit der umliegenden Gassen. Die verbleibende Mehrheit aber zog sogar noch mehr Menschen an, als sie sich wie ein unverdaulicher Brocken durch die Innereien Sherreens schob. Zurück über die Arkadenstraße, dann durch die Gassen und die Cliquot-Straße hindurch, den ganzen Weg zurück, den der Karren mit den Verurteilten kurze Zeit zuvor durchmessen hatte.

Zum Grab.

Als an der Tür geklopft wurde, hob Whiss Valeur den Kopf von seinen verschränkten Armen, auf denen er geruht hatte, und sah unwillkürlich auf die Uhr. Früher Abend, eine Zeit, die seine Landsleute der Muße widmeten; dem Picheln und der Plauderei die Gebildeten, der Abendmahlzeit und dann dem Bett die einfacheren Patrioten; ihm jedoch waren alle Freuden versagt, so wie ihm die guten Dinge des Lebens immer schon versagt gewesen waren. Er durfte nichts trinken, denn schon von der kleinsten Menge Alkohol bekam er fürchterliche Kopfschmerzen. Er konnte kaum noch essen, denn sein Magen vertrug nur noch die leichtesten Pasteten, so daß er in letzter Zeit bis auf die Knochen abgemagert war und seine Haut einen grünlichgelben Farbton angenommen hatte. Heitere Unterhaltung lag ihm ebenfalls fern, denn worüber hätte er schon plaudern und scherzen sollen, und wo waren seine Freunde und seine Familie? Seine Familie. Und das Bett? Ein einsames Lager, auf dem er sich schlaflos wälzte. Schlaflos. Schlaflos.

Früher Abend, die Zeit, da andere sich vergnügten. Einen nicht unerheblichen Trost hatte er jedoch. Shorvi Nirienne war mittlerweile tot.

Vielleicht würde ja jetzt alles anders werden.

Abermals wurde geklopft, und Whiss wandte den Kopf. »Herein«, sagte er.

Ein Bote trat ein, aufgelöst und außer Atem.

Shorvi Nirienne marschiert an der Spitze einer gewaltigen Menschenmenge zum Grab. In einer halben Stunde wird er eintreffen.

Offenbar hatte er sich verhört. Er herrschte den Boten an. Die Meldung wurde wiederholt. Kein Fehler.

... Nirienne ... marschiert an der Spitze einer gewaltigen Menschenmenge ... in einer halben Stunde wird er eintreffen.

»... der Platz der Gleichheit ...?«

Tumulte ... Bierce Valeur tot ... die Kokotte zerstört ...

Whiss ballte die ausgemergelten Hände, die Galle kam ihm hoch. Ein Alptraum. Ausgeschlossen. Fieberträume. Die schwarze Ahnungen weckten ... *Die Gesichter der Toten, herangetragen vom unablässig wehenden Wind – Totenmasken, die sich grellweiß von der unergründlichen Schwärze abhoben, so zahllos wie die Sterne – es gab kein Entrinnen, nicht einmal die Vorhut vermochte gegen diese gespenstische Menge etwas auszurichten.* Loyalität? Ein Irrtum. *Nirienne aber waren sie treu ergeben.* Wer beschützte den Protektor? Niemand. Vielleicht abgesehen von ... Einen Augenblick lang kämpfte er gegen die Übelkeit an; dann schluckte er und faßte sich wieder.

»Hol meinen Vater her.«

Sofort, Protektor.

Eine unbestimmte Zeitspanne – zwischen Minuten und einer Ewigkeit; und dann war Chorl auf einmal da. Grauhaariger und schmächtiger und trauriger denn je, mit gebeugten Schultern, schlaffem Mund und feuchtem, vorwurfsvollem Blick. Whiss bezwang seinen aufwallenden Ärger und bemühte sich, ruhig zu sprechen. »Vater, ich brauche Eure Hilfe.«

Chorl richtete seine großen, leidenden Schafsaugen auf ihn und fragte: »Ist es wahr?«

»Ich habe eine Aufgabe für Euch. Es ist wichtig. Ihr müßt alles tun, was in Euren Kräften steht.«

»Ist es wahr?«

»Es bleibt nicht mehr viel Zeit; Ihr müßt rasch zu Werke gehen. Habt Ihr verstanden?«

»Sage mir, ob es wahr ist.«

»Es reicht!« Whiss riß der Geduldsfaden. »Was soll der Blödsinn?«

»Ich habe gehört, Eularque, Houloir und Phlosine seien aus Sherreen geflohen.«

»Wer hat das behauptet? Woher habt Ihr das?«

»Von nirgendwoher. Von überallher. Die Mauern meines Verlieses haben mir etwas zugeflüstert.«

»Ah, ein schwaches Paradox und schwaches Pathos, Eure Spezialität. Dafür ist jetzt nicht der passende Zeitpunkt. Nichts als Lügen. Eularque, Houloir und Phlosine sind in sicherer Verwahrung.«

»Sieh mir ins Gesicht und sprich die Wahrheit«, befahl Chorl, in so scharfem Ton, daß Whiss sich für einen Augenblick dreißig Jahre zurückversetzt fühlte. Seine großen Augen weiteten sich ein wenig.

»Ich glaube, Ihr habt den Verstand verloren«, erwiderte er langsam. »Ihr seid alt geworden. Oder vielleicht mangelt es Euch auch an Schlaf.«

»Dann stimmt es also. Du hast meine Frage schon beantwortet.«

»Jetzt hört mir mal zu. Ihr werdet mir einen Gefallen tun. Mir wurde gemeldet, ein von Verrätern aufgewiegelter Pöbel nähere sich dem Grab. Er wird in Kürze hier eintreffen.«

»Welche Verräter? Es scheint eine Menge davon zu geben – meinst du vielleicht die Niriennisten?«

»Das tut im Augenblick nichts zur Sache.«

»Das war unvermeidlich; das ist einzig und allein deine Schuld. Ich wundere mich bloß, daß es so lange gedauert hat.«

»Es steht Euch nicht zu, mir Vorwürfe zu machen.«

»Ich nehme an, du wirst die Vorhut alarmieren?«

»Das wird diesmal nicht ausreichen.«

»Wahrscheinlich nicht. Die Leibwächter konnten auch Dunulas nicht schützen, und du bist weitaus verhaßter, als es der arme König jemals war.«

»Hütet Eure Zunge! Niemand haßt mich, außer den Verrätern und den Feinden der Republik. Das Volk, das wahre Volk, liebt mich noch immer. Es wird sich daran erinnern, wenn ich zu ihm spreche.«

»Du willst es wagen, Sherreen gegenüberzutreten?«

»Es ist lange, schon viel zu lange her, seit ich zum letztenmal zum Volk gesprochen habe. Das Band zwischen uns hat sich dadurch geschwächt. Heute werde ich es erneuern.«

»Man wird dich in Stücke reißen.«

»Schweigt! Ihr seid ein Narr. Das Volk hat mich stets geliebt, es war jedesmal mein Sklave, wenn ich zu ihm gesprochen habe. Daran hat sich nichts geändert. Meine Rednergabe selbst ist schon beinahe magisch; verstärkt durch Eure Kunst, wirkt sie ganz und gar unwiderstehlich. Deshalb seid Ihr hier, Vater. Ihr werdet mir helfen, genau wie in den alten Zeiten. Ihr werdet mir helfen, die Menschen zu beherrschen – sie mir zu unterwerfen.«

»Die alten Zeiten sind Vergangenheit. Und irgendwann kommt der Zeitpunkt, da die Magie es nicht mehr vermag, die Wahrheit zu verbergen.«

»Leere Worte! Scheinheilige Platitüden! Na los, erklärt Euch – weigert Ihr Euch, Vater? Weigert Ihr Euch?«

»Ja, Whiss.« Chorl hielt dem wilden, weißgeränderten Blick seines Sohnes unverwandt stand. »Ich weigere mich, dir zu helfen.«

»Fordert mich nicht heraus.« Whiss senkte bedrohlich die Stimme. »Versucht das gar nicht erst. Ihr würdet es bereuen. Eularque, Houloir und Phlosine werden für Eure Aufsässigkeit zahlen.«

»Du kannst ihnen nichts tun, wenn du nicht mehr über sie verfügst.«

»Ich sage Euch doch, ich habe sie alle in meiner Gewalt! Sie sind hier im Grab, und es ist nur ein kurzer Weg von ihrer Unterkunft bis hinunter in den Keller. Vergeßt das nicht. Aber wenn Ihr Euch wirklich so wenig aus ihnen macht, wie Ihr Euch immer aus mir gemacht habt, dann bedenkt auch dies – daß Ihr selbst den Keller auch noch nicht mit eigenen Augen gesehen habt.«

»Deine Drohungen sind zwecklos. Ich habe keine Angst mehr vor dir.« Chorls kartongraues Gesicht und seine schweißnasse Stirn straften seine Worte Lügen.

»Lügner, Ihr wart schon immer ein Feigling! Und aus gutem Grund. Um mich zu schützen, ist mir jedes Mittel recht. Ich werde sämtliche Insassen des Grabes ermorden lassen – ja, und auch die in der Schatzkammer und im Bergfried. Ich werde die Volksfeinde zu Hunderten in Lagerhäuser sperren und sie bei lebendigem Leib verbrennen lassen. Ich werde riesige Flöße mit gefesselten Verrätern besetzen, sie auf den Vir hinaustreiben lassen und versenken. Ich werde die Kanonen des Grabes auf den Pöbel richten. Und all dieses Blut wird an Euren Händen kleben, Vater. Ihr laßt mir keine andere Wahl, und es wird Eure Schuld sein, nicht meine!«

Chorl schaute seinen Sohn an, der kaum noch etwas Menschliches an sich hatte. Das Rückgrat knickte ihm ein, und er schlug die Augen nieder. »Ich werde tun, was du verlangst«, sagte er.

»Dann komm mit.« Whiss packte seinen Vater beim Arm und stieg mit ihm die schmale Treppe hinunter, die die Gemächer des Direktors mit den verschiedenen Stockwerken des Gefängnisses verband. Kurz darauf erreichten sie das höhlenartige Foyer, in dem es sonst von Besuchern, Bittstellern und Anwälten wimmelte; heute abend jedoch war es bis auf einen Trupp angespannter und wildentschlossener Vorhüter leer. Offenbar wußte man über das Nahen des Mobs Bescheid.

Whiss zögerte einen Augenblick, dann ging er weiter, mit hochgerecktem Kopf und gespreizten Schultern, seine großen Augen glichen Glaslaternen. Er atmete in rauhen Stößen, genau wie damals – vor kaum zwei Jahren, doch es schien eine Ewigkeit her –, als er aus dem Schatten des ›Nachbarn Jumalle‹ getreten war und zu dem Publikum in der Pumpengasse gesprochen hatte. Auch heute wieder schnürten ihm Angst und Zweifel die Kehle zu. Und wiederum stärkten ihm die magischen Fähigkeiten seines Vaters, die auch seinen ersten öffentlichen Triumph ermöglicht hatten, den Rücken. Die heutige Ansprache sollte diesen Triumph wiederholen.

Vor der großen Eichentür blieb er stehen. Die Vorhüter um ihn herum, neben deren massigen, hochgewachsenen Gestalten er klein erschien, nahmen Haltung an. Hinter der Tür stand ein bewaffneter Trupp auf der breiten, kurzen Granittreppe, die zu dem Hof hinunterführte, wo einmal für kurze Zeit die Kokotte aufgestellt worden war. Am anderen Ende des Hofs stand das Gittertor weit offen. Es wäre auch zwecklos gewesen, es zu verschließen; der Sherreener Mob hatte längst herausgefunden, wie leicht Tore zu überwinden waren.

Whiss lauschte. Er vernahm ein Meeresrauschen, ein gedämpftes Grollen. Der Mob näherte sich. Das Grollen schwoll an zum tiefen Donnern eines Wasserfalls. Die Bürger strömten auf den von Laternen erhellten

Vorhof – das wußte er, auch ohne daß er es sah. Er spürte die Anwesenheit einer gewaltigen, unvorstellbar mächtigen Wesenheit – ein Fabelwesen, das zu unterwerfen und zu beherrschen ihm bestimmt war. Er wartete, und nach einer Weile ordnete sich das Grollen zu verständlichen Sprechchören:

Whiss. Whiss. Whissss.

Das Zischen einer Riesenschlange, eines Drachen, der dort draußen auf ihn wartete; ähnlich dem Tier, das ihn damals in der Pumpengasse gerufen hatte, bloß daß dieses hier größer war, erheblich größer.

Whissssssssssssssss

Einbildung? Ein Wachtraum? Keine Einbildung?

Er schluckte trocken, schnippte mit den Fingern; der Riegel scharrte, der Querbalken glitt beiseite, und das große Tor ging auf. Kühle Abendluft strömte hindurch, draußen blinkten Laternen, und Whiss trat vor, gefolgt von seinem Vater und den Vorhütern. Ohne ihn anzusehen, wandte er sich mit drohendem Unterton an Chorl: »Ihr müßt Euch mehr anstrengen als je zuvor. Ihr müßt mich als einen Helden erscheinen lassen – als Retter – als Gott.«

»Ja.«

Er spürte eher, als daß er sah, wie sein Vater in den Schatten zurückwich.

Whiss trat vor, und die Vorhüter teilten sich vor ihm, offenbarten den Protektor der Menge und umgekehrt. Sein plötzliches Erscheinen überrumpelte sie. Das Getöse legte sich. Tausende von Augenpaaren richteten sich auf die magere, schwarzgekleidete Gestalt.

Whiss blieb am Kopf der Treppe stehen, in einer Lichtpfütze, die von Laternen und Fackeln herrührte. Er ließ seinen geübten Blick über die Menge schweifen und hatte Shorvi Nirienne, der dreist in der ersten Reihe stand, sogleich ausgemacht. Wut wallte in ihm auf, und Wut war für ihn ein Quell der Kraft, den er sich schon immer zunutze gemacht hatte. Aber jetzt rasch, denn Nirienne durfte keine Gelegenheit erhalten zu sprechen.

Warte nicht, laß sie nicht erst ihre Anklagen vorbringen. Komm ihnen zuvor, übernimm das Kommando. Whiss' nach wie vor scharfer Instinkt gab ihm die richtigen Worte ein.

»Genossen, Ihr seid gekommen in Kummer und in Zorn.« Seine ernste, beinahe bekümmerte Stimme füllte den Hof wie das Wasser eine Tasse. Es war keine schöne Stimme, die aber dennoch zu Herzen ging. »Vor mir sehe ich ein Volk, das des Terrors, des Blutvergießens und der Brutalität überdrüssig ist. Vor mir sehe ich ein erschöpftes, verwirrtes und verwundetes Volk. Wie konnte ich mich bloß so täuschen, wie konnte ich es unterlassen, den Schmerz mit Euch zu teilen? Denn ich bin einer von Euch, jetzt und für immer.«

Er ließ seinen traurigen Blick über die Zuhörer schweifen. Sie waren still und hörten aufmerksam zu. Er hatte sie überrumpelt, und einstweilen konnte er sich ihrer Aufmerksamkeit sicher sein. Was immer sie von ihrem Tyrannen erwartet haben mochten, damit hatten sie nicht gerechnet.

»Wir alle sehnen uns nach einem Ende der Auseinandersetzungen. Wir alle verlangen nach Frieden.« Dem Wort ›Frieden‹ verlieh er einen solch lieblichen Klang, daß vielen Zuhörern die Tränen in die Augen traten. »Was aber ist noch kostbarer als häusliche Ruhe? Sind Freiheit, Gerechtigkeit und Gleichheit nicht noch wertvoller? So haben wir wohl alle einmal gedacht, sonst hätten wir niemals die Monarchie gestürzt. Dunulas säße noch immer auf dem Thron, und wir hätten unsere Ruhe. Aber, Genossen, wir haben uns anders entschieden. Wir haben Freiheit, Gerechtigkeit und Gleichheit gewählt; und demzufolge haben wir unsere Nation in große Unruhe gestürzt, aus der sie sich jetzt allmählich wieder erholt. War das ein Fehler? Bereut auch nur einer von uns diese unsere Entscheidung?«

Er hielt inne, als wartete er auf eine Antwort. Diese blieb jedoch aus. Er hatte gefürchtet, Shorvi Nirenne könnte die Gelegenheit wahrnehmen und das Wort ergreifen, doch selbst Nirienne verharrte wie alle anderen in aufmerksamem Schweigen. Whiss' Selbstvertrauen stieg. Sein Instinkt, sein wunderbarer Instinkt, war so verläßlich wie eh und je. Er begann bereits, die Gemüter seiner Zuhörer zu beeinflussen, und bald würde er alle Macht über sie gewinnen, denn es gab kein Publikum, das er sich nicht zu unterwerfen, kein wildes Tier, das er nicht zu zähmen vermochte.

»Freiheit, Gerechtigkeit und Gleichheit waren unser Ziel«, fuhr Whiss im Bewußtsein seiner Stärke fort; seine anfänglichen Ängste hatte er so gut wie vergessen. »Und da wir diese Dinge nun um einen hohen Preis erworben haben, sollten wir sie da nicht auch verteidigen? Denn die Revolution ist noch nicht zu Ende, Genossen, und der Krieg ist noch nicht gewonnen. Und er wird auch solange nicht gewonnen werden, wie die Verräter unter uns weilen und uns im Geheimen nach dem Verderben trachten. Die Feinde der Freiheit sind Legion. Sie sind unermüdlich in ihrem Bestreben, uns wieder der alten Sklaverei zu unterwerfen. Unsere neue Republik von den Elementen zu befreien, die sie vergiften, ist schmerzhaft, mühsam, sogar übelkeiterregend; doch wohl kaum eine Grausamkeit – vielmehr der notwendige Aderlaß, mit dem der Arzt die Gesundheit des Patienten wiederherstellt.«

Er spürte ihre Zweifel, ihr Gespaltensein. Und nun mußte er sich den Vorteil zunutze machen und ihre Zweifel vertiefen …

Bevor er etwas sagen konnte, veränderte sich alles. Die Luft kräuselte sich, die goldenen Laternen verschwammen, und Whiss verspürte die wohlvertraute Übelkeit, die ihm sagte, daß die Magie seines Vaters am Werke war. Seltsam – denn eben noch, beim Sprechen, hatte er Chorl beinahe vergessen gehabt. Ganz auf die vor ihm liegende Aufgabe gerichtet, hatte er gesprochen, gedacht und gehandelt, als hinge der Ausgang einzig und allein von seinen eigenen Fähigkeiten ab. Er hatte tatsächlich das Gefühl gehabt, daß er triumphieren würde – aus eigener Kraft. Aber gleichgültig. Mit Chorls Hilfe würde ihm der Erfolg um so sicherer sein.

Die Übelkeit legte sich. Whiss blinzelte, er konnte wieder klar sehen. Er nahm den schillernden, vielfarbenen Nebel wahr, der die Emotionen seine Publikums ausdrückte, und irgend etwas war anders als sonst, aber darauf kam es nicht an; der Nebel war da, und er konnte ihn gestalten.

»Jetzt ist die Zeit, da wir zusammenrücken und zusammenarbeiten sollten ...«, setzte Whiss an und brach überrascht wieder ab. Der Nebel verhielt sich anders als erwartet. Whiss wußte genau, daß er jetzt eigentlich hätte anfangen sollen, sich durch die Macht seiner Stimme zu beruhigen und zu vereinheitlichen; allerdings tat er keins von beidem. Dunkle Strömungen der Verwirrung wogten über den Hof, schwere Wolken des Zweifels senkten sich herab, hier und da flammte sogar Abscheu auf.

Abscheu?

Ja. Kein Irrtum.

Schlechte Taktik. Er mußte sofort umschwenken. So etwas kam vor.

»Viele Tränen wurden vergossen angesichts der Leiden der verurteilten Verräter«, bemerkte Whiss. »Wer aber vertritt das Anliegen der mißverstandenen Patrioten? Wer tritt ein für die Republik? Wer macht sich zum Fürsprecher für unsere bedrohte Freiheit?«

Noch dunklere Skepsis. Der Abscheu ging über in

phosphoreszierenden Haß. Ein tiefes Grollen der Entrüstung. Drohungen.

Whiss war verwirrt, er wollte es einfach nicht glauben. Die Empfindungen seines Publikums, die sonst so offen zutage lagen und sich so mühelos lenken ließen, waren ihm heute vollkommen verschlossen. Die Zuhörer waren aufgebracht und haßerfüllt, und mit jedem Augenblick wurde es schlimmer. Der Blitz eines Sommergewitters, Vorbote drohender Gewalt, spielte über dem Hof des Grabes. Die Worte, die das Unwetter hätten abwenden sollen, gaben ihm bloß neue Nahrung. Wie war das möglich? Aber er würde schon noch die richtigen Worte finden; so war es immer.

»Ich würde mein Leben frohen Herzens für die Freiheit opfern«, erklärte Whiss mit fester Stimme. »Wer von Euch wäre nicht dazu bereit? Und wenn Patrioten bereit sind zu sterben, wer wollte dann die notwendige Opferung von Verrätern beklagen?«

Er blickte die Menge an, begegnete jedoch nichts als dichtem, tiefem Haß. Ausgeschlossen. Er hatte keine Macht mehr über sie. Der scheußliche Drachen, dieses vielköpfige Untier, erwachte zum Leben, und diesmal wurde ein Alptraum wahr; er vermochte ihn nicht zu beherrschen. Unmöglich.

Whiss breitete die Arme aus, eine wohlvertraute Geste. »Sind wir nicht vereint in unserer Liebe zur Freiheit Vonahrs?« schleuderte er der Menge entgegen. Wenigstens dieser Appell mußte sie doch rühren.

Nichts. Eigentlich hätte er sie damit zu lautem Jubel herausfordern müssen, doch das war nicht der Fall. Häßliche, grellweiße Flecken entstellten den bleiernen Nebel. Die Gesichter unter ihm wirkten haßverzerrt.

Unmöglich. Hatten sie ihn denn nicht verstanden? Es war, als hätten sie bloß ein derbes Geplapper vernommen. Diese Augen sahen ihn bestimmt nicht so, wie er war, sonst hätten sie ihm niemals eine solch furchtbare Verachtung entgegenbringen können, ganz so, als erblickten sie ein Ungeheuer von seltener Widerwärtigkeit. Aus irgendeinem Grund war ihre Wahrnehmung getrübt; sie sahen ihn überhaupt nicht.

Ihre Gesichter ... Totenmasken vor dem Hintergrund der Nacht ...

In diesem Augenblick begriff Whiss, daß er verraten worden war. Mit hervorquellenden Augen und weißumrahmter Iris fuhr er zu seinem Vater herum.

Chorl stand gerade aufgerichtet da und begegnete offen seinem furchtbaren Blick. »Ja, Whiss«, sagte er.

»Vater ...«

Irgend jemand in der Menge schleuderte einen Stein. Das Wurfgeschoß traf Whiss Valeur zwischen den Schulterblättern. Er schrie auf vor Schmerz und wich vom Rand der Treppe zurück. Ein weiterer Stein kam geflogen. Dutzende, zahllose Steine, die auf den Protektor und seinen Vater niederprasselten. Chorl machte keine Anstalten, sich in Sicherheit zu bringen, und hob nicht einmal die Arme, um seinen Kopf zu schützen. Als er an der Schläfe getroffen wurde, brach er zusammen und blieb reglos liegen. Whiss hatte weniger Glück. Mit gesenktem Kopf und hochgezogenen Schultern rannte er zur Tür, mußte aber feststellen, daß man ihn ausgesperrt hatte. Er wandte sich um und schrie die an der Treppe aufgereihten Vorhüter an, sie sollten das Feuer auf die Menge eröffnen. Die Soldaten rührten sich nicht und sahen ihn mit dem gleichen Abscheu an, den Whiss in den Gesichtern der Bürger gesehen hatte.

Die Steine flogen. Kreuz und quer taumelte der ehemalige Protektor über den Treppenabsatz, sich hektisch duckend und wieder aufspringend, ein Anblick, der mitleidlose Belustigung weckte. Als ihn der Steinhagel schließlich auf die Knie zwang und er mit gesenktem Kopf und der Nase am Granit hocken blieb, traf ihn der Stiefel eines Vorhüters und warf ihn auf die Seite. Whiss Valeur rollte bis zum Fuß der Treppe hinunter. Die Bürger stürzten vor, obwohl Shorvi Nirienne sich verzweifelt bemühte, sie zurückzuhalten.

Und anschließend vernahm man nur noch das machtvolle Brüllen der Bestie.

32

In den ersten sechs Wochen nach Whiss Valeurs Tod wich Eliste kaum vom Bett ihres verletzten Onkels und erfuhr daher von den Ereignissen, die Sherreen veränderten, nur aus zweiter Hand. Für sie war es kaum von Gewicht, daß der durch Säuberungen, Massaker und die Flucht oder die Festnahme so vieler Abgeordneter verkleinerte Verfassungsgebende Kongreß sich unter der Bezeichnung Geschäftsführende Verfassungsgebende Versammlung mit Shorvi Nirienne als Präsident auf Zeit neu gebildet hatte. Unmittelbarere Bedeutung hatte für sie der donnernde Zusammenbruch des Reparationismus. Beinahe über Nacht hatte der Terror aufgehört. Das Nationale Tribunal war abgeschafft, die Vorhut aufgelöst worden. Die politischen Gefangenen im Grab hatte man freigelassen, und in ihren Zellen hausten nun die ehemaligen Leuchten des Nationalen Wohlfahrtskomitees. Whiss Valeurs zerfleischte Überreste hatte man in einem unbekannten Grab beigesetzt, wobei das nackte Bleikabinett der Kokotte als Sarg gedient hatte. Trotz ihres Wertes und ihrer Seltenheit waren die anderen Empfindsamen – ZaZa, Boomette und NuNu – von der wütenden Menge geschleift worden, und ihre mechanischen Einzelteile hatten sich auf zahllose Plünderer und Souvenirjäger verteilt. NuNus Nissen hatte man mit solcher Begeisterung gejagt und zerstört, daß auch nicht einer der goldenen Plagegeister überlebt hatte.

Es war kein Verbrechen mehr, ein Adliger zu sein – oder vielmehr ein Ex-Adliger, wie es dem Gesetz nach immer noch lautete –, denn die eilends durchgeführte

Reform der Gesetzgebung war zwar ein Segen, hatte aber die ererbten Titel weder anerkannt noch wiederhergestellt. Die einstmaligen Herren von Vonahr konnten wieder auf der Straße spazierengehen, ohne befürchten zu müssen, verhaftet oder angegriffen zu werden. Sie konnten ungehindert reisen, konnten kommen und gehen, wie es ihnen beliebte, durften eigenes Vermögen haben, Geschäfte tätigen und an den Wahlen teilnehmen. Ihre alten Vorrechte waren jedoch für immer dahin, ihre riesigen Besitzungen wurden stark verkleinert und große Teile des Landes an ehemalige Leibeigene und Pächter verteilt. Es war zweifelhaft, ob die nach Strell oder Lanthi Ume geflüchteten Adligen in eine Heimat zurückkehren würden, die sich so umfassend gewandelt hatte, doch zumindest stand es ihnen frei.

Onkel Quinz genas zunächst nur langsam. Die Kopfschmerzen und Schwindelanfälle, unter denen er litt, ließen von Tag zu Tag nach. Eine neue Brille hellte seine Stimmung erheblich auf. Und schließlich fanden sich eines strahlenden Frühlingsnachmittags auch seine magischen Kräfte wieder ein. Der alte Herr füllte das Zimmer mit den bunten, aber eingebildeten Vogelschmetterlingen, die seine Nichte so sehr liebte. Von Eliste mit freudigen Ausrufen begrüßt, tanzten die trällernden Wesen in der Luft und ordneten sich zu ständig neuen, wunderbar anzuschauenden Mustern. Als sie ihr Lied beendet hatten, verwandelten sich die Vogelschmetterlinge in Noten, die einen Augenblick lang in der Luft schwebten, bevor sie verblaßten. Anschließend dauerte es nicht mehr lange, bis Onkel Quinz wieder ganz bei Kräften war.

So sehr sich Eliste seinetwegen darüber freute, betrachtete sie die Genesung ihres Onkels doch mit gemischten Gefühlen, denn sie wußte, was danach kommen würde. Und so war es auch; schon nach wenigen Tagen fing er an, sich Gedanken über seine Rückkehr nach Fabeque zu machen. Eliste bekümmerte die Vorstellung, ohne ihn auskommen zu müssen. Ohne Quinz würde das Leben furchtbar einsam sein, denn sonst gab es niemanden in Sherreen, der ihr hätte Gesellschaft leisten, dem sie ihre Gedanken hätte anvertrauen und mit dem sie hätte speisen, reden und scherzen können – jedenfalls nicht Dref, so wie die Dinge lagen… Trotzdem durfte sie nicht selbstsüchtig sein. Onkel Quinz hatte seine Aufgabe in der Stadt erfüllt, und jetzt wollte er seine Ruhe haben. Er sehnte sich nach den Hügeln und dem melancholischen Himmel von Fabeque. Trotz seiner Liebenswürdigkeit und seiner angeborenen Zuversicht machte ihm die ständige Nähe zu anderen Menschen sichtlich zu schaffen. Er wollte nach Hause, wie sollte es auch anders sein.

Eliste hätte ihn um ein Haar gebeten, ihn begleiten zu dürfen, besann sich aber gerade noch rechtzeitig. Damit hätte sie ihren Onkel bloß in eine furchtbare Verlegenheit gebracht. Zuneigung, Pflichtgefühl und Mitleid hätten ihm seine Zustimmung abverlangt, aber gleichwohl hätte er sich unbehaglich und eingesperrt dabei gefühlt… Nein. Sie rang sich ein Lächeln ab und ermutigte ihn in seiner Entscheidung. Das erforderte zwar beträchtliche Mühe, war die Anstrengung aber wert; er bemerkte nichts, und seine Stimmung blieb unverändert gut. Seine einzige Sorge war, daß die Derrivaller Bevölkerung sein Haus gestürmt haben könnte. Eliste erinnerte ihn indes, daß er in diesem Falle genau der Richtige sei, um damit fertig zu werden.

Nur allzubald dämmerte der Tag seiner Abreise. Im grauen Licht des frühen Morgens legte Eliste ein blaues Leinenkleid an, das sie sich kürzlich gekauft hatte, und begleitete ihren Verwandten zum Posthaus in Trouniere, von wo die Kutsche nach Maritime abging. Neben ihr im Fiaker saß Dref Zeenoson, ein außergewöhnliches Ereignis, denn Dref war meistens unerreichbar und ließ sich in letzter Zeit kaum noch blicken; seine Zeit widmete er fast ausschließlich der Geschäftsführenden Verfassungsgebenden Versammlung, deren Mitglied er war. Shorvi Nirienne persönlich hatte dafür gesorgt, daß Dref Zeenoson einen der freigewordenen Sitze erhalten hatte. Ein Brief an die Verwaltung von Grammantes, worin er einen Mitstreiter wärmstens empfahl, dessen wahren Namen Nirienne erst jetzt erfahren hatte; eine rasche Antwort mit einer Ernennungsurkunde von der pro-nirienistischen Verwaltung, und damit war die Sache erledigt gewesen. Dref Zeenoson, der ehemalige Leibeigene, wurde so zum Ehrenwerten Zeenoson, dem geschäftsführenden Bevollmächtigten von West-Fabeque. Es war nicht ausgeschlossen, daß er den Posten im Herbst, bei den nächsten Wahlen, wieder verlieren würde, doch bei seiner Klugheit und Zähigkeit würde er ihn wahrscheinlich behalten können, falls er es wünschte. Jedenfalls verbrachte er bis dahin seine Tage und Abende in der Jahrhunderthalle. Er hatte sich sogar ein kleines Zimmer nicht weit von der Versammlung gemietet, wo er meistens nächtigte. Dies sei lediglich eine Frage der Bequemlichkeit, erklärte er, doch Eliste wußte es besser. Er ging ihr absichtlich aus dem Weg; soweit kannte sie ihn, um das zu erkennen. Dennoch war er heute morgen mitgekommen. Was immer er für sie empfand, er wollte Meister Quinz Lebewohl sagen.

Der Fiaker kam schwankend vor der Poststation zum Stehen. Aussteigen, den Kutscher bezahlen und hinein in das triste Gebäude, um eine Fahrkarte zu kaufen. Dann hieß es auf einer kahlen Holzbank Platz nehmen, Kakao von einem Straßenhändler trinken und sich mit sprunghafter, ein wenig angestrengter Unterhaltung die Zeit vertreiben. Und dann war die große Kutsche auch schon zur Abfahrt bereit. Wieder nach draußen. Onkel Quinz' einziger Koffer wurde aufs Dach hinaufgereicht. Der alte Herr schüttelte Dref die

Hand und umarmte seine Nichte. »Du wirst mich doch besuchen, nicht wahr, mein Kind?«

»Und das nicht nur einmal. Daran wirst du mich nicht hindern können«, versicherte sie ihm lächelnd. Er hätte nicht gewollt, daß sie – oder jemand anders – bei ihm lebte, doch wenn er sie bat, ihn zu besuchen, dann meinte er es auch so. Ihre Versicherung war ebenso ernst gemeint.

Als er Dref kurz ansah, wäre Eliste beinahe zusammengezuckt. Sie konnte sich denken, was ihm gerade durch den Kopf ging. In einem schwachen Augenblick hatte sie ihm gestanden, was sie für Dref empfand. Hätte er sein Wissen durch ein Wort, einen Blick oder eine Geste verraten, wäre sie gewiß im Erdboden versunken.

Eigentlich hätte sie ihn besser kennen sollen. Quinz umarmte sie fest. »Nur Mut, meine Liebe«, flüsterte er und ließ sie wieder los. »Adieu, Kinder. Was für ein Abenteuer!«

Er stieg in die Kutsche, und die Tür fiel hinter ihm zu. Ächzend setzte sich die Postkutsche nach Norden in Bewegung.

Eliste blickte ihr nach. In ihren Augen brannten Tränen, und sie fühlte sich unsagbar einsam. Dref stand neben ihr, hätte aber ebensogut hundert Meilen weit weg sein können. Eigenartig, daß sie sich ihm vor noch gar nicht so langer Zeit so nahe gefühlt hatte. Jetzt waren ihr seine Gedanken verschlossen. Sie wußte nicht, was sie mit ihm hätte reden sollen, und er war wahrscheinlich ebenso verlegen. Es überraschte sie ein wenig, als er das Wort ergriff.

»Du wirst ihn vermissen, nicht wahr?«

»Sehr«, antwortete sie leise.

»Ja, das ist hart. Aber ich habe Neuigkeiten, die dich bestimmt aufmuntern werden.«

Sie sah zu ihm auf.

»Wir haben deine Cousine ausfindig gemacht.«

»Aurelie! Wie geht es ihr?«

»Sie ist in guter Verfassung.«

»Wo habt ihr sie gefunden?«

»Im Grab, wo sie mit einem Wärter zusammengelebt hat. Im Laufe des Tages wird man sie bei dir in Flous Tasche abliefern.«

Aurelie traf gegen Mittag ein. Eliste veranlaßte sogleich, daß sie das Zimmer im zweiten Stock bekam, in dem Onkel Quinz gewohnt hatte. Als einzige ältere Verwandte fühlte sie sich nach alter Sitte verpflichtet, ihre Cousine in Obhut zu nehmen, eine Rolle, die ihr nicht besonders zusagte. Nicht, daß sie die Kosten gescheut hätte, denn ihr Onkel hatte ihr eine Brieftasche voller Rekkoscheine dagelassen und ihr versprochen, ihr bei Bedarf noch mehr zukommen zu lassen. Für Aurelie bezahlen würde sie leichten Herzens; ihr Geplapper zu ertragen, würde ihr schwerer fallen. Aber dennoch – immerhin war es ihre Cousine, eine Art Gesellschaft, ein Verbindungsglied zu den alten Zeiten … und eine Ex-Adlige.

Eine Adlige? Oder auch nur eine Ex-Adlige? Hatte Aurelie vo Rouvignac, so besudelt sie war, diesen Titel wirklich noch verdient?

Aurelie schien sich ihrer Erniedrigung jedoch keineswegs bewußt zu sein. Falls sie überhaupt irgendwelche Schuldgefühle hatte und sich ihre Schande eingestand, so ließ sie sich nichts davon anmerken. Die Begeisterung, mit der sie Eliste umarmte und küßte, wirkte vollkommen natürlich, und sie erwartete eine gleichermaßen herzliche Erwiderung. Nicht einen Augenblick lang zweifelte sie an Elistes Aufrichtigkeit.

Ihr Mangel an Schuldbewußtsein war vollständig und ungekünstelt. In den folgenden Tagen sprach Aurelie häufig über ihre Abenteuer, die sie mit sachlicher Offenheit und ohne jede Anwandlung von Scham wiedergab. Der Grund für ihr Vertrauen wurde alsbald klarer; sie betrachtete ihre Cousine als Gleichgestellte, als Frau mit einer Vergangenheit – und Gegenwart –, die der ihren entsprach. Schließlich lebte Eliste mit einem Mann zusammen; und nicht bloß mit irgendeinem, sondern noch dazu mit einem berühmten Niriennisten, einem Mitglied der Geschäftsführenden Verfassungsgebenden Versammlung. Der zudem sogar hübsch sein sollte, wenngleich sie nicht die Hand dafür ins Feuer legen konnte, denn sie hatte ihn noch nie zu Gesicht bekommen. Es kam ihr beinahe so vor, als versuchte Eliste, ihren Mitbewohner vor ihr zu verbergen. Fürchtete ihre Cousine etwa, eine Jüngere könnte ihn ihr abspenstig machen? Schließlich war Eliste schon neunzehn und kam allmählich in die Jahre.

Vergeblich beteuerte Eliste, wie harmlos ihr Zusammenleben sei. Aurelie lächelte wissend und kicherte unangenehm.

»Er hat mich aus Mitleid bei sich aufgenommen, weil ich völlig mittellos war«, erklärte Eliste.

»Aber das ist ja jetzt nicht mehr der Fall, Cousine. Jetzt bist du wieder flüssig. Und wenn es dir nicht mehr gefällt, mit einem hübschen Kerl zusammenzuleben, warum ziehst du dann nicht um des Anstands willen bei mir ein?«

Weil ich das nicht ertragen würde. Laut aber sagte Eliste milde: »Wir hätten es ziemlich beengt, zwei in einem Raum.«

»Warum nimmst du dir dann nicht ein eigenes Zimmer?«

»Das ist unnötig. Dref ist so gut wie nie da. Er scheint ja kaum noch hier zu wohnen.«

»Dann hat er dir also seine Wohnung überlassen? Das ist ein Zeichen allergrößter Hochachtung. Meinen Glückwunsch, Cousine.«

»Aurelie, möchtest du, daß ich dich ohrfeige?«

»Aber Cousine! Was habe ich denn schon gesagt? Was habe ich gesagt?«

Eliste mußte zugeben, daß Aurelies Fragen gar nicht so unvernünftig waren. Warum nahm sie sich nicht jetzt, da sie es sich leisten konnte, eine eigene Wohnung? Vielleicht deshalb, weil sie mit dem Auszug auch noch den letzten Faden kappen würde, der sie mit Dref verband? Das konnte sie aber wohl kaum zugeben. Sie konnte bloß hoffen, daß Aurelie den Reiz daran verlieren und die Angelegenheit fallen lassen würde.

Die Jüngere tat ihr bald den Gefallen. Sie war unfähig, sich für längere Zeit mit einer Sache zu beschäftigen, außerdem war der Genuß der wiedergewonnenen Freiheit so groß, daß sie sich leicht ablenken ließ. In den folgenden drei Wochen war Aurelie an jedem Tag, da es nicht regnete, draußen und trieb sich in Sherreen herum, erkundete die Märkte und Läden, spazierte durch die Parks und Gärten, tratschte mit Händlern und Marktweibern. Ein solch unbeaufsichtigtes, ungehindertes Umherstreifen wäre nach alten Maßstäben skandalös gewesen; trotz ihrer gesetzlichen Vormundschaft sah Eliste sich jedoch außerstande, eine Sechzehnjährige, die alle Vernunft von sich abprallen ließ, Vorhaltungen mit Schmollen und Drohungen mit Kichern erwiderte, zu beaufsichtigen.

Als Eliste sich schließlich aufs Bitten verlegte, wand sich Aurelie zwar unbehaglich, bemerkte jedoch mit fester Stimme: »Cousine, ich bin nicht wie du. *Ich* kann nicht wie ein eingesperrter Vogel hier herumsitzen! Wenn ich nicht allein spazierengehen soll, dann mußt du mich eben begleiten!«

Das aber lag Eliste fern.

Womöglich wäre es noch zu einer Katastrophe gekommen, hätte Aurelie nicht angefangen, sich zu langweilen. Schon bald wurde der Reiz der bloßen Freiheit schal. Es reichte ihr nicht mehr, die Halstücher, Handschuhe, Seidenbänder und Schmuckstücke in den Läden lediglich zu betrachten; Aurelie wollte sie besitzen, und ihre knauserige Aufpasserin wollte oder konnte ihr nichts kaufen. Es reichte ihr nicht mehr, den Theater- und Cafébesuchern und den Insassen der schicken Zweispänner zuzuschauen, die sich bereits wieder am Havillac-Park blicken ließen; Aurelie wollte zu ihnen gehören. Gleichermaßen unbefriedigend war es, sich als geborene Adlige mit Marktweibern und ähnlichem Abschaum abzugeben. Aurelies Ansicht nach war es höchste Zeit, daß sie wieder ihren rechtmäßigen Platz in der Welt einnahm. Die Revolution hatte sie eine Zeitlang vom Kurs abgebracht, hatte ihr arge Unannehmlichkeiten bereitet und sie unverzeihlicherweise um ihre Einführung bei Hofe gebracht. Doch es gab noch andere Hofstaaten, in anderen Ländern, wo Adlige oder ihnen Ebenbürtige lebten. Da all jene, die adliger Abstammung waren, eine natürliche Zuneigung füreinander hegten, würden die ausländischen Aristokraten sie sicherlich mit offenen Armen und offenen Geldbörsen willkommen heißen. Aurelie beschloß, sich ihnen anzuschließen, und diesem Ziel widmete sie ihre ganze, nicht zu unterschätzende Kraft.

An Neuigkeiten war nicht schwer zu kommen. Aurelie brauchte lediglich an den Türen einiger alter Villen zu klopfen, in denen noch erstaunlich viele ehemalige Bedienstete lebten, und dort erfuhr sie, daß sich mindestens ein halbes Dutzend ihrer Verwandten nach Strell abgesetzt hatten, in der Absicht, sich den vonahrischen Flüchtlingen anzuschließen, die sich um den Exilkönig scharten, wie der ehemalige Herzog von Feronte von seinen Anhängern genannt wurde. Man wußte natürlich nicht, ob sie ihr Ziel unbeschadet erreicht hatten, doch konnte man wohl davon ausgehen, daß wenigstens ein paar von ihnen sicher dort angekommen waren. Drei der sechs Rouvignacs waren bereits frühzeitig aufgebrochen, noch bevor die Reparationisten die Reisefreiheit der Adligen eingeschränkt hatten.

Mehr brauchte Aurelie nicht zu wissen. Ihre Verwandten erwarteten sie in Strell, wo sie damit würde rechnen können, in Bälde bei Hofe eingeführt zu werden, wie es ihr zustand. Es war nur recht und billig, daß sie sogleich aufbrach, vorausgesetzt, ihre Cousine legte ihr die Reisekosten aus. Und ihre großzügige Cousine würde sich doch bestimmt nicht lumpen passen...?

Und Eliste zögerte auch nicht. Die Fahrkarten für die Reise über Land und Wasser – zusammen mit den Aufwendungen für Unterkunft, Mahlzeiten und andere unvermeidliche Ausgaben – würden ein großes Loch in ihre Ersparnisse reißen. Aber das war es wert, wenn sie dadurch die Verantwortung los wurde, die ihr über den Kopf zu wachsen drohte; außerdem stünde die schwer zu zügelnde Aurelie dann unter angemessener Aufsicht; das Geld wäre gut angelegt.

Es überraschte sie, als Aurelie so unbekümmert, als spräche sie lediglich eine Selbstverständlichkeit aus, bemerkte: »Aber du mußt mich begleiten, Cousine. Meine Verwandten werden sich um dich kümmern. Schließlich bist du die Enkelin einer Rouvignac. Vielleicht treffen wir dort sogar irgendwelche Derrivalles. Wir werden es dort sehr gut haben.«

»O nein. Nein. Ich glaube nicht.«

»Und warum nicht, Herrgott noch mal?«

Eliste blinzelte. Ihr fiel keine vernünftige Antwort ein. Sie schwieg.

»Aber das ist doch wirklich lächerlich! Cousine, was denkst du dir eigentlich? Warum willst du nicht mit mir kommen? Warum nicht? Ich reise nicht gern allein, das ist so langweilig! Und wenn du hier in Sherreen bleibst – mein Gott, was willst du denn hier *anfangen*? Was willst du *tun*?«

Keine Antwort. Ja, was sollte sie alleine hier anfangen? Ihr schwirrte der Kopf.

Aurelie musterte sie scharf. »Ah, und wenn du deinen niriennistischen Verehrer so sehr liebst, daß du ihn nicht verlassen kannst, dann mußt du ihn eben dazu bringen, daß er dich heiratet. Und zwar bald, bevor du so alt bist, daß er keine Lust mehr dazu hat.«

»Du weißt ja nicht, was du da …«

»*So* kann es nicht mit dir weitergehen, Cousine.« Aurelie wedelte hektisch mit der Hand. »Das alles ist höchst ungebührlich. Und wenn du dir schon nichts aus deinem Ruf machst, dann habe wenigstens die Güte, mal an meinen zu denken. Am Hof von Strell werde ich einen Ruf zu verlieren habe, vergiß das nicht. Du bist meine Verwandte, dein Benehmen fällt auf mich zurück, und du solltest bedenken, ob mich dein Fehlverhalten nicht womöglich in meiner Ehre kompromittiert.«

»Nach allem, was im Grab geschah, wagst du es … Ach, verzeih mir, das ist unwichtig, das ist wirklich lächerlich. Aurelie, du bist unglaublich dumm.«

»Ich? Na weißt du!« Aurelie rümpfte die Nase. »Schau dich im Spiegel an, Cousine. Schau dich bloß mal im Spiegel an.« Daraufhin zog sie sich zurück, um die geflüchteten Rouvignacs brieflich von ihrer bevorstehenden Ankunft zu unterrichten.

Die Verstimmung währte nicht lange. Aurelie war zu unbeständig, um über einen längeren Zeitraum hinweg zu grollen, und ihrem Vormund war nicht daran gelegen. Gerade erst eine Woche war vergangen, als Eliste zum zweitenmal zur Poststation in Trouniere reiste, um Lebewohl zu sagen. Die Kutsche, die ihre Cousine zur Hafenstadt Arenne bringen würde, wartete bereits. Aurelie – hübsch anzusehen in dem Reisekostüm aus flaschengrünem feinem Wollstoff, zwar gebraucht gekauft, aber doch so gut erhalten, daß es als neu durchgehen mochte – hatte vor Aufregung gerötete Wangen. Ihre Begleiterin hatte sie bereits so gut wie vergessen. Trotzdem flackerte ihre aufrichtige, wenn auch oberflächliche Zuneigung noch ein letztes

Mal auf, und sie umarmte Eliste. »Komm nach, wenn du magst, Cousine«, riet sie Eliste atemlos. »Aber wenn du nicht willst, dann hör wenigstens auf, deine Zeit zu verplempern. Du mußt *handeln!* Solange du noch kannst! Auf Wiedersehen!«

»Auf Wiedersehen, Aurelie. Viel Glück.«

Ein letztes Winken der kleinen Hand aus dem Fenster, ein letztes Aufblitzen der grünlackierten Fingernägel, und die Kutsche verschwand in einer Staubwolke. Eliste stand reglos da, mit leicht gebeugten Schultern. Sie hatte nicht damit gerechnet, daß sie über Aurelies Abreise auch nur das geringste Bedauern empfinden würde; ganz im Gegenteil. Doch nun, da ihre Cousine tatsächlich weg war, kam sie sich verzagt, unentschlossen und einsamer denn je vor.

Sie hätte ebenfalls nach Strell reisen sollen. Hier gab es nichts für sie zu tun.

Du mußt HANDELN!

Nur Mut, meine Liebe. Onkel Quinz' Worte.

Nur Mut.

Sie dachte darüber nach.

Eliste saß auf einer Holzbank in der Nähe des Eingangs zum Park der Brüderlichkeit, vormals Königliches Arboretum genannt. Die untergehende Sonne setzte die Federwölkchen des Frühsommers in Brand und wärmte eine Sherreener Straße, über deren ganze Länge kein einziger roter Diamant zu sehen war. Der Himmel war wundervoll und die Luft köstlich, doch Eliste bemerkte nichts davon. Sie hatte einen klebrigtrockenen Mund und Herzklopfen. Als in der Nähe eine Uhr sieben schlug, schreckte sie zusammen, und ihre kalten Hände zuckten. Sieben – die Stunde, da sie mit Dref Zeenoson an dieser Stelle verabredet war. Mittlerweile würde sich die Verfassungsgebende Versammlung auf den Abend vertagt haben. Die Jahrhunderthalle ragte in einer halben Meile Entfernung auf –

von ihrem Platz aus konnte sie das Dach sehen. Eigentlich gab es keinen Grund, warum er sich verspäten sollte.

Sie wünschte sich, daß er zu spät kommen würde, viel zu spät. Am liebsten wäre ihr gewesen, wenn er überhaupt nicht käme. Warum in aller Welt hatte sie sich bloß darauf eingelassen? Wie sollte sie das durchstehen?

Nur Mut, meine Liebe.

Feste Schritte auf dem Pflaster, ein Schatten am Boden, und dann stand er vor ihr, noch ehe die Uhr den letzten Schlag getan hatte – wie immer pünktlich auf die Minute. Es war mindestens eine Woche her, seit sie ihn zum letztenmal gesehen hatte, und jetzt war sie verwirrt und durcheinander. Wie kam es nur, daß er ihr so vertraut erschien, als sei er ein Teil von ihr, und gleichzeitig wie ein vollkommen Fremder? Die Zähne blitzten auf in seinem hageren Gesicht, als er ihr zulächelte. »Edles Fräulein.« Eine unerlaubte Form der Anrede. Er verneigte sich mit einer Anmut, die sie an etwas erinnerte… an die spöttische Ehrerbietung, mit der er den Abstand zwischen ihnen gewahrt hatte, nachdem sie die Kindheit hinter sich gelassen hatte. Eine Zeitlang hatte er die Maske der Verstellung fallengelassen, doch nun war sie wieder da.

»Mein Herr.« Sie ging auf den Ton ein, den er angeschlagen hatte, und deutete einen Knicks an. Zu ihrem Glück verriet ihre Stimme sie nicht, sondern klang klar und ruhig. »Du siehst gut aus, Dref. Das Staatsmännische scheint dir zu liegen.«

»Das Staatsmännische liegt Shorvi Nirienne. Ich strebe nicht nach so hohen Zielen.«

»Ach was, du setzt deinen Zielen doch keinerlei Grenzen. Wie soll ich dich dann nennen?«

»›Ehrloser Politiker‹ wäre vollkommen ausreichend.«

»Ja, das klingt nett. Gehen wir spazieren?«

»Es ist mir eine Ehre.«

Sie hakte sich bei ihm ein, und sie schlenderten den Weg entlang und in das stille Arboretum hinein. Der Park war so gut wie menschenleer. Unter den Bäumen war die Luft kühl und feucht, und es roch durchdringend nach grünen Blättern. Der schattige Erdboden war mit tiefroten Flecken ersterbenden Sonnenscheins gesprenkelt. Sherreen wich zurück, und die Zeit schien anzuhalten. Fast schien es so, als wandelten sie im Wald von Derrivalle und die vergangenen zwei Jahre seien nichts weiter als ein Traum gewesen …

Eliste erkundigte sich nach der Arbeit der Versammlung, und er ließ sich ausführlich darüber aus. Er sprach amüsant und kenntnisreich, trotzdem hörte sie ihm nur mit halbem Ohr zu, denn es baute sich eine solche Spannung in ihr auf, daß ihr beinahe übel davon wurde. So bemerkte sie es kaum, als er verstummte. Erst nach einer Weile wurde sie sich des Schweigens bewußt, und als sie sich ihm plötzlich zuwandte, stellte sie fest, daß er sie mit seinen schwarzen Augen unverwandt ansah.

»Was hast du, Eliste?« fragte er ruhig.

Sie blieben stehen. Eliste drehte sich zu ihm herum.

»Ich wollte mit dir reden.« Ihre Stimme klang nun ein wenig gepreßter, aber noch immer leidlich ruhig. »Ich wollte deine Meinung hören – deinen Rat. Weißt du, jetzt, da sich soviel verändert hat, kann ich nicht so weiterleben wie bisher und als Unverheiratete mit dir eine Wohnung teilen. Auch wenn du nie da bist, geht es trotzdem nicht. Das verstehst du doch, oder?«

Er legte den Kopf schief. Sein Gesichtsausdruck schien leer. Wollte er, daß sie den Mund hielt, oder war er erleichtert, daß sie endlich offen darüber sprach? Sie vermochte nicht in seinen Augen zu lesen.

»Ich muß mich entscheiden, wie es weitergehen soll. Ich könnte ins Ausland zu adligen Verwandten gehen. Ich könnte in Sherreen bleiben und abwarten, wer jetzt, da es wieder sicher ist, aus den Trümmern hervorgekrochen kommt. Ich glaube, ich würde schon irgendeine Beschäftigung finden. Oder ich könnte nach Derrivalle zurückkehren und die Rückgabe unseres Gutes verlangen, obwohl ich nicht glaube, daß die Kommunisten es wieder hergeben würden. Oder ich könnte mir irgendein kleines Landhaus suchen und in der Nähe von Onkel Quinz wohnen, wenn schon nicht bei ihm.«

»Was, eine einsame Hütte auf irgendeinem windgepeitschten Hügel in Fabeque? Ich kann mir nicht vorstellen, daß dies das Richtige für dich wäre.«

»Also, ich eigentlich auch nicht. Aber irgend etwas muß ich tun.«

»Ich verstehe. Nun, du bist eine freie Frau und hast niemandem gegenüber irgendwelche Verpflichtungen. Was wünschst du dir am meisten?«

Sie hatte das Gefühl, ein verknoteter Strick zöge sich um ihre Schläfen zusammen. »Was ich mir am meisten wünsche«, sagte sie mit fester Stimme, »das ist, dich zu heiraten. Das heißt, falls du mit mir leben willst.«

Totenstille. Unter den Bäumen war es mittlerweile dunkel geworden. Dref stand vollkommen reglos da, seine Miene verriet nicht, was in ihm vorging.

»Ich liebe dich, Dref. Ich glaube, ich habe dich immer schon geliebt, aber es hat lange gedauert, bis ich es gemerkt habe. Und noch länger, bis ich es aussprechen konnte. Ich weiß nicht, ob du das von mir hören wolltest. Falls nicht, so tut es mir leid; aber es ist die Wahrheit, es durchdringt meine Gedanken und jeden Atemzug, und ich wollte, daß du es weißt.« Der verknotete Strick lockerte sich. Was immer jetzt geschehen würde, das Schlimmste lag hinter ihr.

»Das … ist dir bestimmt nicht leichtgefallen.« Er hatte mit schwankender, beinahe zögernder Stimme gesprochen, was ungewöhnlich für ihn war.

»Nein. Aber mit etwas Übung geht es besser, glaube ich. Ich liebe dich.«

»Du warst schon immer ein unmögliches Kind. Wie hätte ich dich nicht lieben sollen? Ich hatte bloß nie vorgehabt, dir meine Liebe zu gestehen.«

»Was, niemals?«

»Nein.«

»Nicht einmal nach der Revolution?« Das Herz schlug ihr bis zum Hals. Er hatte gesagt…

»Dann gerade nicht. Als du zu mir kamst, warst du krank, ausgehungert und wurdest gejagt. Du konntest dich sonst nirgendwo hinwenden. Wäre ich nicht ein Schurke gewesen, wenn ich die Lage ausgenutzt hätte?«

»Dann hat dir also Ritterlichkeit den Mund verschlossen?«

»Weniger Ritterlichkeit als vielmehr Zynismus, mein hartnäckigstes Laster.«

»Du kannst doch nicht Niriennist und gleichzeitig Zyniker sein.«

»Du würdest dich wundern. Trotz meiner hehren republikanischen Überzeugungen habe ich nie geglaubt, daß der Adel seine Vorurteile ablegen würde. Ich glaubte, die Adligen würden sich niemals beugen, und wenn sie noch soviel leiden müßten. Das Gesetz könne ihnen zwar Titel und Rechte rauben, nicht aber ihr Denken wandeln. Ebensowenig wie ich glaubte, eine Adlige könnte in einem Leibeigenen etwas anderes sehen als ein zweibeiniges Lasttier. Ich dachte immer, das wäre eine unveränderliche, unüberwindliche Barriere.«

»Und jetzt?«

»Und jetzt…«

Er zog sie an sich und küßte sie, so wie er sie damals in der Kutsche vor Penaude geküßt hatte. Sie schloß ihn in die Arme. Und wie damals hatte sie das Gefühl, sich aufzulösen; diesmal aber gab es weder Ängste noch Zweifel, noch irgendwelche Vorbehalte.

Sie standen im sommerlichen Schatten unter den

Bäumen. Der Park um sie herum versank in Dunkelheit. Dref hielt sie fest umarmt und sprach über ihren Kopf hinweg, und in seinem Tonfall schwang wieder ein Lächeln mit. »Du wirst Madame Zeenoson werden, weißt du. Kannst du dich mit einem solchen Namen abfinden?«

»Aber ja doch. Ich habe keinerlei Zweifel, daß er mir weitaus größere Ehre einbringen wird, als es der Name ›vo Derrivalle‹ jemals getan hat.«

»Wer kann das vorhersagen? Wer weiß schon, was die Zukunft bringt? Wir haben unsere Welt durchgeschüttelt, bis sie zu klappern angefangen hat, und jetzt wandelt sie sich – zum Besseren, wie wir hoffen, aber wir wissen es nicht. Wir können die Kräfte untersuchen, die am Werke sind, wir können Mutmaßungen über die Richtung des Wandels anstellen und versuchen, den Ausgang zu beeinflussen, aber das ist so, als wollten Blinde das Wetter bestimmen.«

»›Die Kräfte untersuchen?‹« Eliste legte den Kopf in den Nacken und sah zu ihm auf. »Ausgezeichnet. Aber ob du dabei jemals den Einfluß solcher Menschen wie Onkel Quinz wirst begreifen können?«